Magie et Cristal

éditions 3A

DU MÊME AUTEUR

Carrie
Shining
Danse macabre
Cujo
Christine
L'année du loup-garou
Salem
Creepshow
Peur bleue
Charlie
Simetierre
Différentes saisons
La peau sur les os
Brume – Paranoïa
Brume – La Faucheuse
Running man
ÇA
Chantier
Misery
Marche ou crève
Le Fléau
Les Tommyknockers
La part des ténèbres
Bazaar
Rage
Jessie
Dead Zone : l'accident
Dolorès Clairborne
Minuit 2
Minuit 4
Rêves et cauchemars
Insomnie
Les yeux du dragon
Anatomie de l'horreur
La ligne verte
Desolation
Rose Madder
La Tour Sombre, 4 vol.

Stephen King

La Tour Sombre

★★★★

Magie et Cristal

Illustrations de Dave McKean

Traduit de l'américain par Yves Sarda

Éditions 84
84, rue de Grenelle 75007 Paris

Titre original :
The Dark Tower
Wizard and Glass

PLUME. Published by the Penguin Group
Ⓟ Registered Trademark - Marca Registrada

Remerciements
The lyrics from "The Green Door", words by Marvin Moore, music by Bob Davis, copyright © 1956 Alley Music Corp. and Trio Music Co., Inc. Copyright renewed. All rights reserved. Used by permission. The lyrics from "Whole Lot-ta Shakin' Goin' On" by Dave Williams and Sonny David, copyright © 1957

ISBN 2-277-25035-X

Je dédie ce livre à Julie Eugley et Marsha de Filippo. Ce sont elles qui répondent au courrier. La plupart des lettres de ces deux dernières années concernaient Roland de Gilead — le Pistolero, autrement dit. A dire vrai, Julie et Marsha m'ont houspillé pour que je me remette devant mon traitement de texte. Julie, comme c'est ton harcèlement qui a eu le plus de poids, c'est ton nom qui vient en premier.

Sommaire

Illustrations

ARGUMENT

Magie et Cristal est le quatrième volet d'une saga inspirée du poème narratif de Robert Browning *Le Chevalier Roland s'en vint à la Tour Noire*.

Le premier volume, *Le Pistolero*, raconte comment Roland de Gilead poursuit et finit par rattraper Walter, l'homme en noir, qui avait feint d'être l'ami de son père, tout en étant au service de Marten, le grand sorcier. Rattraper Walter, le demi-humain, n'est pas le but ultime de la quête de Roland, mais seulement un moyen d'arriver à ses fins : atteindre la Tour Sombre, où il est encore possible, espère-t-il, de stopper la destruction accélérée de l'Entre-Deux-Mondes et peut-être même de l'inverser.

Roland est une sorte de preux chevalier, le dernier de sa lignée, dont la Tour, qui l'obsède, est l'unique raison de vivre quand nous le rencontrons pour la première fois. Nous apprenons que Marten — séducteur par ailleurs de la mère du pistolero — l'a induit à subir une épreuve de virilité initiatique malgré son jeune âge. Marten espère que Roland, échouant dans cette épreuve, sera « envoyé dans l'ouest » et à jamais privé des revolvers de son père. Roland, cependant, déjoue totalement les plans de Marten et surmonte l'épreuve... grâce, en grande partie, au choix judicieux de son arme.

Nous découvrons aussi que le monde du pistolero est relié au nôtre d'une façon terrible et fondamentale. Ce lien nous est révélé une première fois lors de la rencontre de Roland avec Jake, petit garçon issu du New York de 1977, dans un relais de diligences du désert. Il existe des portes entre le monde de Roland et le nôtre ; l'une d'elles est la mort et c'est par ce biais que Jake a atteint une première fois l'Entre-Deux-Mondes, poussé sous une voiture qui l'écrase dans la 43ᵉ Rue. Le responsable est un dénommé Jack Mort... sauf que celui qui se tapit dans sa tête et guide en cette occasion ses mains meurtrières n'est autre que Walter, l'ennemi de toujours de Roland.

Avant que Jake et Roland ne rattrapent Walter, Jake meurt à nouveau... par la faute cette fois du pistolero ; soumis à un choix cornélien entre ce fils symbolique et la Tour Sombre, il opte pour la Tour. Les derniers mots de Jake, avant de plonger dans l'abîme sont :

« Va t'en — il y a d'autres mondes. »

L'affrontement final entre Roland et Walter se déroule au bord de la Mer Occidentale. Au cours d'une longue nuit de palabre, l'homme en noir lit l'avenir de Roland à l'aide d'un étrange jeu de tarots. Trois cartes — le Prisonnier, la Dame d'Ombres et la Mort (« mais pas pour toi, Pistolero ») — se signalent particulièrement à l'attention de Roland.

Le second volume, *Les Trois Cartes*, commence sur le rivage de la Mer Occidentale, où Roland se réveille après sa confrontation avec son vieil adversaire. Il découvre que Walter est mort depuis longtemps, n'étant plus qu'un tas d'ossements parmi d'autres dans un endroit qui en regorge. Le pistolero à bout de forces est attaqué par une horde de « homarstruosités » et avant de pouvoir leur échapper, il est gravement blessé : il perd ainsi deux doigts de la main droite. Les morsures des homarstruosités l'ont aussi empoisonné mais Roland reprend son périple vers le nord, longeant la Mer Occidentale, très affaibli, mourant peut-être...

En cours de route, il découvre trois portes dressées sur la plage. Elles ouvrent sur le New York que nous connaissons, mais à trois époques différentes. De celui de 1987, Roland tire Eddie Dean, un « prisonnier de l'héroïne ». De celui de 1964, il tire Odetta Susannah Holmes, une femme qui a perdu les deux jambes dans un accident de métro... qui n'en était pas un. Elle est une « dame d'ombres », en effet : derrière la jeune activiste noire connue de tous se dissimule une seconde personnalité des plus perverses. Cette femme cachée, la haineuse et rusée Detta Walker, n'a plus qu'une idée en tête : tuer Roland et Eddie, quand le Pistolero la tire dans l'Entre-Deux-Mondes.

Entre ces deux pôles temporels, Roland revient en 1977 et pénètre dans l'esprit diabolique de Jack Mort, qui a blessé à deux reprises Odetta/Detta. « La Mort, mais pas pour toi, Pistolero », avait dit l'homme en noir à Roland. Mais Mort n'est pas la troisième carte annoncée par Walter. Roland empêche Mort d'assassiner Jake Chambers et peu après, Mort périt sous les roues du même métro qui avait sectionné les jambes d'Odetta en 1959. Roland échoue donc à tirer le psychotique dans l'Entre-Deux-Mondes... mais, songe-t-il, qui pourrait y souhaiter la présence d'un être pareil ?

Il y a, cependant, un prix à payer quand on va à l'encontre d'un avenir annoncé ; mais n'est-ce pas toujours le cas ? *Tel est le* ka, *espèce de larve*, aurait dit Cort, l'ancien instructeur de Roland, *telle est la grande roue qui tourne sans fin. Ne te trouve pas sur son chemin quand elle avance, si tu ne veux pas qu'elle t'écrase et mette ainsi un terme à ta stupide cervelle et à ton inutile fardeau de tripes et d'eau.*

Roland pense avoir réuni les trois cartes avec seulement Eddie et Odetta, puisque Odetta a une double personnalité ; pourtant, quand Odetta et Detta fusionnent pour devenir Susannah (grâce, pour une bonne part, à l'amour et au courage d'Eddie Dean), le pistolero comprend qu'il se trompe. Il découvre aussi autre chose : que le souvenir de Jake, l'enfant qui, en mourant, lui a parlé d'autres mondes, n'a cessé de le tourmenter. Une moitié de l'esprit du Pistolero croit en fait que cet enfant *n'a jamais existé*. En empêchant Jack Mort de pousser Jake sous les roues de la voiture destinée à l'écraser, Roland a créé un paradoxe temporel qui le déchire. Et dans notre monde, c'est Jake Chambers qu'il déchire.

Terres Perdues, troisième volume de la série, s'ouvre sur ce paradoxe. Après avoir abattu un ours gigantesque du nom de Mir (que lui donnait le Vieux Peuple qui le craignait) ou de Shardik (que lui donnaient les Grands Anciens qui l'ont construit... car l'ours s'avère être un cyborg), Roland, Eddie et Susannah, suivant à rebours la piste du monstre, tombent sur le Sentier du Rayon. Il existe six rayons, qui relient entre eux les douze portails marquant les confins de l'Entre-Deux-Mondes. C'est à leur point d'intersection — au centre du monde de Roland, qui est peut-être aussi le centre de tous les mondes — que le Pistolero est persuadé que lui et ses amis trouveront enfin la Tour Sombre.

A présent, Eddie et Susannah ne sont plus prisonniers du monde de Roland. Amoureux l'un de l'autre et en passe de devenir eux-mêmes des pistoleros, ils participent complètement à la quête et suivent Roland de leur plein gré le long du Sentier du Rayon.

Dans un anneau de parole, non loin du Portail de l'Ours, le temps est rectifié et le paradoxe s'achève ; la troisième carte, la *vraie* cette fois, est enfin tirée. Jake pénètre à nouveau dans l'Entre-Deux-Mondes à l'issue d'un rite périlleux où tous quatre — Jake, Eddie, Susannah et Roland — se souviennent du visage de leurs pères et s'acquittent honorablement de leur tâche. Peu de temps après, le quatuor devient un quintette, quand Jake se lie d'amitié avec un bafou-bafouilleux. Les bafouilleux — hybrides de la marmotte, du raton laveur et du chien — ont une capacité de parole limitée. Jake surnomme son nouvel ami, Ote.

Le voyage des pèlerins les conduit vers Lud, une friche urbaine où les survivants dégénérés de deux anciens clans, les Ados et les Gris, entretiennent les vestiges de leur vieil antagonisme. Avant d'atteindre Lud, nos pèlerins font halte dans une petite ville du nom de River Crossing où une poignée d'anciens habitants résident encore. Ils reconnaissent Roland comme un survivant des temps reculés, avant que le monde n'ait changé et lui font fête ainsi qu'à ses compagnons. Un peu plus tard, les vieillards leur parlent d'un monorail qui, partant de Lud et longeant le Sentier du Rayon, s'enfonce dans les Terres Perdues en direction de la Tour Sombre.

Jake est horrifié par cette nouvelle, sans en être autrement surpris ; avant d'être tiré de New York, il s'était procuré deux livres dans une librairie dont le propriétaire portait le nom — hautement significatif — de Calvin Tower. Le premier est un ouvrage de devinettes aux pages-réponses arrachées. Quant à l'autre, *Charlie le Tchou-tchou*, c'est un livre pour enfants dont le héros est un petit train. Un conte amusant, pourrait-on dire... sauf pour Jake, qui ne le trouve pas amusant du tout. Mais terrifiant. Roland sait autre chose : dans le Haut Parler de son monde, le mot CHAR signifie mort.

Tantine Talitha, la matriarche des habitants de River Crossing fait cadeau à Roland d'une croix d'argent dont il ne devra pas se séparer et les voyageurs reprennent leur course. Avant d'arriver à Lud, ils tombent sur la carcasse d'un avion abattu, issu de notre monde — un chasseur allemand des années trente. Ils découvrent, coincé dans le cockpit, le corps momifié d'un géant, presque à coup sûr, celui du hors-la-loi mythique, David Quick.

Lors de la traversée du pont menaçant ruine qui enjambe la rivière Send, Jake et Ote manquent périr accidentellement. Cet épisode fait brièvement relâcher leur attention à Roland, Eddie et Susannah, et la petite bande tombe dans l'embuscade tendue par un hors-la-loi mourant, mais non moins dangereux, du nom de Gasher. Il enlève Jake qu'il emmène sous-terre chez l'Homme Tic-Tac, dernier leader des Gris. Le vrai nom de Tic-Tac est Andrew Quick ; c'est l'arrière-petit-fils du pilote mort en essayant de faire atterrir un avion d'un autre monde dans celui-ci.

Tandis que Roland (aidé d'Ote) part à la recherche de Jake, Eddie et Susannah découvrent le Berceau de Lud, où Blaine le Mono se réveille. Blaine, dernier maillon en surface du vaste réseau informatique situé sous la ville de Lud, n'a plus d'autre intérêt dans la vie que les devinettes. Le monorail promet d'emmener les voyageurs à son terminus, s'ils peuvent résoudre celle qu'il leur pose. Dans le cas contraire, leur dit Blaine, le seul voyage qu'ils feront les emmènera là où le chemin s'achève dans la clairière — à leur mort, en d'autres termes. Dans ce dernier cas, ils ne manqueront pas de compagnie, car Blaine prévoit de lâcher des stocks de gaz paralysant qui anéantiront tous ceux qui restent encore dans Lud : Ados, Gris et pistoleros seront tous logés à la même enseigne.

Roland délivre Jake, laissant l'Homme Tic-Tac sur le carreau... mais Andrew Quick n'est pas mort. A moitié aveugle, affreusement défiguré, il est recueilli par un certain Richard Fannin, du moins se présente-t-il ainsi. Fannin, en effet, n'est autre que l'Étranger sans Âge, un démon contre lequel Walter avait mis Roland en garde.

Roland et Jake retrouvent Eddie et Susannah dans le Berceau de Lud. Susannah — avec l'aide de « cette garce » de Detta Walker — parvient à résoudre la première devinette de Blaine. Ils accèdent ainsi au monorail, passant outre aux avertissements horrifiés de « l'inconscient » sain — et fatalement faible — de Blaine (Eddie surnomme cette voix Little Blaine), mais pour mieux découvrir que ce dernier entend se suicider avec eux à son bord. Le fait qu'ils mettent de plus en plus de distance entre eux et les ordinateurs — l'esprit régissant véritablement le monorail depuis le sous-sol d'une ville devenue un vrai coupe-gorge — ne fera aucune différence quand la « balle rose » déraillera quelque part sur la ligne à plus de 1 280 km/h.

Il ne leur reste qu'une seule chance de survie : la passion de Blaine pour les devinettes. Roland de Gilead propose alors un marché de la dernière chance. C'est sur ce marché que se clôt *Terres Perdues*. C'est sur ce même marché que s'ouvre *Magie et Cristal*.

ROMÉO : Madame, par la bienheureuse lune là-haut
Qui argente la cime de ces arbres fruitiers, je fais vœu...
JULIETTE : Oh, ne jure donc pas par la lune, l'inconstante lune,
Qui tous les mois change de son orbe la forme,
De crainte que ton amour aussi changeant ne se montre.
ROMÉO : Par quoi dois-je jurer ?
JULIETTE : Ne jure pas du tout.
Ou, si tu y tiens, jure par ta gracieuse personne,
Qui est le seul dieu, objet de mon idolâtrie,
Et je te croirai.

William SHAKESPEARE, *Roméo et Juliette*

Le quatrième jour, à la grande joie de Dorothy, Oz la convoqua. Quand elle pénétra dans la Salle du Trône, il l'accueillit fort aimablement.
— Asseyez-vous donc, ma chère. Je crois que j'ai trouvé un moyen de vous faire quitter le pays.
— Et de retourner au Kansas ? demanda-t-elle avec empressement.
— A vrai dire, je ne peux jurer de rien quant au Kansas, dit Oz, car je n'ai pas la moindre idée d'où il se trouve...

L. Frank BAUM, *Le Magicien d'Oz*

Je voulus boire un coup de joyeux souvenirs,
Avant que d'espérer jouer dignement mon rôle.
Penser d'abord, se battre après — l'art du soldat est là :
Rien que le goût du temps passé vous rend l'aplomb !

Robert BROWNING, *Le Chevalier Roland s'en vint à la Tour Noire*
(trad. de Louis Cazamian in *Hommes et Femmes*,
Éd. Aubier-Montaigne)

Prologue
Blaine

— POSEZ-MOI UNE DEVINETTE, les convia Blaine.

— Je t'emmerde, dit Roland entre ses dents.

— QU'EST-CE QUE TU DIS ?

La voix de Big Blaine, dont l'incrédulité était manifeste, était devenue très proche de celle de son jumeau insoupçonné.

— J'ai dit je t'emmerde, répéta calmement Roland. Mais si ça te perturbe, Blaine, je peux être plus clair. Non. La réponse est non.

Blaine resta silencieux un très long moment et quand il répliqua enfin, ce ne fut pas par le biais des mots. Les murs, le sol et le plafond recommencèrent à perdre de leur consistance et de leur couleur. En l'espace de dix secondes, le Compartiment de la Baronnie cessa encore une fois d'exister. Ils filaient à présent à travers la chaîne de montagnes qu'ils avaient aperçue à l'horizon : des pics gris fer se précipitaient à leur rencontre à une vitesse suicidaire puis s'évaporaient pour dévoiler des vallées stériles où rampaient de gigantesques scarabées, telles des tortues prisonnières des terres. A l'orifice d'une caverne, Roland aperçut une espèce d'énorme serpent se dérouler soudain et s'emparer de l'un de ces scarabées pour mieux l'emporter dans son antre. Roland n'avait encore jamais vu d'animaux pareils ni de contrée semblable et ce spectacle lui donna la chair de poule. Il était possible que Blaine les eût transportés dans un autre monde.

— PEUT-ÊTRE VAIS-JE NOUS FAIRE DÉRAILLER PAR ICI.

La voix de Blaine avait un ton méditatif, mais le Pistolero perçut en dessous une rage profonde et vibrante.

— Peut-être que tu devrais, dit-il avec indifférence.

Eddie était dans tous ses états. *Mais qu'est-ce que tu FABRIQUES ?* articula-t-il muettement. Roland l'ignora ; Blaine seul l'occupait et il savait parfaitement ce qu'il était en train de faire.

— TU ES GROSSIER ET ARROGANT. CES TRAITS DE CARACTÈRE TE PARAISSENT PEUT-ÊTRE FORT INTÉRESSANTS, MAIS PAS À MOI.

— Oh, mais je peux me montrer encore plus grossier.

Roland de Gilead, décroisant les doigts, se mit lentement debout. Il n'était campé sur rien, semblait-il, les jambes écartées, la main droite posée sur la hanche et la gauche sur la crosse de santal de son revolver. Il se tenait ainsi qu'il l'avait toujours fait lors d'innombrables affrontements dans les rues poussiéreuses de villes oubliées, au cœur de canyons rocheux ou de sombres saloons, empestant la bière aigre et le graillon. Ce n'était qu'un règlement de comptes final de plus dans une rue déserte. C'était tout, et c'était déjà bien assez. C'était *khef*, *ka* et *ka-tet*. Que le règlement de comptes finisse toujours par se produire était le fait essentiel de sa vie, l'axe autour duquel tournait son *ka*. Que l'affrontement ait lieu cette fois avec des mots et non avec des balles ne faisait aucune différence ; ce serait un duel à mort, comme un autre. L'odeur du massacre empuantissait l'air de façon aussi palpable que celle d'une charogne pourrissant dans un marécage. Puis la rage d'en découdre fondit sur lui, comme toujours... et il entra dans un état second.

— Je pourrais te traiter de machine absurde dénuée de cervelle, d'une bêtise nonsensique. Je pourrais te traiter de créature stupide et malavisée qui n'a pas plus de raison que le souffle du vent d'hiver dans un arbre creux.

— ÇA SUFFIT.

Roland poursuivit du même ton serein, ne tenant aucun compte de Blaine.

— Tu es ce qu'Eddie appelle un « gadget ». Si tu étais davantage, ma grossièreté ne s'en tiendrait pas là.

— JE SUIS BIEN PLUS QU'UN SIMPLE...

— Par exemple, si tu avais une bouche, je pourrais de traiter de suceur de bites. Je pourrais te dire que tu es le plus infâme gueux qui se soit jamais traîné dans la plus ignoble fange de la Création, mais une telle créature te vaut cent fois, car tu n'as même pas de genoux sur lesquels te traîner. Et si tu en avais, tu ne saurais même pas t'en servir pour t'agenouiller, car tu n'as aucune notion de cette faiblesse humaine qu'on appelle la pitié. Je pourrais même te dire : Nique ta mère, si seulement tu en avais une.

Roland s'interrompit pour reprendre haleine. Ses trois compagnons retenaient leur souffle. Le silence abasourdi de Blaine le Mono les environnait, suffocant.

— Je pourrais te traiter de créature perfide qui a laissé se suicider son unique compagne, de lâche qui s'est délecté de la torture des simples d'esprit et du massacre des innocents, de lutin mécanique geignard et paumé qui...

— JE T'ORDONNE DE TE TAIRE OU JE VOUS TUE TOUS À L'INSTANT !

Les yeux bleus de Roland flamboyèrent avec une telle sauvagerie qu'Eddie se recula en se faisant tout petit. Il entendit Jake et Susannah haleter faiblement.

— *Tue-nous si ça te chante, mais ne t'avise pas de me donner des ordres !* rugit le Pistolero. *Tu as oublié jusqu'aux visages de ceux qui t'ont fabriqué ! Décide-toi : soit tu nous tues, soit tu te tais et tu m'écoutes, moi, Roland de Gilead, fils de Steven, pistolero et seigneur des vieilles terres ! Je n'ai pas parcouru tant de lieues ni tant d'années pour t'écouter débiter tes puériles fadaises ! Tu m'as bien compris ? Dorénavant, c'est MOI que tu vas écouter !*

Suivit un autre silence choqué. Personne n'osait respirer. Roland, tête haute, regardait droit devant lui, l'air farouche, la main sur la crosse de son revolver.

Susannah Dean mit la main devant sa bouche pour dissimuler un sourire ; ce faisant, elle évoqua une femme rectifiant un nouvel article de toilette — un chapeau, par exemple, qu'elle remettrait d'aplomb. Elle redoutait de toucher au terme de son existence, mais pour l'heure ce n'était pas la peur qui dominait dans son cœur, mais la fierté. Jetant un coup d'œil sur sa gauche, elle vit Eddie qui considérait Roland avec un sourire ébahi. L'expression de Jake était encore plus simple à déchiffrer : elle reflétait l'adoration à l'état pur.

— Vas-y ! souffla Jake. Botte-lui le cul ! Tout de suite !

— Tu ferais mieux de faire gaffe, Blaine, déclara Eddie. Il ne fait pas dans le détail. On l'appelait pas le Chien Fou de Gilead pour rien.

Au bout d'un long moment, Blaine demanda :

— C'EST AINSI QU'ON TE SURNOMMAIT, ROLAND, FILS DE STEVEN ?

— Ça se peut, répliqua Roland, se tenant calmement sur une mince couche d'air au-dessus des contreforts stériles.

— À QUOI ME SERVEZ-VOUS SI VOUS REFUSEZ DE ME POSER DES DEVINETTES ?

Blaine, maintenant, avait tout d'un enfant boudeur et ronchon à qui on a permis de veiller trop tard.

— Je n'ai pas dit que nous refusions, déclara Roland.

— NON ? fit Blaine, qui parut désorienté. JE NE COMPRENDS PAS. POURTANT L'ANALYSE DE L'EMPREINTE VOCALE INDIQUE UN DISCOURS RATIONNEL. EXPLIQUE-TOI, S'IL TE PLAÎT.

— Tu les as réclamées *tout de suite*, répondit le Pistolero. Voilà pourquoi j'ai refusé. Ton impatience était inconvenante.

— JE NE COMPRENDS PAS.

— Tu t'es montré grossier. Et *ça*, tu comprends ?

Il y eut un long silence méditatif. Cela faisait des siècles que l'ordinateur ne rencontrait chez les humains qu'ignorance, laisser-aller, superstition et servilité. Et plusieurs ères qu'il n'avait eu devant lui un être simplement courageux.

— SI CE QUE J'AI DIT T'A PARU GROSSIER, JE TE PRÉSENTE TOUTES MES EXCUSES, énonça-t-il pour finir.

— Je les accepte, Blaine. Mais il y a un problème autrement plus important.

— EXPLIQUE-TOI.

— Referme le compartiment et je le ferai.

Roland se rassit comme si toute discussion ultérieure — et la perspective d'une mort immédiate — était désormais impensable.

Blaine obtempéra. Les murs reprirent des couleurs et le paysage de cauchemar défilant au-dessous d'eux fut à nouveau occulté. Le tracé de la carte clignotait à présent près du point symbolisant Candleton.

— Très bien. La grossièreté est pardonnable, Blaine, dit Roland. C'est ce qu'on m'a enseigné dans ma jeunesse. Mais on m'a aussi appris que la sottise ne l'est jamais.

— EN QUOI AI-JE FAIT PREUVE DE SOTTISE, ROLAND DE GILEAD ?

La voix de Blaine était d'une douceur lourde de menaces. Susannah songea à un chat tapi à l'entrée d'un trou de souris, battant de la queue, ses yeux verts brillant de malveillance.

— Nous possédons quelque chose que tu désires, dit Roland, mais la seule récompense que tu nous offres en échange, c'est la mort. C'est de la *dernière* stupidité.

Il y eut un très long silence tandis que Blaine réfléchissait à ce que venait de dire le Pistolero. Puis :

— CE QUE TU DIS EST VRAI, ROLAND DE GILEAD, MAIS LA QUALITÉ DE VOS DEVINETTES RESTE ENCORE À DÉMONTRER. JE NE VEUX PAS VOUS RÉCOMPENSER EN VOUS LAISSANT LA VIE SAUVE CONTRE DE MAUVAISES DEVINETTES.

Roland approuva du chef.

— Je te comprends parfaitement, Blaine. Maintenant, écoute-moi et tâche de comprendre à ton tour. J'en ai déjà parlé à mes amis. Du temps de mon enfance, dans la Baronnie de Gilead, sept Fêtes avaient lieu chaque année — celles de l'Hiver, de la Terre Vide, des Semailles, de la Mi-Été, de la Terre Pleine, de la Moisson et du Terme de l'Année. Si les devinettes occupaient une place importante dans chacune d'elles, elles constituaient l'événement majeur des Fêtes de la Terre Vide et de la Terre Pleine, car celles qu'on y posait étaient censées augurer en bien ou en mal de l'issue des récoltes.

— C'EST DE LA SUPERSTITION SANS FONDEMENT. JE TROUVE CELA D'UN ENNUI AFFLIGEANT.

— Bien sûr que c'était de la superstition, concéda Roland. Mais la justesse de ces devinettes à prévoir les récoltes te surprendrait peut-être. Par exemple, devine un peu ça, Blaine : entre une grange et une mère-grand, quoi de différent ?

— ELLE EST ARCHI-ÉCULÉE ET PAS TRÈS INTÉRESSANTE, fit Blaine, qui parut heureux toutefois d'avoir quelque chose à se mettre sous la dent. RIEN DE DIFFÉRENT. TOUTES DEUX ME HANT*ENT*. L'UNE EST PAR*ENTE*, L'AUTRE, SOUP*ENTE*. RIEN QU'UNE BANALE COÏNCIDENCE PHONÉTIQUE. DU MÊME ACABIT, ON TROUVE CELLE QU'ON RACONTE AU NIVEAU DE LA BARONNIE DE NEW YORK : QUELLE DIFFÉRENCE IL Y A ENTRE UN GÉNÉRAL ET UNE HORLOGE ?

Jake prit la parole.

— Je la connais. L'horloge a son tic-tac et le général, sa tactique.

— OUI. UNE CONTREPÈTERIE DES PLUS STUPIDES.

— Pour une fois, je suis d'accord avec toi, Blaine, mon pote, dit Eddie.

— JE NE SUIS PAS TON POTE, EDDIE DE NEW YORK.

— Bon Dieu, va te faire foutre au plus haut des cieux.

— IL N'Y A PAS DE CIEUX.

Eddie resta sec.

— J'AIMERAIS QUE TU M'EN DISES DAVANTAGE SUR LES CONCOURS DE DEVINETTES DES FÊTES DE GILEAD, ROLAND, FILS DE STEVEN.

— A midi, lors des Fêtes de la Terre Vide et de la Terre Pleine, entre seize et trente joueurs se réunissaient dans le Hall aux Aïeux, qu'on ouvrait pour l'occasion. C'étaient les seules fois de l'année où le menu peuple — boutiquiers, fermiers, rancheros et autres — était admis dans le Hall aux Aïeux et, ces jours-là, il y avait foule.

Le regard du Pistolero s'était fait lointain et rêveur. Jake lui avait vu la même expression, dans cette autre existence auréolée de brume, quand il lui avait raconté comment, avec ses amis, Cuthbert et Jamie, ils s'étaient faufilés sur le balcon de ce même hall pour assister à un bal. Jake et Roland gravissaient alors les montagnes, talonnant Walter, l'homme en noir, quand Roland lui avait fait ce récit.

Marten était assis avec mon père et ma mère, avait dit Roland. *Je n'avais pas de mal à les reconnaître, même de si haut — et il a dansé avec elle, lent tournoiement. Les autres leur ont laissé la piste et ont applaudi à la fin. Les pistoleros se sont abstenus d'applaudir...*

Jake observa Roland avec curiosité, se demandant une fois encore d'où venait cet homme étrange... et pourquoi.

— On plaçait un grand tonneau au centre, poursuivit Roland, et chaque joueur y jetait une poignée de rouleaux d'écorce sur lesquels figuraient des devinettes. Plusieurs étaient anciennes, ils les tenaient de leurs aînés — ou bien les avaient glanées dans des livres — mais les plus nombreuses étaient nouvelles, inventées pour l'occasion. Trois juges, dont l'un était toujours un pistolero, rendaient leur verdict quand on les énonçait à haute voix. Et elles n'étaient acceptées que s'ils les jugeaient bonnes.

— OUI, IL FAUT QU'UNE DEVINETTE SOIT BONNE.

— C'est ainsi qu'ils jouaient aux devinettes, dit le Pistolero.

Un léger sourire fleurit sur ses lèvres au souvenir de ces jours d'autrefois. Quand il avait le même âge que le garçon meurtri et couvert de bleus assis en face de lui, le bafouilleux sur ses genoux.

— Ils jouaient des heures d'affilée. On formait un rang au centre du Hall aux Aïeux. La position de chacun y était déterminée par tirage au sort et, comme il valait mieux se trouver en queue qu'en tête, chacun espérait tirer un nombre élevé, même si le gagnant devait répondre correctement au moins à une devinette.

— ÇA VA DE SOI.

— A tour de rôle, hommes et femmes — en effet, certains des meilleurs joueurs de Gilead étaient du sexe féminin — s'approchaient du tonneau, tiraient une devinette. Si la devinette n'était toujours pas trouvée au bout de trois minutes écoulées dans un sablier, le joueur devait sortir du rang.

— ET ON POSAIT LA MÊME DEVINETTE AU SUIVANT ?

— Oui.

— ALORS IL AVAIT DAVANTAGE DE TEMPS POUR RÉFLÉCHIR.

— Oui.

— JE VOIS. ÇA M'A L'AIR ÉPATANT.

Roland tiqua.

— Épatant ?

— Il veut dire amusant, expliqua posément Susannah.

Roland haussa les épaules.

— Pour les spectateurs, peut-être, mais les participants prenaient la chose très au sérieux. Très souvent tout se terminait par des disputes, voire un pugilat, après la remise du prix.

— ET C'ÉTAIT QUOI LE PRIX, ROLAND, FILS DE STEVEN ?

— L'oie la plus grasse de la Baronnie. Et chaque année, Cort, mon instructeur l'emportait chez lui.

— ÇA DEVAIT ÊTRE UN FAMEUX JOUEUR, dit Blaine avec respect. J'AIMERAIS BIEN QU'IL SOIT ICI.

Et moi donc, songea Roland.

— Es-tu prêt à entendre ma proposition, Blaine ?

— JE L'ÉCOUTERAI AVEC LE PLUS GRAND INTÉRÊT, ROLAND DE GILEAD.

— Que les prochaines heures soient notre Jour de Fête. Puisque tu veux apprendre de nouvelles devinettes, tu ne nous poseras donc aucune des millions de celles que tu connais déjà...

— CORRECT JUSQUE-LÀ.

— Nous ne saurions pas en résoudre les trois quarts, de toute façon. Je suis sûr que tu en connais certaines qui auraient fait sécher Cort en personne s'il les avait tirées du tonneau.

Roland n'en aurait pas donné sa tête à couper. Mais l'heure de jeter l'éponge et de fumer le calumet de la paix avait sonné.

— ÇA VA DE SOI.

— Au lieu d'une oie, c'est nos vies qui seront le prix, proposa Roland. Nous te poserons des devinettes tout en roulant, Blaine. Si, à notre arrivée à Topeka, tu les as toutes résolues, tu pourras mettre à exécution ton plan initial et nous tuer. Voilà quelle sera *ton* oie. Mais si jamais nous te collons — si jamais une devinette tirée du livre de Jake ou de notre imagination te laisse sans réponse —, tu devras nous emmener à Topeka, puis nous libérer afin que nous puissions poursuivre notre quête. Voilà quelle sera *notre* oie.

Silence.

— Tu as compris ?

— OUI.

— Tu es d'accord ?

Silence encore plus grand de Blaine le Mono. Eddie, raide sur son siège, un bras passé autour de Susannah, contemplait le plafond du Compartiment de la Baronnie. La jeune femme, la main gauche posée sur son ventre, caressait le doux secret qui s'y nichait peut-être. Jake effleurait à peine le poil d'Ote, évitant les touffes poissées de sang, là où le bafouilleux avait été lardé de coups de poignard. Ils attendirent que Blaine — le véritable Blaine, à présent loin derrière eux, vivant d'un semblant de vie sous une cité dont tous les habitants gisaient, morts de sa propre main — réfléchisse à la proposition de Roland.

— OUI, dit-il enfin. JE SUIS D'ACCORD. SI JE RÉSOUS TOUTES LES DEVINETTES QUE VOUS ME POSEREZ, JE VOUS EMMÈNERAI À L'ENDROIT OÙ LE CHEMIN S'ACHÈVE DANS LA CLAIRIÈRE. SI L'UN DE VOUS ME POSE UNE DEVINETTE QUE JE N'ARRIVE PAS À RÉSOUDRE, J'ÉPARGNERAI VOS VIES ET VOUS CONDUIRAI À TOPEKA D'OÙ VOUS POURREZ POURSUIVRE VOTRE QUÊTE DE LA TOUR SOMBRE, SI VOUS EN DÉCIDEZ AINSI. AI-JE BIEN COMPRIS LES TERMES DE TA PROPOSITION, ROLAND, FILS DE STEVEN ?

— Oui.

— TOPE LÀ, ROLAND DE GILEAD.

— TOPE LÀ, EDDIE DE NEW YORK.

— TOPE LÀ, SUSANNAH DE NEW YORK.

— TOPE LÀ, JAKE DE NEW YORK.

— TOPE LÀ, OTE DE L'ENTRE-DEUX-MONDES.

Ote leva brièvement la tête en entendant son nom.

— VOUS FORMEZ UN *KA-TET*. UN TOUT FAIT DE PLUSIEURS. MOI AUSSI. QUEL EST LE PLUS FORT DES DEUX ? VOILÀ CE QU'IL NOUS RESTE À DÉTERMINER.

Il y eut un instant de silence, rompu uniquement par l'incessant martèlement des turbos à transmission lente qui les transportaient à travers les terres perdues et le long du Sentier du Rayon vers Topeka, où s'achevait l'Entre-Deux-Mondes et commençait le Monde Ultime.

— EH BIEN, s'écria la voix de Blaine, JETEZ VOS FILETS, VAGABONDS, ET QUE LA JOUTE COMMENCE !

LIVRE I

Devinettes

Chapitre 1

Sous la Lune du Démon (I)

1

Candleton, amas de ruines irradiées, n'était pas une ville morte pour autant ; après tant de siècles, elle palpitait encore d'une vie ténébreuse — scarabées gros comme des tortues, oiseaux à l'air de dragonnets difformes, robots titubant d'un bâtiment délabré à l'autre, tels des zombies en inox, dans le bruit strident de leurs jointures et le clignotement de leurs yeux nucléaires.

— Montre ton passe, mon pote ! s'écria celui qui était resté prisonnier du hall d'entrée de l'Hôtel des Voyageurs depuis les deux cent trente-quatre dernières années. Il portait, gravée en relief sur le losange rouillé qui lui tenait lieu de tête, une étoile à six branches. Au fil des ans, il avait réussi à creuser une cavité étroite dans le mur gainé d'acier qui lui bloquait le passage, mais c'était bien là tout.

— Montre ton passe, mon pote ! Risque d'élévation du taux de radiations au sud et à l'est de la ville ! Montre ton passe, mon pote ! Risque d'élévation du taux de radiations au sud et à l'est de la ville !

Un rat aveugle et bouffi, traînant ses tripes derrière lui dans ce qui avait l'apparence de placenta pourrissant, franchit à grand-peine les pieds du robot de police. Ce dernier n'y prêta pas garde et continua de bourrer de coups de tête d'acier la paroi d'acier qui lui faisait face.

— Montre ton passe, mon pote ! Risque d'élévation du taux de radiations, papa a trahi, les dieux l'ont maudit !

Derrière lui, au bar de l'hôtel, les crânes des hommes et des femmes, venus boire un dernier verre avant que le cataclysme ne les rattrape, arboraient un large rictus comme s'ils étaient morts en riant. Peut-être était-ce le cas de certains d'entre eux.

Quand Blaine le Mono fendit la nuit là-haut comme une balle propulsée dans le canon d'un revolver, sur son passage, des fenêtres se brisèrent, de la poussière s'éparpilla et plusieurs crânes se désintégrèrent telles d'antiques poteries. A l'extérieur, un cyclone de poussière radioactive balaya brièvement la rue et sa colonne spiralée ne fit qu'une bouchée de la barre d'attache des chevaux devant le restaurant Aux Bœuf & Porc Élégants. Sur la place, la Fontaine de Candleton se fendit en deux, crachant non plus de l'eau, mais du sable, des serpents, des scorpions mutés et quelques-uns de ces scarabées-tortues se trimballant à l'aveuglette.

Puis le bolide qui avait foncé au-dessus de Candleton disparut comme il était venu et la ville retourna à l'inactivité croulante qui lui tenait lieu de vie de substitution depuis deux bons siècles et demi... si ce n'est que le bang supersonique lançant à retardement son coup de tonnerre au-dessus de la ville pour la première fois depuis sept ans causa suffisamment de vibrations pour faire s'écrouler le magasin général non loin de la fontaine. Le robot de police tenta de prononcer un avertissement final : « Risque d'éléva... » avant de rendre une bonne fois les armes dans son coin, comme un enfant mis au piquet.

A deux ou trois cents roues de Candleton, le long du Sentier du Rayon, le taux de radiation et la concentration de DEP3 dans le sol diminuaient rapidement. A partir de là, la voie du monorail s'élevait à moins de trois mètres au-dessus de terre ; c'est là qu'une biche, à l'allure presque normale, quitta gracieusement le couvert des pins pour aller se désaltérer dans un ruisseau dont l'eau était aux trois quarts assainie.

Mais à y regarder de plus près, cette biche n'était pas d'une normalité à toute épreuve — un moignon de cinquième patte lui pendouillait comme un trayon du bas-ventre, ballottant mollement deci de-là au gré de ses déplacements, et un troisième œil aveugle ouvrait sa taie laiteuse sur le côté gauche de son museau. Elle était néanmoins féconde, car son ADN n'était pas des plus chamboulés pour une mutée de la douzième génération. En six ans d'existence, elle avait donné naissance à trois rejetons. Deux de ses faons, non contents d'être viables, étaient parfaitement normaux — du bétail de bon aloi, aurait dit Tantine Talitha de River Crossing. Le troisième, une abomination braillarde dépourvue de peau, avait été achevée rapidement par sa génitrice.

Le monde — du moins dans cette partie-là — avait commencé à se régénérer de lui-même.

La biche, trempant son museau dans l'eau, se mit à boire puis releva la tête, les babines ruisselantes, ses grands yeux en alerte. Elle venait d'entendre au loin un sourd bourdonnement. Un instant plus tard, il s'accompagna d'un flash lumineux, bref comme un battement de cils. Malgré l'extrême rapidité de ses réflexes et le relatif éloignement de l'éclair dans le paysage désolé quand elle l'aperçut, elle n'avait aucune chance d'en réchapper. Avant même d'avoir pu mobiliser ses muscles, la lointaine étincelle était devenue l'éclat fulgurant d'un œil de carnassier dont le flamboiement inonda le ruisseau et la clairière. A cela s'ajoutait le vrombissement à rendre fou des turbines à transmission lente de Blaine, lancées à plein régime. Il y eut une roseur floutée au-dessus de la poutre de béton qui supportait le rail ; un panache de poussière, de pierres, de petits animaux démembrés et de tourbillonnants feuillages l'escortait. La biche fut tuée sur le coup et sous le choc du passage de Blaine. Trop volumineuse pour être aspirée par le monorail, elle n'en fut pas moins déportée d'une centaine de mètres, l'eau dégouttant toujours de son museau et de ses sabots. Son arrière-train et sa cinquième patte, arrachés comme un vêtement mis au rebut, suivirent Blaine dans son sillage.

Il y eut un bref silence, mince comme une peau neuve ou la pellicule de glace précoce d'un étang au Terme de l'Année. Puis le bang supersonique se répercuta après coup comme une créature arrivant bruyamment en retard à un festin de mariage, déchirant le silence, frappant net en plein vol un oiseau mutant — un corbeau peut-être bien. L'oiseau tomba comme une pierre dans le ruisseau, avec une seule éclaboussure.

Un œil rouge allait déjà s'amenuisant au loin : les feux arrière de Blaine.

Dans le ciel, tout là-haut, la pleine lune sortit de derrière la trame des nuages, badigeonnant la clairière et le ruisseau d'un clinquant de bijoux mis au clou. La face de la lune n'avait rien pour attirer le regard des amoureux. Elle avait l'aspect hâve d'une tête de mort, proche parente de celles de l'Hôtel des Voyageurs de Candleton, et toisait avec l'amusement d'un aliéné ceux qui se démenaient en bas pour survivre tant bien que mal. A Gilead, avant que le monde n'ait changé, on appelait la pleine lune du Terme de l'Année, la Lune du Démon et on jugeait que la regarder en face portait malheur.

A présent, toutefois, ça n'avait plus d'importance. Des démons, il y en avait partout.

2

Susannah, en regardant la carte-itinéraire, vit que le point vert qui indiquait leur position était à présent à mi-chemin entre Candleton et Rilea, prochain arrêt de Blaine. *Mais qui descend donc là ?* songea-t-elle.

Laissant la carte de côté, elle se tourna vers Eddie, qui fixait toujours le plafond du Compartiment de la Baronnie. Épousant son regard, elle aperçut un carré qui ne pouvait être qu'une trappe (sauf qu'à bord d'une merde futuriste comme un train parlant, on était sans doute censé appeler ça un sas ou un truc encore plus cool). A sa surface, un dessin rouge imprimé au pochoir représentait un homme empruntant l'ouverture. Susannah s'imagina — tenta du moins — suivre cette instruction et passer la tête au-dehors à plus de 1 280 km/h. Elle eut la vision brève, mais très claire, d'une tête de femme fauchée comme une fleur sur sa tige, tête filant à rebours sur toute la longueur du Compartiment de la Baronnie et, après peut-être un seul et unique rebond, disparaissant dans le noir, les yeux fixes et les cheveux ondoyants.

Elle repoussa très vite cette image. Le panneau était certainement verrouillé, de toute façon. Blaine le Mono n'avait aucune intention de les relâcher. Il leur faudrait conquérir leur droit de sortie de haute lutte et d'après Susannah, c'était loin d'être dans la poche, même s'ils se débrouillaient pour coller Blaine aux devinettes.

Navrée de te dire ça, ma jolie, mais tu raisonnes comme une enculée de Blanche à la con, lui dit une voix intérieure, qui n'était plus tout à fait celle de Detta Walker. *Je me fierais pas à ton cul à roulettes. T'as tendance à être plus dangereuse quand tu déprimes qu'avec la croix d'honneur épinglée à tes banques de données.*

Jake tendit son bouquin de devinettes en lambeaux au pistolero, comme s'il ne voulait plus assumer la responsabilité d'en être porteur. Susannah devinait ce que le gosse devait ressentir ; le fil de leurs vies pourrait bien tenir entre ces pages salies d'avoir été trop feuilletées. Elle n'était pas sûre qu'elle-même aurait accepté d'endosser une telle responsabilité.

— Roland ! chuchota Jake. Tu veux bien prendre ça ?

— *Ça !* dit Ote, lançant un coup d'œil menaçant au pistolero. « Olan-dre-ça ! »

Le bafouilleux planta ses dents dans le livre et l'ôtant des mains de Jake, étira son cou d'une longueur disproportionnée vers Roland pour mieux lui présenter l'exemplaire de *Tradéridéra, devine-moi ! remue-méninges et énigmes de 7 à 77 ans*.

Roland l'examina un instant, d'un air distant et préoccupé, avant de le refuser d'un signe de tête.

— Le moment n'est pas encore venu.

Son regard se tourna vers la carte-itinéraire. Blaine étant dépourvu de visage, elle leur servait de point de référence. Le point vert clignotait tout près de Rilea maintenant.

Susannah se demanda brièvement à quoi ressemblait le paysage qu'ils traversaient avant de décider qu'elle préférait ne pas le savoir. Pas après ce qu'ils avaient vu en quittant la cité de Lud.

— Blaine ! appela Roland.

— OUI.

— Tu peux t'absenter ? Il faut qu'on se consulte.

T'es complètement barje si tu crois qu'il va accepter ça, se dit Susannah. Mais la réponse de Blaine ne se fit pas attendre.

— OUI, PISTOLERO. JE VAIS DÉSACTIVER TOUS MES DÉTECTEURS DANS LE COMPARTIMENT DE LA BARONNIE. QUAND VOUS AUREZ FINI DE VOUS CONSULTER ET QUE VOUS SEREZ PRÊTS À JOUER AUX DEVINETTES, JE REVIENDRAI.

— Ouais, tu parles, Charles, bougonna Eddie.

— QU'AS-TU DIT, EDDIE DE NEW YORK ?

— Rien, je me parlais à moi-même, c'est tout.

— POUR M'APPELER, IL SUFFIT QUE VOUS TOUCHIEZ DU DOIGT LA CARTE-ITINÉRAIRE, dit Blaine. TANT QU'ELLE EST ROUGE, MES DÉTECTEURS SONT DÉSACTIVÉS. À TOUTE, MA CHOUTE. À PLUS, MA PUCE. OUBLIE PAS DE M'ÉCRIRE.

Une pause. Puis :

— HUILE D'OLIVE, MAIS PAS DE CASTOR.

A l'avant de la cabine, le rectangle de la carte-itinéraire vira soudain à un rouge si éblouissant que Susannah dut plisser les yeux pour pouvoir la fixer.

— Huile d'olive, mais pas de castor ? demanda Jake. Sapristi, ça veut dire quoi ?

— Aucune importance, répondit Roland. Nous n'avons pas beaucoup de temps. Le monorail fonce toujours vers son terminus, que Blaine soit ou non avec nous.

— Tu crois quand même pas qu'il est parti, hein ? fit Eddie. Un petit futé comme lui ? Déconne pas, sois réaliste. Il nous a à l'œil, je te le garantis.

— J'en doute fort, répliqua Roland, (et Susannah, sur ce point-là du moins, était d'accord avec lui). Tu as entendu comme il était excité à l'idée de rejouer aux devinettes après toutes ces années. Et puis...

— Il a une énorme confiance en lui, ajouta Susannah. Il ne s'attend pas qu'on lui donne beaucoup de fil à retordre.

— Et on lui en donnera ? demanda Jake au pistolero. Du fil à retordre, j'veux dire ?

— Je n'en sais rien, répondit Roland. J'ai pas un Surveille-Moi caché dans ma manche, si c'est ce que tu veux savoir. On va jouer à la loyale... mais, du moins, à un jeu auquel j'ai déjà joué. On y a déjà *tous* joué, du moins jusqu'à un certain point. Et puis, il y a *ça*.

Il désigna de la tête le livre que Jake avait repris à Ote.

— Il y a des forces énormes au travail ici, et elles ne conspirent pas toutes pour nous tenir éloignés de la Tour.

Susannah l'entendait bien, mais c'était à Blaine qu'elle pensait — Blaine qui les avait laissés entre eux : comme à cache-cache, *celui qui s'y colle* se masque docilement les yeux tandis que ses camarades se dissimulent. Et étaient-ils autre chose que les camarades de jeu de Blaine ? Cette idée était encore pire que de s'être imaginée sortir par le sas et avoir la tête arrachée.

— Alors qu'est-ce qu'on fait ? demanda Eddie. Tu dois avoir une idée sinon tu ne l'aurais pas éloigné.

— Sa grande intelligence — couplée avec une longue période d'isolement et d'inactivité forcée — ont pu se combiner pour l'humaniser plus qu'il ne pense. C'est ce que j'espère, en tout cas. Il nous faut d'abord établir une sorte de territoire géographique, délimiter ses zones de faiblesse et ses zones de force, là où il est sûr de son jeu et là où il ne l'est pas. Les devinettes ne sont pas seulement fonction de l'habileté de celui qui les pose, loin de là. Elles sont aussi fonction des taches aveugles de celui qui doit les résoudre.

— Et il a des taches aveugles ? demanda Eddie.

— S'il n'en a pas, répondit calmement Roland, nous mourrons dans ce train.

— J'adore ta façon de nous tranquilliser, remarqua Eddie, pince-sans-rire, ça fait partie de tes nombreux charmes.

— On lui posera quatre devinettes pour commencer, dit Roland. Facile, moins facile, légèrement difficile, très difficile. Il répondra aux quatre, j'en suis persuadé. Mais nous, nous écouterons *comment* il y répond.

Eddie acquiesça et Susannah entrevit, malgré elle, une faible lueur d'espoir. Ça avait l'air d'une bonne approche du problème.

— Puis nous le renverrons encore une fois et nous palabrerons, poursuivit le Pistolero. Peut-être aurons-nous alors une petite idée de la direction dans laquelle pousser nos montures. Ces premières devinettes peuvent venir de n'importe où, mais...

Il désigna le livre d'un signe de tête empreint de gravité.

— ... si l'on se fie à l'histoire de Jake dans la librairie, la réponse qu'il nous faut doit nécessairement figurer là-dedans, pas dans les devinettes des jours de fête dont je me souviens. Elle *doit* figurer là-dedans.

— La question, fit Susannah.

Roland la regarda, le sourcil en point d'interrogation au-dessus de ses yeux délavés, l'air dangereux.

— C'est une *question* qu'on cherche, pas une réponse, précisa-t-elle. Cette fois, ce sont les réponses qui sont susceptibles de causer notre mort.

Le Pistolero l'approuva du chef. Il avait l'air perplexe — frustré même — et Susannah n'aimait pas lui voir cette expression. Mais quand Jake lui retendit le livre, Roland accepta de le prendre. Il le tint un moment (sa couverture d'un rouge passé, mais gai néanmoins, faisait un drôle d'effet entre ses grandes mains tannées par le soleil... en particulier, la droite avec ses deux doigts manquants), puis le passa à Eddie.

— A toi, la plus facile, dit Roland à l'adresse de Susannah.

— Peut-être, répliqua-t-elle, avec un léger sourire. Mais ce n'est pas très poli de dire ça à une dame, Roland.

Ce dernier se tourna vers Jake.

— Tu passeras en second, pour celle un peu moins facile. Moi je viendrai en troisième, et toi, Eddie, en dernier. Tu en choisiras une dans le livre qui te paraîtra plutôt dure...

— Les plus dures sont à la fin, l'informa Jake.

— ... mais pas de bêtises de ton cru, s'il te plaît. Il s'agit d'une question de vie ou de mort. Le temps de dire des bêtises est passé.

Eddie regarda Roland — le vieux, grand et moche qui avait commis Dieu sait combien de mochetés pour atteindre sa Tour —, se demandant s'il avait une petite idée du mal que ça lui faisait, cette simple réprimande de ne pas se comporter comme un gosse, de ne pas lancer de vannes en rigolant, maintenant que leurs vies étaient en jeu.

Il ouvrit la bouche, prêt à en balancer une — spéciale Eddie Dean, un truc marrant et cinglant à la fois, le genre de vanne qui avait le chic pour rendre mûr son frère Henry — mais se ravisa. Peut-être que le vieux, grand et moche avait raison ; peut-être qu'il était temps de ranger ses craques de sale gamin au placard. Peut-être qu'il était temps pour lui de grandir.

3

Au bout de cinq minutes supplémentaires de consultation à voix basse et après qu'Eddie et Susannah eurent feuilleté rapidement *Tradéridéra, devine-moi !* (Jake savait déjà celle qu'il voulait soumettre à Blaine en premier, avait-il annoncé), Roland se rendit à l'avant du Compartiment de la Baronnie et posa sa main sur le rectangle au rougeoiement aveuglant. La carte-itinéraire réapparut aussitôt. Bien qu'ils n'aient plus aucune sensation de mouvement avec le compartiment fermé, le point vert était plus proche de Rilea que jamais.

— EH BIEN, ROLAND, FILS DE STEVEN !

Eddie trouva le ton de Blaine plus que jovial ; ce dernier semblait à deux doigts de l'hilarité.

— VOTRE *KA-TET* EST-IL PRÊT À COMMENCER ?

— Oui. C'est Susannah de New York qui livrera le premier round.

Puis se tournant vers elle, il baissa la voix (un peu en vain estima-t-elle, si Blaine avait vraiment envie d'entendre ce qu'il lui disait) et lui glissa :

— Tu n'auras pas besoin de t'avancer comme nous trois, à cause de tes jambes, mais il suffira que tu parles haut et clair en l'appelant par son nom chaque fois que t'adresseras à lui. Si, ou plutôt *quand* il répondra correctement à ta devinette, tu lui diras « Grand Merci, *sai* Blaine, bien répondu ». Alors Jake s'avancera dans la travée centrale et prendra son tour. D'accord ?

— Et s'il ne la pigeait pas ou ne devinait pas du tout ?

Roland eut un sourire sinistre.

— Je pense que c'est une chose dont nous n'avons pas à nous préoccuper pour l'instant.

Il reprit à voix haute.

— Blaine ?

— OUI, PISTOLERO.

Roland prit une profonde inspiration.

— On commence.

— EXCELLENT !

Roland fit signe à Susannah. Eddie lui pressa la main ; Jake lui tapota l'autre. Ote la contemplait avec ravissement de ses yeux cerclés d'or.

Susannah leur adressa un sourire nerveux, puis leva les yeux vers la carte-itinéraire.

— Salut, Blaine.

— ÇA BOUME, SUSANNAH DE NEW YORK ?

Son cœur battait la chamade, la sueur lui ruisselait de sous les aisselles et elle redécouvrait cette vérité qui datait pour elle du C.P. : c'était dur de commencer. C'était dur de se lever devant le reste de la classe et d'être la première à chanter, à dire une blague, ou à raconter comment s'étaient passées vos grandes vacances... ou encore à poser une devinette, tant qu'on y était. Celle sur laquelle elle avait fixé son choix était tirée de la composition d'anglais dingo de Jake Chambers, qui l'avait récitée presque mot pour mot à ses compagnons au cours de leur longue palabre, après avoir quitté les vieillards de River Crossing. Cet essai, intitulé *Qu'est-ce que la vérité ?*, comportait deux devinettes : Eddie en avait déjà posé une à Blaine.

— OH ! SUSANNAH, MA PETITE COW-GIRL, TU ES LÀ ?

Il se montrait taquin à nouveau, mais d'une taquinerie bonhomme, cette fois. D'une bonhomie *joviale*. Blaine pouvait se montrer charmant quand il obtenait ce qu'il voulait. Comme certains enfants gâtés de sa connaissance.

— Oui, Blaine. Et voici ma devinette : qu'est-ce qui a quatre roues et un million d'ailes ?

Il y eut un drôle de cliquetis comme si Blaine imitait un claquement de langue contre le palais. Une brève pause suivit. Quand Blaine donna sa réponse, sa voix avait quasiment perdu toute sa jovialité.

— UN TOMBEREAU D'ORDURES GROUILLANT DE MOUCHES, ÉVIDEMMENT. C'EST ENFANTIN. SI VOS AUTRES DEVINETTES NE SONT PAS MEILLEURES, JE VAIS REGRETTER AMÈREMENT D'AVOIR ÉPARGNÉ VOS VIES NE SERAIT-CE QUE BRIÈVEMENT.

La carte-itinéraire lança des éclairs, elle n'était plus rouge à présent, mais rose pâle.

— Ne le faites pas enrager, supplia la voix de Little Blaine.

Chaque fois qu'il parlait, Susannah s'imaginait un petit bonhomme chauve transpirant qui se protégeait le visage au moindre mouvement qu'il osait. Si la voix de Big Blaine provenait de partout (comme la voix de Dieu dans un film de Cecil B. De Mille, se dit Susannah), celle de Little Blaine n'avait qu'une seule et unique source : le haut-parleur juste au-dessus de leurs têtes.

— Ne le mettez pas en colère, *je vous en prie*, les amis ; le mono est déjà dans le rouge, question vitesse, et les compensateurs de voie ont du mal à suivre. L'état du rail s'est terriblement dégradé depuis la dernière fois que nous sommes passés par ici.

Susannah — qui, à son époque, avait eu plus que son content de cahots dans les trolleys et les rames de métro — ne sentait aucune différence : le voyage était toujours aussi sans à-coups que lorsqu'ils avaient quitté le Berceau de Lud. Mais elle n'en crut pas moins Little Blaine. Elle pressentait que la première secousse dont ils seraient conscients serait aussi la dernière.

Roland lui donna un coup de coude, la rappelant à la situation présente.

— Grand Merci, *sai*, dit-elle, puis, après un temps, se tapota rapidement la gorge à trois reprises de la main droite. Elle avait vu Roland faire la même chose quand il s'était adressé à Tantine Talitha pour la première fois.

— MERCI DE TA COURTOISIE.

Blaine avait à nouveau l'air de s'amuser. Et Susannah estima que c'était une bonne chose, même si c'était à leurs dépens.

— CEPENDANT, JE NE SUIS PAS DU SEXE FÉMININ. DANS LA MESURE OÙ JE SUIS SEXUÉ, JE SUIS DE SEXE MASCULIN.

Susannah regarda Roland, éberluée.

— Main gauche pour les hommes, dit-il. Et sur le sternum.

Il lui en fit la démonstration.

— Oh !

Roland se tourna vers Jake. Le garçon se leva, posa Ote sur son siège (peine perdue, car Ote sauta immédiatement à terre et suivit Jake dans l'allée centrale, où il fit face à la carte-itinéraire) et concentra son attention sur Blaine.

— Salut, Blaine, ici Jake. Tu sais bien, le fils d'Elmer.

— POSE TA DEVINETTE.

— Qui va son cours, mais ne marche point, Qui a une bouche, mais ne dit rien, Qui a un lit, mais n'y dort point, Qui a des bras, mais pas de mains ?

— PAS MAL ! IL FAUT ESPÉRER QUE SUSANNAH EN PRENDRA DE LA GRAINE ET SUIVRA TON EXEMPLE, JAKE, FILS D'ELMER. LA RÉPONSE DOIT PARAÎTRE ÉVIDENTE À TOUT ÊTRE DOUÉ D'UN BRIN D'INTELLIGENCE, MAIS C'EST NÉANMOINS UNE TENTATIVE MÉRITOIRE. LA RÉPONSE, C'EST UN FLEUVE.

— Grand Merci, *sai* Blaine, tu as bien répondu.

Il se tapota trois fois le sternum des doigts joints de sa main gauche, puis alla se rasseoir. Susannah l'entoura de son bras et le serra contre elle brièvement. Jake lui jeta un regard reconnaissant.

Ce fut au tour de Roland de se lever.

— Aïle, Blaine, dit-il.

— AILE, PISTOLERO.

Une fois de plus, Blaine parut amusé... par le salut, peut-être. Que Susannah entendait pour la première fois. Heil *qui ?* s'interrogea-t-elle. Hitler venait automatiquement à l'esprit et ça la fit se souvenir de l'avion abattu qu'ils avaient trouvé en dehors de Lud. Un Focke-Wulf, avait déclaré Jake. Si là-dessus, elle ne se prononçait pas, elle savait par contre que l'écumeur qu'ils y avaient découvert était plus que mort, puisqu'il ne puait même plus.

— POSE TA DEVINETTE, ROLAND, ET QU'ELLE SOIT BELLE ET BONNE.

— Je ferai bel et bien de mon mieux, Blaine. En tout cas, la voilà : Qui a quatre pattes le matin, deux l'après-midi et trois quand la nuit vient ?

— EN VOILÀ UNE EN EFFET QUI EST BELLE ET BONNE, admit Blaine. SIMPLE, MAIS NÉANMOINS BELLE ET BONNE. LA RÉPONSE EST UN HOMME. IL SE TRAÎNE À QUATRE PATTES QUAND IL EST BÉBÉ, MARCHE SUR SES DEUX JAMBES UNE FOIS ADULTE, ET S'AIDE D'UNE CANNE DANS SA VIEILLESSE.

La voix de Blaine trahissait la suffisance et Susannah prit soudain conscience de ce fait, médiocrement intéressant : elle exécrait cette chose meurtrière et contente d'elle-même. Machine ou pas, sexué ou pas, elle exécrait Blaine. Elle se doutait qu'il en serait allé de même, ne les eût-il pas obligés à jouer leurs vies dans ce stupide concours de devinettes.

Roland, cependant, ne parut pas décontenancé le moins du monde.

— Grand Merci, *sai* Blaine, tu as donné la bonne réponse.

Il se rassit sans se frapper le sternum et lança un regard à Eddie. Ce dernier se leva et s'avança dans la travée.

— Alors qu'est-ce que tu glandes, mec ? Blaine ? demanda-t-il.

Roland se crispa, faisant non de la tête. Puis il se dissimula les yeux de sa main mutilée.

Silence de la part de Blaine.

— Blaine, y es-tu ?

— OUI, MAIS JE NE SUIS PAS D'HUMEUR FRIVOLE, EDDIE DE NEW YORK. POSE TA DEVINETTE. JE SOUPÇONNE QU'ELLE SERA DIFFICILE MALGRÉ TES AIRS AFFICHÉS D'ÉCERVELÉ. IL ME TARDE DE L'ENTENDRE.

Eddie jeta un coup d'œil à Roland qui, d'un signe de la main, lui enjoignit : *Vas-y, au nom de ton père, lance-toi !* Puis il fit face à nouveau à la carte-itinéraire, où le clignotant vert venait de dépasser le point marqué Rilea. Susannah s'aperçut qu'Eddie soupçonnait ce qu'elle-même ne savait que trop : Blaine avait compris qu'ils testaient ses capacités en lui proposant un éventail de devinettes. Blaine était au courant... et s'en réjouissait.

Susannah, le cœur serré, prit conscience que tout espoir de trouver rapidement et facilement une issue à cette situation était perdu.

4

— Bon, fit Eddie, je ne sais pas si tu la trouveras difficile, mais à moi elle m'a paru dure, dure.

D'autant qu'il ne connaissait pas la réponse, puisque les pages de cette partie de *Tradéridéra, devine-moi !* étaient arrachées. Mais d'après lui, ça ne faisait aucune différence ; l'obligation de connaître les réponses ne faisait pas partie des règles de base.

— JE T'ÉCOUTE ET JE TE RÉPONDRAI.

— À PEINE PARLÉ DÉJÀ BRISÉ, QU'EST-CE QUE C'EST ?

— LE SILENCE. QUELQUE CHOSE DONT TU N'AS QU'UNE FAIBLE IDÉE, EDDIE DE NEW YORK, dit Blaine tout à trac.

Eddie sentit une pointe de découragement. Inutile de consulter les autres ; la réponse semblait aller de soi. Et qu'elle lui soit renvoyée aussi vite, c'était vraiment galère. Eddie ne l'aurait jamais avoué, mais il avait nourri secrètement l'espoir — la quasi-certitude — de battre Blaine avec une seule devinette, *échec et mat*, si bien que « tous les chevaux du roi et tous les hommes du roi n'auraient jamais pu remettre Blaine tout droit [1] ». Cette certitude secrète était la même, supposait-il, que celle qu'il nourrissait chaque fois qu'il prenait les dés en main lors d'une partie de *craps* dans le tripot d'un grugeur notoire, ou encore chaque fois qu'il lui fallait tirer dix-sept

1. Allusion à l'épisode Humpty-Dumpty dans *Alice, de l'autre côté du miroir* de Lewis Carroll *(N.d.T.)*.

au black-jack. Ce sentiment qu'on ne peut pas se planter parce qu'on est *soi*, le meilleur, le seul et l'unique.

— Ouais, fit-il en soupirant. Le silence, un truc dont je sais pas grand-chose. Grand Merci, *sai* Blaine, tu as dit vrai.

— J'ESPÈRE QUE TU AS DÉCOUVERT QUELQUE CHOSE DONT TU TIRERAS PROFIT.

Eddie le traita in petto de *menteur mécanique de merde*. La voix de Blaine avait retrouvé son ton suffisant ; qu'une machine puisse déployer un tel échantillonnage d'émotions éveilla en Eddie un intérêt fugitif. Les Grands Anciens le lui avaient-ils incorporé lors de sa construction ou bien Blaine s'était-il doté lui-même de cet arc-en-ciel émotionnel à un certain stade ? Une petite gâterie dipolaire pour oublier la longueur des décennies et des siècles.

— VOULEZ-VOUS QUE JE ME RETIRE À NOUVEAU AFIN QUE VOUS PUISSIEZ VOUS CONSULTER ?

— Oui, dit Roland.

La carte-itinéraire vira à un rouge éblouissant. Eddie se retourna vers le Pistolero. Roland eut beau reprendre rapidement contenance, Eddie eut le temps de surprendre une horrible lueur de totale désespérance dans ses yeux. Eddie ne lui avait jamais connu un regard pareil jusque-là, pas même quand Roland se mourait suite aux morsures des homarstruosités, pas même quand Eddie avait braqué son propre revolver de pistolero contre lui ni même quand le hideux Gasher avait capturé Jake et disparu avec lui dans Lud.

— Qu'est-ce qu'on fait maintenant ? demanda Jake. On repart tous les quatre pour un tour ?

— Je crois que cela ne nous mènerait pas bien loin, dit Roland. Blaine doit connaître des milliers de devinettes — peut-être même des millions — et ça c'est très mauvais pour nous. Pire encore, le pire de tout, il comprend *comment* on fait pour deviner... la partie du cerveau qu'il faut utiliser à la fois pour créer des devinettes et les résoudre.

Il se tourna vers Eddie et Susannah, qui s'étaient rassis dans les bras l'un de l'autre.

— Je me trompe ? leur demanda-t-il. Vous êtes bien d'accord ?

— Oui, dit Susannah.

Eddie approuva du chef à contrecœur. Il ne voulait pas en convenir, et pourtant... il y vint.

— Alors ? fit Jake. On fait quoi, Roland ? Je veux dire, il doit bien exister un moyen pour nous tirer de là... non ?

Eddie exhorta Roland mentalement : *Mens-lui, salopard.*

Roland, captant peut-être sa pensée, fit de son mieux. Il passa sa main amputée dans les cheveux de Jake qu'il ébouriffa.

— Je crois qu'il existe toujours une issue, Jake. Le seul problème, c'est de savoir si nous aurons ou non le temps de trouver la bonne devinette. Il nous a dit qu'il mettait un peu moins de neuf heures pour accomplir son parcours...

— Huit heures quarante-cinq minutes, précisa Jake.

— ... ce qui ne nous laisse pas beaucoup de marge. Cela fait déjà presque une heure que nous roulons...

— Et si la carte est exacte, nous sommes à mi-chemin de Topeka, ajouta Susannah, d'une voix tendue. Et peut-être que notre pote mécanique nous a menti sur la durée du parcours. Histoire de couvrir un peu ses enjeux.

— Ça se pourrait, tomba d'accord Roland.

— Alors qu'est-ce qu'on fait ? répéta Jake.

Roland inspira profondément et retint son souffle avant d'expirer à nouveau.

— A partir de maintenant, moi seul vais lui poser des devinettes, si vous voulez bien. Je lui poserai les plus difficiles dont je me souvienne des jours de fête de ma jeunesse. Puis, Jake, quand nous serons sur le point de... si nous approchons de Topeka toujours à la même vitesse et sans avoir collé Blaine, je crois que tu devras lui poser les toutes dernières devinettes de ton livre, les plus dures.

Il se frotta la joue avec un affolement certain et regarda la sculpture de glace. Ce rendu réfrigérant de son apparence était maintenant méconnaissable, sa masse ayant fondu.

— Je continue à penser que la réponse doit se trouver dans le livre. Pourquoi sinon aurais-tu été mené jusqu'à lui avant de revenir dans ce monde-ci ?

— Et nous ? demanda Susannah. On fait quoi, Eddie et moi ?

— *Réfléchissez*, dit Roland. *Réfléchissez*, au nom de vos pères.

— Je ne tire pas avec ma main, dit Eddie.

Il se sentit soudain très loin, comme absent à lui-même. Il avait éprouvé la même chose quand il avait vu pour la première fois la fronde puis la clé dans des morceaux de bois qui n'attendaient que lui pour les libérer en les sculptant... et à la fois, ce n'était pas du tout le même sentiment.

Roland le regarda bizarrement.

— Oui, Eddie, tu dis vrai. Un pistolero tire avec sa tête. A quoi tu penses ?

— A rien.

Il aurait pu en dire plus, mais tout à coup, une image étrange — un *souvenir* étrange — s'interposa : Roland, accroupi près de Jake, lors de l'une de leurs haltes sur la route de Lud. Tous deux face à un feu de camp non allumé. Roland donnant une fois encore une de ses sempiternelles leçons. Le tour de Jake était venu. Jake qui avec le silex et l'acier tâchait d'activer la flamme. Étincelles après étincelles jaillissaient puis mouraient dans le noir. Et Roland l'avait traité de bêta. Avait dit qu'il n'était rien d'autre... ben... qu'un gros... *bêta*.

— Non, fit Eddie. Il n'a pas du tout dit ça. En tout cas, pas au gosse, non.

— Eddie ? s'inquiéta Susannah, presque avec effroi.

Ben, pourquoi tu lui demandes pas à lui *ce qu'il a dit, frangin ?*

C'était la voix d'Henry, la voix du Grand Sage et Éminent Junkie. Ça faisait une paye. *Demande-lui, il est pratiquement assis à côté de toi, vas-y, demande-lui ce qu'il a dit. Arrête de tourner autour du pot comme un niard qui a chié dans ses Pampers.*

Sauf que c'était une mauvaise idée, parce que les choses ne se passaient pas comme ça dans le monde de Roland. Dans son monde à lui, Roland, *tout procédait par devinettes*, on ne tirait pas avec sa main mais avec sa tête, sa putain de tête. Et qu'est-ce qu'on dit à quelqu'un qui ne réussit pas à faire flamboyer une étincelle ? Plus près ton silex, c'était, bien sûr, ce que Roland avait dit : *Plus près ton silex et tiens-le d'une main ferme*.

Sauf que rien de tout ça ne concernait ce dont il était question. Ç'en était proche, évidemment, mais proche, ça compte que si c'est dans la poche, comme avait coutume de dire Henry Dean avant de devenir le Grand Sage et Éminent Junkie. La mémoire d'Eddie faisait des embardées, en partie parce que Roland l'avait plongé dans l'embarras... lui avait fait honte... avait lancé une vanne à ses dépens...

Probablement pas à dessein, mais il y avait eu... *quelque chose*. Quelque chose qui l'avait renvoyé à l'effet que lui faisait toujours Henry, évidemment que c'était ça, qu'est-ce qu'Henry viendrait faire ici, après une aussi longue absence ?

Tous le regardaient à présent. Même Ote.

— Va donc, dit-il à Roland, avec une légère aigreur. Tu voulais qu'on réfléchisse, eh bien, on a déjà commencé.

Pour sa part, il pensait si fort

(je tire avec ma tête)

que sa matière grise lui semblait en feu, mais il n'allait pas dire une chose pareille au vieux, grand et moche.

— Va donc poser des devinettes à Blaine. Assume ton rôle.

— Comme tu voudras, Eddie.

Roland se leva de son siège, s'avança et posa sa main sur le rectangle écarlate. La carte-itinéraire réapparut aussitôt. Le clignotant vert s'était encore éloigné de Rilea, mais il était clair pour Eddie que le monorail avait ralenti de façon significative, soit obéissant à un programme préétabli, soit parce que Blaine voulait faire durer le plaisir.

— TON *KA-TET* EST PRÊT À CONTINUER LES DEVINETTES DE NOTRE JOUR DE FÊTE, ROLAND, FILS DE STEVEN ?

— Oui, Blaine, dit Roland et, aux oreilles d'Eddie, sa voix parut monocorde. A présent, moi seul vais t'en poser pendant quelque temps. Si tu n'y vois pas d'objection.

— EN TANT QUE *DINH* ET PÈRE DE TON *KA-TET*, TU EN AS PARFAITEMENT LE DROIT. TU VAS ME POSER DES DEVINETTES DE JOUR DE FÊTE ?

— Oui.

— BIEN.

Il y avait une satisfaction répugnante dans le ton de cette voix.

— JE VEUX BIEN EN ENTENDRE DE NOUVELLES.

— Très bien.

Roland inspira profondément, puis se lança.

— Tu me donnes à manger, je vis. Tu me donnes à boire, je péris. Qui suis-je ?

— LE FEU.

Aucune hésitation. Rien que cette suffisance insupportable. Un ton qui disait : *C'était déjà une vieillerie pour moi du temps que ta grand-mère était jeune fille, mais tente à nouveau ta chance ! Ça fait des siècles que je me suis pas autant amusé, alors essaie encore*.

— Devant le soleil, j'ai beau passer, aucune ombre ne fais. Qui suis-je, Blaine ?

— LE VENT.

Toujours pas d'hésitation.

— Tu as dit vrai, *sai*. Suivante. Aussi léger qu'une plume, nul homme ne peut me retenir des lunes et des lunes.

— SON PROPRE SOUFFLE.

Aucun temps d'hésitation.

Et pourtant, il a hésité, songea soudain Eddie. Jake et Susannah regardaient Roland, concentrés à mort, serrant les poings, *désirant de toutes leurs forces* qu'il pose la bonne devinette à Blaine, celle qui le collerait pour de bon, celle où se cachait cette putain de carte de Monopoly VOUS ÊTES LIBÉRÉ DE PRISON ; il ne fallait plus qu'Eddie les regarde — Suzie, surtout — s'il ne voulait pas se déconcentrer. Baissant les yeux, il constata que lui aussi serrait les poings et se força à mettre ses mains à plat sur les genoux. Il fut surpris par la difficulté qu'il rencontra à le faire. Pendant ce temps, il entendait Roland continuer à dévider les bonnes vieilles devinettes de l'âge d'or de sa jeunesse.

— Devine-moi un peu celle-là, Blaine : Si jamais tu me brises, je n'arrête pas de marcher. Si jamais tu me perces, ma tâche est terminée. Si jamais tu me lasses, tu devras me reconquérir avec un anneau peu après. Qui suis-je ?

Susannah retint sa respiration un instant et, bien qu'il gardât les yeux baissés, Eddie savait qu'elle pensait la même chose que lui : celle-là était bonne, vachement bonne, peut-être que...

— LE CŒUR, dit Blaine, sans une once d'hésitation. CETTE DEVINETTE S'APPUIE POUR UNE BONNE PART SUR DES MÉTAPHORES POÉTIQUES CHÈRES AUX HUMAINS. VOIR PAR EXEMPLE JOHN AVERY, SIRONIA HUNTZ, ONDOLA, WILLIAM BLAKE, JAMES TATE, VERONICA MAYS ET CONSORTS. IL EST REMARQUABLE DE VOIR COMBIEN LE GENRE HUMAIN S'EMBARRASSE L'ESPRIT DE L'AMOUR. ET ÇA NE VARIE PAS D'UN NIVEAU DE LA TOUR À L'AUTRE, MÊME EN CES TEMPS DÉGÉNÉRÉS. CONTINUE, ROLAND DE GILEAD.

Susannah retrouva son souffle. Eddie dut lutter à nouveau pour ne pas serrer les poings. *Plus près ton silex, au nom de ton père !*

Et Blaine le mono poursuivit sa course, en direction du sud-est, sous la Lune du Démon.

Chapitre deux

Les chutes des molosses

1

Jake n'avait aucun moyen de savoir si Blaine trouverait ou non difficiles les dix dernières devinettes de *Tradéridéra, Devine moi !*, mais, à ses yeux, elles le paraissaient plutôt. Évidemment, se remémora-t-il, il n'avait rien à voir avec une machine pensante ayant à sa disposition une batterie d'ordinateurs couvrant la superficie d'une ville où puiser les réponses. Tout ce qu'il pouvait faire, c'était aller de l'avant ; Dieu déteste les lâches, comme Eddie le répétait parfois. Si les dix dernières devinettes échouaient, il poserait celle qu'Aaron Deepneau attribuait à Samson (*De celui qui mange est sorti ce qui se mange,* etc.). Si celle-là faisait chou blanc aussi, probable qu'il... et merde, il ignorait ce qu'il ferait, ni même ce qu'il ressentirait. *La vérité, c'est que je suis H.S.*, songea Jake.

Et pourquoi pas ? Ces huit dernières heures, il venait de passer par une gamme extraordinaire d'émotions multiples et variées. La terreur d'abord : celle provenant de la certitude que lui et Ote allaient être précipités du haut du pont suspendu dans la rivière Send où ils connaîtraient une mort certaine ; puis celle d'être entraîné par Gasher dans ce labyrinthe de folie qu'était Lud et d'avoir à fixer l'Homme Tic-Tac et ses affreux yeux verts en tentant de répondre à ses questions sans réponse sur le temps, les Nazis et la nature des circuits à diodes. Être soumis aux questions de Tic-Tac avait tout eu du passage d'un examen de fin d'année en Enfer.

S'ajoutaient à cela la gaieté folle d'avoir été secouru par Roland (et Ote ; sans Ote, il serait sans doute réduit à l'heure actuelle à l'état de toast), l'étonnement de tout ce qu'il avait vu sous la ville, son respect craintif devant la façon dont Susannah avait résolu la devinette-code du portillon d'accès au quai et leur sprint final démentiel pour monter à bord du monorail avant que Blaine ne libère les réserves de gaz paralysant stockées en dessous de Lud.

Après avoir survécu à tout ça, une sorte de sentiment de sécurité euphorisant s'était emparé de lui — bien sûr, Roland collerait Blaine, qui tiendrait parole et les déposerait sains et saufs au terminus (quel que soit le Topeka de ce monde). Alors ils trouveraient la

Tour Sombre et feraient ce qu'ils étaient censés faire, quoi que ce fût, redresseraient ce qui devait l'être, répareraient ce qui devait l'être. Et ensuite ? Ils vivraient longtemps et auraient beaucoup... bien entendu. Comme dans les contes de fées.

Sauf que...

Ils partageaient les pensées les uns des autres, avait dit Roland ; partager le *khef* faisait partie de la signification du *ka-tet*. Et ce qui s'était insinué dans les pensées de Jake depuis que Roland s'était avancé dans l'allée centrale et qu'il s'était mis à poser à Blaine des devinettes du temps de son enfance, c'était un sentiment de fatalité. Le Pistolero n'était pas le seul à le lui communiquer ; Susannah émettait les mêmes ondes d'un bleu-noir sinistre. Eddie seul n'en dégageait pas, parce qu'il était quelque part ailleurs, perdu dans ses propres pensées. Ça pourrait s'avérer une bonne chose, mais sans aucune garantie et...

... et Jake recommença à sentir la terreur le gagner. Pire encore, le désespoir s'y mêlait, celui d'une créature acculée peu à peu dans ses derniers retranchements par un adversaire implacable. Il triturait fiévreusement la fourrure d'Ote entre ses doigts et, baissant les yeux, il découvrit un truc stupéfiant : la main qu'Ote lui avait mordue pour éviter de tomber du pont ne lui faisait plus mal. Les marques de dents du bafouilleux étaient toujours visibles et il avait encore des croûtes dans la paume et au poignet, mais la main ne lui faisait plus mal. Il la fléchit avec précaution. Restait une lointaine et faible douleur, à peine un écho.

— Blaine, « Fermée de bas en haut je vais, Plus fermée, de haut en bas ne vais. Qui suis-je ? »

— UNE OMBRELLE DANS UNE CHEMINÉE, répondit Blaine avec ce ton d'autosatisfaction joyeuse que Jake commençait lui aussi à ne plus supporter.

— Grand Merci, *sai* Blaine, tu as donné une fois de plus la bonne réponse. La suivante...

— Roland ?

Le Pistolero tourna les yeux vers Jake et sa concentration parut s'alléger un brin. Il n'alla pas jusqu'à sourire, mais n'en était pas très loin et Jake en fut tout réjoui.

— Oui, Jake ?

— Ma main. Elle me faisait un mal du diable et c'est fini !

— MEUNCE ALEURS, dit Blaine, avec l'accent traînant de John Wayne. J'AI JAMAIS PU SUPPORTER DE VOIR UN CHIEN SOUFFRIR AVEC UNE PATTE ÉCRABOUILLÉE, ALORS UN GENTIL P'TIT COW-BOY COMME TOI ENCORE MOINS. J'AI GUÉRI TON BOBO.

— Comment t'as fait ? demanda Jake.

— REGARDE L'ACCOUDOIR DE TON SIÈGE.

Jake ne se le fit pas dire deux fois et distingua un faible entrelacs grillagé, qui lui évoqua le haut-parleur du poste à transistor qu'on lui avait offert pour ses sept ou huit ans.

— UN AUTRE AVANTAGE DES VOYAGES EN CLASSE BARONNIE, poursuivit Blaine du même ton suffisant.

Il traversa l'esprit de Jake que Blaine serait parfaitement à sa place à l'école Piper. Le premier crâne d'œuf dipolaire à transmission lente du monde.

— LE SCANOMANOGRAPHE OU LOUPE SPECTRALE EST UN APPAREIL DE RADIODIAGNOSTIC CAPABLE AUSSI D'ADMINISTRER LES PREMIERS SOINS, CE QUE JE VIENS DE FAIRE À TON BÉNÉFICE. C'EST EN OUTRE UN SYSTÈME DISTRIBUTEUR DE SUBSTANCES NUTRITIVES, UN DISPOSITIF D'ENREGISTREMENT DES ONDES CÉRÉBRALES, UN ANALYSEUR DE STRESS, ET UN AMPLIFICATEUR D'ÉMOTIONS QUI PEUT NATURELLEMENT STIMULER LA SÉCRÉTION D'ENDORPHINES. LE SCANOMANO EST AUSSI CAPABLE DE PROVOQUER DES VISIONS ET DES HALLUCINATIONS TRÈS VRAISEMBLABLES. AIMERAIS-TU AVOIR TON PREMIER RAPPORT INTIME AVEC UNE CÉLÈBRE BOMBE SEXUELLE DE TON NIVEAU DE LA TOUR, JAKE DE NEW YORK ? MARILYN MONROE, RAQUEL WELCH À MOINS QUE TU NE PRÉFÈRES JESSICA FLETCHER, PEUT-ÊTRE ?

Jake éclata de rire. Il avait beau penser que se moquer de Blaine pouvait être risqué, cette fois, il n'avait pas pu s'en empêcher.

— Jessica Fletcher n'existe pas, dit-il. C'est le nom d'un personnage d'une série télé. L'actrice s'appelle, hum, Angela Lansbury. En plus, elle ressemble à Mrs Shaw, notre gouvernante. Elle est gentille, mais enfin, elle a rien d'un... d'un canon, tu vois.

Long silence côté Blaine. Quand la voix de l'ordinateur se fit réentendre, une certaine froideur avait remplacé la jovialité « qu'est-ce qu'on s'éclate, hein ! » dans son ton.

— J'IMPLORE TON PARDON, JAKE DE NEW YORK. JE RETIRE AUSSI MA PROPOSITION CONCERNANT TON PREMIER RAPPORT SEXUEL.

Ça m'apprendra, songea Jake, qui dissimula un sourire derrière sa main. Puis il reprit à haute voix (empreinte de l'humilité adéquate, espéra-t-il) :

— C'est O.K. pour moi, Blaine. Je crois que je suis un petit peu jeune pour ça, de toute façon.

Susannah et Roland échangèrent un regard. Susannah ignorait tout de Jessica Fletcher — *Arabesque* ne passait pas encore à la télé de son *quand*. Mais elle avait saisi le sel de la situation, tout pareil ; Jake la vit de ses lèvres pleines former un mot silencieux à l'adresse du pistolero, tel un message dans une bulle de savon :

Erreur.

Oui. Blaine avait fait une erreur. Mieux encore, Jake Chambers, un enfant de onze ans, l'avait relevée. Et si Blaine en avait commis une, il pouvait en commettre une autre. Peut-être tout espoir n'était-il pas perdu. Jake décida qu'il traiterait cette possibilité de la même manière que le *graf* de River Crossing et n'y tremperait que le bout des lèvres.

2

Roland fit un signe de tête imperceptible à Susannah, puis se tourna vers l'avant du compartiment, faisant mine de vouloir reprendre les devinettes. Avant même d'avoir pu ouvrir la bouche, Jake sentit son corps propulsé en avant. C'était marrant : si on ne sentait rien quand le monorail roulait à toute allure, la moindre décélération était décelable.

— VOICI QUELQUE CHOSE QUE VOUS DEVRIEZ VRAIMENT VOIR, dit Blaine, à nouveau guilleret.

Mais Jake ne s'y fiait pas. Il avait parfois entendu son père entamer des conversations téléphoniques sur ce ton-là (avec des subordonnés qui avaient MUM, Merdé Un Max, en règle générale) et à la fin Elmer Chambers, debout, plié sur son bureau comme par une crampe d'estomac, hurlait à pleins poumons, le visage rouge comme une tomate, et ses poches sous les yeux, violacées comme des aubergines.

— FAUT QUE JE M'ARRÊTE, DE TOUTE FAÇON, PARCE QUE JE DOIS ME METTRE SUR BATTERIES À CE STADE DU TRAJET ET ÇA SIGNIFIE QUE JE DOIS LES CHARGER D'ABORD.

Le monorail s'arrêta dans une secousse imperceptible. Les parois perdirent à nouveau toute couleur jusqu'à devenir transparentes. Susannah hoqueta de frayeur et d'étonnement. Roland se déplaça sur sa gauche, tâtonnant le long de la paroi pour éviter de s'y cogner la tête, puis se pencha en avant, les mains posées sur les genoux, et ses yeux s'étrécirent. Ote se remit à aboyer. Seul Eddie parut rester insensible au panorama à couper le souffle que leur procurait le système de visualisation du Compartiment de la Baronnie. Il jeta un regard alentour, l'air préoccupé et les traits comme brouillés par la réflexion, puis baissa les yeux vers ses mains encore une fois. Jake lui jeta un coup d'œil intrigué, avant de contempler ce qui s'offrait à sa vue.

Ils se trouvaient à mi-chemin — et au-dessus — d'un vaste gouffre, semblant flotter dans une atmosphère chargée de poussière lunaire. Au-delà, Jake apercevait une large rivière aux eaux bouillonnantes. Rien à voir avec la Send, à moins que les rivières du monde de Roland ne puissent couler dans différentes directions à divers points de leurs cours (et Jake n'en savait pas assez sur l'Entre-Deux-Mondes pour écarter entièrement cette possibilité) ; en outre, cette rivière-là n'avait rien de paisible, n'était que fureur et rage, véritable torrent jaillissant des montagnes comme s'il voulait en découdre.

Un instant, Jake examina les arbres qui recouvraient les berges abruptes de la rivière et enregistra avec soulagement qu'ils avaient l'air tout à fait dans la norme — l'essence de pins qu'on s'attend à trouver dans le Colorado ou le Wyoming, disons — puis ses yeux furent à nouveau attirés par la lèvre du gouffre. Là, le torrent se

déchiquetait et chutait en une cascade si large et si profonde qu'à côté, celles du Niagara, où Jake s'était rendu avec ses parents (l'une des trois vacances en famille dont il se souvenait, les deux autres ayant été écourtées par des appels pressants du Network de son père), avaient l'air sorties d'un parc à thème de troisième zone. L'atmosphère autour des chutes en demi-cercle était encore épaissie par la brume qui s'en élevait comme des nuages de vapeur ; une dizaine de halos lunaires y miroitaient de cet éclat frelaté des bijoux de pacotille. Jake, à les voir, leur trouva une ressemblance avec les anneaux des jeux Olympiques.

A mi-hauteur des chutes (environ deux cents mètres en contrebas du point où la rivière basculait en à-pic), saillissaient deux énormes protubérances rocheuses. Même si Jake imaginait mal comment un sculpteur (ou même toute une équipe de sculpteurs) avait pu descendre jusque-là, il se refusait à croire que ce qu'il voyait résultât simplement de l'érosion. On aurait dit deux énormes têtes de molosses montrant les dents.

Les Chutes des Molosses, songea-t-il. Il y avait encore un arrêt après celui-ci — Dasherville — puis Terminus Topeka. Tout le monde descend.

— UN INSTANT, LAISSEZ-MOI VOUS RÉGLER LE VOLUME POUR QUE VOUS JOUISSIEZ PLEINEMENT DU SPECTACLE.

Il y eut un bref ululement chuchoté — une espèce de raclement de gorge mécanique — suivi d'un énorme rugissement qui les assaillit. Celui de l'eau — à raison d'un milliard de mètres cubes à la minute, à ce qu'en savait Jake — qui, se déversant du bord du gouffre, tombait six cents mètres plus bas dans le profond bassin de roche qui s'évasait au pied des chutes. Des écharpes de brouillard flottaient devant les pseudo-têtes de chien en relief émoussées, tels des jets de vapeur échappés des soupiraux de l'Enfer. Le niveau sonore ne cessait de croître. La tête de Jake en vibrait tout entière et comme il se bouchait les oreilles, il vit Roland, Eddie et Susannah faire de même. Susannah remuait à nouveau les lèvres et il put lire les mots : *Arrête ça, Blaine, arrête ça* — sans davantage pouvoir les entendre que les aboiements d'Ote, tout en étant certain que Susannah criait à tue-tête.

Blaine augmentait toujours plus le volume de la chute d'eau, au point que Jake sentit ses yeux trembloter dans leurs orbites, persuadé que ses tympans allaient crever comme des baffles sursaturés.

Et puis tout cessa. Ils étaient toujours suspendus au-dessus de la cascade brumeuse, les halos lunaires poursuivaient leurs lentes et rêveuses révolutions devant le rideau d'eau chutant sans fin, les brutales et ruisselantes gueules des molosses jaillissaient encore du torrent, mais le tonnerre de fin du monde s'était tu.

Un instant, Jake crut que ses pires craintes s'étaient réalisées, qu'il était devenu sourd. Puis il s'aperçut qu'il entendait les aboiements d'Ote et les pleurs de Susannah. Au début, ces sons lui parurent lointains et étouffés, comme si on lui avait bourré les oreilles de miettes de crackers. Mais ils devinrent de plus en plus clairs.

Eddie entoura les épaules de Susannah de ses bras et regarda en direction de la carte-itinéraire.

— Y a pas, t'es un charmant garçon, Blaine, fit-il.

— JE CROYAIS SIMPLEMENT QUE ÇA VOUS PLAIRAIT D'ENTENDRE LE BRUIT DES CHUTES À PLEIN RÉGIME.

La voix de stentor de Blaine trahissait à la fois l'hilarité et la vexation.

— JE CROYAIS QUE ÇA VOUS AIDERAIT À OUBLIER MA REGRETTABLE ERREUR CONCERNANT JESSICA FLETCHER.

C'est de ma faute, songea Jake. *Blaine a beau n'être qu'une machine, et suicidaire qui plus est, il n'aime pas qu'on lui rie au nez.*

Il vint s'asseoir près de Susannah, qu'il entoura lui aussi de son bras. Il entendait encore les Chutes des Molosses, mais le bruit de l'eau était lointain à présent.

— Qu'est-ce qu'il se passe ici ? demanda Roland. Comment tu t'y prends pour charger tes batteries ?

— TU LE VERRAS BIENTÔT, PISTOLERO. EN ATTENDANT, POSE-MOI UNE DEVINETTE.

— Comme tu voudras, Blaine. En voici une dont Cort est l'auteur, elle en a collé plus d'un en son temps.

— J'AI GRANDE HÂTE DE L'ENTENDRE.

Roland prit son temps, peut-être pour rassembler ses idées, leva les yeux vers l'absence de plafond du compartiment, là où l'on ne voyait plus qu'un semis stellaire dans un ciel d'encre. Jake discerna Aton et Lydia — le Vieil Astre et la Vieille Mère — et fut bizarrement réconforté de les voir briller en chiens de faïence à leur place habituelle. Puis le Pistolero fixa à nouveau le rectangle lumineux qui tenait lieu de visage à Blaine pour eux.

— Nous sommes de petites créatures à diverses figures. L'une de nous est de gaz sertie ; une autre, dans le verre enfouie, une autre dans le vin, la quatrième est ronde comme pomme. Si la cinquième, tu la tues, elle ne t'échappera plus. Qui sommes-nous ?

— A, E, I, O, U, répondit Blaine. LES VOYELLES DU HAUT PARLER.

Toujours pas d'hésitation, pas même un soupçon. Rien que cette voix moqueuse, à deux doigts de l'éclat de rire ; la voix d'un petit garçon cruel regardant des insectes courir en rond sur un poêle chauffé au rouge.

— BIEN QUE CETTE DEVINETTE NE SOIT PAS DE TON INSTRUCTEUR, ROLAND DE GILEAD. JE LA TIENS DE JONATHAN SWIFT DE LONDRES — UNE VILLE DU MONDE D'OÙ VIENNENT TES AMIS.

— Grand Merci, *sai*, dit Roland, dont le *sai* mourut dans un soupir. Tu as donné la réponse exacte, Blaine, et ce que tu dis des origines de la devinette est sans doute vrai, aussi. Que Cort ait connu d'autres mondes, je l'ai longtemps soupçonné. Je crois qu'il a dû tenir des palabres avec les *manni* qui vivaient en dehors de la ville.

— NE ME PARLE PAS DES *MANNI*, ROLAND DE GILEAD. ILS ONT TOUJOURS ÉTÉ UNE SECTE D'IMBÉCILES. POSE-MOI UNE AUTRE DEVINETTE.

— Très bien. Qui a...

— ATTENDS, ATTENDS. LA FORCE DU RAYON S'AMASSE. NE REGARDEZ PLUS LES MOLOSSES EN FACE, MES NOUVEAUX ET SI INTÉRESSANTS AMIS ! ET PROTÉGEZ-VOUS LES YEUX !

Jake détourna le regard des colossales sculptures de pierre, saillant des chutes, mais ne se masqua pas le visage assez vite. Du coin de l'œil, il vit ces têtes dépourvues de traits se munir soudain d'yeux d'un bleu à l'éclat insoutenable. Des éclairs en fourches dentelées en jaillissaient, visant le monorail. Jake se retrouva allongé sur la moquette du Compartiment de la Baronnie, les paumes collées sur ses paupières closes tandis qu'Ote lui gémissait dans l'oreille, qui tintait faiblement. Par-dessus les plaintes d'Ote, il entendait craquer l'électricité faisant rage autour du mono.

Quand Jake rouvrit les yeux, les Chutes des Molosses avaient disparu ; Blaine avait opacifié le compartiment. Il percevait encore le vacarme, cependant — celui d'une tempête d'électricité, d'une énergie tirée du Rayon et dardée à travers les yeux des têtes rocheuses. Blaine s'en alimentait d'une façon ou d'une autre. *Quand on redémarrera,* songea Jake, *il fonctionnera sur batteries. Alors on aura vraiment laissé Lud derrière nous. Une bonne fois pour toutes.*

— Blaine, dit Roland. Comment se fait-il que la puissance du Rayon soit stockée en cet endroit ? Qu'est-ce qui la fait jaillir des yeux de pierre de ces gardiens du temple-là ? Et comment l'utilises-tu ?

Silence, côté Blaine.

— Et qui les a sculptées, d'abord ? renchérit Eddie. C'est l'œuvre des Grands Anciens ? Non, n'est-ce pas ? Il y avait d'autres peuples avant eux. Ou bien... étaient-ce des peuples seulement ?

Blaine s'ancrait dans son silence. Peut-être valait-il mieux. Jake n'était pas très sûr de vouloir en apprendre davantage sur les Chutes des Molosses, ou sur ce qui se déroulait en dessous d'eux. Il s'était déjà trouvé dans l'obscurité du monde de Roland et ce qu'il en avait vu l'avait persuadé que la plupart de ce qui croissait là n'était ni bon ni sain.

— Mieux vaut ne pas lui poser la question, fit la voix de Little Blaine tombant des cintres. C'est plus sûr.

— Ne lui posons pas de questions bêtes, il ne veut pas jouer à des jeux bêtes, conclut Eddie.

Il avait repris son air lointain et rêveur et, quand Susannah prononça son nom, il parut ne pas l'entendre.

3

Roland vint s'asseoir en face de Jake et gratta de sa main droite le soupçon de barbe de sa joue droite, un tic qui réapparaissait chaque fois qu'il était pris de doute et de lassitude.

— Je suis presque à court de devinettes, dit-il.

Jake le regarda, interloqué. Le Pistolero en avait posé une bonne cinquantaine à l'ordinateur et Jake trouvait que ça faisait un paquet à tirer comme ça de sa mémoire, sans préparation, mais si l'on considérait que poser des devinettes avait occupé une si grande place là où Roland avait grandi...

Ce dernier sembla lire ceci sur le visage de Jake, car un léger sourire d'une amertume acidulée plissa sa bouche, et il acquiesça comme si le garçon s'était exprimé à haute voix.

— Moi non plus, je ne comprends pas. Si tu m'avais posé la question hier ou le jour d'avant, je t'aurais répondu que j'avais un millier de devinettes stockées dans le dépotoir de ma mémoire. Peut-être même deux mille. Mais...

Il haussa les épaules, secoua la tête, se frotta la joue encore une fois.

— Ce n'est pas comme si je les avais oubliées. Mais comme si elles n'avaient jamais été là. Ce qui arrive au reste du monde, est en train de m'arriver à moi, je crois bien.

— Tu changes, dit Susannah, le fixant avec une expression de pitié que Roland ne put soutenir plus de quelques secondes, comme brûlé par son regard. Comme tout le reste par ici.

— Oui, j'en ai bien peur.

Il regarda Jake, lèvres serrées, œil aux aguets.

— Tu seras prêt à poser les devinettes de ton livre quand je ferai appel à toi ?

— Oui.

— Bien. Courage. Nous ne sommes pas encore fichus.

A l'extérieur, les crépitements ténus de l'électricité se turent.

— J'AI RECHARGÉ MES BATTERIES, TOUT EST BIEN, annonça Blaine.

— Merveilleux, fit Susannah sèchement.

— Veilleux ! approuva Ote, singeant le ton de Susannah à la perfection.

— IL ME FAUT ENCORE ACCOMPLIR CERTAINES FONCTIONS DE RÉGLAGE. ELLES PRENDRONT ENVIRON QUARANTE MINUTES, ELLES SONT LARGEMENT AUTOMATIQUES. PENDANT CETTE OPÉRATION ET SES CONTRÔLES AFFÉRENTS, NOUS POURSUIVRONS NOTRE CONCOURS QUE J'APPRÉCIE ÉNORMÉMENT.

— C'est comme quand on doit passer de l'électricité au diesel dans le train pour Boston, dit Eddie, de la voix de quelqu'un de pas tout à fait présent. A Hartford, New Haven ou un patelin comme ça, où personne dans son putain de bon sens ne voudrait vivre.

— Eddie ? demanda Susannah. Qu'est-ce que tu...

Roland lui toucha l'épaule, lui faisant non de la tête.

— PAS D'IMPORTANCE, EDDIE DE NEW YORK, fit Blaine, d'une voix expansive, sur le ton « ah qu'est-ce qu'on se marre ».

— Tu as raison, fit Eddie. Il n'a pas d'importance, Eddie de New York.

— IL NE CONNAÎT PAS DE BONNES DEVINETTES, MAIS TOI, TU EN SAIS BEAUCOUP, ROLAND DE GILEAD. POSE-M'EN UNE AUTRE.

Et comme Roland s'exécutait, Jake songea à sa composition de fin d'année. *Blaine est peine*, y avait-il écrit. *Blaine est peine, et c'est la vérité*. Oui, c'était bien ça la vérité.

La vérité gravée dans la *pierre*.

Un peu moins d'une heure plus tard, Blaine le Mono se remettait en branle.

4

Susannah regarda, terriblement fascinée, le point lumineux approcher de Dasherville, la dépasser et bifurquer une dernière fois vers le terminus. La vitesse de déplacement du clignotant révélait que Blaine avait un peu ralenti depuis qu'il s'était commuté sur ses batteries. Et il lui sembla que les lumières du Compartiment de la Baronnie avaient un peu faibli, sans croire pour autant que cela ferait une différence notable au final. Que Blaine atteigne son terminus de Topeka à 1 000 km/h au lieu de 1 200km/h, son dernier contingent de passagers n'en serait pas moins réduit en bouillie.

Roland lui aussi traînait en longueur, fouillant de plus en plus profond dans son foutoir cérébral pour y puiser des devinettes. Et il en trouvait encore et encore, refusant de s'avouer vaincu. Comme toujours. Depuis qu'il lui avait appris à tirer, Susannah avait éprouvé à son corps défendant de l'amour pour Roland de Gilead, sentiment où se mêlaient l'admiration, la crainte et la pitié. Elle pensait qu'elle ne l'aimerait jamais tout à fait (et que la partie Detta Walker de sa personnalité le haïrait toujours de s'être emparé d'elle et de l'avoir tirée, malgré sa fureur, en plein jour), mais son amour n'en était pas moins fort. Il avait, après tout, sauvé la vie et l'âme d'Eddie Dean ; délivré son bien-aimé. Elle lui devait bien de l'amour pour ça, sinon pour rien d'autre. Mais elle l'aimait encore plus, soupçonnait-elle, pour la façon qu'il avait de ne jamais, *jamais*, vouloir renoncer. Le mot *reculade* semblait rayé de son vocabulaire, même quand il se montrait découragé... comme il l'était visiblement en ce moment.

— Blaine, où trouve-t-on des routes sans cartes, des forêts sans arbres, des villes sans maisons ?

— SUR UN ATLAS.

— Vrai, *sai*. Suivante. J'ai cent jambes et pas une pour tenir debout, pas de tête et pourtant un long cou, et la bonne ne m'a pas à la bonne. Qui suis-je ?

— UN BALAI, PISTOLERO. IL EXISTE UNE VARIANTE QUI DIT : « LA BONNE ME TRESSE DES COURONNES. » JE PRÉFÈRE COMMENT FINIT LA TIENNE.

Roland ne releva pas.

— On peut ni le voir ni l'ouïr, ni le toucher ni le sentir. Derrière les étoiles et sous les collines, il gît. Il tue les rires et termine la vie. Qui est-ce, Blaine ?

— LE NOIR.

— Grand Merci, *sai*, tu as dit vrai.

Sa main droite amputée remonta sur la joue droite — le vieux geste d'intranquillité — et le grattement de ses doigts calleux fit frissonner Susannah. Jake s'assit en tailleur sur le sol, ne quittant pas le Pistolero des yeux, le fixant avec une intensité farouche.

— Je marche mais ne cours jamais, parfois je chante sans parler.

N'ai pas de branches mais des aiguilles. N'ai pas de tête, mais une bonne bille. Qui suis-je, Blaine ?

— UNE HORLOGE.

— Merde, murmura Jake, comprimant les lèvres.

Susannah regarda Eddie et ressentit un éphémère frisson d'irritation. Il semblait se désintéresser totalement de l'affaire — avait « débranché », comme il disait dans son étrange jargon des années 80. Elle songea à lui filer un coup de coude dans les côtes, le réveiller un peu, puis se souvenant que Roland le lui avait interdit d'un signe de tête, elle s'abstint. A le voir tellement dans le vague, on n'aurait jamais cru qu'il réfléchissait, mais va savoir.

Si c'est le cas, tu ferais mieux d'accélérer un peu, mon joli, songea-t-elle. Le point sur la carte-itinéraire était encore plus proche de Dasherville que de Topeka, mais atteindrait la mi-parcours au cours du prochain quart d'heure environ.

Et le match se poursuivait, Roland expédiant les questions, Blaine lui renvoyant les réponses à ras du filet et hors d'atteinte.

Qu'est-ce qui construit des châteaux, abat des montagnes, en aveugle certains, en endort d'autres ? LE SABLE.

Grand Merci, sai.

Qu'est-ce qui vit en hiver, meurt en été, et pousse, les racines en l'air ? UN GLAÇON.

Tu parles d'or, Blaine.

En temps de paix, on passe dessus, on passe dessous ; en temps de guerre, on le fait sauter, c'est tout ? UN PONT.

Grand Merci, sai.

Un défilé sans fin de devinettes paradait devant elle, l'une après l'autre, jusqu'à ce que toute notion d'amusement l'abandonne. En allait-il de même au temps de la jeunesse de Roland, se demandait Susannah, lors des concours de devinettes de la Terre Vide et de la Terre Pleine, quand lui et ses amis (bien qu'elle soupçonnât que *tous* n'aient pas été ses amis, ah ça non, tant s'en faut) rivalisaient pour l'oie du Jour de Fête ? Elle subodora que la réponse était probablement oui. Le vainqueur devait être celui qui arrivait à rester frais le plus longtemps, à s'aérer la tête en dépit du matraquage à laquelle elle était soumise.

Ce qui la tuait, c'était la promptitude avec laquelle Blaine balançait la réponse à chaque fois. La devinette avait beau lui paraître hyperdure à elle, Blaine la renvoyait de leur côté du court, *ka-slam*.

— Blaine, qui a des yeux et pourtant ne voit pas ?

— IL EXISTE QUATRE RÉPONSES. LE POTAGE, LE CYCLONE, LA POMME DE TERRE ET UN AMOUREUX.

— Grand Merci, *sai* Blaine, c'est la...

— ÉCOUTE-MOI, ROLAND DE GILEAD. ÉCOUTEZ-MOI, *KA-TET*.

Roland se tut aussitôt, tête penchée, œil aux aguets.

— VOUS ENTENDREZ BIENTÔT MES TURBOS PASSER À LA VITESSE SUPÉRIEURE. NOUS SOMMES DÉSORMAIS À SOIXANTE MINUTES EXACTEMENT DE TOPEKA. ET À PARTIR D'ICI...

— Si ça fait sept heures ou plus qu'on roule, je veux bien être pendu tout cru, dit Jake.

Susannah jeta un regard d'appréhension alentour, s'attendant à une nouvelle terreur ou autre menue manifestation de cruauté en réaction au sarcasme de Jake, mais Blaine se contenta de glousser. Quand il reprit la parole, ce fut encore une fois avec la voix d'Humphrey Bogart.

— LE TEMPS S'ÉCOULE DIFFÉREMMENT PAR ICI, MA POULE, TU DEVRAIS LE SAVOIR À L'HEURE QU'IL EST. MAIS TE BILE PAS : LES CHOSES FONDAMENTALES RENTRENT DANS LE RANG, LE TEMPS PASSANT [1]. POURQUOI TE MENTIRAIS-JE ?

— Oui, bien sûr, marmonna Jake.

Apparemment, cela chatouilla Blaine au bon endroit puisqu'il se remit à rire — ce rire mécanique et fou qui rappela à Susannah les trains fantômes des parcs d'attractions minables ou des foires à Neuneu. Quand les lumières commencèrent à pulser, synchrones avec ce rire, elle ferma les yeux et se boucha les oreilles.

— Arrête ça, Blaine ! Arrête ça tout de suite !

— B'AN L'PARDON, M'DAM', traînassa la voix de James Stewart. VRAMENT DASOLÉ D'AVOIR S'CORCHÉ VOS OREILLES AVEC MA HILARITÉ.

— En attendant, s'corche-moi ça, fit Jake faisant un doigt d'honneur à la carte-itinéraire.

Susannah s'attendait qu'Eddie éclate de rire — on pouvait compter sur lui pour être diverti, jour et nuit, par la moindre manifestation de vulgarité, d'après elle — mais il resta perdu dans la contemplation de ses genoux, ridant le front, l'œil vide, bouche légèrement bée. Il ressemblait un petit peu trop à l'idiot du village pour qu'on puise du réconfort auprès de lui, songea Susannah, qui dut à nouveau s'empêcher de lui filer un coup de coude dans les côtes pour lui faire quitter cette expression bêtasse. Elle ne réussirait plus très longtemps à se retenir ; si Blaine devait les tuer en fin de parcours, elle voulait qu'Eddie la tienne dans ses bras quand cela se produirait, elle voulait que ses yeux soient posés sur elle et son esprit uniquement occupé d'elle.

Mais pour l'heure, mieux valait laisser courir.

— À PARTIR D'ICI, J'AI L'INTENTION D'ENTAMER CE QU'IL ME PLAÎT D'APPELER MA COURSE KAMIKAZE. CELA CONTRIBUERA À METTRE RAPIDEMENT MES BATTERIES À PLAT, MAIS JE PENSE QUE L'HEURE DE NOUS MÉNAGER EST PASSÉE, VOUS NE TROUVEZ PAS ? JE HEURTERAI LES BUTOIRS DE TRANSACIER AU BOUT DE LA VOIE EN ROULANT À PLUS DE 1 400 KM/H — À 530 ROUES, EXACTEMENT. À TOUTE, MA CHOUTE, À PLUS, MA PUCE, N'OUBLIE PAS DE M'ÉCRIRE. JE VOUS DIS TOUT ÇA POUR ÊTRE FAIR-PLAY, MES NOUVEAUX AMIS SI INTÉRESSANTS. SI VOUS AVEZ GARDÉ VOS MEILLEURES DEVINETTES POUR LA FIN, VOUS FERIEZ BIEN DE NE PAS TARDER À ME LES POSER.

Devant l'avidité de Blaine — sur laquelle il n'y avait pas à se tromper — et son désir sans fard d'entendre et de résoudre leurs meilleures devinettes avant de les tuer, Susannah se sentit prise d'une fatigue à mourir.

— Je n'aurais même pas le temps de te poser la totalité de mes meilleures, dit Roland d'un ton pénétré mais détaché. Quel gâchis, n'est-ce pas ?

1. *As time goes by*, dans l'original, leitmotiv du film *Casablanca (N.d.T.)*.

Un ange passa — brièvement. C'était la première hésitation que l'ordinateur accordait à Roland... et puis Blaine pouffa. Susannah détestait ce rire de dément, révélant aussi un cynisme las qui la glaçait au tréfonds. Peut-être parce qu'il était presque sain d'esprit.

— BRAVO, PISTOLERO, POUR CET EFFORT LOUABLE, MAIS TU N'AS RIEN DE SCHÉHÉRAZADE ET TU N'AS PAS MILLE ET UNE NUITS POUR TENIR PALABRE.

— Je ne te comprends pas. J'ignore qui est cette Schéhérazade dont tu parles.

— AUCUNE IMPORTANCE. SUSANNAH TE METTRA AU PARFUM SI TU Y TIENS. PEUT-ÊTRE MÊME EDDIE. LE HIC, ROLAND, C'EST PAS LA PROMESSE D'UN SURPLUS DE DEVINETTES QUI ME FERA M'ÉTERNISER. NOUS RIVALISONS POUR L'OIE. UNE FOIS À TOPEKA, ELLE SERA ADJUGÉE, DANS UN SENS OU DANS L'AUTRE. TU COMPRENDS ÇA ?

Une fois encore, Roland porta sa main amoindrie à sa joue ; une fois encore, Susannah entendit le menu crissement de ses doigts contre le poil rêche de sa barbe.

— On joue pour de bon. Personne ne crie pouce.

— EXACT. PERSONNE NE CRIE POUCE.

— Très bien, Blaine, on joue pour de bon et personne ne crie pouce. Voici la suivante.

— COMME D'HABITUDE, JE M'EN RÉJOUIS À L'AVANCE.

Roland regarda Jake.

— Prépare les tiennes, Jake. Les miennes arrivent à épuisement.

Jake opina.

Au-dessous d'eux, les turbines à transmission lente du monorail continuaient à augmenter la cadence — ce *beat-beat-beat* que Susannah sentait, plus qu'elle ne l'entendait, dans les articulations de ses mâchoires, au creux des tempes, au pouls de ses poignets.

Rien n'y fera à moins d'une maxi colle dans le livre de Jake, songea-t-elle. *Roland n'arrivera pas à faire sécher Blaine et je pense qu'il le sait. A mon humble avis, ça fait une heure qu'il le sait.*

— Blaine, je me produis une fois par minute, deux fois à chaque instant, mais pas une seule en un millier d'années. Qui suis-je ?

Ainsi le concours allait-il se poursuivre, comprit Susannah. Avec Roland qui questionnait et Blaine qui répondait, en hésitant de moins en moins, comme un dieu qui voit tout et sait tout. Susannah, les mains glacées serrées sur ses genoux, regardait le point clignotant se rapprocher de Topeka, là où tout trafic ferroviaire s'interrompait, là où le sentier de leur *ka-tet* s'achèverait dans la clairière. Elle songea aux Molosses des Chutes et comme ils jaillissaient du tonnerre et de la blancheur des flots écumants sous le ciel noir fourmillant d'étoiles ; elle se rappela leurs yeux.

Leurs yeux d'un bleu électrique.

Chapitre trois

L'oie du jour de fête

1

Eddie Dean — qui ignorait que Roland pensait parfois à lui comme à un *ka-mai — , le fou du ka,* avait à la fois tout entendu et rien entendu, tout vu et rien vu. La seule chose à l'avoir durablement marqué depuis le début du concours de devinettes, c'était le feu qu'avaient craché les yeux de pierre des Molosses ; en levant la main pour protéger les siens de l'éclat de ces éclairs en chaîne, il songea au Portail du Rayon dans la Clairière de l'Ours et comment, en collant son oreille contre le battant, il avait entendu le lointain grondement d'une machinerie formidable.

A voir s'allumer les yeux des Molosses, à écouter Blaine puiser dans cette masse d'électricité pour charger ses batteries avant d'effectuer son plongeon final à travers l'Entre-Deux-Mondes, Eddie avait songé : Tout *ne s'est pas tu dans les grandes salles des morts et leurs chambres en ruine. Même à présent, certaines choses que les Grands Anciens ont abandonnées derrière eux fonctionnent encore. Et c'est vraiment ça, l'horreur, tu ne crois pas ? Si. L'horreur pure et simple.*

Eddie était mentalement — et physiquement — revenu parmi ses amis un court moment après ça, mais s'était vite replongé dans ses pensées. *Eddie est en train de zoner,* aurait dit Henry. *Faut le laisser faire.*

L'image de Jake frottant le silex contre l'acier n'arrêtait pas de revenir encore et encore ; il laissait son esprit s'y attarder quelques secondes, comme une abeille butinant une fleur avant de s'envoler plus loin. Parce que ce souvenir n'était pas celui qu'il visait, ce n'était qu'un moyen d'accès à celui qu'il visait vraiment, qu'une autre porte comme celles de la plage de la Mer Occidentale, ou encore celle qu'il avait tracée dans la boue de l'Anneau de Parole avant qu'ils ne tirent Jake... seulement cette porte-là était dans sa tête. Ce qu'il voulait se trouvait derrière ; ce qu'il faisait, c'était un peu... ben... crocheter la serrure.

Zoner, dans le parler d'Henry.

Son frère avait passé le plus clair de son temps à le rabaisser —

parce que Henry avait peur de lui, était jaloux de lui, Eddie avait fini par le comprendre — mais il se rappelait du jour où Henry l'avait abasourdi en lui disant quelque chose de gentil. *Mieux* que gentil, en fait ; défiant l'imagination.

Ils étaient toute une bande, assis à glander dans l'impasse derrière chez Dahlie : certains mangeaient des Popsicles et des Hoodsie Rockets, d'autres fumaient un paquet de Kent que Jimmie Polino — Jimmie Polio, ils l'avaient rebaptisé comme un seul homme à cause de ce machin mal foutu, son pied bot — avait fauché dans le tiroir de la coiffeuse de sa mère. Henry, on pouvait s'en douter, était parmi les fumeurs.

La bande, dont faisait partie Henry (et dont faisait aussi partie Eddie, en tant que son petit frère), avait une façon bien à elle de désigner les choses, c'était l'argot de leur minable *ka-tet* à eux. Dans la bande d'Henry, on ne tabassait jamais personne, on *l'expédiait en réparation*. On se tapait jamais non plus une fille, on *faisait gueuler la pétasse*. On était jamais défoncé, on *se foutait sur orbite*. Enfin on se bastonnait jamais avec une autre bande, on *se coltinait une chierie de merdier*.

La discussion, ce jour-là, roulait sur qui on voudrait dans son camp si jamais on se coltinait une chierie de merdier. Jimmie Polio (il parlait le premier parce qu'il avait fourni les cigarettes, que les potes d'Henry appelaient ces *putains de tiges à cancer*) choisit Skipper Brannigan parce que, d'après lui, Skipper n'avait peur de personne. Une fois, continua Jimmie, y avait un prof qui l'avait gonflé, le Skipper — à la soirée dansante du vendredi, c'était — et il l'avait tabassé à mort. Il avait expédié CE FOUTU CHAPERON en réparation, si vous entravez ce que je veux dire. Il était comme ça, son poteau, Skipper Brannigan.

Tous avaient écouté cette histoire religieusement et opiné, qui bouffant ses Rockets, qui suçant sa Popsicle ou fumant sa Kent. Ils savaient tous que Skipper Brannigan n'avait pas de couilles au cul et que Jimmie disait des conneries, mais aucun ne moufta. Putain, ça non. S'ils faisaient pas semblant de croire aux mensonges gros comme des maisons de Jimmie Polio, personne ferait semblant de croire aux leurs.

Tommy Fredericks se prononça pour John Parelli, Georgie Pratt pour Csaba Drabnick, connu aussi dans le quartier comme le Hongrois Fou. Frank Duganelli porta son choix sur Larry McCain, même si Larry était en centre de redressement ; Larry, *il faisait la loi, putain*, dit Frank.

Le tour d'Henry Dean était venu. Il accorda à la question toute la réflexion qu'elle méritait, puis entoura de son bras les épaules de son frère médusé. *Eddie*, dit-il, *mon frangin. C'est lui mon homme.*

Ils l'avaient dévisagé, tombant tous des nues — le plus étonné, étant Eddie lui-même. Sa mâchoire avait failli lui choir aux mollets. C'est alors que Jimmie Polio avait dit : *Arrête de déconner, Henry. C'est une question sérieuse. Qui t'aimerais avoir en renfort si jamais cette chierie te tombait dessus ?*

Mais je suis sérieux, avait répondu Henry.

Pourquoi Eddie ? avait demandé Georgie Pratt, faisant écho à la question qui trottait dans la tête d'Eddie lui-même. *Il pourrait pas casser une noix, même si elle était déjà ouverte. Alors pourquoi, bordel de merde ?*

Henry réfléchit encore un peu — non pas, Eddie en était convaincu, parce qu'il ne savait pas pourquoi, mais parce qu'il lui fallait trouver la façon d'exprimer la chose. Puis, il fit : *Parce que, lorsque Eddie est en train de zoner, il pourrait convaincre le diable en personne de se foutre le feu au cul.*

L'image de Jake réapparut, un souvenir chevauchant l'autre. Jake frottant de l'acier contre du silex, projetant des étincelles sur le petit bois de leur feu de camp, étincelles qui faisaient long feu.

Il pourrait convaincre le diable de se foutre le feu au cul.

Plus près ton silex, disait Roland. Et maintenant un troisième souvenir s'en mêlait : Roland, devant la porte qu'ils avaient trouvée au bout de la plage, Roland brûlant de fièvre, à deux doigts de la mort, tremblant comme une maraca, toussant, ses yeux bleu bombardier fixés sur Eddie, Roland qui lui avait dit : *Approche-toi, Eddie — approche, au nom de ton père !*

Parce qu'il voulait me mettre le grappin dessus, songeait Eddie. Faiblement, comme provenant à travers l'une de ces portes magiques de quelque autre monde, il entendit Blaine les avertir que la partie finale avait commencé ; s'ils avaient gardé leurs meilleures devinettes en réserve, le moment était venu de les débiter fissa ! Il leur restait une heure.

Une heure ! Une heure, pas plus !

Son esprit tenta de se raccrocher à ça, mais Eddie l'éperonna plus loin. Quelque chose se produisait en son for intérieur (du moins pria-t-il que ce fût bien le cas), une sorte d'association d'idées du désespoir, et il n'allait pas faire tout foirer pour des histoires de *deadlines*, conséquences et autres conneries : s'il bastait, il perdrait jusqu'à sa moindre chance. En un sens, c'était comme percevoir quelque chose dans un morceau de bois, quelque chose qu'on pouvait tailler — un arc, une fronde, ou bien encore une clé pour ouvrir quelque porte inimaginable. On ne pouvait pas regarder très longtemps, cependant, du moins au début. C'était presque comme s'il vous fallait tailler ce morceau de bois, le dos tourné.

Il sentait les turbines de Blaine gagner en puissance au-dessous de lui. Intérieurement, il voyait le silex étinceler contre l'acier et il entendait Roland dire à Jake de rapprocher le silex. *Et ne le* frappe *pas contre l'acier, Jake,* frotte-le.

Qu'est-ce que je fous là ? Si c'est pas ce que je veux, pourquoi mon esprit n'arrête pas d' revenir ?

Parce que c'est le plus près dont je peux m'approcher tout en restant hors de la zone douloureuse. Rien qu'une souffrance de taille moyenne, en fait, mais ça me fait penser à Henry. Henry qui me mettait plus bas que terre.

Mais Henry a dit que tu pourrais convaincre le diable de se foutre le feu au cul.

Oui. Je l'ai toujours aimé parce qu'il a dit ça. C'était super.

Et maintenant, Eddie voyait Roland placer les mains de Jake, l'une tenant le silex, l'autre l'acier, plus près du petit bois. Jake était nerveux. Eddie s'en était aperçu ; Roland, aussi. Et pour calmer sa nervosité, détourner son esprit de la responsabilité d'allumer le feu, Roland avait...

Il avait posé à l'enfant une devinette.

Eddie Dean tira la chevillette de sa mémoire et, cette fois, la bobinette chut.

2

Le point clignotant vert se rapprochait de Topeka et, pour la première fois, Jake sentit une vibration... comme si la voie s'était délabrée au point que les compensateurs de Blaine n'arrivaient plus vraiment à faire face au problème. Avec la sensation retrouvée des vibrations, était revenue celle de vitesse. Les parois et le plafond du Compartiment de la Baronnie restaient obstinément opaques, mais Jake découvrit qu'il n'avait pas besoin de voir le paysage défiler, flouté, pour se le représenter. Blaine fonçait à plein régime, à présent, semant derrière lui son dernier *bang* supersonique à travers les Terres Perdues, jusqu'au Terminus de l'Entre-Deux-Mondes, et Jake découvrit aussi qu'il lui était facile d'imaginer les butoirs de transacier à l'extrémité du monorail. Ils seraient peints de rayures jaune et noir en diagonale. Il ignorait comment il pouvait le savoir, il en était pourtant sûr.

— PLUS QUE VINGT-CINQ MINUTES, fit Blaine avec son sempiternel contentement de soi, TU M'EN POSES UNE AUTRE, PISTOLERO ?

— Je ne crois pas, Blaine, répondit Roland d'un ton épuisé. J'en ai fini, tu m'as vaincu. Jake ?

Jake se leva et fit face à la carte-itinéraire. Dans sa poitrine, son cœur semblait cogner plus lentement et plus violemment à la fois, chaque battement comme un coup de poing sur la peau d'un tambour. Ote, tapi à ses pieds, le regardait anxieusement.

— Salut, Blaine, dit Jake, s'humectant les lèvres.

— SALUT, JAKE DE NEW YORK.

La voix faisait l'aimable, telle celle d'un vieux dégueulasse qui tripotait les enfants derrière les buissons.

— TU VEUX ME POSER DES DEVINETTES TIRÉES DE TON LIVRE ? NOUS N'AVONS PLUS BEAUCOUP DE TEMPS À RESTER ENSEMBLE.

— Oui, dit Jake. Je vais te poser ces devinettes. Et pour chacune, il faudra me dire ce que tu comprends de sa vérité, Blaine.

— VOILÀ QUI EST BIEN PARLÉ, JAKE DE NEW YORK. JE FERAI CE QUE TU ME DEMANDES.

Jake ouvrit le livre à l'endroit où il avait glissé son doigt. Dix devinettes. Onze, en comptant celle de Samson, qu'il gardait pour la bonne bouche. Si Blaine répondait à toutes (comme Jake n'en doutait plus désormais), Jake viendrait s'asseoir près de Roland, prendrait Ote sur ses genoux et attendrait la fin. Après tout, il y avait d'autres mondes que celui-ci.

— Écoute-moi, Blaine : Dans un tunnel de ténèbres se tapit une bête de fer. Elle ne peut attaquer qu'à reculons. Qu'est-ce que c'est ?

— UNE BALLE DANS LE CANON.

Pas d'hésitation.

— Marche dessus en vie, elles ne diront mie. Mais si elles ont péri, tu leur arracheras des cris. C'est qui ?

— DES FEUILLES TOMBÉES DE L'ARBRE.

Toujours pas d'hésitation. Mais pourquoi Jake, sachant au fond de son cœur la partie perdue, ressentait-il un tel désespoir, une telle amertume, une telle colère ?

Parce qu'il est vraiment chiant, voilà pourquoi. Blaine est MAXI chiant et j'aimerais bien lui claquer le beignet, au moins une fois. Je crois même que l'arrêter ne vient qu'en second sur ma liste de priorités.

Jake tourna la page. Il n'était plus très loin de la partie arrachée de *Tradéridéra, devine-moi !* ; il sentait sous son doigt comme une souche déchiquetée, tout près de la fin du livre. Il revit Aaron Deepneau dans le Restaurant Spirituel de Manhattan, lui disant de repasser quand il voulait, de venir faire une petite partie d'échecs, et en plus, ce gros tas faisait du super bon café. Une bouffée de mal du pays, forte comme la mort, le balaya. Il sentit qu'il aurait vendu son âme, ne serait-ce que pour jeter un coup d'œil sur New York ; ah merde, il l'aurait vendue rien que pour se remplir les poumons des gaz d'échappement sur la 42e Rue à l'heure de pointe.

Il repoussa cette idée et passa à la devinette suivante.

— Je ne suis qu'émeraudes et diamants, si la lune me perd, le soleil me retrouve et me boit vivement. Qui suis-je ?

— LA ROSÉE.

Toujours aussi implacable. Toujours pas d'hésitation.

Le point vert se rapprochait de Topeka, couvrant la dernière ligne droite de la carte-itinéraire. Jake posa ses devinettes et Blaine y répondit, l'une après l'autre. Quand Jake tourna la dernière page, il vit dans un encadré un message de l'auteur, de l'éditeur ou de celui Dieu sait comment on l'appelle qui collationne les livres de ce genre : *Nous espérons vous avoir bien divertis grâce à cette combinaison unique d'imagination et de logique que l'on définit par le terme de DEVINETTE !*

Eh bien, pas moi, songea Jake. *Je me suis pas diverti une seule fois, que la peste t'étouffe !* Cependant, quand il regarda la question au-dessus de l'encadré, il reprit un soupçon d'espoir. Il lui sembla que, dans ce cas-là, du moins, ils avaient vraiment gardé la meilleure pour la fin.

Sur la carte-itinéraire, le point vert n'était plus qu'à un cheveu de Topeka.

— Dépêche, Jake, murmura Susannah.

— Blaine ?

— OUI, JAKE DE NEW YORK ?

— Je vole, mais n'ai point d'ailes. Je vois, mais n'ai point d'yeux. Je galope, mais n'ai point de pattes. Plus féroce qu'une bête fauve, plus forte que l'ennemi. Je suis rusée, implacable et immense ; au final, je règne sur tout et tous. Qui suis-je ?

Le Pistolero avait relevé ses yeux bleus, qui brillaient. Susannah tourna un visage plein d'expectative vers la carte-itinéraire. Et pourtant, la réponse de Blaine fusa, aussi prompte que jamais.

— L'IMAGINATION HUMAINE.

Jake envisagea un bref instant de chipoter, puis se dit : *A quoi bon perdre notre temps ?* Comme toujours, la réponse, quand elle était juste, paraissait découler d'elle-même.

— Grand Merci, *sai* Blaine. Tu as dit vrai.

— ET L'OIE DU JOUR DE FÊTE EST PRESQUE À MOI, JE CUIDE. NOUS SOMMES A DIX-NEUF MINUTES ET CINQUANTE SECONDES DU TERMINUS. TU VEUX ENCORE DIRE QUELQUE CHOSE, JAKE DE NEW YORK ? MES CAPTEURS VISUELS INDIQUENT QUE TU AS ATTEINT LA FIN DE TON LIVRE, QUI N'ÉTAIT PAS SI BON QUE ÇA, APRÈS TOUT, ET SUR LEQUEL J'AI FONDÉ DE TROP GRANDS ESPOIRS.

— Décidément, tout le monde y va de sa putain de critique, dit Susannah, *sotto voce*.

Elle essuya une larme à l'œil ; sans la regarder, le Pistolero lui prit la main et la serra très fort.

— Il m'en reste encore une, Blaine, dit Jake.

— EXCELLENT.

— De celui qui mange est sorti ce qui se mange et du fort est sorti le doux.

— CETTE DEVINETTE PROVIENT DU LIVRE SAINT QUE L'ON APPELLE « L'ANCIEN TESTAMENT DE LA BIBLE DU ROI JAMES ».

Blaine eut l'air amusé et Jake sentit son dernier espoir l'abandonner. Il en aurait pleuré — pas tant de peur que de frustration.

— ELLE EST POSÉE PAR SAMSON L'HOMME FORT. CELUI QUI MANGE EST UN LION ; LA DOUCEUR EST CELLE DU MIEL DES ABEILLES QUI ONT FAIT LEUR RUCHE DANS LE CRÂNE DU LION. ENCORE UNE ? IL TE RESTE UN PEU PLUS DE DIX-HUIT MINUTES, JAKE.

Jake fit non de la tête. Il lâcha *Tradéridéra, devine-moi !* et ne put réprimer un sourire en voyant Ote le prendre entre ses dents et tendre son très long cou pour le lui rendre.

— MEUNCE ALORSSE, MON P'TIT COW-BOY, HONTE-T-À TOI AVEC UN GRAND O.

Jake trouva carrément insupportable cette nouvelle imitation de John Wayne, vu les circonstances.

— ON DIRAIT BEN QUE J'M'AI GAGNÉ CETTE OIE, À MOINSSE QUE QUÉ'-QU'UN D'AUTRE Y VEUILLE PRENDRE LA PAROLE. QU'EST-CE QUE T'EN DIS, OTE DE L'ENTRE-DEUX-MONDES ? T'AURAIS PAS QUELQUES DEVINETTES, MON P'TIT POTE LE BAFOUILLEUX ?

— Ote ! répondit le bafouilleux, le museau dans le livre.

Jack toujours souriant le lui prit et vint s'asseoir près de Roland, qui lui passa un bras autour des épaules.

— ET TOI, SUSANNAH DE NEW YORK ?

Elle fit non de la tête, sans même lever les yeux. Ayant retourné la main de Roland dans la sienne, elle caressa les moignons cicatrisés de ses deux premiers doigts.

— ET TOI, ROLAND, FILS DE STEVEN ? TU NE TE SOUVIENS PAS D'UNE AUTRE DEVINETTE DES JOURS DE FÊTE DE GILEAD ?

Roland lui aussi secoua la tête... c'est alors que Jake vit Eddie Dean relever la sienne. Un étrange sourire flottait sur ses lèvres et dans ses yeux brillait une étrange lueur. Jake prit conscience que tout espoir ne l'avait pas déserté, après tout. Il fleurissait à nouveau en lui, rouge de mille feux. Comme une rose... oui, comme une rose en pleine poussée de fièvre de son été.

— Blaine ? appela Eddie à voix basse.

Aux oreilles de Jake, son ton paraissait bizarrement étranglé.

— OUI, EDDIE DE NEW YORK.

Le dédain était manifeste.

— J'ai une ou deux devinettes à te poser, annonça Eddie. Histoire de passer le temps avant d'arriver à Topeka, tu vois.

Non, se dit Jake, Eddie n'a pas un son de voix étranglé, il a celui de quelqu'un qui étouffe un fou rire.

— JE T'ÉCOUTE, EDDIE DE NEW YORK.

3

Assis à écouter Jake dérouler jusqu'à épuisement du stock ses devinettes, Eddie avait rêvassé à l'histoire de l'oie du Jour de Fête de Roland. Puis de là, son esprit était revenu à Henry, voyageant du point A au point B par la magie de l'association d'idées. Ou si on voulait être zen, via la Trans-Volatile Airlines : de l'oie à la dinde. Henry et lui avaient parlé une fois de décrocher de l'héro. Henry avait affirmé que « la dinde froide [1] » n'était pas la seule méthode ; d'après lui, on pouvait appliquer aussi celle de la « dinde fraîche ». Eddie avait alors demandé à Henry comment il appelait un accro qui s'administrait un mauvais shoot et Henry lui avait répondu aussi sec : « Un pigeon rôti. » Ils avaient bien rigolé... mais à présent, si longtemps, si étrangement plus tard, la blague prenait des airs de devoir bientôt s'appliquer à Dean junior, sans parler des nouveaux amis de Dean junior. Avant longtemps, y avait tout lieu de craindre qu'ils seraient tous cramés, pigeons ou pas pigeons.

A moins que tu puisses t'en tirer en zonant comme un chef.

Oui.

Alors, vas-y, Eddie. C'était la voix d'Henry, à nouveau, ce vieil occupant de sa tête ; mais désormais Henry avait le verbe haut et clair. Henry avait la voix d'un ami et plus d'un ennemi, comme si tous les vieux conflits étaient enfin aplanis, toutes les haches de guerre, enterrées. *Vas-y — oblige le diable à se foutre le feu au cul. Ça te fera un petit peu mal, mais t'as connu pire. Et merde, je t'ai fait*

1. *Cold Turkey* désigne en argot le sevrage brutal, sans transition, de drogue *(N.d.T.)*.

pire que ça et t'as survécu. Très bien même. Et tu sais où tu dois chercher.

Et comment ! Dans leur palabre autour du feu de camp que Jake avait fini par réussir à allumer. Roland avait posé une devinette au gosse pour relâcher sa tension, Jake avait fait jaillir une étincelle dans le petit bois ; alors, ils avaient tous fait cercle autour du feu et avaient parlé. Parlé et joué aux devinettes.

Eddie savait aussi autre chose. Blaine avait répondu à des centaines de devinettes pendant qu'ils roulaient vers le sud-est, le long du Sentier du Rayon, et les autres croyaient qu'il avait répondu à toutes sans hésiter. Eddie avait cru la même chose... mais en repensant à leur joute à présent, il prit conscience d'une chose fort intéressante : Blaine *avait hésité*.

Une seule fois.

Et il était furax,aussi. Tout comme Roland.

Le Pistolero, qu'Eddie exaspérait souvent, ne s'était mis vraiment en colère contre lui qu'une seule fois, quand, après avoir sculpté la clé, Eddie avait manqué s'étouffer. Roland avait tenté de dissimuler l'étendue de sa colère — avait tâché de la faire prendre pour une simple crise d'exaspération — mais Eddie avait senti ce qu'elle masquait par en dessous. Il avait vécu assez longtemps aux côtés d'Henry Dean pour s'être finement exercé aux mauvaises ondes. Il s'était senti blessé aussi — pas de la colère de Roland en elle-même — mais du mépris dont elle se teintait. Le mépris avait toujours été l'une des armes favorites d'Henry.

Pourquoi le bébé mort est-il passé de l'autre côté ? avait demandé Eddie. *Parce qu'on l'avait attaché à la patte du poulet qui a traversé la route, neuk, neuk, neuk !*

Un peu plus tard, Eddie avait essayé de défendre sa devinette, plaidant qu'elle était de mauvais goût, mais non dénuée de sel. La réponse de Roland avait ressemblé étrangement à celle de Blaine : *qu'elle soit de bon goût ou de mauvais goût, peu m'importe. Elle n'a pas de sens, elle est donc insoluble. C'est ce qui la rend stupide. Une bonne devinette ne l'est jamais*.

Mais au moment où Jake finissait de poser ses devinettes à Blaine, Eddie comprit une chose fabuleuse et libératrice : l'adjectif *bonne* était à prendre. Il l'avait toujours été, le serait toujours. Celui qui l'utilisait pouvait bien avoir mille ans et tirer comme Buffalo Bill, l'adjectif était toujours bon à ramasser. Roland avait reconnu n'avoir jamais excellé au jeu de devinettes. D'après son instructeur, Roland réfléchissait trop ; d'après son père, il manquait d'imagination. Quelle que fût la raison, Roland de Gilead n'avait jamais remporté un concours de Jour de Fête. Il avait survécu à tous ses contemporains, ce qui représentait une sorte de victoire, mais n'avait jamais ramené l'oie chez lui. *J'ai toujours dégainé plus vite que mes potes, mais j'ai jamais été très bon pour chercher midi à quatorze heures*.

Eddie se rappela avoir tenté d'expliquer à Roland que les blagues étaient des devinettes destinées à vous aider à améliorer ce don souvent laissé en friche, mais Roland l'avait ignoré. De la même façon, avait supposé Eddie, qu'un daltonien ignorerait la description d'un arc-en-ciel faite par un quidam qui ne l'est pas.

Eddie se dit qu'il se pourrait bien que Blaine lui aussi ait du mal à chercher la petite bête.

Il prit conscience de Blaine demandant aux autres s'ils n'avaient plus de devinettes — allant jusqu'à poser la question à Ote ! Il perçut l'ironie moqueuse de la voix de Blaine, la perçut très clairement. Et comment. Parce qu'il était de retour. De retour de cette « zone » légendaire. De retour pour voir s'il arrivait à convaincre le diable de se foutre le feu au cul. Aucun flingue ne l'aiderait cette fois, mais peut-être était-ce mieux comme ça. Peut-être que c'était mieux parce que...

Parce que je tire avec ma tête. Ma tête. Que Dieu m'aide à descendre cette machine à calculer, bouffie comme une outre avec ma tête. Qu'il m'aide à la descendre en lui faisant chercher midi à quatorze heures.

— Blaine ? fit-il. Et quand l'ordinateur l'eut reconnu, il ajouta : J'ai une ou deux devinettes à te poser.

En parlant, il découvrit quelque chose de merveilleux : il luttait pour ne pas éclater de rire.

4

— JE T'ÉCOUTE, EDDIE DE NEW YORK.

Pas le temps de prévenir les autres de se tenir sur leurs gardes, que tout pouvait arriver, mais à les voir, c'était pas la peine. Eddie les oublia et concentra entièrement son attention sur Blaine.

— Qu'est-ce qui a quatre roues et un million d'ailes ?

— UN TOMBEREAU D'ORDURES GROUILLANT DE MOUCHES, JE L'AI DÉJÀ DIT.

De la désapprobation — et de l'aversion ? Ouais, probable — tout ça sourdait de cette voix.

— ES-TU STUPIDE OU DISTRAIT AU POINT DE NE PAS T'EN SOUVENIR ? C'EST LA PREMIÈRE DEVINETTE QUE VOUS M'AYEZ POSÉE.

Oui, songea Eddie. *Et ce qu'on a pas été foutus de remarquer — obsédés qu'on était par l'idée fixe de te coller à l'aide d'un remue-méninges tiré du passé de Roland ou du livre de Jake, c'est que la joute a bien failli s'achever là.*

— Tu l'as pas aimée celle-là, hein, Blaine ?

— JE L'AI TROUVÉE EXCESSIVEMENT STUPIDE, reconnut Blaine. C'EST PEUT-ÊTRE POUR ÇA QUE TU ME LA REPOSES. QUI SE RESSEMBLE S'ASSEMBLE, EDDIE DE NEW YORK, N'EST-CE PAS COMME ÇA QU'ON DIT ?

Un sourire illumina le visage d'Eddie ; il menaça du doigt la carte-itinéraire.

— Tu peux me briser le dos et les os, mais pas me blesser avec des mots. Ou comme on disait dans mon quartier : « Traite-moi comme un chien et moins que rien, n'empêche que j'aurai toujours la trique pour niquer ta mère. »

— Dépêche ! lui chuchota Jake. Si tu peux faire quelque chose, fais-le !

— Il n'aime pas les questions bêtes, fit Eddie. Il n'aime pas les jeux bêtes. Et dire qu'on le *savait*. On le savait grâce à *Charlie le Tchou-tchou*. Comment on a pu être aussi aveugles ? Merde, c'était celui-là, le livre aux réponses, pas *Tradéridéra, devine-moi !* Et dire qu'on s'en est jamais doutés !

Eddie chercha l'autre devinette figurant dans la composition de fin d'année de Jake, puis l'ayant trouvée, la posa.

— Blaine, quand est-ce qu'une porte n'est plus une porte ?

A nouveau, et pour la première fois depuis que Susannah lui avait demandé ce qui a quatre roues et un million d'ailes, retentit un claquement particulier, celui d'une langue contre le palais. Un ange passa plus vite que celui qui avait suivi la première devinette posée par Susannah, mais impossible de ne pas le remarquer — Eddie l'entendit nettement.

— QUAND ELLE EST HORS DE SES GONDS, ÉVIDEMMENT, dit Blaine, d'un ton sévère et tristounet. IL TE RESTE TREIZE MINUTES CINQ SECONDES AVANT LE TERMINUS, EDDIE DE NEW YORK. TU AS ENVIE DE MOURIR, LA BOUCHE PLEINE DE DEVINETTES AUSSI STUPIDES ?

Eddie se carra sur son siège, les yeux rivés sur la carte-itinéraire. Et malgré la sueur qui lui dégoulinait allégrement dans le dos, son sourire s'élargit encore.

— Cesse de pleurnicher, mon pote. Si tu veux avoir le privilège de nous expédier salir le paysage, va falloir que tu te coltines une poignée de devinettes qui sont pas tout à fait du niveau de ta logique.

— JE T'INTERDIS DE ME PARLER SUR CE TON.

— Sinon quoi ? Tu me tueras ? Ne me fais pas rire. Joue. Tu as accepté la partie. Alors, joue.

La carte-itinéraire émettait de brefs éclairs de lumière rose.

— Tu le mets en colère, se lamenta Little Blaine. Oh ! tu le mets tellement en colère.

— Tire-toi, petit merdeux, dit Eddie, pas très méchamment, et quand la lueur rose s'estompa, révélant une fois encore le point vert clignotant qui coïncidait ou tout comme avec Topeka, Eddie ajouta :

— Réponds un peu à celle-là, Blaine : Pince-mi et pince-moi s'en allèrent sur la Send en bateau. Pince-mi se noya. Qui resta ?

— C'EST INDIGNE DE NOTRE CONCOURS. JE NE RÉPONDRAI PAS.

Et sur ce dernier mot, la voix de Blaine changea de registre, elle ressemblait maintenant à celle d'un gamin de quatorze ans en pleine mue.

Les yeux de Roland lançaient des flammes à présent.

— Que dis-tu, Blaine ? J'aimerais comprendre, tu jettes l'éponge ?

— NON ! BIEN SÛR QUE NON ! MAIS...

— Alors réponds si tu peux. Réponds à cette devinette.

— C'EST *PAS* UNE DEVINETTE ! chevrota presque Blaine. C'EST UNE

BLAGUE, UN TRUC IDIOT BON À FAIRE RICANER LES ENFANTS DANS LA COUR DE RÉCRÉATION !

— Réponds tout de suite sinon je déclare le concours terminé et notre *ka-tet* vainqueur, dit Roland.

Il s'exprimait du ton sec et plein de confiance en soi qu'Eddie lui avait entendu pour la première fois à River Crossing.

— Tu dois répondre, car tu te plains de la stupidité des devinettes, non pas d'un non-respect des règles, sur lesquelles nous sommes tombés mutuellement d'accord.

Encore un de ces claquements, mais cette fois beaucoup plus fort — si fort qu'Eddie en grimaça de douleur. Ote coucha ses oreilles contre son crâne. Le bruit fut suivi du plus long silence que Blaine ait observé jusque-là ; trois bonnes secondes, au moins. Puis :

— PINCE-MOI, fit Blaine d'un ton boudeur. JE ME SENS DÉSHONORÉ DE DEVOIR RÉPONDRE À UNE DEVINETTE SI INDIGNE DE MOI.

Eddie leva sa main droite. Et se frotta le pouce et l'index l'un contre l'autre.

— QU'EST-CE QUE ÇA SIGNIFIE, STUPIDE INDIVIDU ?

— C'est le plus petit violon du monde en train de jouer *mon cœur te pisse à la raie*, répondit Eddie.

Jake fut pris d'une crise de fou rire inextinguible.

— Mais ne tiens pas compte de cet humour new-yorkais à quatre balles ; revenons à notre concours. Pourquoi les agents de police portent-ils des ceintures ?

Les lumières du Compartiment de la Baronnie se mirent à clignoter. Un drôle de phénomène affectait également les parois : elles commencèrent à s'ouvrir et à se fermer en fondu, tendant vers la transparence, peut-être, avant de s'opacifier à nouveau. Assister à ça même du coin de l'œil fit qu'Eddie ne se sentait plus tout à fait dans son assiette.

— Blaine ? Réponds.

— Réponds, renchérit Roland, sinon je déclare le concours terminé et je te demanderai de tenir ta promesse.

Quelque chose effleura le coude d'Eddie. Baissant les yeux, il aperçut la jolie menotte de Susannah. Il la prit, la pressa en lui souriant. Il espéra que ce sourire reflétait plus de confiance en soi qu'il n'en éprouvait. Ils allaient remporter le concours — il en était quasiment sûr — mais sans avoir la moindre idée de la réaction de Blaine quand cela arriverait — si cela arrivait.

— POUR... POUR RETENIR LEURS PANTALONS ? énonça la voix de Blaine avant de répéter la question sous forme d'affirmation. POUR RETENIR LEURS PANTALONS, UNE DEVINETTE BASÉE SUR L'EXTRÊME SIMPLICITÉ DE...

— Très bien. C'est la bonne réponse, Blaine, mais n'essaie pas de gagner du temps, tu veux bien — ça marche pas. Suivante...

— J'INSISTE : JE VEUX QUE TU ARRÊTES DE ME POSER DES QUESTIONS BÊTES...

— Alors toi, arrête le monorail, dit Eddie. Si ça t'énerve autant, arrête-toi pile ici, et moi aussi j'arrêterai.

— NON.

— O.K., alors, on continue. Qu'est-ce qu'on lance blanc et qui retombe jaune ?

Un nouveau claquement suivit, si fort cette fois, qu'on avait l'impression d'une pointe d'aiguille enfoncée dans le tympan. Une pause de cinq secondes. A présent, le point vert était si proche de Topeka sur la carte-itinéraire qu'il illuminait le nom comme un néon chaque fois qu'il clignotait. Puis :

— UN ŒUF.

C'était la bonne réponse à une devinette qu'Eddie avait entendue pour la première fois dans l'impasse derrière chez Dahlie ou à un point de ralliement du même genre ; mais Blaine avait apparemment payé le prix fort en contraignant son esprit à utiliser un circuit pouvant concevoir la réponse : les lumières du Compartiment de la Baronnie lançaient des éclairs plus violents que jamais et Eddie entendait un bourdonnement assourdi venant de l'intérieur des parois — le genre de son qu'émet votre ampli stéréo juste avant que cette saloperie tombe en rade.

La carte-itinéraire crachotait une lueur rose.

— Stop ! s'écria Little Blaine, de la voix nasillarde d'un personnage d'un vieux dessin animé de la Warner Bros.

— Arrêtez ça, vous allez le tuer !

Et qu'est-ce que tu crois qu'il essaie de nous faire, petit merdeux ? songea Eddie.

Il envisagea d'en balancer une à Blaine que Jake lui avait apprise, la fameuse nuit de palabre, assis autour du feu de camp — qu'est-ce qui est vert, pèse cent tonnes et vit au fond de l'océan ? Moby Sniff, la Grande Baleine Morveuse ! — puis y renonça. Il voulait creuser plus profond en deçà des frontières de la logique qu'il n'était permis... et il pouvait y arriver. Il ne croyait pas pour ça devoir faire plus surréaliste que, disons, un écolier possédant une collection passable de cartes des Crados pour baiser royalement... et définitivement la gueule de Blaine. Parce que, nonobstant les nombreuses émotions que ses circuits dipolaires imaginatifs lui permettaient de contrefaire, *il* n'était rien d'autre qu'une machine — un ordinateur. Suivre Eddie si loin dans La Quatrième Dimension de Devinetteland avait ébranlé la santé d'esprit de Blaine.

— Pourquoi les gens vont au lit, Blaine ?

— PARCE QUE... PARCE QUE... NOMS DES DIEUX, PARCE QUE...

Un piaillement en sourdine commença à retentir en dessous d'eux et, soudain, le Compartiment de la Baronnie fut violemment secoué de droite à gauche. Susannah poussa un hurlement. Jake fut projeté sur ses genoux. Le Pistolero les rattrapa tous les deux.

— PARCE QUE LE LIT NE VIENDRA PAS À EUX, NOMS DES DIEUX ! IL VOUS RESTE NEUF MINUTES ET CINQUANTE SECONDES !

— Abandonne, Blaine, dit Eddie. Arrête avant que je t'explose complètement la cervelle. Si tu renonces pas, c'est ce qui va t'arriver. On le sait tous les deux.

— NON !

— J'ai un million de ces conneries-là en réserve. J'ai entendu que ça toute ma vie. Elles se sont collées dans ma mémoire comme les mouches au papier tue-mouches. Ben, pour d'autres personnes, c'est les recettes de cuisine. Alors qu'est-ce que t'en dis ? Tu te rends ?

— NON ! IL VOUS RESTE NEUF MINUTES ET TRENTE SECONDES !

— O.K., Blaine. Tu l'auras voulu. Voici celle qui va t'écrabouiller. Pourquoi le bébé mort est passé de l'autre côté ?

Le monorail se livra à un nouveau coup de roulis gigantesque ; Eddie ne comprit pas comment il réussit à rester sur la voie à la suite de ça, et pourtant. Les criailleries sous eux se faisaient plus fortes ; les parois, le sol et le plafond du compartiment se mirent à alterner en un cycle fou, opacité et transparence. A un moment, ils étaient cloîtrés, au suivant, précipités en avant, au-dessus d'un paysage baigné d'un jour grisâtre et qui s'étirait sans le moindre relief jusqu'à un horizon barrant ce monde en ligne droite.

La voix tombant des haut-parleurs était maintenant celle d'un enfant pris de panique :

— JE LE SAIS, JUSTE UN INSTANT, JE LE SAIS, RECHERCHE EN COURS, TOUS LES CIRCUITS LOGIQUES EN FONCTION...

— Réponds, dit Roland.

— IL ME FAUT PLUS DE TEMPS ! ON DOIT ME L'ACCORDER !

Il y avait maintenant une sorte de triomphe loufoque dans ces éclats de voix.

— AUCUNE LIMITE N'A ÉTÉ FIXÉE AU TEMPS DE RÉPONSE, ROLAND DE GILEAD, DÉTESTABLE PISTOLERO VENU D'UN PASSÉ QUI AURAIT DÛ RESTER MORT !

— C'est vrai, acquiesça Roland, aucune limite de temps n'a été fixée, tu as parfaitement raison. Mais tu ne peux pas nous tuer si tu n'as pas donné de réponse à toutes les devinettes, Blaine, et Topeka n'est plus très loin. Réponds !

Le Compartiment de la Baronnie se fondit dans l'invisibilité encore une fois et Eddie vit ce qui lui parut un grand silo à grains, tout rouillé, passer comme l'éclair : il resta juste assez longtemps dans son champ de vision pour qu'il l'identifie. Il évaluait maintenant la vitesse de folie à laquelle ils voyageaient ; peut-être 500 km/h de mieux que la vitesse de croisière d'un avion gros-porteur.

— Laissez-le tranquille ! gémit la voix de Little Blaine. Vous êtes en train de le tuer, je vous dis ! *En train de le tuer !*

— Et c'est t'y pas tout juste ce qu'y voulait ? demanda Susannah avec la voix de Detta Walker. Mouri' ? C'est bien ça qu'il a dit. On s'en fout, d'tout'façon. T'es pas un mauvais, toi, Little Blaine, mais mêm' un mond' aussi me'dique qu'çui-là se'a meilleu' quand ton g'and f'è'e, il au'a déba'assé le plancher. Nous, on a pas a'été juste de fai'e objection à ce qu'y nous emba'que avec lui.

— C'est ta dernière chance, reprit Roland. Tu réponds, ou bien l'oie est pour nous, Blaine.

— JE... JE... VOUS... SEIZE LOG TRENTE-TROIS... TOUTES CONSIGNES SOUSCRITES... ANTI... ANTI... AU COURS DE TOUTES CES ANNÉES... RAYON... DÉLUGE... PYTHAGORICIEN... LOGIQUE CARTÉSIENNE... PUIS-JE... OSÉ-JE... UNE PÊCHE... MANGER UNE PÊCHE... ALLMAN BROTHERS... PATRICIA... MA PUCE... SOURIRE ET COUP DU LAPIN... PENDULE ET

CADRANS... TIC-TAC... ONZE HEURES, L'HOMME EST DANS LA LUNE ET *HE'S READY TO ROCK*... INCESSAMMENT... INCESSAMMENT SOUS PEU, MON CHER... OH MA TÊTE... BLAINE... BLAINE OSERA... BLAINE RÉPONDRA... JE...

Blaine criait maintenant avec la voix d'un tout petit enfant, puis adopta une autre langue et se mit à chanter. D'après Eddie, c'était en français. Il ne reconnaissait aucun mot, mais à l'intro de la batterie, il reconnut parfaitement la chanson *Velcro Fly* par Z.Z. Top.

La vitre qui protégeait la carte-itinéraire explosa. Un instant plus tard, celle-ci explosa à son tour dans son boîtier, révélant un scintillement d'ampoules et un écheveau labyrinthique de circuits. Les lumières pulsaient au rythme de la batterie. Soudain une flamme jaillit dans un éclair bleu, faisant grésiller le contour du trou dans la paroi correspondant à la carte-itinéraire, qu'elle calcina. Du fin fond de la paroi, en provenance du mufle de Blaine en forme de balle de revolver, retentit un énorme grincement.

— Parce qu'on l'avait attaché à la patte du poulet qui a traversé la route, Ducon la Joie ! gueula Eddie.

Il se mit debout et se dirigea vers le trou fumant où se trouvait il y avait peu la carte-itinéraire. Susannah attrapa Eddie par un pan de sa chemise, mais il le remarqua à peine. Il savait à peine où il se trouvait, en fait. L'ardeur au combat l'avait envahi et le consumait de sa juste fièvre, faisant grésiller sa vision, frire ses synapses et rôtir son cœur dans son saint rougeoiement. Il avait Blaine dans le collimateur et, bien que la chose qui se dissimulait derrière la voix fût déjà mortellement blessée, il était incapable de cesser d'appuyer sur la détente : *Je tire avec ma tête*.

— Quelle est la différence entre une charrette pleine de boules de bowling et une charrette pleine de rats crevés ? délirait Eddie. C'est qu'on peut pas décharger les boules de bowling à la fourche !

Un hurlement terrible mêlant la colère et l'angoisse sortit du trou de feu la carte-itinéraire. Il fut suivi d'une bouffée de flammes bleues, comme si quelque part à l'avant du Compartiment de la Baronnie, un dragon électrique l'avait violemment vomie. Jake cria un avertissement, mais Eddie n'en eut pas besoin ; ses réflexes s'étaient aiguisés en vraies lames de rasoir. Il plongea et la rafale d'électricité lui frôla l'épaule droite au passage, lui hérissant les cheveux sur la nuque. Il dégaina son arme — un lourd calibre 45 à la crosse en bois de santal polie par l'usage, l'un des deux revolvers que Roland avait ramenés de l'Entre-Deux-Mondes en ruine. Il continua de se diriger vers l'avant du compartiment... sans cesser de parler, évidemment. Comme le disait Roland, Eddie *mourrait* en parlant. Comme son vieil ami Cuthbert. Eddie connaissait de bien pires façons de tirer sa révérence, mais une seule meilleure.

— Dis donc, Blaine, saleté de sadique, enfoiré ! Tant qu'on en est aux devinettes, tu sais quelle est la plus grande énigme d'Orient ? Beaucoup d' Chinetoques fument mais Chang-Kaï-Chique. T'as pigé ? Non ? *Tésolé,* Etlanger ! Écoute-moi encore celle-là : Pourquoi cette femme a-t-elle appelé son fils Sept et Demi ? Parce qu'elle a tiré son nom d'un chapeau !

Eddie avait atteint le carré qui pulsait. Il braqua le revolver de

Roland et le Compartiment de la Baronnie s'emplit soudain de son tonnerre. Il logea les six cartouches dans le trou, éventant le chien du plat de la main, comme Roland le leur avait enseigné, sachant que c'était *la* chose à faire, la seule qui convenait... que c'était ça, le *ka*, nom de Dieu, ce putain de *ka*, que c'était la façon d'en finir quand on était un pistolero. Il était l'un des membres de la tribu de Roland, fort bien, son âme était probablement damnée et vouée au plus profond puits de l'enfer, mais il n'aurait pas donné sa place pour toute l'héroïne d'Asie.

— JE TE DÉTESTE ! cria Blaine de sa voix puérile.

Elle avait perdu toutes ses aspérités, était devenue une bouillasse écœurante.

— JE TE DÉTESTE POUR TOUJOURS !

— C'est pas mourir qui t'embête, hein ?

Les lumières dans le trou où la carte-itinéraire s'était trouvée diminuaient d'intensité. D'autres flammes bleues jaillirent, mais Eddie eut à peine besoin de se reculer pour les éviter ; elles étaient courtes et faibles. Bientôt Blaine serait mort, et bien mort, comme les Ados et les Gris de Lud.

— C'est *perdre* qui t'embête.

— DÉTESTE... POURRRRrrrrr...

Le mot dégénéra en bourdon. Le bourdon se transforma en une sorte de bégaiement sourd. Puis, plus rien.

Eddie regarda autour de lui. Il vit Roland, enlaçant Susannah, un bras passé autour de ses fesses, comme on tient un bébé. Elle ceignait de ses cuisses la taille de Roland. Jake se tenait de l'autre côté du pistolero, Ote à ses talons.

Le trou de la carte-itinéraire dégageait une odeur particulière de matière carbonisée, pas vraiment désagréable. Aux narines d'Eddie, elle évoquait les feux de feuilles mortes en octobre. Autrement, le trou béait, noir et éteint comme l'œil d'un cadavre.

— *Ton oie est cuite, Blaine,* songea Eddie, *t'es plus qu'un pigeon rôti. Joyeux Noël, putain !*

5

Le piaillement sous le monorail se tut. Il y eut un dernier — et final — grincement sourd en provenance de l'avant, puis ce bruit-là cessa lui aussi. Roland se sentit vaciller légèrement en avant sur ses jambes et tendit sa main libre pour garder l'équilibre. Son corps sut ce qui s'était passé avant sa tête : les turbines de Blaine venaient de baisser pavillon. A présent, ils glissaient simplement le long de la voie. Mais...

— En arrière, toute, fit-il. Nous sommes en roue libre. Si nous sommes suffisamment près du terminus de Blaine, nous pouvons encore nous écraser.

Il les mena par-delà les restes virant à la flaque de la sculpture de glace, cadeau de bienvenue de Blaine, vers l'arrière du compartiment.

— Et n'approchez pas de ce truc, dit-il, désignant l'instrument qui avait tout du croisement d'un piano et d'un clavecin, dressé sur une petite plate-forme. Il pourrait se mettre à valser. Mes dieux, comme j'aimerais voir où nous sommes ! A plat ventre et la tête dans vos bras !

Ils firent ce qu'il leur avait ordonné. Et Roland les imita. Il resta étendu là, le menton au ras de l'épaisse moquette bleu roi, les yeux fermés, à réfléchir à ce qui venait juste de se passer.

— J'implore ton pardon, Eddie, dit-il. Comme elle tourne, la roue du *ka* ! Une fois, j'ai dû demander la même chose à mon ami Cuthbert... et pour la même raison. Je souffre d'aveuglement. Un aveuglement dû à mon *arrogance*.

— Je crois qu'il y a vraiment pas de quoi faire l'implorant, dit Eddie, mal à l'aise.

— Et pourtant, je n'avais que mépris pour tes blagues. Et elles viennent de nous sauver la vie. J'implore ton pardon. J'ai oublié le visage de mon père.

— T'as pas besoin d'être pardonné et t'as oublié le visage de personne, reprit Eddie. Tu peux rien contre ta nature, Roland.

Cela fit cogiter le Pistolero qui prit conscience de quelque chose de merveilleux et d'affreux à la fois : cette idée ne l'avait jamais effleuré. Pas une seule fois de toute sa vie. Qu'il fût captif du *ka* — il l'avait su depuis sa plus tendre enfance. Mais de sa *nature*... de sa *propre nature*...

— Merci, Eddie. Je crois que...

Mais avant même que Roland ait pu exprimer sa pensée, Blaine le Mono termina sa course dans un fracas implacable. Tous quatre furent violemment projetés dans l'allée centrale du Compartiment de la Baronnie. Ote, dans les bras de Jake, aboyait comme un perdu. La paroi avant de la cabine s'incurva et Roland alla y cogner, l'épaule la première. En dépit du rembourrage (la paroi était recouverte de moquette et au toucher, matelassée en dessous d'un tissu élastique), le choc fut suffisamment rude pour l'engourdir. Le lustre, affecté d'un coup de balancier, fut arraché du plafond, les criblant tous les quatre de ses pendeloques de verre. Jake roula sur le côté, se dégageant juste à temps de sa zone d'atterrissage. Le piano-clavecin vola de son estrade, alla rebondir contre l'un des canapés, avant de se renverser dans un *brrrannnggg* discordant. Le monorail pencha dangereusement sur la droite et le Pistolero banda toutes ses forces pour faire un rempart de son corps à Jake et à Susannah, si jamais Blaine allait jusqu'au tonneau complet. Mais il retomba sur son rail, le plancher encore un peu incliné, mais en repos.

Le voyage était terminé.

Le Pistolero se remit debout. Son épaule était toujours engourdie, mais le bras correspondant assurait son office, ce qui était bon signe. A sa gauche, Jake, sur son séant, débarrassait ses genoux des perles de verre du lustre, l'air hébété. A sa droite, Susannah étanchait une petite entaille sous l'œil d'Eddie.

— Très bien, dit Roland. Qui est bles...

Il y eut une explosion au-dessus de leurs têtes, un *pow !* creux qui rappela à Roland les *big bangueurs* que Cuthbert et Alain allumaient parfois et balançaient pour s'amuser dans les égouts ou les latrines derrière la souillarde. Et même une fois, Cuthbert avait tiré des *big bangueurs* avec sa fronde. Mais il ne s'agissait plus d'une farce ni d'un enfantillage, mais d'un...

Susannah poussa un cri très bref — de surprise plus que de peur, jugea Roland — et un jour brumeux vint baigner le front du Pistolero. Que c'était bon. L'air s'engouffrant par la sortie de secours pulvérisée était encore meilleur — d'une douceur extrême mêlant l'odeur de la pluie à celle de la terre mouillée.

Il y eut un cliquetis d'osselets et une échelle — munie de barreaux métalliques tordus — tomba d'en haut par une fente.

— Ils commencent par vous balancer le lustre à la tête, puis ils vous montrent la porte, dit Eddie.

Il se releva tant bien que mal avant d'aider Susannah à faire de même.

— Bon, je sais quand je deviens indésirable. Imitons les abeilles et allons butiner ailleurs.

— Ça me va, dit Susannah, réavançant la main vers l'entaille sur le visage d'Eddie.

Ce dernier lui saisit les doigts et les lui baisa, en lui disant d'arrêter de tâter comme ça la « ma'chandise ».

— Jake ? demanda le Pistolero. Ça va ?

— Oui, répondit Jake. Et toi, Ote ?

— Ote !

— A mon avis, ça va pour lui, aussi.

Il leva sa main blessée et la contempla avec une dose certaine de sinistrose.

— Elle te refait mal, hein ? demanda le Pistolero.

— Ouais. L'effet de ce que lui a fait Blaine disparaît. Mais je m'en contrefous — je suis tellement content d'être encore en vie.

— Oui. C'est bon, la vie. L'*astine* aussi. Il m'en reste un peu.

— Tu veux dire de l'aspirine ?

Roland acquiesça. Un cachet aux propriétés magiques du monde de Jake, mais dont le nom restait imprononçable pour lui.

— Neuf médecins sur dix conseillent l'Anacine, mon chou, dit Susannah, qui ajouta en voyant Jake tourner vers elle un regard interrogateur : Je parie qu'on en prescrivait déjà plus de ton *quand*, hein ? Pas d'importance. On est ici et maintenant, mon chichou, et puis, là et bien là, y a que ça qui compte.

Prenant Jake dans ses bras, elle lui planta un bisou entre les deux yeux, sur le nez, enfin à fleur de bouche. Jake éclata de rire et devint rouge comme une pivoine.

— Y a que ça qui compte et, pour l'instant, c'est l'unique chose au monde qui compte.

6

— Les premiers soins, ça attendra, dit Eddie.

Il entoura les épaules de Jake de son bras et guida le garçon jusqu'à l'échelle.

— Tu peux t'aider de cette main-là pour grimper ?

— Oui. Mais je peux plus porter Ote. Roland, tu veux bien t'en charger ?

— Oui, fit le Pistolero, prenant Ote qu'il fourra dans sa chemise, comme lors de sa descente dans le puits d'égout quand il cherchait à rejoindre Jake et Gasher sous la ville de Lud. Ote surveillait Jake de ses yeux brillants cerclés d'or.

— Allez, passe devant.

Jake grimpa. Roland le suivit suffisamment de près pour qu'Ote en étirant son long cou puisse renifler les talons du gamin.

— Eh, Suzie ? demanda Eddie. T'as pas besoin qu'on te pousse ?

— Pour que tes vilaines mains se baladent sur mon joli cul ? Et puis quoi encore, p'tit Blanc !

Là-dessus, elle lui décocha une œillade et se mit à grimper, se hissant facilement à la force de ses bras musclés, ses moignons de jambes faisant contrepoids. Elle allait vite, mais pas assez pour Eddie ; à qui il suffit de tendre la main pour pincer légèrement sa partie charnue.

— Oh, mon innocence ! s'écria Susannah, en riant et roulant des yeux blancs.

Puis elle disparut. Ne restait plus qu'Eddie au pied de l'échelle qui regarda autour de lui le compartiment luxueux qu'il avait bien cru devoir être le cercueil de leur *ka-tet*.

T'as réussi, gamin, dit Henry. *Il s'est foutu le feu au cul. Je savais que tu pouvais l'faire, bordel ; tu te souviens quand j'l'ai dit à ce tas de déchets derrière chez Dahlie ? Jimmie Polio et les autres ? Et comme ils se sont marrés ? Et pourtant t'y es arrivé. Tu l'as expédié en réparation, putain, et comment.*

Ben ouais, ça a marché, quoi, songea Eddie, qui toucha la crosse du revolver de Roland sans même s'en rendre compte. *C'est quand même bien qu'on s'en soit tirés encore une fois, nous tous.*

Il escalada deux barreaux, puis regarda en bas, derrière lui. Le Compartiment de la Baronnie donnait déjà une impression de mort. De mort *de longue date*, en fait, rien de plus qu'un artefact d'un monde qui avait « changé ».

— *Adios,* Blaine, dit Eddie. Salut, partenaire.

Et il rejoignit ses amis à l'extérieur en empruntant l'issue de secours du toit.

Chapitre 4

Topeka

1

Jake se tenait sur le toit légèrement incliné de Blaine le Mono et regardait en direction du sud-est en suivant le Sentier du Rayon. Le vent chamaillait ses cheveux (assez longs et d'une coupe radicalement non pipérienne, à présent) sur ses tempes et son front par vagues. Il ouvrait des yeux ronds de surprise.

Il ne savait trop à quoi il s'était attendu — à une version réduite de Lud, en plus provinciale, peut-être — mais certes pas à voir ce qui dominait les arbres d'un parc voisin : un panneau autoroutier d'un vert criard surmonté d'un écusson bleu, se détachant contre le ciel d'automne d'un gris uniforme :

Roland le rejoignit, retira doucement Ote de sa chemise et le déposa sur le toit de Blaine. Le bafouilleux renifla la surface rose, puis regarda vers l'avant du Mono. Là-bas, la tête lisse du train en balle de revolver n'était plus qu'un froissement de métal qu'on aurait pelé en deux ailes déchiquetées. Une double estafilade sombre, commençant à la pointe du Mono et venant s'interrompre à une dizaine de mètres de l'endroit où se tenaient Jake et Roland, blessait le toit de ses parallèles. A l'extrémité de chacune, on voyait un large pylône métallique, rayé jaune et noir. Ils paraissaient jaillir du toit du monorail, juste avant le Compartiment de la Baronnie. Pour Jake, ils ressemblaient un peu aux poteaux de but d'un terrain de foot.

— Ce sont les butoirs du quai qu'il parlait de se prendre de plein fouet, murmura Susannah.

Roland approuva du chef.

— On a eu de la veine de s'en tirer, mon grand, tu sais ça ? Si ce bidule avait roulé plus vite...

— Le *ka*, prononça Eddie, dans leur dos.

Roland acquiesça.

— Oui. Le *ka*.

Jake se désintéressa des poteaux de but en transacier et se tourna à nouveau vers le panneau, persuadé à demi qu'il ne serait plus là ou bien qu'il dirait autre chose (AUTOROUTE À PÉAGE DE L'ENTRE-DEUX-MONDES ou bien encore ATTENTION AUX DÉMONS), mais il n'avait pas bougé d'un pouce et indiquait toujours la même chose.

— Eddie ? Susannah ? Vous avez vu ça ?

Ils suivirent des yeux son doigt pointé. Pendant un instant — assez long toutefois pour que Jake craigne d'avoir été victime d'une hallucination — aucun d'eux ne pipa mot. Puis Eddie fit à voix basse :

— Putain de merde. On est rentrés chez nous ? Et si c'est bien le cas, où sont passés les gens ? Et si un machin comme Blaine faisait un arrêt à Topeka — *notre Topeka*, Topeka, Kansas — comment se fait-il que je n'aie jamais rien vu là-dessus dans *Soixante minutes* ?

— C'est quoi *Soixante minutes* ? demanda Susannah.

La main en visière, elle regardait vers le panneau, au sud-est.

— Une émission de télé, animée par de vieux schnocks blancs en costard-cravate, dit Eddie. Tu l'as ratée à cinq ou dix ans près. Pas grave. Mais ce panneau...

— O.K., on est au Kansas, fit Susannah. Et dans *notre* Kansas, je pense.

Elle avait repéré un autre panneau, dépassant à peine des arbres. Elle le désigna à Jake, Eddie et Roland.

— Il y a un Kansas dans ton monde, Roland ?

— Non, répondit Roland, l'œil fixé sur les panneaux. Nous sommes loin des confins du monde qui était le mien. J'en étais déjà fort éloigné avant même de vous rencontrer tous les trois. Cet endroit...

Il s'interrompit, penchant la tête comme à l'écoute d'un bruit à la limite de l'audible. Et l'expression de son visage... Jake ne l'aimait pas beaucoup.

— Oyez, oyez, les mômes ! fit Eddie avec enjouement. Aujourd'hui, Cours de Géo Zarbi de l'Entre-Deux-Mondes. Faut savoir, les gars et les nanas, que dans l'Entre-Deux-Mondes, on part de New York, on se dirige au sud-est vers le Kansas, avant de suivre le Sentier du Rayon jusqu'à ce qu'on atteigne la Tour Sombre... qui se trouve pile poil au milieu de tout et n'importe quoi. Primo, faut combattre les homards géants ! Deuzio, prendre le train psychotique ! Et après une virée à notre snack-bar préféré pour un *popkin* ou deux...

— Aucun de vous n'entend rien ? le coupa Roland.

Jake dressa l'oreille. Il entendit le vent échevelant les arbres du parc voisin — dont les feuilles commençaient à changer de couleur — et aussi le cliquetis des ongles des pattes d'Ote qui revenait vers eux sans se presser, le long du toit du Compartiment de la Baronnie. Puis Ote s'arrêta et, avec lui, le bruit qu'il faisait...

Une main saisit Jake par le bras, le faisant sursauter. C'était Susannah. La tête penchée, elle écarquillait les yeux. Eddie aussi écoutait. Ote, *idem* : les oreilles dressées et un gémissement étouffé au fond de la gorge.

Jake eut une poussée de chair de poule, tout en faisant la grimace. Le son, bien que très faible, agaçait les oreilles comme un zeste de citron agace les dents. Jake avait déjà entendu quelque chose de ressemblant. Ça remontait à ses cinq-six ans ; il y avait une espèce de dingue à Central Park qui se prenait pour un musicien... ouais, bien sûr, à Central Park, des *tonnes* de dingues se prenaient pour des musiciens, mais c'était le seul que Jake ait jamais vu jouer avec un outil de menuisier. Sur un écriteau posé près de son chapeau renversé, on pouvait lire : LE PLUS GRAND JOUEUR DE SCIE DU MONDE ! HEIN QU'ON DIRAIT DE LA MUSIQUE HAWAÏENNE ! AIDEZ-MOI D'UNE PETITE PIÈCE SVP !

Jake était en compagnie de Greta Shaw, la première fois qu'il avait rencontré le joueur de scie musicale ; il se souvenait comme elle avait pressé le pas en arrivant à sa hauteur. Il était assis là comme le violoncelliste d'un orchestre symphonique, sauf qu'il avait une scie à main, maculée de rouille, étalée sur les genoux. Jake se souvint de l'expression horrifiée et comique de Mrs Shaw et la moue de ses lèvres pincées, comme si... ben ouais, comme si elle venait de mordre à belles dents dans un quartier de citron.

Si le son qu'il entendait aujourd'hui n'était pas *exactement* semblable à celui

(HEIN QU'ON DIRAIT DE LA MUSIQUE HAWAÏENNE !)

que le type du parc produisait en faisant vibrer la lame de sa scie, il s'en rapprochait beaucoup : un son métallique, pleurard, tremblotant qui vous montait aux sinus et vous donnait l'impression que vos yeux allaient cracher de l'eau. D'où cela provenait-il ? Jake n'aurait su le dire. Le son semblait surgir de partout et de nulle part ; en même temps, il était si bas qu'il aurait facilement cru que tout ça n'était qu'un effet de son imagination, si les autres ne l'avaient pas...

— Attention ! cria Eddie. Aidez-moi, les mecs ! Je crois qu'il va s'évanouir !

Jake pivota vers le Pistolero et vit que sa figure était devenue aussi pâle que du fromage blanc, au-dessus de sa chemise décolorée par la poussière. Ses yeux ronds n'offraient qu'un regard vide. Un coin de sa bouche se crispait spasmodiquement comme si un hameçon invisible y était fiché.

— Jonas, Reynolds et Depape, dit-il. Les Grands Chasseurs du Cercueil. Et *elle*. Celle du Cöos. C'étaient eux. Eux qui...

Debout sur le toit du mono, dans ses bottes fatiguées et poussiéreuses, Roland chancelait. Son visage exprimait le plus grand chagrin que Jake ait jamais vu.

— Oh, Susan, dit-il. Ô mon amour.

2

Ils le saisirent et formèrent un cercle protecteur autour de lui ; le Pistolero bouillonnait de honte, de culpabilité et de dégoût pour lui-même. Qu'avait-il fait pour mériter d'aussi dévoués protecteurs ? Quoi d'autre, à part le fait de les avoir arrachés au train-train de leur vie quotidienne et cela, avec aussi peu d'égards qu'on arrache les mauvaises herbes de son jardin ?

Il voulut les rassurer sur son état, leur dire de le lâcher, mais aucun mot ne franchit ses lèvres ; ce terrible son pleurard l'avait transporté des années en arrière dans le *box canyon*, à l'ouest d'Hambry. Avait rappelé à son souvenir, Depape et Reynolds et ce vieux bancroche de Jonas. Mais c'était pourtant la femme de la colline qu'il haïssait le plus : d'une haine que seul un très jeune homme peut aller puiser aux plus sombres sources de son être. Ah, aurait-il pu faire autrement que de les haïr ? Ils lui avaient brisé le cœur. Et aujourd'hui, tant d'années plus tard, il lui semblait que la chose la plus horrible de toute l'existence humaine, c'était que même les cœurs brisés se ressoudent.

Je pensai d'abord : il ment à chaque mot,
Cet estropié chenu à l'œil plein de malice...

Quels étaient ces vers ? Tirés de quel poème ?

Il l'ignorait, mais il savait par contre que les femmes aussi pouvaient mentir ; ces femmes au large sourire qui sautillaient dans tous les coins et voyaient trop de choses du coin de leur vieil œil chassieux. Peu importait l'auteur de ces vers ; ses mots disaient vrai, rien d'autre ne comptait. Ni Eldred Jonas ni la mégère de la colline n'avaient eu l'envergure de Marten — ni même celle de Walter — dans la malfaisance, mais tels quels, ils ne lui en avaient pas moins grandement nui.

Puis, après... dans le canyon, à l'ouest de la ville... ce son... auquel vinrent se mêler les cris des hommes et des chevaux blessés... pour une fois dans sa vie, même Cuthbert, si volubile d'habitude, avait été réduit au silence.

Mais tout ça remontait à il y a fort longtemps, à un autre *quand* ; dans l'ici et maintenant, ce gazouillis avait soit disparu soit était tombé en dessous du seuil d'audibilité. Mais ils le réentendraient. Il le savait comme il savait à coup sûr qu'il était en marche vers la damnation.

Relevant les yeux vers les autres, il grimaça un pauvre sourire. Les commissures de ses lèvres ne tremblaient plus, c'était déjà ça.

— Ça va, dit-il. Mais écoutez-moi bien : nous voilà tout près de la fin de l'Entre-Deux-Mondes et tout près du commencement du Monde Ultime. La première grande étape de notre quête est terminée. Nous nous en sommes bien tirés ; nous nous sommes rappelé le visage de nos pères ; nous sommes restés unis et loyaux les uns envers les autres. Mais pour l'heure, nous venons d'atteindre une tramée. Nous devons faire très attention.

— Une tramée ? C'est quoi, ça ? demanda Jake, regardant autour de lui avec nervosité.

— Un endroit où l'étoffe de l'existence est usée jusqu'à la trame. Ils se multiplient puisque la force de la Tour Sombre est déclinante. Vous n'avez pas oublié ce que nous avons vu au-dessous de nous en quittant Lud ?

Ils acquiescèrent avec solennité, se rappelant le sol comme du verre noir fondu, les anciennes canalisations lançant des lueurs d'un bleu-vert maléfique, les monstrueux oiseaux difformes aux ailes semblables à de grandes voiles de cuir. Soudain, Roland ne put supporter davantage de les voir regroupés autour de lui, à le regarder de haut comme les clients d'un bar toisent un voyou tombé dans une rixe. Il tendit ses mains à ses amis — ses nouveaux amis. Eddie les lui prit et l'aida à se remettre sur pied. Le Pistolero concentra son énorme volonté pour ne pas vaciller et garder l'équilibre.

— C'était qui, Susan ? demanda Susannah.

Le pli qui barrait son front dénotait chez elle un trouble allant probablement plus loin que la simple coïncidence de la similarité des prénoms.

Roland la regarda, puis Eddie, puis Jake, qui s'était agenouillé pour pouvoir gratter Ote derrière les oreilles.

— Je vous raconterai, dit-il. Mais ce n'est ni le lieu ni l'heure.

— Tu n'arrêtes pas de dire ça, protesta Susannah. Tu ne vas pas encore nous renvoyer aux calendes grecques, hein ?

Roland fit non de la tête.

— Vous saurez mon histoire — cette partie du moins — mais pas plantés sur cette carcasse métallique.

— Ouais, dit Jake. Être là-dessus, c'est comme s'amuser sur l'échine d'un dinosaure crevé ou un truc du même genre. J'arrête pas de penser que Blaine va revenir à la vie et recommencer à nous prendre la tête.

— Le bruit est parti, constata Eddie. Ce truc qui ressemblait à une pédale wah-wah.

— Ça m'a fait penser au vieux que je voyais dans Central Park, dit Jake.

— L'homme à la scie musicale ? demanda Susannah.

Jake leva vers elle des yeux ronds. Et elle opina.

— Sauf qu'il était pas du tout vieux quand je le voyais, moi. Y a pas que la géographie de zarbi par ici, la chronologie l'est aussi.

Eddie lui entoura les épaules de son bras et les serra.

— Amen.

Susannah se tourna vers Roland. Même si son regard n'était pas accusateur, ses yeux avaient une façon tranquille de le jauger sans détour que le Pistolero ne put s'empêcher d'admirer.

— Je ne te tiens pas quitte de ta promesse, Roland. Je veux tout savoir sur cette fille qui s'appelle comme moi.

— Tu le sauras, répéta Roland. Pour l'instant, descendons du dos de ce monstre.

3

Plus facile à dire qu'à faire. Blaine s'était immobilisé légèrement en travers d'une variante en plein air du Berceau de Lud (une traînée de débris tordus de métal rose la jonchait d'un côté, marquant la fin du dernier voyage de Blaine) et plus de sept mètres séparaient facilement le toit du Compartiment de la Baronnie du béton de la plate-forme. Si une échelle de coupée existait, identique à celle qui avait si commodément surgi par la trappe de sécurité, elle avait dû se retrouver coincée dans le froissement de tôles de l'arrêt.

Roland décrocha sa bourse, y fouilla et en sortit le harnais en peau de daim qu'ils utilisaient pour transporter Susannah quand le chemin était trop raboteux pour son fauteuil roulant. Fauteuil, du moins, qui ne leur causerait plus de tracas, songea le Pistolero : ils l'avaient abandonné derrière eux dans leur folle bousculade pour monter à bord de Blaine.

— A quoi ça va te servir ? demanda Susannah avec agressivité.

Son agressivité resurgissait toujours avec la réapparition du harnais. *Ces 'culés d'culs blancs, là-bas dans l'Miss'ippi, j'les déteste pi'e qu'j'déteste ce ha'nais*, avait-elle confié un jour à Eddie avec la voix de Detta Walker, *mais pa'fois c'est p'esque du pa'eil au même, mon chou*.

— Tout doux, Susannah, tout doux, dit le Pistolero, avec un léger sourire. Il défit le réseau de lanières du harnais, mettant le siège de côté, avant de les tresser à nouveau. Il réunit le résultat au dernier bon rouleau de corde en sa possession par un simple nœud d'écoute à l'ancienne. Tandis qu'il s'y employait, il tendait l'oreille à l'affût du gazouillis de la tramée... comme tous les quatre avaient tendu l'oreille pour percevoir le tambour des dieux ; comme Eddie et lui avaient guetté le moment où les homarstruosités commençaient leur questionnement de rois de la chicane (« *A-ce que châle ? I-ce que chic ? Eut-ce que chule ?* ») en trébuchant chaque soir hors des vagues.

Le ka est une roue, songea-t-il. Ou bien, comme Eddie aimait à le dire, tout ce qui s'en va s'en revient.

Une fois la corde terminée, il fit une boucle au bas de la partie tressée. Jake y glissa un de ses pieds avec une confiance aveugle, agrippa la corde d'une main et installa Ote au creux de l'autre bras. Ote regarda nerveusement autour de lui, gémit et, étirant le cou, lécha la figure de Jake.

— Tu n'as pas peur, n'est-ce pas ? demanda Jake au bafouilleux.

— Eur, acquiesça Ote.

Mais il se tint assez tranquille quand Roland et Eddie descendirent Jake le long du flanc du Compartiment de la Baronnie. La corde n'était pas suffisamment longue pour le mener jusqu'en bas, mais Jake n'eut aucun mal à libérer son pied et se laissa tomber sur le dernier mètre. Il déposa Ote sur le sol. Le bafouilleux trottina, la truffe au vent, pour aller lever la patte contre le bâtiment du terminus. Loin d'être aussi imposant que le Berceau du Lud, il avait un aspect vieillot que Roland apprécia — charpente blanche, avant-toit en surplomb, hautes et étroites fenêtres, et ce qui ressemblait à des bardeaux d'ardoise. Le terminus avait un look *occidental*[1]. En lettres dorées, sur un panneau qui s'étirait en enfilade au-dessus des portes du terminus, on lisait ce qui suit :

ATCHISON, TOPEKA ET SANTA FÉ

Des noms de villes, supposa Roland, et la dernière lui parut familière ; n'y avait-il pas eu une Santa Fé dans la Baronnie de Mejis ? Mais cela le ramenait à Susan, à la jolie Susan à sa fenêtre, à ses cheveux dénoués lui tombant au creux des reins, à son odeur de jasmin, de rose, de chèvrefeuille et de foin coupé, senteurs dont l'oracle des montagnes n'avait été capable de fournir que la plus pâle des imitations. Susan, couchée sur le dos, ses yeux graves levés vers lui, puis souriante, qui avait glissé ses mains derrière la nuque pour mieux faire pointer ses seins, comme si elle brûlait d'avoir ses mains à lui sur son corps.

Si tu m'aimes, Roland, alors aime-moi jusqu'au bout... oiseau et ours, lièvre et poisson...

— ... suivante ?

Il se retourna vers Eddie, devant accomplir un énorme effort de volonté sur lui-même pour s'arracher au *quand* de Susan Delgado. Il y avait des tramées ici à Topeka, fort bien, et de multiples sortes.

— J'avais l'esprit ailleurs, Eddie. J'implore ton pardon.

— Susannah est la suivante ? C'est ce que je viens de te demander.

Roland refusa d'un signe de tête.

— Toi, ensuite, puis Susannah. Et enfin moi en dernier.

— Ça ira ? Avec ta main et tout ça ?

— Mais oui, ça ira.

Eddie opina et glissa son pied dans la boucle. A l'arrivée d'Eddie dans l'Entre-Deux-Mondes, Roland aurait pu le descendre facilement tout seul, doigts manquants ou pas, mais Eddie n'avait plus touché à sa drogue depuis des mois à présent et il s'était remplumé de sept, huit bons kilos de muscles. Roland accepta l'aide de Susannah plutôt de bon cœur et, ensemble, ils aidèrent Eddie à descendre.

— A votre tour, gente dame, dit Roland en lui souriant.

Il n'avait plus tellement besoin de se forcer à sourire, ces derniers temps.

— O.K.

Mais nonobstant, elle restait là, à se mordiller le bas de la lèvre.

— Qu'est-ce qu'il y a ?

Portant sa main à son ventre, elle le massa comme s'il lui faisait mal ou qu'elle avait la colique. Il crut qu'elle allait dire quelque chose, mais elle se contenta de secouer la tête.

1. *Western*, dans l'original, confusion que permet l'anglais entre occidental et *western*. Pour Roland, seule la première acception est recevable, il n'a pas l'impression de vivre un *western*. Cf. aussi plus loin dans le livre *(N.d.T.)*.

— Rien.

— Je ne te crois pas. Pourquoi tu te frottes le ventre ? Tu es blessée ? Tu t'es blessée quand on s'est arrêtés ?

Elle retira la main de sa tunique comme si la peau en dessous du nombril était soudain devenue brûlante.

— Non, ça va.

— C'est vrai ?

Susannah parut réfléchir très attentivement.

— On en reparlera, dit-elle finalement. On tiendra une *palabre*, si tu préfères. Mais tu avais raison tout à l'heure, Roland — ce n'est ni le lieu ni le moment.

— Nous quatre, ou juste, toi, moi et Eddie ?

— Rien que toi et moi, Roland, dit-elle, en fourrant son moignon de jambe dans la boucle du nœud coulant. Juste un tête-à-tête entre un coq de basse-cour et une de ses poules, du moins pour commencer. Maintenant, descends-moi, s'il te plaît.

Ce qu'il fit, le sourcil froncé, espérant de tout son cœur que sa première idée — celle qui lui était venue dès qu'il l'avait vue se masser sans relâche — était erronée. Parce qu'elle avait été dans l'anneau de parole et que le démon dont c'était la tanière avait fait d'elle ce qu'il avait voulu pendant que Jake tentait de passer d'un monde à l'autre. Parfois — *souvent* - un contact démoniaque changeait les choses.

Jamais pour le mieux, d'après l'expérience de Roland.

Il remonta la corde une fois qu'Eddie, attrapant Susannah par la taille, l'eut fait rejoindre le quai. Le Pistolero s'avança vers l'un des butoirs qui avaient déchiré le museau en balle de revolver du monorail tout en confectionnant un demi-nœud avec l'extrémité de la corde. Il le lança par-dessus le pylône, l'arrêta par un tour mort (en prenant soin de ne pas tirer trop vivement sur la corde à gauche), puis gagna de la sorte le quai par ses propres moyens, prenant appui sur le flanc rose de Blaine où ses bottes laissèrent des traces de leur passage.

— Dommage qu'on perde à la fois la corde et le harnais, observa Eddie quand Roland les eut rejoints.

— Je ne regrette pas ce harnais, dit Susannah. Je préfère ramper sur le trottoir, quitte à avoir les avant-bras recouverts de chewing-gum jusqu'au coude.

— On n'a rien perdu du tout, fit Roland.

Glissant la main dans la boucle-étrier de cuir, il tira d'un coup sec sur la gauche. La corde dégringola du butoir, Roland la rassemblant au fur et à mesure sans se faire prendre de vitesse.

— Super géant ! dit Jake.

— Père Ans ! acquiesça Ote.

— Cort ? demanda Eddie.

— Cort, confirma Roland, avec un sourire.

— L'instructeur d'enfer, dit Eddie. Vaut mieux toi que moi, Roland. Vaut mieux toi que moi.

4

Comme ils se dirigeaient vers les portes de la gare, ce son liquide, sourd et mélodieux, reprit de plus belle. Roland s'amusa de voir ses trois compagnons froncer le nez et faire la moue avec un bel ensemble ; ça leur donnait un air de famille autant que d'un *ka-tet*. Susannah désigna le parc de la main. Les panneaux au-dessus des arbres tremblotaient légèrement, comme sous l'effet d'une brume de chaleur.

— Ça vient de la tramée ? demanda Jake.

Roland opina.

— On pourra l'éviter ?

— Oui. Les tramées sont dangereuses comme les sables mouvants des marécages et les « saligs ». Vous savez de quoi je parle ?

— Les sables mouvants, on connaît, dit Jake. Et si les « saligs », ce sont ces longues choses vertes à longues dents vertes, on connaît aussi.

— Oui, c'est bien ça.

Susannah se retourna pour regarder Blaine une dernière fois.

— Ni questions bêtes ni jeux bêtes. Le livre avait raison sur ce point.

Puis elle reporta son regard sur Roland.

— Et Beryl Evans, celle qui a écrit *Charlie le Tchou-tchou* ? Tu crois qu'elle fait partie de tout ça ? Qu'on pourrait la rencontrer ? J'aimerais bien la remercier. Eddie bien sûr a solutionné le problème, mais...

— C'est possible, je suppose, dit Roland. Mais à vrai dire, je ne crois pas. Mon monde est comme un gigantesque bateau échoué assez près du rivage pour que la plupart de ses épaves soient rejetées par la mer sur la plage. Bien des choses que nous trouvons sont fascinantes, quelques-unes peuvent nous être utiles, si le *ka* le permet, mais ça n'en sont pas moins des épaves. Des épaves dénuées de sens.

Il jeta un regard alentour.

— A l'image de cet endroit, je pense.

— Il n'a pas vraiment l'air d'un truc échoué, dit Eddie. Regardez la peinture de la gare — il y a un peu de rouille provenant des gouttières, sous l'avant-toit, mais sinon elle n'est écaillée nulle part ailleurs, à ce que j'en vois.

Se plantant devant les portes, il fit glisser ses doigts de haut en bas sur la vitre de l'imposte, y traçant quatre traînées claires.

— De la poussière en pagaille, mais pas de fêlures. D'après moi, ce bâtiment n'a pas été nettoyé depuis... le début de l'été, peut-être ?

Il regarda Roland qui acquiesça en haussant les épaules. Il n'écoutait que d'une oreille car son attention était divisée. Le reste de son esprit se concentrait sur deux choses : le gazouillis de la tramée et ses efforts pour repousser les souvenirs qui menaçaient de le submerger.

— Mais Lud tombait en ruine depuis *des siècles*, dit Susannah. Tandis que cet endroit — que ce soit ou non Topeka — me fait vraiment penser à ces petites villes à filer la chair de poule de *La Quatrième Dimension*. Vous ne devez pas vous souvenir de cette série, les mecs, mais...

— Mais si, répondirent Eddie et Jake comme un seul homme.

Ils échangèrent un regard et éclatèrent de rire. Eddie tendit la main et Jake tapa dedans.

— Ils font des redifs, expliqua Jake.

— Ouais, tout le temps, ajouta Eddie. Les sponsors d'habitude, ce sont des avocats spécialisés dans les faillites qu'ont l'air de terriers à poil ras. Et tu as raison, Susannah. Cet endroit n'a *rien* à voir avec Lud. Pourquoi il lui ressemblerait d'ailleurs ? Il n'est pas situé dans le même monde. Je sais pas où on est passés de l'autre côté, mais...

Il désigna à nouveau l'écusson bleu de l'Interstate 70, comme si cela prouvait ce qu'il avançait, sans l'ombre d'un doute.

— Si c'est Topeka, où sont les habitants ? demanda Susannah.

Eddie haussa les épaules avec un geste fataliste...

— Qui sait ?

Jake appuya son front contre la vitre de la porte centrale et scruta l'intérieur, les mains en pare-soleil. Peu après, il aperçut quelque chose qui le fit se reculer bien vite.

— Oh, oh, fit-il. Pas étonnant que la ville soit si calme...

Roland se mit derrière Jake et regarda à son tour par-dessus la tête du garçon, éliminant lui aussi son propre reflet de ses mains. Le Pistolero, avant même de voir ce que Jake avait vu, avait tiré deux conclusions : primo, il avait beau s'agir sans contredit d'une gare ferroviaire, ce n'était pas vraiment là une gare pour Blaine... elle n'avait rien d'un berceau. Deuzio, la gare appartenait bien au monde d'Eddie, de Jake et de Susannah, mais peut-être pas à leur *où*.

C'est la tramée. Il va nous falloir prendre garde.

Deux cadavres étaient renversés côte à côte sur l'un des longs bancs qui occupaient pratiquement tout le hall ; leurs visages parcheminés à l'abandon et leurs mains noires mis à part, on aurait pu les prendre pour des fêtards qui s'étaient endormis dans la gare après une noce à tout casser et avaient raté leur dernier train. Sur le mur, derrière eux, on lisait sur un tableau marqué DÉPARTS, le nom de villes, de villages et de baronnies, les uns en dessous des autres. DENVER, lisait-on ici. WICHITA, lisait-on là. OMAHA, lisait-on encore ailleurs. Roland avait connu autrefois un joueur borgne du nom d'Omaha ; il était mort, un couteau planté dans la gorge, à une table de Surveille-Moi. Il avait pénétré dans la clairière à la fin du sentier, la tête rejetée en arrière et arrosant dans son dernier souffle le plafond de son sang. Suspendue à celui de cette salle (que l'esprit lent et lourd de Roland s'obstinait à considérer comme un relais de diligence, le long d'une route à demi oubliée telle celle qui l'avait mené jusqu'à Tull), une superbe horloge à quatre cadrans exhibait ses aiguilles bloquées sur 4 h 14. Roland supposa qu'elles ne se remettraient plus jamais en mouvement. Triste pensée... mais triste était ce monde. S'il n'aperçut pas d'autre cadavre, l'expérience lui soufflait que là où il y en avait deux, il y en avait quatre ou aussi bien treize à la douzaine, hors de vue.

— On entre ? demanda Eddie.

— Pourquoi faire ? riposta le Pistolero. Ça ne se trouve pas sur le Sentier du Rayon.

— Tu ferais un guide touristique du tonnerre, dit Eddie, revêche. En avant tout le monde et prière de ne pas aller vadrouiller dans le...

Jake l'interrompit par une demande que Roland ne comprit pas.

— Vous n'auriez pas un *quarter*, vous autres, par hasard ?

Le garçon s'adressait à Eddie et à Susannah. Près de lui, se trouvait une caissette métallique sur laquelle on lisait, écrit en bleu :

Le *Capital-Journal* de Topeka vous parle du Kansas comme nul autre ! C'est le quotidien de votre ville ! *Lisez-le chaque jour que Dieu fait !*

Eddie, amusé, fit non de la tête.

— J'ai perdu ma monnaie à un moment ou un autre. Probablement, quand j'ai grimpé dans cet arbre, un peu avant que tu nous rejoignes, lors de ma tentative désespérée pour éviter de servir de casse-croûte à un ours robot. Je regrette.

— Attends une minute... attends une minute...

Susannah fourrageait dans son sac ouvert, d'une façon qui fit sourire Roland en dépit de ses préoccupations. C'était un geste tellement *féminin*, dans son genre. Elle retourna des Kleenex froissés, les secouant pour s'assurer qu'ils ne contenaient rien, sortit un poudrier, l'examina, le lâcha à nouveau dans le sac, pêcha un peigne, le remit en place...

Trop absorbée, elle ne releva pas les yeux quand Roland, en deux trois mouvements, passa devant elle et défourailla son revolver du holster en crampon de débardeur qu'il lui avait fabriqué. Il ne tira qu'un coup, un seul. Susannah, poussant un petit cri, laissa tomber son sac et porta la main à l'étui vide, sous son sein gauche.

— Visage Pâle, tu m'as foutu une frousse du diable !

— Fais davantage attention à ton arme, Susannah, sinon la prochaine fois que quelqu'un te l'arrachera, tu te retrouveras avec un trou entre les deux yeux au lieu qu'il soit fiché dans... comment tu appelles ça, Jake ? Une boîte à donner des nouvelles ? Ou bien à contenir du papier ?

— Les deux, dit Jake, d'un air effrayé.

Ote avait battu en retraite à la moitié du quai et regardait Roland, plein de méfiance. Jake enfonça son doigt dans le trou que la balle avait creusé au centre de la serrure de la caissette à journaux. Un peu de fumée s'en échappait.

— Vas-y, dit Roland. Ouvre.

Jake tira sur la poignée, qui résista un peu, puis une pièce métallique tomba avec un cliquetis quelque part à l'intérieur et l'abattant s'ouvrit. La caissette était vide ; l'écriteau collé sur la paroi du fond disait : S'IL N'Y A PLUS AUCUN NUMÉRO, PRIÈRE DE PRENDRE L'EXEM-

PLAIRE DU PRÉSENTOIR. Jake l'extirpa de son support de fil de fer et les autres firent cercle autour de lui.

— Bon Dieu, qu'est-ce que... ? fit Susannah d'un murmure à la fois horrifié et accusateur. Qu'est-ce que ça signifie ? Bon Dieu, mais qu'est-ce qui s'est *passé* ?

Sous l'en-tête du journal, barrant quasiment tout le haut de la première page, se détachait en lettres noires qui hurlaient :

LA SUPERGRIPPE DITE « CAPITAINE TRIPS »
FAIT RAGE SANS AUCUN FREIN.
Les Chefs du Gouvernement Ont pu Fuir le Pays
Les Hôpitaux de Topeka Regorgent de Malades et de Mourants
Ils sont des Millions à Prier pour leur Guérison.

— Lisez à haute voix, dit Roland. Les lettres sont dans votre parler. Je ne peux pas les déchiffrer toutes et j'ai très envie de savoir ce que ça raconte.

Jake lança un regard à Eddie qui opina avec impatience.

Jake déplia le journal, révélant une image en pointillés (Roland avait déjà vu des images de ce type ; on les appelait des « fauteur graffies ») qui leur causa un choc à tous : on voyait une ville au bord d'un lac aux gratte-ciel en flammes. LES INCENDIES RAVAGENT CLEVELAND, disait la légende en dessous.

— Lis, petit ! fit Eddie.

Susannah se taisait : elle lisait déjà l'article — le seul à figurer en première page — par-dessus l'épaule de Jake. Ce dernier s'éclaircit la gorge, comme s'il n'avait soudain plus de salive et commença sa lecture.

5

— C'est signé John Corcoran, plus rédact. et dépêches Associated Press. Ça signifie que plein de gens différents ont travaillé dessus, Roland. O.K. J'y vais :

« La plus grande crise qu'ait jamais connue l'Amérique — et peut-être le monde — s'est aggravée du jour au lendemain : la supergrippe, qu'on surnomme Tube-Neck dans le Middle West et Capitaine Trips en Californie, ne cesse d'étendre ses ravages. Bien que le nombre des victimes ne puisse être évalué avec exactitude, des médecins experts déclarent que leur chiffre dépasse déjà, au stade actuel, les plus horribles prévisions : de vingt à trente millions de morts sur le seul continent américain est l'estimation qu'a donnée le Dr Morris Hackford de l'hôpital et centre médical Saint François de Topeka. On ne cesse de brûler des cadavres de Los Angeles à Boston dans les crématoriums, les hauts-fourneaux et les décharges publiques. Ici, à Topeka, on encourage les survivants, encore assez bien portants et assez résistants pour le faire, à transporter leurs morts jusqu'à l'un des trois sites suivants : l'usine dépotoir au nord d'Oakland Billard Park ; le champ de courses de Heartland Park ; le dépôt d'ordures de la 61e Rue Sud-Est, à l'est de Forbes Field. Ceux qui opteront pour le dépôt devront emprunter Berryton Road ; en Californie, d'après des sources autorisées, la circulation a été bloquée par les épaves de voitures et au moins par un avion-cargo de l'Air Force, abattu.

Jake releva des yeux terrifiés vers ses amis et regarda derrière lui la gare silencieuse, avant de les rebaisser vers le journal.

— « Le Dr April Montoya du Centre médical régional de Stormont-Vail fait remarquer que le nombre de victimes, si horrifiant soit-il, ne constitue que l'un des aspects de cet affreux épisode. "Car, pour chaque personne décédée jusqu'ici de ce nouveau virus grippal, a déclaré le Dr Montoya, on en compte six autres alitées chez elles, peut-être même peut-on aller jusqu'à la dizaine. Jusqu'à présent, d'après ce que nous avons pu déterminer, le taux de guérison est de zéro pour cent." Elle a confié en toussant au même journaliste : "Sur un plan strictement personnel, je ne fais aucun projet pour le week-end." Autres développements au plan local : tous les vols commerciaux au départ de Forbes et de Phillip Billard sont annulés. Tous les trajets ferroviaires par l'Amtrak sont suspendus, non seulement à Topeka même, mais à travers tout le Kansas. La gare Amtrak de Gage Boulevard est fermée jusqu'à nouvel ordre. Tous les établissements scolaires de Topeka sont également fermés jusqu'à nouvel ordre. Ceci concerne les secteurs 437, 345, 450 (Shawnee Heights), 372 et 501 (Topeka centre). Le Collège luthérien et le Collège technique de Topeka ont eux aussi fermé leurs portes, de même que la Kansas University à Lawrence. Les habitants de Topeka doivent s'attendre à des baisses de tension ou des pannes de secteur dans les jours et les semaines qui viennent. La Compagnie d'Électricité du Kansas, Power & Light, a annoncé une "mise au ralenti" de la Centrale nucléaire de la Kaw River, à Wamego. Bien que nul membre des R.P. de la KawNuke n'ait répondu aux appels de notre journal, un message enregistré prévient qu'il ne s'agit en aucun cas d'une alerte, mais d'une simple mesure de sécurité. Que le fonctionnement de la KawNuke retournera à la normale, "à l'issue de la crise actuelle". Le réconfort qu'on pourrait puiser dans ce communiqué est en grande partie réduit à néant par les derniers mots de l'enregistrement, qui ne sont ni "au revoir" ni "merci de votre appel", mais "Dieu nous aide dans cette épreuve". »

Jake marqua une pause. Le temps de tourner la page où l'article se poursuivait, agrémenté de nouvelles photos : une camionnette carbonisée retournée sur les marches du musée d'Histoire naturelle du Kansas ; l'embouteillage monstre pare-chocs contre pare-chocs du Golden Gate Bridge de San Francisco ; un entassement de cadavres à Times Square. L'un des corps, remarqua Susannah, était pendu à un lampadaire et cela lui rappela la course cauchemardesque pour atteindre le Berceau de Lud qu'elle et Eddie avaient accomplie, après s'être séparés du Pistolero ; elle se souvint de Luster, Winston, Jeeves et Maud. *Quand le tambour des dieux a retenti cette fois, c'est le caillou de Spanker qui est sorti du chapeau*, avait dit Maud. *Et on l'a fait danser*. Sauf, bien sûr, que ce qu'elle avait voulu dire par là, c'est qu'ils l'avaient *pendu*. Comme ils avaient pendu des gens, semblait-il, là-bas dans ce bon vieux New York. Quand les choses tournaient au bizarre, il y avait toujours quelqu'un pour dénicher une corde prête au lynchage, semblait-il.

Des échos. Tout était un écho de tout. Ils bondissaient et rebondissaient d'un monde à l'autre, sans s'atténuer comme les échos ordinaires mais au contraire en croissant et devenant plus terribles. *Comme le tambour des dieux*, songea Susannah en frissonnant.

— « Dans les débats au plan national, lut Jake, la conviction continue à grandir que les principaux leaders du pays, après avoir nié l'existence de la supergrippe dans les premiers jours, où l'adoption de mesures de quarantaine aurait encore pu avoir un certain effet, se sont réfugiés dans des abris souterrains conçus pour sauvegarder les têtes pensantes en cas de conflit nucléaire. Plus personne n'a vu le vice-président Bush ni les membres clés du cabinet de l'administration Reagan depuis les dernières quarante-huit heures. Le président Reagan lui-même est invisible depuis qu'il a assisté dimanche matin au service de l'Église méthodiste de la Green Valley à San Simeon. "Ils se sont précipités dans les bunkers comme Hitler et sa bande de rats d'égout nazis à la fin de la Deuxième Guerre mondiale", a déclaré le représentant Steve Sloan. Quand on lui a demandé s'il voyait une objection à ce que l'on cite son nom, le représentant du Kansas nouvellement élu, un Républicain, a éclaté de rire et répondu : "Pourquoi voulez-vous ? Je suis déjà bien atteint. Je ne serai plus que poussière à la même heure, la semaine prochaine." Des incendies, probablement criminels, continuent à ravager Cleveland, Indianapolis et Terre Haute. L'explosion gigantesque qui s'est produite près du Riverfront Stadium de Cincinnati ne semble pas être d'origine nucléaire, comme on l'a d'abord craint, mais résulter d'une accumulation de gaz naturel causée par le manque de surveillance... »

Le journal tomba des mains de Jake. Une rafale de vent l'emporta d'un souffle le long du quai, dispersant les quelques pages non dépliées. Ote, étirant son cou, en happa une au passage. Il trottina vers Jake, la tenant dans sa gueule, aussi docile qu'un chien avec un bâton.

— Non, Ote, j'en veux pas, dit Jake, d'une voix très jeune et maladive.

— Du moins, nous savons ce que sont devenus les habitants, conclut Susannah, qui se pencha et retira le journal de la gueule d'Ote. C'étaient les deux dernières pages. Elles étaient bourrées d'avis mortuaires imprimés en très petits caractères. Pas de photos, pas de causes du décès, pas d'annonces de services funèbres. Rien qu'un tel est mort, aimé de x et y, une telle est morte, bien-aimée de Jill et Joe, cet autre-là est mort, aimé de ceux-ci, ceux-là. Tout ça dans une typographie minuscule, pas très nette ni lisible. Ce furent les bavures de la typo qui achevèrent de convaincre Susannah que tout cela était vrai.

Ils ont tout fait pour honorer leurs morts, même jusqu'à la fin, se dit-elle, une boule dans la gorge. *Ils ont vraiment tout fait.*

Elle replia la feuille en quatre et regarda au dos la dernière page du *Capital-Journal*. On y voyait une image de Jésus-Christ, l'œil triste, les mains tendues, le front portant les stigmates de sa couronne d'épines. En dessous, ces trois mots énormes en gras :

PRIEZ POUR NOUS

Elle releva des yeux accusateurs sur Eddie. Puis lui tendit le journal, tapotant du doigt la date en haut de page. 24 juin 1986. Eddie avait été tiré dans le monde du Pistolero, un an après.

Il tint la feuille un long moment, lissant sans cesse la date entre ses doigts, comme s'il pouvait par ce manège la faire changer. Puis il regarda ses compagnons en secouant la tête.

— Non. Je ne m'explique pas plus ce journal que cette ville ou les morts dans cette gare, mais je peux vous assurer d'une chose : tout allait bien à New York quand j'en suis parti. N'est-ce pas, Roland ?

Le Pistolero tiqua un tout petit peu.

— Rien ne m'a paru aller bien dans ta ville, mais ses habitants ne m'ont pas donné l'impression d'être les survivants d'un fléau tel que celui décrit ici, ça non.

— Y avait bien un truc qu'on appelait la maladie du légionnaire, dit Eddie. Et le sida, bien sûr...

— Le virus sexuel, hein, c'est ça ? demanda Susannah. Transmis par les tantouzes et les drogués ?

— Oui, sauf qu'on appelait plus les gays, des tantouzes, de mon *quand*, dit Eddie.

Il esquissa un sourire, mais le remballa vite fait en le sentant artificiel et contraint.

— Alors, tout ça... ça n'est jamais arrivé, dit Jake, effleurant avec hésitation le visage du Christ sur la dernière page du journal.

— Bien sûr que si, dit Roland. C'est arrivé aux semailles de juin de l'année mille neuf cent quatre-vingt-six. Et nous nous trouvons ici, à la suite de ce fléau. Si Eddie a raison quant au laps de temps écoulé, cette épidémie de « supergrippe » a eu lieu aux *dernières* semailles de juin. Nous nous trouvons à Topeka, Arkansas, à la Moisson de quatre-vingt-six. Voilà pour le *quand*. Quant au *où*, tout ce que nous savons c'est que ce n'est pas celui d'Eddie. Ça pourrait être le tien, Susannah, ou le tien, Jake, puisque tu as quitté ton monde avant que tout ceci n'arrive.

Il tapota la date du journal, puis regarda Jake.

— Tu m'as dit quelque chose une fois. Je doute que tu t'en souviennes, mais moi, je n'ai pas oublié ; c'est l'une des choses les plus importantes qu'on m'ait jamais dites : « Va-t'en, il y a d'autres mondes. »

— D'autres devinettes en perspective, fit Eddie, l'air renfrogné.

— N'est-il pas établi que Jake Chambers est mort une fois et pourtant se tient devant nous en ce moment, tout ce qu'il y a de plus vivant ? Ou bien mettez-vous en doute mon récit de sa mort sous les montagnes ? Que vous ayez douté de ma bonne foi de temps en temps, c'est une chose que je sais. Et je suppose que vous avez de bonnes raisons pour ça.

Eddie rumina l'information, puis fit non de la tête.

— Tu mens quand ça sert ton but, mais je crois que lorsque tu nous as raconté l'histoire de Jake, t'étais trop détruit dans ta tête pour nous sortir autre chose que la vérité.

Roland constata avec un peu d'effroi que les paroles d'Eddie l'avaient atteint : *Tu mens quand ça sert ton but* — mais ne s'y arrêta pas. Après tout, c'était vrai pour l'essentiel.

— On est revenus à la flaque du temps, dit le Pistolero et on l'en a tiré avant qu'il ne s'y noie.

— Tu l'en as tiré, rectifia Eddie.

— Tu m'as bien aidé, pourtant, dit Roland, ne serait-ce qu'en me maintenant en vie, mais oublions ça pour le moment. C'est fort peu à propos. Ce qui l'est plus, c'est qu'il existe plusieurs mondes possibles et une infinité de portes qui y mènent. Nous sommes dans l'un de ces mondes ; la tramée qu'on entend est l'une de ces portes... seulement plus grande que celles qu'on a trouvées sur la plage.

— Grande *comment* ? demanda Eddie. Grande comme la porte d'un entrepôt ou bien comme l'entrepôt lui-même ?

Roland secoua la tête, levant les paumes de ses mains vers le ciel — *qui sait* ?

— Cette tramée, dit Susannah. On n'est pas seulement *à côté* d'elle, n'est-ce pas ? On est passés *au travers*. C'est comme ça qu'on a atterri ici, à cette version de Topeka.

— C'est possible, admit Roland. L'un d'entre vous a-t-il ressenti quelque chose d'étrange ? Une sensation de vertige ou une nausée passagère ?

Ils firent tous non de la tête. Ote, qui avait observé Jake attentivement, fit lui aussi non de la tête, cette fois.

— Non, dit Roland, comme s'il s'y était attendu. Mais on était polarisés sur les devinettes...

— Polarisés sur la façon d'éviter de nous faire tuer, oui, grommela Eddie.

— Oui. Aussi peut-être sommes-nous passés au travers sans nous en rendre compte. Dans tous les cas, les tramées ne sont pas naturelles — ce sont des écorchures sur la peau de l'existence, et qui ne doivent la leur qu'au fait que les choses vont de travers. Et ce, dans *tous* les mondes.

— Parce que les choses vont de travers à la Tour Sombre, fit Eddie.

Roland approuva.

— Et même si cet endroit — ce *quand*, ce *où* — n'est pas le *ka* de ton monde à présent, il pourrait le devenir. Ce fléau — ou d'autres encore pires — pourrait s'étendre. Tout comme les tramées continueront à s'étendre, en nombre et en taille croissants. J'en ai vu peut-être une demi-douzaine, au cours de mes années de quête de la Tour et ouï une vingtaine d'autres, peut-être. La première... la première que j'aie vue, j'étais encore très jeune. C'était près d'une ville du nom d'Hambry.

Il se frotta la main contre la joue à nouveau et ne fut pas surpris de constater que de la sueur mouillait ses poils de barbe. *Aime-moi, Roland. Si tu m'aimes, alors aime-moi jusqu'au bout.*

— Quoi qu'il nous soit arrivé, ça nous a éjectés de ton monde, Roland, dit Jake. Nous sommes tombés du Rayon. Regarde.

Il montra le ciel du doigt. Les nuages se mouvaient lentement au-dessus de leurs têtes, mais plus dans la direction vers laquelle le mufle écrasé de Blaine pointait. Le sud-est était encore le sud-est, mais les signes du Rayon qu'ils avaient tellement pris l'habitude de suivre avaient disparu.

— Quelle importance ? demanda Eddie. Je veux dire... le *Rayon* a beau avoir disparu, la Tour n'en existe pas moins dans tous les mondes, hein ?

— Oui, dit Roland. Sauf qu'elle n'est peut-être pas *accessible* depuis tous les mondes.

Un an avant qu'il ne débute sa merveilleuse carrière d'héroïnomane si bien remplie, Eddie avait fait une brève tentative peu couronnée de succès comme coursier à bicyclette. Il se rappelait maintenant de certains ascenseurs d'immeubles de bureaux dans lesquels il avait porté des plis, immeubles qui abritaient surtout des banques ou des firmes d'investissement. À certains étages, l'on ne pouvait arrêter la cabine ni descendre sans être possesseur d'une carte spéciale dont on balayait la fente sous le tableau des numéros d'étage. Quand l'ascenseur arrivait à ces étages verrouillés, le numéro d'étage était remplacé par un X.

— Je crois qu'il nous faudra retrouver le Rayon, dit Roland.

— Tu prêches un convaincu, dit Eddie. Allez, avançons.

Au bout de quelques pas, il se retourna vers Roland, le sourcil en point d'interrogation.

— Vers où ?

— Là où nous allions, dit Roland, comme si ça avait dû tomber sous le sens.

Il dépassa Eddie et dirigea ses bottes poussiéreuses et éculées vers le parc d'en face.

Chapitre 5

En péagisant

1

Roland gagna l'extrémité du quai, dégageant d'un coup de pied au passage des débris de métal rose. Arrivé à hauteur des marches, il s'arrêta et se retournant, les regarda d'un air sombre.

— D'autres cadavres. Préparez-vous.

— Ils ne... hum... ne coulent pas, hein ? demanda Jake.

Roland tiqua, puis son visage s'éclaira en comprenant ce que Jake voulait dire.

— Non, ils ne coulent pas. Ils sont secs.

— Alors, ça va, dit Jake.

Mais il tendit la main à Susannah, qu'Eddie portait pour l'instant. Elle lui sourit et noua ses doigts autour des siens.

Au pied de l'escalier conduisant au parking des banlieusards sur le côté de la gare, une demi-douzaine de cadavres étaient affalés comme une gerbe de blé en vrac. Deux femmes, trois hommes. Le sixième était un bébé dans une poussette. Un été passé exposé aux intempéries (et à la merci potentielle des chats errants, ratons laveurs ou autres marmottes) avait doté le nourrisson d'un air de sagesse mystérieuse, celle d'une momie-enfant découverte dans une pyramide inca. Jake déduisit de sa barboteuse bleu fané que c'était un garçon, sans qu'il soit possible de l'affirmer avec certitude. Dépourvu d'yeux et de lèvres, sa peau ayant viré au gris noirâtre, déterminer son sexe était une sinistre plaisanterie — pourquoi le bébé mort est-il passé de l'autre côté ? Parce que le poulet s'est chopé la supergrippe.

Mais même dans son état, le nourrisson semblait avoir traversé les mois de désolation postfléau à Topeka mieux que les adultes des alentours. Eux n'étaient guère plus que des squelettes chevelus. Entre ce qui avait été autrefois ses doigts — et n'était plus qu'un ramassis d'os tendus de lambeaux de chair — l'un des hommes agrippait la poignée d'une valise semblable aux Samsonite des parents de Jake. Comme le bébé (et comme *tous* les autres), il n'avait plus d'yeux ; il fixait Jake de ses orbites sombres et profondes. Au-dessous, une rangée de dents jaunâtres s'avançait en un rictus querelleur. *Pourquoi t'a mis si longtemps, mon garçon ?* semblait demander le mort à la valise. *Tu m'as fait poireauter, et l'été a été si long et si chaud !*

Où vous espériez aller comme ça, les mecs ? se demandait Jake. *Où donc dans cette merde super merdique vous pensiez que vous seriez à l'abri ? Des Moines ? Sioux City ? Fargo ? Sur la lune ?*

Ils descendirent les marches, Roland en tête, les autres derrière. Jake tenait toujours Susannah par la main, Ote sur ses talons. Le bafouilleux au long corps semblait descendre chaque marche en deux étapes, comme un semi-remorque franchissant des gendarmes couchés.

— Ralentis, Roland, dit Eddie. Je tiens à vérifier les « espaces handi » avant qu'on aille plus loin. On pourrait avoir un coup de pot.

— « Espaces handi » ? demanda Susannah. Kézaco ?

Jake haussa les épaules. Il n'en savait rien. Pas plus que Roland. Susannah reporta son attention sur Eddie.

— Je te demande ça, chouchou, parce que ça m'a l'air un poil *dés*-obligeant. Tu sais, comme appeler les Blacks, « nègres », ou les gays, « tantouzes ». Je sais que je suis rien qu'une pauvre négrillonne ignorante de 1964, année obscurantiste entre toutes, mais...

— Là, fit Eddie montrant du doigt des panneaux délimitant la partie du parking la plus proche de la gare. En fait, il y en avait deux par pilier. Le haut de chaque, bleu et blanc, le bas, rouge et blanc. Quand ils s'en approchèrent, Jake vit que celui du haut portait le symbole d'un fauteuil roulant, celui du bas l'avertissement suivant : L'UTILISATION ABUSIVE DES ESPACES RÉSERVÉS AUX HANDICAPÉS EST PUNIE DE 200 $ D'AMENDE. STRICTEMENT SOUS LE CONTRÔLE DU DÉPARTEMENT DE POLICE DE TOPEKA.

— Voyez-moi ça ! s'exclama Susannah triomphalement. Ils auraient dû faire ça depuis longtemps ! De mon *quand*, on s'estimait drôlement veinard si on arrivait à faire franchir à son fauteuil autre chose que les portes du mont-de-piété. Ah ça oui, merde, drôlement veinard si on arrivait à le faire monter sur le trottoir ! Quant à des places de parking réservées, valait mieux pas y penser, mon chou !

Le parking était plein comme un œuf ou quasi, mais même avec la fin du monde à portée de main, seules deux voitures sans petit fauteuil roulant sur leur plaque d'immatriculation étaient garées dans ce qu'Eddie avait appelé les « espaces handi ».

Jake subodora que respecter les « espaces handi » faisait partie de ces choses ayant une mystérieuse et durable emprise sur les gens, comme ajouter le code postal sur les lettres, se faire la raie au milieu ou se brosser les dents avant le petit-déj'.

— Et le voilà ! s'écria Eddie. Vérifiez vos bulletins, les mecs, je crois bien qu'on a décroché le Gros Lot !

Portant toujours Susannah sur sa hanche — chose qu'il aurait été incapable de faire sur une longue période il y avait à peine un mois de ça —, Eddie se précipita vers une grosse Lincoln. Fixé par des courroies sur le toit, on voyait un vélo de course plutôt compliqué et, du coffre entrouvert, dépassait un fauteuil roulant. Mais ce n'était pas le seul ; en scrutant la rangée d'« espaces handi », Jake aperçut minimum quatre autres fauteuils roulants, la plupart arrimés sur les galeries, d'autres fourrés à l'arrière de fourgonnettes ou de breaks, et un (à l'aspect antédiluvien et volumineux à faire peur) jeté sur le plateau d'un pickup.

Eddie déposa Susannah et se pencha pour examiner l'appareillage qui maintenait le fauteuil dans le coffre. Il avait son lot de sandows entrecroisés, plus une barre de blocage. Eddie sortit le Ruger que Jake avait pris dans le tiroir du bureau de son père.

— Tirons dans le tas, dit-il gaiement.

Et avant que les autres aient eu le réflexe de se couvrir les oreilles, il appuya sur la détente et fit sauter le verrou de la barre de sécurité. Le bruit de la détonation roula dans le silence, avant que l'écho ne le renvoie. Le gazouillis de la tramée revint avec lui, comme si le coup de feu l'avait réveillée en sursaut. *Hein qu'on dirait de la musique hawaïenne ?* songea Jake avec une grimace de dégoût. Une demi-heure plus tôt, il n'aurait jamais imaginé qu'un son pouvait être aussi dérangeant physiquement que... disons, l'odeur de la viande pourrissante, mais il l'imaginait très bien maintenant. Il leva la tête vers les panneaux de l'autoroute à péage. Sous cet angle, il n'en voyait que le haut, mais ça suffisait à lui confirmer qu'ils tremblotaient à nouveau. *Ça doit émettre une sorte de champ magnétique*, se dit Jake. *Un peu comme les mixers et les aspirateurs expédient des parasites dans la radio ou la télé, ou comme ce cyclotron gadget m'a fait dresser les poils des bras quand Mr Kingery l'a apporté en classe et a demandé des volontaires pour qu'ils viennent au tableau se mettre à côté.*

Eddie tordit la barre de sécurité et s'aidant du couteau de Roland, trancha les sandows. Puis il retira le fauteuil du coffre, l'examina, le déplia et engagea la tige de support à hauteur du siège.

— Et voilà ! dit-il.

Susannah, qui avait pris appui sur une main — Jake trouva qu'elle ressemblait un peu à la femme de ce tableau d'Andrew Wyeth qu'il aimait tant, *Le Monde de Christina* — contemplait le fauteuil avec stupéfaction.

— Dieu tout-puissant, qu'il a l'air petit et léger !

— C'est ça les raffinements de la technologie moderne, ma chérie, dit Eddie. C'est pour ça qu'on s'est battus au Vietnam. Allez, saute-moi là-dessus.

Il se baissa pour l'aider. Elle ne lui opposa pas de résistance, mais demeura visage fermé et sourcil froncé, le temps qu'il l'installe. Comme si elle s'attendait que le fauteuil s'écroule sous elle, songea Jake. Ce ne fut qu'en caressant les accoudoirs de son nouveau moyen de locomotion qu'elle se détendit à vue d'œil.

Jake s'éloigna un peu à l'aventure, le long d'une autre rangée de voitures, laissant courir ses doigts sur leurs capots où ils dessinaient des traînées dans la poussière qui les recouvrait. Ote trottinait à sa suite, ne s'arrêtant que pour lever la patte et arroser un pneu, comme s'il n'avait rien fait d'autre de toute sa vie.

— Ça te donne le mal du pays, mon lapin ? demanda Susannah

dans le dos de Jake. Tu as probablement cru que tu ne reverrais jamais une bagnole américaine, vraie de vraie, je me trompe ?

Jake réfléchit à ce qu'elle venait de dire et décida qu'elle avait tort. Ça ne lui avait jamais effleuré l'esprit qu'il resterait dans le monde de Roland pour toujours ni qu'il ne reverrait pas de voiture. Il ne pensait pas que ça l'ennuierait en réalité mais il ne croyait pas non plus que c'était écrit. Pas encore, de toute façon. Il y avait un certain terrain vague dans le *quand* du New York d'où il était venu : au coin de la Seconde Avenue et de la 46e Rue. Il y avait eu là autrefois une charcuterie fine — Tom et Gerry, spécialistes en réceptions — mais, à présent, tout n'était plus que décombres, mauvaises herbes, débris de verre et...

... et une rose. Rien qu'une rose sauvage et solitaire poussant sur un terrain vague où on avait prévu d'édifier un ensemble d'apparts en copropriété ; or Jake avait dans l'idée que rien de comparable à la rose ne poussait ailleurs sur Terre. Même pas peut-être dans ces autres mondes auxquels Roland avait fait allusion. On trouvait des roses en approchant de la Tour Sombre, des roses par milliards, sur des putains d'hectares, à perte de vue, à en croire Eddie et son rêve. Cependant, Jake soupçonnait que sa rose différait même de celles-là... et que tant que le destin de la rose n'était pas scellé dans un sens ou dans l'autre, lui, Jake n'en avait pas terminé avec le monde des voitures, des télés et des flics qui vous réclamaient vos papiers et le nom de vos parents.

A propos de parents, j'en ai peut-être pas terminé avec eux, non plus, songea Jake. Cette idée fit battre son cœur plus vite, d'espoir et de frayeur mêlés.

Ils s'immobilisèrent au milieu de la rangée de voitures ; Jake fixait d'un œil vide l'autre côté d'une large artère (Gage Boulevard, supposa-t-il), pendant qu'il tournait ces pensées dans sa tête. Roland et Eddie les rattrapèrent.

— Ce bébé-là sera en super forme après un ou deux mois passés à pousser la Vierge de Fer, dit Eddie avec un grand sourire. Je parie que ça va te faire le souffle.

Et en guise de démonstration, il poussa une profonde expire derrière le fauteuil roulant. Jake faillit objecter à Eddie qu'il y avait probablement dans les « espaces handi », d'autres modèles, à moteurs, mais se ravisa en comprenant ce qu'Eddie avait dû piger tout de suite : leurs batteries devaient être à plat.

Susannah ignorait ce dernier pour le moment, c'est Jake qui l'intéressait.

— Tu m'as pas répondu, lapinou. Toutes ces voitures te filent pas le mal du pays ?

— Neûn. J'étais juste curieux de savoir si je les connaissais toutes, ces bagnoles. Je me suis dit que peut-être... si cette version de 1986 provient d'un autre monde que celui de mon 1977, ça se verrait bien à un détail. Mais non, impossible. Les choses changent vachement vite. Même en neuf ans...

Il haussa les épaules, puis regarda Eddie.

— Toi, tu pourrais peut-être. Après tout, j'veux dire, t'as vraiment *vécu* en 1986.

Eddie grommela.

— J'y ai vécu, d'accord, mais j'l'ai pas vraiment *observé*. Je planais un max les trois quarts du temps. Quoique... à bien y réfléchir...

Eddie se mit à pousser à nouveau Susannah sur le macadam lisse du parking, désignant du doigt les voitures au passage.

— Ford Explorer... Chevrolet Caprice... celle-là, c'est un vieux modèle Pontiac, ça se voit à sa calandre en deux parties...

— Pontiac Bonneville, précisa Jake.

L'étonnement qu'il lisait dans les yeux de Susannah amusait Jake en même temps qu'il l'émouvait un peu — la plupart de ces voitures devaient lui sembler aussi futuristes que les vaisseaux de reconnaissance de Buck Rogers. Ce qui, de fil en aiguille, lui fit se demander ce que Roland ressentait à les voir. Il le chercha des yeux.

Le Pistolero ne manifestait aucun intérêt pour les automobiles. Il fixait l'autre côté de la rue, et par-delà le parc, l'autoroute à péage... sauf qu'il ne regardait pas vraiment ces choses-là, d'après Jake.

Ce dernier se dit que Roland était tout bêtement plongé dans ses pensées. Si c'était le cas, son expression suggérait que la chose était loin de lui être agréable.

— Et ça, c'est une de ces petites Chrysler K, continua Eddie en la montrant du doigt. Et là, c'est une Subaru. Là, une Mercedes 450 SL, excellente voiture, celle des champions... Mustang... Chrysler Imperial, belle carrosserie, mais vieille comme Mathusalem...

— Regarde, petit, fit Susannah — avec une pointe d'âpreté dans la voix, trouva Jake. Celle-là, je la reconnais. Mais pour moi, elle vient juste de sortir.

— Vraiment désolé, Suzie. Celle-ci, c'est une Cougar... une autre Chevrolet... et encore une... Topeka adore General Motors, putain, tu m'étonnes... Honda Civic... VW Rabbit... une Dodge... une Ford... une...

Eddie s'arrêta, face à une petite voiture blanche et rouge au bout de la rangée.

— Une Takuro, se dit-il à lui-même.

Il la contourna pour aller examiner le coffre.

— Une Takuro *Spirit*, pour être exact. T'as déjà entendu parler de cette marque ou de ce modèle, Jake de New York ?

Jake fit non de la tête.

— Moi non plus, dit-il. Moi non plus, bordel.

Eddie se mit à pousser Susannah vers Gage Boulevard (Roland les suivait, l'air absent, enfermé dans son monde, marchant quand ils marchaient, s'arrêtant quand ils s'arrêtaient). Juste avant l'entrée automatisée du parking (STOP PRENEZ VOTRE TICKET), Eddie fit halte.

— Si on continue à ce rythme-là, on sera vieux avant d'atteindre le parc là-bas et carrément morts avant le péage de l'autoroute, dit Susannah.

Cette fois, Eddie ne s'excusa pas, ne paraissant même pas avoir entendu. Il regardait un autocollant sur le pare-chocs d'un vieux AMC Pacer rouillé. L'autocollant, bleu et blanc, évoquait les panneaux aux petits fauteuils roulants qui indiquaient les « espaces

handi ». Jake s'accroupit pour mieux voir, caressant distraitement la tête d'Ote que ce dernier venait de faufiler sur ses genoux. Tendant l'autre main, il effleura l'autocollant, comme pour s'assurer de sa réalité. KANSAS CITY MONARCHS, lisait-on. Le O de MONARCHS était une balle de base-ball, agrémentée de lignes de fuite, comme si elle sortait du terrain.

— Corrige-moi si je me goure, mon petit vieux, parce que j'y connais que dalle en base-ball à l'ouest du Yankee Stadium, mais est-ce qu'on devrait pas lire Kansas City *Royals* ? Tu sais bien, George Brett et tutti quanti ?

Jake opina. Il connaissait les Royals et George Brett, bien qu'il débutât à peine du *quand* de Jake et ait dû être à deux doigts de la retraite dans celui d'Eddie.

— Les Kansas City *Athletics*, vous voulez dire, fit Susannah, qui eut l'air abasourdie.

Roland se tenait à l'écart de tout ça ; il était en train de zoner dans sa couche d'ozone personnelle.

— Pas en 86, ma chérie, dit gentiment Eddie. En 86, les Athletics étaient à Oakland.

Il détacha les yeux de l'autocollant et reporta son regard sur Jake.

— Une équipe de deuxième division, peut-être ? demanda-t-il. Ou même de troisième ?

— Les Royals de troisième division sont toujours des Royals, dit Jake. Et ils jouent à Omaha. Allez, bougeons de là.

Et sans savoir ce qu'il en était pour les autres, Jake se remit en route d'un cœur plus léger. C'était peut-être idiot, mais il était soulagé. Il ne croyait plus que ce terrible fléau menaçait son monde, parce que, dans ce monde-là, il n'y avait pas de Kansas City Monarchs. Peut-être que c'était là une information bien mince pour tirer des conclusions, mais ça lui semblait *vrai*. Et c'était s'ôter un poids énorme que de réussir à se persuader que ni son père ni sa mère n'étaient voués à mourir à cause d'un virus qu'on appelait Capitaine Trips et à être incinérés dans une... une décharge ou quoi ou qu'est-ce.

Sauf que ce n'était pas certain à cent pour cent, même si ce n'était pas là la version 1986 de son monde de 1977. Parce que même si cet effroyable fléau était survenu dans un monde où on trouvait des voitures Takuro *Spirit* et où George Brett jouait pour les K.C. Monarchs, Roland avait dit que le mal s'étendait... et que des choses comme la supergrippe grignotaient l'étoffe de l'existence comme l'acide attaque le moindre bout de tissu.

Le Pistolero avait parlé d'une flaque de temps, une expression que Jake avait trouvée au premier abord romantique et charmante. Mais à supposer que l'eau de cette flaque devienne stagnante et marécageuse ? Et à supposer que ces trucs style Triangle des Bermudes que Roland appelait des tramées, autrefois d'une grande rareté, deviennent la règle au lieu de l'exception ? A supposer — oh, et c'était là une pensée effroyable, une de celles qui vous garantissaient de rester éveillé, passé trois heures du matin — que toute réalité s'affaisse au fur et à mesure que s'aggravaient les faiblesses structurelles de la Tour ? A supposer que survienne un crash, un niveau s'effondrant sur le suivant... puis sur le suivant... et ainsi de suite... jusqu'à ce que...

Quand Eddie l'agrippa par l'épaule et la lui pressa, Jake dut se mordre la langue pour s'empêcher de hurler.

— Tu te files la poisse à toi-même, dit Eddie.

— Qu'est-ce que t'en sais ? demanda Jake.

C'était grossier, mais il était fou furieux. D'être terrorisé ou d'être vu dans cet état ? Il n'aurait su le dire. Et il s'en foutait pas mal, d'ailleurs.

— Question poisse, j'en connais un bout, fit Eddie. Je ne sais pas ce que tu rumines exactement, mais quoi que ce soit, le moment est *bien choisi* pour t'arrêter d'y penser.

C'était probablement de bon conseil, décida Jake. Ils traversèrent la rue de concert en direction de Gage Park et de l'un des plus grands chocs que Jake devait éprouver de sa vie.

2

Une fois franchie l'arche de fer forgé où GAGE PARK était inscrit en lettres onciales à l'ancienne, ils se retrouvèrent sur un sentier de briques, traversant un espace tenant à la fois du jardin à l'anglaise et de la jungle équatoriale. Laissé à l'abandon, pendant le chaud été du Midwest, il avait prospéré anarchiquement ; toujours laissé à l'abandon cet automne, il avait complètement périclité. Un écriteau, juste après l'arche, proclamait qu'il s'agissait là de la Roseraie Reinisch, et des roses, ce n'était pas ça qui manquait : partout, des roses. Si la plupart étaient fanées, certaines, les plus sauvages, étaient des plus florissantes et donnèrent à Jake une nostalgie si grande de la rose du terrain vague au coin de la 46e Rue et de la Seconde Avenue, qu'elle vira à la douleur.

A peine entrés dans le parc, en retrait sur l'un des côtés, ils virent un magnifique carrousel d'autrefois, aux fringants destriers et étalons de course, désormais immobiles sur leur barre. Le silence du manège, ses lumières clignotantes éteintes à jamais et la musique de son limonaire qui s'était tue pour toujours, firent frissonner Jake. Le gant de base-ball d'un enfant pendillait de l'encolure d'un cheval, au bout d'une lanière de cuir. Jake eut du mal à ne pas détourner les yeux.

Au-delà du carrousel, la végétation se faisait plus dense, étouffant le sentier et obligeant bientôt les voyageurs à avancer en file indienne, comme des enfants égarés dans une forêt de conte de fées. Les épines des rosiers luxuriants et non taillés s'accrochaient aux vêtements de Jake. Il s'était retrouvé en tête un peu par hasard (probablement parce que Roland était toujours plongé dans ses pensées) et c'est pourquoi il fut le premier à apercevoir Charlie le Tchou-tchou.

Sa seule idée en approchant des rails de chemin de fer à écartement étroit qui traversaient le sentier — on aurait dit une voie miniature, en fait —, c'était ce que le Pistolero avait dit : le *ka* est comme une roue revenant sans cesse au même point. *Les roses et les trains nous hantent*, songea-t-il. *Pourquoi ? Je ne sais pas. Je suppose que c'est encore une devi...*

Il regarda alors sur sa gauche et lâcha « Ohbontédivine » d'un seul tenant. Les jambes coupées, il dut s'asseoir. Sa voix lui parut lointaine, comme filtrée par de l'eau. Il ne s'évanouit pas complètement, mais la couleur se retira de ce qui l'entourait au point que les feuillages exubérants du côté ouest du parc lui semblèrent du même gris que le ciel d'automne au-dessus de sa tête.

— Jake ! Jake, ça ne va pas ?

C'était Eddie et Jake décelait une véritable inquiétude dans sa voix, mais elle lui parvenait comme lors d'une mauvaise communication interurbaine. De Beyrouth, disons, ou même de Sirius. Et il sentait aussi la main apaisante que Roland posait sur son épaule, mais elle était aussi lointaine que la voix d'Eddie.

— Jake !

C'était Susannah.

— Qu'est-ce qui t'arrive, mon lapin ? Qu'est-ce...

Puis voyant la chose à son tour, elle cessa de s'adresser à lui. Ensuite ce fut à Eddie de se taire. Enfin, la main de Roland le lâcha. Ils restèrent tous plantés là à regarder... sauf Jake qui continuait à le faire, assis par terre. Il supposa qu'il recouvrerait bientôt assez de force dans les jambes pour se relever mais, pour l'instant, il se sentait mou comme une chiffe.

Le train était arrêté quinze mètres plus loin, dans une gare-jouet, réplique de celle qu'ils venaient de quitter. Accroché à son avant-toit un panneau indiquait TOPEKA. Le train, c'était Charlie le Tchou-tchou, fender *cow-catcher* et tout et tout ; une locomotive à vapeur 402 Big Boy. Et Jake savait que s'il trouvait assez de force pour se remettre debout et s'en approcher, il découvrirait une nichée de souris dans le siège du mécano qui avait dû s'appeler Bob Truc-machin-chose. Quant à la cheminée, elle abriterait une famille d'hirondelles.

Sans oublier *ses larmes huileuses et sombres*, songea Jake, regardant le train miniature devant sa gare miniature, gagné par la chair de poule, l'estomac serré, le trouillomètre à zéro. *La nuit, il pleure ces larmes huileuses et sombres qui rouillent comme de beaux diables son superbe phare Stratham. Mais de ton temps, mon vieux Charlie, tu as tiré plus que ton content de gamins, hein ? Tu faisais des tours et des détours dans Gage Park et les gamins riaient, sauf ceux qui riaient* jaune ; *ceux qui voyaient clair dans ton jeu criaient à pleins poumons. Comme moi aussi je crierais maintenant, si j'en avais la force.*

Mais ses forces lui revenaient et, quand Eddie passa la main sous l'un de ses bras et que Roland l'imita de l'autre côté, Jake fut capable de se lever. Il chancela une fois, puis affermit son équilibre.

— Que ce soit bien entendu, je ne te reproche rien, fit Eddie.

Il avait la voix grave ; son visage l'était aussi.

— J'ai bien failli tomber à la renverse, moi aussi. C'est celui de ton bouquin ; et le voilà, plus vrai que nature.

— Nous savons maintenant d'où Miss Beryl Evans a tiré l'idée de *Charlie le Tchou-tchou*, dit Susannah. Ou bien elle a vécu ici, ou bien un peu avant 1942, quand son bouquin de merde a été publié, elle a visité Topeka...

— ... et vu le train pour enfants qui traverse la Roseraie Reinisch et fait le tour de Gage Park, acheva Jake.

Il dominait sa frayeur à présent et lui, qui était non seulement un enfant, mais qui, une bonne partie de sa vie, avait été un enfant solitaire, ressentit une bouffée d'amour et de gratitude pour ses amis. Ils avaient vu ce qu'il avait vu, et avaient compris où sa frayeur avait pris sa source. Normal, ils formaient un *ka-tet*.

— Il ne répondra pas à des questions bêtes, il ne jouera pas à des jeux bêtes, fit Roland, rêveusement.Tu te sens d'attaque pour continuer, Jake ?

— Oui.

— T'en es sûr ? demanda Eddie.

En voyant Jake opiner, Eddie poussa Susannah et lui fit franchir la voie. Roland suivit. Jake hésita encore un instant, se souvenant d'un rêve qu'il avait fait — lui et Ote se trouvaient à un passage à niveau et le bafouilleux avait sauté tout à coup au beau milieu des rails, aboyant comme un perdu contre le phare de la loco qui s'approchait.

Jake se baissa alors et souleva Ote vite fait. Il contempla le train, à l'arrêt dans sa gare, qui rouillait tranquillement. Son phare avant éteint avait tout d'un œil mort.

— J'ai pas peur, dit-il à voix basse. Pas peur de toi.

Le phare, reprenant vie soudain, lança un éclair d'une brièveté aveuglante, comme pour dire de façon grandiloquente : *Pas à moi, pas à moi, mon cher petit louchon*.

Puis il s'éteignit.

Les trois autres n'avaient rien vu. Jake jeta un dernier coup d'œil au train, s'attendant que le phare lance un nouvel éclair — et même peut-être que la maudite machine démarre pour de bon et tente de l'écraser — mais rien ne se passa.

Le cœur tambourinant dans sa poitrine, Jake se hâta de rejoindre ses compagnons.

3

Le Zoo de Topeka (*De renommée mondiale*, à en croire les divers panneaux) regorgeait de cages vides et de cadavres d'animaux. Les bêtes qu'on avait libérées avaient disparu, les autres étaient mortes à proximité. Les grands singes se trouvaient encore dans le secteur

Habitat du Gorille et paraissaient être morts, main dans la main. Eddie faillit en chialer. Depuis qu'il n'avait plus trace d'héroïne dans les veines, ses émotions menaçaient constamment d'exploser comme un cyclone. Ses vieux potes se seraient bien marrés.

Au-delà de l'Habitat du Gorille, le cadavre d'un loup gris gisait au beau milieu du chemin. Ote s'en approcha précautionneusement, le renifla, puis, étirant son long cou, commença à hurler à la mort.

— Fais-le arrêter ça, Jake, tu m'entends ? fit Eddie d'un ton bourru.

Il prit soudain conscience de l'odeur des bêtes en décomposition. C'était une senteur vague que la chaleur de l'été finissant avait quasiment évaporée, mais ce qu'il en subsistait dans l'air lui donna envie de gerber. Même s'il avait du mal à se rappeler la dernière fois qu'il avait mangé.

— Ote ! Au pied !

Ote lança un dernier hurlement et s'en retourna près de Jake. Il leva vers lui ses yeux cerclés d'or, comme d'inquiétantes alliances. Jake le prit dans ses bras, lui fit contourner le loup, puis le reposa sur le sentier pavé de briques.

Le sentier les amena jusqu'à une volée de marches des plus raides (déjà envahie par les mauvaises herbes qui s'insinuaient à travers la maçonnerie). Une fois au sommet, Roland jeta un coup d'œil rétrospectif sur le zoo et les jardins. De là-haut, ils distinguaient très nettement le circuit de la voie de chemin de fer miniature qui permettait aux passagers de Charlie d'effectuer le tour complet de Gage Park. Au-delà, une bourrasque de vent froid balayait à grand tapage les feuilles mortes sur Gage Boulevard.

— Ainsi chut Lord Perth, murmura Roland.

— Et la contrée a tremblé sous ce coup de tonnerre, acheva Jake.

Roland le regarda d'un air surpris, tel un homme émergeant d'un profond sommeil. Puis il sourit et lui entoura les épaules de son bras.

— J'ai joué les Lord Perth dans le temps, dit-il.

— Ah oui ?

— Oui. Très bientôt, tu en entendras parler.

4

Au-delà des marches se trouvait une volière remplie d'oiseaux exotiques crevés ; au-delà de la volière, un snack-bar affichait (avec une cruauté certaine peut-être, étant donné le lieu) : LE MEILLEUR BUFFALOBURGER DE TOUT TOPEKA ; au-delà du snack-bar, on lisait sur l'enseigne d'une nouvelle arche en fer forgé : À TRÈS BIENTÔT VOUS REVOIR À GAGE PARK ! Au-delà, enfin, on distinguait la courbe d'une bretelle d'autoroute à accès limité. Au-dessus se détachaient nettement les panneaux verts qu'ils avaient repérés tout d'abord, depuis l'autre côté.

— Et c'est reparti pour un tour de péagisage, fit Eddie de façon presque inaudible. Nom de Dieu, soupira-t-il.

— C'est quoi le péagisage, Eddie ?

Jake ne comptait pas qu'Eddie lui répondrait ; quand Susannah pivota pour le regarder, Eddie, empoignant encore à pleines mains les bras de son nouveau fauteuil roulant, détourna les yeux. Puis il fixa tour à tour Susannah et Jake.

— C'est pas joli-joli. A l'image de ma vie avant que Gary Cooper ici présent ne me tire à travers la Grande Faille Temporelle.

— Tu n'es pas obligé...

— C'est pas très important non plus. On se réunissait en bande — moi, mon frère Henry, Bum O'Hara d'habitude parce qu'il avait une bagnole, Sandra Corbitt et peut-être aussi ce pote de mon frère qu'on appelait Jimmie Polio — et on mettait nos noms dans un chapeau. Celui qu'on tirait au sort était le... le guide du trip, Henry l'appelait comme ça. Lui — ou elle, si ça tombait sur Sandi — devait rester clean de dope. Enfin, tout est relatif. Tous les autres se défonçaient grave. Ensuite on s'entassait dans la Chrysler de Bum et on filait dans le Connecticut par l'Interstate 95 ou bien on fonçait vers le nord de l'État de New York en se farcissant la route touristique Taconic... sauf que nous, on l'appelait la Catatonique. On s'écoutait les Creedence Clearwater Revival, Marvin Gaye ou même le *best of* d'Elvis sur la radiocassette. C'était mieux la nuit et quand c'était la pleine lune. On glandait des heures parfois, la tête à la portière comme les chiens, à mater la lune et à guetter les étoiles filantes. On appelait ça faire un tour de péagisage.

Eddie sourit, avec effort semblait-il.

— Une vie de rêve, j'vous dis que ça, les mecs.

— Ça m'a l'air plutôt sympa, fit Jake. Pas la partie drogue, etc., je veux dire, mais rouler avec des copains la nuit, regarder la lune en écoutant de la musique... moi, je trouve ça super.

— Ouais, ça l'était, reconnut Eddie. Même si, quand on était bourrés à bloc de *reds* [1], on était capables d'arroser aussi bien nos godasses que les buissons, c'était super.

Il marqua un temps.

— C'est ça le plus horrible, tu piges pas ?

— Va pour le péagisage. C'est parti, fit le Pistolero.

Et quittant Gage Park, ils gagnèrent l'entrée de la rampe d'accès à l'autoroute.

1. *Reds*, terme argotique désignant les comprimés de Seconal *(N.d.T.)*.

5

On avait bombé les deux panneaux flanquant la courbe ascendante de la bretelle. Sur celui où on lisait : SAINT LOUIS 344, on avait barbouillé en noir par-dessus :

ATTENTION AU MARCHEUR

Sur l'autre, qui annonçait : PROCHAINE AIRE DE REPOS, 16 KM, on avait tracé en grosses lettres rouges :

VIVE LE ROI CRAMOISI !

Cet écarlate-là était encore assez vif pour claquer même après tout un été. Les deux panneaux portaient un symbole identique :

— Tu sais ce que signifient tous ces trucs, Roland ? demanda Susannah.

Roland fit non de la tête, tout en paraissant perplexe. Et ce regard d'introspection ne quitta plus ses yeux.

Ils poursuivirent leur avancée.

6

Au point de jonction de la bretelle et de l'autoroute à péage, les deux hommes, le jeune garçon et le bafouilleux se regroupèrent autour du fauteuil roulant de Susannah. Ils avaient tous le regard tourné vers l'est.

Eddie ignorait quel serait l'état du trafic, une fois sortis de Topeka, mais, ici, toutes les voies, aussi bien en direction de l'est (celles du côté où ils se tenaient) que de l'ouest, étaient engorgées par les voitures et les camions. La plupart des véhicules croulaient sous un entassement de possessions diverses et variées qu'une saison de pluies avait fait rouiller.

Mais la circulation était le cadet de leurs soucis, tandis qu'ils restaient plantés là, à scruter l'est sans dire un mot. Sur environ un kilomètre dans les deux sens, la ville se poursuivait : ils apercevaient des flèches d'églises, une enfilade de fast-foods (Arby's, Wendy's, MacDonald, Pizza Hut et Boing Boing Burgers, chaîne dont Eddie n'avait jamais entendu parler), d'établissements concessionnaires de marques d'automobiles, le toit d'un bowling du nom d'Heartland Lanes. Un peu plus loin, devant eux, il y avait une autre sortie dont le panneau annonçait Hôpital public de Topeka et 6ᵉ Sud-Ouest. Au-delà de la bretelle, se tassait un vieil édifice de brique rouge, percé de minuscules fenêtres comme autant d'yeux aux aguets à travers les cascades de lierre de sa façade. Eddie songea qu'un bâtiment si semblable à la prison d'Attica *devait* être un hôpital, probablement ce genre de purgatoire de l'aide sociale où de pauvres hères restaient assis des heures d'affilée sur des chaises de plastique merdiques pour permettre à un docteur lambda de les examiner comme s'ils n'étaient rien d'autre que de la crotte de chien.

Après l'hôpital, la ville se terminait brusquement et la tramée commençait.

Aux yeux d'Eddie, on aurait dit les eaux mortes d'un vaste marécage. Miroitantes et argentées, elles se pressaient des deux côtés de la chaussée surélevée de l'Interstate 70 (faisant trembloter panneaux, glissières de sécurité et voitures à l'arrêt comme autant de mirages). La tramée émettait son bourdonnement liquide comme une pestilence.

Susannah se boucha les oreilles avec une grimace.

— Je sais pas comment j'arrive à supporter ça. Vraiment. Je veux pas vous filer le cafard, mais j'ai déjà envie de vomir et je n'ai pourtant rien avalé de la journée.

Eddie ressentait la même chose. Cependant, tout barbouillé qu'il fut, il avait du mal à détacher ses yeux de la tramée. C'était comme si l'irréel avait été doté d'un... d'un quoi ? D'un visage ? Ah ça non. La vaste étendue argentée et vrombissante qui s'étalait devant eux était sans visage, était l'antithèse même d'un visage, en fait, mais elle avait un corps... un aspect... *une présence*.

Oui, c'était bien ça ; elle avait une présence, semblable à celle du démon venu dans le cercle de pierres quand ils s'efforçaient de tirer Jake.

Roland, entre-temps, fouilla au tréfonds de sa bourse avant de trouver ce qu'il cherchait : une poignée de balles de revolver. Détachant la main droite de Susannah du bras du fauteuil, il lui en colla deux dans la paume. Puis en prenant deux autres, il se les enfonça dans les oreilles. Susannah le regarda faire, d'abord éberluée, puis amusée, sceptique au final. Mais elle n'en suivit pas moins son exemple. Son visage exprima aussitôt un soulagement béat.

Eddie se déchargea de son havresac et en sortit la boîte de balles de calibre 44 à moitié pleine, correspondant au Ruger de Jake. Le

Pistolero fit non de la tête, tendant sa main ouverte. Elle contenait encore quatre de ses balles : deux pour Eddie, deux pour Jake.

— Qu'est-ce qui cloche chez celles-là ? demanda Eddie qui, agitant la boîte trouvée derrière les classeurs verticaux du tiroir du secrétaire d'Elmer Chambers, en fit tomber deux trois balles.

— Elles viennent de ton monde, elles n'arrêteront pas ce son. Ne me demande pas comment je le sais : je le sais, c'est tout. Tu peux les essayer si ça te chante, mais ça ne marchera pas.

Eddie désigna les balles que Roland lui proposait.

— Celles-là aussi viennent de notre monde. De l'armurerie à l'angle de la Septième Avenue et la 49e Rue. De chez Clements, c'était pas ça le nom ?

— Non, rien à voir, Eddie. Elles sont à moi. On les a souvent rechargées, mais je les ai fait suivre de la verte contrée. De Gilead.

— Tu veux dire *celles qui ont pris l'eau* ? demanda Eddie avec incrédulité. Les dernières cartouches trempées de la plage ?

Roland opina.

— Tu disais qu'elles étaient inutilisables et le resteraient ! Même si elles séchaient ! Que la poudre avait été... comment tu disais déjà ? Ah oui, éventée.

Roland opina de plus belle.

— Alors pourquoi les as-tu gardées ? Pourquoi avoir trimballé cette ribambelle de balles inutiles aussi loin ?

— Qu'est-ce que je t'ai appris à dire après avoir tué, Eddie ? Pour te clarifier les idées ?

— *Père, guide mes mains et mon cœur afin qu'aucune partie de cet animal ne soit gâtée.*

Roland opina pour la troisième fois. Jake prit deux balles du pistolero et se les glissa dans les oreilles. Eddie prit les deux qui restaient, mais ne put s'empêcher d'essayer d'abord celles en sa possession. Elles avaient beau atténuer le son de la tramée, il n'en demeurait pas moins vibrant au milieu de son front, lui faisant pleurer les yeux comme quand il était enrhumé, lui donnant la sensation que l'arête de son nez allait exploser. Retirant les siennes, il les remplaça par les balles plus grosses des antiques revolvers de Roland. *M'enfiler des balles dans les oreilles*, songea-t-il. *M'man en chierait une pendule*. Mais quelle importance ? Le son de la tramée avait disparu — ou du moins s'était estompé jusqu'à n'être plus qu'un lointain zonzon — et voilà le résultat. Se retournant vers Roland pour lui parler, il s'attendait à entendre sa propre voix assourdie, comme quand on porte des boules Quies, mais il découvrit qu'elle était parfaitement audible.

— Y a-t-il quelque chose que tu *ignores* ? lui demanda-t-il.

— Oui, répondit Roland. Des tas.

— Et Ote ? demanda Jake.

— Pour Ote, ça ira, je crois, dit Roland. Allons-y, tâchons de couvrir quelques kilomètres avant la nuit.

7

Le gazouillis de la tramée ne parut pas déranger Ote ; il ne quitta pas Jake Chambers d'une semelle de tout l'après-midi, examinant avec méfiance les voitures immobilisées qui obstruaient les voies de l'Interstate 70 en direction de l'est. Susannah s'aperçut pourtant que la congestion n'était pas complète. L'embouteillage se clairsemait au fur et à mesure que les voyageurs laissaient le centre-ville derrière eux ; mais, même aux endroits où la circulation avait été dense, on avait poussé les véhicules en rade, d'un côté ou de l'autre, et garé certains sur le terre-plein central, bétonné dans la partie urbaine, gazonné en rase campagne.

Quelqu'un a utilisé sa dépanneuse, d'après moi, songea Susannah. Cette idée la rasséréna. Personne ne se serait soucié de s'ouvrir un passage sur l'autoroute pendant que le fléau faisait rage. Et si quelqu'un s'en était chargé depuis — s'il s'était trouvé quelqu'un dans le coin depuis —, cela signifiait que ledit fléau n'avait pas rayé tout le monde de la carte et que ces voitures-cénotaphes n'étaient pas le fin mot de l'histoire.

S'il y avait des cadavres dans certains habitacles, la plupart, comme ceux qu'ils avaient découverts au pied de l'escalier de la gare, étaient desséchés et non pas des momies dégoulinantes de sanie, maintenues par leur ceinture de sécurité. Mais en grande majorité, les voitures étaient vides. Nombre de conducteurs et leurs passagers, pris dans ces embouteillages monstres, avaient probablement tenté de fuir à pied la zone frappée par le fléau, supposa-t-elle. Mais ça ne devait pas être la seule raison, subodorait-elle.

Susannah savait qu'en ce qui la concernait il aurait fallu l'enchaîner au volant pour la faire demeurer dans une voiture, dès qu'elle aurait ressenti les premiers symptômes d'une maladie fatale : si elle devait mourir, autant que ce fût à l'air libre de la Création. Une colline serait l'endroit idéal, ou n'importe quelle autre élévation, mais même un champ de blé ferait l'affaire, s'il fallait en venir là. Tout, plutôt que de rendre son dernier soupir avec l'odeur du bloc désodorisant, pendouillant du rétroviseur, dans les narines.

Susannah pressentait qu'ils auraient pu voir les nombreux cadavres de ces morts fauchés en pleine fuite, mais que le moment en était passé. A cause de la tramée. Ils s'en approchaient sans coup férir et elle sut exactement quand ils y pénétrèrent. Une sorte de picotement frissonnant lui parcourut l'échine, et elle raidit ses moignons de jambes. Le fauteuil roulant s'arrêta d'avancer un instant. En se retournant, elle vit Roland, Eddie et Jake qui se tenaient le ventre en grimaçant. Comme s'ils avaient été pris collectivement de coliques. Puis Eddie et Roland se redressèrent. Jake se pencha pour caresser Ote, qui n'avait pas cessé de l'observer avec anxiété.

— Alo's les mecs, ça boume ? demanda Susannah.

La question fut posée avec la voix mi-ronchon mi-sarcastique de Detta Walker. Ça la reprenait à l'improviste, sans prévenir.

— Ouais, fit Jake. Mais j'ai l'impression d'avoir une boule dans la gorge.

Il fixait la tramée avec un certain malaise. Son vide blanchâtre les cernait de toutes parts à présent, comme si le monde entier s'était transformé en une « fagne » du Norfolk à l'aube. Tout près, les arbres crevaient sa surface argentée, projetant des reflets distordus qui ne restaient jamais en repos ni tout à fait nets. Un petit peu plus loin, Susannah aperçut la tour d'un silo à grains qui paraissait flotter. ALIMENTS GADDISH se détachait sur son flanc en lettres roses, qui devaient être rouges en temps normal.

— Moi, c'est dans la tête que j'ai l'impression d'avoir une boule, fit Eddie. Putain, comme elle miroite, cette merde.

— Tu l'entends toujours ? demanda Susannah.

— Ouais. Mais faiblement. Je peux supporter. Et toi ?

— Hum-hum. Marchons.

C'était comme voler dans le cockpit ouvert d'un avion à travers des lambeaux de nuages, décida Susannah. Ils avaient avancé sur des kilomètres et des kilomètres, leur semblait-il, à travers cette brillance bourdonnante, qui n'était ni brume ni eau, distinguant de vagues formes au passage (une grange, un tracteur, un panneau publicitaire Stuckey) avant que tout ne disparaisse sauf la route devant eux qui se poursuivait avec constance, au-dessus de la surface indistincte et luisante de la tramée.

Puis, tout à coup, le paysage se dégageait. Le bourdonnement s'amenuisait jusqu'à frôler le seuil de l'audible ; ils pouvaient même se déboucher les oreilles sans être gênés, du moins jusqu'à ce qu'ils approchent de la fin de cette trouée. Ils voyaient à nouveau le panorama...

Enfin, non, ce terme de panorama était trop fort pour le Kansas, mais des champs s'étalaient à perte de vue et, çà et là, un bouquet d'arbres colorés par l'automne marquait l'emplacement d'une source ou d'une mare à bestiaux. Rien à voir avec le Grand Canyon ou le ressac venant se briser au phare de Portland, mais du moins pouvait-on apercevoir une ligne d'horizon et échapper à la déplaisante sensation d'être mis au tombeau. Puis, c'était reparti pour la purée de pois. Jake fournit la description la plus juste, d'après Susannah, en déclarant que se trouver dans la tramée, c'était comme avoir rejoint le mirage aquatique qui borne l'horizon les jours de forte chaleur, sur la route.

Quoi que ce fût et la description qu'on en donnait, s'y trouver englué était un purgatoire claustrophobique, le monde extérieur étant gommé sauf la double voie de l'autoroute à péage et les épaves des voitures évoquant celles de navires à l'abandon sur un océan pris par les glaces.

Je vous en prie, aidez-nous à sortir de là, supplia Susannah, s'adressant à un Dieu auquel elle ne croyait plus vraiment — tout en croyant encore en *quelque chose*, mais depuis son réveil dans le monde de Roland sur la plage de la mer Occidentale, sa conception de l'invisible avait considérablement changé. *Je vous en prie, aidez-nous à retrouver le Rayon. Je vous en prie, aidez-nous à échapper à ce monde de silence et de mort.*

Ils gagnèrent la plus vaste trouée qu'ils aient rencontrée jusque-là, près d'un panneau autoroutier où on lisait BIG SPRINGS, 3 KM. Derrière eux, à l'ouest, le soleil couchant brillait par une étroite percée entre les nuages, ses éclats écarlates rebondissant à la surface de la tramée et incendiant vitres et feux arrière des voitures immobilisées. De part et d'autre, s'étiraient des champs vides. *La Terre Pleine (venue et repartie),* songea Susannah : *La Moisson (venue et repartie) aussi. C'est ce que Roland appelle la clôture de l'année.* A cette idée, elle frissonna.

— On va camper ici cette nuit, dit bientôt Roland, à peine dépassée la bretelle de sortie de Big Springs.

Devant eux, ils apercevaient la tramée empiéter à nouveau sur l'autoroute, mais à plusieurs kilomètres de là. On voyait rudement loin vers l'est du Kansas, découvrit soudain Susannah.

— On peut trouver du bois pour le feu sans se rapprocher beaucoup de la tramée et le son restera supportable. On pourra même dormir sans se fourrer des balles dans les oreilles.

Eddie et Jake enjambèrent la glissière de sécurité, descendirent le remblai et se mirent en quête de bois le long du lit à sec d'une rivière, restant ensemble comme Roland les avait exhortés à le faire. A leur retour, les nuages avaient à nouveau englouti le soleil et un crépuscule cendreux sans intérêt s'installait furtivement sur le monde.

Le Pistolero écorça des brindilles pour en faire du petit bois, avant de le disposer à sa façon habituelle, édifiant une sorte de cheminée sur la bande d'arrêt d'urgence. Pendant ce temps, Eddie gagna nonchalamment le terre-plein central et resta là, mains dans les poches, les yeux fixés vers l'est. Peu après, il fut rejoint par Jake et Ote.

Roland sortit sa barre d'acier et son silex, fit jaillir une étincelle dans le conduit de sa cheminée de fortune et bientôt le petit feu de camp pétilla haut et clair.

— Roland ! Suzie ! les héla Eddie. Venez voir par ici !

Susannah commença à faire rouler son fauteuil en direction d'Eddie, puis Roland — après un dernier coup d'œil au feu de camp — s'empara des poignées et la poussa.

— Voir quoi ? demanda Susannah.

Eddie montrait quelque chose du doigt. Tout d'abord, Susannah ne discerna rien, bien que l'autoroute demeurât parfaitement visible, même au-delà du point où la tramée se refermait autour d'elle, à cinq kilomètres de là. Puis... oui, il lui sembla distinguer vaguement quelque chose. Une forme quelconque, à l'extrême limite de son champ visuel. Si ce n'était pas un tour du jour qui tombait...

— C'est pas un immeuble ? demanda Jake. Sapristi ! On dirait qu'on l'a construit en plein milieu de la route !

— Qu'est-ce que c'est, Roland ? fit Eddie. Toi, qui as les meilleurs yeux de la Création.

Le Pistolero demeura silencieux un moment, se contentant d'observer en amont du terre-plein central, ses pouces passés dans son ceinturon.

— On y verra plus clair, une fois plus près, fut sa conclusion.

— Oh, ça va ! s'exclama Eddie. Nom de Dieu ! Tu sais ce que c'est ou pas ?

— On y verra plus clair, une fois plus près, répéta le Pistolero.

... ce qui était tout sauf une réponse. Il refranchit sans se presser les voies est pour aller vérifier le feu de camp, faisant claquer les talons de ses bottes sur l'asphalte. Susannah échangea un regard avec Eddie et Jake. Puis haussa les épaules. Ils les haussèrent en retour... Jake éclata soudain d'un rire sonore. D'habitude, songea Susannah, le gosse se comportait plus comme un ado de dix-huit ans que comme un gamin de onze, mais ce fou rire avait neuf, dix ans d'âge. Ce qui ne la dérangeait pas du tout.

Elle baissa les yeux vers Ote, qui les regardait sérieux comme un pape, tentant en vain d'imiter un haussement d'épaules de l'échine.

8

Ils mangèrent les friandises roulées dans une feuille qu'Eddie surnommait les *burritos* du Pistolero. Ils se rapprochèrent du feu auquel ils rajoutèrent du bois au fur et à mesure que l'obscurité venait. Quelque part au sud, un oiseau poussa son cri — le son le plus solitaire qu'il ait entendu de sa vie, estima Eddie. Nul d'entre eux ne parlait beaucoup et il lui traversa l'esprit qu'à ce moment de la journée ils le faisaient rarement. Comme si l'heure où la terre escamotait le jour pour la nuit était particulière, comme si elle les coupait de cette puissante camaraderie que Roland appelait le *ka-tet*.

Jake nourrissait Ote de miettes de viande de daim séchée de son dernier *burrito* ; Susannah, installée sur son sac de couchage, jambes croisées sous son cache-poussière, contemplait rêveusement le feu ; Roland, arc-bouté sur les coudes, regardait, lui, vers le ciel où les nuages se fondaient loin des étoiles. Levant la tête à son tour, Eddie s'aperçut que le Vieil Astre et la Vieille Mère avaient disparu, remplacés par l'étoile Polaire et la Grande Ourse. Ce n'était peut-être pas là son monde — les voitures Takuro, les Kansas City Monarchs, la chaîne de fast-foods Boing Boing Burgers en attestaient — mais Eddie trouvait qu'il ressemblait au sien de trop près pour conserver sa tranquillité d'esprit. *Peut-être*, songea-t-il, *est-ce tout bonnement le monde de la porte d'à côté*.

L'oiseau poussa à nouveau son cri au loin et le tira de sa torpeur. Il regarda Roland.

— Tu devais nous raconter quelque chose, fit-il. Une histoire super excitante de ta folle jeunesse, je crois. A propos d'une certaine... Susan, c'était bien son nom ?

Le Pistolero continua à contempler le ciel un petit moment — à présent, c'était au tour de Roland de se laisser aller à la dérive parmi les constellations, comprit Eddie — avant de reporter son regard sur ses amis. Il eut l'air étrangement penaud, bizarrement mal à l'aise.

— Vous m'accuseriez de vous gruger, fit-il, si je vous demandais encore un jour pour repenser à toutes ces choses ? Ou peut-être est-ce d'une nuit dont j'ai besoin pour y rêver. Ce sont des choses si anciennes, des choses mortes, peut-être que je...

Il leva la main en un geste éperdu.

— Certaines choses ne reposent pas en paix, même quand elles sont mortes. Leurs ossements crient dans la terre.

— Ce sont des fantômes, dit Jake, et Eddie vit passer dans ses yeux l'ombre de la terreur qu'il avait dû éprouver dans la maison de Dutch Hill. Celle qu'avait dû lui inspirer le Gardien en se détachant du mur pour tenter de s'emparer de lui.

— Parfois, y a des fantômes, répéta-t-il. Et parfois, ils jouent aux revenants.

— Oui, tu as raison, confirma Roland.

— Peut-être qu'il vaut mieux pas broyer du noir, dit Susannah. Y a des fois, surtout quand on sait qu'un truc va être duraille, vaut mieux enfourcher son cheval et partir au galop.

Roland rumina ce qu'elle venait de dire, puis leva les yeux vers elle.

— Demain soir, autour du feu, je vous parlerai de Susan. Je vous le promets au nom de mon père.

— On est obligés de t'écouter ? demanda Eddie tout à trac.

Il fut quasiment ahuri de s'entendre formuler cette question ; personne n'était plus curieux de connaître le passé du Pistolero que lui.

— Je veux dire, si ça t'est vraiment douloureux, Roland... si ça te fait mal un max... peut-être que...

— Je ne suis pas sûr qu'il faut que vous m'écoutiez, mais je crois que, moi, j'ai besoin d'en parler. Notre avenir, c'est la Tour, et pour m'y rendre en y mettant tout mon cœur, je dois faire tout ce qui est en mon pouvoir pour tracer une croix sur mon passé. Il m'est impossible de vous le narrer dans son intégralité — dans mon monde, même le passé change, il se réarrange selon de nombreuses et vitales façons — mais cette histoire-là tiendra lieu de tout le reste.

— C'est un western ? demanda Jake soudain.

Roland le regarda, perplexe.

— Je ne saisis pas bien ce que tu veux dire, Jake. Gilead est une Baronnie du Monde Occidental, et Mejis aussi, mais...

— Ce sera un western, affirma Eddie. Toutes les histoires de Roland sont des westerns, au fond [1].

Il s'étendit, remontant la couverture sous son menton. Provenant à la fois de l'est et de l'ouest, il entendait faiblement le zonzon de la tramée. Il chercha dans ses poches les cartouches que Roland lui avait données et fut satisfait de les sentir sous ses doigts. Il estima qu'il pouvait dormir sans, cette nuit-là, mais qu'il en aurait besoin le lendemain soir. Ils étaient loin d'avoir fini de péagiser.

1. Voir plus haut, la confusion savamment entretenue par King sur *western (N.d.T.)*.

Susannah, se penchant sur lui, lui embrassa le bout du nez.
— Rétamé par ta journée, chouchou ?
— Ouaip, fit Eddie, se nouant les mains derrière la tête. C'est pas tous les jours que je me tape un voyage sur le train le plus rapide du monde, que je détruis l'ordinateur le plus intelligent du monde et que je découvre que la grippe a tordu le cou à tout le monde. Et tout ça avant le dîner. Des conneries de ce genre, ça vous crève un homme.
Eddie sourit et ferma les yeux. Il souriait encore quand le sommeil s'empara de lui.

9

Dans son rêve, toute la bande se trouvait au coin de la Seconde Avenue et de la 46e Rue, regardant par-dessus la palissade dans le terrain vague plein d'herbes folles qui se trouvait derrière. Ils portaient leurs vêtements de l'Entre-Deux-Mondes — un assemblage bariolé de daim et de vieilles chemises, qui tenaient ensemble à la va comme je te pousse — mais aucun des passants qui se pressaient sur la Seconde Avenue ne semblaient leur prêter attention. Personne ne remarquait le bafouilleux que Jake tenait dans ses bras pas plus que l'artillerie qu'ils trimballaient.
Parce qu'on est des fantômes, songeait Eddie. *Des fantômes qui reposent pas en paix*.
Sur la palissade, il y avait des affiches — une des Sex Pistols (celle de la tournée de la reconstitution du groupe, d'après le poster, et Eddie se disait que c'était plutôt marrant — s'il y avait un groupe qui ne se reconstituerait *jamais*, c'était bien Les Sex Pistols), une autre d'un comique du nom d'Adam Sandler, dont Eddie n'avait jamais entendu parler et une affiche du film *Dangereuse alliance* sur une bande de sorcières ados. A la suite de cette dernière, on lisait en lettres d'un rose poussiéreux, celui des roses d'été :

> « Vois l'OURS effrayant de taille !
> Ses yeux reflètent le MONDE
> Le TEMPS montre sa trame,
> Le passé est une devinette
> La TOUR t'attend au milieu. »

Là, dit Jake pointant le doigt. *La rose. Regardez comme elle nous attend, au beau milieu du terrain vague.*
Oui, comme elle est belle, ajouta Susannah, qui désigna alors le panneau planté près de la rose, face à la Seconde Avenue. Le ton de sa voix et ses yeux trahissaient son trouble. *Mais c'est quoi, ça ?*
Si l'on en croyait le panneau, deux sociétés immobilières — Les

Entreprises Mills et Sombra Promotion — s'associaient pour un projet du nom de Résidence de la Baie de la Tortue, qui devait être construit sur cet emplacement. Quand ? TRÈS BIENTÔT était la seule précision que fournissait le panneau à cet égard.

Je m'en ferais pas pour ça, dit Jake. *Ce panneau était déjà là. Il est probablement aussi vieux que...*

A ce moment-là, un bruit de moteur se mettant en route déchira l'atmosphère. Au-delà de la palissade, côté 46e Rue du terrain vague, des bouffées de gaz d'échappement marronnasse montèrent tels des signaux de fumée annonciateurs de mauvaises nouvelles. Soudain, les planches de la palissade de ce côté-là explosèrent sous la poussée d'un énorme bulldozer rouge. Même sa pelle était rouge, bien que les mots balafrant le capot — VIVE LE ROI CRAMOISI — soient d'un jaune panique. Perché sur le siège surélevé, son visage en putréfaction les guignant au-dessus des commandes, on reconnaissait le kidnappeur de Jake sur le pont de la rivière Send — leur vieux pote Gasher. Sur le devant de son casque repoussé en arrière, se détachaient en noir les mots Fonderie Lamerk, surmontés d'un œil ouvert.

Gasher abaissa le tranchant du bulldozer qui plongea en diagonale dans le terrain vague, écrasant de la brique, réduisant en poussière scintillante bouteilles de bière et de soda, faisant jaillir des étincelles des morceaux de roche. En plein sur sa trajectoire, la rose penchait sa délicate corolle.

Voyons voir si vous allez poser des questions bêtes, maintenant ! s'écria l'apparition indésirable. *Allez-y, exprimez tous vos désirs, mes chers p'tits couillons, pourquoi pas ? Votre vieux pote Gasher, il adeûre les d'vinettes ! Mais y a une chose qu'y faut bien vous fourrer dans le crâne, posez m'en tant qu'vous voudrez, j'm'en vas quand même vous écrabouiller cette saleté comme une crêpe, ouais, et comment ! Pis, j'lui repass'rai d'ssus, mes chers p'tits couillons ! J'lui arracherai les racines et les feuilles, mes couillons ! Ouais, les racines et les feuilles !*

Susannah poussa un cri perçant en voyant la pelle écarlate du bulldozer s'avancer et menacer la rose. Eddie empoigna la palissade à pleines mains. Il voulait sauter par-dessus, se jeter sur la rose pour tenter de la protéger...

... sauf que c'était trop tard. Et qu'il le savait.

Reportant son regard vers la chose caquetante perchée sur le siège du bulldozer, il vit que Gasher avait disparu. Celui qui était aux commandes à présent, c'était Bob le Mécano de *Charlie le Tchou-tchou*.

Arrêtez ! cria Eddie. *Pour l'amour de Dieu, arrêtez-vous !*

J'peux pas, Eddie. Le monde a changé, j'peux pas m'arrêter. Je dois bouger comme lui.

Et comme l'ombre du bulldozer tombait sur la rose tandis que la pelle arrachait l'un des pieds du panneau (Eddie s'aperçut alors que TRÈS BIENTÔT s'était transformé en AUJOURD'HUI), il prit conscience que le conducteur n'était pas non plus Bob le Mécano.

Mais que c'était Roland.

10

Eddie se redressa en sursaut, sur la bande d'arrêt d'urgence de l'autoroute, cherchant l'air comme un perdu, sa sueur déjà glacée sur sa peau brûlante. Il était sûr d'avoir hurlé, il *devait* l'avoir fait, mais Susannah dormait toujours à poings fermés près de lui : le haut de ses cheveux dépassait seul du sac de couchage qu'ils partageaient. Jake ronflait légèrement sur sa gauche, un bras hors des couvertures serrant Ote. Le bafouilleux dormait lui aussi.

Mais pas Roland. Tranquillement installé près du feu de camp éteint, il nettoyait ses revolvers à la clarté des étoiles en regardant Eddie.

— Tu as fait de mauvais rêves.

Une constatation, pas une question.

— Ouais.

— Encore une visite de ton frère ?

Eddie fit non de la tête.

— Alors, tu as rêvé de la Tour ? Du champ de roses et de la Tour ?

Le visage de Roland demeurait impassible, mais Eddie percevait l'impatience subtile qui affectait toujours sa voix quand il était question de la Tour Sombre. Eddie avait surnommé autrefois le Pistolero l'Accro de la Tour et Roland ne s'était pas récrié.

— Pas cette fois.

— Alors tu as rêvé de quoi ?

Eddie frissonna.

— Fait froid.

— Oui. Rends grâce à tes dieux, il n'a pas plu, du moins. La pluie d'automne est un mal à éviter chaque fois qu'on le peut. Tu as rêvé de quoi ?

Eddie hésitait toujours.

— Tu ne nous trahiras jamais, hein, Roland ?

— Personne ne peut répondre à coup sûr à une question pareille, Eddie, et j'ai déjà joué les traîtres, plus d'une fois. A ma plus grande honte. Mais... je pense que cette époque est définitivement révolue. Nous ne faisons plus qu'un, nous sommes un *ka-tet*. Si je trahis un seul d'entre vous — même le petit ami à fourrure de Jake, peut-être — c'est moi que je trahirai. Pourquoi tu me demandes ça ?

— Et tu ne trahiras jamais ta quête.

— Renoncer à la Tour ? Non, Eddie. Ça, jamais. Raconte-moi ton rêve.

Eddie s'exécuta sans rien omettre. Quand il eut fini, Roland baissa les yeux vers ses revolvers, en fronçant le sourcil. Ils semblaient s'être réassemblés tout seuls pendant le récit d'Eddie.

— Alors ça veut dire quoi que je t'ai vu conduire ce bulldozer à la fin ? Que je te fais toujours pas confiance ? Qu'inconsciemment...

— C'est de l'ologie de la psyché, la kabbale dont je t'ai entendu parler avec Susannah ?

— Oui, si on veut.
— C'est de la merde, dit Roland pour couper court. Des tartines de merde de l'esprit. Les rêves signifient tout ou rien. Et quand ils signifient tout, c'est quasiment des messages de... eh bien, d'autres niveaux de la Tour.
Il regarda Eddie d'un air finaud.
— Et tous les messages ne nous sont pas envoyés par des amis.
— Quelque chose ou quelqu'un fout la merde dans ma tête ? C'est ça que tu veux dire ?
— Je crois que c'est possible. Mais tu dois me surveiller, tout pareil. Je supporte qu'on me surveille, tu es bien placé pour le savoir.
— Je te fais confiance, dit Eddie.
Et la maladresse avec laquelle il prononça ces mots les lesta de sincérité. Roland eut l'air ému, presque bouleversé et Eddie se demanda comment il avait pu juger que cet homme n'était qu'un robot dénué d'affect. Roland ne débordait pas d'imagination, soit, mais il avait des sentiments, O.K.
— Il y a une chose dans ton rêve qui m'inquiète beaucoup, Eddie.
— Le bulldozer ?
— La machine, oui. Et le fait qu'elle menace la rose.
— Jake a vu la rose, Roland. Elle était intacte.
Roland acquiesça.
— Dans son *quand*, le *quand* de ce jour particulier, la rose était florissante. Ça ne signifie pas que ça durera. Si le chantier dont parle le panneau s'ouvre... si le *bulldozer* survient...
— Il y a d'autres mondes, fit Eddie. Tu te rappelles ?
— Certaines choses n'existent peut-être que dans un seul. Dans un seul *où*, dans un seul *quand*.
Roland s'étendit, le regard tourné vers les étoiles.
— Il faut que nous protégions cette rose, dit-il. Il faut la préserver à tout prix.
— Tu penses qu'il y a une autre porte, hein ? Une qui ouvre sur la Tour Sombre ?
Le Pistolero tourna vers lui des yeux tout brillants de la lueur des étoiles.
— Je pense qu'elle ne fait peut-être qu'un avec la Tour, dit-il. Et que si on la détruit...
Il ferma les yeux. Et n'en dit pas davantage.
Eddie demeura éveillé longtemps.

11

Le jour suivant se leva, clair, ensoleillé et froid. Dans la lumière neuve du matin, le machin qu'Eddie avait repéré la veille au soir était plus nettement visible. Mais il ne pouvait toujours pas dire ce que c'était. Une devinette de plus et les devinettes, il en avait soupé.

Sa main en visière, il observait ce truc en plissant les yeux, encadré par Susannah et Jake. Roland était de retour près du feu de camp, rassemblant ce qu'il appelait leur *gunna*, un mot qui semblait recouvrir l'ensemble de leurs biens matériels. Il ne semblait pas concerné par la chose devant eux ni savoir ce que c'était.

Ça se trouvait à quelle distance ? Cinquante kilomètres ? Quatre-vingts ? La réponse était fonction de la distance à laquelle la vue portait sur cette étendue plate, et Eddie ne connaissait pas la réponse. Une chose dont il était tout à fait sûr par contre, c'était que Jake avait eu raison au moins sur deux points — c'était une sorte de construction, qui s'étalait sur les quatre voies de l'autoroute. Bien obligé : comment auraient-ils pu la voir sinon ? Elle aurait été noyée dans la tramée sans ça... non ?

Peut-être que ça se dresse dans une de ces échappées — que Suzie appelle « les trous dans les nuages ». Ou peut-être que la tramée se termine avant qu'on arrive aussi loin. Ou peut-être que c'est rien d'autre qu'une saloperie d'hallucination. En tout cas, vaudrait mieux que tu te tires ça de la tête pour le moment. On a encore un peu de péagisage à faire.

Cependant, le bâtiment retenait toujours son attention. On aurait dit un palais aérien, bleu et or, sorti des *Mille et Une Nuits*... sauf qu'Eddie avait dans l'idée qu'il dérobait son bleu au firmament et l'or au soleil levant.

— Roland, viens voir une seconde !

Il crut d'abord que le Pistolero n'obtempérerait pas, mais Roland (après avoir sanglé d'une lanière de cuir le paquetage de Susannah) se releva et portant les mains au creux de ses reins, s'étira avant de venir les rejoindre.

— Mes dieux, on croirait que personne à part moi dans cette clique n'a la fibre domestique, dit Roland.

— On te donnera volontiers un coup de main, dit Eddie. Comme d'habitude, d'ailleurs, non ? Mais regarde-moi d'abord ce truc.

Roland s'exécuta. Mais n'y accorda qu'un regard des plus brefs, comme s'il ne voulait même pas en reconnaître l'existence.

— C'est bien en verre, hein ? demanda Eddie.

Roland jeta un nouveau coup d'œil.

— Je cuide, fit-il.

Ce qui dans sa bouche sonnait comme *m'en a tout l'air, partenaire.*

— Là d'où je viens, des buildings en verre, c'est pas ce qui manque, mais la plupart c'est des immeubles de bureau. Ce truc là-bas devant, on dirait que ça sort tout droit de Disney World. Tu connais ?

— Non.

— Alors pourquoi tu veux pas le regarder ? demanda Susannah.

Roland jeta un nouveau coup d'œil au lointain flamboiement de lumière reflété par du verre, mais encore une fois brièvement — à peine le temps d'un battement de cils.

— Parce que c'est des ennuis en perspective, dit Roland. Et en plein sur notre route. Nous y serons bien assez tôt. Inutile de devancer l'appel.

— On y arrivera aujourd'hui ? demanda Jake.

Roland haussa les épaules, son expression ne trahissant toujours rien.

— De l'eau coulera sous les ponts si Dieu le veut, dit-il.

— Merde alors, t'aurais fait fortune en écrivant des proverbes pour les *crackers*, dit Eddie.

Il espérait au moins récolter un sourire, mais bernique. Roland se contenta de retraverser la route, de s'agenouiller, de se charger de son havresac et de sa bourse avant d'attendre le reste de la troupe. Une fois fins prêts, ils reprirent leur avancée vers l'est, le long de l'Interstate 70. Le Pistolero ouvrait la marche, tête baissée, les yeux fixant le bout de ses bottes.

12

Roland garda le silence toute la journée. Au fur et à mesure que le bâtiment se rapprochait d'eux (*des ennuis en perspective, et en plein sur notre route*, avait-il dit), Susannah comprit que Roland ne les gratifiait pas d'une crise de mauvaise humeur ni d'inquiétude à propos de ce qui les attendait, mais pas le soir même. C'était le récit qu'il avait promis de leur faire qui le taraudait.

A l'heure de la pause-déjeuner, ils distinguaient nettement le bâtiment devant eux — un palais à multiples tourelles, taillé entièrement dans du verre réfléchissant, semblait-il. La tramée le cernait de toutes parts, mais le palais s'élevait avec sérénité au-dessus, lançant ses tourelles à l'assaut du ciel. D'une folle étrangeté dans le plat pays du Kansas oriental, c'était certain, mais Susannah se disait que c'était le plus bel édifice qu'elle ait vu de sa vie ; plus beau même que la Tour Chrysler, ce qui n'était pas rien.

Plus ils s'en approchaient, plus elle trouvait difficile d'en détacher les yeux. Contempler le reflet des nuages boursouflés cingler à travers les murailles et les courtines bleu céleste du château de verre, c'était comme assister à un magnifique mirage... doté de consistance. Il vous avait, comme ça, un petit côté indiscutable. Cela tenait probablement à son ombre portée — les mirages n'en projetaient pas, à ce qu'elle en savait. Mais ce n'était pas tout. Il se *posait un peu là,* un point c'est tout. Susannah avait beau n'avoir aucune idée de ce qu'un tel prodige fabriquait dans la contrée de Stuckey et Hardee, sans parler des Boing Boing Burgers, elle constatait qu'il s'y trouvait bel et bien. Elle jugea que le moment venu, elle serait en mesure de répondre aux questions qu'elle se posait.

13

Ils établirent le campement en silence, regardèrent Roland bâtir sa cheminée de petit bois en silence, s'installèrent en silence et en lui tournant le dos, puis contemplèrent le soleil couchant transmuer en palais de flammes l'énorme édifice vitré sous leurs yeux. Tours et créneaux virèrent du rouge le plus ardent à l'orange, puis à l'or, qui se refroidit rapidement jusqu'à l'ocre, au moment où le Vieil Astre apparut au firmament...

Mah non, se dit-elle avec la voix de Detta. *C'est pas celle-là, ma fille. Alo's ça, pas du tout. C'est l'étoile du No'd. Celle qu' tu 'ega'dais d'puis chez toi, assise su' les genoux de ton p'pa.*

Mais c'était du Vieil Astre qu'elle se languissait, découvrit-elle ; du Vieil Astre et de la Vieille Mère. Elle fut stupéfaite de se découvrir nostalgique du monde de Roland, puis se demanda pourquoi cela devait tant la surprendre. Après tout, c'était un monde dans lequel personne ne l'avait jamais traitée de sale négresse (du moins pas encore), un monde où elle avait trouvé quelqu'un à aimer... et s'était fait de bons amis, aussi. Ce dernier point manqua la faire pleurer et elle serra Jake contre elle. Il se laissa faire en souriant, les yeux mi-clos. Au lointain, déplaisante mais supportable, même sans balles comme boules Quies, la tramée gazouillait son chant plaintif.

Quand les dernières lueurs jaunes s'effacèrent peu à peu du château, tout là-bas, Roland les abandonna sur les voies de l'autoroute et revint à son feu. Il fit cuire une nouvelle fournée de viande de daim enveloppée de feuilles et passer la nourriture à la ronde. Ils mangèrent sans dire un mot (Roland grignota du bout des dents, observa Susannah). Quand ils eurent terminé, ils aperçurent la voie lactée disséminant sur les murs du château devant eux des points lumineux qui s'y réfléchissaient comme dans une eau tranquille.

Ce fut Eddie qui finit par briser le silence.

— Rien ne t'y oblige, fit-il. Tu es tout excusé. Ou absous. Ou ce qu'il te plaira, tout pourvu que tu ne fasses plus cette tête, merde.

Roland l'ignora. Il but, inclinant l'outre coincée au creux du coude, comme un plouc, une bouteille d'absinthe, la tête en arrière, les yeux dans les étoiles. Il cracha la dernière gorgée sur le bas-côté.

— Longue Vie à tes récoltes, dit Eddie, sans sourire.

Roland ne répondit pas. Mais son visage pâlit, comme s'il venait de voir un spectre. Ou plutôt d'en entendre un.

14

Le Pistolero se tourna vers Jake, qui lui rendit son regard avec gravité.

— J'ai passé l'épreuve de virilité à l'âge de quatorze ans, j'étais le plus jeune de mon *ka-tet*, de ma classe, si tu préfères. Et le plus jeune qu'il y eût jamais. Je te l'ai raconté en partie, Jake. Tu t'en souviens ?

A nous tous, tu l'as raconté en partie, songea Susannah. Mais elle se tut et intima d'un coup d'œil à Eddie de l'imiter. Roland n'avait pas été lui-même pendant son récit ; avec Jake à la fois mort et vivant en tête, il luttait contre la folie.

— Tu veux dire quand on poursuivait Walter, fit Jake. Après le relais, mais avant ma... ma chute.

— Oui.

— Je m'en souviens un petit peu, mais pas de grand-chose. Comme on se rappelle vaguement ce qu'on a rêvé.

Roland acquiesça.

— Écoute-moi, alors. Je vais t'en dire plus cette fois, Jake, parce que tu as pris de l'âge. Je suppose qu'on en a tous pris.

Susannah ressentit la même fascination que la première fois en réentendant l'histoire : comment le jeune Roland avait surpris par hasard Marten, le conseiller (ou plutôt le *magicien*) de son père dans les appartements de sa mère. Sauf que rien de tout cela ne s'était produit par hasard, bien entendu ; le garçon serait passé devant la porte de sa mère en lui jetant à peine un coup d'œil, si Marten ne l'avait ouverte et invité à entrer. Ce dernier avait dit à Roland que sa mère désirait le voir, mais un seul regard posé sur Gabrielle Deschain assise dans son fauteuil à dossier bas, son sourire mélancolique et ses yeux baissés, signifia au garçon qu'il était bien la dernière personne au monde qu'elle désirât voir à ce moment-là.

Ses joues empourprées et le suçon dans son cou lui apprirent tout le reste.

Marten l'avait incité de la sorte à mettre précocement sa virilité à l'épreuve et, en recourant à une arme — David, son faucon — que son instructeur n'avait pas prévue, Roland avait vaincu Cort, arraché son bâton... et s'était fait un ennemi mortel de Marten Largecape.

Grièvement blessé, son visage gonflé évoquant un masque de gnome de carnaval, Cort avait eu le temps, avant de sombrer dans le coma, de donner un conseil à son nouvel apprenti Pistolero : tiens-toi encore quelque temps à l'écart de Marten.

— Il m'a conseillé aussi d'attendre que le récit de notre affrontement devienne légendaire, dit le Pistolero à Eddie, Susannah et Jake. D'attendre que mon ombre ait de la barbe au menton et qu'elle hante Marten dans ses rêves.

— Et tu as suivi ses conseils ? demanda Susannah.

— Je n'ai pas eu cette chance, dit Roland.

Son visage se fendit d'un sourire douloureux.

— Je comptais bien y réfléchir sérieusement, mais avant que j'en aie eu le temps, les choses ont... changé.

— Elles ont le chic pour ça, hein ? fit Eddie. Bonté divine, pour ça oui.

— J'ai enterré mon faucon, la première arme que j'aie jamais maniée, et la meilleure, peut-être. Puis — et cette partie-là, je suis sûr de ne pas t'en avoir soufflé mot, Jake — j'ai gagné la ville basse. La chaleur de cet été-là creva en une succession d'orages de grêle et, dans une chambre à l'étage de l'un des bordels où Cort avait coutume d'aller faire la noce, j'ai couché avec une femme pour la première fois de ma vie.

L'air pensif, il attisa le feu avec un morceau de bois puis, semblant prendre conscience du symbolisme implicite de son geste, s'en débarrassa en le jetant au loin avec un sourire en biais. Le bout de bois incandescent atterrit près du pneu d'un Dodge Aspen abandonné et s'éteignit.

— C'était bon. Baiser, c'était bon. Pas aussi extraordinaire que moi et mes amis, on se l'était imaginé quand on en parlait entre nous, bien sûr...

— La jeunesse a tendance à surévaluer la chatte quand on la paie, mon chou. A mon humble avis, dit Susannah.

— Je me suis endormi en écoutant en bas les ivrognes chanter accompagnés par le piano et le bruit des grêlons contre la vitre. J'ai été réveillé le lendemain matin par... hum, disons d'une façon à laquelle je ne me serais jamais attendu dans un endroit pareil.

Jake remit du bois sur le feu. Il flamba haut et clair, rehaussant de couleur les joues de Roland, brossant un croissant d'ombres sous ses sourcils et sa lèvre du bas. Tandis qu'il parlait, Susannah découvrit qu'elle pouvait se représenter ce qui s'était passé ce matin-là, si éloigné dans le temps ; ce matin-là, qui avait dû fleurer le pavé mouillé et la chaleur d'été rafraîchie par la pluie ; ce qui s'était passé dans la chambrette d'une putain, au-dessus d'un cabaret de la ville basse de Gilead, siège de la Baronnie de la Nouvelle Canaan, atome de poussière situé dans les régions occidentales de l'Entre-Deux-Mondes.

Un garçon, tout endolori encore par son combat de la veille, tout nouvellement initié aux mystères du sexe. Un garçon, qui avait l'air maintenant d'avoir douze ans au lieu de quatorze, dont les cils balayaient les joues, les paupières tirées comme des persiennes devant ces yeux d'un bleu si extraordinaire ; un garçon dont la main épousait négligemment la courbe du sein d'une putain ; un garçon, dont le poignet, portant encore les griffures de son faucon, paraissait hâlé sur la courtepointe. Un garçon, dans les ultimes instants du dernier sommeil paisible de sa vie ; un garçon, qui sous peu se mettrait en marche et commencerait à dégringoler tel le petit caillou se détachant d'un éboulis en dévale la pente à pic ; petit caillou qui en cogne un autre, et puis un autre, et encore un autre, tous ces petits cailloux en cognant plein d'autres encore jusqu'à ce que la pente se retrouve entièrement en mouvement, et que la terre tremble sous le vacarme du glissement de terrain.

Un garçon, un petit caillou sur une pente friable et prête à s'ébouler.

Un nœud du bois explosa dans le feu. Quelque part dans ce Kansas de rêve, un animal jappa. Susannah regarda tourbillonner des étincelles devant le visage incroyablement vieux de Roland, distinguant sous ses traits, ceux du garçon assoupi par ce lointain matin d'été sur la couche d'une ribaude. Puis elle vit la porte s'ouvrir à grand fracas, mettant un terme au dernier rêve troublé de Gilead.

15

L'homme, qui venait d'entrer, traversa la chambre à grandes enjambées jusqu'au lit, avant que Roland n'ouvre les yeux (et avant que ce tapage n'ait fait réagir la femme couchée à ses côtés). Il était grand, mince, vêtu d'un jean délavé et d'une chemise bleue poussiéreuse, en toile de Cambrai. Il était coiffé d'un chapeau gris foncé au ruban en peau de serpent. Des deux étuis en cuir fatigué posés assez bas sur ses hanches, on voyait pointer les crosses — en santal — de revolvers que le garçon porterait un jour sur des terres dont cet homme à l'air menaçant et à l'œil bleu furieux ne rêverait jamais.

Roland fut en mouvement avant même de desceller ses yeux : roulant sur le flanc gauche, il chercha à tâtons une arme quelconque sous le lit. Il se montrait rapide, d'une rapidité effrayante mais — et Susannah vit aussi cela on ne peut plus clairement — l'homme en jean délavé fut plus rapide encore. Tirant le garçon par l'épaule, il le précipita au bas du lit, entièrement nu. Le garçon étalé par terre de tout son long continua à fouiller sous le lit, vif comme l'éclair. L'homme en jean lui écrasa les doigts sous sa botte avant qu'ils aient pu saisir ce qu'il cherchait.

— Salopard, fit le garçon d'une voix entrecoupée. Salop...

Il avait à présent les yeux ouverts et, en les levant, il s'aperçut que l'intrus, le salopard, n'était autre que son père.

La putain se redressait sur sa couche. Elle avait les yeux bouffis, les traits mous, mais la mine courroucée.

— Eh là ! s'écria-t-elle. Oh là, doucement ! On n'entre pas comme ça chez les gens, ah ça non ! Attendez un peu que je donne de la voix...

L'homme l'ignora et retira deux ceinturons de sous le lit. Chacun était terminé par un pistolet dans son étui. Tout imposants qu'ils étaient et des plus stupéfiants dans ce monde où les armes à feu ne couraient pas les rues, ils étaient loin d'égaler les revolvers du père de Roland. Leur crosse était faite de plaques de métal érodé et non de bois incrusté. A peine la pute aperçut-elle les armes que l'intrus arborait sur les hanches et celles qu'il tenait entre les mains — celles-là même que son jeune client de la veille au soir portait jusqu'à ce qu'elle l'emmène au premier et ne le prive de toutes ses armes, sauf de celle avec laquelle elle entretenait la plus grande familiarité — que sa mauvaise humeur léthargique disparut. Ce qui la remplaça fut le regard madré de celle chez qui l'instinct de survie est inné. Elle se redressa, sortit du lit, traversa la pièce et, le temps d'entrevoir son cul nul sous l'éclat du soleil matinal, avait déjà enfilé la porte.

Ni le père se tenant à la tête du lit ni le fils étalé à poil sur le plancher ne lui firent l'aumône d'un regard. L'homme en jean tendit à Roland les ceinturons que, la veille dans l'après-midi, il avait pris dans la chambre forte, sous le baraquement des apprentis, utilisant la clé de Cort pour ouvrir la porte de l'arsenal. L'homme agita les ceinturons sous le nez de Roland, comme l'on montre un vêtement déchiré à un chiot qui vient de le mordiller sans savoir. Il les agita si fort que l'un des pistolets tomba. En dépit de sa stupéfaction, Roland le rattrapa au vol.

— Je te croyais dans l'Ouest, dit Roland. En Cressie. A la poursuite de Farson et de son...

Le père de Roland le gifla suffisamment fort pour l'expédier à l'autre bout de la chambre, du sang plein la bouche.

Le premier réflexe — épouvantable — de Roland fut de braquer l'arme qu'il n'avait pas lâchée.

Steven Deschain le dévisagea, mains sur les hanches, déchiffrant sa pensée avant même qu'elle ait pris consistance. Ses lèvres se retroussèrent en un rictus dénué singulièrement de gaieté, qui lui découvrit toutes les dents et une bonne partie des gencives.

— Descends-moi si ça te chante. Pourquoi pas ? Allons jusqu'au bout de l'horreur. Ah, mes dieux, j'accueillerai la mort avec joie !

Roland, reposant le pistolet par terre, le repoussa loin de lui d'un revers de main. Tout soudain, il ne voulait plus que ses doigts se trouvent à proximité de la détente d'une arme. Il ne les tenait plus sous contrôle, ses doigts. Il avait découvert la chose pas plus tard que la veille, à l'instant même où il avait brisé le nez de Cort.

— Père, j'ai subi l'épreuve hier. J'ai pris le bâton de Cort. J'ai gagné. Je suis un homme.

— Tu es un imbécile, répondit son père.

Il ne souriait plus ; il avait l'air vieux et hagard. Il s'écroula lourdement sur la couche de la putain, regarda les ceinturons qu'il tenait toujours, puis les laissa choir entre ses pieds.

— Un imbécile de quatorze ans, un imbécile de la pire espèce, désespérant.

Relevant les yeux, il connut un nouvel accès de fureur, mais cela ne dérangea pas Roland, qui préférait la colère à cet air de lassitude. A cette impression de vieillesse.

— Dès tes premiers pas, j'ai su que tu n'avais rien d'un génie, mais jusqu'à tantôt, jamais je n'aurais cru que tu étais un tel idiot. Te laisser mener par lui comme le bétail à l'abattoir ! Mes Dieux ! Tu as oublié le visage de ton père ! Avoue !

Ce fut là l'étincelle qui raviva la fureur du garçon. Tout ce qu'il avait accompli la veille, il l'avait fait avec le visage de son père devant les yeux.

— Ce n'est pas vrai ! s'écria-t-il, du coin où il se trouvait, cul nu sur le plancher plein d'échardes de la bauge de la putain, le dos au mur, le duvet blond de ses belles joues sans cicatrices brillant sous le soleil qui entrait par la fenêtre.

— Si, c'est vrai, sale morveux ! Chenapan ! Idiot ! Bats ta coulpe ou je vais t'arracher la peau du...

— Ils étaient ensemble ! explosa Roland. Ta femme et ton conseiller — ton magicien ! J'ai vu la marque que sa bouche à lui avait laissée sur son cou à elle ! *Sur le cou de ma mère !*

Il tendit la main vers le pistolet et le ramassa, mais même au comble de la honte et de la rage, n'autorisa pas ses doigts à s'aventurer près de la détente ; il tenait son revolver d'apprenti par le canon de métal uni.

— Grâce à ça, aujourd'hui même, je mettrai fin à son existence de séducteur et de traître et si tu te sens impuissant à me seconder, tu n'as qu'à rester en retrait et me laisser f...

Steven dégaina avant que Roland ait perçu le moindre mouvement. Une seule déflagration, assourdissante comme un coup de tonnerre, retentit dans la chambrette ; une bonne minute s'écoula avant que Roland n'entende bafouiller des questions et se manifester un certain tumulte à l'étage en dessous. Entre-temps, son arme d'apprenti, arrachée de sa main où elle ne laissa qu'un picotement vrombissant, n'était plus qu'un lointain souvenir. Elle vola par la fenêtre, sa crosse réduite à une ruine de métal salement cabossé et sa brève participation à la longue histoire du Pistolero trouvant là sa conclusion.

Roland, stupéfait, regarda son père, encore sous le choc. Steven lui rendit son regard et demeura silencieux un bon moment. Mais il avait retrouvé le visage dont Roland se souvenait depuis sa plus tendre enfance : celui qui reflétait une calme et mâle assurance. Sa lassitude et sa fureur teintées d'affolement s'étaient évanouies comme les orages de la veille au soir.

Son père finit par prendre la parole.

— J'ai eu tort de te dire ce que je t'ai dit, je m'en excuse. Tu n'as pas oublié mon visage, Roland. Mais tu n'en as pas moins fait preuve de stupidité — tu t'es laissé manipuler par quelqu'un de plus rusé que tu ne le seras jamais. C'est par la seule grâce des dieux et de l'œuvre du *ka* que tu n'as pas été envoyé dans l'Ouest, un vrai pistolero de moins hors du chemin de Marten... hors du chemin de John Farson... et de celui qui mène à la créature qui règne sur eux deux.

Il tendit les bras.

— Si je t'avais perdu, Roland, je serais mort.

Roland se remit debout et, nu comme la main, se dirigea vers son père, qui l'étreignit sauvagement. Quand Steven Deschain l'embrassa d'abord sur une joue puis sur l'autre, Roland se mit à pleurer. Steven Deschain lui chuchota alors six mots dans le creux de l'oreille.

16

— Six mots ? demanda Susannah. Lesquels ?

— Je sais tout depuis deux ans, répondit Roland. Voilà ce qu'il m'a murmuré.

— Nom de Dieu, fit Eddie.

— Puis il m'a dit que je ne pouvais pas retourner au palais. Que si je passais outre, je serais mort à la tombée de la nuit. « Tu es né pour accomplir ton destin, m'a-t-il dit, en dépit de tout ce que Marten pourrait faire ; cependant, il a juré de te tuer avant que tu ne sois assez grand pour lui causer des problèmes. Il semble que, vainqueur ou pas de l'épreuve, tu doives quitter Gilead, de toute façon. Pour un certain temps, du moins, et tu iras en direction de l'est au lieu de l'ouest. Mais je ne t'enverrai là-bas ni sans amis ni sans but.

Puis en guise de réflexion après coup, il ajouta :

— Ni avec une paire de piteux revolvers d'apprenti.

— Quel but ? demanda Jake, que le récit de Roland avait positivement captivé.

Il avait les yeux aussi brillants que ceux d'Ote.

— Et quels amis ?

— Vous devez entendre ces choses à présent, dit Roland. Le jugement que vous porterez sur moi viendra en temps et heure.

Il expectora le profond soupir d'un homme confronté à une tâche ardue — puis rajouta du bois dans le feu. Les flammes en se ranimant firent reculer légèrement les ombres. Roland se mit à parler. Il parla toute une nuit d'une longueur insolite et ne termina l'histoire de Susan Delgado qu'au lever du soleil, dont les rayons teintèrent là-bas le palais de verre de toutes les nuances d'un jour nouveau, le dotant surtout d'une étrange luminance verte qui était sa vraie couleur.

LIVRE II

Susan

Chapitre 1

Sous la Lune des Baisers

1

Un disque d'argent parfait — la Lune des Baisers, comme on l'appelait pendant la Terre Pleine — dominait la colline déchiquetée qui se trouvait à deux lieues à l'est d'Hambry et à quatre au sud de Verrou Canyon. Au pied de la colline, la chaleur de cette fin d'été persistait, encore suffocante deux heures après le coucher du soleil, mais, au sommet du Cöos, on aurait dit que la Moisson était déjà venue, avec ses fortes brises et son air glacial qui pinçait. Pour la femme qui vivait là, en seule compagnie d'un serpent et d'un vieux chat qui ne miaulait plus, la nuit promettait d'être longue.

Aucune importance, cependant ; aucune importance, ma chérie. Des mains qui s'activent sont des mains bienheureuses. C'est le cas des tiennes.

Assise à la fenêtre de la grande pièce (une autre, de la taille d'un placard, lui servait de chambre) de sa masure, elle attendit tranquillement que le bruit des sabots des chevaux de ses visiteurs s'évanouisse. Moisi, le chat à six pattes, était perché sur son épaule. Le clair de lune inondait son giron.

Trois chevaux, emportant trois hommes. Les Grands Chasseurs du Cercueil, tel était le surnom qu'ils se donnaient.

Elle émit un ricanement de mépris. Les hommes étaient de drôles d'animaux, pour ça oui ; et le plus amusant de tout, c'était qu'ils en avaient si peu conscience. Les hommes et les noms bravaches dont ils s'affublaient, pétant plus haut que leur ceinture. Les hommes, si fiers de leurs muscles, de leur capacité à boire et à bâfrer ; fiers à n'en plus finir de leur queues. Eh oui, même en ces temps où nombre d'entre eux répandaient une étrange semence dégénérée, donnant naissance à des rejetons tout juste bons à être noyés dans le premier puits venu. Ah, mais ce n'était jamais de leur faute, n'est-ce pas, ma chérie ? Non, c'était toujours la femme la fautive, et sa matrice, bien sûr : les hommes étaient de tels couards. De tels couards et de tels grimaciers. Ces trois-là ne se distinguaient point de la masse. Le plus vieux, qui claudiquait, pouvait soutenir votre regard — sûr qu'il pouvait, avec sa paire d'yeux clairs à l'extrême qui l'avaient scrutée de la tête aux pieds — mais elle n'avait rien décelé en eux dont elle n'aurait pu venir à bout, s'il avait fallu en arriver là.

Les hommes ! Elle n'arrivait point à comprendre pourquoi tant de femmes les redoutaient. Les dieux ne les avaient-ils pas créés avec leur partie la plus vulnérable pendouillant hors du corps, comme un boyau qui n'aurait point trouvé sa place dans leurs entrailles ? Flanquez-leur là un bon coup de pied et ils se recroquevillaient comme un escargot dans sa coquille. Caressez-les là et leur cervelle fondait en capilotade. Quiconque mettait en doute la vérité de cette dernière assertion n'avait qu'à assister à sa seconde « affaire » de la nuit, celle encore à venir. Thorin ! Le Maire d'Hambry ! Gardien-chef de la Baronnie ! Aucun fou n'arrivait à la cheville d'un vieux fou !

Cependant, aucune de ces pensées n'exerçait de réel pouvoir sur elle ni ne recelait de réelle rancune contre eux, du moins pas pour le moment ; les trois hommes qui se baptisaient les Grands Chasseurs du Cercueil lui avaient apporté une merveille et elle voulait la regarder ; s'en emplir les yeux, si fait, et elle n'allait pas s'en priver.

Le bancroche, Jonas, avait insisté pour qu'elle serre la chose de côté — on lui avait dit qu'elle avait un endroit pour ça, non pas qu'il veuille le voir ni nul autre de ses endroits secrets, aux dieux ne plaisent, (à cette boutade, Depape et Reynolds s'étaient esclaffé comme des baleines) — et elle avait obtempéré, mais maintenant que le vent avait emporté le bruit des sabots de leurs chevaux, elle ferait comme bon lui chanterait. La fille, dont les seins avaient dérobé à Hart Thorin le peu de jugeote dont il jouissait, ne serait pas ici avant une heure, à tout le moins (la vieille avait tout fait pour que la fille vienne à pied de la ville, prétextant la valeur purifiante d'une petite marche au clair de lune, alors qu'elle voulait simplement se ménager une parenthèse de temps libre entre deux rendez-vous). Pendant cette heure-là, elle serait libre d'agir à sa guise.

— Oh, c'est de toute beauté, j'suis sûre, murmura-t-elle.

Mais ne ressentait-elle pas un certain échauffement au point de jonction de ses jambes torses d'ancêtre ? Et une certaine humidité dans la rivière à sec qui y était enfouie ? Ô Dieux !

— Si fait, même au travers du coffret où ils l'ont caché, je sens son *glam*. Beau comme toi, Moisi.

Elle attrapa le chat perché sur son épaule et le tint à hauteur de ses yeux. Le vieux matou ronronna en étirant son nez camus vers elle. Elle le baisa et, d'extase, il ferma ses yeux d'un vert-de-gris laiteux.

— Beau comme toi — toi-toi-toi ! Ouiii !

Elle reposa le chat par terre. Il se dirigea lentement vers l'âtre où paressait un feu tardif, grignotant de façon décousue une bûche solitaire. La queue de Moisi, au bout fourchu comme celle d'un diablotin dans une vieille gravure, balançait de-ci de-là dans la pénombre orangée de la pièce. Ses pattes supplémentaires, pendillant sur ses flancs, se crispaient rêveusement. Son ombre, qui traînait sur le sol, projetait sur le mur une véritable horreur : le résultat du croisement d'un chat et d'une araignée.

La vieille se leva et gagna le placard où elle dormait et où elle avait rangé la chose que Jonas lui avait donnée.

— Si jamais tu la perds, tu perdras la tête, lui avait-il dit.

— N'aie crainte, mon bon ami, avait-elle répondu, lui adressant un sourire servile et craintif par-dessus son épaule tandis qu'elle songeait : Ah les hommes ! Quels vantards ils faisaient !

Se dirigeant vers le pied de son lit, elle s'agenouilla et passa la main sur le sol de terre battue. Des lignes apparurent, formant un carré dans la poussière moisie. Elle enfonça ses doigts dans l'un de ces traits, qui céda sous la pression. Soulevant la trappe secrète (dissimulée de telle sorte que quiconque dénué de son *shining* aurait été bien en peine de la découvrir), elle mit au jour une cache d'un pied de côté sur deux de profondeur. A l'intérieur, se trouvait un coffret en bois de fer avec, lové sur le couvercle, un serpenteau vert. Quand elle lui frôla l'échine, il redressa la tête et sa gueule, bâillant en un sifflement silencieux, exhiba quatre paires de crocs — deux en haut, deux en bas.

Elle prit le serpent contre elle, avec des roucoulades. Comme elle approchait sa tête plate de son visage, le reptile ouvrit plus grand la gueule et son sifflement devint audible. Ouvrant la bouche à son tour, elle darda d'entre ses lèvres grises et flétries la paillasse jaunâtre et malodorante de sa langue. Deux gouttes de venin — qui auraient suffi à exterminer tous les convives d'un festin si on les avait ajoutées au bol de punch — y tombèrent. Elle les avala, sentant aussitôt sa bouche, sa gorge et sa poitrine prendre feu comme sous l'effet d'une liqueur forte. Un instant, la pièce devint floue et dansante, puis elle entendit des voix murmurer dans l'air empuanti — les voix de ceux qu'elle appelait ses « amis invisibles ». Ses yeux laissèrent filtrer une eau poisseuse qui s'écoula dans les tranchées que le temps avait creusées sur ses joues. Elle poussa alors un profond soupir et la pièce retrouva sa stabilité. Les voix s'éteignirent.

Elle baisa Ermot entre ses yeux sans paupière (*c'est la Lune des Baisers, si fait*, se dit-elle), puis le posa de côté. Le serpent se faufila sous sa couche, s'y lova et la regarda appliquer ses paumes sur le couvercle du coffret en bois de fer. Elle sentait palpiter les muscles de ses avant-bras et la chaleur au creux de ses reins devint plus prononcée. Cela faisait moult années qu'elle n'avait pas éprouvé l'appel de son sexe, mais elle l'éprouvait à présent, oui-da, et ce ne fut pas le fait de la Lune des Baisers, ou si peu.

Le coffret était fermé et Jonas ne lui en avait pas donné la clé, mais c'était un jeu d'enfant pour elle qui avait vécu longtemps, étudié beaucoup et trafiqué avec des créatures que la plupart des hommes, malgré leur rodomontades et leurs belles paroles, auraient fuies comme la peste, à peine les eussent-ils entrevues. Elle tendit la main vers la serrure incrustée dans un œil que surmontait une devise en Haut Parler (QUI M'OUVRE, JE LE VOIS), puis la retira bien vite. Tout à coup, elle flaira ce que son odorat ne percevait plus d'ordinaire : le moisi, la poussière, le matelas crasseux, les miettes des provisions grignotées au lit, la puanteur qui mêlait la cendre aux relents d'encens et à l'odeur d'une vieille femme aux yeux chassieux et à la chatte desséchée (en temps normal, du moins). Elle n'ouvrirait point ce coffret ni ne regarderait la merveille qu'il renfermait, ici dedans ; elle irait dehors, à l'air pur, où les seuls parfums étaient ceux de la sauge et du *mesquite*.

Elle contemplerait la merveille à la clarté de la Lune des Baisers.

Rhéa de la Colline du Cöos tira le coffret de sa cache avec un grognement, se remit sur pied avec un autre grognement (extrait celui-ci de ses régions inférieures), et quitta la pièce, le coffret sous le bras.

2

La masure était suffisamment renfoncée sous le front de la colline pour être à l'abri des bourrasques les plus âpres du vent d'hiver qui soufflait en permanence sur ces hautes terres depuis la Moisson jusqu'à la fin de la Terre Vide. Un sentier menait au point le plus élevé et le plus dégagé de la colline ; sous la pleine lune, on aurait dit un fossé d'argent. La vieille le gravit, peinant et soufflant ; ses cheveux blancs auréolaient sa tête en touffes crasseuses, ses vieilles mamelles ballottaient de-ci de-là sous sa robe noire. Le chat la suivait dans son ombre, sans cesser d'exhaler son ronronnement rauque comme une mauvaise odeur.

Au sommet de la colline, le vent, écartant ses cheveux de sa figure ravagée, lui apporta le murmure plaintif de la tramée qui s'était peu à peu frayé un passage jusqu'aux confins de Verrou Canyon. C'était un son apprécié de peu de monde, elle le savait, mais que, personnellement, elle adorait ; pour Rhéa du Cöos, il évoquait une berceuse. Au-dessus de sa tête, filait la lune dont les ombres sur sa peau brillante dessinaient le visage de deux amants qui s'embrassaient... si l'on croyait toutefois aux balivernes des crédules mortels. Si ces derniers voyaient un visage différent ou une série de visages dans chaque pleine lune, la sorcière savait qu'elle n'en avait qu'un — le visage du Démon. Le visage de la mort.

Cependant, pour sa part, elle s'était rarement sentie aussi vivante.

— Oh, ma beauté, murmura-t-elle, en effleurant la serrure de ses doigts difformes.

Une faible lueur rouge filtra d'entre ses phalanges réunies et il y eut un cliquetis. Haletant, comme une femme qui vient de courir, elle déposa le coffret par terre et l'ouvrit.

Une lumière rosée, plus ténue que celle émise par la Lune des Baisers mais infiniment plus belle, se répandit. Envahissant le visage ravagé, penché sur le coffret, elle le métamorphosa un court instant en celui d'une très jeune fille.

Moisi vint renifler, allongeant la tête, les oreilles couchées, ses vieilles pupilles frangées de lumière rose. Rhéa en conçut une jalousie subite.

— Du balai, vieux sot. C'est point pour tes pareils !

Elle tapa le chat. Moisi fit un bond en arrière, sifflant comme une bouilloire, et gagna avec majesté et indignation le tertre qui couronnait la Colline du Cöos. Affectant le dédain le plus absolu, il s'y installa et entreprit de se lécher une patte tandis que le vent lui fourrageait sans cesse le poil.

Le coffret contenait un globe de cristal plein de cette lumière rosée ; elle ruisselait en pulsations douces, comme les battements d'un cœur content.

— Oh, ma beauté, murmura-t-elle, le soulevant hors du coffret.

Elle le tint devant elle, laissant son rayonnement pleuvoir sur les rides de son visage.

— Oh ! tu es vivant, si fait !

Soudain la couleur du globe fonça jusqu'à l'écarlate. Elle le sentit vibrer entre ses mains comme un moteur d'une puissance énorme et, encore une fois, éprouva cette stupéfiante humidité entre ses cuisses, cette montée de la marée qui l'avait désertée pour toujours, croyait-elle.

Puis la vibration mourut et la lumière du globe parut se replier comme autant de pétales. Une pénombre rosâtre lui succéda... et trois cavaliers en sortirent. Elle crut d'abord qu'il s'agissait des hommes qui lui avaient apporté le cristal — Jonas et les autres. Mais non, ceux-ci étaient plus jeunes, bien plus jeunes même que Depape qui n'avait pourtant que vingt-cinq ans. Celui qui était à gauche du trio semblait avoir un crâne d'oiseau monté sur le pommeau de sa selle — étrange mais vrai.

Puis ce dernier et celui de droite disparurent, comme effacés par le pouvoir de la boule de cristal, qui ne laissa visible que celui du milieu. Il portait un jean et des bottes, un chapeau à bord plat qui lui mangeait le haut du visage et elle remarqua la façon dégagée qu'il avait de se tenir en selle ; aussitôt alarmée, sa première pensée fut *Un Pistolero ! Dans l'Est ! Venu des Baronnies Intérieures, si fait, de Gilead peut-être même !* Mais elle n'avait pas besoin d'apercevoir le haut du visage du cavalier pour savoir qu'il était à peine plus âgé qu'un enfant et n'avait pas de revolvers sur les hanches. Elle ne croyait cependant pas que l'adolescent soit désarmé. Si seulement elle pouvait voir un petit mieux...

Collant quasiment le nez sur le cristal, elle chuchota :

— Plus près, mon joli ! Encore plus près !

Elle ne savait à quoi s'attendre — à rien, c'était le plus probable — pourtant au cœur du cercle sombre du globe, la silhouette s'approcha effectivement. *Flotta* plus près, comme un cavalier et son cheval sous l'eau. Et elle aperçut un carquois et des flèches dans son dos. Devant lui, sur le pommeau de sa selle, il n'y avait pas de crâne mais un arc court. Et à droite de la selle, là où un Pistolero aurait transporté un fusil dans sa housse, on voyait pointer le bois hérissé de plumes d'une lance. S'il n'appartenait pas au Vieux Peuple, dont son visage n'avait aucun trait distinctif... elle ne pensait pas non plus qu'il soit originaire de l'Arc Extérieur.

— Mais t'es qui, toi, mon goujat ? souffla-t-elle. Comment je vais faire pour te reconnaître, moi ? T'as tellement enfoncé ton chapeau sur tes saletés d'yeux qu'j'peux point m'les voir ! A ton cheval, p't-être bien... ou alors à ton... du balai, Moisi ! Qu'est-ce qu't'as à m'embêter comme ça ? Arrgghhh !

Le chat, redescendu de son poste de guet, s'enroulait autour de ses chevilles enflées, passant et repassant, miaulant dans sa direction d'un ton encore plus rauque que son ronronnement. Quand la vieille lui donna un coup de pied, Moisi l'évita avec agilité... puis revint immédiatement à la charge et, reprenant son manège, leva vers elle des yeux de lunatique en miaulant doucement de plus belle.

Rhéa lui redonna un coup de pied, qui s'avéra aussi peu efficace que le premier. Puis replongea son regard dans le globe de cristal. Le jeune cavalier si intéressant et sa monture avaient disparu, tout comme la lumière rosée. Elle ne tenait plus qu'une boule de verre éteint, qui en fait de lumière se contentait de refléter le clair de lune.

Le vent souffla en rafales, plaquant sa robe contre la ruine de son corps. Moisi, que les faibles ruades de sa maîtresse avaient échoué à intimider, fila derechef comme une flèche et s'enroula autour de ses chevilles, miaulant plaintivement à son adresse.

— Là, regarde un peu ce que tu as fait, vilain sac à puces et à microbes ! La lumière est partie, juste au moment où je...

A un son en provenance du chemin charretier qui montait jusqu'à sa masure, elle comprit soudain d'où venait l'agitation de Moisi. Elle entendait chanter. C'était *la fille*. Elle était en avance.

Avec une horrible grimace — elle détestait être prise au dépourvu et la donzelle allait le payer cher —, elle se baissa et renferma la boule de cristal dans le coffret. L'intérieur était rembourré de soie et le globe s'y emboîtait aussi parfaitement que l'œuf du petit déjeuner de Sa Seigneurie dans son coquetier. Du bas de la colline (ce maudit vent était dans son tort, sinon elle l'aurait entendu plus tôt), montait le chant de la fille, plus proche que jamais :

L'amour, ô l'amour, l'amour insouciant
Vois ce qu'amour a fait, négligemment

— J'vais t'en donner, moi, de l'amour insouciant, saloperie de pucelle, commenta la vieille.

Elle sentait l'aigre remugle de sueur sous ses bras, mais l'autre moisissure s'était à nouveau tarie.

— Je vais te fiche ton congé pour être venue trop tôt chez la vieille Rhéa, tu perds rien pour attendre !

Elle passa ses doigts sur la serrure du coffret, mais elle refusa de se verrouiller. Elle supposa qu'elle s'était trop pressée de l'ouvrir et avait cassé un mécanisme intérieur, en se servant du *shining*. L'œil et sa devise semblaient la narguer : QUI M'OUVRE, JE LE VOIS. On pouvait y remédier et en un clin d'œil, mais pour l'heure, un clin d'œil, c'était encore trop long pour elle.

— Impertinente pécore ! gémit-elle, levant brièvement la tête vers la voix qui approchait (elle était presque là, par tous les dieux, et avec trois quarts d'heure d'avance !).

Elle referma le couvercle du coffret avec un coup au cœur, parce que le globe de cristal reprenait vie. Il s'emplissait de cette lumière rosée, mais il n'était plus temps ni de regarder ni de rêver. Plus tard, peut-être, une fois que l'objet de l'inconvenante et tardive démangeaison libidineuse de Thorin serait reparti.

Tu dois t'empêcher de faire un truc trop abominable à cette petite, s'admonesta-t-elle. *Souviens-toi qu'elle est ici à cause de lui ; ce n'est point un de ces tendrons avec un polichinelle dans le tiroir dont le coquin fait la sourde oreille quand elle récrimine pour qu'il l'épouse. Tout ça, c'est du fait de Thorin, car il n'a qu'elle en tête une fois que sa mocheté d'épouse, la vieille chouette, s'est endormie, et qu'il se prend le pis en main et commence à se traire de belle façon ; c'est du fait de Thorin, il a l'ancienne loi pour lui et du pouvoir. En outre, ce qui est dans ce coffret, ça regarde son factotum et si jamais Jonas apprenait que toi, tu l'as regardé... que tu l'as utilisé...*

Oui-da, mais rien à craindre de ce côté-là. Entre-temps, possession faisait force de loi, n'est-ce pas ?

Le coffret sous le bras, elle releva ses jupes de sa main libre et regagna sa masure en courant le long du sentier. Elle arrivait encore à courir quand elle y était obligée, si fait, bien que peu l'eussent cru.

Moisi bondissait sur ses talons, sa queue fourchue dressée et ses pattes en surplus lui battant les flancs au clair de lune.

Chapitre 2

La preuve d'honnêteté

1

Rhéa entra en trombe, traversa la grande pièce de sa masure, passant devant le feu qui couvait sous la cendre, et se tint sur le seuil de sa chambrette, se triturant les cheveux avec affolement. La garce n'avait pas dû l'apercevoir — elle aurait sûrement cessé de piauler ou du moins marqué une légère hésitation, dans le cas contraire — ça, c'était une bonne chose, mais cette maudite cache s'était scellée à nouveau, et ça, c'en était une mauvaise. Le temps lui manquait pour la rouvrir. Rhéa se dépêcha donc de gagner le lit et, se mettant à genoux, poussa le coffret en dessous, dans l'ombre, le plus loin possible.

Oui-da, ça suffirait ; jusqu'au départ de Suzie la Rosière, ça suffirait amplement. Souriant uniquement du coin droit de la bouche (le gauche était quasiment paralysé), Rhéa se releva, épousseta sa robe et fut fin prête pour son second rendez-vous de la soirée.

2

Derrière elle, le couvercle non verrouillé du coffret se rouvrit avec un déclic. Par l'interstice d'à peine un pouce, un rai de lumière rosée pulsa à l'extérieur.

3

Susan Delgado fit halte à une cinquantaine de mètres de la masure de la sorcière, la sueur qui ruisselait sur ses bras et sa nuque était glacée. N'avait-elle pas aperçu une vieille femme (celle qu'elle venait voir, certainement) dévaler le sentier qui descendait du sommet de la colline ? Elle pensait bien que oui.

N'arrête pas de chanter — quand une vieille se presse de la sorte, c'est qu'elle ne veut pas être vue. Si tu t'arrêtes de chanter, elle saura à coup sûr qu'elle l'a été.

Un instant, Susan crut qu'elle s'arrêterait de chanter de toute façon — que sa mémoire, refermée comme un poing par l'effroi, lui refuserait la suite des paroles de cette romance qu'elle chantait pourtant depuis sa plus tendre enfance. Mais la suite lui revenant, elle reprit et son chant et sa marche :

« *Autrefois, les soucis étaient loin de moi,*
Oh oui, si loin de moi, ils étaient,
Aujourd'hui, mon amour s'en est allé,
Et dans mon cœur, le malheur a laissé. »

Une chanson pas très bien choisie pour une pareille nuit, peut-être, mais son cœur allait son chemin sans s'inquiéter beaucoup des desiderata de sa tête. Et il en avait toujours été ainsi. Elle tremblait de se trouver dehors par un tel clair de lune, quand le loup-garou rôdait, disait-on ; elle était effrayée de sa commission et de ce que ladite commission présageait. Pourtant, lorsqu'elle avait gagné la Grand Route à la sortie d'Hambry et que son cœur l'avait poussée à courir, elle avait couru — dans la clarté de la Lune des Baisers et sa jupe retroussée au-dessus des genoux, elle avait galopé comme un poney, escortée par le galop de son ombre. Elle avait couru un bon quart de lieue, et même davantage, jusqu'à temps que le moindre muscle de son corps lui picote et la moindre goulée d'air ait le goût douceâtre d'un chaud liquide. Et quand elle avait atteint la montée conduisant à cette sinistre hauteur, elle s'était mise à chanter. Parce que son cœur le lui avait dicté. Et en fait, supposait-elle, ça n'avait pas été une si mauvaise idée ; à défaut d'autre chose, cela avait tenu à distance ses pires idées noires. Chanter était un excellent remède.

Elle s'avança jusqu'au bout du sentier, entonnant le refrain de « Amour insouciant ». Quand elle pénétra dans la chiche lumière que la porte béante projetait sur le porche, une voix stridente de corneille de pluie retentit dans l'ombre :

— Arrête tes braillements, mamzelle, veux-tu — y se plantent dans ma pauvre cervelle comme un hameçon !

Susan, à qui on avait dit depuis toujours qu'elle avait une jolie voix, don de sa mère-grand sans nul doute, fit immédiatement silence, tout interdite. Elle se tint sur le porche, les mains agrippées au plastron de son tablier, qui dissimulait sa seconde plus belle robe (elle n'en possédait que deux en tout et pour tout). En dessous, son cœur battait la chamade.

Un chat — hideuse créature avec deux pattes de trop qui lui saillaient des flancs comme des fourchettes à toast — fut le premier à apparaître sur le seuil. Il leva les yeux vers elle, parut prendre sa mesure puis déforma son minois qui adopta une expression étrangement humaine : celle du dédain. Il cracha dans sa direction, puis disparut comme l'éclair dans la nuit.

Soit, bonsoir et bon débarras, se dit Susan.

La vieille qu'on l'avait envoyée voir parut à son tour sur le seuil. Elle détailla Susan des pieds à la tête avec la même expression dédaigneuse que son chat, puis s'effaça.

— Entre. Et claque bien la porte. Le vent n'arrête point de l'ouvrir, comme tu vois !

Susan pénétra dans la masure. Elle n'avait pas une envie folle de se claquemurer dans cette pièce malodorante avec la vieille, mais quand on n'avait pas le choix, hésiter était toujours une faute. C'est ce que lui disait son père, que la discussion porte sur les additions et les soustractions ou comment se comporter avec les garçons, lors des bals donnés dans les granges, quand leurs mains devenaient baladeuses. Elle ferma soigneusement la porte et entendit le loquet se mettre en place.

— Alors te voilà, dit la vieille avec un atroce sourire de bienvenue.

C'était un sourire propre à remémorer, même à la fille la plus aguerrie, les contes à dormir debout de sa nourrice — ces contes bons pour l'hiver où des vieilles édentées font bouillir des chaudrons pleins à ras bords d'un liquide vert crapaud. S'il n'y avait pas de chaudron sur le feu dans la cheminée (le feu n'était d'ailleurs plus que l'ombre de lui-même, de l'avis de Susan), la jeune fille pressentait qu'il devait y en avoir eu un, de temps à autre, et elle préférait ne pas songer à ce qui flottait alors à sa surface. Que cette femme soit une vraie sorcière et non une vieille se prétendant telle, Susan en avait été persuadée dès qu'elle avait vu Rhéa rentrer précipitamment dans sa masure, son chat difforme sur les talons. C'était une chose qu'on pouvait presque renifler dans l'air, comme la senteur âcre de la peau de la mégère.

— Oui-da, me voilà, dit-elle avec un sourire, qu'elle s'efforça de rendre éclatant et sans peur.

— Et en avance que t'es, ma doucette. Drôlement en avance ! Eh eh eh !

— J'ai couru une partie du chemin. La lune m'a fouetté le sang, je suppose. C'est ce que mon pa aurait dit.

L'horrible sourire de la vieille s'élargit à un point qui évoqua à Susan celui dont les anguilles fraîchement tuées semblent se fendre parfois, juste avant qu'on les plonge dans la marmite.

— Si fait, mais il est mort et enterré depuis cinq bonnes années, Pat Delgado à la barbe rousse comme la tignasse, dont le propre cheval a foulé la vie aux pieds, oui-da, et qui est entré dans la clairière au bout du sentier aux accents du craquement de ses os en guise de douce musique à son oreille !

Le sourire nerveux de Susan quitta ses lèvres comme si on l'avait giflée en plein visage. Elle sentit des larmes brûlantes lui monter aux yeux, toujours prêtes à couler, à peine mentionnait-on le nom de son pa. Mais elle ne les répandrait pas. Pas devant cette vieille chouette sans cœur, en tout cas.

— Menons rondement notre affaire, dit-elle d'un ton sec qui ne lui était pas coutumier.

Elle avait d'habitude le ton enjoué d'une personne d'un gai naturel, toujours prête à rire. Mais elle était aussi la fille de Pat Delgado, le meilleur meneur de chevaux de l'Aplomb Occidental qu'il y eût jamais eu, et se souvenait parfaitement de son visage ; elle avait donc de la ressource et des forces en réserve si le besoin s'en faisait sentir, comme c'était clairement le cas, à l'heure actuelle. La vieille avait eu l'intention de gratter ses plaies au plus profond, et plus elle verrait ses efforts couronnés de succès, plus elle les redoublerait.

La mégère, entre-temps, observait Susan d'un air rusé, les poings sur les hanches, le chat s'enroulant autour de ses chevilles. Elle avait beau avoir les yeux chassieux, Susan les distinguait suffisamment pour voir qu'ils étaient de la même nuance vert-de-gris que ceux du chat et se demander de quel sinistre tour de magie c'était là le résultat. Elle ressentait un besoin — fort et pressant — de baisser les siens mais n'en fit rien. Si avoir peur était normal, montrer qu'on en éprouvait était parfois une erreur.

— Tu me regardes comme une effrontée, mamzelle, finit par lui dire Rhéa, dont le sourire s'effaça, cédant lentement la place à un froncement de sourcils courroucé.

— Nenni, la mère, répondit Susan avec franchise. Simplement comme quelqu'un qui désire conclure l'affaire pour laquelle elle est venue et prendre congé. Je suis ici à la requête de Sa Seigneurie le Maire de Mejis et de ma tante Cordélia, la sœur de mon père. Mon *très* cher père, dont je ne supporterai pas qu'on dise du mal devant moi.

— Je dis ce que je veux, fit la vieille.

Ces mots étaient sans réplique, mais non dénués toutefois d'une nuance de servilité. Susan n'y attribua aucune importance particulière ; c'était là un ton que la mégère avait dû adopter sa vie entière et qui lui revenait aussi naturellement que sa façon de respirer.

— J'ai vécu seule très longtemps, maîtresse de moi-même, et quand ma langue se délie, elle va où elle veut.

— Alors il vaudrait mieux parfois ne point la délier du tout.

Les yeux de la vieille eurent une sale lueur.

— Modère la tienne, espèce de garçon manqué, de peur qu'elle ne meure et pourrisse dans ta bouche et que le Maire n'y songe à deux fois avant de t'embrasser quand il sentira sa puanteur, si fait, même par une lune pareille !

Le cœur de Susan s'emplit d'un étonnement douloureux. Elle était venue ici, tendue vers un seul but : que l'affaire soit conclue le plus rapidement possible, ce rite — qu'on lui avait à peine expliqué — susceptible de n'offrir que souffrance et honte. Et voilà maintenant cette vieille qui la fixait avec une haine non dissimulée. Comment les choses pouvaient-elles avoir tourné si mal et si soudainement ? Ou bien en allait-il toujours ainsi avec les sorcières ?

— Nous avons mal débuté, maîtresse — pouvons-nous tout reprendre depuis le début ? demanda Susan tout à trac, en lui tendant la main.

La mégère resta interloquée mais tendit aussi sa main pour un bref contact : les extrémités ridées de ses doigts effleurèrent les doigts aux ongles courts de la fille de seize ans debout devant elle avec son visage à peau claire et au vif éclat et ses longues tresses qui lui tombaient dans le dos. Susan dut faire un effort pour ne pas grimacer à cet attouchement, si bref fût-il. Les doigts de la vieille étaient glacés comme ceux d'un cadavre, mais Susan avait déjà touché des doigts glacés dans sa vie (« Mains froides, cœur chaud », disait parfois Tante Cord). L'aspect véritablement désagréable résidait dans leur texture, la sensation de chair froide et spongieuse, flottant sur les os, comme si la femme à laquelle ils appartenaient s'était noyée et reposait au fond d'un étang.

— Non, non, on reprend rien du tout, dit la vieille. Mais on va peut-être continuer mieux qu'on a commencé. C'est un ami puissant que tu as dans Monsieur le Maire et je ne voudrais point l'avoir pour ennemi.

Du moins, elle est franche, se dit Susan, avant de se moquer d'elle-même.

Cette femme était franche uniquement quand elle était obligée de l'être ; livrée à ses propres désirs et pratiques, elle mentirait à tout propos — sur le temps, les récoltes, les vols d'oiseaux une fois la Moisson venue.

— Tu es arrivée plus tôt que je ne t'attendais et ça m'a mise hors de moi, si fait. Tu m'as apporté quelque chose, mamzelle ? Oui-da, j'en réponds !

Ses yeux étincelèrent à nouveau, mais ce n'était plus de colère, cette fois.

Susan glissa la main sous son tablier (tellement stupide de mettre un tablier pour aller faire une course au diable Vauvert, mais la coutume l'exigeait) puis dans sa poche. Retenue par un ruban, pour éviter qu'on ne la perde aisément (surtout les jeunes filles poussées soudain à courir au clair de lune, peut-être), il y avait là une bourse. Susan rompit le ruban et sortit la bourse. Elle la déposa sur la paume tendue devant elle, si usée que les rides qui la marquaient étaient presque fantomatiques. Susan prit soin de ne pas toucher Rhéa à nouveau... alors que la vieille la toucherait *elle* à nouveau, très bientôt.

— C'est le bruit du vent qui te fait frissonner, mamzelle ? demanda Rhéa, bien que Susan sût que son esprit était grandement concentré sur la petite bourse.

Ses doigts s'activaient et tiraient sur le nœud du cordon.

— Oui, c'est le vent.

— Et il y a de quoi. C'est les voix des trépassés que tu entends dans le vent et quand ils hurlent autant, c'est parce qu'ils regrettent... ah !

Le nœud céda. Elle desserra le cordon et deux pièces d'or dégringolèrent dans sa main. Elles étaient grossièrement frappées — nul n'en avait fabriqué de semblables depuis des générations — mais elles pesaient lourd et les aigles gravés dessus avaient un certain pouvoir. Rhéa en porta une à sa bouche ; retroussant les lèvres et découvrant d'affreux chicots, elle mordit dedans. La mégère examina les légères empreintes que ses dents avaient laissées sur l'or. Pendant quelques secondes, elle s'absorba dans sa contemplation, puis referma les doigts sur son trésor.

Pendant que les jaunets détournaient l'attention de Rhéa, Susan en profita pour jeter un coup d'œil par la porte ouverte sur sa gauche, dans ce qu'elle supposa être la chambre de la sorcière. Et aperçut un étrange phénomène qui la troubla : une lumière rose pulsait sous le lit, semblant sortir d'une boîte, quoiqu'elle ne puisse pas complètement...

La sorcière releva les yeux et Susan reporta hâtivement les siens vers un autre coin de la pièce, où un filet suspendu à un crochet contenait quatre fruits blancs bizarres. La vieille se déplaça : son ombre immense et dansante abandonna pesamment cette partie du mur et Susan s'aperçut alors de sa méprise : ces fruits n'étaient rien d'autre que des crânes. Elle se sentit l'estomac légèrement barbouillé.

— Faut me requinquer ce feu, mamzelle. Va derrière la maison et rapporte-moi une brassée de bois sec. Des fagots de bonne taille, c'est ce qu'il nous faut et viens point gémir que tu peux point les trimballer, bien bâtie comme t'es !

Susan, qui ne se plaignait plus des corvées depuis qu'elle avait cessé de mouiller ses langes, se tut... malgré une furieuse envie de demander à Rhéa si quiconque lui apportait de l'or était illico invité à aller lui chercher du bois. A dire vrai, elle n'y voyait pas d'inconvénient ; l'air du dehors aurait la douceur d'un vin capiteux après la puanteur de la masure.

Elle allait atteindre la porte quand son pied buta contre quelque chose de mou et de chaud. Le chat protesta d'un miaulement. Susan trébucha et manqua tomber. Dans son dos, la vieille émit une série de sons entrecoupés et étranglés que Susan supposa être son rire.

— Attention à Moisi, mon petit chéri ! Filou comme il est ! Et *roi du faux pas,* qu'il peut être, parfois ! Eh eh eh !

Nouvelle tempête de fou rire.

Le chat, oreilles couchées, fixait Susan de ses larges pupilles vert-de-gris. Et crachait. Susan, peu consciente de ce qu'elle allait faire jusqu'à temps qu'elle l'eût fait, cracha en retour. A l'image de son expression dédaigneuse, la surprise qu'afficha Moisi fut insolitement — et dans ce cas précis, comiquement — humaine. Il tourna casaque et courut se réfugier dans la chambrette de Rhéa, fouettant l'air de sa queue fourchue. Susan ouvrit la porte et alla dehors chercher le bois. Il lui semblait être ici depuis mille ans et qu'avant de retourner chez elle il s'en écoulerait autant.

4

L'air était aussi doux qu'elle l'avait espéré, plus doux peut-être même et, un instant, elle resta immobile sur le porche, à le respirer, tâchant de se purifier les poumons... et l'esprit.

Après cinq grandes inspirations, elle se bougea. Elle contourna la masure... mais du mauvais côté, semblait-il, car elle ne trouva aucun tas de bois par là. Cependant, à demi enfouie sous une plante grimpante rugueuse et peu ornementale, il y avait une sorte de meurtrière en guise de fenêtre. Située presque à l'arrière de la masure, elle devait donner dans la chambrette-placard de la vieille.

Ne regarde pas là-dedans, ce qu'elle a sous son lit, c'est point tes affaires et si jamais elle t'y prenait...

Elle s'approcha de la fenêtre, malgré les admonestations de sa conscience, et jeta un coup d'œil.

Rhéa n'aurait vraisemblablement pas aperçu le visage de Susan à travers le rideau dense de gros lierre, si la vieille souillon avait regardé dans cette direction. Ce qui n'était pas le cas. A genoux, le cordon de la bourse passé entre les dents, elle tendait le bras sous le lit.

Elle en tira une boîte dont elle ouvrit le couvercle, déjà entrebâillé. Sa figure fut alors inondée d'une douce et rose radiance. Susan retint son souffle. Pendant un instant, la vieille eut le visage d'une jeune fille — mais cette jeunesse retrouvée se mêlait de cruauté, c'était le visage d'une enfant obstinée, déterminée à apprendre tout ce qu'il y avait de mauvais au monde et pour de mauvaises raisons. Le visage de la jeune fille que la mégère avait été autrefois, peut-être. La lumière semblait provenir d'une sorte de boule de cristal.

La vieille la regarda, fascinée, quelques instants, les yeux écarquillés. Ses lèvres remuaient comme si elle lui parlait ou même lui psalmodiait quelque chose ; la bourse que Susan avait apportée de la ville, et dont la mégère serrait toujours le cordon entre ses dents, ballait de-ci de-là au gré de ses paroles. Puis, après ce qui parut un grand effort de volonté de sa part, elle referma la boîte, faisant disparaître la lueur rosée. Susan se sentit soulagée — il y avait là quelque chose qu'elle n'aimait pas.

La vieille mit la main en cornet sur la serrure d'argent au centre du couvercle et un bref pinceau d'écarlate darda entre ses doigts. Tout cela sans lâcher le cordon de la bourse. Elle posa alors la boîte sur sa couche, s'agenouilla et commença à passer les mains dans la poussière et la saleté, juste sous le bord du lit. Même si elle n'effleurait le sol que de ses paumes, des traits y apparurent bientôt comme si elle avait utilisé un instrument à dessin. Ces lignes s'obscurcirent, formant des sortes de sillons.

Le bois, Susan ! Va chercher le bois avant qu'elle ne s'aperçoive que tu es partie depuis très longtemps ! Au nom de ton père !

Susan retroussa entièrement sa jupe jusqu'à la taille — elle ne voulait pas que la vieille remarque des traces de poussière ou des feuilles sur ses habits quand elle reviendrait à l'intérieur de la masure, ne tenant pas à répondre aux questions que la vision de telles malpropretés ne manquerait pas d'entraîner — et rampa sous la fenêtre, ses dessous de coton blanc, éclatant au clair de lune. Une fois passée, elle se remit debout et s'empressa de gagner sans bruit l'arrière de la masure. Elle découvrit le tas de bois sous une vieille peau de bête empestant la moisissure. Elle choisit une demi-douzaine de bûches de taille respectable et les bras ainsi chargés revint vers le devant de la maison.

Quand elle entra, se positionnant de biais pour faire franchir la porte à son fardeau sans en laisser choir une partie, la vieille, de retour dans la pièce principale, fixait d'un air maussade le feu, réduit pour l'heure à de simples braises. Nulle trace de la bourse.

— T'as pris ton temps, mamzelle, fit Rhéa, continuant à regarder dans l'âtre, comme si Susan comptait pour des prunes...

Mais elle tambourinait du pied sous l'ourlet crasseux de sa robe, les sourcils froncés.

Susan traversa la pièce, guettant de son mieux par-dessus la pile de bûches dont elle était chargée. Cela ne l'aurait pas du tout surprise de voir le chat rôder dans les parages, espérant la faire trébucher.

— J'ai aperçu une araignée, dit-elle. J'ai secoué mon tablier pour la faire partir. Je les déteste tant que je supporte point d'en voir.

— Tu verras tout bientôt une chose que t'aimeras point davantage, et peut-être même, encore moins, fit Rhéa, souriant de son rictus unilatéral, si particulier. Ça sortira de la chemise de nuit de Thorin, raide comme un bâton et rouge comme la rhubarbe ! Eh eh eh ! Attends une minute, ma fille ; bons dieux, t'en as rapporté assez pour nourrir le feu de joie d'un Jour de Fête.

Rhéa prit deux grosses bûches sur le tas de Susan, les jetant avec indifférence sur les charbons ardents. Les braises voltigèrent en spirale dans le conduit obscur et ronflant légèrement de la cheminée. *Et voilà, t'as éparpillé le peu qui restait de ton feu, pauvre vieille idiote, et il va falloir qu'on le rallume à tous les coups*, songea Susan. Mais Rhéa tendit une main, doigts écartés, dans l'âtre, prononça un mot guttural et les bûches s'embrasèrent comme si on les avait imbibées de pétrole.

— Pose le reste là-bas, dit-elle en désignant le coffre à bois. Et fais bien attention de ne point mettre des éclats partout, mamzelle.

Quoi, salir une telle propreté ? se dit Susan, se mordant l'intérieur des joues pour refréner le sourire qui lui montait aux lèvres.

Rhéa avait dû le sentir, cependant ; quand Susan se redressa, la vieille l'observait avec l'expression sévère de celle qui en sait long.

— Bon, petite maîtresse, venons-en à notre affaire et finissons-en. Sais-tu pourquoi tu es venue ici ?

— Pour faire plaisir au Maire Thorin, répéta Susan, sachant que ce n'était pas là la vraie réponse.

Elle avait peur à présent — beaucoup plus que lorsqu'elle avait regardé par la fenêtre et surpris la vieille à roucouler à sa boule de verre.

— Sa femme est devenue stérile depuis qu'elle n'a plus ses règles. Il veut avoir un fils avant que lui aussi ne soit plus capable de...

— Fi, fi, billevesées que tout cela, épargne-moi ces âneries et ces beaux discours. Il veut des tétons et un cul qui tremblotent point comme de la gelée sous la main et une boîte à ouvrage qui lui agrippe bien ce qu'il y fourrera. S'il est encore suffisamment homme pour y fourrer quelque chose. Si un fils sort de là, si fait, très bien, il te le donnera à garder et à élever, le temps qu'il soit assez grand pour aller à l'école, après tu le reverras plus jamais. Si c'est une luronne, il te la prendra à coup sûr et la donnera à son nouveau factotum, le bancroche aux cheveux de fille, pour qu'il la noie dans le premier trou d'eau venu.

Susan la dévisagea, scandalisée au-delà de toute mesure.

La vieille éclata de rire en surprenant ce regard-là.

— T'aimes point entendre la vérité, hein ? T'es point la seule, mamzelle. Mais c'est comme ci et pas comme ça ; ta tantine a toujours été une sacrée finassière et elle a su drôlement y faire avec Thorin et le trésor de Thorin. L'or que t'as vu, c'est point le mien... et ce sera point le tien non plus, si t'ouvres pas l'œil et le bon ! Eh eh eh ! Allez, enlève-moi cette robe !

Je ne veux pas lui brûlait les lèvres, mais ensuite, quoi ? Être renvoyée de la masure (et être renvoyée comme elle y était venue ou presque, et non sous la forme d'un lézard ou d'un crapaud, était le mieux qu'elle pouvait espérer) puis expédiée dans l'Ouest comme elle était à présent, sans même les deux pièces d'or qu'elle avait apportées ? Et ce n'était là que le moins de l'affaire. Le plus, c'était qu'elle avait donné sa parole. Susan avait d'abord résisté, mais quand Tante Cord avait invoqué le nom de son père, elle avait cédé. Comme toujours. Elle n'avait vraiment pas le choix. Et quand on n'avait pas le choix, hésiter était toujours une faute.

Elle brossa le plastron de son tablier où s'accrochaient des débris d'écorce, puis le dénoua et l'enleva. Elle le plia, le rangea sur un petit agenouilloir noir de suie, près de l'âtre, et déboutonna sa robe jusqu'à la taille. Elle dégagea ses épaules et, la faisant glisser, la quitta d'un léger bond. Après l'avoir pliée, elle la déposa sur le tablier, tâchant de ne pas être gênée par l'avidité avec laquelle Rhéa du Cöos la dévorait des yeux à la lueur du feu. Le chat traversa nonchalamment la pièce, ses grotesques pattes en surplus ballottant comme une paire de pompons et vint se coucher aux pieds de Rhéa. Dehors, le vent soufflait en rafales. Il faisait bon près du foyer, mais Susan n'en avait pas moins froid, comme si le vent avait réussi d'une façon ou d'une autre à la transpercer.

— Presse-toi, ma fille, au nom de ton père !

Susan fit passer sa chemise par-dessus sa tête, la rangea, pliée, sur la robe, ne gardant que ses dessous, les bras croisés sur ses seins. Le feu badigeonnait ses cuisses d'une chaude teinte orangée, le tendre creux des genoux formant de noirs cercles d'ombre.

— Et elle est point encore toute nue ! croassa la vieille corneille en ricanant. Voyez-moi ça, en voilà t'y pas du tralala ! Ah que oui, très, très joli ! Allez, ouste, ôte-moi ces dessous, petite maîtresse, et montre-toi comme le jour où t'as glissé du ventre de ta mère ! Bien qu'en ce temps-là, t'avais point autant de mignardises pour faire saliver Hart Thorin et ses pareils, hein ? Eh eh eh !

Se sentant prisonnière d'un cauchemar, Susan fit ce qu'on lui dit. Avec son mont de Vénus et sa toison à découvert, garder les bras croisés sur sa poitrine lui parut idiot. Elle les abaissa.

— Ah, pas étonnant qu'il te veuille ! s'exclama la vieille. T'es une vraie beauté ! Qu'est-ce que t'en dis, Moisi ?

Le chat miaula un *waow*.

— T'as les genoux sales, dit soudain Rhéa. Comment ça se fait ?

Susan connut un instant d'atroce panique. Elle avait retroussé ses jupons pour mieux ramper sous la fenêtre de la mégère... et ce faisant, elle s'était trahie.

Puis une explication lui vint et elle l'énonça d'un ton assez calme.

— En apercevant votre maisonnette, j'ai été saisie de crainte. Je me suis agenouillée pour prier et j'ai soulevé ma jupe pour ne point la gâter.

— Je suis touchée — qu'on veuille garder ses vêtements propres pour quelqu'une comme moi ! Comme tu es bonne ! T'es bien d'accord avec moi, hein, Moisi ?

Le chat refit *waow*. Puis se mit à se pourlécher une patte de devant.

— Continuez, fit Susan. On vous a payée pour ça et j'obéirai, mais arrêtez de me taquiner et finissons-en.

— Tu sais parfaitement ce que je dois faire, petite maîtresse.

— *Non*, dit Susan.

Elle avait à nouveau des larmes brûlantes au fond des yeux, mais elle ne les laisserait pas couler. *Pas question*.

— J'ai une vague idée, mais quand j'ai demandé à Tante Cord si je ne me trompais point, elle m'a dit que vous vous chargeriez de mon éducation à cet égard.

— Elle avait peur que les mots lui salissent la bouche, hein ? Bon, très bien. Ta Tante Rhéa n'est point assez gentille pour taire ce que ta Tante Cordélia n'a pas voulu te dire. Je dois m'assurer que tu es physiquement et spirituellement intacte, mamzelle. La preuve d'honnêteté, les anciens appelaient ça, et c'est fort bien trouvé. Voilà. Approche.

Susan fit deux pas en avant avec répugnance, si bien que ses orteils nus effleurèrent les pantoufles de la vieille et ses seins nus, sa robe.

— Si un diable ou démon t'a pollué l'esprit, chose qui pourrait vicier l'enfant que tu porteras vraisemblablement, il a laissé une marque derrière lui. Le plus souvent, c'est un suçon ou une morsure d'amour, mais il y en a d'autres... ouvre la bouche !

Susan fit ce qu'on lui demandait. La vieille se pencha tout près et la puanteur qui émanait d'elle était si forte que la jeune fille sentit son estomac se contracter. Elle retint son souffle, priant que la chose finisse vite.

— Tire la langue.

Susan s'exécuta.

— Maintenant souffle-moi au visage.

Susan exhala une haleine longtemps contenue. Rhéa l'inspira puis, par bonheur, recula un peu la tête. Elle s'était tenue suffisamment près de Susan pour que cette dernière aperçoive les poux qui sautillaient dans ses cheveux.

— Assez douce, dit la vieille. Oui-da, un vrai régal. Maintenant tourne-toi.

Susan obéit et sentit la vieille sorcière lui parcourir le dos jusqu'aux fesses de ses doigts aux extrémités aussi froides que de la pierre.

— Penche-toi et écarte bien les miches, mamzelle. Sois point timide, Rhéa a vu plus d'un trou de lune en son temps !

Le visage écarlate — elle sentait battre son pouls au milieu du front et au creux des tempes —, Susan s'inclina. Elle sentit alors l'un de ces doigts cadavériques s'insinuer dans son anus comme un aiguillon. Susan se mordit les lèvres pour ne pas crier.

Dieu merci, l'exploration fut brève... mais serait suivie d'une autre, redoutait Susan.

— Tourne-toi.

Ce qu'elle fit. La vieille passa les mains sur les seins de Susan, donnant du pouce une chiquenaude aux mamelons, avant de les soulever pour examiner attentivement l'en dessous. Rhéa faufila ensuite l'un de ses doigts au creux du nombril de la jeune fille, puis retroussant sa propre jupe, elle tomba à genoux, grognant sous l'effort. Elle palpa les jambes de Susan par-devant, puis par-derrière. Elle parut faire un sort à la zone juste au-dessous des mollets, là où couraient les tendons.

— Lève le pied droit, ma fille.

Susan obéit ; un rire hurlé lui échappa nerveusement au moment où Rhéa lui griffa de l'ongle du pouce la distance du cou-de-pied au talon. La vieille lui écarta les orteils, regardant entre chaque paire.

Après avoir soumis l'autre pied au même traitement, la vieille — toujours à genoux — annonça :

— Tu sais ce qui vient ensuite.

— Si fait.

L'affirmation se pressa sur ses lèvres tremblantes.

— Tiens-toi tranquille, mamzelle — tout le reste est parfait, propre comme de l'écorce de saule que t'es, mais on arrive maintenant au doux réduit qui est tout ce dont Thorin se soucie ; nous en sommes là où l'honnêteté doit vraiment se prouver. Alors ne bouge plus !

Susan, fermant les yeux, pensa aux chevaux galopant sur l'Aplomb — ils avaient beau être nominativement ceux de la Baronnie, sous la garde de Rimer, Chancelier de Thorin et Ministre de l'Inventaire des Biens de la Baronnie, les chevaux n'en savaient rien ; ils se croyaient libres et, si l'on est libre dans son esprit, qu'importe le reste ?

Que je sois libre dans mon esprit, aussi libre que les chevaux qui galopent sur l'Aplomb et qu'elle ne me fasse aucun mal. Je vous en

prie, ne la laissez point me faire de mal. Et si elle m'en fait, aidez-moi, s'il vous plaît à le supporter en silence, comme la décence le veut.

Les doigts glacés écartèrent le duvet, plus bas que son nombril ; ils marquèrent un temps puis deux d'entre eux se faufilèrent en elle. Ce fut *douloureux*, mais bref. La douleur n'était pas si terrible ; elle s'était fait beaucoup plus mal en se cognant l'orteil ou s'éraflant les tibias en se rendant aux cabinets au milieu de la nuit. Le pire côté de la chose, c'était l'humiliation et sa répulsion à être touchée par la vieille Rhéa.

— Calfatée serré que t'es ! s'écria Rhéa. Bonne comme jamais ! Mais Thorin y pourvoira, et comment ! Quant à toi, ma fille, je vais te dire un secret que ta tante à chichis avec son long pif, sa chatte en cul de poule et ses tétés pas plus gros que des groseilles à maquereau n'a jamais su : point n'est besoin à une fille encore intacte de se refuser un petit frisson par-ci par-là, suffit qu'elle sache s'y prendre !

Au moment où la mégère retirait ses doigts, elle les referma délicatement sur la petite protubérance charnue à l'entrée de la fente de Susan. Pendant une seconde terrifiante, Susan crut qu'elle allait la pincer à cet endroit sensible entre tous et qui lui coupait parfois le souffle en frottant contre le pommeau de sa selle quand elle montait à cheval. Mais au lieu d'un pinçon, les doigts se livrèrent à des caresses... puis à une légère pression... et la jeune fille horrifiée ressentit une chaleur, loin d'être déplaisante, s'allumer dans son ventre.

— Un vrai petit bourgeon de soie, si fait, roucoula la vieille, dont les doigts indiscrets s'activèrent.

Susan sentit ses hanches et son bassin se mettre en mouvement, comme animés d'une vie propre ; elle revit le visage avide et déterminé de la vieille, rose comme celui d'une putain sous un bec de gaz, quand elle s'était penchée sur le coffret ouvert ; elle revit la bourse aux pièces d'or pendouillant par son cordon des lèvres fripées comme un morceau de chair qu'elle aurait dégurgité et la chaleur qu'elle ressentait disparut subitement. Elle se recula en tremblant comme une feuille, les bras, le ventre et les seins couverts de chair de poule.

— Vous avez terminé ce pour quoi on vous a payée, dit Susan, d'un ton sec et bourru.

Le visage de Rhéa se crispa.

— C'est point toi qui me diras oui-da, nenni ou peut-être, petite impudente ! Je sais quand j'en ai fini, moi, Rhéa, Son Étrangeté du Cöos et...

— Tais-toi et relève-toi si tu ne veux point que je t'expédie d'un coup de pied dans le feu, monstre de la nature.

La vieille retroussa les babines en un rictus canin sur ses rares chicots et Susan prit soudain conscience qu'elle et la sorcière étaient revenues à leur point de départ : prêtes à s'arracher mutuellement les yeux.

— Amuse-toi à lever la main ou le pied contre moi, impertinente connasse, et tu quitteras ma maison sans mains, sans pieds et aveugle des deux yeux.

— Je ne doute mie que vous le puissiez, mais Thorin en serait fort dépité, répliqua Susan.

Pour la première fois de sa vie, elle invoquait le nom d'un homme pour se protéger. S'en apercevoir la rendit toute honteuse... insignifiante en quelque sorte. Elle ignorait le pourquoi de la chose, d'autant plus qu'elle avait accepté de partager sa couche et de porter son enfant, mais cela était.

Le visage couturé de la vieille s'escrima jusqu'à une parodie de sourire, pire que son rictus furibond. Prenant appui sur le bras de son fauteuil, haletant comme un soufflet de forge, Rhéa se remit debout. De son côté, Susan commença à se rhabiller en hâte.

— Si fait, dépité qu'il serait. Peut-être que t'as raison, mamzelle ; j'ai passé une étrange soirée qui a réveillé en moi des choses qu'il vaut mieux laisser en sommeil. Quoi qu'il eût pu se passer d'autre, prends-le comme un compliment à ta jeunesse et à ta pureté... et à ta beauté, aussi. Si fait. T'es une vraie splendeur, aucun déni n'est permis. Dis-moi un peu, tes cheveux... quand tu les dénoues, comme tu le feras pour Thorin, je cuide, quand tu coucheras avec lui... ils brillent comme le soleil, hein ?

Si Susan ne se voyait pas forcer la mégère à cesser ses minauderies, elle ne tenait pas non plus à encourager ses compliments serviles. Surtout pas, quand elle lisait encore de la haine dans les yeux chassieux de Rhéa, et quand elle sentait encore les doigts de la vieille femme lui ramper sur la peau comme des blattes. Aussi se tut-elle, se contentant d'entrer dans sa robe, de l'agrafer sur ses épaules et de commencer à la reboutonner.

Rhéa saisit peut-être le cours de ses pensées car son sourire disparut et elle montra par ses manières qu'elle revenait à son affaire. Susan fut fort soulagée de ce changement.

— Bon, peu importe. Tu as prouvé ton honnêteté ; tu peux te rhabiller et t'en aller. Mais pas un mot à Thorin de ce qui s'est passé entre nous, attention ! Ce qui se dit entre femmes ne doit point troubler l'oreille des hommes, surtout des puissants comme lui.

Cependant, à ces mots, Rhéa ne put retenir un ricanement spasmodique. Susan se demanda si la vieille s'en rendit compte ou pas.

— Nous sommes bien d'accord ?

Tout ce que tu voudras, tant que je peux sortir d'ici et m'en aller le plus loin possible de toi.

— Vous déclarerez que j'ai fourni la preuve ?

— Si fait, Susan, fille de Patrick. Ainsi ferai-je. Mais ce n'est point ce que je *dis* qui compte. Maintenant... attends... j'ai quelque part ici...

Elle farfouilla à tâtons le long du manteau de la cheminée, poussant de-ci de-là des bouts de chandelle collés sur des soucoupes fêlées, soulevant une lanterne au kérosène, puis une torche électrique, s'attardant à regarder le dessin d'un jeune garçon avant de le mettre de côté.

— Où donc est p... mais où... arrgghhh... ah ! ici !

Elle s'empara avidement d'un bloc à la couverture noire de suie (où CITGO était imprimé en antiques lettres d'or) et d'un bout de crayon. Elle feuilleta le bloc jusqu'à la dernière page ou presque, avant d'en dénicher une vierge. Elle gribouilla quelque chose dessus, puis arracha la feuille de la spirale métallique. Elle la tendit à Susan qui la prit et y jeta un coup d'œil. Elle ne comprit pas tout de suite le mot qui y était scribouillé :

Onete

En dessous, il y avait un symbole :

— Qu'est-ce que c'est ? demanda-t-elle, tapotant le petit dessin.

— La marque de Rhéa. On la connaît dans six Baronnies à la ronde, oui-da, et on ne peut point la copier. Montre ce papier à ta tante. Puis à Thorin. Si jamais ta tante veut te le prendre pour le montrer à Thorin elle-même — je la connais bien, tu vois, elle et ses manières autoritaires —, dis-lui non, que Rhéa a dit que non, qu'elle ne doit point en avoir la garde.

— Et si Thorin le veut ?

Rhéa haussa les épaules en une fin de non-recevoir.

— Qu'il le garde, qu'il le brûle ou qu'il s'en torche le cul, peu me chaut, c'est tout un. Comme pour toi, c'est rien qu'un chiffon de papier, car tout du long tu as su que tu étais honnête, pas vrai ?

Susan approuva du chef. Une fois, en rentrant du bal, elle avait laissé un garçon glisser sa main sous sa chemise quelques instants, et alors ? Elle était une honnête fille. Et dans plus d'un sens que ne l'entendait cette méchante créature.

— Mais ne perds point ce papier. A moins que tu ne tiennes à me revoir et à en repasser par là une seconde fois.

Les dieux fassent périr cette idée dans l'œuf, songea Susan qui repoussa avec succès un frisson. Elle mit le papier dans sa poche où il prit la place de la bourse.

— Maintenant, viens jusqu'à la porte, mamzelle.

Rhéa fit mine de vouloir prendre Susan par le bras, mais se ravisa. Les deux femmes gagnèrent la porte côte à côte, prenant garde de ne pas se toucher au point d'en paraître gauches. Une fois sur le seuil, Rhéa *agrippa* le bras de Susan pour de bon. Puis de l'autre main, elle lui désigna le disque d'argent qui brillait au-dessus du sommet du Cöos.

— La Lune des Baisers, dit Rhéa. Le mitan de l'été.

— Oui.

— Dis bien à Thorin qu'il ne te prenne ni dans son lit, ni sur une meule de foin, le plancher de la souillarde ni nulle part ailleurs, tant que la Lune du Démon ne sera point pleine dans le ciel.

— Pas avant la Moisson ?

C'était à trois mois de là — une éternité, aux yeux de Susan. Elle s'efforça de dissimuler le plaisir que lui procurait ce délai. Elle avait cru que Thorin mettrait un terme à sa virginité au lever de la lune, la nuit suivante. Elle n'était pas aveugle et voyait bien les regards qu'il lui jetait.

Rhéa, entre-temps, observait la lune, semblant se livrer à des calculs. Elle porta la main sur la longue chevelure de Susan qu'elle caressa. La jeune fille endura la chose du mieux qu'elle put et, juste à l'instant où elle sentit qu'elle n'allait plus la supporter, Rhéa retira sa main en opinant.

— Si fait. Non seulement, pas avant la Moisson, mais pas avant la vraie *fin de año* — la Nuit de la Fête. Dis-lui qu'il pourra t'avoir après le feu de joie. Tu as bien compris ?

— La vraie *fin de año*, oui.

Elle avait un mal fou à contenir sa joie.

— Quand le brasier du Cœur Vert et le dernier des pantins aux mains rouges ne seront plus que cendres, continua Rhéa. Alors seulement, mais pas avant. Dis-le-lui bien.

— Je le lui dirai.

Rhéa avança à nouveau la main et caressa une fois encore les cheveux de Susan. Celle-ci ne rechigna pas. Après d'aussi bonnes nouvelles, se dit-elle, il aurait été mesquin de le faire.

— A partir de maintenant et jusqu'à la Moisson, tu emploieras ton temps à méditer et à rassembler tes forces pour engendrer l'enfant mâle que désire le Maire... ou bien à chevaucher le long de l'Aplomb pour y cueillir les dernières fleurs de ta vie de jeune fille. Tu m'as bien comprise ?

— Oui, dit Susan avec une révérence. Grand Merci, *sai*.

Rhéa fit un geste de la main comme pour chasser une flatterie.

— Mais pas un mot de ce qui s'est passé entre nous, souviens-t'en. Cela ne regarde personne d'autre que nous deux.

— Je ne dirai mie. Notre affaire est finie ?

— Eh bien... peut-être qu'il reste encore un tout *petit* rien...

Rhéa, souriant pour bien montrer qu'il s'agissait d'une bricole, leva la main gauche à hauteur des yeux de Susan, joignant trois doigts et en détachant un. Scintillant dans la fourche ainsi formée, on voyait une médaille d'argent sortie apparemment de nulle part. La jeune fille ne put en détacher les yeux. Du moins, jusqu'à ce que Rhéa ait prononcé un certain mot guttural.

Alors elle les ferma.

5

Rhéa observa la jeune fille profondément endormie sur le porche, au clair de lune. Alors qu'elle remettait la médaille dans sa manche (ses vieux doigts gourds savaient faire preuve de dextérité quand c'était nécessaire, si fait), son expression affairée céda la place à une fureur concentrée qui lui fit plisser les yeux. *Tu m'expédierais d'un coup de pied dans le feu comme rien, hein, sale gourgandine ? Et tu t'en irais tout blablater à Thorin ?* Mais les menaces et l'impertinence de Susan n'étaient point ce qu'il y avait de pire. Le pire avait été sa moue de répugnance quand elle s'était reculée pour échapper au contact de Rhéa.

Trop bien pour Rhéa, qu'elle était ! Et elle devait se croire trop bien pour Thorin sans doute avec ses seize ans et ses beaux cheveux blonds qui lui tombaient aux épaules, crinière dans laquelle Thorin devait rêver de plonger ses mains tout en la besognant, fourré en elle.

Elle ne pouvait faire autant de mal à cette fille qu'elle l'aurait voulu et que Susan le méritait ; à défaut d'autre chose, Thorin lui reprendrait la boule de cristal et ça, Rhéa ne le supporterait pas. Pas encore, de toute façon. Mais si elle ne pouvait point toucher à la fille, elle pouvait s'arranger pour gâcher le plaisir que Thorin prendrait d'elle, un certain temps du moins.

Rhéa se pencha tout près de Susan, saisit la longue tresse qui lui tombait dans le dos et se mit à la faire glisser dans son poing serré, jouissant de sa douceur de soie.

— Susan, murmura-t-elle. Tu m'entends, Susan, fille de Patrick ?

— Oui, fit-elle, sans ouvrir les yeux.

— Alors, écoute.

La clarté de la Lune des Baisers tombait sur la tête de Rhéa, la métamorphosant en un crâne d'argent.

— Écoute-moi bien et souviens-t'en. Souviens-t'en dans la grotte profonde où ton esprit ne pénètre jamais pendant l'éveil.

Elle lissa la tresse entre ses mains, encore et encore. Douce et soyeuse, comme le petit bourgeon qu'elle avait entre les cuisses.

— Souviens-t'en, répéta la fille sur le seuil.

— Oui-da. Tu feras quelque chose une fois qu'il t'aura pris ta virginité. Tu le feras immédiatement, sans même y penser. Et maintenant, écoute-moi, Susan, fille de Patrick. Et entends-moi bien.

Sans cesser de lui caresser les cheveux, de ses lèvres flétries, Rhéa chuchota à Susan quelque chose dans le tuyau de l'oreille, au clair de lune.

Chapitre 3

Une rencontre sur la route

1

Elle n'avait jamais passé de soirée aussi étrange de sa vie ; cela n'eut donc rien de surprenant qu'elle n'entende pas le cavalier approcher dans son dos jusqu'à tant qu'il fût presque sur elle.

Tandis qu'elle s'en retournait en ville, la chose qui la turlupinait le plus, c'était la nouvelle compréhension de l'accord qu'elle avait passé. C'était bel et bon d'avoir un délai — elle avait plusieurs mois devant elle avant le terme du marché — mais un délai ne changeait rien au fond de l'affaire : quand la Lune du Démon serait pleine, elle perdrait sa virginité entre les bras du Maire Thorin, un homme maigre comme un clou et plein de tics, dont les cheveux blancs ébouriffés couronnaient le sommet d'un crâne chauve comme un nuage. Un homme que sa propre épouse considérait avec une lassitude teintée de tristesse, pénible à regarder. Hart Thorin était un homme qui partait d'un rire tonitruant quand une troupe de théâtre présentait un divertissement à base de bastonnades, de faux coups de poing ou de lancers de fruits pourris, mais qui assistait d'un air ahuri au récit d'une histoire tragique ou simplement pathétique. Un homme qui faisait craquer ses jointures, distribuait des bourrades dans le dos, rotait à table et avait la manie de regarder avec anxiété son Chancelier au moindre mot, comme pour s'assurer qu'il n'avait pas offensé Rimer en quoi que ce fût.

Susan avait eu plus d'une occasion d'observer tout cela ; pendant des années, son père avait eu la charge des chevaux de la Baronnie et s'était souvent rendu à Front de Mer pour affaires. Et maintes fois, il y avait emmené sa fille tant aimée. Oh, elle avait vu plus que son soûl d'Hart Thorin au fil des années et lui, de même, l'avait vue plus souvent qu'à son tour. Beaucoup trop, peut-être ! Car le fait le plus marquant le concernant à présent, c'est qu'il avait une cinquantaine d'années de plus que la fille qui porterait peut-être son héritier.

Elle avait conclu ce marché avec une certaine légèreté...

Non, pas avec légèreté, elle était injuste envers elle-même...

disons que ça ne l'avait pas empêchée de dormir, au vrai. Elle s'était dit comme ça, après avoir écouté tous les arguments de Tante Cord : *Bah, c'est bien peu de chose, en fait, pour posséder des terres en contrat bilatéral ; pour avoir au final notre petit morceau d'Aplomb, réellement tout autant que coutumièrement... pour avoir de vrais documents, un à la maison et l'autre dans les archives de Rimer, stipulant que c'est bien à nous. Si fait, et pour avoir des chevaux à nouveau... Trois seulement, c'est vrai, mais c'est toujours trois de mieux que ce qu'on a maintenant. Et tout ça contre quoi ? Coucher une fois ou deux avec lui et porter un enfant, ce que des millions de femmes avant moi ont fait sans dommage. Après tout, c'est ni à un mutant ni à un lépreux qu'on me demande de m'accoupler, mais juste à un vieillard qui se fait craquer les doigts. C'est point pour toujours et, comme le dit Tante Cord, je pourrai encore me marier, si le temps et le* ka *le décrètent ainsi ; je serai pas la première à entrer dans la couche de son mari en étant mère. Est-ce que ça fait de moi une putain pour autant ? La loi dit que non, mais peu importe ; la loi de mon cœur est la seule qui compte et mon cœur me dit que si j'acquiers la terre qui était à mon pa et trois chevaux pour la parcourir, en étant déclarée telle, alors putain je serai.*

Il y avait autre chose : Tante Cord avait tablé — d'une façon plutôt brutale, Susan en prenait conscience maintenant — sur l'innocence d'une enfant. Tante Cord n'avait pas arrêté de radoter sur *le bébé, le mignon petit bébé* qu'elle aurait. Tante Cord savait d'avance que Susan, les poupées de son enfance mises au rancart depuis point trop longtemps, chérirait l'idée d'avoir son propre bébé, une petite poupée bien vivante à vêtir, à nourrir et avec laquelle faire la sieste au plus chaud de l'après-midi.

Ce que Cordélia avait ignoré (*peut-être est-elle trop innocente pour l'avoir même envisagé*, songea Susan), c'était ce que la mégère lui avait révélé clairement cette nuit-même : Thorin désirait plus qu'un enfant.

Il veut des tétons et un cul qui tremblotent point comme de la gelée sous la main et une boîte à ouvrage qui lui agrippe bien ce qu'il y fourrera.

Le simple fait de se rappeler ces paroles lui mit le feu aux joues pendant qu'elle se dirigeait vers la ville dans l'obscurité d'après le coucher de la lune (ni course enjouée ni chanson non plus, cette fois). Elle avait accepté la chose en songeant vaguement à la façon que le bétail avait de s'accoupler — on laissait faire « jusqu'à ce que la semence ait pris », puis on les séparait. Mais maintenant, elle savait que Thorin pourrait la vouloir encore et encore, la voudrait probablement encore et encore ; le droit coutumier, dont la loi d'airain remontait à deux cents générations, disait qu'il pouvait continuer de coucher avec elle, jusqu'à ce que celle qui avait attesté de son honnêteté de future gueuse atteste de l'honnêteté de l'enfant à venir, à savoir qu'il était en tout point honnête et non pas... une quelconque aberration mutante. Susan s'était enquise discrètement et avait appris que cette seconde épreuve survenait habituellement aux alentours du quatrième mois de grossesse... à peu près à l'époque où cela commençait à se voir, même habillée de pied en cap. Il incomberait à Rhéa de donner un avis... et comme Rhéa ne l'aimait pas...

Maintenant qu'il était trop tard — maintenant qu'elle avait accepté l'accord formellement offert par le Chancelier, maintenant que cette mégère bizarre avait prouvé son honnêteté — elle regrettait amèrement ce marché. Elle avait surtout en tête le spectacle qu'offrirait Thorin, son pantalon retiré, avec ses jambes maigres et pâlichonnes comme des pattes de cigogne ; et elle entendrait, une fois couchés ensemble, ses longs os craquer : ceux de ses rotules, ceux de sa colonne, ceux de ses coudes et de sa nuque.

Et ceux de ses phalanges. N'aie garde d'oublier les jointures de ses phalanges.

Oui. Ses grosses phalanges de vieillard pleines de poils. Susan ne put s'empêcher de pouffer à cette idée. C'était tellement comique. Mais en même temps, une chaude larme coula subrepticement le long de sa joue. Elle l'essuya d'une main machinale, sans y prêter plus d'attention qu'au *clip-clop* de sabots qui approchaient, étouffé par la poussière de la route. Elle avait l'esprit à nouveau ailleurs, occupé de l'étrange vision qu'elle avait aperçue par la fenêtre de la chambrette de la vieille — la douce et en même temps désagréable lumière qu'émettait la boule rose et le regard hypnotique qu'avait eu la mégère en la fixant...

Quand enfin Susan entendit le cheval qui s'approchait, prise de panique, la première idée qui lui vint fut d'aller se cacher dans les taillis de la forêt devant lesquels elle passait. Les chances que quiconque d'un tant soit peu respectable se trouve sur la route à une heure aussi tardive lui paraissaient minces, en particulier en ces temps calamiteux qui s'étaient abattus sur l'Entre-Deux Mondes — mais il était déjà trop tard pour gagner le couvert des arbres.

Restait le fossé où s'allonger en se tenant coite. La lune étant couchée, restait au moins une chance que le quidam passerait son chemin sans...

Mais avant même d'avoir pu s'y diriger, le cavalier qui s'était faufilé derrière elle pendant qu'elle ruminait ses funestes pensées la saluait déjà.

— Bonne nuitée, gente dame, puissent vos jours être longs sur la terre.

Elle se retourna, songeant : *Et si c'était l'un de ces nouveaux venus toujours à traînasser autour de la Maison du Maire ou au Repos des Voyageurs ? Ce n'est point le plus âgé en tout cas, sa voix ne chevrote pas comme la sienne, mais l'un des autres peut-être... celui qu'ils appellent Depape...*

— Bonne nuitée, s'entendit-elle répondre à la silhouette masculine. Que les vôtres le soient aussi.

Sa voix ne tremblait pas, à ce qu'elle en percevait. Elle ne pensait pas qu'il s'agît de Depape ni de celui qu'on appelait Reynolds, non plus. La seule chose dont elle fût sûre quant à l'individu, c'était qu'il portait le chapeau plat caractéristique des hommes des Baronnies Intérieures, à l'époque où voyager d'est en ouest était beaucoup moins rare qu'aujourd'hui. Bien avant l'avènement de John Farson — l'Homme de Bien — et le début des effusions de sang.

L'étranger arrivant à sa hauteur, elle se pardonna un petit peu de ne point l'avoir entendu approcher — elle n'apercevait ni boucle ni clochette dans son équipement et tout était attaché de sorte à ne pas claquer ni taper. C'était presque l'attirail d'un hors-la-loi ou d'un écumeur (elle avait dans l'idée que Jonas, celui à la voix chevrotante, et ses deux amis avaient dû être l'un et l'autre, en d'autres temps et sous d'autres climats), ou même d'un Pistolero. Mais cet homme-là n'avait point d'armes à feu, à moins qu'il ne les ait dissimulées. Un arc accroché au pommeau de sa selle et ce qui avait l'air d'une lance dans sa gaine, rien d'autre. Et jamais, à sa connaissance, il n'y avait eu de pistolero aussi jeune.

Il arrêta net son cheval d'un claquement de langue, comme son pa l'avait toujours fait (et elle aussi, par voie de conséquence). Au moment où il passait sa jambe par-dessus la selle avec une grâce dont il n'avait pas conscience, Susan lui dit :

— Non, non, étranger, ne vous mettez point en peine et poursuivez votre chemin !

S'il avait perçu de la frayeur dans sa voix, il fit mine de ne pas s'en rendre compte. Il se laissa glisser à bas du cheval, sans s'embarrasser des étriers et atterrit en souplesse devant elle, soulevant la poussière de la route de ses bottes à bout carré. A la lueur des étoiles, elle vit qu'il était jeune, et du même âge qu'elle à peu de chose près. Ses habits bien que neufs étaient la tenue de travail d'un cow-boy.

— Will Dearborn, pour vous servir, fit-il avant d'ôter son chapeau et de lui faire un profond salut, en prenant appui sur le talon, à la mode des Baronnies Intérieures.

Une courtoisie si déplacée, ici au milieu de nulle part, alors que l'odeur âcre du pétroléum en bordure de la ville lui chatouillait déjà les narines, chassa toutes ses craintes et lui provoqua un bel éclat de rire. Alors qu'elle songeait qu'il en serait probablement froissé, il sourit en retour. Un bon sourire, honnête et dénué d'artifice, qui révéla une rangée de dents régulières.

Elle le paya d'une petite révérence, en tenant sa robe d'un côté.

— Susan Delgado, pour vous servir.

Il se tapota la gorge à trois reprises de la main droite.

— Grand Merci, *sai* Susan Delgado. J'espère que c'est une heureuse rencontre que la nôtre. Je ne voulais pas vous effrayer...

— Vous avez failli réussir.

— Oui, c'est bien ce que je pensais. Excusez-moi.

Oui. Pas *si fait*, mais *oui*. Un jeune homme qui venait, à l'entendre, des Baronnies Intérieures. Elle le regarda avec un intérêt accru.

— Nenni, il est inutile de vous excuser, car j'étais perdue dans mes pensées, dit-elle. Je revenais de voir une... amie... et je ne m'étais point rendu compte qu'autant de temps avait passé jusqu'à ce que j'aie vu que la lune était couchée. Si vous vous êtes arrêté pour vous inquiéter de moi, je vous en remercie, étranger, mais allez de votre côté comme moi du mien. Je me rends à Hambry, à l'entrée du bourg. J'en suis tout près.

— Que voilà un joli discours et des sentiments délicats, fit-il avec un large sourire. Mais il est tard, vous êtes seule et je crois que nous pouvons aller de concert. Montez-vous à cheval, *sai* ?

— Oui, mais vraiment...

— Avancez, que je vous présente mon ami Rusher. Il vous portera pendant la dernière lieue. C'est un hongre, *sai,* doux comme un agneau.

Susan regarda Will Dearborn mi-amusée, mi-irritée. L'idée suivante lui traversa l'esprit : *S'il me traite de* sai *encore une fois, comme si j'étais une institutrice ou sa vieille gâteuse de grand-tante, je vais retirer ce tablier stupide et lui en fiche un grand coup.*

— Qu'un cheval assez docile pour supporter d'être sellé montre un peu de tempérament ne m'a jamais dérangée. Jusqu'à sa mort, mon père s'est occupé des chevaux du Maire... et le Maire de cette contrée est aussi le Gardien de la Baronnie. Je monte à cheval depuis que je suis née.

Elle crut qu'il allait lui présenter des excuses, peut-être même en bafouillant, mais il se contenta d'opiner tranquillement avec un air songeur qu'elle aima plutôt.

— Alors mettez le pied à l'étrier, gente dame. Je marcherai près de vous et ne vous dérangerai pas par ma conversation, si vous ne tenez pas à l'entendre. Il est très tard et à ce qu'on dit, il y a mauvais parler après que la lune soit couchée.

Elle fit non de la tête, adoucissant son refus d'un sourire.

— Je vous remercie de votre bonté, mais il ne serait peut-être point convenable que je chevauche la monture d'un jeune étranger à onze heures du soir. Le jus de citron n'ôte point une tache sur la réputation d'une dame aussi facilement que sur un corsage, vous savez.

— Il n'y a personne ici pour vous voir, repartit le jeune homme d'une voix follement raisonnable. Et que vous soyez lasse, je ne le sais que trop. Venez donc, *sai*...

— S'il vous plaît, cessez de m'appeler comme ça. J'ai l'impression d'être d'un âge aussi canonique qu'une...

Elle hésita un bref instant, reconsidérant le mot

(*sorcière*)

qui lui était d'abord venu à l'esprit.

— Qu'une vieille femme.

— Va pour Miss Delgado, alors. Vous êtes bien sûre de ne pas vouloir monter à cheval ?

— Tout à fait sûre. Je ne chevaucherai en aucun cas à califourchon avec une robe, Messire Dearborn... même si vous étiez mon propre frère. Ce ne serait point séant.

Prenant alors appui sur l'étrier, il se pencha au-delà de sa selle (Rusher supporta docilement son manège, se contentant de lui balayer les oreilles de sa queue, ce que Susan aurait été ravie d'imiter, eût-elle été à la place de Rusher, tant elle les trouvait à son goût) et remit pied à terre, un vêtement roulé en boule dans les mains. Une lanière de cuir torsadé le retenait. D'après elle, c'était un poncho.

— Vous n'avez qu'à vous en recouvrir les jambes et les genoux, en guise de cache-poussière, dit-il. Ça suffira largement pour satisfaire au décorum — il appartenait à mon père, qui était bien plus grand que moi.

Il regarda un instant en direction des collines occidentales et elle vit alors combien il était beau, avec une sorte de dureté qui jurait avec son extrême jeunesse. Elle ressentit un léger frisson intérieur et souhaita pour la millième fois que l'abominable vieille n'ait pas laissé dévier ses mains de sa tâche, si déplaisante ait-elle été. Susan ne voulait pas contempler ce bel étranger et se souvenir en même temps du contact de Rhéa.

— Non, persista-t-elle avec douceur. Merci encore. Je vous suis reconnaissante de votre bonté, mais je dois refuser.

— Alors je vais marcher près de vous et Rusher nous servira de chaperon, fit-il gaiement. Jusqu'à l'entrée de la ville, du moins, il n'y aura pas d'yeux pour nous guetter et penser à mal de la compagnie formée d'une jeune femme parfaitement comme il faut et d'un jeune homme plus ou moins comme il faut. Une fois arrivés là, je toucherai mon chapeau en vous souhaitant une très bonne nuit.

— J'aimerais mieux que vous n'en fassiez rien. Vraiment.

Elle se passa la main sur le front.

— Il vous plaît à dire qu'il n'y a point d'yeux pour nous voir, car il y a parfois des yeux, même quand il ne devrait point y en avoir. Et je me trouve dans une situation un peu... délicate, en ce moment.

— Je vous escorterai, pourtant, s'obstina-t-il.

Il s'était soudain rembruni.

— Nous vivons des temps troublés, Miss Delgado. Ici à Mejis, vous êtes à l'abri des pires tumultes, mais ils font parfois des incursions.

Elle ouvrait la bouche pour protester encore une fois, supposa-t-elle, pour lui dire peut-être que la fille de Pat Delgado n'avait nul besoin qu'on veille sur elle — quand elle repensa aux nouveaux hommes du Maire et aux regards froids qu'ils coulaient sur elle quand l'attention de Thorin était tournée ailleurs. Elle avait vu ces trois-là, ce même soir, quand elle s'était mise en route vers la masure de la sorcière. *Eux*, elle les avait entendus approcher et avait eu suffisamment de temps pour quitter la route et faire halte derrière le premier *piñon* venu (elle refusait de s'avouer qu'elle s'était cachée, plus exactement). Ils repartaient vers la ville et elle supputa qu'à l'heure qu'il était, ils buvaient un coup au Repos des Voyageurs — et continueraient jusqu'à ce que Stanley Ruiz ferme le bar — mais elle n'avait aucun moyen d'en être sûre. Ils pouvaient revenir.

— Si je n'arrive point à vous en dissuader, très bien en ce cas, dit-elle, avec un soupir de résignation offensée qu'elle était loin d'éprouver. Mais pas plus loin que la première boîte aux lettres — celle de Dame Beech. Elle marque les limites de la ville.

Il se tapota la gorge à nouveau et accompagna cela d'un autre de ses saluts absurdes et enchanteurs — le pied tendu comme s'il voulait écraser celui d'autrui, le talon planté dans la poussière.

— Merci, Miss Delgado !

Cette fois du moins, il ne m'a pas appelée sai, songea-t-elle. *C'est un début*.

2

Elle s'attendait à ce qu'il jacasse comme une pie en dépit de sa promesse de garder le silence, parce que les garçons de son entourage n'en faisaient pas d'autre — sans en tirer vanité, elle se savait jolie, ne serait-ce que parce que, en sa présence, les garçons ne pouvaient ni se taire ni se tenir tranquilles. Et celui-ci allait lui poser plein de questions que les garçons de la ville n'avaient nul besoin de lui demander — quel âge avait-elle, avait-elle toujours habité Hambry, ses parents vivaient-ils toujours, et une bonne cinquantaine d'autres tout aussi ennuyeuses —, tout ça pour en venir à une seule, toujours la même — avait-elle un ami attitré ?

Mais Will Dearborn des Baronnies Intérieures ne s'enquit ni de son éducation ni de sa famille ni de ses amis (la façon la plus commune d'aborder le chapitre des rivalités amoureuses, avait-elle découvert). Will Dearborn se contenta de marcher à ses côtés, une main passée dans la bride de Rusher, les yeux tournés vers l'est, en direction de la Mer Limpide. Ils en étaient assez proches à présent pour que l'odeur de sel, piquant les yeux aux larmes, se mêlât à la puanteur de pétrole bitumineux, même par vent du sud.

Quand ils passèrent devant Citgo, elle se sentit heureuse de la présence de Will Dearborn, même si son silence finissait par être irritant. Elle avait toujours trouvé le pétroléum et sa forêt squelettique de derricks un tantinet effrayants. La plupart de ces tours d'acier avaient cessé de pomper depuis longtemps, mais les pièces détachées, le besoin et le savoir avaient toujours manqué pour les réparer. Et il n'y avait aucun moyen d'arrêter celles qui fonctionnaient encore — dix-neuf sur deux cents environ. Elles pompaient encore et encore, les réserves de pétrole dans le sol qu'elles foraient semblant inépuisables. On en utilisait encore un peu, mais très peu — la plupart du pétrole recoulait dans les fosses en dessous des stations de pompage. Il y avait de moins en moins de machines fonctionnant au pétrole, ces jours, et elles diminuaient avec chaque année qui passait. Le monde avait changé et cet endroit lui évoquait un étrange cimetière mécanique où certains cadavres ne seraient pas tout à fait...

Quelque chose de froid et de doux vint se nicher au creux de ses reins et elle ne put réprimer un petit cri. Will Dearborn pivota vers elle, portant ses mains à sa ceinture. Puis il se détendit et sourit.

— C'est la façon qu'a Rusher de vous dire qu'il se sent délaissé. Désolé, Miss Delgado.

Elle se retourna vers le cheval. Rusher la couva d'un bon regard, baissant la tête comme pour dire qu'il regrettait de l'avoir effrayée.

Balivernes que cela, ma fille, songea-t-elle, entendant la voix chaleureuse et raisonnable de son père. *Il veut savoir pourquoi tu te montres si distante, c'est tout. Moi aussi. Ça ne te ressemble guère.*

— Messire Dearborn, j'ai changé d'idée, fit-elle. J'aimerais bien monter votre cheval.

3

Lui tournant le dos, il resta à contempler Citgo, mains dans les poches, tandis que Susan étendait le poncho sur le troussequin de la selle (une selle noire de cow-boy toute simple, sans marque de la Baronnie ni d'un quelconque ranch) puis mettait le pied à l'étrier. Elle retroussa sa jupe (jetant un vif coup d'œil à la ronde), certaine qu'il jouerait les voyeurs, mais il lui tournait obstinément le dos, fasciné semblait-il par les derricks rouillés.

Que leur trouves-tu de si intéressant, mon goujat ? songea-t-elle, un peu contrariée — par l'heure tardive et le résidu de ses émotions aiguillonnées, supposa-t-elle. *Ces vieilleries dégueulasses sont là depuis plus de six cents ans et leur puanteur m'a accompagnée toute ma vie.*

— Tiens-toi tranquille, mon garçon, dit-elle au cheval, une fois le pied calé dans l'étrier.

D'une main, elle avait saisi le pommeau de la selle, de l'autre, les rênes. Rusher, pendant ce temps, remuait les oreilles comme pour signifier qu'il se tiendrait tranquille toute la nuit s'il le fallait.

Elle se hissa et lorsqu'elle pivota, l'une de ses longues cuisses nues fit comme un éclair blanc sous la lumière des étoiles. Et aussitôt, elle se sentit transportée par la joie qu'elle éprouvait chaque fois à monter... sauf que ce soir, cette joie paraissait un peu plus forte, un peu plus douce, un peu plus vive. Peut-être parce que sa monture était une telle splendeur, peut-être parce que ce cheval lui était inconnu...

Et peut-être parce que son propriétaire lui était inconnu, se dit-elle, *et qu'elle le trouvait beau.*

Tout cela était absurde, bien sûr... mais d'une absurdité potentiellement dangereuse. Et pourtant, c'était aussi la vérité. Beau, il était. Au moment où elle déployait le poncho et l'étendait sur ses jambes, Dearborn se mit à siffloter. Et elle se rendit compte, surprise et crainte superstitieuse mêlées, que l'air était celui d'« Amour insouciant », le lai même qu'elle avait fredonné en se rendant chez Rhéa.

Peut-être est-ce le ka, *ma fille,* lui murmura la voix de son père.

Certes pas, lui rétorqua-t-elle in petto. *Je ne vois point le* ka *dans le moindre vent qui passe ni dans l'ombre la plus légère, c'est bon pour les petites vieilles qui se réunissent au Cœur Vert par une soirée d'été. Cette chanson ancienne, tout le monde la connaît.*

Peut-être vaudrait-il mieux que tu aies raison, reprit la voix de Pat Delgado. *Car si c'est le* ka, *il viendra comme le vent, et tes plans ne lui résisteront pas plus que l'écurie de mon pa ne résistait devant le cyclone.*

Ce n'était point le *ka* ; l'obscurité ni les ombres et les silhouettes lugubres des derricks ne la séduisaient au point de le lui faire accroire. Rien à voir avec le *ka,* uniquement une rencontre fortuite avec un charmant jeune homme sur la route solitaire qui la ramenait en ville.

— Je suis à nouveau décente, dit-elle d'un ton sec, qui lui était assez étranger. Vous pouvez vous retourner si vous en avez envie, Messire Dearborn.

Ne se faisant pas prier davantage, il se retourna et l'examina. Il resta silencieux un instant, et elle lut dans son regard qu'il la trouvait belle. Mais malgré son trouble — causé peut-être par l'air qu'il avait siffloté —, elle en fut fort satisfaite.

— Vous avez fière allure là-dessus. Vous montez bien, finit-il par lui dire.

— J'aurai avant peu mes propres montures, répondit-elle.

Maintenant les questions vont fuser, songea-t-elle.

Mais il se contenta d'opiner, comme s'il avait déjà été au courant de ce point de détail, et se remit en marche en direction de la ville. Se sentant légèrement déçue, sans savoir exactement pourquoi, elle fit claquer sa langue à l'adresse de Rusher et le pressa des genoux. Il se mit en branle, rattrapant son maître qui lui flatta les naseaux d'une petite caresse affectueuse.

— Comment appelle-t-on cet endroit-là ? demanda-t-il en montrant les derricks du doigt.

— Le pétroléum ? Citgo. Je ne sais point d'où ça vient.

— Certains derricks pompent encore ?

— Si fait, pas moyen de les arrêter. Personne ne sait plus.

— Oh, dit-il.

Et il s'en tint là — à ce simple *Oh*. Mais il s'écarta de Rusher un instant quand ils arrivèrent à hauteur de la piste envahie de mauvaises herbes qui menait à Citgo et traversa pour jeter un coup d'œil à la vieille guérite abandonnée. Dans l'enfance de Susan, elle portait un écriteau STRICTEMENT RÉSERVÉ AU PERSONNEL, mais lors d'une tempête, un coup de vent ou autre l'avait arraché. Will Dearborn, sa curiosité une fois satisfaite, revint d'un pas tranquille vers son cheval, ses bottes soulevant la poussière de l'été, à l'aise dans ses habits neufs.

Ils se dirigèrent vers la ville dans cet équipage : un jeune homme à pied coiffé d'un chapeau plat et une jeune femme à cheval, jambes et genoux recouverts d'un poncho. La clarté des étoiles pleuvait sur eux comme elle l'avait fait sur d'autres jeunes gens des deux sexes depuis la première heure du Temps. A un moment donné, Susan levant les yeux surprit l'éclair d'un météore zébrant d'orange vif la voûte céleste. Elle songea à faire un vœu, puis avec une sorte de panique s'aperçut qu'elle ne savait quoi souhaiter. Qu'elle n'avait aucun vœu à formuler.

4

Elle garda le silence jusqu'à une demi-lieue de la ville, puis posa la question qu'elle n'avait cessé de retourner dans sa tête. Elle avait prévu de la poser après qu'il eut commencé à la questionner, mais ça l'ennuyait d'être celle qui brisait le silence. À la fin elle n'y tint plus, sa curiosité était trop grande.

— D'où venez-vous, Messire Dearborn ? Et qu'est-ce qui vous amène dans notre petit coin de l'Entre-Deux Mondes... si vous ne voyez point d'inconvénient à ma demande ?

— Je n'en vois aucun, dit-il, levant les yeux vers elle avec un sourire. Je suis content de vous parler. J'essayais simplement de trouver un biais pour commencer. Faire la conversation n'est pas mon fort.

Alors quel est-il, Will Dearborn ? se demanda-t-elle. Oui, elle aurait bien aimé le savoir, car en rectifiant sa posture sur la selle, elle avait posé la main sur la couverture roulée en boule derrière elle... et senti qu'elle dissimulait quelque chose. Chose qui, au toucher, avait tout d'une arme à feu. Rien ne prouvait que c'en était une, bien sûr, mais elle ne se souvenait que trop bien de la façon dont il avait porté instinctivement ses mains à sa ceinture quand elle avait crié de surprise.

— Je viens du Monde de l'Intérieur. J'ai comme une petite idée que vous l'aviez deviné de vous-même. Nous avons une façon de parler bien à nous.

— Si fait. Quelle est votre Baronnie, si je peux me permettre ?

— La Nouvelle Canaan.

Elle se sentit saisie d'une véritable excitation, la Nouvelle Canaan ! Le Centre de l'Affiliation ! Ça n'avait plus la même valeur qu'autrefois, bien sûr, mais cependant...

— Vous n'êtes point de Gilead ? demanda-t-elle, détestant la nuance de sentimentalité puérile qui colora sa voix.

Et quand elle pensait nuance, elle se flattait sans doute.

— Non, dit-il en éclatant de rire. Rien d'aussi noble que Gilead. Je suis seulement d'Hemphill, un bourg à une quarantaine de roues plus à l'ouest. Plus petit qu'Hambry, je cuide.

Roues, il a dit roues, songea-t-elle, émerveillée par cet archaïsme.

— Et quel bon vent vous amène à Hambry ? Si vous pouvez toutefois me le dire.

— Pourquoi pas ? Deux de mes amis m'accompagnent, Messire Richard Stockworth de Pennilton, Nouvelle Canaan, et Messire Arthur Heath, jeune et joyeux drille qui, lui, se trouve effectivement être de Gilead. Nous sommes venus ici sur ordre de l'Affiliation, à titre de compteurs.

— Et vous comptez quoi ?

— Tout et n'importe quoi, tout ce qui pourrait aider l'Affiliation dans les années à venir, fit-il d'une voix d'où toute trace de frivolité s'était enfuie. Nos démêlés avec l'Homme de Bien sont devenus des plus sérieux.

— Vraiment ? Peu de vraies nouvelles nous atteignent si loin au sud et à l'est du moyeu de décision.

Il approuva du chef.

— La distance qui sépare votre Baronnie du moyeu central est la raison principale de notre présence ici. Mejis, s'étant toujours montrée loyale envers l'Affiliation, si cette dernière doit jamais faire appel à certaines ressources des Baronnies Extérieures, il y a tout lieu de croire qu'elles seront acheminées. La question à laquelle il nous faut répondre, c'est sur combien l'Affiliation peut-elle compter.

— Combien de quoi ?

— Oui, acquiesça-t-il comme si elle avait fait une constatation au lieu de l'avoir interrogé. Et combien de quoi.

— A vous entendre, l'Homme de Bien serait une vraie menace. Ce n'est rien qu'un bandit, au fond, saupoudrant ses meurtres et ses rapines des mots *démocratie* et *égalité*.

Dearborn haussa les épaules et elle crut qu'il bornerait là son commentaire. Mais il poursuivit avec répugnance :

— Peut-être en était-il ainsi autrefois. Les temps ont changé. A un moment donné, le bandit est devenu général et maintenant le général se verrait bien régner au nom du peuple.

Il marqua une pause puis ajouta gravement :

— Les Baronnies du Nord et de l'Ouest brûlent, gente dame.

— Mais elles sont à des milliers de lieues d'ici, pour sûr !

Cet échange de propos décontenançait Susan tout en l'excitant de bizarre façon. Il lui paraissait surtout *exotique*, comparé au train-train étriqué d'Hambry où demain était toujours le même jour et où le puits à sec du voisin alimentait trois jours de conversation animée.

— Oui, dit-il.

Non pas *si fait* mais *oui*. Ce qui sonnait à l'oreille de Susan avec une étrangeté agréable.

— Mais le vent souffle dans cette direction, fit-il, se tournant vers elle avec un sourire.

Une fois encore cela adoucit sa mâle beauté et le fit ressembler à un enfant qui a laissé passer l'heure d'aller se coucher.

— Toutefois, je ne crois pas que nous verrons John Farson par ici, ce soir, n'est-ce pas ? ajouta-t-il.

Elle lui rendit son sourire.

— Si c'était le cas, me protégeriez-vous de lui, Messire Dearborn ?

— Sans nul doute, fit-il, toujours tout sourires. Mais je le ferais avec un enthousiasme accru, je cuide, si vous me permettiez de vous appeler par le nom que vous a donné votre père.

— Alors, dans l'intérêt de ma propre sécurité, je vous le permets. Et je suppose que je dois vous appeler Will, toujours au nom de ce même intérêt.

— C'est à la fois sage et joliment tourné, dit-il, son sourire s'accentuant jusqu'à être engageant. Je...

C'est alors que le nouvel ami de Susan, marchant comme il le faisait, la tête à l'envers et les yeux levés vers elle, trébucha sur un morceau de roche qui saillait de la route et faillit choir. Rusher hennit de tous ses naseaux et se cabra légèrement. Susan rit de bon cœur. Le poncho glissa, révélant la nudité de l'une de ses jambes et elle prit un certain temps à le remettre en place. Elle l'aimait bien, ce Will, si fait. Quel mal pouvait-il y avoir à cela ? Ce n'était qu'un jeune garçon, après tout. Chaque fois qu'il souriait, elle voyait bien qu'il y avait encore un ou deux ans, il devait s'amuser à sauter dans les meules de foin (l'idée qu'elle-même venait à peine de quitter l'âge du saut dans les meules de foin ne l'effleura pas).

— D'habitude, je suis tout sauf maladroit, dit-il. J'espère que je ne vous ai pas effrayée.

Point du tout, Will ; les garçons n'arrêtent pas de se prendre les pieds en ma présence depuis que mes seins ont poussé.

— Point du tout, répéta-t-elle à haute voix, avant de revenir au sujet de conversation précédent, qui l'intéressait fortement.

— Ainsi donc, vous et vos amis êtes venus à la requête de l'Affiliation dénombrer nos ressources, c'est bien ça ?

— Oui. La raison pour laquelle votre pétroléum m'intéressait si fort, c'est que l'un d'entre nous devra revenir compter le nombre de derricks en activité.

— Je peux vous épargner cette peine, Will. Il y en a dix-neuf.

Il inclina la tête.

— Je vous suis fort redevable. Mais il nous faudra aussi déterminer — si possible — quelles quantités de pétrole extraient ces dix-neuf pompes.

— Y a-t-il tant de machines marchant au pétrole en Nouvelle Canaan pour qu'une information pareille vous importe à ce point ? Et possédez-vous l'alchimie pour transformer le pétrole en carburant que vos machines puissent utiliser ?

— On appelle plutôt ça une raffinerie que de l'alchimie dans ce cas-là — du moins, je pense —, et je crois qu'il en reste encore une en activité. Sinon, nous n'avons pas un si grand nombre de machines, bien qu'il y ait encore quelques lampes à incandescence dans le Grand Hall de Gilead.

— Vous m'en direz tant ! s'écria-t-elle avec ravissement.

Si Susan connaissait les lampes à incandescence et les flambeaux électriques sous forme d'images, elle n'en avait jamais vu dans la réalité. A Hambry, les derniers s'étaient éteints à jamais, il y avait deux générations de ça ; même si dans cette partie du monde, on les avait appelés lampes à étincelle, elle ne doutait pas que cela ne désignât la même chose.

— Vous disiez que votre père s'était occupé des chevaux du Maire jusqu'à sa mort, poursuivit Will Dearborn. Son nom n'était-il pas Patrick Delgado ? C'était bien lui, n'est-ce pas ?

Elle baissa les yeux vers lui, ramenée brutalement à la réalité.

— Comment le savez-vous ?

— Son nom figurait dans nos cours de recensement. Nous devions compter le bétail, moutons, cochons, bœufs... sans oublier les chevaux. De tout votre cheptel, les chevaux sont de loin les plus importants. Patrick Delgado était l'homme que nous devions consulter à cet égard. Je suis désolé d'apprendre qu'il a atteint la clairière au bout du sentier, Susan. Voulez-vous accepter mes condoléances ?

— Si fait, je vous en sais gré.

— A-t-il eu un accident ?

— Si fait.

Elle espéra que son ton était suffisamment explicite, à savoir *abandonnons ce sujet, voulez-vous, ne me posez pas d'autres questions.*

— Laissez-moi être tout à fait franc avec vous, dit-il.

Et pour la première fois, elle crut déceler une fausse note dans ses paroles. Peut-être était-ce seulement un effet de son imagination. Elle n'avait certes que peu d'expérience du monde (Tante Cord se faisait un plaisir de le lui rappeler quotidiennement ou presque), mais, à son avis, ceux qui commençaient par vous dire *laissez-moi être tout à fait franc avec vous* étaient susceptibles de poursuivre en vous racontant que la pluie tombait de bas en haut, que l'argent poussait sur les arbres et que le Grand Plumeux vous apportait les bébés.

— Si fait, Will Dearborn, fit-elle, d'une sécheresse de ton imperceptible. On dit que la franchise est la meilleure ligne de conduite.

Il la regarda avec une légère hésitation. Puis son sourire réapparut, plus éclatant que jamais. Ce sourire était dangereux, songea-t-elle, un sourire *sable mouvant* si jamais il y en eût. Facile de s'y laisser engager, plus difficile peut-être de s'en dégager.

— L'Affiliation n'est plus à l'ordre du jour dans l'Affiliation. C'est en partie la raison pour laquelle Farson a perduré comme il l'a fait ; ce qui a permis à ses ambitions de croître. Il a accompli un sacré chemin depuis l'écumeur qui a débuté sa carrière comme pillard de diligences à Garlan et Desoy, et il ira plus loin encore si l'Affiliation n'est pas revitalisée. Peut-être même jusqu'à Mejis.

Elle avait du mal à imaginer ce que l'Homme de Bien pourrait bien vouloir à sa ville natale, cette petite bourgade endormie, située dans la Baronnie la plus proche de la Mer Limpide. Elle garda donc le silence.

— Bref, ce n'est pas vraiment l'Affiliation qui nous a envoyés ici, dit-il. Nous n'avons pas fait tout ce chemin pour compter des vaches, des derricks ou les hectares de terres cultivées.

Il marqua une pause, les yeux baissés vers le sol de la route (comme s'il redoutait que d'autres aspérités de roche ne se mettent en travers de ses bottes), tout en flattant machinalement les naseaux de Rusher. Elle pensa qu'il était gêné, peut-être même honteux.

— Ce sont nos pères qui nous ont expédiés ici.

— Vos...

Puis elle comprit. C'étaient de méchants garçons qu'on avait envoyés accomplir une pseudo-mission, s'apparentant peu ou prou à un exil. Elle pressentit que leur véritable but en se rendant à Hambry, c'était de se racheter une conduite. *Fort bien*, se dit-elle, *voilà qui explique le sourire* sable mouvant, *hein ? Méfie-toi de çui-là, Susan ; il est de la race qui brûle les ponts et renverse les malles-poste avant de poursuivre joyeusement sa route sans jeter un seul regard en arrière. Non par méchanceté, mais avec cette bonne vieille insouciance des adolescents.*

Ce qui lui remit en tête la vieille chanson : celle qu'elle avait fredonnée, celle qu'il avait sifflotée.

— Nos pères, oui.

Susan Delgado elle-même avait commis une sottise ou deux (deux douzaines, aussi bien) en son temps et elle ressentit de la sympathie pour Will Dearborn en même temps que de la méfiance. Et de l'intérêt, aussi. Les méchants garçons étaient amusants... jusqu'à un certain point. Toute la question était de savoir jusqu'où Will et ses copains avaient poussé leur prétendue *méchanceté*.

— Vous avez été infernaux ? demanda-t-elle.

— Infernaux, c'est le mot.

Il faisait encore la tête, mais se rassérénait visiblement : il eut une vivacité dans l'œil et un léger sourire aux coins de la bouche.

— On nous avait prévenus, et comment. Il y a eu... un certain abus de boisson.

Plus quelques filles serrées de près par la main qui ne serrait point l'anse de la chope d'ale ? Question qu'aucune gentille fille ne pouvait poser tout à trac, mais qu'elle ne pouvait empêcher de lui trotter par la tête.

Le sourire qui avait joué sur les lèvres de Will disparut.

— Nous avons poussé la plaisanterie trop loin et elle a cessé d'être drôle. Les imbéciles ne savent pas s'arrêter. Un soir, il y a eu une course. C'était par une nuit *sans lune*. A minuit passé. On était tous fin soûls. L'un des chevaux s'est pris le sabot dans un trou de blaireau et s'est brisé une jambe de devant. On a dû l'abattre.

Susan frémit. Si ce n'était point là ce qu'elle pouvait imaginer de pire, c'était déjà bien assez vilain. Mais quand il reprit la parole, cela s'aggrava.

— Le cheval était un pur-sang. L'un des trois qui appartenaient au père de mon ami Richard, qui n'est pas très fortuné. A la suite de ça, il y a eu des scènes au sein de nos familles dont je préfère ne pas me souvenir et encore moins parler. En deux mots comme en cent, après moult palabres et châtiments envisagés, on nous a expédiés par ici sous couvert de cette mission. L'idée en revient au père d'Arthur. Je crois que le pa d'Arthur a toujours eu un peu peur de son fils. Il est certain que les éclats d'Arthur ne viennent pas du côté de George Heath.

Susan sourit à part soi, songeant à Tante Cord qui ne cessait de répéter *elle ne tient certainement pas de notre côté*. Puis, après une pause calculée, cela était suivi par *elle a une grand-tante du côté de sa mère qui est devenue folle...vous ne le saviez pas ? Mais si, mais si ! Elle a mis le feu à ses vêtements et s'est jetée du haut de l'Aplomb. C'était l'année de la comète.*

— Bref, reprit Will, Messire Heath nous a gratifié au départ d'un dicton de son propre père : *le Purgatoire, c'est fait pour méditer*. Et nous y voilà.

— Hambry n'a rien du Purgatoire.

Il esquissa son drôle de petit salut encore une fois.

— Et même si cela était, tout le monde voudrait se mal conduire pour venir frayer ici avec ses jolies habitantes.

— Il faudra peaufiner un tantinet votre compliment, dit-elle de son ton le plus tranchant. Il est encore un peu trop leste, j'en ai peur. Peut-être que...

Elle se tut soudain, prenant conscience avec consternation du fait suivant : il lui fallait espérer que ce garçon accepterait de conspirer un peu avec elle. Sinon, elle pourrait se retrouver plongée dans l'embarras.

— Susan ?

— Je réfléchissais. Êtes-vous déjà rendu ici, Will ? Je veux dire, officiellement ?

— Non, fit-il, saisissant sur-le-champ où elle voulait en venir. (Il paraissait assez futé dans son genre.) Nous sommes arrivés dans la Baronnie, cet après-midi seulement, et vous êtes la première personne à laquelle l'un de nous ait parlé... à moins, bien sûr, que Richard ou Arthur n'aient rencontré quelqu'un de leur côté. Comme je n'arrivais pas à dormir, je suis sorti faire un tour à cheval pour réfléchir un peu à la situation. Notre campement se trouve là-bas (il désigna un point à droite), sur cette longue pente qui descend jusqu'à la mer.

— Si fait. On l'appelle l'Aplomb.

Susan comprit alors que Will et ses amis campaient peut-être sur ce qui serait sous peu, et selon la loi, ses propres terres. Cette idée excitante l'amusa, tout en la perturbant un peu.

— Demain, nous nous rendrons en ville et paierons nos hommages à Monseigneur le Maire, Hart Thorin. Il a la réputation d'être un peu idiot, à en croire ce que l'on nous a dit avant notre départ de Nouvelle Canaan.

— On vous a vraiment raconté une chose pareille ? fit-elle, haussant le sourcil.

— Oui. Sérieusement porté sur la boisson et plus encore sur les très jeunes filles, répondit Will. C'est un portrait ressemblant, d'après vous ?

— Vous en jugerez par vous-même, dit-elle, réprimant un sourire à grand effort.

— Quoi qu'il en soit, nous nous présenterons aussi devant l'Honorable Kimba Rimer, le Chancelier de Thorin, et j'ai cru comprendre qu'il touchait ses billes, lui. Et qu'il les comptait aussi, par la même occasion.

— Thorin tiendra à vous avoir à dîner à la Maison du Maire, dit Susan. Et si ce n'est demain, à coup sûr, après-demain soir.

— Un dîner de gala à Hambry, fit Will en souriant et sans cesser de flatter les naseaux de Rusher. Mes dieux, comment vais-je supporter le supplice de l'attente ?

— Laissez là votre langue frottée d'orties, dit-elle. Mais écoutez-moi bien si vous voulez être mon ami. C'est important.

Le sourire de Will disparut et elle eut à nouveau la vision — comme l'instant d'avant ou celui d'encore avant — de l'homme qu'il deviendrait d'ici très peu d'années. Visage de glace, œil aux aguets, bouche au pli sans merci. C'était là une effrayante figure, en un sens

— et quelle effrayante *perspective*, aussi — pourtant, à l'endroit de son corps où la mégère l'avait touchée, elle était en chaleur et trouvait difficile de détacher ses yeux de lui. A quoi ressemblaient ses cheveux sous le ridicule chapeau qui le coiffait ? se demandait-elle.

— Dites-moi, Susan.

— Si vous et vos amis êtes conviés à la table de Thorin, il se peut que je m'y trouve. Et si c'était le cas, Will, faites comme si vous ne m'aviez jamais vue. Vous ferez connaissance de Miss Delgado comme je ferai celle de Messire Dearborn. Vous comprenez ce que je veux dire ?

— À la lettre près.

Il la considéra pensivement.

— Êtes-vous une servante ? Assurément, si votre père était le meneur de chevaux en chef de la Baronnie, vous ne...

— Peu importe ce que je suis ou ne suis pas. Promettez-moi seulement, si nous nous rencontrons à Front de Mer, que ce sera comme si c'était la première fois.

— Je vous le promets. Mais...

— Pas d'autres questions. Nous voilà presque arrivés à l'endroit où nos routes doivent se séparer et j'aimerais vous donner un avertissement — ce sera une juste rétribution pour m'avoir prêté votre si agréable monture une partie du chemin, en quelque sorte. S'il vous arrive de dîner avec Thorin et Rimer, vous ne serez point les seuls nouveaux convives à table. Il s'y trouvera probablement trois hommes que Thorin a engagés pour lui servir de garde rapprochée.

— Pas comme adjoints du Shérif ?

— Non, ils sont sous la seule autorité de Thorin... peut-être aussi de Rimer. Ils s'appellent Jonas, Depape et Reynolds. Ils ne m'ont point du tout l'air d'enfants de chœur... bien que l'enfance du dénommé Jonas soit si loin derrière lui qu'il a dû oublier à quoi elle ressemblait.

— Jonas, c'est leur chef ?

— Si fait. Il boite, il a de longs cheveux aussi beaux que ceux d'une fille et la voix chevrotante d'un vieux singe qui passe ses journées à astiquer son banc au coin du feu... mais d'après moi, c'est tout de même le plus dangereux des trois. A mon avis, à côté d'eux, vous et vos amis n'avez rien d'infernaux. Ils pourraient vous en remontrer sur ce chapitre.

Bon, pourquoi lui avait-elle dit tout ça ? Elle n'en savait trop rien. Par gratitude, peut-être. Il avait promis de garder secrète leur rencontre si tardive et avait l'air de quelqu'un qui tenait ses promesses, en bisbille avec son père ou pas.

— Je les tiendrai à l'œil. Merci du conseil.

Ils gravissaient à présent une longue pente douce. Dans le ciel, la Vieille Mère flamboyait sans désemparer.

— Des gardes du corps, ruminait-il, pensif. Des gardes du corps à Hambry, cette bourgade endormie. Quelle étrange époque, Susan. Vraiment étrange.

— Si fait.

Elle aussi s'était interrogée sur la présence de Jonas, Depape et Reynolds en ville et n'avait pu trouver une seule bonne raison à cela. Était-ce du fait de Rimer, d'une décision de Rimer ? Cela paraissait probable — Thorin n'était point le genre d'homme à être ne serait-ce qu'effleuré par l'idée d'avoir des gardes du corps, elle l'aurait juré, le Haut Shérif lui ayant toujours amplement suffi. Alors... pourquoi ?

Ils avaient atteint le haut de la colline. Au-dessous d'eux, se blottissait un ensemble de bâtisses — la petite ville d'Hambry. Seules quelques lumières brillaient encore, çà et là. L'agrégat le plus brillant signalait le Repos des Voyageurs. Porté par la brise tiède, Susan entendait d'ici *Hey Jude* martelé au piano et une vingtaine de voix avinées l'assassinant joyeusement en chœur. Les trois hommes dont elle avait entretenu Will Dearborn n'en faisaient certainement pas partie ; ils devaient se tenir au bar, à fixer la salle d'un œil morne. Pas du type merle chanteur, ces trois-là. Chacun d'eux avait un petit cercueil tatoué en bleu sur la main droite, entre le pouce et l'index. Elle songea à le dire à Will puis se ravisa : il le découvrirait par lui-même bien assez tôt. A la place, elle lui désigna à mi-pente une forme sombre qui surplombait la route au bout d'une chaîne.

— Vous voyez ça ?

— Oui, fit-il en poussant un gros soupir plutôt comique. Serait-ce là l'objet que je dois redouter par-dessus tous les autres ? Serait-ce là la terrible découpe de la boîte aux lettres de Dame Beech ?

— Si fait. C'est ici que nous devons nous séparer.

— Si vous le dites. Cependant, j'aimerais...

A ce moment précis, le vent tourna, comme il le faisait parfois en été, et souffla en rafales depuis l'ouest. L'odeur saline de la mer fut balayée en un éclair, tout comme le chœur des voix avinées. Mais ce qui le remplaça fut un son infiniment plus sinistre, qui ne manquait jamais de donner la chair de poule à Susan et des frissons dans le dos : un bruit bas et atonal, comme le ululement d'une sirène actionnée par un homme ayant peu de temps à vivre.

Will recula d'un pas, les yeux écarquillés. Et Susan remarqua à nouveau le manège de ses mains, plongeant vers sa ceinture comme pour s'y emparer de quelque chose qui ne s'y trouvait pas.

— Aux noms des dieux, qu'est-ce que c'est que ça ?

— Une tramée, répondit-elle tranquillement. Elle se trouve dans Verrou Canyon. Vous n'en avez jamais entendu parler ?

— Entendu parler, si. Mais jamais *entendu* de mes oreilles jusqu'à maintenant. Mes dieux, comment pouvez-vous supporter ça ? Ça a l'air *vivant* !

Elle n'y avait jamais pensé ainsi, mais à présent, substituant en quelque sorte son écoute à lui à la sienne propre, elle trouva qu'il avait raison. C'était comme si une partie malade de la nuit donnait de la voix et s'exerçait à chanter.

Elle frissonna. Rusher, sentant ses genoux lui presser les flancs d'une façon plus accentuée, hennit en douceur et, le cou tendu, tourna la tête pour l'observer.

— On ne l'entend pas souvent aussi distinctement à cette époque de l'année, expliqua-t-elle. A l'automne, on la brûle pour la faire taire.

— Je ne comprends pas.

Qui comprenait encore quelque chose à quoi que ce soit ? Mes dieux, on ne savait même plus arrêter les quelques pompes à pétrole qui fonctionnaient toujours à Citgo, même si une bonne moitié couinaient comme des cochons qu'on mène à l'abattoir. Par les temps qui couraient, on se montrait d'habitude reconnaissant de découvrir simplement que certaines choses marchaient encore.

— En été, quand ils trouvent le temps, meneurs de chevaux et cow-boys tirent des tombereaux de broussailles et d'épines jusqu'à l'entrée de Verrou Canyon, dit-elle. Ça marche avec des broussailles sèches, mais du petit bois vert, c'est mieux, car le but, c'est de faire de la fumée et plus elle est épaisse, mieux c'est. Verrou est un *box canyon* peu profond avec des parois à pic. Un peu comme une cheminée couchée sur le côté, vous voyez ?

— Oui.

— Selon la tradition, la flambée a lieu le Matin de la Moisson — le lendemain de la fête, du festin et du feu de joie.

— Le premier jour de l'hiver.

— Si fait. Bien que dans nos régions, l'hiver ne se fasse point sentir si tôt. On ne suit d'ailleurs pas rigoureusement la tradition : on met parfois le feu aux broussailles plus tôt, si les vents nous jouent des tours ou si le son de la tramée est particulièrement fort. Ça énerve le bétail, vous comprenez — les vaches donnent peu ou point de lait quand la tramée fait un bruit d'enfer — et ça empêche de dormir.

— Je m'en serais douté.

Will était toujours face au nord et une bourrasque plus forte que les autres lui arracha son chapeau. Il tomba dans son dos, retenu par la bride de cuir qui lui appuya sur la gorge. Ses cheveux ainsi découverts étaient un petit peu longs, d'un noir aile de corbeau. Elle fut prise du désir soudain d'y plonger les mains et de laisser ses doigts en apprécier la texture — rêche, douce ou soyeuse ? Et quelle odeur auraient-ils ? A cette idée, un autre frisson lui échauffa le bas-ventre. Will se tourna vers elle comme s'il avait lu dans sa pensée. Et rougissante, elle bénit l'obscurité qui dérobait l'incarnat de ses joues.

— Il y a longtemps que cela existe ?

— Depuis bien avant ma naissance, dit-elle. Mais pas avant celle de mon pa. Il m'a raconté que la terre a tremblé juste avant son apparition. Certains tiennent le tremblement de terre pour responsable, d'autres disent que c'est une absurde superstition. Tout ce que je sais, moi, c'est que ça a toujours été là. La fumée l'atténue un peu, comme elle calmerait une ruche d'abeilles ou un nid de guêpes. Mais le son revient toujours. Les broussailles qu'on empile à l'entrée du canyon servent aussi à empêcher le bétail de s'y égarer — les bêtes y sont parfois attirées, les dieux savent pourquoi. Car si jamais une vache ou un mouton s'y aventure — après la flambée et avant même qu'on n'ait commencé à empiler le bûcher de l'année suivante, peut-être —, on ne les revoit plus. Quoi que ce soit, c'est vorace, en tout cas.

Repoussant le poncho, elle passa la jambe droite par-dessus la selle dont elle effleura à peine le pommeau et se laissa glisser au bas de Rusher — tout cela d'un seul mouvement languide. Acrobatie plus appropriée à un pantalon qu'à une jupe ; le regard éberlué de Will lui apprit qu'il avait eu d'elle une vue assez complète... mais point toutefois de ce qu'elle devait laver dans sa salle de bains, porte close, alors à quoi bon s'en offusquer ? D'ailleurs, mettre rapidement pied à terre avait toujours été l'un de ses tours préférés, quand elle était d'humeur à frimer.

— Joli ! s'exclama-t-il.

— C'est mon pa qui m'a appris, fit-elle, réagissant à l'interprétation la plus innocente de son compliment. Cependant, le sourire avec lequel Susan lui rendit les rênes suggérait qu'elle était disposée à accepter le compliment dans tous les sens du terme.

— Susan ? Vous avez déjà vu la tramée ?

— Si fait. Une ou deux fois. D'en haut.

— Et ça ressemble à quoi ?

— C'est laid, répondit-elle sans hésiter.

Jusqu'à ce soir, où elle avait observé le sourire de Rhéa de fort près tout en supportant le tripotage de ses doigts indiscrets, elle aurait dit bien haut que c'était la chose la plus laide qu'il lui eût été donné de voir.

— Ça ressemble à un feu de tourbe couvant sous la cendre et aussi à un marécage couvert d'une écume glauque. Un brouillard s'en élève. Parfois on dirait de longs bras décharnés, munis de doigts.

— Ça s'étend ?

— Si fait, on le dit. Chaque tramée s'étend, mais s'étend lentement. Elle ne s'échappera de Verrou Canyon ni de votre temps ni du mien.

Levant les yeux au ciel, elle s'aperçut que les constellations avaient poursuivi leur course pendant leur conversation. A l'idée qu'elle pourrait parler avec lui toute la nuit — de la tramée, de Citgo, de sa tante si exaspérante ou d'à peu près n'importe quoi —, elle fut plongée dans la consternation. Pourquoi fallait-il que ça lui arrive maintenant, aux noms des dieux ? Après avoir repoussé depuis trois ans les avances des garçons d'Hambry, pourquoi fallait-il qu'elle en rencontre un à la fin qui l'intéressait si étrangement ? Pourquoi la vie était-elle si injuste ?

Elle se remémora sa pensée de tantôt, celle qu'avait émise la voix de son père : *si c'est le* ka, *il viendra comme le vent, et tes plans ne lui résisteront pas plus qu'une écurie devant le cyclone.*

Non. Non, non et non. Ainsi arma-t-elle son esprit avec une farouche détermination contre cette idée. Ce n'était pas une écurie, mais *sa vie* qui était en jeu.

Susan tendit la main et toucha la tôle rouillée de la boîte aux lettres de Dame Beech, comme pour affermir sa place dans le monde. Ses rêveries et petits espoirs n'avaient pas tant d'importance, peut-être, mais son père lui avait appris à s'évaluer par sa capacité à faire les choses qu'elle avait dit qu'elle ferait. Et elle n'allait point jeter aux orties son enseignement, simplement parce qu'elle venait de faire la connaissance d'un joli garçon à un moment où elle se trouvait en plein marasme, autant corporel qu'émotionnel.

— Je vais vous abandonner ici. Vous avez le choix : rejoindre vos amis ou reprendre votre chevauchée, dit-elle.

La gravité dont sa voix était empreinte l'attrista un peu, car c'était celle d'une adulte.

— Mais n'oubliez point votre promesse, Will — si jamais vous me rencontrez à Front de Mer, à la Maison du Maire, et si vous voulez que nous soyons amis, faites comme si c'était la première fois. Je ferai de même.

Il acquiesça et elle vit son sérieux à elle reflété sur son visage à lui comme par un effet de miroir. Et sa tristesse aussi, peut-être.

— Je n'ai jamais prié une jeune fille de chevaucher en ma compagnie ni d'accepter que je lui rende visite. Je vous le demande à vous, Susan, fille de Patrick. Je vous apporterais même des fleurs pour mettre toutes les chances de mon côté — mais cela ne servirait à rien, je crois.

Elle fit non de la tête.

— Nenni. En effet.

— Vous a-t-on promise en mariage ? C'est audacieux de ma part de vous le demander, je sais, mais c'est sans malice aucune.

— Je n'en doute point, mais je préférerais ne pas vous répondre. Je suis dans une position très délicate en ce moment précis, comme je vous l'ai déjà dit. En outre, il se fait tard. C'est ici que nos chemins se séparent, Will. Mais attendez encore... un instant...

Elle fouilla dans la poche de son tablier et en sortit une part de gâteau enveloppé d'une feuille verte. Elle avait mangé l'autre moitié en gravissant le Cöos... dans ce qui lui semblait maintenant l'autre versant de sa vie. Elle tendit les reliefs de son petit repas du soir à Rusher, qui les flaira, puis les dévora, avant de nicher ses naseaux dans sa main. Elle sourit, heureuse de sentir le chatouillement duveteux au creux de sa paume.

— Si fait, tu es un brave cheval.

Elle regarda Will Dearborn, campé au milieu de la route, remuant ses bottes poussiéreuses en la fixant d'un air malheureux. Toute dureté avait quitté son visage, à présent ; il faisait le même âge qu'elle, paraissait même plus jeune.

— Quelle heureuse rencontre que la nôtre, n'est-ce pas ? demanda-t-il.

Elle s'avança et sans même réfléchir à ce qu'elle faisait, elle lui posa les mains sur les épaules, se haussa sur la pointe des pieds et l'embrassa sur la bouche. Le baiser fut bref, mais n'avait rien de celui d'une sœur.

— Très heureuse, si fait, Will.

Mais quand il s'avança à son tour vers elle (aussi étourdiment qu'une fleur se tourne vers le soleil), espérant renouveler l'expérience, elle le repoussa gentiment, mais fermement.

— Nenni, c'était juste pour vous dire merci et un seul merci devrait suffire à un gentleman. Allez en paix, Will.

Il s'empara des rênes, comme plongé dans un rêve, les examinant un instant comme s'il n'en connaissait absolument plus l'usage et leva à nouveau les yeux vers elle. Elle le vit qui s'efforçait de se clarifier les idées et les émotions, dissipant l'impact que son baiser avait eu sur lui. Elle l'aima pour cela, ravie d'avoir agi comme elle l'avait fait.

— Vous aussi, allez en paix, dit-il, sautant en selle. Il me tarde de vous rencontrer pour la première fois.

Il lui sourit. Et elle perçut dans ce sourire tous les vœux que son désir formait. Éperonnant alors son cheval, il lui fit faire volte-face et repartit par où ils étaient venus — peut-être pour jeter un nouveau coup d'œil au pétroléum. Elle demeura sur place, près de la boîte aux lettres de Dame Beech, souhaitant de toutes ses forces qu'il se retourne et la salue de la main, afin qu'elle puisse revoir son visage encore une fois. Elle aurait juré qu'il le ferait... et pourtant, non, il n'en fit rien. Puis, comme elle s'apprêtait à se détourner et à descendre la colline pour gagner la ville, il se retourna *finalement* et leva la main, qui voleta un instant dans l'obscurité comme une phalène blanche.

Susan lui rendit son salut, puis poursuivit sa route, heureuse et malheureuse à la fois. Cependant — et c'était là peut-être le plus important — elle ne se sentait plus du tout souillée. Au moment où elle avait effleuré les lèvres du garçon, sa chair avait paru purifiée du contact de Rhéa. Un petit tour de magie, peut-être, mais qui n'en était pas moins le bienvenu.

Elle continua d'avancer, sourire aux lèvres, regardant les étoiles plus fréquemment qu'à son habitude, quand elle était dehors, à la nuit tombée.

Chapitre 4

Longtemps après le coucher de la lune

1

Il chevaucha sans trêve pendant presque deux heures, allant et venant le long de ce qu'elle appelait l'Aplomb, ne poussant jamais Rusher au-delà du trot, bien qu'il n'eût qu'une envie : galoper sous les étoiles jusqu'à se refroidir un peu les sangs.

Ils se refroidiront à foison si tu recentres ton attention sur toi-même, songea-t-il, *et tu n'auras même pas à te charger de la besogne, selon toute apparence. Les imbéciles sont les seuls sur terre à pouvoir absolument compter récolter ce qu'ils méritent.* Ce vieux dicton lui remit en tête l'homme au visage couturé de cicatrices et aux jambes arquées qui avait été de loin son meilleur instructeur, et il sourit.

Il finit par engager son cheval sur une pente menant à un embryon de ruisseau qui coulait là et dont il remonta le cours sur presque une lieue (dépassant plusieurs troupes de chevaux qui observèrent Rusher avec une surprise mitigée de leurs yeux endormis et voilés d'une taie) jusqu'à une saulaie. A l'intérieur du bosquet, un cheval hennit doucement. Rusher hennit en retour, frappant du sabot et agitant la tête de haut en bas.

Son cavalier, baissant la sienne pour éviter au passage les frondaisons des saules, se retrouva soudain nez à nez avec une face de carême non humaine, dont la partie supérieure était avalée par d'immenses yeux noirs sans pupilles.

Il plongea la main vers ses revolvers — c'était la troisième fois, ce soir — pour constater, une troisième fois, leur absence. Peu importait, d'ailleurs, car il venait de reconnaître ce qui pendouillait au bout d'une ficelle devant ses yeux : ce stupide crâne de corneille.

Celui qui disait s'appeler Arthur Heath l'avait détaché de sa selle (cela l'amusait de surnommer le crâne ainsi perché leur vigie « moche comme une vieille peau, mais ne coûtant rien à nourrir »), et suspendu là en guise de blague de bienvenue. Lui et ses plaisanteries ! Le maître de Rusher l'écarta violemment du plat de la main, assez pour rompre la ficelle et faire voler le crâne au loin dans le noir.

— Fi, Roland, dit une voix sortant de l'ombre.

Elle était pleine de reproches, mais le rire bouillonnait juste en dessous... comme toujours. Cuthbert était son plus vieil ami — ils s'étaient fait les dents sur les mêmes jouets qui en avaient gardé la marque — mais à maints égards, Roland ne l'avait jamais compris. Cela ne tenait pas seulement à son rire ; en ce jour déjà lointain où l'on avait pendu Hax, le maître queux du palais, pour traîtrise sur la Colline des Potences, Cuthbert avait été tenaillé par la terreur et le remords. Il avait déclaré à Roland qu'il ne pourrait ni assister au supplice ni simplement regarder... pour finir par passer outre. Parce que ni les blagues stupides ni la sensibilité à fleur de peau ne résumaient la vraie nature de Cuthbert Allgood.

Au moment où Roland pénétra au centre du bosquet, une forme sombre se détacha de l'arbre derrière lequel elle se tenait. A mi-chemin de la clairière, elle se résorba en un garçon élancé aux hanches étroites, vêtu d'un jean, torse et pieds nus. L'une de ses mains était armée d'un énorme — et antique — revolver, qu'on appelait parfois *tonnelet de bière* à cause de la taille de son barillet.

— Fi, répéta Cuthbert, comme s'il aimait le son de cette interjection, archaïque même dans des recoins oubliés comme Mejis. Voilà une jolie façon de traiter celui qui monte la garde que de souffleter sa triste et hâve figure à lui expédier la mâchoire au diable Vauvert !

— Si j'avais été armé, je l'aurais réduit en miettes en réveillant la moitié de la contrée.

— Je savais que tu ne serais pas allé te balader avec ton ceinturon, répondit doucement Cuthbert. Tu as beau avoir piètre allure, Roland, fils de Steven, tu n'es pas né de la dernière pluie, même si tu approches l'âge canonique de quinze ans.

— Je croyais qu'on s'était mis d'accord d'utiliser les noms sous lesquels nous voyageons. Même entre nous.

Cuthbert, plantant son talon nu dans le gazon, effectua un salut énergique, bras tendus et poignets cassés — imitation inspirée d'un courtisan qui borne là sa carrière. Il ressemblait beaucoup aussi à un héron des marais et Roland ne put retenir un bref éclat de rire. Puis il porta la saignée de son poignet gauche à son front, pour vérifier s'il avait la fièvre. Il avait beau se sentir la tête en feu, les dieux le savaient, sa peau était fraîche.

— J'implore ton pardon, Pistolero, dit Cuthbert, les yeux et les mains toujours tournés en signe d'humilité vers le sol.

Le sourire mourut sur les lèvres de Roland.

— Ne m'appelle plus ainsi, Cuthbert, je t'en prie. Ni ici ni nulle part ailleurs. Pas si tu as de l'estime pour moi.

Cuthbert changea sur-le-champ d'attitude et s'approcha vivement de Roland, encore à cheval. Son air humble n'avait pas l'air feint.

— Roland... Will... pardon.

Roland lui tapa sur l'épaule.

— Il n'y a pas de mal à ça. Souviens-t'en dorénavant. Mejis a beau être au bout du monde... c'est encore le monde. Où est Alain ?

— Tu veux dire, Dick ? Où crois-tu qu'il soit ?

Cuthbert tendit la main vers l'autre côté de la clairière. Où une forme sombre était tassée et, au choix, ronflait à tue-tête ou s'étouffait lentement dans son sommeil.

— Celui-là, fit Cuthbert, il trouverait le moyen de roupiller en plein tremblement de terre.

— Mais toi, tu m'as entendu venir. Ça t'a réveillé.

— Oui, dit Cuthbert.

Il fouilla du regard le visage de Roland avec une intensité qui mit ce dernier un peu mal à l'aise.

— Il t'est arrivé quelque chose ? Tu as l'air différent.

— Vraiment ?

— Oui. Tout excité. Comme si un courant d'air t'avait balayé.

S'il devait parler de Susan à Cuthbert, le moment était venu. Il décida sans y réfléchir autrement (il prenait la plupart de ses décisions, et à coup sûr les meilleures d'entre elles, de la même façon) de ne rien lui dire. S'il la rencontrait à la Maison du Maire, aux yeux de Cuthbert et d'Alain, ce serait pour la première fois. Quel mal y aurait-il à cela ?

— J'ai pris un bon bol d'air, pour ça oui, dit-il, en mettant pied à terre et en se penchant pour défaire les sangles de sa selle. Et j'ai vu aussi des choses fort intéressantes.

— Ah bon ? Parle donc, compagnon du très cher occupant de ma poitrine.

— Ça attendra jusqu'à demain, je crois, quand notre ours là-bas ne sera plus en hibernation. Ainsi, je ne me répéterai pas deux fois. En outre, je suis épuisé. Je te dirai cependant quelque chose : il y a trop de chevaux dans la contrée, même pour une Baronnie dont la réputation repose sur eux. Beaucoup trop.

Avant que Cuthbert ait pu formuler une simple question, Roland avait retiré la selle du dos de Rusher et l'avait déposée près de trois petites cages d'osier qui, attachées ensemble par une lanière de cuir, pouvaient être facilement assujetties sur le dos d'un cheval. A l'intérieur, trois pigeons au cou cerclé de blanc roucoulaient de façon assoupie. L'un d'eux sortit la tête de ses plumes, cligna de l'œil en voyant Roland avant de la refourrer sous son aile.

— Nos petits amis vont bien ? demanda Roland.

— Très bien. Ils picorent et chient à tout va dans la paille de leur litière. En ce qui les concerne, ils sont en vacances. Qu'est-ce que tu comptes...

— Demain, le coupa Roland.

Sur ce, Cuthbert, voyant qu'il n'en tirerait rien de plus, se contenta d'opiner avant de se mettre en quête de sa vigie tout en os.

Vingt minutes plus tard, Rusher, désharnaché, bouchonné et mis à paître auprès de Buckskin et Glue Boy (Cuthbert ne pouvait pas nommer son cheval comme quelqu'un de normal l'aurait fait), Roland s'étendit dans son sac de couchage, contemplant au ciel les étoiles tardives. Si Cuthbert s'était rendormi aussi facilement qu'il s'était réveillé au bruit des sabots de Rusher, Roland n'avait jamais eu aussi peu sommeil de sa vie.

Son esprit revint un mois en arrière, à la chambre de la putain, à son père assis sur la couche de la putain, le regardant se rhabiller. Les mots que son père avait prononcés — *Je sais tout depuis deux ans* — avaient résonné dans la tête de Roland comme un coup de gong. Il se doutait qu'ils risquaient de le faire pendant le reste de son existence.

Mais son père avait eu beaucoup à dire. Au sujet de Marten. De la mère de Roland contre laquelle on avait peut-être plus péché qu'elle n'était pécheresse. Des écumeurs qui se prétendaient patriotes. Et de John Farson, qui s'était trouvé en effet en Cressie, mais qui en était parti à présent — évaporé d'une façon qui n'appartenait qu'à lui, comme de la fumée dissipée par une bourrasque. Avant leur départ, lui et ses hommes n'en avaient pas moins réduit Indrie, siège de la Baronnie, en cendres ou tout comme. Des centaines d'habitants avaient péri massacrés et il n'y avait peut-être rien d'étonnant à ce que la Cressie ait répudié l'Affiliation depuis, se prononçant en faveur de l'Homme de Bien. Le Gouverneur de la Baronnie, Maire d'Indrie, et le Haut Shérif avaient tous deux fini la journée du début de l'été qui avait conclu la visite de Farson, avec leurs têtes ornant les murailles de la ville. Ce qui était, avait conclu Steven Deschain, « une politique des plus persuasives ».

Il s'agissait d'une partie de Castels où les deux armées, après avoir quitté l'abri de leurs Buttes respectives, avaient commencé leurs manœuvres finales, avait dit le père de Roland ; et comme c'était souvent le cas lors des soulèvements populaires, le jeu était susceptible de se terminer avant que nombre d'habitants des Baronnies de l'Entre-Deux-Mondes n'aient commencé à comprendre que John Farson représentait une menace sérieuse... ou bien si vous étiez de ceux qui adhéraient à sa vision démocratique qui mettrait fin à ce qu'il qualifiait « de mixte d'esclavage de classes et d'antiques contes de fées », qu'il représentait un sérieux facteur de changement.

Son père et son petit *ka-tet* de Pistoleros, Roland fut stupéfait de l'apprendre, se souciaient fort peu de Farson — que ce soit sous l'un ou l'autre de ces éclairages ; ils le considéraient comme de la gnognote. Considéraient l'Affiliation elle-même comme de la gnognote, si on en venait là.

Je vais t'envoyer au loin, avait dit Steven, assis donc sur le lit, fixant d'un œil sombre son fils unique, le seul à avoir survécu. *Il ne reste plus aucun endroit vraiment sûr dans l'Entre-Deux-Mondes, si ce n'est la Baronnie de Mejis au bord de la Mer Limpide qui présente une relative sécurité, autant que cela soit permis par les temps qui courent.... donc, c'est là que tu te rendras, avec au moins deux de tes amis. Alain, je suppose, sera l'un d'eux. Pour l'autre, évite de choisir le plaisantin, je t'en conjure. Tu serais mieux loti avec un chien à l'aboiement facile.*

Roland qui, n'importe quel autre jour de sa vie, aurait été transporté de joie à la perspective de voir un peu du vaste monde, avait vivement protesté. Si l'ultime affrontement avec les forces de l'Homme de Bien approchait, il souhaitait y prendre part aux côtés de son père. Il était un Pistolero après tout, dorénavant, même s'il n'était encore qu'un apprenti en la matière, et...

Son père avait lentement fait non de la tête de façon emphatique. *Non, Roland. Tu ne comprends pas. Cependant, tu comprendras ; tant bien que mal tu comprendras.*

Plus tard, ils avaient tous deux arpenté les hauts remparts, qui dominaient la dernière cité habitée de l'Entre-Deux-Mondes — Gilead la verte, magnifique au soleil levant, avec ses oriflammes claquant au vent du matin, ses marchands déambulant dans les rues du Vieux Quartier et les chevaux trottant sur les allées cavalières qui rayonnaient à partir du palais, centre et cœur de toute chose. Son père lui en avait confié davantage (mais pas tout) et Roland en avait compris davantage (pas tout, loin s'en fallait — mais son père lui aussi était loin de tout comprendre). La Tour Sombre n'avait été mentionnée ni par l'un ni par l'autre, mais elle pesait déjà sur l'esprit de Roland, possibilité semblable à une nuée d'orage au fin fond de l'horizon.

La Tour était-elle vraiment la clé de tout ? Et pas l'écumeur se haussant du col avec ses rêves de domination de l'Entre-Deux-Mondes, ni le magicien qui avait ensorcelé sa mère, non plus que le cristal que Steven et sa bande avaient espéré découvrir en Cressie... mais la Tour Sombre ?

Il n'avait pas posé la question.

Il n'avait pas *osé* la poser.

Il changea de position dans son sac de couchage et ferma les yeux. Il revit aussitôt le visage de la jeune fille, sentit à nouveau ses lèvres se pressant fermement sur les siennes et le parfum de sa peau. Il fut immédiatement en feu du sommet de la tête au bas de l'échine, et gelé de là jusqu'au bout des orteils. Puis il se souvint d'avoir entraperçu ses cuisses le temps d'un éclair, au moment où elle se laissait glisser le long du flanc de Rusher (et aussi de l'éclat de ses dessous sous sa robe brièvement retroussée). En lui, le froid et le chaud changèrent alors de place.

La putain avait bien voulu lui prendre son pucelage, mais pas l'embrasser ; elle avait détourné la tête quand il avait essayé. Elle lui avait permis de faire tout ce qu'il voulait d'autre, sauf ça. Sur le moment, il avait été amèrement déçu. Aujourd'hui, il s'en félicitait.

Il repassa en revue dans son esprit adolescent, à la fois clair et sans repos, sa tresse qui lui tombait dans le dos jusqu'à la taille, les douces fossettes qu'avait creusées son sourire au coin de ses lèvres, les intonations de sa voix, sa façon démodée de dire « si fait, nenni, et pa ». Il retrouva la sensation de ses mains prenant appui sur ses épaules tandis qu'elle se tendait vers lui pour l'embrasser et songea qu'il donnerait tout ce qu'il possédait pour sentir à nouveau le contact de ces mains-là, si léger et si ferme à la fois. Et de sa bouche sur la sienne. C'était une bouche, devinait-il, peu experte dans l'art du baiser, mais un peu plus que la sienne propre.

Prends garde, Roland — ne laisse pas tes sentiments pour cette fille bousculer tout le reste. De toute façon, elle n'est pas libre — elle te l'a laissé entendre. Elle n'est pas mariée, mais promise de quelque autre manière.

Roland était loin d'être à l'époque l'individu implacable qu'il deviendrait par la suite, mais les ferments de cette inflexibilité existaient déjà en lui — petites graines dures comme la pierre qui, en temps voulu, donneraient des arbres profondément enracinés... portant des fruits amers. L'une de ces graines se fendit à cette heure, dardant sa première pousse effilée comme une lame.

Ce qui a été dit peut être dédit et ce qui a été fait, défait. Rien n'est sûr, mais... je la veux.

Oui. C'était la seule chose qu'il savait avec certitude, la connaissant aussi bien que le visage de son père : il la voulait. Pas comme il avait voulu la putain quand, couchée sur le lit, les jambes écartées, elle l'avait fixé de ses yeux mi-clos, mais aussi naturellement qu'il lui fallait apaiser sa faim ou étancher sa soif. Aussi fort, supposait-il, qu'il désirait traîner le corps de Marten dans la poussière derrière son cheval le long de la Grand-Route de Gilead, pour faire payer au magicien ce qu'il avait fait à sa mère.

Il la voulait ; il voulait cette fille ; il voulait Susan.

Roland se retourna de l'autre côté, ferma les yeux et s'endormit. Son sommeil fut léger, éclairé par les rêves crûment poétiques propres aux adolescents, rêves où attraction sexuelle et sentiment amoureux se confondent avec des résonances d'une puissance qu'ils n'auront plus jamais. Dans ces visions avides d'elle, Susan Delgado posait ses mains sur les épaules de Roland encore et encore, embrassait sa bouche encore et encore, lui répétait encore et encore de venir à elle pour la première fois, d'être avec elle pour la première fois, de la voir pour la première fois, de très bien, très bien la voir.

2

A deux lieues et quelques de l'endroit où Roland dormait en faisant de beaux rêves, Susan Delgado, depuis son lit, regardait par la fenêtre le Vieil Astre pâlir de plus en plus à l'approche de l'aube. Elle n'avait pas davantage sommeil à présent qu'au moment de son coucher ; elle sentait un élancement entre ses cuisses, là où la vieille l'avait touchée. C'était dérangeant mais plus trop désagréable, car elle associait maintenant le phénomène au garçon rencontré sur la route et qu'elle avait embrassé sous les étoiles si spontanément. Chaque fois qu'elle remuait les jambes, l'élancement s'embrasait en une brève et bienfaisante douleur.

A son retour à la maison, Tante Cord (qui se serait mise au lit une heure plus tôt, un soir ordinaire) l'attendait dans son fauteuil à bascule près de la cheminée — où aucun feu ne brûlait dans l'âtre proprement balayé de ses cendres, à cette époque de l'année —, une poignée de dentelle sur les genoux, écumeuse comme la crête d'une vague contre sa vieille robe noire démodée. Elle la liserait à une vitesse qui paraissait presque surnaturelle à Susan — et n'avait point levé les yeux quand la porte s'était ouverte et que sa nièce était entrée dans un tourbillon de brise.

— Je vous attendais une heure plus tôt, dit Tante Cord, avant d'ajouter, bien que son ton ne trahît rien de semblable : « Je commençais à m'inquiéter. »

— Si fait ? se contenta de dire Susan.

Elle songea que, n'importe quel autre soir, elle aurait bafouillé l'une de ses excuses qui sonnaient toujours comme un mensonge à ses propres oreilles — tel était l'effet que Tante Cord produisait sur elle depuis toujours —, mais ce soir n'était pas comme les autres. Jamais de sa vie, elle n'avait connu de soirée comparable. Elle découvrit qu'elle n'arrivait point à se tirer Will Dearborn de la tête.

Tante Cord avait alors daigné lever les yeux, ses yeux rapprochés, en vrille, vifs et inquisiteurs, au-dessus de l'arête étroite de son nez. Certaines choses n'avaient pas bougé depuis que Susan s'était mise en route pour le Cöos ; et elle avait pu sentir une fois encore le regard de sa tante balayer son visage et son corps, comme un plumeau aux pennes hérissées.

— Qu'est-ce qui vous a retenue si longtemps ? avait demandé Tante Cord. Y a-t-il eu un problème ?

— Pas le moindre, avait répondu Susan qui se remémora, un instant, comment la sorcière se tenant près d'elle sur le seuil de sa masure avait lissé sa tresse de son poing déformé, négligemment serré. Elle se souvint de son désir de partir et d'avoir demandé à Rhéa si elle en avait fini avec elle.

Peut-être qu'il reste encore un tout petit rien... avait dit la vieille... du moins Susan le croyait-elle. Mais quel tout petit rien ? Impossible pour elle de se le rappeler. Était-ce vraiment si important ? Elle serait coupée de Rhéa jusqu'à ce que son ventre commence à s'arrondir de l'enfant de Thorin... et si l'on ne pouvait faire de bébé avant la Nuit de la Moisson, elle ne retournerait point sur le Cöos avant la fin de l'hiver, au plus tôt. Un siècle ! Et même au-delà, si elle était lente à devenir grosse...

— Je suis rentrée sans me presser, ma tante. C'est tout.

— Alors d'où vous vient cette physionomie ? avait demandé Tante Cord, tricotant ses maigres sourcils vers le pli vertical qui creusait son front.

— Quelle physionomie ? avait rétorqué Susan, ôtant son tablier dont elle noua les cordons avant de le suspendre au crochet derrière la porte de la cuisine.

— Colorée et crémeuse comme du lait qu'on vient de traire.

Elle avait failli éclater de rire. Tante Cord, qui connaissait aussi peu les hommes que Susan, les étoiles et les planètes, avait mis dans le mille. Colorée et crémeuse, exactement la sensation qu'elle avait.

— L'air de la nuit, sans doute, avait-elle répondu. J'ai aperçu un météore, ma tante. Et entendu la tramée. Le son était fort, ce soir.

— Si fait ? dit sa tante distraitement, avant de revenir au sujet qui lui tenait à cœur.

— Ça vous a fait mal ?

— Un peu.

— Avez-vous pleuré ?

Susan fit non de la tête.

— Bien. Vaut mieux point. C'est toujours mieux. Elle aime quand on pleure, m'a-t-on dit. Maintenant, dites-moi, Sue — vous a-t-elle donné quelque chose, cette vieille chatte ?

— Si fait, dit-elle, plongeant la main dans sa poche et en sortant le papier où on lisait :

Elle le tendit à sa tante qui le lui arracha d'un air avide. Cordélia avait été tout sucre tout miel depuis un mois environ, mais à présent qu'elle avait eu ce qu'elle voulait (maintenant que Susan s'était trop avancée et avait trop promis pour se raviser), elle était redevenue la femme aigrie, sourcilleuse et prompte au soupçon auprès de laquelle Susan avait grandi ; celle chez qui son frère flegmatique, adepte du « laissons la vie aller comme bon lui semble », avait provoqué des crises de rage quasi hebdomadaires. En un sens, c'était un soulagement. Ça avait été éprouvant pour les nerfs que de voir Tante Cord jouer les Tatie Gâteau, jour après jour.

— Si fait, si fait, c'est bien sa marque, avait dit sa tante, laissant courir ses doigts au bas de la feuille. Certains racontent qu'elle représente le sabot d'un démon, mais qu'est-ce que cela nous fait à nous, hein, Sue ? Toute horrible et méchante créature qu'elle soit, elle a permis aux deux pauvres femmes que nous sommes de tenir leur place dans le monde un peu plus longtemps. Et vous n'aurez besoin de la revoir qu'une seule fois, probablement vers le Terme de l'Année, quand vous aurez été prise comme il faut.

— Ce sera plus tard que ça, lui avait dit Susan. Je ne dois pas coucher avec lui avant que la Lune du Démon ne soit pleine. Une fois passés la Fête de la Moisson et le feu de joie.

Tante Cord l'avait fixée, ouvrant de grands yeux, bouche bée.

— A-t-elle dit pareille chose ?

Me traiteriez-vous de menteuse, Tantine ? avait-elle songé avec une âpreté qui ne lui ressemblait guère ; en règle générale, elle était d'un tempérament proche de celui de son père.

— Si fait.

— Mais pourquoi ? Pourquoi attendre *si longtemps* ?

Tante Cord était à la fois agacée et déçue — ça sautait aux yeux. Elle avait récolté jusqu'ici huit pièces d'argent et quatre d'or dans cette affaire ; elles étaient rangées là — où que ce fût — où Tante Cord amassait son pécule comme un écureuil, ses noisettes (Susan soupçonnait que cela devait faire un joli magot, même si Cordélia aimait faire étalage de sa pauvreté à la moindre occasion) et au moins le double de ce montant lui était encore dû... ou le serait, dès que le drap taché de sang serait envoyé à la blanchisseuse de la Maison du Maire. La même somme serait encore versée quand Rhéa aurait confirmé le bébé et l'honnêteté du bébé. Un total rondelet, tout bien considéré. Énorme, pour une petite bourgade comme celle-ci et de petites gens comme elles. Alors apprendre que le paiement serait repoussé aussi loin...

Susan avait ensuite commis un péché, dont elle avait fait pénitence par une prière (quoique sans grand enthousiasme) avant de se mettre au lit : la mine frustrée, comme trompée, de Tante Cord l'avait réjouie au plus haut point — la mine même de l'avarice contrariée.

— Pourquoi si *longtemps* ? répéta-t-elle.

— Vous pourriez aller sur le Cöos le lui demander.

Cordélia Delgado avait pincé si fort ses lèvres, déjà minces de nature, qu'elle parut soudain en être dépourvue.

— Vous moquez-vous, mamzelle ? Joueriez-vous à l'effrontée avec moi ?

— Oh non, je suis bien trop lasse pour me moquer de quiconque. Je n'ai qu'une envie, me laver — je sens encore ses mains sur moi — et aller me coucher.

— Alors faites. Peut-être demain matin, pourrons-nous reparler de tout ça, de façon plus convenable, en gentes dames. Et il nous faudra aller voir Hart, bien entendu.

Semblant enchantée par cette perspective, elle replia le papier que Rhéa avait confié à Susan et s'apprêtait à l'empocher.

— Non, fit Susan, d'un ton d'une sécheresse inhabituelle qui suffit à stopper le geste de sa tante en plein élan.

Cordélia l'avait considérée, franchement effrayée. Susan s'était sentie un peu embarrassée par ce regard, mais n'avait pas baissé les yeux. Et quand elle tendit la main, ce fut sans trembler.

— C'est moi qui dois le conserver, ma tante.

— Qui vous a dit de me parler ainsi ? s'était récriée Tante Cord, geignant sous l'outrage.

Cela devait confiner au blasphème, songea Susan, mais un instant l'intonation de sa tante lui avait rappelé le son de la tramée.

— Qui vous a dit de parler ainsi à la femme qui a élevé une orpheline de mère ? A la sœur de feu le père de cette même orpheline ?

— Vous savez très bien qui, avait répondu Susan, la main toujours tendue vers le papier. Je dois le garder et le remettre au Maire Thorin. Elle m'a dit peu importe ce qu'il en adviendrait alors, il peut s'en torcher le cul si jamais ça lui chante (la rougeur qui empourpra à ces mots le visage de sa tante avait été hautement jouissive), mais jusque-là, il doit rester en *ma possession*.

— Je n'ai jamais entendu la pareille, avait rétorqué Tante Cord, vexée... qui lui rendit néanmoins le morceau de papier noirci. Confier la garde d'un document aussi important à un tout petit brin de fille !

Mais point si petit brin que ça pour être la gueuse de Thorin, hein ? Pour qu'il se couche sur moi, que j'entende craquer ses os, que je reçoive sa semence et que je porte peut-être son enfant.

Elle avait baissé les yeux, tout en remettant le papier dans sa poche, pour éviter que Tante Cord n'y lise le ressentiment qui les animait.

— Montez donc, avait dit Tante Cord, transférant d'un revers de main la dentelle mousseuse de ses genoux dans son panier à ouvrage, où elle s'entassa dans un désordre inaccoutumé. Et quand vous ferez votre toilette, lavez-vous la bouche avec un soin particulier pour bien la nettoyer de son impudence et de son irrespect envers ceux qui ont beaucoup sacrifié par amour de sa propriétaire.

Susan s'était retirée en silence, ravalant une foultitude de ripostes, et avait gravi l'escalier comme elle l'avait si souvent fait, tremblant de honte et de rancœur mêlées.

Elle était donc dans son lit pour l'heure, toujours éveillée tandis que les étoiles pâlissaient au ciel que des nuances plus claires commençaient à colorer. Les événements de la soirée défilaient dans sa tête en une sorte de brouillard fantastique, comme un jeu de cartes qu'on mélangeait — ce qui lui revenait avec le plus d'insistance étant le visage de Will Dearborn. Elle songeait combien ses traits pouvaient être durs à certain moment et s'adoucir à l'improviste l'instant d'après. Ce visage-là était-il beau ? Si fait, pensait-elle. Pour elle, elle savait qu'il l'était.

Je n'ai jamais prié une jeune fille de chevaucher en ma compagnie ni d'accepter que je lui rende visite. Je vous le demande à vous, Susan, fille de Patrick.

Pourquoi maintenant ? Pourquoi faut-il que je l'aie rencontré maintenant, quand rien de bon ne peut en sortir !

Si c'est le ka, *il viendra en coup de vent, comme un cyclone.*

Elle se tournait et retournait dans son lit, puis finit par rouler sur le dos à nouveau. Le sommeil ne viendrait plus cette nuit, ou ce qu'il en restait, songeait-elle. Autant vaudrait qu'elle aille sur l'Aplomb assister au lever du soleil.

Elle demeura couchée cependant, se sentant mal et bien à la fois, à scruter les ombres et à écouter les premières trilles des oiseaux du matin, à se rappeler le contact délicat de la bouche de Will sur la sienne dont elle avait senti les dents sous ses lèvres, à se souvenir de l'odeur de sa peau et de la texture rugueuse de sa chemise sous ses paumes.

Ces mêmes paumes dont elle emprisonnait à présent ses seins à travers sa chemise de nuit. Le bout en était dur, tels de petits cailloux. Et quand elle les effleura, elle connut une poussée d'excitation réclamant son dû entre ses cuisses.

Elle parviendrait à s'endormir, se dit-elle. Elle y arriverait, si elle apaisait cet échauffement. Si seulement elle savait comment.

Mais elle le savait. La vieille le lui avait montré. *Point n'est besoin à une fille encore intacte de se refuser un petit frisson par-ci par-là... un vrai petit bourgeon de soie, si fait.*

Susan prit ses aises et enfouit une main sous le drap. Elle chassa de son esprit les yeux luisants et les joues creuses de la sorcière — ce n'était pas si difficile, une fois la décision prise, découvrit-elle — et les remplaça par le visage du garçon monté sur le grand cheval hongre et coiffé de ce ridicule chapeau plat. Un instant, cette image devint si nette et si douce qu'elle en parut réelle et le reste de sa vie, un rêve sans relief. Dans cette vision, il l'embrassait sans fin à pleine bouche, leurs langues se touchant, elle inhalant ce que lui exhalait.

Elle était en feu. Brûlante telle une torche dans son lit. Et quand le soleil surgit enfin au-dessus de l'horizon, très peu de temps après, elle dormait profondément, un léger sourire aux lèvres ; ses cheveux dénoués lui mangeant la moitié de la figure étaient répandus sur l'oreiller comme de l'or liquide.

3

Une heure avant l'aube, la salle du Repos des Voyageurs jouissait comme jamais du calme retrouvé. L'éclairage au gaz qui, la plupart des soirs, transformait le lustre en un joyau brillant de mille feux jusqu'aux alentours de deux heures du matin, était baissé et n'offrait plus que de faiblards petits points bleus. La salle haute de plafond, tout en longueur, plongée dans la pénombre, avait quelque chose de spectral.

Dans un coin, s'entassait un amas de petit bois — débris de chaises fracassées dans une bagarre autour d'une partie de Surveille-Moi (et dont les combattants occupaient en ce moment même la cellule des ivrognes du Haut Shérif). Dans un autre coin, se figeait une mare assez conséquente de vomi. Sur l'estrade à l'extrémité-est de la salle, se dressait un piano en piteux état ; appuyée contre le banc, on voyait la massue en bois de fer, propriété de Barkie, videur du saloon et dur à cuire des environs. Barkie en personne, le mont dénudé de sa panse couturée débordant de la ceinture de son pantalon de velours, telle une brioche prête à passer au four, gisait sous le banc où il ronflait comme un perdu. Il tenait encore une carte à la main : le deux de carreau.

Les tables à jeu se trouvaient à l'extrémité ouest. Deux ivrognes étaient affalés sur la feutrine verte de l'une d'elles, ronflant et bavant, bras étendus, leurs doigts se touchant. Au-dessus de leurs têtes, sur le mur, on voyait un portrait équestre d'Arthur l'Aîné, le Grand Roi d'Eld, sur son cheval blanc, et un écriteau où l'on pouvait lire (en un curieux mélange de Haut Parler et Bas Langage) : NE RENAKLE POINT DEVANT TA DONNE AUX CARTES OU DANS LA VIE.

Derrière le bar, qui courait sur toute la longueur de la salle, trônait un monstrueux trophée de chasse : un élan à deux têtes, nanti d'une double paire d'yeux menaçants et d'une véritable forêt d'andouillers sur le crâne. L'animal était connu des habitués du Repos sous le sobriquet de Gai Luron. Personne n'aurait su dire pourquoi. Un plaisantin avait soigneusement enfilé des préservatifs en forme de tétines de truie sur deux de ses bois. A même le bar, directement sous le regard désapprobateur du Gai Luron, était vautrée Pettie le Trottin, l'une des danseuses et filles d'amour du Repos... bien que sa jeunesse ne soit plus qu'un lointain souvenir et qu'elle en serait bientôt réduite à faire son métier à genoux dans la ruelle derrière le Repos plutôt qu'au premier étage de l'établissement, dans l'une des minuscules alvéoles réservées à cet usage. Ses cuisses dodues étaient écartées, l'une ballant derrière le bar, l'autre pendouillant par-devant, l'embrouillamini crasseux de sa jupe retroussée faisant le joint. Sa respiration était ponctuée de ronflements sonores et de crispations occasionnelles de ses orteils et de ses doigts boudinés. Les seuls autres bruits étaient celui du chaud vent d'été, soufflant à l'extérieur, et le son mat et régulier de cartes à jouer qu'on retournait l'une après l'autre.

Il y avait une petite table à l'écart près des portes battantes qui donnaient sur la Grand-Rue d'Hambry ; c'était là que se tenait Coraline Thorin, propriétaire du Repos des Voyageurs (et accessoirement, sœur du Maire), les soirs où, descendant de sa suite, elle se « mêlait à la compagnie ». Quand cela se produisait, c'était de bonne heure — quand on servait encore plus de steaks que de whiskey sur le vieux bar éraflé — et elle regagnait ses appartements, quand Sheb, le pianiste, prenait place devant son hideux instrument sur lequel il se mettait à taper comme un sourd. Le Maire pour sa part ne venait jamais au Repos, même si on savait très bien qu'il en possédait au moins cinquante pour cent. Si le clan Thorin appréciait les sommes que leur rapportait l'établissement, il n'appréciait pas de même le spectacle qu'il offrait, passé minuit, quand la sciure éparpillée sur le plancher commençait à s'imbiber de la bière répandue et du sang versé. Coraline était dotée cependant d'une dureté de nature qui lui avait valu quelque vingt ans plus tôt d'être qualifiée de « mauvaise graine ». Plus jeune que son politicard de frère, elle était loin d'être aussi frêle et point désagréable à regarder pour qui prisait les gros yeux et les têtes de fouine. Personne ne s'asseyait à sa table pendant les heures d'ouverture du saloon — Barkie aurait remis à sa place en moins de rien quiconque aurait tenté de passer outre —, mais les heures ouvrables étaient terminées, la plupart des ivrognes, rentrés chez eux ou en train de cuver à l'étage ; Sheb dormait comme une souche derrière son piano, roulé en boule dans le coin. Le jeune simple d'esprit qui nettoyait l'endroit était parti depuis environ deux heures du matin (chassé comme d'habitude par les railleries et les insultes et quelques verres de bière volant bas ; Roy Depape en particulier ne portait pas ce garçon-là dans son cœur). Il serait de retour sur le coup de neuf heures pour préparer le lieu de plaisir à une nouvelle soirée de gaieté folle. Mais jusque-là, l'individu installé à la table de Maîtresse Thorin avait l'endroit pour lui tout seul.

Une patience était étalée devant lui ; noir sur rouge, rouge sur noir, dominés par le Carré des Figures, formé en partie, comme c'était le cas dans les affaires humaines. Le joueur tenait le reste des cartes dans la main gauche et chaque fois qu'il en retournait une, le tatouage de sa main droite s'animait. C'était assez déconcertant, car le cercueil semblait respirer. Le joueur, assez âgé, sans être d'une constitution aussi frêle que le Maire ou sa sœur, n'était tout de même pas très épais. Sa longue chevelure blanche lui tombait en désordre dans le dos. Il avait le teint hâlé à l'extrême, le cou excepté, toujours enflammé ; à cet endroit, sa peau pendillait en barbillons maigrelets. Il arborait une très longue moustache dont les pointes broussailleuses lui retombaient le long des mâchoires — moustache de pistolero bidon, ils étaient nombreux à le penser, mais personne n'aurait prononcé le mot « bidon » ou « chiqué » au nez et à la barbe d'Eldred Jonas. Vêtu d'une chemise de soie blanche, un revolver à crosse noire lui pendait bas sur la hanche. Ses grands yeux bordés de rouge lui donnaient un air de tristesse, à première vue. Un second coup d'œil, plus attentif, montrait qu'ils étaient seulement larmoyants, aussi dénués d'émotion que ceux du Gai Luron.

Il retourna l'As de Bâtons. Aucune place où le poser.

— Ah ! bougre, fit-il d'une drôle de voix flûtée.

Elle chevrotait aussi, comme celle d'un homme au bord des larmes. Et collait parfaitement avec ses yeux rougis et pleurards. Il balaya le jeu et rassembla les cartes.

Avant même qu'il ait recommencé à les battre, une porte s'ouvrit puis se referma doucement à l'étage. Jonas mit les cartes de côté et laissa choir sa main sur la crosse de son arme. Puis, reconnaissant le bruit des bottes de Reynolds qui longeaient la galerie, il lâcha le revolver et tira de sa ceinture sa blague à tabac. Le bord de la cape dont Reynolds s'affublait en permanence fut d'abord visible, enfin ce dernier descendit l'escalier, le visage lavé de frais et ses boucles rousses lui recouvrant les oreilles. Ce cher Messire Reynolds était très fier de sa belle mine, et pourquoi ne l'aurait-il pas été ? Il avait ramoné de sa queue plus de doux conduits de chattes humides que Jonas n'en avait vu de sa vie et pourtant, Jonas avait deux fois son âge.

Une fois au bas des marches, Reynolds longea le bar, pinçant au passage l'une des cuisses replètes de Pettie, puis traversa la salle pour rejoindre l'endroit où Jonas était assis avec son bon tabac et son jeu de cartes.

— Bonsoir, Eldred.

— Bonjour, Clay.

Jonas ouvrit sa blague, en sortit un carré de papier où il émietta du tabac. Sa voix tremblait, pas ses mains.

— Tu veux de quoi fumer ?

— J'm'en ferais bien une petite.

Reynolds tira une chaise à lui, la retourna et s'assit à califourchon, les avant-bras croisés sur le dossier. Quand Jonas lui tendit la cigarette, Reynolds la fit danser entre ses doigts sur le dos de sa main, un vieux truc de pistolero. Les Grands Chasseurs du Cercueil en connaissaient à revendre.

— Où est Roy ? Avec Sa Majesté ?

Cela faisait maintenant un peu plus d'un mois qu'ils étaient à Hambry. Et dans ce court laps de temps, Depape avait conçu une passion dévorante pour une putain de quinze ans du nom de Deborah. Sa démarche lourdingue, ses jambes arquées et sa façon de plisser les yeux pour fixer l'horizon avaient fait soupçonner à Jonas qu'elle n'était rien d'autre qu'une fille de vacher, descendante d'une longue lignée, malgré les grands airs qu'elle affectait. C'était Clay qui avait commencé à la surnommer Sa Majesté ou Princesse, ou parfois (quand il était fin soûl), « La Chatte Couronnée de Roy ».

Reynolds opinait à présent.

— C'est comme qui dirait sa drogue.

— Ça lui passera. Il va pas nous laisser tomber pour une petite lapine en chaleur avec des boutons plein les nibards. Ma foi, elle est tellement ignorante qu'elle sait même pas épeler chat. Non, pas même chat. Je le sais, parce que je le lui ai demandé.

Jonas roula une seconde cigarette, tira une allumette soufrée de sa blague et la craqua sur l'ongle de son pouce. Il alluma celle de Reynolds en premier, puis la sienne.

Un petit chien bâtard jaune entra en se faufilant sous les portes battantes. Les hommes le regardèrent faire, fumant en silence. Il traversa la salle, alla renifler la flaque de vomi coagulé dans le coin, qu'il commença à déguster. Son embryon de queue frétillait pendant son repas.

Reynolds désigna de la tête l'admonestation de ne pas faire la fine bouche devant les cartes que la vie vous distribuait.

— Ce clébard a compris ça, je dirais.

— Tu n'y es pas du tout, objecta Jonas. C'est rien d'autre qu'un chien, un clebs qui bouffe du dégueulis. J'ai entendu un cheval, il y a vingt minutes de ça. D'abord qui s'en venait, puis qui s'en allait. Ça n'aurait pas été par hasard l'un de nos observateurs ?

— Rien ne t'échappe, hein ?

— A qui ne prête pas attention, rien n'est donné. C'en était un ?

— Ouaip. Un gars qui travaille pour l'un des petits propriétaires en bordure de l'extrémité est de l'Aplomb. Il les a vus arriver. Trois jeunes. De vrais bébés.

Reynolds prononça ce dernier mot avec l'accent des Baronnies du Nord : *babés*.

— Pas de quoi s'inquiéter.

— Tt, tt, nous n'en savons rien, reprit Jonas, sa voix pleurarde le faisant passer pour un vieillard qui cherche à gagner du temps. Jeunes yeux voient à des lieues, comme on dit.

— Jeunes yeux voient ce qu'on leur montre près d'eux, rétorqua Reynolds.

Le chien passa en trottinant devant lui, se léchant les babines. Reynolds lui fit presser le train d'un coup de pied que le bâtard ne fut pas assez vif pour éviter. Il déguerpit, se refaufilant sous les portes battantes, en poussant de petits *kaï-kaï* qui firent ronfler Barkie de plus belle sous le banc du piano. Il ouvrit la main, lâchant la carte à jouer qu'il tenait.

— Peut-être ben qu'oui, peut-être ben que non, dit Jonas. En tout cas, ce sont des blancs-becs de l'Affiliation, natifs des grands domaines du Vert Quelque Part, si Rimer et cet imbécile pour lequel il travaille ne se trompent pas. Ça signifie qu'il nous faudra nous montrer très, très prudents, qu'on va marcher sur des œufs. C'est qu'on a encore trois mois à tirer ici, minimum ! Et ces jeunots pourraient bien rester ici tout ce temps, à compter ci ou ça et à mettre le tout noir sur blanc. Des recenseurs sont pas bons pour nous, en ce moment. Pas pour des types dans le bizness du réapprovisionnement.

— Arrête, c'est du chiqué, ce boulot, rien d'autre — histoire pour leurs papas de leur taper sur les doigts pour pas avoir filé droit...

— Leurs papas, comme tu dis, savent que Farson contrôle à présent la totalité de l'Extrémité Sud-ouest où il occupe une position éminente. Les blancs-becs peuvent être au courant tout pareil — que l'heure de la récré tire à sa fin pour l'Affiliation et sa souveraineté gerbante. On peut pas savoir, Clay. Avec des gars comme ça, on peut pas prévoir comment ça tournera. A tout le moins, ils peuvent essayer de faire leur boulot à peu près correctement, histoire de tenter le coup et de se rabibocher avec leurs parents. On en saura davantage quand on les aura vus, mais laisse-moi te dire une chose : on peut pas simplement leur coller une arme sur la nuque et les achever comme des chevaux qui se sont cassé une jambe, si jamais ils voient ce qu'il faut pas. Leurs papas peuvent bien être remontés contre eux, vivants, je crois bien que leur tendresse pour eux reviendrait au galop s'ils mouraient — c'est comme ça qu'ils fonctionnent, les papas. Faudra qu'on soit finauds, Clay ; aussi finauds que possible.

— Alors vaudrait mieux laisser Depape en dehors de tout ça.

— Y aura pas de problème avec Roy, affirma Jonas de sa voix chevrotante.

Laissant tomber son mégot par terre, il l'écrasa sous le talon de sa botte. Il leva les yeux vers ceux, vitreux, du Gai Luron, les plissant comme sous l'effet de la supputation.

— Ce soir, il a dit ton ami ? Ils sont arrivés ce soir, les blancs-becs ?

— Ouaip.

— Alors ils iront voir Avery demain, d'après moi.

Herk Avery, Haut Shérif de Mejis et Commissaire de Police d'Hambry, était un gros homme avec l'aisance de mouvement d'une lessiveuse pleine à ras bords.

— D'après moi, aussi, renchérit Clay Reynolds. Pour lui présenter leurs papiers, etc.

— Oui, m'sieur. Oui-da, oui-dada. « Bonjour, comment ça va t'y ? » par-ci, « Bonjour, comment ça va ? » par-là, et patati et patata.

Reynolds se tut. Il lui arrivait souvent de ne pas comprendre Jonas, mais il chevauchait à ses côtés depuis l'âge de quinze ans et savait qu'il valait mieux d'habitude ne pas chercher à se faire éclairer sa lanterne. Si vous passiez outre, vous étiez bon pour un cours magistral de la secte des *manni* sur les autres mondes que le vieux vautour avait visités en empruntant ce qu'il appelait les « portes spéciales ». Reynolds, quant à lui, trouvait qu'il avait déjà bien assez à faire avec les portes ordinaires de ce monde-ci.

— J'vais toucher un mot à Rimer qui transmettra au Shérif de l'endroit où faudrait qu'ils séjournent, dit Jonas. J'ai pensé au baraquement de l'ancien ranch du Bar K. Tu vois où je veux dire ?

Reynolds voyait très bien. Dans une Baronnie comme Mejis, mieux valait apprendre en vitesse les quelques lieux-dits. Le Bar K était une terre à l'abandon, au nord-ouest de la ville, dans le voisinage de cet étrange canyon piaillard. On mettait le feu chaque automne à son entrée et il y avait six ou sept ans de ça, le vent avait viré dans la mauvaise direction et consumé de fond en comble le Bar K — granges, étables, maison de maître. L'incendie, cependant, avait épargné le baraquement et ce serait l'endroit idéal pour trois pieds tendres des Baronnies Intérieures. C'était loin de l'Aplomb ; loin aussi du pétroléum.

— T'aimes ça, hein, s'pas ? demanda Jonas, adoptant l'accent rustique d'Hambry. Si fait, t'aimes beaucoup ça, j'vois ça, mon goujat. Tu sais ce qu'on dit en Cressie ? « Si de la salle à manger tu voles l'argenterie, enferme d'abord le chien dans la penderie. »

Reynolds approuva du chef. Le conseil était bon.

— Et les chariots ? Ces... comment-qu'tu-les-appelles-déjà, ces citernes ?

— Sont bien là où elles sont, dit Jonas. Sûr qu'on peut pas les bouger maintenant sans attirer une attention malvenue, hein ? Toi et Roy faut que vous alliez là-bas les camoufler avec des broussailles. Une bonne couche, bien épaisse. Vous m'ferez ça après-demain.

— Et où tu seras, toi, pendant qu'on se fera les muscles à Citgo ?

— Dans la journée ? Je me préparerai pour le dîner à la Maison du Maire, espèce de balourd. Le dîner que donnera Thorin pour présenter ses hôtes du Grand Monde à la société chichiteuse de merde d'un tout petit, petit univers.

Jonas se roula une autre cigarette, les yeux fixés sur le Gai Luron plus que sur sa tâche, ne répandant pourtant pas le moindre brin de tabac.

— Un bain, un coup de rasoir, un coup de peigne pour désemmêler mes boucles de vieillard... je pourrais même aller jusqu'à me cirer la moustache, qu'est-ce que t'en dis, Clay ?

— Te foule surtout pas, Eldred.

Jonas éclata d'un rire si perçant qu'il fit grommeler Barkie dans son sommeil et changer de position à Pettie dans sa couche improvisée sur le bar.

— Si je comprends bien, moi et Roy, on est pas invités à ce raout.

— Oh que si, oh que si, chaleureusement conviés même, dit Jonas.

Il tendit à Reynolds la cigarette fraîchement roulée, se lançant dans la confection d'une autre pour lui.

— Je présenterai vos excuses. Vous n'aurez pas à rougir de moi, les gars, vous pouvez compter dessus. Ça sera à faire chialer les durs de durs.

— Comme ça, on pourra passer tranquillement la journée là-bas, dans la poussière et la puanteur à camoufler ces machins. Ta bonté te perdra, Jonas.

— Je m'en vas poser des questions aussi, dit Jonas rêveusement. Je me baladerai ça et là... sur mon trente et un, fleurant bon le laurier... et je poserai mes petites questions. J'ai connu des confrères qui entreprendraient un joyeux drille bien grassouillet pour lui tirer les vers du nez — un patron de saloon, un barman, le propriétaire d'une écurie de louage ou encore l'un de ces bonshommes joufflus qu'on trouve toujours à rôder autour de la prison ou du tribunal, les pouces dans les goussets de son gilet. Quant à moi, Clay, je trouve qu'une femme, y a pas mieux, et plus maigre elle est, meilleur c'est — une dont le nez pointe plus que les nibards. Je m'en chercherai une qui se peint pas les lèvres et qu'a les cheveux aplatis sur le crâne.

— T'as quelqu'un en tête ?

— Ouair. S'appelle Cordélia Delgado.

— Delgado ?

— Oui, tu connais, parce que en ville, tout le monde n'a que ce nom à la bouche, je crois bien. A cause de Susan Delgado, qui sera sous peu la gueuse de notre très estimé Maire. Cordélia est sa tantine. Écoute un peu ce trait de la nature humaine que j'ai appris à connaître : les gens sont davantage portés à se confier à quelqu'un comme elle, qui la leur joue discrète et tout et tout, qu'aux gais lurons du coin qui te paient un coup pour un oui pour un non. Et pour jouer la discrétion, la dame se pose un peu là. Je me faufilerai à côté d'elle pendant le dîner et lui ferai compliment du parfum que je serais fort étonné qu'elle porte, bons dieux. Et je veillerai à remplir son verre. Qu'est-ce que tu dis de mon plan ?

— Un plan pour quoi faire ? C'est ce que j'aimerais savoir.

— Pour la partie de Castels qu'on sera peut-être amenés à jouer, dit Jonas, dont la voix avait perdu sa légèreté de ton. On veut nous faire accroire que ces garçons-là ont été envoyés ici, plus en guise de punition que pour faire un vrai boulot. Ça semble plausible, en plus. J'ai connu des viveurs dans mon jeune temps, et ça paraît plausible, y a pas. D'ailleurs j'y crois chaque jour jusqu'à trois heures du matin, mais là un petit doute s'installe. Et tu sais quoi, Clay ?

Reynolds fit non de la tête.

— J'ai *raison* de douter. Tout comme j'ai eu raison d'aller trouver avec Rimer le vieux Thorin pour le convaincre que la boule de cristal de Farson serait mieux chez la sorcière, vu les circonstances. Qu'elle la garderait en un endroit où aucun *pistolero* ne pourrait la trouver, partant, encore moins un fouinard de blanc-bec qu'a pas encore vu sa première chatte. On vit des temps étranges. Une tempête se prépare. Et quand on sait que le vent va faire rage, vaut mieux avoir son attirail bien arrimé.

Il regarda la cigarette qu'il venait de rouler. Il l'avait fait danser entre ses phalanges, comme Reynolds, précédemment. Jonas repoussa sa crinière en arrière, se coinçant la cigarette derrière l'oreille.

— J'ai pas envie de fumer, fit-il en se levant.

Il s'étira. Et son échine émit de petits craquements.

— J'suis fou de fumer de si bon matin. L'abus de cigarettes, ça empêche un vieux bonhomme comme moi de dormir.

Il s'avança vers l'escalier et, au passage, pinça la cuisse nue de Pettie, imitant Reynolds en cela aussi. Au pied des marches, il jeta un regard derrière lui.

— Je veux pas les tuer. La situation est déjà assez délicate comme ça. Même si je renifle un pet de travers à leur sujet, je lèverai pas le petit doigt contre eux, non, pas même le petit doigt. Mais... j'aimerais leur indiquer clairement leur place dans le grand agencement des choses.

— En leur tapant sur les doigts.

Le visage de Jonas s'éclaira.

— Oui, messire et partenaire, peut-être bien que j'aimerais ça, leur taper sur les doigts. Pour qu'ils réfléchissent à deux fois avant de venir se frotter aux Grands Chasseurs du Cercueil plus tard, quand ça aura de l'importance. Pour les faire prendre le large quand ils nous trouveront sur leur chemin. Si fait, messire, c'est là quelque chose qui mérite réflexion.

Il commença à gravir les marches, pouffant un peu ; sa claudication était assez prononcée — elle s'aggravait avec l'heure tardive. C'était là une boiterie que Cort, le vieil instructeur de Roland, n'aurait pas manqué de reconnaître ; Cort avait été témoin du coup qui l'avait causée. Le propre père de Cort l'avait asséné avec une massue en bois de fer, brisant la jambe d'Eldred Jonas sur l'aire jouxtant le Grand Hall de Gilead, avant de s'emparer de l'arme du garçon et de l'envoyer en exil et sans revolvers dans l'ouest.

Par la suite, l'homme que ce garçon était devenu s'était déniché une arme à feu, bien sûr ; les exilés en trouvaient toujours une, s'ils cherchaient suffisamment. Le fait que de telles armes ne puissent jamais rivaliser avec les gros revolvers à crosse de santal pouvait les hanter le reste de leur existence, mais ceux qui avaient besoin d'armes à feu pouvaient toujours en trouver, même dans ce monde-ci.

Reynolds guetta son départ, puis s'installa à sa place devant le bureau de Coraline Thorin, battit les cartes et continua la réussite que Jonas avait laissée en plan.

Dehors, le soleil se levait.

Chapitre 5

Bienvenue en ville

1

Deux soirs après leur arrivée dans la Baronnie de Mejis, Roland, Cuthbert et Alain poussèrent leurs montures sous une arche en adobe au-dessus de laquelle on pouvait lire ENTREZ EN PAIX. Au-delà se trouvait une cour pavée, éclairée par des torches. La résine qui les enduisait avait été traitée de telle sorte que chaque torche brillait d'une couleur différente : vert, rouge orangé ou encore un rose grésillant qui évoqua à Roland des feux de Bengale. Il entendait le son des guitares, un murmure de voix, des rires de femmes. L'air fleurait des odeurs qui lui rappelleraient Mejis pour toujours : sel marin, pétrole et essence de pin.

— Je ne sais pas si je vais pouvoir assurer, marmonna Alain.

C'était un gros garçon à la tignasse blonde qui s'échappait de sous son chapeau de bouvier. Alain s'était bien débarbouillé — comme les deux autres — mais n'ayant rien d'un papillon mondain, même au mieux de sa forme, il avait l'air épouvanté. Cuthbert faisait moins piètre figure, mais Roland devinait que le vernis d'insouciance de son vieil ami était des plus superficiels. S'il fallait prendre la direction des opérations à un moment ou à un autre, cela lui incomberait.

— Tu t'en tireras très bien, dit-il à Alain. Simplement...

— Oh pour ça, il a fière allure, fit Cuthbert avec un rire nerveux, comme ils traversaient la cour.

Au-delà, se trouvait la Maison du Maire, une *hacienda* en adobe à plusieurs corps de bâtiments qui semblait répandre lumière et rires par chacune de ses fenêtres.

— ... blanc comme un linge, laid comme un...

— La ferme, fit Roland d'un ton cassant.

Le sourire moqueur de Cuthbert disparut instantanément. Roland le constata, puis se retourna vers Alain.

— Contente-toi de ne rien boire d'alcoolisé. Tu sais ce qu'il faut dire sur ce chapitre. Souviens-toi aussi du reste de notre histoire. Souris. Sois aimable. Montre-toi le plus gracieux qu'il t'est possible de l'être en société. Rappelle-toi comme le Shérif s'est mis en quatre pour nous faire sentir qu'on était les bienvenus.

Alain opina, semblant un peu plus rassuré.

— En matière de gracieuseté en société, dit Cuthbert, comme eux-mêmes n'en auront pas à revendre, nous ne devrions pas être en reste.

Roland approuva du chef, puis s'aperçut que le crâne d'oiseau était de retour sur le pommeau de la selle de Cuthbert.

— Et débarrasse-toi de ça !

L'air coupable, Cuthbert enfouit « la vigie » dans sa sacoche de selle. Deux hommes en sandales vêtus de vestes et de pantalons blancs s'avançaient en souriant avec force courbettes.

— Gardez la tête froide, vous deux, dit Roland, à voix basse. N'oubliez pas pourquoi vous êtes ici. Et souvenez-vous du visage de vos pères.

Il donna une tape sur l'épaule à Alain qui avait encore l'air indécis. Puis se tourna vers les palefreniers.

— Bonsoir, messires, dit-il. Puissent vos jours être longs sur la terre.

Les palefreniers se fendirent d'un large sourire et leurs dents étincelèrent à la lumière extravagante des torches. Le plus âgé des deux s'inclina.

— Que les vôtres le soient aussi, jeunes maîtres. Bienvenue dans la Maison du Maire.

2

Le Haut Shérif les avait accueillis le jour précédent avec autant d'amabilité que venaient de leur en montrer les palefreniers. Sinon plus.

Jusqu'ici, *tout un chacun* les avait reçus de la sorte, même les charretiers qu'ils avaient croisés en se rendant à la ville. Et ce seul fait éveilla les soupçons de Roland, l'empêchant de baisser sa garde. Il eut beau se dire qu'il se montrait ridicule — les gens de la contrée étaient à n'en pas douter hospitaliers et serviables, c'était la raison pour laquelle on les avait expédiés ici, parce que Mejis était à la fois à l'écart et loyale à l'Affiliation — et ridicule, ça l'était probablement, il n'en pensait pas moins qu'il valait mieux rester en éveil. Et faire montre d'une légère nervosité. Tous trois sortaient à peine de l'enfance, après tout, et si jamais il leur arrivait un pépin par ici, ce serait vraisemblablement pour s'être fiés aux apparences.

Le bureau du Shérif et la prison de la Baronnie, logés à la même enseigne, se trouvaient dans Hill Street, avec vue sur la baie. Roland, sans pouvoir en jurer, pressentait que peu — ou pas — d'ivrognes et autres brutes molestant leurs épouses, dans le reste de l'Entre-Deux Mondes, s'éveillaient de leur gueule de bois devant un panorama aussi pittoresque : une rangée de maisonnettes colorées s'étirait vers le sud, le long des quais où des vieillards et des gamins pêchaient à la ligne tandis que les femmes raccommodaient voiles et filets ; au-delà, la flottille d'Hambry allait et venait sur les flots bleus étincelants de la baie, posant ses filets le matin, les relevant l'après-midi.

La plupart des bâtiments de la Grand-Rue étaient en adobe, mais par ici, ceux qui dominaient le quartier des affaires d'Hambry étaient en brique et aussi trapus que ceux de n'importe quelle venelle du Vieux Quartier de Gilead. Très bien entretenus, la plupart avaient des portails en fer forgé ouvrant sur une allée ombragée d'arbres. Les toits étaient de tuile orangée, les volets clos contre la chaleur de l'été. Il était difficile de croire en arpentant cette rue à cheval, les sabots sonnant sur le pavement balayé, que la partie nord-ouest de l'Affiliation — l'ancienne terre d'Eld, royaume d'Arthur l'Aîné — puisse être en flammes et en grand danger de succomber.

La prison était une réplique en plus grand de la poste et du cadastre ; mais une réplique en plus petit de la Salle Municipale. Exception faite des barreaux aux fenêtres donnant sur le petit port.

Le Shérif Herk Avery, un homme pansu en chemise et pantalon kaki de représentant de la loi, avait dû guetter leur arrivée à travers le judas de la porte bardée de fer de la prison, car celle-ci s'ouvrit à la volée avant même que Roland ait pu tourner la sonnette. Le Shérif Avery apparut sur le porche, son ventre le précédant comme l'huissier, Son Honneur le Juge au tribunal. Il leur ouvrit grand les bras, les gratifiant d'un accueil des plus chaleureux.

Il leur fit un profond salut (Cuthbert confia plus tard qu'il avait craint que l'homme ne perde l'équilibre et ne dégringole du perron ; et que, dans son élan, il ne continue à dégringoler ainsi jusqu'au port), leur souhaitant à maintes reprises le bonjour, tout en se tapotant la gorge comme un furieux. Son sourire était si large qu'il semblait fendre son visage en deux. Trois adjoints à la mine d'indécrottables bouseux, vêtus de kaki comme le Shérif, se pressaient derrière lui dans l'embrasure de la porte, gobant les mouches. Comment qualifier autrement leur curiosité sereinement affichée et leur regard d'une avidité aussi naturelle ?

Avery serra la main à chacun des trois garçons, sans cesser ses courbettes. Et Roland eut beau dire, il ne s'arrêta qu'une fois qu'il eut fini et les eut priés d'entrer. Le bureau était d'une fraîcheur délicieuse en dépit du soleil du plein été qui tapait dur. L'un des avantages de la brique, évidemment. En outre, l'endroit était spacieux et plus propre que tous les autres bureaux de Shérif qu'avait vus Roland jusque-là... et il en avait visité une bonne dizaine au cours des trois dernières années, ayant accompagné son père dans plusieurs de ses courts périples et lors d'une patrouille plus longue.

Il y avait au milieu de la pièce un bureau à cylindre, un panneau d'affichage à droite de la porte (on avait gribouillé encore et encore sur les mêmes feuilles de papier ministre ; le papier était une denrée rare dans l'Entre-Deux Mondes) et dans le coin au fond, deux fusils derrière une vitrine cadenassée. Il s'agissait d'antiques arquebuses, et Roland se demanda si l'on trouvait encore des munitions pour elles et tant qu'on y était, si elles pouvaient faire feu tout court. A gauche de la vitrine, une porte ouverte donnait sur la prison proprement dite — trois cellules de part et d'autre d'un petit couloir, d'où s'échappait une forte odeur de savon de soude.

On a tout récuré pour notre venue, songea Roland, amusé. Cela le toucha, tout en le mettant mal à l'aise. *On a tout nettoyé comme si on était des officiers d'un détachement de cavalerie d'une Baronnie Intérieure, susceptibles de se livrer à une inspection sévère et non pas trois « garnements », accomplissant les corvées d'une punition.*

Mais qu'avaient de si étranges les attentions nerveuses que manifestaient leurs hôtes à leur égard ? Ils venaient après tout de la Nouvelle Canaan et les gens de cette contrée retirée du monde pouvaient bien les considérer comme des personnages royaux en visite.

Le Shérif Avery leur présenta ses adjoints. Roland serra la main à chacun sans chercher à mémoriser leur nom. Cuthbert était préposé à cette tâche et il était rare qu'un seul lui échappât. Le troisième adjoint, un bonhomme chauve avec un monocle pendu autour du cou par un ruban, alla jusqu'à mettre un genou à terre devant eux.

— Arrête ça, grand imbécile ! s'écria Avery, le tirant en arrière par la peau du cou. Ils vont te prendre pour un rustaud de première ! En outre, tu les as mis dans l'embarras, ah pour ça, oui-da !

— Laissez, dit Roland (très embarrassé en fait, même s'il s'efforçait de ne pas le montrer). Nous n'avons vraiment rien d'extraordinaire, vous savez...

— Rien d'extraordinaire ! fit Avery avec force éclats de rire.

Son ventre, remarqua Roland, ne ballottait pas comme on s'y serait attendu ; il était plus ferme qu'il n'y paraissait. La même chose pouvait être vraie de son propriétaire.

— Rien d'extraordinaire, dit-il ! Y z'ont parcouru quelque huit cents kilomètres depuis le Monde de l'Intérieur, ce sont nos premiers visiteurs officiels de l'Affiliation depuis qu'un pistolero est passé par la Grand-Route il y a tout juste quatre ans, et malgré ça, le voilà-t'y pas qui vient nous dire qu'y z'ont rien d'extraordinaire ! Voulez-vous vous asseoir, les garçons ? J'peux vous offrir du *graf*, dont vous voudrez p't-être point si tôt dans la journée — ou même point du tout, étant donné votre âge (et si vous voulez bien m'excuser de faire état si crûment d'vot' jeunesse, car la jeunesse n'est point chose dont on doive avoir honte, puisque on a tous été jeunes un jour ou l'aut'), mais j'ai aussi du thé blanc glacé, que je vous recommande cordialement, car c'est la femme de Dave qui l'fait et elle est passée maîtresse en matière de tout ce qu'est buvable.

Roland regarda Cuthbert et Alain, qui opinaient en souriant (tâchant de ne pas paraître complètement largués), avant de reporter son attention sur le Shérif Avery. Du thé blanc serait une bénédiction pour un gosier desséché, répondit-il.

L'un des adjoints partit en chercher ; des chaises firent leur apparition et furent alignées d'un côté du bureau du Shérif Avery. Puis on passa à l'ordre du jour.

— Nous savons aussi bien que vous-mêmes qui vous êtes et d'où vous v'nez, fit le Shérif Avery, s'installant sur sa chaise (qui émit une faible protestation sous la masse de son occupant, mais tint bon). J'entends l'Intérieur dans vos voix et plus important encore, je le lis sur vos visages. Néanmoins, ici à Hambry, on pratique les anciennes façons, tout campagnards et endormis qu'on est ; si fait, on maintient le cap en se souvenant du visage de nos pères autant que faire se peut. Donc, bien que je compte point vous détourner longtemps de vos devoirs, et si vous voulez bien me pardonner cette impertinence, j'aimerais jeter un œil sur tout papier ou document de passage que vous pourriez avoir apportés par hasard en ville avec vous.

Il se trouvait que, « par hasard », ils avaient apporté *tous* leurs papiers en ville avec eux ; Roland était sûr que le Shérif Avery savait pertinemment qu'ils le feraient. Il les parcourut plutôt lentement pour quelqu'un qui venait de promettre qu'il ne les détournerait pas longtemps de leurs devoirs, suivant d'un doigt grassouillet le contenu des feuillets soigneusement pliés (et d'une texture plus proche de l'étoffe que du papier, d'ailleurs) en remuant les lèvres. De temps à autre, son doigt repartait en arrière, chaque fois qu'il relisait une ligne. Les deux adjoints restés sur place se tenaient derrière lui, guignant prudemment par-dessus ses vastes épaules. Roland se demanda s'ils savaient lire.

William Dearborn, fils de meneur de chevaux.

Richard Stockworth, fils de propriétaire de ranch.

Arthur Heath, fils d'éleveur de bétail.

Chaque pièce d'identité était signée par un garant — James Reed (d'Hemphill) pour Dearborn, Piet Ravenhead (de Pennilton) pour Stockworth, Lucas Rivers (de Gilead), pour Heath. Tout était en ordre et leur signalement correspondait parfaitement. Les papiers leur furent rendus avec une profusion de remerciements. Roland tendit ensuite à Avery une lettre qu'il tira avec moult précautions de son portefeuille. Avery la mania avec le même soin, et ses yeux s'écarquillèrent quand il vit le sceau de franchise qu'elle portait au bas.

— Par mon âme, les garçons ! C'est un pistolero qui l'a écrite !

— Si fait, oui-da, concéda Cuthbert, singeant la berlue.

Roland lui donna un violent coup de pied dans le tibia tout en gardant les yeux fixés avec respect sur Avery.

La lettre était d'un certain Steven Deschain de Gilead, pistolero (autant dire chevalier, gentilhomme, pacificateur et Baron... ce dernier titre n'ayant pratiquement plus aucune signification par les temps qui couraient, en dépit de toutes les rodomontades d'un John Farson) de la vingt-neuvième génération, descendant d'Arthur l'Aîné en ligne collatérale (en d'autres termes, le rejeton fort éloigné de l'une des nombreuses gueuses d'Arthur). Au Maire Hartwell Thorin, au Chancelier Kimba Rimer, et au Haut Shérif Herkimer Avery, il présentait ses salutations, recommandant à leur bienveillante attention les trois jeunes gens munis de ce document, autrement dit Messires Dearborn, Stockworth et Heath. L'Affiliation les avait chargés d'une mission spéciale : à savoir de dénombrer tout matériel et fourniture, susceptible d'être d'une utilité quelconque à l'Affiliation en cas de besoin (le mot « guerre » omis du document rougeoyait entre les lignes). Steven Deschain, au nom de l'Affiliation des Baronnies, exhortait Messires Thorin, Rimer et Avery à fournir auxdits « compteurs », désignés par l'Affiliation, toute l'aide requise par leur service et à apporter un soin particulier au recensement de l'ensemble du bétail et des ressources en vivres ainsi que de tous les moyens de transport. Dearborn, Stockworth et Heath demeureraient à Mejis au moins trois mois, écrivait Deschain, et plus vraisemblablement, une année entière. Le document se terminait en invitant tous les officiels concernés à « nous écrire au sujet de ces jeunes gens et de leur conduite, et sur tous les points de détail que vous jugerez susceptibles de présenter un intérêt pour nous ». Et, priait-on : « ne lésinez pas en cette matière, si vous avez quelque affection à notre endroit ».

Dites-nous s'ils sont sages, autrement dit. Dites-nous s'ils ont bien retenu leur leçon.

L'adjoint au monocle revint pendant que le Haut Shérif prenait connaissance de cette lettre. Il portait sur un plateau quatre verres de thé blanc et s'inclina comme un majordome en le présentant. Roland murmura des remerciements et fit passer les verres à la ronde. Gardant le dernier pour lui, il le porta à ses lèvres et surprit le regard d'Alain posé sur lui : ses yeux bleus brillaient dans son visage par ailleurs impassible.

Alain agita légèrement son verre — pour y faire tinter la glace — et Roland lui répondit d'un mouvement de tête imperceptible. Il s'était attendu à ce que le thé provienne d'un pichet mis au frais près d'une source voisine, mais les verres contenaient de vrais glaçons. De la glace au plus chaud de l'été. Voilà qui était intéressant. Et comme promis, le thé était délicieux.

Avery acheva sa lecture et rendit la lettre à Roland avec les égards dus à une sainte relique.

— Gardez-la précieusement sur vous, Will Dearborn — si fait, très précieusement !

— Oui, monsieur, fit-il en serrant lettre et papiers d'identité dans sa bourse.

Ses amis « Richard » et « Alain » firent de même avec les leurs.

— Ce thé blanc est excellent, monsieur, dit Alain. Je n'en ai jamais bu de meilleur.

— Si fait, fit Avery, sirotant son propre verre. C'est le miel qui fait toute la différence. Hein, Dave ?

L'adjoint au monocle, campé près du tableau d'affichage, sourit.

— Je crois, mais Judy n'aime pas en causer. Elle tient la recette de sa mère.

— Si fait, il faut nous rappeler aussi le visage de nos mères, oui-da.

Le Shérif Avery parut bien sentimental tout à coup, mais Roland se doutait que le visage de sa mère était la dernière chose qu'il eût en tête en ce moment. Avery se tourna vers Alain et son sentimentalisme fit place à une surprenante perspicacité.

— Vous vous posez des questions sur la glace, Messire Stockworth.

Alain tressaillit.

— Eh bien, je...

— Vous vous attendiez point à trouver de tels agréments dans un trou perdu comme Hambry, j'en jurerais, dit Avery.

Et sous le ton railleur de surface, Roland perçut tout à fait autre chose.

Il ne nous aime pas. Et pas davantage nos « manières de la ville », comme il doit les qualifier à part lui. Il ne nous connaît pas depuis assez longtemps pour savoir en quoi elles consistent exactement, ni même si nous en avons, mais d'avance il est déterminé à ne pas les aimer. Il nous voit comme un trio de morveux arrogants prêts à les juger, lui et tous les autres comme une bande de rustres.

— Pas seulement à Hambry, répondit Alain paisiblement. Ces jours, la glace est une denrée aussi rare dans l'Arc Intérieur que partout ailleurs, Shérif Avery. Quand j'étais petit, on la réservait exceptionnellement pour les fêtes d'anniversaires et autres du même genre.

— Il y avait toujours de la glace le Jour de l'Embrasement, intervint Cuthbert avec un calme qui le caractérisait fort peu. A part le feu d'artifice, c'était ce qu'on préférait.

— Vous m'en direz tant, fit le Shérif Avery sur un ton stupéfait, très « j'en finirai jamais d'être étonné ». Avery n'aimait peut-être pas leur arrivée à l'improviste ni d'être obligé de leur consacrer « une foutue moitié de la matinée », pour reprendre probablement ses propres termes ; il n'aimait ni leurs vêtements, ni leurs papiers d'identité, ni leur accent, ni leur jeunesse. Leur jeunesse, surtout. Roland pouvait comprendre ça, tout en se demandant si c'était bien là tout. S'il y avait une autre anguille sous roche, quelle était-elle ?

— Y a un réfrigérateur et une cuisinière à gaz dans la Salle Municipale, expliqua Avery. Les deux fonctionnent. Y a du gaz naturel à foison là-bas à Citgo — le pétroléum à l'est de la ville. Vous êtes passés devant en v'nant, je cuide.

Ils firent oui de la tête comme un seul homme.

— La cuisinière n'est plus qu'une curiosité, ces jours — elle sert de leçon d'histoire aux écoliers — mais le réfrigérateur rend bien des services, si fait...

Avery leva son verre et en examina le contenu par transparence.

— L'été, en particulier.

Il sirota une gorgée de thé, claqua des lèvres et sourit à Alain.

— Vous voyez ? Aucun mystère là-dessous.

— Je suis surpris que vous n'ayez pas trouvé à utiliser le pétrole, reprit Roland. Il n'y a pas de générateurs en ville, Shérif ?

— Si fait, trois ou quatre, répondit Avery. Le plus gros, y s'trouve au ranch Rocking B de Francis Lengyll et je me rappelle quand y marchait encore. C'est un HONDA. Ça vous dit quéqu'chose ce nom, les garçons ? HONDA ?

— Je l'ai vu une ou deux fois sur de vieilles bicyclettes à moteur, dit Roland.

— Si fait ? En tout cas, aucun générateur n'peut marcher avec le pétrole de Citgo. Il est trop épais. C'est rien que du goudron gluant. On a point de raffineries par ici.

— Je vois, dit Alain. Quoi qu'il en soit, de la glace en été, c'est un luxe. Peut importe comment elle a atterri dans ce verre.

Il fit glisser l'un des glaçons dans sa bouche et le croqua allégrement.

Avery le considéra encore un instant, pour bien s'assurer que le sujet était clos, puis reporta son attention sur Roland. Sa face grasse s'éclaira pour la énième fois d'un large sourire peu fiable.

— Le Maire Thorin m'a prié de vous transmettre ses meilleures salutations et ses regrets de point s'trouver ici aujourd'hui — notre Lord Maire est un homme très occupé, très occupé, oui-da. Mais il a organisé un banquet qui se tiendra demain soir à la Maison du Maire — à sept heures pour le gros des invités, huit heures pour vous, mes jeunes amis... de façon à faire une rentrée remarquée, j'imagine, histoire d'ajouter un brin de spectaculaire, quoi. Et j'ai point besoin de préciser à des personnes telles que vous, qu'ont probablement assisté à plus de fêtes du même genre que j'ai dégusté de repas chauds, qu'il vaudrait mieux arriver pile à l'heure.

— Ce sera un dîner habillé ? demanda Cuthbert, mal à l'aise. Car nous avons fait une longue route, pas loin de quatre cents roues, et aucun de nous quatre n'a apporté dans ses bagages ni tenue ni écharpe de cérémonie.

Avery émit un petit gloussement — avec cette fois davantage de sincérité, songea Roland, parce qu'il avait senti peut-être que ledit « Arthur » venait de faire preuve d'un manque d'assurance et de prétention de bon aloi.

— Nenni, jeune maître, Thorin comprend que vous êtes venus remplir un boulot — très voisin de celui d'un cow-boy ! La porte à côté pour ainsi dire ! Gare qu'la prochaine fois, on vous mette pas à tirer les filets dans la baie !

Dans son coin, Dave — l'adjoint au monocle — barrit d'un fou rire inattendu. Sans doute le genre de plaisanterie qu'il fallait être du coin pour apprécier, songea Roland.

— Mettez vos plus beaux habits et ce sera parfait. Personne n'sera ceint d'une écharpe de toute façon — c'est point la mode à Hambry.

Une fois de plus, Roland fut frappé par le constant dénigrement de sa ville et de la Baronnie auquel se livrait en souriant l'individu... et que sous-tendait une rancœur tenace contre tout étranger.

— De toute façon, demain soir, vous aurez davantage matière à travailler qu'à vous divertir, j'imagine. Hart a invité tous les grands rancheros, éleveurs et propriétaires de troupeaux de cette partie de la Baronnie... non qu'y soient très nombreux, vous le comprenez bien, Mejis étant située aux confins du désert, désert qui commence à l'ouest de l'Aplomb. Mais tous ceux dont on vous a chargé de compter les biens et effets seront présents et j'pense qu'vous les trouv'rez loyaux à l'Affiliation, tout prêts à vous aider avec le plus grand zèle. Je veux parler de Francis Lengyll du Rocking B... de John Croyden du Piano Ranch... d'Henry Wertner, à la fois Maquignon en titre de la Baronnie et éleveur de chevaux en propre... d'Hash Renfew, propriétaire du Lazy Susan, le plus gros haras de Mejis (même si je cuide que ses dimensions soient bien modestes à l'aune de ce à quoi vous êtes habitués, les amis)... et d'autres que je nommerai point. Rimer fera les présentations et facilitera vos affaires comme il faut.

Roland approuva du chef et se tourna vers Cuthbert.

— Il faudra te surpasser demain soir.

Cuthbert opina.

— Ne crains rien, Will, je retiendrai leur nom à tous.

Avery sirotait son thé, les épiant derrière son verre avec une expression espiègle d'une telle fausseté que Roland se sentait au supplice.

— La plupart d'entre eux ont des filles en âge d'se marier et elles les accompagneront. Faudra vous tenir sur vos gardes, les garçons.

Roland décida qu'il avait eu son content de thé et d'hypocrisie pour la matinée. Il acquiesça, vida son verre avec un sourire (espérant *in petto* qu'il paraissait plus authentique que celui d'Avery à ses propres yeux) et se leva. Cuthbert et Alain calquèrent leur conduite sur la sienne.

— Merci pour le thé et pour cet accueil, dit Roland. Veuillez transmettre ce message au Maire Thorin : nous le remercions de son amabilité et nous le verrons demain, à huit heures précises.

— Il en sera fait ainsi.

Roland se tourna alors vers Dave. Le digne homme, grandement surpris d'être pris en considération, eut un mouvement de recul et manqua se cogner la tête contre le tableau d'affichage.

— Veuillez remercier votre femme pour son thé. Une vraie merveille.

— J'y manquerai point. Grand Merci, *sai*.

Ils regagnèrent l'extérieur, chaperonnés par le Haut Shérif Avery comme par un chien de berger obèse et bienveillant.

— Touchant l'endroit où vous prendrez vos quartiers... commença-t-il, alors qu'ils descendaient les marches, puis rejoignaient le trottoir.

A peine en plein soleil, Avery se mit à suer d'abondance.

— Ma foi, j'ai oublié de vous poser la question, fit Roland, se frappant le front de la main. Nous avons établi notre campement au flanc de cette longue pente gazonnée, où se trouve une flopée de chevaux, je suis sûr que vous voyez où c'est...

— Si fait. L'Aplomb.

— ... mais nous n'avons pas demandé la permission, car nous ne savions pas encore à qui nous adresser.

— Ça doit être sur les terres de John Croydon, j'suis sûr qu'il vous en voudra point ; mais on vous réserve mieux. Au nord-ouest d'ici, y a un ranch, le Bar K. Il appartenait à Garber et sa famille, mais y l'ont abandonné après un incendie et quitté le pays. C'est à présent la propriété de l'Association du Cavalier — qui regroupe des fermiers et des rancheros du coin. J'ai parlé de vous à Francis Lengyll, les amis — c'est le président de l'A.d.C. en exercice — et il m'a fait comme ça : « Y a qu'à les mettre dans le vieux ranch Garber, pourquoi pas ? »

— Oui, pourquoi pas ? tomba d'accord Cuthbert d'un ton doux et rêveur.

Roland lui lança un coup d'œil sévère, qui fut perdu, car Cuthbert contemplait le port, où les petits bateaux de pêche glissaient vivement en tous sens comme des puces d'eau.

— Si fait, exactement ce que j'lui ai répondu, « pourquoi pas, en effet ? ». La demeure a été réduite en cendres, mais le baraquement est toujours debout ; tout comme l'écurie et la cambuse juste à côté. Suivant les ordres du Maire Thorin, j'ai pris la liberté d'approvisionner le garde-manger, de faire balayer et rafraîchir un brin le baraquement. A l'occasion, vous verrez une bestiole ou deux mais rien qui morde ou qui pique... et pas d'serpent, à moins qu'y en ait sous le plancher et s'il y en a, mieux vaut les y laisser, c'est ce que je dis toujours. Vous m'entendez, les garçons ? Mieux vaut les y laisser !

— Mieux vaut les laisser se la couler douce sous le plancher, approuva Cuthbert, sans quitter le port des yeux, les bras croisés sur la poitrine.

Avery lui lança un bref regard incertain, son sourire papillotant un tantinet aux commissures. Puis il se tourna vers Roland et son sourire retrouva son éclat habituel.

— Y a point de trou dans la toiture, mon gars, et si jamais il pleut, vous serez au sec. Qu'en pensez-vous ? Ça vous paraît convenir ?

— Mieux que ce que nous méritons. Vous vous êtes montré très efficace, je trouve, et le Maire Thorin est bien trop aimable.

Ce qu'il pensait *vraiment*. Le hic était : pourquoi ?

— Mais nous apprécions sa prévenance. N'est-ce pas, les amis ?

Cuthbert et Alain en convinrent énergiquement.

— Et nous acceptons avec reconnaissance.

Avery approuva de la tête.

— Je le lui dirai. Allez en paix, les garçons.

Ils avaient atteint la barre d'attache des chevaux. Avery distribua une nouvelle tournée de poignées de main, tout en détaillant leurs montures d'un œil perçant, cette fois.

— A demain soir, donc, messires ?

— A demain soir, confirma Roland.

— Vous s'rez capables de trouver le Bar K par vous-même, à votre avis ?

A nouveau, le mépris tacite et la condescendance inconsciente du bonhomme frappèrent Roland. Et c'était peut-être une bonne chose. Si le Haut Shérif les jugeait stupides, qui savait ce qui pourrait en résulter ?

— Nous trouverons, fit Cuthbert, montant en selle.

Avery examina d'un œil suspicieux le crâne de corneille qui ornait la selle de Cuthbert. Ce dernier surprit son manège mais, pour une fois, resta bouche cousue. Roland fut à la fois stupéfait et ravi de cette réserve inattendue.

— Au plaisir de vous revoir, Shérif.

— Vous aussi, mon garçon.

Il resta campé près de la barre d'attache, gros bonhomme en chemise kaki aux aisselles marquées par la sueur et aux bottes noires trop bien astiquées pour un shérif dans l'exercice de ses fonctions. *Où est le cheval qui pourrait le porter sur son dos toute une journée à travers les grands espaces de pâturages ?* songea Roland. *J'aimerais bien voir la coupe de ce Cayuse-là.*

Avery les salua de la main tandis qu'ils s'éloignaient. Ses adjoints, le dénommé Dave en tête, vinrent sur le trottoir. Eux aussi agitèrent la main.

3

A peine les blancs-becs de l'Affiliation, chevauchant les coûteuses montures de leurs pères eurent-ils tournés le coin pour gagner la Grand-Rue au bas de la colline, que shérif et adjoints cessèrent d'agiter la main. Avery se retourna vers Dave Hollis, dont l'expression craintive, teintée de stupidité, manifestait soudain une intelligence relative.

— Qu'est-ce qu't'en penses, Dave ?

Ce dernier, portant son monocle à sa bouche, se mit à mordiller nerveusement le cuivre qui le cerclait, manie sur laquelle le Shérif Avery ne le chinait plus depuis longtemps. Même Judy, la femme de Dave, avait laissé tomber ; et pourtant Judy Renfrew — née Wertner — se posait un peu là quand il s'agissait de faire exécuter ses quatre volontés.

— Tout mous, fit Dave. Des œufs à peine sortis du cul de la poule.

— P't-être, fit Avery, balançant sa masse énorme, les pouces passés dans sa ceinture. Mais celui qui a le plus parlé, celui au chapeau plat, il se prend point pour un mou, lui.

— Ça compte point pour qui y se prend, dit Dave, se faisant toujours les dents sur son lorgnon. Y s'trouve à Hambry, maint'nant. Va p't-être falloir qu'il adopte not' point de vue.

Derrière lui, les autres adjoints éclatèrent de rire. Même Avery ne put retenir un sourire. Ils ficheraient la paix à ces gosses de riches si lesdits fils à papa leur fichaient la paix — tels étaient les ordres, émanant de la Maison du Maire —, mais Avery devait bien reconnaître qu'il ne serait pas fâché d'en découdre un peu avec eux, si fait. Il se régalerait de flanquer un bon coup de botte dans les couilles de celui au crâne de piaf accroché au pommeau de sa selle — qui était resté à le narguer tout au long de l'entrevue, en jugeant Herk Avery trop bête et trop plouc pour ne pas le remarquer —, mais ce qui lui ferait *vraiment* plaisir, ce serait d'anéantir sous ses coups redoublés le regard froid du garçon à chapeau plat de pasteur et de voir monter dans les yeux de Messire Will Dearborn d'Hemphill une crainte fiévreuse, au fur et à mesure qu'il comprendrait que la Nouvelle Canaan était loin et son richard de père, plus là pour lui prêter main-forte.

— Si fait, dit-il, tapant sur l'épaule de Dave. Faudra p't-être qu'y change de point de vue.

Il eut alors un sourire fort différent de toute la panoplie dont il avait gratifié les « compteurs » de l'Affiliation.

— Il leur faudra p't-être à tous tant qu'ils sont.

4

Les trois garçons chevauchèrent en file indienne jusqu'à ce qu'ils aient dépassé le Repos des Voyageurs (un jeune homme, un attardé mental visiblement, aux cheveux noirs et crépus, qui en balayait le porche de brique leva la tête et les salua de la main ; ils lui rendirent son salut). Alors, ils se mirent de front, avec Roland au milieu.

— Que pensez-vous de notre nouvel ami, le Haut Shérif ? demanda ce dernier.

— Je n'ai pas d'opinion sur la question, dit Cuthbert gaiement. Non, pas la moindre. Avoir une opinion, c'est faire de la politique, et la politique est un mal qui a causé la pendaison de plus d'un individu encore dans sa prime et belle jeunesse.

Se penchant en avant, il tapota de ses jointures le crâne de corneille.

— La vigie ne l'a guère apprécié toutefois. Je regrette de dire que notre fidèle vigie a trouvé que le Shérif Avery était un gros plein de soupe sans un seul os dans tout le corps auquel on puisse se fier.

Roland se tourna vers Alain.

— Et toi, Messire Stockworth junior ?

Alain s'accorda un temps de réflexion, à son habitude, mâchonnant un brin d'herbe qu'il avait cueilli au passage au bord de la route, en se baissant sur sa selle.

— S'il nous trouvait en train de brûler dans la rue, j'crois pas qu'il nous pisserait dessus pour nous éteindre, dit-il enfin.

Cuthbert rit de bon cœur à cette saillie.

— Et toi, Will ? Qu'en dis-tu, capitaine de nos cœurs ?

— Lui ne m'intéresse pas beaucoup... par contre une chose qu'il a dite, oui. Étant donné que la pâture pour les chevaux qu'ils appellent l'Aplomb fait au moins trente roues de long sur cinq ou plus jusqu'au désert, comment supposez-vous que le Shérif Avery ait su que nous campions sur la parcelle appartenant au Piano Ranch de Croydon ?

Ils le regardèrent, d'abord avec surprise, puis en faisant des conjectures. Au bout d'un moment, Cuthbert se pencha en avant et tambourina à nouveau sur le crâne de la vigie.

— On était surveillés et tu ne nous l'as pas signalé ? Tu seras privé de dîner et la prochaine fois que ça se produit, au cachot !

Mais avant d'avoir eu le temps d'aller bien loin, les pensées de Roland se détournèrent du Shérif Avery au bénéfice de Susan Delgado, ce qui était largement plus plaisant. Il la reverrait le lendemain soir, il en était sûr. Il se demanda si elle aurait les cheveux dénoués sur les épaules.

Il lui tardait de le savoir.

5

Et à présent, voici qu'ils étaient à la Maison du Maire. *Que la partie commence*, songea Roland, ne sachant pas trop ce que signifiait cette phrase qui lui traversa l'esprit ; il ne pensait sûrement pas aux Castels... pas encore, à ce moment-là.

Les palefreniers emmenèrent leurs montures et un instant, ils demeurèrent tous trois au pied du perron — se serrant presque les flancs comme des chevaux par gros temps —, leur visage imberbe baigné par la lueur des torches. A l'intérieur, jouaient des guitares et des éclats de rire s'élevaient en vagues successives.

— Doit-on frapper ? demanda Cuthbert. Ou simplement ouvrir la porte et entrer ?

Il fut épargné à Roland de répondre. La porte principale de l'*hacienda* s'ouvrit à deux battants et deux femmes, vêtues de robes longues à col blanc qui remémorèrent aux trois garçons celles que les femmes de bouviers portaient dans la partie du monde d'où ils venaient, apparurent sur le seuil. Leurs cheveux étaient serrés dans une résille, faite d'une substance diamantée qui étincelait à la lueur des torches.

La plus boulotte des deux s'avança en souriant et leur fit une profonde révérence. Ses pendants d'oreilles, des sourdfeux taillés carré, semblait-il, dansotaient en lançant des éclairs.

— Vous êtes les jeunes gens de l'Affiliation, sans nul doute, et les bienvenus, ça va de soi. Bonne nuitée, messires, puissent vos jours être longs sur la terre !

Ils saluèrent à l'unisson, botte en avant, et la remercièrent en un chœur imprévu qui la fit rire et applaudir. Sa compagne, plus grande, les gratifia d'un sourire aussi ténu qu'elle était fluette.

— Je suis Olive Thorin, dit la boulotte. L'épouse du Maire. Et voici Coraline, ma belle-sœur.

Coraline Thorin, sans se départir de son fin sourire (qui lui plissait à peine les lèvres et n'illuminait absolument pas ses yeux) se fendit d'une révérence pour la forme. Roland, Cuthbert et Alain saluèrent derechef, la jambe tendue.

— Je vous souhaite la bienvenue à Front de Mer, dit Olive Thorin, dont la dignité était plaisamment modulée par un sourire dénué d'artifice et le ravissement patent dans lequel la plongeait l'apparence de ses jeunes invités du Monde de l'Intérieur.

— Que la joie vous accompagne dans notre maison. Je vous le dis du fond du cœur, si fait.

— Je n'en doute point, madame, répondit Roland. Car votre accueil a mis la joie au fond du nôtre.

Il lui prit la main et sans calcul aucun, la porta à ses lèvres et la baisa. Son rire charmé le fit sourire. Olive Thorin lui plut d'emblée ; et ce fut peut-être une bonne chose qu'il ait rencontré de prime abord une personne de sa sorte, car à l'exception problématique de Susan Delgado, il n'en rencontra aucune autre qu'il appréciât ou à laquelle il fît confiance de tout le reste de la soirée.

6

Malgré la brise marine, il faisait assez chaud dans le vestibule et le préposé aux manteaux et capes donnait l'air de n'avoir pas eu beaucoup de pratiques. Roland ne fut pas autrement surpris de retrouver l'Adjoint Dave dans ce rôle : il avait plaqué en arrière les quelques cheveux qui lui restaient avec une sorte de gomina, et son monocle se détachait à présent sur le plastron immaculé d'une veste de larbin. Roland lui fit un signe de tête. Dave le lui rendit, gardant les mains dans le dos.

Deux hommes — le Shérif Avery flanqué d'un sieur d'âge certain, aussi décharné que ce bon Vieux Docteur Mort en personne — s'avancèrent vers eux. Plus loin, dans l'embrasure d'une porte ouverte à deux battants, on apercevait une salle bondée ; une foule d'invités s'y pressait, coupes à punch en cristal à la main, et pécorait en picorant dans les plateaux qui circulaient.

Roland eut juste le temps de lancer un clin d'œil comminatoire à Cuthbert : *Mémorise tout. Chaque nom, chaque visage... le moindre détail. Et ceux-là, en particulier.*

Cuthbert acquiesça d'un discret haussement de sourcil. Puis Roland fut entraîné, bon gré mal gré, dans la soirée, sa première vraie soirée de pistolero en service commandé. Il avait rarement connu plus dur.

Le Vieux Docteur Mort se révéla n'être autre que Kimba Rimer, Chancelier de Thorin et Ministre de l'Inventaire (Roland soupçonna que ce titre avait été créé de toutes pièces à leur intention). Il mesurait facilement dix centimètres de plus que Roland, qui passait pour grand à Gilead, et son épiderme était d'une pâleur cireuse, sans être maladive. Des ailes de cheveux gris fer, aussi fins que des fils de toile d'araignée, voletaient de part et d'autre de sa tête. Il avait le sommet du crâne complètement chauve et un pince-nez en équilibre sur son appendice nasal en forme de buccin.

— Chers garçons ! leur dit-il, une fois les présentations faites, du ton douceâtre et sincèrement navré d'un politicien ou d'un croque-mort. Soyez les bienvenus à Mejis et à Hambry ! Bienvenue aussi à Front de Mer, notre humble Maison du Maire !

— Si vous la qualifiez de humble, de quel émerveillement me remplirait le palais que vos gens construiraient !

C'était une observation plutôt plaisante, en demi-teinte, et non un trait d'esprit (il laissait d'habitude Cuthbert les décocher), mais le Chancelier Rimer ne s'en esclaffa pas moins. Imité par le Shérif Avery.

— Venez, les garçons ! dit Rimer, quand il jugea avoir suffisamment manifesté son amusement. Le Maire vous attend avec impatience, j'en suis sûr.

— Si fait, dit une voix timide dans leur dos.

Si Coraline, sa maigrichonne de belle-sœur, avait disparu, Olive

Thorin était encore là et ne quittait pas des yeux les nouveaux venus, les mains jointes comme il sied, devant ce qui avait dû être autrefois sa taille. Elle les gratifiait toujours de son sourire affable.

— A vrai dire, Hart meurt d'impatience de vous rencontrer. Dois-je les conduire, Kimba, ou bien...

— Nenni, nenni, ne vous donnez point cette peine, avec tous les autres invités dont il vous faut vous occuper, fit Rimer.

— Je crois que vous avez raison.

Elle fit une dernière révérence à Roland et ses compagnons ; malgré son sourire persistant, et qui ne semblait absolument pas contrefait, Roland ne put s'empêcher de songer : *quelque chose la rend malheureuse, malgré tout. La désespère même, dirais-je.*

— Voulez-vous bien me suivre, Messires ? demanda Rimer, dont le sourire révélait des dents d'une grosseur déconcertante.

Passant devant le Shérif hilare, ils entrèrent à la suite de Rimer dans la salle de réception.

7

Roland ne fut pas, loin de là, écrasé par sa splendeur ; il avait connu, après tout, le Grand Hall de Gilead — le Hall aux Aïeux, comme on l'appelait parfois — et avait même assisté en cachette à la grande fête qu'on y donnait chaque année, ledit Bal de la Nuit de Pâques, qui marquait la fin de la Terre Vide et l'avènement des Semailles. Il y avait cinq lustres dans le Grand Hall au lieu d'un seul comme ici, éclairé par des ampoules électriques et non des lampes à pétrole. Les vêtements des convives (bon nombre étaient de jeunes hommes et femmes dont aucun travail n'avait jamais sali les mains de leurs vies, fait que John Farson ne se privait pas de rappeler à la moindre occasion) y étaient plus somptueux, la musique y était plus ample et plus sonore et la compagnie, composée de lignées plus anciennes et plus nobles, et de plus en plus apparentées, au fur et à mesure qu'elles remontaient à Arthur l'Aîné, le héros au cheval blanc et à l'épée unificatrice.

Il régnait cependant une certaine animation en ce lieu-ci et on y trouvait une vigueur qui faisait cruellement défaut à Gilead, et pas seulement lors de la Nuit de Pâques. Mais ce que Roland ressentit en pénétrant dans la salle de réception de la Maison du Maire n'était pas de nature, se fit-il la réflexion, à le regretter vraiment une fois dissipé ; car cela s'évaporait en douceur et de façon indolore, comme le sang d'une veine coupée dans un bain d'eau chaude.

La pièce circulaire — à qui manquait de la grandeur pour qu'on la qualifie de Hall — était lambrissée et décorée de tableaux (des croûtes, en majeure partie), portraiturant les anciens Maires. Sur une estrade, à droite des portes menant à la salle à manger, quatre guitaristes au large sourire, en vestes *tati* et sombreros, jouaient un semblant de valse, légèrement pimenté. Au centre, deux bols à punch en cristal taillé étaient posés sur une table, l'un énorme et magnifique, l'autre plus petit et plus simple. Le préposé à la délicate opération du transvasement était l'un des autres adjoints d'Avery, en veste blanche.

Contrairement à ce que leur avait affirmé le Haut Shérif la veille, plusieurs hommes étaient ceints d'écharpes de diverses couleurs, mais Roland ne se sentit pas trop déplacé dans sa chemise de soie blanche, sa cravate-lacet noire et son pantalon habillé tuyau de poêle. Pour chaque individu ceint d'une écharpe, trois arboraient le genre de redingote démodée qu'il associait aux maquignons endimanchés. Roland en voyait aussi beaucoup d'autres (des jeunes, en majeure partie) qui n'étaient pas en habit du tout. Certaines femmes arboraient des bijoux (quoique aucun d'aussi précieux que les boucles d'oreilles en sourdfeux de Sai Thorin) et quelques-unes donnaient le sentiment d'avoir sauté de nombreux repas ; Roland reconnut les vêtements qu'elles portaient : robes longues à col rond d'où dépassaient le plus souvent les volants de dentelle de leurs jupons de couleur, chaussures noires à talons bas et résilles (la plupart diamantées, comme celles d'Olive et de Coraline Thorin).

Puis il en vit une dont la différence éclipsait toutes les autres.

C'était Susan Delgado, bien entendu, tout chatoiement dehors et presque trop belle à regarder dans une robe de soie bleue à taille haute dont le corsage à décolleté carré découvrait la naissance des seins. Elle avait autour du cou un pendentif de saphir auprès duquel les boucles d'oreilles d'Olive faisaient toc. Elle se tenait près d'un homme ceint d'une écharpe couleur charbon chauffé à blanc. Ce rouge orangé profond étant la couleur de la Baronnie, Roland supposa que l'homme en question n'était autre que leur hôte, mais sur le coup le regarda à peine. Ses yeux étaient captivés par Susan Delgado, sa robe bleue, sa peau bronzée, les deux triangles colorés, mais d'une nuance trop parfaite pour être dus au maquillage, posés sur ses joues, et enfin sa chevelure, dénouée ce soir, qui lui tombait à la taille en une soyeuse cascade d'or pâle. Il la désira, soudainement et pleinement, avec une profondeur de sentiment si désespérée qu'elle en paraissait maladive. Tout ce qu'il était et tout ce pour quoi il était venu ici lui parurent accessoires, comparés à elle.

Se détournant un peu, elle l'aperçut alors. Ses yeux (ils étaient gris, découvrit-il) s'agrandirent à peine. Ses joues se colorèrent légèrement, crut-il distinguer. Et elle entrouvrit les lèvres — ces lèvres qui s'étaient posées sur les siennes dans l'obscurité de la route, songeait-il, émerveillé. Puis le voisin de Thorin (grand et maigre comme lui, un moustachu aux longs cheveux blancs qui balayaient les épaules de son habit noir) dit quelque chose et Susan se tourna vers lui. Un instant plus tard, le petit groupe qui entourait Thorin riait à gorge déployée, Susan comprise. L'homme à cheveux blancs ne les imita pas, se bornant à un fin sourire.

Roland, espérant que son expression ne trahirait pas le fait que son cœur battait la chamade, fut dirigé vers ce groupe, qui se tenait près des bols de punch. Il sentait vaguement la confédération des doigts osseux de Rimer l'agrippant au-dessus du coude et un peu plus distinctement le mélange de plusieurs parfums, à quoi venaient s'ajouter l'odeur du pétrole des lampes et celle de l'océan. Et soudain, sans raison, il se surprit à penser : *Oh, mes dieux, je meurs. Je suis en train de mourir.*

Ressaisis-toi, Roland de Gilead. Cesse de délirer, au nom de ton père. Du cran !

Il s'y essaya... y parvint jusqu'à un certain point.. tout en sachant qu'il serait perdu sans rémission, la prochaine fois qu'elle poserait les yeux sur lui. C'étaient ses yeux, les responsables. L'autre nuit, dans le noir, il n'avait pas distingué ces yeux couleur de brouillard. *Je ne connaissais pas ma chance,* songea-t-il en grimaçant.

— Thorin, notre Maire ? demanda Rimer. Puis-je vous présenter nos hôtes des Baronnies Intérieures ?

Thorin, dont le visage s'éclaira, se détourna de l'homme à cheveux blancs et de la femme qui se tenait près de lui. Moins grand que son Chancelier, il était aussi frêle que lui et bâti de bizarre façon : le haut du corps, court et étroit d'épaules, était posé sur des jambes d'une maigreur et d'une longueur inconcevables. Il faisait penser, se dit Roland, à cette espèce d'oiseau que l'on entrevoit à l'aube piquer une tête dans les marais pour y pêcher son petit déjeuner.

— Si fait, et comment ! s'écria-t-il d'une voix forte et aiguë. Nous attendions ce moment avec impatience, je dirais même plus, avec grande impatience. Quelle heureuse, fort heureuse rencontre ! Bienvenue, messires ! Puissiez-vous passer la plus heureuse des soirées dans cette demeure dont je ne suis que l'éphémère propriétaire. Puissent vos jours être longs sur la terre !

Roland serra la main osseuse qu'on lui tendait, en sentit craquer les jointures sous sa poigne, guetta une expression de malaise sur le visage du Maire et fut soulagé de ne rien y lire de la sorte. Il lui fit un profond salut, la jambe bien tendue.

— William Dearborn, pour vous servir, Maire Thorin. Merci de votre accueil et puissent aussi vos jours être longs sur la terre.

« Arthur Heath » présenta ensuite ses hommages, suivi de « Richard Stockworth ». Le sourire de Thorin devenait plus radieux à chaque nouveau et profond salut. Rimer avait beau faire, il était visiblement peu habitué à manifester sa joie. L'homme aux longs cheveux blancs prenant un verre de punch le passa à sa compagne sans se départir de son fin sourire. Roland était conscient que tous ceux présents dans la pièce — le nombre des invités avoisinait la cinquantaine — avaient les yeux fixés sur eux. Mais ce qu'il sentait avant tout, lui effleurant la peau comme un doux battement d'aile, c'était son regard à *elle*. Il distinguait la soie bleue de sa robe, du coin de l'œil, mais n'osait pas la regarder en face davantage.

— Avez-vous connu un voyage difficile ? s'enquérait Thorin. Avez-vous couru des aventures et affronté des périls ? Vous nous donnerez tous les détails au cours du dîner, j'y tiens, car nous avons peu d'hôtes venant de l'Arc Intérieur par les temps qui courent.

Son sourire avide, légèrement béat, disparut, et il fronça ses sourcils broussailleux.

— Êtes-vous tombé sur des patrouilles de Farson ?

— Non, Excellence, répondit Roland. Nous...

— Nenni, mon garçon. Pas d'Excellence entre nous, je ne le souffrirais pas. Et les pêcheurs et éleveurs de chevaux dont je suis l'humble serviteur ne le souffriraient pas, si jamais moi je le souffrais. Tenez-vous-en à Maire Thorin, je vous prie.

— Merci. Nous avons vu quantité de choses étranges au cours de notre périple, Maire Thorin, mais d'Hommes de Bien, point.

— Hommes de Bien ! éructa Rimer dont la lèvre supérieure se retroussa en un rictus des plus canins. Hommes de Bien, ah ouiche !

— Nous voulons tout entendre jusqu'au dernier mot, fit Thorin. Mais avant que mon impatience ne me fasse oublier les bonnes manières, jeunes gens, laissez-moi vous présenter les personnes qui m'entourent. Vous connaissez déjà Kimba ; quant à l'imposant personnage à ma gauche, il s'agit d'Eldred Jonas, le chef de ma garde rapprochée nouvellement créée.

Le sourire de Thorin se teinta momentanément d'embarras.

— Je ne suis point persuadé que cela s'imposait, car le Shérif Avery avait amplement suffi jusque-là à maintenir l'ordre et la paix dans notre petit coin du monde, mais Kimba a insisté. Et là où Kimba insiste, le Maire n'a plus qu'à s'incliner.

— Très sage de votre part, messire, fit Rimer, s'inclinant à son tour.

Et tout le monde de s'esclaffer, à l'exception de Jonas, dont le mince sourire persista. Il opina du chef.

— Ravi, messires, n'en doutez pas, dit-il d'une voix chevrotante et grêle.

Il leur souhaita ensuite à tous trois que leurs jours soient longs sur la terre, terminant par Roland sa tournée de poignées de main. Sa poigne sèche et ferme n'était absolument pas calquée sur le tremblement de sa voix. Roland remarqua alors l'étrange dessin bleu tatoué sur le dos de la main droite de cet homme, entre le pouce et l'index. Ça avait tout l'air d'un cercueil.

— Longs jours et plaisantes nuits, fit Roland, à qui cela échappa.

C'était une salutation de son enfance et ce ne fut que plus tard qu'il prit conscience qu'on pouvait l'associer davantage à Gilead qu'à un endroit aussi rural qu'Hemphill. Rien d'autre qu'une légère bourde, mais il commençait à croire que leur marge pour ce genre d'erreur était plus étroite que son père ne l'avait estimé quand il avait envoyé Roland ici pour lui éviter de croiser la route de Marten.

— A vous aussi, fit Jonas, jaugeant Roland d'un œil vif, avec une insistance proche de l'insolence et sans lui lâcher la main.

Puis il le libéra et se recula.

— Cordélia Delgado, fit le Maire Thorin, désignant ensuite du chef la femme qui s'entretenait avec Jonas.

Comme Roland s'inclinait devant elle, il perçut son air de famille avec Susan... sauf que la grâce et la générosité du visage de cette dernière étaient comme fripées et pincées sur celui qui lui faisait face à présent. Ce n'était pas là sa mère ; Roland devina que Cordélia Delgado était un peu trop jeune pour cela.

— Enfin notre très, très chère amie, Demoiselle Susan Delgado, termina Thorin, tout en émoi (Roland supposa qu'elle faisait cet effet à tous les hommes, même à un barbon comme le Maire). Thorin, avec force mouvements de tête et sourires, la pressa d'avancer, l'une de ses mains aux jointures arthritiques au creux de ses reins, et Roland éprouva le poison d'une pique de jalousie. Ce qui était ridicule, étant donné l'âge canonique de cet homme et sa charmante et grassouillette épouse, mais nonobstant, il éprouva la chose et vivement encore. Aussi vivement que l'aiguillon au cul d'une abeille, aurait dit Cort.

Alors Susan releva son visage vers lui et il plongea à nouveau dans ses yeux. Ayant lu dans quelque poème ou nouvelle qu'on pouvait se noyer dans les yeux d'une femme, il avait trouvé ça absurde à l'époque. Il continuait à penser la même chose, tout en admettant que ce fût parfaitement possible. Et elle savait cela. Il perçut de la sollicitude, voire de la crainte, dans ses yeux.

Promettez-moi, si jamais nous nous rencontrons à la Maison du Maire, que vous ferez comme si c'était la première fois.

Le souvenir de ces paroles eut un effet dégrisant qui lui clarifia les idées et parut lui donner une vision plus large des choses. Suffisamment en tout cas pour qu'il prenne conscience que la voisine de Jonas, celle qui avait quelques traits en commun avec Susan, fixait cette dernière avec un mélange de curiosité et d'inquiétude.

Il fit un profond salut, effleurant à peine sa main tendue qui ne portait aucun anneau. Il n'en ressentit pas moins comme de l'électricité entre leurs doigts. A en juger par le léger agrandissement de ces yeux-là, elle avait ressenti la même chose.

— Enchanté de faire votre connaissance, *sai*, dit-il.

Ses efforts pour prendre un ton détaché tintèrent faussement à son oreille. Il s'était lancé, cependant, et il eut l'impression que le monde entier le (*les*) regardait et il n'y avait qu'une chose à faire : continuer. Il se tapota la gorge à trois reprises.

— Puissent vos jours être longs...

— Si fait, les vôtres aussi, Messire Dearborn. Grand Merci, *sai*.

Elle se tourna vers Alain avec une vivacité frisant l'impolitesse, puis vers Cuthbert, qui la salua, se tapota la gorge avant de lui dire d'un ton empreint de gravité :

— Puis-je me coucher un instant à vos pieds, demoiselle ? Votre beauté m'a mis sur les rotules. Mais je ne doute pas que contempler votre profil d'en bas, la nuque pressée contre ce frais carrelage, ne me remette d'aplomb.

Tous éclatèrent de rire à cette saillie — y compris Jonas et Miss Cordélia. Susan rougit joliment et donna une tape sur le dos de la main de Cuthbert. Une fois n'étant pas coutume, Roland bénit le penchant invétéré de son ami pour les pitreries.

Un autre homme vint se joindre au groupe rassemblé près du bol de punch. Le nouveau venu, taillé comme un bloc et à l'étroit dans son habit, avait un teint richement coloré par le plein air plutôt que par la boisson et des yeux clairs nichés dans un réseau de rides. Un ranchero ; Roland avait suffisamment chevauché en compagnie de son père pour les reconnaître à l'allure.

— Des filles, à la pelle qu'vous pourrez en rencontrer ce soir, les gars, dit le nouvel arrivant, avec un sourire des plus amicaux. Leur parfum va vous griser, si vous y prenez point garde. J'aimerais tenter ma chance avant qu'vous fassiez leur connaissance. Fran Lengyll, pour vous servir.

Sa poignée de main était ferme et énergique ; aucun salut ou autre absurde politesse ne l'accompagnait.

— Le Rocking B m'appartient... ou plutôt, c'est moi qui lui appartient, suivant comment on veut voir les choses. J'suis aussi le patron de l'Association du Cavalier (du moins tant qu'on m'en vire pas). C'est moi qui ai eu l'idée du Bar K. J'espère que ça vous botte.

— C'est parfait, monsieur, dit Alain. Propre, au sec et de la place pour vingt. Merci à vous. Vous vous êtes montré trop aimable.

— Bêtises que cela, fit Lengyll, semblant ravi tout de même tandis qu'il éclusait un verre de punch. On est tous embarqués dans la même galère, mon gars. John Farson n'est qu'un méchant fétu de paille dans la meule de mauvaiseté des temps présents. Le monde a changé, à ce qu'on dit. Hum ! Si fait, il a changé et en bonne voie sur le chemin de l'enfer qu'il est ! Notre boulot, c'est d'empêcher que le foin tombe dans la fournaise autant qu'on peut, aussi longtemps qu'on peut. Au nom de nos enfants encore plus qu'à celui de nos pères.

— Oyez, oyez, fit alors le Maire Thorin d'une voix qui s'efforçait de tendre au sublime et s'abîmait à la place dans la fatuité.

Roland observa que le vieillard décharné agrippait l'une des mains de Susan (mais, les yeux rivés sur Lengyll, elle semblait ne pas s'en apercevoir), et soudain, il comprit : le Maire était soit son oncle soit un cousin germain. Lengyll les ignorait tous deux, son attention tournée entièrement vers les trois nouveaux venus, qu'il scruta chacun à son tour pour finir par Roland.

— Tout ce qu'nous autres à Mejis, on pourra faire pour vous aider, mon gars, t'auras qu'à me le demander à moi ou à John Croydon, Hash Renfrew, Jake White, Hank Wertner, à chacun comme à tous. Vous les rencontrerez ce soir, si fait, leurs femmes, leurs fils et leurs filles aussi, vous aurez qu'à demander. On a beau être ici à une sacrée trotte du moyeu central de la Nouvelle Canaan, on en est pas moins fortement en faveur de l'Affiliation. Si fait, très fortement.

— Bien parlé, fit tranquillement Rimer.

— Et maintenant, on va porter un toast pour fêter votre arrivée comme il sied, dit Lengyll. Vous avez déjà que trop attendu de goûter au punch. Vous devez m'avoir le gosier ensablé.

Se tournant vers les bols de punch et écartant l'échanson de la main, il s'empara de la louche dans le plus grand et magnifique des deux, voulant clairement leur faire l'honneur de les servir lui-même.

— Messire Lengyll, dit Roland calmement, mais avec une nuance de commandement dans la voix ; Fran Lengyll la perçut et se retourna.

— Le bol plus petit est celui sans alcool, n'est-ce pas ?

Lengyll rumina cela, ne comprenant pas d'emblée. Puis il haussa le sourcil. Pour la première fois de la soirée, il parut considérer

Roland et ses compagnons non comme des symboles vivants de l'Affiliation et des Baronnies Intérieures, mais comme des êtres de chair et de sang. Des jeunes gens. De simples garçons, si on allait par là.

— Si fait ?

— Si vous vouliez bien avoir l'amabilité de puiser nos punchs dans ce bol-là.

Roland sentait tous les yeux fixés sur eux à présent. Les *siens* en particulier. Il maintint son regard fermement attaché à celui du ranchero, tout en jouissant d'une bonne vision périphérique, et il fut parfaitement conscient que le léger sourire de Jonas avait refait surface. Ce dernier savait déjà de quoi il retournait. Roland supposa que Thorin et Rimer, aussi. Ces rats des champs en savaient plus long. Plus long qu'ils n'auraient dû, et il lui faudrait réfléchir à tout ça, à tête reposée. Pour l'heure, c'était le cadet de ses soucis.

— Nous avons oublié les visages de nos pères d'une manière qui n'est pas sans rapport avec notre envoi à Hambry.

Roland eut l'impression inconfortable d'entamer un discours, que ça lui plaise ou non. Il ne s'adressait pas — les dieux soient remerciés de cette petite attention — à toute l'assemblée, mais au cercle restreint d'auditeurs d'origine qui s'était passablement étoffé. Cependant, il n'avait pas d'autre choix que d'aller jusqu'au bout et à bon port, maintenant que le bateau était lancé.

— Je vous épargnerai les détails — que vous n'attendez pas que je vous fournisse, d'ailleurs —, mais je dois vous avouer que nous avons promis de ne pas nous autoriser un seul verre de spiritueux pendant notre séjour ici. En guise de pénitence, vous comprenez.

Son regard à *elle*. Il pouvait encore le sentir sur sa peau, semblait-il.

Il y eut un instant de silence complet au sein du petit groupe qui entourait les bols de punch, puis Lengyll déclara :

— Votre père serait fier de vous entendre parler avec autant de franchise, Will Dearborn — si fait. Mais quel gars de bonne trempe ne déplace point un peu d'air et ne fait du tapage de temps en temps ?

Il frappa sur l'épaule de Roland et, malgré sa poigne ferme et l'apparente sincérité de son sourire, il était difficile de déchiffrer son regard — on ne pouvait faire tout au plus que de vagues conjectures — tapi derrière plusieurs couches de rides.

— Puis-je être fier de vous à sa place ?

— Oui, fit Roland, lui souriant en retour. Je vous en remercie.

— Moi aussi, dit Cuthbert.

— Moi de même, ajouta Alain tranquillement, prenant la coupe de punch sans alcool que lui tendait Lengyll, devant lequel il s'inclina.

Lengyll remplit d'autres coupes et les passa rapidement à la ronde. Ceux déjà servis furent prestement délestés des leurs qu'on remplaça par de nouvelles, pleines de punch sans alcool. Tous les membres du petit cercle une fois servis, Lengyll se retourna, dans l'intention apparente de porter le toast lui-même. Rimer lui tapa sur l'épaule, faisant un léger non de la tête, et lui désigna le Maire des yeux. Cet honorable personnage les contemplait d'un œil plutôt rond, la mâchoire quelque peu pendante. Il fit penser à Roland à un Enfant du Paradis passionné par le mélodrame qui se joue sous ses yeux : ne lui manquaient que les pelures d'orange sur les genoux. Lengyll surprit le regard du Chancelier et acquiesça.

Rimer lança ensuite un coup d'œil au guitariste qui se trouvait au milieu de l'estrade. Il s'arrêta de jouer, imité par ses camarades. Les regards des invités convergèrent vers les musiciens, avant de revenir vers le centre de la pièce quand Thorin commença à discourir. Sa voix n'avait rien de ridicule quand il l'employait à l'usage qu'il en faisait à présent — elle était plaisante à entendre et portait bien.

— Gentes dames et messires, mes amis, dit-il. J'aimerais que vous vous joigniez à moi pour souhaiter la bienvenue à nos trois *nouveaux* amis — des jeunes gens issus des Baronnies Intérieures, de vaillants jeunes gens qui ont parcouru de grandes distances et bravé maints périls au nom de l'Affiliation et au service de l'ordre et de la paix.

Susan Delgado reposa sa coupe de punch, retira sa main (avec un peu de difficulté) de celle de son « oncle » qui l'étreignait et se mit à applaudir. D'autres convives l'imitèrent. La vague d'applaudissements qui balaya la pièce fut brève mais chaleureuse. Eldred Jonas ne lâcha pas sa coupe pour y prendre part, remarqua Roland.

Thorin se tourna tout sourires vers Roland. Il leva sa coupe.

— Puis-je vous gratifier d'un toast, Will Dearborn ?

— Si fait, et je vous en remercie, répondit Roland.

Des rires et une salve d'applaudissements accueillirent son emploi de « si fait ».

Thorin leva sa coupe encore plus haut. Tous ceux présents dans la pièce firent de même ; les cristaux miroitèrent comme des éclats d'étoile à la lumière du lustre.

— Gentes dames et messires, je vous livre William Dearborn d'Hemphill, Richard Stockworth de Pennilton et Arthur Heath de Gilead.

A ce dernier nom, il y eut des murmures et des hoquets surpris, comme si leur Maire avait annoncé Arthur Heath du Firmament.

— Faites échange de bons et loyaux services, rendez leur séjour à Mejis si agréable que leur souvenance en sera plus agréable encore. Aidez-les dans leur tâche et à faire progresser la cause qui est si chère à nos cœurs. Puissent leurs jours être longs sur la terre. Qu'il en soit ainsi, dit votre Maire.

— QU'IL EN SOIT AINSI, DISONS-NOUS TOUS ! tonnèrent-ils en écho.

Thorin but et l'ensemble des invités suivit son exemple. Il y eut encore des applaudissements. Roland se retourna, ne pouvant s'en empêcher, et rencontra encore une fois les yeux de Susan. Un instant, elle soutint son regard avec une franchise qui lui permit de s'apercevoir que sa présence la troublait presque autant que lui, la sienne. Puis la femme plus âgée qui lui ressemblait se pencha et lui murmura quelque chose à l'oreille. Susan se détourna, composant son visage tel un masque... mais il avait surpris le regard de ses yeux. Et il songea à nouveau que ce qui était fait pouvait être défait, et ce qui avait été dit pouvait être dédit.

8

Au moment où elles passaient dans la salle à manger, où l'on avait installé, ce soir-là, quatre longues tables à tréteaux (si proches qu'on pouvait à peine se faufiler entre elles), Cordélia tira sa nièce par la main à l'écart de Jonas et du Maire, qui étaient entrés en grande conversation avec Fran Lengyll.

— Pourquoi l'avez-vous regardé ainsi, mamzelle ? chuchota Cordélia, furieuse, le front barré par son pli vertical, qui semblait ce soir aussi profond qu'une tranchée. Quelle mouche a piqué ta jolie tête de linotte ? *Ta.*

Ce détail suffisait à instruire Susan de la colère noire de sa tante.

— Regardé qui ? Et comment ?

Sa voix ne l'avait pas trahie, se dit-elle, mais son cœur, oh ! son cœur...

La main qui tenait la sienne resserra son emprise, lui faisant mal.

— Ne jouez point à la finaude avec moi, Mamzelle Fraîche et Rose ! Avez-vous déjà vu cette paire de gambettes faites au moule auparavant ? Dites-moi la vérité !

— Non, comment l'aurais-je pu ? Vous me faites mal, ma tante.

Tante Cord eut un sourire sinistre et serra encore plus fort.

— Mieux vaut un moindre mal à présent qu'un plus grand par la suite. Réfrénez votre impudence et baissez vos yeux de coquette.

— Ma tante, je ne sais point ce que vous...

— Je crois bien que si, la coupa Cordélia, sévèrement.

Elle poussa sa nièce contre les lambris pour permettre au flot des invités de passer devant elles. Quand le ranchero qui possédait le cottage près du leur les salua, Tante Cord le gratifia d'un sourire agréable et lui souhaita bonne nuitée avant de revenir à Susan.

— Écoutez, Mamzelle, et écoutez-moi bien. Si j'ai remarqué vos yeux de vache énamourée, vous pouvez être assurée que cela n'a pas échappé à une bonne moitié de la compagnie. Bon, ce qui est fait, est fait, mais on s'en tiendra là. Le temps de ces jeux de femme-enfant est révolu pour vous. Vous m'avez comprise ?

Susan garda le silence, son visage adoptant cet air buté que Cordélia détestait par-dessus tout et qui lui donnait envie de gifler sa nièce jusqu'à lui faire saigner le nez et jaillir les larmes de ses grands yeux de biche gris.

— Vous avez fait un serment et passé un contrat. Des papiers ont été signés, on a consulté la « sage femme du Cöos », de l'argent a changé de mains. *Et vous avez donné votre promesse.* Si cela ne signifie rien pour vous, petite, rappelez-vous ce que cela signifierait pour votre père.

Les yeux de Susan s'emplirent à nouveau de pleurs et Cordélia se réjouit de ce spectacle. Son frère, d'une imprévoyance irritante, n'avait été capable que d'engendrer cette femme-enfant bien trop jolie... mais même mort, il avait son utilité.

— Promettez-moi à présent de garder vos yeux dans votre poche, et que, si jamais ce garçon fait mine de venir vers vous, vous prendrez le large — si fait, le plus grand large possible — pour éviter de vous trouver sur son chemin.

— Je vous le promets, ma tante, murmura Susan.

Cordélia sourit. Elle était tout à fait charmante quand elle souriait.

— Très bien, alors. Entrons. On nous regarde. Prends mon bras, mon enfant !

Susan se cramponna au bras poudré de sa tante. Elles entrèrent côte à côte dans la salle à manger ; leurs robes bruissaient, le pendentif de saphir étincelait sur la poitrine renflée de Susan ; nombreux furent ceux qui remarquèrent leur ressemblance et songèrent combien le pauvre Pat Delgado aurait été heureux de les voir ainsi.

9

Roland était placé au haut bout de la table centrale ou tout comme, entre Hash Renfrew (ranchero plus mastoc encore que Fran Lengyll) et Coraline, la sœur de Thorin, personne plutôt maussade. Renfrew ne s'était pas montré manchot avec le punch ; à présent, tandis qu'on apportait le potage sur la table, il se mit en devoir de prouver qu'il ne l'était pas non plus avec l'ale.

Sa conversation roulait sur la pêche (« c'est plus ce qu' c'était, mon gars, même si on ramène p'us autant de poiscaille mutée ces jours dans les filets, c'est point pour autant une bénédiction »), sur l'agriculture (« les gens du coin, y peuvent faire pousser presqu' n'import' quoi, tant qu'y s'agit d' blé ou d' fayots ») et enfin sur ce qui lui tenait clairement le plus à cœur : les chevaux, la chasse à courre et le ranch. Ces activités se poursuivaient comme toujours, si fait, bien que les temps aient été durs dans les Baronnies du bord de mer et des prairies depuis plus de quarante ans.

Mais les lignées ne se clarifiaient-elles pas ? demanda Roland. Elles avaient commencé à le faire là d'où il venait.

Si fait, convint Renfrew, négligeant sa soupe de pommes de terre pour mieux se bâfrer de lamelles de bœuf grillées au barbecue. Il les prenait à pleine poignée et les faisait descendre, arrosées d'ale. Si fait, jeune maître, les lignées se clarifiaient merveilleusement bien, oui-da, trois poulains sur cinq étaient de bon aloi — chez les pur-sang comme chez les races plus communes, sachez-le — et on pouvait conserver le quatrième pour le travail, sinon pour la reproduction. Un seul poulain sur cinq naissait, ces jours, avec des jambes en trop ou des yeux en trop, ou bien les entrailles à l'air, et c'était une bonne chose. Mais le nombre de naissances était en baisse, si fait ; les étalons avaient toujours autant de raideur dans leurs mousquets, semblait-il, mais plus assez de poudre ni de balles.

— J'vous demande bien l'pardon m'dame, fit Renfrew, se penchant brièvement par-delà Roland vers Coraline Thorin.

Cette dernière lui sourit du bout des dents (sourire qui rappela à Roland celui de Jonas), plongea laborieusement sa cuillère dans le potage et ne répondit rien. Renfrew vida sa coupe d'ale, en claquant des lèvres sans retenue et la tendit derechef. Pendant qu'on la lui remplissait, il se retourna vers Roland.

La situation n'était point bonne, comme elle l'avait été autrefois, mais elle pourrait être pire. *Serait* pire, si jamais cet enculé de Farson parvenait à ses fins. (Cette fois-là, il ne prit pas la peine de s'excuser auprès de *sai* Thorin). Il fallait qu'ils se serrent tous les coudes, c'était peu de le dire — riches et pauvres, grands et petits — tant qu'il pouvait en survenir quelque bien. Et puis, il renchérit sur les propositions de Lengyll, disant à Roland que lui et ses compagnons n'avaient qu'à nommer tout ce dont ils auraient besoin ou qu'ils désireraient.

— Nous fournir des renseignements devrait suffire, dit Roland. Sur nombre de choses.

— Si fait, on a jamais vu d' « compteur » sortir sans ses nombres, tomba d'accord Renfrew en un rire postillonnant de bière.

A gauche de Roland, Coraline Thorin grignota une bribe de verdure (elle avait à peine touché au bœuf en lamelles) et avec un mince sourire, continua à jouer au petit bateau avec sa cuillère. Roland devinait cependant que ses oreilles n'en perdaient pas une et que son frère aurait un rapport détaillé de la conversation. A moins que ce rapport ne soit destiné à Rimer. Car, même s'il était encore trop tôt pour le dire, Roland soupçonnait que Rimer pourrait bien être celui qui détenait vraiment le pouvoir ici. Le partageant peut-être avec *sai* Jonas.

— Par exemple, dit Roland, combien de chevaux de selle pensez-vous que nous pouvons notifier à l'Affiliation ?

— La dîme ou le total ?

— Le total.

Renfrew reposa sa coupe et parut se livrer à un petit calcul. Roland surprit de l'autre côté de la table un bref échange de regards entre Lengyll et Henry Wertner, le Maquignon de la Baronnie. Ils avaient tout entendu. Et il remarqua aussi autre chose quand il reporta son attention vers son voisin et commensal : Hash Renfrew était ivre, mais pas autant qu'il désirait que le jeune Will Dearborn le crût.

— Le chiffre total, m'avez-vous dit — pas simplement celui qu'on doit à l'Affiliation ou qu'on pourrait lui expédier à la rigueur.

— Oui.

— Eh bien, voyons voir, jeune *sai*. Fran a dans les cent quarante bêtes. John Croydon doit avoisiner les cent. Hank Wertner en possède quarante en propre et s'occupe de soixante autres, le long de l'Aplomb, pour la Baronnie. D'la viande ch'valine pour l'Gouvern'ment, Messire Dearborn.

Roland sourit.

— Je sais tout ça. Sabots fendus, bas d'encolure, lents, ventres sans fond.

Renfrew acquiesça en riant aux éclats... mais Roland n'en mit pas moins en doute la jovialité du bonhomme. A Hambry, les eaux de surface et les souterraines semblaient couler dans des directions opposées.

— Quant à moi, j'ai connu dix, douze mauvaises années — fièvre cérébrale, seimes, malandres, escarres. A une époque, y a eu jusqu'à deux cents chevaux en liberté sur l'Aplomb, portant la marque de Lazy Susan ; doit pas y en avoir plus de quatre-vingts, ces jours.

Roland approuva du chef.

— Donc, nous parlons de quatre cent vingt têtes.

— Oh d'bien plus qu'ça, dit Renfrew, toujours joyeux.

Voulant saisir sa coupe d'ale, il la frappa du revers d'une main rougie par les intempéries et les travaux, et la renversa. Il la redressa en maudissant le serveur qui tardait à la lui remplir.

— Plus que ça ? l'aiguillonna Roland, quand Renfrew fut enfin prêt et paré à relever le coude.

— Faut point oublier, Messire Dearborn, qu'on est ici dans un pays de ch'vaux plus que d'poiscaille. On s'taille des croupières, les pêcheurs et nous, mais y a plus d'un racleur d'écailles qu'a un bourrin attaché derrière sa baraque, ou dans les écuries d'la Baronnie s'il a point d'toit pour protéger son ch'val d' la pluie. C'est son pauv' pa qui s'occupait des écuries d'la Baronnie.

Renfrew désigna de la tête Susan, assise en face de Roland, à trois sièges d'écart — juste à l'angle du Maire qui présidait, comme de bien entendu. Roland jugea sa présence à cette place des plus singulières, étant donné que la Dame du Maire avait été reléguée à l'autre bout de la table, entre Cuthbert et un ranchero quelconque qu'on ne leur avait pas encore présenté.

Roland supposa qu'un vieux bonhomme comme Thorin préférait avoir à sa main une jeune et jolie parente pour attirer l'attention générale vers lui ou encore pour lui réjouir l'œil, mais ça ne laissait pas de l'intriguer. C'était presque une insulte à sa propre moitié. S'il était fatigué de sa conversation, pourquoi ne pas lui faire présider une autre tablée ?

Ils ont leurs propres coutumes, voilà tout, et ces coutumes-là ne te concernent en rien. Par contre, le décompte des chevaux farfelu de ton voisin, ça te concerne.

— D'après vous, combien y aurait-il d'autres chevaux en liberté au total ? demanda-t-il à Renfrew.

Ce dernier le fixa d'un air finaud.

— Une réponse honnête reviendra point me hanter, pas vrai, fiston ? J'appartiens à l'Affiliation — jusqu'à la moelle qu' j' lui appartiens, et on gravera Excalibur sur ma tombe, probabl' — mais j'verrai point Hambry ni Mejis dépouillées d'tous leurs trésors.

— Cela n'arrivera pas, *sai*. Comment pourrions-nous vous forcer à nous livrer ce à quoi vous ne consentiriez jamais ? Toutes nos forces sont engagées au nord et à l'ouest contre l'Homme de Bien.

Renfrew réfléchit à cette observation, puis opina du chef.

— Ne m'appellerez-vous jamais Will ?

Le visage de Renfrew s'éclaira ; avec un signe d'assentiment, il lui tendit la main une seconde fois. Avec un large sourire, il vit Roland la serrer entre les deux siennes, cette fois : poignée de main dessus-dessous, fort prisée des meneurs de chevaux et des cow-boys.

— Nous vivons des temps mauvais, Will, qu'ont engendré de mauvaises manières. J'dirais qu'à mon avis, y a probabl' encore cent cinquante ch'vaux dans Mejis et alentour. Des bons, j'entends.

— De première bourre.

Renfrew approuva, tapant dans le dos de Roland avant d'ingérer une imposante lampée d'ale.

— De première bourre, si fait.

Au haut bout de la table où ils étaient assis, éclatèrent des rires. Jonas avait apparemment dit quelque chose de drôle. Susan riait sans retenue, la tête renversée en arrière, les mains serrées sur le pendentif de saphir. Cordélia, assise entre la jeune fille à sa gauche et Jonas à sa droite, riait elle aussi. Thorin, absolument tordu de rire, se balançait d'avant en arrière sur sa chaise, se frottant les yeux d'une serviette.

— La jolie fille que v'là, fit Renfrew, avec une quasi-vénération.

Roland aurait juré qu'un léger bruit — un *pfff* féminin ? — avait été émis par sa voisine. Lui jetant un coup d'œil, il aperçut *sai* Thorin se débattant toujours avec son potage. Il reporta son regard vers le haut bout de la table.

— Le Maire est son oncle, son cousin, peut-être ? demanda Roland.

Ce qui arriva ensuite se grava avec une très grande netteté dans sa mémoire, comme si quelqu'un avait soudain rehaussé les couleurs et amplifié les sons ambiants. Les guirlandes de velours derrière la tête de Susan parurent soudain d'un rouge plus violent ; le rire croassant de Coraline Thorin s'apparenta au craquement d'une branche de bois mort sous le pied. Il était suffisamment fort pour faire cesser les conversations alentour et attirer tous les regards, songea Roland... mais seuls Renfrew et les deux rancheros assis de l'autre côté de la table parurent s'en apercevoir.

— Son *oncle* !

C'était pour elle le premier échange de la soirée.

— Son *oncle*, elle est bien bonne, celle-là. Hein, Rennie ?

Renfrew ne répondit rien, se contentant de repousser sa coupe d'ale et attaquant finalement son potage.

— Vous m'surprenez fort, jeune homme, si fait. Vous avez beau venir de l'Intérieur, bonté divine, j'dirais que quiconque s'est chargé de vous apprendre les usages du monde *réel* — celui qui s'trouve ni dans les livres ni sur les cartes — s'est arrêté un poil trop tôt. C'est sa...

Suivit un mot si lourdement dialectal que Roland ne le reconnut pas. A l'oreille, on aurait dit *sifine*, à moins que ce ne fût *shivine*.

— Plaît-il ?

Il souriait, mais d'un sourire qui devait être d'une froideur et d'une fausseté à tout crin, lui parut-il. Il avait un poids sur l'estomac, comme si le punch, le potage et l'unique lamelle de bœuf qu'il avait mangée par politesse ne formaient plus qu'une boule. Il lui avait demandé *êtes-vous une servante*, sous-entendant par là *servez-vous* à table. Peut-être *servait-elle*, mais selon toute apparence dans une pièce bien plus privée que celle où il se trouvait. Il ne voulut soudain plus rien entendre ; la signification du mot qu'avait employé la sœur du Maire n'avait plus le moindre intérêt pour lui.

Une autre crise de fou rire secoua le haut de la table. Susan, les joues congestionnées, les yeux étincelants, riait à gorge déployée. Une bretelle de sa robe avait glissé le long de son bras, dévoilant le tendre creux de son aisselle. Comme il la regardait, le cœur plein de crainte et de désir, elle la remit en place d'un geste machinal.

— Ça signifie « tranquille petit bout de femme », dit Renfrew, visiblement mal à l'aise. C'est un ancien terme, qu'on emploie plus guère, ces jours...

— Tais-toi donc, Rennie, lui intima Coraline Thorin qui ajouta, se tournant vers Roland : C'est rien qu'un vieux cow-boy, il ne peut jamais s'empêcher de pelleter du crottin même quand il est loin de ses bourrins bien-aimés. *Shivine* veut dire épouse de seconde main. Du temps de mon arrière-grand-mère, ça désignait une putain... mais d'une certaine catégorie.

Elle fixa Susan de ses yeux délavés : cette dernière sirotait de l'ale à présent, puis se retourna vers Roland. Elle avait dans le regard une lueur d'amusement sinistre que Roland ne prisa guère.

— La catégorie de putain qu'on paie en espèces sonnantes et trébuchantes, la catégorie trop bonne pour le simple chaland.

— C'est sa gueuse ? demanda Roland, les lèvres comme frottées de glace.

— Si fait, dit Coraline. Point encore consommée, pas avant la Moisson — ce qui ne rend point très heureux mon frère, je vous le garantis —, mais achetée et payée tout comme dans l'ancien temps, oui-da.

Coraline marqua un temps d'arrêt avant d'ajouter :

— Son père en mourrait de honte s'il pouvait la voir.

Elle s'exprimait sur un ton de satisfaction mélancolique.

— J'crois qu'y faut point juger l'Maire trop dur'ment, fit Renfrew d'un ton pontifiant et embarrassé.

Coraline l'ignora. Elle observait le profil de Susan, le doux renflement de sa poitrine au-dessus de la ganse de soie du corsage, la masse dénouée de ses cheveux. Toute trace d'humour avait disparu du visage de Coraline Thorin, remplacée par une sorte de mépris glacial.

En dépit de lui-même, Roland se retrouva à imaginer les mains tout en jointures du Maire en train d'abaisser les bretelles de la robe de Susan, de ramper sur ses épaules nues, et de plonger comme des crabes grisâtres dans sa chevelure. Il tourna les yeux vers l'autre extrémité de la table et ce qu'il y vit n'était guère plus réjouissant : Olive Thorin, qu'on avait reléguée en bout de table, dévisageait les rieurs assis à l'opposé d'elle. Elle ne quittait pas des yeux son mari qui, non content de l'avoir remplacée par une belle jeune fille, lui avait fait don d'un pendentif qui démodait ses propres boucles d'oreilles en sourdfeux, par comparaison. Mais son visage ne reflétait ni haine ni mépris colérique comme celui de Coraline. La regarder en aurait été facilité, si tel avait été le cas. Elle fixait simplement son mari avec humilité, chagrin et confiance. A présent, Roland comprenait pourquoi il l'avait trouvée triste. Elle avait toutes les raisons de l'être.

Le groupe autour du Maire se mit à rire de plus belle ; Rimer, de la table voisine qu'il présidait, s'était penché vers eux pour les gratifier d'un bon mot. Il avait dû être particulièrement bon. Car cette fois, même Jonas riait. Susan, une main posée sur sa poitrine, prit sa serviette et s'en tamponna le coin de l'œil où perlait une larme de gaieté. Thorin recouvrit son autre main de la sienne. Elle tourna les yeux en direction de Roland, toujours rieuse, et rencontra son regard. Ce dernier songeait à Olive Thorin, assise en bout de table, avec le sel et les épices, un bol de potage qu'elle n'avait pas touché devant elle et ce sourire malheureux aux lèvres. Assise là où la jeune fille pouvait la voir, de même. Et il songea que, eût-il était armé de ses revolvers, il aurait dégainé et logé une balle dans le cœur de pierre de cette petite pute de Susan Delgado.

Avant de se dire : *qui espères-tu tromper ?*

Puis l'un des serveurs déposa un plat de poisson devant lui. Roland n'avait jamais eu aussi peu faim de sa vie... mais il n'en mangerait pas moins, de même qu'il retournerait dans son esprit les questions soulevées par sa conversation avec Hash Renfrew du Ranch Lazy Susan. Il se souviendrait du visage de son père.

Pour ça oui, je m'en souviendrai très bien, se dit-il. *Si seulement je pouvais oublier celui que je vois au-dessus de ce saphir, là-bas.*

10

Le dîner n'en finissait pas, interminable, traînant en longueur. Nul moyen de s'échapper non plus par la suite : on avait retiré la table qui se trouvait au centre de la salle de réception et quand les convives y retournèrent — tel le reflux d'un mascaret — ce fut pour y former deux rondes adjacentes sous les directives d'un sémillant petit homme roux — que Cuthbert devait affubler par la suite du titre de Ministre des Ris et des Jeux du Maire Thorin.

L'alternance fille-garçon, fille-garçon, fille-garçon, dans chaque ronde se mit en place avec force rires et difficultés (Roland supputa que deux tiers des invités étaient maintenant bien beurrés), puis les guitaristes attaquèrent une *quesa*. Ce qui se révéla une sorte de *reel*[1]. Les rondes tournaient en sens inverse jusqu'à l'arrêt momentané de la musique. Le couple formé alors par le point d'intersection des deux rondes venait danser au centre du cercle de la cavalière, au milieu des vivats et des battements de mains du reste des participants.

Le musicien-chef supervisait cette vieille tradition, apparemment fort goûtée, avec une propension au ridicule : il arrêtait ses *muchachos* de manière à former les couples les plus drolatiques : une grande avec un petit, une grosse avec un maigrichon, une vieille avec un jeune (Cuthbert se retrouva ainsi apparié à une cavalière

1. *Reel*, danse traditionnelle écossaise *(N.d.T.)*.

qui aurait pu être son arrière-grand-mère, salué par les caquètements cacochymes de la *sai* et les rugissements d'approbation de la compagnie).

Puis, au moment même où Roland se disait que cette danse stupide n'en finirait jamais, la musique s'arrêta et il se retrouva face à face avec Susan Delgado.

Un court instant, il ne put rien faire d'autre que la fixer, avec la sensation que ses yeux allaient lui jaillir de la tête et ses pieds refuser stupidement de bouger. Puis Susan leva les bras, la musique démarra, ceux qui faisaient la ronde (au nombre desquels le Maire Thorin et le vigilant Eldred Jonas au fin sourire) applaudirent, et il l'entraîna dans la danse.

Au début, tout en lui faisant décrire une figure tournoyante (ses pieds se mouvant avec leur grâce et leur précision habituelles, engourdis ou pas), il eut l'impression d'être vitrifié. Puis il prit conscience du corps de Susan contre le sien, du bruissement de sa robe et il ne fut que trop humain à nouveau.

Elle se rapprocha de lui un bref instant et quand elle parla, il sentit son souffle lui chatouiller l'oreille. Il se demanda si une femme pouvait vous rendre fou — au sens littéral du terme. Il ne l'aurait pas cru jusqu'à ce soir. Mais ce soir, tout avait changé.

— Merci de votre discrétion et de votre bienséance, chuchota-t-elle.

Il se détacha légèrement d'elle tout en la faisant virevolter, sa main au creux de ses reins — sa paume reposant sur la fraîcheur du satin, ses doigts effleurant la tiédeur de sa peau. Susan calquait ses pas sur les siens, sans trébuchement ni hésitation ; elle évoluait avec une grâce parfaite, ses petons chaussés de pantoufles de soie fragile n'étant pas le moins du monde effarouchés par ses grands panards bottés.

— Je sais me montrer discret, *sai*, répondit-il. Quant à la bienséance, je suis étonné que vous connaissiez ce mot.

Elle leva les yeux vers son visage empreint de froideur et son sourire s'évanouit. Il vit un éclair de colère lui succéder, mais surtout qu'elle était blessée, comme s'il l'avait frappée. Il en fut heureux et navré à la fois.

— Pourquoi me parler ainsi ? murmura-t-elle.

La musique s'interrompit avant qu'il ait pu lui répondre... bien qu'il n'eût aucune idée de la réponse qu'il aurait pu lui faire. Elle lui fit une révérence et lui, un salut, tandis qu'autour d'eux éclataient sifflements et applaudissements. Ils reprirent leurs places dans leurs rondes respectives et les guitares repartirent de plus belle. Roland, les mains prises de chaque côté, se remit à tourner en rond.

Rire. Taper des pieds. Battre des mains suivant le tempo. La sentir quelque part dans son dos, en train de faire la même chose que lui. Se demander si elle désirait aussi fortement que lui être loin d'ici, dans le noir, se retrouver solitaire dans l'obscurité afin de poser le masque avant que son vrai visage en feu ne le calcine.

Chapitre 6

Sheemie

1

Aux alentours de dix heures du soir, le trio de jeunes gens des Baronnies Intérieures prit congé de ses hôtes avant de se faufiler dans la nuit d'été embaumée. Cordélia Delgado, qui se tenait près d'Henry Wertner, le Maquignon de la Baronnie, observa qu'ils devaient être recrus de fatigue. Wertner éclata de rire en entendant ce propos et répondit avec un accent tellement à couper au couteau qu'il en devenait comique.

— Nenni, m'dam', les gars d'c't âge-là, sont com' des rats qu'explor' un tas d'bois après une pluie de mill' diab', si fait. Les baraqu' du Bar K les r'verront point d'sitôt.

Olive Thorin quitta la salle de réception peu de temps après Roland et ses amis, prétextant une migraine. Elle était d'une pâleur qui rendait son excuse presque crédible.

A onze heures, le Maire, son Chancelier et le chef de sa garde prétorienne nouvellement constituée conversaient dans le bureau de Thorin avec la poignée de derniers invités à s'être attardés (tous étaient des rancheros, membres de l'Association du Cavalier). Les échanges de propos furent brefs mais vifs. Plusieurs des rancheros présents exprimèrent leur soulagement devant la jeunesse des émissaires de l'Affiliation. Eldred Jonas ne releva pas cette remarque, se contentant d'examiner ses mains pâles aux longs doigts sans se départir de son fin sourire.

A minuit, Susan se déshabillait, s'apprêtant à se mettre au lit. Elle n'avait pas du moins à se mettre en peine pour le saphir ; le joyau, propriété de la Baronnie, avait réintégré le coffre-fort de la Maison du Maire, avant son départ, malgré tout ce que Messire Will Dearborn aux Grands Airs pouvait penser à son sujet et à celui du bijou. Le Maire Thorin en personne (elle ne pouvait se résoudre à l'appeler Hart, bien qu'il l'en ait priée — et elle n'y arrivait même pas à part soi) le lui avait repris. Ça avait eu lieu dans le vestibule qui flanquait la salle de réception, près de la tapisserie où l'on voyait Arthur l'Aîné sortant son épée de la pyramide où elle avait été mise au tombeau. Et lui (Thorin, pas l'Aîné) avait sauté sur l'occasion pour l'embrasser sur la bouche et lui tripoter brièvement et maladroitement les seins — cette partie de son corps qu'elle avait estimée bien trop dénudée tout au long de cette interminable soirée.

— Je brûle qu'on soit à la Moisson, lui avait-il glissé d'un ton mélodramatique à l'oreille, son haleine fleurant le cognac. Chaque jour de cet été me semble durer un siècle.

A présent, de retour dans sa chambre, alors qu'elle se brossait les cheveux avec vigueur en regardant au-dehors la lune déclinante, Susan songeait que, de sa vie, elle n'avait jamais été aussi furieuse qu'en cet instant : furieuse contre Thorin, furieuse contre Tante Cord, *furieuse* contre cet hypocrite de Will Dearborn, jouant les petits saints. Mais par-dessus-tout, furieuse contre elle-même.

— Il y a trois choses que l'on peut faire dans n'importe quelle situation, lui avait dit une fois son père. Tu peux décider de faire une chose, tu peux décider de ne point la faire... ou tu peux décider de ne point décider.

Cette dernière alternative, son père n'avait pas eu besoin de le lui préciser, était le choix des faibles et des imbéciles. Elle s'était juré de ne jamais le privilégier... et pourtant, elle s'était laissé entraîner et engluer dans cette situation nauséabonde. A présent, tous les choix lui paraissaient mauvais et indignes, toutes les issues de secours, autant de chemins bloqués par des éboulements ou bourbeux jusqu'au moyeu.

Dans sa chambre de la Maison du Maire (elle n'avait pas partagé celle d'Hart depuis une dizaine d'années ni son lit, même brièvement, depuis un lustre), Olive, vêtue d'une chemise de nuit de coton sans falbalas, contemplait elle aussi la lune à son déclin. Après s'être réfugiée en cet endroit sûr, elle avait pleuré... mais point très longtemps. Elle avait à présent les yeux secs et se sentait aussi creuse qu'un arbre mort.

Qu'est-ce qui était le pire ? Qu'Hart n'ait pas compris à quel point elle avait été humiliée, et pas seulement pour son propre compte. Il était trop occupé à se pavaner et à faire le beau (et aussi à glisser un œil à la moindre occasion dans le décolleté de *sai* Delgado) pour s'apercevoir que les autres — jusqu'à son Chancelier — faisaient des gorges chaudes de lui, derrière son dos. Cela prendrait fin peut-être quand cette fille retournerait chez sa tante avec un gros ventre, mais ce ne serait point avant plusieurs mois. La sorcière y avait veillé. Ce serait même plus long si la fille avait du retard à l'allumage. Mais quel était le plus bête, le plus humiliant de tout ? N'était-ce pas qu'elle, Olive, fille de John Haverty, aimât encore son mari ? Hart avait beau se montrer le plus outrecuidant, vaniteux et fat des hommes, n'empêche qu'elle l'aimait toujours.

Il y avait autre chose, tout à fait indépendante du fait qu'Hart virait au bouc lubrique sur ses vieux jours : elle était persuadée qu'une machination se tramait, quelque chose de dangereux et probablement de tout à fait déshonorant. Hart était vaguement au courant, mais elle ne pressentait que trop qu'il savait seulement ce que Kimba Rimer et cet hideux bancroche voulaient bien qu'il sût.

Fût une époque, pas si lointaine, où Hart ne se serait point laissé grugé de la sorte par un Rimer ou ses pareils, une époque où au premier coup d'œil qu'il aurait jeté sur un Eldred Jonas et ses amis, ils les aurait expédiés vers l'Ouest, avec à peine un repas chaud dans l'estomac. Mais tout cela datait d'avant qu'Hart ne s'entiche des yeux gris, de la poitrine ferme et du ventre plat de *sai* Delgado.

Olive baissa la lampe, souffla la flamme et se glissa dans son lit où elle verrait poindre l'aube sans avoir fermé l'œil.

A une heure du matin, il ne restait plus personne dans les pièces de réception de la Maison du Maire, à l'exception d'un quarteron de femmes de ménage, effectuant leurs tâches en silence (mais avec une certaine nervosité) en présence d'Eldred Jonas. Quand l'une d'elles, relevant la tête, s'aperçut qu'il n'était plus assis à fumer sur la banquette dans l'embrasure de la fenêtre, elle passa le mot à voix basse à ses consœurs. Toutes prirent immédiatement un peu leurs aises. Sans aller cependant jusqu'à fredonner ni à rire. *El spectro*, l'homme au cercueil bleu tatoué sur la main, cantonné dans l'ombre, était bien capable de les avoir encore à l'œil.

A deux heures du matin, les femmes de ménage étaient parties à leur tour. C'était le moment de la nuit où, à Gilead, une fête atteignait à peine son apogée, où bavardages et commérages avaient le plus d'éclat, mais Gilead était loin, non seulement dans une autre Baronnie, mais dans un autre monde, semblait-il. On était ici dans l'Arc Extérieur et dans les Baronnies Extérieures, où même la *gentry* se couchait tôt.

Aucun membre de la *gentry* n'était d'ailleurs visible au Repos des Voyageurs ; et sous l'œil panoramique du Gai Luron, la nuit était encore passablement jeune.

2

A une extrémité du saloon, des pêcheurs, n'ayant pas pris la peine de retirer leurs bottes, buvaient et jouaient à Surveille-Moi en misant de petites sommes. Il y avait à leur droite, une table de poker ; à leur gauche, un noyau de supporters braillards — des cowboys pour la plupart — s'alignaient le long de l'Allée de Satan, regardant rebondir les dés qui dévalaient le tapis de velours en pente. A l'autre bout de la pièce, Sheb McCurdy martelait un boogie désaccordé, la main droite volant sur les touches, la gauche pompant, la sueur lui dégoulinant du cou et le long de ses joues pâlichonnes. Debout près de lui, perchée sur un tabouret, Pettie le Trottin secouait son énorme popotin et braillait les paroles de la chanson à s'en casser la voix.

Viens voir par ici, Bébé,
Y a de la volaille dans le poulailler
Où ça le poulailler ?

A qui le poulailler ?
Le mien de poulailler !
Viens voir par ici, Bébé,
Prends ton taureau par les cornes,
Et ton pied.

Sheemie s'arrêta près du piano, le baquet dit « du chameau » à la main, et, souriant à la chanteuse, tenta de joindre sa voix à la sienne. Pettie d'une tape lui fit passer son chemin, sans qu'un mot, un boum ou un badaboum lui échappent. Sheemie s'éloigna en émettant son rire si particulier qui, malgré sa hauteur dans les aigus, n'était pas déplaisant.

Une partie de fléchettes était en cours ; dans un box, près du fond, une putain qui redorait son blason en se faisant appeler Comtesse Jillian de Haut Killian (une lignée de sang royal de la lointaine Garlan, mes chéris, le dessus du panier, quoi) tentait de mener de front deux branlettes tout en fumant la pipe. Enfin, alignés le long du bar, tout un assortiment de mauvais sujets (vagabonds, vachers, bouviers, meneurs de chevaux, conducteurs de diligence, charretiers, charrons, charpentiers, escrocs, éleveurs, bateliers, porte-flingues) levait le coude sous la double tête du Gai Luron.

Les deux seuls porte-flingues de l'endroit buvaient en Suisses au bout du bar. Personne n'essaya de se joindre à eux, et pas seulement parce qu'ils arboraient du fer crachant le feu dans des étuis bas sur les hanches, à la façon des pistoleros. Les revolvers, pour n'être pas courants, n'étaient pas inconnus à Mejis, ces jours, et on ne les craignait pas particulièrement. Mais ces deux types-là avaient l'air renfrogné de ceux qui ont consacré une longue journée à une tâche qu'ils n'avaient aucune envie de remplir — l'air de types prêts à déclencher une bagarre pour un rien qui seraient ravis, histoire de bien boucler la journée, d'expédier à son domicile le mari d'une veuve de fraîche date, les pieds devant dans un chariot express.

Stanley, le barman, leur servait whiskey sur whiskey sans tenter de lier conversation, même en leur lançant un truc du genre « chaude journée, messires, n'est-ce pas ? ». Ils empestaient la sueur et leurs mains poissaient de résine de pin. Ce qui n'empêchait pas Stanley de distinguer les cercueils qui y étaient tatoués en bleu. Leur ami, le vieux vautour boiteux aux cheveux de fille et à la patte folle, était absent du moins. Aux yeux de Stanley, si Jonas était sans conteste le pire des Grands Chasseurs du Cercueil, ces deux-là étaient déjà bien assez patibulaires, et il n'avait nullement l'intention de les prendre à rebrousse-poil s'il pouvait l'éviter. Avec un peu de chance, personne ne s'y frotterait ; et d'ailleurs, ils avaient l'air suffisamment fatigués pour ne pas faire de vieux os.

Reynolds et Depape étaient crevés, pour ça oui — ils avaient passé la journée à Citgo à camoufler toute une rangée de citernes vides affublées sur leurs flancs de noms dépourvus de sens (TEXACO, CITGO, SUNOCO, EXXON). Ils avaient bien dû se coltiner et empiler une foultitude de branches de pin, à ce qu'il leur avait semblé. Mais n'avaient pas prévu pour autant de mettre un terme à leur beuverie de bonne heure. Depape l'aurait peut-être fait si Sa Majesté avait été disponible, mais cette jeune beauté (Gert Moggins de son vrai nom) était de corvée de ranch et ne reviendrait pas d'ici deux soirs.

— Et même d'ici une semaine, s'il y a du cash et du bon à glaner, déclara Depape, avec morosité, remontant ses lunettes sur son nez.

— Qu'est-ce que t'en as à foutre ? fit Reynolds.

— La lui foutre, justement, si je pouvais, mais j'peux pas.

— J'vais me prendre une assiette de ce truc offert par la maison, dit Reynolds, montrant du doigt, à l'autre extrémité du bar, un plein seau en étain de clams fumants, qu'on venait d'apporter de la cuisine.

— Tu en veux ?

— Ça ressemble à des filaments de morve et ça descend dans le gosier tout pareil. Ramène-moi plutôt de la viande séchée.

— O.K., partenaire.

Reynolds longea le bar, chacun s'écartant pour livrer un large passage autant à lui qu'à sa cape gansée de soie.

Depape, plus morose que jamais pour s'être remis Sa Majesté en tête, l'imagina engloutir cow-boys et *spareribs* là-bas au Piano Ranch ; il avala son verre d'un trait, grimaça en humant l'odeur forte de résine de pin sur sa main et tendit son verre en direction de Stanley Ruiz.

— Remplis-moi ça, chien ! beugla-t-il.

Un cow-boy, dos, fesses et coudes appuyés au bar, s'en décolla d'un sursaut en entendant la gueulante de Depape. Il n'en fallut pas plus pour que la danse commence.

Sheemie se pressait vers le passe-plat par où les coquillages avaient fait leur apparition. Il tenait à présent devant lui à pleines mains le baquet. Plus tard, quand le Repos commencerait à se vider, son boulot consisterait à tout nettoyer. Pour l'heure, il se bornait à circuler avec le baquet du chameau, dans lequel il vidait tous les fonds de verre qui traînaient. Cet élixir terminait dans une cruche derrière le bar. Ladite cruche était libellée avec justesse — PISSE DE CHAMEAU — et on pouvait en obtenir un double petit verre pour trois sous. C'était là un breuvage réservé aux téméraires ou aux impécunieux, mais bon nombre de membres de ces deux catégories défilaient chaque soir sous le regard sévère du Gai Luron ; vider la cruche posait rarement problème à Stanley. Et si d'aventure elle n'était pas vide en fin de soirée, eh bien, il y avait toujours une nouvelle soirée qui succédait à la première. Sans parler d'un nouveau contingent d'imbéciles à abreuver.

Mais en cette occasion, Sheemie ne devait jamais atteindre la cruche de Pisse de Chameau derrière l'extrémité du bar. Trébuchant sur la botte du cow-boy qui venait de sursauter, il tomba à genoux avec un grognement de surprise. Le contenu du baquet se répandit en clapotant devant lui et obéissant en cela à la Première Loi de Malignité Satanique — à savoir, si le pire peut arriver, d'habitude il arrive — vint éclabousser Roy Depape, des genoux jusqu'aux pieds, d'un cocktail bière, *graf* et tord-boyaux à vous faire monter les larmes aux yeux.

Toute conversation cessa au bar ; et même les hommes agglutinés autour du tapis de dés se turent. Sheb aperçut en se retournant Sheemie à genoux devant l'un des hommes de Jonas et s'arrêta de jouer. Pettie, fermant fort les yeux pour mettre toute son âme dans sa voix, continua à chanter trois ou quatre mesures *a cappella* avant d'appréhender le silence qui se propageait comme une ride sur l'eau. Cessant de chanter, elle rouvrit les yeux. Ce silence-là annonçait en général que quelqu'un allait se faire descendre. Si c'était le cas, elle n'entendait pas manquer ça.

Depape demeura parfaitement immobile, respirant à plein nez l'aigre puanteur d'alcool qui montait du sol. Mais l'odeur, il s'en foutait ; grosso modo, celle de résine de pin la battait de cent coudées. Il se foutait également que son pantalon lui colle aux genoux. Cela aurait été légèrement plus irritant, par contre, si quelques gouttes de ce nectar avaient coulé dans ses bottes, mais non, pas une seule.

Sa main se porta d'elle-même sur la crosse de son revolver. Dieux et déesses, voilà qui allait détourner son esprit de ses mains poisseuses et de l'absence d'une pute. Et une bonne distraction valait bien un petit arrosage.

Le silence insonorisait la salle à présent. Stanley se tenait raide comme un soldat au garde-à-vous derrière le bar, tirant avec nervosité sur l'un de ses brassards élastiques. A l'autre extrémité du bar, Reynolds fixait son partenaire avec un vif intérêt. Il prit un clam dans le seau fumant et en brisa la coquille contre le rebord du bar, comme celle d'un œuf dur. Toujours à genoux, Sheemie leva vers Depape de grands yeux apeurés, mangés par ses mèches noires en bataille. Il fit de son mieux pour sourire.

— Eh bien, mon garçon, on peut dire que tu m'as copieusement arrosé, fit Depape.

— Désolé, mon grand, j'm' suis pris un croche-pa-patte, fit Sheemie, balançant une main par-dessus son épaule : quelques gouttes de pisse de chameau volèrent du bout de ses doigts.

Quelque part quelqu'un s'éclaircit la gorge avec nervosité — *raaaagh !* La pièce était pleine d'yeux aux aguets et le calme qui la baignait permettait à chacun d'entendre le vent sur l'avant-toit et, à trois kilomètres de là, les vagues qui venaient se briser sur les rochers de la Pointe d'Hambry.

— Putain, qu'est-ce que tu nous baratines, toi ? s'exclama le cowboy qui avait sursauté.

Il avait autour de vingt ans et peur tout à coup de ne plus jamais revoir sa maman.

— T'amuse point à m'coller tes emmerdes sur le dos, pauv' débile.

— Peu importe comment c'est arrivé, reprit Depape, conscient d'avoir un public et sachant qu'avant tout un public réclame d'être diverti. *Sai* R.D. Depape, histrion-né, entendait bien ne pas décevoir cette attente.

Pinçant son pantalon de velours au-dessus du genou, il en remonta les jambes : le bout de ses bottes apparut, luisant d'humidité.

— Regarde un peu dans quel état t'as mis mes bottes.

Sheemie tout sourires levait des yeux terrifiés vers lui.

Stanley Ruiz décida qu'il ne pouvait pas laisser les choses continuer ainsi sans tenter au moins de les arrêter. Il avait connu Dolores Sheemer, la mère du garçon ; il était même possible qu'il en soit le père. Dans tous les cas, il aimait bien Sheemie. C'était un simplet, mais il avait bon cœur ; il ne buvait jamais et faisait toujours bien son boulot. Il savait aussi vous gratifier d'un sourire, même par les plus froids et les plus brumeux des jours d'hiver : talent que nombre de gens dotés d'une intelligence normale ne possédaient point.

— *Sai* Depape, fit-il d'un ton respectueux, s'avançant d'un pas. Je suis vraiment désolé. Je serai heureux de vous payer des verres le reste de la soirée en dédommagement de ce regrettable...

Depape agit alors avec une célérité trop grande pour être perçue, mais ce ne fut pas ce qui stupéfia le plus ceux qui étaient présents au Repos ce soir-là ; ils s'attendaient bien à ce qu'un membre de la bande à Jonas ait des réflexes rapides. Non, ce qui les abasourdit bel et bien fut qu'il *n'ait même pas pris la peine de chercher sa cible des yeux*. Il localisa Stanley au son de sa voix.

Depape dégaina et fit décrire à son arme un arc ascendant vers la droite. Elle vint frapper Stanley Ruiz en pleine bouche, lui écrasant les lèvres et lui brisant trois dents. Du sang éclaboussa le miroir derrière le bar ; quelques gouttes voltigeant haut vinrent orner le bout du naseau gauche du Gai Luron. Stanley hurla en se collant les mains sur le visage et tituba à reculons contre l'étagère, dans son dos. Dans le silence ambiant, le cliquetis des bouteilles qui s'entrechoquaient prit un relief sonore considérable.

Au bout du bar, Reynolds brisa un autre clam, fasciné par le spectacle. Aussi bon qu'une pièce de théâtre, c'était.

Depape reporta son attention sur le garçon agenouillé.

— Tu vas me nettoyer mes bottes, dit-il.

Le soulagement vint brouiller les traits de Sheemie. Nettoyer ses bottes ! Et comment ! Tu parles ! Tout de suite ! Il sortit le chiffon qu'il avait en permanence dans sa poche revolver. Il n'était même pas encore sale. Enfin, pas trop.

— Non, dit Depape d'un ton patient.

Sheemie releva les yeux, déconcerté, bouche bée.

— Range-moi cette saleté là où tu l'as prise — je veux pas me salir les yeux rien qu'à la regarder.

Sheemie remit docilement le chiffon dans sa poche.

— Lèche-les, fit Depape du même ton patient. C'est ce que je veux que tu fasses. Tu vas lécher mes bottes jusqu'à ce qu'elles soient complètement sèches et propres au point que tu voies s'y refléter ta gueule de pauvre couillon.

Sheemie hésita, comme s'il n'était pas bien sûr de ce qu'on lui ordonnait. Ou peut-être son cerveau traitait-il simplement l'information.

— A ta place, je le ferais, lança Barkie Callahan à l'abri, l'espérait-il, derrière le piano de Sheb. Si tu veux revoir le soleil se lever, t'as intérêt.

Depape, ayant déjà décidé *in petto* que le ramolli du bulbe ne verrait pas d'autre lever de soleil, pas dans *ce* monde du moins, ne broncha pas. On ne lui avait jamais léché les bottes. Il voulait savoir ce que cela faisait. Si c'était agréable — avec quelque chose de sexuel en plus — peut-être qu'il pourrait essayer avec Sa Majesté.

— Je suis vraiment obligé ? fit Sheemie, dont les yeux s'emplirent de larmes. Ça suffit point que je dise pardon et que je les astique vraiment bien ?

— *Lèche*, âne bâté, fit Depape.

Les cheveux de Sheemie lui tombaient dans les yeux. Il sortit sa langue avec hésitation et, au moment où il penchait la tête vers les bottes de Depape, sa première larme coula.

— Arrête ça, arrête ça, arrête ça, fit une voix, créant un choc dans le silence — mais ni par son côté inattendu et certainement pas parce qu'elle manifestait de la colère.

Le choc fut produit par la gaieté du ton.

— Je peux simplement pas le permettre. Ah ça non. Je laisserais faire si je pouvais, mais je peux pas. Rapport au manque d'hygiène, voyez. Qui sait quelle maladie peut se répandre de cette façon ? L'esprit défaille ! Je dirais même plus, *déraille* !

L'énonciateur de cette folle harangue, potentiellement fatale, était campé juste devant les portes battantes du saloon : il s'agissait d'un jeune homme de taille médiocre, dont le chapeau plat repoussé en arrière révélait une mèche rebelle de cheveux châtains. Mis à part que le terme *jeune homme* ne lui convenait pas vraiment, réfléchit Depape ; *jeune homme* forçait le trait. Ce n'était rien d'autre qu'un gamin. Autour du cou, les dieux savaient pourquoi, il portait un crâne d'oiseau, tel un énorme et grotesque pendentif, la chaîne passée à travers les orbites. Et dans ses mains, pas d'arme à feu (*où donc un morveux sans poil au menton l'aurait prise, d'abord ?* se demanda Depape), mais une putain de fronde. Depape éclata de rire.

Le gamin éclata de rire à son tour, opinant du bonnet comme s'il était conscient du ridicule achevé de la situation. Son rire était contagieux ; Pettie, toujours debout sur son tabouret, pouffa avant de se couvrir la bouche de ses mains.

— Un gosse comme toi n'est pas à sa place ici, dit Depape.

Il n'avait toujours pas rengainé son revolver, un vieux cinq-coups ; il le tenait au poing, posé sur le bar, et le sang de Stanley Ruiz dégouttait de sa visée. Depape, sans le lever, l'agita légèrement sur le comptoir de bois de fer.

— Les gosses qui fréquentent ce genre d'endroit prennent de mauvaises habitudes, petit. Celle de mourir avant l'heure, par exemple. Donc, je te laisse encore une chance. Fous le camp.

— Merci, messire, j'apprécie la chance qui m'est donnée, reprit le gamin, avec une sincérité engageante... mais sans bouger d'un pouce pour autant.

Il se contenta de rester devant les portes battantes, le large élastique de sa fronde tendu. Depape ne distinguait pas très bien ce que contenait la poche, mais cela brillait à la lumière du gaz. On aurait dit une bille de métal.

— Alors quoi ? grogna Depape.

Ça commençait à traîner en longueur.

— J'sais que j'suis un brise-miches, m'sieur, un vrai casse-couilles et que je vous pompe le nœud jusqu'à sa dernière goutte de foutre — mais si ça ne vous fait rien, cher ami, j'aimerais moi aussi donner sa chance au p'tit jeune agenouillé devant vous. Laissez-le s'excuser et vous astiquer les bottes avec son chiffon jusqu'à ce que vous soyez satisfait et laissez-le continuer à vivre sa vie.

Un murmure d'approbation incontrôlée s'éleva du coin des joueurs de cartes ; Depape n'apprécia pas du tout ces sons de cloche, aussi prit-il une décision soudaine. Le garçon lui aussi mourrait, pour crime d'impertinence. Le souillon qui avait répandu la lie du baquet sur lui était visiblement un attardé mental. L'autre blanc-bec n'avait même pas cette excuse. Il se trouvait drôle tout simplement.

Du coin de l'œil, Depape aperçut Reynolds qui se coulait, fluide comme la soie, pour prendre le gamin à revers. Depape apprécia l'intention, tout en restant persuadé de pouvoir venir à bout du spécialiste de la fronde sans aide extérieure.

— Je crois que tu as commis une erreur, mon garçon, fit-il d'une voix aimable. Je pense vraiment que...

La poche de la fronde plongea un tantinet... ou bien Depape l'imagina-t-il. Et il passa à l'acte.

3

On en parla à Hambry pendant les années à venir ; trois décennies après la chute de Gilead et la fin de l'Affiliation, on en parlait encore. A cette époque, on comptait plus de cinq cents vieux schnocks (et une poignée de vieilles peaux) qui déclaraient avoir bu une bière au Repos, cette nuit-là, et avoir tout vu.

Depape était jeune et vif comme un serpent. Néanmoins, il n'eut pas le moindre loisir de tirer sur Cuthbert Allgood. L'élastique se détendit dans un *twang*, suivi d'une lueur métallique qui fendit, tel un trait tracé sur une ardoise, l'atmosphère enfumée du saloon. Là-dessus, Depape poussa un cri. Son revolver dégringola sur le plancher et un coup de pied l'envoya valser loin de lui, tournoyant dans la sciure (si personne ne s'en déclara l'auteur tant que les Grands Chasseurs du Cercueil séjournèrent à Hambry, ils furent des centaines à revendiquer cet exploit après leur départ). Sans cesser de hurler — il ne supportait pas la douleur —, Depape leva sa main ensanglantée, la fixant avec une incrédulité angoissée. En fait, il l'avait échappé belle. La bille de Cuthbert s'était contenté de lui fracasser l'extrémité de l'index, arrachant l'ongle. L'eût-elle frappé plus bas, Depape aurait pu souffler des ronds de fumée à travers sa paume percée.

Cuthbert, entre-temps, avait rechargé la poche de sa fronde et retendu l'élastique.

— A présent, si vous voulez bien m'accorder votre attention, mon bon monsieur...

— Je ne peux pas répondre de la sienne, fit Reynolds dans son dos, mais tu as la mienne, *partenaire*. J'sais pas si t'es vraiment bon à ce truc ou si t'as eu une veine de cocu, mais quoi qu'il en soit, t'as fini de jouer. Tu relâches bien gentiment l'élastique et tu vas aller poser ça sur la table en face de toi : c'est là que je veux le voir.

— Pris à revers, constata Cuthbert tristement. Trahi une fois de plus par ma jeunesse et le manque d'expérience.

— Je me prononcerai pas sur ta jeunesse sans expérience, frangin, mais pour avoir été pris à revers, ça, tu l'as été et bien, renchérit Reynolds.

Il se tenait derrière Cuthbert, légèrement sur la gauche ; levant alors son revolver, il appuya le canon sur la nuque du garçon. Reynolds arma le chien du pouce. Dans le réservoir de silence qu'était devenu le Repos des Voyageurs, le son claqua fortement.

— Maintenant, tu poses ce lance-pierres.

— Je crois, mon bon monsieur, qu'à mon plus grand regret, je me vois contraint de refuser.

— *Quoi* ?

— Vous voyez, ma fidèle fronde est braquée sur la tête de votre charmant ami... commença à dire Cuthbert.

A cet instant, Depape fit un mouvement maladroit contre le bar, et la voix de Cuthbert — dont toute inexpérience était absente — le cingla comme un coup de fouet :

— *Tiens-toi tranquille ! Tu rebouges, t'es un homme mort !*

Depape se soumit, appuyant sa main blessée contre sa chemise résinée. Pour la première fois, il eut l'air effrayé, et pour la première fois, ce soir-là — pour la première fois, en fait, depuis leur accointance avec Jonas —, Reynolds sentit la maîtrise de la situation à deux doigts de leur échapper... mais comment une telle chose serait-elle possible ? Alors qu'il avait réussi à contourner ce bigleux à la langue bien pendue et à lui mettre le grappin dessus ? Il fallait en finir.

Baissant le ton et retrouvant celui de la conversation — enjoué, pour ne pas le qualifier — Cuthbert déclara :

— Si vous me tuez, la bille part et votre ami, gare, il mourra itou.

— Je te crois pas, répondit Reynolds, n'aimant pas le son de sa propre voix, colorée par le doute. Aucun homme ne réussirait ce coup-là.

— Et si on laissait votre ami décider ? fit Cuthbert, élevant le ton avec bonne humeur. Eh-oh, là-bas, Mister Binoclard ! Ça vous plairait que votre pote me descende ?

— Non ! s'écria Depape, d'une voix suraiguë où perçait la panique. Non, Clay ! Ne tire pas !

— Alors, on se trouve au point mort, fit Reynolds, éberlué.

Mais son ahurissement vira à l'horreur quand il sentit la lame d'un énorme coutelas lui frôler le cou et venir lui piquer la peau au-dessus de la pomme d'Adam.

— Pas du tout, fit Alain d'une voix douce. Posez votre arme, mon ami, ou je vous coupe la gorge.

4

A l'abri derrière les portes battantes, étant arrivé à temps par un pur et heureux hasard pour assister à cette pièce de Guignon et Gnafrol, Jonas n'en crut pas ses yeux et en conçut un mépris sans borne teinté d'épouvante. D'abord l'un des mioches de l'Affiliation tenait la dragée haute à Depape, puis quand Reynolds mettait en joue celui-là, voilà-t-il pas que le gros gamin à face de lune et aux épaules de laboureur venait piquer de son couteau la gorge de Reynolds ! Et dire qu'aucun de ces gamins n'avait quinze ans ni d'arme à feu ! Extraordinaire. Il aurait trouvé ça bien mieux qu'un spectacle de cirque ambulant, si ne devaient pas s'ensuivre de gros pépins au cas où ils ne redresseraient pas la situation. Quelle tâche pourraient-ils remplir à Hambry si l'on racontait à la ronde que les croque-mitaines avaient peur des enfants au lieu du contraire ?

Il est temps d'arrêter ça avant qu'il y ait mort d'homme, peut-être. Si tu en as envie. C'est le cas ?

Jonas décida que oui et qu'ils pouvaient s'en sortir vainqueurs, s'ils jouaient serré. Il décida aussi que les mômes de l'Affiliation ne quitteraient pas vivants la Baronnie de Mejis, à moins d'avoir vraiment beaucoup de chance.

Où est donc le troisième ? Dearborn ?

Bonne question. Et des plus *importantes*. L'embarras tournerait à l'humiliation pure et simple s'il se retrouvait blousé comme Roy et Clay.

Dearborn ne se trouvait pas dans le bar, ça c'était sûr. Jonas, pivotant sur ses talons, fouilla du regard la Grand-Rue Sud dans les deux sens. On y voyait comme en plein jour sous la Lune des Baisers (ayant à peine dépassé son apogée depuis deux jours). Personne en vue, ni dans la rue ni de l'autre côté, où se trouvait le magasin général d'Hambry ; il était doté d'une véranda où s'alignait une rangée de totems sculptés des Gardiens du Rayon : l'Ours, la Tortue, le Poisson, l'Aigle, le Lion, la Chauve-Souris et le Loup. Sept sur douze, aussi brillants que du marbre au clair de lune et grands favoris à coup sûr des tout-petits. Aucun homme en vue, là-bas. Bien. Parfait.

Jonas, scrutant l'étroite impasse entre le magasin général et la boucherie, entrevit une ombre se faufiler derrière un tas de caisses au rebut ; tout de suite en alerte, il se détendit bientôt en voyant briller les yeux verts d'un chat. Satisfait sur ce point, il revint à ses moutons et, repoussant le battant gauche de la porte du Repos des Voyageurs, pénétra dans le saloon. Alain entendit grincer un gond, mais avant qu'il ait pu se retourner, Jonas lui appuyait déjà son revolver sur la tempe.

— Fiston, à moins que tu soies barbier, tu ferais mieux de lâcher ce coupe-chou, je crois. Premier et dernier avertissement.

— Non, dit Alain.

Jonas, ne s'attendant qu'à de la soumission, ne s'étant préparé à rien d'autre, n'en crut pas ses oreilles.

— *Quoi ?*

— Vous avez bien entendu, fit Alain. Je vous ai dit non.

5

Après avoir tous trois pris poliment congé à Front de Mer, Roland avait laissé ses amis à leurs amusements ; ils termineraient la soirée au Repos des Voyageurs, supposa-t-il, sans s'y attarder ni s'y attirer d'ennuis, étant donné qu'ils n'avaient pas d'argent pour jouer aux cartes et ne pourraient rien boire de plus excitant que du thé froid. Lui avait gagné une autre partie de la ville à cheval, attaché sa monture sur l'une des deux places publiques (Rusher n'avait opposé qu'un hennissement perplexe à ce traitement, sans plus) et erré depuis par les rues vides et endormies, son chapeau enfoncé jusqu'aux yeux et les mains serrées à lui faire mal dans le dos.

De multiples questions harcelaient son esprit — les choses n'étaient pas claires par ici. Il avait d'abord cru que son imagination lui jouait des tours, que la part enfantine de sa personnalité voyait fomenter partout des troubles et des complots de contes de fées, parce qu'on l'avait écarté du cœur de l'action véritable. Mais depuis sa discussion avec « Rennie » Renfrew, il était plus au fait. Il y avait de quoi se poser des questions sur de complets mystères ; mais le plus infernal de tout, c'est qu'il ne pouvait pas se concentrer sur eux, encore moins leur trouver ne serait-ce qu'un début d'explication. Chaque fois qu'il s'y essayait, le visage de Susan Delgado venait s'immiscer dans ses pensées... son visage, ou bien sa chevelure ou encore la façon gracieuse et intrépide dont ses pantoufles de soie avaient suivi ses bottes pendant qu'ils dansaient, sans jamais hésiter ni se laisser distancer. Il réentendait sans cesse les dernières paroles qu'il lui avait adressées, sur ce ton de prédicateur hautain, bégueule et puéril. Il aurait donné n'importe quoi ou presque pour retirer ces mots et le ton sur lequel il les avait dits. Elle partagerait l'oreiller de Thorin, la Moisson venue, et porterait un enfant de lui avant la première neige, un héritier mâle peut-être, et puis après ? Des hommes riches, célèbres et de sang bleu avaient pris des gueuses depuis le commencement des temps ; Arthur l'Aîné en avait eu plus de quarante, si l'on en croyait la légende. Alors, vraiment, qu'est-ce que ça pouvait lui faire ?

Je crois que je suis tombé amoureux d'elle. Voilà ce que cela me fait.

C'était là une idée consternante, mais impossible à écarter ; il ne connaissait que trop bien la géographie de son propre cœur. Il l'aimait, très vraisemblablement, mais une autre partie de lui la haïssait aussi, persistant dans l'idée choquante qui lui était venue au cours du dîner : qu'il aurait pu percer le cœur de Susan Delgado, fût-il venu armé. Cela résultait de sa jalousie, mais pas entièrement ; la jalousie était même loin d'en être la majeure part. Il avait établi un rapprochement indéfinissable, mais puissant, entre Olive Thorin — son pauvre sourire, triste et courageux au bout de la table — et sa propre mère. N'avait-il pas vu ce même regard affligé et mélancolique dans les yeux de sa mère le jour où il l'avait surprise en compagnie du conseiller de son père ? Marten, chemise ouverte sur la poitrine, Gabrielle Deschain, en robe d'intérieur qui avait glissé, lui découvrant l'épaule, et la chambre révélant par sa puanteur ce à quoi ils avaient consacré cette chaude matinée ?

Son esprit, tout endurci qu'il était déjà, se rétracta devant cette image avec horreur. Il revint à celle de Susan Delgado — à ses yeux gris et à ses cheveux dorés. Il la revit en train de rire, le menton levé, les mains serrées sur le saphir que Thorin lui avait donné.

Roland pouvait pardonner à Susan son statut de gueuse, supposa-t-il. Ce qu'il ne pouvait lui pardonner, en dépit de son attirance pour elle, c'était l'affreux sourire qu'Olive Thorin avait sur le visage en regardant la jeune fille qui occupait la place qui aurait dû être la sienne. Assise à sa place et riant aux éclats.

Voilà ce qui se bousculait dans sa tête tandis qu'il arpentait la ville au clair de lune. Ces idées-là n'étaient pas son affaire. Susan Delgado n'était pas la raison de sa présence ici, pas plus que ce Maire ridicule craquant aux jointures et sa pitoyable paysanne d'épouse... il ne pouvait pourtant pas se les sortir de la tête pour se concentrer sur ce qui *était* son affaire. Il avait oublié le visage de son père et espérait le retrouver en se promenant au clair de lune.

Dans cet état d'esprit, il descendit du nord au sud la Grand-Rue assoupie et argentée, songeant vaguement à payer peut-être quelque chose à boire à Alain et à Cuthbert et à lancer les dés une fois ou deux sur l'Allée de Satan avant de récupérer Rusher et décider que la soirée de boulot était finie. Et c'est ainsi qu'il aperçut Jonas — sa dégaine décharnée et ses longs cheveux blancs rendaient le bonhomme impossible à confondre —, posté à l'extérieur des portes battantes du Repos des Voyageurs et guettant ce qui se passait à l'intérieur. La vision de Jonas, main posée sur la crosse de son arme et corps tendu, chassa immédiatement toute autre pensée de l'esprit de Roland. Quelque chose était en train, et si Bert et Alain se trouvaient là-dedans, ils pourraient bien y être mêlés. Ils étaient après tout des étrangers dans cette ville, où il était fort possible — et même probable — que tout le monde n'aimât pas l'Affiliation avec l'ardeur professée au cours du dîner de ce soir. Ou bien alors, c'étaient les amis de Jonas qui avaient des problèmes. *Quelque chose* était sur le feu, en tout cas.

Sans trop savoir pourquoi il agissait ainsi, Roland gravit silencieusement les marches de la véranda du magasin général. Des animaux sculptés s'alignaient là (sans doute cloués solidement aux planches, pour éviter que des soûlards du saloon d'en face ne les embarquent en guise de plaisanterie, les comptines de leur enfance aux lèvres). Roland se glissa derrière le dernier totem de la rangée — l'Ours —, pliant les genoux pour empêcher son chapeau de dépasser. Il devint alors aussi immobile que le totem sculpté. Il vit Jonas se retourner, regarder de l'autre côté la rue, puis sur sa gauche, scrutant quelque chose...

Retentit alors un très doux *Miaou ! Miaou !*

Un chat. Dans l'impasse.

Jonas regarda encore un instant, puis pénétra dans le Repos. Aussitôt, Roland quitta l'abri de l'ours sculpté, dévala les marches et gagna la rue. Sans avoir le don de *shining* d'Alain, ses intuitions étaient parfois très fortes. La présente lui disait qu'il devait se presser.

Dans le ciel, la Lune des Baisers se dissimula derrière un nuage.

6

Pettie le Trottin, toujours plantée sur son tabouret, avait dessoûlé, et continuer à chanter était le cadet de ses soucis. Elle avait du mal à croire ce qu'elle voyait : Jonas tenait en respect un gamin qui tenait en respect Reynolds qui tenait en respect un *autre* gamin (ce dernier portant autour du cou un crâne d'oiseau au bout d'une chaîne) qui tenait en respect Roy Depape — qui, plus exactement, avait fait couler un peu de sang de Depape. Et quand Jonas avait ordonné au gros garçon de poser le couteau qu'il pointait contre la gorge de Reynolds, *le gros garçon avait refusé.*

Vous pouvez souffler ma chandelle et m'expédier dans la clairière au bout du sentier, songea Pettie, *car à présent, j'ai tout vu, si fait.* Elle supposa qu'elle devrait descendre du tabouret — il y avait de la fusillade dans l'air, et susceptible de se déclencher d'une seconde à l'autre — mais parfois, il faut savoir prendre des risques.

Car certaines choses sont trop bonnes pour qu'on les rate.

7

— Nous sommes venus dans cette ville mandatés par l'Affiliation pour y accomplir un travail, dit Alain.

Il tenait dans sa poigne les cheveux trempés de sueur de Reynolds, tandis que, de l'autre main, il appuyait le couteau contre sa gorge sans faiblir. Mais pas suffisamment pour lui percer la peau.

— Si jamais vous nous causez du tort, l'Affiliation saura s'en souvenir. De même que nos pères. Vous serez traqués comme des chiens et probablement pendus la tête en bas, une fois pris.

— Fiston, il n'y a aucune patrouille de l'Affiliation à moins de deux cents, si ce n'est trois cents roues d'ici, rétorqua Jonas. Et je m'en foutrais comme d'un pet dans un ouragan, même s'il y en avait une juste derrière la colline. Vos pères, idem. Pose cette lame ou je te fais sauter la cervelle.

— Non.

— Les futurs développements de cette affaire promettent d'être croquignolets, fit remarquer gaiement Cuthbert...

... mais sous son babillage pointait à présent un peu de tension. Ni crainte ni même nervosité, non, juste un brin de tension nerveuse. Ils ont de l'étoffe et de la bonne, plus que probable, songea Jonas avec amertume. Il avait sous-estimé ces gars-là lors du repas ; si rien d'autre n'était clair, ça au moins, ça l'était.

— Vous descendez Richard, Richard coupe la gorge de Mister Cape qui de son côté me descend ; mes pauvres doigts de mourant lâchent l'élastique de ma fronde et une bille d'acier va se loger dans ce qui tient lieu de cervelle à Mister Binoclard. *Vous* néanmoins vous en tirerez, ce qui sera d'un grand réconfort pour le cadavre de vos amis.

— Match nul, dit Alain à l'homme qui lui braquait la tempe de son arme. On fait tous machine arrière et on s'en va chacun de notre côté.

— Non, fiston, fit Jonas, adoptant un ton patient.

Il estima que sa colère n'était pas perceptible, mais elle montait cependant. Mes dieux, perdre la face comme ça, même temporairement !

— Personne ne se comporte ainsi avec les Grands Chasseurs du Cercueil. C'est ta dernière chance de...

Un truc dur, froid et des plus pointus vint s'appuyer contre la chemise de Jonas, dans son dos, juste entre les deux omoplates. Il sut aussitôt ce que et qui c'étaient, comprit que la partie était perdue, sans pourtant arriver à imaginer comment les événements avaient pu prendre un tour si grotesque, à vous rendre fou.

— Rengainez votre arme, fit une voix derrière lui.

Elle était calme, sans timbre, comme vidée de toute émotion.

— Tout de suite. Sinon je vous enfonce ça dans le cœur. Plus de parlote. L'heure des palabres est passée. Vous vous exécutez ou je vous crève.

Jonas perçut deux choses dans cette voix : sa jeunesse et son ton de sincérité. Il remit son revolver dans son étui.

— Vous, le type à cheveux bruns, sortez le canon de votre flingue de l'oreille de mon ami et rengainez-le aussi. Tout de suite.

Clay Reynolds ne se le fit pas répéter deux fois, puis encore tout tremblant poussa un long soupir quand Alain éloigna la lame du couteau de sa gorge et prit du champ. Cuthbert, sans risquer un seul regard alentour, garda sa fronde en position de tir.

— Vous au bar, dit Roland. Rengainez.

Depape obtempéra. Et grimaça de douleur en heurtant son doigt blessé contre son ceinturon. Alors seulement, Cuthbert relâcha l'élastique et fit glisser la bille d'acier de la poche de sa fronde dans sa paume.

On avait oublié la cause de ce remue-ménage pendant le déroulement de ses effets. A présent, Sheemie se remit debout et traversa la salle ventre à terre, les joues mouillées de larmes. Il saisit l'une des mains de Cuthbert entre les siennes, la baisa à plusieurs reprises (bruit de bises sonores qui aurait été cocasse en d'autres circonstances), et la tint contre sa joue un instant. Puis passant devant Reynolds en faisant un détour, il poussa le battant de droite et tomba direct dans les bras d'un Shérif ensommeillé et ivre à moitié. Sheb avait tiré Avery de la prison où ledit Shérif de la Baronnie cuvait le dîner de gala du Maire en roupillant dans l'une des cellules.

8

— Le beau bordel que voilà !

C'était Avery qui avait parlé. Personne ne répondit. Il ne s'était pas attendu à ce qu'ils le fassent, pas s'ils savaient ce qui valait mieux pour eux.

Comme le bureau de la prison était trop petit pour contenir confortablement trois hommes, trois grands gaillards qui n'en étaient pas tout à fait sans compter un Shérif extra-large, Avery avait dirigé la petite troupe vers la Salle Municipale, pleine d'échos des battements d'ailes des pigeons nichant sous les combles et du tic-tac régulier de l'horloge de parquet, derrière le podium.

C'était une pièce simple, mais néanmoins un choix inspiré. C'était là qu'habitants de la ville et propriétaires terriens de la Baronnie venaient depuis des centaines d'années prendre des décisions, voter des lois et à l'occasion expédier dans l'ouest tout individu particulièrement gênant. Une certaine gravité se dégageait de son obscurité éclairée par les rayons de lune et Roland pensa que même le vieil homme, Jonas, la ressentait un peu. Cela dotait à coup sûr le Shérif Herk Avery d'une autorité qu'il aurait été bien en peine de dégager autrement.

La salle était remplie de ce qu'en cet endroit-là et en ce temps-là, on appelait « des bancs à cru » — à savoir en chêne, sans coussins pour les fesses ou le dos. On en comptait soixante en tout, trente de chaque côté d'une vaste allée centrale. Jonas, Depape et Reynolds étaient assis sur le premier banc, à gauche de l'allée. Roland, Cuthbert et Alain s'étaient installés à droite, en face d'eux. Reynolds et Depape avaient l'air embarrassé et maussade ; Jonas, perdu dans ses pensées, semblait calme. La petite équipe de Will Dearborn se tenait coite. Roland avait lancé un regard à Cuthbert que ce dernier, espérait-il, avait déchiffré : *si je te prends une fois à faire le malin, je t'arrache la langue*. Il pensait que le message avait été bien reçu. Bert avait rangé quelque part sa stupide « vigie », ce qui était bon signe.

— Un beau bordel, répéta Avery.

Il poussa un profond soupir alcoolisé en leur direction. Assis au bord de l'estrade, ses courtes jambes ballant dans le vide, il les considérait avec un étonnement mêlé de dégoût.

La porte latérale s'ouvrit et l'Adjoint Dave entra ; il s'était dépouillé de sa veste blanche de serveur et avait fourré son monocle dans la poche de la chemise kaki de sa tenue plus habituelle. Il tenait à la main une chope et dans l'autre un morceau d'écorce de bouleau, à ce qu'il sembla à Roland.

— Tu as fait bouillir la première moitié, David ? demanda Avery, du ton de celui à qui on ne l'a fait pas.

— Si fait.

— Tu l'as bien fait bouillir deux fois ?

— Deux fois, si fait.

— Car telles étaient les prescriptions.

— Si fait, répéta David d'une voix résignée.

Il passa la chope à Avery dans laquelle il jeta l'écorce de bouleau qui restait quand le Shérif la lui tendit pour la recueillir.

Avery fit tournoyer le breuvage, le contemplant d'un œil dubitatif et résigné, puis le but. Il grimaça.

— Ah, pouah ! s'écria-t-il. J'connais rien d'aussi infect.

— Qu'est-ce que c'est ? demanda Jonas.

— Une potion contre la migraine. *Contre la gueule de bois*, plutôt. C'est une recette de la vieille sorcière, celle qui vit là-haut sur le Cöos. Vous voyez où ça se trouve ?

Avery lança à Jonas un regard entendu. Le vieux porte-flingue prétendit n'avoir rien vu, mais Roland fut de l'avis contraire. Qu'est-ce que cela voulait dire ? Nouveau mystère.

Depape leva la tête au mot *Cöos*, puis se remit à suçoter son doigt blessé. Assis après Depape, Reynolds, drapé dans sa cape et d'une humeur noire, fixait obstinément ses genoux.

— Et ça marche ? demanda Roland.

— Si fait, mon garçon, mais faut payer le prix fort pour ces remèdes de bonne femme. Souvenez-vous bien : on paie toujours le prix. Çui-là ôte le mal de tête quand on a trop bu de ce satané punch du Maire Thorin, mais y vous tord les boyaux quelque chose de costaud, si fait. Et les pets, j'vous raconte point... ! fit-il, agitant la main devant son visage pour souligner ses dires.

Il avala une autre gorgée avant de reposer la chope. Il reprit sa gravité première, mais l'humeur générale s'était un petit peu allégée ; tous le sentaient.

— Et maintenant, qu'est-ce qu'on décide à propos de cet' affaire ?

Herk Avery les dévisagea lentement tour à tour, commençant par Reynolds à l'extrême droite jusqu'à Alain — « Richard Stockworth », autrement dit —, à l'extrême gauche.

— Alors, les gars ? Nous avons d'un côté, les hommes du Maire et de l'autre, les... *hommes*... de l'Affiliation... six individus prêts à en découdre et à propos de quoi ? D'un simple d'esprit et d'un baquet de lavasse renversé.

Il désigna du doigt les Grands Chasseurs du Cercueil, puis les « compteurs » de l'Affiliation.

— Deux barils de poudre et un gros shérif au milieu. Alors, à votre avis ? Exprimez-vous, soyez pas timides, vous l'étiez point t'à l'heure dans le boxon de Coraline, alors le soyez point ici !

Personne ne souffla mot. Avery sirota à nouveau un peu de son affreux breuvage, puis le reposa et les regarda, l'air décidé. Ce qu'il dit ensuite ne surprit pas Roland outre mesure ; il n'attendait pas autre chose de la part d'un homme tel qu'Avery, il avait même prévu jusqu'à son ton suggérant qu'il se considérait comme celui qui pouvait prendre des décisions difficiles, par les dieux.

— Je vais vous dire c'qu'on va faire : oublier la chose.

Il adopta l'air de celui qui, s'attendant à un chahut, se prépare à prendre les choses en main. Quand personne n'éleva la voix ni ne remua un orteil, il parut tout déconfit. Il avait cependant un boulot à faire, et la soirée s'avançait. Il carra ses épaules et poursuivit :

— J'compte point passer les trois, quat' mois qui viennent à attendre d'voir qui d'vous va tuer qui. Que nenni ! Et j'veux pas plus me retrouver dans la position où j'devrais porter l'chapeau pour votre stupide querelle au sujet d'ce simplet de Sheemie. J'fais appel à votre bon sens, les gars, quand j'vous signale que j'peux être soit votre ami soit votre ennemi, le temps de vot' séjour, ici... mais j'aurais tort de point faire appel aussi à c'qu'y a d' plus noble dans vos natures, j'en doute point, savoir la largeur d'esprit et la sensibilité.

Le Shérif prit alors une expression exaltée qui ne fut pas, du point de vue de Roland, particulièrement heureuse. Avery concentra toute son attention sur Jonas.

— *Sai*, j'arrive point à croire que vous vouliez chercher noise à trois jeunes gens de l'Affiliation — l'Affiliation qu'a été comme le lait maternel et la protection paternelle depuis... oh... hum... cinquante bonnes générations, si fait ; vous voudriez pas être irrespectueux à ce point ?

Jonas fit non de la tête et l'aumône de son sourire imperceptible.

Avery opina à nouveau. Les choses étaient en bonne voie, si l'on se fiait à cet acquiescement.

— Tous tant qu'vous z'êtes, z'avez votre fer à battre et vos oignons à éplucher, et pas un d'vous n'a envie qu'truc pareil vienne s'mettre en travers d'son boulot, pas vrai ?

Et tous d'acquiescer cette fois.

— Alors je vous demande d'vous lever, d'vous serrer la main en vous implorant mutuellement pardon. Si vous refusez, en c'qui m'concerne, faudra tous tant qu'vous êtes sortir d'la ville au lever du soleil et chevaucher vers l'Ouest.

Il s'empara à nouveau de la chope et but plus longtemps, cette fois. Roland s'aperçut que la main du bonhomme tremblait très légèrement, ce qui ne le surprit pas. Tout ça était du bluff, du vent. Le Shérif avait dû comprendre que Jonas, Reynolds et Depape échappaient à son autorité dès qu'il avait vu les petits cercueils bleus tatoués sur leurs mains ; à l'issue de cette soirée, il serait persuadé de la même chose concernant Dearborn, Stockworth et Heath. Il pouvait simplement espérer que tous verraient où se trouvait leur intérêt. Roland le vit. Apparemment, il en fut de même pour Jonas, car à l'instant où Roland se leva, il l'imita.

Avery eut un petit mouvement de recul, comme s'il s'attendait à ce que Jonas sorte son arme à feu et Dearborn le couteau passé à sa ceinture, celui dont il piquait le dos de Jonas quand Avery avait fait son apparition poussive au saloon.

Cependant, ni revolver ni couteau ne furent sortis. Jonas se tourna vers Roland et lui tendit la main.

— Il a raison, mon gars, fit Jonas de sa voix chevrotante et flûtée.
— Oui.
— Tu veux bien en serrer cinq à un vieillard et jurer de repartir de zéro ?
— Oui, fit Roland en lui tendant la main.
Jonas la prit.
— J'implore ton pardon.
— Et moi, le vôtre, Messire Jonas.
Roland se tapota la gorge de la main gauche, comme il seyait quand on s'adressait à l'un de ses aînés, sur ce mode-là.
Au moment où tous deux se rasseyaient, Alain et Reynolds se levèrent à leur tour, comme les participants d'un cérémonial parfaitement huilé. Cuthbert et Depape furent les derniers à se lever. Roland était persuadé que l'espièglerie de Bert allait se manifester comme un diable hors de sa boîte — cet idiot ne serait pas capable de s'en empêcher, même s'il devait être conscient qu'un Depape n'était pas homme à prendre à la légère ce qui s'était passé ce soir-là.
— Implore votre pardon, dit Cuthbert, nulle trace d'ironie dans la voix ; ce qui était remarquable.
— Et moi, l'tien, marmonna Depape, tendant sa main zébrée de sang.
Roland envisagea le pire cauchemar : Bert la serrant de toutes ses forces, provoquant chez le rouquin un ululement de hibou collé sur un poêle chauffé au rouge, mais la poignée de main de Bert eut la même retenue que sa voix.
Avery, depuis l'estrade où il étais assis, ses jambes grassouillettes pendouillant dans le vide, supervisa cette scène avec la bonne humeur d'un vieil oncle. Même l'Adjoint Dave avait le sourire.
— Maint'nant, j'm' propose d'vous serrer la main à tous et d'vous renvoyer chacun d'vot' côté, car l'heure s'fait tardive, si fait, et quelqu'un comme moi a besoin d'repos pour ménager sa beauté.
Il pouffa et eut l'air à nouveau mal à l'aise quand personne ne lui emboîta le pas. Se laissant glisser au bas de l'estrade, il commença à distribuer des poignées de main, avec l'enthousiasme d'un plénipotentiaire ayant finalement réussi à marier un couple têtu au terme de longues et orageuses fiançailles.

9

Quand ils se retrouvèrent à l'extérieur, la lune était couchée et les premières clartés se montraient déjà dans le ciel, à l'horizon de la Mer Limpide.
— Il se peut que nous soyons appelés à nous rencontrer à nouveau, *sai*, dit Jonas.
— Oui, il se peut, dit Roland, avant de sauter en selle.

10

Les Grands Chasseurs du Cercueil demeuraient dans une maison de gardien à environ une demi-lieue de Front de Mer — à deux lieues et demie de la ville, en fait.

A mi-chemin, Jonas s'arrêta à un embranchement, d'où la route descendait en une pente raide et caillouteuse jusqu'à la mer qui s'éclairait de plus en plus.

— Descends de cheval, messire, fit-il, les yeux fixés sur Depape.

— Jonas... Jonas... je...

— Descends.

Se mordillant nerveusement la lèvre, Depape obéit.

— Enlève tes lunettes.

— Jonas, à quoi ça rime tout ça ? Je ne...

— Si tu préfères qu'on te les casse, tu n'as qu'à les garder. Pour moi, c'est tout un.

Se mordant la lèvre carrément, à présent, Depape ôta ses lunettes cerclées d'or. A peine les avait-il à la main que Jonas lui appliquait une formidable taloche sur la tempe. Depape, poussant un cri, tituba vers l'a-pic. Jonas se précipita sur lui avec la même célérité avec laquelle il l'avait frappé et le rattrapa par la chemise juste avant qu'il ne fasse la culbute dans le vide. Jonas, affermissant sa prise, tira Depape vers lui. Il respirait fort, inhalant le mélange résine de pin et sueur qui émanait de Depape.

— Tu mériterais que je te précipite dans le vide, souffla-t-il. Tu te rends compte du tort immense que tu nous as causé ?

— Je... Jonas... Je voulais pas... m'amuser un peu, tout ce que je... comment on aurait pu su ce qu'ils...

Lentement, la main de Jonas relâcha son emprise. Ce dernier bafouillage avait fait son chemin en lui. Comment ils auraient pu su avait beau écorcher la grammaire, l'idée était juste. Et, sans ce qui s'était passé ce soir, ils auraient pu n'en rien savoir. Si l'on considérait les choses sous cet angle, Depape leur avait vraiment fait un cadeau. Le démon que l'on connaît est toujours préférable à celui qu'on ne connaît point. N'empêche, l'histoire circulerait et on allait en faire des gorges chaudes en ville. Mais peut-être que même ça n'était pas une mauvaise chose. Les rires cesseraient en temps voulu.

— J'implore ton pardon, Jonas.

— La ferme, fit Jonas.

A l'est, le soleil se hisserait sous peu au-dessus de l'horizon, dardant ses premiers rayons sur un nouveau jour dans ce monde de peine et de labeur.

— Je te balancerai pas dans le vide, parce qu'il faudrait que j'y balance aussi Clay et que, moi aussi, je prenne le même chemin. Ils nous ont mouchés tout comme toi, non ?

Depape avait une forte envie d'opiner, mais songeant que ça pourrait être dangereux, observa un silence prudent.

— Descends un peu ici, Clay.
Clay se laissa glisser de sa monture.
— Et maintenant, on s'accroupit.
Tous trois se retrouvèrent à croupetons, prenant appui sur la semelle de leurs bottes, le talon en l'air. Jonas arracha un brin d'herbe qu'il se colla entre les lèvres.
— C'est des mômes de l'Affiliation, à ce qu'on nous a dit, et on avait pas de raison de pas le croire, fit-il. On a envoyé ces méchants garnements jusqu'à Mejis, Baronnie qui roupille au bord de la Mer Limpide, pour un prétendu boulot de détail, un tiers pénitence, deux tiers punition. C'est bien ce qu'on nous a raconté ?
Les deux autres acquiescèrent.
— L'un de vous y croit encore après ce qui s'est passé ce soir ?
Depape fit non de la tête, imité par Clay.
— C'est peut-être des gosses de riches, mais ça s'arrête pas là, dit Depape. La façon, ce soir, dont ils se sont... comme s'ils étaient des...
Il faisait traîner les choses, rechignant à formuler sa pensée jusqu'au bout. C'était d'une telle absurdité.
Jonas, lui, n'y rechigna pas.
— Ils se sont comportés comme des pistoleros.
Ni Jonas ni Reynolds ne réagirent immédiatement. Puis, Clay Reynolds laissa tomber :
— Ils sont trop jeunes, Eldred. *Des années* trop jeunes.
— Mais peut-être pas trop jeunes pour être des apprentis. En tout cas, c'est ce qu'on va découvrir.
Il se tourna vers Depape.
— Tu vas avoir à chevaucher un brin, mon goujat.
— Oh, Jonas... !
— Si aucun d'entre nous ne s'est couvert de gloire, toi, t'as été l'imbécile qu'a mis le feu aux poudres, dit-il, dévisageant Depape.
Mais ce dernier gardait obstinément les yeux fixés à terre.
— Tu vas revenir sur leurs traces, Roy, et poser des questions jusqu'à ce que tu obtiennes des réponses qui à ton avis satisferont ma curiosité. Clay et moi, on va se contenter de t'attendre. Et de guetter. Jouer une partie de Castels, si tu préfères. Quand j'estimerai qu'assez de temps a passé pour qu'on aille un peu fouiner sans risquer de se faire prendre, peut-être bien qu'on ira.
Il mordilla le brin d'herbe qu'il avait à la bouche. Il le sectionna et la plus grosse moitié dégringola entre ses bottes.
— Vous savez pourquoi je lui ai serré la main, au petit Dearborn ? Sa saloperie de main ? Parce qu'on peut pas faire de vagues, les gars. Surtout pas quand le bateau est presque au port. Latigo et ceux qu'on attend vont faire mouvement vers nous incessamment sous peu. Tant qu'ils sont pas dans la contrée, c'est notre intérêt que la paix y règne. Mais j'ai qu'une chose à vous dire : personne ne pique le dos d'Eldred Jonas d'un couteau sans y laisser sa peau. Maintenant, écoute-moi bien, Roy, m'oblige pas à te répéter ce qui va suivre deux fois.
Jonas se mit à parler, penché en avant sur ses genoux, pour être plus près de Depape. Au bout d'un moment, ce dernier se mit à

opiner. Un petit voyage n'était pas pour lui déplaire, actuellement. Après la récente comédie qui s'était jouée au Repos des Voyageurs, changer d'air était peut-être la seule chose à faire.

11

Les garçons avaient presque atteint le Bar K et le soleil montait déjà à l'horizon quand Cuthbert rompit le silence.

— Bon ! Cette amusante soirée a été des plus instructives, vous ne trouvez pas ?

Ni Roland ni Alain ne lui répondant, Cuthbert se pencha vers le crâne de corneille, qui avait réintégré son ancienne place sur le pommeau de sa selle.

— Qu'est-ce que t'en dis, *toi*, vieux frère ? On a pas passé une bonne soirée ? On a eu droit à un dîner, à danser tous en rond et à manquer se faire tuer pour couronner le tout. Ça t'a plu ?

La vigie se contenta de fixer de ses grandes orbites ténébreuses ce vers quoi le cheval de Cuthbert avançait.

— Il dit qu'il est trop fatigué pour répondre, fit Cuthbert, qui bâilla. Moi aussi, en vérité.

Il regarda Roland.

— J'ai bien observé les yeux de Messire Jonas après la poignée de main qu'il a échangée avec toi, Will. Il a l'intention de te tuer.

Roland approuva du chef.

— Ils ont l'intention de nous tuer tous, dit Alain.

Roland opina encore une fois.

— On ne va pas leur faciliter la tâche, mais ils en savent plus long sur nous maintenant que pendant le dîner. On ne les y reprendra pas deux fois comme ça.

Il s'arrêta, comme l'avait fait Jonas à pas même une lieue de là. Sauf qu'au lieu de faire face à l'immensité de la Mer Limpide, Roland et ses amis avaient une vue plongeante sur la pente de l'Aplomb. Une bande de chevaux se déplaçait d'ouest en est, à peine plus que des ombres sous cet éclairage.

— Qu'est-ce que tu vois, Roland ? demanda Alain, presque timidement.

— Des ennuis, dit Roland. En plein sur notre chemin.

Éperonnant son cheval, il se remit en route. Avant même qu'ils n'aient regagné le baraquement du Bar K, il repensait à Susan. Cinq minutes après avoir posé sa tête sur l'oreiller de grosse toile, il rêvait d'elle.

Chapitre 7

Sur l'Aplomb

1

Trois semaines s'étaient écoulées depuis le banquet de bienvenue à la Maison du Maire et l'incident survenu au Repos des Voyageurs. Il n'y avait pas eu d'autre anicroche entre le *ka-tet* de Roland et celui de Jonas. Dans le ciel nocturne, la Lune des Baisers avait décru et la Lune du Colporteur, fait sa première et timide apparition. Les journées étaient lumineuses et tièdes ; même les vieux reconnurent qu'ils n'avaient pas souvenance d'un plus bel été.

Au milieu d'une matinée aussi magnifique que les autres de cet été-là, Susan Delgado galopait sur un *rosillo* de deux ans, du nom de Pylône, le long de l'Aplomb, au nord. Le vent séchait ses larmes sur ses joues et chahutait sa chevelure dénouée derrière elle, tandis qu'elle allait bon train. Elle poussait Pylône pour qu'il presse encore l'allure, lui talonnant légèrement les flancs de ses bottes sans éperons. Pylône accéléra aussitôt d'un cran, couchant les oreilles, la queue ballante. Susan, vêtue d'un jean et de la chemise kaki délavée extra-large (l'une de son pa) d'où venait tout le mal, était penchée sur la selle d'exercice légère, une main sur le pommeau, l'autre flattant l'encolure soyeuse et robuste de sa monture.

— Encore ! murmura-t-elle. Encore plus vite ! Va, mon garçon !

Pylône franchit un nouveau palier. Qu'il eût de la ressource, elle le savait ; qu'il en eût même au-delà, elle le soupçonnait.

Ils filaient le long de la plus haute crête de l'Aplomb, mais Susan voyait à peine la magnifique étendue de terrain pentu en dessous d'elle, toute en vert et or, et la façon qu'elle avait de se fondre dans la brume bleutée de la Mer Limpide. N'importe quel autre jour, cette vue et la brise fraîche à la senteur saline l'auraient transportée. Mais aujourd'hui, elle ne désirait qu'entendre le tonnerre sourd et régulier des sabots de Pylône et sentir la souplesse de ses muscles sous elle ; aujourd'hui, elle voulait dépasser ses propres pensées.

Et tout ça, parce qu'elle était descendue, le matin même, vêtue d'une vieille chemise de son père pour monter à cheval.

2

Tante Cord était devant le fourneau, empaquetée dans sa robe de chambre et ses cheveux encore retenus dans une résille. Elle se servit un bol de porridge et l'apporta sur la table. Susan avait su que l'humeur était au vinaigre dès que sa tante s'était retournée dans sa direction, le bol à la main ; elle avait remarqué que, dans son mécontentement, Tante Cord pinçait spasmodiquement les lèvres ainsi que le coup d'œil de désapprobation dont elle gratifia l'orange que pelait Susan. Sa tante en avait toujours gros sur le cœur, regardant l'or et l'argent qu'elle avait espéré avoir en sa possession en ce moment même, pièces qui lui seraient encore refusées quelque temps, par suite de la décision espiègle de la sorcière que Susan doive rester vierge jusqu'à l'automne.

Mais point n'était là le plus important, Susan le savait. Pour parler crûment, chacune en avait plus qu'assez de l'autre. L'argent ne représentait que l'une des espérances déçues de Tante Cord ; elle avait compté avoir la maison en bordure de l'Aplomb pour elle seule, cet été-là... exception faite peut-être de la visite occasionnelle de Messire Eldred Jonas, dont Cordélia semblait s'être entichée pour de bon. Au lieu de cela, les deux femmes en étaient au même point : l'une, voyant approcher du jour où elle n'aurait plus ses règles, avec sa bouche en lame de couteau et réprobatrice dans une figure tout autant en lame de couteau et réprobatrice, ses minuscules seins en forme de pomme dissimulés sous ses robes à haut col et tour de cou (le Cou, disait-elle fréquemment à Susan, est la Première Chose qui Se Relâche), et ses cheveux qui, perdant leur ancien lustre châtain, montraient des filaments gris ; l'autre, jeune, intelligente, agile et approchant de l'apogée de sa beauté physique. Elles se tapaient mutuellement sur les nerfs, chaque mot semblant provoquer une étincelle, ce qui n'avait rien de surprenant. L'homme qui les avait aimées suffisamment l'une et l'autre pour les faire s'aimer entre elles n'était plus là.

— Allez-vous sortir sur ce cheval ? avait demandé Tante Cord, posant son bol et s'asseyant dans un rayon de soleil matinal.

C'était un éclairage peu avantageux, sous lequel elle ne se serait jamais laissé surprendre, en présence de Messire Jonas. La lumière crue donnait à son visage l'aspect d'un masque sculpté. Elle avait un bouton d'herpès au coin de la bouche ; ce qui lui arrivait toujours quand elle dormait mal.

— Si fait, dit Susan.

— Vous devriez manger davantage. Ça ne vous tiendra point au corps jusqu'à neuf heures, petite.

— Ça me tiendra suffisamment, avait répondu Susan, se hâtant de finir les quartiers d'orange.

Elle ne voyait que trop vers quoi la discussion tendait, lisait l'aversion et la réprobation dans les yeux de sa tante et ne désirait qu'une chose : quitter la table avant que l'orage n'éclate.

— Pourquoi ne point me laisser vous donner une platée de la

même chose ? demanda Tante Cord, laissant tomber avec un plouf sa cuillère dans le porridge.

Aux oreilles de Susan, cela retentit comme le sabot d'un cheval frappant de la boue — ou de la bouse — et lui provoqua un haut-le-cœur.

— Ça vous calera l'estomac jusqu'au déjeuner, si vous prévoyez de chevaucher jusque-là. Car je suppose qu'une jeune et jolie personne telle que vous n'a cure des tâches ménagères...

— Je les ai accomplies.

Et vous le savez très bien, ajouta-t-elle mentalement. *Je m'en suis chargée pendant que vous étiez assise devant votre miroir, à vous tripoter ce vilain bouton qui vous a poussé au coin de la bouche.*

Tante Cord fit choir un gros morceau de beurre laitier dans sa dégoûtation — Susan ne voyait pas comment la bonne femme faisait pour rester si mince, non, vraiment pas — et le regarda fondre. Un instant, le petit déjeuner parut avoir une chance de se terminer sur une note raisonnable et civilisée, après tout.

C'est alors que la chemise était venue sur le tapis.

— Avant que vous ne sortiez, Susan, j'aimerais que vous vous ôtiez de sur le dos le haillon que vous portez et le remplaciez par l'une de ces casaques d'équitation toutes neuves que Thorin vous a fait parvenir, il y a deux semaines de ça. C'est le moins que vous puissiez faire pour montrer votre...

Tout ce que sa tante aurait pu dire, passé ce cap, aurait été submergé par la colère, même si Susan ne l'avait pas interrompue. Elle caressa la manche de sa chemise dont elle aimait tant la texture : les multiples lessives l'avaient rendue douce comme du velours.

— Ce *haillon* appartenait à mon père !

— Si fait, à Pat, renifla Tante Cord. Elle est trop grande pour vous, usée jusqu'à la corde et de toute façon, absolument pas convenable. Quand vous étiez plus jeune, c'était sans importance que vous portiez une chemise d'homme boutonnée par-devant, mais à présent que vous avez un buste de femme...

Les casaques d'équitation étaient encore sur leurs porte-manteaux dans le coin ; on les avait livrées quatre jours auparavant et Susan n'avait même pas daigné les monter dans sa chambre. Au nombre de trois, une rouge, une bleue, une verte, elles étaient tout en soie et devaient valoir une petite fortune, sans aucun doute. Elle exécrait leur prétention et leur apparence éhontée de fanfreluches bouffantes : amples manches conçues pour flotter artistiquement au vent, absurdités de grands cols informes... et, bien sûr, décolleté à profonde échancrure qui était probablement tout ce que Thorin regarderait si elle se montrait devant lui, revêtue de l'une d'elles. Ce qu'elle ne ferait certainement pas, s'il lui était permis d'y couper.

— Je n'attache point d'intérêt à mon « buste de femme », comme vous dites, et il ne saurait intéresser quiconque pendant que je monte à cheval, dit Susan.

— Peut-être ou peut-être pas. Si l'un des maquignons de la Baronnie devait vous apercevoir — ou même Rennie, il est toujours en vadrouille dans le coin, vous le savez très bien —, ça ne ferait aucun mal qu'il aille rapporter à Hart qu'il vous a vue portant l'une des *camisas* dont il vous a si aimablement fait présent. Vous ne croyez pas ?

Pourquoi faut-il que vous soyez une telle tête de mule, petite ? Pourquoi vous montrer toujours si injuste et de mauvaise grâce ?

— Qu'est-ce que cela peut vous faire, comme ça ou le contraire ? avait demandé Susan. Vous avez touché l'argent, non ? Et vous en toucherez encore. Une fois qu'il m'aura baisée.

Tante Cord, outrée, le visage blanc de colère, s'était penchée à travers la table et lui avait donné une gifle.

— Comment osez-vous utiliser un tel mot sous mon toit, espèce de *malhablada* ? *Comment osez-vous ?*

Ce fut alors que ses larmes avaient commencé à couler — quand elle l'avait entendue prétendre être chez elle.

— C'était la maison de *mon père* ! La sienne et la mienne ! Vous n'aviez nul endroit où aller, sauf peut-être à l'Hospice, et il vous a recueillie ! *Il vous a recueillie, vous m'entendez, ma tante !*

Elle tenait encore les deux derniers quartiers d'orange et les lui lança à la figure. Puis elle repoussa la table si violemment que sa chaise vacilla sur ses pieds, bascula et la versa sur le sol. L'ombre de sa tante l'enveloppa. Susan rampa frénétiquement pour lui échapper, les cheveux épars, sa joue lui picotant sous le soufflet, les yeux pleins de chaudes larmes, sa gorge serrée et brûlante. Elle finit par se remettre debout.

— Fille ingrate, lui dit sa tante, d'une voix douce, si venimeuse qu'elle en devenait caressante. Après tout ce que j'ai fait pour toi et tout ce qu'Hart Thorin a fait pour toi. Car le bourrin que tu comptes monter ce matin était un gage de respect de Thorin envers...

— *PYLÔNE ÉTAIT À NOUS !* hurla-t-elle, rendue quasi folle de rage par ce brouillage délibéré de la vérité. *TOUT ÉTAIT À NOUS ! LES CHEVAUX, LES TERRES — TOUT ÉTAIT À NOUS !*

— Baisse le ton, fit Tante Cord.

Susan inspira profondément, tâchant de retrouver un peu de maîtrise d'elle-même. Elle ôta les cheveux qui lui masquaient la figure, révélant la marque rouge que la main de sa tante avait laissée sur sa joue. Cordélia tressaillit légèrement en la voyant.

— Mon père n'aurait jamais permis ça, dit Susan. Il ne m'aurait jamais laissée devenir la « gueuse » de Thorin. Quels qu'aient pu être ses sentiments envers Thorin en tant que Maire... ou comme son *patrono*... il n'aurait jamais autorisé une chose pareille. Et vous le savez très bien. *Tu* le sais très bien.

Tante Cord leva les yeux au ciel, puis se frappa la tempe du doigt comme si Susan était devenue folle.

— Tu y as consenti de toi-même, Mamzelle Fraîche et Rose. Si fait. Et si vos lubies de gamine vous poussent maintenant à vouloir vous dédire de ce qui a été dit...

— Si fait, reconnut Susan. J'ai accepté ce marché, si fait. Après avoir été harcelée par vous, jour et nuit, après que vous m'avez conjurée d'accepter en pleurant...

— Qui ça ? Moi ? Jamais de la vie ! s'écria Cordélia, piquée au vif.

— Vous avez déjà oublié, ma tante ? Si fait, je suppose. Comme ce soir, vous aurez oublié m'avoir souffletée au petit déjeuner. Eh bien, moi, je n'ai point oublié. Tu as pleuré, oui-da, tu m'as dit en pleurant que tu avais peur qu'on nous chasse de nos terres puisque nous n'avions plus aucun titre de propriété, qu'on se retrouverait sur les routes, tu as pleuré et tu m'as dit...

— *Arrête de t'adresser à moi comme ça !* hurla Tante Cord.

Rien sur terre ne l'enrageait autant que de se voir renvoyer son propre tutoiement.

— Tu n'as pas plus le droit d'utiliser l'ancien langage que de te plaindre avec des bêlements stupides ! Va-t'en ! Déguerpis d'ici !

Mais Susan ne s'arrêta pas là, saisie d'une fureur débordante qui refusait de se laisser détourner de son objet.

— Tu as pleuré en me disant qu'on serait forcées de partir, expédiées dans l'ouest, qu'on ne reverrait jamais la demeure de mon pa ni Hambry... et puis, quand tu m'as eu bien effrayée, vous m'avez parlé du mignon petit bébé que j'aurais. Vous avez ajouté que nos terres nous seraient rendues, nos chevaux, de même. En gage de l'honnêteté du Maire, je possède un cheval que j'ai *moi-même aidé à mettre bas*. Et qu'ai-je fait pour mériter tout ça, qui aurait été mien dans tous les cas, n'eût été la perte d'une paperasse ? Qu'ai-je fait pour qu'il vous donne de l'argent ? Qu'ai-je fait d'autre que lui promettre de baiser avec lui pendant que son épouse depuis quarante ans dormira au bout du couloir ?

— C'est l'argent que tu veux, alors ? demanda Tante Cord, avec un sourire rageur. C'est ça que tu veux, si fait ? Tu l'auras, alors. Prends-le, garde-le, perds-le, nourris-en les cochons, je m'en moque !

Elle se tourna vers sa bourse, accrochée à un montant, près du fourneau. Elle commença à fouiller dedans, mais ses gestes perdirent rapidement de leur conviction et ralentirent. Un miroir ovale était fixé à gauche de la porte de la cuisine. Susan y surprit le visage de sa tante. Ce qu'elle y lut — mélange de haine, de consternation et de cupidité — lui serra le cœur.

— Laisse tomber, ma tante. Je vois combien tu répugnes à t'en séparer, et je n'en voudrais pour rien au monde, de toute façon. C'est le prix de la putasserie.

Tante Cord pivota vers elle, scandalisée, oubliant sa bourse fort à propos.

— Cela n'a rien à voir avec de la putasserie, stupide rejetonne ! Quoi, la plupart des grandes femmes de l'histoire ont été des gueuses, et la plupart des grands hommes sont fils de gueuses. *Ce n'est point de la putasserie !*

Susan arracha la casaque rouge de son porte-manteau et la tint devant elle. La chemise se moula sur ses seins comme si elle n'avait attendu que ça.

— Alors pourquoi m'envoie-t-il des habits de putain ?

— Susan ! fit Tante Cord, les larmes aux yeux.

Susan lui jeta la casaque comme elle lui avait lancé les quartiers d'orange. Elle atterrit à ses pieds.

— Ramassez-la donc et portez-la vous-même, si ça vous dit. Vous pouvez aussi lui ouvrir les cuisses, si ça vous chante.

Là-dessus, elle s'était détournée et avait franchi la porte à toute allure, poursuivie par les cris d'hystérie de sa tante :

— Ne va point te mettre des idées folles en tête, Susan ! Les idées folles entraînent une folle conduite et il est trop tard pour l'une comme pour les autres ! Tu as donné ton accord !

Elle ne le savait que trop. Et avait beau mener Pylône à un train d'enfer le long de l'Aplomb, elle ne pourrait jamais devancer ce savoir. Elle avait accepté et Pat Delgado aurait eu beau être — ô combien — horrifié devant le guêpier dans lequel elle s'était fourrée, il aurait vu au moins une chose clairement — elle avait fait une promesse et les promesses devaient être tenues. L'Enfer attendait ceux qui ne les tenaient point.

3

Elle retint le *rosillo* tant qu'il avait du souffle en réserve. Regardant derrière elle, elle vit qu'elle avait couvert presque une demi-lieue et réduisit encore l'allure — petit galop, trot, train de promenade. Elle inspira profondément, puis expira. Pour la première fois de la matinée, elle prit conscience de la beauté éclatante du jour — les mouettes qui décrivaient des cercles dans l'air brumeux, vers l'ouest, l'herbe haute qui l'entourait et les fleurs nichées dans le moindre recoin ombreux : bleuets, lupins, phlox et ses préférées, les dauphinelles d'un bleu soyeux si délicat. De partout montait le bourdonnement somnolent des abeilles. Ce son l'apaisa, et le trop-plein de ses émotions se vidant quelque peu, elle fut capable d'admettre quelque chose la touchant directement... de l'admettre, puis de le formuler à haute voix.

— Will Dearborn, dit-elle, frissonnant quand ce nom sortit de sa bouche, même s'il n'y avait personne pour l'entendre, hormis Pylône et les abeilles. Aussi le répéta-t-elle et à peine l'eut-elle prononcé que, portant son poignet à ses lèvres, elle le baisa à la saignée, là où le pouls bat à fleur de peau. Son geste la choqua, car elle le fit sans y penser, et davantage encore, car le goût de sueur de sa propre peau lui provoqua une excitation immédiate. Elle sentit la nécessité de se rafraîchir les sangs, comme elle l'avait fait dans son lit après l'avoir rencontré. Vu l'état dans lequel elle errait, ce serait tôt fait.

Au lieu de ça, elle se contenta de grommeler le juron favori de son père — « Ah ! mors de bleu » en crachant loin de ses bottes. Will Dearborn avait semé beaucoup trop de désordre dans sa vie, ces trois dernières semaines ; Will Dearborn, avec ses yeux bleus troublants, ses cheveux bruns en bataille, son attitude collet monté, si prompt à porter des jugements. *Je sais me montrer discret, madame. Quant à la bienséance, je suis étonné que vous connaissiez ce mot.*

Chaque fois qu'elle y repensait, son sang bouillonnait de colère et de honte. De colère, surtout. Comment osait-il porter un jugement ? Lui qui avait grandi sans être privé d'aucun luxe, avec sans nul doute des serviteurs veillant à combler son moindre caprice et de l'or à ne savoir qu'en faire — on devait lui donner les choses qu'il désirait gratuitement, une façon comme une autre de s'insinuer dans ses bonnes grâces. Qu'est-ce qu'un jeune garçon tel que lui — car qu'était-il d'autre qu'un garçon, au fond ? — pouvait savoir des choix difficiles qu'elle avait faits ? Et plus précisément, touchant cette affaire, comment un Will Dearborn d'Hemphill pouvait-il comprendre qu'elle n'avait pas réellement choisi ? Qu'elle y avait été conduite un peu comme une mère chatte ramène l'un de ses chatons égarés dans sa caisse, par la peau du cou ?

Pourtant, il ne laissait point son esprit en repos ; elle savait, même si Tante Cord l'ignorait, qu'il y avait eu une tierce personne présente pendant leur querelle de ce matin.

Elle savait aussi autre chose, quelque chose qui aurait bouleversé sa tante outre mesure.

Will Dearborn ne l'avait pas oubliée, lui non plus.

4

Une semaine environ après le banquet de bienvenue et la remarque désastreuse et blessante de Dearborn à l'endroit de Susan, le simplet qui vidait les fonds de verre au Repos des Voyageurs — celui qu'on appelait Sheemie — avait fait une apparition au cottage que celle-ci partageait avec sa tante. Il tenait un énorme bouquet, composé pour la majeure part de fleurs sauvages qui poussaient sur l'Aplomb, parsemé aussi d'églantines lie de vin. Elles y mettaient comme des signes de ponctuation rose foncé. Le garçon avait poussé la grille avec un sourire ravi sans attendre qu'on l'invite à entrer.

Susan était en train de balayer l'allée ; Tante Cord était dans le jardin, derrière la maison. Ce qui était heureux, mais pas très surprenant ; ces jours, moins elles se voyaient, mieux elles se portaient.

Avec un mélange d'horreur et de fascination, Susan avait regardé Sheemie remonter l'allée, rayonnant derrière son fardeau floral.

— B'jour à vous, Susan Delgado, fille de Pat, dit Sheemie avec enjouement. J'viens en commission et implore vot' pardon pour la dérangerie, si fait, car j'suis un problème pour les gens et j'l'sais pareil qu'eux. Elles sont pour vous, t'nez.

Il lui mit le bouquet dans les mains et elle aperçut une petite enveloppe glissée entre les fleurs.

— Susan ? fit la voix de Tante Cord, de l'autre côté de la maison, tout en se rapprochant... Susan, j'ai bien entendu la grille ?

— Oui, ma tante ! avait-elle répondu.

Maudite soit l'ouïe fine de la bonne femme ! Susan avait prestement cueilli l'enveloppe parmi phlox et pâquerettes, et l'avait fourrée dans la poche de sa robe.

— Elles sont d'la part d'mon troisième meilleur ami, dit Sheemie. J'ai trois amis différents, maint'nant. Autant que ça.

Il leva deux doigts, fronça le sourcil, en leva deux autres, puis un sourire magnifique éclaira son visage.

— Arthur Heath est mon premier meilleur ami, Dick Stockworth, mon second, et mon troisième, c'est...

— Chut ! lui intima Susan à voix basse avec une violence qui fit se faner le sourire de Sheemie. Pas un mot de tes trois amis.

Une drôle de petite rougeur — un accès de fièvre ou presque — courant sur sa peau parut glisser de ses joues à son cou, puis de là dévaler jusqu'aux pieds. Il avait été beaucoup question à Hambry des nouveaux amis de Sheemie, la semaine précédente — on n'avait même parlé de rien d'autre, à ce qu'il semblait. Susan avait entendu colporter les histoires les plus saugrenues, mais si elles n'étaient point vraies, pourquoi les versions rapportées par tant de témoins différents se ressemblaient-elles autant ?

Susan tentait encore de reprendre son calme quand Tante Cord apparut à l'angle de la maison. Sheemie recula d'un pas en l'apercevant, sa confusion se changeant en effarement total. Sa tante, allergique aux piqûres d'abeille, était pour l'heure emmaillotée, de la *sombrera* de paille qui la coiffait à l'ourlet de sa robe de jardin fanée, dans une espèce de gaze lui donnant un aspect très insolite en plein soleil et une allure tout à fait étrange et effrayante, à l'ombre. En guise de touche finale à son accoutrement, elle tenait dans l'une de ses mains gantées un sécateur plein de terre.

Elle vit le bouquet et tomba dessus, sécateur levé. Ayant rejoint sa nièce, elle glissa les cisailles dans une boucle de sa ceinture (avec une certaine répugnance, nota ladite nièce) et écarta ce qui lui voilait la face.

— Qui vous les a envoyées ?

— Je ne sais point, ma tante, répondit Susan, avec un calme qu'elle était loin d'éprouver. C'est le jeune homme de l'auberge...

— Auberge ! fit écho Tante Cord avec un reniflement de mépris.

— Il ne semble point connaître qui l'a expédié ici, poursuivit Susan. Si seulement elle pouvait lui faire débarrasser le plancher !

— C'est que... eh bien, je suppose que vous diriez qu'il est un peu...

— Simplet, oui, je sais.

Tante Cord lança un coup d'œil irrité à Susan, puis reporta son attention sur Sheemie. Mains gantées aux genoux, elle l'apostropha de la sorte : *QUI... A... ENVOYÉ... CES... FLEURS... JEUNE... HOMME ?*

Les pans de sa voilette, qu'elle avait repoussés, retombèrent en place. Sheemie recula d'un nouveau pas, l'air terrorisé.

— EST-CE... PAR HASARD... DE LA PART... DE QUELQU'UN... DE... FRONT DE MER ?... DE LA PART... PEUT-ÊTRE... DU MAIRE... THORIN ?... DITES-LE... MOI... ET JE VOUS... DONNERAI... UN SOU.

Susan, le cœur serré, fut certaine qu'il allait parler — il n'aurait point le bon sens de comprendre qu'il allait lui causer des ennuis. Will ne l'avait pas eu non plus, apparemment.

Mais Sheemie se contenta de faire non de la tête.

— M'souviens point. J'ai la mémoire comme une passoire, *sai*, si fait. Stanley, il dit qu'j'ai un p'tit pois dans la tête.

Son sourire resplendit à nouveau, magnifique, plein de dents régulières et blanches. Tante Cord y répondit par une grimace.

— Oh pff ! Filez, en ce cas. Et retournez directement en ville — inutile de rôder par ici en espérant glaner un brimborion. Un petit gars qui ne se souvient de rien ne mérite pas un seul sou. Et que je ne vous revoie plus par ici, quel que soit celui qui vous mande d'apporter des fleurs à la jeune *sai*. Vous m'avez comprise ?

Sheemie avait acquiescé avec la dernière énergie. Puis :

— *Sai ?*

Tante Cord le fusilla du regard. Le pli vertical de son front était très prononcé ce jour-là.

— Pourquoi qu'vous z'êtes tout' empaquetée dans des toiles d'araignées, *sai ?*

— Hors d'ici, impudent goujat ! s'écria Tante Cord.

Elle avait une voix de stentor quand elle daignait s'en servir et Sheemie avait fait un bond en arrière, alarmé. Une fois certaine qu'il se dirigeait vers la Grand-Rue pour redescendre vers la ville sans manifester la moindre intention de revenir vers leur barrière et y rôder dans l'espoir d'un pourboire, Tante Cord s'était retournée vers Susan.

— Mettez-les dans l'eau avant qu'elles ne se flétrissent, Mamzelle Fraîche et Rose, et ne restez point là à musarder en vous demandant qui pourrait bien être votre mystérieux admirateur.

Là-dessus, Tante Cord avait souri. *Vraiment* souri. Ce qui blessait le plus Susan, la troublait le plus, c'était que sa tante n'avait rien d'une ogresse de contes de fées ni d'une sorcière comme Rhéa du Cöos. Elle n'avait pas un monstre devant elle, rien qu'une vieille fille affligée de prétentions à un certain statut social, d'un amour effréné de l'or et de l'argent et de la crainte de se retrouver livrée à elle-même sans un sou dans le vaste monde.

— Pour de petites gens comme nous, Suzie, ma chérie, dit-elle avec une tendresse pesant des tonnes, il vaut mieux s'en tenir aux tâches ménagères et laisser les rêves à ceux qui peuvent se les offrir.

5

Elle était persuadée que les fleurs venaient de Will et elle avait raison. Son petit mot était rédigé lisiblement et d'une très belle écriture.

Chère Susan Delgado,

Je me suis adressé à vous un peu à la légère, l'autre soir, et j'implore votre pardon. Puis-je vous voir et vous parler ? Il faut que ce soit en privé.
C'est de la plus haute importance.
Si vous consentez à me voir, confiez un message au porteur. C'est un garçon sûr.

Will DEARBORN

C'est de la plus haute importance. Souligné. Malgré son violent désir de savoir ce qui était si important pour lui, elle s'interdit de faire quoi ce fût d'inconsidéré. Il s'était peut-être amouraché d'elle... et si c'était le cas, à qui la faute ? Qui lui avait parlé, était montée sur son cheval, lui avait montré ses jambes en une exhibition éclair quand elle en était descendue ? Qui lui avait posé les mains sur les épaules et l'avait embrassé ?

Les joues et le front lui brûlaient à ce souvenir, et une nouvelle onde de chaleur sembla lui parcourir le corps de haut en bas. Elle n'était point certaine de regretter le baiser, mais ça avait été une erreur de le donner, regrets ou pas regrets. Le revoir à présent en serait une bien pire.

Pourtant, elle désirait le revoir et savait au tréfonds de son cœur qu'elle était prête à laisser de côté la colère qu'elle éprouvait contre lui. Il y avait aussi la promesse qu'elle avait faite.

Cette malheureuse promesse.

Cette nuit-là, elle demeura éveillée, à tourner et retourner dans son lit, se disant d'abord que ce serait mieux, plus digne, de garder simplement le silence, puis rédigeant des petits mots dans sa tête, malgré tout — certains altiers, d'autres pleins de froideur, d'autres encore additionnés d'un soupçon de flirt.

Quand elle entendit les douze coups de minuit, congédiant le jour d'avant et convoquant celui d'après, elle décida que trop, c'était trop. Elle s'était jetée au bas de son lit, avait gagné et ouvert la porte de sa chambre, puis passé la tête dans le couloir. En entendant les ronflements flûtés de Tante Cord, elle avait refermé sa porte, traversé sa chambre jusqu'au petit bureau près de la fenêtre et allumé sa lampe. Prenant une feuille de parchemin dans le tiroir du haut, elle la déchira en deux (à Hambry, le seul crime plus grand que gâter du papier était de gâter des bêtes de bon aloi), puis écrivit hâtivement, sentant que la plus légère hésitation pourrait la condamner à des heures d'indécision. Sans salutations ni signature, elle écrivit sa réponse d'un trait :

Impossible de vous voir. Ce ne serait point bienséant.

Après l'avoir pliée menu, elle avait soufflé la lampe et s'était remise au lit, la petite missive fourrée sous l'oreiller. Elle dormait au bout de deux minutes. Le lendemain, quand elle alla en ville faire le marché, elle était passée devant le Repos des Voyageurs, qui, à onze heures du matin, avait le charme de quelque chose de mort vilainement au bord de la route.

Devant le saloon, un carré de terre battue était bissecté par une longue barre d'attache, au-dessus d'un abreuvoir. Sheemie poussait une brouette, le long de la barre, collectant le crottin de cheval avec une pelle. Il portait une *sombrera* rose du plus haut comique et chantait « Chaussons Dorés ». Susan doutait qu'un seul des clients du Repos s'éveillerait d'aussi bonne humeur que Sheemie, ce matin... mais qui d'autre, tout bien considéré, était plus niais que lui ?

Elle jeta un coup d'œil alentour pour s'assurer que personne ne lui prêtait attention, s'approcha de Sheemie et lui tapa sur l'épaule. Il eut d'abord l'air effrayé et Susan ne lui en voulut point — d'après les histoires qui couraient, Depape, l'ami de Jonas, avait failli tuer le pauvre gosse pour lui avoir aspergé copieusement ses bottes.

Puis Sheemie la reconnut.

— Salut, Susan Delgado de là-bas, à l'entrée de la ville, dit-il aimablement. Je vous souhaite bien le bonjour, *sai.*

Il lui fit un salut — imitation amusante de celui des Baronnies Intérieures qui avait la faveur de ses trois nouveaux amis. Elle lui fit une petite révérence en souriant (étant en jean, elle dut faire semblant de pincer le bord de sa jupe, mais les femmes de Mejis étaient passées maître dans l'art de la révérence en robe imaginaire).

— Z'avez vu mes fleurs, *sai* ? demanda-t-il, montrant du doigt le côté du Repos auquel manquait un coup de peinture.

Ce qu'elle aperçut la toucha profondément : une rangée de dauphinelles bleues et blanches poussait le long du bâtiment. Elles lui parurent d'une vaillance pathétique à agiter là leurs corolles de soie sous la faible brise matinale, entre la cour pelée et jonchée d'étrons et le débit de boissons mal équarri.

— C'est toi qui les as fait pousser, Sheemie ?

— Si fait, c'est moi. Et Messire Arthur Heath de Gilead m'en a promis des jaunes.

— Je n'ai jamais vu de dauphinelles jaunes.

— Nenni, moi itou, mais Messire Arthur Heath dit qu'il en pousse à Gilead.

Il regarda Susan avec solennité, la pelle à la main comme un soldat tiendrait un fusil ou une lance au garde-à-vous.

— Messire Arthur Heath m'a sauvé la vie. J'ferais n'importe quoi pour lui.

— Vraiment, Sheemie ? demanda-t-elle, émue.

— Il a aussi une vigie ! C'est un crâne d'oiseau ! Et quand y lui parle, qu'y fait blant-semblant, qu'est-ce quj'ris ! Si fait, à m'fendre en deux !

Susan regarda autour d'elle à nouveau pour être sûre que personne n'était aux aguets (mis à part les totems sculptés de l'autre côté de la rue), puis elle sortit son petit mot, plié menu, de la poche de son jean.

— Tu voudrais bien donner ça à Messire Dearborn de ma part ? Il est aussi ton ami, non ?

— Will ? Si fait !

Il prit la lettre et la rangea soigneusement dans sa poche à lui.

— Tu ne diras rien à personne.

— Chhht ! fit-il en mettant un doigt sur ses lèvres, pour sceller son accord.

Ses yeux s'étaient arrondis de façon cocasse sous le ridicule chapeau rose de femme qui le coiffait.

— Comme quand j'vous ai apporté les fleurs. Cousue la bouche !

— C'est ça, cousue la bouche. Porte-toi bien, Sheemie.

— Vous aussi, Susan Delgado.

Il retourna à ses opérations de nettoyage. Susan était restée un moment à le regarder, se sentant mal à l'aise et mécontente d'elle-même. Maintenant qu'elle avait remis sa lettre avec succès, elle eut envie de demander à Sheemie de la lui rendre, de barrer ce qu'elle avait écrit et promettre de le rencontrer. Ne serait-ce que pour revoir ses yeux d'un bleu si franc la regarder en face.

Puis, l'autre ami de Jonas, celui à la cape, sortit en flânant du magasin général. Elle était sûre qu'il ne l'avait pas vue — il baissait la tête, roulant une cigarette — mais elle n'avait point l'intention de forcer sa chance. Reynolds risquait d'en toucher un mot à Jonas et ce dernier ne parlait que trop à Tante Cord. Et si Tante Cord apprenait que Susan passait du temps dans la journée avec le garçon qui lui avait apporté les fleurs, elle aurait droit à des questions. Des questions auxquelles elle n'avait nulle envie de répondre.

6

Tout ça est une vieille histoire, Susan — l'eau a coulé sous les ponts. Mieux vaut ne plus ruminer le passé.

Arrêtant Pylône, elle contempla sur la pente de l'Aplomb les chevaux qui paissaient en liberté. Ils étaient en nombre surprenant, ce matin.

Cette parade fit long feu. Ses pensées ne cessaient de revenir à Will Dearborn.

Quel coup de malchance qu'elle l'ait connu ! S'il n'y avait eu cette rencontre de hasard, quand elle revenait du Cöos, elle aurait pu être en paix avec sa situation maintenant — elle était une fille avec les pieds sur terre après tout, une promesse était une promesse. Elle ne se serait jamais attendue à jouer les oies blanches effarouchées devant la perte de son pucelage, car la perspective de porter un enfant et d'accoucher l'excitait vraiment.

Mais Will Dearborn avait tout modifié ; il s'était logé dans sa tête, locataire défiant toute expulsion. La remarque qu'il lui avait faite pendant qu'ils dansaient ne la quittait plus, comme un refrain qu'on ne peut s'empêcher de fredonner, malgré qu'on en ait. Elle avait été cruelle, stupide et hypocrite, cette remarque... mais ne comportait-elle point un grain de vérité ? Rhéa avait eu raison au sujet d'Hart Thorin, Susan n'avait plus aucun doute là-dessus. Elle supposa que les sorcières avaient raison sur la luxure des hommes, même si elles avaient tort sur tout le reste. C'était une idée peu réjouissante, mais probablement vraie.

C'était Will, ce Dearborn « maudit soit-il », qui lui avait rendu difficilement acceptable l'inévitable, qui l'avait poussée dans des disputes où elle avait eu du mal à reconnaître sa propre voix, tant elle était stridente et désespérée, qui hantait ses rêves — rêves où il lui passait les bras autour de la taille et l'embrassait. L'embrassait, encore et encore.

Elle mit pied à terre et descendit un peu à flanc de colline, les rênes à son poing. Pylône la suivit d'assez bonne grâce. Et quand elle fit halte pour fixer au loin la brume bleue au sud-ouest, il baissa la tête et se remit à paître.

Elle pensait qu'il lui fallait revoir Will Dearborn encore une fois, ne serait-ce que pour donner une chance à son côté terre à terre inné de reprendre le dessus. Elle avait besoin de le voir sous son vrai jour, et non tel que son imagination le lui peignait dans ses doux pensers et dans ses rêves plus doux encore. Une fois cela réglé, elle pourrait reprendre sa vie et faire ce qui devait être fait. Peut-être était-ce la raison pour laquelle elle avait pris ce sentier — le même qu'elle avait emprunté hier, avant-hier et avant-avant-hier. Il chevauchait sur cette partie de l'Aplomb ; du moins l'avait-elle entendu dire au marché d'en bas.

Susan se détourna de l'Aplomb, sachant soudain qu'elle le trouverait là, comme si ses pensées l'avaient appelé à elle — à moins que ce ne soit son *ka*.

Elle n'aperçut que le ciel bleu et la crête basse des collines qui s'incurvait doucement, telles les formes d'une odalisque sur son divan. Susan sentit l'amertume et la déception l'envahir. Elle en avait presque le goût dans la bouche, comme des feuilles de thé en décoction.

Elle revint vers Pylône, comptant rentrer à la maison et s'acquitter des excuses qu'elle estimait devoir présenter. Plus vite elle le ferait, plus vite ce serait fait. Elle tendait la main vers l'étrier gauche, un peu de travers, pour le redresser, quand un cavalier surgit à l'horizon : il se dessinait contre le ciel juste à l'endroit qui lui évoquait la hanche de la courtisane. Rien de plus qu'une silhouette à cheval, mais elle sut immédiatement de qui il s'agissait.

Fuis ! s'objurgua-t-elle. *Grimpe sur Pylône et au galop ! Sauve-toi d'ici vite fait ! Avant que quelque chose de terrible ne se passe... avant que ce soit vraiment le* ka, *avant qu'il ne vienne t'emporter comme le vent, toi et tous tes beaux projets, dans le ciel et au-delà !*

Mais elle ne prit pas la fuite. Elle demeura, les rênes de Pylône à la main, et lui murmura à l'oreille quand le *rosillo* leva la tête et salua d'un hennissement le hongre bai dévalant la pente de la colline.

Puis Will fut là, l'observant du haut de sa selle, avant de descendre de sa monture d'une façon aisée et huilée que, pensait-elle, elle n'égalerait jamais, malgré des années de pratique de l'équitation. Cette fois, elle n'eut droit ni à son talon planté en terre ni à sa jambe tendue ni à son coup de chapeau accompagnant un salut d'une solennité comique ; cette fois, le regard qu'il lui lança était franc, grave, et d'une inquiétante maturité.

Ils se dévisagèrent dans le grand silence de l'Aplomb — Roland de Gilead et Susan de Mejis — et dans son cœur, Susan sentit se lever la tempête. Elle la redoutait aussi fort qu'elle la trouvait bienvenue.

7

— Bonne matinée, Susan, dit-il. Je suis heureux de vous revoir.

Elle ne répondit rien, se contentant d'attendre et de le regarder. Entendait-il battre son cœur aussi distinctement qu'elle l'entendait ? Bien sûr que non, ce n'étaient que balivernes romantiques.

Malgré cela, il lui semblait que tout, dans un rayon de cinquante mètres, aurait pu ouïr cette chamade.

Will fit un pas vers elle. Elle recula d'autant, le considérant avec méfiance. Il baissa la tête un instant, puis la releva, lèvres serrées.

— J'implore votre pardon, fit-il.

— Ah oui ? dit-elle avec sang-froid.

— Ce que je vous ai dit l'autre soir était injustifié.

Elle sentit une étincelle de vraie colère.

— Je me moque que ce fût justifié ou pas ; ce qui m'importe, c'est que c'était injuste. Et que ça m'a blessée.

Une larme débordant de son œil gauche roula le long de sa joue. Il lui restait des pleurs en réserve, après tout, semblait-il.

Elle pensa que ce qu'elle venait de dire l'aurait peut-être rendu honteux, mais malgré la légère rougeur qui colora ses joues, il garda ses yeux fermement attachés aux siens.

— Je suis tombé amoureux de vous, dit-il. C'est pour ça que je vous ai traitée ainsi. C'est arrivé avant même que vous m'ayez embrassée, je crois bien.

Elle éclata de rire... mais la simplicité avec laquelle il s'était exprimé fit sonner faux son rire à ses propres oreilles. Comme fêlé.

— Messire Dearborn...

— Will, je vous en prie.

— Messire Dearborn, répéta-t-elle avec la patience d'un professeur s'adressant à un élève peu éveillé. Cette idée est ridicule. Quoi ? Après une seule rencontre ? Après un seul baiser ? Un *baiser simplement fraternel* ?

C'était elle à présent qui rougissait, mais elle se hâta de poursuivre :

— De telles choses arrivent dans les contes, mais dans la vraie vie ? Je ne crois pas.

Mais le garçon ne détachait pas ses yeux des siens et elle y lisait une part de la vraie nature de Roland : son goût profond du romanesque enfoui comme le fabuleux filon d'un métal étranger au cœur du granit de son pragmatisme. Il acceptait l'amour plus comme un fait que comme une fleur, et cela condamnait le dédain bienveillant de Susan à rester sans effet sur eux deux.

— J'implore votre pardon, répéta-t-il.

Il possédait une sorte d'entêtement brut qui exaspérait, amusait et épouvantait Susan, tout à la fois.

— Je ne vous demande pas de répondre à mon amour, ce n'est pas pour cette raison que je vous ai fait cet aveu. Vous m'avez dit que vos affaires étaient compliquées...

A présent, il détourna les yeux des siens et regarda au loin vers l'Aplomb. Il eut même un petit rire.

— Je l'ai traité d'imbécile, n'est-ce pas ? Je vous l'ai dit en face. Qui est le plus imbécile, d'après vous ?

Elle ne put s'empêcher de sourire.

— Vous avez dit aussi qu'on racontait qu'il avait un penchant pour la boisson et les filles en bouton.

Roland se frappa le front de la main. Si son ami, Arthur Heath, avait fait ce geste, elle l'aurait pris pour un effet comique délibéré.

Mais rien de cela chez Will. Elle avait dans l'idée qu'il n'était pas très porté sur la plaisanterie.

A nouveau le silence s'installa entre eux, mais de façon bien moins inconfortable, cette fois. Leurs deux chevaux, Rusher et Pylône, paissaient tout leur content, côte à côte. *Si nous étions des chevaux, tout serait bien plus facile*, songea-t-elle. Elle faillit pouffer.

— Messire Dearborn, vous comprenez que j'ai consenti à certain arrangement ?

— Si fait.

Il sourit de la voir hausser le sourcil de surprise.

— Je ne me moque pas de votre dialecte. Il m'est simplement venu... sur la langue.

— Qui vous a entretenu de mes affaires ?

— La sœur du Maire.

— Coraline.

Elle fronça le nez, décidant *in petto* que cela n'avait rien d'étonnant. Et elle supposa que d'autres l'auraient mis au courant de sa situation d'une manière encore plus crue. A commencer par Eldred Jonas. Ou Rhéa du Cöos, pour continuer. Mieux valait laisser ça de côté.

— Donc, si vous comprenez, et si vous ne me demandez point de répondre à votre... à ce que vous croyez éprouver pour moi, quel que soit le nom que vous lui donnez... à quoi bon cet entretien ? Pourquoi avoir cherché à l'obtenir de moi ? A mon avis, il vous met dans une position des plus embarrassantes...

— Oui, convint-il, puis comme s'il énonçait un simple fait : il me met dans une position embarrassante, soit. Il m'est difficile de ne pas perdre la tête quand je vous regarde.

— Alors peut-être vaudrait-il mieux pour vous, ne point regarder, ne point parler, ne point penser !

Sa voix était à la fois caustique et un peu tremblante. Où trouvait-il le courage de dire des choses pareilles, de les formuler tout à trac en la dévorant des yeux ?

— Pourquoi m'avez-vous envoyé le bouquet et ce petit billet ? N'êtes-vous point conscient des ennuis que vous auriez pu me causer ? Si vous connaissiez ma tante... ! Elle m'a déjà chapitré à votre sujet et si elle était au courant du billet... ou si elle nous voyait ensemble ici...

Elle jeta un regard autour d'elle, vérifiant que personne ne les observait. Apparemment, toujours pas, autant qu'elle pouvait le dire. Il tendit la main et lui toucha l'épaule. Elle le dévisagea et il retira ses doigts comme s'il s'était brûlé.

— Je vous ai parlé comme je l'ai fait pour que vous aussi, vous compreniez, dit-il. C'est tout. Si je ressens ce que je ressens, vous n'êtes en rien responsable.

Mais si, je le suis, songea-t-elle. *Je t'ai embrassé. Je crois que je suis tout à fait responsable de ce que nous ressentons tous les deux, Will.*

— Ce que je vous ai dit pendant que nous dansions, je le regrette du fond du cœur. Ne m'accorderez-vous pas votre pardon ?

— Si fait, dit-elle.

Et s'il l'avait prise dans ses bras à ce moment-là, elle l'aurait laissé faire et au diable les conséquences ! Mais il se contenta d'ôter son chapeau et de la gratifier d'un charmant petit salut. Et la tempête s'apaisa dans son cœur.

— Grand Merci, *sai*.

— Ne m'appelez point comme ça. Je déteste. Mon nom, c'est Susan.

— M'appellerez-vous Will ?

Elle fit oui de la tête.

— Très bien. Susan, je veux vous demander quelque chose — mais ce n'est plus l'individu qui vous a insultée et blessée parce qu'il était jaloux qui vous parle. Il s'agit de tout autre chose. Le puis-je ?

— Si fait, je suppose, dit-elle prudemment.

— Êtes-vous pour l'Affiliation ?

Elle le regarda, complètement sidérée. C'était la dernière question à laquelle elle s'était attendue... mais il l'observait avec sérieux.

— Je m'attendais à ce que vous et vos amis comptiez les vaches, les armes à feu, les lances, les bateaux, que sais-je encore, répondit-elle. Mais je ne pensais pas que tu voudrais compter aussi les partisans de l'Affiliation.

Elle vit la surprise se peindre sur son visage et le petit sourire aux coins de ses lèvres. Cette fois, le sourire le fit paraître bien plus âgé qu'il n'était possible. Susan se remémora ce qu'elle venait juste de lui dire et, comprenant ce qui avait dû le frapper, partit d'un petit rire embarrassé.

— Ma tante a une façon comme ça de passer au tutoiement. Mon père l'avait aussi. Ça vient d'une secte du Vieux Peuple qui se faisait appeler les Amis.

— Je connais. Il y a encore des Gens de l'Amitié dans la partie du monde d'où je viens.

— Vraiment ?

— Oui... ou si fait, si vous préférez. Je vais finir par prendre l'habitude. J'aime la façon dont s'expriment les Amis. Ça sonne joliment.

— Pas quand ma tante parle comme ça, observa Susan, repensant à la dispute à propos de la chemise. Pour répondre à votre question, si fait — je suis pour l'Affiliation. Parce que mon pa était pour. Si vous me demandez si je suis une chaude partisane de l'Affiliation, je suppose que non. Nous n'en voyons pas grand-chose ni n'en entendons beaucoup parler, ces jours. A part des rumeurs et les histoires que colportent les vagabonds et les voyageurs de commerce au long cours. Maintenant qu'il n'y a plus de chemin de fer...

Elle haussa les épaules.

— La plupart des gens ordinaires auxquels j'ai parlé semblent avoir le même sentiment. Et pourtant, votre Maire Thorin...

— Thorin n'est point *mon* Maire, rectifia-t-elle d'un ton plus tranchant qu'elle ne l'avait prévu.

— Et pourtant le Maire Thorin de la *Baronnie* nous a fourni toute l'aide que nous avons demandée, et même celle que nous n'avons pas sollicitée. Je n'ai qu'à claquer des doigts et Kimba Rimer apparaît devant moi.

— Alors ne les claquez point, fit-elle, ne pouvant s'empêcher de regarder autour d'elle.

Elle s'efforça de sourire pour bien lui faire sentir qu'elle plaisantait, sans grand succès.

— Les habitants de la ville, les pêcheurs, les fermiers, les cowboys... ils disent tous du bien de l'Affiliation, mais de façon distante. Cependant, le Maire, son Chancelier et les membres de l'Association du Cavalier, Lengyll, Garber et toute cette bande...

— Je les connais, dit-elle sèchement.

— Ils se montrent absolument enthousiastes dans leur soutien. Il suffit de mentionner l'Affiliation devant le Shérif Avery et il se met à danser sur place. Dans chaque ranch, on nous offre à boire dans une coupe commémorant Arthur l'Aîné, semble-t-il.

— On vous offre quoi ? demanda-t-elle, légèrement espiègle. De la bière ? De l'ale ? Du *graf* ?

— Aussi du vin, du whiskey, ou un coup d'arquebuse, dit-il sans lui rendre son sourire. C'est presque comme s'ils voulaient nous pousser à ne pas tenir notre parole. Ça ne vous paraît pas étrange ?

— Si fait, un peu ; mais pas plus que l'hospitalité à Hambry. Dans ces contrées, quand quelqu'un — en particulier, un jeune homme — déclare ne plus vouloir toucher une goutte d'alcool, les gens ont tendance à le croire timide, ne le prennent pas très au sérieux.

— Et ce joyeux soutien de la part des huiles. Qu'est-ce que ça vous inspire ?

— Étrange.

Et c'était le cas. Le travail de Pat Delgado l'avait mis en contact quotidiennement avec ces propriétaires terriens et éleveurs de chevaux ; Susan, qui collait aux basques de son pa chaque fois qu'il la laissait venir, en avait connu beaucoup, elle aussi. Elle les trouvait plutôt pisse-froid, en général. Elle n'arrivait pas à imaginer un John Croydon ou un Jack White brandir une chope à l'effigie d'Arthur l'Aîné pour porter un toast sentimental... spécialement pas en milieu de journée, quand il fallait s'occuper du bétail ou en vendre.

Will ne la lâchait pas des yeux, comme s'il déchiffrait ces pensées au fur et à mesure.

— Mais probablement que vous ne fréquentez pas ces grosses légumes autant qu'autrefois, fit-il. Avant le trépas de votre père, je veux dire.

— Peut-être pas... mais les bafouilleux apprennent-ils à parler à l'envers ?

Pas de rictus prudent, cette fois ; son large sourire éclaira son visage. Mes dieux, qu'il était beau !

— Je suppose que non. Pas plus que les chats ne changent leur couleur de poil, comme nous disons, nous. Mais le Maire Thorin ne vous entretient-il pas de nous — mes amis et moi — quand vous êtes seul à seul ? Ou bien est-ce une question qui outrepasse ce que j'ai le droit de vous demander ? Je suppose que oui.

— Je me moque bien de cela, dit-elle, secouant hardiment la tête, ce qui fit se balancer sa longue tresse. Je comprends très peu la bienséance, comme certains ont eu la bonté de me le souligner.

Mais ni son air abattu ni sa rougeur embarrassée ne la laissèrent aussi indifférente qu'elle s'y était attendue. Elle savait des filles qui aimaient à taquiner autant qu'à fleureter — et certaines poussaient loin la taquinerie — mais elle semblait n'avoir aucun goût pour ça. Elle n'avait nulle envie de se faire les griffes sur lui et elle poursuivit d'un ton radouci :

— Je ne reste jamais seule avec lui, de toute façon.

Oh comme tu lui mens bien, songea-t-elle tristement, se remémorant comment Thorin l'avait embrassée dans le couloir, le soir de la fête, lui pelotant les seins à tâtons tel un enfant essayant de glisser la main dans un bocal de bonbons ; et comment il lui avait dit qu'il brûlait pour elle. *Oh, sale menteuse.*

— De toute manière, Will, l'opinion d'Hart sur vous et vos amis peut difficilement vous concerner, n'est-ce pas ? Vous avez un boulot à faire, c'est tout. S'il vous aide, pourquoi ne point l'accepter simplement et lui en être reconnaissant ?

— Parce que tout n'est pas clair par ici, répondit-il, et la gravité presque sombre de sa voix effraya un petit peu Susan.

— Qu'est-ce qui n'est pas clair ? Le Maire ? L'Association du Cavalier ? De quoi parlez-vous ?

Il la regarda sans ciller, puis parut s'être décidé.

— Je vais vous faire confiance, Susan.

— Je ne suis pas sûre d'avoir plus envie que tu me donnes ta confiance que ton amour, fit-elle.

Il opina.

— Et pourtant, pour accomplir le boulot qu'on m'a envoyé faire ici, il faut que je me fie à *quelqu'un*. Pouvez-vous comprendre ça ?

Elle le regarda dans les yeux, puis acquiesça.

Il vint près d'elle, si près qu'elle s'imagina sentir la chaleur de sa peau.

— Regardez là, en bas. Et dites-moi ce que vous voyez.

Elle lui obéit, puis haussa les épaules.

— L'Aplomb. Tel qu'en lui-même...

Elle sourit légèrement.

— Toujours aussi beau. Ça a toujours été mon endroit préféré dans le monde entier.

— Si fait, c'est beau, soit. Que voyez-vous d'autre ?

— Des chevaux. Qui se coursent.

Elle sourit pour bien montrer qu'elle plaisantait (c'était une vieille blague de son pa, en fait), mais il ne lui rendit pas son sourire. Point vilain à regarder, et courageux, si les histoires qui circulaient déjà en ville étaient vraies ; agile de ses mouvements et dans sa tête, aussi. Pas vraiment le sens de l'humour, toutefois. Bah, il y avait pire comme défaut. Peloter les seins d'une fille à l'improviste, par exemple.

— Des chevaux. Oui. Mais leur nombre vous semble-t-il le bon ? Vous avez vu des chevaux sur l'Aplomb toute votre vie et vous êtes sûrement la personne ne faisant pas partie de l'Association du Cavalier la mieux qualifiée pour me le dire.

— Vous ne leur faites point confiance pour ça ?

— Ils nous ont donné tout ce que nous leur avons demandé et ils sont aussi amicaux que des chiens sous la table du festin, pourtant, non — je ne crois pas que je leur fasse confiance.

— Et vous me feriez confiance à moi ?

Il la regarda fermement de ses yeux si beaux et si effrayants — d'un bleu plus sombre qu'ils ne le seraient plus tard, n'étant point encore délavés par les soleils de dix mille jours d'errance.

— Je dois me fier à quelqu'un, répéta-t-il.

Elle baissa les yeux, presque comme s'il l'avait rabrouée. Il tendit la main et, la prenant gentiment au menton, lui releva la tête.

— Cela vous paraît-il le nombre exact ? Réfléchissez bien !

Mais à présent qu'il avait attiré son attention sur ce point, elle eut à peine besoin de se concentrer. Elle avait noté un changement depuis quelque temps, estima-t-elle, mais il avait été graduel, donc facilement imperceptible.

— Non, dit-elle enfin. Leur nombre n'est pas le bon.

— Ça vous paraît trop ou pas assez ?

Elle marqua un temps. Reprit son souffle. Expira dans un long soupir.

— Trop, beaucoup trop.

Will Dearborn, levant ses poings à hauteur d'épaule, les serra en signe de victoire. Ses yeux bleus brillèrent comme les lampes à étincelle dont son grand-pa lui avait parlé.

— Je le savais, dit-il, *je le savais*.

8

— Combien de chevaux y a-t-il, là en bas ? demanda-t-il.

— En dessous de nous ? Ou sur toute l'étendue de l'Aplomb ?

— Juste en dessous de nous.

Elle regarda attentivement, sans faire de tentative pour compter réellement. Ça ne marchait pas, ne faisait que vous embrouiller les idées. Elle aperçut quatre bandes assez importantes d'une vingtaine de chevaux chacune, se déplaçant sur le vert de la pente, en dessous, presque à l'instar des oiseaux dans le bleu du ciel, au-dessus. Il y avait peut-être une dizaine de bandes plus restreintes, de l'octuor au quatuor... plusieurs chevaux allant par paires (ils évoquèrent des couples d'amoureux à Susan, mais c'était le cas de tout et n'importe quoi, aujourd'hui, lui semblait-il)... et quelques-uns galopant en solitaire, de jeunes étalons pour la plupart...

— Cent soixante ? demanda-t-il à voix basse, d'un ton presque hésitant.

Elle le regarda avec surprise.

— Si fait. Cent soixante, c'était le nombre que j'avais en tête. Au chiffre près.

— Et ce que nous voyons correspond à quelle surface de l'Aplomb ? Au quart ? Au tiers ?

— Beaucoup moins, fit-elle en le gratifiant d'un petit sourire. Je pense que vous le savez. Au sixième du total des pâtures non clôturées, peut-être.

— Si donc cent soixante chevaux paissent en liberté sur chaque sixième, ça nous donne...

Elle attendit qu'il dise le chiffre de neuf cent soixante. Quand il le prononça, elle opina. Il regarda en contrebas encore un moment et grogna de surprise quand Rusher vint le flairer du naseau dans le dos. Susan étouffa un rire derrière sa paume. A le voir repousser impatiemment son cheval, elle devina qu'il ne percevait toujours pas l'humour de la situation.

— A combien estimez-vous tous ceux qui sont à l'écurie, au dressage ou au travail ? demanda-t-il.

— A un pour trois qu'on voit ici, au jugé.

— Par conséquent, nous parlerions de douze cents chevaux. Rien que de bon aloi, pas de mutés.

Elle le regarda, légèrement surprise.

— Si fait. Il n'y a quasiment point de mutés, ici à Mejis... comme dans *aucune* des Baronnies Extérieures, sur ce point précis.

— Vous en élevez plus de trois sur cinq ?

— On les élève *tous* ! Bien sûr, de temps à autre, on a un monstre qu'il faut supprimer, mais...

— Quoi, pas de monstre sur cinq naissances ? Pas un sur cinq né avec... (comment déjà Renfrew avait-il décrit ça ?)... avec des jambes en trop ou les entrailles à l'air ?

Son regard choqué était une réponse assez éloquente.

— Qui vous a dit une chose pareille ?

— Renfrew. Il m'a dit également qu'il y avait environ cinq cent soixante-dix bêtes de bon aloi, dans tout Mejis.

— C'est parfaitement...

Elle eut un petit rire ahuri.

— Parfaitement saugrenu ! Si mon pa était encore ici...

— Mais il n'y est point, la coupa Roland d'un ton aussi sec qu'un rameau que l'on brise. Puisqu'il est mort.

Un instant, elle ne parut pas avoir noté son changement de ton. Puis soudain, comme si une éclipse masquait son soleil intérieur, sa physionomie s'assombrit entièrement.

— Mon pa a eu un accident. Vous comprenez ça, Will Dearborn ? Un *accident*. Ça a été terriblement triste, mais ce sont des choses qui arrivent parfois. Un cheval lui a roulé dessus. Écume d'Océan. D'après Fran, Écume a vu un serpent dans l'herbe.

— Fran Lengyll ?

— Si fait.

Elle n'était que pâleur, exception faite du rose de deux églantines — pareilles à celles du bouquet qu'il lui avait fait tenir par Sheemie — qui lui incendiait les pommettes.

— Fran a chevauché bien des lieues aux côtés de mon père. Non qu'ils fussent de grands amis — ils n'étaient point issus de la même classe, pour commencer — mais ils chevauchaient de concert. J'ai encore rangé quelque part un bonnet que la première femme de Fran avait confectionné pour mon baptême. Ils sillonnaient les pistes ensemble. J'ai du mal à croire que Fran Lengyll mentirait sur la façon dont mon père est mort, encore moins qu'il ait... quelque chose à voir avec ça.

Cependant, elle observait d'un air plein de doute les chevaux en liberté. Ils étaient si nombreux. *Beaucoup trop* nombreux. Son pa l'aurait vu. Et son pa se serait demandé ce qu'elle se demandait à présent : ceux en surplus portaient la marque de qui ?

— Il se trouve que Fran Lengyll et mon ami Stockworth ont eu une discussion à propos des chevaux, dit Will.

Si son ton paraissait détaché, son visage était tout sauf indifférent.

— Autour d'un verre d'eau de source, après qu'on lui a proposé une bière et qu'il l'a refusée. Ce qui a été dit revient à peu près à l'échange que j'ai eu avec Renfrew lors du banquet de bienvenue chez le Maire Thorin. Quand Richard a demandé à *sai* Lengyll une estimation du nombre de chevaux de selle, il a répondu quatre cents, peut-être.

— C'est de la démence.

— C'est ce qu'il semblerait, tomba d'accord Will.

— N'ont-ils point sapience que les chevaux sont ici à votre vu et à votre su ?

— Ils savent que nous avons à peine entamé notre tâche, répondit-il. Et que nous avons débuté par les pêcheurs. Il nous faudra encore un mois, pensent-ils, avant que nous commencions à nous soucier de localiser les chevaux. Et en attendant, ils adoptent une attitude à notre égard de... comment dirai-je ? Bon, peu importe comment je le formulerai. Je ne suis pas très habile avec les mots, quant à mon ami Arthur, il qualifie ça « d'affabilité méprisante ». Ils nous laissent les chevaux sous les yeux, je pense, soit parce qu'ils croient que nous ne saurons pas ce que nous voyons, soit que nous ne croirons pas à ce que nous voyons. Je suis très heureux de vous avoir trouvée ici.

Simplement pour te permettre d'affiner ton décompte des chevaux ? Est-ce bien la seule raison ?

— Mais vous *finirez* bien par compter les chevaux, un jour. Je veux dire, ça doit être sûrement l'un des besoins principaux de l'Affiliation.

Il lui lança un drôle de regard, comme si elle avait manqué quelque chose d'évident. Cela la remplit de confusion.

— Quoi ? Qu'est-ce qu'il y a ?

— Peut-être espèrent-ils que les chevaux en surplus seront loin de la Baronnie, quand nous en viendrons là.

— Loin ? Où ça ?

— Je n'en sais rien. Mais je n'aime pas ça. Susan, que cela reste entre nous, vous voulez bien ?

Elle acquiesça. Il lui faudrait être complètement folle pour aller raconter à quiconque qu'elle avait rencontré Will Dearborn, avec pour tout chaperon, Rusher et Pylône, sur l'Aplomb.

— Peut-être que tout cela se révélera sans importance en fin de compte, mais dans le cas contraire, être au courant pourrait être dangereux.

Ce qui ramenait à son pa. Lengyll leur avait dit à elle et à Tante Cord que Pat avait été jeté à terre et qu'Écume d'Océan lui avait roulé dessus. Ni l'une ni l'autre n'avaient de raison de mettre en doute son histoire. Mais le même Fran Lengyll venait de raconter à l'ami de Will qu'il n'y avait que quatre cents chevaux de selle à Mejis et c'était un mensonge éhonté.

Will se tourna vers son cheval et elle en fut heureuse. Une partie d'elle-même désirait qu'il reste — qu'il se tienne auprès d'elle tandis que les nuages passant dans le ciel étiraient leurs ombres longues sur la prairie. Mais ils étaient demeurés ensemble bien trop longtemps, déjà. Il n'y avait aucune raison de penser que quelqu'un pourrait les surprendre, mais au lieu de la réconforter, cette idée, pour quelque obscure raison, accrut encore sa nervosité.

Il redressa l'étrier qui pendait le long de la hampe de sa lance (Rusher poussa un hennissement de gorge, comme pour dire *Il est grand temps d'y aller*), puis se tourna vers elle, encore une fois. Elle se sentit faiblir pour de bon quand son regard l'enveloppa, à présent l'idée du *ka* était presque trop forte pour être niée. Elle tenta bien de se dire que ce n'était que le *dim* — ou sensation de déjà vécu — mais cela n'avait rien à voir avec le *dim* ; c'était le sentiment d'avoir trouvé enfin la voie qu'on a cherchée depuis le premier jour.

— Je désire vous dire autre chose. Il ne me plaît pas de revenir à notre point de départ, mais je le dois.

— Non, dit-elle d'une petite voix. L'affaire est close, assurément.

— Je vous ai dit que je vous aimais et que j'étais jaloux, fit-il.

Et pour la première fois, sa voix sortit moins affermie, affectée d'un tremblement, de son gosier. Elle s'alarma de le voir avec des larmes plein les yeux.

— Il y avait autre chose. Quelque chose de plus.

— Will, je ne veux point...

Elle se détourna, cherchant son cheval à l'aveuglette. La prenant par l'épaule, il lui fit faire volte-face. Malgré son absence de rudesse, ce geste était empreint d'une inexorabilité épouvantable. Levant les yeux vers lui, impuissante, elle vit qu'il était jeune, loin de chez lui et comprit soudain qu'elle ne pourrait plus lui résister très longtemps. Elle le désirait si fort qu'elle en avait mal. Elle aurait donné un an de sa vie rien que pour pouvoir poser la paume de ses mains sur ses joues et sentir le contact de sa peau.

— Votre père vous manque, Susan ?

— Si fait, murmura-t-elle. Dans toutes les fibres de mon cœur.

— Ma mère me manque de la même façon.

Il la tenait aux épaules à présent. Une larme déborda et traça un filet d'argent le long de sa joue.

— Elle est morte ?

— Non, mais quelque chose lui est arrivé. *Merde !* Comment puis-je en parler alors que je ne sais qu'en *penser* ? En quelque sorte, c'est comme si elle était morte *pour moi*.

— Mais c'est terrible, Will.

Il opina.

— La dernière fois que je l'ai vue, elle m'a lancé un regard qui me hantera jusqu'à la tombe. L'espoir, la honte et l'amour s'y mêlaient. La honte de ce que j'avais vu et savais d'elle, l'espoir peut-être que je comprendrais et lui pardonnerais...

Il reprit profondément son souffle.

— Le soir de la réception, vers la fin du repas, Rimer a lancé une plaisanterie. Vous avez tous éclaté de rire...

— J'ai ri parce que cela aurait paru étrange que je sois la seule à ne pas le faire, dit Susan. Je n'aime point Rimer. A mon avis, c'est un intrigant et un comploteur.

— Vous avez tous éclaté de rire et il se trouve que j'ai regardé au bout de la table à ce moment précis. En direction d'Olive Thorin. Et un instant — très bref — j'ai imaginé que c'était ma mère. Elle avait la même expression, vous voyez. La même que ce matin-là quand j'ai ouvert la mauvaise porte au mauvais moment et surpris ma mère avec son...

— Arrêtez ! s'écria-t-elle, s'arrachant à son emprise.

A l'intérieur d'elle-même, s'opérait une révolution : toutes les amarres, boucles, et autres agrafes qu'elle avait utilisées pour conforter sa position paraissaient se dissoudre comme par enchantement.

— Arrêtez ! Arrêtez-vous tout de suite ! Je ne peux pas vous écouter me parler d'elle !

Elle cherchait Pylône à tâtons, car le monde extérieur n'était plus qu'un prisme dégoulinant. Elle éclata en sanglots. Elle sentit Roland lui poser ses mains sur les épaules et la retourner vers lui, une fois encore. Elle ne résista pas.

— J'ai tellement honte, dit-elle. Tellement honte, tellement peur et je regrette tellement. J'ai oublié le visage de mon père et... et...

Et je ne serai plus jamais capable de le retrouver, voulait-elle dire. Mais elle n'eut rien besoin d'ajouter. Car il lui ferma la bouche de ses baisers. Au début, elle se laissa simplement embrasser... puis elle lui rendit bientôt ses baisers, avec une sorte d'emportement. Elle étancha l'humidité de ses yeux à lui par de douces applications de ses pouces à elle, puis caressa ses joues de ses paumes comme elle s'était tant languie de le faire. La sensation était exquise, y compris la légère râpe de son soupçon de barbe sur sa peau. Elle lui glissa les bras autour du cou, le baisant à pleine bouche, le serrant et l'embrassant à la limite de ses forces, l'embrassant ici, entre leurs chevaux qui, après avoir échangé un regard, se remirent à paître tranquillement dans l'herbe.

9

Ce furent les meilleurs baisers que Roland reçut de sa vie entière et il ne les oublia jamais : la flexibilité complaisante des lèvres de Susan, la dureté de ses dents en dessous, l'urgence qui les animait, leur absence complète de timidité ; le parfum de son souffle, les douces formes de son corps pressé contre le sien. Il lui prit le sein gauche en le serrant doucement et sentit son cœur qui s'affolait. De l'autre main, il lui caressa longuement les cheveux, qui étaient comme de la soie à ses tempes. Il n'oublia jamais leur texture.

Soudain, elle fut loin de lui, son visage enflammé de passion, et porta sa main à ses lèvres gonflées tant il les avait baisées. Un mince filet de sang coulait au coin de sa bouche et elle le dévisageait avec de grands yeux. Sa poitrine se soulevait et s'abaissait comme si elle venait de courir. Et entre eux passait un courant qui ne ressemblait à rien de ce qu'il avait éprouvé jusque-là. Il coulait tel celui d'une rivière et le faisait trembler comme la fièvre.

— Assez, dit-elle d'une voix tremblante. Assez, je vous en prie. Si vous m'aimez vraiment, ne permettez point que je me déshonore. J'ai fait une promesse. Tout sera possible plus tard, une fois que j'aurai tenu ma promesse, je suppose... si vous voulez encore de moi...

— Je vous attendrai à jamais et ferai n'importe quoi pour vous, dit-il d'une voix calme, sauf me retirer et vous voir aller avec un autre homme.

— Alors si vous m'aimez, éloignez-vous de moi. Je vous en prie, Will !

— Encore un baiser.

Elle s'avança aussitôt, levant son visage vers le sien avec confiance. Et il comprit alors qu'il pouvait faire d'elle tout ce qu'il voulait. Elle n'était plus, pour le moment du moins, maîtresse d'elle-même ; par conséquent, elle pouvait devenir la sienne. Il pouvait lui faire ce que Marten avait fait à sa propre mère, si ça lui chantait.

Cette idée mit à mal sa flamme, la transformant en une averse de charbons ardents, s'éteignant l'un après l'autre dans la nuit de sa confusion. L'acceptation de son père

Je sais tout depuis deux ans

était de bien des façons le pire de ce qui lui était arrivé cette année. Comment pouvait-il tomber amoureux de cette fille — de n'importe laquelle, d'ailleurs — dans un monde où de tels maux de cœur paraissaient nécessaires et pouvaient même se répéter ?

Pourtant, il l'aimait.

Au lieu du baiser passionné auquel il aspirait, il embrassa à fleur de bouche la commissure de ses lèvres où ruisselait le sang. Ce faisant, il eut un goût de sel dans la bouche comme s'il buvait ses propres larmes. Il ferma les yeux et frissonna quand elle lui caressa les poils follets de sa nuque.

— Je ne ferais de mal à Olive Thorin pour rien au monde, lui murmura-t-elle à l'oreille. Pas plus qu'à toi, Will. Je n'ai point compris et c'est maintenant trop tard pour redresser la situation. Mais je vous remercie... de ne pas avoir pris ce que tu pouvais prendre. Je ne vous oublierai jamais. Ni vous ni vos baisers. C'est la meilleure chose qui me soit jamais arrivée, je crois. Comme si le ciel et la terre ne faisaient plus qu'un, si fait.

— Moi aussi, je me souviendrai de vous.

Il la regarda monter en selle et se rappela l'éclair blanc de ses jambes nues, dans la nuit noire où il l'avait rencontrée. Et soudain, il ne put accepter son départ. Il tendit la main, la posa sur sa botte.

— Susan...

— Non, fit-elle. Je vous en prie.

Il recula. Tant bien que mal.

— Ce sera notre secret, dit-elle. Oui ?

— Si fait.

Elle sourit en entendant cela... mais d'un sourire plein de tristesse.

— Dorénavant, tenez-vous à l'écart de moi, Will. Je vous en prie. Moi, de mon côté, je ferai de même.

Il réfléchit à sa proposition.

— Si toutefois cela se peut.

— Il le faut, Will, il le faut.

Et elle partit au galop. Roland, près du flanc de Rusher, la regarda s'éloigner. Et même quand elle eut disparu à l'horizon, il ne cessa de fixer la direction qu'elle avait prise.

10

Le Shérif Avery, et ses Adjoints Dave et George Riggins étaient installés sur le porche, devant le Bureau du Shérif et la prison, quand Messires Stockworth et Heath (ce dernier avec ce stupide crâne de piaf monté sur le pommeau de sa selle) passèrent devant eux au pas de promenade. La cloche de midi avait sonné un quart d'heure plus tôt et le Shérif Avery estima qu'ils se rendaient pour déjeuner soit au Bief du Moulin soit peut-être au Repos, qui offrait de quoi se sustenter à un prix raisonnable. *Popkins* et autres amuse-gueules. Avery pour sa part aimait quelque chose de plus consistant : un demi-poulet ou un cuisseau de bœuf le comblaient tout à fait.

Messire Heath les salua avec un grand sourire.

— Bonne journée, Messires ! Longue vie à vous ! Douces brises et heureuses siestes !

Les trois hommes lui rendirent salut et sourire. Une fois hors de vue, Dave dit :

— Y ont passé toute la matinée à compter les filets sur la jetée. *Les filets !* C'est à ne point croire !

— Mais si, Messire, fit le Shérif, soulevant un tantinet l'une de ses imposantes fesses de son rocking-chair pour lâcher un bruyant pet préprandial. Si fait, j'y crois.

— Z'y avaient point tenu tête aux gars d'Jonas, comme y l'ont fait, ajouta George, j'les aurais pris pour une bande d'imbéciles.

— Probable qu'y z'y trouveraient rien à redire, fit Avery.

Il regarda Dave, qui faisait tournoyer son monocle au bout du cordon, en fixant la direction qu'avait prise les deux garçons. Certaines personnes en ville avaient commencé à appeler les gamins de l'Affiliation les Petits Chasseurs du Cercueil. Avery ne savait trop quoi faire. Il avait calmé le jeu entre eux et les gros bras de Thorin, et reçu pour sa peine des éloges et une pièce d'or de Rimer, mais cependant... que faire à leur sujet ?

— Le jour de leur arrivée, dit-il à Dave, tu les as jugés mous. Qu'est-ce qu'tu dirais à présent ?

— A présent ?

Dave fit effectuer un dernière volte à son monocle, avant de le remettre en place en un tournemain et de fixer le Shérif au travers.

— Maint'nant, j'pense qu'il s'pourrait bien qu'ils soillent un peu plus durs qu'j'l'avais cru, après tout.

Oui, tu l'as dit, songea Avery. *Mais dur ne veut point dire mûr pour autant, dieux merci. Si fait, grand merci aux dieux.*

— J'ai une faim de taureau, si fait, dit-il en se levant.

Il se baissa, mit ses mains sur ses genoux et lâcha un autre pet bien sonore. Dave et George échangèrent un regard. George s'éventa de la main. Herkimer Avery, Shérif de la Baronnie, se redressa, l'air soulagé et impatient.

— Plus d'place dehors qu'dedans, déclara-t-il. Allez, venez, les gars, allons nous en fourrer plein la lampe, au bas de la rue.

11

Même le soleil couchant ne pouvait pas faire grand-chose pour améliorer la vue que l'on avait du porche du baraquement du Bar K. La bâtisse — exception faire de la cambuse et de l'écurie — seule à rester debout sur ce qui avait été le périmètre d'habitation — était en forme de L. Le porche longeait le petit côté sur l'intérieur. Ils y avaient trouvé le nombre exact de sièges qui leur était nécessaire : deux rocking-chairs pleins d'échardes et une caisse en bois à laquelle on avait cloué une planche branlante en guise de dossier.

Ce soir-là, Alain s'installa dans l'un des rocking-chairs et Cuthbert sur la caisse, qu'il semblait privilégier. Sur la balustrade, face à la cour en terre battue et aux tas de décombres calcinés de la ferme Garber, la vigie montait la garde.

Alain était crevé jusqu'aux os et, bien que lui et Cuthbert se soient baignés dans le ruisseau longeant la propriété à l'ouest, il sentait encore sur lui l'odeur de varech et de poisson, lui semblait-il. Ils avaient passé la journée à compter les filets. Alain ne rechignait pas à trimer, même quand la tâche était monotone, mais il n'aimait pas travailler inutilement. Ce qui avait été le cas. Hambry se résumait à deux catégories : les pêcheurs et les éleveurs de chevaux. Il n'y avait rien pour eux chez les pêcheurs et, au bout de trois semaines, leur trio ne le savait que trop. Les réponses qu'ils cherchaient se trouvaient sur l'Aplomb, auquel ils avaient à peine jeté un coup d'œil jusqu'ici. Sur ordre de Roland.

Le vent souffla en bourrasques et un instant, ils entendirent le son bas, grondant et couinant de la tramée.

— Je déteste ce son, dit Alain.

Cuthbert, silencieux et méditatif, ce soir-là, contrairement à son habitude, acquiesça d'un « si fait ». Ils disaient tous comme ça maintenant, sans parler des *oui-da, soit, certes point* et autres *nenni.* Alain soupçonnait qu'ils auraient encore tous les trois Hambry sur le bout de la langue longtemps après avoir essuyé la poussière de ses chemins sur leurs bottes.

Derrière eux, en provenance de l'intérieur du baraquement, montait un son bien moins désagréable — le roucoulement des pigeons. Et aussi, de l'angle de la bâtisse, un troisième qu'Alain et Cuthbert avaient guetté inconsciemment tout en assistant au coucher du soleil : les sabots d'un cheval, ceux de Rusher.

Roland apparut, tournant sans se presser le coin du baraquement, et juste à ce moment-là, se produisit quelque chose qui frappa Alain comme étrange et de mauvais augure... une sorte de présage. Il y eut un froufroutement d'ailes, puis une forme noire fendit l'air et vint soudain se percher sur l'épaule de Roland.

Ce dernier ne tressaillit pas ; regardant à peine autour de lui, il avança jusqu'à la barre d'attache. Et sans descendre de cheval, tendit la main : « Aïle », dit-il doucement, et le pigeon sauta dans sa paume. Il avait une bague fixée à l'une de ses pattes. Roland la retira, l'ouvrit et en sortit un minuscule bout de papier, roulé serré. Il tenait le pigeon sur son autre main.

— Aïle, dit Alain, tendant la sienne.

Le pigeon voleta sur elle.

Roland descendit de cheval, Alain emmena le pigeon dans le baraquement, où les cages avaient été placées sous l'une des fenêtres ouvertes. Il releva le loquet de la cage du milieu et étendit la main. Le pigeon qui venait de rentrer sauta à l'intérieur, celui qui s'y trouvait sauta à l'extérieur et de là, sur sa paume. Alain referma la porte de la cage, remit le loquet en place, traversa la pièce et souleva l'oreiller de la couchette de Bert. Il y trouva une enveloppe de drap contenant un certain nombre de bandelettes de papier blanc et un mini stylo-encre. Il prit l'une des bandelettes et le stylo à réservoir incorporé. Il regagna le porche. Roland et Cuthbert examinaient la bandelette de papier déroulée que le pigeon venait de leur apporter de Gilead. Figurait dessus une ligne de minuscules formes géométriques :

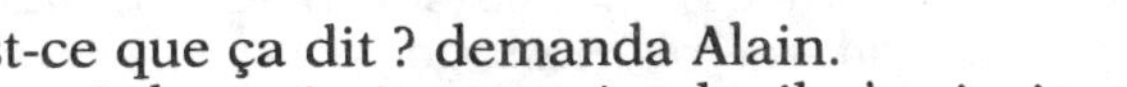

— Qu'est-ce que ça dit ? demanda Alain.

Le code avait beau être assez simple, il n'arrivait pas à le savoir par cœur, encore moins à le déchiffrer à vue, comme Roland et Bert en avaient été capables quasi instantanément. Les talents d'Alain — sa capacité à pister, sa facilité avec le *shining* — trouvaient à s'exercer ailleurs.

— *Farson se déplace vers l'est*, lut Cuthbert, *il a divisé ses forces en deux armées, l'une grande, l'autre petite. Avez-vous remarqué quelque chose d'inhabituel ?*

Il regarda Roland, presque offensé.

— Inhabituel, ça veut dire quoi ?

Roland secoua la tête. Il n'en savait rien. Il doutait même que ceux qui avaient envoyé le message — son père en faisait partie presque à coup sûr — l'aient su.

Alain tendit à Cuthbert bandelette et stylo. D'un doigt, Bert caressa la tête du pigeon au doux roucoulis. L'oiseau ébouriffa ses plumes, déjà désireux de repartir dans l'ouest, semblait-il.

— Qu'est-ce que je dois écrire ? demanda Cuthbert. Toujours pareil ?

Roland acquiesça.

— Mais on a vu des tas de choses inhabituelles ! s'exclama Alain. Et on sait que les choses tournent pas rond par ici ! Les chevaux.... et dans ce petit ranch là-bas au sud... je me rappelle plus son nom...

Mais Cuthbert, si.

— Le Rocking H.

— Si fait, le Rocking H. Il y a des *bœufs*, là-bas. *Des bœufs* ! Mes dieux, j'en avais jamais vu sauf en image dans les livres !

Roland eut l'air inquiet.

— Quelqu'un sait que vous les avez vus ?

Alain eut un haussement d'épaules impatient.

— Je ne crois pas. Il y avait bien des bouviers dans le coin — trois, peut-être quatre...

— Quatre, si fait, dit Cuthbert tranquillement.

— Mais ils n'ont pas fait attention à nous. Même quand on voit des choses, ils pensent qu'on ne voit rien.

— Et cela doit continuer ainsi.

Roland les balaya du regard, mais son visage était comme absent, comme si ses pensées étaient au loin. Quand il se tourna vers le soleil couchant, Alain aperçut quelque chose sur le col de sa chemise. Il le cueillit d'une main si experte et si rapidement que même Roland ne sentit rien. *Bert n'aurait pas pu faire ça,* songea Alain avec une certaine fierté.

— Si fait, mais...

— Le contenu du message reste le même, dit Roland.

Il s'installa sur la dernière marche, le regard perdu vers la rougeur du couchant.

— Patience, Messires Richard Stockworth et Arthur Heath. Nous savons certaines choses et en subodorons d'autres. Mais John Farson viendrait-il si loin rien que pour se réapprovisionner en chevaux ? Je ne crois pas. Je n'en suis pas sûr, les chevaux sont précieux, si fait... mais je n'en suis pas sûr. Aussi attendons.

— Très bien, d'accord, même message.

Cuthbert lissa la bandelette de papier sur la balustrade du porche, avant d'y tracer une courte série de symboles. Alain pouvait déchiffrer ce message-là ; il avait vu la même séquence plusieurs fois depuis leur arrivée à Hambry. « Message reçu. Tout va bien. Rien à signaler pour le moment. »

Le message fut glissé dans la bague et attaché à la patte du pigeon. Alain descendit les marches, s'arrêta près de Rusher (qui attendait patiemment d'être dessellé) et leva l'oiseau vers le soleil déclinant.

— Aïle !

Le pigeon s'envola d'un seul coup. Ils ne le virent qu'un instant, forme noire se découpant contre le ciel obscurci.

Roland resta assis à le suivre des yeux. L'expression rêveuse ne quittait pas son visage. Alain se surprit à se demander si Roland avait pris la bonne décision ce soir. Jamais une idée pareille ne l'avait effleuré de toute sa vie. Et jamais il ne s'était attendu à l'avoir.

— Roland ?

— Humm ? fit-il tel un homme tiré à demi d'un profond sommeil.

— Si tu veux, je vais le desseller et le bouchonner à ta place, fit Alain en lui désignant Rusher.

La réponse fut longue à venir. Alain allait reformuler sa demande quand Roland dit :

— Non. Je vais le faire. Dans une minute ou deux.

Et il se replongea dans la contemplation du couchant.

Alain regrimpa les marches du porche et se réinstalla dans son rocking-chair. Bert avait repris place sur la caisse. Ils étaient derrière Roland à présent, et Cuthbert lança un coup d'œil à Alain, en haussant le sourcil. Il lui montra Roland, puis regarda Alain à nouveau.

Alain lui passa ce qu'il avait récupéré sur le col de Roland. Bien que ce fût presque trop fin pour qu'on le distingue sous cet éclairage, Cuthbert avait l'œil d'un pistolero et s'en empara facilement, sans tâtonner.

C'était un long cheveu d'or filé. Alain vit à l'expression de Bert qu'il savait de quelle tête il était tombé. Depuis leur arrivée à Hambry, ils n'avaient rencontré qu'une seule fille à longue chevelure blonde. Les deux garçons échangèrent un regard. Alain discerna de la consternation chez Bert, mais aussi une bonne dose d'hilarité.

Cuthbert Allgood se mit l'index sur la tempe et fit mine d'appuyer sur la détente.

Alain opina.

Assis sur les marches, leur tournant le dos, Roland, les yeux rêveurs, regardait mourir le soleil au couchant.

Chapitre 8

Sous la Lune du Colporteur

1

La ville de Ritzy[1], à quelque six cent cinquante kilomètres à l'ouest de Mejis, usurpait complètement son nom. Roy Depape l'atteignit trois nuits avant que la Lune du Colporteur — appelée par certains la Lune de Fin d'Été — ne soit pleine, pour en repartir un jour plus tard.

Ritzy était en fait une misérable bourgade de mineurs située sur le versant oriental des Monts Vi Castis, à environ vingt lieues de la Passe du même nom. La ville n'avait en tout et pour tout qu'une seule rue ; pour l'heure creusée d'ornières par les roues cerclées de fer des chariots, elle deviendrait un lac de boue trois jours après le début des tempêtes d'automne. On y trouvait le Magasin Général à l'enseigne de l'Ours et de la Tortue, où la Compagnie Vi Castis interdisait aux mineurs d'aller faire leurs emplettes, et celui de la Compagnie où personne, hormis les gueules noires, ne voulait faire les siennes ; la prison, combinée avec la Salle Municipale, était flanquée sur le devant d'un moulin à vent faisant également office de potence ; il y avait aussi six saloons des plus braillards, chacun plus sordide, abominable et mal famé que son voisin.

Ritzy ressemblait à une sale tête, rentrée entre deux épaules figées dans un haussement — les contreforts des collines. Au sud et au-dessus de la ville, se trouvaient les bicoques déglinguées où la Compagnie logeait ses mineurs ; la première bouffée de brise apportait la puanteur de leurs latrines communes non chaulées. Au nord, se trouvaient les mines proprement dites : galeries dangereuses, car mal étayées, des plus sommaires, qui à une profondeur de quinze mètres s'étiraient telles de longs doigts crochus en quête d'or, d'argent, de cuivre et à l'occasion d'un gisement de sourdfeux. Vues de l'extérieur, ce n'étaient que des trous perforant la terre rocheuse et nue, des trous comme des orbites vides, chacun avec sa pile de till et de déblais près de l'accès.

Autrefois, il y avait eu des mines indépendantes, mais il n'en res-

1. *Ritzy* signifie élégant, classe, chicos *(N.d.T.)*.

tait plus une seule, la Compagnie Vi Castis les ayant récupérées dans les règles. Depape n'ignorait rien de tout ça, car les Grands Chasseurs du Cercueil avaient pris part à ce petit tour de passe-passe. Oh liesse et rareté ! Ça avait eu lieu juste après qu'il se fut acoquiné avec Jonas et Reynolds. Oui, ils s'étaient fait tatouer ces cercueils sur la main à vingt lieues d'ici, dans la ville de Wind, un trou vaseux encore moins reluisant que Ritzy la mal nommée. Ça remontait à quand ? Il n'aurait su le dire exactement, bien qu'il lui semblât qu'il devrait en être capable. Mais quand il en venait à faire le compte du temps passé, Depape s'y perdait souvent. Il avait même du mal à se rappeler son âge. Parce que le monde avait changé et que le temps était différent à présent. *Plus mou*.

Il y avait par contre une chose qu'il n'avait aucune difficulté à se rappeler — l'élancement douloureux qu'il éprouvait chaque fois qu'il cognait son doigt blessé quelque part venait lui rafraîchir la mémoire. Cette chose, c'était la promesse qu'il s'était faite à lui-même qu'il verrait Dearborn, Stockworth et Heath étendus raides morts, se tenant par la main comme une guirlande de poupées en papier découpée par une petite fille. Et il entendait bien exhiber la partie de son corps qui avait soupiré en vain après Sa Majesté, ces trois dernières semaines, et s'en servir pour arroser leurs cadavres au visage. Il réserverait la majeure part de son jet à Arthur Heath de Gilead, Nouvelle Canaan. Cet enfoiré de sa mère, ce moulin à paroles rigolard aurait droit à une *copieuse* inondation.

Au soleil levant, Depape franchit l'extrémité « adret » de l'unique rue de Ritzy, fit gravir au trot à son cheval le flanc de la première colline et s'arrêta au sommet pour jeter un regard en arrière. Hier soir, quand il avait parlé au vieux saligaud derrière chez Hattigan, Ritzy était en pleine effervescence. Ce matin, à sept heures, elle semblait aussi fantomatique que la Lune du Colporteur, encore visible dans le ciel au-dessus des collines mises à sac. Il entendait les mines *tinc-tonquer*, cependant. Tu parles. Ces beautés-là *tinc-tonquaient* sept jours sur sept. Pas de repos pour les brutes... lui inclus, supposa-t-il. Il fit tourner bride à son cheval d'une main lourde et machinale, l'éperonna de sa botte et prit la direction de l'est, songeant au vieux saligaud, chemin faisant. Il l'avait traité de fort honnête façon, jugeait-il. La récompense promise avait été payée contre le renseignement fourni.

— Ouair, fit Depape, ses lunettes brillant au soleil nouveau (c'était l'une de ces rares matinées sans gueule de bois, et il se sentait gai comme un pinson), m'est avis que le vieil enculé peut pas se plaindre.

Depape n'avait eu aucun mal à remonter la piste des jeunes goujats ; ils étaient venus dans l'est en suivant la Grand-Route depuis la Nouvelle Canaan, semblait-il, et dans chaque ville où ils avaient fait halte, n'étaient pas passés inaperçus. La plupart du temps, on les remarquait, même s'ils ne faisaient que passer. Et pourquoi en aurait-il été autrement ? De jeunes gens sur de bons chevaux, sans cicatrice sur la figure ni tatouage de rigueur sur les mains, bien nippés, chapeaux dispendieux sur la tête. On s'en souvenait particulièrement bien dans les auberges et les saloons, où ils s'étaient arrêtés pour se désaltérer, sans jamais consommer une seule goutte de liqueur forte. Ni bière ni *graf* non plus, tant qu'à faire. Ah ça oui, pour se rappeler d'eux, on se rappelait d'eux. De jeunes garçons sur la route, des garçons dont semblait émaner une espèce de rayonnement. Comme s'ils venaient d'un temps antérieur et meilleur.

Je leur pisserai à la gueule, songeait Depape en chevauchant. *L'un après l'autre. Messire Arthur « Ah ! Ah ! Ah ! » Heath en dernier. J'en garderai assez dans ma vessie pour te noyer, si jamais t'étais pas déjà dans la clairière au bout du sentier.*

D'accord, on les avait repérés, mais ça n'était pas assez — s'il rentrait à Hambry avec seulement ça, probable que Jonas lui soufflerait dans les bronches. Et il l'aurait pas volé. *C'est peut-être des gosses de riches, mais ça s'arrête pas là.* Depape se l'était dit lui-même. Le problème était : qu'étaient-ils d'autre ? Et enfin, dans la puanteur de merde et de soufre de Ritzy, il avait trouvé. Pas tout découvert, peut-être, mais assez pour lui permettre de tourner bride avant qu'il n'atterrisse pour finir dans cette saleté de Nouvelle Canaan.

Il avait visité deux autres saloons, siroté de la bière coupée d'eau dans chacun, avant d'aboutir chez Hattigan. Il avait commandé une nouvelle bière coupée d'eau et s'était préparé à engager la conversation avec le barman. Mais avant qu'il se mette à secouer le cocotier, la noix qu'il convoitait lui tomba d'elle-même dans la main.

Sous la forme d'une voix de vieillard (celle d'un vieux *saligaud*), d'une stridence à vous flanquer la migraine, ce qui est le propre des saligauds avec un verre dans le nez. Il parlait des jours anciens, comme les vieux saligauds le font toujours, et aussi de la façon dont le monde avait changé et comme les choses étaient tellement mieux quand il était jeune. Puis il avait lâché un truc qui avait fait dresser l'oreille à Depape : comme quoi les jours anciens pourraient bien revenir, car n'avait-il pas vu trois jeunes seigneurs, y avait pas deux mois de ça, moins p't-être bien, et même qu'il avait payé à boire à l'un d'entre eux, même si c'était qu'un soda à la salsepareille ?

— Tu ferais pas la différence entre un jeune seigneur et un étron fumant, dit une jeune demoiselle à qui, semblait-il, il ne restait que quatre dents en tout et pour tout dans sa charmante bouche.

Un éclat de rire général accueillit cette sortie. Le vieux saligaud regarda à la ronde, vexé comme un pou.

— Oh que si, dit-il. J'ai oublié plus de choses que t'en apprendras jamais, si fait. L'un des trois au moins était de la descendance de l'Aîné, car j'ai vu son père en voyant son visage... aussi vrai que je vois tes grands pendards, Yolène.

Là-dessus, le vieux saligaud avait fait quelque chose que Depape admira plutôt : écartant le décolleté de la pute de saloon, il y versa le reste de sa bière. Les rugissements rigolards et les applaudissements nourris qui saluèrent son exploit ne purent entièrement noyer le croassement rageur de la fille ni les cris du vieux quand elle se mit à le grêler de coups de poing et de gifles sur la tête et les épaules. Les cris du vieux furent au début une manifestation de son indignation, mais quand la fille s'empara de sa chope et la lui fracassa sur le crâne, ils se transformèrent en hurlements de souffrance. Du sang mêlé à un restant aqueux de bière dégoulinait sur la figure du vieux saligaud.

— Fous le camp d'ici ! glapit-elle, le dirigeant d'une poussée vers la porte.

Plusieurs coups de pied vigoureux, décochés par les mineurs présents (qui avaient changé de camp aussi vite que le vent tourne), le poussèrent vers la sortie.

— Et t'avise pas de revenir ! T'empestes l'herbe, vieux suce-bite ! Tire-toi et emporte avec toi tes histoires maudites des dieux sur les jours anciens et les jeunes seigneurs !

Ce fut ainsi escorté à travers la salle que le vieux saligaud passa devant le trompettiste préposé au divertissement des clients de Chez Hattigan (ce jeune et valeureux gars en chapeau melon ajouta le coup de pied de l'âne au fond de pantalon poussiéreux du vieux saligaud, se payant le luxe de continuer à jouer « Play, ladies, Play » sans une seule fausse note), puis on le précipita dehors à travers les portes battantes, et il s'étala tête la première dans la rue.

Depape l'avait rejoint d'un pas tranquille et aidé à se relever. Ce faisant, il sentit l'haleine du vieux dégager une senteur âcre — rien à voir avec la bière — et aperçut les décolorations révélatrices, d'un vert grisâtre, aux coins de ses lèvres. L'herbe, pas de doute. Le vieux dégueulasse devait y toucher depuis peu (et pour la raison habituelle : l'herbe du diable poussait gratuitement dans les collines, contrairement à la bière et au whiskey qu'on vendait en ville). Mais une fois qu'on y avait goûté, la fin ne se faisait pas attendre.

— Z'ont plus de respect, dit le vieux d'une voix pâteuse. Et pas deux doigts de jugeote, non plus.

— Si fait, convint Depape, qui ne s'était pas encore débarrassé des idiomatismes du bord de mer et de l'Aplomb.

Le vieux saligaud vacillait sur ses jambes, le regard levé vers lui, essuyant sans grande efficacité le sang de son cuir chevelu qui ruisselait sur ses joues ravinées.

— T'as de quoi me payer un coup, fiston ? Souviens-toi du visage de ton père et paye un coup à un vieil homme !

— La charité n'est pas mon fort, l'ancien, répondit Depape, mais ça s'pourrait que tu gagnes le coup que tu veux que je te paye. Viens un peu par ici dans mon bureau et voyons voir ça.

Il ramena le vieux saligaud sur les planches du promenoir, le tirant à gauche des portes battantes du saloon et des rayons de lumière dorée qui filtraient par en dessus et par en dessous. Depape laissa passer un trio de mineurs, chantant à pleins poumons (*La femme que j'aime... est grande et mince... elle bouge son corps... comme un boulet de canon....*), puis tenant toujours le vieux par le coude, l'avait dirigé dans l'impasse qui séparait Chez Hattigan de l'établissement de pompes funèbres voisin. Pour certains, rêvassa Depape, le séjour à Ritzy pouvait foutrement se solder par un aller simple : un petit coup dans le gosier, une balle entre les deux yeux bien plantée et couché dans une boîte, la porte d'à côté.

— Vot' bureau, caqueta le vieux saligaud tandis que Depape le poussait vers le fond de l'impasse, barré par une clôture en planches et un tas d'immondices.

Le vent soufflait, et des odeurs de soufre et de phénol en provenance des mines picotaient le nez de Depape. Sur leur droite, des bruits de bacchanale avinée résonnaient derrière le mur de Chez Hattigan.

— Vot'bureau, elle est bien bonne celle-là.

— Si fait, mon bureau.

Le vieux l'observa à la clarté de la lune, qui voguait dans la portion de ciel au-dessus de l'impasse.

— Vous êtes de Mejis ? Ou de Tepachi ?

— L'un ou l'autre peut-être, ou aucun des deux peut-être.

— J'vous connais ?

Le vieux dégueulasse le regarda d'encore plus près, se haussant sur la pointe des pieds, comme quêtant un baiser. Pouah.

Depape le repoussa.

— Recule-toi un peu, papa.

Cependant, il se sentit encouragé par la bande. Lui, Jonas et Reynolds étaient déjà passés par ici et si le vieux se rappelait de son visage, probablement qu'il ne parlait pas à tort et à travers d'individus qu'il avait vus bien plus récemment.

— Parle-moi des trois jeunes seigneurs, vieux père.

Depape frappa contre le mur de Chez Hattigan.

— Eux, là-dedans, sont peut-être pas intéressés, mais moi, si.

Le vieux saligaud le dévisagea d'un œil trouble, mais calculateur.

— J'pourrais pas m'récolter un p'tit peu d'métal dans c't'affaire ?

— Ouair, fit Depape. Si tu me dis ce que je veux entendre, j'te donnerai du métal.

— De l'or ?

— Dis toujours, on verra.

— Non, Messire. La couleur d'abord, le blabla ensuite.

Depape, prenant le vieux par le bras, le fit pirouetter et ramena son poignet, frêle comme un fétu de paille, à hauteur de ses omoplates décharnées.

— Déconne avec moi, papa, et je commence par te casser le bras.

— Lâchez-moi ! cria le vieux, le souffle coupé. Lâchez-moi, je vais me fier à votre générosité, mon jeune messire, car elle se lit sur votre visage ! Oui ! Oui ! C'est vrai !

Depape le laissa aller. Le vieux le zieuta prudemment, se frottant l'épaule. Au clair de lune, le sang séchant sur ses joues avait paru noir.

— Trois, qu'ils étaient, dit-il. Des gars bien nés.

— Des gars ou des seigneurs ? Lesquels, papa ? [1]

Le vieux dégueulasse avait réfléchi à la question. Le coup reçu sur la tête, l'air nocturne et s'être fait tordre le bras semblaient l'avoir dégrisé, temporairement du moins.

— Les deux, je crois bien, dit-il enfin. L'un était un seigneur, pour sûr, qu'ils le croient ou pas là-dedans. Car j'ai vu son père et son père portait les mêmes revolvers. Pas les pauvres engins que vous portez — j'vous demande bien pardon, je sais qu'on peut pas avoir mieux,

1. *Lads or lords*, dans l'original, la confusion étant possible suivant la prononciation, effet perdu en français *(N.d.T.)*.

ces temps — mais de *vraies* armes, comme on en voyait quand mon père était petit garçon. Des grosses avec la crosse en santal.

Depape avait fixé le vieil homme, sentant une excitation s'emparer de lui... en même temps qu'une sorte de terreur respectueuse, malgré qu'il en ait. *Ils se sont comportés comme des pistoleros*, avait dit Jonas. Quand Reynolds avait protesté en disant qu'ils étaient trop jeunes, Jonas avait répondu qu'ils pourraient être des apprentis, et présentement, il semblait que le patron ait eu probablement raison.

— Des crosses en *santal* ? avait-il demandé d'un ton insistant. Des crosses en *santal*, vieux père ?

— Ouaip.

Le vieux avait perçu son excitation, perçu qu'il le croyait. Il se dilatait à vue d'œil.

— Un pistolero, tu veux dire. Le père d'un de ces jeunes types portait les gros revolvers.

— Ouaip, un pistolero. L'un des derniers seigneurs. Leur race s'éteint, à présent, mais mon père le connaissait assez bien. Steven Deschain, de Gilead. Steven, fils d'Henry.

— Et celui que t'as vu, y a pas longtemps...

— C'est son fils, le petit-fils de Henry le Grand. Les autres avaient l'air bien nés, comme s'ils étaient eux aussi de la race des seigneurs, mais celui que j'ai vu était un descendant d'Arthur l'Aîné, en ligne directe ou autre. Aussi sûr qu'on met un pied devant l'autre pour marcher. Alors je l'ai gagné mon métal ?

Depape faillit lui dire oui, puis se ravisa, se rendant compte qu'il ne savait pas duquel des trois goujats le vieux parlait.

— Trois jeunes hommes, rêva-t-il tout haut. Tous trois de haut lignage. Et ils avaient des armes ?

— Pas au vu et au su de tous les fouisseurs de cette ville, dit le vieux dégueulasse avec un rire mauvais. Mais pour en avoir, ça, ils en avaient. Probablement cachées dans leur paquetage, je t'en fiche ma montre et mon billet.

— Si fait, dit Depape. J'en doute pas. Trois jeunes hommes, dont le fils d'un seigneur. D'un *pistolero*, d'après toi. Steven de Gilead.

Et ce nom était familier à son oreille, si fait.

— Steven Deschain de Gilead, c'est ça.

— Et sous quel nom s'est-il présenté, ce jeune seigneur ?

Le visage du vieux s'était effroyablement déformé sous l'effort de mémoire qu'il fournit.

— Deerfield ? Deerstine ? Je m'en souviens pas très bien.

— Ça va, je le connais. Et tu as bien gagné ton métal.

— Vrai ? fit le vieux qui s'était rapproché à nouveau, l'herbe rendant son haleine douceâtre à soulever le cœur. De l'or ou de l'argent ? Lequel, mon ami ?

— Du plomb, répondit Depape, qui défourrailla et déchargea à deux reprises dans la poitrine du vieillard. Lui rendant un vrai service.

Pour l'heure, il retournait à Mejis — le voyage serait plus court maintenant qu'il n'avait plus besoin de faire halte dans la moindre saloperie de bourgade pour poser des questions.

Il y eut un bruissement d'ailes au-dessus de sa tête. Un pigeon — gris foncé au cou cerclé de blanc — se posa en voletant sur un rocher juste devant lui, comme pour se reposer. Un oiseau qui valait le coup d'œil. Ce n'était pas un pigeon sauvage, songea Depape. Un oiseau apprivoisé qui s'était échappé de sa cage ? Il n'arrivait pas à imaginer que quelqu'un dans ce coin désolé du monde garde autre chose qu'un mâtin à demi sauvage pour mordre au gras de la fesse tout voleur éventuel (bien que les possessions de ses habitants valant la peine d'être volées soulèvent une autre question sans réponse). Mais tout était possible, supposa-t-il. En tout cas, du pigeon rôti serait un vrai festin quand il ferait étape, la nuit venue.

Depape tira son arme, mais avant d'avoir pu armer le chien, le pigeon était déjà loin, filant à tire d'aile vers l'est. Depape n'en tenta pas moins de l'abattre. Parfois, vous aviez de la chance, mais pas cette fois, apparemment ; le pigeon piqua légèrement, puis reprit de la hauteur avant de disparaître dans la direction que Depape lui-même suivait. Il resta à califourchon sur son cheval un instant, pas vraiment dépité ; il pensait que Jonas allait être enchanté de ce qu'il avait découvert.

Au bout d'un petit instant, il botta les flancs de son cheval et se mit à suivre au petit galop la Route Maritime de la Baronnie, en direction de l'est. Il revenait vers Mejis, où les garçons qui lui avaient causé des embarras attendaient qu'on les mette au pas. Ils pouvaient bien être des seigneurs, des fils de pistoleros, mais ces jours, même des gens de leur étoffe pouvaient périr. Comme le vieux saligaud n'aurait pas manqué de le souligner, le monde avait changé.

2

En fin d'après-midi, trois jours après que Roy Depape eut quitté Ritzy pour regagner Hambry, Roland, Cuthbert et Alain allèrent explorer à cheval le nord et l'ouest de la ville : à savoir, successivement, la longue pente douce de l'Aplomb, la vaste savane que les habitants d'Hambry appelaient la Mauvaise Herbe et enfin les terres désertiques. Devant eux, clairement visibles dès qu'ils se trouvèrent à ciel ouvert, se dressaient des falaises érodées à moitié éboulées, partagées en leur centre par une fente vaginale, aux abords si déchiquetés qu'on l'aurait dite taillée à la serpe par un dieu mal embouché.

Deux lieues et demie séparaient environ les falaises de l'extrémité de l'Aplomb. Aux trois quarts du parcours, les trois amis dépassèrent le seul relief géographique de ce plat pays : un monticule rocheux en saillie ressemblant à un doigt recourbé. Au-dessous, un petit tapis de gazon affectait la forme d'un boomerang et quand Cuthbert poussa un ululement pour entendre l'écho de sa voix renvoyé par les falaises devant eux, une bande de bafou-bafouilleux s'égailla en blablatant de ce trou de verdure et se mit à courir à contrario vers le sud-est, en direction de l'Aplomb.

— C'est la Roche Suspendue, fit Roland. Il y a une source à sa base — la seule à des lieues à la ronde, à ce qu'on dit.

Ce furent les seules paroles qu'ils échangèrent au cours de cette chevauchée de reconnaissance. Mais une onde d'indéniable soulagement passa entre Alain et Cuthbert dans le dos de Roland. Ces trois dernières semaines, ils avaient plutôt fait du sur-place tandis que l'été, se déroulant autour d'eux, les laissait en plan. C'était très bien que Roland dise qu'ils devaient attendre, accorder la plus grande attention aux choses sans importance et recenser celles qui comptaient du coin de l'œil, mais ni l'un ni l'autre ne se fiaient vraiment à l'air rêveur et détaché de tout qu'affichait Roland, ces jours, comme une version très personnelle de la cape de Clay Reynolds. Ils n'évoquaient pas ça entre eux, c'était inutile. Tous deux savaient que, si Roland se mettait à courtiser la jolie fille dont le Maire Thorin entendait faire sa gueuse (car, à qui d'autre ce long cheveu blond aurait-il pu appartenir ?), ils se préparaient de gros ennuis. Mais Roland n'avait pas mis son plumage de saison des amours, et pas plus Alain que Cuthbert n'avaient aperçu de nouveaux cheveux blonds sur le col de sa chemise et quant à ce soir, il paraissait redevenu lui-même et s'être dépouillé de cette cape purement abstraite. Temporairement, peut-être. De façon permanente, avec un peu de chance. Ils ne pouvaient qu'attendre et voir ce qui se passerait. Au final, le *ka* trancherait, comme toujours.

À une demie-lieue des falaises, la forte brise de mer qu'ils avaient eue dans le dos depuis le début de leur chevauchée tomba soudain. Et ils entendirent s'échapper de la fente, qui n'était autre que Verrou Canyon, une piaillerie bourdonnante et atonale. Alain retint sa monture, faisant la grimace comme s'il venait de mordre dans un fruit d'une extravagante acidité. Tout ce que ça lui évoquait, c'était une poignée de petits cailloux qu'on malaxait fortement les uns contre les autres. Des vautours tournoyaient au-dessus du canyon comme si le son les attirait.

— La vigie aime pas ça, Will, dit Cuthbert, en frappant le crâne de ses phalanges. J'aime pas beaucoup ça non plus. Qu'est-ce qu'on vient faire par ici ?

— Compter, dit Roland. On nous a envoyés tout compter et tout voir, et c'est quelque chose qu'il nous faut compter et voir.

— Oh, si fait, dit Cuthbert.

Il avait du mal à retenir son cheval que la plainte basse et grinçante de la tramée rendait ombrageux.

— Mille six cent quatorze filets de pêche, sept cent dix petits bateaux, deux cent quatorze grands bateaux, soixante-dix bœufs dont personne ne veut admettre l'existence, et au nord de la ville, une tramée. Quoi que *ça* puisse être, foutre diantre.

— C'est ce qu'on va découvrir.

Ils avançaient de plus en plus englobés par le son et bien qu'aucun d'eux n'aimât ça, aucun ne suggéra non plus de faire marche arrière. Ils avaient fait tout ce chemin jusqu'ici et Roland avait raison — c'était leur boulot. En outre, la curiosité les poussait.

L'entrée du canyon était passablement obstruée de broussailles, comme Susan l'avait appris à Roland. L'automne venu, la plupart ne seraient plus que du bois mort, mais pour l'heure les branches empilées là portaient encore des feuilles, bouchant toute visibilité dans le canyon. Un sentier se faufilait au centre de l'entassement de fagots, mais il était trop étroit pour laisser passage aux chevaux (qui auraient renâclé devant l'obstacle de toute façon) ; dans la lumière déclinante, Roland ne distinguait pas grand-chose.

— On y entre ? demanda Cuthbert. Que l'Ange Tabellion note sur son grand rouleau que je suis contre, même si je ne me mutine pas.

Roland n'avait nullement l'intention de les emmener à travers l'épine pour remonter vers la source du son. Surtout en n'ayant qu'une très vague idée de ce qu'était une tramée. Il avait posé quelques questions à ce sujet ces dernières semaines et obtenu peu de réponses valables.

— Moi, j'm'tiendrais à l'écart, s'était borné à lui conseiller le Shérif Avery.

Jusqu'ici, les meilleurs renseignements étaient encore ceux qu'il avait obtenus de Susan, le soir de leur rencontre.

— Tu peux dormir sur ta selle, Bert. On n'y entrera pas.

— Bien, fit Alain doucement ; ce qui fit sourire Roland.

Un sentier gravissait le versant occidental du canyon : il était étroit et escarpé, mais praticable s'ils faisaient attention. Ils l'empruntèrent en file indienne ; s'arrêtant à un moment donné pour dégager un éboulis, ils balancèrent de gros éclats de schiste et de cornéenne dans la tranchée plaintive à leur droite. Une fois cela accompli, et comme tous trois s'apprêtaient à remonter en selle, un gros volatile — une grouse peut-être, ou bien une poule des prairies — se leva au-dessus de la lèvre du canyon dans une explosion bruissante de plumes. Roland, portant la main vers ses revolvers, vit Cuthbert et Alain faire de même. Plutôt comique, étant donné que leurs armes à feu, enveloppées de toile cirée, étaient dissimulées sous le plancher du baraquement du Bar K.

Échangeant des regards éloquents, ils poursuivirent leur route sans un seul mot. Roland découvrit que la proximité de la tramée avait un effet cumulatif — ce n'était pas un son auquel on pouvait se faire. Bien au contraire : plus on se trouvait dans le voisinage immédiat de Verrou Canyon, plus le son vous raclait le cerveau jusqu'à l'os. Il vous vrillait les dents autant que les oreilles ; il vibrait dans la pelote de nerfs en dessous du sternum et semblait entamer jusqu'à l'humeur aqueuse des yeux. Pour couronner le tout, ça vous entrait dans la tête, et vous soufflait que tout ce dont vous aviez toujours eu peur vous attendait au prochain tournant de la piste ou au-delà de l'éboulis rocheux que voilà, guettant le moment de se faufiler hors de sa cachette pour mieux vous sauter dessus.

Une fois arrivés sur le plat, étendue stérile sur laquelle se terminait le sentier, le ciel s'ouvrit à nouveau au-dessus de leurs têtes et cela alla mieux, mais à ce moment-là, toute trace de lumière avait presque disparu, et ayant mis pied à terre et gagné le bord hautement friable du canyon, ils ne distinguèrent que des ombres.

— Inutile, dit Cuthbert d'un ton dégoûté. On aurait dû partir plus tôt, Roland... Will, je veux dire. Quels crétins on fait !

— Tu peux m'appeler Roland par ici, si ça te chante. Et on va voir ce qu'on est venus voir et compter ce qu'on est venus compter — une tramée, comme tu l'as fort bien dit. Il n'y a qu'à attendre.

Ils attendirent donc, et à peine vingt minutes plus tard, la Lune du Colporteur se leva au-dessus de l'horizon — parfaite lune d'été, énorme boule orange, se détachant sur le violet du ciel assombri comme une planète fracassée. Sur sa face, clair comme jamais, on voyait le Colporteur, qui sortait de nones avec un plein ballot d'âmes couinantes : une silhouette courbée dessinée par des ombres estompées, avec un ballot clairement visible sur l'une de ses épaules, ployant sous le fardeau. La clarté orangée derrière semblait flamber comme les feux de l'Enfer.

— Beuh, fit Cuthbert. Ce n'est pas un spectacle qu'on aime à voir avec ce son qui monte de là-bas en dessous.

Cependant, ils tinrent bon — et leurs chevaux, qui tiraient régulièrement sur les rênes comme pour leur signifier qu'ils devraient avoir déjà quitté la place. La lune monta dans le ciel, rétrécissant un peu ce faisant et virant à l'argenté. Bientôt, elle fut assez haute pour projeter sa clarté vieil ivoire dans Verrou Canyon. Les trois garçons regardèrent en bas. Sans souffler mot. Roland ne pouvait se prononcer pour ses amis, mais quant à lui, il ne croyait pas qu'il aurait pu ouvrir la bouche, même sommé de le faire.

Un box canyon peu profond avec des parois à pic, lui avait dit Susan. Et sa description était on ne peut plus juste. Elle avait ajouté que Verrou Canyon ressemblait à une cheminée couchée sur le côté et Roland supposa que c'était aussi la vérité, si l'on admettait qu'une cheminée effondrée pouvait se briser un tantinet dans sa chute et faire comme un coude en son milieu.

Jusqu'à ce coude, le fond du canyon était des plus ordinaires ; le tapis d'ossements que la lune leur révélait n'avait rien d'extraordinaire non plus. De nombreux animaux qui s'égaraient dans les *box canyons* n'avaient pas assez de jugeote pour en ressortir, et dans le cas de Verrou Canyon, la possibilité d'évasion était encore plus réduite suite au goulot d'étranglement des broussailles entassées à l'entrée. Les parois était bien trop escarpées pour l'escalade, exception faite d'un endroit, situé juste avant ce petit coude. Roland aperçut là une sorte de rainure courant le long de la paroi du canyon, munie d'assez d'éperons en saillie pour assurer — peut-être ! — une prise. Il n'y avait pas de raison qu'il note cela ; il le fit de façon réflexe, comme il continuerait de noter toutes les issues potentielles, le reste de sa vie.

Au-delà du coude, il y avait sur le sol du canyon quelque chose qu'aucun des trois amis n'avait jamais vu auparavant... et une fois de retour au baraquement, quelques heures plus tard, ils tombèrent tous d'accord qu'ils n'étaient pas vraiment sûrs de *ce* qu'ils avaient vu. La dernière partie de Verrou Canyon était masquée par une lactescence argent mat d'où s'élevaient des serpentins de fumée ou de brume. Cette masse liquide semblait se mouvoir léthargiquement, clapotant contre les parois qui la contenaient. Par la suite, ils découvriraient que brume et masse liquide étaient vert clair : c'était seulement le clair de lune qui les argentait.

Sous leurs yeux, une forme noire volante — la même peut-être qui les avait effrayés auparavant — plongea vers la tramée dont elle rasa la surface. Elle happa quelque chose en plein vol — un insecte ? un autre oiseau, plus petit ? — puis se prépara à reprendre de l'altitude. Mais avant qu'elle n'y ait réussi, un bras liquide argenté s'éleva du fond du canyon. Un instant, le murmure crissant de cette purée de pois s'éleva d'un cran et ressembla à s'y méprendre à une voix. Elle se saisit du volatile dans les airs et l'entraîna vers le bas. Une lueur verdâtre et floue éclaira brièvement la surface de la tramée comme de l'électricité et s'éteignit aussitôt.

Les trois garçons se regardèrent, terrorisés.

Saute là-dedans, Pistolero, fit soudain une voix. C'était la voix de la tramée. La voix de son père. Celle aussi de Marten l'enchanteur, Marten le séducteur. Mais aussi, plus terrible encore, c'était sa propre voix.

Saute là-dedans et mets fin à tous tes soucis. L'amour des filles ne te chagrinera plus et le deuil d'une mère perdue ne pèsera plus sur ton cœur d'enfant. Tu n'entendras plus que la rumeur de la cavité qui se creuse au centre de l'univers ; tu ne sentiras plus que la douceur spongieuse de la chair pourrissante.

Allez, viens, Pistolero. Deviens une part de la tramée.

L'air rêveur, l'œil vide, Alain se mit à longer l'à-pic ; il marchait si près du bord que les petits nuages de poussière que soulevaient ses bottes allaient flotter au-dessus de l'abîme, où chutaient directement des amas de gravillons. Avant qu'il ait fait cinq pas, Roland l'agrippa par la ceinture et le tira en arrière sans ménagement.

— Où tu crois aller comme ça ?

Alain fixa sur lui un regard de somnambule. Peu à peu, sa vision parut moins brouillée.

— Je ne sais pas... Roland.

Au-dessous d'eux, la tramée murmurait, bourdonnait, grondait, chantait. Et ce son semblait se résumer à un marmonnement suintant et fangeux.

— Moi je sais, dit Cuthbert, où nous allons nous rendre tous les trois. On va rentrer au Bar K. Allez, venez, partons d'ici.

Il regardait Roland d'un air suppliant.

— Je t'en prie. C'est horrible.

— Très bien.

Mais avant qu'il ne les ramène sur le chemin, il s'avança jusqu'au bord et contempla la vase argentée et fumante à ses pieds.

— Et une tramée, une, dit-il avec une nuance de défi claironnante.

Puis il ajouta à voix basse :

— Maudite sois-tu !

3

Ils retrouvèrent leur sang-froid pendant la chevauchée de retour — la brise marine qui leur fouettait la figure était merveilleusement roborative après l'odeur de mort *recuite* du canyon et de la tramée.

Comme ils gravissaient la pente de l'Aplomb (suivant une longue diagonale pour ménager leurs chevaux), Alain dit :

— Qu'est-ce qu'on fait ensuite, Roland ? Tu le sais ?

— Non, en fait, je l'ignore.

— On pourrait commencer par dîner, fit Cuthbert avec enjouement en tapotant le crâne creux de la vigie pour bien marquer le coup.

— Tu sais bien ce que je veux dire.

— Oui, convint Cuthbert. Et laisse-moi te dire quelque chose, Roland...

— Will, s'il te plaît. Maintenant qu'on est de retour sur l'Aplomb, appelle-moi Will.

— Si fait, très bien. Alors laisse-moi te dire une chose, Will : on ne peut plus continuer comme ça à compter des filets, des bateaux, des métiers à tisser et des jantes métalliques. On commence à être à court de choses sans importance. Je crois que passer pour des crétins finis deviendra beaucoup plus difficile, dès qu'on va s'intéresser au côté élevage chevalin de la vie à Hambry.

— Si fait, dit Roland.

Il arrêta Rusher et regarda en arrière le chemin qu'ils venaient de parcourir. Il fut momentanément enchanté par la vue des chevaux, paraissant atteints d'une sorte de folie lunatique, qui galopaient et folâtraient dans l'herbe argentée.

— Mais je vous le répète à tous les deux, *il ne s'agit pas que de chevaux*. Est-ce que Farson en a besoin ? Si fait, peut-être. Mais l'Affiliation, aussi. Et des bœufs, aussi. Mais il y a des chevaux partout — peut-être pas aussi bons que ceux-ci, je l'admets, mais dans une tempête n'importe quel port fait l'affaire, comme on dit. Donc, s'il ne s'agit pas de chevaux, alors de quoi ? Jusqu'à ce que je le sache, ou que je décide qu'on ne le saura jamais, on continue comme avant.

Une partie de la réponse les attendait au Bar K. Perchée sur la barre d'attache et agitant sa queue gaillardement. Quand le pigeon sauta dans la main de Roland, ce dernier vit que l'une de ses ailes était étrangement déplumée. Un animal quelconque — un chat, sans doute — avait dû ramper assez près de lui pour lui voler dans les plumes, estima-t-il.

Le message collé à la patte du pigeon était bref, mais explicitait une bonne part de ce qu'ils n'avaient pas encore compris.

Il faut que je la revoie, songea Roland, après avoir lu. Et il ressentit un accès de joie. Son pouls battit plus vite et, sous la froide clarté d'argent de la Lune du Colporteur, il sourit.

Chapitre 9

Citgo

1

La Lune du Colporteur commença à décroître ; elle allait emporter avec elle le plus beau et le plus chaud de l'été. Un après-midi, quatre jours après son plein, le vieux *mozo* de la Maison du Maire (Miguel était déjà là bien avant l'époque d'Hart Thorin et, selon toute probabilité, y serait longtemps encore après que Thorin aurait réintégré son ranch) se présenta au logis que Susan partageait avec sa tante. Il menait une magnifique jument alezane par la bride. C'était le deuxième des trois chevaux promis et Susan reconnut Félicia immédiatement. La jument avait été l'une de ses préférées pendant son enfance.

Susan étreignit Miguel, couvrant ses joues barbues de baisers. Le vieillard aurait souri de toutes ses dents, si seulement il lui en était resté une.

— *Gracias, gracias*, merci mille fois, vieux père, lui dit-elle.

— *Da nada*, lui répondit-il en lui tendant la bride. Présent d'arrhes du Maire.

Elle l'accompagna du regard, et son sourire s'effaça peu à peu sur ses lèvres. Félicia se tenait docilement à ses côtés, sa robe d'un brun foncé luisait comme un rêve sous le soleil d'été. Mais ce n'avait rien d'un rêve. Ça en avait eu l'apparence au début — ce sentiment d'irréalité avait été une autre incitation à tomber dans le panneau, elle le comprenait à présent —, mais ce n'en était pas un. Elle avait prouvé son honnêteté ; voilà maintenant qu'elle était la destinataire des « présents d'arrhes » d'un homme riche. L'expression sacrifiait bien sûr à l'usage... on pouvait aussi la voir comme une amère plaisanterie, suivant son humeur et sa conception de la vie. Félicia n'était pas plus un cadeau que Pylône ne l'avait été — ils n'étaient que l'exécution au coup par coup des clauses du contrat auquel elle avait consenti. Tante Cord pouvait bien se montrer choquée, Susan savait la vérité : ce qui l'attendait, c'était de la putasserie, purement et simplement.

Tante Cord se tenait à la fenêtre de la cuisine tandis qu'elle rentrait son présent (rien d'autre qu'une restitution de ce qui lui appartenait, aux yeux de Susan) à l'écurie. Elle lui lança une joyeuseté du genre que la jument était une bonne chose, car s'en occuper laisserait moins de temps à Susan pour ses ruminations. Cette dernière se retint de lui répliquer vertement. Les deux femmes avaient observé une trêve précautionneuse depuis leur prise de bec lors de l'épisode des casaques, et Susan ne tenait point à être celle qui la romprait. Elle avait trop de choses en tête et sur le cœur. Elle pensait que la prochaine querelle avec sa tante la briserait aussi simplement qu'une brindille sèche écrasée par une botte. *Parce que se taire est souvent ce qu'il y a de mieux à faire*, lui avait dit son père, quand à l'âge de dix ans par là, elle lui avait demandé pourquoi il était aussi silencieux. Si sa réponse l'avait troublée à l'époque, maintenant elle la comprenait mieux.

Elle installa Félicia à l'écurie près de Pylône, la bouchonna et lui donna à manger. Tandis que la jument mâchonnait son avoine, Susan examina ses sabots. Elle ne goûta guère l'aspect des fers de la jument — trop Front de Mer pour elle —, aussi prit-elle au clou près de la porte de l'écurie la sacoche où son père rangeait les siens, la passa-t-elle en bandoulière et couvrit-elle les trois quarts de lieue qui la séparaient du Relais & Sellerie Hookey. Sentir la sacoche de cuir lui battre la hanche fit resurgir l'image de son père avec une netteté telle que le chagrin la tenailla avec une fraîcheur renouvelée et lui donna envie de pleurer. Elle songea que sa situation actuelle l'aurait épouvanté, et peut-être même rempli de dégoût. Mais il aurait bien aimé Will Dearborn, de ça elle était persuadée — il l'aurait apprécié et l'aurait approuvée, elle, de l'avoir choisi, lui. C'était la touche finale qui rendait le tableau si terrible.

2

Elle avait su ferrer un cheval depuis toujours. Et y prenait même du plaisir, quand elle était d'humeur ; c'était salissant, primitif, avec toujours la possibilité de recevoir un bon coup de sabot dans les côtes pour soulager l'ennui et ramener une fille à la réalité. Mais de la *fabrication* des fers, elle ne savait rien et n'avait nulle envie d'apprendre. Brian Hookey les forgeait derrière son écurie-hostellerie, toutefois ; Susan choisit sans mal quatre fers neufs de la bonne taille, humant avec délices l'odeur de cheval et de foin fraîchement coupé. De peinture fraîche aussi. Les Établissements Hookey avaient l'air en parfait état : jetant un coup d'œil au toit de l'écurie, elle n'y détecta aucun trou. Hookey traversait une période florissante, semblait-il.

Ce dernier inscrivit les nouveaux fers en haut d'une poutre, sans quitter son tablier de forgeron et louchant horriblement d'un œil sur ses propres chiffres. Quand Susan évoqua d'un ton hésitant le paiement, il éclata de rire, lui disant qu'il savait qu'elle réglerait la note dès qu'elle le pourrait, mais oui, les dieux la bénissent. En plus, z'allaient point s'envoler, tous tant qu'ils z'étaient, hein ? Nenni, nenni. Et là-dessus, il la poussa gentiment vers la porte. Un an auparavant, il n'aurait pas traité de façon aussi désinvolte même le simple achat de quatre fers à cheval, mais à présent qu'elle était la bonne amie du Maire Thorin, les choses avaient changé.

Le soleil de l'après-midi était éblouissant après la pénombre de l'écurie d'Hookey, et Susan, brièvement aveuglée, se dirigea au jugé vers la rue. La sacoche de cuir ballottait sur sa hanche et, à l'intérieur, les fers s'entrechoquaient doucement. A peine eut-elle le temps d'entrevoir une silhouette dans l'éclat du soleil qu'elle l'avait déjà heurtée, et assez durement pour claquer des dents et faire résonner les nouveaux fers de Félicia. Susan serait tombée, si des mains solides ne l'avaient prestement rattrapée par les épaules. Sa vision s'accommodant, elle s'aperçut, consternée et amusée, que le jeune homme qui avait failli la faire s'étaler de tout son long dans la poussière était l'un des amis de Will — Richard Stockworth.

— O mille pardons, *sai* ! s'exclama-t-il, lui époussetant les manches de sa robe, comme s'il l'avait effectivement renversée. Allez-vous bien ? Allez-vous tout à fait bien ?

— Tout à fait, fit-elle en souriant. S'il vous plaît, ne vous excusez point.

Elle se sentit soudain saisie de la folle envie de se hausser sur la pointe des pieds et de lui baiser la bouche en lui disant : *Donnez-le de ma part à Will en lui disant bien de ne point tenir compte de ce que je lui ai raconté ! Dites-lui qu'il y en a des milliers d'autres qui l'attendent là où celui-ci a pris sa source ! Dites-lui de venir les prendre jusqu'au dernier !*

Mais au lieu de cela, elle s'arrêta au comique de l'image suivante : celle de Richard Stockworth bécotant Will à pleine bouche en lui disant que c'était de la part de Susan Delgado. Elle se mit à pouffer, porta ses mains à sa bouche, mais sans nul effet. *Sai* Stockworth lui sourit en retour, mais... prudemment, en hésitant. *Il pense probablement que je suis folle à lier... et je le suis ! Oh si fait !*

— Bonne journée, Messire Stockworth, dit-elle, passant son chemin avant qu'elle ne se mette davantage encore dans l'embarras.

— Bonne journée, Susan Delgado, lui répondit-il.

Elle se retourna une seule fois, après avoir fait une cinquantaine de mètres dans la rue, mais il était déjà parti. Il n'était pas entré chez Hookey, cependant ; de cela, elle était tout à fait certaine. Elle se demanda ce que Messire Stockworth pouvait bien faire dans cette partie de la ville, pour commencer.

Une demi-heure plus tard, comme elle sortait les nouveaux fers de la sacoche de son pa, elle le découvrit. Un morceau de papier était glissé entre deux fers et avant même de le déplier, elle comprit que sa collision avec Messire Stockworth n'avait rien eu d'accidentel.

Elle reconnut l'écriture de Will immédiatement, d'après le billet dont il avait accompagné le bouquet.

Susan,

pouvez-vous me retrouver à Citgo ce soir ou demain soir ? C'est très important. En rapport direct avec ce dont nous avons déjà discuté. Je vous en prie.

W.

P.S. Mieux vaut brûler ce billet.

Ce qu'elle fit sur-le-champ. Et en regardant monter les flammes, puis en les voyant mourir, elle ne cessa pas de répéter en murmurant la phrase qui l'avait frappée le plus durement : *je vous en prie.*

3

Susan et Tante Cord mangèrent en silence leur frugal repas du soir — du pain et de la soupe — et à peine terminé, Susan chevauchant Félicia gagna l'Aplomb pour assister au coucher du soleil. Elle n'irait pas le retrouver ce soir, ah non. Sa conduite impulsive et irréfléchie ne lui avait déjà que trop occasionné de chagrin. Mais demain ?

Pourquoi, à Citgo ?

En rapport direct avec ce dont nous avons déjà discuté.

Oui, probablement. Elle ne doutait point de son sens de l'honneur, bien qu'elle en soit venue à se demander fortement si lui et ses amis étaient bien ce qu'ils disaient être. Il voulait *probablement* la voir pour une raison concernant sa mission (bien qu'elle ne saisît pas le rapport entre le pétroléum et le trop grand nombre de chevaux sur l'Aplomb), mais quelque chose existait entre eux à présent, quelque chose de doux et de dangereux. Ils commenceraient par parler, mais finiraient par s'embrasser... et leurs baisers ne seraient qu'un début. Le savoir n'y changeait rien, cependant ; elle désirait le voir. *Avait besoin* de le voir.

A califourchon sur sa nouvelle jument — autre paiement anticipé de sa virginité par Hart Thorin —, elle regarda le soleil s'arrondir et devenir rouge à l'ouest. Elle écouta le faible marmonnement de la tramée, et pour la première fois de ses seize ans d'existence, se sentit vraiment déchirée par l'indécision. Tout ce qu'elle désirait s'opposait à sa notion de l'honneur et le conflit faisait rage sous son crâne. Cernant le tout, comme le vent qui se lève assiège une maison branlante, elle sentait grandir l'idée du *ka*. Cependant, renoncer à son honneur pour cette raison était tellement facile, n'est-ce pas ? Excuser la perte de sa vertu en invoquant la toute-puissance du *ka*. C'était là un doux penser.

Susan se sentait aussi aveuglée que lorsqu'elle avait quitté l'obscurité de l'écurie de Brian Hookey pour la rue ensoleillée. A un moment, elle versa en silence des pleurs de frustration sans même y prendre garde ; colorant son moindre effort pour penser clairement et rationnellement, il y avait son désir d'embrasser Will une fois encore et de sentir sa main se refermer sur son sein.

Elle n'avait jamais été une fille portée sur la religion, n'ajoutait que peu de foi aux vagues dieux de l'Entre-Deux-Mondes, si bien que, pour finir, le soleil une fois couché et le ciel, au-dessus de son point de disparition, virant du rouge au violet, elle tâcha d'adresser une prière à son père. Et elle obtint une réponse, mais qu'elle soit venue de lui ou de son propre cœur, elle ne sut le déterminer.

Laisse le ka *prendre soin de lui-même*, lui dit sa voix intérieure. *C'est ce qu'il fera de toute façon ; comme toujours. Si le* ka *devait l'emporter sur ton honneur, il en sera ainsi ; entre-temps, Susan, toi mise à part, personne d'autre n'en prendra soin. Laisse aller le* ka *et prends soin de la vertu de ta promesse, aussi dur que cela puisse être.*

— Très bien, fit-elle.

Dans son état actuel, elle découvrit que toute décision — dût-elle se solder par le fait de ne plus revoir Will — était un soulagement.

— J'honorerai ma promesse. Le *ka* n'a qu'à prendre soin de lui-même.

Au cœur des ténèbres qui s'amoncelaient, elle émit un claquement de langue à l'adresse de Félicia et mit le cap sur son logis.

4

Le jour suivant était un dimmenche, jour de repos traditionnel des cow-boys. La petite bande de Roland le prit aussi.

— Ce n'est que justice, commenta Cuthbert, puisque pour commencer, on sait vraiment pas ce qu'on fait, bon sang.

Ce dimmenche-là — le sixième depuis leur arrivée à Hambry —, Cuthbert arpentait le marché d'en-haut (celui d'en-bas était bien meilleur marché, mais sentait trop la caque et le hareng à son goût) tout en essayant de contenir ses larmes à la vue de ponchos de couleur vive. Car sa mère possédait un poncho qu'elle aimait beaucoup, et de songer comment elle chevauchait parfois en le laissant flotter au vent l'avait rempli d'un mal du pays d'une violence presque sauvage. « Arthur Heath », le *ka-mai* de Roland à qui sa maman manquait tellement qu'il en avait les yeux humides ! C'était une blague bien digne de... oui, bien digne de Cuthbert Allgood.

Alors qu'il se tenait là, à examiner les ponchos et aussi des couvertures *dolina* suspendues en enfilade, les mains derrière le dos, comme le visiteur d'une galerie d'art (tout en continuant à refouler ses larmes), on lui frappa légèrement sur l'épaule. Il se retourna et se retrouva face à la fille aux cheveux blonds.

Cuthbert n'était nullement surpris que Roland se fût amouraché d'elle. Elle était à couper le souffle, même en jean et chemise fermière. Sa chevelure était retenue en arrière par un écheveau de lanières de cuir et elle avait les yeux du gris le plus lumineux que Cuthbert eût jamais vu. Ce dernier trouva que cela tenait du miracle que Roland ait pu continuer à se soucier des autres aspects de la vie courante, brossage de dents compris. En tout cas, elle apporta la guérison à Cuthbert ; sa crise de sentimentalisme regardant sa mère disparut instantanément.

— *Sai*, dit-il.

Le seul mot qu'il put prononcer, du moins au début. Elle acquiesça et lui tendit ce que les habitants de Mejis appelaient une *corvette* — « petit paquet », au sens littéral ; « petite bourse », dans la pratique. Ces petits accessoires de cuir, qui ne pouvaient contenir guère plus que quelques pièces, étaient davantage portés par les dames que par les messieurs, bien qu'il n'y eût aucun diktat de la mode sur ce point.

— Vous avez laissé tomber ceci, mon goujat, dit-elle.

— Que nenni, Grand Merci, *sai*.

Elle aurait très bien pu appartenir à un homme — en cuir noir sans ornements ni froufrous — mais il ne l'avait jamais vue. Il n'avait jamais porté de *corvette*, d'ailleurs.

— Elle est à vous, dit-elle en le regardant si intensément qu'il ressentit comme une brûlure.

Il aurait dû comprendre tout de suite, mais son apparition inattendue l'avait aveuglé. Tout comme son ingéniosité. On ne s'attend pas à tant d'ingéniosité chez une fille aussi belle ; les belles filles n'ont pas besoin d'en avoir, en règle générale. D'après Bert, il suffisait aux belles filles de s'éveiller le matin.

— *C'est la vôtre.*

— Si fait, si fait, dit-il, lui arrachant presque la bourse des doigts. Il sentit un sourire idiot illuminer son visage.

— A présent que vous le dites, *sai*...

— Susan.

Ses yeux étaient graves et vigilants, malgré son sourire.

— Appelez-moi, Susan, je vous en prie.

— Avec plaisir. J'implore votre pardon, Susan, c'est juste que ma jugeote et ma mémoire, en ce beau dimmenche, sont parties en vacances main dans la main — éclipsées, comme qui dirait — et m'ont laissé la tête vide, momentanément.

Il aurait pu continuer à jacasser de la sorte une bonne heure de plus (ça lui était déjà arrivé ; Roland et Alain pouvaient en témoigner), mais elle l'arrêta vivement avec le naturel d'une sœur aînée.

— Je comprends aisément que vous n'exerciez aucun contrôle sur votre tête, Messire Heath — pas plus que sur votre langue — mais peut-être, prendrez-vous plus de soin de votre bourse à l'avenir. Bonne journée.

Elle était déjà loin avant qu'il ait pu émettre un son.

5

Bert trouva Roland là où on le trouvait souvent, ces jours : sur cette partie de l'Aplomb que nombre de gens du coin surnommaient le Belvédère. On y jouissait d'un beau point de vue sur Hambry, rêvassant dans la brume bleue d'un dimmenche après-midi, mais Cuthbert doutait fort que ce fût ce spectacle qui attirât sans cesse son plus vieil ami en ce lieu. A son avis, une raison plus plausible était qu'il pouvait y contempler à son aise la maison des Delgado.

Ce jour-là, Roland était en compagnie d'Alain et ni l'un ni l'autre ne disaient mot. Si Cuthbert n'avait pas de mal à *accepter* l'idée que certaines personnes puissent rester de longs moments sans se parler, il n'en pensait pas moins qu'il ne le *comprendrait* jamais.

Il les rejoignit au galop et plongeant sa main sous sa chemise, en tira la *corvette*.

— De la part de Susan Delgado. Elle me l'a donnée au marché d'en-haut. Elle est très belle, mais aussi maligne qu'un serpent. Cela dit avec l'admiration la plus absolue.

Le visage de Roland s'anima, plein de feu et de vie. Quand Cuthbert lui lança la *corvette*, il l'attrapa au vol et tira sur le lacet avec ses dents. A l'intérieur, au lieu des rouges liards qu'y aurait conservés tout voyageur, il n'y avait qu'un simple morceau de papier plié. Roland le lut rapidement : ses yeux perdirent leur éclat et son sourire s'évanouit sur ses lèvres.

— Qu'est-ce que ça dit ? demanda Alain.

Roland le lui tendit et retourna à sa contemplation de l'Aplomb. C'est en voyant une telle désolation dans le regard de son ami que Cuthbert eut pleinement conscience de la place que Susan Delgado avait prise dans sa vie — et dans la leur, par voie de conséquence.

Alain passa le mot à Cuthbert. Il ne comportait qu'une ligne et deux phrases :

Il est préférable de ne pas nous revoir. Pardon.

Cuthbert le lut deux fois, comme si cette relecture pouvait y changer quelque chose, avant de le rendre à Roland. Ce dernier remit le mot dans la *corvette*, tira le lacet et fourra la petite bourse sous sa chemise.

Cuthbert redoutait plus le silence que le danger (car dans son esprit, silence égalait danger), mais toutes les idées qui lui vinrent pour entamer une conversation lui parurent pétries d'insensibilité et de puérilité, si l'on s'en rapportait à la tête que faisait son ami. Roland semblait avoir absorbé du poison. Si Cuthbert était dégoûté à l'idée que cette fille si charmante allait jouer à la bête à deux dos avec le Maire de Hambry, ce squelette ambulant, la mine de Roland lui causait des émotions plus violentes. Pour ça, il aurait pu la haïr.

Alain prit enfin la parole, presque timidement.

— Qu'est-ce qu'on fait maintenant, Roland ? Va-t-on aller fureter là-bas au pétroléum sans elle ?

Cuthbert fut rempli d'admiration. Quand ils le rencontraient pour la première fois, beaucoup de gens cataloguaient Alain Johns comme un lourdaud. Ce qui était très loin de la vérité. Voilà qu'à présent, usant d'une diplomatie que Cuthbert n'aurait jamais pu égaler, il venait de souligner que la première — et malheureuse — expérience amoureuse de Roland ne les déchargeait pas de leurs responsabilités.

Et Roland réagit à cela, en se redressant sur sa selle. La forte lumière dorée de cet après-midi-là éclaira son visage de manière contrastée, qui fut un instant hanté par le spectre de l'homme qu'il deviendrait. Cuthbert frissonna à la vision de ce spectre — ignorant ce qu'il voyait, il savait seulement que c'était épouvantable.

— Les Grands Chasseurs du Cercueil, dit-il. Est-ce que tu les as aperçus en ville ?

— Jonas et Reynolds, répondit Cuthbert. Toujours aucun signe de Depape. A mon avis, Jonas a dû l'étrangler de dépit et le jeter à la mer du haut de la falaise, après la fameuse soirée au bar.

Roland secoua la tête.

— Jonas a trop besoin d'hommes de confiance pour les gaspiller, il marche sur la même corde raide que nous. Non, il a juste expédié Depape au loin pour un bout de temps.

— Expédié où ça ? demanda Alain.

— Là où il lui faudra chier dans les buissons et dormir sous la pluie s'il fait mauvais temps.

Roland eut un bref éclat de rire, sans trace d'humour.

— Jonas a lancé Depape à rebours sur nos traces, c'est plus que probable.

Alain grommela entre ses dents, surpris sans vraiment l'être. Roland monté sur Rusher contemplait, par-delà l'étendue de cette terre superbe, les chevaux qui pâturaient. Il tripotait machinalement la *corvette* qu'il avait serrée sous sa chemise. Il reporta enfin son regard sur ses deux amis.

— On va encore attendre un peu, dit-il. Peut-être qu'elle changera d'avis.

— Roland... commença Alain, d'un ton très sérieux sous sa gentillesse.

Roland leva la main avant qu'Alain n'aille plus loin.

— Ne doute pas de moi, Alain... je parle en digne fils de mon père.

— Fort bien.

Alain tendit la main et agrippa brièvement Roland par l'épaule. Quant à Cuthbert, il réservait son jugement. Roland agirait ou non en digne fils de son père ; Cuthbert devinait qu'au point où il en était, Roland savait à peine ce qu'il voulait.

— Tu te souviens de ce que Cort nous disait être la faiblesse principale de larves comme nous ? demanda Roland, avec l'ombre d'un sourire.

— Vous foncez sans réfléchir et tombez dans un trou, cita Alain, imitant la grosse voix de Cort.

Ce qui fit rire Cuthbert aux éclats.

Le sourire de Roland s'accentua un brin.

— Si fait. Ce sont là des paroles que j'entends me rappeler, les amis. J'irai pas renverser cette charrette pour voir ce qu'elle contient… à moins qu'il n'y ait pas d'autre choix. Susan peut encore venir, si on lui laisse le temps de la réflexion. Je crois qu'elle aurait déjà accepté de me rencontrer s'il… n'existait pas d'autres contentieux entre nous.

Il n'alla pas plus loin et, un court instant, le silence retomba entre eux.

— Je préférerais que nos pères ne nous aient pas envoyés ici, finit par dire Alain… même si la décision en revenait au père de Roland, ce qu'aucun des trois n'ignorait.

— On est trop jeunes pour être mêlés à des affaires de ce genre. Il n'a pas assez neigé sur nous.

— On s'en est très bien sortis le fameux soir au Repos, objecta Cuthbert.

— Grâce à notre entraînement, pas à notre astuce — et on ne nous a pas pris au sérieux pour autant. Ça ne se reproduira pas deux fois.

— Ils ne nous auraient pas expédiés ici — pas plus mon père que les vôtres — s'ils avaient su ce qu'on y trouverait, observa Roland. Maintenant qu'on l'a trouvé, on baissera pas les bras. D'accord ?

Alain et Cuthbert opinèrent. Entendu, ils baisseraient pas les bras — plus aucun doute là-dessus.

— Dans tous les cas, il est trop tard pour s'en inquiéter. On va attendre en espérant que Susan nous rejoigne. Je préférerais ne pas m'approcher de Citgo sans quelqu'un d'Hambry qui connaisse la configuration de l'endroit… mais si Depape revient, il nous faudra courir ce risque. Dieu sait ce qu'il a pu découvrir ou les histoires qu'il inventera pour complaire à Jonas ou encore ce que Jonas fera une fois qu'ils auront tenu leur palabre. La poudre parlera peut-être.

— Après avoir tant tourné autour du pot, ce sera presque un soulagement, dit Cuthbert.

— Tu vas lui envoyer un autre billet, Will Dearborn ? demanda Alain.

Roland y réfléchit. Cuthbert paria en son for intérieur sur la décision de Roland. Et perdit.

— Non, dit-il enfin. Il nous faut lui donner du temps, aussi dur que cela soit. Et espérer que sa curiosité la fera changer d'avis.

Là-dessus, il fit tourner bride à Rusher en direction du baraquement abandonné qui leur servait pour l'heure de logis. Cuthbert et Alain suivirent.

6

Susan travailla dur le reste de ce dimmenche, décrottant les écuries, allant chercher de l'eau, lavant les escaliers de haut en bas. Tante Cord l'observa en silence, partagée entre le doute et l'ahurissement. Susan n'avait que faire de ce que ressentait sa tante — elle cherchait à s'épuiser pour s'épargner une nouvelle nuit d'insomnie. C'était terminé. Will devait le savoir à présent et tout était pour le mieux. Ce qui était fait était fait.

— Vous êtes toquée, petite ? fut la seule question que Tante Cord posa à Susan quand elle vida le dernier seau d'eau sale derrière la cuisine. C'est dimmenche !

— Toquée ? Point du tout ! répliqua-t-elle, pète-sec, sans lever les yeux.

Elle exécuta la première partie de son programme en se mettant au lit à peine la lune levée, les bras rompus, les jambes douloureuses et avec des élancements dans le dos — mais le sommeil la fuyait toujours. Elle resta couchée, les yeux grands ouverts, malheureuse comme les pierres. Les heures passèrent, la lune se coucha et Susan n'arrivait toujours pas à s'endormir. Elle fixait l'obscurité en se demandant s'il y avait une possibilité, même la plus infime, que son père ait été assassiné. Pour lui fermer la bouche et lui clore définitivement les yeux.

Elle en arriva finalement à la même conclusion que Roland : si elle n'avait ressenti aucune attirance pour ses yeux ni pour le contact de ses mains et de ses lèvres, elle aurait consenti en un éclair à la rencontre qu'il réclamait. Ne serait-ce que pour apaiser le trouble qui s'était emparé de son esprit.

Comprenant cela, un soulagement l'envahit et elle réussit à s'assoupir.

7

Le lendemain, en fin d'après-midi, alors que Roland et ses amis se trouvaient au Repos des Voyageurs (sandwiches de bœuf froid arrosés de litres de thé blanc glacé — sans égaler celui de la femme de l'Adjoint Dave, il n'était pas mauvais), Sheemie entra, revenant d'arroser ses fleurs à l'extérieur. Il était coiffé de sa *sombrera* rose et affichait un large sourire. Il tenait à la main un petit paquet.

— Salut à vous, Petits Chasseurs du Cercueil ! s'écria-t-il gaiement, en les gratifiant d'un salut amusant qui était une bonne imitation du leur.

Cuthbert fut particulièrement réjoui de voir ce salut effectué en tenue de jardinage.

— Vous allez comment ? Bien, j'espère, si fait !

— Comme eau de pluie en son tonneau, répondit Cuthbert, mais on n'apprécie pas beaucoup d'être appelés Petits Chasseurs du Cercueil, alors tu pourrais peut-être mettre la pédale douce là-dessus, d'accord ?

— Si fait, fit Sheemie, pas moins gai pour autant. Si fait, Messire Arthur Heath, bon compagnon qui m'a sauvé la vie !

Il s'interrompit, soudain perplexe comme s'il était incapable de se rappeler pourquoi il les avait abordés. Puis son regard s'éclaira, son sourire se fit éclatant et il tendit le paquet à Roland.

— C'est pour vous, Will Dearborn !

— Vraiment ? Qu'est-ce que c'est ?

— Des graines ! Voilà quoi.

— De ta part, Sheemie ?

— Oh, non.

Roland prit le paquet — une simple enveloppe qu'on avait pliée et scellée. Il n'y avait rien d'écrit ni au recto ni au verso. Et s'il s'en fiait à ses doigts, il ne sentait pas la présence de graines à l'intérieur.

— De la part de qui, alors ?

— Me souviens plus, fit Sheemie, qui détourna les yeux.

Son intelligence était ainsi faite, se dit Roland, qu'il n'était jamais malheureux très longtemps et se montrait incapable de mentir. Puis Sheemie regarda à nouveau Roland, avec une timidité pleine d'espoir.

— Mais je me rappelle ce que je devais vous dire.

— Si fait ? Alors, parle, Sheemie.

S'exprimant comme quelqu'un qui récite un texte appris à grand-peine, fier et nerveux à la fois, il lui dit :

— Voici les graines que vous avez semées sur l'Aplomb.

Les yeux de Roland flamboyèrent d'un éclat si sauvage que Sheemie recula d'un pas en trébuchant. Il tira vivement sur sa *sombrera* et tournant les talons, détala pour se mettre en sécurité auprès de ses fleurs. Sheemie aimait bien Will Dearborn et ses amis (en particulier, Messire Arthur Heath, qui disait parfois des choses qui le faisaient se plier en deux), mais à ce moment précis, il vit quelque chose dans les yeux de Will-*sai* qui l'effraya grandement. A cet instant, il comprit que Will n'était pas moins un tueur que l'homme à la cape ou celui qui avait voulu que Sheemie lui nettoie les bottes avec sa langue, ou encore le vieux Jonas aux cheveux blancs et à la voix tremblotante.

Il était aussi mauvais qu'eux, sinon pire.

8

Roland glissa le prétendu paquet de graines dans sa chemise et ne l'ouvrit pas tant qu'ils ne furent pas tous trois retournés au Bar K et installés sur le porche. Au loin grommelait la tramée, qui faisait se crisper de nervosité les oreilles de leurs chevaux.

— Eh bien ? demanda pour finir Cuthbert, incapable de se réfréner plus longtemps.

Roland sortit l'enveloppe de sa chemise et l'ouvrit en la déchirant. Ce faisant, il songea que Susan avait su exactement quoi dire. A la perfection.

Les autres se penchèrent, Alain à sa gauche et Cuthbert à sa droite, tandis que Roland dépliait l'unique morceau de papier. A nouveau, il reconnut l'écriture simple et soignée de Susan. Si son message n'était pas plus long que le précédent, le contenu en était fort différent, cependant.

Il y a une orangeraie à une demi-lieue de la route, côté ville de Citgo. Retrouvez-moi là-bas quand la lune se lèvera. Venez seul. S.

En dessous, en petites capitales, non dénuée d'emphase, cette objurgation : BRÛLEZ CECI.

— On fera le guet, dit Alain.

Roland acquiesça.

— Si fait. Mais de loin.

Puis il brûla le billet de Susan.

9

L'orangeraie formait un rectangle très bien cultivé d'une dizaine de rangées, au bout d'un chemin charretier envahi par les mauvaises herbes. Roland y arriva à la tombée de la nuit, mais une bonne demi-heure avant que la Lune du Colporteur rapidement déclinante ne se hisse au-dessus de l'horizon une fois encore.

Alors que le garçon arpentait à l'aventure l'une des rangées, écoutant les cliquetis de squelette en provenance du pétroléum au nord (couinement de pistons, grincements d'engrenages, bruits sourds d'arbres moteurs), il fut pris d'un profond mal du pays. C'était la frêle senteur des fleurs d'oranger — strate claire venant coiffer la puanteur plus sombre du pétrole — la responsable. Cette orangeraie miniature n'était rien comparée aux grands vergers de pommiers de la Nouvelle Canaan... et pourtant, à sa façon, elle soutenait la comparaison. Il y avait ici le même sentiment de dignité et de civilisation, de beaucoup de temps consacré à quelque chose de pas strictement nécessaire. Et dans ce cas-ci, soupçonnait-t-il, de pas très utile non plus. Les oranges cultivées si loin au nord des chaudes latitudes étaient probablement aussi acides que des citrons. Pourtant, quand la brise agita les arbres fruitiers, l'odeur le fit penser à Gilead avec amertume et nostalgie, et pour la première fois, il envisagea l'éventualité de ne jamais revoir son pays natal — devenu un vagabond sur la terre comme cette vieille Lune du Colporteur dans le ciel.

Il l'entendit venir, mais elle était déjà presque sur lui — si elle avait été une ennemie et non une amie, il aurait eu encore le temps de dégainer et de tirer, mais de justesse. Déjà plein d'admiration, apercevoir son visage à la lueur des étoiles lui réjouit le cœur.

Elle fit halte quand il se retourna, le regardant à peine. Elle avait les mains croisées à hauteur de la taille dans une pose enfantine, charmante d'autant plus qu'elle n'était pas étudiée. Elle les leva quand il fit un pas vers elle, ce qu'il prit à tort pour un geste de frayeur dans cette lumière incertaine. Il s'arrêta, confus. Elle aurait pu ne pas aller plus loin, mais choisit de n'en rien faire. Elle s'avança vers lui délibérément, jeune femme élancée en robe d'amazone et bottes noires. Son *sombrero* dans le dos masquait en partie la tresse de ses cheveux.

— Will Dearborn, nous sommes unis pour le meilleur et le pire, dit-elle d'une voix tremblante ; il l'embrassait déjà ; et leurs corps s'embrasèrent l'un l'autre tandis que se levait le dernier quartier famélique de la Lune du Colporteur.

10

Solitaire dans sa masure là-haut sur le Cöos, Rhéa était attablée dans sa cuisine, penchée sur la boule de cristal que les Grands Chasseurs du Cercueil lui avaient apportée un mois et demi plus tôt. Sa lumière rose baignait un visage que plus personne n'aurait confondu avec celui d'une jeunette. Une vitalité extraordinaire l'avait portée pendant de nombreuses années (seuls les plus anciens résidants d'Hambry avaient une petite idée de l'âge réel de la vieille Rhéa du Cöos, et une bien vague idée, encore), mais le cristal était finalement en train de la miner — de la lui boire comme un vampire suce le sang. Dans son dos, la grande pièce de la masure paraissait encore plus miteuse et encombrée que d'habitude. Ces jours, elle n'avait même plus de loisir pour un semblant de ménage ; la boule de cristal lui absorbait tout son temps. Quand elle n'y regardait point, elle *pensait* à y regarder... et oh ! Quelles choses elle y avait déjà vues !

Ermot s'enroula autour de l'une de ses jambes décharnées ; il était agité et sifflait, mais elle le remarqua à peine. Elle se pencha davantage encore sur la lueur rose poison du cristal, enchantée de ce qu'elle y voyait.

C'était la fille qui était venue la trouver pour qu'elle atteste de son « honnêteté » et le jeune homme qu'elle avait vu la première fois qu'elle avait regardé dans le cristal. Celui qu'elle avait pris pour un pistolero, jusqu'à ce qu'elle s'aperçoive de sa jeunesse.

Cette fille fantasque, qui était venue en chantonnant chez Rhéa et s'en était retournée dans un silence plus convenable, avait prouvé son « honnêteté », et pouvait bien être encore « honnête » (il était certain qu'elle embrassait et tripotait ce garçon avec le mélange d'avidité et de timidité d'une vierge), mais elle ne le resterait plus très longtemps, s'ils continuaient à ce train-là. Et Hart Thorin ne se préparait-il pas une surprise quand il mettrait sa jeune gueuse prétendument pure dans son lit ? Il y avait des façons d'abuser les hommes sur ce point de détail (d'ailleurs, les hommes *suppliaient* d'être abusés là-dessus), un dé à coudre de sang de porc faisait joliment l'affaire, mais *elle* n'en savait rien. Oh, c'était trop bon ! Dire qu'elle pouvait voir Mamzelle Grands Airs en rabattre, ici même, dans ce merveilleux cristal ! Oh, c'était trop bon ! Trop merveilleux !

Elle se pencha encore un peu, et ses orbites démesurément caves s'emplirent d'un feu rose. Ermot, constatant qu'elle demeurait imperméable à ses cajoleries, s'en alla ramper inconsolable sur le plancher, à chasser les mouches. Moisi s'écarta vivement de lui, crachant des jurons félins, son ombre à six pattes, énorme et difforme, projetée sur le mur frappé de lumière par la flambée dans la cheminée.

11

Roland sentit la précipitation du moment se ruer à leur rencontre. Il fit en sorte de se détacher de Susan et elle s'éloigna de lui, les yeux hagards et les joues en feu — il pouvait distinguer cette rougeur-là, même à la clarté de la lune nouvellement levée. Il avait les couilles douloureuses, comme pleines de plomb fondu.

Elle se détourna à demi et Roland vit que son *sombrero* avait glissé de guingois dans son dos. Il le remit d'aplomb d'une main tremblante. Après avoir emprisonné ses doigts d'une étreinte aussi brève que forte, elle se pencha pour ramasser ses gants d'écuyère, qu'elle avait retirés, désireuse de le toucher, peau contre peau. Quand elle se redressa, le sang reflua brusquement de son visage et elle chancela. Si Roland n'avait pas posé ses mains sur ses épaules pour sauvegarder son équilibre, elle aurait pu tomber. Elle tourna vers lui des yeux pleins de tristesse.

— Qu'allons-nous faire ? Oh Will, qu'allons-nous faire ?

— De notre mieux, lui dit-il. Comme nous l'avons toujours fait, tous les deux. Comme nos pères nous l'ont appris.

— C'est de la folie.

Roland, qui ne s'était jamais senti autant dans son bon sens de sa vie — même le mal lui ravageant le bas-ventre lui paraissait dans l'ordre raisonnable des choses —, ne répondit pas.

— Vous savez combien c'est dangereux ? demanda-t-elle.

Et avant qu'il ait pu répliquer, elle continua ainsi :

— Si fait, vous le savez. Je vois que vous le savez. Si jamais l'on nous voyait ensemble, ce serait grave. Si l'on nous voyait en train de... comme tout à l'heure.

Elle frissonna. Il tendit la main vers elle et elle recula.

— Mieux vaut que nous ne..., Will. Si jamais, il ne pourrait y avoir rien d'autre entre nous que des mamours. A moins que vous n'ayez ça en tête ?

— Vous savez bien que non.

Elle opina.

— Avez-vous posté vos amis pour faire le guet ?

— Si fait, dit-il.

Son visage se fendit alors de ce sourire inattendu qu'elle aimait tant.

— Mais pas à un endroit d'où ils pourraient nous voir.

— Dieux merci, dit-elle, avant d'éclater d'un rire quelque peu éperdu et de se rapprocher de lui.

De se rapprocher si près qu'il était difficile de ne pas la reprendre dans ses bras. Elle leva des yeux pleins de curiosité vers lui.

— Qui êtes-vous vraiment, Will ?

— Celui que je vous ai dit à peu de chose près. C'est l'ironie de la situation, Susan. Moi et mes amis, on ne nous a pas expédiés ici parce qu'on s'est soûlés et qu'on a fait les quatre cents coups du diable, mais pas non plus pour y mettre au jour quelque sinistre complot ou conspiration secrète. On n'était que des garçons qu'il fallait tenir à l'écart pendant une période dangereuse. Tout ce qui est arrivé depuis...

Il secoua la tête pour lui montrer combien il était désemparé et Susan repensa à son père disant que le *ka* était comme le vent — quand cela arrivait, cela pouvait emporter vos volailles, votre maison, votre écurie. Votre vie même.

— Will Dearborn est votre véritable nom ?

Il haussa les épaules.

— Pour un homme, un nom en vaut un autre, je cuide, si le cœur qui lui correspond est vrai. Susan, vous êtes allée aujourd'hui à la Maison du Maire, mon ami Richard vous a vue à cheval...

— Oui, pour les essayages, dit-elle. Je dois être la Fille de la Moisson, cette année — c'est Hart qui en a décidé ainsi, de moi-même, je n'aurais jamais désiré une chose pareille, vous pourrez témoigner que je vous l'ai dit. Tout ça, c'est de la sottise pure et c'est dur pour Olive, aussi, j'en réponds.

— Vous ferez la plus jolie Fille de la Moisson qu'on ait jamais vue, dit-il.

Et l'évidente sincérité de sa voix lui provoqua des picotements de plaisir ; Susan sentit ses joues s'empourprer à nouveau. La Fille de la Moisson devait changer cinq fois de costume entre le banquet de midi et le feu de joie du crépuscule, chacun étant plus recherché que le précédent (à Gilead, il y en aurait eu neuf ; à cet égard, Susan ne connaissait pas sa chance), et elle aurait porté volontiers les cinq pour Roland, eût-il été le Gars de la Moisson. (Celui de cette année, Jamie McCann, était une face de carême qui servait de doublure à Hart Thorin qui, outre des cheveux gris à foison, avait quarante ans de trop pour tenir ce rôle). Elle aurait encore porté avec plus de bonheur le sixième à son seul bénéfice — une camisole argentée aux bretelles ultra-minces, dont l'ourlet s'arrêtait assez haut sur les cuisses. C'était là une tenue que personne — Maria, sa camériste, Conchetta, sa couturière, et Hart Thorin exceptés — ne verrait jamais. C'était celle dont elle serait vêtue quand elle irait rejoindre la couche du vieillard, comme sa gueuse, à l'issue de la fête.

— Pendant que vous étiez là-bas, avez-vous vu ceux qui se font appeler les Grands Chasseurs du Cercueil ?

— J'ai aperçu Jonas et celui à la cape. Ils se tenaient dans la cour et parlaient ensemble, dit-elle.

— Et pas Depape ? Le rouquin ?

Elle fit non de la tête.

— Vous connaissez le jeu des Castels, Susan ?

— Si fait. Mon père m'a montré quand j'étais petite.

— Alors vous savez que les pièces rouges sont disposées d'un côté du tableau et les blanches de l'autre. Qu'elles contournent les Buttes et progressent les unes vers les autres furtivement, se mettant à couvert derrière des écrans. Ce qui se passe à Hambry ressemble beaucoup à ça. Et comme dans une partie de Castels, le problème est maintenant de savoir qui sortira le premier à découvert. Vous comprenez ?

Elle opina aussitôt.

— Au cours du jeu, celui qui contourne le premier sa Butte est le plus vulnérable.

— Dans la vie, aussi. Toujours. Mais parfois, rester à couvert est difficile. Mes amis et moi avons compté presque tout ce que nous avons osé compter. Pour compter le reste...

— Les chevaux sur l'Aplomb, par exemple.

— Si fait, justement. Les compter serait nous mettre à découvert. Ou bien encore les bœufs, dont nous avons connaissance...

Elle eut un haussement de sourcils éclair.

— Il n'y a point de bœufs à Hambry. Vous devez faire erreur.

— Il n'y a pas d'erreur.

— Où sont-ils ?

— Au Rocking H.

Ses sourcils maintenant, elles les fronçait, tout en réfléchissant.

— C'est chez Laslo Rimer.

— Si fait, le frère de Kimba. Et ce ne sont pas là les seuls trésors cachés à Hambry, ces jours. Il existe des chariots en surplus, des articles de sellerie en surplus, dissimulés dans des écuries appartenant aux membres de l'Association du Cavalier, des caches de ravitaillement...

— Non, Will !

— Si. Tout ça et encore davantage. Mais les dénombrer — *être vus* en train de le faire — c'est se découvrir. C'est risquer d'être Encastelé. Les derniers jours ont été plutôt cauchemardesques — à essayer de paraître occupés à des tâches profitables sans approcher de l'Aplomb, côté Hambry, où il y a le plus de danger. C'est de plus en plus dur à faire. Puis nous avons reçu un message...

— Un message ? Comment ça ? De qui ?

— Mieux vaut que vous ne soyez pas au courant de ces choses, je crois. Mais ça nous a conduit à penser que certaines des réponses que nous cherchons pourraient bien être à Citgo.

— Will, croyez-vous que ce qu'on y trouvera peut m'aider à en savoir plus sur ce qui est arrivé à mon pa ?

— Je ne sais pas. C'est possible, je suppose, mais probablement pas. Tout ce que je sais avec certitude, c'est que j'ai finalement une chance de compter quelque chose d'important sans être vu en train de le faire.

Roland jugea son sang suffisamment refroidi pour tendre la main à Susan ; et celui de Susan s'était lui aussi suffisamment refroidi pour qu'elle la prenne avec confiance. Cependant, elle avait déjà remis son gant. Deux précautions valaient mieux qu'une.

— Venez, dit-elle. Je connais un sentier.

12

A la pâle clarté de la lune, Susan le guida hors de l'orangeraie en direction des grincements et des coups sourds du pétroléum. Ces bruits, titillant l'échine de Roland de picotements, lui faisaient souhaiter avoir en sa possession l'une des armes cachées sous les lames du plancher du baraquement, là-bas au Bar K.

— Vous avez beau vous fier à moi, Will, cela ne signifie point que je pourrai vous être d'un grand secours, dit-elle dans un murmure. Toute ma vie, j'ai été à faible portée de Citgo, mais je pourrais compter sur mes doigts le nombre de fois où je m'y suis rendue effectivement, si fait. Les deux ou trois premières, des amis m'avaient dit chiche.

— Et les autres ?

— Avec mon pa. Il s'est toujours intéressé au Vieux Peuple et Tante Cord ne cessait de lui dire qu'il connaîtrait une mauvaise fin à force d'aller se mêler des vestiges qu'il a laissés derrière lui.

Elle avait une boule dans la gorge et ravala ses larmes.

— Et il a connu une mauvaise fin, bien que je doute fort que le Vieux Peuple y ait été pour quelque chose. Pauvre pa.

Ils avaient atteint une clôture en fil de fer ébarbé. Au-delà, les derricks des puits de pétrole se dressaient contre le ciel telles des sentinelles de la taille de Lord Perth. Combien marchaient encore, avait-elle dit ? Dix-neuf, lui semblait-il. Le bruit qu'ils faisaient était épouvantable — celui de monstres en train de s'étouffer. Bien entendu, c'était le genre d'endroit où les gosses se défiaient d'aller faire un tour — une sorte de maison hantée à ciel ouvert.

Il écarta deux fils ébarbés pour qu'elle puisse se glisser entre eux et elle lui rendit la politesse. Au moment où il franchissait la clôture, il aperçut une rangée de cabochons de porcelaine blanche s'alignant verticalement le long du piquet le plus proche. Un fil de fer passait au travers de chacun.

— Vous savez ce que c'est ? Ce que c'était ? demanda-t-il à Susan, en tapotant l'un des cabochons.

— Si fait, quand il y avait encore de l'électricité, il en passait dedans. Pour tenir les intrus à distance.

Elle ajouta timidement, après un instant de silence :

— Je ressens la même chose quand vous me touchez.

Il l'embrassa sur la joue, juste en dessous de l'oreille. Elle eut un frisson et pressa brièvement de sa main la joue de Roland, avant de se reculer à nouveau.

— J'espère que vos amis monteront bien la garde.

— Mais oui.

— Vous avez convenu d'un signal ?

— Le cri de l'engoulevent. Espérons que nous ne l'entendrons pas.

— Si fait, espérons-le.

Le prenant par la main, elle l'entraîna dans le pétroléum.

13

La première fois que la torchère flamboya devant eux, Will jura entre ses dents (un juron particulièrement obscène qu'elle n'avait plus entendu depuis la mort de son père) et porta la main qui ne tenait pas celle de Susan à sa ceinture.

— Point d'affolement ! C'est seulement la chandelle ! Le bec-de-gaz !

Il se détendit lentement.

— On s'en sert, hein ?

— Si fait. Pour faire marcher quelques machines — des jouets ou tout comme. Pour fabriquer de la glace, surtout.

— On nous en a offert chez le Shérif, quand on l'a rencontré.

Quand la torchère tira à nouveau sa langue de flamme — jaune vif et bleuâtre au centre —, il ne sursauta pas. Il jeta un coup d'œil peu intéressé aux trois gazomètres derrière ce que les habitants d'Hambry appelaient « la chandelle ». Près de là s'empilaient des bouteilles à gaz rouillées pour le transport.

— Vous en avez déjà vu ? demanda-t-elle.

Il opina.

— Les Baronnies Intérieures doivent être pleines de merveilles étranges, dit Susan timidement.

— Je commence à me dire qu'elles ne sont pas plus étranges que celles de l'Arc Extérieur, dit-il en se tournant lentement et désignant un point particulier.

— C'est quoi, ce bâtiment là-bas ? Un vestige du Vieux Peuple ?

— Si fait.

A l'est de Citgo, le sol s'affaissait brusquement selon une pente très boisée qu'un chemin divisait en deux parts égales — ce chemin était aussi visible sous le clair de lune qu'une raie partageant une chevelure. Presque au bas de la pente, s'élevait un bâtiment en ruine cerné de décombres. Ces gravats étaient ce qui restait de nombreuses cheminées d'usine abattues — on pouvait l'extrapoler de la seule qui restât debout. Quoique le Vieux Peuple ait fait par ailleurs, il avait produit de la fumée à revendre.

— Il y avait des choses utiles là-dedans quand mon pa était encore enfant, dit Susan. Du papier et des trucs comme ça — même quelques encreurs à écrire qui marchaient encore... au moins, un petit peu de temps. Si on les secouait fort.

Elle désigna la gauche du bâtiment, où se trouvaient un vaste quadrilatère aux pavés effrités et quelques carcasses rouillées qui représentaient l'étrange moyen de locomotion du Vieux Peuple, qui se passait de chevaux.

— Autrefois, il y avait là-bas des choses qui ressemblaient aux gazomètres, mais en beaucoup, beaucoup plus grand. Comme d'énormes bidons d'argent, si fait. Ils ne rouillaient point comme ceux qui restent. Je ne comprends pas ce qu'ils ont pu devenir, à moins que quelqu'un ne les ait embarqués pour y stocker des réserves d'eau. Moi, j'aurais jamais fait une chose pareille. Ça aurait pu porter malheur, même s'ils n'étaient point contaminés.

Elle leva son visage vers le sien et il baisa sa bouche au clair de lune.

— Oh Will, comme c'est dommage pour vous.

— Comme c'est dommage pour nous deux, renchérit-il.

S'échangea alors entre eux l'un de ces longs regards douloureux dont seuls les adolescents ont le secret. Détournant finalement les yeux, ils se remirent à avancer, main dans la main.

Elle n'arrivait pas à décider ce qui l'effrayait le plus — les quelques derricks qui pompaient toujours ou bien les dizaines qui s'étaient tus. Une chose dont elle était sûre par contre, c'était qu'aucune puissance terrestre n'aurait pu lui faire franchir la clôture, sans un ami présent à ses côtés. Les pompes avaient des sifflements d'asthmatiques ; de temps à autre, un cylindre criait comme quelqu'un qu'on poignarde ; par intervalles, « la chandelle » s'embrasait avec le souffle d'un dragon crachant le feu et allongeait leurs ombres sur le sol, devant eux. Susan, guettant les deux notes perçantes de l'engoulevent, n'entendait toujours rien.

Ils atteignirent une large voie — autrefois dévolue sans doute à l'entretien — qui fendait le pétroléum en deux. Une canalisation d'acier, aux joints qui rouillaient, courait en son milieu ; elle reposait sur une profonde tranchée de béton, l'arc supérieur de sa circonférence dépassant du sol.

— Qu'est-ce que c'est ? demanda-t-il.

— Le tuyau qui amenait le pétrole au bâtiment là-bas, je crois. Mais c'est sans intérêt, il est à sec depuis des années.

Roland mit un genou à terre, glissa précautionneusement la main entre la gaine de béton et le flanc rouillé de la canalisation. Susan le regarda faire avec nervosité, se mordant la lèvre pour s'empêcher de lancer une remarque qui aurait trahi en elle la faible femme : et s'il y avait des araignées venimeuses dans cette obscurité oubliée de tous ? Et si jamais il restait coincé ? Que feraient-ils alors ?

Cette seconde hypothèse tomba d'elle-même quand elle le vit retirer sa main. Elle était luisante et noire de pétrole.

— A sec depuis des années ? demanda-t-il avec un petit sourire.

Elle ne put que secouer la tête, frappée de stupeur.

14

Ils suivirent la canalisation jusqu'à l'endroit où un portail pourrissant barrait la route. Le pipeline (Susan voyait maintenant le pétrole s'écouler de ses joints vétustes, même à la maigre lueur du clair de lune) plongeait sous le portail ; ils l'escaladèrent. Elle trouva que la main secourable qu'il lui tendait prenait trop de privautés pour être honnête, mais le moindre contact la mettait en joie. *S'il n'arrête point, ma tête va exploser comme « la chandelle »*, songea-t-elle. Et elle éclata de rire.

— Susan ?

— C'est rien, Will, les nerfs.

Une fois le portail franchi, ils échangèrent un autre de ces longs regards, puis descendirent la colline. Tout en marchant, Susan remarqua une chose bizarre : on avait dépouillé de nombreux pins de leurs branches les plus basses. Marques de coups de hachette et croûtes de résine étaient clairement visibles sous la lune, et le tout paraissait récent. Elle montra cela à Will, qui acquiesça en silence.

Au bas de la colline, le pipeline se détachait du sol et, soutenu par une série d'arceaux d'acier rouillé, courait encore sur soixante-dix mètres en direction du bâtiment abandonné, avant de stopper avec la soudaineté rudimentaire d'une amputation pratiquée sur un champ de bataille. Sous ce point d'arrêt, il y avait une sorte de lac peu profond de pétrole, à moitié sec et collant. Qu'il ne datât pas d'hier, Susan le déduisait des nombreux cadavres d'oiseaux qui parsemaient sa surface — ils avaient poussé une reconnaissance, s'étaient englués et avaient dû attendre la mort à loisir et fort peu plaisamment.

Elle fixa ce spectacle avec des yeux pleins d'incompréhension jusqu'à ce que Will lui tapote la jambe. Il s'était accroupi. Elle l'imita et, son genou contre le sien, suivit les évolutions de son doigt avec une incrédulité et une confusion croissantes. Will lui indiquait des traces, de très grosses traces. Une seule chose pouvait les avoir laissées ici.

— Des bœufs, dit-elle.

— Si fait. Ils sont venus de là, ajouta-t-il en lui montrant l'endroit où la canalisation s'interrompait. Et ils sont allés...

Il pivota sur ses bottes, toujours accroupi, et désigna la pente, là où commençaient les bois. Maintenant qu'il le lui montrait, elle aperçut sans difficulté ce qu'elle aurait dû voir immédiatement, fille de cavalier qu'elle était. On avait tenté pour la forme de masquer les traces et le terrain chamboulé par quelque chose de lourd qu'on avait traîné ou fait rouler. Le temps s'était chargé d'aplanir aux trois quarts le désordre, mais les traces étaient toujours distinctes. Susan croyait même savoir ce que les bœufs avaient tiré, et elle vit que Will le savait, lui aussi.

Les traces se séparaient en deux fourches à l'extrémité du pipeline. Susan et « Will Dearborn » suivirent celle de droite. Elle ne fut pas surprise de voir des ornières se mêler aux traces des bœufs. Elles n'étaient pas très profondes — l'été avait été marqué par la sécheresse et le sol était presque aussi dur que du ciment — mais n'en étaient pas moins là. Pouvoir les discerner encore signifiait qu'on avait déplacé un poids considérable. Si fait, bien entendu ; pourquoi aurait-on eu besoin de bœufs, sinon ?

— Regardez, dit Will alors qu'ils approchaient de l'orée de la forêt au pied de la pente.

Elle finit par distinguer ce qui avait attiré son attention, mais elle dut se mettre à quatre pattes pour cela — quel coup d'œil acéré il avait ! Ça tenait quasiment du surnaturel. Il y avait des empreintes de bottes, ici. Sans être récentes, elles l'étaient beaucoup plus que les traces de bœufs et les ornières creusées par des roues.

— Ce sont celles du type à la cape, fit-il, montrant deux empreintes très nettes. Reynolds.

— Will ! Tu ne peux pas le savoir !

Il eut l'air surpris, puis éclata de rire.

— Bien sûr que si. Il marche avec un pied tourné un peu en dedans — le gauche. Et le voilà.

Il redessina dans les airs du bout du doigt les empreintes de pas, puis éclata de rire à nouveau en voyant comment elle le dévisageait.

— Ce n'est pas de la sorcellerie, Susan, fille de Patrick ; simplement, l'art du pisteur.

— Comment savez-vous autant de choses, en étant si jeune ? demanda-t-elle. Qui êtes-vous, Will ?

Il se releva et plongea ses yeux au fond des siens. Elle était grande pour une fille.

— Je ne m'appelle pas Will, mais Roland, lui dit-il. Et à présent, j'ai remis ma vie entre vos mains. Cela m'importe peu, mais peut-être, que j'ai mis votre vie en danger, aussi bien. Vous devez garder le secret le plus absolu.

— Roland, prononça-t-elle, remplie d'étonnement, goûtant ce nom.

— Si fait. Lequel préférez-vous ?

— Le vrai, répondit-elle aussitôt. C'est un noble nom, si fait.

Il eut un large sourire de soulagement, ce fameux sourire qui le faisait paraître si jeune.

Elle se haussa sur la pointe des pieds et posa ses lèvres sur les siennes. Ce baiser, chaste, à bouche close pour commencer, s'épanouit telle une fleur : il s'ouvrit lentement et s'humecta de rosée. Sentant sa langue effleurer ses lèvres, elle porta la sienne à sa rencontre. Les mains de Roland parcoururent le verso de Susan, puis glissèrent à son recto. Il lui effleura les seins, timidement au début, puis remonta le long de leur arrondi jusqu'à la pointe. Il poussa un petit soupir plaintif dans la bouche même de Susan. Comme il la serrait de plus près, semant des chapelets de baisers dans son cou, elle sentit la dureté de pierre qui affectait sa personne au-dessous de la boucle de sa ceinture, un empan de chaleur en fuseau, en parfaite harmonie avec le creuset en fusion, situé exactement à la même place chez elle ; ces deux endroits-là étaient faits l'un pour l'autre, comme elle pour lui et lui, pour elle. C'était le *ka* après tout — le *ka*, venu comme le vent et elle se laisserait volontiers emporter, abandonnant honneur et promesses derrière elle.

Elle allait ouvrir la bouche pour en faire part à Roland, quand une sensation singulière, mais pleinement persuasive, l'enveloppa : celle qu'on les épiait. C'était ridicule, mais n'en existait pas moins ; elle eut même l'impression qu'elle savait qui les guettait. Elle se détacha de Roland, chancelant sur ses bottes dans les empreintes du passage des bœufs à moitié disparues.

— Fiche le camp, vieille garce, souffla-t-elle. Si d'une façon ou d'une autre, tu nous espionnes, *fous-nous la paix* !

15

Sur la colline du Cöos, Rhéa se recula de la boule de cristal, en jurant à voix basse d'un ton si rauque, qu'elle évoquait son serpent familier. Si elle ignorait ce qu'avait dit Susan — la boule de verre ne transmettait pas le son, uniquement l'image —, elle savait que la jeune fille avait senti sa présence. Et quand cela était arrivé, la vision s'était effacée. Le cristal avait flamboyé d'un rose intense un bref instant, puis s'était obscurci, et aucune des passes qu'elle avait faites au-dessus de lui n'avait eu l'heur de le rallumer.

— Si fait, très bien, qu'il en soit ainsi, dit-elle enfin, en renonçant.

Elle revit cette pauvre mijaurée (quoique pas si mijaurée avec ce jeune homme, hein ?) restant immobile et comme hypnotisée sur le seuil, se souvint de ce qu'elle avait dit à cette fille de faire, une fois qu'elle aurait perdu sa virginité et commença à sourire, toute sa bonne humeur lui étant rendue d'un coup. Car si jamais son pucelage lui était pris par ce jeune vagabond à la place d'Hart Thorin, Très Haut Maire de Mejis, la comédie serait de qualité supérieure, non ?

Assise parmi les ombres de sa masure puante, Rhéa se mit à ricaner en caquetant.

16

Roland fixait Susan en écarquillant les yeux tandis qu'elle lui expliquait un peu plus à fond ce qu'il en était de Rhéa (elle laissa de côté l'examen final si humiliant qui était au cœur de « la preuve d'honnêteté »), et son désir s'apaisa juste assez pour qu'il retrouve la maîtrise de lui-même. Cela n'avait rien à voir avec la mise en péril de la position que ses amis et lui tâchaient de préserver à Hambry (c'est du moins ce qu'il se dit) et tout avec la préservation de celle de Susan — c'est sa position à elle qui avait de l'importance, et son honneur, davantage encore.

— Votre imagination vous a joué un tour, j'imagine, lui dit-il, une fois qu'elle eut fini.

— Je ne crois pas, fit-elle, un peu fraîchement.

— Ou bien votre conscience ?

Elle baissa les yeux et se tut.

— Susan, pour rien au monde, je ne voudrais vous blesser.

— Et vous m'aimez ? demanda-t-elle, sans relever les yeux.

— Si fait, oui.

— Alors, il vaut mieux que vous ne m'embrassiez plus ni ne me touchiez plus... ce soir. Si vous passez outre, je ne le supporterai pas.

Il opina sans un mot et lui tendit la main. Elle la prit, et ils se remirent à marcher, reprenant la même direction dont ils avaient été si agréablement détournés.

Alors qu'ils étaient à une dizaine de mètres de l'orée de la forêt, tous deux aperçurent une lueur métallique en dépit de l'épaisseur du feuillage — *trop dense,* songea Susan. *Bien trop dense.*

Les branches de pin, bien sûr ; celles qu'on avait taillées dans les arbres plus haut sur la pente. On les avait entrelacées pour camoufler les grands réservoirs argentés qui avaient disparu de la zone pavée. On avait traîné lesdits conteneurs jusqu'ici — les bœufs s'étaient chargés du travail, vraisemblablement — où on les avait dissimulés. Mais pourquoi ?

Roland passa en revue l'alignement des branches de pin, puis s'arrêta et en ôta plusieurs qu'il mit de côté. Ce qui créa une ouverture comme un pas de porte, et il lui fit signe d'entrer.

— Ayez l'œil, dit-il, je doute qu'ils aient pris la peine d'installer des pièges ou de tendre des fils, mais mieux vaut être prudent.

Derrière les branches du camouflage, on avait aligné les citernes avec soin comme des soldats de plomb dans leur boîte. Susan saisit tout de suite l'une des raisons pour lesquelles on les avait cachées : elles étaient munies de solides roues en chêne qui lui arrivaient à la poitrine. Chacune de ces roues était cerclée de fer, le tout flambant neuf, jusqu'au moyeu, fabriqué sur mesure. Susan ne connaissait dans toute la Baronnie qu'un seul forgeron capable d'un si beau travail : Brian Hookey, celui qui l'avait accueillie d'un sourire et d'une tape sur l'épaule comme un *compadre* quand elle était allée le trouver avec la sacoche à fers à cheval de son pa, lui battant le flanc. Brian Hookey, qui avait été l'un des meilleurs amis de Pat Delgado.

Elle se rappela avoir regardé autour d'elle en songeant que les affaires étaient florissantes pour *sai* Hookey, elle ne s'était donc point trompée. La forge avait eu du travail à revendre. Hookey avait fabriqué des roues et des jantes à foison et quelqu'un avait dû bien le payer pour ça. Eldred Jonas était l'un des commanditaires possibles ; Kimba Rimer, un meilleur encore. Et Hart ? Susan n'arrivait tout bonnement pas à y croire. Hart avait l'esprit — le peu du moins qui lui avait été imparti — occupé d'autres matières, cet été-là.

Derrière les citernes, il y avait une sorte de passage raboteux. Roland l'arpenta lentement ; tel un prédicateur, les mains croisées au creux des reins, il déchiffra les inscriptions incompréhensibles au dos des citernes : CITGO, SUNOCO, EXXON, CONOCO. Il marqua un temps d'arrêt et lut à haute voix, en trébuchant sur les mots : « Un carburant plus propre pour des lendemains qui chantent. » Il eut un reniflement de mépris.

— Quelle connerie ! C'est déjà demain.

— Roland, Will, je veux dire, elles servent *à quoi* ?

Il ne répondit pas tout de suite ; faisant demi-tour, il relongea en sens inverse l'alignement des brillants conteneurs métalliques. On en comptait quatorze, de ce côté-ci du pipeline mystérieusement remis en service et, supposa-t-elle, le même nombre de l'autre côté. En avançant, Roland tapa du poing le flanc de chacun. Ils rendirent un son mat et sourd. Ils étaient remplis du carburant produit en pure perte par le pétroléum de Citgo.

— On les a équipées il y a déjà quelque temps de ça, j'imagine, dit-il. Je doute que les Grands Chasseurs du Cercueil aient fait ça tout seuls, mais ils ont dû superviser les choses... à commencer par l'ajustement de nouvelles roues pour remplacer les vieilles en caoutchouc, complètement pourries, puis le remplissage. On s'est servi des bœufs pour les ranger ici, au bas de la colline, parce que c'était commode. Comme ça l'est de laisser les chevaux en surplus courir en liberté sur l'Aplomb. Puis, à notre arrivée, il leur a paru prudent de les camoufler. On avait beau être des mioches idiots, on serait quand même peut-être assez futés pour se poser des questions sur ces vingt-huit chariots à pétrole, chargés à plein avec des roues toutes neuves. Alors ils sont venus ici les recouvrir de branchages.

— Jonas, Reynolds et Depape.

— Si fait.

— Mais pourquoi ?

Le prenant par le bras, elle lui reposa sa question.

— Mais elles servent à *quoi* ?

— A Farson, dit Roland, avec un calme qu'il était loin d'éprouver. A l'Homme de Bien. L'Affiliation sait qu'il a découvert un certain nombre de machines de guerre ; qui viennent soit du Vieux Peuple soit d'un autre *où*. Cependant, l'Affiliation ne les redoute guère, parce qu'elles ne marchent pas. Elles se taisent. Certains jugent que Farson est fou d'avoir mis toute sa confiance en de pareilles épaves, mais...

— Mais peut-être que ce ne sont point des épaves. Peut-être qu'elles ont juste besoin de carburant. Et peut-être que Farson le sait.

Roland approuva du chef.

Susan effleura le flanc de l'une des citernes. Du pétrole noircit ses doigts. Elle les frotta les uns contre les autres, les flaira, puis se penchant, cueillit une poignée d'herbe pour s'essuyer les mains.

— Nos machines ne marchent point avec ça. On a essayé. Ça les obstrue.

Roland opina derechef.

— Mon pèr... mes compatriotes du Croissant Intérieur savent ça aussi. Et comptent là-dessus. Mais si Farson s'est donné tant de mal — jusqu'à se séparer d'un groupe d'hommes pour venir récupérer ces citernes, ce qui semble le cas —, c'est que soit il sait comment le raffiner pour s'en servir, soit qu'il croit le savoir. S'il est capable pour leur livrer bataille d'attirer les forces de l'Affiliation dans un cul-de-sac d'où toute retraite rapide est impossible et s'il peut se servir d'armes-machines qu'ont fait rouler, il pourrait remporter plus qu'une bataille. Il pourrait massacrer dix mille combattants à cheval et gagner la guerre.

— Mais vos pères sont sûrement au courant de ça... ?

Roland fit non de la tête avec une certaine frustration. Ce que savaient leurs pères exactement était une énigme. Ce qu'ils faisaient de leur savoir en était une autre. Quelles forces les poussaient — la nécessité, la peur, ou encore l'orgueil prodigieux que la lignée d'Arthur l'Aîné s'était transmis, de père en fils — en était une troisième. Il ne pouvait lui confier que sa supposition la plus évidente.

— Je crois qu'ils n'oseront pas attendre plus longtemps pour porter un coup mortel à Farson. Dans le cas contraire, l'Affiliation pourrirait simplement de l'intérieur. Et si jamais cela arrivait, une bonne partie de l'Entre-Deux-Mondes sombrerait avec elle.

— Mais...

Elle s'interrompit, se mordit la lèvre, secoua la tête.

— Farson en personne doit sûrement savoir... comprendre...

Elle leva sur lui de grands yeux.

— Adopter les voies du Vieux Peuple, c'est adopter celles de la mort. Tout le monde sait ça, si fait.

Roland de Gilead se surprit à se souvenir d'un maître queux du nom de Hax, se balançant au bout d'une corde, tandis que les freux picoraient des miettes éparpillées sous les pieds du pendu. Hax était mort pour Farson. Mais avant ça, il avait empoisonné des enfants pour le compte de Farson.

— La mort et John Farson ne font qu'un, énonça-t-il.

17

Retour dans l'orangeraie.

Il semblait à nos amants (car on pouvait les appeler ainsi à présent, dans tous les sens — sauf physique — du terme) que des heures s'étaient écoulées, mais leur absence n'avait pas duré plus de quarante-cinq minutes. La dernière lune d'été, amoindrie mais toujours brillante, continuait à resplendir au-dessus de leurs têtes.

Susan le mena le long d'une rangée jusqu'à l'endroit où elle avait mis son cheval à l'attache. Pylône agita la tête en hennissant doucement à la vue de Roland. Ce dernier s'aperçut qu'on l'avait équipé de sorte à le rendre silencieux — on avait matelassé jusqu'à la moindre boucle et les étriers eux-mêmes étaient enveloppés de feutre.

Puis il se tourna vers Susan.

Qui se souvient des serrements de cœur et de la douceur des premiers émois ? Nous gardons de notre premier amour un souvenir aussi peu clair que celui des images illusoires engendrées par le délire d'une forte fièvre. Qu'il nous suffise de dire que, cette nuit-là, sous cette lune déclinante, Roland Deschain et Susan Delgado étaient déchirés par un désir réciproque ; luttant pour garder pied dans ce qu'il leur semblait être le bien, leurs sentiments les balayaient de profonds courants de souffrance et de désespoir.

Tout cela pour dire qu'ils s'avançaient l'un vers l'autre, puis se reculaient, se mirant dans les yeux l'un de l'autre avec une fascination impuissante, se rapprochaient à nouveau avant de s'immobiliser sur place. Susan se souvenait de ce qu'il lui avait dit avec une sorte d'horreur : qu'il ferait n'importe quoi pour elle, sauf accepter de la partager avec un autre homme. Elle ne voulait — ne *pouvait pas* peut-être — rompre la promesse qu'elle avait faite au Maire Thorin, et Roland semblait ne pas vouloir (ou ne pas *pouvoir*) la rompre à sa place. Et c'était le plus horrible de tout : aussi fort que soufflât le vent du *ka*, il s'avérait que l'honneur et les promesses qu'ils avaient faites étaient les plus forts.

— Qu'allez-vous faire, maintenant ? demanda-t-elle, la bouche sèche.

— Je ne sais pas. Il faut que je réfléchisse et que j'en parle avec mes amis. Votre tante vous fera des ennuis quand vous rentrerez chez vous ? Est-ce qu'elle voudra savoir d'où vous venez et ce que vous avez fait ?

— C'est pour moi que vous vous en faites, Willy, ou bien pour vous et vos plans ?

Il ne répondit pas, se bornant à la fixer. Au bout d'un instant, Susan baissa les yeux.

— Pardon, c'était méchant de ma part. Non, ma tante ne me fera point de réprimandes. Je vais souvent faire du cheval le soir, quoique jamais aussi loin de la maison.

— Et elle n'a aucun moyen de le savoir ?

— Nenni. Ces jours, nous nous manions avec beaucoup de précautions, un peu comme deux barils de poudre sous le même toit.

Elle tendit les mains. Elle avait fourré ses gants dans sa ceinture et les doigts qui saisirent ceux de Roland étaient glacés.

— Tout ça finira mal, murmura-t-elle.

— Ne dites pas ça, Susan.

— Si fait. Je dois le dire. Mais quoi qu'il arrive, je t'aime, Roland.

Il la prit dans ses bras et l'embrassa. Quand il libéra ses lèvres, elle lui chuchota à l'oreille :

— Si vous m'aimez, alors aimez-moi jusqu'au bout. Faites-moi trahir ma promesse.

Son cœur cessa de battre pendant un moment interminable où il ne réagit pas, et elle se prit à espérer. Puis il fit non de la tête, une seule fois, mais fermement.

— Je ne peux pas, Susan.

— Alors votre honneur vous importe plus que l'amour que vous professez avoir pour moi ? Si fait ? Alors qu'il en soit ainsi.

Elle se dégagea de ses bras, se mit à pleurer et, ignorant la main que Roland tendait vers sa botte pour l'aider et sa demande à voix basse d'attendre un peu, elle sauta en selle. Libérant d'un coup sec le nœud coulant qui attachait Pylône, elle le fit virer d'un coup de talon sans éperon. Roland lui adressa une nouvelle supplique, plus fort, mais elle lança Pylône au galop loin de lui avant que son bref accès de fureur ne s'éteigne. Il ne la prendrait pas une fois déflorée, et elle s'était promise à Thorin avant de savoir qu'un Roland foulait la surface de la terre. Les choses étant ainsi, comment osait-il avancer que la perte de son honneur et la honte qui s'ensuivrait seraient de son seul fait à elle ? Plus tard, couchée en proie à l'insomnie, elle prendrait conscience qu'il n'avait rien avancé du tout. Et elle n'avait pas encore quitté l'orangeraie que, portant une main à son visage, elle le trouva humide des larmes qu'il avait lui aussi versées.

18

Roland rôda à cheval par les chemins hors la ville, bien après le coucher de la lune, cherchant par là à apaiser quelque peu le déchaînement de ses émotions. Il avait beau s'interroger un certain temps sur ce qu'il allait faire suite à leur découverte à Citgo, ses pensées glissaient à nouveau vers Susan. Avait-il été idiot de ne pas la prendre quand elle désirait l'être ? De ne pas avoir partagé ce qu'elle désirait partager ? *Si vous m'aimez, alors aimez-moi jusqu'au bout.* Ces paroles avaient manqué le déchirer en deux. Pourtant, dans les régions les plus enfouies de son cœur — celles où la voix de son père se faisait entendre le plus clairement — il sentait qu'il n'avait pas eu tort. Ce n'était pas non plus une simple question d'honneur, quoi qu'elle ait pu en penser. Mais qu'elle pense ce qu'elle voulait ; mieux valait qu'elle le haïsse un peu, peut-être, que de prendre conscience du danger qu'ils couraient tous deux.

Sur le coup de trois heures du matin, alors qu'il allait tourner bride et rentrer au Bar K, il entendit un roulement de sabots s'approcher à vive allure, venant de l'ouest. Sans réfléchir à l'importance de sa décision, Roland changea de cap avant d'arrêter Rusher derrière une succession de haies, laissées à l'abandon. Pendant dix bonnes minutes, le bruit des sabots continua d'enfler, les sons portaient loin dans le calme profond du petit matin, et cela suffit à Roland pour pressentir qui chevauchait à bride abattue vers Hambry, deux heures avant l'aube. Et il ne se trompait pas. La lune s'était couchée, mais il n'eut aucun mal, cependant, malgré les interstices encombrés de ronces de la haie, à reconnaître Roy Depape. Au lever du jour, les Grands Chasseurs du Cercueil seraient à nouveau trois.

Roland, remettant Rusher dans sa direction initiale, courut rejoindre ses amis.

Chapitre 10

Oiseau et ours, lièvre et poisson

1

Le jour le plus important de l'existence de Susan Delgado — celui où sa vie pivota sur son axe — survint environ deux semaines après sa promenade au clair de lune dans le pétroléum avec Roland. Depuis lors, elle ne l'avait pas revu plus de cinq six fois, toujours à distance, et ils s'étaient salués de la main comme le font de lointaines connaissances qui, vaquant à leurs occupations, se trouvent brièvement en contact. Chaque fois que cela se produisait, Susan ressentait la douleur d'un couteau qu'on retournait dans la plaie... et même si c'était faire preuve de cruauté, elle espérait que Roland ressentait la même chose. Le malheur de ces deux semaines avait eu quelque chose de bon : sa grande crainte — à savoir que des racontars ne courent sur son compte et celui qui se faisait appeler Will Dearborn — avait diminué. Et elle se découvrit vraiment marrie de ce reflux. Racontars ? Quels racontars ? Il n'y avait pas matière à en faire.

Puis, le jour où la Lune du Colporteur cédait la place à celle de la Chasseresse, le *ka* finit par survenir et tout balayer sur son passage — veaux, vaches, cochons, couvée. Cela commença par quelqu'un qui toqua à la porte.

2

Elle terminait la lessive — corvée ménagère des plus légères, étant donné qu'elle se limitait au linge des deux femmes — quand on frappa.

— Si c'est le chiffonnier, envoyez-le paître, voulez-vous ! s'était écriée Tante Cord de l'autre pièce, où elle retapait les lits.

Or, ce n'était pas le chiffonnier. Mais Maria, sa camériste de Front de Mer, l'air chagrin. La deuxième robe que Susan devait porter le Jour de la Moisson — celle en soie prévue pour la Collation et le Parloir qui la suivait — était gâtée, lui dit Maria et elle était en peine, suite à ça. Elle serait renvoyée au Gué d'Onnie avec un peu de malchance, et dire qu'elle était le seul soutien de ses parents — oh, c'était dur, beaucoup trop dur, si fait. M'man, pouvez-vous venir ? S'il vous plaît.

Susan ne fut que trop heureuse de la suivre — elle l'était toujours de quitter la maison, ces jours, loin de la voix acariâtre et querelleuse de sa tante. Plus la Moisson se rapprochait, moins Susan et Cordélia pouvaient se supporter, semblait-il.

Elles prirent Pylône qui eut l'heur de transporter deux jeunes filles en croupe dans la fraîcheur matinale. Maria eut tôt fait de narrer son histoire. Susan comprit très vite que la situation de Maria à Front de Mer n'était pas vraiment en péril ; la petite bonne brune avait simplement succombé à son penchant inné (et plutôt charmant) à faire un drame de trois fois rien.

La seconde robe de la Moisson (que Susan appelait la Bleue avec Perles ; la première, celle du petit déjeuner, c'était la Blanche à Taille Haute et à Manches Bouffantes) avait été séparée des autres — elle réclamait encore un peu de travail — et quelque chose s'était faufilé dans le cabinet de couture du rez-de-chaussée et l'avait mise en lambeaux ou quasi, à coups de dents. S'il s'était agi de la tenue qu'elle devait arborer lors du feu de joie ou encore de celle qu'elle devait porter au cours du bal qui suivait, l'affaire aurait été grave, en effet. Mais la Bleue avec Perles n'était qu'une simple robe de réception améliorée pour la circonstance et pouvait être aisément remplacée dans les deux mois qui restaient avant la Moisson. Deux mois seulement ! Naguère — le soir où la vieille sorcière lui avait octroyé ce délai —, ça lui avait paru des siècles avant qu'elle ne prenne du service dans le lit du Maire Thorin. Et il ne lui restait plus maintenant que deux mois ! A cette idée, elle se tortilla, sous le coup d'une protestation involontaire.

— M'man ? s'enquit Maria.

Susan n'avait pas voulu se laisser appeler *sai* et Maria, qui paraissait incapable de s'adresser à sa maîtresse par son prénom, s'était rabattue sur ce compromis. Susan trouvait ça très amusant, étant donné qu'elle avait à peine seize ans et Maria, deux, trois ans de plus qu'elle.

— Ça va, M'man ?

— A part un tour de reins, tout va, Maria.

— Si fait, j'en ai aussi. Plutôt mauvais que c'est, oui-da. Trois de mes tantes sont mortes du mal dévastateur et quand je me sens que ça élance, j'ai toujours la peur que...

— Quel animal a mis en pièces la Robe Bleue ? Vous le savez ?

Maria se pencha pour chuchoter sur le ton de la confidence à l'oreille de sa maîtresse, comme si elles se trouvaient sur une place de marché bondée, au lieu d'être en route pour Front de Mer.

— A ce qu'on avance, un raton laveur est entré par une fenêtre qu'on l'avait ouverte pendant la journée à cause de la chaleur et qu'on avait oublié de la refermer, mais j'ai bien reniflé cette pièce, et Kimba Rimer aussi, quand il est venu inspecter. Juste avant qu'il m'ait envoyée chercher après vous, en fait.

— Et qu'avez-vous senti ?

Maria se pencha à nouveau tout près et, cette fois, elle murmura carrément, bien qu'il n'y eût personne à l'écoute sur la route :

— Le pet de chien.

Un silence assourdissant suivit, puis Susan se mit à rire. Elle rit à en avoir mal au ventre, les larmes lui dégoulinant sur les joues.

— Êtes-vous en train de me dire que c'est W-W-Wolf... le propre chien du Maire... qui est descendu dans le cabinet de couture et a déchiqueté ma ro... ma ro...

Mais elle ne put achever. Elle riait trop fort.

— Si fait, dit Maria d'un ton affirmatif.

Elle semblait ne rien trouver d'inhabituel aux éclats de rire de Susan... c'était d'ailleurs l'une des choses que Susan aimait chez elle.

— Mais il faut point lui tenir grief, comme j'ai dit, car un chien suivra toujours son instinct, si on lui facilite la chose. Les servantes d'en bas...

Elle s'interrompit.

— Vous irez point répéter ça au Maire ou à Kimba Rimer, je suppose, M'man ?

— Maria, je suis outrée — vous m'estimez bien bas.

— Non, M'man, je vous estime bien haut, si fait, mais vaut toujours mieux jouer la sécurité. Tout ce que je voulais dire, c'est que les jours de chaleur, les servantes d'en bas, elles se rendent parfois dans le cabinet de couture prendre leur cinq heures. Il se trouve juste dans l'ombre de la tour de guet, comme vous savez, alors c'est la pièce la plus fraîche de la maison — plus fraîche même que les pièces de réception.

— Je m'en souviendrai, dit Susan.

Elle songea à faire servir la Collation et tenir le Parloir dans le cabinet de couture, derrière les cuisines, le jour du Grand Jour, et pouffa derechef.

— Poursuivez.

— N'y a plus rien à dire, M'man, ajouta Maria, comme si tout le reste était d'une évidence qui ne méritait pas conversation.

— Les servantes mangent leurs gâteaux et laissent des miettes partout. A mon avis, Wolf les a flairées et cette fois-là, elles avaient laissé la porte ouverte. Quand il en a eu fini avec les miettes, il s'est attaqué à la robe. Pour plat de résistance, comme qui dirait.

Cette fois, elles éclatèrent de rire toutes les deux.

3

Mais elle ne riait plus quand elle rentra à la maison.

Cordélia Delgado, aux yeux de qui le plus heureux jour de sa vie serait celui où son encombrante nièce passerait la porte, l'ennuyeuse corvée de sa défloration enfin réglée, se leva d'un bond de sa chaise et courut à la fenêtre de la cuisine quand elle entendit des sabots approcher au galop : il y avait environ deux heures que Susan était partie avec ce petit bout de servante pour remettre en état l'une de ses robes. Elle ne doutait point que ce fût Susan qui revenait et non plus qu'il y eût quelque ennui à la clé. En temps ordinaire, cette stupide greluche n'aurait jamais poussé au galop l'un de ses chevaux favoris par une chaude journée.

Tout en se séchant nerveusement les mains, elle observa Susan arrêter Pylône dans un dérapage crissant, tout sauf delgadien, puis descendre de sa monture d'un saut, peu digne d'une « gente dame ». Sa tresse s'était à moitié dénattée, étalant à tout vent cette satanée blondeur qui faisait sa vanité (et sa malédiction). Elle était la pâleur même, la couleur qui enflammait ses pommettes exceptée. Cordélia n'aima pas voir là ces taches jumelles. Pat était rubicond au même endroit quand il était effrayé ou en colère.

Elle se tenait devant l'évier, se mordant les lèvres et s'occupant les mains. Oh, que ce serait bon de voir détaler pour de bon cette emmerderesse.

— Vous n'avez point fait de gâchis, hein ? murmura-t-elle entre ses dents, tandis que Susan retirait la selle de Pylône avant de le mener à l'écurie. Vaudrait mieux pour vous que non, Mamzelle Fraîche et Rose. Pas à une date aussi avancée. Vaudrait mieux que non.

4

Quand Susan entra vingt minutes plus tard, il n'y avait plus trace de rage ni de stress chez sa tante ; Cordélia les avait mis au rancart, comme on range une arme dangereuse — à feu, disons — sur la plus haute étagère d'un placard. Elle avait réintégré son fauteuil à bascule où elle tricotait et le visage qu'elle tourna vers Susan à son entrée affichait une sérénité de surface. Elle observa la jeune fille gagner l'évier, pomper de l'eau froide et s'en éclabousser la figure. Au lieu d'attraper une serviette pour s'en sécher à petits coups, Susan se contenta de regarder par la fenêtre avec une expression qui effraya grandement Cordélia. Là où Susan se figurait sans doute refléter hantise et désespoir, Cordélia ne décelait qu'entêtement puéril.

— Eh bien, Susan, dit-elle d'une voix calme et modulée.
La jeune fille ne saurait jamais l'effort que représentaient une telle maîtrise de ton ni celui fourni pour la conserver. A moins qu'un jour elle ne soit elle-même confrontée à une adolescente butée.
— Qu'est-ce qui te fâche de la sorte ?
Susan se retourna vers elle — Cordélia Delgado, assise dans son fauteuil, d'un calme olympien. A cet instant, Susan sentit qu'elle pourrait se jeter sur sa tante et lui labourer le visage de ses ongles, ce maigre visage d'hypocrite, en hurlant *c'est votre faute ! Votre faute ! Entièrement votre faute !* Elle se sentait salie — non, le mot n'était pas assez fort ; elle se sentait *souillée* et pourtant, rien n'était vraiment arrivé. En un sens, c'était bien là l'horrible de la chose. Rien n'était arrivé *encore*.
— Ça se voit ? fut tout ce qu'elle se borna à dire.
— Bien sûr que ça se voit, répliqua Cordélia. Maintenant, dis-moi, ma petite. Il est monté sur toi ?
— Oui... non... non...
Tante Cord assise dans son fauteuil, le tricot sur les genoux, haussa le sourcil, attendant la suite.
Susan finit par lui raconter ce qui s'était passé, d'une voix blanche de bout en bout — mis à part un léger tremblement sur la fin, mais ce fut tout. Tante Cord ressentit une sorte de soulagement prudent. Peut-être tout cela se résumait-il à la nervosité d'une oie blanche, en fin de compte !
La robe de remplacement, comme toutes les autres, n'était pas terminée : il y avait trop à faire par ailleurs. Maria avait donc confié Susan à Conchetta Morgenstern, la couturière en chef à face en lame de couteau, qui l'avait emmenée dans l'atelier d'en bas sans dire un mot — si le silence était d'or, Susan s'était fait parfois la réflexion que Conchetta serait aussi riche que la sœur du Maire avait réputation de l'être.
La Bleue avec Perles était drapée sur un mannequin de couturière, tapi dans un renfoncement bas de plafond, et même si Susan apercevait des endroits déchirés à l'ourlet et un petit trou dans le dos, la robe n'avait rien de la ruine en lambeaux à laquelle elle s'attendait.
— On ne peut point la récupérer ? demanda-t-elle assez timidement.
— Non, la coupa Conchetta. Ôtez-moi ces pantalons, ma fille. Et la chemise, aussi.
Susan fit ce qu'on lui ordonnait, restant pieds nus dans la petite pièce fraîche, couvrant sa poitrine de ses bras croisés... bien que Conchetta n'ait manifesté aucun intérêt pour ses appas recto verso.
La Bleue avec Perles devait être remplacée par la Rose avec Appliques, à ce qu'il semblait. Susan l'enfila par le bas, bretelles comprises. Elle patienta stoïquement tandis que Conchetta se penchait, mesurait, marmonnait entre ses dents, parfois inscrivant à la craie des chiffres sur une pierre du mur, parfois attrapant un pan d'étoffe qu'elle plaquait sur la hanche ou la taille de Susan, vérifiant l'effet dans la psyché au fond de l'atelier. Comme toujours, durant ce cérémonial, l'esprit de Susan se mit à vagabonder où bon lui semblait.

Et où bon lui semblait, ces jours, c'était fréquemment la rêverie éveillée d'une chevauchée le long de l'Aplomb avec Roland, les deux galopant côte à côte, pour finir par aller s'arrêter dans une saulaie qu'elle connaissait et qui surplombait Hambry Creek.

— Tenez-vous aussi tranquille que possible, dit Conchetta sèchement. Je reviens.

Susan eut à peine conscience de son départ, était à peine consciente de se trouver dans la Maison du Maire. La part d'elle-même qui importait vraiment *n'était pas* là. Mais dans la saulaie avec Roland. Elle parvenait à sentir la fragrance mi-douce, mi-âcre des arbres et à entendre le babil tranquille du ruisseau tandis qu'ils s'étendaient front contre front. Il redessinait de ses paumes la forme de son visage avant de la prendre dans ses bras...

L'illusion était si forte qu'au début, Susan répondit à la pression des bras qui s'enroulèrent autour de sa taille par-derrière, lui cambrant le dos et lui caressant le ventre avant de monter lui prendre les seins. Puis elle entendit à son oreille une sorte de souffle laborieux, de reniflement parfumé au tabac et comprit ce qui se passait. Ce n'était pas Roland qui lui touchait les seins, mais les longs doigts osseux d'Hart Thorin. Elle jeta un coup d'œil dans le miroir et l'aperçut planant au-dessus de son épaule gauche tel un incube. Les yeux lui sortaient de la tête, son front était couvert de grosses gouttes de sueur, malgré la fraîcheur de la pièce, et il avait la langue pendante, tel un chien mort de soif. La révulsion lui monta à la gorge comme un goût d'aliment avarié. Elle tenta de se dégager, mais Thorin resserra sa prise et l'attira contre lui. Ses jointures craquaient de façon obscène et elle sentait maintenant la bosse durcie qu'il avait à mi-hauteur du corps.

Par moments, ces dernières semaines, Susan s'était laissée aller à espérer que l'instant venu, Thorin serait incapable... d'enfourner du fer à la forge. Elle avait entendu dire que cela arrivait souvent aux hommes quand ils prenaient de l'âge. La colonne rigide et palpitante érigée contre ses fesses la désabusa bien vite de cette idée reçue tristounette.

Elle avait alors fait preuve d'un minimum de diplomatie en posant ses mains sur les siennes pour tâcher de lui faire lâcher ses seins au lieu de tenter de s'arracher à son étreinte une fois encore (Cordélia, impassible, ne trahit rien de l'intense soulagement que cela lui procura).

— Maire Thorin — Hart — vous ne devez point — ce n'est pas vraiment l'endroit et point encore l'heure — Rhéa a dit...

— Merde à elle et à toutes les sorcières !

Ses intonations policées et cultivées avaient cédé la place à l'accent à couper au couteau d'un garçon de ferme d'un coin aussi reculé que le Gué d'Onnie.

— Faut que j'aie quelque chose, comme qui dirait un bonbon, si fait. Au cul, la sorcière, je te dis ! Fait chier, la vieille chouette !

Les relents de tabac montaient à la tête de Susan qui se dit qu'elle allait vomir si elle devait les inhaler plus longtemps.

— Tiens-toi tranquille, ma fille. Tiens-toi tranquille, ma tentation. Sois gentille avec moi !

Et en un sens elle obtempéra. Et même une part reculée de son esprit, se confondant avec son instinct de conservation, espéra qu'il confondrait ses frissons de dégoût avec l'excitation d'une vierge. Il la tenait serrée fort contre lui, ses mains s'activant avec énergie sur ses seins et sa respiration, un soufflet de forge puant, dans son oreille. Elle resta dos à lui, les yeux clos, des larmes lui perlant au bord des paupières, à la frange des cils.

Cela ne lui prit point trop de temps. Il se balançait d'avant en arrière, gémissant comme s'il souffrait de crampes d'estomac. A un moment donné, il lui lécha le lobe de l'oreille et Susan crut que des pieds à la tête sa chair allait se flétrir sous l'effet de la répulsion. Enfin, dieux merci, elle le sentit se mettre à décharger contre elle.

— Si fait, crache ton venin, sacrebleu ! fit-il en glapissant.

Et il poussa si fort qu'elle dut s'arc-bouter contre le mur des deux mains pour éviter d'aller donner dedans, tête la première. Puis il fit enfin machine arrière.

Un instant, Susan resta dans la même position, la paume de ses mains contre la pierre rugueuse et froide du mur du cabinet de couture. Elle apercevait Thorin dans le miroir et cette image était celle du destin ordinaire et funeste qui accourait à sa rencontre et dont cela n'était qu'un avant-goût : la fin de son enfance, la fin de toute romance, la fin des rêves où elle et Roland étaient couchés dans la saulaie, front contre front. L'homme dans le miroir ressemblait bizarrement à un petit garçon, lui aussi, qui venait de faire quelque chose qu'il n'irait point raconter à sa mère. Tout comme un grand dadais à la tignasse étrangement grise, aux épaules étroites agitées de soubresauts, avec une tache humide sur le devant de son pantalon. Hart Thorin avait l'air de ne plus très bien savoir où il se trouvait. A cet instant précis, si la luxure avait déserté son visage, l'hébétement qu'on lisait à la place ne valait guère mieux. Il avait tout d'un baquet percé : peu importe ce dont on le remplissait, il se vidait en un clin d'œil.

Il recommencera, songea-t-elle, sentant en même temps une immense lassitude la gagner. *Maintenant qu'il l'a fait une fois, il le refera à la moindre occasion, c'est probable. Dorénavant, venir ici, ce sera comme... eh bien...*

Comme jouer une partie de Castels.

Thorin la contempla encore un moment. Lentement, tel un homme en état de rêve, il sortit les pans de sa chemise blanche bouffante de son pantalon, les laissant retomber autour de sa taille comme une jupe pour camoufler la tache compromettante. Il avait le menton luisant de bave, l'un des effets de son excitation. Il parut le sentir et s'essuya d'un revers de main, sans cesser de fixer Susan d'un œil vide. Puis son regard retrouva une étincelle de vivacité et sans ajouter un mot, il quitta la pièce.

Il y eut un choc sourd et une petite échauffourée dans le couloir où il heurta quelqu'un. Susan l'entendit marmonner « Pardon ! Pardon ! » entre ses dents (il ne l'avait pas gratifiée d'autant d'excuses, marmonnées ou pas), et puis Conchetta rentra dans l'atelier. Le coupon de tissu qu'elle était allée chercher était drapé autour de ses épaules comme une étole. Elle remarqua aussitôt la pâleur de

Susan et ses joues barbouillées de larmes. *Elle ne dira rien*, songea Susan. *Personne ne soufflera mot ni ne lèvera le petit doigt pour m'aider à me tirer du bourbier dans lequel je me suis fourrée. « Tu l'as forgée, toi-même, ta cage, ma gueuse », me dirait-on si jamais je réclamais de l'aide et ça leur servirait d'excuse pour m'y laisser croupir toute seule.*

Mais Conchetta l'avait surprise.

— La vie est dure, mamzelle, oui-da. Mieux vaut s'y faire.

5

La voix de Susan — sèche, dénuée d'émotion à présent — se tut enfin. Tante Cord posa son ouvrage, se leva et mit la bouilloire pour le thé à chauffer.

— Vous dramatisez, Susan, fit-elle, s'efforçant d'exprimer bonté et sagesse, et échouant lamentablement. C'est un trait de caractère qui vient de vos ascendants de Manchester — la moitié d'entre eux s'imaginaient poètes, l'autre moitié peintres, et presque tous passaient leurs nuits, trop soûls même pour danser des claquettes. Il a peloté vos lolos et tiré un coup à blanc, c'est tout. Pas de quoi se tournebouler les sangs. Il n'y a point là non plus de quoi perdre le sommeil.

— Qu'est-ce que vous en savez, d'abord ? demanda Susan.

C'était irrespectueux, mais elle s'en moquait éperdument. Elle jugeait qu'elle avait atteint un point où elle pourrait supporter n'importe quoi de sa tante sauf le ton condescendant de celle qui sait comment va le monde. Ça l'ulcérait comme une écorchure à vif.

Cordélia haussa le sourcil et continua à s'exprimer sans rancune aucune.

— Comme tu te régales de me lancer ça à la tête ! Tante Cord, ce vieux fruit sec. Tante Cord, la vieille fille. Tante Cord, la vierge grisonnante. Si fait ? Eh bien, Mamzelle Fraîche et Rose, vierge *je pourrais* être, mais j'ai eu un ou deux amants quand j'étais jeune... avant que le monde ait changé, pourrait-on dire. Et peut-être bien que l'un d'eux était le grand Fran Lengyll en personne.

Et peut-être bien que non, songea Susan ; Fran Lengyll avait quinze bonnes années de plus que Tante Cord, si ce n'était pas vingt-cinq.

— J'ai senti le bouc du vieux Tom par-derrière une fois ou deux, Susan. Si fait, et par-devant itou.

— Mais est-ce qu'un seul de vos amants avait soixante ans, mauvaise haleine et des jointures qui craquaient quand il vous pelotait les seins, ma tante ? Est-ce que l'un d'eux a failli vous faire passer à travers le mur quand le bouc du vieux Tom s'est mis à frétiller de la barbichette en faisant bêe-bêe-bêe ?

L'explosion de colère qu'elle attendait ne vint pas. Ce qui vint par contre fut pire — elle surprit sur le visage de sa tante la même expression vide que sur celui de Thorin entrevu dans le miroir.

— Ce qui est fait est fait, Susan.

Un sourire atroce voltigea le temps d'un battement de cils sur l'étroit visage de sa tante.

— Oui-da, ce qui est fait est fait.

Susan s'écria presque de terreur :

— Mon père aurait détesté tout ceci ! Oui, *détesté* ! Et vous aurait détestée pour avoir laissé la chose arriver ! Pour l'avoir *encouragée* à se produire !

— Ça se pourrait, fit Tante Cord, et l'atroce sourire clignota une fois encore. S'pourrait bien qu'oui. Et la seule chose qu'il détesterait encore plus ? Le déshonneur attaché à une promesse non tenue, la honte d'une fille sans foi. Il voudrait que tu ailles jusqu'au bout, Susan. Si tu veux te rappeler son visage, tu *dois* aller jusqu'au bout.

Susan la regarda, sa bouche réduite à une moue tremblante, ses yeux à nouveau pleins de larmes. *J'ai rencontré quelqu'un que j'aime !* Voilà ce qu'elle lui aurait dit si elle l'avait pu. *Vous ne comprenez pas que ça change tout ? J'ai rencontré quelqu'un que j'aime !* Mais si Tante Cord avait été le genre de personne à laquelle elle aurait pu dire une chose pareille, Susan ne se serait probablement jamais retrouvée épinglée dans un tel guêpier pour commencer. Aussi se détourna-t-elle et sortit-elle de la maison d'un pas chancelant, sans un mot, la vision brouillée par les larmes qui teintaient les couleurs de cette fin d'été d'une nuance lugubre.

6

Elle chevauchait sans trop savoir où elle allait, cependant une part d'elle-même devait avoir une destination très précise en tête, car quarante minutes après avoir quitté la maison, elle se retrouva à proximité de la saulaie qui avait servi de décor à son rêve éveillé quand Thorin s'était faufilé derrière elle comme le méchant lutin d'un conte de bonne femme.

Il régnait une fraîcheur bienfaisante parmi les saules. Susan attacha Félicia (qu'elle avait montée à cru) à une branche, puis traversa lentement la petite clairière qui se trouvait au cœur de la saulaie. Ici coulait le ruisseau et elle s'assit sur la mousse élastique qui tapissait la clairière. Qu'elle se soit rendue ici était l'évidence même, c'était dans cette clairière qu'elle s'était réfugiée avec ses joies et ses chagrins secrets depuis qu'elle l'avait découverte à l'âge de huit ou neuf ans. C'était ici qu'elle était venue, encore et encore, pendant les journées interminables qui avaient suivi la mort de son père, quand il lui avait semblé que le monde même — la vision qu'elle en avait, du moins — avait disparu avec Pat Delgado. Seule cette clairière avait entendu la pleine et douloureuse mesure de son chagrin ; elle l'avait confié au ruisseau et le ruisseau l'avait emporté dans son flux.

Elle fut bientôt prise d'une nouvelle et abondante crise de larmes. La tête posée sur les genoux, elle pleura à chaudes larmes — à gros sanglots sonores, peu dignes d'une « gente dame » et fort proches des croassements d'une chamaillerie de corbeaux. A ce moment, elle songeait qu'elle aurait donné n'importe quoi — *tout* — pour que son père soit de retour une seule minute pour lui demander si elle devait aller jusqu'au bout.

Elle pleurait au-dessus du ruisseau quand elle entendit une branche casser avec un bruit sec ; elle sursauta et regarda par-dessus son épaule, pleine de terreur et de chagrin. C'était son jardin secret et elle ne voulait pas qu'on la découvrît là, en particulier pas quand elle braillait comme une gosse qui avait fait poum sur la tête. Nouveau craquement de branche. Décidément, il y avait quelqu'un ici et qui envahissait son sanctuaire au pire moment qui fût.

— Allez-vous-en ! cria-t-elle d'une voix enchifrenée par les larmes qu'elle eut du mal à reconnaître. Allez-vous-en, qui que vous soyez, n'insistez point, soyez aimable et laissez-moi tranquille !

Mais la silhouette de l'intrus — elle la distinguait maintenant — continuait d'avancer. Quand elle reconnut de qui il s'agissait, elle songea d'abord que Will Dearborn (*Roland*, se dit-elle, *son vrai nom, c'est Roland*) devait être une création de son imagination survoltée. Elle n'eut la pleine certitude de sa présence en chair et en os que lorsqu'il s'agenouilla et la prit dans ses bras. Alors elle l'étreignit avec panique.

— Comment avez-vous su...

— Je vous ai vue passer à cheval sur l'Aplomb. Je me trouvais à l'endroit où je vais parfois pour réfléchir et je vous ai aperçue. Je ne vous aurais pas suivie si je n'avais pas remarqué que vous montiez à cru. J'ai pensé que quelque chose n'allait pas.

— Rien ne va.

Les yeux grands ouverts et graves, il commença délibérément à l'embrasser. Il avait couvert plusieurs fois de baisers ses deux joues avant qu'elle comprenne que c'était sa façon à lui de sécher ses larmes. Puis, la prenant par les épaules, il la tint à distance pour la fixer bien au fond des yeux.

— Redites-le-moi, Susan, et je le ferai. J'ignore si c'est une promesse que je vous fais ou un avertissement que je vous donne, ou bien les deux en même temps, mais... si vous me le redites, je le ferai.

Inutile de lui demander ce qu'il entendait par là. Il lui sembla que le sol se dérobait sous elle, et, plus tard, elle songerait que c'était la première et unique fois de sa vie où elle avait vraiment senti le *ka*, ce vent qui ne soufflait pas du ciel, mais de la terre. *Il est venu à moi, après tout*, se dit-elle. *Mon* ka, *pour le meilleur ou pour le pire.*

— Roland !

— Oui, Susan.

Elle porta sa main sous la boucle de la ceinture du garçon et s'empara de ce qui s'y trouvait, sans le quitter des yeux.

— Si vous m'aimez, alors aimez-moi jusqu'au bout.

— Si fait, gente dame. Ainsi ferai-je.

Il déboutonna sa chemise, tissée dans une partie de l'Entre-Deux-Mondes qu'elle ne verrait jamais, et la prit dans ses bras.

7

Ka :

Ils s'aidèrent mutuellement à se dévêtir, puis s'étendirent, nu à nue, dans les bras l'un de l'autre, sur la mousse d'été aussi moelleuse que le plus fin duvet. Leurs fronts se touchaient, comme dans son rêve éveillé, et quand il trouva passage en elle, Susan ressentit une douleur qui se fondit en une douceur d'herbe sauvage et exotique que l'on ne peut goûter qu'une seule fois dans son existence. Elle retint ce goût aussi longtemps qu'elle le put, mais la douceur finit par tout envahir et elle lui céda, avec de profonds gémissements de gorge et en frottant ses avant-bras contre le cou de Roland. Ils firent l'amour dans la saulaie, toute question d'honneur mise de côté, promesses non tenues sans un regard en arrière, et à la toute fin, Susan découvrit autre chose encore, outre la douceur : une sorte de délire débutant en tension nerveuse dans cette partie d'elle qui s'était ouverte devant lui comme une fleur, avant de gagner tout son corps qu'elle emplit. Elle cria encore et encore, songeant qu'il ne pouvait y avoir de plaisir plus grand en ce monde mortel ; elle en mourrait. Roland ajouta sa voix à la sienne et le gazouillis de l'eau sur les cailloux se lova autour d'eux. Comme elle l'attirait plus près encore, lui emprisonnant les genoux de ses chevilles et lui couvrant le visage de baisers ardents, l'émission libérée par Roland courut après la sienne, comme pour ne pas être en reste. Ainsi amants furent-ils dans la Baronnie de Mejis, à la toute fin de la dernière grande ère. Et la verte mousse à l'endroit où leurs corps s'unirent vira à un joli vermeil, avec sa virginité en allée. Ainsi ils s'épousèrent et ainsi se condamnèrent.

Ka.

8

Ils étaient couchés, embrassés, à se prodiguer des baisers de braise mourante sous l'œil bienveillant de Félicia. Roland se sentait gagné par l'assoupissement. C'était compréhensible — une énorme pression s'était exercée sur lui cet été, et il avait mal dormi. Bien qu'il n'en sût encore rien, il s'apprêtait à mal dormir le reste de sa vie.

— Roland ? fit-elle d'une voix lointaine, et pourtant douce.

— Oui ?

— Tu vas prendre soin de moi ?

— Oui.

— Je ne pourrai pas aller à lui, une fois que le temps sera venu. Je pourrai supporter son contact et ses petits larcins — si je t'ai, toi, je le pourrai —, mais je ne pourrai pas aller à lui, la Nuit de la Moisson venue. J'ignore si j'ai oublié ou pas le visage de mon père, mais je ne pourrai point entrer dans le lit d'Hart Thorin. Une fille a les moyens de dissimuler la perte de sa virginité, je crois, mais je ne veux pas y recourir. Je ne peux simplement pas entrer dans son lit.

— Très bien, dit-il. Bon, d'accord.

Puis, sous les yeux affolés de Susan, il se mit à observer les alentours. Personne. Il reporta son regard sur Susan, pleinement éveillé à présent.

— Quoi ? Qu'y a-t-il ?

— Je porte peut-être déjà un enfant de toi. Tu as pensé à ça ?

Non, l'idée ne l'avait pas effleuré. Maintenant il y pensait. Un enfant. Nouveau maillon de la chaîne qui se perdait en amont dans la pénombre où Arthur l'Aîné avait mené ses pistoleros à la bataille, Excalibur sa grande épée brandie au-dessus de sa tête et la couronne du Tout-Monde sur son front. Mais peu importe, qu'en dirait son père ? Ou Gabrielle, en apprenant qu'elle allait devenir grand-mère ?

Penser à sa mère effaça le petit sourire qui s'était formé aux coins de sa bouche. Il revit la marque d'amour sur son cou. Quand l'image de sa mère lui venait à l'esprit, ces temps, il songeait *toujours* à la marque qu'il avait vue sur son cou quand il était entré par surprise dans son appartement. Et le petit sourire mélancolique qu'elle avait eu.

— Si tu portes mon enfant, ce sera ma bonne fortune.

— Et la mienne aussi.

Ce fut son tour à elle de sourire, mais plein de tristesse il était, ce sourire.

— Nous sommes trop jeunes, je suppose. On est à peine plus vieux que des gosses.

Il roula sur le dos et fixa le ciel bleu, tout là-haut. Ce qu'elle disait pouvait bien être vrai, ça n'avait aucune espèce d'importance. La vérité n'avait parfois rien à voir avec la réalité — c'était l'une des certitudes qui gisaient au cœur caverneux de son moi divisé. Qu'il puisse s'élever au-dessus des deux et embrasser volontiers l'insanité du romanesque était un don qu'il tenait de sa mère. Sa nature était par ailleurs et par contre totalement dénuée d'humour... et ce qui était plus important peut-être, rétive à toute métaphore. Ils seraient trop jeunes pour être parents ? Et puis quoi encore ? S'il avait planté une graine, elle pousserait.

— Quoi qu'il arrive, nous ferons ce que nous devons faire. Et je t'aimerai toujours, quoi qu'il arrive.

Elle sourit. Il avait dit ça en homme énonçant un fait dans toute sa sécheresse : le ciel est en haut, la terre en bas, l'eau coule vers le sud.

— Roland, quel âge as-tu ?

Elle était parfois troublée par l'idée que, malgré sa propre jeunesse, Roland était encore plus jeune qu'elle. Quand il se concentrait sur quelque chose, il pouvait avoir l'air si dur qu'il lui faisait peur. Quand il souriait, il n'avait plus rien d'un amant et tout d'un frère cadet.

— Je suis plus vieux qu'à mon arrivée, dit-il. Beaucoup plus vieux. Et si je dois rester sous l'œil de Jonas et de ses hommes encore six mois, je clopinerai comme un vieillard cacochyme et il me faudra un sacré coup de main pour me hisser le cul sur ma selle.

L'image la fit rire et il l'embrassa sur le nez.

— Alors, tu prendras soin de moi ?

— Si fait, dit-il en lui rendant son sourire.

Susan opina et se laissa, elle aussi, aller sur le dos. Ils restèrent ainsi, côte à côte, à contempler le ciel au-dessus de leurs têtes. Elle lui prit la main et la posa sur son sein. Comme il en caressait la pointe du pouce, il se dressa, durcit et se mit à la picoter. Cette sensation glissa rapidement jusqu'à cet endroit de son corps qui palpitait entre ses jambes. Elle serra ses cuisses l'une contre l'autre pour découvrir avec un désarroi ravi que cela ne faisait qu'aggraver les choses.

— Il faut que tu t'occupes de moi, fit-elle à voix basse. J'ai tout misé sur toi. J'ai laissé tout le reste de côté.

— Je ferai de mon mieux, dit-il. N'en doute pas. Mais pour l'heure, Susan, il faut continuer comme tu l'as toujours fait. Nous avons encore un peu de temps devant nous. Je le sais, parce que Depape est de retour et aura rendu compte de sa mission, mais ils n'ont encore effectué aucune action contre nous. Quoi qu'il ait découvert, Jonas pense que c'est dans son intérêt d'attendre. Ce qui le rendra bien plus dangereux quand il se résoudra à agir, mais pour l'instant, on en est à jouer aux Castels.

— Mais après le Feu de Joie de la Moisson... Thorin...

— Tu n'entreras jamais dans son lit. Tu peux compter là-dessus. Je m'en porte garant.

Un peu choquée de sa propre audace, elle mit la main sous la ceinture de Roland.

— Voilà un garant que je suis toute prête à recevoir, si tu veux bien, dit-elle.

Il voulut bien. Il pouvait. Il le fit.

L'affaire terminée (pour Roland, la chose avait été encore plus douce que la première fois, si c'était possible), il lui demanda :

— Ce sentiment que tu as eu à Citgo, Susan... qu'on nous épiait. Tu as éprouvé la même chose, cette fois-ci ?

Elle le regarda longuement et pensivement.

— Je ne sais pas. J'avais l'esprit ailleurs, tu vois.

Elle le caressa gentiment et éclata de rire en le voyant sursauter.

La place, mi-flasque, mi-dure, qu'elle avait effleurée de sa paume, recelait encore énormément de vigueur, semblait-il.

Elle retira sa main et leva les yeux vers la portion circulaire de ciel au-dessus de la saulaie.

— C'est si beau ici, murmura-t-elle en fermant les paupières.

Roland lui aussi se sentait glisser vers le sommeil. Quelle ironie ! songea-t-il. Cette fois, elle n'avait pas eu l'impression d'être épiée... mais lui, lors de leur deuxième étreinte, si. Et pourtant il aurait juré qu'il n'y avait personne à proximité de la saulaie.

Peu importe. La sensation, imaginaire ou réelle, l'avait quitté à présent. Il prit la main de Susan et sentit ses doigts s'entrelacer naturellement aux siens.

Il ferma les yeux.

9

Rhéa assista à tout cela dans la boule de verre, ah, quelle vision intéressante, si fait, très intéressante. Mais elle avait déjà assisté à des parties de jambes en l'air, auparavant — parfois à trois ou quatre ou encore plus en même temps (quelquefois certains des partenaires n'étaient pas précisément vivants) —, et le radada ne présentait pas vraiment d'intérêt à son grand âge. Ce qui l'intéressait, par contre, c'était ce qui allait suivre le radada.

Notre affaire est finie ? lui avait demandé la fille.

Peut-être qu'il reste encore un tout petit rien, lui avait répondu Rhéa, avant de souffler à cette impudente dévergondée que faire.

Si fait, elle avait communiqué à cette fille des instructions très précises alors qu'elles se tenaient toutes deux sur le seuil de la masure et que la Lune des Baisers les baignait de sa clarté, tandis que Susan Delgado dormait de son étrange sommeil et que Rhéa lui caressait sa tresse en lui chuchotant ses directives à l'oreille. Maintenant allait venir l'apothéose de cet interlude... voilà ce qu'elle voulait voir, pas deux bébés en train de faire des galipettes comme s'ils étaient les deux premiers sur terre à découvrir comment il fallait s'y prendre.

Ils le firent deux fois avec à peine une pause entre, pour bavasser (elle aurait donné beaucoup aussi pour ouïr sur quoi roulait cette jactance). Rhéa n'était pas le moins du monde surprise ; étant à la fleur de son âge, elle supposait que le gamin avait assez de jute dans son sac pour lui garantir une semaine de double ration, et à en juger par la conduite de cette petite traînée, ça ne serait point pour lui déplaire. Certaines, en découvrant la chose, ne voulaient plus rien d'autre ; elle était de celles-là, songea Rhéa.

Mais on va voir si tu te sentiras aussi en rut dans quelques minutes, petite roulure, sale péronnelle, se dit-elle en se penchant plus près de la lumière rose qui pulsait du cristal. Elle sentait parfois la lueur lui endolorir les os mêmes de la face... mais c'était une *bonne* douleur. Si fait, très très bonne.

Ils en avaient enfin fini... pour le moment, du moins. Se tenant par la main, ils glissèrent dans le sommeil.

— Maintenant, murmura Rhéa. Maintenant, ma toute petite. Sois une bonne fille et fais comme on t'a dit.

Comme si elle l'entendait, Susan rouvrit les yeux — mais vides de toute expression. Elle était à la fois éveillée et endormie. Rhéa la vit libérer doucement sa main de celle du garçon. Elle se redressa, seins nus contre cuisses nues, et regarda autour d'elle. Puis se leva...

Ce fut alors que Moisi, le chat à six pattes, sauta dans le giron de Rhéa, miaulant comme un perdu, en manque de nourriture ou d'affection. Surprise, la vieille femme poussa un cri d'orfraie et le cristal du magicien s'obscurcit aussitôt — soufflé telle la flamme d'une bougie par une bourrasque.

Rhéa se récria à nouveau, cette fois de rage, et s'empara du chat avant qu'il n'ait eu le temps de fuir. Elle le jeta à travers la pièce, directement dans l'âtre. Le foyer était aussi mort qu'il pouvait l'être en été, mais quand Rhéa agita une main osseuse et déformée dans cette direction, une flamme jaune s'éleva de l'unique bûche à moitié carbonisée qui s'y trouvait. Moisi vola hors de l'âtre en hurlant, les yeux écarquillés et sa queue fourchue fumant comme un cigare éteint avec négligence.

— Si fait, cours ! cracha Rhéa après lui. Va-t'en, vil barbot !

Elle revint au cristal au-dessus duquel elle étendit les mains, pouce contre pouce. Mais elle eut beau se concentrer puissamment, faire un effort de volonté tel que son cœur battit dans sa poitrine avec une fureur maladive, elle ne put rien obtenir de plus que la réapparition de la lumière rose, naturelle au cristal. Aucune image. C'était une amère déception, mais il n'y avait rien à faire. En temps voulu, elle pourrait voir, de ses yeux voir, le résultat de ses manigances, si elle daignait aller en ville dans ce but.

Tout le monde pourrait le voir.

Sa bonne humeur retrouvée, Rhéa remit la boule de verre dans sa cachette.

10

Quelques instants avant qu'il ne sombre trop profondément dans le sommeil pour l'entendre, une sonnette d'alarme se déclencha dans la tête de Roland. Peut-être fut-ce l'impression imperceptible que la main de Susan n'étreignait plus la sienne, peut-être de l'intuition pure et simple. Il aurait pu ignorer cette faible alarme, faillit d'ailleurs le faire, mais à la fin son entraînement fut le plus fort. Il revint du seuil du vrai sommeil, luttant pour récupérer sa clarté d'esprit comme un plongeur remonte à la surface d'une source avec force coups de talon. Ce fut dur au début, puis ça devint plus facile ; en approchant de l'éveil, son alarme grandit.

Ouvrant les yeux, il regarda à sa gauche. Susan n'y était plus. Il se redressa, regarda à droite et ne vit rien au-dessus du lit du ruisseau... cependant, il sentait qu'elle était par là, ou tout comme.

— Susan ?

Pas de réponse. Il se mit debout, cherchant de l'œil son pantalon, mais la voix bourrue de Cort — un visiteur dont il n'aurait jamais imaginé la présence dans une charmille aussi romantique — le morigénait déjà dans sa tête. *T'as pas le temps, espèce de larve.*

Toujours nu, il gagna le talus et regarda en contrebas. Susan était bien là, nue elle aussi, et lui tournait le dos. Elle avait dénoué ses cheveux qui tombaient, cascade d'or en liberté, jusqu'à la lyre de ses hanches. L'air glacé qui s'élevait du ruisseau en givrait les pointes de brume.

Elle se tenait au bord de l'eau, un genou posé à terre. Un bras plongé jusqu'au coude dans le courant, elle semblait chercher quelque chose.

— Susan !

Pas de réponse. Et soudain une pensée lui glaça le cœur : *elle a été infectée par un démon. Pendant que je dormais, insouciant, à ses côtés, un démon l'a infectée.* Cependant, il avait du mal à y croire. Si un démon avait rôdé aux abords de cette clairière, il l'aurait senti. Probablement qu'ils l'auraient senti tous deux ; de même que leurs chevaux. N'empêche que *quelque chose* clochait chez elle.

Elle pêcha un objet dans le lit du cours d'eau et l'éleva à hauteur de ses yeux dans sa main ruisselante. Une pierre. Elle l'examina avant de la laisser retomber — *flac*. Elle replongea la main, tête baissée, ses cheveux éparpillés à la surface de l'eau comme deux gerbes de blé que le flot s'amusait à tirer dans le sens du courant.

— *Susan !*

Pas de réaction. Elle retira une autre pierre du ruisseau. Un éclat de quartz blanc triangulaire qui évoquait un fer de lance. Susan inclina la tête à gauche et prit en main une torsade de ses cheveux, comme une femme qui s'apprête à les démêler. Mais elle n'avait ni peigne ni démêloir, seulement cette pierre tranchante et un instant encore, Roland demeura sur le talus, paralysé d'horreur, persuadé qu'elle entendait se trancher la gorge de honte et de culpabilité après ce qu'ils avaient fait. Lors des semaines qui suivraient, il serait hanté par cette idée aveuglante : si elle avait cherché à se trancher la gorge, il n'aurait pas eu le temps de l'en empêcher.

Puis il retrouva l'usage de ses mouvements et se précipita au bas du talus, sans prendre garde aux cailloux pointus qui lui entaillaient la plante des pieds. Avant qu'il ait pu l'atteindre, elle avait déjà sectionné une partie de la tresse dorée qu'elle tenait avec le morceau de quartz.

Roland la saisit par le poignet, tirant sa main en arrière. Il distinguait très nettement son visage à présent. Ce qu'il avait pu prendre pour de la sérénité du haut du talus se révélait maintenant dans toute sa nudité : c'était la vacuité, le vide qu'il y lisait.

Quand il la toucha, son inexpressivité lisse se colora d'un faible sourire maussade ; sa bouche frémit comme si elle ressentait une douleur vague et émit un son de protestation à peine formé : *Nnnnnnnnn...*

La masse de cheveux qu'elle avait coupée gisait en partie sur ses genoux tels des épis d'or ; le reste était tombé dans le ruisseau qui l'avait emporté. Susan se débattit sous la poigne de Roland, cherchant à continuer son coiffage de folie avec la pierre coupante. Tous les deux luttaient comme des adeptes du bras de fer lors d'un concours dans un saloon. Et Susan l'emportait. Même si Roland était physiquement le plus fort, l'enchantement qui tenait Susan sous son emprise l'était bien davantage. Petit à petit, le triangle de quartz blanc se rapprochait des cheveux d'or. Et les lèvres de Susan laissaient échapper sans discontinuer cet effrayant *Nnnnnnnnn.*

— Arrête, Susan ! Réveille-toi !

— *Nnnnnnnnn...*

Le bras nu de Susan vibrait visiblement dans l'air, les muscles bandés ayant la dureté du roc. Et le quartz frôlait toujours de plus près ses cheveux, sa joue, son arcade sourcilière.

Sans réfléchir — c'était ainsi qu'il agissait toujours avec le plus de succès —, Roland approcha son visage du sien à le toucher, abandonnant dans la partie quelques pouces au poing qui serrait le quartz. Il porta ses lèvres à son oreille, puis fit claquer sa langue contre le voile du palais. En tordant la bouche, en fait.

Susan se projeta violemment en arrière en entendant ce son, qui avait dû lui transpercer la tête tel un coup de lance. Ses paupières papillotèrent et la tension qu'elle opposait à la poigne de Roland se relâcha un peu. Profitant de l'occasion, il lui tordit le poignet.

— *Ouille ! Ou-ille-lle !*

La pierre, s'échappant des doigts de Susan, tomba avec un plouf dans l'eau. Susan le dévisageait, complètement éveillée à présent, les yeux pleins de larmes, abasourdie. Elle se frottait le poignet... qui, songea Roland, ne tarderait pas à enfler.

— Tu m'as fait mal, Roland ! Pourquoi tu m'as fait m...

Sa voix se perdit, alors qu'elle regardait autour d'elle. A présent, non seulement son visage, mais son corps tout entier exprimait l'ahurissement. Elle fit mine de couvrir sa nudité de ses mains, puis prit conscience qu'ils étaient toujours seuls et les laissa retomber. Elle jeta un coup d'œil par-dessus son épaule aux traces de pas — de pieds nus, uniquement — qui dévalaient le talus.

— Comment suis-je descendue jusqu'ici ? demanda-t-elle. C'est toi qui m'as portée quand je me suis endormie ? Et pourquoi tu m'as fait mal ? Oh, Roland, je t'aime... pourquoi tu m'as fait mal ?

Il ramassa les mèches qu'elle avait encore sur les cuisses et les lui brandit au visage.

— Tu tenais une pierre coupante et tu cherchais à te tailler les cheveux sans faire mine de vouloir t'arrêter. Je t'ai fait mal parce que j'ai eu peur. Je suis content de ne pas t'avoir cassé le poignet... du moins, je ne crois pas.

Roland le prit doucement et lui fit effectuer une rotation dans tous les sens, guettant un léger craquement d'os éventuel.

Il n'entendit rien et le poignet pivota sans la moindre gêne. Susan le regardait faire, confuse et abasourdie ; puis il le porta à ses lèvres et l'embrassa délicatement sur la saignée.

11

Roland avait attaché Rusher au plus profond de la saulaie pour qu'on ne puisse apercevoir le grand hongre en chevauchant le long de l'Aplomb.

— Du calme, lui dit Roland en approchant. Encore un peu de calme, mon bon.

Rusher frappa du sabot et hennit, comme pour dire qu'il pourrait faire preuve de calme jusqu'à la fin des temps, si c'était ce qu'on lui demandait.

Roland ouvrit la sacoche de selle et en sortit l'ustensile métallique qui lui servait tantôt de marmite, tantôt de poêle à frire, selon les besoins. Il s'éloignait déjà, puis revint. Son paquetage était fixé derrière la selle de Rusher — il avait prévu de passer la nuit en campant sur l'Aplomb, pour mieux réfléchir. Il avait eu matière à réflexion et, à présent, il en avait encore plus.

Défaisant l'une des lanières de cuir, il pêcha entre les couvertures une petite boîte métallique. Il l'ouvrit avec une minuscule clé qu'il portait autour du cou. La boîte contenait un médaillon carré au bout d'une jolie chaînette en argent (et l'intérieur du médaillon, un dessin au trait de sa mère), plus une poignée de coquillages — une dizaine environ. Il en prit un dans son poing et revint vers Susan. Elle le regardait avec de grands yeux pleins d'effroi.

— Je ne me souviens plus de rien après que nous avons fait l'amour la seconde fois, dit-elle. Sauf que je fixais le ciel en me sentant si bien que je me suis endormie. Oh, Roland, c'est très laid ce que je me suis fait ?

— Pas trop, à mon avis, mais tu sauras mieux que moi. Attends.

Il plongea son ustensile de cuisine dans le ruisseau et le reposa plein d'eau sur le bord. Susan se pencha avec appréhension : déployant le côté gauche de sa chevelure tressée sur son avant-bras, tel un brassard doré, elle repéra immédiatement la coupe claire. Après avoir soigneusement examiné les dégâts, elle poussa plus un soupir de soulagement que de tristesse.

— Je peux masquer ce trou, dit-elle. Une fois natté, on n'y verra que du feu. Ce ne sont que des cheveux, après tout — rien d'autre que la vanité d'une femme. Ma tante ne s'est guère privée de me le répéter. Mais, Roland, dis-moi *pourquoi*. Pourquoi j'ai fait ça ?

Roland avait sa petite idée. Si les cheveux étaient la vanité d'une femme, l'obliger à les coupailler révélait un brin de méchanceté chez une autre — une idée pareille ne viendrait jamais à l'esprit d'un homme. S'agissait-il de la femme du Maire ? Il se dit que non. Il était plus vraisemblable que Rhéa, là-haut sur son éminence, les yeux tournés vers le nord, vers la Mauvaise Herbe, la Roche Suspendue et Verrou Canyon, ait été l'instigatrice de ce mauvais tour. Le Maire Thorin était destiné à se réveiller le lendemain de la Moisson, nanti d'une gueule de bois et d'une gueuse chauve.

— Susan, je peux essayer quelque chose ?

Elle lui sourit en coin.

— Quelque chose que tu n'as point encore essayé ? Si fait, tout ce que tu voudras.

— Je ne parle pas de ça.

Il ouvrit la main qu'il tenait fermée et lui montra le coquillage.

— Je veux tenter de découvrir qui t'a fait ça et pourquoi.

Et accessoirement d'autres choses. Il ne savait pas encore lesquelles.

Elle regarda le coquillage. Roland se mit à le faire se mouvoir sur le dos de sa main, le faisant danser d'avant en arrière avec la dextérité d'un tisserand. Les jointures de ses phalanges se levaient et s'abaissaient comme les navettes d'un métier à tisser. Elle le regardait faire avec la fascination ravie d'une enfant.

— Où tu as appris ça ?

— Chez moi. Mais aucune importance.

— Tu vas m'hypnotiser ?

— Si fait... et je ne crois pas que ce sera la première fois.

Il activa la danse du coquillage — un coup à l'est le long de ses ondulantes phalanges, un coup à l'ouest.

— Je peux ?

— Si fait, dit-elle. Si tu y arrives.

12

Et comment il y arriva ; la vitesse à laquelle elle sombra lui confirma que Susan avait déjà été soumise à l'hypnose, et tout récemment encore. Cependant, il n'arrivait pas à obtenir ce qu'il voulait d'elle. Elle avait beau se montrer parfaitement coopérative (*encore une portée sur le roupillon*, aurait dit Cort), elle ne pouvait dépasser un certain point. Ça n'avait rien à voir ni avec la bienséance ni avec la modestie — car, devant le ruisseau, les yeux grands ouverts et profondément endormie, elle lui avait narré d'un ton calme et détaché l'examen corporel de la vieille et comment Rhéa avait voulu « fricoter avec elle » (entendant cela, Roland avait serré si fort les poings qu'il s'était enfoncé les ongles dans les paumes). Mais elle butait ensuite sur un point qu'elle n'arrivait plus à se remémorer.

Rhéa et elle avaient gagné le seuil de la masure, lui dit Susan, et elles étaient restées là sous la clarté de la Lune des Baisers. La vieille lui avait touché les cheveux, Susan s'en souvenait. Cette caresse l'avait révoltée, surtout venant après celles qui avaient précédé, mais Susan n'avait rien pu faire pour s'y opposer. Elle avait les bras trop lourds pour les lever, la langue trop chargée pour dire quoi que ce soit. Elle n'avait pu que demeurer immobile tandis que la mégère lui chuchotait à l'oreille.

— Quoi donc ? demanda Roland. Qu'est-ce qu'elle t'a chuchoté ?

— Je ne sais, dit Susan. Ensuite, je ne vois que du rose.

— *Du rose ?* Qu'est-ce que tu veux dire ?

— Du rose, répéta-t-elle.

Elle eut un ton presque amusé, comme si elle pensait que Roland le faisait exprès.

— Elle m'a dit : « si fait, ma jolie, comme ça, t'es une bonne fille », puis tout le reste est rose. Rose et brillant.

— Brillant ?

— Si fait, comme la lune. Et puis... (Elle marqua un temps.) Alors, j'ai cru que je *devenais* la lune. La Lune des Baisers, peut-être bien. Une Lune des Baisers rose et brillante, ronde et pleine comme un pomélo.

Il tâcha de lui déverrouiller la mémoire d'une autre manière, mais sans succès — chaque voie qu'il empruntait se terminait dans cette brillance rose qui occultait d'abord son souvenir, puis fusionnait en une pleine lune. Cela ne signifiait rien pour Roland, qui avait déjà entendu parler de lunes bleues, mais de roses jamais. La seule chose dont il ne doutait pas, c'était que la vieille femme avait donné à Susan l'injonction puissante d'oublier.

Il envisagea d'aller fouiller plus profond — elle suivrait — mais n'osa pas. La majeure partie de son expérience venait de ses séances d'hypnose sur ses amis — exercices d'écolier qui tournaient à la farce et occasionnellement au grand frisson. Cort ou Vannay avaient toujours été présents pour redresser les choses si jamais elles déviaient. A présent, il n'y avait aucun maître pour s'interposer ; pour le meilleur ou pour le pire, on avait laissé aux élèves la responsabilité de l'école. Et s'il l'entraînait profond et ne pouvait plus la récupérer ? On lui avait enseigné aussi qu'il y avait des démons dans l'infra-esprit. Si on descendait à leur niveau, ils sortaient parfois de leurs grottes pour venir à votre rencontre...

Toute autre considération mise à part, il se faisait tard. Ce ne serait pas prudent de rester ici plus longtemps.

— Susan, tu m'entends ?

— Si fait, Roland, je t'entends très bien.

— Bon, je vais te dire une petite poésie. Tu te réveilleras pendant que je te la dirai. Quand j'aurai fini, tu seras complètement éveillée et tu te souviendras de tout ce que nous avons dit. Tu comprends ?

— Si fait.

— Alors, écoute : oiseau et ours, lièvre et poisson, accordez à mon aimée son vœu le plus profond.

Son sourire, tandis qu'elle retrouvait une pleine conscience, fut l'une des plus belles choses qu'il eût jamais vues. Elle s'étira, puis, lui nouant les bras autour du cou, couvrit son visage de baisers.

— Ah, toi, toi, toi, toi, fit-elle. C'est toi, mon vœu le plus profond, Roland. Le seul. Toi et encore toi, pour toujours et encore toujours.

Ils refirent l'amour sur la rive du ruisseau babillard, en s'étreignant de toutes leurs forces, leurs bouches buvant leurs souffles respectifs. *Toi, toi, toi, toi.*

13

Vingt minutes plus tard, il la hissait sur le dos de Félicia. Susan se pencha, prit son visage dans ses mains et l'embrassa longuement.

— Quand te reverrai-je ? demanda-t-elle.

— Bientôt. Mais il nous faut être prudents.

— Si fait. Plus prudents qu'aucuns amants ne l'ont jamais été, d'après moi. Dieux merci, tu es habile.

— On peut se servir de Sheemie, si ce n'est point trop souvent.

— Si fait. Dis-moi, Roland, tu connais le pavillon du Cœur Vert ? Près de l'endroit où l'on sert du thé et des petits gâteaux quand il fait beau ?

Roland dit que oui. Cinquante mètres plus haut dans Hill Street que la prison et la Salle Municipale, le Cœur Vert était l'un des lieux les plus agréables de la ville, avec ses allées pittoresques, ses tables abritées de parasols, sa ménagerie et son pavillon de danse verdoyant.

— Il y a une paroi rocheuse au fond, dit-elle. Entre le pavillon et la ménagerie. Si je te manque beaucoup...

— Tu me manqueras toujours beaucoup... dit-il.

Elle sourit devant tant de gravité.

— Il y a une pierre rougeâtre presque en bas. Tu trouveras. Mon amie Amy et moi, on s'en servait pour se laisser des messages quand on était petites filles. J'irai y regarder chaque fois que je pourrai. Tu n'auras qu'à faire pareil.

— Si fait.

Sheemie ferait l'affaire un temps s'ils se montraient prudents. La pierre rouge, également. Mais ils auraient beau être aussi prudents qu'on veut, ils commettraient une bévue plus tôt que prévu, car les Grands Chasseurs du Cercueil en savaient probablement plus sur Roland et ses amis que Roland ne l'aurait souhaité. Mais il fallait qu'il la revoie, peu importent les risques. Dans le cas contraire, il sentait qu'il pourrait en mourir. Et il lui suffisait de la regarder pour savoir qu'elle était dans le même état d'esprit.

— Faudra faire tout spécialement attention à Jonas et aux deux autres, dit-il.

— Je m'en méfierai. Encore un baiser, tu veux bien ?

Il l'embrassa de bon cœur et l'aurait descendue d'aussi bon cœur du dos de sa jument pour un quatrième tour de manège... mais le temps du délire était passé, celui de la prudence devait lui succéder.

— Porte-toi bien, Susan. Je...

Il s'arrêta là pour mieux sourire.

— Je t'aime.

— Je t'aime aussi, Roland. Tout mon cœur est à toi.

Elle avait le cœur grand, songea-t-il tandis qu'elle se faufilait entre les saules, et déjà il sentait son fardeau peser sur le sien. Il attendit d'être certain qu'elle fût loin. Alors il alla chercher Rusher et partit dans la direction opposée. Il savait qu'une nouvelle — et dangereuse — phase de jeu avait commencé.

14

Peu après la séparation de Susan et Roland, Cordélia Delgado sortait du magasin général d'Hambry, avec une caisse de provisions et l'esprit troublé. C'était bien entendu Susan, comme toujours, qui lui troublait l'esprit, tout comme la crainte de Cordélia que la jeune fille ne fasse une bêtise avant la Moisson ne fût finalement confirmée.

Elle fut arrachée de ces pensées par des mains — robustes, ces mains — qui arrachèrent la caisse de provisions des siennes. Cordélia eut un croassement de surprise et, mettant sa main en visière contre le soleil, aperçut Eldred Jonas qui lui souriait, planté entre les totems de l'Ours et de la Tortue. Ses longs cheveux blancs (si beaux, aux yeux de Cordélia) lui tombaient sur les épaules. Cordélia sentit son cœur battre un peu plus vite. Elle avait toujours eu un faible pour les hommes tels que Jonas, qui pouvaient sourire et pousser le badinage jusqu'aux extrêmes limites de l'osé... tandis que leur corps restait au garde-à-vous comme une lame dans son fourreau.

— Je vous ai effrayée. J'implore votre pardon, Cordélia.

— Nenni, dit-elle, le souffle un peu oppressé à son sentiment. C'est juste le soleil — il brille si fort à ce moment de la journée...

— Si vous permettez, je vais vous aider un petit bout de chemin. Je remonte la Grand-Rue jusqu'au coin, avant de prendre Hill Street, mais je peux vous donner un coup de main jusque-là ?

— Mille mercis, dit-elle.

Ils descendirent le perron et remontèrent le trottoir en planches ; Cordélia jetait de droite et de gauche de petits coups d'œil furtifs pour voir qui les observait — elle qu'escortait le beau *sai* Jonas, lui portant ses commissions. Les badauds étaient en nombre satisfaisant. Elle repéra, entre autres, Millicent Ortega, la guettant depuis la boutique *Les Robes d'Anne*, un O de surprise jouissif sur sa face de vache stupide.

— J'espère que cela ne vous ennuie pas que je vous appelle Cordélia.

Jonas fit passer négligemment la caisse — qu'elle avait dû porter à deux mains — sous l'un de ses bras.

— Depuis le banquet de bienvenue à la maison du Maire Thorin, j'ai l'impression de vous avoir toujours connue.

— Va pour Cordélia.

— Et vous voulez bien m'appeler Eldred ?

— Je crois que je vais m'en tenir à Messire Jonas encore quelque temps, répondit-elle avant de le gratifier d'un sourire de coquette — du moins l'espéra-t-elle. Le tempo de son cœur s'accéléra de plus belle. (Il ne lui traversa pas l'esprit que Susan n'était peut-être pas la seule petite oie de la famille Delgado.)

— Comme vous voudrez, dit Jonas, avec un air de déception tellement comique qu'elle éclata de rire. Et votre nièce ? Comment se porte-t-elle ? Bien ?

— Très bien, je vous remercie de vous en soucier. Un peu pénible à supporter, parfois...

— Quelle fille de seize ans ne l'est pas ?

— Vous avez raison, je suppose.

— Cependant, en ce qui la concerne, elle représente un fardeau supplémentaire, cet automne. Je doute qu'*elle* s'en rende compte.

Cordélia se tut — elle se serait montrée indiscrète, autrement — mais lui lança un regard des plus éloquents.

— Transmettez-lui mon meilleur souvenir, je vous prie.

— Je n'y manquerai point.

Mais elle s'en garderait bien. Susan avait conçu une grande (et irrationnelle, de l'avis de Cordélia) aversion pour les « régulateurs » du Maire Thorin. Tenter de lui faire changer d'opinion en la raisonnant ne servirait probablement à rien ; les jeunes filles étaient persuadées de tout savoir. Cordélia jeta un coup d'œil à l'étoile qui dépassait discrètement du revers du gilet de Jonas.

— A ce que j'ai cru comprendre, *sai* Jonas, vous avez accepté des responsabilités additionnelles dans notre ville si peu méritante.

— Si fait, je donne un coup de main au Shérif Avery, convint-il.

Sa voix était affectée d'un léger tremblement flûté que Cordélia trouvait tout à fait sympathique, à sa manière.

— L'un de ses adjoints qui s'appelle Claypool...

— Frank Claypool, si fait.

— ... est tombé de son bateau et s'est cassé la jambe. Voulez-vous m'expliquer comment on fait pour se casser la jambe en tombant de bateau, Cordélia ?

Elle eut un rire de gorge plein de gaieté (l'idée que tout le monde à Hambry avait les yeux braqués sur eux était sûrement fausse... mais elle avait l'impression du contraire et cette impression était tout, sauf déplaisante) et répondit qu'elle ne savait pas.

Il s'arrêta au coin de la Grand-Rue et du Camino Vega, comme à regret.

— C'est ici que je vous abandonne.

Il lui rendit la caisse.

— Vous êtes sûre de pouvoir la porter ? Je suppose que je pourrais vous raccompagner jusqu'à votre logis...

— Inutile, inutile. Merci. Merci, *Eldred*.

Le fard qui colora son cou et ses joues brûlait comme du feu, mais le sourire qu'il lui décocha valait bien ça. Il lui fit un petit salut avec deux doigts et attaqua la pente en direction du bureau de Shérif au pas promenade.

Cordélia poursuivit sa route. La caisse, qui lui avait paru un vrai fardeau à sa sortie du magasin général, semblait maintenant peser trois fois rien. Elle conserva ce sentiment un bon quart de lieue, mais quand sa maison fut en vue, elle reprit conscience de la sueur qui lui dégoulinait le long des flancs et de ses bras douloureux. Dieux merci, l'été tirait à sa fin... mais n'était-ce point Susan, qui faisait franchir le portail à sa jument ?

— Susan ! s'écria-t-elle, ramenée suffisamment sur terre pour que son irritation première contre la jeune fille sonne clair dans sa voix. Venez m'aider, avant que je laisse tout tomber et que je casse les œufs !

Susan la rejoignit, laissant Félicia tondre l'herbe de la cour de devant. Dix minutes plus tôt, Cordélia n'aurait rien remarqué dans l'apparence de la jeune fille — ses pensées étant bien trop absorbées par Eldred Jonas pour s'occuper d'autre chose. Mais la canicule lui avait ôté ses idées romantiques de la tête et remis les pieds sur terre. Et, au moment où Susan lui prenait la caisse des mains (avec la même facilité que Jonas), Cordélia songea que l'apparence de sa nièce lui importait peu. Par contre, son humeur avait changé — elle avait troqué son état de confusion hystérique de tantôt pour une plaisante quiétude à l'œil béat. C'était la Susan des années d'avant au détail près... et non plus celle qui se frappait la poitrine en gémissant, la maussade perpétuelle de cette année. Cordélia ne pouvait toucher rien d'autre du doigt, sauf...

Si, une chose, pourtant. Tendant la main, elle s'empara de la tresse de la jeune fille, qui lui parut d'un négligé fort peu caractéristique, cet après-midi. Bien sûr, Susan était montée à cheval ; cela pouvait expliquer sa chevelure en désordre, mais pas sa couleur foncée comme si l'or brillant de sa masse s'était terni. Puis, elle avait eu un sursaut presque coupable au contact de la main de Cordélia. Pourquoi cela, plaît-il ?

— Vos cheveux sont humides, Susan, dit-elle. Êtes-vous allée vous baigner ?

— Nenni ! Je me suis arrêtée à la pompe devant l'écurie d'Hookey où je me suis arrosé la tête. Il n'y voit point d'inconvénient, car son puits est profond. Il fait tellement chaud. Peut-être qu'il va faire averse plus tard. Je l'espère. J'ai donné à boire à Félicia par la même occasion.

La jeune fille avait le regard aussi franc et candide que d'habitude, mais Cordélia le trouvait néanmoins un rien dissimulé. Elle n'aurait su dire exactement en quoi. L'idée que Susan pouvait lui cacher quelque chose d'énorme et de grave ne vint pas immédiatement à l'esprit de Cordélia ; elle aurait plutôt décrit sa nièce comme étant incapable de garder un secret plus important qu'un cadeau d'anniversaire ou une fête surprise... et même pour des secrets de cette nature, pas plus d'un jour ou deux. Cependant, quelque chose sonnait faux. Cordélia passa ses doigts sur le col de la casaque de Susan.

— Pourtant, ça, c'est sec.

— J'ai fait attention, dit-elle, regardant sa tante d'un air troublé. La poussière s'incruste bien pis sur du mouillé. C'est vous qui me l'avez appris, ma tante.

— Vous avez tressailli quand je vous ai touché les cheveux, Susan.

— Si fait, répondit la jeune fille. La « sage-femme » du Cöos les a touchés de même façon. Et depuis, je n'aime pas ça. Bon, puis-je entrer ces provisions et aller mettre mon cheval à l'abri de ce soleil brûlant ?

— Ne soyez point si prompte, Susan.

Pourtant, de bizarre façon, la sécheresse de ton de sa nièce la tranquillisa. Le sentiment que Susan avait changé — ce subtil *décalage* qu'elle avait perçu — s'atténuait peu à peu.

— Commencez par être moins pénible.

— Susan ! J'exige des excuses !

Susan inspira un bon coup, bloqua sa respiration, puis lâcha tout.

— Oui, ma tante. Je vous les fais. Mais quelle chaleur !

— Si fait. Mets tout ça dans la dépense. Et merci à toi.

Susan se dirigea vers la maison, la caisse dans les bras. Laissant la jeune fille prendre suffisamment d'avance pour éviter qu'elles n'avancent de front, Cordélia suivit. Ce n'était que pure stupidité de sa part, aucun doute là-dessus — ses soupçons découlaient de son flirt avec Eldred —, mais Susan était à un âge périlleux et bien des choses dépendaient de sa bonne conduite au cours des sept semaines à venir. Après, le problème serait celui de Thorin, mais jusque-là, c'était celui de Cordélia. Cette dernière avait beau penser que Susan serait au bout du compte fidèle à sa promesse, jusqu'à la Fête de la Moisson, elle la surveillerait de près. En matière de virginité chez une fille, mieux valait se montrer vigilante.

INTERLUDE

Kansas, quelque ou, quelque quand

Eddie s'agita. Autour d'eux la tramée geignait comme une belle-mère acariâtre ; dans le ciel, les étoiles brillaient, porteuses de nouveaux espoirs... ou de mauvaises intentions. Il regarda Susannah, assise, ses moignons de jambes repliés sous elle ; puis Jake, qui mangeait un *burrito* ; puis Ote, le museau posé sur la cheville de Jake, les yeux levés vers le petit garçon avec une expression d'adoration sans mélange.

Le feu couvait, mais brûlait toujours. La même chose valait pour la Lune du Démon, loin à l'ouest.

— Roland, fit-il d'une voix qui sonna comme une vieille chose rouillée à ses oreilles.

Le Pistolero, qui s'était interrompu pour prendre une gorgée d'eau, le regarda en haussant le sourcil.

— Comment peux-tu être au courant du moindre détail de cette histoire ?

Roland eut l'air amusé.

— Je ne crois pas que ce soit là ce que tu veux vraiment savoir, Eddie.

Il avait raison sur ce point — le vieux, grand et moche avait pour habitude d'avoir raison. C'était de loin, aux yeux d'Eddie, sa caractéristique la plus irritante.

— D'accord. Ça fait combien de temps que tu parles ? Voilà la question que je voulais te poser.

— Pourquoi ? Tu n'es pas à ton aise ? Tu as envie d'aller te coucher ?

Il se fout de ma gueule, songea Eddie... mais au moment même où cette idée lui venait, il en sentit la fausseté. Et d'ailleurs, non, il n'était pas mal à son aise. Aucune raideur dans les articulations, même s'il était resté assis en tailleur depuis que Roland s'était mis à leur parler de Rhéa et du cristal ; et pas une seule fois il n'avait eu envie d'aller faire ses besoins. Il n'avait pas eu faim non plus. Jake mâchouillait le dernier *burrito* qui restait, probablement pour la même raison qui fait escalader l'Everest à certains... parce qu'il l'avait sous la main. Et pourquoi *devrait-il* être affamé, tomber de sommeil ou souffrir de courbatures ? Pourquoi, alors que le feu brûlait toujours et que la lune n'était pas encore couchée ?

Il fixa le Pistolero et vit qu'il lisait dans ses pensées.

— Non, je n'ai pas envie d'aller au lit. Tu le sais très bien. Mais ça fait longtemps que tu parles, Roland.

Il se tut, regarda ses mains, puis, relevant les yeux, eut un sourire gêné.

— Depuis des jours et des jours, on dirait.

— Le temps est différent par ici, je t'avais prévenu. Maintenant tu t'en aperçois par toi-même. Toutes les nuits ne sont pas de la même longueur, depuis tout récemment. Les jours non plus... mais on prend davantage conscience du temps, la nuit, n'est-ce pas ? Oui, je crois que oui.

— Est-ce que la tramée étire le temps ?

Et à présent qu'il venait d'en parler, Eddie l'entendit dans toute sa révulsive splendeur — cette vibration métallique qui évoquait aussi le plus gros moustique de la création.

— Elle pourrait y contribuer, mais grosso modo les choses sont ici comme elles le sont dans mon monde.

Susannah s'ébroua à son tour telle une femme s'évadant en partie d'un rêve qui la retient doucement prisonnière dans ses sables mouvants. Elle lança à Eddie un regard à la fois vague et impatient.

— Laisse-le parler, Eddie.

Et Ote, sans lever sa truffe de la cheville de Jake, renchérit :

— 'ler. 'die.

— Très bien, fit Eddie. Pas de problème.

Roland les engloba tous du regard.

— Vous êtes bien certains ? Le reste est...

Il parut incapable d'achever sa phrase et Eddie comprit que Roland avait une trouille bleue.

— Continue, l'encouragea-t-il tranquillement. Quel que soit le reste ou plutôt quel qu'il ait été.

Il jeta un coup d'œil alentour. Le Kansas à perte de vue. Quelque *où*, quelque *quand*, au Kansas. Sauf qu'il sentait Mejis et tous ces gens qu'il n'avait jamais vus — Cordélia, Jonas, Brian Hookey, Sheemie, Pettie le Trottin et Cuthbert Allgood — très proches de lui à présent. De même que la Susan que Roland avait perdue. Parce que la réalité était usée jusqu'à la trame par ici — aussi usée que le fond d'un vieux blue-jean — et que l'obscurité durerait aussi longtemps que Roland en aurait besoin. Eddie se demandait si Roland remarquait même l'obscurité, entre autres choses. Pourquoi l'aurait-il fait ? Eddie songeait qu'il faisait nuit dans l'esprit de Roland depuis si, si longtemps... et que l'aube n'était nullement proche, nulle part.

De la sienne, il effleura l'une de ses mains calleuses de tueur. Il la toucha doucement, et avec amour.

— Continue, Roland. Raconte-nous ton histoire. Jusqu'au bout.

— Jusqu'au bout, dit Susannah rêveusement, les yeux pleins du clair de lune. Vide ton sac.

— Jusqu'au bout.

— Bout, chuchota Ote.

Roland retint la main d'Eddie un instant, puis la lâcha. Il fixa le feu mourant sans se remettre immédiatement à parler. Eddie sentit qu'il cherchait ses mots. Comme s'il essayait des portes les unes après les autres jusqu'à en trouver une qui daigne s'ouvrir. Ce qu'il vit derrière le fit sourire. Et il releva les yeux vers Eddie.

— Le parfait amour est chiant, dit-il.

— *Tu nous dis quoi, là ?*

— Le parfait amour est chiant, répéta Roland. Chiant comme toute drogue dure qui rend accro. Et comme toute drogue dure...

LIVRE III

Vienne la moisson

Chapitre 1

Sous la Lune Chasseresse

1

Le parfait amour, comme toute drogue dure qui rend accro, est chiant — une fois parcourus les chapitres de la rencontre et de la découverte, les baisers s'éventent très vite et les caresses deviennent une corvée... sauf, bien sûr, pour ceux qui échangent baisers et caresses alors que les sons et les couleurs du monde qui les entoure semblent s'amplifier et s'intensifier. Comme toute drogue dure, le premier et parfait amour n'intéresse vraiment que ceux qui en sont prisonniers.

Et comme toute drogue dure qui rend accro, le premier et parfait amour est dangereux.

2

Certains appelaient Chasseresse la dernière lune d'été ; d'autres, la première d'automne. Dans les deux cas, elle marquait un changement dans la vie de la Baronnie. Les pêcheurs sortaient sur la baie avec un pull sous leur ciré, car les vents d'automne viraient de plus en plus nettement, soufflant d'est en ouest de plus en plus âprement. Dans les grands vergers de la Baronnie au nord d'Hambry (et dans les plus petits, propriétés de John Croydon, Henry Wertner, Jake White et de la riche et maussade Coraline Thorin), les cueilleurs faisaient leur apparition, portant leurs curieuses échelles en piteux état ; des charrettes tirées par des chevaux, pleines de tonneaux vides, les suivaient. Quand le vent venait des cidreries — et en particulier de la grande cidrerie de la Baronnie, à deux kilomètres au nord de Front de Mer —, l'air était plein de la douceur aigrelette des blêmes pressées, panier après panier. Loin du rivage de la Mer Limpide, les journées demeuraient tièdes tandis que la Chasseresse croissait ; les ciels restaient clairs le jour comme la nuit, mais la vraie chaleur estivale avait passé avec la Lune du Colporteur. On coupait les derniers foins et du début à la fin, cela ne prenait qu'une semaine de temps — ils étaient toujours peu abondants, et rancheros comme petits propriétaires les maudissaient, se grattant la tête et se demandant pourquoi ils se donnaient cette peine... mais dès ce vieux mois de Mars pluvieux et venteux venu, devant leurs greniers et silos qui se videraient rapidement, comme toujours, ils ne se le demanderaient plus. Dans les jardins de la Baronnie — les grands jardins des rancheros, les jardinets des petits propriétaires et les minuscules plates-bandes des citadins —, hommes, femmes et enfants en vieux habits et bottes, coiffés de *sombreros* et de *sombreras*, s'activaient. Les jambes de leurs pantalons étaient solidement attachées aux chevilles car, au temps de la Chasseresse, serpents et scorpions en hordes innombrables surgissaient du désert, migrant vers l'est. A l'heure où la vieille Lune du Démon commençait à engraisser, une ribambelle de crotales pendouillait aux barres d'attache du Repos des Voyageurs comme du magasin général qui lui faisait face. D'autres commerces décoraient de même leurs barres d'attache, mais quand on décernait le prix du plus grand nombre de peaux de serpent le Jour de la Moisson, c'était toujours soit le saloon, soit le magasin général qui le remportait. Dans les champs et les jardins, des femmes aux cheveux noués dans des fichus, des amulettes de la moisson cachées dans leur sein, trimbalaient les corbeilles pour la cueillette le long des rangées. On ramassait les dernières tomates, les derniers concombres, les derniers maïs, les dernières puires et mingues. Dans la foulée, alors que les journées se faisaient plus piquantes et que se rapprochaient les tempêtes d'automne, ce serait le tour des courges, âpreraves, citrouilles et pommes de terre. A Mejis, le temps de la Moisson était venu, tandis que là-haut, de plus en plus claire dans la nuit étoilée, la Chasseresse bandait son arc et regardait à l'orient ces lieues étrangement aqueuses sur lesquelles nul homme ou nulle femme de l'Entre-Deux-Mondes n'avait jamais jeté les yeux.

3

Ceux qui sont entre les griffes d'une drogue dure — héroïne, herbe du diable, parfait amour — se retrouvent souvent à tenter de maintenir un précieux équilibre entre secret et extase, le long de la corde raide de leurs vies. Conserver son équilibre sur une corde raide est déjà difficile en état de très grande sobriété ; agir ainsi en état de délire est quasiment impossible. Et *totalement* impossible à long terme.

Roland et Susan nageaient en plein délire, mais avaient du moins le mince avantage de le savoir. Leur secret n'aurait pas à être gardé éternellement, seulement jusqu'au jour de la Fête de la Moisson, au plus long. Les choses pouvaient même se terminer bien avant si les Grands Chasseurs du Cercueil se décidaient à sortir à découvert. Le premier mouvement pourrait être le fait de l'un des autres joueurs, songeait Roland, mais peu importe qui bougerait le premier, Jonas et ses hommes seraient là, faisant partie du lot. Un lot susceptible d'être le plus dangereux pour les trois garçons.

Roland et Susan se montraient prudents — aussi prudents que des gens en délire pouvaient l'être. Ils ne se retrouvaient jamais deux fois d'affilée au même endroit et fonçaient droit à leurs rendez-vous d'amour, sans se dissimuler. A Hambry, si faire du cheval était courant, on remarquait par contre les « dissimulateurs ». Susan ne tenta jamais de couvrir ses « sorties à cheval » en recourant à une amie (même si plusieurs d'entre elles lui auraient volontiers rendu ce service) ; les personnes ayant besoin d'un alibi avaient quelque chose à cacher. Elle sentait pourtant que ses chevauchées mettaient Tante Cord de plus en plus mal à l'aise — en particulier, celles en début de soirée —, mais jusqu'à présent, elle avait accepté la raison que Susan lui en avait mainte et mainte fois donnée : le besoin d'être seule pour mieux réfléchir à sa promesse et en accepter la responsabilité. Ironie du sort, cette suggestion lui avait été soufflée à l'origine par la sorcière du Cöos.

Ils se retrouvaient dans la saulaie, dans nombre de hangars à bateaux à l'abandon et menaçant ruine, au cap nord de la baie, dans une cabane de gardien de troupeau au fin fond des terres désolées du Cöos ou encore dans une bicoque de squatter cachée dans la Mauvaise Herbe. A tout prendre, ces lieux étaient dans leur ensemble aussi sordides que ceux où les drogués se réunissent pour se livrer à leur vice. Mais Roland et Susan ne voyaient ni les murs pourrissants de la bicoque, ni les trous dans le toit de la cabane, ni les filets de pêche moisis aux quatre coins des anciens hangars à bateaux rongés d'humidité. Ils étaient drogués, l'amour les rendait stone et à leurs yeux la moindre balafre sur la face du monde était frappée au coin de la beauté.

A deux reprises, au tout début de ces semaines de délire, ils utilisèrent la pierre rouge derrière le pavillon pour leurs rendez-vous ; puis, une voix profonde s'éleva sous le crâne de Roland, lui disant qu'il fallait cesser — la pierre aurait parfaitement convenu à des enfants friands de cachotteries, mais son amoureuse et lui n'étaient plus des enfants ; si jamais ils étaient découverts, le bannissement était le châtiment le plus doux qu'ils pouvaient espérer. La pierre rouge était trop exposée, quant à mettre des choses par écrit — même des messages au contenu délibérément vague et non signés —, c'était horriblement dangereux.

Utiliser Sheemie leur parut plus sûr à tous deux. Derrière son sourire de débile léger existait une surprenante et profonde... eh bien oui, discrétion. Roland avait mûrement réfléchi avant de s'arrêter à ce substantif, et c'était le mot juste : une capacité à rester silencieux qui était plus digne que de la sournoiserie pure et simple. La sournoiserie était hors de portée de Sheemie de toute façon et le serait toujours — un individu qui ne pouvait mentir sans détourner les yeux ne serait jamais considéré comme sournois.

Ils utilisèrent Sheemie une demi-douzaine de fois au cours des cinq semaines où leur passion charnelle les consuma au plus haut degré — trois fois pour prendre rendez-vous, deux pour changer de lieu de rendez-vous et une pour en annuler un quand Susan repéra des cavaliers du Piano Ranch à la poursuite de bêtes égarées près de la bicoque de la Mauvaise Herbe.

Si la voix profonde ne mit jamais Roland en garde contre Sheemie comme contre les dangers de la pierre rouge... celle de sa conscience lui parla, et quand il mentionna le fait à Susan (alors que tous deux, enveloppés d'une couverture de selle, reposaient nus dans les bras l'un de l'autre), il découvrit que la conscience de cette dernière ne l'avait pas non plus laissée en repos. Il n'était pas juste d'impliquer ce garçon dans leurs tracas éventuels. Une fois arrivés à cette conclusion, Roland et Susan organisèrent leurs rendez-vous sans intermédiaire. Si elle était dans l'impossibilité d'aller le retrouver, lui dit Susan, elle étendrait une casaque rouge à sa fenêtre, comme pour la mettre à sécher. Si c'était lui qui ne pouvait pas, il n'aurait qu'à laisser une pierre blanche au coin nord-est de la cour — à l'opposé en diagonale du Relais & Sellerie Hookey — où se trouvait la pompe municipale. En dernier recours, ils utiliseraient la pierre rouge du pavillon, quel que soit le risque, plutôt que de mêler Sheemie à leurs affaires — amoureuses — à nouveau.

Cuthbert et Alain assistèrent à la chute de Roland dans son assuétude, d'abord avec incrédulité, envie et un amusement gêné, puis avec une sorte d'horreur muette. Envoyés ici soi-disant pour garantir leur sécurité, ils avaient découvert que s'y tramait une conspiration ; ils étaient venus effectuer un recensement dans une Baronnie où apparemment la majeure part de l'aristocratie avait transféré son allégeance à l'ennemi déclaré de l'Affiliation ; ils s'étaient fait des ennemis personnels de trois durs à cuire, ayant probablement tué de quoi peupler un cimetière de bonne taille. Cependant, ils s'étaient sentis à la hauteur de la situation, parce qu'ils étaient venus ici sous la houlette de leur ami, auréolé dans leur esprit d'un statut quasi mythique pour l'avoir emporté sur Cort — avec un faucon pour arme ! — et être devenu ainsi pistolero à l'âge inouï de quatorze ans. Qu'eux-mêmes aient été munis d'armes à feu pour cette mission avait revêtu une grande signification à leur départ de Gilead et plus aucune dès qu'ils avaient commencé à saisir l'envergure de ce qui se jouait à Hambry-ville et dans la Baronnie dont elle faisait partie. Dès cette prise de conscience, Roland fut l'arme sur laquelle ils comptèrent. Et maintenant...

— Il est comme un revolver jeté à l'eau ! s'exclama Cuthbert, un soir que Roland venait de partir retrouver Susan à cheval.

Au-delà du porche du baraquement, la Chasseresse dans son premier quartier montait au ciel.

— Les dieux seuls savent s'il pourra tirer à nouveau, même si on le repêche et si on le sèche.

— Chut, attends, fit Alain, fixant la balustrade du porche.

Espérant égayer la mauvaise humeur de Cuthbert (tâche des plus aisées en temps ordinaire), Alain lança :

— Où est passée la vigie ? Partie se coucher avec les poules pour une fois ?

Ce qui contribua à augmenter l'irritation de Cuthbert. Cela faisait plusieurs jours qu'il n'avait pas jeté les yeux sur le crâne de corneille — combien, il n'aurait su le dire exactement — mais il interprétait sa perte comme un mauvais présage.

— Partie, mais pas se coucher, répliqua-t-il.

Il jeta un regard sinistre en direction de l'ouest, où Roland avait disparu, monté sur son étrange et vieux canasson.

— Je l'ai perdue, je suppose. Comme certain individu a perdu esprit, cœur et bon sens.

— Ça lui passera, dit Alain maladroitement. Tu le connais aussi bien que moi, Bert — on le connaît depuis toujours. Ça lui passera.

Tranquillement, sans nulle trace de sa bonne humeur coutumière, Cuthbert répondit :

— Je n'ai pas l'impression de le connaître en ce moment.

Chacun à sa manière, tous deux avaient tenté de parler à Roland et s'étaient attiré la même réponse — à savoir, pas de véritable réponse. Le regard rêveur, distrait (et peut-être légèrement troublé) de Roland au cours de ces échanges à sens unique n'aurait pas surpris quelqu'un tâchant de raisonner un drogué. Ce regard ne révélait que trop que Roland avait l'esprit préoccupé par Susan, la forme de son visage, l'odeur de sa peau, le contact de son corps. *Préoccupé* était un adjectif faible, tombant un peu à côté. Car cela n'avait rien d'une préoccupation et tout d'une obsession.

— Je la déteste un peu pour ce qu'elle a fait, dit Cuthbert.

Alain décela dans son ton une nuance qu'il n'y avait jamais entendue — nuance où se mêlaient jalousie, frustration et peur.

— Et peut-être plus qu'un peu.

— Il ne faut pas !

Alain essaya de ne pas paraître choqué mais ne put s'en défendre.

— Elle n'est pas responsable de...

— Ah non ? Elle est allée à Citgo avec lui. Elle a vu ce qu'il a vu. Les dieux savent ce qu'il a lui dit d'autre, une fois qu'ils ont eu fait la bête à deux dos. Et elle est tout au monde sauf crétine. Rien que la façon dont elle a conduit l'affaire de son côté le prouve.

Bert faisait référence, devina Alain, à sa petite astuce de la *corvette*.

— Elle doit savoir qu'elle est devenue elle-même une partie du problème. Elle doit bien *savoir* ça !

A présent, son amertume se faisait jour d'une façon effrayante. *Il est jaloux d'elle car il l'accuse de lui avoir volé son meilleur ami*, songea Alain, *mais ça ne s'arrête pas là. Il est aussi jaloux de son meilleur ami, car il a obtenu les faveurs de la plus belle fille que nous ayons jamais vue.*

Alain se pencha et prit Cuthbert par l'épaule. Quand ce dernier daigna se détourner de sa morose contemplation de la cour pour regarder son ami, la sévérité qui imprégnait le visage d'Alain le frappa.

— C'est le *ka*, dit Alain.

Cuthbert ricana à moitié.

— Si j'avais dîné chaud chaque fois que quelqu'un a attribué au *ka* le moindre larcin ou béguin, ou autre niaiserie de ce calibre...

Alain accentua sa poigne jusqu'à la douleur. Cuthbert aurait pu s'en délivrer, mais n'en fit rien. Il observa attentivement Alain. Le plaisantin avait plié bagage, temporairement du moins.

— On peut difficilement se payer le luxe de blâmer qui que ce soit, tous les deux, dit Alain. Tu ne vois pas ça ? Et si jamais c'est le *ka* qui les a emportés, blâmer est inutile. On *ne peut* porter aucun blâme. Il faut voir plus haut. On a besoin de lui. Et il se peut qu'on ait besoin d'elle, également.

Cuthbert fixa Alain au fond des yeux pendant une éternité, sembla-t-il. Alain vit qu'en Bert la colère le disputait au bon sens. Enfin (et seulement peut-être pour l'instant présent), son bon sens l'emporta.

— D'accord, parfait. C'est le *ka*, le bouc émissaire favori de tout un chacun. Le monde de l'invisible est fait pour ça, après tout, n'est-ce pas ? Pour qu'aucun de nos agissements stupides ne nous soit reproché ? Tu veux bien me lâcher maintenant, Al, avant que tu me brises l'épaule.

Alain obtempéra et se rassit dans son rocking-chair avec soulagement.

— Si on savait seulement quoi faire avec l'Aplomb. Si on commence pas bientôt à compter par là-bas...

— Il m'est venu une idée à ce propos, dit Cuthbert. Faut que j'y cogite encore un peu. Je suis sûr que Roland pourrait nous aider... si l'un de nous arrive à capter son attention quelques minutes, évidemment.

Là-dessus, ils restèrent assis un moment sans parler, le regard tourné vers la cour d'entrée. A l'intérieur du baraquement, les pigeons — autre pomme de discorde entre Roland et Bert, ces jours — roucoulaient à qui mieux mieux. Alain se roula une cigarette. Ce fut laborieux et si le produit fini était plutôt cocasse, le tabac ne s'éparpilla pas quand il l'alluma.

— Ton père te fouetterait jusqu'au sang s'il te voyait avec ça dans les mains, observa Cuthbert avec une certaine admiration.

Quand la Chasseresse reviendrait l'année prochaine, tous trois seraient des fumeurs invétérés, de jeunes hommes à la peau tannée qui auraient presque entièrement perdu leur regard d'enfant.

Alain opina. Le tabac brun et fort du Croissant Extérieur lui faisait tourner la tête et lui râpait la gorge, mais une cigarette avait le don de lui apaiser les nerfs et, pour l'heure, ses nerfs réclamaient ce genre de calmant. Il ignorait si Bert était comme lui, mais, ces jours, il flairait le sang dans le vent. Il était possible que le leur coulât. Alain n'était pas à proprement parler terrorisé — pas encore, du moins — mais très, très inquiet.

4

Bien qu'on les ait dressés comme des faucons au maniement des armes à feu depuis leur plus tendre enfance, Cuthbert et Alain trimbalaient une conviction erronée, courante chez de nombreux garçons de leur âge : à savoir que leurs aînés les surpassaient de cent coudées, du moins quand il s'agissait de tirer des plans et de faire preuve de finesse d'esprit ; ils étaient pour de bon persuadés que les adultes savaient ce qu'ils faisaient. Si Roland, lui, malgré son mal d'amour, était plus au fait, ses amis avaient oublié que dans une partie de Castels, les *deux* camps avaient les yeux bandés. Ils auraient été surpris d'apprendre que les trois jeunes gens du Monde de l'Intérieur provoquaient une nervosité extrême chez au moins deux des Grands Chasseurs du Cercueil, extrêmement lassés du jeu attentiste auquel se livraient les deux camps.

Un matin de bonne heure, alors que la Chasseresse approchait de sa demie, Reynolds et Depape descendirent ensemble du premier étage du Repos des Voyageurs. La salle principale était plongée dans un silence uniquement troublé par des ronflements et autres sifflements gras. Dans le bar le plus animé d'Hambry, la fête était terminée jusqu'au soir suivant.

Jonas, installé en compagnie d'un hôte muet à la table de Coraline, jouait à la Patience des Chanceliers. Il se trouvait à gauche des portes battantes du saloon. Il portait son cache-poussière et la respiration se condensait légèrement chaque fois qu'il se penchait sur ses cartes. Il ne faisait pas encore assez froid pour qu'il gèle, mais les gelées étaient pour bientôt. L'air glacial ne permettait d'entretenir aucun doute là-dessus.

Le souffle de son hôte fumait aussi. L'ossature squelettique de Kimba Rimer était quasiment enfouie sous un poncho gris qu'éclairaient d'indistinctes rayures orange. Tous deux allaient parler affaires quand Roy et Clay (*Guignon et Gnafrol*, songea Rimer) rappliquèrent, ayant apparemment fini de labourer et de biner dans les logettes du premier pour cette nuit.

— Eldred, fit Reynolds. Puis : *Sai* Rimer.

Rimer le salua de la tête, son regard glissant avec un léger dégoût de Reynolds à Depape.

— Longs jours et plaisantes nuits, Messires.

Le monde avait changé, certes, songea-t-il. Retrouver des goujats de si basse extraction tels que ces deux-là dans une position aussi éminente en fournissait la preuve. Jonas lui-même se hissait à peine au-dessus.

— On pourrait te dire un mot, Eldred ? demanda Clay Reynolds. Moi et Roy, on a eu une petite discussion...

— Mauvaise idée, laissa tomber Jonas de sa voix chevrotante.

Rimer ne serait aucunement surpris de découvrir à la fin de sa vie que l'Ange de la Mort avait une voix semblable.

— Parler peut faire penser et penser, c'est dangereux pour des gars comme vous. Comme se curer le nez avec la pointe d'une balle.

Depape partit de son satané rire *hi-han-ant*, comme s'il n'avait pas compris que la vanne le visait.

— Écoute, Jonas, commença Reynolds, avant de regarder Rimer avec incertitude.

— Vous pouvez parler devant *sai* Rimer, fit Jonas, alignant une nouvelle rangée de cartes. Après tout, c'est notre principal patron. Je joue à la Patience des Chanceliers en son honneur, si fait.

Reynolds ne cacha pas sa surprise.

— Je pensais... c'est-à-dire, je croyais que c'était le Maire Thorin...

— Hart Thorin ne veut rien savoir des détails de notre accord avec l'Homme de Bien, fit Rimer. Une part des profits est tout ce qu'il réclame, Messire Reynolds. Le principal souci du Maire pour l'heure, c'est que le Jour de la Fête de la Moisson se déroule sans heurt et que ses dispositions avec la jeune dame puissent... aboutir sans heurt à sa consommation.

— Si fait, voilà qui est fort diplomatiquement tourné, dit Jonas, adoptant pour la circonstance un fort accent de Mejis. Mais puisque Roy me paraît un peu perplexe, je vais traduire. Le Maire Thorin, ces jours, passe le plus clair de son temps aux cagoinces à s'astiquer la zigounette en rêvant que son poing est la boîte à ouvrage de Susan Delgado. Je suis prêt à parier que lorsque l'huître sera enfin ouverte et la perle à sa portée, il la pêchera même pas — son cœur va exploser sous l'excitation, et il tombera raide mort sur elle. Si fait. Ouair !

Nouveaux braiments de rire chez Depape, qui flanqua un coup de coude à Reynolds.

— Hein, Clay, qu'il s'y est mis ? On dirait qu'il est du coin !

Reynolds grimaça un sourire, mais ses yeux restèrent soucieux. Rimer eut un rictus aussi mince qu'une couche de glace en novembre et désigna le sept qui venait juste de surgir du paquet.

— Rouge sur noir, mon cher Jonas.

— Je suis votre cher rien du tout, le corrigea Jonas, posant le sept de carreau sur le huit d'ombre. Vous feriez mieux de vous en souvenir.

Puis, se tournant vers Reynolds et Depape :

— Bon, vous voulez quoi, les gars ? Moi et Rimer, on allait tenir une petite palabre.

— Peut-être qu'on pourrait mettre toutes nos têtes ensemble, dit Reynolds en posant la main sur le dossier d'une chaise. Histoire de voir si on est du même avis.

— Je crois que non, fit Jonas, rassemblant ses cartes d'un revers de main.

Il avait l'air agacé, aussi Clay Reynolds retira prestement sa main du dossier.

— Dites ce que vous avez à dire, qu'on en finisse. Il se fait tard.

— On se disait qu'il était temps qu'on se rende là-bas au Bar K, fit Depape. Histoire de jeter un coup d'œil et de voir si on trouve quelque chose pour étayer les dires du vieux schnock de Ritzy.

— Et voir aussi ce qu'ils ont d'autre là-bas, renchérit Reynolds. Ça se rapproche, Eldred, et on peut pas se permettre de prendre des risques. Ils pourraient avoir...

— Si fait ? Des flingues ? Des lampes électriques ? Des fées dans des bouteilles ? Qui sait ? J'vais y réfléchir, Clay.

— Mais...

— Je te dis que je vais y réfléchir. En attendant, tous les deux, montez retrouver vos fées à vous.

Reynolds et Depape le dévisagèrent, puis, après avoir échangé un coup d'œil, s'éloignèrent de la table. Rimer les observait, un très léger sourire aux lèvres.

Au pied de l'escalier, Reynolds se retourna. Jonas s'arrêta de mélanger les cartes et leva les yeux vers lui, haussant ses sourcils touffus.

— On les a sous-estimés une fois déjà et ils nous ont tournés en bourrique devant tout le monde. Je veux pas que ça se reproduise. C'est tout.

— Ça te fait encore mal au cul, hein ? Eh bien, à moi aussi, figure-toi. Et je te le répète, ils nous le paieront. J'ai l'ardoise toute prête et au moment venu, je la leur présenterai, avec les intérêts dûment calculés. En attendant, je vais pas les laisser me foutre la frousse pour m'obliger à faire le premier pas. Le temps est de notre côté, pas du leur. Tu comprends ça ?

— Oui.

— Tu veux bien essayer de t'en souvenir ?

— Oui, répéta Reynolds, qui eut l'air satisfait.

— Et toi, Roy ? J'ai ta confiance ?

— Si fait, Eldred. La plus totale.

Jonas l'avait félicité pour le boulot qu'il avait fait à Ritzy et Depape s'était vautré dans ces louanges comme un mâtin en chaleur dans l'odeur d'une chienne.

— Alors, montez tous les deux et laissez-moi palabrer avec le patron, pour qu'on en finisse. Je suis trop vieux pour veiller si tard.

Après leur départ, Jonas aligna une nouvelle rangée de cartes, puis regarda la pièce qui l'entourait. Il y avait à tout casser une dizaine de pékins, y compris Sheb le pianiste et Barkie le videur, qui cuvaient leur vin. Aucun n'était assez près pour surprendre le conciliabule des deux hommes près de la porte, même si l'un des poivrots ronflant comme un perdu simulait pour une raison x le sommeil. Jonas posa une reine rouge sur un cavalier noir, puis releva les yeux vers Rimer.

— Dites ce que vous avez à dire.

— Vos deux lascars l'ont dit à ma place, en fait. *Sai* Depape ne sera jamais embarrassé d'un surcroît de cervelle, mais Reynolds est joliment futé pour un flingueur, non ?

— Clay assure quand il est bien luné et qu'il s'est donné un coup de rasoir, acquiesça Jonas. Est-ce à dire que vous vous êtes déplacé de Front de Mer pour me suggérer d'observer de plus près ces trois enfançons ?

Rimer haussa les épaules.

— Ça s'impose peut-être, et, dans ce cas, c'est à moi de m'en charger, vrai. Mais qu'y a-t-il à découvrir ?

— Ça reste à voir, fit Rimer qui ajouta, tapotant l'une des cartes de Jonas : « Chancelier ».

— Si fait. Presque aussi moche que celui assis à ma table.

Jonas posa le Chancelier — c'était Paul — au-dessus du jeu. Le tirage suivant lui donna Luc, qu'il posa près de Paul. Ce qui laissait Matthieu et Pierre encore dans la nature. Jonas fixa Rimer d'un air entendu.

— Vous cachez mieux votre jeu que mes petits camarades, mais vous êtes aussi nerveux qu'eux, au fond. Vous voulez savoir ce qu'il y a dans ce baraquement ? Je vais vous le dire : des bottes de rechange, des portraits de leurs chères mamans, des chaussettes qui puent au plus haut des cieux, les draps amidonnés de sperme de garçons à qui on a appris que courir après les moutons, c'était bon pour les classes inférieures... et enfin des flingues cachés quelque part. Sous les lattes du plancher, plus que probable.

— Vous pensez vraiment qu'ils sont armés ?

— Si fait, Roy en a obtenu l'assurance, et comment. Ils sont de Gilead et descendent de l'Aîné ou d'une lignée qui se raconte qu'elle en descend et probable qu'ils sont des apprentis qu'on a expédiés ici avec des flingues qu'ils ont pas encore mérités. Je me pose des questions sur l'échalas qui se trimballe avec son air « rien à foutre » — il se *pourrait* bien qu'il soit déjà un pistolero, je suppose, mais est-ce vraisemblable ? Je crois pas. Et même si c'est le cas, je pourrais me le faire à la loyale. Je le sais et lui aussi le sait.

— Alors, pourquoi les a-t-on envoyés ici ?

— En tout cas pas parce que ceux des Baronnies Intérieures vous soupçonnent de trahison, *sai* Rimer — soyez tranquille là-dessus.

La tête de Rimer jaillit de son poncho quand il se redressa sur son siège et son visage se durcit.

— Comment osez-vous m'appeler traître ? D'où vous vient cette audace ?

Eldred Jonas gratifia le Ministre de l'Inventaire d'Hambry d'un sourire fort déplaisant. Il fit ressembler le vieillard à cheveux blancs à un carcajou.

— J'ai toujours appelé les choses par leur nom toute ma vie, ce n'est pas maintenant que je vais changer. Tout ce qui doit vous importer, c'est que je n'ai jamais doublé qui m'emploie.

— Si je ne croyais point à la cause de...

— Au diable ce que vous croyez ou pas ! Il est tard et je veux aller rejoindre mon lit. Les habitants de Nouvelle Canaan et de Gilead n'ont même pas une vague idée de ce qui se passe, ou ne se passe pas, ici sur le Croissant ; ils sont pas nombreux à être venus faire un tour dans le coin, je gagerais. Y sont bien trop occupés à essayer d'empêcher que tout s'écroule autour d'eux pour voyager beaucoup, ces jours. Non, tout ce qu'ils savent vient des livres d'images qu'on leur a lus quand ils étaient petits : des cow-boys qui galopent joyeusement après le bétail, des pêcheurs qui remontent joyeusement des poissons d'une taille monstrueuse dans leur bateau, des autochtones qui se pressent aux baptêmes des écuries et boivent de grandes chopes de *graf* au pavillon du Cœur Vert. Au nom de l'homme appelé Jésus, Rimer, venez pas me mettre la pression — je veille au grain tous les jours que les dieux font.

— Donc, pour eux, Mejis est un havre de paix et de sécurité.

— Si fait, plein de splendeur bucolique, c'est comme ça, y a pas à tortiller. Ils savent aussi que leur mode de vie — noblesse, chevalerie, culte des ancêtres et tout, et tout — est la proie des flammes. L'affrontement final peut bien avoir lieu à deux cents roues au nord-ouest de leurs confins, quand Farson lancera ses chariots de feu et ses robots pour anéantir leur armée, les troubles gagneront rapidement le Sud. Il y a des habitants des Baronnies Intérieures qui ont senti venir la chose depuis une bonne vingtaine d'années. Ils n'ont pas envoyé ces gamins par ici pour découvrir vos petits secrets, Rimer ; des gens comme eux n'envoient pas leurs enfançons à dessein en première ligne. Ils les ont expédiés ici pour les mettre à l'abri, c'est tout. Ça ne les rend pas stupides ou aveugles pour autant, mais, au nom des dieux, sachons raison garder. Ce ne sont que des *moutards*.

— Que découvririez-vous d'autre si jamais vous alliez là-bas ?

— Peut-être un système de messagerie. Un héliographe, probablement. Et puis, au-delà de Verrou Canyon, un berger ou un petit propriétaire susceptible d'être acheté — quelqu'un qu'ils ont entraîné à recevoir ou à transmettre par miroir les messages ou bien encore qui les porte à pied. Mais d'ici peu, il sera trop tard pour que ces messages aient un effet bénéfique, n'est-ce pas ?

— Peut-être, mais il n'est point encore trop tard. Et vous avez raison, moutards ou pas, ils me causent du tracas.

— Sans raison, je vous le répète. Bientôt, je serai riche et votre fortune sera faite. Vous pourrez même être Maire, si ça vous chante. Qui pourrait vous en empêcher ? Thorin ? Vous voulez rire. Coraline ? Elle vous aiderait à le pendre, je cuide. Ou peut-être vous plairait-il mieux de devenir Baron, si jamais de tels titres étaient remis en vigueur ?

Jonas, voyant s'allumer une lueur dans l'œil de Rimer, éclata de rire. Il tira Matthieu du paquet et le posa près des autres Chanceliers.

— Ouair, je vois que c'est à quoi votre cœur prétend. Les diamants c'est bien, l'or deux fois mieux, mais rien ne vaut d'avoir les autres qui vous saluent bien bas et rampent à vos pieds, hein ?

— Ils auraient dû s'attaquer au secteur cow-boy à présent.

Les mains de Jonas s'immobilisèrent au-dessus de sa réussite. La même idée lui avait traversé l'esprit plutôt deux fois qu'une, en particulier depuis les quinze derniers jours.

— A votre avis, combien de temps cela prend-il pour compter nos filets et nos bateaux et établir un barème des produits de la pêche ? demanda Rimer. Ils devraient déjà être sur l'Aplomb à compter vaches et chevaux, à visiter écuries et étables, à étudier les barèmes des poulains. Ils devraient avoir commencé depuis deux semaines, en fait. A moins qu'ils ne sachent déjà ce qu'ils découvriront.

Jonas comprit ce que Rimer sous-entendait par là, sans pouvoir le croire. Sans *vouloir* le croire. Pas un tel degré de dissimulation chez des gamins qui ne se rasaient qu'une fois par semaine.

— Non, dit-il. C'est juste votre culpabilité qui vous souffle ça à l'oreille. Ils sont simplement si déterminés à faire bien les choses qu'ils lambinent pire que de vieux bonshommes à vue basse. Nous ne les verrons que trop tôt sur l'Aplomb à compter tout leur soûl.

— Et si nous ne les y voyons point ?

Bonne question. On trouverait un moyen ou un autre de s'en débarrasser, supposait Jonas. En leur tendant une embuscade, pourquoi pas ? Trois coups de feu incognito, et salut les enfançons. Bien sûr, ça serait mal vu — on les aimait bien en ville, ces garçons —, mais Rimer pourrait veiller au grain jusqu'au Jour de Fête, et après la Moisson, ça n'aurait plus d'importance. Encore que...

— Je vais aller jeter un coup d'œil au Bar K, dit enfin Jonas. J'irai seul, pas besoin d'avoir Clay et Roy à la traîne.

— Ça me paraît une bonne chose.

— Peut-être que ça vous dirait de venir et de me donner un coup de main.

Kimba Rimer ne se départit pas de son sourire glacial.

— Je ne crois pas.

Jonas s'inclina et se remit à donner les cartes. Se rendre au Bar K serait un peu risqué, mais il n'envisageait pas de vrai problème pour autant — en particulier, s'il y allait seul. Ce n'étaient que des *gamins*, après tout, et en vadrouille, la plupart du temps.

— Quand puis-je espérer un compte rendu, *sai* Jonas ?

— Quand je serai prêt à le faire. Ne me gonflez pas.

Rimer leva ses mains décharnées, paumes en avant, vers Jonas.

— J'implore votre pardon, *sai*, dit-il.

Jonas opina, légèrement radouci. Il retourna une autre carte. C'était Pierre, Chancelier des Clés. Il ajouta la carte à la rangée du haut qu'il fixa, peignant sa longue crinière blanche avec ses doigts. Il releva les yeux vers Rimer, qui lui rendit son regard en haussant le sourcil.

— Vous avez le sourire, dit Rimer.

— Ouair ! fit Jonas, se remettant à distribuer les cartes. Je nage en plein bonheur ! Tous les Chanceliers sont sortis. Je vais remporter la partie, je crois bien.

5

Pour Rhéa, la période de la Chasseresse avait été marquée par la frustration et l'insatisfaction. Ses plans étaient allés à vau-l'eau et grâce au bond si fâcheusement malencontreux de son chat, elle ne savait ni comment ni pourquoi. Le jeune goujat qui avait cueilli la fleur de Susan Delgado l'avait apparemment empêchée de se cisailler la tignasse... mais comment avait-il fait ? Et qui était-il en réalité ? Elle se le demandait de plus en plus, mais sa curiosité cédait le pas devant sa fureur. Rhéa du Cöos n'avait pas l'habitude de se voir contrecarrée.

Elle regarda à travers la pièce le coin où se tapissait Moisi, qui ne la quittait pas des yeux. En temps ordinaire, il se serait vautré dans l'âtre (semblant apprécier les courants d'air frais qui tourbillonnaient dans le conduit de la cheminée), mais depuis qu'elle lui avait roussi le poil, Moisi préférait le tas de bois. Étant donné l'humeur massacrante de Rhéa, c'était probablement une sage décision.

— Tu as de la chance que je t'aie laissé la vie, nécromant, grommela la vieille.

Se retournant vers la boule, elle se mit à effectuer des passes au-dessus, mais le cristal persista à n'offrir qu'un brillant tournoiement de lumière rose — sans montrer une seule image. Rhéa finit par se lever, gagna la porte, l'ouvrit à la volée et leva les yeux vers le ciel nocturne. La lune à présent était légèrement décroissante et la Chasseresse se dessinait clairement sur sa face. Rhéa adressa le torrent d'obscénités dont elle n'osait abreuver le cristal (qui savait quelle entité pouvait secrètement l'habiter, n'attendant que de prendre ombrage d'un tel débordement de langage ?) à la femme dans la lune. A deux reprises, elle frappa de son vieux poing osseux le linteau de la porte tout en jurant, convoquant tous les gros mots auxquels elle pouvait penser, et jusqu'aux noms d'oiseau pipi-caca que les enfants se lancent à la tête dans les cours de récréation. Elle n'avait jamais été dans une colère pareille. Elle avait donné un ordre à cette fille et pour une raison ou une autre, elle lui avait désobéi. Pour s'être dressée contre Rhéa du Cöos, cette garce méritait la mort.

— Mais pas tout de suite, murmura la vieille femme. D'abord, il faut qu'elle soit roulée dans la fange, qu'on lui pisse dessus jusqu'à ce que cette fange devienne de la boue et que ses beaux cheveux blonds trempent dedans. Qu'elle soit humiliée... blessée... qu'on lui crache au visage.

Elle cogna à nouveau du poing le montant de la porte ; cette fois, du sang jaillit de ses phalanges. Il n'y avait pas que l'échec à faire obéir la jeune fille à son injonction hypnotique. Il y avait aussi autre chose qui s'y trouvait lié, tout en étant plus grave : Rhéa était maintenant trop chamboulée pour se servir du cristal, sauf à de brefs moments imprévisibles. Les passes manuelles qu'elle faisait au-dessus de la boule et les incantations qu'elle lui marmonnait étaient en pure perte, elle le savait ; mots et gestes n'étaient que le moyen de concentrer sa volonté. C'était à cela que le cristal réagissait — à la volonté et à la concentration. Et voilà que maintenant, par le truchement d'une traînée et de son gamin d'amant, Rhéa était trop furieuse pour rassembler sans à-coups la concentration nécessaire afin de dissiper le brouillard rose qui tourbillonnait dans le cristal. Elle était en fait trop en colère pour y voir.

— Comment le faire redevenir comme avant ? demanda Rhéa à la femme qu'elle entrevoyait dans la lune. Dis-le-moi, toi ! Dis-le-*moi* !

Mais la Chasseresse ne lui dit rien et Rhéa finit par rentrer, suçotant ses phalanges sanguinolentes.

Moisi, la voyant venir, se faufila dans l'étroit espace entre le tas de bois et la cheminée.

Chapitre 2

La fille à sa fenêtre

1

Maintenant, la Chasseresse avait « le ventre plein », comme disaient les anciens — même à midi, on pouvait la distinguer dans le ciel, blême vampiresse surprise par le lumineux soleil d'automne. Devant des établissements tel le Repos des Voyageurs et sur les vérandas des maisons de maître de ranches aussi importants que le Rocking B de Lengyll ou le Lazy Susan de Renfrew, des pantins à tête de paille revêtus de vieilles salopettes commencèrent à faire leur apparition. Chacun était coiffé d'un *sombrero* et tenait un panier de denrées au creux de son bras ; chacun regardait le monde qui se vidait de ses yeux blancs brodés au point de croix.

Des chariots remplis de courges obstruaient les routes ; des monceaux — orange brillant — de potirons et — magenta brillant — d'âpreraves s'entassaient le long des granges. Dans les champs, roulaient de pleines charretées de pommes de terre, suivies de près par les ramasseurs. Devant le magasin général d'Hambry, les amulettes de la Moisson apparurent comme par magie, pendouillant des Gardiens sculptés tels des carillons éoliens.

Partout dans Mejis, les filles cousaient leurs costumes de la Nuit de la Moisson (et parfois pleuraient sur leur ouvrage, quand il n'avançait pas) tout en rêvant aux garçons avec lesquels elles danseraient au pavillon du Cœur Vert. Leurs petits frères avaient du mal à s'endormir à force de penser aux manèges, aux jeux et aux lots qu'ils pourraient gagner pendant ce carnaval. Même leurs aînés, en dépit de leurs dos douloureux et de leurs mains abîmées, restaient parfois éveillés tard dans la nuit à songer aux plaisirs de la Moisson.

L'été s'était éclipsé sur un dernier envol de sa robe de verdure ; l'heure de moissonner avait sonné.

2

Rhéa, qui se souciait comme d'une guigne des bals de la Moisson ou des jeux du carnaval, ne dormait pas mieux que ceux qui en rêvaient. La plupart des nuits, elle gisait sur son grabat puant, éveillée jusqu'à l'aube, son crâne lui cognant de rage. Un soir, peu après l'entretien de Jonas et du Chancelier Rimer, elle décida de boire pour tout oublier. Son humeur ne s'améliora guère quand elle découvrit que son tonneau de *graf* était presque vide ; elle infesta l'air de ses imprécations.

Elle reprenait son souffle pour en dévider un nouveau chapelet quand une idée lui vint. Une idée lumineuse. Une *brillante* idée. Elle avait voulu que Susan Delgado sacrifie sa chevelure. Ça n'avait pas marché et elle ignorait pourquoi... mais elle savait *quelque chose* sur cette fille, non ? Quelque chose d'intéressant, si fait, de très intéressant.

Rhéa n'avait aucune envie d'aller trouver Thorin avec ce qu'elle savait ; elle caressait l'espoir (chimérique, probablement) que le Maire avait tout oublié de sa boule de cristal merveilleuse. Mais à supposer que la tante de cette fille... que Cordélia Delgado découvre non seulement que sa nièce avait perdu sa virginité, mais encore que cette dernière était bien partie pour devenir une traînée expérimentée ? Rhéa ne croyait point que Cordélia s'en irait avertir le Maire — cette femme était une prude, pas une imbécile —, cependant, ça reviendrait à lâcher le chat dans le pigeonnier tout pareil, non ?

— *Miaou !*

Quand on parle du chat. Moisi se tenait sur le porche au clair de lune et la regardait avec un mélange d'espoir et de méfiance. Rhéa lui ouvrit les bras avec un hideux sourire.

— Viens, mon trésor ! Viens, mon zounet !

Moisi, comprenant que tout lui était pardonné, se précipita dans les bras de sa maîtresse où il se mit à ronronner haut et fort, tandis que Rhéa lui léchait les flancs de sa vieille langue jaunâtre. Cette nuit-là, tout dormit profondément sur le Cöos pour la première fois de la semaine ; et quand Rhéa prit le cristal dans ses bras le lendemain matin, ses brumes se dissipèrent immédiatement sous ses yeux. Elle y resta rivée toute la journée à épier des personnes détestées, sans boire ni manger. Au coucher du soleil, elle sortit de son état de transe, suffisamment du moins pour prendre conscience qu'elle n'avait encore rien fait concernant cette petite péronnelle si dévergondée. Mais c'était très bien comme ça ; elle voyait déjà *comment* s'y prendre... et pourrait assister au résultat dans le cristal ! A toutes les protestations, à tous les cris et grincements de dents ! Elle y verrait les pleurs de Susan. Voir ses pleurs, ce serait le meilleur de tout.

— Ma petite Moisson personnelle, dit-elle à Ermot, qui remontait en rampant le long de sa jambe pour aller se lover là où elle l'aimait le mieux. Peu d'hommes pouvaient vous faire reluire comme Ermot, ah ça non. Assise, le serpent sur les genoux, Rhéa se mit à rire.

3

— Souviens-toi de ta promesse, dit Alain avec une certaine nervosité, entendant les sabots de Rusher. Ne t'emporte pas.

— N'aie crainte, fit Cuthbert, qui doutait d'y parvenir.

Roland contourna l'aile du baraquement, puis entra à cheval dans la cour, son ombre projetée par le soleil couchant à la traîne, et Cuthbert serra les poings convulsivement. Il se força à les rouvrir. Puis regardant Roland descendre de sa monture, il les serra à nouveau, les ongles enfoncés dans ses paumes.

Encore une engueulade, songea Cuthbert. *Mes dieux, que j'en ai marre. Plus que marre.*

La veille au soir, il avait été question des pigeons voyageurs — une fois de plus. Cuthbert voulait en envoyer un dans l'ouest, nanti d'un message au sujet des citernes de pétrole ; Roland ne voulait toujours pas en entendre parler. Alors, ils s'étaient disputés. Sauf que (encore une chose qui l'exaspérait, qui lui portait sur les nerfs comme le son de la tramée) Roland ne s'était pas à proprement parler disputé avec lui. Roland, ces jours, ne *daignait* pas se disputer. Son regard demeurait obstinément lointain, comme si son corps seul était présent. Le reste — cœur, esprit, âme, *ka* — était près de Susan Delgado.

— Non, s'était-il contenté de répondre. C'est trop tard pour ça.

— Tu n'en sais rien, lui avait opposé Cuthbert. Et même si c'est trop tard pour recevoir de *l'aide* de Gilead, ça ne l'est pas pour en recevoir des *conseils*. Es-tu devenu aveugle au point de ne pas le voir ?

— Quels conseils peut-on nous donner ? fit Roland, qui parut ne pas remarquer l'âpreté du ton de Cuthbert.

Le sien, raisonnable, était empreint de calme. Et complètement déconnecté de l'urgence de la situation, songea Cuthbert.

— Si nous le savions, Roland, avait-il rétorqué, nous n'aurions pas à en demander, non ?

— Il n'y a qu'une chose à faire : attendre et les arrêter quand ils passeront à l'action. C'est du réconfort que tu cherches, Cuthbert, pas des conseils.

Tu veux dire attendre pendant que tu la baises de toutes les façons et dans tous les endroits imaginables, avait songé Cuthbert. *Dehors, dedans, en large et en travers.*

— Tu n'as pas une vue très claire de ces choses, avait froidement conclu Cuthbert.

Il avait entendu Alain hoqueter de surprise. Aucun des deux n'avait jamais de la vie fait une sortie pareille à Roland ; gêné et inquiet, il avait attendu l'explosion qui ne tarderait pas.

Et qui ne vint pas.

— Si, répondit Roland, qui était entré là-dessus dans le baraquement, sans ajouter un seul mot.

Et maintenant, observant Roland défaire Rusher de ses sangles et lui ôter sa selle, Cuthbert se disait : *Non, tu sais. Mais il vaudrait mieux que tu aies une vue claire de ces choses. Par tous les dieux, tu ferais mieux.*

— Aïle, dit-il à Roland qui, portant la selle jusqu'au porche, la déposa sur les marches. Ton après-midi a été bien rempli ? ajouta-t-il, ignorant le coup de pied dans les tibias que lui décocha Alain.

— J'étais avec Susan, dit Roland.

Rien pour sa défense, ni hésitation ni objection, aucune excuse invoquée. Et un bref instant, Cuthbert eut devant les yeux une image d'une netteté choquante : il les vit tous les deux quelque part dans une cabane, leurs corps nus tachetés par le soleil de fin d'après-midi qui filtrait par les trous de la toiture. Elle était à califourchon sur lui. Cuthbert vit ses genoux posés sur le vieux plancher spongieux et la tension de ses longues cuisses. Il vit combien ses bras étaient hâlés et combien son ventre était blanc. Il vit les mains de Roland enserrer les globes de ses seins et les presser, tandis qu'elle se livrait à son va-et-vient sur lui. Il vit le soleil incendier sa chevelure finement tressée.

Pourquoi faut-il que tu sois toujours le premier en tout ? cria-t-il à Roland intérieurement. *Pourquoi faut-il que ce soit toujours toi ? Les dieux te maudissent, Roland ! Les dieux te maudissent !*

— On est allés sur les quais, dit Cuthbert sur un ton qui n'était qu'une pâle imitation de son enjouement coutumier. Et on a compté des paires de bottes, des outils de marine et aussi ce qu'on appelle des tire-clams. On s'est bien amusés, pas vrai, Al ?

— Mon aide vous a manqué pour ce boulot ? demanda Roland.

Il retourna vers Rusher et ôta sa couverture de selle.

— C'est pour ça que tu es si remonté contre moi ?

— Si je suis si remonté, c'est parce que les pêcheurs d'Hambry se moquent de nous dans notre dos. On n'arrête pas d'aller là-bas. Ils nous prennent pour des crétins, Roland.

Ce dernier opina.

— Tout ça sert nos affaires.

— Peut-être, dit tranquillement Alain. Mais Rimer, lui, n'est pas dupe — il n'y a qu'à le voir nous regarder quand on le croise. Jonas, idem. Et s'ils ne nous prennent pas pour des crétins, Roland, qu'ont-ils derrière la tête ?

Roland se tenait sur la seconde marche ; il avait oublié la couverture de selle, pliée sur son bras. Pour une fois, ils semblaient avoir réussi à capter son attention, se dit Cuthbert. Alléluia, que les miracles ne cessent jamais !

— Ils croient qu'on évite l'Aplomb parce qu'on sait déjà ce qui s'y trouve, fit Roland. Et s'ils ne le croient pas encore, ils ne vont pas tarder à s'y mettre.

— Cuthbert a un plan.

Le regard de Roland — moyennement intéressé, déjà prêt à s'absenter — s'orienta vers Cuthbert. Cuthbert le plaisantin. Cuthbert l'apprenti, qui n'avait en rien gagné l'arme qu'il avait apportée de l'est jusqu'au Croissant Extérieur. Cuthbert le puceau et l'éternel second. *Mes dieux, je ne veux pas le détester. Je ne veux pas, mais c'est si facile à présent.*

— On devrait aller voir tous les deux le Shérif Avery, demain, dit Cuthbert. On présentera la chose comme une visite de courtoisie. Nous avons déjà la réputation d'être trois jeunes gens polis, quoique légèrement stupides, n'est-ce pas ?

— A l'extrême, tomba d'accord Roland en souriant.

— On n'a qu'à dire qu'on en a finalement terminé avec la partie côtière d'Hambry et qu'on espère se montrer aussi scrupuleux dans le domaine de l'agriculture et de l'élevage. Mais qu'on ne tient certes pas à déranger ni à se mettre dans les pattes de quiconque. C'est, après tout, le moment de l'année où l'activité est la plus grande — pour les rancheros comme pour les fermiers — et même des crétins de citadins invétérés tels que nous ne sauraient qu'en être conscients. Alors nous donnerons à ce bon Shérif une liste...

L'œil de Roland s'alluma. Il lança la couverture sur la balustrade du porche et, saisissant Cuthbert aux épaules, lui donna une accolade bourrue. Cuthbert flaira une odeur de lilas près du col de Roland et ressentit l'envie folle mais forte de le serrer à la gorge et de tenter de l'étrangler. Mais il se contenta de lui taper négligemment dans le dos en retour.

Roland se détacha de lui, un large sourire aux lèvres.

— Une liste des ranches qu'on se propose de visiter, dit-il. Si fait ! Et une fois prévenus, ils pourront transférer toutes les têtes de bétail qu'ils auront envie de nous cacher dans le ranch suivant ou le dernier de la liste. Même chose pour les articles de sellerie, le fourrage, le matériel... tu as eu une idée de génie, Cuthbert !

— Pas vraiment, fit Cuthbert. J'ai juste consacré un peu de temps de réflexion à un problème qui nous concerne tous tant que nous sommes. Et l'ensemble de l'Affiliation aussi, peut-être. C'est *nécessaire* de réfléchir. Tu n'es pas de mon avis ?

Alain fit la grimace, mais Roland parut ne rien remarquer. Il souriait toujours. Même à quatorze ans, une telle expression sur son visage ne laissait pas d'être inquiétante. A vrai dire, quand Roland souriait, il avait l'air légèrement fou.

— Tu sais, il se pourrait même qu'ils fassent rentrer dans leurs écuries un bon paquet de mutés et nous les mettent sous les yeux, rien que pour qu'on continue à croire aux mensonges qu'ils nous ont racontés sur l'impureté de leurs lignées.

Il marqua un temps, parut réfléchir avant d'ajouter :

— Pourquoi toi et Alain vous n'iriez pas trouver le Shérif, Bert ? Vous vous en tireriez très bien, je crois.

A ce moment-là, Cuthbert faillit se jeter sur Roland et lui crier en pleine figure : *Oui, pourquoi pas ? Comme ça, demain, tu pourrais la tringler du matin au soir ! Espèce d'imbécile ! Espèce de frappé d'amour sans cervelle !*

Al lui sauva la mise — la leur sauva à tous, peut-être.

— Ne sois pas bête, dit-il sèchement.

Et Roland se tourna vivement vers lui, sous le coup de la surprise. Il n'était pas habitué à se faire sonner les cloches de ce côté-là.

— Tu es notre chef, Roland — tu passes pour tel aux yeux de Thorin, Avery et des autres habitants de la ville, sans oublier les nôtres.

— Personne ne m'a nommé...

— Personne n'en a eu besoin ! s'écria Cuthbert. Tu as gagné tes armes ! Ces gens-là auraient du mal à le croire — moi-même, il y a peu, j'avais encore du mal — mais *tu es un pistolero*. Il faut que ce soit toi qui y ailles ! Ça crève les yeux ! Peu importe lequel de nous t'accompagnera, mais toi, tu dois y aller !

Il aurait pu en dire plus, beaucoup plus, mais, s'il passait outre, qui sait jusqu'où il irait ? Jusqu'à ce que leur amitié soit en miettes, probablement. Aussi la boucla-t-il — pas la peine qu'Alain lui file un coup de pied, cette fois — et se prépara-t-il à nouveau à une explosion. Et une fois de plus, l'explosion ne vint pas.

— Très bien, fit Roland de cette façon détachée et lénifiante, genre « tout ça, c'est pas très important » qui était nouvelle chez lui et qui donnait envie à Cuthbert de le mordre jusqu'au sang, histoire de le réveiller.

— Va pour demain matin. Tu viendras avec moi, Bert. Huit heures, ça t'ira ?

— A merveille, fit Cuthbert.

A présent que la discussion était terminée et la décision prise, Bert s'aperçut que son cœur battait la chamade et que les muscles de ses cuisses étaient en coton. Il avait ressenti la même chose après leur affrontement avec les Grands Chasseurs du Cercueil.

— On va se mettre sur notre trente et un, dit Roland. Comme de gentils garçons des Baronnies Intérieures, pleins de bonnes intentions dans leurs cervelles de moineaux. Parfait.

Et il rentra. Son rictus avait cédé la place (quel soulagement) à un gentil sourire.

Cuthbert et Alain échangèrent un regard et soufflèrent comme un seul homme. Cuthbert désigna la cour de la tête et descendit les marches. Alain le suivit et les deux garçons se retrouvèrent au centre du rectangle de terre battue, avec le baraquement dans le dos. A l'est, la pleine lune montante se dissimulait derrière la cotonnade des nuages.

— Elle l'a ensorcelé, fit Cuthbert. Qu'elle le veuille ou non, elle va finir par nous faire tuer tous, à la fin. Il n'y a qu'à attendre, et on verra bien si elle n'y arrive pas.

— Tu ne devrais pas parler comme ça, même pour plaisanter.

— Très bien, en ce cas, elle nous couronnera des joyaux de l'Aîné et on vivra dans les siècles des siècles.

— Cesse d'être furieux contre lui, Bert. *Il le faut*.

Cuthbert le regarda, l'air morne.

— Impossible.

4

Même si les grandes tempêtes d'automne ne devaient commencer qu'un mois plus tard, le lendemain matin, l'aube se leva grise et bruineuse. Et c'est emmitouflés dans leurs ponchos que Roland et Cuthbert se mirent en route vers la ville, laissant le soin à Alain de s'acquitter des menues tâches domestiques. Passé dans sa ceinture, Roland portait le plan de visite des ranches et des fermes — avec en tête de liste les trois de faible superficie que possédait la Baronnie — qu'ils avaient mis au point la veille au soir. La vitesse d'exécution que suggérait ledit plan était ridiculement lente — elle les cantonnerait sur l'Aplomb et dans les vergers presque jusqu'à la Fête du Terme de l'Année — tout en étant conforme à celle qu'ils avaient adoptée sur les quais.

Ils chevauchaient en silence vers la ville, chacun d'eux perdu dans ses pensées. Leur chemin les fit passer devant la maison des Delgado. Roland, levant la tête, aperçut Susan à sa fenêtre, lumineuse vision dans la grisaille de ce matin d'automne. Son cœur bondit dans sa poitrine et bien qu'il ne le sût pas encore, ce serait l'image d'elle qu'il garderait à jamais dans sa mémoire — la ravissante Susan, la jeune fille à sa fenêtre. Ainsi croisons-nous les fantômes qui nous hanteront notre vie durant : tranquillement assis au bord de la route comme de pauvres mendiants, nous ne les observons que du coin de l'œil, et encore, quand nous les apercevons ! L'idée qu'ils étaient là à nous attendre nous traverse rarement l'esprit. Ils nous attendent cependant et à peine sommes-nous passés qu'ils rassemblent leur baluchon de souvenance et nous emboîtent le pas, grignotant peu à peu leur retard.

Roland leva la main pour la saluer. Il avait d'abord songé à la porter à sa bouche et à lui envoyer un baiser, mais cela aurait été de la folie pure. Il leva donc la main avant d'en effleurer ses lèvres et, détachant un doigt de son front, la gratifia à la place d'un petit salut désinvolte.

Susan, en souriant, le paya de la même monnaie. Aucun d'eux n'aperçut Cordélia, sortie dans la bruine pour jeter un coup d'œil à ses derniers carrés de courges et d'âpreraves. La dame demeura où elle était, sa *sombrera* enfoncée jusqu'aux yeux, à moitié dissimulée par le pantin de chiffon qui montait la garde sur son carré de citrouilles. Elle regarda passer Roland et Cuthbert (elle ne vit quasiment pas ce dernier, tout son intérêt concentré sur son compagnon). Lâchant des yeux le cavalier, elle leva le regard vers Susan qui, assise à la fenêtre, fredonnait aussi allègrement qu'un oiseau dans sa cage dorée.

Un soupçon aussi effilé qu'une écharde s'insinua dans le cœur de Cordélia. Le changement d'humeur de Susan — qui avait troqué une alternance d'accès de tristesse et d'effrayantes crises de colère contre une sorte de résignation hébétée mais surtout gaie — avait été si soudain. Peut-être cela n'avait-il rien à voir avec de la résignation.

— Tu es folle, se murmura-t-elle à elle-même, mais sa main resta ferme sur le manche de la machette qu'elle tenait. Elle se laissa tomber à genoux dans le potager boueux et se mit tout à trac à trancher les tiges des âpreraves qu'elle lançait à la volée du côté de la maison, avec une très grande dextérité.

— Il n'y a rien entre eux. Je le saurais. Des enfants de cet âge ne sont pas plus discrets que... que les ivrognes du Repos.

Mais le sourire qu'ils avaient échangé. La façon qu'ils avaient eue de *se sourire*.

— Parfaitement normale, chuchota-t-elle, tranchant et lançant.

Elle coupa quasiment une âprerave en deux, sans même remarquer qu'elle l'abîmait. Se parler à voix basse était une habitude qu'elle avait contractée récemment, plus le Jour de la Moisson approchait et plus la tension montait dans ses rapports avec la fille de son frère, cause de tous ses soucis.

— Les gens se sourient, c'est normal.

Même chose pour le salut auquel Susan avait répondu. En bas, le beau cavalier s'inclinait devant la jolie damoiselle ; en haut, la donzelle marquait son ravissement d'être un objet d'attention pour quelqu'un tel que lui. La jeunesse qui appelait la jeunesse, voilà tout. Et pourtant...

Le regard de ses yeux à lui... et celui de ses yeux à elle.

Absurde, bien entendu. Mais...

Mais tu as vu quelque chose d'autre.

Oui, peut-être. Un instant, il lui avait semblé que le jeune homme allait envoyer un baiser à Susan... puis qu'il s'était repris au dernier moment et l'avait saluée à la place.

Même si tu as perçu une chose pareille, ça ne signifie rien. Les jeunes cavaliers sont des impertinents, surtout quand ils sont loin du regard de leurs pères. Et ces trois-là ont déjà un passé chargé, tu le sais très bien.

Tout cela était bel et bon, mais ne lui retira point l'écharde qui lui glaçait le cœur.

5

Quand Roland frappa à la porte, ce fut Jonas qui répondit et introduisit les deux garçons dans le bureau du Shérif. Il arborait une étoile d'Adjoint sur sa chemise et fixa sur eux un regard dénué d'expression.

— Ça mouille, venez vous mettre à l'abri du serein du matin, les gars.

Il s'effaça devant eux. Sa claudication était plus accentuée que jamais ; le temps humide ne devait pas arranger les choses, supposa Roland.

Ce dernier et Cuthbert entrèrent. Il y avait un radiateur à gaz dans le coin — alimenté sans nul doute par la « chandelle » de Citgo — et la grande pièce, si fraîche le jour de leur première visite, était d'une chaleur portant à la torpeur. Les trois cellules étaient occupées par cinq ivrognes faisant grise mine : deux fois deux hommes et une femme seule dans la cellule du milieu, assise sur la couchette, les cuisses largement écartées, exposant généreusement à la vue une culotte rouge. Roland craignait que pour peu qu'elle enfonçât encore son doigt dans son nez, elle ne puisse plus le ressortir. Clay Reynolds, appuyé contre le tableau d'affichage, se curait les dents avec le brin de paille d'un balai. Assis au bureau à cylindre, l'Adjoint Dave, fronçant le sourcil à travers son monocle, étudiait, en se caressant le menton, le tableau installé devant lui. Roland ne fut pas le moins du monde surpris de constater que lui et Bert venaient d'interrompre une partie de Castels.

— Vise-moi un peu ça, Eldred ! fit Reynolds Deux des gars du Monde de l'Intérieur ! Vos mamans vous ont donné la permission de sortir, les mecs ?

— Mais oui, répondit Cuthbert sur un ton enjoué. Vous m'avez l'air en pleine forme, *sai* Reynolds. Le temps humide, ça doit faire du bien à votre vérole, je me trompe ?

Sans regarder Bert ni cesser de faire l'aimable avec son petit sourire, Roland expédia un coup de coude dans les côtes de son camarade.

— Il faut pardonner mon ami, *sai*. Son sens de l'humour dépasse régulièrement les limites du bon goût ; il paraît incapable de se retenir. Inutile que nous nous cherchions mutuellement des poux — nous avions décidé d'un commun accord de passer l'éponge, n'est-ce pas ?

— Si fait, certainement, tout cela n'est qu'un malentendu, fit Jonas.

Il regagna en boitillant le bureau et le tableau de Castels. Comme il reprenait place devant le jeu, son sourire vira à la grimace.

— J'suis pire qu'un vieux chien, fit-il. Faudrait qu'on m'abatte, si fait, bien fait. La terre, c'est froid mais indolore, s'pas, les gars ?

Il jeta les yeux sur le tableau et fit contourner en partie sa Butte à l'un des hommes. Ayant commencé à Casteler, il était donc vulnérable... quoique pas tellement, en l'occurrence, songea Roland ; l'Adjoint Dave ne semblait pas un adversaire bien redoutable.

— Je vois que vous travaillez à la gloire de la Baronnie, à présent, dit Roland à Jonas, désignant de la tête l'étoile sur sa chemise.

— Et pour la gloire, question chiffre, fit Jonas, se montrant plutôt sociable. Un type s'est cassé la jambe. Je donne un coup de main, ça s'arrête là.

— Et *sai* Reynolds et *sai* Depape ? Eux aussi donnent un coup de main ?

— Ouair, comme qui dirait, fit Jonas. Et votre boulot chez les pêcheurs, ça avance ? Plutôt lentement, à ce qu'on m'a dit.

— On a enfin terminé. C'est pas tant le boulot que nous qui avons pris notre temps. Être expédiés ici en disgrâce, c'est suffisant pour nous — nous n'avons pas l'intention de repartir avec ce même boulet au pied. Qui va lentement va sainement, comme on dit.

— Si fait, acquiesça Jonas. Quel que soit ce « on ».

Quelque part dans le bâtiment, retentit un bruit de chaise d'eau. *Tout le confort chez le Shérif d'Hambry*, se dit Roland. Le bruit d'écoulement fut bientôt suivi de pas lourds dans l'escalier et quelques instants plus tard, Herk Avery fit son apparition. D'une main, il bouclait sa ceinture et, de l'autre, épongeait son large front en sueur. Roland ne put qu'admirer la dextérité du bonhomme.

— Pfff ! s'exclama le Shérif. Ces fayots que j'ai bouffés hier soir, y z'ont point fait long feu, j'vous dis qu'ça.

Son regard glissa de Roland à Cuthbert avant de revenir se poser sur Roland.

— Alors, les gars ! Ça mouille trop pour compter les filets, hein ?

— *Sai* Dearborn venait juste de nous annoncer que le décompte des filets tirait à sa fin, fit Jonas.

Il peignait sa longue chevelure du bout des doigts. Un peu plus loin, Clay Reynolds avait repris sa posture affalée contre le tableau d'affichage. Son animosité à l'endroit de Roland et de Cuthbert se lisait à livre ouvert.

— Si fait ? Bien, très bien, très, très bien. Vous allez passer à quoi ensuite, les jeunes ? Y a-t-il moyen d'vous aider en quoi que ce soit ? Car on n'aimerait rien tant qu'vous donner un coup d'main si vous en avez besoin. Si fait.

— Eh bien, il se trouve que vous pourriez nous aider, dit Roland.

Portant la main à sa ceinture, il en tira la liste.

— Nous devons nous transporter sur l'Aplomb, mais nous ne voudrions causer de désagrément à personne.

Avec un large sourire satisfait, l'Adjoint Dave fit contourner sa Butte en totalité à son Châtelain. Jonas Castela aussitôt, éventrant complètement le flanc gauche de Dave. Le sourire de ce dernier s'évanouit, cédant la place à une perplexité sans nom.

— Comment vous vous êtes débrouillé pour faire ça ?

— Facile, dit Jonas en souriant.

Il se recula du bureau pour inclure les autres dans son champ de vision.

— Faut-il vous rappeler, Dave, que moi, je joue pour gagner ? Je peux pas faire autrement, c'est dans ma nature.

Concentrant son attention sur Roland, son sourire s'accentua.

— Comme le scorpion le dit à la damoiselle à l'agonie : « Tu savais bien que j'étais venimeux quand tu m'as ramassé. »

6

Quand Susan rentra après avoir nourri les bêtes, elle se rendit directement, comme d'habitude, à la resserre froide pour se servir un jus de fruits. Elle ne vit pas sa tante qui la guettait, tapie au coin de la cheminée. Quand Cordélia éleva la voix, Susan sursauta, grandement effrayée. Ce n'était point tant à cause du surgissement inopiné de cette voix que de la froideur de son ton.

— Vous le connaissez ?

Le pichet de jus de fruits manqua glisser des mains de Susan qui le rattrapa de justesse. Le jus d'orange était trop précieux pour qu'on le gaspille, en particulier si avant dans l'année. En se retournant, elle aperçut sa tante près du coffre à bois. Cordélia avait accroché sa *sombrera* dans le vestibule, mais portait toujours son poncho et ses bottes boueuses. Son *cuchillo* était posé sur le tas de bois, des vrilles vertes d'âpreraves pendillant encore de son tranchant. Si sa voix était glaciale, le soupçon brûlait dans son regard.

Susan, tous les sens en alerte, eut un accès de lucidité intense. *Si tu lui réponds non, tu es fichue*, songea-t-elle. *Si tu lui demandes de qui elle parle, tu le seras peut-être aussi. Il faut que tu dises...*

— Je les connais tous les deux, répliqua-t-elle avec désinvolture. Je les ai rencontrés à la soirée de bienvenue. Comme vous. Vous m'avez fait peur, ma tante.

— Pourquoi vous a-t-il saluée de la sorte ?

— Comment puis-je le savoir ? Peut-être qu'il en a eu envie, c'est tout.

Sa tante ne fit qu'un bond, dérapa dans ses bottes boueuses, rétablit son équilibre et saisit Susan par le bras. Ses yeux lançaient des éclairs.

— Pas d'insolence avec moi ! Ne le prenez point de haut avec moi, Mamzelle Fraîche et Rose, ou bien je vais...

Susan se dégagea si violemment que Cordélia, chancelante, serait une nouvelle fois tombée si elle ne s'était retenue à la table. Dans son sillage, des traces de boue se détachaient sur la propreté du sol de la cuisine, accusatrices.

— Ne m'appelle plus jamais comme ça, sinon... je te flanque une gifle ! s'écria Susan. Et je ne parle pas en l'air !

Cordélia retroussa les lèvres en un rictus des plus féroces.

— Vous gifleriez la seule parente de votre sang qui vous reste ? Vous seriez mauvaise à ce point ?

— Pourquoi pas ? Ne m'avez-vous jamais giflée, ma tante ?

Le sourire de cette dernière disparut et son échauffement de bile se calma.

— Presque jamais, Susan ! Cinq, six fois à peine depuis que tu as commencé à trotter et à saisir tout ce qui était à ta portée, même une marmite d'eau bouillante sur...

— C'est de ta langue que tu me cingles la plupart du temps, ces jours, la coupa Susan. Je l'ai supporté jusqu'ici — comme une idiote — mais c'est terminé. Je ne laisserai plus rien passer. Si je suis assez vieille pour aller au lit avec un homme contre de l'argent, je le suis assez pour que vous vous adressiez à moi avec respect.

Cordélia ouvrait déjà la bouche pour se défendre — l'emportement et les accusations de la jeune fille l'avaient déstabilisée — quand elle prit conscience de l'habileté avec laquelle Susan avait détourné la conversation des garçons. Ou plutôt *du garçon*.

— Vous ne l'avez vu qu'à la soirée, Susan ? Dearborn, je veux dire.

Comme si tu ne le savais pas.

— Je l'ai aussi rencontré en ville, répondit Susan.

Elle soutint vaillamment le regard de sa tante, malgré l'effort qu'il lui en coûtait. Les mensonges allaient succéder aux semi-vérités, comme la nuit au crépuscule.

— Je les ai rencontrés tous les trois en ville. Vous voilà satisfaite ?

Oh que non, point du tout, constata Susan avec un désarroi grandissant.

— Me jurez-vous, Susan — sur le nom de votre père —, que vous n'avez jamais eu de rendez-vous avec ce Dearborn ?

Toutes mes chevauchées en fin d'après-midi, songea Susan. *Toutes les excuses inventées, tout ce soin pris afin que personne ne nous voie. Tout cela réduit à néant à cause d'un geste insouciant de la main par un beau matin de pluie. Tout cela si facilement mis en péril. Pensions-nous qu'il pourrait en aller autrement ? Avons-nous été bêtes à ce point ?*

Oui... et non. La vérité, c'est qu'ils avaient été fous. Et l'étaient encore.

Susan n'avait pas oublié le regard de son père les rares fois où il l'avait prise en flagrant délit de menterie. Son regard un peu étrange où se lisait de la déception. Et ce sentiment que ses menteries, si anodines qu'elles aient été, l'avaient blessé comme l'égratignure d'une ronce.

— Je ne jurerai sur rien ni sur personne, dit-elle. Vous n'avez point le droit de me le demander.

— Jure donc ! piailla Cordélia.

Elle chercha à nouveau la table, s'y agrippant comme si son équilibre était menacé.

— Jure-le ! Jure-le ! On ne joue pas à chat ou au furet ni à « à dada sur mon poney » ! Tu n'es plus une enfant ! Jure-le-moi ! Jure que tu es encore pure !

— Non, fit Susan, tournant les talons.

Son cœur battait la breloque, mais une terrible clarté d'esprit lui ouvrait les yeux sur le monde. Roland l'aurait reconnue pour ce qu'elle était : Susan avait la vision d'un pistolero. Une fenêtre vitrée, dans la cuisine, donnait sur l'Aplomb et elle y aperçut le reflet fantomatique de Tante Cord se précipiter sur elle, la menaçant du poing. Sans se retourner, Susan leva sa main pour lui intimer de faire halte.

— Ne portez pas la main sur moi, dit-elle. Ne me touchez point, sale garce.

Elle vit dans le reflet les yeux fantomatiques s'écarquiller de consternation sous le choc. Elle vit aussi le poing réfléchi s'ouvrir et la main retomber le long du flanc de la femme spectrale.

— Susan, fit Cordélia d'une petite voix peinée. Comment pouvez-vous me traiter aussi grossièrement ? Qu'est-ce qui a pu vous pousser à me retirer votre estime ?

Susan sortit sans lui répondre. Elle traversa la cour et entra dans l'écurie. Là, les odeurs qui lui étaient familières depuis l'enfance — celles des chevaux, du bois, du foin — lui montèrent à la tête et estompèrent cette lucidité terrible. Elle rebascula en enfance, errant à nouveau parmi les ombres de sa confusion. Pylône se retourna vers elle et poussa un hennissement. Et Susan, la tête enfouie dans sa crinière, se mit à pleurer.

7

— Et voilà ! s'exclama le Shérif Avery après le départ des *sais* Dearborn et Heath. Juste comme vous l'aviez dit — y sont lents, v'là tout ; rien d'autre que des larbins prudents.

Il brandit la liste méticuleusement rédigée, l'étudia un instant, puis éclata d'un rire caquetant et joyeux.

— Et regardez-moi ça ! Splendide ! Ah ouiche ! On peut s'déménager tout ce qu'on veut point qu'y voient plusieurs jours à l'avance, si fait.

— Ce sont de pauvres idiots, dit Reynolds... qui n'en languissait pas moins après une autre opportunité de les affronter. Si Dearborn croyait qu'ils avaient passé l'éponge après la petite affaire du Repos des Voyageurs, il avait franchi le stade de l'imbécillité et campait sur les terres de la débilité profonde.

L'Adjoint Dave ne dit rien. Il examinait d'un œil désolé à travers son monocle le tableau des Castels, où son armée blanche avait été anéantie vite fait bien fait, en six coups. Les forces de Jonas s'étaient déversées autour de la Butte Rouge et leur flux avait balayé les espoirs de Dave comme un fétu de paille.

— J'suis tenté de m'harnacher bien au sec et d'aller à Front de Mer avec ceci, dit Avery.

Il dévorait toujours des yeux la feuille et sa liste bien propre de fermes, de ranches et des dates d'inspection prévues. Ça courait jusqu'au Terme de l'Année et au-delà ! Mes dieux !

— Pourquoi vous ne le faites pas ? dit Jonas en se levant.

La douleur lui élança la jambe comme une amertume éclair.

— Une autre partie, *sai* Jonas ? demanda Dave, commençant à redisposer les pièces.

— J'aimerais mieux jouer avec un bouffeur d'herbe, dit Jonas, qui prit un malin plaisir à voir la rougeur qui colora le cou et la face candide de cet imbécile.

Il traversa la pièce en claudiquant jusqu'à la porte, l'ouvrit et sortit sur le porche. La bruine s'était transformée en une pluie douce mais partie pour durer. Hill Street était déserte, ses pavés luisant d'humidité.

Reynolds l'avait suivi à l'extérieur.

— Eldred...

— Fous le camp, dit Jonas sans se retourner.

Clay hésita un instant, puis rentra et referma la porte.

Et merde, qu'est-ce qui tourne pas rond chez toi ? se demanda Jonas à lui-même.

Il aurait dû se réjouir de la liste des deux morveux — autant qu'Avery, autant que Rimer le ferait quand il ouïrait parler de la visite de ce matin. Après tout, n'avait-il pas dit à Rimer, il n'y avait pas trois jours de ça, que les gamins seraient bientôt sur l'Aplomb, à compter tout leur soûl ? Si fait. Alors pourquoi cette inquiétude ? D'où lui venait cette putain de frousse ? Parce que Latigo, l'homme de Farson, ne l'avait toujours pas contacté ? Parce que Reynolds était revenu bredouille de la Roche Suspendue, un jour, et Depape idem, le suivant ? Sûrement pas. Latigo viendrait, escorté d'une troupe considérable, mais il était encore trop tôt, Jonas le savait. La Moisson était encore presque à un mois de là.

Alors, c'est seulement ce temps pourri qui te taquine la jambe, réveille cette vieille blessure et te fout en rogne ?

Non. La douleur était sévère, mais il avait connu pire. Le problème était dans sa tête. Jonas s'appuya à un pilier de l'avant-toit ; écoutant la pluie faire plic-ploc sur les tuiles, il songea comment, parfois dans une partie de Castels, un bon joueur jetait un œil de l'autre côté de sa Butte avant de se replier derrière. Voici ce que ça lui inspirait — c'était trop beau pour ne pas sentir vilain. Idée folle, mais pas si folle à la réflexion.

— T'essaierais pas de jouer aux Castels avec moi, face d'anchois ? murmura Jonas. Si c'est le cas, tu regretteras sous peu de pas être resté dans les jupes de ta maman. Si fait.

8

Roland et Cuthbert retournaient au Bar K en longeant l'Aplomb — il n'y aurait aucun décompte de fait, aujourd'hui. Au début, malgré la pluie et le ciel gris, Cuthbert avait retrouvé sa bonne humeur ou quasiment.

— Non, mais tu les as vus ? demanda-t-il dans un éclat de rire. Tu les as vus, Roland... Will, je veux dire ? Ils ont marché, non ? Ils ont avalé ça comme du petit-lait, si fait !

— Oui.

— Qu'est-ce qu'on fait ensuite ? C'est quoi notre prochain mouvement ?

Roland le fixa un instant d'un œil vide, comme s'il venait de le tirer de sa sieste.

— C'est à eux de bouger. Nous, on se contente de compter. Et d'attendre.

L'enjouement de Cuthbert tomba d'un coup, comme soufflé, et ce dernier se retrouva à faire barrage une fois encore à un flot de récriminations, tournant toutes autour de deux thèmes majeurs : primo, que Roland manquait à ses obligations afin de pouvoir continuer à se goberger en jouissant des charmes d'une certaine jeune personne ; secundo — et plus capital —, que Roland avait perdu la raison au moment où l'Entre-Deux-Mondes en avait le plus besoin. Sauf que : à quelles obligations Roland manquait-il ? Et d'autre part, qu'est-ce qui le rendait si sûr que Roland avait tort ? Sa logique ? Son intuition ? Ou simplement cette bonne vieille jalousie, puant la merde comme une caisse à chat ? Cuthbert se surprit à penser à la facilité avec laquelle Jonas avait éventré les rangs de l'armée de l'Adjoint Dave quand ce dernier avait bougé trop tôt. Mais la vie n'était pas une partie de Castels... ah non ? Il n'en savait rien. Mais il songea que l'une de ses intuitions au moins était valable : Roland courait à la catastrophe. Et eux tous, par la même occasion.

Réveille-toi, se dit Cuthbert. *Je t'en prie, Roland, réveille-toi avant qu'il ne soit trop tard.*

Chapitre 3

Une partie de Castels

1

Suivit une semaine où le temps qu'il fit était du genre à encourager tout un chacun à se remettre au lit après le déjeuner pour une longue sieste et s'en extirper, déboussolé de se sentir aussi gourd. Sans aller jusqu'au déluge, les intempéries rendirent périlleuse la phase finale de la cueillette des pommes (on dénombra plusieurs fractures de la jambe et, dans le Verger des Sept Lieues, une jeune femme se brisa l'échine en tombant du haut d'une échelle) et ardu le travail dans les champs de patates ; on passait presque autant de temps à désembourber les chariots qu'au ramassage proprement dit. Au Cœur Vert, les décorations déjà installées pour la Fête de la Moisson, toutes détrempées, durent être démontées. Les volontaires pour cette tâche attendaient avec une nervosité croissante une éclaircie afin de les remettre en place.

C'était un sale temps pour les jeunes gens chargés de dresser l'inventaire, bien qu'ils fussent en mesure d'inspecter les écuries et d'en dénombrer les occupants. Mais, diriez-vous, il devait faire grand beau pour un jeune homme et une jeune femme qui venaient de découvrir les joies de l'amour charnel, sauf que Roland et Susan ne se rencontrèrent que deux fois pendant cette période de grisaille. Le danger de leur conduite était maintenant presque palpable.

La première fois, ce fut dans un hangar à bateaux abandonné, sur la Route Maritime. La seconde, tout au bout du bâtiment en ruine en contrebas et à l'est de Citgo — ils firent l'amour avec emportement et fureur sur l'une des couvertures de selle de Roland, étalée à même le sol de l'ancienne cafétéria de la raffinerie de pétrole. Au moment de l'orgasme, Susan cria son nom encore et encore, effrayant les pigeons qui emplirent salles et couloirs délabrés, pleins d'ombres, de leur doux vacarme.

2

Au moment même où il semblait que la bruine ne cesserait jamais et que le son de la tramée déchirant l'air immobile allait rendre fous tous les habitants d'Hambry, un vent fort souffla en tempête depuis l'océan et dissipa les nuages. La ville se réveilla un beau jour sous un ciel bleu et brillant comme l'acier, le soleil dorant la baie le matin et la chauffant à blanc, l'après-midi. La sensation de léthargie généralisée avait disparu. Dans les champs de pommes de terre, les charrettes roulèrent avec une vigueur nouvelle. Au Cœur Vert, tout un bataillon de femmes se remit à tapisser de fleurs l'estrade où Jamie McCann et Susan Delgado seraient proclamés Gars et Fille de la Moisson de cette année.

Là-bas, sur la partie de l'Aplomb proche de la Maison du Maire, Roland, Cuthbert et Alain galopaient avec un regain d'enthousiasme, comptant les chevaux qui portaient la marque de la Baronnie sur leurs flancs. Les ciels éclatants et le vent vif les emplissaient d'énergie et de bonne humeur et pendant trois à quatre jours, ils chevauchèrent en bande, criant leur joie à tous les échos, riant aux éclats, ayant retrouvé leur camaraderie de toujours.

Par l'un de ces jours ensoleillés et vivifiants, Eldred Jonas sortit du bureau du Shérif et remonta Hill Street en direction du Cœur Vert. Ce matin-là, il s'était débarrassé de Depape et de Reynolds — qui s'étaient rendus à la Roche Suspendue, se portant au-devant des estafettes de Latigo, qui ne devraient plus tarder à présent ; le projet de Jonas était simple : boire un verre de bière au pavillon en observant les préparatifs en cours, à savoir le creusement des fosses à rôtir, l'entassement des fagots du Feu de Joie, les disputes concernant les emplacements des mortiers pour le lancement des fusées du feu d'artifice et les dames fleurissant l'estrade où le Gars et la Fille de l'année seraient offerts à l'adulation de la foule. Peut-être, songea Jonas, qu'il pourrait embarquer une de ces jolies et gaillardes fleuristes pour une heure ou deux de récréation. Subvenir aux besoins des putes du saloon, il laissait ce soin à Roy et à Clay. Mais une jeune et fraîche fleuriste de dix-sept ans, c'était une autre affaire.

La douleur de sa hanche s'était évanouie en même temps que l'atmosphère humide ; sa démarche pénible et titubante de la semaine passée était redevenue une légère claudication. Peut-être qu'une ou deux bières en plein air lui suffiraient, mais le désir d'une fille ne voulait pas le lâcher. Jeune, la peau claire, le sein ferme. Haleine fraîche et parfumée. Lèvres douces et fraîches...

— Messire Jonas ? Eldred ?

Il se retourna, tout sourire, vers la détentrice de cette voix. Ce n'était pas une fleuriste fraîche comme la rosée, aux grands yeux et aux lèvres humides et entrouvertes qui se tenait devant lui, mais une femme maigrichonne d'un âge plus que certain — poitrine et fesses plates, lèvres décolorées et pincées, le cheveu plaqué sur le crâne à l'extrême limite du hurlement. Seuls ses grands yeux correspondaient à la rêverie érotique de Jonas. *M'est avis que j'ai fait une conquête*, ricana-t-il intérieurement.

— Cordélia ! s'exclama-t-il, prenant sa main entre les deux siennes. Comme vous êtes ravissante ce matin !

Ses joues se colorèrent légèrement et elle partit d'un petit rire. Un court instant, elle eut l'air d'avoir quarante-cinq ans au lieu de soixante. *Et soixante ans, elle ne les a pas*, songea Jonas. *Les petites rides autour de la bouche et ces cernes ombreux, sous les yeux... c'est nouveau.*

— Vous êtes bien aimable, dit-elle, mais je sais à quoi m'en tenir. Je n'ai pas dormi de la nuit et quand une femme de mon âge ne ferme pas l'œil, elle vieillit *à vue d'œil*.

— Désolé d'apprendre que vous souffrez d'insomnie, fit-il. Mais avec le changement de temps, peut-être que...

— Ça n'a rien à voir avec le temps. Puis-je vous entretenir, Eldred ? J'ai tourné et retourné la chose dans ma tête et vous êtes la seule personne à laquelle je puisse demander conseil.

Le sourire de Jonas s'accentua. Plaçant la main de Cordélia sur son bras, il la recouvrit de la sienne. À présent, elle avait le visage en feu. Avec le sang qui lui était monté à la tête, elle serait capable de parler pendant des heures. Et Jonas avait dans l'idée que chaque mot serait intéressant.

3

Sur les femmes d'un certain âge et d'un certain tempérament, le thé était plus efficace que le vin pour leur délier la langue. Jonas renonça à la *lager* (et à la fleuriste, peut-être) sans y songer à deux fois. Il fit asseoir *sai* Delgado dans un coin ensoleillé du pavillon du Cœur Vert (pas très loin de certaine pierre rougeâtre que Roland et Susan connaissaient bien), et commanda du thé à profusion, plus des gâteaux. Ils regardèrent les préparatifs de la Fête de la Moisson se poursuivre en attendant le boire et le manger. Le parc baigné de lumière retentissait de coups de marteau, de bruits de scie, de cris et d'éclats de rire.

— Tous les Jours de Fête sont plaisants, mais la Moisson nous fait tous retomber en enfance, vous ne trouvez point ? demanda Cordélia.

— Oui, en effet, confirma Jonas, qui, pour sa part, ne s'était jamais senti enfant, pas même quand il en était un.

— Ce que je préfère à tout, c'est le feu de joie, continua-t-elle, les yeux tournés vers le grand bûcher de planches et de branches qu'on édifiait au fond du parc, diagonalement opposé à la scène. Il avait des airs d'un tipi de bois.

— J'adore quand les gens de la ville viennent jeter dans les flammes leurs pantins de chiffon. C'est barbare, mais ça me donne toujours un frisson *si* agréable.

— Si fait, fit Jonas, se demandant *in petto* si elle frissonnerait tout aussi agréablement en sachant que trois desdits pantins qu'on lancerait dans le feu de joie, la Nuit de la Moisson, brûleraient avec une odeur de cochon grillé et des hurlements de harpie. Avec un peu de chance, celui qui crierait le plus longtemps serait celui aux yeux bleus.

On apporta le thé et les petits gâteaux et Jonas jeta à peine un coup d'œil à la poitrine généreuse de la serveuse. Il n'avait d'yeux que pour la fascinante *sai* Delgado, ses petits gestes secs et nerveux, et son regard bizarrement aux abois.

Une fois que la fille se fut éloignée, il fit le service, reposa la théière sur son trépied, puis prit la main de Cordélia dans la sienne.

— Cordélia, dit-il de son ton le plus chaleureux, je vois bien que quelque chose vous tracasse. Il faut soulager votre cœur. Confiez-vous à votre bon ami Eldred.

Elle serra si fort les lèvres qu'elles disparurent presque, mais, malgré cela, elle ne put mettre un terme à leur tremblement. Ses yeux s'emplirent de larmes, en furent bientôt noyés ; ils débordèrent. Il prit sa serviette et, se penchant à travers la table, essuya ses pleurs.

— Racontez-moi, dit-il tendrement.

— Si fait. Il faut que j'en parle à quelqu'un, sinon je vais devenir folle. Mais vous devez me faire une promesse, Eldred.

— Bien sûr, ma caille.

La voyant rougir plus fortement que jamais à ce vocable gentil et sans malice, il lui pressa la main.

— Tout ce que vous voudrez.

— Il ne faudra point en parler à Hart. Ni à ce cafard répugnant de Chancelier non plus, mais surtout pas au Maire. Si mes soupçons sont fondés et qu'il découvre le pot aux roses, il pourrait l'envoyer dans l'Ouest !

Elle faillit pousser un gémissement comme si de formuler la chose lui faisait prendre conscience de sa réalité pour la première fois.

— Il pourrait nous y expédier toutes les deux !

Sans se départir de son sourire compatissant, Jonas lui dit :

— Je ne soufflerai mot ni au Maire Thorin ni à Kimba Rimer. Promis.

Un instant, il songea qu'elle n'effectuerait pas le plongeon... ne pourrait pas, peut-être. Puis, à voix basse, le souffle entrecoupé, dans un bruit d'étoffe déchirée, elle prononça ce seul nom :

— Dearborn.

Il sentit son cœur cogner un grand coup dans sa poitrine quand le nom qui occupait tant ses pensées franchit les lèvres de Cordélia ; il n'en continua pas moins à sourire, mais ne put s'empêcher de lui serrer très fort les doigts, ce qui lui fit faire la grimace.

— Pardon, dit-il. C'est juste que vous m'avez fait sursauter. Dearborn... un garçon assez disert, mais je me demande si on peut lui faire entièrement confiance.

— Je crains qu'il ne soit allé avec ma Susan.

Maintenant, c'était son tour à elle de lui presser la main, mais Jonas ne s'en souciait guère. Il ne sentit rien, à vrai dire. Il continua à sourire, espérant que son ahurissement ne se voyait pas trop.

— J'ai peur qu'il ne soit allé avec elle... comme un homme avec une femme. Oh, comme tout ça est horrible !

Elle versait en silence des larmes amères, tout en jetant à la dérobée des coups d'œil autour d'elle pour s'assurer que personne ne les observait. Jonas avait vu des coyotes et des chiens parias faire de même pendant leurs infectes agapes. Il la laissa se purger le système autant que possible — il voulait qu'elle retrouve son calme ; un discours incohérent ne l'aiderait en rien —, aussi à peine vit-il ses pleurs diminuer qu'il lui tendit une tasse de thé.

— Buvez-moi ça.

— Oui, merci.

Le thé était encore fumant, mais Cordélia le but avec avidité. *Elle doit avoir le gosier tapissé d'ardoise, la vieille,* songea Jonas. Elle reposa la tasse et tandis qu'il la resservait, elle se briqua rageusement le visage avec son *pañuelo* en ruché pour effacer les dernières traces de larmes.

— Je ne l'aime point, dit-elle. Non seulement je ne l'aime point, mais je ne lui fais point confiance, ni d'ailleurs à ces deux autres avec leurs saluts à la mode de l'Intérieur, leurs regards insolents et leur drôle de façon de parler ; mais c'est à lui surtout que je ne me fie point. Toutefois, s'il y a quelque chose entre eux (comme j'ai bien peur que ce ne soit le cas), la faute lui incombe à elle, non ? Après tout, c'est à la femme de refréner les pulsions bestiales.

Il se pencha sur la table, la regardant avec sympathie et chaleur.

— Dites-moi tout, Cordélia.

Ce qu'elle fit.

4

Rhéa adorait en bloc la boule de cristal, mais ce qu'elle aimait tout particulièrement, c'était la manière infaillible qu'elle avait de lui montrer autrui, au comble de la vilenie. Jamais dans ses roses confins, elle n'avait vu d'enfant en consoler un autre après qu'il était tombé en jouant ou encore de mari, la tête dans le giron de sa femme, ni de vieilles personnes soupant paisiblement au soir tombant ; ces choses-là ne présentaient pas plus d'intérêt pour le cristal que pour elle.

Au lieu de ça, elle avait assisté à des incestes, vu des mères battre leurs enfants et des maris, leurs femmes. Elle avait vu une bande de galopins des faubourgs ouest de la ville (cela aurait amusé Rhéa d'apprendre que ces fanfarons de huit ans se surnommaient Grands Chasseurs du Cercueil) attirer les chiens errants avec un os pour mieux s'amuser à leur trancher la queue. Elle avait assisté à des vols et au moins à un meurtre : un vagabond qui avait embroché son compagnon d'un coup de fourche à l'issue d'une banale altercation. Cela avait eu lieu la première nuit de crachin. Le cadavre pourrissait tranquillement dans un fossé, près de la Grand-Route de l'Ouest, recouvert de paille et de mauvaises herbes. Peut-être le découvrirait-on avant que les tempêtes d'automne ne viennent noyer une année de plus sous leur déluge, ou peut-être pas.

Elle entrevit aussi Cordélia Delgado et Jonas, ce drôle de pistolet, installés à une table en terrasse du Cœur Vert à parler de... pas moyen de le savoir, évidemment. Mais le regard de cette garce de vieille fille ne lui échappa point. Entichée de lui qu'elle était, la figure toute rose. Émoustillée, tout sucre tout miel, par un pistolero raté qui vous tirait dans le dos ! C'était du plus haut comique, si fait, et Rhéa se dit qu'elle leur jetterait un coup d'œil de temps à autre. Ce serait très divertissant, probablement.

Après lui avoir montré Cordélia et Jonas, le cristal se voila une fois de plus. Rhéa le remit dans le coffret à la serrure en forme d'œil. La vision de Cordélia dans la boule de verre rappela à Rhéa qu'elle n'en avait point fini avec sa traînée de nièce. Que Rhéa n'en ait point terminé était ironique mais compréhensible — dès qu'elle eut vu comment régler son compte à la jeune *sai*, Rhéa avait retrouvé sa tranquillité d'esprit et les images étaient réapparues dans le cristal ; et la fascination qu'elle éprouvait pour elles avait fait temporairement oublier à Rhéa l'existence de Susan Delgado. A présent, cependant, elle se remémora son plan. Lâcher le chat dans le pigeonnier. Et quand on parlait du chat...

— Moisi ! You-hou, Moisi ! Où es-tu passé ?

Le chat sortit en rampant sur le ventre du tas de bois, les yeux luisant dans la pénombre crasseuse de la masure (quand le temps s'était remis au beau, Rhéa avait tiré à nouveau ses volets) ; balançant sa queue fourchue, il sauta sur ses genoux.

— J'ai une commission pour toi, dit-elle, se penchant pour lui lécher le poil.

Le goût enchanteur de la fourrure de Moisi lui emplit la bouche et la gorge.

Moisi fit le dos rond, ronronnant sous son coup de langue. Pour un chat muté à six pattes, c'était la belle vie.

5

Jonas se débarrassa de Cordélia le plus vite possible — mais pas assez vite à son goût, car il dut caresser la haridelle dans le sens du poil. Elle pourrait avoir son utilité, le moment venu. Pour finir, il l'avait embrassée au coin de la bouche (ce qui l'avait fait rougir si violemment qu'il craignit de lui avoir provoqué un transport au cerveau) en lui disant qu'il allait procéder à des vérifications dans l'affaire qui lui causait tant de souci.

— Mais discrètement ! dit-elle, alarmée.

Mais oui, il ferait preuve de discrétion, lui dit-il en la raccompagnant chez elle. Discret était son second prénom. Il savait bien que Cordélia ne serait pas — ne *pourrait* pas être — rassérénée tant qu'elle ne serait sûre de rien, mais il pressentait que toute l'affaire se résumerait à un simple fantasme. Les adolescentes adoraient dramatiser, non ? Et si la jeune fille voyait que sa tante avait peur de quelque chose, il se pouvait qu'elle fît tout pour alimenter les craintes de sa tantine au lieu de les dissiper.

Cordélia avait fait halte près de la palissade blanche qui séparait son jardin de la route. Le soulagement sublima son expression. Jonas lui trouva l'air d'une mule dont on gratte l'échine avec une brosse en chiendent.

— Ma foi, je n'y avais point pensé... pourtant, c'est probable, n'est-ce pas ?

— Plus que probable, avait renchéri Jonas. N'empêche que je vais examiner ça de près et avec tout le soin requis. Mieux vaut prévenir que guérir.

Il l'embrassa une fois encore au coin de la bouche.

— Et je ne soufflerai mot à ceux de Front de Mer. Pas le moindre.

— Merci à toi, Eldred ! Oh, grand merci à toi !

Et, avant d'entrer en hâte, elle l'avait serré contre elle, pressant ses minuscules seins, durs comme des cailloux, contre sa chemise.

— Peut-être que je dormirai bien cette nuit, après tout !

Elle, *peut-être*, mais Jonas se demanda si ce serait son cas.

Tête baissée et mains nouées derrière le dos, il gagna l'écurie d'Hookey qui hébergeait son cheval. Un troupeau de gosses remontait en courant l'autre côté de la rue ; deux d'entre eux brandissaient des queues de chien coupées, avec des caillots de sang à leur extrémité.

— Chasseurs du Cercueil ! On est des Grands Chasseurs du Cercueil, pareil que vous ! l'un d'eux apostropha-t-il Jonas avec impudence.

En un éclair, Jonas tira son arme et la braqua sur eux — et un instant, les gamins terrifiés le virent tel qu'en lui-même : l'œil flamboyant, la babine retroussée découvrant ses crocs, Jonas avait tout d'un loup blanc en habit d'homme.

— Circulez, petits salopards ! Circulez avant que je vous fasse sauter hors de vos godasses et que je donne des raisons à vos pères de faire la fête !

D'abord paralysée, la horde hurlante prit ses jambes à son cou. L'un des gamins avait abandonné son trophée derrière lui et la queue du chien gisait sur le trottoir en planches comme un sinistre éventail. Jonas fit la grimace en apercevant la chose, rengaina son arme et, les mains à nouveau dans le dos, continua d'avancer, ayant l'apparence d'un pasteur méditant sur la nature des dieux. Et aux noms de ces mêmes dieux, qu'est-ce qui lui avait pris de défourrailler et de menacer une bande de chenapans ?

La faute à l'énervement, se dit-il. *La faute à l'inquiétude.*

Il était inquiet, d'accord. Quant aux soupçons de la vieille bique, plate comme une limande, ils l'avaient passablement énervé. (La cause n'avait rien à voir avec Thorin — en ce qui concernait Jonas, Dearborn pouvait bien baiser la fille sur la place publique et à midi tapant, le Jour de la Fête de la Moisson —, mais parce que cela suggérait que Dearborn pouvait l'avoir roulé en d'autres matières.)

Une fois déjà, il s'est faufilé en douce dans ton dos et tu t'es juré qu'il ne t'y reprendrait plus. Mais s'il tringle cette fille, il t'y a repris. Tu ne crois pas ?

Si fait, comme on disait dans la région. Si le gamin avait eu l'impertinence d'entamer une liaison avec la future gueuse du Maire et l'incroyable habileté de ne pas se faire prendre, que devenait là-dedans l'image des trois blancs-becs de l'Intérieur bien embarrassés de situer leur postérieur avec leurs deux mains et une bougie, que Jonas avait complaisamment évoquée ?

On les a sous-estimés une fois déjà et ils nous ont tournés en bourrique devant tout le monde. Je veux pas que ça se reproduise, avait dit Clay.

Est-ce que ça s'était déjà reproduit ? Qu'est-ce que Dearborn et ses amis savaient, en réalité ? Qu'avaient-ils découvert ? Et à qui en avaient-ils parlé ? Si Dearborn avait pu troncher sans se faire prendre la promise du Maire... avait pu en faire accroire regardant quelque chose d'aussi gros à Eldred Jonas... comme à tout le monde...

— Bien le bonjour, *sai* Jonas, fit Brian Hookey, affichant un large sourire, toutes courbettes dehors devant Jonas, écrasant son *sombrero* contre son large poitrail de forgeron. Vous plairait-il de goûter le *graf* nouveau, *sai* ? Je viens juste d'en recevoir du pressoir et...

— Tout ce que je veux, c'est mon cheval, le coupa Jonas. Amenez-le-moi vite fait et arrêtez ce caquetage.

— Si fait, si fait, messire, trop heureux de vous obliger. Grand merci, *sai*.

Il s'empressa d'aller faire ce qu'on lui demandait, mais ne put s'empêcher de jeter un coup d'œil nerveux par-dessus son épaule pour s'assurer qu'il ne risquait pas de se faire descendre à l'improviste.

Dix minutes plus tard, Jonas chevauchait sur la Grand-Route en direction de l'ouest. Il était démangé par une ridicule, mais non moins forte, envie de lancer sa monture au galop et de laisser derrière lui tout ce fatras d'imbécillité : Thorin le bouc grisonnant, Roland et Susan et leur amour adolescent sans nul doute insipide, Roy et Clay à l'esprit obtus et à la gâchette facile, Rimer et ses ambitions, Cordélia Delgado et ses épouvantables fantasmes si prévisibles : eux deux au creux d'un quelconque vallon boisé où il lui réciterait des vers tandis qu'elle lui tresserait une couronne de fleurs.

Il lui était déjà arrivé de prendre la fuite à cheval quand son intuition le lui soufflait ; très souvent, même. Mais, cette fois, pas question. Il avait juré de se venger de ces morveux, et s'il n'était pas en reste pour briser les serments faits aux autres, il tenait toujours ceux qu'il se faisait à lui-même.

Et puis il fallait prendre John Farson en considération. Si Jonas n'avait jamais parlé à l'Homme de Bien en personne (et n'en avait jamais eu envie ; Farson traînait la réputation d'être un fou dangereux à lubies), il s'était trouvé en rapport avec George Latigo, qui serait probablement à la tête du détachement des hommes de Farson, attendu d'un jour à l'autre. C'était Latigo qui avait engagé à l'origine les Grands Chasseurs du Cercueil, leur versant une énorme avance en liquide (que Jonas n'avait pas encore partagée avec Reynolds et Depape) et leur promettant une part du butin de guerre encore plus considérable si jamais les principales forces de l'Affiliation étaient anéanties dans ou alentour des Monts Shavéd.

Latigo n'avait rien d'une petite pointure, d'accord, mais restait sans comparaison avec celle qui tirait ses ficelles. Et, d'ailleurs, on n'obtenait jamais de forte récompense sans courir de risques. S'ils livraient à bon port chevaux, bœufs, charretées de légumes frais, articles de sellerie, le pétrole et le cristal — surtout le cristal —, tout irait bien. S'ils échouaient dans leur mission, il était plus que vraisemblable que Farson et ses séides joueraient chaque soir au polo avec leurs têtes. C'était là une possibilité, Jonas le savait. Un jour ou l'autre, cette possibilité deviendrait réalité, aucun doute n'était permis. Mais quand sa tête fausserait enfin compagnie à ses épaules, ce divorce ne serait pas provoqué par de doucereux blancs-becs tels que Dearborn et ses amis, quelle que soit leur lignée ancestrale.

Mais s'il entretient une liaison avec la friandise d'automne de Thorin... s'il a été capable de protéger un secret comme celui-là, quels autres secrets a-t-il protégés ? Peut-être qu'il joue aux Castels avec toi.

Si c'était le cas, il n'allait pas y jouer longtemps. La première fois que le jeune Messire Dearborn pointerait son nez au coin de sa Butte, Jonas serait là pour le lui moucher.

Le problème de l'heure était : où se rendre en premier ? Au Bar K pour jeter un coup d'œil trop longtemps différé au cantonnement des garçons ? C'était faisable ; tous trois devaient recenser les chevaux de la Baronnie sur l'Aplomb. Mais ce n'était pas à cause des chevaux qu'il risquait sa tête, hein ? Non, les chevaux n'étaient qu'un petit ajout attractif, aux yeux de l'Homme de Bien.

Jonas dirigea donc sa monture vers Citgo.

6

Il vérifia d'abord les citernes. Elles étaient comme elles l'avaient toujours été et devaient l'être — alignées en ordre parfait, avec leurs roues neuves prêtes à se mettre en branle au moment voulu et dissimulées par leur nouveau camouflage. Quelques branches de pin qui faisaient écran jaunissaient à la pointe, mais les récentes pluies avaient admirablement contribué à préserver leur verdure. Jonas n'aperçut aucune trace de modification inquiétante.

Il gravit ensuite la colline, suivant le pipe-line, avec des arrêts de plus en plus fréquents pour se reposer ; quand il atteignit le portail pourrissant qui séparait la pente du pétroléum, sa patte folle le faisait gravement souffrir. Il examina le portail, fronçant le sourcil en apercevant les taches salissant le barreau du haut. Cela pouvait aussi bien ne rien vouloir dire, mais Jonas imagina qu'on avait pu préférer escalader le portail plutôt que prendre le risque de l'ouvrir et de le faire sortir de ses gonds.

Il passa l'heure qui suivit à déambuler autour des derricks, prêtant une attention soutenue à ceux qui fonctionnaient encore, à l'affût d'un indice. Il découvrit des traces à foison, mais il était impossible (surtout après une semaine particulièrement humide) d'en déduire quoi que ce soit de concluant. Les garçons de l'Intérieur avaient pu venir par ici ; mais aussi bien cette bande de sales mioches de la ville ou même Arthur l'Aîné et son ost de paladins. Cette incertitude mit Jonas d'une humeur massacrante ; Jonas ne supportait l'incertitude que devant le tableau d'une partie de Castels.

Il retourna sur ses pas, ayant dans l'idée de descendre la pente à cheval avant de rentrer en ville. Sa jambe lui faisait un mal de chien et il avait envie d'une boisson forte pour l'apaiser.

A mi-chemin du portail, il aperçut la piste cavalière, envahie de mauvaises herbes, qui reliait Citgo à la Grand-Route et poussa un soupir. Il n'y aurait rien à voir sur ce tronçon de voie, supposa-t-il, mais quitte à avoir poussé jusqu'ici, autant valait finir le boulot.

Au cul le boulot, c'est boire un coup qu'il me faut.

Mais Roland n'était pas le seul à voir parfois son entraînement supplanter ses envies. Jonas soupira encore une fois, se frictionna la jambe, puis retourna vers la double ornière herbeuse du sentier. Où après tout, sembla-t-il, il y avait quelque découverte à faire.

Ça gisait dans l'herbe du fossé, à moins d'une dizaine de pas de l'endroit où l'ancienne voie rejoignait la Grand-Route. D'abord, il ne distingua qu'une forme lisse et blanche dans les broussailles et crut qu'il s'agissait d'un caillou. Puis il aperçut une cavité ronde et noire qui ne pouvait être qu'une orbite. Ce n'était donc pas un caillou, mais bien un crâne.

Jonas s'accroupit en grommelant et pêcha la chose, tandis que dans son dos, les rares derricks vivaces continuaient à couiner et à cogner sourdement. Un crâne de corneille. Il l'avait déjà vu. Enfer, les trois quarts de la ville l'avaient vu, d'après lui. Il appartenait à ce m'as-tu-vu d'Arthur Heath... qui, en bon m'as-tu-vu, avait besoin de petits accessoires.

— C'est ce qu'il appelait la vigie, murmura Jonas. Il l'accrochait parfois au pommeau de sa selle, non ? Et d'autres fois, il le portait en sautoir.

Oui, ce morveux l'avait autour du cou, cette fameuse soirée au Repos des Voyageurs, quand...

Jonas retourna le crâne d'oiseau. Quelque chose cliqueta à l'intérieur comme une dernière pensée. Jonas l'inclina et le secoua sur sa paume : un fragment de chaîne en or en tomba. Le garçon l'avait porté ainsi, la chaîne avait dû se casser, le crâne avait chu dans le fossé et *sai* Heath ne s'était pas donné la peine de le rechercher. L'idée que quelqu'un pourrait le retrouver ne lui avait probablement pas traversé l'esprit. Les garçons étaient l'insouciance même. Ça tenait du miracle qu'ils deviennent des hommes, au bout du compte.

Même si le visage de Jonas reflétait le calme, tandis qu'il se tenait là agenouillé à examiner le crâne de la vigie, derrière son front que ne creusait aucun pli, il était furieux comme jamais. Ils sont venus rôder par ici, parfait — encore une chose qui l'aurait fait ricaner pas plus tard qu'hier. Il devait présumer qu'ils avaient vu les citernes, camouflage ou pas, et s'il n'avait pas eu la chance de tomber sur ce crâne, il ne l'aurait jamais su avec certitude.

— Quand j'en aurai fini avec eux, leurs orbites seront aussi creuses que les vôtres, Sire Corneille. Je me chargerai moi-même de l'énucléation.

Il allait se débarrasser du crâne quand il se ravisa. Ça pouvait toujours servir. Le tenant à la main, il repartit en quête de son cheval.

7

Coraline Thorin descendait la Grand-Rue en direction du Repos des Voyageurs, la tête comme une enclume rouillée et le cœur barbouillé. Une heure seulement qu'elle était debout, mais sa gueule de bois était tellement sévère qu'une journée entière lui semblait déjà s'être écoulée. Elle buvait trop ces derniers temps et elle le savait — presque chaque soir, maintenant —, tout en faisant très attention de ne point boire plus d'un coup ou deux (et toujours de petits coups) en présence d'autrui. Jusqu'alors, elle pensait n'avoir éveillé les soupçons de personne. Et tant qu'on ne la soupçonnerait point, elle persisterait, supposait-elle. Comment supporter autrement son abruti de frère ? Et cette ville d'abrutis ? Et, bien entendu, de savoir que tous les rancheros de l'Association du Cavalier, plus une bonne moitié des grands propriétaires terriens, étaient des traîtres ?

— Au cul l'Affiliation ! chuchota-t-elle. Un tiens vaut mieux...

Mais tenait-elle vraiment quelque chose ? Un seul d'entre eux était-il dans ce cas de figure ? Farson tiendrait-il ses promesses — promesses faites par un dénommé Latigo et transmises par l'impayable Kimba Rimer ? Coraline nourrissait des doutes ; les despotes savaient fort à propos oublier leurs promesses et ce que vous teniez dans la main avait une fâcheuse propension à vous becqueter les doigts et à vous chier dans la paume avant de s'envoler au loin [1]. Bien que cela n'eût plus aucune importance à présent, elle avait

1. En anglais, « Un tiens vaut mieux, etc. » se dit : *A bird in the hand is worth two in the bush* (Vaut mieux un oiseau dans la main que deux dans le buisson), d'où l'image du texte *(N.d.T.)*.

creusé son trou. D'ailleurs, les gens auraient toujours envie de boire, de jouer et de baiser, sans se soucier plus que ça devant qui ils pliaient le genou ou au nom de qui on percevait l'impôt.

Toutefois, quand ce vieux démon de la conscience élevait la voix, quelques verres aidaient à lui couper le sifflet.

Elle fit halte devant le Salon de Pompes Funèbres Craven et regarda au bout de la rue les gamins juchés sur leurs échelles accrocher en riant des lanternes de papier à de hauts mâts ou aux avant-toits des maisons. Allumées la nuit de la Fête de la Moisson, elles barioleraient la Grand-Rue d'Hambry d'une centaine de douces taches de lumière qui entreraient en conflit entre elles.

Un instant, Coraline se souvint de l'enfant qu'elle avait été, celle qui regardait, émerveillée, les lampions de couleur, qui écoutait les cris et le fracas du feu d'artifice, les flonflons du bal qui s'échappaient du Cœur Vert, tandis que son père lui tenait la main, d'un côté... et son grand frère Hart, de l'autre. Hart qui, dans sa mémoire, portait fièrement sa première paire de pantalons, ce jour-là.

La nostalgie l'envahit : de douceur d'abord, d'amertume ensuite. L'enfant était devenue en grandissant une femme au teint jaunâtre, patronne de saloon et de bordel (pour ne rien dire de la propriété d'un grand nombre de terres le long de l'Aplomb), une femme dont le dernier compagnon de lit n'était autre que le Chancelier de son frère, une femme, ces jours, dont le principal objectif sitôt levée était d'écluser un petit remontant le plus tôt possible, histoire de soigner le mal par le mal. Comment, exactement, les choses avaient-elles tourné ainsi ? Cette femme, par les yeux de laquelle elle se voyait, était la dernière personne que la fillette qu'elle avait été aurait rêvé de devenir.

— Où ai-je fait fausse route ? se demanda-t-elle, avant d'éclater de rire. Oh, cher homme appelé Jésus, où donc cette agnelle égarée a-t-elle pris le mauvais chemin ? Faut-il dire alléluia !

En entendant sa voix si semblable à celle de la prédicatrice itinérante qui avait traversé la ville l'année passée — Pittson, c'était son nom, Sylvia Pittson —, elle éclata de rire de plus belle, mais cette fois presque de bon cœur. Elle repartit vers le Repos de meilleur gré.

Sheemie était dehors, soignant ce qui restait de ses dauphinelles. Il lui fit signe de la main en lui criant une salutation. Elle lui rendit salutation et signe de la main. Un brave garçon, ce Sheemie, et bien qu'elle eût trouvé facilement à le remplacer, elle était contente que Depape ne l'ait pas tué.

Le bar quasiment vide était brillamment éclairé, tous les brûleurs à gaz flamboyaient comme un seul. L'endroit était aussi propre qu'un sou neuf. Sheemie avait dû vider les crachoirs, mais Coraline pressentait que c'était la femme rondelette derrière le bar qui s'était chargée de tout le reste. Le maquillage n'arrivait plus à dissimuler la complexion cireuse de cette femme ni ses orbites creuses ni son cou se fripant à vue d'œil (observer cette peau de lézard sur le cou d'une femme avait toujours fait frissonner Coraline intérieurement).

Pettie le Trottin tenait le bar sous le regard vitreux du Gai Luron et, si on l'y autorisait, elle camperait à cette place jusqu'à l'arrivée de Stanley qui l'en chasserait. Si Pettie n'avait point formulé à haute voix ses desiderata à Coraline — pas folle, la guêpe —, elle les avait laissé clairement entendre. Ses jours de putasserie étant comptés, elle désirait désespérément se reconvertir en barmaid. Il y avait eu un précédent, Coraline le savait — une femme avait tenu le bar du Aux Arbres de la Forêt à Passage du Fleuve et une autre, celui du Glencove, à Tavares, plus haut sur la côte, jusqu'à ce qu'elle meure de la vérole. Ce que Pettie refusait de voir, c'était que Stanley Ruiz avait quinze ans de moins qu'elle et était en bien meilleure santé. Il servirait encore des verres sous le Gai Luron, alors que Pettie pourrirait (et ne trottinerait plus) dans la fosse commune depuis une paie.

— Bonne nuitée, *sai* Thorin, dit Pettie.

Et avant que Coraline ait eu le temps d'ouvrir la bouche, la pute avait posé un petit verre sur le bar et l'avait rempli à ras bord de whiskey. Coraline le fixa d'un air chagrin. Tout le monde était donc au courant ?

— J'ai pas envie de ça, fit-elle d'un ton sec. Pourquoi, au nom de l'Aîné, en aurais-je envie ? Le soleil n'est même pas couché ! Reverse-le dans la bouteille, au nom de ton père, et puis sors d'ici. A qui espères-tu donner à boire à cinq heures de l'après-midi ? Aux fantômes ?

Pettie fit une figure d'un pied de long ; son épaisse couche de fard parut se craqueler pour le coup. Elle s'empara de l'entonnoir derrière le bar, l'introduisit dans le col de la bouteille et y reversa le whiskey qu'elle venait de servir. Une partie, malgré l'entonnoir, se répandit sur le bar ; ses mains boudinées (dépouillées de bagues à présent, elle les avait troquées contre de la nourriture dans le magasin général d'en face, depuis longtemps) avaient la tremblote.

— Excusez-moi, *sai*. Si fait. Je voulais seulement...

— Je me moque de ce que tu voulais seulement, dit Coraline, avant de tourner ses yeux injectés de sang vers Sheb qui, assis devant le piano, n'avait cessé de feuilleter une vieille partition. Il regardait maintenant en direction du bar, bouche bée.

— Et toi, qu'est-ce que tu fixes comme ça, espèce de crapaud ?

— Rien, *sai* Thorin. Je...

— Alors va voir ailleurs si j'y suis. Et emmène cette truie avec toi. Pourquoi tu la ferais pas reluire un peu ? Ça lui ferait du bien à la peau, et à la tienne aussi par-dessus le marché.

— Je...

— Du vent ! Z'êtes sourds ou quoi ? Tous les deux !

Pettie et Sheb se replièrent vers la cuisine au lieu des logettes du premier étage. Mais ça ne faisait aucune différence pour Coraline. Pour sa part, ils pouvaient bien aller au diable. N'importe où, loin de sa migraine.

Elle passa derrière le bar et jaugea la situation. Deux hommes jouaient aux cartes là-bas dans le coin, sous l'œil de cette carne de Reynolds qui sirotait une bière. Un autre client se tenait à l'extrémité du bar, le regard vague, perdu dans son univers intérieur. Personne ne faisait particulièrement attention à *sai* Coraline Thorin. Et même si c'était le cas, quelle importance ? Si Pettie était au courant, ils l'étaient tous.

Elle trempa son doigt dans la flaque de whiskey sur le bar, puis le suça, le retrempa, puis le resuça. Elle s'empara de la bouteille, mais avant d'avoir pu se verser une rasade, une monstruosité aux yeux vert-de-gris et aux pattes d'araignée sauta, crachant et sifflant, sur le bar. Coraline recula en poussant un cri perçant et lâcha la bouteille de whiskey qui, par miracle... ne se brisa ni n'explosa à ses pieds. Un instant, par contre, elle crut bien que sa tête allait exploser, que son cerveau enflé, sous le coup de ses élancements, allait lui fendre le crâne en deux comme une coquille d'œuf pourri. La table des joueurs de cartes se renversa avec fracas quand ils se levèrent en sursaut. Quant à Reynolds, il avait dégainé son arme.

— Nenni, dit-elle d'une voix tremblante qu'elle eut du mal à reconnaître.

Elle avait des éblouissements et son cœur s'était emballé. On *pouvait* mourir de frayeur, venait-elle de comprendre.

— Nenni, Messires, tout va bien.

Le monstre à six pattes trônant sur le bar ouvrit sa gueule, découvrant ses crocs acérés, et cracha à nouveau.

Coraline se pencha (et, ce faisant, elle fut à nouveau persuadée que sa tête allait éclater), récupéra la bouteille et voyant qu'elle était encore au quart pleine, but directement au goulot, sans plus se soucier si on la regardait ni de ce qu'on pouvait en penser.

Comme s'il avait saisi son état d'esprit, Moisi se remit à cracher. Cet après-midi, il portait un collier rouge qui, échouant à l'égayer, lui donnait un aspect sinistre. Un morceau de papier blanc y était glissé.

— Voulez que je le descende ? demanda une voix traînante. Je peux, si vous voulez. Si je le plombe, y lui restera plus que les griffes.

C'était Jonas : il se tenait à l'intérieur du saloon, devant les portes battantes. Et bien qu'il eût à peine l'air moins mal en point qu'elle ne se sentait intérieurement, Coraline n'eut pas le moindre doute qu'il ferait ce qu'il venait de dire.

— Nenni. La vieille mégère nous transformerait en sauterelles ou je ne sais quoi, si jamais on lui tuait son compagnon.

— Quelle mégère ? demanda Jonas, qui traversa la pièce.

— Rhéa Dubativo. Rhéa du Cöos, on l'appelle.

— Ah, la sorcière. Pas la mégère.

— Elle est les deux.

Jonas caressa l'échine du chat. Ce dernier se laissa cajoler, fit même le dos rond. Mais Jonas ne le caressa pas deux fois : son poil était d'une viscosité déplaisante au toucher.

— Vous verriez un inconvénient à partager ça ? demanda-t-il en désignant la bouteille de la tête. Il est encore tôt, mais ma jambe me fait un mal de diable dégoûté du péché.

— Vous, c'est la jambe, moi, c'est la tête. Peu importe qu'il soit tôt ou tard. C'est la maison qui invite.

Jonas haussa ses blancs sourcils.

— Estimons-nous heureux, et à la bonne vôtre, ma goujate.

Coraline tendit la main vers Moisi, qui cracha mais la laissa retirer le billet de son collier. Elle l'ouvrit et lut les sept mots qui y étaient inscrits :

J' suis a sec, envoyez le gamin

— J'peux voir ? demanda Jonas.

Avec le premier verre descendu, qui lui réchauffait les entrailles, le monde avait bien meilleure mine.

— Pourquoi pas ? fit-elle, lui tendant le billet.

Jonas y jeta un œil et le lui rendit. Il avait presque oublié Rhéa et ça, il n'aurait pas dû. Ah, mais c'était dur de se souvenir de tout, non pas ? Dernièrement, Jonas se faisait l'effet moins d'un homme de main que d'un cuisinier essayant de servir les neuf plats d'un dîner d'apparat en même temps. Par bonheur, la vieille taupe s'était rappelée à son bon souvenir. Les dieux bénissent son gosier en pente. Et le sien, puisqu'il l'avait amené ici pile au bon moment.

— Sheemie ! brailla Coraline.

Elle aussi constatait l'œuvre du whiskey ; pour un peu, elle se serait sentie humaine à nouveau. Elle se demandait même si Eldred Jonas serait partant pour une soirée de débauche avec la sœur du Maire... que ne ferait-on point pour accélérer les heures ?

Sheemie entra en écartant les portes battantes, les mains noires de terre, sa *sombrera* rose tressautant dans son dos au bout de sa *cuerda*.

— Si fait, Coraline Thorin ! Me voici !

Elle regarda derrière lui, évaluant le ciel. Pas ce soir, pas même pour Rhéa ; elle n'enverrait point Sheemie là-haut, à la nuit tombée. Affaire classée.

— Non, ce n'est rien, lui dit-elle d'une voix plus douce qu'à l'accoutumée. Retourne t'occuper de tes fleurs et veille à bien les couvrir. Il va geler.

Retournant le billet de Rhéa, elle y gribouilla un seul mot :

demain

Cela fait, elle le confia à Jonas.

— Fourrez-le sous le collier de cette infection pour moi, vous voulez bien ? Je ne veux plus y toucher.

Jonas fit ce qu'on lui avait demandé. Le chat les gratifia d'un dernier regard vert féroce puis, sautant du bar, disparut en se faufilant sous les battants de la porte.

— Le temps presse, fit Coraline.

Elle n'avait pas la moindre idée de ce qu'elle entendait par là, mais Jonas opina comme s'il la comprenait parfaitement.

— Ça vous plairait de monter avec une crypto-alcoolo ? J'paie pas beaucoup de mine, mais j'peux encore faire le grand écart sur un lit sans rester raide comme une planche.

Après avoir examiné la proposition, il acquiesça, l'œil égrillard. Celle-ci était aussi mince que Cordélia Delgado... mais aucune comparaison ! Quelle différence !

— D'accord.

— J'ai la réputation de point mâcher mes mots, j'aime autant vous prévenir.

— Gente dame, je serai tout ouïe.

Elle sourit. Son mal de tête avait disparu.

— Si fait. Je n'en doute mie.

— Accordez-moi un instant. Bougez pas.

Il rejoignit Reynolds.

— Prends-toi une chaise, Eldred.

— Non. Une dame attend après moi.

Reynolds jeta un bref coup d'œil vers le bar.

— Plaisante pas.

— Question dames, je ne plaisante jamais, Clay. Écoute-moi bien, maintenant.

Reynolds s'avança sur son siège, le regard attentif. Jonas fut soulagé de ne pas avoir affaire à Depape. Roy faisait ce qu'on lui demandait et assez bien, d'habitude. Seulement, il fallait tout lui expliquer plutôt deux fois qu'une.

— Va trouver Lengyll, fit-il. Dis-lui qu'il nous faut une douzaine d'hommes — pas moins de dix au pire — là-bas au pétroléum. Des bons qui la ramènent pas, savent garder profil bas et referment pas le piège trop tôt dans une embuscade, si embuscade il y a. Dis-lui que je veux que Brian Hookey prenne le commandement. Il a la tête froide, on ne saurait en dire autant de la plupart de ces pauvres bougres.

Les yeux de Reynolds brûlaient de contentement.

— Tu t'attends que les mioches... ?

— Ils sont déjà allés là-bas une fois, peut-être qu'ils y retourneront. S'ils s'y risquent, il faudra les prendre entre deux feux et les liquider. Sur-le-champ, sans sommation. Tu as compris ?

— Ouair ! Et qu'est-ce qu'on racontera ensuite ?

— Ben, qu'ils en avaient après le pétrole et les citernes, fit Jonas avec un sourire oblique. Qu'ils voulaient les livrer à Farson par le biais de complices inconnus à leur botte. La ville nous portera en triomphe par les rues. Vienne la Moisson. On nous fêtera comme ceux qui auront débusqué et éradiqué les traîtres. Où est Roy ?

— Il est retourné à la Roche Suspendue. Je l'ai vu à midi. Il m'a dit qu'ils arrivent, Eldred ; que lorsque le vent vire à l'est, il perçoit l'approche des chevaux.

— Peut-être n'entend-il que ce qu'il désire entendre.

Mais Jonas soupçonnait que Depape avait raison. L'humeur de Jonas, qui touchait le fond quand il était entré au Repos des Voyageurs, avait effectué un rétablissement spectaculaire.

— Que ces morveux viennent ou pas, on va bientôt déplacer les citernes. La nuit, deux par deux, comme les animaux de l'Arche du Vieux Pa.

Cette idée le fit se bidonner.

— Mais on en laissera quelques-unes, hein ? Comme le bout de fromage dans une souricière.

— Suppose que les souris viennent pas ?

Jonas haussa les épaules.

— On fera autrement. J'entends bien les titiller un peu plus demain. Je veux les mettre en colère, leur brouiller les idées. Va maintenant t'occuper de ce que je t'ai dit. Une dame m'attend là-bas.

— Je préfère que ça soit toi que moi, Eldred.

Jonas approuva. Il devinait que dans une demi-heure, il aurait complètement oublié sa patte folle et les douleurs qu'elle lui occasionnait.

— T'as raison, fit-il. Elle ferait qu'une bouchée de toi.

Il revint au bar, où Coraline l'attendait, les bras croisés. Elle les décroisa et lui saisit les deux mains. Elle posa la droite sur son sein gauche. Le bout du téton se dressa tout dur sous les doigts de Jonas. Puis Coraline, enfonçant l'index de la main gauche de Jonas dans sa bouche, le mordit légèrement.

— On emporte la bouteille ? demanda Jonas.

— Pourquoi pas ? répondit Coraline Thorin.

8

Si elle s'était endormie soûle comme c'était devenu son habitude, depuis ces derniers mois, le grincement des ressorts du sommier ne l'aurait pas réveillée — l'explosion d'une bombe n'y serait point arrivée. Mais ils avaient eu beau emporter la bouteille, qui trônait maintenant sur la table de nuit de sa chambre au Repos (qui était à elle seule trois fois plus grande que les logettes des putes réunies), le niveau du whiskey était toujours le même. Elle avait mal dans tout le corps, mais les idées claires ; le sexe avait au moins ça de bon.

Jonas, à la fenêtre, regardait dehors les premières traînées de la grisaille de l'aube en renfilant son pantalon. Son dos nu était couvert de cicatrices en croisillon. Elle songea à lui demander qui lui avait administré de tels coups de fouet et comment il avait pu y survivre, puis décida qu'elle ferait mieux de se taire.

— Où tu vas ? fit-elle.

— Je crois que je vais commencer par me dénicher de la peinture — n'importe quelle couleur fera l'affaire — et un corniaud encore en possession de sa queue. La suite, *sai*, je pense que vous aimeriez mieux ne pas la connaître.

— Très bien.

Elle se recoucha et remonta les couvertures sous son menton. Elle avait l'impression qu'elle pourrait dormir une semaine d'affilée.

Jonas enfila ses bottes et gagna la porte, bouclant sa ceinture. La main sur la poignée, il marqua un temps. Elle le regarda de ses yeux tirant sur le gris, que le sommeil fermait déjà à moitié.

— J'ai jamais connu mieux, fit Jonas.

Coraline sourit.

— Tu l'as dit, mon goujat, fit-elle. Moi non plus.

Chapitre 4

Roland et Cuthbert

1

Roland, Cuthbert et Alain sortirent sur le porche du baraquement du Bar K, environ deux heures après que Jonas eut quitté la chambre de Coraline au Repos des Voyageurs. Le soleil était alors bien au-dessus de l'horizon. Ils n'étaient pas des lève-tard de nature, mais Cuthbert résuma la chose ainsi :

— Il nous faut maintenir une certaine image du Monde de l'Intérieur. En nous montrant non pas fainéants, mais nonchalants.

Roland s'étira, écartant les bras vers le ciel en un large Y, puis, se baissant, toucha la pointe de ses bottes. Cela lui fit craquer la colonne vertébrale.

— Je déteste ce bruit, dit Alain.

Il avait l'air morose et mal réveillé. En fait, il avait eu le sommeil troublé par de drôles de rêves prémonitoires toute la nuit — des trois, lui seul se trouvait en proie à ce phénomène. A cause du *shining*, peut-être, qui, chez lui, avait toujours été développé.

— C'est pour ça qu'il le fait, dit Cuthbert, frappant sur l'épaule d'Alain. Haut les cœurs, mon vieux ! T'es bien trop beau pour déprimer.

Roland se redressa et ils traversèrent la cour poussiéreuse en direction des écuries. A mi-chemin, il s'arrêta si brusquement qu'Alain faillit lui heurter le dos. Roland avait les yeux tournés vers l'est.

— Oh, fit-il d'une drôle de voix stupéfaite. (Il sourit même un peu.)

— Oh ? lui fit écho Cuthbert. Oh quoi, grand chef ? Ô joie, je verrai tantôt ma dame parfumée, ou bien oh crotte, faut que je bosse avec mes malodorants compagnons toute la sainte journée ?

Alain fixait le bout de ses bottes : neuves et désagréables à porter à leur départ de Gilead, elles étaient maintenant craquelées d'avoir traîné sur toutes les pistes, le talon un peu éculé, et aussi confortables que des bottes de travail pouvaient l'être. Les regarder valait mieux que de regarder ses amis, pour l'instant. Les railleries de Cuthbert avaient toujours un petit côté tranchant, ces jours ; son sens de toujours de la plaisanterie avait cédé à la place à quelque chose de déplaisant et de mesquin. Alain s'attendait à tout moment que l'un des quolibets de Cuthbert ne fasse exploser Roland, comme la gerbe d'étincelles qu'un silex tire d'un morceau d'acier, qui l'étendrait raide sur la place d'un coup de poing. En un sens, Alain le souhaitait presque. Ça allégerait l'atmosphère.

Mais pas celle de ce matin.

— Oh, simplement oh, fit Roland d'un ton conciliant.

Il se remit en marche.

— J'implore ton pardon, car je sais que tu ne veux plus en entendre parler, mais je dirais encore un mot au sujet des pigeons, fit Cuthbert, tandis qu'ils sellaient leurs montures. Je crois toujours que ce message...

— Je vais te promettre quelque chose, dit Roland avec un sourire.

Cuthbert l'observa avec méfiance.

— Si fait ?

— Si tu veux toujours expédier un message demain matin par la voie des ailes, eh bien on le fera. On enverra le pigeon que tu choisiras dans l'ouest vers Gilead, porteur d'un message de ton cru attaché à sa patte. Qu'est-ce que t'en dis, Arthur Heath ? Ça te va ?

Cuthbert le fixa un instant d'un air suspicieux qui serra le cœur d'Alain. Puis il rendit son sourire à Roland.

— Ça me va, dit-il. Merci.

Là-dessus, Roland dit quelque chose dont l'étrangeté frappa Alain et fit résonner sa corde presciente d'un frisson d'inquiétude.

— Attends avant de me dire merci.

2

— Je veux point aller là-haut, *sai* Thorin, dit Sheemie.

Une expression inhabituelle creusait son visage lisse en temps normal — une grimace craintive trahissant une certaine agitation.

— C'est une dame qu'elle fait peur, peur comme on meurt, si fait. Elle a une verrue, juste là.

Il se toucha le bout du nez, qu'il avait petit, fait au moule et sans protubérance.

Coraline, qui hier encore lui aurait arraché la tête avec les dents en le voyant manifester autant d'hésitation, se montrait d'une patience peu coutumière.

— Ce n'est que trop vrai, dit-elle. Mais, Sheemie, elle te réclame spécialement et elle donne des pourboires. Tu sais ça, et des bons.

— Ça me fera une belle jambe si elle me change en pou, dit Sheemie d'un ton grognon. Pour un pou, un sou c'est point un sou.

Néanmoins, il se laissa mener là où Caprichoso, le mulet de l'auberge, était à l'attache. Barkie l'avait chargé de deux petits fûts. L'un, plein de sable, servait de contrepoids. L'autre contenait le *graf* nouveau pour lequel Rhéa avait un penchant.

— Le Jour de Fête approche, fit Coraline gaiement. C'est même pas dans trois semaines.

— Si fait.

Sheemie parut rasséréné à cette nouvelle. Il aimait les Jours de Fête à la folie — les lumières, les pétards, les bals, les jeux, les rires. Pendant les Jours de Fête, tout le monde était content et ne lui lançait plus de méchancetés.

— Si un jeune homme a des sous dans sa poche, il se paiera du bon temps à la Fête, c'est sûr, dit Coraline.

— Oui, ça, c'est bien vrai, *sai* Thorin.

Sheemie avait l'air de quelqu'un qui venait de découvrir l'un des grands principes de l'existence.

— Si fait, vrai de vrai.

Coraline mit le licou de Caprichoso dans la main de Sheemie et lui referma les doigts dessus.

— Bon voyage, mon garçon. Sois poli avec la vieille chouette, fais-lui ton plus beau salut... et arrange-toi pour redescendre de là-haut avant qu'il fasse noir.

— Si fait, bien avant, dit Sheemie qui, à l'idée de se trouver sur le Cöos après la tombée de la nuit, ne put s'empêcher de frissonner. Bien avant, aussi sûr qu'y faut casser des œufs pour faire une omelette.

— T'es un bon garçon.

Coraline le regarda s'éloigner. Sa *sombrera* rose enfoncée sur le crâne, il menait le vieux mulet grincheux par le licou et quand il disparut derrière le sommet de la première pente douce, elle répéta :

— T'es un bon garçon, va.

3

Jonas, posté au flanc d'une crête, à plat ventre dans l'herbe haute, laissa passer une heure après le départ des morveux du Bar K. Il gagna alors le haut de la crête à cheval et les distingua sous la forme de trois petits points sur la pente brune à une bonne lieue et demie de là. Attelés à leur tâche quotidienne. Aucun signe qu'ils soupçonnassent quoi que ce fût. S'ils étaient plus malins qu'il ne l'avait supposé tout d'abord... en aucun cas pas autant qu'ils se l'imaginaient.

Il s'approcha jusqu'à cinq cents mètres du Bar K — qui, l'écurie et le baraquement mis à part, n'était plus qu'une carcasse calcinée sous le soleil éclatant de ce début d'automne — et attacha sa monture dans un hallier de peupliers qui entourait la source du ranch. Les garçons y avaient étendu du linge à sécher. Jonas dépendit pantalons et chemises des branches basses auxquelles on les avait accrochés, les mit en tas, pissa dessus, puis rejoignit son cheval.

L'animal frappa le sol d'un sabot énergique quand Jonas tira la queue du chien de l'une de ses sacoches de selle, comme s'il voulait signifier par là « bon débarras ». Jonas n'aurait pas demandé mieux lui aussi que d'en être débarrassé. Elle commençait à répandre un arôme facilement reconnaissable. De l'autre sacoche, il tira un petit pot de peinture rouge et un pinceau. Il les avait obtenus du fils aîné de Brian Hookey, qui s'occupait aujourd'hui de l'écurie de louage. De son côté, *sai* Hookey devait sans doute être à Citgo à l'heure qu'il était.

Jonas gagna le baraquement sans faire l'effort de se cacher... quoique pas grand-chose le lui eût permis. Il n'y avait d'ailleurs personne de qui se cacher, maintenant que les gamins étaient loin.

L'un d'eux avait abandonné un vrai livre — *Homélies et Méditations* de Mercer — sur le siège d'un rocking-chair, sur le porche. Les livres étaient des objets d'une exquise rareté dans l'Entre-Deux-Mondes, en particulier plus on voyageait loin du centre. C'était le premier, à l'exception des quelques volumes conservés à Front de Mer, que Jonas voyait depuis son arrivée à Mejis. Il l'ouvrit et lut ceci, écrit d'une main féminine assurée : *A mon très cher fils, de la part de sa* MÈRE *qui l'aime*. Jonas déchira la page, ouvrit le pot de peinture où il trempa ses deux derniers doigts. Il barra le mot MÈRE, puis l'ongle de son petit doigt faisant office de plume, il traça au-dessus le mot PUTE. Il accrocha la feuille à un clou rouillé où il était sûr qu'on ne manquerait pas de la voir, puis déchira le livre en mille morceaux qu'il foula aux pieds. Auquel des garçons avait-il appartenu ? Il espéra que c'était à Dearborn, mais ça n'avait pas grande importance.

La première chose que remarqua Jonas en entrant, ce fut les pigeons, roucoulant dans leurs cages. Il avait imaginé qu'ils devaient utiliser un hélio pour envoyer leurs messages, mais pas des pigeons ! Morbleu ! C'était tellement plus finaud !

— Je reviens m'occuper de vous dans quelques minutes, leur dit-il. Soyez patients, mes amours ; picorez et chiez à gogo, tant que vous le pouvez encore.

Il regarda autour de lui avec une certaine curiosité, le doux roucoulis des pigeons lui berçant l'oreille. Des gars ou des seigneurs ? avait demandé Roy au vieux de Ritzy. Et le vieillard lui avait dit les deux, peut-être bien. Des gars propres sur eux, en tout cas, à en juger par l'ordre qui régnait dans les lieux, songea Jonas. Bonne éducation. Trois couchettes, toutes, le lit fait. Trois tas d'affaires personnelles au pied de chaque, impeccablement empilées. Dans chaque tas, il trouva le portrait d'une mère — oh, quels bons fils ils faisaient ! — et dans l'un d'eux, celui des deux parents. Il avait espéré découvrir des noms, peut-être de quelconques papiers (et même des lettres d'amour de cette fille, qui sait ?), mais non, rien de cette sorte. Gars ou seigneurs, ils étaient plutôt prudents. Jonas retira les portraits de leurs cadres et les déchiqueta. Il éparpilla ensuite leurs effets à tout vent, détruisant ce qu'il pouvait dans le temps limité qui lui était imparti. Tombant sur un mouchoir de lin dans la poche d'un pantalon habillé, il y vida son nez avant de l'étendre scrupuleusement sur les bottes d'apparat de son propriétaire de façon à bien mettre en valeur sa traînée de morve verdâtre. Quoi de plus insupportable — de plus *déstabilisant* — que de rentrer chez soi après une journée de dur labeur à pointer du bétail et de trouver la morve d'un inconnu sur l'un de vos effets personnels ?

Les pigeons s'agitaient, à présent ; bien en peine de criailler comme des geais ou des corneilles, ils n'en essayèrent pas moins de voleter loin de lui quand il ouvrit leurs cages. Tout cela en vain, évidemment. Il les prit un par un et leur tordit le cou. Pour parachever ce haut fait, Jonas fourra un oiseau mort sous l'oreiller de crin de chacun des garçons.

Sous l'un d'eux, il découvrit en prime un stock de bandelettes de papier et un stylo à réservoir qui devaient servir à n'en pas douter à la confection des messages. Il brisa le stylo et le lança à travers la pièce. Mais empocha les bandelettes. Le papier, ça pouvait toujours servir.

Le sort des pigeons réglé, on s'entendait mieux. Jonas se mit à arpenter le plancher de long en large, tendant l'oreille.

4

Quand Alain le rejoignit au galop, Roland ignora la figure blême et hagarde de son ami, comme ses yeux brûlant d'effroi.

— J'en ai dénombré trente et un de mon côté, fit-il. Ils portaient tous la marque de la Baronnie, couronne et écusson inclus. Et toi ?

— Il faut qu'on rentre, dit Alain. Quelque chose ne tourne pas rond. C'est le *shining*. Je ne l'ai jamais ressenti aussi fortement.

— Quel est ton compte ? insista Roland.

Il y avait des moments — celui-ci en était un — où il jugeait le don de *shining* d'Alain plus fâcheux qu'utile.

— Quarante. Ou quarante et un, j'ai oublié. Mais qu'est-ce que ça fait ? Ils ont déplacé ceux qu'ils ne veulent pas nous voir compter. Tu m'as pas entendu, Roland ? Il faut qu'on rentre ! Quelque chose cloche ! *Quelque chose cloche au campement !*

Roland jeta un coup d'œil à Bert, qui chevauchait paisiblement à cinq cents mètres de là. Puis il regarda à nouveau Alain, le sourcil levé en une interrogation muette.

— Bert ? Il n'a jamais été sensible au *shining* — tu le sais bien. Moi, je le suis. Ça aussi, tu le sais ! Roland, je t'en prie ! Qui que ce soit, il va voir les pigeons ! Peut-être même trouver nos *armes* !

Alain, si flegmatique en temps normal, en pleurait presque.

— Si tu ne veux pas t'en retourner avec moi, donne-moi au moins la permission de rentrer ! Donne-moi la permission, Roland, pour l'amour de ton père !

— Pour l'amour du *tien*, je n'en ferai rien, répondit Roland. Mon chiffre est trente et un, le tien, quarante. Oui, on va dire quarante. Quarante, c'est un bon chiffre ; aussi bon qu'un autre, je cuide. Maintenant, on va changer de côté et recompter.

— Qu'est-ce qui t'arrive ? chuchota presque Alain.

Il regardait Roland comme si ce dernier était devenu fou.

— Rien.

— Tu le *savais* ! Tu étais au courant quand on est partis ce matin !

— Oh, il se pourrait que j'aie aperçu quelque chose, dit Roland. Un reflet, peut-être, mais... tu me fais confiance, Al ? C'est tout ce qui importe, je crois. Est-ce que tu me fais confiance ou bien crois-tu que j'ai perdu l'esprit en même temps que mon cœur ? Comme il le croit, lui ?

Il indiqua d'un violent coup de tête la direction de Cuthbert. Roland fixait Alain, un léger sourire aux lèvres, mais le regard lointain et implacable — le regard bleu horizon de Roland. Alain se demanda si Susan Delgado lui avait déjà vu cette expression et si oui, qu'est-ce qu'elle en avait conclu ?

— Je te fais confiance.

Mais Alain nageait dans une telle confusion qu'il ne savait plus si c'était un mensonge ou bien la vérité.

— Bon. Alors change de côté avec moi. Mon chiffre est trente et un, n'oublie pas.

— Trente et un, acquiesça Alain.

Levant les mains, il les laissa retomber sur ses cuisses qu'il claqua si sèchement que sa monture, flegmatique d'ordinaire, coucha les oreilles et dansota un tantinet sous lui.

— Trente et un, répéta-t-il.

— Je crois qu'on pourra rentrer plus tôt aujourd'hui, si ça doit te faire plaisir, dit Roland avant de s'éloigner sur son cheval.

Alain le suivit des yeux. Il s'était toujours demandé ce que Roland avait dans la tête, mais jamais autant qu'à présent.

5

Crac. Crac-crac.

Jonas entendit enfin ce qu'il avait guetté vainement et cela, juste à l'instant où il allait abandonner ses recherches. Il s'était attendu à découvrir leur planque un peu plus près de leurs lits, mais ils n'étaient pas nés de la dernière pluie, parfait.

Posant un genou à terre, il souleva avec la lame de son couteau la latte qui avait craqué sous son pas. Il y avait en dessous trois baluchons de cotonnade. Ces lambeaux de chiffon étaient humides au toucher et fleuraient bon l'huile d'arme à feu. Jonas sortit les paquets et les défit, curieux de voir la sorte de calibre que ces jeunots trimbalaient avec eux. La réponse était banale, mais pouvait servir. Deux des baluchons contenaient de simples revolvers à cinq coups, du modèle qu'on appelle (pour une raison inconnue de moi) des « dépeceurs ». Le troisième, par contre, contenait deux six-coups de meilleure qualité que les susnommés « dépeceurs ». En fait, le cœur de Jonas cessa de battre un instant, ce dernier croyant avoir mis la main sur les gros revolvers d'un pistolero — canons d'authentique acier bleui, crosses de santal, âmes aussi larges que des puits de mine. De telles armes, il n'aurait pas pu les abandonner là, quel qu'en soit le coût pour ses plans. Remarquer que leurs crosses n'étaient pas incrustées mais uniformes fut donc un soulagement pour lui. On ne recherche jamais consciemment la déception, mais elle a le don extraordinaire de vous remettre les idées d'aplomb.

Après avoir réenveloppé les armes, il les remit en place, ainsi que la lame du plancher. Une bande de vandales tarés de la ville pouvait toujours venir ici et saccager le baraquement laissé sans surveillance, éparpillant à tout va ce qu'ils n'avaient pu mettre en pièces, mais découvrir une cachette comme celle-là ? Non, fiston. Jamais de la vie.

Tu penses vraiment qu'ils vont croire que ce sont des hooligans de la ville qui ont fait ça ?

Ça se pouvait ; ce n'était pas parce qu'il les avait sous-estimés au départ qu'il devait maintenant tourner casaque et les surestimer. Et il avait le luxe de ne pas avoir à s'en inquiéter. Dans un cas comme dans l'autre, la chose les mettrait en colère. Assez en colère pour leur faire contourner à fond de train leur Butte, peut-être bien. Leur faire jeter toute précaution aux quatre vents... et récolter la tempête.

Jonas fourra la queue de chien sectionnée dans l'une des cages à pigeon, dont elle dépassait comme un énorme plumet moqueur. Avec la peinture, il écrivit des graffiti d'une puérilité charmante comme :

SUCE MA BITE!

ou encore :

Go home salops de riches

sur les murs, avant de quitter les lieux. Il s'attarda un instant sur le porche pour s'assurer qu'il avait encore le Bar K à lui tout seul. Et bien sûr qu'il l'avait. Cependant, un centième de seconde ou deux, vers la fin, il avait ressenti un léger malaise — presque comme si quelqu'un avait flairé sa présence. Par le biais d'une sorte de don de télépathie propre au Monde de l'Intérieur, peut-être.

Ça existe, et tu connais. Le shining, *on appelle ça.*

Si fait, mais seuls s'en servaient les pistoleros, les artistes et les fous à lier. Pas les petits garçons, qu'ils soient simples gars ou seigneurs.

Jonas alla néanmoins retrouver son cheval au trot ou presque, l'enfourcha et prit le chemin de la ville. Les choses atteignaient leur point d'ébullition et il y avait encore fort à faire avant que la pleine Lune du Démon ne monte au ciel.

6

La masure de Rhéa, ses murs de pierre et les *guijarros* fendus de son toit, couverts de mousse, se tapissait sur la dernière colline du Cöos. Au-delà, on avait une vue magnifique sur le nord-ouest — la Mauvaise Herbe, le désert, la Roche Suspendue, Verrou Canyon — mais les panoramas touristiques étaient le dernier des soucis de Sheemie, quand il fit entrer prudemment Caprichoso dans la cour de Rhéa, peu après midi. Il mourait de faim depuis une bonne heure, mais, pour le moment, ses tiraillements d'estomac avaient disparu. Il détestait cet endroit plus que tout autre de la Baronnie, bien plus même que Citgo et ses grosses tours qui n'arrêtaient pas de cric-craquer et de clic-claqueter.

— *Sai* ? appela-t-il en menant le mulet dans la cour.

Caprichoso refusait d'avancer à proximité de la masure, les sabots enfoncés dans le sol et la tête baissée. Mais quand Sheemie tira sur le licou, il céda. Sheemie en fut presque navré pour lui.

— M'dame ? Ô vous, vieille gente dame qui f'rait point de mal à une mouche ? Z'êtes dans les parages ? C'est ce bon vieux Sheemie qui vous apporte votre *graf*.

Il sourit et tendit sa main, paume tournée vers le ciel, pour offrir la preuve de son inoffensive délicatesse, mais, de la masure, ne provenait toujours nulle réaction. Sheemie sentit ses tripes se nouer, puis fut pris de coliques. Un instant, il crut qu'il allait chier dans son froc, tout comme un enfançon, puis il fit un vent et se sentit mieux. Au niveau de ses boyaux, s'entend.

Il continua d'avancer, aimant de moins en moins ça à chaque pas. La cour était rocailleuse, parsemée de mauvaises herbes jaunies, comme si l'occupante des lieux avait par son toucher rendu stérile la terre même. Le jardin potager offrait encore quelques légumes — potirons et âpreraves pour l'essentiel —, mais Sheemie s'aperçut qu'il s'agissait de mutés. Puis, dans ce même potager, il vit le pantin de chiffon. Lui aussi, c'était un muté, un vilain coco à deux têtes de paille au lieu d'une et une sorte de main de femme, gantée de satin, lui sortait de la poitrine.

Sai *Thorin me convaincra plus jamais d'remonter par ici*, songea-t-il. *Même pas pour tous les sous du monde.*

La porte de la cabane était ouverte. Béante telle la gueule d'un four, d'après Sheemie. Une odeur d'humidité nauséabonde s'en échappait.

Sheemie se tenait à quinze pas de la maison et quand Caprichoso lui taquina l'arrière-train du naseau (comme pour lui demander ce qui les retenait), le garçon poussa un cri aigu. Il faillit s'enfuir à toutes jambes à l'ouïe de son propre cri et dut exercer toute sa volonté pour rester sur place. La journée était d'une clarté lumineuse, mais au sommet de la colline, le soleil semblait sans objet. Ce n'était pas la première fois que Sheemie montait ici, et ça n'avait jamais été une partie de plaisir, mais aujourd'hui, c'était encore pis. L'endroit lui provoquait la même sensation que le son de la tramée, quand il l'entendait en se réveillant au cœur de la nuit. Comme si une horreur rampait vers lui — une horreur aux yeux fous et aux griffes rouges.

— *S... s... sai ?* Y a quelqu'un ? Y a...

— Approche.

La voix venait de la porte ouverte.

— Avance que je te voie mieux, espèce de crétin.

Tâchant ni de crier ni de gémir, Sheemie obéit à la voix. Il avait dans l'idée qu'il ne redescendrait pas de cette colline. Caprichoso à la rigueur, mais pas lui. Ce pauvre vieux Sheemie allait finir dans la marmite — plat de résistance ce soir, soupe demain, viande froide jusqu'au Terme de l'Année. Voilà ce qu'il allait advenir de lui.

Il s'avança contre son gré et avec des jambes en coton jusqu'au seuil de la masure de Rhéa — ses genoux auraient pu jouer des castagnettes, les eût-il serrés. Même Rhéa n'avait plus la même voix.

— *S... sai ?* J'ai peur, si fait.

— Et tu fais bien, reprit la voix.

Ses intonations traînantes s'échappaient par la porte comme des bouffées de fumée écœurante.

— Mais t'occupe et approche, Sheemie, fils de Stanley.

Sheemie fit ce qu'elle disait, malgré la terreur qui plombait chacun de ses pas. Le mulet suivit, l'oreille basse. Caprichoso, qui avait brait comme un putois pendant toute la montée — braiments incessants —, s'était tu.

— Ainsi te voici, chuchota la voix ensevelie dans les ténèbres. Te voici donc.

Elle sortit au soleil qui baignait le seuil de la porte, clignant des yeux, un instant éblouie. Elle serrait dans ses bras le tonneau de *graf* vide. Ermot était lové en collier autour de son cou.

Sheemie avait déjà vu le serpent et, les fois précédentes, il n'avait jamais manqué de se demander quelles atroces souffrances lui infligerait son agonie si jamais il était piqué par lui. Aujourd'hui, de telles pensées ne lui traversèrent pas l'esprit. Comparé à Rhéa, Ermot avait l'air des plus normal. Les joues de la vieille s'étaient creusées, donnant au reste du visage des allures de tête de mort. La peau du crâne entre ses cheveux clairsemés et son front bombé étaient envahis d'une armada de taches brunes. Sous son œil gauche béait un ulcère et son rictus ne s'ornait plus que de rares dents.

— T'aimes point à quoi je ressemble, hein ? demanda-t-elle. Ça te fait froid au cœur, pas vrai ?

— N... non, fit Sheemie, ajoutant très vite, parce que ça lui parut plus juste : « Oui, je veux dire ! »

Mais dieux, cette réponse lui sembla encore pire.

— Vous êtes très belle, *sai* ! lâcha-t-il tout à trac.

Elle émit un rire creux quasi muet et lui fourra le fût vide entre les bras avec une force qui faillit le faire choir sur le cul. Ses doigts l'effleurèrent à peine, mais Sheemie n'en eut pas moins la chair de poule.

— Saperlipopette. Beau tu fais, beau tu es, c'est bien ce qu'on dit, hein ? Moi, ça me va. Comme un gant, si fait. Donne-moi mon *graf*, idiot de gamin.

— Ou... oui, *sai* ! Tout de suite, *sai* !

Sheemie emporta le fût vide jusqu'au mulet, le déposa et commença à défaire gauchement les cordes qui maintenaient le petit tonneau de *graf* nouveau. Il sentait le regard de Rhéa posé sur lui et ça aggravait sa maladresse, mais il réussit enfin à détacher le tonneau. Il faillit lui échapper des mains et un bref instant cauchemardesque, il crut qu'il allait tomber sur le sol pierreux et s'y fracasser, mais il rétablit sa prise de justesse. Il le lui apporta, et le temps de noter qu'elle n'avait plus le serpent en sautoir, il sentit ses reptations sur ses bottes. Ermot dressa la tête vers lui en sifflant et dénuda une double rangée de crocs en un rictus d'une étrangeté à donner le frisson.

— Modère tes mouvements, mon garçon. Ce serait plus sage — Ermot est grincheux aujourd'hui. Entre et mets le tonneau juste là, derrière la porte. Il est trop lourd pour moi. J'ai sauté des repas dernièrement, si fait.

Sheemie se cassa en deux (*Salue-la de ton plus beau salut*, lui avait dit *sai* Thorin, et voilà qu'il lui obéissait), grimaçant à tout va, n'osant pas bouger un orteil (et alléger ainsi la tension de son dos) à cause du serpent campé sur ses pieds. Quand il se redressa, Rhéa lui tendait une vieille enveloppe tachée. Le rabat était scellé d'une goutte de cire rouge. Sheemie redouta d'imaginer ce qu'on avait bien pu faire fondre pour obtenir une cire pareille.

— Prends ceci et donne-le à Cordélia Delgado. Tu la connais ?

— Si... si fait, bredouilla Sheemie. C'est la tantine de Susan-*sai*.

— C'est ça.

Sheemie tendit une main hésitante vers l'enveloppe, mais Rhéa retira la sienne un instant.

— Tu sais point lire, hein que tu sais point, idiot de gamin ?

— Nenni. Les mots et les lettres, y veulent point rester dans ma tête.

— Bien. Prends soin de ne point montrer ceci à quelqu'un qui sache ou un de ces soirs, Ermot t'attendra sous ton oreiller. Je vois loin, Sheemie. Tu m'enregistres ? *Je vois loin*.

Ce n'était qu'une enveloppe et pourtant Sheemie trouvait qu'elle pesait des tonnes et jugeait effrayant de l'avoir entre les mains, comme si elle était faite de peau humaine au lieu de papier. Quel genre de lettre Rhéa pouvait-elle bien envoyer à Cordélia Delgado ?

Sheemie se rappela le jour où il avait vu *sai* Delgado, le visage couvert de toiles d'araignées ou tout comme, et fut pris de frissons. L'horrible créature qui se dissimulait devant lui dans l'embrasure de sa masure pourrait bien être celle qui avait tissé ces mêmes toiles d'araignées.

— Si jamais tu la perds, je le saurai, murmura Rhéa. Si tu la montres à quelqu'un d'autre, je le saurai. Souviens-t'en, fils de Stanley, je vois loin.

— Je ferai attention, *sai*.

Il vaudrait peut-être mieux qu'il perde l'enveloppe, mais il n'en ferait rien. Sheemie avait beau être faible d'esprit, comme tout un chacun le disait, il ne l'était pas au point de ne pas avoir compris pourquoi on l'avait fait monter jusqu'ici : pas pour livrer un tonneau de *graf*, mais pour qu'on lui confie cette lettre et qu'il la remette en main propre à sa destinataire.

— T'aurais point envie d'entrer un moment ? susurra-t-elle soudain, pointant un doigt sur l'entrecuisse de Sheemie. Si tu manges un petit morceau de champignon de ma spécialité, je prendrai la figure de la personne qui te plaît, si fait.

— Oh, mais j'peux point, fit-il, agrippant son pantalon à deux mains avec un très grand sourire, ressemblant au cri de tout son être qu'il n'arrivait pas à pousser. « Ce machin si enquiquinant, il est tombé tout seul la semaine dernière, si fait. »

Un instant, Rhéa le regarda bouche bée, vraiment surprise pour l'une des rares fois de sa vie. Puis, à nouveau, elle partit de son rire creux et étouffé. Elle se tenait le ventre de ses mains cireuses, se balançant d'avant en arrière sous le coup de l'hilarité. Ermot se sauva craintivement dans la maison, vert zigzag à rallonge. Quelque part à l'intérieur, le chat salua le retour du serpent en crachant.

— Allez, fit Rhéa, riant toujours.

Elle se pencha et laissa tomber trois, quatre piécettes dans la poche de sa chemise.

— Va-t'en d'ici, espèce de grand flandrin ! Et musarde point non plus à regarder les fleurs !

— Nenni, *sai*...

Avant d'avoir pu en dire plus, elle lui claqua la porte au nez si fort que de petits nuages de poussière s'insinuèrent par les planches disjointes.

7

Roland surprit Cuthbert en suggérant sur le coup de deux heures de l'après-midi qu'ils retournent au Bar K. Quand Bert demanda pourquoi, Roland se contenta de hausser les épaules, refusant d'en dire davantage. Bert, regardant Alain, aperçut sur son visage une étrange expression rêveuse.

Comme ils approchaient du baraquement, Cuthbert fut saisi d'un mauvais pressentiment. Arrivant au sommet d'une côte, ils observèrent le Bar K en contrebas. La porte du baraquement était ouverte.

— Roland ! s'écria Alain.

Il montrait du doigt le bosquet de peupliers qui marquait l'emplacement de la source du ranch. Leurs vêtements, qu'ils avaient laissés soigneusement étendus à sécher, étaient à présent dispersés aux quatre diables.

Cuthbert descendit de sa monture et courut vers eux. Il ramassa une chemise et la jeta au loin après l'avoir reniflée.

— On a pissé dessus ! s'écria-t-il avec indignation.

— Venez, fit Roland. Allons voir les dégâts.

8

Et les dégâts étaient nombreux. *Comme tu t'y attendais*, songea Cuthbert, l'œil fixé sur Roland. Puis il se tourna vers Alain qui, rembruni, n'avait pas l'air surpris outre mesure. *Comme vous vous y attendiez tous les deux.*

Roland se pencha sur le cadavre de l'un des pigeons et en extirpa quelque chose de si fin que Cuthbert ne distingua pas d'emblée de quoi il s'agissait. Puis il se redressa et, le tenant entre le pouce et l'index, le montra à ses amis. C'était un simple cheveu. Très long, très blanc. Ouvrant les doigts, il le laissa voleter sur le sol où il atterrit parmi les restes du portrait déchiré des parents de Cuthbert Allgood.

— Si tu savais que le vieux charognard était ici, pourquoi on est pas revenus lui couper le sifflet ? Cuthbert se surprit à demander.

— Parce que le moment était mal choisi, dit Roland doucement.

— *Lui* ne se serait pas gêné, si l'un de nous était allé chez lui saccager *ses* affaires.

— Mais nous ne sommes pas lui, dit Roland doucement.

— Je vais le retrouver, lui exploser les dents et les lui faire cracher par la nuque.

— Certainement pas, dit Roland doucement.

Au prochain mot prononcé doucement par Roland, Bert allait devenir fou. Toute notion de camaraderie et de *ka-tet* avait déserté son esprit, oblitérée par une colère noire pure et simple. Jonas était venu ici. Il avait pissé sur leurs habits, traité la mère d'Alain de pute, déchiré les portraits auxquels ils tenaient comme à la prunelle de leurs yeux, peint des obscénités puériles sur les murs et tué leurs pigeons voyageurs. Roland l'avait su... n'avait rien fait... avait l'intention de *continuer* à ne rien faire. A part baiser sa gueuse. Il pourrait le faire à foison, si fait, puisque c'était tout ce qui lui importait maintenant.

Mais elle va pas beaucoup aimer ton portrait la prochaine fois que tu la monteras en selle, songea Cuthbert. *Je m'en vais veiller à ça.*

Il s'apprêtait à lui donner un coup de poing, mais fut arrêté dans son geste par Alain. Roland se détourna et se mit à ramasser les couvertures éparses, comme si l'air furieux et le poing levé de Cuthbert ne le concernaient tout bonnement pas.

Cuthbert serra l'autre poing, comptant obliger Alain à le lâcher coûte que coûte. Mais à voir la face ronde et honnête de son ami, toutes candeur et consternation dehors, sa rage se calma un peu. Il n'avait pas de différend avec Alain. Cuthbert était sûr que son camarade avait su qu'il se passait quelque chose de moche ici, mais il était certain aussi que Roland avait insisté pour qu'Alain ne bouge pas tant que Jonas n'était pas parti.

— Suis-moi, marmonna Alain, entourant les épaules de Bert de son bras. Dehors. Au nom de ton père, viens. Il faut que tu relâches la pression. Ce n'est pas le moment qu'on se batte entre nous.

— Ce n'est pas non plus le moment que notre chef perde la boule en se vidant les couilles, fit Cuthbert, sans faire l'effort de baisser la voix.

Mais quand Alain le tira par la manche une seconde fois, Bert se laissa entraîner vers la porte.

Je vais laisser retomber ma colère contre lui encore cette fois, soit, songea-t-il, *mais je pense — non, je sais — que ce sera la dernière. Il faudra que je dise à Alain de le prévenir.*

L'idée d'utiliser Alain comme intermédiaire entre lui et son meilleur ami — de savoir que les choses en étaient arrivées à ce point — remplissait Cuthbert de désespoir et de fureur et, sur le seuil, il se retourna vers Roland.

— *Elle a fait de toi un lâche,* dit-il dans le Haut Parler.

A ses côtés, Alain retint son souffle, estomaqué.

Roland, dos à eux, les bras chargés de couvertures, s'immobilisa, comme métamorphosé soudain en pierre. A cet instant, Cuthbert fut persuadé que Roland allait faire volte-face et se précipiter sur lui. Ils se battraient, probablement jusqu'à ce l'un d'eux meure, soit aveugle ou K.-O. Et probablement que ce serait lui, mais il s'en fichait éperdument.

Mais Roland ne fit pas volte-face. Au lieu de ça, il dit, adoptant lui aussi le Haut Parler : *Il est venu nous dépouiller de notre ruse et de notre prudence. Avec toi, il a réussi son coup.*

— Non, dit Cuthbert, revenant au Bas Langage. Je sais qu'une partie de toi le croit, mais ce n'est pas vrai. Ce qui l'est, par contre, c'est que tu as perdu la boussole. Tu baptises amour ton insouciance et tu te fais une vertu de ton irresponsabilité. Je...

— Pour l'amour des dieux, *viens* !

Alain, grognant à demi, le tira au-delà de la porte.

9

Une fois Roland hors de sa vue, Cuthbert, malgré qu'il en ait, sentit sa rage se reporter contre Alain, telle une girouette au gré du vent. Tous deux se faisaient face dans la cour ensoleillée. Alain avait un air malheureux et angoissé ; Cuthbert serrait les poings si fort qu'il en tremblait.

— Pourquoi tu l'excuses toujours ? Pourquoi ?

— Là-haut sur l'Aplomb, il m'a demandé si je lui faisais confiance. Je lui ai dit que oui. Et c'est vrai.

— Alors, tu es un imbécile.

— Et lui, un pistolero. S'il dit qu'on doit encore attendre, c'est qu'il le faut.

— C'est un pistolero par accident ! Un phénomène de foire ! Un « muté » !

Alain le dévisagea, muet de saisissement.

— Viens avec moi, Alain. Il est temps de mettre fin à ce jeu de dingues. On va aller trouver Jonas et le tuer. Notre *ka-tet* est brisé. Toi et moi, on va en former un nouveau.

— Il n'est pas brisé. Si jamais il se brise, ce sera toi le responsable. Et je ne te le pardonnerai jamais.

C'était maintenant au tour de Cuthbert de rester muet.

— Pourquoi t'irais pas faire une longue balade à cheval ? Pour retrouver ton sang-froid. Tant de choses dépendent de notre camaraderie...

— Va le lui dire à *lui* !

— Non, c'est à *toi* que je le dis. Jonas a insulté ma mère. Tu crois que je ne te suivrais pas rien que pour la venger, si je n'étais pas persuadé que Roland a raison ? Qu'est-ce que cherche Jonas ? Si ce n'est qu'on perde la tête et qu'on contourne notre Butte en chargeant à l'aveuglette.

— C'est vrai et faux en même temps, dit Cuthbert.

Cependant ses doigts se desserraient lentement.

— Tu ne vois rien et je n'ai pas les mots pour me faire comprendre. Si je te dis que Susan a empoisonné l'eau du puits de notre *ka-tet*, tu vas me traiter de jaloux. Et pourtant, je pense qu'elle l'a fait, sans le savoir ni le vouloir. Elle lui a empoisonné l'esprit et la porte de l'enfer s'est ouverte. Roland sent la chaleur qui vient par cette porte et la confond avec ce qu'il ressent pour elle... mais nous, on doit faire mieux, Al. On doit *penser* mieux. Pour lui comme pour nous-mêmes et pour nos pères.

— Tu la juges notre ennemie ?

— Non ! Ce serait plus facile si elle l'était.

Il prit une profonde inspiration, expira, inspira puis expira à nouveau, inspira et expira une troisième fois. Il se sentait de plus en plus sain d'esprit, se retrouvant lui-même.

— Peu importe. Il n'y a rien d'autre à dire sur ce sujet pour le moment. Je vais suivre ton conseil qui me paraît bon — je crois que je vais aller faire un tour à cheval. Un long tour.

Bert se dirigeait vers sa monture quand il se retourna une dernière fois.

— Dis-lui qu'il a tort. Dis-lui que même s'il a raison d'attendre, ses bonnes raisons sont mauvaises et qu'il a donc tort sur toute la ligne.

Il hésita avant de poursuivre.

— Raconte-lui ce que je t'ai dit sur la porte de l'enfer. Dis-lui bien que c'est ce que m'a dit mon petit *shining* à moi. Tu lui diras ?

— Oui. Ne t'approche pas de Jonas, Bert.

Cuthbert se mit en selle.

— Je ne promets rien.

— Tu n'es pas encore un homme, fit Alain d'une voix pleine de tristesse, au bord des larmes. Aucun d'entre nous n'en est un.

— Espérons que tu te trompes, dit Cuthbert, car c'est un boulot d'homme qui nous attend.

Et faisant tourner bride à son cheval, il s'éloigna au galop.

10

Il remonta assez loin la Route Maritime, tâchant au début de ne pas penser. Il avait découvert que parfois des idées inattendues vous venaient à l'improviste si vous leur teniez la porte ouverte, et se révélaient souvent précieuses.

Mais rien de tel ne se produisit cet après-midi-là. Confus, malheureux et l'esprit vide de toute idée nouvelle (et sans même l'espoir qu'une ne survienne), Bert avait finalement rebroussé chemin vers Hambry. Il arpenta la Grand-Rue d'un bout à l'autre, sans descendre de cheval, faisant signe de la main ou s'arrêtant pour parler aux gens qui le saluèrent d'un *Aïle*. Tous trois avaient connu nombre de gens bien dans cette ville. Il en considérait certains comme des amis et sentait que les petites gens d'Hambry les avaient adoptés — eux, si jeunots, si loin de chez eux et de leurs familles. Et plus Bert apprenait à connaître ces gens-là, moins il les soupçonnait de faire partie du sale petit jeu que jouaient Rimer et Jonas. Pourquoi l'Homme de Bien avait-il jeté son dévolu sur Hambry si ce n'était qu'elle fournissait une excellente couverture ?

Il y avait beaucoup de monde dehors, ce jour-là. Le marché des produits fermiers était en pleine effervescence, les échoppes sur rue étaient bondées, les enfants riaient à un spectacle de marionnettes où l'on voyait Guignon courser le pauvre Gnafrol, son souffre-douleur de toujours, pour lui administrer une volée de coups de bâton. Et on s'activait à qui mieux mieux pour les décorations de la Fête de la Moisson. Pourtant Cuthbert ne sautait pas de joie en pensant à la Fête. Parce qu'il n'était pas chez lui, que ce n'était pas la Moisson de Gilead ? Peut-être... mais avant tout parce qu'il avait le cœur lourd et qu'un plus grand poids encore plombait son esprit. Si grandir faisait cet effet-là, il songeait qu'il se serait bien passé de cette expérience.

Il sortit de la ville, laissant l'océan derrière lui ; il avançait face au soleil et son ombre s'étirait toujours plus longue dans son dos. Il songeait qu'il quitterait bientôt la Grand-Route pour gagner le Bar K en chevauchant à travers l'Aplomb. Mais avant de pouvoir faire ouf, voici qu'il vit venir son vieil ami, Sheemie, menant un mulet. Sheemie avançait, tête basse, épaules tombantes, sa *sombrera* rose de travers, les bottes pleines de poussière. Cuthbert eut l'impression qu'il revenait à pied de l'autre bout de la terre.

— Sheemie ! s'écria Cuthbert, anticipant le rictus joyeux du simplet et son baratin loufoque. Longs jours et plaisantes nuits ! Comment vas-t... ?

Sheemie releva la tête et tandis que le bord de sa *sombrera* lui découvrait la figure, Cuthbert se tut devant l'expression terrorisée du garçon. Il avait le teint livide, l'œil hagard et la lèvre tremblante.

11

Sheemie aurait pu atteindre la maison Delgado deux bonnes heures plus tôt, s'il l'avait voulu. Mais il avait traîné comme une tortue, comme si la lettre dont il était porteur freinait son moindre pas. C'était affreux, trop affreux. Il pouvait même point y penser, car son cogiteur était cassé, si fait.

En un éclair, Cuthbert fut au bas de son cheval et se pressa vers Sheemie. Il le saisit aux épaules.

— Qu'est-ce qui se passe ? Raconte tout à ton vieux copain. Il se moquera pas de toi, parole.

En entendant la voix pleine de sympathie d'« Arthur Heath » et en le voyant si plein de sollicitude, Sheemie se mit à pleurer. L'ordre formel de Rhéa de ne rien dire à personne lui était sorti de la tête, il fit un récit complet entrecoupé de sanglots de ce qui lui était arrivé au cours de la matinée. A deux reprises, Cuthbert lui demanda de ralentir son débit, mais ce ne fut qu'une fois qu'il eut conduit Sheemie à l'ombre d'un arbre où ils s'assirent tous deux, que ce dernier put y arriver. Cuthbert l'écouta avec un malaise grandissant. A la fin de son histoire, Sheemie sortit une enveloppe de sa chemise.

Cuthbert brisa le sceau et lut le contenu ; ses yeux devinrent grands comme des soucoupes.

12

Roy Depape attendait Jonas au Repos des Voyageurs quand ce dernier revint d'excellente humeur de son expédition au Bar K. Une estafette avait fini par pointer son nez, lui annonça Depape, et la bonne humeur de Jonas monta d'encore un cran. Sauf que Roy n'avait pas l'air aussi satisfait que Jonas l'aurait cru. Et même pas satisfait du tout.

— L'individu a poussé jusqu'à Front de Mer, où je devine qu'il est attendu, dit Depape. Il veut te voir tout de suite. Si j'étais toi, je m'attarderais pas à grignoter ici, pas même un *popkin*. Je boirais même pas un coup. Vaut mieux avoir l'esprit clair pour traiter avec ce genre d'individu.

— On conseille gratis aujourd'hui, pas vrai, Roy ? fit Jonas d'un ton lourdement sarcastique.

Néanmoins, quand Pettie lui servit un baby whiskey, il le refusa net et demanda un verre d'eau à la place. Roy tirait une drôle de gueule, décida Jonas. Deux fois trop pâlichon, qu'il était le père Roy. Et quand Sheb s'installa devant le clavier et plaqua un accord, Depape pivota vivement dans sa direction, une main sur la crosse de son arme. Intéressant. Et un peu inquiétant.

— Allez, accouche, fiston, qu'est-ce qui te défrise autant le poil ?

Roy secoua la tête, l'air renfrogné.

— J'sais pas vraiment.

— Il s'appelle comment, l'individu ?

— Je lui ai pas demandé, et il me l'a pas dit. Il m'a montré le *sigleu* de Farson quand même. Tu sais bien.

Depape baissa la voix.

— L'œil.

Jonas savait, bien sûr. Il détestait cet œil fixe grand ouvert, n'arrivait pas à imaginer quelle mouche avait piqué Farson pour qu'il aille choisir un truc pareil. Pourquoi pas un poing dans un gantelet en cotte de mailles ? Ou bien des épées en faisceau ? Ou encore un oiseau ? Un faucon, par exemple — un faucon aurait fait un très bon *sigleu*. Mais cet *œil*...

— Fort bien, dit-il en vidant son verre d'eau.

Ça descendait bien plus facilement que le whiskey, mais, de toute façon, il avait le gosier sec comme de l'amadou.

— Faudra que je découvre le reste par moi-même, c'est ça ?

Au moment où il poussait les portes battantes du saloon, Depape l'appela. Jonas se retourna vers lui.

— Il ressemble à d'autres personnes, fit Depape.

— Explique-toi.

— C'est difficile à dire.

Depape avait l'air embarrassé et dépassé... mais aussi entêté. Pas près d'en démordre.

— On n'a parlé que cinq minutes, pas plus, mais à un moment

je l'ai regardé et j'ai cru voir le vieux saligaud de Ritzy — celui que j'ai descendu. Un tout petit peu plus tard, je lui ai lancé un coup d'œil et je me suis dit comme ça : « Que je brûle en enfer si c'est pas mon pa qu'j'ai devant moi. » Puis, c'est passé ça aussi, et il a eu de nouveau l'air d'être lui.

— C'est-à-dire ?

— Tu jugeras par toi-même, je suppose. J'pense pas que t'aimeras beaucoup ça.

Jonas, appuyé contre l'un des battants ouverts, réfléchissait.

— Roy, c'était quand même pas Farson ? L'Homme de Bien, déguisé, comme qui dirait ?

Depape hésita, sourcils froncés, puis secoua la tête.

— Non.

— Tu es sûr ? On l'a vu qu'une fois, tu te rappelles, et pas de près. Latigo le leur avait montré du doigt. Ça remontait à seize mois, par là.

— Oui, sûr. Tu te souviens de sa taille ?

Jonas opina. Farson n'avait rien d'un Lord Perth, mais faisait un bon mètre quatre-vingts, et était large d'épaules et de panse.

— Cet homme est de la même taille que Clay, peut-être moins. Et sa taille ne bouge pas, quelle que soit l'apparence qu'il prend.

Depape hésita un instant avant d'ajouter :

— Il rit comme un mort. J'ai pu à peine supporter de l'entendre rire comme ça.

— Comme un mort, ça veut dire quoi ?

Roy Depape secoua la tête.

— J'saurais pas dire exactement.

13

Vingt minutes plus tard, Eldred Jonas, passant à cheval sous ENTREZ EN PAIX, pénétrait dans la cour de Front de Mer, mal à l'aise parce qu'il avait attendu Latigo... et à moins que Roy ne se soit royalement trompé, ce n'était pas de Latigo qu'il héritait.

Miguel, rictus gingival dehors, s'avança en traînant les pieds et prit les rênes de la monture de Jonas.

— *Reconocimiento.*

— *Por nada, jefe.*

Jonas aperçut en entrant Olive Thorin assise dans le salon de devant comme un fantôme délaissé dans son coin et la salua d'un signe de tête. Elle lui rendit son salut avec un petit sourire triste.

— *Sai* Jonas, vous m'avez l'air en pleine forme. Si jamais vous voyez Hart...

— J'implore votre pardon, ma Dame, mais c'est le Chancelier que je suis venu voir, répondit Jonas.

Il monta rapidement au premier pour gagner la suite du Chancelier, avant d'enfiler un étroit couloir de pierre, mal éclairé par des brûleurs à gaz.

Arrivé au bout du corridor, il toqua à la porte qui le barrait — en chêne massif et cuivre, encastrée dans une arche. Si Rimer avait peu de goût pour Susan Delgado et ses pareilles, il adorait par contre l'apparat du pouvoir ; c'était ce qui faisait sortir tout raide son colimaçon de sa coquille. Jonas frappa à nouveau.

— Entrez, mon ami, dit une voix — qui n'était pas celle de Rimer.

L'invite fut suivie d'un petit rire maniéré qui donna la chair de poule à Jonas. *Il rit comme un mort*, avait dit Roy.

Jonas poussa la porte et entra. Rimer avait aussi peu de goût pour l'encens que pour les hanches et les lèvres des femmes, et pourtant de l'encens brûlait ici et maintenant — une odeur boisée qui remémora à Jonas la cour à Gilead et les cérémonies officielles dans le Grand Hall. Les brûleurs à gaz étaient montés à fond. Les draperies, de velours violet, couleur de la royauté, couleur préférée de Rimer, tremblaient imperceptiblement sous la brise de mer qui entrait par les fenêtres ouvertes. Pas trace de Rimer ni de quiconque, tant qu'on y était. Des portes ouvertes donnaient sur un petit balcon, mais là non plus, il n'y avait personne.

Jonas pénétra plus avant dans la pièce ; il jeta un coup d'œil dans un miroir au cadre doré sur le mur du fond pour contrôler ses arrières sans tourner la tête. Rien ni personne, là non plus. Devant lui, sur sa gauche, il vit une table dressée pour deux couverts et un repas froid qui attendait, mais personne d'assis. Et pourtant, quelqu'un lui avait parlé. Quelqu'un qui, à en juger par la voix, s'était trouvé juste de l'autre côté de la porte. Jonas dégaina.

— Allons, voyons, fit la voix qui l'avait prié d'entrer, s'élevant cette fois derrière l'épaule gauche de Jonas. Vous n'avez pas besoin de ça, il n'y a que des amis ici. Nous sommes tous du même côté, vous le savez.

Jonas pivota sur ses talons, se sentant soudain vieux et lent. Il se retrouva face à un homme de taille moyenne, à puissante carrure, semblait-il, aux yeux d'un bleu vif et aux joues d'un rose dû à la bonne santé ou au bon vin. Son sourire révélait de petites dents pointues, comme limées à cet effet — car elles n'avaient rien de naturel. Il portait la robe noire d'un moine, capuchon rabattu en arrière. Jonas, qui avait d'abord cru l'homme chauve, vit qu'il s'était trompé. Son crâne avait été si rigoureusement tondu qu'il ne lui restait plus qu'un léger duvet.

— Rangez donc votre pétoire, dit l'homme en noir. Il n'y a que des amis ici, je vous l'ai dit — de vrais culs et chemises. Nous allons rompre le pain et parler de beaucoup de choses — de bœufs, de citernes et si oui ou non Frank Sinatra était un meilleur crooner qu'Herr Crosby.

— Qui ça ? Meilleur *quoi* ?

— Vous ne connaissez pas, c'est sans importance.

A nouveau, l'homme en noir fit sonner son rire de crécelle. Et qui ressemblait, songea Jonas, à ce qu'on s'attend qui s'échappe des fenêtres à barreaux d'un asile d'aliénés.

Se retournant, il contempla à nouveau le reflet dans le miroir. Cette fois, il vit l'homme en noir qui lui souriait, grandeur nature. Mes dieux, avait-il été là tout du long ?

Oui, mais tu pouvais pas le voir tant qu'il n'était pas prêt à être vu. Je sais pas s'il est magicien, mais c'est un homme-glam, pour sûr. Peut-être même que Farson est un sorcier.

Il se retourna. L'homme en robe de moine souriait toujours. Mais on ne voyait plus ses dents pointues. Ses dents, limées pour les rendre pointues. Jonas était prêt à en ficher sa montre et son billet.

— *Où est Rimer ?*

— Je l'ai expédié faire répéter son catéchisme à la jeune *sai* Delgado pour le Jour de la Moisson, dit l'homme en noir.

Il entoura d'un bras amical les épaules de Jonas, l'entraînant vers la table.

— Il vaut mieux que notre palabre se déroule en tête à tête, je pense.

Jonas ne tenait pas à faire offense à l'envoyé de Farson, mais le contact de son bras lui fut intolérable. Une vraie pestilence. Il le repoussa d'un haussement d'épaules et se dirigea vers l'une des chaises, tâchant de ne pas frissonner. Rien d'étonnant à ce que Depape soit revenu aussi livide de la Roche Suspendue. Rien d'étonnant, sacrebleu !

Au lieu de se sentir offensé, l'homme en noir se mit à rire de plus belle. (*Oui*, songea Jonas, *il a tout à fait le rire d'un homme mort, si fait*.) Un instant, Jonas crut que Fardo, le père de Cort, se trouvait avec lui dans cette pièce — Fardo, celui qui l'avait envoyé dans l'Ouest, il y avait déjà tant d'années de ça —, et porta à nouveau la main à son arme. Puis il n'eut plus devant lui que l'homme en noir, lui souriant d'un air entendu des plus déplaisants, avec ses yeux d'un bleu dansant comme la flamme des brûleurs à gaz.

— Vous avez vu quelque chose d'intéressant, *sai* Jonas ?

— Si fait, répondit Jonas en s'asseyant. De la bouffe.

Il prit un morceau de pain et l'avala d'un coup. Le pain adhéra à sa langue desséchée, mais il ne l'en mâcha pas moins avec détermination.

— Brave garçon.

L'autre s'assit à son tour et versa du vin, servant d'abord Jonas.

— Et maintenant, mon ami, racontez-moi tout ce que vous avez fait depuis l'arrivée de ces trois gêneurs de gamins, plus tout ce que vous savez et avez prévu de faire. Et sans omettre le moindre iota, ce serait préférable.

— Montrez-moi d'abord votre *sigleu*.

— Bien entendu. Quel prudent vous faites !

L'homme en noir sortit de sa défroque un carré de métal — en argent, estima Jonas. Il le lança sur la table où il cliqueta jusqu'à l'assiette de Jonas. Il portait gravé ce à quoi ce dernier s'attendait — cet hideux œil fixe.

— Satisfait ?

Jonas opina.

— Faites-le reglisser vers moi.

Jonas tendit la main pour le saisir, mais sa main, ferme en temps normal, était maintenant à l'image de sa voix flûtée et mal posée. Il observa un instant ses doigts pris de tremblements, puis reposa prestement sa main sur la table.

— Je... j'aimerais mieux pas.

Non, pas question. Soudain, il sut que si jamais il le touchait, l'œil gravé dans l'argent tournerait dans son orbite... et se fixerait sur lui.

L'homme en noir partit de son rire de crécelle et fit un geste de rappel des doigts de sa main droite. La boucle d'argent (elle apparaissait telle à Jonas) glissa vers l'homme en noir... et remonta dans la manche de sa robe tissée main.

— Abracadabra ! Boul ! Fini ! Et maintenant, continua l'homme en noir, sirotant délicatement son vin, si nous en avons terminé avec ces fastidieuses formalités...

— Encore une chose, dit Jonas. Vous connaissez mon nom, j'aimerais connaître le vôtre.

— Appelez-moi Walter, dit l'homme en noir, dont le sourire disparut soudainement. Ce bon vieux Walter, c'est moi. A présent, voyons où nous en sommes et où nous allons. En bref, palabrons.

14

Quand Cuthbert rentra au baraquement, la nuit était tombée. Roland et Alain jouaient aux cartes. Ils avaient si bien nettoyé l'endroit qu'il avait presque repris son aspect habituel (grâce à l'essence de térébenthine qu'ils avaient dénichée dans un placard de l'ancien bureau du régisseur, les graffiti sur les murs n'étaient plus que les fantômes rosâtres d'eux-mêmes) ; pour l'heure, ils étaient plongés dans une partie de *Casa Fuerte*, ou de « méla-mélu », comme on désignait ce jeu dans leur partie du monde. Quelle que fût son appellation, ce n'était rien d'autre qu'une variante à deux joueurs de Surveille-Moi, le jeu de cartes qu'on pratiquait dans les saloons et les baraquements depuis la jeunesse du monde.

Roland releva les yeux aussitôt, tâchant de prendre la température émotionnelle de Bert. Si extérieurement, Roland était plus impassible que jamais, ayant même fait égalité avec Alain après quatre manches difficiles, il était dans un état d'agitation intérieure où la douleur le disputait à l'indécision. Alain lui avait rapporté les propos que Cuthbert lui avait tenus dans la cour et c'étaient des choses terribles à entendre de la bouche d'un ami, même de seconde main. Ce qui le taraudait le plus, cependant, c'était ce que Cuthbert lui avait assené juste avant de passer la porte : *Tu baptises amour ton insouciance et tu te fais une vertu de ton irresponsabilité.* Y avait-il une chance qu'il ait fait une chose pareille ? Il n'avait cessé de se répéter que non — que les directives qu'il leur avait demandé de suivre étaient dures à respecter mais pleines de bon sens, les seules qui rimaient à quelque chose. Les gueulantes de Cuthbert n'étaient que du vent, le simple résultat de sa nervosité... et de sa fureur devant l'outrage de leur sanctuaire ainsi souillé. Et pourtant...

Dis-lui que ses bonnes raisons sont mauvaises et qu'il a tort sur toute la ligne.

C'était impossible.

Vraiment ?

Cuthbert souriait et avait des couleurs, comme s'il était rentré au galop, les trois quarts du temps. Il avait l'air jeune, beau et plein de vitalité. Heureux, en un mot et en fait. Presque redevenu le Cuthbert de toujours — celui qui était capable de babiller de joyeuses absurdités à un crâne de corneille jusqu'à ce qu'on le supplie de la fermer.

Mais Roland ne se fia pas à ce qu'il voyait. Le sourire de Bert avait quelque chose de faux et la coloration de ses joues aurait pu trahir aussi bien la colère que la bonne santé. Quant à l'éclat de ses yeux, il évoquait plus celui de la fièvre que celui de la gaieté. Le visage de Roland ne laissa rien transparaître, mais son cœur défaillit. Il avait espéré que la tempête se serait calmée d'elle-même, au bout d'un petit moment, mais il ne croyait pas que ce fût le cas. Lançant un coup d'œil à Alain, il constata qu'il était du même avis.

Cuthbert, tout sera fini dans trois semaines. Si seulement je pouvais te le dire.

L'idée qui le frappa en retour était d'une simplicité renversante : *Qu'est-ce qui t'en empêche ?*

Il prit conscience qu'il n'en savait rien. Pourquoi était-il resté sur son quant-à-soi ? Dans quel *but* ? Avait-il été *aveugle* ? Mes dieux, l'avait-il été ?

— Salut, Bert, dit-il. Tu as fait une belle ba...

— Oui, une belle balade, je dirais même plus, très belle. Et très *instructive*, en plus. Viens dehors, j'aimerais te montrer quelque chose.

Roland aimait de moins en moins le mince glacis d'hilarité des yeux de Bert, mais il déposa ses cartes, masquant son jeu en un parfait éventail sur la table et se leva.

Alain le tira par la manche.

— Non ! fit-il à voix basse d'un ton paniqué. Tu ne vois pas l'air qu'il a ?

— Si, répondit Roland, le cœur lourd.

S'avançant vers l'ami qui ne ressemblait plus du tout à un ami, Roland se rendit compte pour la première fois qu'il avait pris ses décisions dans un état proche de l'ivresse. Mais avait-il vraiment pris des décisions ? Il n'en était plus du tout certain.

— Qu'est-ce que tu aimerais me montrer, Bert ?

— Quelque chose de prodigieux, répondit Bert avant d'éclater de rire.

On percevait de la haine, peut-être même des envies de meurtre dans ce rire.

— Tu voudras voir ça de près, j'en suis sûr.

— Bert, qu'est-ce que tu as qui va pas ? demanda Alain.

— Qu'est-ce que j'ai, *moi*, qui va pas ? Rien, Alain. Je suis heureux comme une flèche au lever du soleil, une abeille butinant une fleur, un poisson dans l'océan.

Et se retournant pour franchir la porte, il partit d'un nouvel éclat de rire.

— Ne sors pas, dit Alain. Il a perdu l'esprit.

— Si notre camaraderie est brisée, nous n'avons plus aucune chance de quitter Mejis vivants, dit Roland. Cela étant, je préfère périr de la main d'un ami que de celle d'un ennemi.

Et il sortit. Après un instant d'hésitation, Alain le suivit. Son visage reflétait une pure détresse.

15

La Chasseresse s'était enfuie et la Lune du Démon ne montrait pas encore sa face, mais le ciel plein d'étoiles éclairait suffisamment pour qu'on y voie. Le cheval de Cuthbert, encore sellé, était à l'attache. Plus loin, le carré de terre battue de la cour d'entrée luisait comme un dais d'argent terni.

— Eh bien ? demanda Roland.

Aucun d'eux n'était armé, du moins. Dieux merci.

— Qu'est-ce que tu voulais me montrer ?

— C'est par ici.

Cuthbert s'arrêta à mi-chemin entre le baraquement et les ruines calcinées de l'ancienne demeure. Il désigna un point sur le sol avec beaucoup d'assurance. Mais Roland ne distingua rien qui sortît de l'ordinaire. Il rejoignit Cuthbert et baissa les yeux.

— Je ne vois...

Une brillante lueur — mille fois celle des étoiles — explosa dans sa tête quand le poing de Cuthbert le cueillit à la pointe du menton. C'était la première fois, sauf par jeu (et quand ils étaient de tout petits garçons), que Bert le frappait. Si Roland ne perdit pas conscience, il perdit par contre le contrôle de ses bras et de ses jambes. Ils étaient à la fois là et ailleurs, comme exilés dans un autre pays, battant l'air tels les membres d'une poupée de chiffon. Il s'affala sur le dos, soulevant des nuages de poussière. Les étoiles semblaient affectées d'un étrange mouvement en arc de cercle, laissant des traînées laiteuses dans leur sillage. Les oreilles lui tintaient.

Il entendit de très loin Alain qui criait :

— Imbécile ! Espèce d'idiot *stupide* !

Au prix d'un effort formidable, Roland réussit à tourner la tête. Il vit Alain se porter vers lui et Cuthbert, qui ne souriait plus, le repousser.

— C'est entre lui et moi, Al. Toi, tu restes en dehors.

— Tu l'as frappé en traître, salopard !

Alain, lent à s'échauffer, développait une colère que Cuthbert pourrait bien regretter. *Il faut que je me remette debout*, songea Roland, *il faut que je m'interpose avant que quelque chose d'encore pis n'arrive.* Il se mit à remuer faiblement bras et jambes dans la poussière.

— Oui... il nous a traités de la même manière, dit Cuthbert. Je n'ai fait que lui retourner le compliment.

Il baissa les yeux.

— Voilà ce que je voulais te montrer, Roland. Ce petit arpent de poussière que tu as mordu. Si tu mâches bien, peut-être que ça te remettra les idées en place.

A présent, la moutarde montait au nez de Roland. Sentant une froideur infiltrer ses pensées, il lutta contre pour mieux constater sa défaite. Jonas cessa de compter ; les citernes de Citgo cessèrent de compter ; le complot d'approvisionnement qu'ils avaient découvert cessa de compter. Sous peu, l'Affiliation et le *ka-tet*, qu'il s'était donné tant de peine pour préserver, cesseraient de compter, eux aussi.

Ses jambes et ses pieds perdant leur engourdissement superficiel, il se redressa en position assise. Il leva calmement les yeux vers Bert, mains au starting-block, visage fermé. Il voyait encore plein de petites étoiles.

— Je t'aime beaucoup, Cuthbert, mais je ne supporterai pas plus longtemps ton insubordination et tes crises de jalousie. Si je te rendais la monnaie de ta pièce pour l'ensemble, je crois bien qu'on pourrait numéroter tes abattis, aussi vais-je me contenter de te châtier pour m'avoir frappé sans que je l'aie vu venir.

— Et j't'fais confiance pour ça, mon goujat, répliqua Cuthbert, s'alignant sans effort sur le patois d'Hambry. Mais d'abord, tu pourrais avoir envie de jeter un œil là-dessus.

Et il lui lança presque dédaigneusement une feuille de papier qui, frappant la poitrine de Roland, atterrit sur ses genoux.

Roland s'en saisit, sentant déjà s'émousser le pic de sa colère grandissante.

— C'est quoi ?

— Ouvre et vois par toi-même. On peut lire à la lueur des étoiles.

Roland déplia lentement, avec répugnance, la feuille de papier où il lut ce qui suit :

Fini sa pureté! Will
Dearborn l'a possédée par
tous les trous, si fait!
QU'EST-CE QUE TU DIS DE ÇA?

Roland lut et relut. La seconde fois, il eut plus de mal, car ses mains s'étaient mises à trembler. Il revit chaque endroit de ses rendez-vous avec Susan — le hangar à bateaux, la cabane, la bicoque — mais sous un nouvel éclairage, sachant à présent que quelqu'un d'autre les avait vus aussi. Et dire qu'il avait cru qu'ils faisaient preuve de beaucoup d'astuce. Comme il s'était montré confiant quant à leur discrétion et à leur capacité à préserver leur secret ! Et pourtant, quelqu'un n'avait cessé de les épier. Susan avait eu raison. Quelqu'un avait tout vu.

J'ai tout risqué. La vie de Susan, comme la nôtre à tous les trois.

Raconte-lui ce que je t'ai dit sur la porte de l'enfer.

Et la voix de Susan d'enchaîner : *Le* ka *est comme le vent... si tu m'aimes, alors aime-moi jusqu'au bout.*

Et il lui avait obéi, persuadé avec l'arrogance de sa jeunesse que tout tournerait bien sans autre raison, oui, il avait cru cela dans son for intérieur — que *lui,* c'était *lui* et que le *ka* devait être au service de son amour.

— J'ai fait l'idiot, dit-il.

Et sa voix tremblait comme ses mains.

— Oh oui, dit Cuthbert. Si fait.

Il tomba à genoux dans la poussière, en face de Roland.

— Si tu veux me frapper maintenant, ne te gêne pas. Cogne aussi fort que tu veux et autant que tu peux. Je ne te rendrai pas tes coups. J'ai fait tout ce que j'ai pu pour te réveiller et te remettre face à tes responsabilités. Si tu dors encore, qu'il en soit ainsi. Quel que soit le cas de figure, je t'aime toujours.

Bert saisit Roland aux épaules et planta un baiser rapide sur la joue de son ami.

Roland se mit à pleurer. Ses larmes étaient des larmes de gratitude, mais aussi de honte et de confusion mêlées ; au plus obscur de son être, une infime partie de lui-même détestait Cuthbert et le détesterait à tout jamais. Cette haine était davantage due à son baiser qu'au coup de poing à la mâchoire qu'il n'avait pas vu venir ; plus à son pardon qu'à sa remise des pendules à l'heure.

Il se leva ; tenant toujours la lettre dans l'une de ses mains salie de poussière, il essuya du revers de l'autre, sans grande efficacité, ses joues humides. Il chancela, mais quand Cuthbert avança la main pour lui éviter de perdre l'équilibre, Roland le repoussa si violemment que Cuthbert serait tombé à son tour si Alain ne l'avait pas rattrapé par les épaules.

Puis, très lentement, Roland se laissa retomber — mais cette fois devant Cuthbert, mains levées et tête basse.

— Roland, non ! s'écria Cuthbert.

— Si, dit Roland. J'ai oublié le visage de mon père, j'implore ton pardon !

— Oui, d'accord, *oui,* aux noms des dieux !

C'était au tour de Cuthbert de donner l'impression qu'il pleurait.

— Mais... relève-toi, je t'en prie ! Ça me brise le cœur de te voir comme ça !

Et à moi de m'humilier comme ça, songea Roland. *Mais j'ai tout fait pour en arriver là, n'est-ce pas ? A cette cour obscure, avec ma tête en feu et mon cœur qui déborde de honte et de peur. C'est mon lot, acheté et payé.*

Ils l'aidèrent à se relever et Roland les laissa faire.

— T'as une sacrée gauche, Bert, dit-il d'un ton qui aurait pu passer pour normal.

— Seulement quand on ne la voit pas venir, tempéra Bert.

— Cette lettre — comment est-elle tombée entre tes mains ?

Cuthbert lui narra sa rencontre avec Sheemie, paniqué et en détresse, comme s'il attendait une intervention du *ka*... et en la personne d'« Arthur Heath », le *ka* avait fait son office.

— Elle est de la sorcière, donc, fit Roland d'un ton rêveur. Oui, mais comment est-elle au courant ? Elle ne quitte jamais le Cöos, du moins à ce que m'a dit Susan.

— Je n'en sais rien. Et je m'en moque. Pour l'instant, ce qui m'intéresse, c'est de m'assurer que Sheemie ne pâtisse pas de m'avoir parlé et donné ce billet. Ce qui m'intéresse ensuite, c'est que la vieille Rhéa ne tente pas une nouvelle fois de communiquer ce qu'elle a découvert.

— Si j'ai commis une terrible erreur, dit Roland, ce n'est pas d'avoir aimé Susan. Ni moi ni elle n'y pouvions rien changer. Vous me croyez ?

— Oui, dit Alain aussitôt.

Au bout d'un instant, et presque à contrecœur, Cuthbert dit :

— Si fait, Roland.

— Je me suis montré arrogant et stupide. Si ce billet avait été remis à sa tante, elle risquait d'être envoyée en exil.

— Et nous au diable, par le truchement d'une corde de pendu, ajouta sèchement Cuthbert. Même si je sais que cela te semble peu de chose en comparaison.

— Et la sorcière ? demanda Alain. Qu'est-ce qu'on va faire à son sujet ?

Roland se tourna avec un petit sourire vers le nord-ouest.

— Rhéa, dit-il. Avant toute autre chose, c'est une faiseuse d'embrouilles de première, pas vrai ? Et les faiseuses d'embrouilles, il faut les mettre au pas.

Il repartit vers le baraquement, la démarche lourde, l'oreille basse. Cuthbert, regardant Alain, vit que ce dernier avait lui aussi la larme à l'œil. Bert lui tendit la main. Alain la fixa un instant sans la prendre. Puis il opina — son mouvement de tête semblait plus à sa propre adresse qu'à celle de Cuthbert — et la serra.

— Tu as fait ce que tu devais faire, dit Alain. J'en ai douté au début, mais plus maintenant.

Cuthbert exhala un soupir de soulagement.

— Et j'ai agi comme je devais le faire. Si je ne l'avais pas pris par surprise...

— ... il t'aurait roué de coups. Et tu en aurais vu des vertes et des pas mûres.

— Toutes les couleurs de l'arc-en-ciel, convint Cuthbert.

— Je dirais même plus, toutes celles de l'Arc-en-Ciel du Magicien, dit Alain. Plein d'autres couleurs pour pas un rond.

Là-dessus, Cuthbert éclata de rire. Tous deux revinrent vers le baraquement, où Roland dessellait le cheval de Bert.

Ce dernier s'apprêtait à aller lui prêter main-forte, mais Alain le retint.

— Laisse-le tranquille un petit moment, fit-il. Ça vaut mieux.

Ils entrèrent et quand Roland les rejoignit à son tour dix minutes plus tard, il trouva Cuthbert en train de jouer la manche à sa place. Et il la gagna.

— Bert, fit-il.

Cuthbert leva les yeux.

— Toi et moi, on a une petite affaire à régler demain. Là-haut sur le Cöos.

— On va la tuer ?

Roland accorda à la chose un long moment de réflexion. Il releva enfin les yeux et dit en se mordant les lèvres :

— On devrait.

— Si fait, on devrait. Mais est-ce qu'on va le faire ?

— Non, à moins d'y être obligés, je suppose.

Plus tard, il regretterait amèrement cette décision — si c'en était bien une — tout en comprenant pourquoi il l'avait prise. Il n'était guère plus âgé que Jake Chambers, cet automne-là à Mejis, et décider de tuer ne vient ni facilement ni naturellement à l'esprit de la plupart des garçons de cet âge.

— Pas à moins qu'elle ne nous y force.

— Vaudrait peut-être mieux qu'elle fasse en sorte, dit Cuthbert.

C'était le langage rude d'un pistolero, mais il ne parut pas troublé de le tenir.

— Oui, peut-être. Mais ce n'est guère probable. Elle est bien trop rusée pour ça. Prépare-toi à te lever tôt.

— Très bien. Tu veux que je te redonne la main ?

— Alors que tu vas lui mettre la pâtée ? Pas question.

Roland, passant devant eux, gagna sa couchette où il s'assit, se perdant dans la contemplation de ses mains croisées sur ses genoux. Il aurait pu tout aussi bien être en prière que plongé dans ses pensées. Cuthbert l'observa un instant, puis reporta son attention sur le jeu.

16

Le soleil était au ras de l'horizon quand Roland et Cuthbert se mirent en route, le lendemain matin. L'Aplomb, encore détrempé de rosée, semblait incendié d'un flamboiement orange dans le jour qui se levait. La respiration des deux garçons et le souffle de leurs chevaux se condensaient en petits nuages dans l'air vif. Commençait une matinée que ni l'un ni l'autre ne devaient oublier jamais. Pour la première fois de leur vie, ils arboraient des étuis à revolver ; pour la première fois de leur vie, ils pénétraient dans le monde des pistoleros.

Cuthbert ne disait mot — il savait qu'une fois lancé, il ne ferait que babiller des flots d'absurdités à son habitude — et Roland était taciturne par nature. Ils n'eurent qu'un bref échange.

— Je t'ai dit que je n'avais commis qu'une terrible erreur, commença Roland. C'est ce billet (il toucha sa poche-poitrine) qui m'a rafraîchi la mémoire. Et tu sais quelle est l'erreur que j'ai faite ?

— Pas d'aimer Susan, non, pas ça, dit Cuthbert. Tu appelles ça le *ka* et j'appelle ça tout pareil.

Ce fut un grand soulagement pour Cuthbert d'être capable de dire cela et un encore plus grand d'y croire. Cuthbert pensait qu'il pouvait même accepter Susan à présent, non comme la maîtresse de son meilleur ami, une fille que lui-même avait désirée dès qu'il l'avait vue, mais comme faisant partie de leur destin interdépendant.

— Non, reprit Roland. Pas de l'aimer, mais de croire que cet amour pouvait demeurer à l'écart de tout le reste. Que je pouvais vivre une double vie — une avec toi et Al et notre boulot ici, l'autre avec elle. J'ai cru que l'amour pourrait me dérober au *ka* comme les ailes d'un oiseau peuvent le dérober à tous ses ennemis. Tu comprends ?

— Il t'a aveuglé, fit Cuthbert avec une gentillesse tout à fait étrangère au jeune homme qui avait souffert ces deux derniers mois.

— Oui, dit Roland avec tristesse. Il m'a aveuglé... mais à présent je vois clair. Allons, pressons un peu l'allure, s'il te plaît. J'ai hâte d'en avoir fini.

17

Ils gravirent à cheval le chemin charretier plein d'ornières que Susan (une Susan alors bien moins au fait des usages du monde) avait monté en chantant « Amour Insouciant », à la clarté de la Lune des Baisers. Quand le chemin s'ouvrit pour laisser place à la cour de Rhéa, ils arrêtèrent leurs montures.

— Quelle vue magnifique ! murmura Roland. On peut voir d'ici toute l'étendue du désert.

— On ne peut pas en dire autant de ce qu'il y a devant nous.

Ce qui n'était que trop vrai. Le potager était plein de légumes « mutés » que personne ne s'était donné la peine de ramasser, le pantin de chiffon qui les présidait faisait l'effet soit d'une mauvaise plaisanterie, soit d'un mauvais augure. La cour n'offrait qu'un seul arbre, perdant ses feuilles mortes à l'image d'un vieux vautour tout déplumé. La masure proprement dite se trouvait au-delà de cet arbre : construite en pierre grossière, elle était coiffée d'un unique tuyau de cheminée noir de suie, où était peint en jaune sarcasme un signe cabalistique. Au fond, dans le coin, on apercevait un tas de bois.

Roland avait vu nombre de masures semblables — lui et ses deux compagnons étaient passés devant, en venant de Gilead jusqu'ici — mais aucune ne lui avait paru aussi puissamment *anormale* que celle-ci. Cela ne tenait pas tant à ce qu'il voyait qu'à l'impression, trop forte pour être niée, d'une présence. Celle de quelqu'un qui guettait, à l'affût.

Cuthbert avait la même.

— Doit-on approcher ? fit-il en déglutissant. Faut-il qu'on entre ? Parce que... Roland, la porte est ouverte. Tu as vu ?

Il avait vu. Comme si elle les attendait. Comme si elle les invitait à entrer et à prendre part avec elle à son innommable petit déjeuner.

— Reste ici.

Roland poussa Rusher en avant.

— Non ! Je viens avec toi !

— Non, couvre mes arrières. Si je suis obligé d'entrer, je te hélerai pour que tu me rejoignes... mais si je suis obligé d'entrer, la vieille qui vit là ne respirera plus. Et comme tu l'as dit, ça vaudrait peut-être mieux.

Rusher avançait au pas et Roland sentait croître dans son cœur et son esprit cette impression d'anormalité. L'endroit empestait, envahi d'une odeur de charogne et d'un brouet réchauffé de tomates pourries. Elle s'échappait de la masure, supposa-t-il, mais paraissait en même temps s'élever du sol. Et à chaque pas, le geignement de la tramée semblait plus fort, comme si l'atmosphère ambiante ne faisait que l'amplifier.

Susan est montée ici toute seule, et dans le noir, songea Roland. *Mes dieux, je ne suis pas certain que j'aurais pu en faire autant, malgré la compagnie de mes amis.*

Il fit halte sous l'arbre et observa par la porte béante, à peine à vingt pas. Il aperçut ce qui aurait pu passer pour une cuisine : les pieds d'une table, le dossier d'une chaise, une pierre de foyer encrassée. Nulle trace de la dame de ces lieux. Mais elle était là. Roland pouvait la sentir promener ses yeux sur lui comme de répugnants insectes.

Je n'arrive pas à la voir car elle a dû user de son art pour s'estomper... *mais elle n'en est pas moins présente.*

Mais peut-être la voyait-il tout bonnement. L'air chatoyait étrangement à droite près de la porte, à l'intérieur, comme si on l'avait chauffé. On avait raconté à Roland que l'on pouvait distinguer quelqu'un d'*estompé* en tournant la tête et en épiant du coin de l'œil. Ce qu'il fit.

— Roland ? appela Cuthbert dans son dos.

— Jusqu'ici tout va bien, Bert.

Il ne faisait pas attention aux mots qu'il disait, car... oui ! Ce chatoiement était moins indistinct à présent et dessinait presque la forme d'une femme. C'était peut-être un tour de son imagination, bien entendu, mais...

Mais à ce moment-là, comme si elle comprenait qu'il l'avait devinée, le chatoiement recula dans l'ombre. Roland eut le temps d'apercevoir le bord ondulant d'une vieille robe noire, puis plus rien.

Peu importe. Il n'était pas venu pour la voir, mais pour lui donner un avertissement... ce qui était toujours plus que ce que leurs pères lui auraient donné, sans doute.

— Rhéa !

Sa voix gronda avec sa sévérité et son âpreté d'autrefois et sur un ton comminatoire. Deux feuilles jaunies se détachèrent de l'arbre comme libérées, toutes frissonnantes, par cette voix et l'une d'elles vint se prendre dans les cheveux noirs de Roland. De la masure ne monta qu'un silence attentif et attentiste... puis le miaulement discordant et moqueur d'un chat.

— Rhéa, fille de personne ! Je te rapporte quelque chose qui t'appartient, femme ! Une chose que tu dois avoir perdue !

Il sortit de sa chemise la lettre pliée et la jeta sur le sol rocailleux.

— Aujourd'hui, je me suis montré ton ami, Rhéa, car si cette lettre avait atteint sa destinataire, tu l'aurais payé de ta vie.

Il marqua un temps. Une autre feuille voleta de l'arbre. Celle-ci atterrit dans la crinière de Rusher.

— Écoute-moi bien, Rhéa, fille de personne, et comprends-moi bien. Je suis venu ici sous le nom de Will Dearborn, mais Dearborn n'est pas mon vrai nom et je suis au service de l'Affiliation. Il y a plus, il y a tout ce qui sous-tend l'Affiliation — à savoir, la puissance du Blanc. Tu t'es mise en travers du chemin de notre *ka*, je ne te préviendrai qu'une seule fois : *ne t'y retrouve pas une nouvelle fois*. Tu m'as compris ?

Rien que ce silence attentiste.

— Ne t'avise pas de toucher un seul cheveu de la tête du garçon que tu avais chargé de propager ta mauvaise action ou tu mourras. Plus un seul mot de ce que tu sais ou crois savoir à quiconque — ni à Cordélia Delgado, ni à Jonas, ni à Rimer, ni à Thorin — ou tu mourras. Tiens-toi tranquille et nous nous tiendrons tranquilles. N'en fais qu'à ta tête et on saura te calmer. Tu m'as compris ?

Le silence s'accrut encore. Les vitres sales des fenêtres le scrutaient comme des yeux. La brise souffla, faisant pleuvoir d'autres feuilles autour de lui et craquer vilainement le pantin de chiffon sur son piquet. Roland se remémora brièvement Hax le cuisinier se balançant au bout d'une corde.

— Tu m'as compris ?

Pas de réponse. Il ne voyait plus aucun chatoiement par la porte ouverte à présent.

— Très bien, fit Roland en conclusion. Qui ne dit mot consent.

Il fit tourner bride à son cheval. Ce faisant, il leva légèrement la tête et aperçut quelque chose de vert se glisser parmi le jaune des feuilles, au-dessus de sa tête. Puis entendit un faible sifflement.

— *Attention, Roland ! Un serpent !* hurla Cuthbert.

Mais avant même que la menace se fût précisée, Roland avait dégainé l'un de ses revolvers.

Il se baissa en biais sur sa selle, s'arc-boutant de la jambe gauche et du talon tandis que Rusher piaffait et caracolait. Il tira à trois reprises, déclenchant un tonnerre qui déchira le calme de l'atmosphère et dont les collines voisines renvoyèrent le roulement. A chaque coup de feu, le serpent rebondissait en l'air, son sang ajoutant des taches rouges au bleu du ciel et au jaune du feuillage. La dernière balle le décapita et quand il retomba sur le sol pour de bon, ce fut en deux tronçons. De l'intérieur de la masure s'éleva une plainte de rage et de douleur si atroce qu'elle glaça l'épine dorsale de Roland.

— *Espèce de salopard !* hurla une voix de femme, tapie dans l'ombre. *Goujat assassin ! Mon ami ! Oh, mon doux ami !*

— Si c'était ton ami, il ne fallait pas le dresser contre moi, dit Roland. Souviens-t'en, Rhéa, fille de personne.

La voix poussa un autre cri perçant, puis se tut.

Roland rejoignit Cuthbert, tout en rengainant son arme. Bert ouvrait des yeux ronds d'effarement.

— Roland, quel carton ! Mes dieux, quel carton !

— Partons d'ici.

— Mais on ignore toujours comment elle a su !

— Tu crois qu'elle nous le dirait ?

La voix de Roland tremblait imperceptiblement. Cette façon que le serpent avait eu de surgir d'entre les feuilles à l'improviste et de le menacer... il avait encore du mal à croire qu'il en ait réchappé.

— On pourrait la forcer à parler, suggéra Cuthbert.

Mais à son ton, Roland pouvait affirmer que Bert n'avait aucun goût pour ce genre de recours. Plus tard, peut-être, après bien des années à courir les routes en pistolero, il aurait assez d'estomac pour torturer et tuer sur place n'importe qui mais, pour le moment, certainement pas.

— Même si on en était capables, on pourrait pas lui faire dire la vérité. Elle et ses pareilles mentent comme elles respirent. Si on l'a convaincue de se taire, on en a assez fait pour aujourd'hui. Viens, je déteste cet endroit.

18

Pendant leur chevauchée vers la ville, Roland dit :

— Il faut qu'on se réunisse.

— Tous les quatre, tu veux dire ?

— Oui. Je veux vous dire tout ce que je sais et tout ce que je subodore. Je veux vous parler de mon plan, si l'on peut parler de plan. Et vous apprendre pourquoi nous avons attendu.

— Ce serait une très bonne chose, en effet.

— Susan peut nous être utile.

Roland semblait se parler à lui-même. Cuthbert s'amusa de voir que la feuille prise dans ses cheveux lui faisait comme une couronne.

— Susan était toute *désignée* pour nous aider. Pourquoi ne l'ai-je pas vu ?

— Parce que l'amour est aveugle, dit Cuthbert, légèrement sarcastique, en frappant Roland sur l'épaule. Eh oui, mon vieux, l'amour est aveugle.

19

Une fois sûre que les garçons étaient partis, Rhéa franchit furtivement la porte et sortit au soleil qui lui était si odieux. Elle boitilla jusqu'à l'arbre et tombant à genoux près des restes de son serpent, se mit à sangloter bruyamment.

— Ermot, Ermot ! s'écria-t-elle. Vois ce qu'ils ont fait de toi !

La tête gisait d'un côté, la gueule ouverte, les deux crocs dégouttant encore leur poison — gouttelettes transparentes qui étincelaient comme de minuscules prismes dans la clarté du jour qui s'accentuait. Le reptile avait l'œil vitreux et furieux. Rhéa ramassa Ermot et baisa sa gueule écailleuse, buvant les dernières gouttes de venin, pleurant et ramageant à qui mieux mieux.

De l'autre main, elle saisit le long corps déchiqueté, gémissant à la moindre blessure qui trouait sa peau satinée, mettant à nu la chair rouge. Deux fois, elle pressa sa tête contre la dépouille d'Ermot, prononçant des incantations non suivies d'effet. Évidemment. Ermot était maintenant hors de portée de ses sortilèges. Pauvre Ermot !

Pressant la tête d'une part, le corps de l'autre, contre ses mamelles flétries, les dernières gouttes du sang d'Ermot mouillant le corsage de sa robe, elle fixa la direction que les garçons avaient prise.

— Je vous revaudrai ça, murmura-t-elle. Par tous les dieux qui ont jamais existé, je vous revaudrai ça. Quand vous vous y attendrez le moins, Rhéa sera là et vos cris vous déchireront le gosier. Vous m'entendez ? *Vos cris vous déchireront le gosier !*

Elle resta encore un petit moment à genoux, puis se releva et regagna sa masure d'un pas lourd, serrant Ermot sur son cœur.

Chapitre 5

L'Arc-en-Ciel du Magicien

1

Trois jours après la visite de Roland et de Cuthbert sur le Cöos, Roy Depape et Clay Reynolds longeaient, au beau milieu de l'après-midi, le couloir du premier étage du Repos des Voyageurs pour gagner la chambre spacieuse de Coraline Thorin. Clay frappa. Jonas leur cria d'entrer, que la porte était ouverte.

La première chose que vit Depape en entrant fut *sai* Thorin en personne, installée dans un rocking-chair près de la fenêtre. Vêtue d'une chemise de nuit de soie blanche mousseuse et coiffée d'une *bufanda* rouge, elle avait un ouvrage sur les genoux. Depape la considéra avec surprise. Elle le gratifia ainsi que Reynolds d'un sourire énigmatique, accompagné d'un « bonjour, Messires », avant de retourner à ses travaux d'aiguille. Une pétarade retentit à l'extérieur (les jeunes ne pouvaient jamais patienter jusqu'au grand jour ; s'ils avaient des pétards sous la main, il fallait qu'ils craquent une allumette), suivie du hennissement d'un cheval rendu nerveux et des éclats de rire bruyants des gamins.

Depape se tourna vers Reynolds qui haussa les épaules, croisant les bras pour tenir les deux pans de sa cape. Il exprimait de cette façon soit sa désapprobation, soit ses doutes. Ou bien encore les deux à la fois.

— Y a un problème ?

Jonas se tenait sur le seuil de la salle de bains, essuyant le savon à barbe de sa figure avec le bout de la serviette jetée sur son épaule. Il était torse nu. Depape l'avait vu ainsi bien des fois, mais les croisillons de ses cicatrices lui soulevaient toujours légèrement le cœur.

— Ben... je savais qu'on allait se servir de la chambre d'une dame, mais pas que la dame était comprise.

— Si fait.

Jonas balança la serviette dans la salle de bains, s'approcha du lit et prit sa chemise accrochée à l'un des pieds. Derrière lui, Coraline jeta un coup d'œil avide à son dos nu, puis rebaissa la tête sur son ouvrage. Jonas enfila sa chemise.

— Comment ça se passe à Citgo, Clay ?

— C'est calme, mais ça s'animerait si jamais certains jeunes *vagabundos* venaient y fourrer leur nez de fouines.

— Combien d'hommes là-bas ? Et comment ils sont répartis ?

— Dix pendant le jour, douze pendant la nuit. Moi ou Roy, on s'y rend à chaque relève, mais comme j'ai dit, tout est calme.

Jonas opina, mais pas de satisfaction. Il avait compté attirer les garçons à Citgo avant l'heure, tout comme il avait espéré les pousser à un affrontement en saccageant le baraquement et en tuant leurs pigeons. Pourtant, jusqu'au jour d'aujourd'hui, ils demeuraient obstinément à l'abri de leur foutue Butte. Il se faisait l'impression d'un apprenti *torero* confronté à trois taurillons dans un champ. Il avait beau agiter le chiffon rouge comme un perdu, les *toros* refusaient de charger. Pourquoi ?

— Et le déménagement ? Ça se passe comment ?

— Comme sur des roulettes, dit Reynolds. A raison de quatre citernes chaque soir, deux par deux, ces quatre derniers soirs. C'est Renfrew qui s'en occupe, celui de la Lazy Susan. Tu veux toujours qu'on en laisse une demi-douzaine comme appât ?

— Ouair, fit Jonas.

Là-dessus, on frappa à la porte. Depape sursauta.

— Est-ce que c'est...

— Non, fit Jonas. Notre ami en robe noire a décampé. Peut-être est-il allé offrir son réconfort aux troupes de l'Homme de Bien avant la bataille.

A ces mots, Depape se plia en deux de rire. Dans l'embrasure de la fenêtre, la femme en chemise de nuit garda le nez collé sur son ouvrage et se tut.

— C'est ouvert ! cria Jonas.

L'homme qui entra portait le *sombrero*, le poncho et les *sandalias* d'un fermier ou d'un *vaquero* ; mais il avait la peau claire et la mèche de cheveux qui dépassait du *sombrero* était blonde. Il s'agissait de Latigo. Un vrai dur à cuire, pas d'erreur, mais sa présence marquait néanmoins une nette amélioration par rapport à l'homme en noir au rire de crécelle.

— C'est bon de vous revoir, Messires, dit-il.

Il entra et referma la porte. Malgré sa phrase, son visage — austère et renfrogné — était celui d'un homme qui n'avait rien vu de bon depuis des années. Peut-être même depuis sa naissance.

— Comment va, Jonas ? Les choses avancent ?

— Je vais bien et elles de même, dit Jonas, lui tendant la main.

Latigo la serra sèchement et sans traîner. Ne se donnant pas la peine de serrer celles de Depape et de Reynolds, il jeta un coup d'œil à Coraline.

— Longs jours et plaisantes nuits, gente dame.

— Leur nombre en soit doublé pour vous, *sai* Latigo, répondit-elle sans lever les yeux de son ouvrage.

Latigo s'assit au pied du lit, sortit une blague à tabac de sous son poncho et entreprit de se rouler une cigarette.

— Je ne vais pas rester longtemps.

Il avalait ses mots, ayant le débit saccadé des régions nord du Monde de l'Intérieur où — Depape l'avait entendu dire — se faire baiser par un renne était encore considéré comme un sport national. A condition de courir plus lentement que sa sœur.

— Ce ne serait pas prudent. Si on me regarde de près, on voit bien que je ne fais pas partie du paysage.

— Ah pour ça non, dit Reynolds d'un ton amusé.

Latigo le jaugea, puis reporta son attention sur Jonas.

— Le gros de ma troupe est stationné à trente roues d'ici, dans la forêt à l'ouest de Verrou Canyon... au fait, d'ailleurs, c'est quoi, ce bruit abominable qui vient du canyon ? Il effraie les chevaux.

— Une tramée, dit Jonas.

— Ça fait peur aux hommes aussi, quand ils s'approchent de trop près, dit Reynolds. Mieux vaut rester au large, cap'taine.

— Combien êtes-vous ? demanda Jonas.

— Une centaine. Et bien armés.

— Comme l'étaient les hommes de Lord Perth, à ce qu'on dit.

— Soyez pas con.

— Ils sont déjà allés au combat ?

— Suffisamment pour savoir de quoi il retourne, dit Latigo.

Jonas savait qu'il mentait. Farson avait gardé ses vétérans dans leurs refuges montagnards. Il n'y avait ici qu'un petit corps expéditionnaire dont sans doute seuls les sergents savaient se servir de leur queue pour autre chose que pisser.

— J'en ai posté une dizaine à la Roche Suspendue pour garder les citernes que vos hommes y ont amenées jusqu'ici, dit Latigo.

— C'est plus que le nécessaire, probablement.

— Je ne me suis pas aventuré à mes risques et périls dans cette bourgade chiatique oubliée des dieux pour discuter avec vous des dispositions que j'ai prises, Jonas.

— J'implore votre pardon, *sai*, répliqua Jonas, plus pour la forme qu'autre chose.

Il s'assit sur le plancher près du rocking-chair de Coraline et commença à se rouler une cigarette de son propre tabac. Posant son ouvrage, Coraline lui caressa les cheveux. Depape ne comprenait pas ce qu'Eldred trouvait de si fascinant chez elle — quand lui la regardait, il ne voyait qu'un laideron au grand nez, avec des seins en piqûres de moustique.

— Venons-en aux trois jeunes gens, fit Latigo de l'air de celui qui entre directement dans le vif du sujet. L'Homme de Bien a été extrêmement contrarié d'apprendre que des visiteurs du Monde de l'Intérieur se trouvaient à Mejis. Et maintenant, vous me dites qu'ils ne sont pas ceux qu'ils prétendent. Alors, qui sont-ils exactement ?

Jonas chassa la main de Coraline de ses cheveux comme un insecte importun. Sans se troubler pour autant, elle reprit son ouvrage.

— Ce ne sont pas des jeunes gens, des gamins seulement, et si leur venue ici dépend du *ka* — je sais que Farson s'y intéresse énormément —, alors, c'est peut-être plutôt de notre *ka* que de celui de l'Affiliation.

— Malheureusement, il nous faudra renoncer à éclairer l'Homme de Bien avec vos conclusions théologiques, dit Latigo.

Nous avons fait suivre des radios, mais soit elles sont en panne, soit elles ne fonctionnent pas à une telle distance. Personne ne peut trancher. Je déteste ces joujoux, de toute façon. Les dieux en font des gorges chaudes. Nous sommes entre nous, coupés de tout, mon ami. Pour le meilleur ou pour le pire.

— Inutile que Farson s'inquiète sans nécessité, dit Jonas.

— L'Homme de Bien veut qu'on traite ces gars-là comme s'ils menaçaient ses plans. J'espère que Walter vous a dit la même chose.

— Si fait. Et je n'ai pas oublié un seul mot. *Sai* Walter est un homme inoubliable, dans son genre.

— Oui, en convint Latigo. C'est le « surligneur » de l'Homme de Bien. La raison principale qui l'a fait venir vous trouver, c'était de vous surligner ces garçons.

— Et il l'a fait. Roy, raconte un peu à *sai* Latigo ta visite au Shérif, avant-hier.

Depape s'éclaircit la gorge nerveusement.

— Le Shérif... Avery...

— Je le connais, aussi gras qu'un cochon de la Terre Pleine qu'il est, dit Latigo. Continue.

— L'un des adjoints d'Avery a porté un message aux trois garçons occupés à compter les chevaux sur l'Aplomb.

— Quel message ?

— *Restez hors de la ville le Jour de la Moisson ; n'allez pas non plus sur l'Aplomb, ce jour-là ; mieux vaut rester cantonnés dans vos quartiers, le Jour de la Moisson, car les habitants de la Baronnie n'apprécient pas de voir des étrangers, même s'ils les apprécient par ailleurs, se mêler à leurs festivités.*

— Et comment ont-ils pris la chose ?

— Ils ont tout de suite accepté de se tenir à l'écart le Jour de la Fête, dit Depape. Ça a été leur habitude tout du long de se montrer bonne pâte chaque fois qu'on leur a demandé quelque chose. Ils ne sont pas dupes, tu parles — ici comme ailleurs, y a pas de coutume contre les étrangers, à la Moisson. Au contraire, c'est même tout à fait courant de faire participer les étrangers aux réjouissances, et je suis sûr que ces garçons le savent. L'idée...

— ... est de leur faire croire que nous comptons bouger le Jour même de la Fête, oui, oui, acheva Latigo avec impatience. Ce que je veux savoir, c'est s'ils en sont *convaincus* ? Pouvez-vous les capturer, la veille de la Moisson, comme vous l'avez promis ? Ou bien attendront-ils ?

Depape et Reynolds tournèrent les yeux vers Jonas. Ce dernier tendit la main derrière lui et la posa sur la cuisse maigre, mais pas sans intérêt, de Coraline. (Nous y voici, songea-t-il. Il serait tenu par ce qu'il allait dire et on ne lui ferait grâce de rien.) S'il avait raison, les Grands Chasseurs du Cercueil seraient remerciés et payés... et recevraient peut-être même une prime en sus. S'il se trompait, ils seraient pendus si haut et si court que leurs crânes iraient se fracasser contre la barre de la potence.

— On les capturera aussi facilement que des oiseaux tombés du nid, dit Jonas. On les accusera de haute trahison. Trois jeunes gens, fort bien nés, soudoyés par John Farson. Scandale garanti. Quel meilleur révélateur des temps mauvais que nous vivons ?

— Au premier cri de trahison, la foule accourra ?

Jonas gratifia Latigo d'un sourire réfrigérant.

— En tant que concept, la trahison peut être difficile à concevoir pour le commun des mortels, même si la populace est soûle et la claque, soudoyée plutôt deux fois qu'une par l'Association du Cavalier. Un meurtre, par contre... en particulier celui de notre très aimé Maire...

Depape interloqué tourna vivement les yeux vers la sœur dudit Maire.

— Quelle grande perte ce sera ! dit la dame en soupirant. Je risque d'être bouleversée au point de prendre moi-même la tête de la canaille.

Depape se dit qu'il comprenait enfin l'attirance d'Eldred : cette femme avait autant de sang-froid que Jonas en personne.

— Autre chose, dit Latigo. Certaine possession de l'Homme de Bien a été confiée à votre bonne garde. Une boule de cristal ?

Jonas opina.

— Oui, en effet. Une jolie babiole.

— A ce que j'ai compris, vous l'avez laissée à la *bruja* locale ?

— Oui.

— Il vous faut la récupérer. Et vite.

— C'est pas à un vieux singe que vous allez apprendre à faire la grimace, dit Jonas avec un peu d'humeur. J'attends pour ça que les trois morveux soient sous les verrous.

Reynolds chuchota avec curiosité :

— Vous-même, vous l'avez vue, *sai* Latigo ?

— Pas de près, mais j'ai rencontré des hommes dans ce cas.

Latigo marqua un temps.

— L'un d'eux est devenu fou et on a dû l'abattre. La seule autre fois où j'ai vu quelqu'un dans un état semblable, ça remonte à trente ans, aux confins du grand désert. Il s'agissait d'un frontalier qui s'était fait mordre par un coyote enragé.

— Bénie soit la Tortue, marmonna Reynolds, se tapotant la gorge à trois reprises. (Il avait une peur bleue de la rage.)

— Il n'y a aucune bénédiction qui tienne si jamais l'Arc-en-Ciel du Magicien vous met le grappin dessus, dit Latigo, l'air sinistre, avant de reporter son attention sur Jonas. Il vous faudra vous garder davantage en la reprenant qu'en la donnant. Cette vieille sorcière est certainement tombée sous son *glam* à l'heure qu'il est.

— Je compte charger Rimer et Avery de cette corvée. Avery ne vaut pas tripette, mais on peut compter sur Rimer.

— Je crains bien que ça ne puisse pas jouer, dit Latigo.

— Ah non ? fit Jonas.

Sa main agrippa la cuisse de Coraline et il adressa un mauvais sourire à Latigo.

— Auriez-vous l'amabilité d'expliquer à votre humble serviteur pourquoi ça ne peut pas jouer ?

Ce fut Coraline qui répondit.

— Parce que, dit-elle, quand le fragment d'Arc-en-Ciel du Magicien en possession de Rhéa lui sera retiré, le Chancelier sera fort occupé à escorter mon frère jusqu'à sa dernière demeure.

— De quoi elle parle, Eldred ? Qu'est-ce que ça veut dire ? demanda Depape.

— Que Rimer mourra lui aussi, fit Jonas, esquissant un rictus. Autre crime odieux à coller sur le dos de ces sales petits espions de Farson.

Coraline, manifestant son accord par un doux sourire, posa ses mains sur celles de Jonas qu'elle fit glisser plus haut sur sa cuisse, avant de se remettre à son ouvrage avec entrain.

2

La fille, malgré son jeune âge, était mariée.

Le garçon, malgré son joli minois, était instable.

Elle le retrouva un soir dans un lieu reculé pour lui dire que leur liaison, malgré sa douceur, devait prendre fin. Il lui répondit qu'elle ne se terminerait jamais, écrite qu'elle était dans les astres. Elle lui dit peut-être bien, mais qu'à un certain point, les constellations avaient modifié leur course. Peut-être se mit-il à pleurer. Peut-être éclata-t-elle de rire — d'un rire nerveux, très probablement. Quelle qu'en fût la cause, ce rire désastreux tomba fort mal à propos. Ramassant une pierre, il lui écrabouilla la cervelle. Puis, reprenant ses esprits et comprenant ce qu'il avait fait, il s'assit, dos à une paroi de granit, prit la pauvre tête fracassée de sa bien-aimée sur ses genoux et se trancha la gorge sous l'œil d'un hibou perché sur un arbre voisin. Le garçon mourut en couvrant le visage de la fille de baisers et quand on les retrouva, leurs lèvres étaient scellées par le sang de leurs vies en allées à tous deux.

C'est une histoire ancienne. Chaque ville a une version du cru. Son cadre est en général le coin des amoureux de la localité ou bien un berceau de feuillage solitaire en bord de rivière ou encore le cimetière de l'endroit. Une fois les détails de la véritable histoire suffisamment déformés pour agréer à la morbidité romantique, on en fait des chansons. Que chantent d'habitude les pucelles brûlantes de désir qui jouent plutôt mal de la guitare ou de la mandole, en n'étant jamais tout à fait dans le ton. Les refrains ont une fâcheuse tendance au larmoyant, genre *Las-di-i-las-do-o-las-de-euh, Et ils sont morts là, tous deux-euh.*

La version de ce récit suranné ayant cours à Hambry avait pour protagonistes un couple d'amants du nom de Robert et Francesca. L'histoire s'était déroulée aux jours anciens, avant que le monde n'ait changé. Le lieu supposé de ce meurtre doublé d'un suicide était le cimetière d'Hambry, la pierre qui avait fracassé le crâne de l'infortunée Francesca, une stèle d'ardoise, et la paroi de granit à laquelle Robert avait pris appui pour se couper le sifflet, le mausolée de la famille Thorin. (Il était douteux qu'il y ait eu des Thorin à Hambry ou Mejis, cinq générations en arrière, mais les contes folkloriques ne sont à tout prendre que des mensonges mis en vers.)

Vrai ou faux, le spectre des deux amants passait pour hanter le cimetière et on pouvait voir ces derniers tout ensanglantés, disait-on, déambuler, main dans la main, d'un air mélancolique, parmi les stèles funéraires. L'endroit, guère fréquenté la nuit, semblait tout indiqué pour la réunion secrète de Roland, Cuthbert, Alain et Susan.

Au moment où cette réunion eut lieu, Roland éprouvait depuis peu de plus en plus d'inquiétude... et même un certain désespoir. Susan posait problème — ou plus exactement, la tante de Susan. Même sans le billet venimeux de Rhéa pour pousser à la roue, les soupçons de Cordélia concernant Susan et Roland s'étaient mués en une quasi-certitude. Un jour, moins d'une semaine avant la réunion projetée dans le cimetière, Cordélia s'était mise à pousser de hauts cris à peine Susan avait-elle franchi le seuil de la maison, son panier au bras.

— Vous étiez avec lui ! Oui, méchante fille, c'est écrit partout sur votre figure !

Susan, qui n'avait nullement approché Roland de toute la journée, regarda tout d'abord sa tante, bouche bée.

— J'étais avec qui ?

— Oh, ne jouez point la sainte-nitouche avec moi, Mamzelle Fraîche et Rose ! Pas de ça avec moi, s'il vous plaît ! Qui donc frétille de partout sauf de la langue quand il passe devant notre porte ? Dearborn, voilà qui, pardi ! Dearborn ! Dearborn ! Je le redirai mille et mille fois ! Oh, honte à vous ! Honte à vous ! Regardez-moi un peu ces pantalons ! L'herbe dans laquelle vous vous êtes roulés tous les deux les a verdis, si fait ! Cela me surprend d'ailleurs qu'ils ne soient point déchirés et grands ouverts à la fourche, tant que nous y sommes !

A présent, Tante Cord hurlait quasiment. Les veines de son cou étaient gonflées comme des cordes.

Susan, abasourdie, avait baissé les yeux sur le vieux pantalon kaki qu'elle portait.

— Mais, ma tante, vous ne voyez point que c'est de la peinture ? Avec 'Chetta, nous avons passé la journée à nous occuper des décorations pour le Jour de Fête à la Maison du Maire. La tache que j'ai sur le derrière vient de ce qu'Hart Thorin — j'ai bien dit Thorin, pas *Dearborn* — m'a surprise dans la resserre où l'on range les décorations et les pièces de feu d'artifice. Il a décidé que l'heure et le lieu étaient aussi bien choisis que d'autres pour se livrer à une nouvelle petite empoignade. Il est monté sur moi, a giclé dans son pantalon encore une fois et il est reparti tout content. Il fredonnait, même.

Elle fronça le nez, bien que, ces jours, tout ce qu'elle ressentait pour Thorin, ce fût une sorte de dégoût attristé. Elle n'avait désormais plus peur de lui.

Tante Cord, pendant ce temps-là, l'avait scrutée avec des yeux hallucinés. Pour la première fois, Susan se surprit à s'interroger sur la bonne santé mentale de Cordélia.

— Très vraisemblable comme histoire, murmura enfin Cordélia.

Des gouttes de transpiration perlaient à son front et les nids de veines bleues à ses tempes battaient comme des horloges. Elle avait même une odeur, ces jours, qu'elle ait pris un bain ou pas — une odeur âcre et rance.

— Vous avez mis ça au point ensemble, lui et toi, pendant que vous vous pelotiez l'un l'autre après vos câlins ?

Susan avait fait un pas en avant, saisi sa tante par le poignet et lui avait plaqué la main sur ce qui maculait son genou. Cordélia, poussant un cri, tenta de se libérer, mais Susan tint bon. Elle leva alors la main de sa tante à hauteur du visage de cette dernière, la maintenant là jusqu'à temps que Cordélia ait flairé ce qui salissait sa paume.

— Alors, tu sens, ma tante ? De la peinture ! On s'en est servi pour peindre les lampions en papier de riz !

Le poignet que tenait Susan ne luttait plus. Et les yeux plongés dans les siens retrouvèrent un semblant de lucidité.

— Si fait, avait-elle dit enfin. De la peinture.

Puis après un temps.

— Passe pour cette fois.

Depuis lors, Susan n'avait que trop souvent surpris, en tournant brusquement la tête, une silhouette étroite de hanches la suivre à la trace dans la rue ou encore l'un des nombreux amis et amies de sa tante guetter ses allées et venues d'un air soupçonneux. Quand elle parcourait l'Aplomb à cheval, elle avait toujours la sensation d'être épiée. A deux reprises avant leur réunion à quatre dans le cimetière, elle avait accepté de rencontrer Roland et ses amis, et les deux fois, elle avait dû annuler. La seconde fois, au dernier moment ; à cette occasion, elle avait surpris le fils aîné de Brian Hookey qui l'observait avec attention et d'étrange façon. Ça n'avait été qu'une intuition de sa part... mais une très *forte* intuition. Ce qui empirait les choses pour elle, c'était qu'elle avait de son côté le même désir frénétique d'une rencontre que Roland, du sien. Et pas seulement pour palabrer. Elle avait besoin de voir son visage et de serrer sa main entre les siennes. Le reste, si doux que ce fût, pouvait attendre ; mais elle avait besoin de le voir et de le toucher, ne serait-ce que pour s'assurer qu'il n'était point simplement un songe échafaudé par une fillette solitaire et craintive pour se réconforter.

Au final, Maria l'avait aidée — les dieux bénissent la petite camériste qui en comprenait peut-être davantage que Susan ne le supposait. C'était Maria qui était allée trouver Cordélia munie d'un billet l'avertissant que Susan passerait la nuit à Front de Mer dans l'aile des hôtes. Le billet était de la main d'Olive Thorin et en dépit de forts soupçons, Cordélia ne put tout à fait croire à un faux. Ce qu'il n'était point. Olive l'avait bien écrit à la demande de Susan, apathiquement, sans poser de questions.

— Qu'a donc ma nièce ? avait dit sèchement Cordélia.
— Elle est fatiguée, *sai*. Elle a *el dolor de garganta*.
— Mal à la gorge ? Juste avant le Jour de Fête ? C'est ridicule ! Je n'y crois pas ! Susan n'est jamais malade !
— *Dolor de garganta*, répéta Maria avec cette impassibilité que seule une paysanne peut opposer à l'incrédulité. Et Cordélia dut s'en contenter. Maria pour sa part n'avait pas idée de ce que mijotait Susan, et cette dernière aimait qu'il en soit ainsi.
Elle avait enjambé le balcon, descendu avec agilité les cinq mètres d'entrelacs de plantes grimpantes qui couvraient la face nord du bâtiment, puis franchi la porte de service dans le mur de la cour. Roland l'attendait là et, après quelques chaleureuses minutes, dont le détail ne nous concerne en rien, ils gagnèrent tous deux en croupe sur Rusher le cimetière où les attendaient Alain et Cuthbert, pleins d'espoir et de curiosité.

3

Susan examina d'abord le blond placide au visage rond, dont le nom n'était pas Richard Stockworth, mais Alain Johns. Puis ce fut le tour de l'autre — celui qui avait douté d'elle, avait-elle senti, et peut-être même éprouvé de la colère à son égard. Il s'appelait Cuthbert Allgood.
Ils étaient assis côte à côte sur une pierre tombale abattue, recouverte de lierre, les pieds baignés de brume. Susan se laissa glisser à bas de Rusher et s'approcha d'eux lentement. Ils se levèrent. Alain l'honora d'un salut à la mode de l'Intérieur. Jambe tendue, genou raide, talon planté dans le sol.
— Ma Dame, fit-il, longs jours...
Son compagnon l'avait rejoint — frêle et brun, avec un visage qui aurait été beau, ses traits eussent-ils été en repos. Il avait des yeux noirs vraiment magnifiques.
— ... et plaisantes nuits, termina Cuthbert, redoublant le salut d'Alain.
Tous deux avaient tellement l'air de deux courtisans ridicules dans un sketch comique d'un Jour de Fête que Susan ne put retenir un éclat de rire. Puis elle leur fit une profonde révérence, écartant les bras pour mimer les jupes dont elle était dépourvue.
— Leur nombre en soit doublé pour vous, Messires.
Alors ils se considérèrent simplement, trois adolescents qui ne savaient trop comment procéder. Roland ne leur venait pas en aide, se contentant de les observer attentivement, toujours monté sur Rusher.
Susan fit une tentative d'ouverture ; elle ne riait plus à présent, même si des fossettes creusaient encore la commissure de ses lèvres. Mais son regard trahissait son anxiété.

— Vous ne me détestez point, j'espère, dit-elle. Je comprendrais que vous le fassiez — je me suis mise en travers de vos plans, et je me suis aussi interposée entre vous trois, mais je ne pouvais pas faire autrement.

Elle leva alors les mains vers Alain et Cuthbert, paumes tournées vers le ciel.

— Je l'aime.

— On ne vous déteste pas, dit Alain. Hein, Bert ?

Pendant un moment, Cuthbert garda un affreux silence, fixant un point au-delà de l'épaule de Susan, paraissant perdu dans la contemplation de la Lune du Démon en pleine croissance. Susan crut que son cœur allait s'arrêter de battre. Puis il reporta son regard sur elle et lui décocha un sourire d'une telle douceur que l'idée (*si je l'avais rencontré, lui, en premier...*) passa confusément par la tête de Susan avec la brillance d'une comète.

— Les amours de Roland sont mes amours, dit Cuthbert.

Tendant les mains, il prit les siennes et l'attira à lui, en sorte que Susan se retrouva entre Alain et lui, comme une sœur entre ses deux frères.

— Car nous sommes amis depuis nos premiers langes et nous le resterons jusqu'à ce que l'un de nous deux quitte le sentier et entre dans la clairière.

Il eut alors un sourire de gosse.

— Peut-être atteindrons-nous la fin du sentier ensemble, au train où vont les choses.

— Et plus tôt que prévu, ajouta Alain.

— Tant que ma Tante Cordélia ne nous sert point de chaperon, acheva Susan.

4

— Nous formons un *ka-tet*, dit Roland. Un seul en plusieurs.

Il les regarda tour à tour et ne lut aucun désaccord dans leurs yeux. Ils s'étaient repliés dans le mausolée et leurs bouches et leurs nez fumaient. Roland se mit à croupetons, face aux trois autres, assis en rang d'oignon sur un banc de méditation, flanqué de bouquets étiques dans des urnes de pierre. Des pétales de roses fanés jonchaient le sol. Cuthbert et Alain, de part et d'autre de Susan, la tenaient embrassée sans façon. Le trio évoqua une nouvelle fois à Roland une sœur protégée par ses deux frères.

— Nous voilà plus puissants que jamais, dit Alain. Je ressens ça très fort.

— Moi aussi, renchérit Cuthbert.

Il jeta un regard à la ronde et ajouta :

— Et quel splendide lieu de réunion ! Surtout pour un *ka-tet* comme le nôtre.

Cela ne fit pas sourire Roland ; lancer des reparties n'avait jamais été son fort.

— Parlons de ce qui se passe à Hambry, dit-il. Puis nous parlerons du futur immédiat.

— On ne nous a pas envoyés ici en mission, vous savez, dit Alain à Susan. Nos pères ont voulu qu'on débarrasse le plancher, c'est tout. Roland s'est attiré l'inimitié d'un compagnon de route de John Farson...

— *S'est attiré l'inimitié*, répéta Cuthbert. Voilà qui est joliment tourné. Je veux m'en souvenir et l'employer à la première occasion.

— Contiens-toi, dit Roland. Je n'ai pas envie de passer la nuit ici.

— J'implore votre pardon, Votre Grandeur ! fit Cuthbert, dont l'œil vif ne trahissait aucun signe de repentance.

— On a fait suivre des pigeons voyageurs pour envoyer et recevoir des messages, continua Alain. Mais je crois qu'ils servaient uniquement à rassurer nos parents sur notre sort.

— Oui, fit Cuthbert. Ce qu'Alain essaie de dire, c'est qu'on a été pris au dépourvu. Roland et moi, on a eu... un désaccord... sur la façon de procéder. Il voulait attendre. Moi pas. Je trouve maintenant qu'il n'avait pas tort.

— Mais pour de mauvaises raisons, dit Roland d'un ton pincé. En tout cas, nous avons réglé notre différend.

Le regard de Susan passait de l'un à l'autre avec un léger effroi et finit par se fixer sur l'ecchymose agrémentant la mâchoire de Roland de manière parfaitement visible, malgré la faible lumière qui filtrait du dehors par la porte entrebâillée de la *sepultura*.

— Et vous l'avez réglé comment ?

— Peu importe, dit Roland. Farson projette de livrer bataille ou même une série de batailles dans les Monts Shavéd au nord-ouest de Gilead. Aux yeux des forces de l'Affiliation qui marcheront contre lui, il semblera pris au piège. Dans un contexte plus ordinaire, cela aurait même pu être vrai. Farson se propose de les attirer là, de les y piéger et de les détruire avec les armes du Vieux Peuple. Qu'il fera fonctionner avec le pétrole de Citgo. Le pétrole des citernes que nous avons vues ensemble, Susan.

— Où sera-t-il raffiné pour que Farson puisse s'en servir ?

— Quelque part à l'ouest d'ici, en cours de route, dit Cuthbert. Nous pensons probablement dans le Vi Castis. Vous connaissez ? C'est un pays minier.

— J'en ai entendu parler ; je n'ai jamais quitté Hambry depuis ma naissance.

Elle regarda Roland tranquillement.

— Mais je crois que ça va changer bientôt.

— Il y a beaucoup de machines abandonnées dans ces montagnes depuis l'ère du Vieux Peuple, dit Alain. La plupart dans les ravins et les canyons, à ce qu'on raconte. Des robots et des éclairs qui tuent — des rayons-rasoirs, on les appelle, parce qu'ils vous coupent en deux comme rien si on passe à travers. Et les dieux savent quoi d'autre. Une bonne part de tout ça, c'est sans doute de la légende, mais il n'y a jamais de fumée sans feu. En tout cas, cela semble l'endroit le plus vraisemblable pour raffiner.

— Et puis, une fois cela fait, on l'emportera là où Farson l'attend, dit Cuthbert. Non pas que cette partie-là nous concerne ; nous avons largement de quoi nous occuper, ici à Mejis.

— Et j'ai attendu afin de tout récupérer, dit Roland. La totalité de leurs satanées rapines.

— Au cas où vous ne l'auriez pas remarqué, notre ami n'est pas qu'un peu ambitieux, dit Cuthbert, faisant un clin d'œil à Susan.

Roland n'y prêta pas attention. Il regardait en direction de Verrou Canyon. Nul bruit n'en venait, cette nuit-là ; le vent avait viré avec l'automne et soufflait en s'éloignant de la ville.

— Si l'on réussit à mettre le feu au pétrole, le reste suivra... et le pétrole est le plus important, de toute façon. Je veux qu'on le détruise, puis qu'on fiche le camp d'ici. Tous les quatre.

— Ils ont l'intention d'agir le Jour de la Moisson, n'est-ce pas ? demanda Susan.

— Il semblerait que oui, fit Cuthbert qui, là-dessus, éclata de rire. C'était un rire sonore et contagieux — celui d'un enfant — et Cuthbert se tenait le ventre à deux mains, se balançant d'avant en arrière comme un enfant l'aurait fait.

Susan eut l'air estomaquée.

— Quoi ? Qu'est-ce qu'il y a ?

— Je ne peux pas vous le dire. C'est trop fort de café pour moi. Je me marrerais tout du long et cela contrarierait Roland. Vas-y, toi, Al. Raconte à Susan la visite que l'Adjoint Dave nous a rendue.

— Il est venu nous trouver au Bar K, dit Alain, qui ne put lui-même s'empêcher de sourire. Et nous a parlé comme un vieil oncle. Il nous a dit que les gens d'Hambry n'aimaient pas voir des étrangers à leurs Fêtes, et que nous ferions mieux de rester au baraquement le jour de la pleine lune.

— C'est insensé ! se récria Susan avec l'indignation que tout un chacun se sent tenu d'exprimer quand il entend diffamer sa ville natale. Les étrangers sont les *bienvenus* à nos fêtes, si fait, et depuis toujours ! Nous ne sommes point des... des sauvages !

— Tout doux, tout doux, fit Cuthbert en gloussant. Nous sommes au courant, mais l'Adjoint Dave ne sait pas que nous savons, hein ? Il sait que sa femme fait le meilleur thé blanc à des lieues à la ronde, mais sorti de là, Dave nage complètement. Herk le Shérif en sait un poil follet d'plus, j'dirais, mais à peine.

— Le mal qu'ils se sont donné pour nous conseiller de nous tenir à l'écart signifie deux choses, reprit Roland. Primo, c'est qu'ils comptent agir le Jour de la Fête de la Moisson, comme tu l'as dit, Susan. Secundo, c'est qu'ils croient pouvoir subtiliser tout ce qu'ils destinent à Farson à notre nez et à notre barbe.

— Et nous en accuser ensuite, peut-être, dit Alain.

Elle les observa avec curiosité, l'un après l'autre.

— Que comptez-vous faire, alors ?

— Détruire ce qu'ils ont laissé à Citgo pour nous appâter, puis les attaquer à leur lieu de rassemblement, répondit tranquillement Roland. C'est-à-dire à la Roche Suspendue. La moitié au moins des citernes qu'ils comptent transférer à l'ouest s'y trouvent déjà. Il y aura là une troupe. Grosse de deux cents hommes, peut-être, bien que je pense qu'ils se révéleront bien moins nombreux. Et j'entends que tous ces hommes devront mourir.

— Ce sera eux ou nous, dit Alain.

— Comment faire à nous quatre pour tuer deux cents soldats ?

— C'est impossible. Sauf si l'on arrive à mettre le feu à une ou deux des citernes regroupées là. On pense qu'il y aura une explosion — effrayante, c'est fort possible. Les soldats survivants seront terrorisés et les chefs qui auront survécu, fous de rage. Ils nous verront, car on s'arrangera pour qu'ils nous voient...

Alain et Cuthbert l'écoutaient, le souffle coupé. Il leur avait dit le reste ou ils l'avaient deviné, mais cette partie-là de ses plans, Roland l'avait gardée jusque-là pour lui.

— Et ensuite quoi ? demanda Susan avec effroi. *Ensuite quoi ?*

— Je crois qu'on peut les entraîner dans Verrou Canyon, dit Roland. Et je crois qu'on peut les entraîner dans la tramée.

5

Un silence de stupéfaction accueillit ces paroles. Puis, d'un ton non dénué de respect, Susan lui dit :

— Tu es fou.

— Non, dit Cuthbert pensivement. Non, il n'est pas fou. Tu as en vue cette petite entaille dans la paroi du canyon, Roland ? Celle qui se trouve juste avant le coude, au fond du canyon.

Roland acquiesça.

— A quatre, on peut l'escalader sans trop de problèmes. Au sommet, on fera une bonne provision de morceaux de rocher. Suffisamment pour provoquer un glissement de terrain sur quiconque essaierait de nous poursuivre.

— Quelle horreur ! dit Susan.

— C'est une question de survie, répliqua Alain. Si on leur permet d'avoir le pétrole et de s'en servir, ils massacreront chaque homme de l'Affiliation qui se trouvera à portée de leurs armes. L'Homme de Bien ne fait pas de prisonniers.

— Je n'ai point dit que c'était mal, simplement que c'était horrible.

Ils demeurèrent silencieux un moment : quatre enfants envisageant le meurtre de deux cents hommes. Sauf que ce ne seraient pas tous des hommes ; beaucoup (la plupart, peut-être) seraient des gamins à peu près de leur âge.

Susan finit par reprendre la parole.

— Ceux qui ne périront point sous ton glissement de terrain n'auront qu'à faire rebrousser chemin à leurs chevaux et à ressortir du canyon.

— Non, ils ne pourront pas, fit Alain.

Il avait eu la configuration des lieux sous les yeux et comprenait à présent de quoi il retournait à peu de chose près. Roland approuvait, un sourire fantomatique aux lèvres.

— Et pourquoi ça ?

— A cause des broussailles entassées à l'entrée du canyon. On va y mettre le feu, n'est-ce pas, Roland ? Et si les vents dominants prédominent ce jour-là... la fumée...

— ... les mènera tout droit dans la tramée, acheva Roland.

— Et comment tu mettras le feu aux broussailles ? demanda Susan. Je sais bien qu'elles sont sèches, mais tu n'auras point suffisamment de temps pour craquer une allumette soufrée ou frotter ton silex contre la barre d'acier.

— C'est là que tu interviens, dit Roland. Tu peux nous aider à incendier les citernes. On ne peut pas compter seulement sur nos pistolets pour bouter le feu au pétrole, tu sais ; le pétrole brut est beaucoup moins volatil qu'on le croit. Et Sheemie te donnera un coup de main, j'espère.

— Dis-moi ce que tu veux que je fasse.

6

Ils parlèrent encore une vingtaine de minutes, affinant étonnamment peu le plan — tous semblaient admettre que s'ils l'élaboraient trop et que les circonstances évoluaient brusquement, cela risquait de paralyser leur action. Le *ka* les avait balayés sur son passage et précipités là-dedans ; il valait peut-être mieux qu'ils comptent sur le *ka* — et sur leur propre courage — pour les en retirer à l'identique.

Cuthbert n'était pas très chaud pour embarquer Sheemie dans l'aventure, mais finit par se rallier à l'avis général — le rôle du garçon serait minime, même s'il n'était pas sans risques, et Roland accepta qu'ils l'emmènent avec eux quand ils quitteraient Mejis définitivement. Tous pour cinq valait bien tous pour quatre, dit-il.

— Très bien, dit finalement Cuthbert avant de se tourner vers Susan. Il faut que ce soit vous ou moi qui lui en parle.

— Ce sera moi.

— Faites-lui comprendre qu'il ne devra en souffler mot à Coraline Thorin, recommanda Cuthbert à Susan. Ce n'est pas parce que le Maire est son frère ; cette garce ne m'inspire aucune confiance.

— Et je peux vous donner une meilleure raison que sa parenté avec Hart pour vous méfier d'elle, dit Susan. D'après ma tante, elle fréquente Eldred Jonas. Pauvre Tante Cord ! Elle a passé le plus mauvais été de sa vie. Et l'automne n'arrangera rien, je cuide. Les gens vont la traiter de tante de traîtresse.

— Certains en sauront plus long, dit Alain. Il y en a toujours dans le nombre.

— Peut-être, mais ma Tante Cordélia est le genre de femme qui n'entend et ne colporte que le mauvais. Elle aussi a un faible pour Jonas, si fait.

— Un faible pour Jonas ! s'écria Cuthbert, tombant des nues. Par tous les dieux qui tirent nos ficelles ! Inimaginable ! Eh ben vrai, si on pendait les gens pour leur mauvais goût en amour, votre tantine serait en tête de liste, vous ne croyez pas ?

Susan pouffa, se ceignant les genoux de ses bras et opinant du bonnet.

— Il est temps de partir, dit Roland. Si jamais survient quelque chose que Susan doit savoir immédiatement, on se servira de la pierre rouge du Cœur Vert.

— Bon, dit Cuthbert. Sortons d'ici. Le froid vous attaque les os dans cet endroit.

Roland se remua, rétablissant la circulation dans ses jambes.

— L'important, c'est qu'ils ont décidé de nous laisser libres de nos mouvements pendant qu'ils se rassemblent et s'activent. C'est un avantage, et il est loin d'être mauvais. Et maintenant...

Alain l'interrompit d'un ton tranquille.

— Il y a autre chose de très important.

Roland se remit à croupetons, regardant Alain avec curiosité.

— La sorcière.

Susan tressaillit, mais Roland jeta un rire impatient.

— Elle ne figure pas au programme, Al... je ne vois pas comment elle le pourrait, d'ailleurs. Je ne crois pas qu'elle fasse partie du complot de Jonas...

— Moi non plus, dit Alain.

— ... et puis, avec Cuthbert, on l'a persuadée de la boucler à mon sujet et à celui de Susan. Si nous n'étions pas intervenus, sa tante aurait fait grand tapage.

— Mais tu ne vois pas ? demanda Alain. La vraie question n'est pas de savoir qui Rhéa aurait pu mettre au courant, mais de savoir d'abord *comment elle a pu être au courant*.

— C'est rose, dit Susan brusquement.

Elle porta la main à ses cheveux, à l'endroit où ses mèches coupées avaient commencé à repousser.

— Qu'est-ce qui est rose ? demanda Alain.

— La lune, dit-elle avant de secouer la tête. Je ne sais pas. Je ne sais pas de quoi je parle. J'ai la tête vide comme les marionnettes de Guignon et Gnafrol... Roland ? Qu'est-ce qu'il y a ? Où tu as mal ?

Car ce dernier n'était plus accroupi ; il s'était effondré en position assise sur le sol dallé, constellé de pétales. Il avait l'air de chercher à éviter de s'évanouir. A l'extérieur du mausolée, il y eut le craquement d'os des feuilles mortes et le cri d'un engoulevent.

— Mes dieux, fit-il à voix basse. C'est pas vrai. *Ça ne peut pas l'être.*

Son regard rencontra celui de Cuthbert.

Toute trace d'humour avait disparu du visage de ce dernier, bloc de pierre impitoyable et calculateur que sa propre mère aurait eu du mal à reconnaître... à supposer qu'elle l'eût voulu.

— Rose, fit Cuthbert. Voilà qui est intéressant — ton père a prononcé le même mot juste avant notre départ, n'est-ce pas, Roland ?

Il nous a mis en garde contre le rose. On a cru que c'était une blague. Enfin *presque*.

— Oh ! fit Alain, ouvrant de grands yeux. Oh, *putain !* bafouilla-t-il. Il prit conscience de ce qui venait de lui échapper en présence de la maîtresse de son meilleur ami et se couvrit la bouche de la main. Il était rouge comme une pivoine.

Susan le remarqua à peine, dévisageant Roland avec une confusion et une terreur grandissantes.

— Quoi ? demanda-t-elle. Qu'est-ce que tu sais ? Dis-le-moi ! *Dis-le-moi !*

— J'aimerais t'hypnotiser à nouveau, comme je l'ai fait l'autre fois dans la saulaie, dit Roland. Et j'aimerais le faire tout de suite, avant d'en parler davantage et que ça ne te brouille la mémoire.

Roland avait sorti un coquillage de sa poche pendant qu'elle lui parlait et se mit à le faire danser sur le dos de sa main. Les yeux de Susan furent tout de suite attirés, comme la limaille de fer par un aimant.

— Je peux ? demanda-t-il. J'attends ton autorisation, ma chérie.

— Si fait, comme tu veux.

Ses yeux s'élargirent et devinrent vitreux.

— Je ne sais point pourquoi tu penses que ce sera différent cette fois, mais...

Elle s'interrompit, ses yeux continuant de suivre la danse du coquillage sur le dos de la main de Roland. Quand il cessa le mouvement et emprisonna le coquillage dans son poing, Susan ferma les yeux. Sa respiration était douce et régulière.

— Mes dieux, elle a plongé comme une pierre, chuchota Cuthbert, stupéfait.

— On l'a déjà hypnotisée. Rhéa, je crois.

Roland marqua un temps. Puis :

— Susan ? Tu m'entends ?

— Si fait, Roland. Je t'entends très bien.

— J'aimerais que tu entendes aussi une autre voix.

— Laquelle ?

Roland fit signe à Alain. Si quelqu'un pouvait forcer le barrage qu'opposait l'esprit de Susan (ou trouver un moyen de le contourner), ce serait lui.

— La mienne, Susan, dit Alain, se mettant à côté de Roland. Tu me reconnais ?

Elle sourit, les yeux toujours clos.

— Si fait, tu es Alain. Richard Stockworth, autrement dit.

— C'est bien ça.

Il regarda Roland avec nervosité, d'un air interrogateur — *qu'est-ce que je vais lui demander ?* —, mais pendant un instant, Roland ne réagit pas. Il se trouvait en même temps dans deux endroits à la fois et entendait deux voix différentes.

Celle de Susan, dans la saulaie : *Elle m'a dit : « si fait, ma jolie, comme ça, t'es une bonne fille », puis tout le reste est rose.*

Celle de son père dans la cour derrière le Grand Hall : *C'est le pomélo. Par là, j'entends le rose.*

Le rose.

7

Leurs chevaux étaient sellés et chargés, les trois garçons se tenaient devant eux ; s'ils se montraient extérieurement impassibles, intérieurement, ils brûlaient de la fièvre du départ. La route et les mystères qui la jalonnent ne sourient à personne comme ils sourient à la jeunesse.

Ils étaient dans la cour qui se trouvait à l'est du Grand Hall, pas très loin de l'endroit où Roland l'avait emporté sur Cort, mettant toutes ces choses en branle. C'était le petit matin, le soleil n'était pas encore levé, la brume recouvrait le vert des champs de rubans gris. A vingt pas de là, les pères de Cuthbert et d'Alain faisaient sentinelle, les jambes écartées et les mains posées sur la crosse de leurs pistolets. Il était peu probable que Marten (qui pour l'heure s'était absenté du palais et, à ce que tout un chacun savait, de Gilead) cherche à les attaquer — pas ici — mais ce n'était pas complètement exclu.

Ainsi, seul le père de Roland leur parla quand ils se mirent en selle avant de prendre la route de l'est, en direction de Mejis et de l'Arc Extérieur.

— Une dernière chose, leur dit-il alors qu'ils ajustaient les sangles de leurs selles. Je doute fort que vous voyiez quelque chose qui touche nos intérêts — pas à Mejis —, mais gardez l'œil ouvert, et le bon, pour certaine couleur de l'arc-en-ciel. L'Arc-en-Ciel du Magicien, en fait.

Il pouffa avant d'ajouter :

— C'est le pomélo. Par là, j'entends le rose.

— L'Arc-en-Ciel du Magicien, c'est rien qu'un conte de fées, dit Cuthbert avec un sourire répondant à celui de Steven. Puis — peut-être perçut-il autre chose dans les yeux de Steven Deschain — le sourire de Cuthbert faiblit et il ajouta : « Nest-ce pas ? »

— Si toutes les vieilles histoires ne sont pas vraies, je crois que celle de l'Arc-en-Ciel de Maerlyn l'est, répondit Steven. On raconte qu'autrefois, il comptait treize boules de cristal, une pour chacun des Douze Gardiens et la treizième qui représentait le centre de connexion des Rayons.

— Une pour la Tour, dit Roland à voix basse, se sentant gagné par la chair de poule. Une pour la Tour Sombre.

— Si fait, on l'appelait la Treizième quand j'étais petit garçon. On se racontait des histoires à se faire peur et à dormir debout autour du feu, quelquefois, à propos de la boule noire... à moins que nos pères ne viennent nous mettre le holà. Mon propre pa disait que ce n'était pas prudent de parler de la Treizième, car en entendant prononcer son nom, elle pouvait rouler dans votre direction. Mais la Noire, la Treizième, n'est pas importante pour vous trois... pas encore, du moins. Non, pour vous, c'est la Rose. Le Pomélo de Maerlyn.

Impossible de dire s'il était sérieux ou non.

— Si les autres boules de l'Arc-en-Ciel du Magicien ont existé un jour, la plupart sont brisées à l'heure actuelle. Des objets pareils ne restent jamais très longtemps au même endroit ni entre les mêmes mains, vous savez, et même un cristal enchanté peut se briser. Il se peut pourtant que trois ou quatre couleurs de l'Arc-en-Ciel roulent encore leur boule de par notre triste univers. La Bleue, c'est quasi certain. Une tribu de Lents Mutants du désert — qui se donnaient le nom de Complets Pourceaux — l'a eue en sa possession, il y a moins d'un demi-siècle. Mais elle a disparu à nouveau depuis. La Verte et l'Orange ont la réputation de se trouver respectivement à Lud et à Dis. Il ne reste peut-être plus que la Rose.

— Mais elles servent à quoi exactement ? demanda Roland.

— A voir. Certaines couleurs de l'Arc-en-Ciel du Magicien permettent de jeter un coup d'œil dans l'avenir, dit-on. D'autres, à regarder dans d'autres mondes — ceux où vivent les démons, ceux où le Vieux Peuple est censé être allé quand il a quitté notre monde. Elles peuvent aussi montrer l'endroit où se trouvent les portes secrètes par lesquelles on passe d'un monde à l'autre. D'autres couleurs, à ce qu'on raconte, peuvent voir loin dans notre propre monde et montrer des choses qu'autrui aimerait autant garder secrètes. Elles ne voient jamais le bien, seulement le mal. Quelle est la part du vrai et la part du mythe là-dedans, personne ne le sait avec certitude.

Il les contempla, et son sourire s'évanouit.

— Mais nous savons du moins ceci : on dit que John Farson possède un talisman, quelque chose qui brille sous sa tente tard dans la nuit... parfois avant les combats, parfois avant d'importants mouvements de troupes et de chevaux, parfois avant l'annonce de décisions capitales. Et cette lueur brillante est rose.

— Peut-être qu'il possède la lumière électrique et voile l'ampoule d'une écharpe rose chaque fois qu'il prie, fit Cuthbert.

Regardant ses amis autour de lui, il ajouta, un peu sur la défensive :

— C'est pas une blague, certaines personnes font ça.

— Peut-être, reprit le père de Roland. Peut-être n'est-ce que ça, ou quelque chose de ce genre. Mais peut-être y a-t-il davantage. Tout ce que je sais, c'est qu'il continue à nous infliger des défaites, à nous filer entre les doigts et à réapparaître là où on l'attend le moins. Si la magie est en lui et non dans le talisman qu'il possède, que les dieux viennent en aide à l'Affiliation !

— On ouvrira l'œil, si tu préfères, dit Roland. Mais Farson se trouve au nord ou à l'ouest. Et nous, nous allons vers l'est.

Comme si son père l'ignorait.

— S'il s'agit de l'une des bandes de l'Arc-en-Ciel, répliqua Steven, elle pourrait se trouver n'importe où — à l'est, au sud tout autant qu'à l'ouest. Il ne peut pas la garder avec lui tout le temps, tu vois. Même si ça lui tranquillisait énormément le cœur et l'esprit, il ne pourrait pas. Personne ne le peut.

— Et pourquoi ?

— Parce qu'elles sont vivantes et affamées, dit Steven. Celui qui les utilise finit utilisé par elles. Si Farson possède un morceau de l'Arc-en-Ciel, il l'aura expédié au loin et ne le rapatriera qu'en cas de besoin. Il comprend le risque de le perdre mais aussi celui de le conserver trop longtemps par-devers lui.

Il y avait une question que les deux autres, contraints par la politesse, ne pouvaient poser. Roland lui le pouvait et ne s'en priva pas.

— Tu es sérieux, papa ? Tu ne nous fais pas marcher, hein ?

— Je vous envoie au loin à un âge où de nombreux garçons ne peuvent pas s'endormir si leur mère ne vient pas leur donner le baiser du soir, dit Steven. J'espère vous revoir tous les trois en vie et en bonne santé — Mejis est un endroit charmant et tranquille, du moins en était-il ainsi quand j'avais votre âge, mais je n'en suis pas sûr. Les choses étant ce qu'elles sont, ces jours, on ne peut plus être sûr de rien. Je ne vous enverrais pas si loin pour vous faire une farce. Je suis surpris qu'une telle idée te soit venue.

— J'implore ton pardon, dit Roland.

Un silence gêné était tombé entre lui et son père et il ne voulait pas le rompre. Pourtant, il avait follement envie de partir. Rusher se trémoussait sous lui, comme allant dans son sens.

— Je ne m'attends pas, les garçons, que vous voyiez le cristal de Maerlyn... mais je ne comptais pas non plus vous dire au revoir à quatorze ans avec des revolvers glissés dans votre paquetage. Le *ka* est à l'œuvre et où le *ka* est à l'œuvre, tout est possible.

Lentement, très lentement, Steven retira son chapeau, recula et les gratifia d'un salut.

— Allez en paix, les garçons. Et revenez en bonne santé.

— Longs jours et plaisantes nuits, *sai*, dit Alain.

— Bonne fortune, fit Cuthbert.

— Je t'aime, dit Roland.

Steven opina.

— Grand Merci, *sai*, moi aussi, je t'aime. Toutes mes bénédictions vous accompagnent, les garçons.

Il dit cette dernière phrase à haute voix et les deux autres hommes présents — Robert Allgood et Christopher Johns, plus connu à l'époque de sa folle jeunesse comme Chris l'Ardent — joignirent leurs bénédictions aux siennes.

Ainsi tous trois se mirent en chemin vers leur bout de la Grand-Route, alors que l'été, régnant autour d'eux, retenait son souffle. Roland, levant les yeux, aperçut quelque chose qui lui fit oublier entièrement l'Arc-en-Ciel du Magicien. C'était sa mère, penchée à la fenêtre de ses appartements : l'ovale de son visage s'encadrait dans la pierre grise intemporelle de l'aile ouest du château. Des larmes ruisselaient sur ses joues, mais elle sourit et leva la main en un large salut. Des trois, seul Roland la vit.

Il ne lui rendit pas son salut.

8

— *Roland !*

Il reçut un coup de coude dans les côtes, assez fort pour dissiper ces souvenirs, si vifs fussent-ils, et le ramener à l'instant présent. C'était Cuthbert.

— Fais quelque chose si tu en as l'intention ! Qu'on puisse sortir de cette demeure de mort avant qu'à force de frissons, ma peau ne se détache de mes os !

Roland approcha sa bouche de l'oreille d'Alain.

— Prépare-toi à me prêter main-forte.

Alain opina.

Roland se tourna vers Susan.

— Après la première fois où nous avons été *an-tet* ensemble dans la saulaie, tu es allée jusqu'au ruisseau.

— Si fait.

— Tu t'es coupé des mèches de cheveux.

— Si fait.

Cette même voix rêveuse.

— Je les ai coupées.

— Est-ce que tu avais l'intention de les couper toutes ?

— Si fait, jusqu'à la dernière boucle et bouclette.

— Sais-tu qui t'a dit de les couper ?

Très long silence. Roland allait se tourner vers Alain quand Susan répondit.

— Rhéa.

Nouveau silence.

— Elle a voulu me tripoter.

— Oui, mais qu'est-ce qui s'est passé après ? Qu'est-il arrivé pendant que tu te tenais sur le seuil ?

— Oh, quelque chose d'autre s'est passé avant.

— Quoi ?

— Je suis allée lui chercher du bois, répondit-elle sans en dire plus.

Roland regarda Cuthbert, qui haussa les épaules. Alain décroisa les mains. Roland faillit demander à ce dernier de s'avancer, mais se ravisa, jugeant que le moment n'était pas encore venu.

— Laissons le bois de côté pour l'instant, dit-il. Et tout ce qui s'est passé avant. On en parlera plus tard, peut-être, mais pas encore. Que s'est-il passé au moment où tu partais ? Qu'est-ce qu'elle t'a dit à propos de tes cheveux ?

— Elle m'a chuchoté à l'oreille. Et elle avait un Homme Jésus.

— Chuchoté quoi ?

— Je ne sais pas. Cette partie-là est toute rose.

On y était. Il fit un signe de tête à Alain. Ce dernier se mordit la lèvre et avança. Il avait l'air effrayé, mais emprisonnant les mains de Susan dans les siennes, il lui parla d'une voix calme et apaisante.

— Susan ? C'est Alain Johns. Tu me connais ?

— Si fait. C'était toi, Richard Stockworth.

— Qu'est-ce que Rhéa t'a murmuré à l'oreille ?

Un léger pli, telle une ombre par temps couvert, vint froisser son front.

— Je ne vois rien. A part du rose.

— Il n'est pas nécessaire que tu voies quoi que ce soit, dit Alain. Voir n'est pas ce que nous voulons de toi maintenant. Ferme les yeux pour ne plus rien voir du tout.

— Ils sont fermés, dit-elle, un peu irritée.

Elle a peur, songea Roland. Il faillit dire à Alain d'arrêter tout, de la réveiller, mais se contraignit à ne pas intervenir.

— Les yeux de l'intérieur, dit Alain. Ceux de la mémoire. Ferme ceux-là, Susan. Ferme-les pour l'amour de ton père et dis-moi non pas ce que tu vois, mais ce que tu *entends*. Dis-moi ce qu'elle t'a *dit*.

A l'improviste et à glacer les sangs, elle rouvrit les yeux en tenant clos ceux de son esprit. Elle dévisagea Roland comme s'il était transparent, avec le regard d'une statue antique. Roland refréna un cri.

— Tu étais dans l'embrasure de la porte, Susan ? demanda Alain.

— Si fait. On y était toutes les deux.

— Reporte-toi à cet instant.

— Si fait.

Voix rêveuse. Faible, mais claire.

— Malgré mes yeux fermés, je peux voir la clarté de la lune. Elle est aussi grosse qu'un pomélo.

C'est le pomélo, songea Roland. *Par là, j'entends le rose.*

— Et qu'est-ce que tu vois ? Que te dit-elle ?

— Non, c'est *moi* qui dis.

Susan avait pris une voix de fillette un peu de mauvaise humeur.

— C'est *moi* qui dis quelque chose d'abord, Alain. Je dis « notre affaire est finie ? » Alors elle dit « peut-être qu'il reste encore un tout petit rien », et puis... et puis...

Alain lui pressa gentiment les mains, lui insufflant avec les siennes ce qu'il possédait en propre, son *shining*. Elle tenta faiblement de se libérer, mais il ne le lui permit pas.

— Et puis quoi ? Quoi, ensuite ?

— Elle a une petite médaille d'argent.

— Oui ?

— Elle se penche tout près et elle me demande si je l'entends. Je sens son haleine sur moi. Elle empeste l'ail. Et d'autres choses encore pires.

Susan eut une moue de dégoût.

— Je lui dis que je l'entends. Et maintenant je vois. Je vois la médaille qu'elle tient.

— Très bien, Susan, dit Alain. Et tu vois quoi d'autre ?

— Rhéa. On dirait une tête de mort au clair de lune. Une tête de mort avec des cheveux.

— Mes dieux, marmonna Cuthbert, se croisant les bras sur la poitrine.

— Elle dit que je dois l'écouter. Et je dis que je l'écouterai. Elle dit que je dois lui obéir. Et je dis que je lui obéirai. Alors, elle dit :

« Si fait, ma jolie, comme ça, t'es une bonne fille. » Elle me caresse les cheveux. Tout le temps, elle caresse ma tresse.

Susan leva une main de noyée, comme dans un rêve, si pâle dans les ombres de la crypte, et la porta à sa chevelure blonde.

— Puis elle me dit qu'il y a une chose que je dois faire quand j'aurai perdu ma virginité. « Tu attendras qu'il s'endorme près de toi, alors tu te couperas les cheveux. La moindre mèche. Jusqu'à ce qu'il ne t'en reste plus un seul sur le crâne. »

Les garçons la regardèrent avec une horreur grandissante tandis que sa voix devenait celle de Rhéa — adoptait les intonations geignardes et les borborygmes de la vieille du Cöos. Son visage même — exception faite des yeux froidement rêveurs — était devenu la face d'une mégère.

— Coupe tout, ma fille, toutes tes tresses, bandeaux et mèches de putain, si fait, et reviens-t'en vers lui aussi chauve qu'au jour où tu es sortie de ta mère ! Tu verras un peu comme il t'aimera alors !

Elle se tut. Alain tourna un visage blême vers Roland. Ses lèvres tremblaient, mais il n'avait pas lâché les mains de Susan.

— Pourquoi la lune est rose ? demanda Roland. Pourquoi la lune est rose, quand tu essaies de te rappeler ?

— C'est son *glam*.

Susan parut presque surprise, presque gaie. Confiante.

— Elle le garde sous son lit, si fait. Elle ne sait pas que je l'ai vu.

— Tu en es sûre ?

— Si fait, affirma Susan avant d'ajouter simplement : Elle m'aurait tuée si elle l'avait su.

Elle pouffa, les offusquant tous trois.

— Rhéa a la lune dans une boîte sous son lit.

Elle chantonna cela avec le ton zézayant d'un tout petit enfant.

— Une lune rose, dit Roland.

— Si fait.

— Sous son lit.

— Si fait.

Et cette fois, elle libéra ses mains de celles d'Alain. Puis les leva comme si elle tenait une chose ronde qu'elle regarda avec une atroce expression de convoitise, qui parut s'emparer d'elle telle une crampe.

— J'aimerais tellement l'avoir, Roland. Si fait. Une si belle lune ! Je l'ai vue quand elle m'a envoyée chercher le bois. A travers la fenêtre. Elle avait l'air... si jeune.

Puis, encore une fois :

— J'aimerais tellement l'avoir rien qu'à moi, une chose pareille.

— Non, tu n'aimerais pas. Mais tu disais qu'elle est sous son lit ?

— Si fait, dans un lieu magique qu'elle fait apparaître avec des passes.

— Rhéa possède un morceau de l'Arc-en-Ciel de Maerlyn, dit Cuthbert avec stupéfaction. Cette vieille garce possède ce dont ton pa nous a parlé — pas étonnant qu'elle sache tout ce qu'elle sait !

— Il faut encore l'interroger ? demanda Alain. Ses mains sont devenues très froides. Je n'aime pas l'avoir fait plonger si profond. Elle a bien réagi, mais...

— Je crois qu'on a terminé.

— Je lui dis de tout oublier ?

Roland fit non de la tête sans hésiter — ils formaient un *ka-tet*, pour le meilleur comme pour le pire. Il toucha les doigts de Susan ; effectivement, ils étaient glacés.

— Susan ?

— Si fait, mon chéri.

— Je vais te dire une poésie. Quand j'aurai fini, tu te souviendras de tout, comme auparavant. D'accord ?

Elle sourit en refermant les yeux.

— Oiseau et ours, lièvre et poisson...

— Accordez à mon aimée son vœu le plus profond, termina Roland en souriant.

Susan rouvrit les yeux. Elle sourit.

— Toi, dit-elle une fois encore, et elle l'embrassa. « Toujours toi, Roland. Toi toujours, mon amour. »

Incapable de résister, Roland la prit dans ses bras.

Cuthbert regarda ailleurs. Alain fixa le bout de ses bottes et s'éclaircit la gorge.

9

Pendant leur retour à cheval vers Front de Mer, Susan, les bras noués autour de la taille de Roland, demanda :

— Tu vas aller lui prendre le cristal ?

— Il vaut mieux qu'il reste là où il est pour l'instant. Jonas l'a confié à sa garde pour le compte de Farson, je n'ai aucun doute là-dessus. Il devra prendre le chemin de l'Ouest avec le reste du butin ; je n'ai aucun doute là-dessus non plus. On s'en occupera en même temps que des citernes et des hommes de Farson.

— Tu le feras suivre avec nous ?

— Je l'emporterai ou le briserai. Je suppose que je ferais mieux de le rapporter à mon père, mais c'est assez risqué. Il nous faudra nous montrer prudents. C'est un *glam* puissant.

— Suppose que Rhéa voie ce qu'on projette. Suppose qu'elle prévienne Jonas ou Kimba Rimer ?

— Tant qu'elle ne nous voit pas venir lui dérober son précieux joujou, je ne crois pas que nos plans quels qu'ils soient l'intéressent. Je crois que nous l'avons paniquée un brin et si le cristal a établi pour de bon une certaine emprise sur elle, regarder dedans est la seule occupation de son temps qu'elle doit privilégier à l'heure qu'il est.

— Et elle ne doit avoir aucune envie de le lâcher non plus.

— Si fait.

Rusher suivait une sente qui traversait les bois de la falaise donnant sur la mer. A travers les branches à demi dépouillées, ils apercevaient le mur d'enceinte couvert de lierre de la Maison du Maire et au-dessous d'eux, entendaient le ressac des vagues venant se briser en cadence sur la plage de galets.

— Tu peux rentrer sans te faire remarquer, Susan ?

— N'aie crainte.

— Tu as bien compris ce que toi et Sheemie devez faire ?

— Si fait. Il y a une éternité que je ne me suis sentie aussi bien. Comme si une ombre qui pesait depuis longtemps sur mon esprit s'était enfin levée.

— En ce cas, c'est Alain que tu dois remercier. Seul, je n'aurais pas réussi.

— Il a de la magie dans ses mains.

— Oui.

Ils avaient atteint la porte de service. Susan mit pied à terre avec aisance et facilité. Roland descendit à son tour et se tint près d'elle, lui entourant la taille de son bras. Elle levait les yeux vers la lune.

— Regarde, elle est assez grosse pour qu'on commence à distinguer le visage du Démon. Tu le vois ?

La lame du nez, l'ombre du rictus. Pas encore l'œil, mais oui, il le voyait.

— Il me terrifiait quand j'étais petite, chuchotait à présent Susan, songeant à la proximité de la maison derrière le mur. Je tirais le store quand la Lune du Démon était pleine. J'avais peur que s'il me voyait, il ne tende la main et ne m'emporte dans son repaire pour me manger.

Ses lèvres tremblaient.

— C'est bête, les enfants, hein ?

— Quelquefois.

Lui n'avait pas eu peur de la Lune du Démon quand il était petit, mais il avait peur de celle-ci. L'avenir lui paraissait si obscur et la voie pour atteindre la lumière si étroite.

— Je t'aime, Susan. De tout mon cœur.

— Je sais. Moi aussi, je t'aime.

Elle lui baisa la bouche de ses lèvres gentiment ouvertes. Posa un instant sur ses seins la main de Roland, dont elle embrassa la paume chaude. Il la serra contre lui, mais les yeux de Susan demeurèrent fixés sur la lune mûrissante.

— Plus qu'une semaine avant la Moisson, dit-elle. *Fin de año*, c'est comme ça que les *vaqueros* et les *labradores* l'appellent. Dans ton pays, on l'appelle pareil ?

— A peu de chose près, dit Roland. On appelle ça la clôture de l'année. Les femmes distribuent des baisers et des confitures à la ronde.

Elle rit doucement contre son épaule.

— Peut-être que les choses ne me paraîtront point si différentes, après tout, là-bas.

— Tu devras mettre tes meilleurs baisers de côté pour moi.

— Bien sûr.

— Quoi qu'il arrive, nous resterons ensemble, dit-il.

Mais au-dessus d'eux, la Lune du Démon ricanait dans l'obscurité étoilée qui s'étendait sur la Mer Limpide, comme si elle avait connaissance d'un avenir différent.

Chapitre 6

La clôture de l'année

1

Ainsi donc arrive maintenant la *fin de año* à Mejis, plus connue au centre de l'Entre-Deux-Mondes comme la clôture de l'année. Elle arrive comme un millier de fois auparavant... ou dix milliers ou cent milliers. Personne ne saurait le dire avec certitude ; le monde a changé et le temps est devenu étrange. A Mejis, on a coutume de dire « le Temps est comme un visage sur l'eau ».

Dans les champs, hommes et femmes ramassent les pommes de terre tardives : ils portent des gants et leurs ponchos les plus épais, car à présent le vent a tourné carrément, soufflant d'est en ouest, soufflant en rafales et l'air glacial a tout le temps une odeur de sel — une odeur de larmes. *Los campesinos* fauchent les derniers sillons assez allégrement, parlant de ce qu'ils vont faire — surtout des farces — à la Fête de la Moisson, mais n'en sentent pas moins dans le vent toute l'antique tristesse de l'automne et de l'an qui s'en va. Il les fuit comme le flux d'un ruisseau et même si aucun n'en parle, tous le savent fort bien.

Dans les vergers, les dernières pommes — les plus haut perchées — sont cueillies par de jeunes hommes rieurs (en ces jours de quasi-bourrasques, les ultimes jours de cueillette sont leur domaine réservé) qui apparaissent et disparaissent comme des vigies dans leur nid-de-pie. Au-dessus d'eux, dans des ciels d'un bleu éclatant, sans un nuage, des escadrilles d'oies sauvages filent vers le sud, claironnant leurs rauques *adieux*.

Les barques de pêche sont tirées sur le rivage ; leurs propriétaires leur décapent la coque, puis la repeignent ; ils œuvrent presque tous torse nu malgré l'air plus que vif et fredonnent en travaillant les chansons d'autrefois...

J'suis un homme de la mer bleu roi,
Tout ce que j'vois, tout ce que j'vois
J'suis un homme de la Baronnie, moi
Tout ce que j'vois, Tout ce que j'vois,
N'est à personne d'aut' qu'à moi !

J'suis un homme de la baie d'Hambry
Tout ce que j'dis, tout ce que j'dis,
Tant que mes filets sont point remplis,
Tout ce que j'dis, tout ce que j'dis
N'est point très joli-joli à l'ouïe !

... et parfois on se lance un tonnelet de *graf* de quai à quai. Sur la baie ne restent plus maintenant que les plus gros bateaux, allant et venant autour des grands cercles qui marquent l'emplacement de leurs filets comme un chien de berger autour de son troupeau de moutons. A midi, l'eau de la baie se ride d'une draperie de feu automnal et à bord des bateaux, les hommes assis, jambes croisées, mangent leur casse-croûte, sachant que tout ce qu'ils voient *n'est à personne d'aut'qu'à eux...* du moins jusqu'à ce que les bourrasques grises d'automne, se précipitant en masse du fin fond de l'horizon, ne crachent leurs rafales de verglas et de neige.

L'année se clôturait.

Dans les rues d'Hambry, les lampions de la Moisson brûlent maintenant le soir et les mains des pantins sont peintes en rouge. Les amulettes de la Moisson sont accrochées un peu partout et bien que souvent les femmes donnent et reçoivent des baisers par les rues et sur les places des deux marchés — souvent d'hommes qu'elles ne connaissent pas —, les rapports sexuels marquent une pause quasi complète. Ils reprendront (d'un seul coup, d'un seul, pourrait-on dire) la Nuit de la Moisson. Le résultat sera la floraison habituelle de bébés de la Terre Pleine de l'année suivante.

Sur l'Aplomb, les chevaux galopent plus follement que jamais comme s'ils comprenaient (très vraisemblablement, oui, ils le comprennent) que leur ère de liberté tire à sa fin. Ils foncent puis s'arrêtent brusquement, la tête tournée vers l'ouest quand le vent souffle en rafales, montrant leur cul à l'hiver. Dans les ranches, on retire les moustiquaires des vérandas et on repose les volets. Dans les vastes cuisines des ranches et les cuisines plus petites des fermes, personne ne vole de baisers de la Moisson et personne n'a même le sexe en tête. L'époque des conserves bat son plein et les cuisines, enfumées de vapeur, ronflent sous la chaleur des fourneaux dès avant l'aube jusqu'à bien après la tombée de la nuit. Ça sent la pomme, la betterave, le haricot, l'âprerave et la viande qu'on sale en lamelles. Les femmes, qui travaillent sans trêve toute la journée, gagnent leur lit en somnambules et, s'y effondrant comme une masse, dorment comme des souches jusqu'à ce que l'obscurité du lendemain matin les ramène à leur cuisine.

On brûle les feuilles dans les jardins de la ville, et au fur et à mesure que la semaine s'avance et que le visage du Vieux Démon se dessine de plus en plus clairement, on jette de plus en plus fréquemment sur les bûchers des pantins aux mains rouges. Dans les champs, des meulons de blé flambent comme des torches et des pantins brûlent souvent en même temps, leurs mains rouges et les croix blanches de leurs yeux se racornissant dans le brasier. Les hommes entourent ces feux sans un mot, avec un air solennel. Aucun ne dit à quelles terribles coutumes répond la crémation des pantins ni de quels antiques dieux innommables on s'attire ainsi les faveurs, mais ne le sait pas moins. De temps à autre, l'un de ces hommes murmure entre ses dents : *Charyou tri*.

Ils clôturent, clôturent, clôturent l'année.

Les rues crépitent sous les pétards — et parfois un *big bangueur* tonitruant fait ruer dans leurs brancards même les chevaux placides attelés aux charrettes — et résonnent des éclats de rire des enfants. Sur la véranda du magasin général et en face, au Repos des Voyageurs, on échange des baisers — quelquefois mouillés, à pleine bouche, avec force doux jeux de langues — mais les putes de Coraline Thorin (les « gueuses de coton », comme aiment à se surnommer les plus farfelues d'entre elles, telle Gert Moggins) s'ennuient à périr. Elles auront peu de pratiques cette semaine.

Ce n'est pas encore le Terme de l'Année, quand brûle le bois d'hiver et que d'un bout à l'autre de Mejis, on ne fait que danser dans les granges et les écuries... et ça l'est déjà, cependant. C'est la *vraie* fin de l'année, *charyou tri* et tout un chacun, de Stanley Ruiz derrière son bar sous le Gai Luron au dernier des derniers des *vaqueros* de Fran Lengyll, là-bas en lisière de la Mauvaise Herbe, le sait. Il y a comme un écho dans l'air lumineux, comme un désir d'ailleurs dans le sang et un sentiment de solitude dans le cœur qui chante comme le vent.

Mais cette année, il y a aussi autre chose : une sensation de malaise que personne ne sait au juste comment formuler. Des individus qui n'ont jamais fait un seul cauchemar de leur vie se réveillent en hurlant durant la semaine de la *fin de año* ; des hommes se considérant comme des pacifiques se retrouvent pris dans des bagarres qu'ils ont eux-mêmes déclenchées ; des gamins mécontents de leur sort qui se seraient bornés les autres années à rêver de fugues, fuguent pour de bon et la plupart ne regagnent plus leur logis, après leur première nuit passée à la dure.

Il y a la sensation — inarticulée, mais non moins présente — que cette saison les choses vont de travers. C'est la clôture de l'année, mais c'est aussi la paix qui se clôt. Car c'est ici, dans le Monde de l'Extérieur et la Baronnie assoupie de Mejis, que le dernier grand conflit de l'Entre-Deux-Mondes débutera bientôt ; c'est à partir d'ici que le sang se mettra à couler. Au bout de deux ans, pas davantage, le monde tel qu'il a été sera balayé à jamais. Tout part d'ici. Au milieu de son champ de roses, la Tour Sombre réclame son dû, avec son cri de bête fauve. Le Temps est comme un visage sur l'eau.

2

Coraline Thorin descendait la Grand-Rue en provenance de l'Hôtel Bellevue quand elle aperçut Sheemie, menant Caprichoso par son licou, qui se dirigeait en sens opposé. Le garçon chantait « Amour Insouciant » à tue-tête, mais d'une voix douce. Il avançait lentement, car les tonneaux dont son mulet était chargé étaient à peine moitié moins gros que ceux qu'il avait livrés sur le Cöos, très peu de temps auparavant.

Coraline héla son garçon à tout faire, d'assez bonne humeur. Elle avait des raisons de l'être ; Eldred Jonas n'avait que faire de l'abstinence de la *fin de año*. Et pour un homme avec une patte folle, il savait se montrer très inventif.

— Sheemie ! s'écria-t-elle. Où vas-tu ? A Front de Mer ?

— Si fait, répondit Sheemie. J'ai là le *graf* qu'y réclament. Plein de sociétés vont Fêter la Moisson, si fait, des tonnes. Vont bien danser, vont avoir bien chaud, vont boire bien du *graf* pour avoir frais ! Vous êtes rudement jolie, *sai* Thorin, les joues toutes rosies-roses, si fait.

— Oh seigneu' ! Gentil de me dire ça, Sheemie !

Elle le gratifia d'un sourire éblouissant.

— Allez, va maintenant, espèce de flatteur, traîne pas.

— Nenni-na, j'y vas de ce pas.

Coraline le regarda s'éloigner, tout sourire dehors. *Vont bien danser, vont avoir bien chaud*, avait dit Sheemie. Regardant la danse, Coraline ne pouvait pas se prononcer, mais elle était sûre par contre que la Moisson serait chaude, cette année, ah, pour ça oui. Très chaude, même.

3

Miguel, qui accueillit Sheemie sous l'arche de Front de Mer avec l'air condescendant et volontiers dédaigneux qu'il réservait aux catégories inférieures, retira le bouchon du premier fût, puis du deuxième. Il se contenta rapport au premier de renifler la bonde ; quant au second, il y plongea le pouce qu'il suça d'un air pénétré. Avec ses joues ridées, creusées par la dégustation, et sa vieille bouche édentée s'activant en tous sens, il avait tout d'un bébé barbu.

— Goûteux, s'pas ? demanda Sheemie. Goûteux comme un goûter, s'pas, bon vieux Miguel, qu'est là depuis mille ans au moins ?

Miguel, suçant toujours son pouce, fusilla Sheemie d'un regard revêche.

— *Andale. Andale, simplón.*

Sheemie, contournant la maison, mena son mulet à la cuisine. Là, la brise de l'océan vous faisait piquer des frissons. Il salua de la main les cuisinières, mais aucune ne lui rendit son salut ; il est probable qu'elles ne l'aperçurent même pas. Une marmite bouillait sur chaque rond de l'énorme fourneau et les femmes — en amples robes de cotonnade à manches longues, telles des chemises de nuit, leurs cheveux protégés par des mouchoirs de couleurs vives — se déplaçaient comme des fantômes entraperçus dans le brouillard.

Sheemie déchargea tour à tour les deux tonneaux du dos de Capi. Il les transporta, ahanant sous l'effort, jusqu'à l'énorme foudre de chêne, près de la porte de derrière. Il ouvrit le couvercle de la barrique et se pencha au-dessus, mais recula bien vite sous l'effet lacrymogène de l'odeur forte du *graf* d'âge respectable.

— Pfff ! fit-il, hissant le premier fût. Y a de quoi se soûler rien qu'en respirant là-dedans !

Il versa le *graf* nouveau, faisant attention de ne pas en répandre. Quand il eut fini, la barrique était pleine à ras bord ou tout comme. Ce qui était une bonne chose, car la Nuit de la Moisson, la bière de pomme coulerait à flots de ses robinets, comme de l'eau.

Il reglissa les tonneaux vides dans leurs bâts, lança encore un coup d'œil dans la cuisine pour s'assurer qu'on ne l'observait pas (ce qui était le cas, le garçon de taverne simplet de Coraline était le cadet des soucis de n'importe qui, ce matin-là), puis, ne faisant pas reprendre à Capi le chemin qu'ils avaient suivi à l'aller, il le mena le long d'un passage qui conduisait aux remises de stockage de Front de Mer.

Il y en avait trois en enfilade, chacune flanquée d'un pantin aux mains rouges, assis devant. Les pantins, qui semblaient guetter ses moindres faits et gestes, donnèrent le frisson à Sheemie. Il se souvint alors de sa visite à cette vieille folle de Rhéa, la sorcière. *Elle*, y avait de quoi avoir la frousse. Eux, c'étaient rien d'autre que des tas de vieilles nippes bourrées de paille.

— Susan ? appela-t-il à voix basse. Vous êtes là ?

La porte du magasin du milieu était entrebâillée. Elle s'entrouvrit sous une légère poussée.

— Entre ! souffla-t-elle sans élever la voix, elle non plus. Avance avec le mulet ! Vite !

Il mena Capi dans une remise qui sentait la paille, le haricot, les articles de sellerie... et autre chose encore. Quelque chose de plus caustique. *Les fusées de feux d'artifice*, se dit-il. *La poudre à fusil, aussi.*

Susan, qui avait passé la matinée à subir les derniers essayages, portait un fin saut-de-lit en soie et de grandes bottes en cuir. Sa tête se hérissait de papillotes bleu et rouge vif.

Sheemie eut un petit rire bête.

— Vous m'semblez bien amusante, Susan, fille de Pat. Quel rire pour moi, j'pense bien.

— Si fait, je suis à peindre, d'accord, dit Susan, l'air éperdu. Il faut qu'on fasse vite. Il me reste vingt minutes avant qu'on ne réclame après moi. Peut-être même moins si jamais ce vieux bouc part à ma recherche... faisons vite !

Ils retirèrent les tonneaux du dos de Caprichoso. Susan sortit un mors cassé de la poche de son saut-de-lit et utilisa le bout pointu pour soulever l'un des couvercles. Puis elle tendit le mors à Sheemie qui fit sauter l'autre. L'odeur de tarte aux pommes du *graf* emplit la remise.

— Attrape ! dit-elle en lançant une peau de chamois à Sheemie. Sèche-les du mieux que tu peux. Ça n'a point besoin d'être parfait, ils sont empaquetés, mais il vaut mieux ne courir aucun risque.

Ils essuyèrent l'intérieur des fûts, Susan jetant des coups d'œil furtifs vers la porte toutes les secondes ou presque.

— Ça ira très bien comme ça, dit-elle. Bon. Maintenant... il y en a de deux sortes. Je suis sûre qu'on ne remarquera point qu'ils manquent ; il y en a assez là-bas derrière pour faire sauter la moitié du monde.

Elle retourna en hâte dans la pénombre de la remise, soulevant son saut-de-lit d'une main, ses bottes entravant sa marche. Elle s'en revint, les bras chargés de paquets.

— Ça, ce sont les plus gros, dit-elle.

Il les emmagasina dans l'un des fûts. Il y avait une dizaine de paquets en tout et Sheemie sentait des trucs ronds à l'intérieur, à peu près de la grosseur d'un poing d'enfant. Des *big bangueurs*. Le temps qu'il finisse de les ranger et de remettre le couvercle en place, elle était de retour avec une pleine brassée de paquets plus petits. Il rangea ceux-là dans l'autre tonneau. Au toucher, c'étaient des p'tiots, qui non seulement faisaient du pétard mais projetaient aussi des flammes de couleur.

Elle l'aida à rebâter les tonneaux sur le dos de Capi, tout en continuant à jeter de petits coups d'œil à la porte de la remise. Une fois les fûts solidement arrimés aux flancs du mulet, Susan poussa un soupir de soulagement et essuya la sueur de son front d'un revers de main.

— Les dieux en soient loués, cette partie est terminée, dit-elle. Tu sais où tu dois les emporter, maintenant ?

— Si fait, Susan, fille de Pat. Au Bar K. Mon ami Arthur Heath les mettra en lieu sûr.

— Et si jamais quelqu'un te demande ce que tu vas faire par là-bas ?

— J'livre du *graf* doux aux garçons de l'Intérieur, pasqu'ils ont décidé d'point s'rendre en ville pour la Fête... pourquoi ça, Susan ? Z'aiment point les Fêtes ?

— Tu le sauras bien assez tôt. Ne t'occupe point de ça pour le moment, Sheemie. Va... il vaut mieux que tu ne tardes point.

Et cependant, il traînait.

— Quoi encore ? demanda-t-elle, tâchant de ne pas montrer son impatience. Qu'est-ce qu'il y a, Sheemie ?

— J'aim'rais qu'vous m'donniez un baiser de *fin de año*, si fait.

Le visage de Sheemie avait viré à l'écarlate de façon alarmante.

Susan ne put se retenir de rire, puis se dressant sur la pointe des pieds, elle le baisa au coin de la bouche. Là-dessus, Sheemie cingla vers le Bar K avec son chargement de feu.

4

Reynolds se rendit à Citgo le jour suivant ; il allait au galop, un bandana lui masquant la figure jusqu'aux yeux. Il serait plus que ravi de quitter cette foutue région qui dansait une valse-hésitation entre ses *ranchlands* et sa côte maritime. La température n'était pas si basse que cela, mais après avoir soufflé au-dessus de l'eau, le vent coupait comme un rasoir. Et ce n'était pas tout — Hambry et l'ensemble de la Baronnie de Mejis semblaient atteints de morosité au fur et à mesure que la Moisson approchait, une sorte de hantise qu'il n'appréciait pas du tout. Roy ressentait la même chose. Reynolds le lisait dans ses yeux.

Et comme il serait ravi que ces trois enfançons de chevaliers ne soient plus que cendres au vent et cet endroit, plus qu'un souvenir !

Il mit pied à terre dans le parking de la raffinerie en ruine, attacha son cheval au pare-chocs d'une vieille carcasse rouillée avec un mot mystère CHEVROLET à peine lisible sur le rabat arrière puis se dirigea vers le pétroléum. Le vent soufflait en rafales, le transperçant jusqu'aux os malgré le manteau en peau de mouton style ranchero qu'il portait. Et il dut à deux reprises enfoncer son chapeau sur ses oreilles pour l'empêcher d'être emporté. A tout prendre, il était ravi de ne pas pouvoir se voir, il devait être le portrait tout craché d'un de ces fermiers de merde.

L'endroit semblait paisible, cependant... désert, autrement dit. Le vent susurrait en solitaire, s'infiltrant au travers des rangées de sapins de chaque côté du pipe-line. Impossible de soupçonner que douze paires d'yeux suivaient votre tranquille déambulation.

— *Aïle !* cria-t-il. Montrez-vous et ramenez-vous par ici, les poteaux, qu'on palabre un peu.

Son injonction resta un instant sans écho ; puis Hiram Quint du Piano Ranch et Barkie Callahan du Repos des Voyageurs apparurent, se frayant un passage entre les arbres. *Bordel de merde*, songea Reynolds, partagé entre crainte respectueuse et amusement, *des veaux pareils, on en trouve même pas à l'étal d'un boucher.*

Une minable vieillerie de mousqueton était passée à la ceinture de Quint, Reynolds n'en avait plus vu depuis des années et songea qu'avec un peu de chance, il ferait long feu quand Quint presserait la détente. Avec un peu de malchance, il lui exploserait à la figure et le rendrait aveugle.

— Rien à signaler ? leur demanda-t-il.

Quint lui répondit en charabia de Mejis. Barkie l'écouta puis traduisit :

— Tout est calme, *sai*. Il dit que lui et ses hommes s'impatientent.

Puis avec un sourire joyeux, son visage ne trahissant en rien le contenu de ses paroles, Barkie ajouta :

— Même s'il avait inventé la poudre, c'con-là serait infoutu de sauter de joie.

— Idiot, d'accord, mais sur lequel on peut compter ?

Barkie haussa les épaules. Ce qui pouvait passer pour un acquiescement.

Ils s'engagèrent entre les arbres. Là où Roland et Susan avaient découvert une trentaine de citernes, il n'en restait plus qu'une demi-douzaine. Et sur ces six-là, deux seulement contenaient du pétrole. Des hommes étaient assis par terre ou bien piquaient un roupillon, leurs *sombreros* sur le visage. La plupart étaient armés, mais leurs flingues avaient l'air à peu près aussi fiables que le mousqueton de Quint. Quelques-uns des plus pauvres *vaqueros* n'avaient que des *bolas*. A tout prendre, Reynolds jugea qu'elles seraient plus efficaces.

— Dis à Lord Perth ici présent que si jamais les gamins se pointent, il faudra leur tendre une embuscade, et qu'ils n'auront qu'une chance de bien faire leur boulot, dit Reynolds à Barkie.

Barkie transmit la chose à Quint. Ce dernier eut un rictus, qui révéla une plantation terrifiante de chicots noirs et de crocs jaunâtres. Il émit quelques brefs vocables, puis tendant des bras terminés par d'énormes poings couturés, il fit mine de tordre le cou sous leurs yeux à un ennemi invisible. Quand Barkie voulut traduire, Clay Reynolds l'en dispensa du geste. Il n'avait saisi qu'un seul mot, mais c'était amplement suffisant : *muerto*.

5

Tout au long de cette semaine d'avant-Fête, Rhéa resta à sonder les profondeurs du cristal. Elle avait pris le temps de recoudre la tête d'Ermot sur son corps à l'aide de gros points maladroits de fil noir et elle demeurait assise, son serpent pourrissant autour du cou, à regarder et à rêvasser, sans prendre garde à la puanteur qui se dégageait du reptile au gré du temps. A deux reprises, Moisi vint près d'elle, miaulant pour qu'on le nourrisse, et chaque fois, Rhéa repoussa l'énervant animal sans même lui faire l'aumône d'un regard. Elle de son côté maigrissait à vue d'œil, ses orbites devenues creuses ressemblaient à celles des crânes stockés dans le filet, près de la porte de sa chambre. Elle s'assoupissait de temps en temps dans son fauteuil, la boule de cristal dans son giron, la peau de serpent puante autour du cou, la tête penchée en sorte que la pointe aiguë du menton creusait sa poitrine, des filets de bave dégouttant de ses lèvres fripées et molles, mais sans jamais dormir tout à fait. Il y avait trop de choses à voir, beaucoup trop.

Et elle avait le cristal tout à elle pour y regarder. Ces jours, elle n'avait même plus besoin de faire des passes au-dessus de la boule pour que s'entrouvrent ses brumes rosâtres. Toute la bassesse de la Baronnie, toutes ses cruautés mesquines (et pas si mesquines), tous ses mensonges et autres truandages étaient exposés sous ses yeux. La majorité de ce qu'elle voyait n'était qu'écarts de conduite insignifiants — jeunes garçons, l'œil collé au trou de serrure, qui se masturbaient en épiant leurs sœurs se dévêtir, épouses faisant les poches à leurs maris, en quête de quelques sous ou de tabac, Sheb le pianiste léchant l'assise de la chaise de sa putain préférée, l'une des bonnes de Front de Mer crachant dans la taie d'oreiller de Kimba Rimer après que le Chancelier l'eut gratifiée d'un coup de pied pour ne point avoir débarrassé le plancher assez vite.

Toutes ces choses ne faisaient que confirmer son opinion sur la société dont elle s'était retirée. Parfois elle piquait des fous rires, parfois elle parlait aux gens qu'elle voyait dans le cristal, comme s'ils pouvaient l'entendre. Le troisième jour de la semaine d'avant la Moisson, elle avait cessé de se rendre aux cabinets, même si elle pouvait y emmener le cristal avec elle, et une forte odeur d'urine surie émanait d'elle.

Dès le quatrième jour de ce régime, Moisi avait cessé de l'approcher.

Rhéa, comme d'autres avant elle, se perdit dans la contemplation du cristal et dans les rêves qu'il engendrait ; captive des menus plaisirs de la clairvoyance, elle ne prenait point garde que le cristal rose lui dérobait les vestiges ratatinés de son *anima*. Mais si elle en avait eu conscience, cela lui aurait probablement paru un marché équitable. Elle voyait tout ce que les individus faisaient dans l'ombre et c'étaient les seules choses qui lui tenaient à cœur et, rien que pour cela, elle aurait à coup sûr jugé que le payer de ses forces vitales était équitable.

6

— Attends que je l'allume, aux noms des dieux, fit le gamin.

Jonas aurait reconnu cette voix, c'était celle du garçon qui avait agité dans sa direction une queue de chien sectionnée de l'autre côté de la rue en criant : *On est des Grands Chasseurs du Cercueil, pareil que vous !*

Le gamin à qui s'adressait ce charmant garçon s'efforçait de ne pas lâcher le morceau de foie qu'ils avaient fauché chez l'équarrisseur derrière le Marché d'En Bas. Le premier gamin saisit le second par l'oreille et la lui tordit. L'autre poussa des hurlements, tout en tenant hors de portée le morceau de foie dont le sang noir dégoulinait sur ses phalanges crasseuses.

— Ah, quand même, fit le premier gamin finissant par s'emparer de sa proie. J'vas t'apprendre qui est le *capataz* par ici.

Ils se trouvaient derrière une échoppe de boulanger du Marché d'En Bas. Tout près, alléché par l'odeur chaude du pain frais, un corniaud galeux les fixait de son œil borgne, plein d'un espoir affamé.

La mèche verte d'un *big bangueur* dépassait du morceau d'abat cru. Sous la mèche, le foie avait des renflements de femme enceinte. Le premier gamin, prenant l'allumette soufrée coincée entre ses incisives proéminentes, la craqua.

— Y le bouffera jamais ! fit un troisième gamin, n'y tenant plus, espoir et angoisse mêlés.

— Maigre comme il est ? reprit le premier. Oh que si. J't'parie mon jeu de cartes contre ta queue d'canasson.

Le troisième gamin, après mûre réflexion, refusa de la tête.

Le premier eut un grand sourire.

— T'es un p'tit futé, fit-il en allumant la mèche du gros pétard.

— Eh, mon goujat, apostropha-t-il le chien. T'veux une morse d'un truc qu'est bon ? Alors attrape !

Et il lui lança le foie. Le sifflement de la mèche ne fit pas hésiter le chien décharné qui se précipita en avant, son œil unique braqué sur le premier morceau de nourriture digne de ce nom depuis des jours. Au moment où il le happait au vol, le *big bangueur* que les gamins y avaient glissé explosa. Éclair et rugissement. Le chien eut le bas de la gueule emportée. Il demeura encore un instant à les fixer de son œil valide, tout ruisselant de sang, puis s'effondra.

— T'l'avais dit-lili ! railla le premier gamin. T'l'avais dit qu'y l'bouff'rait ! Bonne Moisson à nous tous, hein ?

— Qu'est-ce que vous fabriquez, les garçons ? demanda sèchement une voix de femme. Déguerpissez, sales corbeaux !

Les gamins, ne demandant pas leur reste, s'égaillèrent en riant à gorge déployée dans la clarté vive de l'après-midi. A les entendre, on les aurait *vraiment* confondus avec un vol de corbeaux.

7

Cuthbert et Alain arrêtèrent leurs montures à l'entrée de Verrou Canyon. Même si le vent éloignait d'eux le son de la tramée, il leur bourdonnait dans la tête, leur agaçant les dents qu'il faisait vibrer.

— Mes dieux, que je déteste ça ! fit Cuthbert sans desserrer les siennes. Ne traînons pas.

— Si fait, dit Alain.

Ils mirent pied à terre, empêtrés dans leurs manteaux de rancheros, et attachèrent les chevaux au tas de broussailles qui obstruait l'entrée du canyon. D'habitude, une telle mesure ne s'imposait pas, mais les deux garçons ne voyaient que trop que leurs chevaux détestaient ce son geignard tel celui d'une meule autant qu'eux-mêmes. Cuthbert avait l'impression que la tramée transmettait à son esprit des paroles d'invite d'une voix horriblement persuasive malgré son ton gémissant.

Viens donc, Bert. Laisse toutes ces idioties derrière toi : les tambours, l'orgueil, la peur de la mort, la solitude dont tu te moques parce qu'à part rire aux éclats, tu ne sais que faire. Abandonne aussi cette fille. Tu l'aimes, n'est-ce pas ? Et même si tu ne l'aimes pas, tu la désires. C'est triste qu'elle soit amoureuse de ton ami et non de toi, mais si tu viens à moi, tout cela aura tôt fait de ne plus te tourmenter. Viens donc. Qu'est-ce que tu attends ?

— Qu'est-ce que j'attends ? marmonna-t-il.

— Euh ?

— J'ai dit qu'est-ce qu'on attend ? Faisons ça vite et filons d'ici, enfer et sainteté.

De sa sacoche de selle, chacun tira un sachet de coton. Ils étaient remplis de la poudre qu'ils avaient extraite des plus petits pétards que Sheemie leur avait apportés deux jours plus tôt. Alain tomba à genoux, sortit son couteau et, avançant à reculons, se mit à creuser une tranchée aussi loin qu'il put aller sous les broussailles.

— Creuse bien profond, dit Cuthbert. Faudrait pas que le vent la disperse.

Alain lui lança un regard particulièrement en rogne.

— Tu veux le faire à ma place ? Comme ça, tu seras sûr que c'est fait dans les règles.

C'est la tramée, songea Cuthbert. *Elle le travaille, lui aussi.*

— Non, Al, dit-il avec humilité. Tu te débrouilles très bien pour un aveugle ramolli du bulbe. Continue.

Alain le fusilla du regard quelques secondes encore, puis son visage s'éclaira d'un sourire et il se remit à sa tranchée sous l'amas de broussailles.

— Tu mourras jeune, Bert.

— Si fait, probablement.

Cuthbert se laissa tomber à genoux à son tour et se mit à ramper à la suite d'Alain, répandant la poudre dans la tranchée tout en tâchant d'ignorer le zonzon enjôleur de la tramée. Non, la poudre ne serait certainement pas emportée pas le vent, sauf s'il soufflait en tempête. Par contre, s'il pleuvait, les broussailles n'offriraient qu'une bien piètre protection. Si jamais il pleuvait...

Ne pense pas à ça, se morigéna-t-il. *C'est le* ka.

Ils finirent de garnir de poudre les tranchées creusées des deux côtés du barrage broussailleux en dix minutes à peine. Mais le temps leur parut plus long. Aux chevaux pareillement, semblait-il ; ils piaffaient avec impatience au bout de leur longe, les oreilles couchées et roulant des yeux fous. Cuthbert et Alain les détachèrent et les enfourchèrent. Le cheval de Cuthbert fit à deux reprises un haut-de-corps... mais son cavalier eut davantage l'impression que la pauvre bête était prise de frissons.

Non loin de là, l'éclat du soleil venait percuter de l'acier brillant. Les citernes à la Roche Suspendue. On les avait collées le plus près possible de l'affleurement gréseux, mais quand le soleil était au zénith, l'ombre disparaissait et, avec elle, la clandestinité.

— J'ai du mal à y croire, dit Alain, alors qu'ils amorçaient leur retour.

La balade serait longue, incluant un large détour, loin de la Roche Suspendue, pour éviter d'être repérés.

— Ils doivent nous prendre pour des aveugles.

— C'est pour des idiots qu'ils nous prennent, fit Cuthbert. Mais je suppose que ça revient au même.

A présent qu'ils laissaient derrière eux Verrou Canyon, la tête lui tournait presque de soulagement. Allaient-ils pénétrer là-dedans dans quelques jours ? Vraiment y *pénétrer* à cheval et s'y enfoncer jusqu'à quelques mètres à peine de l'endroit où cette maudite bouillasse débutait ? Il avait du mal à le croire... et s'obligea à ne plus y penser avant de se mettre à y croire pour de bon.

— Encore des cavaliers qui se dirigent vers la Roche Suspendue, dit Alain, montrant derrière lui les bois, au-delà du canyon. Tu les vois ?

On aurait dit des fourmis à cette distance, mais Bert ne les en distingua pas moins fort bien.

— La relève de la garde. L'important, c'est qu'on ne se fasse pas repérer... ils ne peuvent pas nous apercevoir, à ton avis ?

— De là-bas ? Très improbable.

Cuthbert ne le croyait pas non plus.

— Ils y seront tous, la Moisson venue, n'est-ce pas ? demanda Alain. Ce ne serait pas très bon pour nous de n'en choper que quelques-uns.

— Tu l'as dit... mais je crois qu'ils seront au grand complet.

— Et Jonas et ses potes ?

— Eux aussi.

Devant eux, la Mauvaise Herbe se rapprochait. Le vent les cinglait au visage, leur faisant pleurer les yeux, mais Cuthbert n'en avait cure. Le son de la tramée n'était plus qu'un léger bourdonnement dans son dos et aurait bientôt complètement disparu. Pour l'heure, cela suffisait amplement à faire son bonheur.

— Tu crois qu'on va réussir, Bert ?

— Chais pas, répondit Cuthbert.

Il songea alors aux tranchées pleines de poudre courant sous l'amas de broussailles sèches et se prit à sourire.

— Mais je peux te dire une chose, Al : ils se souviendront de notre visite.

8

A Mejis, comme dans toute autre Baronnie de l'Entre-Deux-Mondes, la semaine qui précédait un Jour de Fête était consacrée à la politique. Des gens importants arrivaient des coins les plus reculés de la Baronnie et se tenaient bon nombre de Parloirs qui préparaient le Grand Parloir du Jour de la Moisson. Susan était tenue d'y assister — avant tout pour témoigner décorativement de la puissance pérenne du Maire. Olive aussi était présente et les deux femmes, trônant de part et d'autre du cacatoès vieillissant, se livraient à une pantomime d'un comique cruel que seule la gent féminine était vraiment en mesure d'apprécier : Susan servait le café et Olive faisait circuler le gâteau ; toutes deux recevaient de bonne grâce des compliments sur le boire et le manger, sans avoir mis en rien la main à la pâte.

Susan avait énormément de mal à regarder le visage d'Olive souriant dans son malheur. Son mari ne coucherait jamais avec la fille de Pat Delgado... mais *sai* Thorin n'en savait rien et il était impossible à Susan de le lui dire. Jeter un coup d'œil en coin sur la femme du Maire suffisait à lui rappeler ce que Roland avait dit ce fameux jour sur l'Aplomb : *Un instant, j'ai imaginé que c'était ma mère*. Or c'était bien là tout le problème, non ? Olive Thorin n'était la mère de personne. C'était ce qui, en premier lieu, avait ouvert la porte à cette horrible situation.

Susan avait l'esprit occupé d'autre chose qu'elle devait faire, mais avec le plein d'activités à la Maison du Maire, ce ne fut que trois jours avant la Moisson que l'occasion s'en présenta. Enfin, dans la foulée de ce dernier Parloir, elle put se défaire de sa Robe Rose avec Appliques (comme elle la détestait ! Comme elle détestait toutes ces tenues !) et enfiler un jean, une casaque toute simple et un manteau de ranchero. Elle n'avait pas le temps de natter ses cheveux puisque au retour on l'attendait pour le Thé du Maire, mais Maria les lui noua dans le dos et là-dessus, elle s'était mise en route pour la maison qu'elle allait bientôt quitter pour toujours.

Elle avait à faire dans la petite pièce tout au fond de l'écurie — qui avait servi de bureau à son père — mais elle entra dans la maison en premier et y entendit exactement ce qu'elle avait souhaité ouïr : les ronflements sifflants et distingués de sa tante. Parfait.

Susan prit une tartine de miel et l'emporta dans la grange écurie, la protégeant du mieux qu'elle put des nuages de poussière que soulevait le vent dans la cour. Le pantin de chiffon de sa tante cliquetait sur son piquet dans le jardin.

Elle se faufila dans la pénombre odorante de l'écurie. Pylône et Félicia la saluèrent d'un hennissement et elle partagea entre eux ce qu'elle n'avait pas mangé. Ce qui parut plutôt les satisfaire. Elle fit fête en particulier à Félicia, qu'elle abandonnerait sous peu derrière elle.

Elle avait évité de se rendre dans le petit bureau depuis la mort de son père, effrayée par avance du serrement de cœur qui la prit quand elle souleva le loquet et y pénétra. Les fenêtres étroites avaient beau être couvertes de toiles d'araignée, elles laissaient entrer la vive lumière d'automne, suffisamment en tout cas pour apercevoir la pipe dans le cendrier — la rouge, celle qu'il préférait, celle qu'il appelait sa pipe à penser — et un morceau de bride, posé sur le dos du fauteuil de son bureau. Il était probablement en train de la réparer à la lueur du gaz, avait dû la laisser là en pensant finir l'ouvrage le lendemain... et puis le serpent avait dansé sous les sabots d'Écume et il n'y avait plus eu de lendemain pour Pat Delgado.

— Oh, pa, fit-elle d'une petite voix brisée. Comme tu me manques !

Elle gagna la table de travail, fit courir ses doigts à la surface, laissant un tracé dans la poussière. Elle s'installa dans son fauteuil, l'écouta craquer sous son poids comme il l'avait toujours fait sous le sien et ce fut la goutte d'eau qui fit déborder le vase. Pendant les cinq minutes qui suivirent, elle resta là à sangloter, se pressant les poings sur les yeux comme elle le faisait autrefois. Sauf qu'à présent, bien sûr, n'existait plus de Grand Pat qui vienne la tirer de cet état par ses plaisanteries, la prenant sur ses genoux et l'embrassant à cet endroit chatouilleux entre tous sous son menton (particulièrement sensible aux poils de sa moustache) jusqu'à ce que ses larmes virent aux gloussements. Le Temps était comme un visage sur l'eau et, cette fois, c'était celui de son père.

Ses pleurs diminuèrent jusqu'aux reniflements. Elle ouvrit les tiroirs du bureau, l'un après l'autre, découvrant d'autres pipes (beaucoup rendues inutilisables par son mâchonnement constant du tuyau), un chapeau, une de ses poupées au bras cassé (que Pat apparemment n'avait jamais trouvé le temps de réparer), des plumes d'oie, une petite flasque — vide mais dont le goulot dégageait encore une faible odeur de whiskey. Le seul article présentant de l'intérêt se trouvait dans le tiroir du bas : une paire d'éperons. Si l'un possédait encore sa molette en étoile, celle de l'autre était brisée. C'étaient là, elle en était quasiment certaine, les éperons qu'il portait le jour de sa mort.

Si mon pa était encore ici, avait-elle commencé à dire ce jour-là sur l'Aplomb. *Mais il n'y est point*, avait répondu Roland. *Puisqu'il est mort*.

Une paire d'éperons, une molette brisée.

Elle les fit sauter dans sa paume, s'efforçant d'imaginer Écume d'Océan se cabrer, désarçonner son père (dont l'un des éperons se prenait dans l'étrier et dont la molette se brisait net), puis, s'abattant sur le flanc, l'écraser sous son poids. Elle eut une claire vision de tout cela, mais pas du serpent dont Fran Lengyll leur avait parlé. Elle ne vit rien du tout qui ressemblât à cela de près ou de loin.

Remettant les éperons là où elle les avait trouvés, Susan se leva et regarda l'étagère à droite du bureau, à portée de la main de Pat Delgado. On y voyait une rangée de registres reliés cuir, trésor inestimable dans une société où le secret de la fabrication du papier s'était perdu. Son père s'était occupé des chevaux de la Baronnie trente années durant ou presque et les livres qu'il avait tenus dans sa charge étaient là pour en attester.

Susan prit le dernier de la file et commença à le feuilleter. Cette fois, elle accueillit presque avec reconnaissance le serrement de cœur qu'elle éprouva en revoyant l'écriture familière de son père — en cursive laborieuse, les chiffres penchés, mais bizarrement tracés avec plus d'assurance.

Nés d'HENRIETTA, 2 poulains tous deux conformes.

Mort-né de DÉLIA, un rouan (MUTANT).

Né de YOLANDA, un PUR-SANG, un JEUNE MÂLE PARFAITEMENT CONFORME.

Et à la suite de chaque notation, une date. Comme il avait été consciencieux ! Tellement minutieux. Tellement...

Elle s'interrompit, comprenant soudain qu'elle avait trouvé ce qu'elle cherchait, sans même une conscience très claire de ce qu'elle était venue faire ici. On avait arraché les dix dernières pages du plus récent registre de lignée de son pa.

Qui avait fait une chose pareille ? Certainement pas son père ; pour une bonne part autodidacte, il révérait le papier comme d'autres l'or ou les dieux.

Et pourquoi avait-on fait une chose pareille ?

Ça, elle croyait le savoir : à cause des chevaux qui se coursent, évidemment. Il y en avait trop sur l'Aplomb. Et les rancheros — Lengyll, Croydon, Renfrew — mentaient sur la qualité de bon aloi de la race. Henry Wertner, celui qui avait succédé à son père, mentait de même.

Si mon pa était encore ici...

Mais il n'y est point. Puisqu'il est mort.

Elle avait dit à Roland qu'elle ne pouvait point croire que Fran Lengyll mentirait à propos de la mort de son père... mais elle le croyait maintenant.

Les dieux viennent à son aide, elle le croyait maintenant.

— Qu'est-ce que vous faites là-dedans ?

Elle poussa un petit cri, lâcha le registre et pivota sur elle-même. Cordélia se tenait là dans l'une de ses robes noires démodées. Les trois boutons du haut étaient défaits et Susan apercevait les clavicules de sa tante saillir au-dessus de sa chemise de coton blanc. En voyant ces protubérances osseuses, Susan se rendit compte combien Tante Cord avait perdu de poids ces trois derniers mois. Elle remarqua l'empreinte rouge laissée par l'oreiller sur la joue gauche de sa tante, comme la marque d'une gifle. Ses yeux luisaient au fond d'orbites cerclées d'un noir bleuâtre évoquant des ecchymoses.

— Tante Cord ! Vous m'avez fait peur ! Vous...

— Qu'est-ce que vous faites ici ? répéta Tante Cord.

Susan se pencha et ramassa le registre tombé sur le sol.

— Je suis venue pour me rappeler mon père, dit-elle en remettant le registre en place sur l'étagère.

Qui avait déchiré ces pages ? Lengyll ? Rimer ? Elle en doutait fort. Elle se disait qu'il était plus que probable que c'était la femme qui se tenait devant elle qui avait fait cela. Et pour à peine un rouge liard, peut-être. *Pas vu, pas pris, tout est bien qui finit bien*, avait-elle dû songer en jetant la pièce dans sa tirelire, non sans l'avoir mordue au préalable pour s'assurer qu'elle était bonne.

— Vous souvenir de lui ? C'est son pardon que vous devriez lui demander. Car vous avez oublié son visage, si fait. C'est fort grave à vous de l'avoir oublié, Sue.

Susan se borna à la fixer.

— Êtes-vous allée avec *lui* aujourd'hui ? demanda Cordélia d'un ton moqueur et crispé.

Portant la main à la marque rouge sur sa joue, elle se mit à la frotter. Elle se sentait de mal en pis depuis que les racontars sur l'idylle de Jonas et de Coraline Thorin allaient bon train.

— Vous êtes allée retrouver *sai* Dearborn ? Est-ce que ta fente est encore humide de sa giclée ? Voyons un peu ça, je vais m'en rendre compte par moi-même !

Sa tante se faufila vers elle, tel un spectre dans sa robe noire, corsage dégrafé, sur la pointe de ses pieds en pantoufles. Et Susan la repoussa. Effrayée et dégoûtée, elle la repoussa violemment. Cordélia heurta le mur près la fenêtre pleine de toiles d'araignée.

— Vous devriez lui demander pardon vous-même, dit Susan. De parler de la sorte à sa fille en cet endroit. Surtout *en cet endroit*.

Elle tourna les yeux vers l'étagère qui supportait les registres, puis les reporta sur sa tante. L'expression de Cordélia Delgado, où l'effroi le disputait au calcul, dit à Susan tout ce qu'elle voulait — ou avait besoin de — savoir. Si elle n'avait pas trempé dans le meurtre de son frère, cela Susan ne pouvait le croire, elle avait eu vent de quelque chose. Oui, de quelque chose.

— Espèce de garce sans parole ! murmura Cordélia.

— Non, dit Susan, j'ai été loyale.

Et en le disant, elle comprit qu'elle l'avait été. Un grand poids parut lui glisser des épaules à cette idée. Elle gagna la porte du bureau et une fois là, se retourna vers sa tante.

— Je viens de passer ma dernière nuit ici, dit-elle. Je n'écouterai plus jamais rien de pareil ni ne vous regarderai comme vous êtes en ce moment. J'en ai mal au cœur et ça m'enlève l'amour que j'ai eu pour vous depuis que je suis toute petite, quand vous faisiez de votre mieux pour remplacer ma ma.

Cordélia se cacha le visage dans les mains comme si Susan lui offensait la vue.

— *Alors, va-t'en !* hurla-t-elle. *Retourne à Front de Mer ou n'importe où que ce soit où tu te vautres avec ce garçon ! Si je ne revois plus jamais ta face de dévergondée, je m'estimerai heureuse !*

Susan fit sortir Pylône de l'écurie dans la cour ; elle sanglotait presque trop fort pour le monter. Pourtant, elle y arriva. Elle ne pouvait nier que son cœur se partageât entre le chagrin et le soulagement. Tournant dans la Grand-Rue, elle éperonna Pylône pour lui faire prendre le galop et ne jeta pas un seul coup d'œil en arrière.

9

A une heure sombre du petit matin, le lendemain, Olive Thorin quitta subrepticement la chambre où elle dormait à présent pour se faufiler dans celle qu'elle avait partagée presque quarante ans avec son mari. Le carreau était froid sous ses pieds nus et elle frissonnait quand elle atteignit la couche... mais le sol glacé n'était pas la seule cause de ses frissons. Elle se glissa auprès du maigrichon qui ronflait à tue-tête sous son bonnet de nuit et quand ce dernier lui tourna le dos (avec force craquements de vertèbres et de ménisques), elle se serra contre lui. Aucune passion là-dedans, mais le simple besoin de profiter un peu de sa chaleur. Sa poitrine — creuse, mais dont elle avait une connaissance presque aussi intime que de la sienne des plus rembourrées — se levait et s'abaissait sous ses mains qui l'étreignaient et elle commença à se calmer un peu. Il s'ébroua et elle crut un instant qu'il allait se réveiller et découvrir qu'elle partageait son lit pour la première fois depuis les dieux savaient quand.

Oui, c'est ça, réveille-toi, se dit-elle. Elle n'osait pas prendre sur elle de le faire — elle avait épuisé tout son courage rien que pour venir là, tâtonnant dans le noir, suite au pire cauchemar qu'elle ait fait de sa vie —, mais s'il s'éveillait, elle prendrait cela pour un signe et lui raconterait son rêve : elle avait vu un oiseau immense, un rock cruel à l'œil d'or, planer au-dessus de la Baronnie, ses ailes dégouttant de sang.

Là où son ombre tombait, il y avait du sang, lui dirait-elle, *et son ombre recouvrait tout. La Baronnie tout entière, d'Hambry jusqu'à Verrou Canyon. Et je sentais une odeur d'incendie dans le vent. Je courais te prévenir et te retrouvais mort dans ton bureau, assis près de la cheminée, les yeux arrachés et un crâne sur les genoux.*

Mais au lieu de se réveiller, il lui prit la main dans son sommeil, comme il le faisait autrefois, avant qu'il n'ait commencé à suivre les tendrons — y compris les servantes — du regard quand elles passaient devant lui ; Olive décida qu'elle se contenterait de rester couchée là, tranquillement, et de le laisser tenir sa main. Que tout redevienne un petit moment comme au bon vieux temps, quand il n'y avait pas trace d'une ombre entre eux.

Elle s'assoupit un petit peu, elle aussi. Quand elle s'éveilla, les premières lueurs grises de l'aube s'infiltraient par les fenêtres. Il avait lâché sa main — avait, en fait, émigré loin d'elle, à l'autre extrémité du lit. Ça ne servirait à rien qu'il la trouve près de lui à son réveil, décida-t-elle, et son cauchemar avait perdu de son urgence. Elle repoussa les couvertures, posa le pied par terre, le regarda encore une fois. Son bonnet de nuit était de travers. Elle le lui remit d'aplomb en lissant d'une caresse l'étoffe et le front osseux qu'elle recouvrait. Il s'ébroua à nouveau. Olive attendit qu'il se tienne tranquille, puis se leva. Et regagna sa propre chambre comme un fantôme.

10

Les baraques foraines ouvrirent au Cœur Vert deux jours avant la Fête de la Moisson et les premiers badauds vinrent tenter leur chance à la roue de la fortune, au jeu de massacre, au lancer d'anneaux et autres pêches miraculeuses. Il y avait même un petit train... consistant en une carriole qu'on tirait sur une voie dont les rails étroits formaient un grand huit.

(— La loco s'appelait Charlie ? demanda Eddie Dean à Roland.

— Je ne crois pas, répondit Roland. Mais nous avions un mot désagréable qui sonnait un peu comme ce nom-là dans le Haut Parler.

— Quel mot ? demanda Jake.

— Celui qui veut dire mort.)

Roy Depape regarda la loco effectuer péniblement son circuit pendant deux, trois tours, se rappelant avec une certaine nostalgie être monté dans le même genre de wagon, étant enfant. Bien entendu, les trois quarts du temps, il n'avait pas payé les tours.

Quand il eut regardé tout son soûl, Depape redescendit en flânant jusqu'au bureau du Shérif. Il y trouva Herk Avery, Dave et Frank Claypool occupés à nettoyer un fantastique assortiment d'armes à feu. Avery salua Depape d'un signe de tête et se remit à la tâche. Au bout d'un instant ou deux, Depape mit le doigt sur la bizarrerie qui l'intriguait : pour une fois, le Shérif n'était pas en train de bâfrer, n'avait pas à portée de la main une platée de boustifaille.

— Vous êtes tous prêts pour demain ? demanda Depape.

Avery lui lança un coup d'œil mi-irrité, mi-ironique.

— Ça rime à quoi, cette question ?

— C'est celle que Jonas m'a envoyé vous poser, repartit Depape.

Réponse qui mit à mal l'étrange petit sourire crispé d'Avery.

— Si fait, on est prêts.

Avery balaya les armes d'un geste de son bras grassouillet.

— Ça s'voit point qu'on l'est ?

Depape aurait pu lui sortir le vieux dicton selon lequel c'est en le mangeant qu'on prouve l'existence du pudding, mais à quoi bon ? Tout se passerait bien si les trois garçons étaient les dupes que Jonas croyait ; dans le cas contraire, probable qu'ils tailleraient des croupières à Herk Avery et qu'après avoir découpé son gros cul en lanières, ils le jetteraient en pâture à la horde de carcajous la plus proche. D'un côté comme de l'autre, c'était le cadet des soucis de Roy Depape.

— Jonas m'a aussi demandé d'vous rappeler qu'ça s'passerait tôt.

— Si fait, si fait, on y sera d'bonne heure, acquiesça Avery. Ces deux-là plus six hommes d'confiance. Fran Lengyll a demandé à v'nir avec sa mitraillette.

Avery prononça ces dernières paroles avec une fierté tonitruante, comme s'il était l'inventeur de la mitraillette en personne. Puis il regarda en coin Roy Depape.

— Et vous, cercueil-man ? Vous voulez être d'la partie ? J'peux faire d'vous un adjoint en un clin d'œil.

— J'suis déjà occupé ailleurs. Et Reynolds aussi.

Depape sourit.

— On aura tous du pain sur la planche, Shérif — après tout, c'est la Moisson.

11

Cet après-midi-là, Susan et Roland se retrouvèrent à la cabane dans la Mauvaise Herbe. Elle lui parla du registre aux pages arrachées et Roland lui montra ce qu'il avait caché dans l'un des coins de la cabane sous un tas de peaux moisissantes.

Après avoir regardé de quoi il retournait, elle leva sur lui des yeux pleins d'effroi.

— Qu'est-ce qui cloche ? Qu'est-ce que tu soupçonnes qui cloche ?

Il secoua la tête. *Rien* ne clochait... rien d'exprimable, en tout cas.

Et pourtant, il avait senti une forte nécessité de faire ce qu'il avait fait, de cacher ce qu'il avait caché. Ça n'avait rien à voir avec le *shining* et tout avec l'intuition.

— Je crois que tout va bien... aussi bien qu'il est possible quand les forces en présence risquent d'opposer cinquante d'entre eux contre chacun d'entre nous. Notre seule chance, Susan, c'est de les prendre par surprise. Tu ne vas pas risquer de nous la faire perdre, hein ? Tu n'as pas dans l'idée d'aller chez Lengyll lui agiter sous le nez le registre de ton père ?

Elle fit non de la tête. Si Lengyll avait fait ce dont elle le soupçonnait à présent, il récolterait ce qu'il avait semé dans deux jours d'ici. Ce serait la moisson, finalement. Et il engrangerait d'abondance. Mais cela... lui faisait peur. Et elle ne se priva pas de le dire.

— Écoute, fit Roland, prenant le visage de Susan entre ses mains et plongeant ses yeux dans les siens. C'est une simple mesure de précaution. Si les choses tournaient mal — et c'est très possible —, tu es la seule, selon toute apparence, à pouvoir t'en tirer sans dommage. Enfin, toi et Sheemie. Si jamais cela arrivait, Susan, tu devras venir ici prendre mes revolvers. Et les remporter à l'ouest jusqu'à Gilead. Tu iras trouver mon père. Il saura que tu es qui tu dis par ce que tu lui montreras. Raconte-lui tout ce qui s'est passé ici. C'est tout.

— Si quelque chose t'arrivait, Roland, je serais incapable de faire quoi que ce soit. A part mourir.

Ses mains enserraient toujours son visage. Il la força à faire lentement non de la tête.

— Tu ne mourras pas, dit-il.

Sa voix et ses yeux étaient empreints d'une certaine froideur qui la frappa non de crainte mais d'un respect épouvanté. Elle songea au sang qui coulait dans ses veines — à son ancienneté certaine, à sa froideur certaine.

— Pas avec cette tâche à accomplir. Promets-le-moi.

— Je... je te le promets, Roland.

— Dis-moi à haute voix ce que tu me promets.

— Je viendrai ici prendre tes revolvers. Et je les apporterai à ton pa. Puis je lui raconterai ce qui s'est passé.

Il acquiesça et libéra son visage, qui garda l'empreinte estompée de ses doigts.

— Tu m'as fait peur, dit Susan avant de secouer la tête ; ce n'était pas là exactement ce qu'elle voulait dire :

— Tu me fais peur.

— Je suis ce que je suis, je n'y peux rien.

— Et je ne voudrais point que tu changes pour rien au monde.

Elle baisa sa joue gauche, puis la droite, avant de l'embrasser sur la bouche. Elle glissa sa main sous sa chemise et lui caressa la poitrine. Elle sentit son téton se durcir sous son doigt.

— Oiseau et ours, lièvre et poisson, dit-elle.

Et elle se mit à lui couvrir la figure de petits baisers légers comme des papillons.

— Accordez à son aimée son vœu le plus profond, ajouta-t-elle.

Après, étendus sur une peau d'ours que Roland avait apportée, ils écoutèrent le vent soupirer dans l'herbe.

— J'adore ce bruit, dit-elle. J'ai toujours voulu me fondre dans le vent... aller où il va, voir ce qu'il voit.

— Cette année, si le *ka* le permet, tu pourras contenter ton envie.

— Si fait. Et avec toi.

Elle se tourna vers lui, appuyée sur un coude. La lumière du jour tombait à travers le toit en ruine et tachetait son visage de soleil.

— Je t'aime, Roland.

Et l'embrassant, elle se mit à pleurer.

Il la prit dans ses bras, soudain soucieux.

— Qu'est-ce qu'il y a, Sue ? Qu'est-ce qui te tracasse ?

— Je ne sais pas, dit-elle, pleurant de plus belle. Tout ce que je sais, c'est que j'ai une ombre dans le cœur.

Elle le regardait, et ses larmes continuaient de couler.

— Tu ne m'abandonneras point, n'est-ce pas, mon amour ? Tu ne t'en iras point sans ta Sue, n'est-ce pas ?

— Non.

— Car je t'ai donné tout ce qui est à moi, si fait. Et ma virginité, c'était la moindre des choses, tu sais.

— Je ne t'abandonnerai jamais, affirma-t-il.

Mais il sentit un froid l'envahir, malgré la peau d'ours. Et dehors, le vent — si réconfortant il y avait à peine encore un instant — semblait maintenant le souffle d'une bête fauve.

— Jamais, je le jure.

— J'ai tellement peur, pourtant.

— Tu n'as aucune raison, lui dit-il, parlant lentement en choisissant ses mots...

... car soudain se bousculaient sur ses lèvres toutes les paroles interdites : *On va quitter tout ceci, Susan — pas après-demain, pas le Jour de la Moisson, mais maintenant, tout de suite. Habille-toi et nous irons vent de travers, chevauchant vers le sud sans nous retourner. Nous serons...*

... hantés.

Voilà ce qu'ils seraient. Hantés par les visages d'Alain et de Cuthbert. Hantés par les visages de tous les hommes qui mourraient dans les Monts Shavéd, massacrés par des armes arrachées aux cryptes où l'on aurait dû les laisser stockées. Hantés par-dessus tout par les visages de leurs pères, le reste de leur vie. Le pôle Sud lui-même ne serait pas assez lointain pour échapper à tous ces visages.

— Tout ce tu auras à faire après-demain, c'est simuler un malaise au cours du déjeuner.

Ils avaient déjà passé tout cela en revue, mais pris de court, dans ce soudain effroi sans rime ni raison, il ne trouva rien d'autre à dire.

— Tu te rendras à ta chambre, que tu quitteras de la même manière que la nuit de la réunion dans le cimetière. Puis tu resteras cachée. Vers trois heures, tu viendras ici à cheval et tu regarderas sous le tas de peaux là-bas dans le coin. Si mes revolvers n'y sont plus — et ils n'y seront plus, je le jure —, ce sera signe que tout va bien. Tu viendras nous rejoindre à cet endroit au-dessus du canyon dont nous t'avons parlé. Nous...

— Si fait, je sais tout ça, mais il y a quelque chose qui ne va point.

Elle le regarda, lui effleura la joue.

— J'ai peur pour toi, Roland, et pour moi. Et je ne sais pas pourquoi.

— Tout se passera bien, dit-il. Le *ka*...

— Ne me parle point du *ka* à moi ! s'écria-t-elle. Je t'en prie, non ! Le *ka* est comme le vent, disait mon père, il emporte ce qu'il veut et aucune supplication ne saurait le fléchir. Ah, comme je le déteste, ce vieux *ka* avide !

— Susan...

— Non, ne dis plus rien.

Elle s'étendit et repoussa la peau d'ours jusqu'à ses genoux, découvrant un corps pour la possession duquel des hommes bien plus puissants que Thorin auraient sacrifié leur royaume. Des perles de soleil couraient sur sa peau nue comme une pluie dorée. Elle lui tendit les bras. Elle n'avait jamais paru plus belle à Roland qu'à cet instant, les cheveux épars autour d'elle et cet air hanté sur le visage. Plus tard, il se dirait : *Elle savait. Une partie de son être savait.*

— On ne parle plus, l'heure de parler est passée, fit-elle. Si tu m'aimes, alors aime-moi jusqu'au bout.

Et Roland l'aima ainsi, pour la dernière fois. Ils se livrèrent à leur va-et-vient, peau contre peau, souffles mêlés. A l'extérieur, le vent mugissait vers l'ouest comme un raz de marée.

12

Ce soir-là, tandis que se levait le Démon grimaçant dans le ciel, Cordélia sortit de sa maison et traversa lentement la pelouse pour gagner son jardin, contournant le tas de feuilles qu'elle avait ratissées l'après-midi même. Elle portait un ballot d'habits. Elle le laissa choir devant le piquet auquel était lié le pantin de chiffon, puis leva des yeux extatiques vers la lune montante : clin d'œil sagace, rictus de goule ; argentée comme de l'os, telle était cette lune, bouton de nacre sur de la soie violette.

Elle souriait à Cordélia et cette dernière lui rendit son sourire. Finalement, comme sortant d'une transe, elle s'approcha du bonhomme de chiffon et l'arracha de son pieu. La tête du pantin s'effondra mollement sur l'épaule de Cordélia, telle celle d'un homme trop ivre pour danser. Ses mains rouges ballaient à l'avenant.

Elle dépouilla le pantin, mettant au jour une forme bosselée, vaguement humanoïde, engoncée dans une paire de pantalons de son frère. Elle prit l'un des effets qu'elle avait apportés et l'éleva dans le clair de lune. Une casaque de soie rouge, l'une de celles que le Maire Thorin avait offertes à Mamzelle Fraîche et Rose et qu'elle avait refusé de porter. Des habits de putain, ainsi les avait-elle qualifiés. Et en quoi cela transformait-il Cordélia Delgado, qui avait pris soin d'elle après que sa tête de mule de père eut décidé qu'il devait s'opposer aux menées de Fran Lengyll, John Croydon et de leurs pareils, sinon en tenancière de bordel, supposait-elle.

Cette pensée donna naissance à l'image d'Eldred Jonas et de Coraline Thorin, besognant nu à nue aux accords de *Red Dirt Boogie* plaqués sur un piano de beuglant. Coraline poussait des gémissements de chienne.

Elle enfila par la tête la casaque de soie sur le pantin. Vint ensuite le tour d'une des jupes d'amazone fendues de Susan. Après la jupe, une paire de pantoufles lui appartenant également. Et, pour couronner le tout, elle remplaça le *sombrero* par l'une des capotes de printemps de Susan.

Illico presto ! Le pantin de chiffon était à présent devenu une poupée de chiffon.

— Et avec le sang de ta virginité sur les mains, murmura-t-elle. Je le sais. Oh que oui, je le sais. Je ne suis point née de la dernière pluie.

Elle transféra la poupée du jardin au tas de feuilles mortes de la pelouse. Elle la déposa auprès et ramassant une poignée de feuilles, en rembourra la casaque qui parut arborer une paire de seins rudimentaire. Cela fait, elle prit une allumette dans sa poche et la craqua.

Le vent, comme pressé de coopérer, tomba. Cordélia approcha l'allumette des feuilles sèches. Et bientôt, le tas flambait haut et clair. Prenant la poupée dans ses bras, elle se posta devant le feu. Elle n'entendait plus le crépitement des pétards en ville ni le limonaire époumoné du Cœur Vert ni encore l'orchestre de *mariachis* du Marché d'En Bas, et lorsqu'une feuille enflammée se détachant du brasier s'en vint voltiger autour de ses cheveux et menacer d'y bouter le feu, elle parut ne pas le remarquer. Elle avait l'œil vide et hagard.

Quand le brasier fut à son apogée, elle s'en approcha et y jeta la poupée. Il y eut autour un appel de flammes d'un orange vif et une spirale d'étincelles et de feuilles ardentes prit son envol vers le ciel.

— Qu'il en soit donc ainsi ! s'écria Cordélia.

Le reflet de la flambée transforma les larmes qui ruisselaient sur son visage en coulées de sang.

— *CHARYOU TRI !* Si fait, qu'il en soit ainsi !

La chose en tenue d'équitation prit feu, sa figure se carbonisa, ses mains rouges flambèrent, ses yeux blancs au point de croix virèrent au noir. Le bonnet s'enflamma, le visage commença à brûler.

Cordélia restait là à regarder, serrant et desserrant les poings tour à tour, oublieuse des flammèches qui lui tombaient sur la peau, oublieuse des feuilles embrasées qui tournoyaient vers la maison ; eût-elle été incendiée qu'elle aurait ignoré l'événement, probablement.

Elle ne détourna les yeux du foyer qu'une fois la poupée, revêtue des effets de sa nièce, réduite à un tas de cendres en couronnant un autre. Alors, tel un robot au mécanisme rouillé, elle regagna lentement sa demeure, s'étendit sur le canapé et sombra dans un sommeil de mort.

13

Il était trois heures du matin, la veille du Jour de la Moisson, et Stanley Ruiz se disait que la soirée était enfin terminée. La dernière source de musique s'était tue vingt minutes auparavant — Sheb, qui avait continué à jouer encore une heure après le départ des *mariachis*, ronflait maintenant, vautré dans la sciure. *Sai* Thorin était au premier, mais les Grands Chasseurs du Cercueil n'avaient pas donné signe de vie. Stanley se doutait qu'ils devaient se trouver ce soir à Front de Mer. Il se doutait aussi vaguement que des menées obscures étaient en train, sans être tout à fait fixé sur ce point. Il leva les yeux vers le regard vitreux et dédoublé du Gai Luron.

— Et fixé, je ne tiens point du tout à l'être, mon vieux. Tout ce dont j'ai envie, c'est de neuf heures de sommeil non-stop — demain, ce sera la fête proprement dite et personne ne s'en ira avant l'aube. Aussi...

Un cri perçant retentit quelque part derrière le bâtiment. Stanley, dans le bond qu'il fit en arrière, vint cogner sourdement le bar. Près du piano, Sheb leva brièvement la tête, marmonna « kezaco ? » et en retombant, son front fit résonner le plancher.

Stanley, malgré sa peu pressante envie d'enquêter sur l'origine de ce cri, supposa qu'il y était néanmoins tenu. Il aurait juré que c'était ce vieux débris de Pettie le Trottin qui l'avait poussé.

— J'aimerais bien que tu dégages ton vieux cul flasque de la ville, et au trot encore, marmonna-t-il avant de se pencher et de fouiller sous le bar.

On trouvait là deux solides massues baptisées La Calmante et La Tuante. La Calmante, taillée dans un bois lisse et noueux, garantissait deux heures d'éteignoir chaque fois qu'on l'abattait à l'endroit adéquat sur le crâne d'un gueulard.

Stanley, après s'être consulté, choisit l'autre massue. Plus courte que La Calmante, La Tuante, plus large du bout, était hérissée de clous.

Stanley gagna l'extrémité du bar, franchit une porte et traversa une réserve plongée dans l'obscurité, où s'empilaient des tonneaux fleurant le *graf* et le whisky. Au fond, se trouvait une porte donnant sur la cour de derrière. Stanley s'en approcha, prit une profonde inspiration et la déverrouilla. Il s'attendait que Pettie poussât un autre cri à vriller les tympans, mais rien de tel ne se produisit. On n'entendait que le vent.

P't-être que t'auras la chance qu'elle soille tuée, songea Stanley.

Il ouvrit la porte, se tenant en retrait, la massue cloutée levée.

Pettie n'était pas tuée. Vêtue d'une robe fourreau souillée (trop tinette, en somme, vu les circonstances), la pute, immobilisée dans l'allée qui menait aux cabinets, mains serrées au-dessus de sa poitrine bombée et en dessous des fanons de dindon de son cou, contemplait le ciel.

— Qu'est-ce qu'il y a ? demanda Stanley, se hâtant de la rejoindre. T'as abrégé ma vie de dix ans avec la frousse que tu m'as filée. Si fait.

— La lune, Stanley ! chuchota-t-elle. Regarde la lune, tu veux !

Il leva la tête et ce qu'il aperçut fit battre son cœur à grands coups, mais il tâcha de parler calmement et raison garder.

— Allons, allons, Pettie, c'est de la poussière, c'est tout. Perds point la boule, ma chérie, tu sais bien que le vent a soufflé ces jours derniers et qu'y a pas eu de pluie pour nettoyer ce dont il était chargé ; c'est de la poussière, rien d'autre.

Pourtant, cela semblait n'avoir rien à voir avec la poussière.

Au-dessus de leurs têtes, la Lune du Démon affichait son rictus et clignait de l'œil à travers ce qui paraissait un voile de sang aux reflets changeants.

Chapitre 7

Le cristal change de mains

1

Tandis que certaine pute et certain barman fixaient encore, bouche bée, la lune sanglante, un éternuement réveilla Kimba Rimer.

Merde, un rhume pour la Moisson, songea-t-il. *D'autant que je dois rester pas mal dehors les deux jours prochains, j'aurai de la veine si ça se transforme pas en....*

Quelque chose — une plume ? — lui chatouilla le bout du nez et il éternua de plus belle. L'éternuement, expectoré par son torse maigrelet et la fente desséchée qui lui tenait lieu de bouche, fit l'effet d'un coup de pistolet de petit calibre dans la chambre obscure.

— Qui est là ? cria-t-il.

Pas de réponse. Rimer imagina soudain qu'un oiseau, désagréable et de mauvaise plume, s'étant introduit dans la pièce pendant le jour, voletait à présent dans le noir et lui avait effleuré la figure pendant qu'il dormait. Il en eut la chair de poule — oiseaux, insectes, chauves-souris, il les détestait tous en bloc — et il chercha à tâtons la lampe à gaz sur la table de nuit avec un tel empressement qu'il faillit l'envoyer valser sur le sol.

Au moment où il attirait la lampe à lui, le chatouillement reprit. Cette fois, lui soufflant sur la joue. Rimer poussa un cri, se rencognant contre les oreillers et la lampe agrippée contre sa poitrine. Il tourna la molette latérale, entendit le sifflement du gaz, produisit l'étincelle. Dans le maigre halo de la lampe allumée, il ne vit pas voleter un oiseau, mais Clay Reynolds, assis au bord du lit ; il tenait à la main la plume avec laquelle il avait titillé le Chancelier de Mejis et dissimulait l'autre sous sa cape, posée sur ses genoux.

Rimer avait déplu à Reynolds dès leur première rencontre dans les bois, loin à l'ouest de la ville — ces mêmes bois, au-delà de Verrou Canyon, où à présent Latigo, l'homme de Farson, avait cantonné le principal contingent de sa troupe. Il faisait grand vent, la nuit où lui et les autres Grands Chasseurs du Cercueil avaient pénétré dans la petite clairière où Rimer, en compagnie de Lengyll et de

Croydon, les attendaient, assis près d'un feu de camp. La cape de Reynolds tourbillonnait autour de lui et Rimer l'avait salué d'un *Voici sai Manto* aux grands éclats de rire des deux autres. Or, ce qui avait été lancé comme une plaisanterie anodine, Reynolds l'avait reçu tout autrement. En maints territoires qu'il avait parcourus, *manto* ne signifiait aucunement « cape », mais « jaquette » ou « fiotte ». Autrement dit, un terme d'argot pour désigner un homosexuel. Que Rimer (qui n'avait jamais quitté sa province malgré son vernis de dandy cynique) eût ignoré ce détail linguistique ne vint pas une seconde à l'esprit de Reynolds. Il croyait savoir quand on l'humiliait ; et s'il pouvait rendre la monnaie de sa pièce à qui l'avait ainsi rabaissé, il n'hésitait jamais.

Pour Kimba Rimer, l'heure du règlement de comptes avait sonné.

— Reynolds ? Qu'est-ce que vous faites là ? Comment êtes-vous entr... ?

— Tu t'adresses pas à la bonne personne, répliqua l'homme installé sur le lit. Y a pas de Reynolds ici, rien que le *Señor Manto*.

Il exhiba alors la main qu'il avait tenue cachée sous sa cape jusque-là. Elle était armée d'un *cuchillo* finement aiguisé. Reynolds en avait fait l'emplette au Marché d'En Bas avec cette corvée en tête. Alors il le brandit et plongea la lame de douze pouces dans la poitrine de Rimer. Elle y entra jusqu'à la garde, le clouant au lit comme une punaise. *Une punaise de matelas*, songea Reynolds.

Les mains de Rimer lâchèrent la lampe, qui roula au bas du lit et atterrit sur la carpette sans se briser. Sur le mur du fond se dessinaient l'ombre distordue de Kimba Rimer qui se débattait et celle de son assassin penché sur lui comme un vautour affamé.

Reynolds leva la main qui avait frappé, la tournant de telle sorte que le petit cercueil tatoué en bleu entre le pouce et l'index se retrouve à hauteur des yeux de Rimer. Il tenait à ce que ce soit la dernière chose que Rimer voie de ce côté-ci de la clairière.

— Amuse-toi un peu à me ridiculiser, maintenant, dit Reynolds en souriant. Allez, vas-y, je t'écoute.

2

Peu avant cinq heures, Thorin le Maire s'éveilla d'un rêve affreux. Dans son cauchemar, un oiseau à l'œil rose survolait sans trêve la Baronnie. Là où son ombre portée touchait, l'herbe jaunissait, les feuilles tombaient des arbres et les récoltes pourrissaient sur pied. L'ombre de l'oiseau transformait sa verte et riante Baronnie en une terre de désolation, une terre perdue. *C'est peut-être bien ma Baronnie, mais c'est aussi mon oiseau*, se dit-il juste avant de s'éveiller, pelotonné en une boule frissonnante d'un côté du lit. *Mon oiseau, car je l'ai apporté ici et l'ai laissé sortir de sa cage*.

Thorin savait qu'il n'avait plus de sommeil en réserve, cette nuit. Il se versa un verre d'eau, le but, puis gagna son bureau, dégageant machinalement sa chemise de nuit de la fente de son vieux cul osseux, ce faisant. Le pompon de son bonnet de nuit ballait entre ses omoplates et ses genoux craquaient au moindre de ses pas.

Quant au sentiment de culpabilité véhiculé par le rêve... eh bien, ce qui était fait était fait. Un jour encore et Jonas & compagnie obtiendraient ce qu'ils étaient venus chercher (en y mettant généreusement le prix) ; le jour d'après, ils seraient partis. Envole-toi au loin, oiseau à l'œil rose et à l'ombre pestilentielle ; retourne-t'en à tire-d'aile d'où tu viens et emmène avec toi les Grands Chasseurs du Cercueil. Thorin soupçonnait qu'au Terme de l'Année, il serait bien trop occupé à tremper son biscuit pour avoir l'esprit embarrassé par ce genre de choses. Ou pour faire des rêves pareils.

En outre, les rêves dépourvus d'indices clairs n'étaient que de simples rêves et en rien des présages.

Les bottes, dont le bout éraflé dépassait des tentures du bureau, auraient sans doute pu représenter un indice clair, mais Thorin ne regarda pas dans leur direction. Ses yeux restèrent fixés sur la bouteille près de son fauteuil favori. Boire du vin clairet sur le coup de cinq heures du matin n'était pas le genre d'habitude à prendre, mais pour une fois, cela ne lui ferait pas de mal. Il avait fait un vilain cauchemar, au nom des dieux et après tout...

— ... demain, c'est la Moisson, dit-il à haute voix, en s'installant près de l'âtre dans son fauteuil à oreillettes. Je pense qu'un homme peut se déboutonner un peu, la Moisson venue.

Il se versa à boire, le dernier verre qu'il s'octroierait en ce monde. Il toussa quand le feu de l'alcool le frappa à l'estomac et lui réchauffa la gorge en refluant. Ah, c'était mieux, si fait, beaucoup mieux. Plus d'oiseaux géants à présent, plus d'ombres empoisonnées. Il étira les bras et, entrelaçant ses longs doigts noueux, se livra à son vice de les faire craquer.

— Je *déteste* que tu fasses ça, saleté de squelette ambulant, souffla une voix au creux de l'oreille gauche de Thorin.

Ce dernier sursauta. Et dans sa poitrine, son cœur épousa horriblement ce sursaut. Le verre vide lui échappa des mains et cette fois, pas de carpette pour amortir sa chute : il se fracassa sur la pierre du foyer.

Avant même que Thorin ait pu pousser un cri, Roy Depape balaya d'un revers de main le bonnet de nuit municipal et, empoignant les vestiges follets de la crinière municipale, tira la tête municipale en arrière. Le couteau de Depape, bien plus modeste que celui utilisé par Reynolds, n'en trancha pas moins proprement la gorge du vieillard. Le sang aspergea d'écarlate la pénombre de la pièce. Depape lâcha les cheveux de Thorin, retourna près des tentures où il s'était dissimulé et ramassa quelque chose sur le plancher. La vigie de Cuthbert. Depape revint près du fauteuil et la déposa sur les genoux du Maire agonisant.

— L'oiseau... gargouilla Thorin, la bouche pleine de sang. L'oiseau !

— Ouair, vieux schnock, malin à toi de remarquer ça à un moment pareil, j'dirai.

Depape projeta à nouveau la tête de Thorin en arrière et l'énucléa proprement en deux brefs coups de couteau. Un œil atterrit dans l'âtre sans feu ; l'autre frappa le mur et glissa derrière soufflet et pincettes. Le pied droit de Thorin tremblota brièvement avant de s'immobiliser.

Encore une tâche à remplir.

Depape jeta un regard alentour et, apercevant le bonnet de nuit de Thorin, décida que le pompon ferait l'affaire. S'en emparant, il le trempa dans le sang qui mouillait la poitrine du Maire et dessina le *sigleu* de l'Homme de Bien...

... sur le mur.

— Là, murmura-t-il en prenant du champ. Si ça les achève pas, rien sur terre n'y réussira.

Assez vrai. La seule question pour l'instant sans réponse était de savoir si on pouvait capturer vivant le *ka-tet* de Roland.

3

Jonas avait indiqué exactement à Fran Lengyll où poster ses hommes : deux dans l'écurie et six autres à l'extérieur, dont trois dissimulés derrière du vieux matériel rouillé, deux cachés dans les ruines calcinées de la demeure et un dernier — Dave Hollis — tapi sur le toit de l'écurie, faisant le guet depuis le faîte. Lengyll fut heureux de constater que les hommes de sa patrouille prenaient leur boulot au sérieux. Ils ne devaient affronter que des gamins, c'était vrai, mais des gamins qui en une occasion avaient tenu tête et coiffé sur le poteau les Grands Chasseurs du Cercueil en personne.

Le Shérif Avery donna l'impression de diriger les opérations, du moins jusqu'à ce qu'ils arrivent à portée de voix du Bar K. Alors, Fran Lengyll, mitraillette en bandoulière — et se tenant aussi droit en selle qu'à l'époque de ses vingt ans —, prit le commandement. Avery, qui avait l'air nerveux et à bout de souffle, parut plus soulagé qu'offensé de son initiative.

— Je vais vous poster comme indiqué, car c'est un bon plan et je n'y trouve rien à redire, avait confié Lengyll à ses hommes.

Dans l'obscurité, on distinguait à peine leurs visages, leurs traits étant comme brouillés.

— Y a qu'une chose que j'vas vous dire de mon propre chef. Pas nécessaire qu'on les prenne vifs, mais c'est mieux si on l'fait — c'est la Baronnie qu'on a envie qu'elle se charge de les liquider, les gens du peuple, quoi, et ça liquidera comme ça toute l'affaire. Mais vous pouvez vous asseoir dessus si ça vous chante. Alors, moi, j'vous dis ceci : s'y a une bonne raison de tirer, tirez. Mais j'écorch' l'premier qui tire sans raison valab'. Compris ?

Pas de réponse. Apparemment, ils avaient reçu le message.

— Fort bien, avait conclu Lengyll avec un visage de marbre. J'vous donne une minute pour vous assurer qu' vot' barda est bien empaqu'té et on y va. Plus un mot à partir d'ici jusqu'à là-bas.

4

Roland, Cuthbert et Alain sortirent du baraquement à six heures et quart ce matin-là et s'alignèrent sur la véranda. Alain finissait son café. Cuthbert bâillait en s'étirant. Roland boutonnait sa chemise en regardant vers le sud-ouest, dans la direction de la Mauvaise Herbe. Il ne rêvassait pas à des embuscades mais à Susan. Et à ses larmes. *Ah, comme je le déteste, ce vieux* ka *avide !* avait-elle dit.

Ses instincts n'étaient pas en éveil ; le *shining* d'Alain, qui avait perçu Jonas le jour où ce dernier avait tué leurs pigeons voyageurs, n'eut pas même un frémissement. Quant à Cuthbert...

— Encore un jour de quiétude ! clama le digne garçon à l'adresse du ciel d'aube. Encore un jour de grâce ! Encore un jour de silence, brisé seulement par le soupir de l'amoureux et le roulement des sabots des chevaux !

— Et encore un jour à supporter tes conneries ! conclut Alain. On y va ?

Ils entreprirent de traverser la cour d'entrée, sans percevoir le moins du monde les huit paires d'yeux braqués sur eux. Ils pénétrèrent dans l'écurie, passant devant les deux hommes postés de part et d'autre de la porte : l'un, planqué derrière une antique herse, l'autre accroupi à l'abri d'une meule de foin éparpillé ; tous deux avaient dégainé leur arme.

Seul Rusher sentait quelque chose d'insolite. Il frappait du sabot, roulant des yeux affolés, et quand Roland tenta de le faire sortir à reculons de sa stalle, il se cabra.

— Tout doux, mon garçon, dit ce dernier, jetant un regard alentour. La faute aux araignées, je suppose. Il les déteste.

A l'extérieur, Lengyll se redressa et fit signe à ses hommes d'avancer. Ils s'approchèrent silencieusement de la porte de l'écurie. Sur le toit, Dave Hollis pointait son arme : il avait fourré son monocle dans la poche de son gilet pour éviter d'être trahi par un reflet malencontreux.

Cuthbert fit sortir sa monture de l'écurie, suivi d'Alain. Roland fermait la marche, tenant la bride courte au hongre nerveux qui piaffait.

— Regardez, s'exclama Cuthbert gaiement.

Ne s'apercevant toujours pas de la présence des hommes, maintenant exactement dans son dos et celui de ses amis, il montrait un point au nord.

— Un nuage en forme d'ours ! Quel bon présage pour...

— Halte, goujats ! leur intima Fran Lengyll. Bougez plus un doigt de pied, bons dieux.

Alain esquissa un retournement — plus sous l'effet du choc qu'autre chose —, provoquant par là une vaguelette de cliquetis, telle une ribambelle de rameaux secs qui craqueraient en même temps sous le pas. Le son que rendirent pistolets et mousquetons quand on les arma.

— Non, Al ! fit Roland. Ne bouge pas ! Non !

Le désespoir lui montait à la gorge comme une giclée de poison, des larmes de rage lui picotaient les yeux... mais il se tint tranquille. Cuthbert et Alain devaient l'imiter en tout point. S'ils bougeaient, ils seraient tués.

— Ne bougez pas, tous les deux ! leur cria-t-il encore une fois.

— Voilà qui est sagement parlé, mon goujat.

La voix de Lengyll s'était rapprochée, un bruit multiple de pas l'accompagnait.

— Mets les mains dans le dos.

Deux ombres encadrèrent Roland, allongées par la prime lumière du jour. Celle de gauche, massive, devait être projetée par le Shérif Avery. Il ne leur offrirait probablement pas de thé blanc aujourd'hui. L'autre ombre devait appartenir à Lengyll.

— Dépêchons, Dearborn, si c'est bien là ton nom. Dans le dos, vite. Tout au bas. Tes 'colytes ont des flingues braqués sur eux, et si on vous ramène à deux au lieu d'trois, la terre s'arrêtera point d'tourner.

Ils ne veulent courir aucun risque avec nous, songea Roland avec une bouffée d'orgueil malvenu, escortée d'un arrière-goût d'amusement. Mais ce goût-là était amer ; persistant et très amer.

— Roland !

C'était Cuthbert, on décelait de l'angoisse dans sa voix.

— Roland, non !

Mais il n'avait pas le choix. Roland mit ses mains derrière son dos. Rusher émit un petit hennissement de réprobation — comme pour exprimer la *grandissime* inconvenance du procédé — avant de s'éloigner au trot et d'aller se poster près du baraquement.

— T'vas sentir du métal sur tes poignets, avertit Lengyll. *Esposas*.

De l'acier froid glissa sur les mains de Roland. Il y eut un déclic et soudain les menottes encerclèrent ses poignets.

— Parfait, dit une autre voix. A ton tour, fiston.

— Ferait beau voir que je veuille !

La voix tremblante de Cuthbert frisait l'hystérie.

Il y eut un bruit sourd, suivi d'un cri de douleur étouffé. Roland se retourna et aperçut Alain, un genou à terre, la main gauche pressée contre son front. Du sang coulait sur sa figure.

— Tu veux que j'lui en file encor' un coup ? demanda Jake White.

Il tenait un vieux pistolet par le canon, crosse levée.

— J'peux, t'sais ; d'bon matin, ça m'échauffe l'bras, comme qui dirait.

— Non !

Cuthbert était déchiré entre l'horreur et un sentiment proche du chagrin. Derrière lui, trois hommes en rang d'oignon ne perdaient pas une miette du spectacle.

— Alors t'vas être un bon garçon et mett' sag'ment tes mains derrière ton dos.

Cuthbert s'exécuta, refoulant ses larmes. Les *esposas* lui furent passées par l'Adjoint Bridger. Les deux autres remirent Alain sur ses pieds. Il chancela quelque peu avant de se stabiliser. On le menotta. Il échangea un regard avec Roland. Alain eut un pauvre sourire. D'une certaine manière, ce fut le pire moment de cette terrible matinée d'embuscade. Roland leur adressa un signe de tête et se fit une promesse : il ne serait plus jamais capturé de la sorte, pas même s'il vivait un millier d'années.

Lengyll arborait une grande écharpe ce matin au lieu de sa cravate-lacet habituelle ; mais d'après Roland, il était engoncé dans la même redingote qu'il portait à la soirée de bienvenue du Maire, déjà si lointaine. A ses côtés, bouffi de sa propre importance, le Shérif Avery exsudait l'excitation et l'anxiété.

— Les garçons, dit le Shérif, j'vous arrêt' pour avoir violé les lois d'la Baronnie. Pour être plus spécifique, z'êtes accusés de trahison et de meurtre.

— Et qui avons-nous assassiné ? demanda Alain d'une voix douce.

A cette question, l'un des membres de la patrouille éclata d'un rire dont Roland n'aurait su dire s'il était scandalisé ou cynique.

— Le Maire et son Chancelier, comm' vous l'savez parfaitement, répondit Avery. A présent...

— Comment pouvez-vous faire une chose pareille ? demanda Roland avec curiosité.

Il s'adressait à Lengyll.

— Mejis est l'endroit où vous êtes né ; j'ai vu reposer dans le cimetière la longue lignée de vos ancêtres. Comment pouvez-vous faire une chose pareille à votre contrée natale, *sai* Lengyll ?

— J'ai point l'intention d'rester là à palabrer avec toi, fit Lengyll.

Il jeta un coup d'œil par-dessus l'épaule de Roland.

— Alvarez ! Va me chercher ce canasson ! Des p'tits futés comme cette bande-là devraient point avoir d'problème à s'tenir à cheval, les mains liées dans le...

— Non, répondez-moi, s'interposa Roland. Ne nous cachez rien, *sai* Lengyll — c'est avec vos amis que vous êtes venus ici, il n'y en a pas un seul qui ne fasse pas partie de votre cercle. Comment pouvez-vous faire une chose pareille ? Vous violeriez votre propre mère si vous la surpreniez dans son sommeil, la jupe retroussée ?

La bouche de Lengyll se tordit — ni de honte ni d'embarras, mais d'un dégoût momentanément pudibond. Puis le vieux ranchero regarda Avery.

— On leur enseigne à parler joliment à Gilead, hein ?

Avery, qui était armé d'un fusil, s'avança alors vers le Pistolero dûment menotté, crosse en avant.

— Je vais t'apprendre, moi, comment faut s'adresser à un membre de la *gentry*, si fait ! J'vas t'lui faire sauter les dents d'la bouche, t'as qu'un mot à dire, Fran !

Lengyll le retint d'un air las.

— Sois pas stupide. J'tiens point à l'ramener couché en travers d'la selle, à moins qu'il soille mort.

Avery abaissa son fusil. Lengyll se tourna vers Roland.

— Tu vivras point assez vieux pour profiter d'mes conseils, Dearborn, dit-il. Mais j'm'en vas t'en donner un tout d'même : faut toujours être du côté des vainqueurs dans c'monde. Et savoir comment souffle l'vent pour s'apercevoir quand il tourne.

— Tu as oublié le visage de ton père, sale vermine rampante, prononça très clairement Cuthbert.

Cela piqua Lengyll plus au vif que la vanne lancée par Roland sur sa mère — ce que trahit la soudaine coloration de ses joues burinées.

— Foutez-les à cheval ! cria-t-il. J'veux qu'on les boucle sur l'heure !

5

Roland fut planté si durement sur la selle de Rusher qu'il faillit voltiger de l'autre côté... ce qui serait arrivé si Dave Hollis n'avait pas été là pour affermir son équilibre et glisser la botte de Roland dans l'étrier. Dave, ce faisant, adressa au pistolero un sourire nerveux, un peu gêné.

— Je regrette de vous voir ici, dit Roland avec gravité.

— Et moi d'être obligé de m'y trouver, repartit l'adjoint. Si le meurtre était le but que vous poursuiviez, j'aurais préféré que vous le mettiez à exécution plus tôt. Et que votre ami n'ait point eu l'arrogance de signer ce forfait de sa carte de visite, ajouta-t-il en désignant Cuthbert du chef.

Roland n'avait pas la moindre idée de ce à quoi faisait référence l'Adjoint Dave, mais aucune importance. Cela devait faire partie du coup monté auquel nul de ses hommes n'ajoutait beaucoup de foi, Dave inclus, apparemment. Même si, supposa Roland, ils viendraient à y croire dans quelques années comme si c'était parole d'évangile et raconteraient à leurs enfants et petits-enfants ce jour de gloire où ils avaient fait partie de la patrouille à cheval et capturé les traîtres.

Le Pistolero usa de ses genoux pour faire virer Rusher... et là, près du portail qui séparait la cour du Bar K du chemin menant à la Grand-Route, se tenait Jonas. Il montait un bai à large poitrail, coiffé du feutre vert d'un meneur de chevaux et emmitouflé dans un vieux cache-poussière gris. Un fusil dépassait de la housse fixée près de son genou droit. Il avait repoussé le pan gauche de son cache-poussière pour exposer la crosse de son revolver. Les cheveux blancs de Jonas, qu'il avait négligé d'attacher aujourd'hui, s'étalaient sur ses épaules.

Ôtant son feutre, il salua Roland fort courtoisement.

— Ce fut une belle partie, dit-il. Vous avez très bien joué pour quelqu'un qui tétait encore sa mère il y a peu.

— Et toi, vieillard, tu as dépassé la limite d'âge, répliqua Roland.

Jonas sourit.

— Tu y porterais remède si tu pouvais, je t'entends bien ? Ouair, je crois.

Il reporta son regard sur Lengyll.

— Confisquez-leur leurs joujoux, Fran. Cherchez surtout des couteaux. Ils ont des pistolets, mais pas sur eux. D'ailleurs, j'en sais là-dessus plus qu'ils ne pensent. N'oubliez pas la fronde du plaisantin. Surtout pas ça, au nom des dieux. Y a pas si longtemps qu'il aurait aimé fracasser la tête de Roy avec.

— C'est de poil de carotte que vous parlez ? demanda Cuthbert.

Son cheval dansait sous lui et Bert oscillait d'avant en arrière et de droite à gauche comme un écuyer de cirque pour éviter d'être désarçonné.

— Le plaisantin, il aurait jamais raté sa tête ; ses couilles, peut-être, mais pas sa caboche.

— Probable, tomba d'accord Jonas, tandis qu'on délestait Roland de son arc et de ses lances. La fronde était fixée à la ceinture de Cuthbert, dans le dos et dans un étui qu'il avait confectionné tout spécialement de ses mains. Roy Depape avait été bien inspiré de ne pas avoir mis Bert à l'épreuve, d'après Roland — Bert pouvait cueillir un oiseau en plein vol à soixante mètres. Une bourse pleine de billes d'acier pendait au côté gauche du garçon. Bridger fit également main basse dessus.

Pendant que tout cela allait bon train, Jonas ne cessa de gratifier Roland de son plus aimable sourire.

— C'est quoi ton vrai nom, gamin ? Allez, à confesse — y a plus de mal à ce que tu parles maintenant : t'enfourcheras bientôt la Jolie Dame à la Faux, tu le sais comme moi.

Roland ne broncha pas. Lengyll lança un regard à Jonas, l'interrogeant du sourcil. Jonas haussa les épaules, puis désigna d'un mouvement de tête la direction de la ville. Lengyll opina et tisonna Roland d'un long doigt crevassé.

— Allez, en route, mon garçon.

Roland pressa les flancs de Rusher. Sa monture se dirigea au petit trot vers Jonas. Une certitude envahit soudain Roland. A l'instar de ses meilleures intuitions tombant pile, elle provenait de nulle part et de partout — absente la seconde d'avant, elle se trouvait là, celle d'après, vêtue de pied en cap.

— Qui t'a expédié dans l'Ouest, sale larve ? lança-t-il à Jonas en passant près de lui. Ça ne peut pas être Cort — tu es trop vieux pour ça. Mais ne serait-ce pas son père ?

La lueur d'amusement teinté d'ennui s'éteignit dans l'œil de Jonas — *fut balayée*, plutôt, comme si on l'avait frappé au visage. Un court — et stupéfiant — moment, le vieillard à cheveux blancs redevint un enfant : honteux, vexé comme un pou, atteint au plus profond.

— Oui-da, le pa de Cort — tes yeux t'ont trahi. Et te voilà maintenant, au bord de la Mer Limpide... sauf qu'en réalité tu es dans l'Ouest. L'âme d'un homme tel que toi ne peut jamais quitter l'Ouest.

Jonas dégaina avec une telle célérité que seul l'œil extraordinaire d'un Roland pouvait percevoir son mouvement. Un murmure parcourut le groupe d'hommes, derrière eux — partie sous le choc, mais surtout par crainte superstitieuse.

— Jonas, faites point l'imbécile ! grogna Lengyll. Z'allez point m'tuer ces faucons après qu'on a pris not' temps et l'risque d'les encapuchonner et d'leur lier les pattes, non mais ?

Jonas parut ne pas entendre. Il avait les yeux hagards et sa bouche cousue tremblait aux commissures.

— Mesure tes paroles, Will Dearborn, dit-il d'une voix basse et rauque. T'as jamais eu autant besoin de les mesurer. Encore une toute petite pression sur la détente et le coup part à la seconde.

— Vas-y, descends-moi, reprit Roland.

Relevant la tête, il regarda Jonas de haut.

— Tire donc, exilé. Tire donc, vil cloporte. Tire donc, ratage ambulant. Celui qui vit en exil mourra en exil.

Un instant, il crut que Jonas allait tirer *pour de bon*. Et Roland trouva que mourir lui siérait, serait une fin acceptable après la honte de s'être fait prendre aussi facilement. Susan avait déserté ses pensées. Il n'y eut ni souffle, ni cri, ni mouvement durant ce laps de temps : tout était suspendu. Les ombres des hommes, à pied ou à cheval, qui assistaient à cet affrontement, s'imprimaient à fleur de poussière.

Puis Jonas relâcha le chien de son arme qu'il reglissa dans son étui.

— Emmenez-les en ville et bouclez-les, ordonna-t-il à Lengyll. Et à mon arrivée, je ne veux pas qu'on ait touché à un seul de leurs cheveux. Si j'ai pu me retenir de tuer çui-là, vous pouvez vous abstenir de molester le reste de la bande. Disposez maintenant.

— On s'bouge, fit Lengyll.

Sa voix avait perdu de son autorité factice, était maintenant celle d'un homme qui comprend (mais un peu tard) qu'il a acheté des jetons pour une partie dont les enjeux seront selon toute probabilité bien trop élevés pour lui.

Ils s'ébranlèrent. Roland se retourna une dernière fois. Le mépris que Jonas lut dans les yeux froids du jeune homme le cingla davantage que les coups de fouet qui lui avaient balafré le dos, il y avait des années de cela à Garlan.

6

Une fois qu'ils furent hors de vue, Jonas entra dans le baraquement, retira la lame du parquet qui dissimulait leur petit arsenal, et n'y trouva que deux revolvers. La paire de six-coups aux crosses noires — les armes de Dearborn, à coup sûr — avait disparu.

Tu es dans l'Ouest. L'âme d'un homme tel que toi ne peut jamais quitter l'Ouest. Celui qui vit en exil mourra en exil.

Les mains de Jonas s'activèrent et désassemblèrent les revolvers que Cuthbert et Alain avaient fait suivre dans l'Est. Alain n'avait jamais porté les siens, sauf à l'entraînement, au champ de tir. De retour à l'extérieur, Jonas en dispersa les pièces aux quatre points cardinaux. Il les lança aussi loin et aussi fort qu'il le put, tâchant par là de se délivrer de ce calme regard bleu et d'atténuer le choc d'avoir entendu ce qu'il avait cru jusqu'à aujourd'hui que nul homme ne savait. Roy et Depape le soupçonnaient, mais même eux n'en avaient jamais été certains.

Avant le coucher du soleil, tout le monde à Mejis saurait qu'Eldred Jonas, le régulateur à crinière blanche et au cercueil tatoué sur la main, n'était rien d'autre qu'un pistolero manqué.

Celui qui vit en exil mourra en exil.

— P't'être ben, fit-il, regardant le ranch calciné sans vraiment le voir. Mais je vivrai plus longtemps que toi, Dearborn junior, et quand je mourrai, tes os rouilleront depuis longtemps sous la terre.

Il enfourcha sa monture et lui fit tourner bride, tirant méchamment sur les rênes. Il se dirigea vers Citgo, où Roy et Clay l'attendaient, mais il eut beau mener un train d'enfer, il ne distança pas les yeux de Roland.

7

— Réveillez-vous ! Réveillez-vous, *sai* ! Réveillez-vous ! Réveillez-vous !

D'abord, ces mots semblèrent venir de très loin, se propageant magiquement jusqu'au lieu plongé dans le noir où elle reposait. Même quand la voix fut relayée par une main qui la secoua rudement et que Susan sut qu'elle *devait* s'éveiller, la lutte fut longue et rude.

Depuis des semaines, elle n'avait pas joui d'une bonne nuit de sommeil et s'était attendu à la pareille en se mettant au lit la veille... la veille, tout *particulièrement*. Elle était demeurée éveillée dans sa luxueuse chambre à coucher de Front de Mer, à tourner et retourner en tous sens les éventualités — aucune, nantie d'une issue favorable — qui assaillaient son esprit. La chemise de nuit qu'elle portait, lui remontant sur les hanches, venait se tasser au creux de ses reins. Quand elle se leva pour utiliser la chaise percée, elle en profita pour ôter l'incommode et détestable chose, la jeta dans un coin et se reglissa, nue comme un ver, dans sa couche.

Ne plus avoir à supporter cette lourde chemise de nuit en soie avait suffi. Elle avait sombré presque aussitôt... et, en l'occurrence, *sombré* était bien le mot. Son sommeil s'apparentait à une chute dans une profonde faille terrestre d'où pensées et rêves étaient bannis.

Et à présent, cette voix indésirable. Doublée d'un bras intrus, la secouant si fort que sa tête ballait de-ci de-là sur l'oreiller. Susan tenta de l'esquiver, remontant les genoux contre sa poitrine et proférant des protestations inarticulées. Mais le bras ne voulut rien savoir. Les secousses reprirent de plus belle ; la voix querelleuse ne cessa pas ses criailleries.

— Réveillez-vous, *sai* ! Debout ! Au nom de la Tortue et de l'Ours, allons, debout !

La voix de Maria. Susan ne l'avait point reconnue de prime abord, tant Maria était bouleversée. Jamais Susan ne l'avait vue dans un tel état, ni ne s'était attendue à l'y voir. Et pourtant, elle y était. A en juger par sa voix, la petite bonne frisait l'hystérie.

Susan se redressa sur son séant. Un instant, assaillie de tant de données — toutes erronées — elle fut incapable de bouger. Le duvet sous lequel elle s'était blottie bascula sur ses genoux, dénudant ses seins, et elle ne put rien faire d'autre que le pinçoter du bout des doigts.

Le premier détail détonnant à la frapper fut la luminosité. Le jour coulait à flots par les fenêtres comme jamais... car, prit-elle conscience, il n'était pas dans ses habitudes de s'attarder autant dans cette chambre. Mes dieux, il devait être au moins dix heures, sinon plus.

L'autre détail qui clochait, c'était le tintamarre venant d'en bas. La Maison du Maire était d'ordinaire un endroit paisible, à cette heure-ci. Jusqu'à midi, mis à part les *casa vaqueros* menant les chevaux à l'exercice matinal, le *ouic-ouic-ouic* du balai de Miguel nettoyant la cour et le *boum* et le *chhh* continu des vagues, on n'entendait rien ou presque. Mais aujourd'hui, ce n'étaient que cris, jurons, galops de chevaux et, de temps à autre, les dents de scie d'un éclat de rire étrange. Quelque part à l'extérieur de sa chambre — pas dans cette aile, peut-être, mais tout près —, Susan perçut le tambourinement de pieds bottés qui couraient.

Mais le plus perturbant de tout, c'était Maria elle-même. Son teint olivâtre avait pris une nuance gris cendre et ses cheveux si bien coiffés d'habitude étaient défaits et tout emmêlés. D'après Susan, seul un tremblement de terre aurait pu causer un désordre semblable dans sa toilette, et encore.

— Maria, qu'y a-t-il ?

— Il faut vous en aller, *sai*. Vous n'êtes peut-être plus en sécurité à Front de Mer à partir de maintenant. Il vaudrait mieux que vous soyez chez vous. Quand je ne vous ai pas vue tantôt, j'ai cru que vous étiez déjà retournée là-bas. Vous avez choisi le mauvais jour pour faire la grasse matinée.

— M'en aller ? répéta Susan.

Elle remonta lentement le duvet jusqu'au bout de son nez en dévisageant Maria de ses yeux bouffis de sommeil, tout écarquillés.

— M'en aller, mais qu'est-ce que tu veux dire ?

— En passant par-derrière.

Maria arracha le duvet d'entre les doigts gourds de sommeil de Susan, qui fut dénudée jusqu'aux pieds, cette fois.

— Comme vous l'avez déjà fait. Maintenant, mamzelle, tout de suite ! Habillez-vous vite et partez ! Si fait, on a mis ces garçons en prison, mais si jamais ils ont des amis ? Et qu'ils reviennent vous tuer aussi, tant qu'ils y sont ?

Susan, qui s'était levée tant mal que bien, eut tout à coup les jambes coupées et retomba assise sur le lit.

— Quels garçons ? murmura-t-elle. Ils ont tué qui ? *Quels garçons qui ont tué qui ?*

Ce qui était loin d'être correct, grammaticalement parlant, mais Maria comprit ce qu'elle voulait dire.

— Dearborn et ses 'colytes, répondit-elle.

— Qui ont-ils soi-disant tués ?

— Le Maire et le Chancelier.

Maria regardait Susan avec sympathie, tout affolée.

— Maintenant, debout, je vous dis. Allez-vous-en. Cet endroit est devenu *loco*.

— Ils n'ont pas fait une chose pareille, dit Susan, se retenant de justesse d'ajouter : *ça ne faisait point partie du plan*.

— *Sai* Thorin et *sai* Rimer sont morts tout de même, qui que ce soit qu'a fait le coup.

Il y eut d'autres cris en bas suivis d'une petite explosion, qui n'avait rien d'un tir de pétards. Maria tourna les yeux dans cette direction, puis commença à lancer ses habits à Susan.

— Les yeux du Maire, on les lui a sortis de la tête au couteau.

— Ils n'ont pas pu faire ça, Maria ! Je les connais...

— Moi, je les connais point du tout et je m'en soucie mie... c'est pour vous que j'ai du souci. Habillez-vous et partez, je vous répète. Le plus vite que vous pourrez.

— Que leur est-il arrivé ?

Une idée affreuse traversa Susan qui bondit sur ses pieds, envoyant valser ses vêtements autour d'elle. Elle attrapa Maria par les épaules.

— On ne les a point tués ?

Susan secoua la petite bonne.

— Dis-moi qu'on ne les a point tués !

— Je crois point. On a crié tant et plus et y a eu des rumeurs qu'ont couru dans tous les coins, mais je crois qu'y sont juste en prison. Seulement...

Elle n'eut pas besoin d'achever sa phrase. Ses yeux se détournèrent de ceux de Susan à qui ce mouvement involontaire, s'ajoutant à la bruyante confusion d'en bas, révéla tout le reste. On ne les avait pas encore tués, soit, mais Hart Thorin, Maire très aimé de ses concitoyens, descendait d'une très ancienne famille, alors que Roland, Cuthbert et Alain n'étaient au mieux que des étrangers.

Point encore tués... or, demain, c'était la Fête de la Moisson et demain soir, le Feu de Joie.

Susan commença à s'habiller le plus vite qu'elle put.

8

A peine Reynolds, qui accompagnait Jonas depuis plus longtemps que Depape, eut-il jeté un coup d'œil à la silhouette s'avançant vers eux au petit galop entre les derricks squelettiques qu'il se tourna vers son partenaire.

— Ne lui pose pas de question : il est pas d'humeur à répondre à des demandes idiotes, ce matin.

— Qu'est-ce que t'en sais ?

— T'occupe. Fais gaffe à tenir ton putain de clapet fermé.

Jonas tira sur les rênes de sa monture à leur hauteur. Il était avachi sur sa selle, pâle et songeur. Son apparence fit monter une question aux lèvres de Roy Depape, en dépit de la mise en garde de Reynolds.

— Ça va, Eldred ?

— Pourquoi ? Y a quelqu'un pour qui ça va ? répondit Jonas, qui redevint muet.

Dans leur dos, les rares stations de pompage en activité à Citgo piaillaient sans relâche.

Jonas s'ébroua enfin et se redressa un tantinet sur sa selle.

— Nos garnements doivent être stockés en magasin à l'heure qu'il est. J'ai dit à Lengyll et à Avery de tirer deux fois deux coups de feu si ça tournait au vinaigre, et j'ai rien entendu de tel jusqu'à maintenant.

— Nous non plus, Eldred, s'empressa de préciser Depape. Rien qui r'ssemble à ça.

Jonas fit la grimace.

— Feriez comment avec ce boucan ? Crétin !

Depape se mordit les lèvres et, s'apercevant tout à trac que son étrier gauche devait être ajusté, se pencha dans ce but.

— Personne ne vous a surpris en train, les gars ? demanda Jonas. Ce matin, je veux dire, quand vous avez expédié Rimer et Thorin ? Y a-t-il une chance qu'on ait vu l'un de vous ?

Reynolds secoua négativement la tête pour deux.

— Ç'a été fait aussi proprement que possible.

Jonas opina, comme si le sujet ne présentait pour lui qu'un intérêt relatif, puis se retourna pour englober du regard le pétroléum et les derricks mangés par la rouille.

— S'peut bien que les gens aient raison, fit-il d'une voix à peine perceptible. S'pourrait bien que ceux du Vieux Peuple étaient des démons.

Il se retourna vers eux.

— C'est nous qui sommes les démons, aujourd'hui. Pas vrai, Clay ?

— C'est comme tu penses, Eldred, fit Reynolds.

— Je dis ce que je pense. C'est nous, les démons d'aujourd'hui. Et par Dieu, on agira comme tels. Qu'est-ce qui se passe avec Quint et le groupe, là-bas ?

Il inclina la tête vers la pente forestière où on avait tendu l'embuscade.

— Sont toujours là, à attendre ton signal, répondit Reynolds.

— Plus besoin d'eux maint'nant.

Il gratifia Reynolds d'un regard noir.

— Ce Dearborn est rien qu'un sale morveux, un ramenard de première. J'aimerais bien être à Hambry demain soir, rien que pour lui balancer une torche entre les pieds. J'ai failli le laisser roide mort au Bar K. Si ça avait pas été Lengyll, il y restait. Un sale petit ramenard, voilà tout ce qu'il est.

Plus il parlait, plus il se tassait sur lui-même. Son visage s'assombrissait à vue d'œil, tel un paysage quand des nuées d'orage masquent le soleil. Depape, son étrier remis en place, interrogea Reynolds d'un coup d'œil nerveux. Ce dernier resta sans réaction. A quoi bon réagir ? Si Eldred devenait fou (et Reynolds l'avait déjà vu piquer des crises de ce genre par le passé), ils n'auraient aucun moyen de s'extraire de sa zone de tuerie à temps.

— On a encore pas mal de boulot, Eldred.

Reynolds s'exprima calmement, mais cela porta. Jonas se ressaisit. Il ôta son chapeau, l'accrocha au pommeau de sa selle comme à un portemanteau, et se passa la main dans les cheveux, machinalement.

— Ouair... pas mal de boulot, t'as raison. Descends là-bas et dis à Quint d'envoyer chercher des bœufs pour tirer les deux dernières citernes pleines jusqu'à la Roche Suspendue. Faudrait qu'il s'garde quatre hommes pour les accrocher et les emm'ner à Latigo. Les autres peuvent vaquer.

Reynolds jugea qu'à présent il pouvait sans risque poser une question.

— Quand le reste des hommes de Latigo est attendu là-bas ?

— Quels hommes ? ricana Jonas, méprisant. Si seulement, mon goujat ! Le reste des *blancs-becs* de Latigo ralliera la Roche Suspendue au clair de lune, toutes oriflammes déployées sans doute au bénéfice des coyotes et autres chiens du désert qui en auront grand effroi. Ils seront prêts à servir d'escorte demain matin à dix heures, j'dirais... quoique si ces gaillards-là sont tels que je m'y attends, les conneries vont pleuvoir. La bonne nouvelle, c'est qu'on n'a pas tellement besoin d'eux, de toute façon. On dirait que les choses se présentent bien. Va là-bas maintenant, mets-les au boulot puis reviens me trouver, le plus vite possible.

Jonas, se tournant, regarda le renflement bosselé des collines au nord-ouest.

— Car nous aussi, on a du boulot, dit-il. Plus vite on commencera, plus vite on aura fini. J'ai plus qu'une envie : brosser mes bottes et mon chapeau de cette saloperie de poussière de Mejis au plus tôt. J'l'apprécie plus du tout, du tout.

9

Thérésa Maria Dolores O'Shyven était une jolie femme rondelette de quarante ans, mère de quatre enfants, femme de Peter, un *vaquero* de tempérament jovial. Elle était aussi drapière au Marché d'En Haut ; nombre des plus jolies et délicates ornementations de Front de Mer étaient passées entre les mains de Thérésa O'Shyven, dont la famille était tout à fait à son aise. Bien que son mari ne soit qu'un coureur de prairie, le clan des O'Shyven appartenait à ce qu'en d'autres temps et lieu on eût appelé la classe moyenne. Ses deux aînés avaient déjà quitté le domicile familial, et l'un d'eux, la Baronnie. Le troisième par rang d'âge était tout feu tout flammes à l'idée d'épouser les délices de son cœur au Terme de l'Année. Seule la plus jeune soupçonnait que Ma ne tournait pas rond, tout en étant loin de se douter à quel point Thérésa frôlait la folie obsessionnelle intégrale.

Ça va point tarder, songeait Rhéa, guettant avidement Thérésa dans le cristal. *Elle va s'y mettre bientôt, mais faut d'abord qu'elle se débarrasse de la gamine.*

Il n'y avait pas école la semaine de la Moisson et les boutiques n'ouvraient que quelques heures dans l'après-midi, aussi Thérésa expédia-t-elle sa cadette, porteuse d'un pâté. Présent de la Moisson à une voisine, supputa Rhéa, dans l'incapacité de déchiffrer les instructions silencieuses que Thérésa donnait à sa fille, tout en lui enfonçant un bonnet tricoté sur les oreilles. Et il ne devait point s'agir non plus d'une proche voisine ; elle avait besoin de temps, Thérésa Maria Dolores O'Shyven, de temps pour les corvées ménagères. Sa maison, de dimension imposante, était pourvue de multiples recoins nécessitant un nettoyage en règle.

Rhéa gloussa, et son gloussement vira à une crise de toux caverneuse. Dans son coin, Moisi fixait la vieille tel un spectre. Même loin d'être devenu un squelette ambulant à l'image de sa maîtresse, Moisi n'avait pas du tout bonne mine.

La fillette, mise dehors avec le pâté sous le bras, eut le temps de lancer à sa mère un regard inquiet avant qu'elle ne lui claque la porte au nez.

— Maintenant ! croassa Rhéa. Ces recoins t'attendent, femelle ! A genoux et au boulot !

Thérésa alla d'abord à la fenêtre. Quand elle se trouva satisfaite de ce qu'elle vit — sa fille qui franchissait la barrière et descendait la Grand-Rue, apparemment — elle revint dans la cuisine, gagna la table, près de laquelle elle s'attarda, les yeux rêveurs perdus dans le vague.

— Pas de ça, pas le moment ! Non ! s'écria Rhéa avec impatience.

Elle ne voyait plus sa crasseuse masure, ne sentait plus ses fétides remugles. Elle avait pénétré dans l'Arc-en-Ciel du Magicien. Elle se trouvait auprès de Thérésa O'Shyven, dont le cottage avait les coins et recoins les plus propres de tout Mejis. Peut-être même de tout l'Entre-Deux-Mondes.

— Presse-toi, femelle ! hurla presque Rhéa. Attaque ton ménage !

Comme si elle l'avait entendue, Thérésa déboutonna sa robe d'intérieur, qu'elle alla déposer soigneusement sur le dossier d'une chaise après l'avoir ôtée. Puis, retroussant au-dessus du genou sa chemise, propre et reprisée, elle alla se mettre à quatre pattes dans le coin.

— C'est ça, *mi corazón* ! s'écria Rhéa, qui manqua s'étouffer sous un afflux de flegme, son rire le disputant à sa toux grasse.

— Vas-y, nettoie, et vivement !

Thérésa O'Shyven étira son cou au maximum, ouvrit la bouche, tira la langue et se mit à lécher le sol dans le coin. Elle lui donnait des coups de langue comme Moisi lappait son lait. Rhéa jouissait du spectacle, se frappant le genou et poussant des vivats ; son visage devenait de plus en plus congestionné tandis qu'elle se balançait de plus en plus fort. Oh, y avait pas à dire, Thérésa était sa préférée, si fait ! Aucun doute là-dessus ! A partir de maintenant, elle ramperait sur les genoux et sur les mains, le cul en l'air, pour jouer de la langue dans tous les coins, priant une obscure divinité — pas même Jésus le Dieu fait Homme — qu'elle lui pardonne qui savait quoi, tout en accomplissant sa tâche, sa pénitence. Parfois, elle récoltait des échardes dans la langue et devait s'interrompre pour cracher du sang dans l'évier. Jusqu'à présent, un sixième sens l'avait toujours fait se remettre debout et renfiler sa robe avant le retour d'un membre de sa famille ; mais Rhéa savait que tôt ou tard l'obsession maniaque de Thérésa l'entraînerait trop loin et qu'on la prendrait sur le fait. Peut-être qu'aujourd'hui serait le jour J — la gamine reviendrait peut-être plus tôt que prévu pour dépenser quelques sous en ville et découvrirait sa mère à genoux en train de récurer avec sa langue. Oh liesse et rareté ! Comme Rhéa avait envie de voir ça ! Comme elle se languissait de...

Tout à coup, Thérésa O'Shyven avait disparu. L'intérieur si bien tenu de sa maisonnette avait disparu. *Tout* avait disparu derrière les rideaux tirés de la lumière rose changeante. Pour la première fois, depuis des semaines, le cristal du magicien était redevenu opaque.

Rhéa, le saisissant entre ses doigts décharnés aux ongles démesurés, le secoua comme un prunier.

— Qu'est-ce qui te détraque, boule de malheur ? *Qu'est-ce qui te rend patraque* ?

La boule de cristal pesait lourd et les forces de Rhéa déclinaient. Après lui avoir imprimé deux ou trois violentes secousses, elle glissa entre ses doigts. Rhéa la berça en tremblant contre les vestiges aplatis de ses seins.

— Là, là, amour mien, roucoula-t-elle. T'auras qu'à revenir quand tu seras prête, si fait, Rhéa a un peu perdu son calme mais elle l'a retrouvé maintenant, elle voulait point te brusquer et pour rien au monde, elle t'aurait laissée tomber, alors t'as juste à...

Elle s'interrompit et, penchant la tête, tendit l'oreille. Des chevaux approchaient. Non, ils n'approchaient point, ils étaient déjà *ici*. Trois cavaliers, à ce qu'elle entendait. Ils étaient arrivés en catimini, profitant de son égarement.

Étaient-ce les garçons ? Ces garçons de malheur ?

Rhéa serra le cristal contre sa poitrine, les yeux hagards, la bave aux lèvres. Ses mains étaient à présent si frêles que la lueur rose les rendait translucides, faisant ressortir en noir les fétus de ses os.

— Rhéa ! Rhéa du Cöos !

Non, ce n'étaient pas les garçons.

— Sors donc nous remettre ce qui t'a été confié !

C'était bien pire.

— Farson réclame ce qui lui appartient ! Nous sommes venus le récupérer !

Ce n'étaient pas les garçons, mais les Grands Chasseurs du Cercueil.

— Tu l'auras jamais, espèce de sale connard à cheveux blancs, murmura-t-elle entre ses dents. Tu me le reprendras jamais.

Ses yeux lançaient de-ci de-là de brefs regards furtifs. Crâne échevelé et babines tremblantes, elle avait tout d'un coyote malade, traqué dans son dernier *arroyo*.

Elle baissa les yeux vers la boule de cristal et un gémissement plaintif lui échappa. Maintenant, même la lumière rose avait disparu. La sphère était aussi sombre que l'orbite d'un cadavre.

10

Un hurlement suraigu s'éleva de la masure.

Depape se tourna vers Jonas, ouvrant de grands yeux, saisi de chair de poule. L'être qui avait proféré ce cri semblait n'avoir rien d'humain.

— Rhéa ! héla Jonas de nouveau. Apporte-le ici, femme, et remets-le-nous ! J'ai pas le temps de jouer à cache-cache avec toi !

La porte de la masure s'ouvrit à la volée. Depape et Reynolds dégainèrent à l'instant même où apparaissait la mégère, clignant des yeux sous l'éclat du soleil, comme une créature ayant passé sa vie entière dans l'obscurité d'une grotte. Elle tenait à bout de bras au-dessus de sa tête le joujou préféré de John Farson. Il y avait dans la cour pléthore de fragments de roche contre lesquels le précipiter et, même si Rhéa visait mal et les ratait tous, il n'en volerait pas moins en éclats.

Ce qui serait fâcheux. Jonas ne le savait que trop bien — il y avait certaines personnes qu'on ne pouvait se contenter de menacer. Il avait tellement concentré son attention sur les gamins — dont la capture, ô ironie du sort, avait été simple comme bonjour — qu'il ne lui était jamais venu à l'esprit de s'inquiéter de cette partie de sa mission. Et Kimba Rimer, celui qui avait suggéré que Rhéa serait la meilleure gardienne de l'Arc-en-Ciel de Maerlyn, était mort. Après tout, ne pourrait-il rejeter le blâme sur Rimer si jamais les choses tournaient mal, ici sur le Cöos ?

Puis, histoire d'empirer encore un peu les choses alors qu'il se disait qu'elles avaient atteint l'extrême Ouest sans basculer par-dessus les froids confins de la terre, Jonas entendit Depape armer le chien de son pistolet.

— Range ça, espèce d'imbécile ! gronda-t-il.

— Mais regarde-la ! gémit presque Depape. *Regarde-la*, Eldred !

Il ne faisait pas autre chose. La créature en robe noire paraissait porter en guise de collier la dépouille d'un serpent en putréfaction. Elle était si maigre qu'on aurait dit un squelette ambulant. Ne subsistaient plus sur la peau du crâne qui pelait que de rares touffes de cheveux. Son front et ses joues n'étaient que plaies et elle avait comme la marque d'une piqûre d'araignée au coin de la bouche. Jonas songea qu'il pouvait aussi s'agir de la fleur purpurine du scorbut, mais que ce soit l'une ou l'autre lui importait peu. Son principal souci, c'était le cristal que la mourante saisie de frissons brandissait entre ses longs doigts griffus au-dessus de sa tête.

11

L'éclat du soleil éblouissait Rhéa à tel point qu'elle n'aperçut pas l'arme braquée sur elle. Et quand elle retrouva sa vision normale, Depape avait déjà rengainé. Elle passa en revue les hommes qui lui faisaient face — le rouquin à lunettes, l'individu à la cape et le vieux Jonas à la Crinière Blanche — et laissa échapper un rire rauquissime. Dire qu'elle avait eu peur d'eux, de ces si puissants Grands Chasseurs du Cercueil ! Mais, aux noms des dieux, pourquoi donc ? Ce n'étaient que des hommes comme les autres, de simples mortels, et elle avait battu à plates coutures leurs pareils, sa vie durant. Oh bien sûr, campés sur leurs ergots, ils étaient persuadés de régner sur le poulailler — personne dans l'Entre-Deux-Mondes n'accusait l'un d'entre eux d'avoir oublié le visage de *sa mère* — mais au fond, ce n'étaient que de pauvres diables, émus aux larmes par une triste mélodie, mis complètement hors de combat par une poitrine féminine dénudée et, par-dessus tout, sujets à être manipulés pour s'être estimés forts, puissants, et sages.

Le cristal s'était assombri, mais elle avait beau détester cette opacité, elle lui avait éclairci d'autant les idées.

— Jonas ! héla-t-elle. Eldred Jonas !

— Je suis là, devant toi, la vieille mère, dit-il. Longs jours et plaisantes nuits.

— Laisse là tes souhaits, le temps presse.

Elle avança de quelques pas, puis s'immobilisa, le cristal toujours au-dessus de la tête. A ses pieds, une grosse pierre grise saillait du sol broussailleux. Elle la regarda puis releva les yeux vers Jonas. Ce que cela impliquait, même informulé, était manifeste.

— Qu'est-ce que tu veux ? demanda Jonas.

— Le cristal s'est assombri, dit-elle, répondant à côté de la question. Pendant tout le temps que je l'ai eu sous ma garde, il était vivant — si fait, même quand je ne distinguais rien, il restait vivant, d'un rose lumineux — mais il a noirci au son de ta voix ou presque. Il ne veut point aller avec toi.

— Peu importe, on m'a donné l'ordre de le récupérer.

La voix de Jonas avait adopté un ton doux et conciliant, proche de celui qui était le sien quand il partageait la couche de Coraline.

— Réfléchis un instant à ma situation. Farson veut le cristal : qui suis-je pour m'opposer aux volontés d'un homme qui sera le plus puissant de l'Entre-Deux-Mondes quand la Lune du Démon se lèvera l'an prochain ? Si je reviens sans lui, en lui disant que Rhéa du Cöos me l'a refusé, il me tuera.

— Si tu reviens lui dire que je l'ai brisé sur ta vilaine gueule de vieillard, il te tuera aussi, fit Rhéa.

Elle était suffisamment près de Jonas pour que ce dernier se rende compte à quel point son mal la dévorait. Au-dessus des vestiges de sa chevelure, l'infortuné cristal vacillait d'avant en arrière. Elle ne pourrait plus le tenir très longtemps. Une minute, maximum. Jonas sentit une rosée de sueur couvrir son front.

— Si fait, la mère. Mais sais-tu bien que, si l'on me donne le choix de ma mort, j'entraînerai avec moi la cause de tous mes problèmes. A savoir, toi, ma chérie.

Elle croassa de nouveau — ce semblant de rire, éraillé — et opina ironiquement.

— En tout cas, sans moi, le cristal ne sera d'aucune utilité à Farson, reprit-elle. Il a trouvé sa maîtresse, je cuide — c'est pour ça qu'il est devenu tout noir quand il a entendu ta voix.

Jonas se demanda si beaucoup d'autres individus avaient cru que le cristal leur était réservé. Malgré son envie d'éponger la sueur de son front avant qu'elle ne lui dégouline dans les yeux, il ne décroisa pas les mains posées sur le pommeau de sa selle. Il n'osait regarder ni Depape ni Reynolds, espérant seulement qu'ils lui laisseraient la direction des événements. Rhéa était en équilibre précaire sur un fil du rasoir, aussi bien mental que physique ; le plus infime mouvement la ferait choir d'un côté ou de l'autre.

— Il a trouvé celle qu'il désire, donc ?

Il se dit qu'il entrevoyait une issue. S'il avait de la chance. Et pour elle aussi, ce pouvait être une chance.

— Quelle serait la solution, alors ?

— M'emmener avec vous.

Le visage de Rhéa se tordit en un atroce rictus de convoitise ; elle prit subitement l'aspect d'un cadavre qui tente d'éternuer. *Elle ne se rend pas compte qu'elle est en train de mourir*, songea Jonas. *Dieux merci*.

— Prends le cristal, mais prends-moi avec lui. Je te suivrai jusqu'auprès de Farson. Je deviendrai sa devineresse et rien ne nous résistera, pas si je lis dans le cristal pour lui. Emmène-moi avec toi !

— D'accord, fit Jonas.

C'était là ce qu'il avait espéré.

— Mais je n'ai aucune part dans ce que Farson décide. Tu sais ça ?

— Si fait.

— Bien. Donne-moi le cristal, maintenant. Je te le reconfierai si tu veux, mais il faut que je m'assure qu'il est entier.

Lentement, elle baissa les bras. Jonas n'était pas sûr que le cristal fût complètement en sécurité, même serré contre la poitrine de la mégère, mais il n'en souffla pas moins de soulagement en le voyant là. Elle se traîna dans sa direction et il dut combattre la pulsion d'éperonner son cheval pour le faire reculer.

Il se pencha sur sa selle, tendant la main vers le cristal. Elle leva les yeux vers lui, des yeux encore sagaces sous les paupières couvertes de croûtes. Elle lui adressa un clin d'œil complice.

— Je sais ce que tu as derrière la tête, Jonas. Tu penses : « Je vais prendre le cristal, puis je dégainerai et je la tuerai, quel mal à ça ? » Pas vrai ? Pourtant, mal il y aurait, et entièrement de ton fait. Tue-moi et le cristal ne rebrillera jamais plus. Pour Farson. Pour quelqu'un d'autre, si fait, un jour, peut-être ; mais pas pour lui... et tu crois qu'il te laissera la vie si tu lui rapportes son joujou et qu'il découvre qu'il est cassé ?

Jonas y avait déjà réfléchi.

— Nous avons passé un marché, la mère. Tu iras dans l'Ouest avec le cristal... à moins que tu ne meures en cours de route, un soir, au bord de la piste. Tu me pardonneras de te dire ça, mais tu n'as pas l'air très en forme.

Son rire caquetant retentit encore une fois.

— J'vais mieux qu'j'en ai l'air, oh ouair ! Y m'reste encore des années avant que le tic-tac d'ma vieille pendule fatigue !

A mon avis, tu te gourres, la vieille, songea Jonas. Mais il la boucla et se contenta de tendre la main vers le cristal.

Elle le conserva encore un instant. Ils avaient conclu un accord, entériné par les deux parties, mais au final, elle avait du mal à se contraindre à lâcher le cristal. La rapacité luisait dans ses yeux comme la lune à travers le brouillard.

Il tendait toujours la main patiemment, se taisant, attendant que Rhéa se fasse une raison et accepte la réalité — si elle renonçait, il y avait encore une chance. Si elle s'obstinait, il était plus que probable que tous ceux présents dans cette cour rocheuse, herbue, embrasseraient sous peu la Jolie Dame à la Faux... Rhéa comprise.

Avec un soupir de regret, elle finit par remettre le cristal entre les mains de Jonas. A l'instant où il passa d'elle à lui, une étincelle rose pulsa dans son tréfonds. Une pointe de douleur transperça le crâne de Jonas... et un frémissement de lascivité se lova dans ses couilles.

Venant de très loin, semblait-il, il entendit Depape et Reynolds armer leurs pistolets.

— Rangez ça, leur ordonna Jonas.

— Mais...

Reynolds avait l'air perplexe.

— Ils ont cru que t'allais doubler Rhéa, fit la vieille, caquetant de plus belle. C'est une bonne chose que ça soit toi qui commandes et point eux, Jonas... peut-être que t'sais queu'qu'chose qu'eux y savent pas.

Ah pour ça oui, il savait quelque chose... combien était dangereuse la chose lisse et cristalline qu'il tenait dans ses mains. Elle pouvait s'emparer de lui en un battement de cils, si l'envie lui en prenait. Et au bout d'un mois, il serait semblable à la sorcière : décharné, marqué de plaies ocre rouge et trop enfoncé dans son obsession pour le savoir ou s'en soucier.

— *Rangez-moi ça !* hurla-t-il.

Reynolds et Depape, après avoir échangé un coup d'œil, rengainèrent leurs armes.

— Cette chose avait un sac, dit Jonas. Y avait une bourse dans le coffret. Va la chercher.

— Si fait, dit Rhéa, qui lui décocha un sourire peu amène. Mais ça n'empêchera point le cristal de te prendre s'il le veut. Pas la peine que tu croies ça.

Elle surveillait les deux autres du coin de l'œil et Reynolds, plus précisément.

— Y a une carriole dans l'étable et mes deux braves chèvres grises pour la tirer.

Elle avait beau s'adresser à Reynolds, elle n'arrivait pas à lâcher le cristal des yeux, remarqua Jonas... et voilà-t-il pas maintenant que ces saletés d'yeux à lui voulaient l'imiter.

— Tu me donnes pas d'ordres, fit Reynolds à la vieille.

— Non, mais moi, *si*, dit Jonas.

Son regard tomba sur la boule, dans l'espoir et à la fois la crainte de voir palpiter à nouveau l'étincelle rose au tréfonds du cristal. Mais rien ne se passa. Il était froid et sombre. Jonas releva les yeux avec peine vers Reynolds.

— Sors-moi cette carriole.

12

Reynolds entendit bourdonner les mouches avant même qu'il ne se faufile par la porte branlante de l'étable et sut aussitôt que les chèvres de Rhéa ne tireraient plus jamais rien. Elles gisaient les pattes en l'air dans leur enclos, le ventre enflé et les yeux grouillant d'asticots. Il était impossible de savoir quand Rhéa les avait nourries et abreuvées pour la dernière fois, mais Reynolds supputa une bonne semaine, en se basant sur l'odeur.

Trop occupée à regarder ce qui se passait dans cette boule de verre pour ça, songea-t-il. *Et elle porte ce serpent crevé autour du cou pour quoi faire ?*

— Je veux pas le savoir, marmonna-t-il, derrière le bandana qu'il avait ôté pour s'en couvrir la bouche.

La seule chose qu'il voulait pour l'instant, c'était se tirer de là vite fait.

Il aperçut la carriole qui, peinte en noir, était recouverte de motifs cabalistiques dorés. Aux yeux de Reynolds, elle avait moitié l'air de la carriole d'un médecin-charlatan, moitié l'air d'un corbillard. La prenant par les brancards, il la tira hors de l'étable le plus rapidement possible. Depape n'avait qu'à se charger du reste, aux noms des dieux. Atteler son cheval à la carriole et emporter cette marchandise puante et avariée qu'était la vieille jusqu'... où, au fait ? Qui le savait ? Eldred, peut-être.

Rhéa sortit à pas chancelants de sa masure, tenant la bourse dans laquelle ils lui avaient remis le cristal. Mais elle s'immobilisa, l'oreille tendue, quand Reynolds formula à haute voix sa question.

Jonas réfléchit avant de répondre.

— A Front de Mer pour commencer, je pense. Ouair, ça lui conviendra et à cette babiole de verre aussi, je gage, jusqu'à la fin de la fête, demain.

— Si fait, à Front de Mer, j'y ai jamais été, renchérit Rhéa, se remettant en branle.

En arrivant près du cheval de Jonas (qui tentait de se reculer loin d'elle), elle ouvrit la bourse. Après un instant de délibération supplémentaire, Jonas y laissa choir le cristal. Il arrondit le fond du sac en forme de grosse larme.

Rhéa afficha un sourire matois.

— P't-être qu'on rencontrera Thorin, là-bas. Si ça se fait, j'pourrais lui montrer quelque chose dans le joujou de l'Homme de Bien qui l'intéresserait au plus haut point.

— Si jamais tu le rencontres, ça sera dans un endroit où on n'a pas besoin de magie pour y voir loin, fit Jonas, quittant sa monture pour aider à atteler le cheval de Depape à la carriole noire.

Elle le regarda, fronçant le sourcil. Puis, lentement, le sourire finaud réapparut sur ses lèvres.

— Ben alors, c't à croire qu' not' Maire a eu un accident !

— Ça s'pourrait, opina Jonas.

Elle glousa, son gloussement virant bientôt à un caquètement à gorge déployée. Elle caquetait toujours quand ils quittèrent la cour, tandis qu'elle trônait sur sa carriole noire aux ornementations cabalistiques comme la Reine des Lieux Sombres en personne.

Chapitre 8

Les cendres

1

La panique est des plus contagieuses, en particulier dans les situations où l'on progresse dans l'inconnu. Ce fut la vision de Miguel, le vieux *mozo*, qui précipita Susan sur cette pente glissante. Planté au beau milieu de la cour d'entrée de Front de Mer, son balai de bruyère serré contre sa poitrine, il observait les cavaliers qui allaient et venaient avec une expression de perplexité misérable, peinte sur le visage. Son *sombrero* était de guingois dans son dos et Susan remarqua avec horreur que Miguel — d'habitude, propre sur lui comme un sou neuf et tiré à quatre épingles — avait enfilé son poncho à l'envers. Ses joues ruisselaient de larmes et tandis qu'il se tournait de-ci, de-là, pour suivre du regard les cavaliers, tâchant de saluer ceux qu'il reconnaissait, il évoqua à Susan un enfant qu'elle avait vu une fois trottiner devant une diligence qui arrivait à vive allure. Le père avait tiré à temps son rejeton en arrière ; mais qui donc irait à la rescousse de Miguel ?

Au moment où elle s'élançait vers lui, un *vaquero* monté sur un rouan pommelé, filant au galop, lui passa si près que l'un de ses étriers lui effleura la hanche et que le cheval lui fouetta l'avant-bras de sa queue. Elle poussa un étrange petit rire. Elle se faisait du souci pour Miguel et c'était elle qui avait failli se faire renverser et piétiner ! Comique !

Cette fois, elle regarda dans les deux sens avant de se précipiter et dut encore une fois se rejeter en arrière, car un chariot chargé tournait le coin à toute vitesse, sur deux roues. Elle ne put voir en quoi consistait son chargement — les marchandises étaient sous une bâche — mais aperçut Miguel avancer dans sa direction, sans lâcher son balai. Susan repensa à l'enfant et à la diligence et poussa un cri étranglé pour le mettre en garde. Miguel battit en retraite au dernier moment, le chariot lui passa sous le nez, traversa la cour, rebondissant cahin-caha sur les pavés, avant de s'engouffrer sous l'arche et de disparaître.

Miguel lâcha son balai, se cacha le visage dans ses mains, tomba à genoux et, se répandant en lamentations sonores, se mit à prier.

Susan le regarda faire un instant, bouche bée, puis courut vers les écuries, sans plus se soucier de raser le bâtiment. Elle avait écopé de la maladie qui gagnerait tout Hambry ou presque vers midi ; et même si elle se débrouilla pour seller convenablement Pylône par ses propres moyens (tout autre jour, pas moins de trois palefreniers se seraient disputé l'honneur de venir en aide à la jolie *sai*), toute faculté de penser l'avait abandonnée au moment où elle talonna son cheval effrayé pour lui faire franchir la porte de l'écurie.

Quand elle passa devant Miguel qui, toujours agenouillé, priait, les mains levées vers le ciel clair, elle ne le vit point davantage que les cavaliers qui l'avaient précédée.

2

Elle dévala la Grand-Rue au galop, sans cesser de talonner les flancs de Pylône, si bien que le cheval parut bientôt voler. Idées, questions, possibles plans d'action... rien de tout cela n'avait droit de cité tandis qu'elle allait de l'avant. Elle n'était que vaguement consciente des gens qui fourmillaient dans la rue, poussant Pylône à se frayer un passage entre eux. Elle n'avait qu'une chose en tête, son nom à lui — *Roland, Roland, Roland !* — qui y résonnait comme un cri. Tout était sens dessus dessous. Le brave petit *ka-tet* qu'ils avaient formé, cette nuit-là, au cimetière, était brisé : trois de ses membres étaient sous les verrous avec une espérance de vie des plus réduites (à condition qu'ils fussent encore vivants), quant à elle, quatrième et dernier membre, elle était éperdue, en pleine confusion et folle de terreur comme un oiseau entré par mégarde dans une grange.

Si son état de panique avait persisté, les choses auraient pu tourner fort différemment. Quittant le centre, elle gagna l'autre extrémité de la ville et son chemin l'amena vers la maison qu'elle avait partagée avec son père et sa tante. Cette dernière avait longtemps guetté la cavalière qui approchait à présent.

Susan était presque rendue, quand la porte s'ouvrit à la volée et Cordélia, vêtue de noir de la tête aux pieds, dévala l'allée du jardin jusqu'à la rue, poussant de hauts cris d'horreur entremêlés, semblait-il, d'éclats de rire. A sa vue, le voile de panique qui embrumait au premier plan l'esprit de Susan se déchira... mais pas parce qu'elle reconnut sa tante.

— *Rhéa !* s'écria-t-elle, tirant sur les rênes si violemment que le cheval dérapa, se cabra, faillit perdre l'équilibre et s'abattre.

Ce qui aurait immanquablement mis un terme à l'existence de sa maîtresse. Mais Pylône, dressé sur ses postérieurs, battant le ciel de ses sabots avec de puissants hennissements, tint bon. Susan, un bras passé autour de son encolure, s'accrocha chèrement à la vie.

Cordélia Delgado, revêtue de sa plus belle robe noire, la tête couverte d'une mantille, faisait face au cheval comme si elle se trouvait dans son salon, ne tenant point compte des sabots qui fendaient l'air à moins de vingt pouces de son nez. Dans l'une de ses mains gantées, elle tenait une boîte en bois.

Susan s'aperçut à retardement que ce n'était pas Rhéa qui lui barrait la route, mais son erreur était fort compréhensible. Si Tante Cord était loin d'être aussi frêle que Rhéa (du moins, pas encore) et était plus correctement vêtue (à l'exception de ses gants crasseux — pourquoi d'ailleurs, sa tante en portait-elle, Susan l'ignorait, et encore plus, par conséquent, pourquoi ils avaient l'air si sales), le regard de folie qui couvait dans ses yeux entretenait une horrible similarité avec celui de la sorcière.

— Bonjour à vous, Mamzelle Fraîche et Rose ! la salua Tante Cord d'un timbre fêlé, mais plein de vivacité, qui fit frémir Susan jusqu'au tréfonds du cœur. Tante Cord lui tira sa révérence d'une main, tenant de l'autre le petit coffret, niché contre son sein.

— Où allez-vous ainsi par ce si beau jour d'automne ? Où courez-vous si vite ? Pas dans les bras de vos amants, ça me semble chose assurée, car le premier est mort et l'autre, dans les fers.

Cordélia éclata de rire à nouveau, ses lèvres minces retroussées découvrant ses grosses dents blanches. Des dents de jument, ou peu s'en fallait. Ses yeux lançaient des éclairs dans la clarté solaire.

Elle a perdu l'esprit, songea Susan. *Pauvre vieille*.

— C'est toi qui as poussé Dearborn à le faire ? demanda tante Cord.

Elle se coula le long du flanc de Pylône et leva des yeux lumineux et liquides vers Susan.

— C'est toi, hein ? Si fait ! Peut-être même que c'est toi qui lui as donné le couteau dont il s'est servi, après te l'être passé entre les lèvres pour lui porter bonne chance. Vous êtes tous les deux dans le coup — pourquoi ne point le reconnaître ? Admets au moins que tu as couché avec ce garçon, car je sais que c'est vrai, j'ai vu la façon dont il te regardait, le jour où tu étais assise à la fenêtre, et la façon dont tu lui as rendu son regard !

— Si vous tenez à savoir la vérité, je vais vous la dire, fit Susan. Oui, nous sommes amants. Et nous serons mari et femme avant le Terme de l'Année.

Cordélia salua de l'un de ses gants souillés le bleu du ciel, comme si elle s'adressait aux dieux qui s'y trouvaient. Elle se mit à crier et à rire triomphalement.

— Et elle croit qu'ils vont *s'épouser* ! Oh la la la ! Et vous boirez sans doute le sang de vos victimes sur l'autel de l'hyménée, n'est-ce pas ? Ô fille perdue ! Que tu me feras pleurer !

Mais au lieu de verser des larmes, elle éclata de rire de plus belle, poussant un hurlement de joie à la face aveugle et bleue du ciel.

— Nous n'avons projeté aucun meurtre, dit Susan — traçant ne serait-ce que mentalement — une ligne de démarcation entre les assassinats de la Maison du Maire et le piège dans lequel ils avaient espéré faire tomber les soldats de Farson.

— Et il n'a *assassiné* personne, *lui*. Non, ça, c'est l'œuvre de votre ami Jonas, je cuide. Ce sale boulot faisait partie de son plan.

Cordélia plongea la main dans la boîte qu'elle tenait et Susan comprit tout à coup pourquoi elle portait des gants aussi sales : elle avait gratté à pleines mains dans le poêle.

— *Par les cendres sois maudite !* s'écria Cordélia, projetant un nuage noir sur la jambe de sa nièce et sur sa main qui tenait les rênes de Pylône. *Soyez voués aux ténèbres, tous les deux ! Soyez donc heureux ensemble, perfides ! Assassins ! Grugeurs ! Menteurs ! Fornicateurs ! Apostats ! Damnés !*

Cordélia Delgado accompagna chacune de ses imprécations d'une poignée de cendres. Et à chacune d'elles, Susan devenait de plus en plus lucide, de plus en plus froide. Elle fit front, laissant sa tante la bombarder à sa guise ; quand Pylône, sous la pluie de cendres qui lui criblait le flanc, tenta de s'en écarter, Susan l'en empêcha d'un coup de talon bien appliqué. Il y avait maintenant des spectateurs pour assister avidement à cet ancien rituel de reniement (Sheemie, yeux écarquillés et bouche bée, était du nombre), mais à peine si Susan les remarqua. Redevenue maîtresse d'elle-même, elle savait à présent quoi faire et rien que pour ça, elle supposait qu'elle devait une certaine reconnaissance à sa tante.

— Je vous pardonne, ma tante, dit-elle.

La boîte de cendres, presque vide, échappa des mains de Cordélia, comme si Susan venait de la gifler.

— Quoi ? murmura-t-elle. Qu'est-ce que tu dis ?

— Pour ce que vous avez fait à mon père, votre frère, continua Susan. Pour ce dans quoi vous avez trempé.

Elle frotta une de ses mains contre sa jambe et, se penchant, la tendit dans sa direction. Avant même que sa tante ait pu reculer, Susan lui barbouilla la joue de cendres, la balafrant largement de noir.

— Arborez cela tout de même, dit-elle. Vous pouvez le laver, si ça vous amuse, mais je crois bien que, dans votre cœur, cette noirceur-là aura beaucoup plus de mal à partir.

Elle marqua un temps.

— Mais je pense qu'elle y est déjà. Au revoir.

— Où crois-tu donc aller ?

Tante Cord frotta sa joue marquée de suie de sa main gantée, mais quand elle se jeta en avant pour s'emparer des rênes de Pylône, elle trébucha sur la boîte et manqua tomber. Ce fut Susan, toujours penchée du côté de sa tante qui, la rattrapant par l'épaule, lui évita la chute. Cordélia se dégagea comme si elle fuyait le contact d'une vipère.

— Ne va point le retrouver ! Je t'interdis d'aller le rejoindre, grande niaise, espèce de folle !

Susan fit tourner bride à sa monture.

— Ce ne sont point vos oignons, ma tante. Tout est fini entre vous et moi, mais souvenez-vous bien de mes paroles : nous serons mari et femme au Terme de l'Année. Nous avons déjà conçu notre premier-né.

— Tu l'épouseras demain soir, si tu t'approches de lui ! Vous serez unis dans la fumée, mariés dans le feu, couchés dans la cendre ! *Couchés dans la cendre*, tu m'entends !

La démente marcha sur elle, l'invective à la bouche, mais Susan n'avait plus le temps de l'écouter. Le jour fuyait à tire-d'aile. Elle aurait le temps de faire ce qu'elle devait accomplir, mais seulement si elle ne perdait plus un seul instant.

— Au revoir, répéta-t-elle, avant de s'éloigner au galop.

Mais les dernières paroles de sa tante la poursuivaient.

— *Dans les cendres, tu m'entends ?*

3

Alors qu'elle sortait de la ville par la Grand-Route, Susan, apercevant des cavaliers qui venaient dans sa direction, s'écarta de son chemin. Ce n'était pas le moment idéal, estima-t-elle, pour croiser on ne sait quels pèlerins. Il y avait tout près un ancien entrepôt de grains ; elle mena Pylône derrière et, lui flattant l'encolure, lui murmura de se tenir tranquille.

Les cavaliers mirent plus longtemps à arriver à sa hauteur qu'elle ne s'y serait attendue et, quand ils finirent par s'y trouver, elle comprit pourquoi. Rhéa se trouvait avec eux, assise dans une carriole noire ornée de symboles magiques. La sorcière était déjà passablement effrayante quand Susan était allée la voir, la nuit de la Lune des Baisers, mais avait encore forme humaine ; la créature que la jeune fille vit passer sous ses yeux, ballottée de-ci de-là dans la carriole, agrippant un sac sur ses genoux, était un être asexué, fardé d'ulcères, tenant plus du troll que de la femme. Les Grands Chasseurs du Cercueil l'escortaient.

— A Front de Mer ! criait la chose dans la carriole. Hue devant ! Et plus vite que ça ! Je dormirai ce soir dans le lit de Thorin ou faudra beau voir ! J'y dormirai et j'y pisserai, si l'envie m'en vient ! Hue devant, j'ai dit !

Depape — c'était à son cheval qu'on avait attelé la carriole — se retourna et la regarda avec un dégoût non dénué de crainte.

— Tiens ta langue, lui dit-il.

Elle répondit à cette injonction par une crise de fou rire. Se tenant les côtes et sans lâcher la bourse sur ses genoux, elle menaça Depape de l'ongle pointu de son index crochu. A sa vue, Susan, paralysée de terreur, sentit à nouveau la marée noire de la panique menacer de lui submerger allègrement l'entendement, si elle n'y mettait point bon ordre.

Elle lutta contre cette éventualité du mieux qu'elle put, arc-boutant son esprit, refusant qu'il se laisse aller comme il l'avait fait quelque temps plus tôt et comme il était tout prêt à le refaire si elle ne veillait point au grain — à l'image de cet oiseau écervelé, pris au piège dans une grange, qui se cogne contre les murs en ignorant superbement la fenêtre par laquelle il est entré.

Même une fois la carriole passée et quand il ne resta plus rien d'eux que de la poussière en suspension, Susan entendit encore longtemps le rire caquetant et fou de Rhéa.

4

Elle arriva à la cabane de la Mauvaise Herbe à une heure de l'après-midi. Avant de mettre pied à terre, elle demeura un instant sur Pylône à l'examiner. Était-il possible qu'elle et Roland se soient trouvés ici, il y avait vingt-quatre heures à peine ? A faire l'amour et des plans sur la comète ? C'était difficile à croire mais, après qu'elle fut descendue de sa monture et entrée, le panier d'osier dans lequel elle avait apporté un repas froid lui en fournit la confirmation. Il était toujours posé sur la table branlante.

Ce détail lui rappela qu'elle n'avait pas mangé depuis la veille au soir — triste souper pris en compagnie d'Hart Thorin où elle n'avait que picoré, ne pouvant oublier qu'il la dévorait des yeux. Bah, ils s'étaient livrés à leur dernière empoignade, non ? Jamais plus elle n'arpenterait un couloir à Front de Mer en se demandant de derrière quelle porte il allait surgir comme un diable hors de sa boîte, mains baladeuses en avant et bite raide au vent.

Cendres, songea-t-elle. *Des cendres et encore des cendres. Mais point les nôtres, Roland. Point les nôtres, mon amour, je te le jure.*

Tendue, pleine d'effroi, elle tâcha de mettre en ordre ce qu'elle devait faire maintenant — d'établir une façon de procéder qui s'apparenterait à celle qu'on suivait pour seller un cheval ; mais elle avait seize ans et de sains appétits. Un seul coup d'œil sur le panier lui avait réveillé une faim de louve.

En l'ouvrant, elle vit des fourmis courir sur les deux en-cas au rosbif qui restaient, les balaya d'un revers de main et engloutit les sandwiches. Le pain avait un peu durci, mais elle le remarqua à peine. Il y avait aussi un demi-pichet de cidre doux et une part de cake.

Quand elle eut fini le tout, elle alla dans le coin de la cabane déplacer le tas de peaux qu'on avait commencé à saler avant de s'en désintéresser. Dans le creux qu'elles dissimulaient, enveloppés de cuir souple, se trouvaient les revolvers de Roland.

Si les choses tournent mal, tu devras venir ici les prendre et les remporter à l'ouest, jusqu'à Gilead. Tu iras trouver mon père.

Avec une légère mais authentique curiosité, Susan se demanda si Roland avait vraiment espéré qu'elle chevaucherait à bride abattue jusqu'à Gilead, grosse de son enfant à naître, tandis que lui et ses amis rôtiraient à grands cris et les mains rouges dans le feu de joie de la Nuit de la Moisson.

Elle tira l'une des armes de son étui. Elle tâtonna un instant ou deux avant d'ouvrir le revolver et de s'apercevoir que chaque alvéole du barillet était pleine. Remettant le cylindre en place d'un coup sec, elle vérifia l'autre arme.

Après les avoir glissées dans la couverture roulée derrière sa selle, imitant Roland en cela, elle enfourcha Pylône et reprit la direction de l'est. Mais pas vers la ville. Pas tout de suite. Elle devait d'abord faire halte ailleurs.

5

Vers deux heures de l'après-midi, le bruit courut par toute la ville que Fran Lengyll prendrait la parole dans la Salle Municipale. Nul n'aurait su dire où cette nouvelle (trop précise et assénée avec certitude pour qu'on la qualifie de rumeur) avait pris sa source et, à vrai dire, nul ne s'en souciait beaucoup, se contentant de se passer le mot.

A trois heures, la Salle Municipale était bondée. Et deux à trois cents personnes, restées à la porte, prirent connaissance du bref discours de Lengyll par chuchotements interposés. Coraline Thorin, qui avait commencé à faire circuler la nouvelle de l'intervention imminente de Lengyll au Repos des Voyageurs, brillait par son absence. Elle savait ce que Lengyll allait dire, s'étant, en fait, rangée à l'opinion de Jonas : l'allocution, la plus simple possible, devait aller droit au but. Il n'était point besoin de verser dans la démagogie ni de pousser à l'émeute ; les habitants de la ville, au coucher du soleil, un Jour de la Moisson, ne seraient plus que populace ; or, la populace choisit ses meneurs et son choix est toujours le bon.

Lengyll parla, son chapeau à la main et une amulette de la Moisson en argent, pendouillant du revers de son gilet. Il ne fignola point, fut bref et convaincant. La plupart des assistants, qui le connaissaient depuis toujours, ne mirent pas en doute un seul mot qu'il prononça.

Dearborn, Heath et Stockworth avaient assassiné Hart Thorin et Kimba Rimer, apprit Lengyll à la foule où les hommes en jean côtoyaient les femmes en guingan déteint. On pouvait leur imputer le crime en raison de certaine pièce à conviction — un crâne d'oiseau — abandonnée par eux dans le giron du Maire Thorin.

Des murmures saluèrent cette révélation. Nombre d'auditeurs de Lengyll avaient vu ledit crâne, accroché au pommeau de la selle de Cuthbert ou encore en sautoir autour de son cou. Et les mêmes avaient ri à ses espiègleries. Ils songeaient maintenant comme il avait dû rire à leurs dépens, et cela depuis le début. Et leurs mines s'allongèrent.

L'arme qui avait tranché la gorge du Chancelier, poursuivit Lengyll, avait appartenu à Dearborn. Les trois jeunes hommes avaient été capturés le matin même, alors qu'ils s'apprêtaient à s'enfuir de Mejis. Leurs motivations n'étaient point des plus claires, mais ils semblaient en avoir après les chevaux. Si tel était le cas, ils devaient les destiner à John Farson qui avait la réputation de bien payer — et en liquide — les bons canassons. En d'autres termes, c'étaient des traîtres à leurs terres et à la cause de l'Affiliation.

Lengyll avait posté Rufus, le fils de Brian Hookey, trois rangées plus loin. Alors, exactement à l'instant prévu, Rufus Hookey s'écria :

— Ont-ils avoué ?

— Si fait, dit Lengyll. Ils ont avoué les deux meurtres et s'en sont même montrés très fiers, oui-da.

Le murmure général se fit plus fort, virant au grondement sourd. Il reflua comme une vague vers l'extérieur, où il se relaya de bouche en bouche : très fiers, très fiers, ils avaient commis leur crime au plus noir de la nuit et s'en étaient montrés très fiers.

On serra les lèvres et les poings.

— Dearborn nous a dit que Jonas et ses amis avaient compris leurs menées et prévenu Rimer. Ils avaient tué le Chancelier pour le faire taire tandis qu'ils achevaient leurs tâches, et Thorin, au cas où Rimer lui en aurait touché un mot.

Tout ça ne tenait pas debout, avait objecté Latigo. Jonas avait approuvé du chef en souriant. *Non*, avait-il dit, *pas du tout debout, mais c'est sans importance*.

Lengyll était prêt à répondre à d'éventuelles questions, mais on n'en posa aucune. Seul le murmure persista, sur fond de cliquetis des amulettes et de bruits de pieds. Les regards étaient noirs.

Les garçons étaient en prison. Lengyll ne fit aucune déclaration concernant le sort qu'on leur réservait et, une fois de plus, on ne lui posa aucune question. Il précisa que certaines des réjouissances prévues pour le lendemain — les jeux, les manèges, la course de dindes, l'épreuve de sculpture sur potiron, le combat de cochons, le concours de devinettes et le bal — avaient été annulées, eu égard à la tragédie. Les manifestations les plus importantes suivraient leur cours normal, comme toujours, comme cela se devait : tenue des comices agricoles et remises de prix, saillie des juments, tonte des moutons, réunions concernant le cheptel et vente à la criée des chevaux, cochons, vaches et moutons. Sans oublier le feu de joie au lever de la lune. Le feu de joie où flamberaient les pantins de chiffon. *Charyou tri* marquait la fin de la Fête de la Moisson depuis la nuit des temps. Et rien n'y mettrait un terme si ce n'est la fin du monde.

— On allumera le feu de joie et on y brûlera les pantins, Eldred Jonas, avait dûment chapitré Lengyll. Tu t'en tiendras là. Tu n'auras pas *besoin* d'en dire plus.

Et il avait eu raison, Lengyll le lut sur chaque visage. La détermination à agir comme il le fallait s'y doublait d'une sorte d'impatience malsaine. Les pantins aux mains rouges étaient l'une des survivances des coutumes d'antan, des anciens rites, *los ceremoniosos* : *Charyou Tri*. Cela faisait des générations qu'on ne les pratiquait plus (sauf, de loin en loin, dans des endroits secrets là-bas dans les collines), mais parfois, quand le monde changeait, ils retrouvaient leur place d'origine.

Sois bref, lui avait intimé Jonas, et le conseil était bon, très, très bon. En des temps moins troublés, Lengyll n'aurait guère apprécié la présence d'un individu tel qu'Eldred Jonas dans les parages, mais elle se révélait fort utile dans les circonstances actuelles.

— Les dieux vous donnent la paix, conclut-il, se reculant légèrement, les bras croisés aux épaules pour signifier qu'il avait terminé. Les dieux nous donnent la paix à tous.

— Longs jours et paisibles nuits, rétorqua l'assistance en chœur, par automatisme, à voix basse.

Là-dessus, ils s'en allèrent simplement avant de rejoindre les lieux qu'on fréquentait l'après-midi précédant la Moisson. Nombre d'entre eux, Lengyll le savait, gagneraient le Repos des Voyageurs ou l'Hôtel Bellevue. Il s'épongea le front de la main. Il détestait devoir affronter la foule et, aujourd'hui, cela avait battu tous les records. Mais il jugea que tout s'était bien passé. Fort bien, même.

6

La foule s'écoula à l'extérieur sans mot dire. La plupart des gens, comme l'avait prévu Lengyll, dirigèrent leurs pas vers les saloons. Chemin faisant, ils passèrent devant la prison, mais ils furent peu à lui accorder un regard... et ceux qui le firent se limitèrent à quelques coups d'œil furtifs. Le porche était désert (on n'y voyait qu'un pantin aux mains rouges replet, étalé sur le rocking-chair du Shérif Avery), et la porte, entrouverte, comme elle l'était les après-midi chauds et ensoleillés. Les garçons se trouvaient à l'intérieur, nul doute n'était permis, mais aucun signe particulier n'indiquait qu'on les gardait avec un excès de zèle.

Si, au passage, les hommes qui descendaient en direction du Repos et du Bellevue s'étaient regroupés en bande, ils auraient pu s'emparer de Roland et de ses amis sans coup férir. Au lieu de cela, ils poursuivirent leur chemin d'un pas flegmatique, sans lever les yeux ni échanger un mot, pour se rendre là où des verres les attendaient. Ce n'était ni le jour ni le soir.

Demain, par contre...

7

Pas très loin du Bar K, Susan aperçut sur le vaste pâturage en pente de la Baronnie un spectacle qui la fit tirer sur les rênes et rester là, à califourchon sur sa selle, à regarder bouche bée. Au-dessous d'elle, et un peu plus à l'est d'où elle se tenait, à savoir à presque trois lieues de là, un groupe d'une dizaine de cow-boys avait rassemblé la plus grosse troupe de coursiers de l'Aplomb qu'elle eût jamais vue : quatre cents chevaux en tout, peut-être. Ils galopaient paresseusement, se laissant orienter par les *vaqueros* sans rechigner.

Probablement qu'ils croient qu'on les rentre pour l'hiver, songea Susan.

Mais on ne les dirigeait point vers les ranches disséminés le long de la crête de l'Aplomb ; les coursiers, si nombreux qu'en se déplaçant ils faisaient comme l'ombre d'un nuage sur l'herbe, étaient poussés vers l'ouest, vers la Roche Suspendue.

Susan avait cru Roland en tout point, mais cela venait le lui confirmer sur un plan plus personnel, car elle pouvait le relier directement à la mort de son père.

Des chevaux, qui se coursent.

— Espèces de salopards, murmura-t-elle. *Salopards* de voleurs de chevaux.

Elle fit tourner bride à Pylône et galopa vers le ranch incendié. A sa droite, son ombre s'allongeait. Là-haut, dans le ciel diurne, la Lune du Démon jetait une faible lueur fantomatique.

8

Elle avait un peu redouté que Jonas ait laissé des hommes au Bar K — même si elle ne voyait pas bien pour quelle raison il l'aurait fait — mais ses craintes se révélèrent infondées. Le ranch était désert comme il l'avait été durant les cinq, six années séparant l'incendie qui l'avait anéanti de la venue des garçons du Monde de l'Intérieur. Elle vit des traces de l'affrontement du matin même et en entrant dans le baraquement, où les trois amis avaient dormi, aperçut aussitôt le trou béant dans le plancher. Jonas avait négligé de remettre la lame en place après avoir fait main basse sur les armes d'Alain et de Cuthbert.

Elle se faufila entre les couchettes et, mettant un genou à terre, regarda dans le trou. Rien. Elle doutait cependant que ce qu'elle était venue chercher s'y soit jamais trouvé : le trou n'était point assez grand.

Prenant son temps, elle observa les trois couchettes : laquelle était celle de Roland ? Elle supposa que le deviner serait pour elle un jeu d'enfant — elle n'avait qu'à laisser parler son nez, connaissant l'odeur des cheveux et de la peau de son amant comme elle la connaissait — mais se dit qu'elle aurait meilleur temps de ne pas céder à ce genre de tendres impulsions. L'heure lui commandait d'être rapide et endurcie — d'aller de l'avant sans répit ni regard en arrière.

— *Des cendres*, lui soufflait Tante Cord à l'oreille, chuchotis quasi imperceptible. Susan secoua la tête avec impatience, comme pour chasser cette voix importune, et ressortit.

Elle ne trouva rien derrière le baraquement, rien derrière les cabinets, ni d'aucun côté. Contournant l'ancienne cambuse, elle finit par découvrir ce qu'elle était venue chercher, posés là comme par hasard et sans effort pour les dissimuler davantage : les deux petits tonneaux qu'elle avait vus sur l'échine de Caprichoso, la dernière fois.

Penser au mulet fit naître l'image de Sheemie, la dominant de sa taille d'homme mais la fixant avec une expression de gamin plein d'espoir. *J'aim'rais qu'vous m'donniez un baiser de* fin de año, *si fait*. Sheemie, dont « Messire Arthur Heath » avait sauvé la vie, Sheemie, qui bravant la colère de la sorcière avait donné à Cuthbert le billet que cette dernière destinait à sa tante, Sheemie, qui avait apporté ces tonneaux jusqu'ici. Pour les camoufler, on les avait en partie enduits de suie et Susan s'en mit plein les mains et les manches de sa chemise en enlevant leurs couvercles — nouvelles cendres. Les pétards se trouvaient toujours à l'intérieur : les *big-bangueurs* ronds et gros comme le poing et les plus petits, dits *doigts de dame*.

Elle se servit largement des deux, en bourrant ses poches à craquer et en portant d'autres à pleins bras. Elle en remplit les sacoches de sa selle, puis leva les yeux vers le ciel. Trois heures et demie. Elle ne tenait pas à être de retour à Hambry avant le crépuscule, ce qui lui laissait encore une heure de temps. Elle aurait le loisir de s'attendrir un peu, après tout.

A l'intérieur du baraquement, Susan découvrit sans peine la couche de Roland. Elle s'agenouilla devant comme une enfant qui fait sa prière du soir, posa sa tête contre l'oreiller et inhala profondément.

— Roland, fit-elle d'une voix étouffée. Comme je t'aime. Comme je t'aime, mon amour.

Elle s'étendit sur ce lit qui avait été le sien et, se tournant vers la fenêtre, regarda la lumière décliner. A un moment, elle leva ses mains à hauteur de ses yeux pour examiner les traces de suie qu'y avaient laissées les fûts. Elle songea à aller se les laver à la pompe, devant la cambuse, puis décida que non, qu'elles restent ainsi. Ils formaient un *ka-tet*, un seul en plusieurs, forts de leur but et forts de leur amour.

Que les cendres restent et fassent de leur pire.

9

Ma Susie a ses p'tits défauts, mais elle est jamais en retard, disait Pat Delgado.

Ce fut encore vrai le soir juste avant la Moisson. Évitant sa maison, elle gagna sur Pylône le Repos des Voyageurs, dix minutes à peine après que le soleil eut enfin sombré derrière les collines, peuplant la Grand-Rue d'épaisses ombres mauves.

La rue était étrangement déserte, pour une veille de la Moisson ; l'orchestre, qui jouait au Cœur Vert tous les soirs depuis une semaine, s'était tu ; on entendait crépiter des pétards par intervalles, mais ni rires ni cris d'enfant ; de rares lampions colorés étaient allumés.

Des pantins semblaient à l'affût sur chaque véranda noyée d'ombre. Susan frissonna en distinguant le blanc de leurs yeux au point de croix.

Ce qui était en train au Repos reflétait la même étrangeté. Les barres d'attache étaient bondées (on avait même dû attacher des chevaux à la balustrade du magasin général, de l'autre côté de la rue) et si de la lumière brillait à chaque fenêtre — tant de fenêtres et tant de lumières que l'auberge prenait des airs de grand vaisseau voguant sur une mer de ténèbres — le vacarme et la liesse habituels, en accord avec les airs de *jagtime* qu'égrenait le piano de Sheb, faisaient cruellement défaut.

Susan ne s'imagina que trop bien à quoi s'occupaient les clients à l'intérieur — une centaine d'hommes, peut-être plus, qui se contentaient de boire. Mais aucun n'échangeait une parole, n'éclatait de rire, ne lançait les dés sur le tapis de l'Allée de Satan en saluant le résultat d'une plainte ou d'un cri de joie. Nul popotin caressé ou pincé, nul baiser de la Moisson volé ; nulle querelle entamée verbalement et s'achevant physiquement en pugilat. Rien que des buveurs, à trois cents mètres à peine de la prison où son amour et ses amis étaient enfermés. Les hommes qui se trouvaient au Repos se contenteraient de boire ce soir, cependant. Et avec un peu de chance... un peu de chance et de courage, elle...

Au moment où d'un mot chuchoté, elle immobilisait Pylône devant le saloon, une silhouette se détacha d'entre les ombres. Elle se raidit, mais les premiers rayons orangés de la lune qui se levait révélèrent le visage de Sheemie. Elle se détendit aussitôt — se moquant un peu d'elle-même. Il faisait partie de leur *ka-tet,* elle le savait. Quoi de surprenant à ce qu'il soit lui aussi au courant ?

— Susan, murmura-t-il, retirant sa *sombrera* qu'il tint contre sa poitrine. J'ai attendu après vous.

— Pourquoi ? demanda-t-elle.

— Parce que j'savais qu'vous alliez v'nir.

Il jeta un coup d'œil derrière lui vers le Repos et sa masse noire répandant follement ses lumières aux quatre points cardinaux.

— On va libérer Arthur et les autres, pas vrai ?
— Si fait, j'espère, dit-elle.
— Y faut. Les gens là-d'dans, y parlent point, mais y z'ont point b'soin. J'sais, Susan, fille de Pat. *Moi, j'sais.*
Elle supposa que oui.
— Coraline est à l'intérieur ?
Sheemie fit non de la tête.
— S'est rendue à la Maison du Maire. Elle a dit à Stanley qu'elle allait aider à la toilette des corps pour l'enterrement d'après-demain. Mais, moi, j'crois point qu'elle soille allée là-bas pour ça. J'crois que les Grands Chasseurs du Cercueil, ils vont s'en aller et qu'elle s'en va avec eux.
Levant la main, il essuya ses yeux humides.
— Ton mulet, Sheemie...
— J'l'ai sellé et j'lui ai mis le long licou.
Elle le regarda, bouche bée.
— Comment savais-tu... ?
— Pareil que j'savais que vous veniez, Susan *sai*. J'savais, c'est tout.
Il haussa les épaules et eut un geste vague de la main.
— Capi est là-bas derrière. J'lai attaché à la pompe des cuisines.
— Tu as bien fait.
Elle fouilla dans la sacoche où elle avait stocké les plus petits pétards.
— Tiens. Prends-en quelques-uns. Tu as une soufrée ou deux ?
— Si fait.
Il ne posa pas de questions, fourra simplement les pétards dans sa poche. Elle, cependant, qui n'avait jamais franchi les portes battantes du Repos des Voyageurs, avait une autre question pour lui.
— Que font-ils de leurs manteaux, de leurs chapeaux et de leurs ponchos quand ils entrent, Sheemie ? Ils doivent bien les ôter. Boire, ça donne chaud.
— Oh, si fait. Y les posent sur une longue table, juste à côté d'la porte. Y en a qui s'battent pour savoir quoi est à qui avant d'rentrer chez eux.
Elle opina, réfléchissant vite. Il restait devant elle, la *sombrera* contre la poitrine, la laissant se charger de ce que lui ne pouvait faire... du moins, au sens conventionnel du terme. Elle releva enfin la tête.
— Sheemie, si tu m'aides, tu seras interdit de séjour à Hambry... interdit de séjour à Mejis... interdit de séjour dans l'Arc Extérieur. Tu nous suivras dans notre fuite. Tu comprends ça ?
Elle vit qu'il comprenait ; son visage rayonnait à cette idée.
— Si fait, Susan ! Je m'en irai avec vous et Will Dearborn, Richard Stockworth et Messire Arthur Heath, mon meilleur ami ! J'irai dans le Monde de l'Intérieur ! Voir ses bâtisses, ses statues et ses femmes vêtues comme des princesses de contes de fées...
— Si nous sommes pris, on nous tuera.
Il cessa de sourire, mais ses yeux ne cillèrent point.
— Si fait, on s'ra tués si on nous prend, probabl'.
— Tu veux toujours m'aider ?

— Capi est sellé, répéta-t-il.

Susan jugea que c'était là une réponse suffisante. Elle lui prit la main qui pressait la *sombrera* contre sa poitrine (le fond en était tout écrasé, et ça ne datait pas d'hier). Elle se pencha sur sa selle, tenant les doigts de Sheemie d'une main et le pommeau de l'autre, et lui baisa la joue. Il lui fit un sourire.

— On va faire de notre mieux, n'est-ce pas ? lui demanda-t-elle.

— Si fait, Susan, fille de Pat. On f'ra de not' mieux pour nos amis. Du mieux de not'mieux.

— Oui-da. Et maintenant, écoute-moi, Sheemie. Écoute-moi attentivement.

Elle se mit à parler. Sheemie était tout ouïe.

10

Vingt minutes plus tard, alors que la lune, boursouflure orange, s'élevait en peinant au-dessus des bâtiments de la ville comme une femme enceinte grimpant une côte des plus raides, un *vaquero* solitaire menait un mulet le long de Hill Street en direction du Bureau du Shérif. Cette partie de la rue était un puits ombreux. Un peu de lumière filtrait du Cœur Vert et de ses alentours, mais même le parc — qui toute autre année aurait été envahi par la foule et brillamment éclairé — était en grande partie désert. Presque toutes les baraques étaient fermées et parmi les rares restées ouvertes, seule celle de la diseuse de bonne aventure était fréquentée. Ce soir-là, toutes les prédictions étaient mauvaises, mais on s'y pressait quand même — n'était-ce pas toujours le cas, d'ailleurs ?

Le *vaquero* était enveloppé d'un épais poncho qui dissimulait sa poitrine féminine. Ce cow-boy était coiffé d'un grand *sombrero* taché de sueur, qui dissimulait également les traits — féminins — de son visage. La personne masquée par le large rebord du chapeau fredonnait à voix basse « Amour Insouciant ».

La petite selle du mulet était ensevelie sous un gros baluchon qu'on y avait encordé — bâche ou hardes le composaient peut-être, mais l'ombre s'épaississant, il était impossible de trancher avec certitude. Détail amusant : autour du cou de l'animal, telle une bizarre amulette de la Moisson, pendouillaient deux *sombreros* et un couvre-chef de meneur de chevaux, reliés par une cordelette.

A l'approche du Bureau du Shérif, la chanson cessa. L'endroit aurait pu passer pour désert, n'eût été la loupiote qui brillait à l'une des fenêtres. Sur le rocking-chair de la véranda, un pantin arborait ironiquement l'un des gilets brodés d'Herk Avery et une étoile de shérif. Aucun garde à l'horizon ; absolument rien ne signalait que les trois individus les plus honnis de Mejis se trouvaient séquestrés là. Puis, très faiblement, le *vaquero* perçut les accords d'une guitare qu'on grattait.

Un crépitement de pétards les noya. Le *vaquero* regarda derrière lui et distingua une silhouette, qui lui fit signe. Le *vaquero* opina et agita la main en réponse, puis attacha le mulet à la barre des chevaux — là même où Roland et ses amis avaient attaché les leurs quand ils étaient venus se présenter au Shérif, par un beau jour d'été, déjà si lointain.

11

La porte — que personne ne s'était donné la peine de verrouiller — s'ouvrit : Dave Hollis s'escrimait pour la énième fois à jouer le pont de *Captain Mills, you Bastard*. En face de lui, le Shérif Avery se tenait vautré dans le fauteuil de son bureau, les doigts entrecroisés sur sa panse. La lueur orangée et vacillante d'une lampe éclairait la pièce.

— Continuez comme ça, Adjoint Dave, et vous n'aurez pas besoin de nous exécuter, dit Cuthbert Allgood.

Il s'accrochait aux barreaux de l'une des cellules.

— On se suicidera pour ne plus se faire écorcher les oreilles.

— Ferme-la, vermine, lui intima le Shérif Avery.

Il somnolait à moitié après avoir dîné de quatre côtelettes, s'imaginant d'avance en train de retracer les événements de ce jour héroïque à son frère (et à sa belle-sœur, jolie comme un cœur), qui habitaient la Baronnie voisine. Il ferait preuve de modestie tout en leur faisant clairement comprendre le rôle essentiel qu'il avait joué ; que sans son intervention, ces trois jeunes *ladrones* auraient pu...

— Surtout, ne chantez pas, disait Cuthbert à Dave. Je suis prêt à avouer que j'ai assassiné Arthur l'Aîné en personne, si vous ne chantez pas.

Alain était assis en tailleur sur sa couchette, à la gauche de Bert. Roland, étendu sur la sienne, les mains nouées derrière la tête, regardait au plafond. Mais à peine entendit-il le déclic du loquet de la porte qu'il adopta la position assise. Comme s'il n'avait attendu que ça.

— Ça doit être Bridger, fit l'Adjoint Dave, point mécontent de poser sa guitare.

Il détestait cette corvée et il lui tardait d'en être soulagé. Le pire, c'étaient bien les plaisanteries d'Heath. Le fait qu'il puisse continuer à plaisanter malgré ce qui les attendait le lendemain.

— J'crois plutôt que c'est l'un d'*eux*, objecta le Shérif Avery, avec les Grands Chasseurs du Cercueil en tête.

En fait, c'était ni l'un ni les autres. Mais un cow-boy enfoui dans un poncho qui semblait trop grand pour lui (les pans en traînèrent sur le plancher quand il entra d'un pas lourd et referma la porte derrière lui) et coiffé d'un chapeau qui lui mangeait le visage. Aux yeux d'Herk Avery, le bonhomme avait tout l'air d'un pantin déguisé en cow-boy.

— Holà, étranger ! fit-il, souriant d'avance...

... car c'était sûrement une blague et Herk Avery appréciait les blagues comme tout un chacun. En particulier après quatre côtelettes et des montagnes de purée.

— Salut à toi ! Tu cherches quoi exactem..

La main, qui était restée dissimulée sous le poncho pendant la fermeture de la porte, en surgit : elle braquait maladroitement une arme que les trois prisonniers reconnurent immédiatement. Le sourire d'Avery s'effaça lentement en l'apercevant. Il décroisa les doigts. Ses pieds, posés sur le bureau, retrouvèrent le plancher des vaches.

— Tout doux, collègue, fit-il lentement. On va causer un peu tous les deux.

— Prenez les clés sur le mur et ouvrez les cellules, dit le *vaquero*, d'un ton rauque, contrefaisant une grosse voix.

A l'extérieur — personne ne remarqua la chose sauf Roland —, d'autres pétards éclatèrent à la chaîne, emplissant la nuit de leur crépitement sec.

— Sûrement pas, dit Avery, ouvrant du pied le tiroir du bas de son bureau.

Plusieurs pistolets s'y trouvaient, suite à l'expédition du matin.

— Bon, je sais point si ce truc est chargé, mais j'ai du mal à croire qu'un pistard comme toi...

Le nouveau venu visa le bureau et appuya sur la détente. La détonation fut assourdissante dans la petite pièce, mais Roland songea — espéra — que, la porte fermée, on pourrait la confondre avec un simple pétard. Un peu plus fort que certains, mais bien moins que d'autres.

Brava, se dit-il. *Oh quelle brave fille tu fais ! Mais prudence. Aux noms des dieux, Sue, sois prudente.*

Les trois amis, lèvres serrées, ouvrant l'œil et le bon, s'étaient mis droit fil derrière les barreaux.

La balle alla frapper l'angle du bureau à cylindre du Shérif, faisant voler un énorme éclat de bois. Avery poussa un cri, se renversa dans son fauteuil et s'affala les quatre fers en l'air. Son pied, coincé sous le tiroir tiré, le renversa dans le mouvement et trois antiques pétoires s'éparpillèrent sur le plancher.

— Attention, Susan ! cria Cuthbert, puis :

— Dave ! Non !

Parvenu au terme de son existence, ce fut le sens du devoir et non la crainte des Grands Chasseurs du Cercueil qui anima Dave Hollis ; Dave qui avait espéré succéder à Avery au poste de Shérif de Mejis quand ce dernier prendrait sa retraite (se vantant parfois auprès de sa femme, Judy, qu'il en ferait un bien meilleur que Gros-Lard avait même pas rêvé d'être). Il oublia qu'il entretenait de sérieux doutes sur la façon dont on avait capturé les trois garçons et sur ce qu'ils pouvaient avoir fait ou pas. Il ne songea alors qu'à une seule chose : qu'ils étaient des prisonniers de la Baronnie et, à ce titre, ne s'évaderaient point s'il pouvait les en empêcher.

Il se précipita sur le cow-boy aux habits trop grands, dans la ferme intention de lui arracher son arme. Et de le descendre avec, si nécessaire.

12

Susan, oublieuse de tout le reste, contemplait avec effarement l'estafilade taillée de frais dans le bois du bureau du Shérif — tant de dégâts causés par la flexion d'un doigt ! Le cri de désespoir de Cuthbert lui fit prendre conscience de sa mauvaise posture.

Se plaquant contre le mur, elle évita la main de Dave sur le point d'agripper le poncho démesuré et, sans réfléchir davantage, elle pressa à nouveau la détente. Il y eut encore une fois une violente déflagration et Dave Hollis — jeune homme de deux ans à peine plus âgé qu'elle — fut projeté en arrière ; un trou fumait entre deux pointes de l'étoile qu'il portait sur sa chemise. Il écarquillait des yeux incrédules. Son monocle pendouillait au bout de son cordon de soie noire (près de l'une de ses mains, tendue en avant). Il heurta sa guitare du pied et l'envoya valdinguer par terre, ce qui lui tira des accords presque plus mélodieux que ceux qu'il avait tenté de produire précédemment.

— Dave, murmura-t-elle. Oh pardon, Dave. Qu'ai-je fait ?

Dave fit une tentative pour se relever, puis s'affala, tête la première. Le trou qu'il avait dans le dos et que Susan contemplait maintenant était énorme et hideux d'aspect, rouge et noir, dans les déchiquetures carbonisées de la chemise... comme si elle l'avait transpercé d'un tisonnier chauffé à blanc au lieu de lui tirer dessus avec une arme à feu, censée être miséricordieuse et civilisée et qui n'était manifestement ni l'une ni l'autre.

— Dave, murmura-t-elle. Dave, je...

— *Attention, Susan !* cria Roland.

C'était Avery. Déboulant à quatre pattes, il la saisit aux chevilles et la déséquilibra en tirant. Elle tomba sur les fesses dans un violent claquement de dents et se retrouva face à face avec lui — son visage aux pores dilatés, ses yeux de batracien et le gouffre empestant l'ail de sa bouche.

— Mes dieux ! Vous êtes une *fille* ! chuchota-t-il en tendant la main vers elle.

Elle pressa une nouvelle fois la détente du revolver de Roland, mettant le feu au devant de son poncho et creusant un trou dans le plafond. Il se mit à pleuvoir du plâtre pulvérisé. Avery lui serra le cou de ses mains grosses comme des jambons, lui coupant le souffle. Quelque part, très loin de là, Roland hurlait son nom.

Elle avait encore une chance.

Peut-être.

Une suffit, Sue, lui dit la voix de son père, résonnant dans sa tête. *Une seule te suffit, ma chérie.*

Elle arma le revolver de Roland du pouce, fourra le canon dans les replis flasques du cou du Shérif Herk Avery et appuya sur la détente.

L'ampleur des dégâts fut considérable.

13

La tête d'Avery tomba dans son giron, aussi lourde et dégouttante qu'un quartier de viande fraîche. Au-dessus, elle sentait croître une sensation de chaleur. Au bord extrême de son champ de vision, vacillait une flamme jaune.

— Sur le bureau ! cria Roland, secouant la porte de sa cellule si violemment qu'elle en branla dans son encadrement.

— La cruche, Susan ! Pour l'amour de ton père !

Elle fit rouler la tête d'Avery loin de ses genoux, se releva et s'avança en titubant vers le bureau, son poncho en train de se consumer. Elle sentait l'odeur de brûlé et, dans un recoin de son esprit, se félicitait d'avoir pris le temps, en attendant le crépuscule, de nouer ses cheveux dans le dos.

La cruche était presque pleine, mais pas d'eau ; elle renifla l'odeur piquante du *graf*. Elle s'en aspergea néanmoins et l'alcool de pomme éteignit les flammes en un vif sifflement. Elle se débarrassa du poncho — et du trop grand *sombrero* par la même occasion — et jeta le tout sur le sol. Elle regarda Dave à nouveau, un garçon avec lequel elle avait grandi, qu'elle avait peut-être même embrassé derrière la porte de l'écurie de Hookey, il y avait de cela une éternité.

— Susan ! la rappela à l'ordre la voix de Roland. Les clés ! Vite !

Susan s'empara du trousseau, accroché à un clou sur le mur. S'approchant de la cellule de Roland, elle lança au jugé les clés à travers les barreaux. L'atmosphère était empuantie par la fumée des coups de feu, l'odeur de laine brûlée et de sang. Chacune de ses inspirations se traduisait pour Susan par un haut-le-cœur involontaire.

Roland dénicha la bonne clé, la faufila à travers les barreaux et l'introduisit dans le verrou. Un instant plus tard, il était dehors et l'enlaçait violemment tandis qu'elle éclatait en sanglots. Un autre instant plus tard, Cuthbert et Alain étaient eux aussi délivrés.

— Tu es un ange ! s'exclamait Alain, la serrant à son tour dans ses bras.

— Non, fit-elle, et ses pleurs redoublèrent.

Elle jeta l'arme à Roland. Elle avait l'impression qu'elle lui salissait les mains ; elle ne voulait plus jamais en tenir une de sa vie.

— Lui et moi, on jouait ensemble quand on était à peine sortis de l'œuf. Gentil il était — il m'a jamais tiré les nattes ni embêtée — et gentil il est resté, en grandissant. Et maintenant, je lui ai ôté la vie, qui va le dire à sa femme ?

Roland la reprit dans ses bras et la garda serrée contre lui un moment.

— Tu as fait ce que tu devais faire. C'était lui ou nous. Tu ne le sais pas ?

Elle acquiesça, la tête nichée contre sa poitrine.

— Avery, ça me fait point le même effet, mais Dave...

— Dépêchons, dit Roland. Quelqu'un a pu entendre les coups de feu et ne pas les confondre avec autre chose. C'est Sheemie qui a fait partir les pétards ?

Elle fit un signe affirmatif.

— Je vous ai apporté des vêtements. Des chapeaux et des ponchos.

Susan se précipita vers la porte, l'ouvrit, jeta un coup d'œil à l'extérieur dans les deux sens, puis se coula dans l'obscurité qui gagnait de plus en plus.

Cuthbert recouvrit le visage de l'Adjoint Dave du poncho carbonisé.

— Male chance, collègue, dit-il. Tu as été pris entre deux feux, hein ? Tu devais pas être un si mauvais bougre.

Susan rentra, croulant sous le harnachement volé, qu'on avait fixé à la selle de Caprichoso. Sheemie, sans qu'on ait besoin de le lui dire, était déjà parti s'acquitter de sa prochaine mission. Si le garçon de salle était à demi demeuré, alors Susan avait connu un tas de gens fonctionnant au quart ou au huitième de ses facultés.

— Où tu as pris tout ça ? demanda Alain.

— Au Repos des Voyageurs. Et ce n'est point *moi* qui l'ai pris, mais Sheemie.

Elle leur tendit les chapeaux.

— Vite. Le temps presse.

Cuthbert distribua les couvre-chefs. Roland et Alain s'étaient déjà affublés de leurs ponchos ; avec les chapeaux enfoncés jusqu'aux yeux, on les prendrait pour de simples *vaqueros* de l'Aplomb, dans toute la Baronnie.

— Où va-t-on ? demanda Alain, quand ils sortirent sur le porche.

Ce côté-ci de la rue était toujours désert et plongé dans le noir. Les coups de feu n'avaient absolument pas attiré l'attention.

— Chez Hookey, pour commencer, répondit Susan. C'est là que se trouvent vos chevaux.

Leur petit groupe de quatre descendit la rue. Capi n'était plus là ; Sheemie avait emmené le mulet. Le cœur de Susan battait la chamade et en dépit de la sueur qui mouillait son front, elle avait froid. Qu'on qualifie ou non de meurtre ce qu'elle venait de faire, elle n'en avait pas moins mis un terme à deux existences ce soir et franchi une ligne qu'elle ne pourrait jamais refranchir dans l'autre sens. Elle l'avait fait pour Roland, pour celui qu'elle aimait, mais le simple fait de savoir qu'elle n'aurait point pu agir autrement lui offrait une légère consolation.

Soyez donc heureux ensemble, perfides ! Assassins ! Grugeurs ! Par les cendres sois maudite !

Susan prit la main de Roland et, quand il la pressa, elle lui rendit sa pression. Alors, levant les yeux vers la Lune du Démon dont la face cruelle, évacuant sa teinte colérique rouge orangé, s'argentait, elle songea qu'en tirant sur le pauvre et scrupuleux Dave Hollis, elle avait payé son amour du prix le plus élevé qui soit — celui de son âme. Si Roland la quittait maintenant, la malédiction de sa tante serait accomplie, car ne subsisteraient plus que des cendres.

Chapitre 9

La Moisson

1

A leur entrée dans l'écurie, éclairée par la maigre lumière d'une unique lampe à gaz, une ombre surgit de l'une des stalles. Roland, qui avait accroché à sa ceinture ses deux pistolets, les dégaina aussitôt. Sheemie le dévisagea avec un sourire incertain, un étrier à la main. Puis son sourire s'élargit et, les yeux brillant de joie, il se précipita à leur rencontre.

Roland rangea ses armes dans leur étui et s'apprêta à donner l'accolade au simplet, mais Sheemie le dépassa en courant pour aller se jeter dans les bras de Cuthbert.

— Houlà, houlà, fit Cuthbert, qui vacilla comiquement sous le choc, avant de soulever Sheemie de terre. On dirait que t'as envie de m'envoyer par terre, mon garçon !

— Elle vous a sorti d'là-bas d'dans ! s'écria Sheemie. J'savais qu'elle y arriv'rait, la brav' Susan, oui-da !

Sheemie la chercha du regard et l'aperçut près de Roland. Elle était encore un peu pâle, mais paraissait s'être reprise. Sheemie, se retournant alors vers Cuthbert, lui colla un baiser au beau milieu du front.

— Houlà, répéta Bert. Que me vaut tant d'honneur ?

— J'vous aime, moi, mon bon Arthur Heath ! Vous m'avez sauvé la vie !

— Bon, admettons, fit Cuthbert en riant avec embarras (son *sombrero* d'emprunt, bien trop grand, était posé de travers sur sa tête, effet du plus haut comique). Mais si on tarde encore, je ne te l'aurai pas sauvée longtemps.

— Les chevaux sont sellés, dit Sheemie. Susan m'a dit d'l'faire, alors j'l'ai fait. Et tout comme y faut. Y m'reste plus qu'à fixer cet étrier au cheval de Messire Stockworth, parce qu'y en a un tout usé.

— Ça peut attendre, fit Alain, prenant l'étrier et le mettant de côté. Puis, se tournant vers Roland, il ajouta : « Où va-t-on ? »

La première idée de Roland fut qu'ils devaient retourner au mausolée de Thorin.

Sheemie exprima une horreur instantanée.

— A l'ossuaire ? Et avec la Lune du Démon à son plein ?

Il fit non de la tête si violemment que sa *sombrera* valsa et, dans le mouvement, ses cheveux accentuèrent son refus.

— Sont morts là-bas, *sai* Dearborn, mais si vous v'nez les chatouiller sous la Lune du Démon, y sont cap' de s'l'ver et d'marcher !

— Ce n'est point une bonne idée de toute façon, dit Susan. Les femmes de la ville doivent être en train de joncher de fleurs le parcours depuis Front de Mer et d'en emplir aussi le mausolée. Olive, à leur tête, si elle en a la force. De plus, il y a de fortes chances que ma tante et Coraline leur tiennent compagnie. Et il vaudrait mieux pour nous éviter de rencontrer ces dames, non ?

— Très bien, fit Roland. Tous à cheval et partons. Réfléchis à la question, Susan. Toi aussi, Sheemie. Il nous faut un endroit où nous cacher jusqu'à l'aube et que nous pouvons rallier en moins d'une heure. Près de la Grand-Route et situé partout, sauf au nord-ouest d'Hambry.

— Pourquoi pas au nord-ouest ? demanda Alain.

— Parce que c'est là qu'on se dirige maintenant. Nous avons une tâche à accomplir... et nous allons faire savoir que nous l'accomplissons. A Eldred Jonas, tout particulièrement.

Un sourire fine lame lui fendit le visage.

— Je veux qu'il sache que la partie est finie. Fini, les Castels. Les *vrais* pistoleros sont là. Et on va voir s'il peut moyenner avec eux.

2

Une heure après, la lune bien au-dessus de la cime des arbres, le *ka-tet* de Roland atteignit le pétroléum de Citgo. Ils avaient cheminé parallèlement à la Grand-Route par mesure de sécurité, mais la précaution se révéla inutile : ils ne croisèrent pas l'ombre d'un cavalier. *On dirait que la Moisson a été annulée, cette année*, songeait Susan... puis l'image des pantins de chiffons aux mains rouges la fit frissonner. Ils auraient teint les mains de Roland en rouge, demain soir et pouvaient encore le faire, si jamais ils se faisaient prendre. *Pas que les siennes, d'ailleurs. Les nôtres aussi, celles de Sheemie comprises.*

Ils abandonnèrent leurs chevaux (et Caprichoso, qui avait trotté en renâclant mais prestement néanmoins derrière eux, au bout de sa longe) attachés à une station de pompage depuis longtemps hors service dans la partie sud-est du pétroléum ; puis se dirigèrent lentement vers les derricks encore en activité, regroupés dans le même périmètre. Ils chuchotaient pour se parler. Roland doutait que ce fût nécessaire, mais chuchoter semblait assez naturel dans ces parages. Pour Roland, Citgo était bien plus spectrale que le cimetière où il doutait fort que la Vieille Lune du Démon réveillât les morts ; il y avait par contre ici des cadavres *pas du tout* en repos, des zombies piaillards actionnant leurs trépans rouillés, comme s'ils marchaient bizarrement au pas, au clair de lune.

Roland les entraîna cependant dans cette zone d'activité du pétroléum, au-delà d'un écriteau où on lisait VOUS N'AVEZ PAS OUBLIÉ VOTRE CASQUE ? puis d'un autre, PRODUCTION DU PÉTROLE, SÉCURITÉ DU RAFFINAGE. Ils firent halte au pied d'un derrick qui grinçait si fort que Roland dut crier pour se faire entendre.

Sheemie ! Passe-moi deux de ces big bangueurs !

Ce dernier, après avoir puisé dans les sacoches de selle de Susan, en avait fourré une poignée dans ses poches. Il lui en tendit deux. Roland tira Bert en avant, le prenant par le bras. Une clôture métallique rouillée entourait le derrick en carré. A l'instant où les deux garçons tentaient de l'escalader, les fils horizontaux se rompirent avec un bruit d'ossements tombant en poussière. Ils échangèrent un regard, nerveux et amusés, à la clarté de la lune où couraient des ombres mécaniques. Susan tira Roland par la manche.

— *Sois prudent !* hurla-t-elle pour couvrir le *whomp-whomp-whomp* rythmique des derricks. A ce que vit Roland, elle n'avait pas peur, elle était seulement pleine d'excitation et sur la brèche.

Il sourit et, l'attirant à lui, lui baisa le lobe de l'oreille.

— Prépare-toi à courir, murmura-t-il. Si on réussit notre coup, il va y avoir une chandelle de plus à Citgo. Énormissime !

Cuthbert et lui passèrent sous l'entretoise la plus basse et, grimaçant dans cette cacophonie, examinèrent de près la tour rouillée du derrick. Roland s'étonna que l'équipement ne soit pas tombé en morceaux des années plus tôt. La plupart des mécanismes étaient logés dans des blocs métalliques, mais il aperçut une sorte de tige gigantesque qui tournait sur son axe, luisant de l'huile que des jets automatiques devaient lui fournir. Alentour, flottait une odeur de gaz qui lui rappela la tuyère et ses flamboiements alternés, sur l'autre versant du pétroléum.

— *Des pets de géant !* cria Cuthbert.

— *Quoi ? Qu'est-ce que tu dis ?*

— *Que ça pue comme... bah, pas d'importance ! Faisons-le si on peut... tu crois qu'on peut ?*

Roland n'en savait rien. Il s'approcha de la machinerie qui crissait sous des capots métalliques peints d'un vert fané et enduits de rouille. Les deux amis enfilèrent un court passage empuanti, où régnait une chaleur de fournaise, qui les mena exactement sous le derrick. Devant eux, la tige qui terminait le piston tournait sans relâche sur son axe, versant des larmes huileuses sur ses côtés lisses. Tout près se trouvait un tuyau courbe — pour déverser le trop-plein, à tous les coups, se dit Roland. Un peu de pétrole brut gouttait de temps à autre du conduit et allait grossir une mare noirâtre juste en dessous. Roland la désigna à Cuthbert qui opina.

Crier ne servirait à rien ici ; le monde n'était plus qu'un tintamarre grondant percé de couinements. Roland, posant une main sur le cou de son ami, approcha son oreille de ses lèvres ; de l'autre, il lui agita un *big bangueur* devant les yeux.

— Allume-le et cours, fit-il. Je vais le tenir et te laisser le plus de marge possible. C'est autant dans mon intérêt que dans le tien. Je veux que la voie soit libre quand je rebrousserai chemin parmi toute cette machinerie, tu m'as compris ?

Cuthbert opina derechef, les lèvres de Roland collées à son oreille, puis tourna la tête du pistolero pour lui souffler selon le même mode :

— Et si jamais y avait assez de gaz pour embraser l'air à la première étincelle ?

Roland recula d'un pas. Et leva les mains, signifiant par là : « Comment savoir ? » Cuthbert éclata de rire et sortit une boîte d'allumettes soufrées, qu'il avait raflées dans le bureau d'Avery avant de partir. Il demanda d'un haussement de sourcils à Roland s'il était prêt. Ce dernier fit oui de la tête.

Le vent soufflait fort mais, sous le derrick, la machinerie environnante l'arrêtait et la flamme de l'allumette s'éleva bien droite. Roland leva le *big bangueur* et un souvenir douloureux de sa mère lui revint brièvement : combien elle détestait ces trucs-là, ayant toujours été persuadée qu'il y laisserait un œil ou un doigt, un jour ou l'autre.

Cuthbert se tapota la poitrine au-dessus du cœur, puis baisa la paume de sa main — le geste universel pour conjurer le sort. Il approcha alors la flamme de la mèche du pétard. Elle se mit à grésiller. Bert se tourna, fit mine de shooter dans l'un des capots métalliques protégeant les mécanismes — du Bert tout craché, se dit Roland ; il plaisanterait, la corde de la potence autour du cou — et s'engouffra comme l'éclair dans le corridor qu'ils avaient emprunté à l'aller.

Roland garda en main le pétard aussi longtemps qu'il l'osa. Puis le balança dans le tuyau de trop-plein. Il se détourna, visage crispé, s'attendant à demi à ce que redoutait Bert : que l'air n'explose. Mais rien de tel ne se produisit. Il dévala la courte allée et, surgissant à découvert, aperçut Cuthbert planté devant la clôture rompue. Roland le chassa en tapant dans ses mains — *cours, imbécile, cours* — mais alors l'univers explosa derrière lui.

Ce fut comme un gigantesque rot venu des entrailles mêmes de la terre. Il eut l'impression d'avoir les tympans repoussés dans l'oreille interne et qu'on lui aspirait le souffle. Le sol tangua sous ses pieds comme le pont d'un navire sous le roulis et une grosse main chaude plaquée au milieu de son dos le précipita en avant. Il courut quelques enjambées sous cette formidable poussée — du moins le crut-il — avant d'être soulevé du sol et projeté contre la clôture, où Cuthbert ne l'attendait plus. Ce dernier, les quatre fers en l'air, fixait avec effarement un point au-delà de son pistolero d'ami. Roland n'en perdit pas une miette, car il faisait à présent à Citgo aussi clair qu'en plein jour. Ils avaient allumé leur propre feu de joie de la Moisson, à ce qu'il semblait, avec une nuit d'avance et bien plus d'éclat que celui de la ville ne pouvait espérer en avoir jamais.

Se glissant à genoux jusqu'à Cuthbert, il passa un bras sous le sien. Derrière eux, s'éleva un énorme rugissement accompagné d'un bruit de déchirure et bientôt de gros morceaux de métal se mirent à pleuvoir autour d'eux. Ils se relevèrent et rejoignirent en courant Alain qui tentait de protéger Susan et Sheemie en leur faisant un écran de son corps.

Roland jeta un bref coup d'œil derrière lui : ce qui restait debout du derrick — la moitié environ — avait pris une teinte d'un noir rougeâtre, proche d'un fer à cheval chauffé à blanc, et encageait une torche d'un jaune flamboyant qui s'élevait à près de cinquante mètres dans le ciel. Ce n'était qu'un début. Il ignorait combien d'autres derricks ils pourraient incendier avant qu'on n'arrive de la ville, mais il était déterminé à en embraser le plus possible, quels que soient les risques. Faire sauter les citernes à la Roche Suspendue n'était que la moitié du boulot. Il fallait tarir la source d'approvisionnement de Farson.

Lancer de nouveaux pétards dans d'autres conduites de trop-plein se révéla inutile. Il existait tout un réseau de canalisations en interconnexion sous le pétroléum, remplies pour la plupart de gaz naturel qui s'y était infiltré par des joints auxquels le temps avait fait perdre de leur étanchéité. Roland et Cuthbert avaient à peine rejoint le reste du groupe qu'une nouvelle explosion se faisait entendre et qu'une nouvelle tour de flammes faisait éruption d'un derrick situé à droite de celui qu'ils venaient d'incendier. Un instant plus tard, un troisième derrick — situé celui-ci à une bonne centaine de mètres des deux autres — explosa avec un rugissement de dragon. La partie métallique se détacha des piles de béton qui l'ancrait, comme une dent d'une gencive pourrie. Elle s'éleva sur un coussin enflammé, bleu et jaune, jusqu'à une hauteur d'environ vingt mètres, avant de gîter et de venir s'écraser au sol dans un vomissement d'étincelles, s'éparpillant aux quatre vents.

Un autre. Puis un autre. Et encore un autre.

Les cinq jeunes gens, ébahis, demeurèrent postés dans leur coin, se protégeant les yeux pour éviter d'être aveuglés. Le pétroléum, illuminé maintenant comme un gâteau d'anniversaire, dégageait la chaleur d'un énorme brasier.

— Miséricorde, murmura Alain.

S'ils s'attardaient encore un peu, Roland prit conscience qu'ils allaient griller comme du pop-corn. Il fallait penser aussi aux chevaux ; ils avaient beau être loin du foyer central des explosions, il était rien moins que certain que ledit foyer ne se déplacerait pas ; les flammes n'avaient déjà fait qu'une bouchée de deux derricks à l'abandon. Les chevaux risquaient de devenir fous de terreur.

Enfer et damnation, il l'était bien, *lui.*

— Allons-y ! hurla-t-il.

Et ils coururent tous vers leurs montures sous ce scintillement jaune orangé changeant.

3

Au début, Jonas crut que tout se passait dans sa tête — que les explosions étaient une partie intrinsèque de leur façon de faire l'amour.

Faire l'amour, à d'autres ! Faire l'amour, foutaises ! Lui et Coraline faisaient autant l'amour qu'un âne, des additions. Mais ce n'était quand même pas *rien*. Ah pour ça oui, c'était *quelque chose*.

Certes, il avait déjà connu des femmes ardentes dans sa vie, de celles qui attisent en vous une fournaise et l'entretiennent en vous dévorant avidement des yeux tandis qu'elles pompent activement des hanches ; mais jusqu'à Coraline, nulle autre femme n'avait eu le don de faire vibrer si puissamment une corde sensible en lui et avec une telle harmonie. Sur le plan sexuel, il avait toujours été le genre d'homme à prendre ce qui se présentait pour mieux l'oublier. Mais avec Coraline, il n'avait qu'une idée, recommencer, encore et toujours. Dès qu'ils étaient ensemble, ils s'accouplaient comme des chats ou des furets, griffant et crachant, avec force soubresauts ; ils se mordaient, s'injuriaient et, jusqu'à maintenant, n'étaient toujours pas rassasiés l'un de l'autre ni près de l'être. Aux côtés de Coraline, Jonas avait parfois l'impression de frire à feu doux.

Ce soir s'était tenue une réunion de l'Association du Cavalier, devenue peu ou prou ces derniers jours l'Association John Farson. Jonas avait mis ces membres au courant des derniers développements de la situation, répondu à leurs questions stupides tout en s'assurant qu'ils comprenaient bien ce qu'ils devraient faire le lendemain. Une fois cela réglé, il était allé inspecter Rhéa, qu'on avait installée dans l'ancienne suite de Kimba Rimer. Celle-ci n'avait même pas remarqué Jonas glisser la tête par la porte pour lui jeter un coup d'œil. Trônant dans le bureau à haut plafond et tapissé de livres de Rimer, assise dans le fauteuil en tapisserie de Rimer, devant la table de travail en bois de fer de Rimer, elle avait l'air aussi déplacée que la petite culotte d'une putain sur l'autel d'une église. Sur le bureau se trouvait posé l'Arc-en-Ciel du Magicien. Elle passait et repassait ses mains au-dessus du cristal en marmonnant avec un débit précipité. Mais la boule de cristal restait obstinément opaque et sombre.

Jonas l'avait enfermée à double tour avant d'aller retrouver Coraline. Cette dernière l'attendait dans le salon où le Parloir aurait dû avoir lieu le lendemain. Les chambres ne manquaient pas dans cette aile-là, cependant, elle l'avait conduit dans celle de feu son frère... Que le hasard n'eût rien à voir là-dedans, Jonas en restait persuadé. Et ils avaient fait l'amour sur le lit à baldaquin qu'Hart Thorin ne partagerait jamais avec sa gueuse.

Ce fut féroce, comme à leur accoutumée, et Jonas approchait de l'orgasme quand retentit l'explosion du premier derrick. *Bordel, quelle femme*, songeait-il. *Elle n'a jamais eu sa pareille au monde, sacredieux...*

Puis deux nouvelles explosions se succédèrent rapidement et Coraline s'immobilisa un instant sous lui avant de se remettre à jouer du bassin.

— Citgo, fit-elle d'une voix rauque et pantelante.

— Ouair, grogna-t-il, rejoignant le mouvement.

Faire l'amour avait perdu tout intérêt pour lui, mais ils avaient tous deux atteint le point où il leur était désormais impossible d'arrêter, même sous peine de mort ou de démembrement.

Deux minutes plus tard, nu comme un ver, le pénis encore en érection, vaguant de-ci de-là telle l'image qu'un demeuré se ferait d'une baguette magique, il gagna à grandes enjambées le balcon riquiqui de Thorin. Coraline le talonnait, elle aussi nue comme au premier jour.

— Qu'est-ce qui te prend ? tempêta-t-elle au moment où Jonas ouvrait en grand la porte-fenêtre donnant sur le balcon. J'aurais pu encore jouir deux, trois fois !

Jonas l'ignora purement et simplement. La contrée au nord-ouest n'était qu'obscurité argentée de lune... sauf à l'emplacement du pétroléum. On voyait là un noyau lumineux d'un jaune ardent. Il semblait prendre de l'ampleur et de la brillance tandis qu'il le contemplait ; une succession d'explosions sourdes propageait son martèlement le long des lieues intermédiaires.

Il éprouvait un curieux obscurcissement de l'esprit — sensation qui ne l'avait pas quitté depuis que ce sale gamin de Dearborn, dans un fébrile accès d'intuition, l'avait reconnu pour ce qu'il était et qui il était. Faire l'amour à l'aimable et vigoureuse Coraline avait quelque peu dilué cette sensation mais, à présent, la vision de ce brasier échevelé qui, cinq minutes à peine auparavant, représentait les réserves pétrolières de l'Homme de Bien la lui restitua avec une intensité débilitante, telle une fièvre des marais qui a beau vous déserter à fleur de peau ne s'en dissimule pas moins au cœur de l'os, ne vous lâchant jamais vraiment. *Tu es dans l'Ouest*, lui avait dit Dearborn. *L'âme d'un homme tel que toi ne peut jamais quitter l'Ouest.* Bien sûr, c'était la vérité, mais il n'avait pas besoin que ce sale ouistiti de Will Dearborn la lui dise... or, maintenant que c'était chose dite, une part de lui-même ne pouvait se l'ôter de la tête.

Cet enculé de Will Dearborn. Où étaient-ils exactement à l'heure actuelle, lui et ses deux copains aux belles manières ? Dans le *calabozo* d'Avery ? Jonas n'y croyait pas. Plus maintenant.

De nouvelles explosions déchirèrent la nuit. Là en bas, des hommes, qui avaient couru et crié à tout va dans la foulée des assassinats du petit matin, couraient et hurlaient de nouveau.

— Le plus gros feu d'artifice de la Moisson qu'il y ait jamais eu, dit Coraline à voix basse.

Avant que Jonas ait pu répondre, on tambourina violemment à la porte de la chambre. Une seconde plus tard, elle s'ouvrit à la volée et Clay Reynolds traversa lourdement la pièce, vêtu de son seul blue-jean. Il avait le cheveu hirsute et l'œil égaré.

— Mauvaises nouvelles d'en ville, Eldred, dit-il. Dearborn et les deux autres blancs-becs de l'Intérieur...

Trois nouvelles explosions se chevauchèrent quasiment. Au-dessus du pétroléum en flammes de Citgo, une grosse boule de feu rouge orangé s'éleva paresseusement dans le noir de la nuit, puis pâlit avant de disparaître. Reynolds rejoignit les deux autres sur le balcon et se tint entre eux à la balustrade, sans prendre garde à leur nudité. Les yeux pleins d'étonnement, il regarda croître puis se dissiper la boule de feu. Elle s'évapora comme les gamins s'étaient évaporés, eux aussi. Jonas sentit cette si curieuse et déprimante morosité l'assaillir à nouveau.

— Comment ont-ils fait pour s'enfuir ? demanda-t-il. Tu le sais ? Est-ce qu'Avery le sait ?

— Avery est mort. L'adjoint qui était avec lui, aussi. C'est un autre adjoint, Todd Bridger, qui les a découverts... Eldred, dis-moi, qu'est-ce qui se passe là-bas ? Qu'est-ce qui est arrivé ?

— Oh, mais ce sont vos petits garçons, intervint Coraline. Ils n'ont point mis longtemps à fêter la Moisson à leur manière, hein ?

Leur cran va jusqu'où ? s'interrogea Jonas. C'était une bonne question — peut-être la seule qui comptait. Avaient-ils fini de nuire... ou à peine commencé ?

Une fois de plus, il souhaita être ailleurs — loin de Front de Mer, loin d'Hambry, loin de Mejis. Tout soudain, il désira plus que tout être à des milles, des lieues, des roues de là. Il était sorti d'un bond de derrière sa Butte, il était trop tard pour battre en retraite et il se sentait terriblement exposé.

— Clay.

— Oui, Eldred ?

Mais les yeux — et les pensées — de ce dernier étaient encore pleins de la conflagration de Citgo. Jonas, le prenant par l'épaule, le fit pivoter vers lui. Jonas sentit, avec un soulagement certain, son esprit passer à la vitesse supérieure pour examiner chaque point de détail. Cette bizarre humeur noire empreinte de fatalisme recula, puis le quitta définitivement.

— Combien d'hommes, ici ? demanda-t-il.

Reynolds réfléchit en fronçant le sourcil.

— Trente-cinq, à peu près, fit-il.

— Combien sont armés ?

— De flingues ?

— Non, de sarbacanes, figure-toi, triple buse.

— Peut-être...

Reynolds se tripotait la lèvre, fronçant le sourcil de plus belle.

— Peut-être, une dizaine... avec des flingues comme qui dirait en bon état de marche.

— Et les gars de l'Association du Cavalier ? Sont encore là ?

— Je crois bien.

— Va m'chercher Lengyll et Renfrew. Au moins, t'auras pas à les réveiller ; ils sont *debout* tous tant qu'ils sont et la plupart, là, en bas.

Jonas désigna de son pouce baissé la cour d'entrée.

— Dis à Renfrew de rassembler une avant-garde. Avec des hommes armés. Huit ou dix au mieux, mais cinq, je prends quand même. Fais atteler la carriole de la vieille au plus robuste poney que tu trouveras. Et dis de ma part à ce vieux con de Miguel que si jamais le poney qu'il nous choisit meurt entre les brancards, d'ici à la Roche Suspendue, il pourra se fourrer ses couilles dans les oreilles pour se protéger du bruit.

Coraline Thorin poussa un bref éclat de rire de gorge. Reynolds lui lança un coup d'œil, gratifia ses seins d'un deuxième plus appuyé, puis, s'en détachant avec peine, fixa Jonas à nouveau.

— Où est Roy ? demanda ce dernier.

Reynolds leva les yeux au plafond.

— Au second. Avec une petite bonniche.

— Fous-le-moi hors du pieu à coups de pied au cul, dit Jonas. Son boulot, c'est de veiller à ce que la vieille garce fasse ses préparatifs.

— On s'en va ?

— Dès que possible. Toi et moi, en premier, avec les gars de Renfrew. Lengyll suivra avec le reste de la troupe. Je veux juste que tu t'assures qu'Hash Renfrew vient avec nous, Clay ; ce type a du sable du désert dans le sang.

— Et qu'est-ce qu'on fait des chevaux de l'Aplomb ?

— T'occupe de ces putains de canassons.

Il y eut une nouvelle explosion du côté de Citgo et une autre boule de feu flotta dans le ciel. Jonas ne distinguait ni les nuées de fumée noire ni ne sentait l'odeur de pétrole : le vent soufflant d'est en ouest devait les éloigner de la ville.

— Mais...

— Il n'y a pas de mais. Fais ce que je te dis.

Jonas percevait maintenant ses priorités selon une échelle clairement définie. Et les chevaux étaient tout en bas — Farson pourrait en trouver presque partout, bons dieux. Juste au-dessus venaient les citernes rassemblées à la Roche Suspendue. Elles étaient plus importantes que jamais, à présent que la source était tarie. Qu'ils perdent les citernes, les Grands Chasseurs du Cercueil pourraient faire une croix sur leur retour au bercail.

Cependant, comptant plus que tout le reste réuni, il y avait le petit fragment de l'Arc-en-Ciel du Magicien de Farson. C'était le seul article irremplaçable. Si toutefois il devait se briser, que ce soit après avoir été confié aux bons soins de George Latigo et pas sous la garde d'Eldred Jonas.

— Active-toi, dit-il à Reynolds. Depape nous suivra avec les hommes de Lengyll. Toi, tu viens avec moi. Allez, bouge, Va tout préparer.

— Et moi ? demanda Coraline.

Il l'attira à lui.

— Je t'ai pas oubliée, chérie, dit-il.

Coraline approuva et lui passa la main entre les jambes, oubliant que Clay Reynolds n'en perdait pas une miette.

— Si fait, dit-elle. Moi non plus, je t'ai point oublié.

4

Ils s'échappèrent de Citgo : les oreilles leur tintaient, ils étaient légèrement roussis sur les bords, mais pas vraiment blessés. Sheemie était monté en croupe derrière Cuthbert et Caprichoso, au bout de sa longe, galopait en queue.

Ce fut Susan qui suggéra l'endroit où ils devaient se replier et, comme la plupart des solutions, elle leur parut complètement évidente... une fois formulée. Ainsi donc, peu après que la Veille de la Moisson ait cédé la place au Matin de la Moisson, ils arrivèrent tous les cinq à la cabane de la Mauvaise Herbe où Susan et Roland s'étaient maintes fois retrouvés pour faire l'amour.

Cuthbert et Alain déroulèrent les couvertures, puis s'y installèrent pour examiner les armes qu'ils avaient récupérées dans le Bureau du Shérif. Ils y avaient également retrouvé la fronde de Bert.

— Ce sont de bons calibres, dit Alain, qui en tenait un, barillet relevé, et jetait un coup d'œil dans le canon, en clignant. Si leur tir est précis, je crois qu'on peut s'en servir, Roland.

— J'aimerais bien qu'on ait avec nous la mitraillette de ce ranchero, dit Alain avec un air de vague regret.

— Tu sais ce que Cort dirait d'une arme de ce genre ? demanda Roland.

Cuthbert éclata de rire. Alain l'imita bientôt.

— Qui est Cort ? demanda Susan.

— Le vrai dur qu'Eldred Jonas s'imagine être, lui répondit Alain. C'était notre instructeur.

Roland proposa qu'ils dorment une heure ou deux — car le jour à venir promettait d'être rude. Il ne se sentit pas le cœur de préciser qu'il pourrait être aussi leur dernier.

— Alain, tu es à l'écoute ?

Ce dernier opina, sachant parfaitement que Roland ne faisait allusion ni à son ouïe ni à sa capacité d'attention.

— Tu entends quelque chose ?

— Pas encore.

— Persévère.

— Oui... mais je ne peux rien promettre. Le *shining* est hasardeux. Tu le sais aussi bien que moi.

— Contente-toi de persévérer.

Sheemie avait soigneusement étendu deux couvertures dans le coin près de celui qu'il proclamait son meilleur ami.

— Lui, c'est Roland... et *lui*, c'est Alain... qui êtes-vous, mon bon Arthur Heath ? Qui êtes vous vraiment, Messire ?

— Je m'appelle Cuthbert.

Il lui tendit la main.

— Cuthbert Allgood. Enchanté, enchanté et encore enchanté.

Sheemie serra la main qu'on lui tendait et se mit à pouffer. C'était si joyeux, si inattendu que tous les autres ne purent réprimer un sourire. Sourire provoqua une douleur chez Roland qui subodora qu'il avait dû se récolter une bonne brûlure au visage pour s'être trouvé dans la proximité immédiate des derricks quand ils avaient explosé.

— Cul-ce-Berthe, répéta Sheemie, pouffant de plus belle. Oh mes dieux, qu'il est marrant vot'nom, ça m'étonne plus qu'vous l'soyez autant. Cul-ce-Berthe, ah ah ah, elle est bonne, elle est bien bonne, celle-là.

Cuthbert approuvait du chef en souriant.

— Je le tue tout de suite, Roland, maintenant qu'il ne nous sert plus à rien ?

— Épargnons-le encore un peu, non ? répondit Roland.

Puis se tournant vers Susan, et son sourire s'effaça, il ajouta :

— Tu veux bien venir faire un tour avec moi, Sue ? J'aimerais te dire quelque chose.

Levant les yeux vers lui, elle tenta de déchiffrer son expression.

— D'accord.

Elle lui tendit la main, Roland la prit et ils s'éloignèrent au clair de lune. Et baignée par cette clarté, Susan sentit l'épouvante prendre possession de son cœur.

5

Ils avançaient en silence, foulant l'herbe parfumée, à laquelle les chevaux et les vaches trouvaient bon goût même si, une fois ingérée, elle leur faisait gonfler la panse jusqu'à ce que mort s'ensuive. L'herbe était haute — dépassant d'un bon pied la tête de Roland — et encore aussi verte qu'en été. Des enfants s'égaraient parfois dans la Mauvaise Herbe et succombaient, mais Susan n'avait jamais redouté de s'y trouver avec Roland, même en l'absence de repères célestes pour se guider ; son sens de l'orientation était d'une perfection mystérieuse.

— Tu m'a désobéi, Sue, rapport aux revolvers, finit-il par dire.

Elle le regarda, sourire aux lèvres, mi-amusée, mi-irritée.

— Tu as envie de retrouver ta cellule, alors ? Avec tes amis ?

— Non, bien sûr que non. Tu as fait preuve d'une telle bravoure ! dit-il en l'étreignant et en l'embrassant.

Quand il s'écarta d'elle, tous deux respiraient fort. Il lui saisit les bras et la regarda au fond des yeux.

— Mais tu ne dois pas me désobéir cette fois.

Elle soutint son regard et se tut.

— Tu sais, reprit-il. Tu sais ce que je vais te demander.

— Si fait, peut-être.

— Alors, dis-le. Il vaut peut-être mieux que ce soit toi que moi qui le dises.

— Je dois rester à la cabane tandis que toi et les autres, vous vous en irez. Et Sheemie restera avec moi.

Il fit oui de la tête.

— Tu veux bien ? *Dis-le-moi.*

Elle songea combien le revolver de Roland lui avait paru affreusement peu familier pendant qu'elle l'avait en main, dissimulé sous le poncho ; elle revit l'air incrédule de Dave quand la balle qu'elle lui avait tirée en pleine poitrine l'avait percuté violemment ; elle se souvint qu'elle avait tenté de tuer une première fois le Shérif Avery et n'avait réussi qu'à mettre le feu à ses propres vêtements, bien qu'Avery fût juste en face d'elle.

D'autre part, ils n'avaient point d'arme pour elle (à moins qu'elle ne prenne l'une de celles de Roland), elle ne savait d'ailleurs pas très bien s'en servir... et, plus important encore, elle ne *voulait pas* s'en servir. Dans ces circonstances, et avec en outre Sheemie à prendre en considération, il valait mieux qu'elle se tienne à l'écart.

Roland attendait patiemment. Elle acquiesça.

— Sheemie et moi, nous t'attendrons. Je t'en fais la promesse.

Il eut un sourire soulagé.

— Maintenant, à ton tour d'être honnête avec moi, Roland.

— Si ça m'est possible.

Elle leva les yeux vers la lune, frissonna en y voyant ce visage de mauvais augure et regarda Roland à nouveau.

— Y a-t-il une chance que tu viennes me retrouver ?

Il retourna la chose dans sa tête, sans lui lâcher les bras.

— Plus grande que ne le croit Jonas, finit-il par répondre. Nous nous posterons en lisière de la Mauvaise Herbe et serons en mesure de détecter sa venue assez bien.

— Si fait, grâce à la troupe de chevaux que j'ai aperçue...

— Il viendra peut-être sans eux, dit Roland, ignorant combien par là il recoupait le raisonnement de Jonas. Mais ses hommes feront du bruit, même sans les chevaux. S'ils sont assez nombreux, nous les verrons aussi... ils traceront une ligne dans l'herbe comme une raie dans les cheveux.

Susan approuva. Elle avait maintes fois assisté au phénomène depuis les hauteurs de l'Aplomb — cette mystérieuse partition de la Mauvaise Herbe par les cavaliers qui y chevauchaient.

— Mais s'ils te recherchent, Roland ? Si jamais Jonas envoie des éclaireurs ?

— Je doute fort qu'il se donne autant de mal, fit Roland avec un haussement d'épaules. Si c'est le cas, on les tuera. Et en silence, si c'est possible. On nous a entraînés à tuer ; on n'hésitera pas à le faire.

A son tour, elle lui agrippa les bras. Elle avait l'air impatiente et effrayée.

— Tu n'as point répondu à ma question. Y a-t-il une chance que tu viennes me retrouver ?

Il réfléchit encore.

— Une pour, une contre, à égalité, dit-il enfin.

Elle ferma les yeux, comme s'il l'avait frappée, inspira et expira profondément, rouvrit les yeux.

— Mauvais, mais peut-être point autant que je l'imaginais. Et si jamais tu n'en réchappes point ? Sheemie et moi, on s'en ira dans l'Ouest, comme tu me l'as déjà dit ?

— A Gilead, si fait. Tu y seras en sécurité et respectée, ma chérie, en dépit de tout... mais ce sera particulièrement important que tu t'en ailles si tu n'entends pas exploser les citernes. Tu le sais, n'est-ce pas ?

— Pour prévenir les tiens — ton *ka-tet*.

Roland opina.

— Je les préviendrai, n'aie crainte, dit-elle. Et je veillerai aussi sur Sheemie. Si nous sommes allés aussi loin, il y a pris autant de part que moi de mon côté.

Roland comptait sur Sheemie bien plus qu'elle ne l'imaginait. Si jamais lui, Bert et Alain se faisaient tuer, ce serait Sheemie qui la stabiliserait, lui donnerait une raison de continuer.

— Quand pars-tu ? demanda Susan. Avons-nous le temps de faire l'amour ?

— Oui, mais mieux vaut peut-être nous en abstenir, fit-il. C'est déjà bien assez dur de me séparer de toi sans ça. A moins que tu n'y tiennes vraiment...

Il la supplia à demi des yeux de lui répondre oui.

— Retournons nous reposer un peu, dit-elle en lui prenant la main.

Un instant, trembla sur ses lèvres l'aveu qu'elle portait son enfant mais, au dernier moment, elle garda le silence. Il avait suffisamment à penser sans venir y ajouter... et d'ailleurs, elle n'avait pas envie de lui annoncer une aussi bonne nouvelle sous une lune aussi vilaine. Ça ne leur porterait point chance.

Ils revinrent à travers l'herbe haute qui se redressait après leur passage. A l'extérieur de la cabane, il l'attira à lui et, prenant son visage entre ses mains, l'embrassa doucement encore une fois.

— Je t'aimerai toujours, Susan, dit-il. Contre vents et marées, ouragans et tempêtes.

Elle sourit. Et deux larmes roulèrent sur ses joues.

— Contre vents et marées, ouragans et tempêtes, répéta-t-elle.

Elle l'embrassa à nouveau, puis ils entrèrent.

6

La lune avait entamé son déclin quand un groupe de huit cavaliers franchit l'arche au-dessus de laquelle ENTREZ EN PAIX était inscrit en Grandes Lettres. Jonas et Reynolds chevauchaient en tête. Derrière eux venait la carriole noire de Rhéa, tirée par un poney qui paraissait doté d'assez de vigueur pour trotter toute la nuit et une bonne partie du jour suivant. Jonas avait voulu lui donner un cocher pour le mener, mais Rhéa avait refusé.

— J'me suis toujours mieux entendue avec les animaux qu'avec les humains, lui avait-elle rétorqué — et ça semblait être vrai. Les rênes reposaient mollement sur ses genoux et le poney allait bon train. Les autres hommes étaient Hash Renfrew, Quint et trois des meilleurs *vaqueros* de Renfrew.

Coraline avait voulu venir, mais Jonas n'avait pas la même vision des choses qu'elle.

— Si jamais nous sommes tués, tu pourras continuer ta vie plus ou moins comme avant, lui avait-il dit. Rien ne te rattachera à nous.

— Sans toi, je ne suis pas sûre que continuer à vivre m'intéresse, lui avait-elle répondu.

— Ah, arrête de dire des conneries d'écolière, ça ne te va pas du tout. Tu trouverais plein de bonnes raisons à poursuivre cahin-caha le fil du sentier, si tu voulais t'en donner la peine. Mais si tout se passe bien — ce que j'espère — et que tu veuilles toujours de moi, tu n'auras qu'à partir d'ici à bride abattue dès que tu auras eu vent de notre victoire. Il y a une ville dans les Monts Vi Castis, à l'ouest d'ici. Ritzy, elle s'appelle. File là-bas sur le cheval le plus rapide que tu pourras trouver. Tu y seras plusieurs jours avant nous, même si nous menons un train d'enfer. Déniche-toi une auberge respectable qui accepte de recevoir une femme seule... si toutefois pareil établissement existe à Ritzy. Et attends-nous. Dès qu'on arrivera avec les citernes, tu n'auras qu'à te joindre à notre colonne et venir à ma droite. Tu as compris ?

Oui. Une femme sur mille était comparable à Coraline Thorin — aussi maligne que Sa Seigneurie Satan en personne et baisant comme sa gueuse et putain. Si seulement les choses pouvaient se dérouler aussi simplement qu'il les lui avait décrites.

Jonas ralentit l'allure de sa monture de manière à avancer de conserve avec la carriole noire. Rhéa avait sorti le cristal de son sac et le tenait sur ses genoux.

— Du nouveau ? lui demanda-t-il, espérant revoir cette pulsation rose l'illuminer jusqu'au tréfonds et le redoutant à la fois.

— Nenni. Mais il parlera quand il le faudra — compte là-dessus.

— Alors à quoi tu sers, la vieille ?

— Tu le sauras, le moment venu, fit Rhéa, le dévisageant avec arrogance (et aussi avec une certaine crainte, fut-il ravi de constater).

Jonas éperonna son cheval et reprit la tête de la petite colonne. Il avait décidé de délester Rhéa de la boule de cristal si elle s'avisait de faire des difficultés. A vrai dire, le cristal avait déjà insinué son étrange et ensorcelante douceur dans l'esprit de Jonas ; il n'arrêtait pas de penser à cette unique pulsation rose qu'il n'avait que trop vue.

— *Mes couilles*, se dit-il. *Le trac avant la bataille, voilà ce que j'ai. Une fois cette affaire bouclée, je redeviendrai celui que j'ai toujours été.*

Bonne chose, si c'était la vérité. Mais il avait commencé à la mettre en doute.

Renfrew chevauchait près de Clay à présent. Jonas glissa sa monture entre eux deux. Sa mauvaise jambe lui faisait un mal de chien ; autre mauvais signe.

— Et Lengyll ? questionna-t-il Renfrew.

— N'ayez crainte. Faites confiance à Fran Lengyll, répondit ce dernier. Il rameute une bonne bande : trente hommes.

— Trente ! Ventredieux ! Je t'avais dit que j'en voulais quarante ! Quarante minimum !

Renfrew le mesura d'un coup d'œil, puis grimaça sous une rafale de vent mauvais, particulièrement frisquette. Il remonta son bandana sur le bas du visage, imitant à retardement les *vaqueros* qui suivaient.

— Ces trois blancs-becs, y vous font donc si peur, Jonas ?

— En tout cas, j'en ai peur pour nous deux, puisque tu es trop bête pour savoir qui ils sont et de quoi ils sont capables.

Il releva son propre bandana, se forçant à adopter un ton plus raisonnable. Mieux valait ménager ces paysans : il en avait besoin quelque temps encore. Une fois la balle dans le camp de Latigo, il lui serait loisible de changer d'attitude.

— Mais ça se pourrait qu'on ne les voie pas du tout.

— Probab' qu'y sont déjà à plus de dix lieues d'ici et qu'y galopent vers l'Ouest en crevant leurs chevaux, renchérit Renfrew. J'donnerais cher pour savoir comment y ont fait pour s'échapper.

Quelle importance, sombre abruti ? songea Jonas, sans exprimer sa pensée.

— Pour c'qui est des hommes de Lengyll, il aura pris les plus costauds sur qui il aura pu mettre la main — et si bataille il y a, ces trente-là s'battront comme soixante.

Jonas échangea un coup d'œil avec Clay. *Je veux le voir pour le croire*, lisait-on dans le regard de Reynolds, ce qui rappela à Jonas pourquoi il l'avait toujours préféré à Roy Depape.

— Combien sont armés ?

— D'flingues ? La moitié, p't-être. Doivent pas être à plus d'une heure derrière nous.

— Bien.

Au moins leurs arrières étaient couverts. Il faudrait faire avec. Et il était pressé de se débarrasser de ce maudit cristal.

Ah ? chuchota une petite voix intérieure, demi-folle et matoise, provenant du tréfonds de son être. *Ah, tiens, si pressé que ça ?*

Jonas l'ignorant, elle finit par se taire. Une demi-heure plus tard, ils quittèrent la route pour s'engager sur l'Aplomb. Devant eux, à quelques lieues de là, la Mauvaise Herbe ondulait sous le vent comme une mer d'argent.

7

A peu près au même moment où Jonas et sa troupe dévalaient l'Aplomb, Roland, Cuthbert et Alain remontaient en selle. Susan et Sheemie les regardaient faire, se tenant par la main, avec solennité, sur le seuil de la cabane.

— Tu entendras les explosions des citernes et tu sentiras la fumée, dit Roland. Même par vent contraire, tu la sentiras, je pense. Puis, moins d'une heure après, nouvelle fumée. Mais par là, cette fois, dit-il, pointant le doigt. Elle viendra des broussailles empilées à l'entrée du canyon.

— Et si on ne voit rien de tout ça ?

— Alors filez à l'ouest. Mais tu le verras, Sue, je te jure que tu le verras.

Elle s'avança, posa les mains sur sa cuisse et leva les yeux vers lui dans le clair de lune finissant. Il se pencha, lui saisit délicatement la nuque et l'embrassa à pleine bouche.

— Puisses-tu suivre ta course sans encombre, dit Susan en s'écartant de lui.

— Si fait, ajouta soudain Sheemie. Soyez fermes et loyaux, tous les trois.

Il s'avança à son tour et effleura timidement la botte de Cuthbert. Ce dernier se baissa et lui serra la main.

— Veille bien sur elle, mon vieux.

— J'y manquerai point, fit Sheemie avec sérieux.

— Allons, partons, dit Roland, sentant que, s'il regardait encore une fois le visage grave et solennel de Susan levé vers lui, il éclaterait en sanglots.

Ils s'éloignèrent lentement de la cabane. Avant que l'herbe, en se refermant derrière eux, ne les dérobe à la vue, Roland se retourna une dernière fois.

— Je t'aime, Sue.

Elle sourit. Un très beau sourire.

— Oiseau et ours, lièvre et poisson, prononça-t-elle.

Quand Roland la revit la fois suivante, elle était prisonnière du cristal du Magicien.

8

Ce que Roland et ses amis apercevaient à l'ouest de la Mauvaise Herbe était d'une beauté farouche et solitaire. Le vent, soulevant de grands rideaux de sable, en balayait le désert pierreux, et le clair de lune les transformait en fantômes se pourchassant. Par intervalles, la Roche Suspendue était visible à deux roues de distance et aussi l'entrée de Verrou Canyon, quelque deux roues plus loin. Parfois, on ne voyait plus ni l'une ni l'autre, masquées par les nuages de poussière. Derrière eux, l'herbe haute rendait un son mélodieux et apaisant.

— Comment ça va, vous deux ? demanda Roland. Bien ?

Ils opinèrent.

— Ça va tirailler dans tous les coins, à mon avis.

— Nous nous souviendrons du visage de nos pères, dit Cuthbert.

— Oui, approuva Roland, presque machinalement. On s'en souviendra très bien.

Il s'étira sur sa selle.

— Le vent nous avantage, pas eux — c'est un bon point. On les entendra venir. Et on pourra se faire une idée de leur nombre. Compris ?

Tous deux acquiescèrent.

— Si Jonas n'a pas encore perdu confiance en lui, il sera bientôt là, et en petit comité — avec les hommes armés qu'il aura pu rameuter à la va-vite — et il sera en possession du cristal. Dans ce cas-là, on leur tendra une embuscade, on les liquidera tous et on récupérera l'Arc-en-Ciel du Magicien.

Alain et Cuthbert l'écoutaient intensément, n'en perdant pas une miette. Le vent souffla en rafale et Roland dut plaquer une main sur son chapeau pour l'empêcher de s'envoler.

— Par contre, s'il redoute d'autres avanies de notre part, il viendra plus tard, avec le gros de la troupe. Si cela se produit, on les laissera passer... puis, si le vent continue à souffler et à se montrer amical envers nous, on leur emboîtera le pas.

Cuthbert sourit largement.

— Oh Roland ! fit-il. Ton père serait fier de toi. Quatorze ans à peine, mais malin comme le diable !

— Quinze ans à la prochaine lune, rectifia Roland avec sérieux. Si on procède de cette façon, il nous faudra peut-être liquider leur arrière-garde. Mais attendez mon signal, d'accord ?

— On rejoindra la Roche Suspendue comme membres de leur cohorte, c'est ça ? demanda Alain.

Il avait toujours eu une longueur de retard sur Cuthbert, mais Roland n'en avait cure ; parfois, la fiabilité valait mieux que la vivacité.

— Si les dés sont jetés de cette façon, oui.

— S'ils ont la boule rose avec eux, espérons qu'elle ne nous trahira pas, observa Alain.

Cuthbert eut l'air surpris. Et Roland se mordit la lèvre, songeant que, parfois, Alain savait lui aussi faire preuve de vivacité d'esprit. Pas de doute, il avait devancé à la fois Bert.. et Roland en exprimant cette petite idée fort déplaisante.

— Nous avons beaucoup de choses à espérer, ce matin, mais nous jouerons nos cartes dans l'ordre où nous les tirerons.

Ils mirent pied à terre et s'assirent près de leurs chevaux, à la lisière de l'herbe, assez taciturnes. Roland, tout en regardant les nuages de poussière argentés qui se coursaient dans le désert, songeait à Susan. Il s'imaginait marié avec elle, vivant sur une petite terre quelque part au sud de Gilead. Ce serait après la défaite de Farson, l'étrange déclin du monde se serait inversé (la part la plus puérile de Roland supposait que mettre un terme aux agissements de Farson y suffirait) et ses jours de pistolero seraient derrière lui. Cela faisait moins d'une année qu'il avait acquis le droit de porter les six-coups à son ceinturon — et les gros revolvers de son père quand Steven Deschain déciderait de passer la main — et il en était déjà las. Les baisers de Susan lui avaient amolli le cœur et avaient accéléré sa maturation ; avaient rendu possible une autre vie. Meilleure, peut-être. Une vie avec un foyer, des enfants et...

— Ils arrivent, dit Alain, tirant brusquement Roland de sa rêverie.

Le Pistolero se dressa, les rênes de Rusher au poing. Cuthbert se tenait tout près, tendu à l'extrême.

— Petit ou gros détachement ? Est-ce que tu le sais ?

Alain fit face au sud-est, les mains tendues, paumes tournées vers le ciel. Par-delà son épaule, Roland vit que le Vieil Astre était sur le point de disparaître au-dessous de l'horizon. Il ne restait donc plus qu'une heure avant l'aube.

— Je ne peux pas encore le dire, fit Alain.

— Peux-tu nous dire du moins si le cristal...

— Non. Tais-toi, Roland. Laisse-moi écouter !

Roland et Cuthbert observaient Alain avec anxiété, tendant l'oreille au maximum pour percevoir éventuellement le sabot des chevaux, le grincement des roues ou le murmure des hommes apportés par le vent. Le temps se dévidait. Le vent, au lieu de tomber avec la disparition du Vieil Astre et l'approche de l'aube, soufflait plus fort que jamais. Roland regarda Cuthbert qui avait sorti sa fronde et jouait nerveusement avec l'élastique. Bert se permit un haussement d'épaules.

— C'est un petit groupe, dit Alain soudainement. Vous ne les entendez pas ?

Cuthbert et Alain firent non de la tête.

— Pas plus de dix, peut-être seulement six.

— Mes dieux ! murmura Roland, brandit le poing vers le ciel, sans pouvoir s'en empêcher. Et le cristal ?

— Le *shining* ne m'indique rien, dit Alain, d'une voix de quelqu'un qui dort debout. Mais ils l'ont avec eux, tu ne crois pas ?

Roland le croyait. Un petit groupe de six ou huit, voyageant avec la boule de cristal. C'était parfait.

— Tenez-vous prêts, les gars, fit-il. On va se charger d'eux.

9

Le détachement de Jonas avança bon train, dévalant l'Aplomb puis gagnant la Mauvaise Herbe. Les étoiles qui les guidaient brillaient distinctement dans le ciel d'automne et Renfrew les connaissait toutes. Il se servait d'une arbalète ou bâton de Jacob pour mesurer la distance entre les deux qu'il appelait les Jumelles et faisait faire halte au groupe toutes les vingt minutes environ pour se servir de son appareil. Jonas n'avait pas le moindre doute qu'ils les feraient sortir de l'herbe haute, juste en face de la Roche Suspendue.

Puis, une heure environ après qu'ils eurent pénétré dans la Mauvaise Herbe, Quint vint chevaucher à ses côtés.

— La vieille dame, elle veut vous voir, *sai*. Elle dit que c'est important.

— Tout de suite, elle a dit ? demanda Jonas.

— Si fait.

Quint baissa la voix.

— L'espèce de boule qu'elle tient, elle est toute brillante.

— Vraiment ? Écoute-moi, Quint — tiens compagnie à mes vieux potes pistards pendant que je vais voir de quoi il retourne.

Il ralentit l'allure de sorte à se retrouver à hauteur de la carriole noire. Rhéa leva les yeux vers lui et, un court instant, baigné comme il l'était par la lueur rose, Jonas crut lui voir un visage de toute jeune fille.

— Tiens donc, dit-elle. Te v'là, mon grand. J'me disais bien que t'allais rappliquer vite fait.

Elle partit de son rire caquetant qui dessina des plis d'amertume sur son visage et Jonas la vit de nouveau telle qu'elle était — toute racornie par l'objet qu'elle tenait dans son giron. Puis il baissa les yeux vers le cristal... et fut perdu. Il sentit cette lueur rose irradier les moindres coins et recoins de son esprit, qu'elle illumina comme ils ne l'avaient été par rien auparavant. Même Coraline, au plus salace de sa forme, ne pouvait l'embraser de la sorte.

— Il te plaît, pas vrai ? fit-elle, mi-sarcasme mi-roucoulement. Si fait, il te plaît, comme il plairait à tout le monde, c'est un si joli *glam*. Mais vous y voyez quoi, *sai* Jonas ?

Il se pencha ; se tenant au pommeau de sa selle d'une main, sa longue chevelure pendant d'un même côté, Jonas scrutait au tréfonds du cristal. Il ne distingua tout d'abord que ce rose d'une succulence labiale, puis quand il commença à se dissiper, il aperçut une cabane entourée d'herbe haute. Le genre de retraite que seul un ermite serait à même de goûter. La porte — peinte d'un rouge vif mais qui s'écaillait — était ouverte. Et assise sur la pierre du seuil, les mains sur les genoux, ses couvertures sur le sol à ses pieds, et ses cheveux dénoués sur les épaules, il y avait...

— Ça, par exemple ! chuchota Jonas.

Il s'était tellement penché hors de sa selle qu'il avait tout d'un acrobate de cirque. Ses yeux semblaient avoir disparu, mangés par cette lumière rose qui lui emplissait les orbites.

Rhéa caquetait de ravissement.

— Si fait, c'est la gueuse de Thorin, qui ne l'a jamais été ! La fille d'amour de Dearborn !

Son caquètement cessa aussi brusquement qu'il avait commencé.

— La fille d'amour du freluquet qui a tué mon Ermot. Et il me le paiera, si fait, oui-da. Regardez de plus près, *sai* Jonas, regardez de plus près !

Ce qu'il fit. Tout était clair à présent et il se dit qu'il aurait dû le voir plus tôt. Tout ce que la tante de cette fille avait redouté, c'était vrai. Rhéa l'avait su, même si la raison pour laquelle elle n'avait dit à personne que cette fille baisait avec l'un des gamins de l'Intérieur lui échappait. Et Susan avait fait bien plus que baiser avec Will Dearborn ; elle l'avait aidé à s'évader, lui et ses potes pistards, et pourrait bien avoir tué pour lui deux représentants de la loi par-dessus le marché.

L'image dans le cristal se rapprocha en flottant. La regarder lui donnait un peu le vertige, mais ce vertige n'avait rien de désagréable. Derrière la fille, on apercevait la cabane, faiblement éclairée par une lampe dont on avait baissé la flamme au maximum. Jonas crut d'abord que quelqu'un dormait dans un coin, mais en y regardant de plus près, il jugea que ce n'était rien qu'un tas de peaux adoptant vaguement une forme humaine.

— Tu aperçois les garçons ? demanda Rhéa, apparemment de très loin. Tu les vois, mons'gneur *sai* ?

— Non, répondit-il d'une voix qui lui parut elle aussi venir de très loin. Il gardait les yeux rivés sur la boule de cristal. Il sentait sa luminosité lui brûler la cervelle de plus en plus profond. C'était une agréable sensation, celle d'un bon feu par un soir de froidure.

— Elle est toute seule. On dirait qu'elle attend.

— Si fait.

Rhéa gesticula au-dessus de la boule — comme si elle époussetait brièvement quelque chose — et la lumière rose disparut. Jonas laissa échapper un cri de protestation sourd, mais rien à faire : le cristal était sombre à nouveau. Il faillit tendre les mains vers elle en lui demandant de faire revenir cette lumière — la supplier, si c'était nécessaire — et s'en empêcha par un pur effort de volonté. Le lent retour de ses facultés l'en récompensa. Ce qui l'aida à se remémorer que les passes de la sorcière n'avaient pas plus de signification que les marionnettes de Guignon et Gnafrol. Le cristal n'en faisait qu'à *sa* tête et pas à celle de Rhéa.

Entre-temps, la mégère le dévisageait avec des yeux trahissant une perverse perspicacité.

— Et elle attend quoi, d'après toi ? lui demanda-t-elle.

Elle ne pouvait attendre qu'une seule chose, songea Jonas, de plus en plus alarmé. Les garçons. Ces trois fils de putain sans barbe au menton du Monde de l'Intérieur. Et s'ils n'étaient pas avec elle, c'est qu'ils pourraient bien se trouver loin devant à attendre eux aussi, à leur manière.

A l'attendre, *lui*. Et à attendre peut-être bien aussi le...

— Écoute-moi, fit-il. Je te poserai pas la question deux fois, alors tu as intérêt à me répondre la vérité. Ils sont au courant que cette chose existe ? *Ces garçons savent pour l'Arc-en-Ciel ?*

Elle détourna les yeux. C'était une réponse amplement suffisante, dans un sens, mais pas dans un autre. Elle avait été sa propre maîtresse bien trop longtemps là-haut sur sa colline ; il fallait qu'elle apprenne qui était le patron ici, en bas. Se penchant à nouveau, il l'agrippa par l'épaule. Quelle horrible sensation ce fut ! Comme d'empoigner à pleine main un ossement où un semblant de vie palpiterait encore. Mais il se contraignit à ne pas lâcher prise pour autant. Et même à l'affermir. Rhéa eut beau gémir et se tortiller, Jonas tint bon.

— Parle, vieille garce ! Tu vas l'ouvrir ton putain de clapet !

— Ça se pourrait qu'ils sachent, geignit-elle. La fille a peut-être vu quelque chose le soir où elle est venue pour la pr.... arrrhh, lâche-moi, tu vas me tuer !

— Si j'avais voulu te tuer, tu serais déjà morte !

Après avoir jeté un dernier regard de langueur vers la boule de cristal, il se redressa sur sa selle et, mettant ses mains en porte-voix, cria :

— Halte, Clay !

Reynolds et Renfrew tirèrent sur les rênes de leurs montures, et Jonas immobilisa les *vaqueros* qui le suivaient en levant haut la main.

Le vent murmurait dans l'herbe, la courbait, la ridait de sillons, lui tirant de doux effluves. Jonas fixa l'obscurité devant lui, tout en sachant qu'il était stérile de tenter d'apercevoir Dearborn et les autres. Ils pouvaient se trouver n'importe où, Jonas ne prisait guère que les chances soient inégales en cas d'embuscade. Et même pas du tout.

Il alla rejoindre Clay et Renfrew ; ce dernier avait l'air de s'impatienter.

— Quel est le problème ? L'aube va se lever d'une minute à l'autre. Faut aller de l'avant.

— Tu connais les cabanes de la Mauvaise Herbe ?

— Si fait, la plupart. Pourquoi...

— Tu en connais une avec une porte rouge ?

Renfrew opina et montra un point au nord.

— Celle du Vieux Soony. Il s'est comme qui dirait converti à une religion — suite à un rêve ou une vision ou un truc comme ça. C'est pour ça qu'il a peint sa porte en rouge. Il est parti vivre chez les *Manni* y a cinq ans d'ça.

Il ne redemanda pas pourquoi, du moins ; il avait vu passer sur le visage de Jonas quelque chose qui contribua à tarir ses questions.

Jonas leva la main et observa un instant le cercueil tatoué en bleu qu'elle portait, puis, se retournant, il héla Quint.

— Tu prends la direction des opérations, lui dit-il.

— *Moi ?* fit Quint, haussant des sourcils broussailleux.

— Ouair. Mais tu ne continues pas... y a eu un changement de plans.

— Qu'est-ce que...
— Écoute-moi sans l'ouvrir sauf si quelque chose t'échappe. Tu vas faire faire demi-tour à cette satanée carriole et sous bonne escorte, lui faire reprendre en vitesse le chemin d'où l'on vient. Et quand tu auras rejoint Lengyll et ses hommes, dis-leur que Jonas lui fait dire que vous devez les attendre, lui, Reynolds et Renfrew, à l'endroit où vous venez de vous retrouver. C'est clair ?
Quint acquiesça. Il avait l'air dépassé par les événements mais ne pipa mot.
— Bien. Alors, exécution. Et dis à la sorcière de ranger son joujou.
Jonas se passa la main sur le front. Cette main qui n'avait que rarement tremblé auparavant était agitée d'un léger frémissement.
— Il est trop dérangeant.
Quint s'éloignait déjà quand Jonas le héla. Il se retourna.
— Je crois que les gamins de l'Intérieur sont dans les parages, Quint. Probablement un peu en avant de là où on est, mais si jamais ils étaient en arrière, le long de ton chemin, ils risquent de vous attaquer à l'improviste.
Quint jeta un regard circulaire — et nerveux — sur l'herbe qui le dépassait d'une bonne tête. Puis lèvres serrées, il reporta son attention sur Jonas.
— Et s'ils vous attaquent, ils essaieront de vous prendre le cristal, poursuivit Jonas. Et, *sai*, retiens bien ce que je te dis là : ceux qui ne le protégeront pas de leur vie regretteront de ne pas être morts.
Il désigna du menton la file des *vaqueros* à cheval derrière la carriole noire.
— Dis-le-leur.
— Si fait, patron, dit Quint.
— Dès que vous aurez rejoint la troupe de Lengyll, vous serez en sécurité.
— Combien d'temps on d'vra vous attendre si on vous voit point venir ?
— Jusqu'à ce qu'il gèle en enfer. Va maintenant.
Tandis que Quint s'éloignait, Jonas se tourna vers Reynolds et Renfrew.
— On va se payer un petit détour, les gars, dit-il.

10

— Roland, fit Alain d'un ton pressant, à voix basse. Ils ont fait demi-tour.
— Tu en es sûr ?
— Oui. Il y a un autre groupe qui les suit. Une beaucoup plus grosse troupe. Ils se dirigent vers elle.

— Ils cherchent la sécurité dans le nombre, c'est tout, fit Cuthbert.

— Ils ont le cristal ? demanda Roland. Le *shining* te l'indique-t-il, cette fois ?

— Oui, ils l'ont. Ça les rend plus faciles à suivre, même s'ils sont repartis en sens inverse. Une fois qu'on l'a trouvé, il brille comme une lampe dans un puits de mine.

— C'est toujours Rhéa qui veille sur lui ?

— Je crois. C'est affreux d'user le *shining* sur elle.

— Jonas a peur de nous, conclut Roland. Il veut nous affronter en plus grand nombre. Voilà ce qui se passe, voilà ce qui doit se passer.

Il était loin de se douter que sa supposition était à la fois juste et terriblement erronée. Il était également loin de se douter qu'il venait de retomber — comme de rares fois depuis que tous trois avaient quitté Gilead — dans l'une de ses désastreuses crises de certitude adolescente.

— Qu'est-ce qu'on fait ? demanda Alain.

— Rien. On attend, à l'affût du moindre bruit. S'ils se dirigent vers la Roche Suspendue, ils seront forcés de passer par ici avec le cristal.

— Et Susan ? s'enquit Cuthbert. Susan et Sheemie ? Qu'est-ce qu'ils deviennent dans tout ça ? Comment on saura si tout va bien de leur côté ?

— Je suppose qu'on n'en saura rien.

Roland s'assit en tailleur, les rênes de Rusher lui traînant sur les genoux.

— Mais Jonas et ses hommes ne vont pas tarder à revenir. Et à ce moment-là, on fera ce qu'on doit.

11

Susan n'avait point voulu dormir à l'intérieur de la cabane — s'y trouver sans Roland lui semblait une anomalie. Laissant Sheemie pelotonné sous le tas de vieilles peaux, elle était sortie avec ses couvertures. Elle resta assise sur le seuil un petit moment, les yeux levés vers les étoiles et avait prié pour Roland à sa manière. Quand elle se sentit un peu rassérénée, elle s'étendit sur l'une des couvertures et remonta l'autre jusqu'au menton. Une éternité lui paraissait s'être écoulée depuis que Maria l'avait tirée de son lourd sommeil et les ronflements glottaux, bouche ouverte, qui s'échappaient de la cabane ne la gênèrent pas vraiment. Elle s'endormit la tête sur son bras replié et ne s'éveilla pas quand, vingt minutes plus tard, Sheemie parut sur le seuil et, après l'avoir regardée en clignant de sommeil, gagna l'herbe haute pour y pisser. Le seul à remarquer la présence de Sheemie fut Caprichoso qui, allongeant le cou, donna un petit coup de naseau dans le fondement de Sheemie, quand celui-ci passa à sa portée. Le simplet, dormant à moitié debout, le repoussa machinalement de la main. Il connaissait par cœur tous les tours de Capi, si fait.

Susan rêvait de la saulaie — oiseau et ours, lièvre et poisson — et ce qui la tira de son rêve, ce ne fut pas Sheemie, retour de sa petite commission, mais un cercle d'acier froid qu'on lui enfonçait dans le cou. Suivit un déclic bruyant qu'elle reconnut aussitôt pour l'avoir entendu dans le bureau du Shérif : celui d'un pistolet dont on arme le chien. La saulaie s'effaça de son esprit.

— Brille donc, petit rayon de soleil, dit une voix.

Et un court instant, Susan déboussolée, encore mal réveillée, s'efforça de croire qu'on était encore la veille et que Maria voulait qu'elle se lève et quitte Front de Mer avant que le mystérieux assassin du Maire Thorin et du Chancelier Rimer ne revienne la tuer elle aussi.

Peine perdue. Quand elle ouvrit les yeux, ce ne fut point sur la lumière crue du milieu de la matinée mais sur la lueur cendreuse de cinq heures du matin. Et la voix n'était point celle d'une femme, mais d'un homme. Et on ne la secouait point par l'épaule, mais on lui braquait le canon d'une arme contre son cou.

Levant la tête, elle aperçut un visage ridé en lame de couteau, encadré de cheveux blancs. Des lèvres en estafilade. Des yeux du même bleu fané que ceux de Roland. Eldred Jonas. L'homme qui se tenait derrière lui avait payé des verres à son pa dans des temps meilleurs : Hash Renfrew. Un troisième homme, un du *ka-tet* de Jonas plongea dans la cabane. Une terreur paralysante la coupait en deux — elle avait autant peur pour Sheemie que pour elle. Elle n'était même pas sûre que le garçon comprendrait ce qu'il leur arrivait. *Il y a ici deux des hommes qui ont essayé de le tuer*, songea-t-elle. *Ça au moins, il le comprendra.*

— Ah vous voici de retour parmi nous, rayon de soleil, dit Jonas avec affabilité, tout en la regardant chasser les brumes du sommeil d'un battement de cils. Bonne chose ! Une jolie petite *sai* telle que vous ne devrait pas faire la sieste seulette, si loin de tout. Mais n'ayez pas d'inquiétude, je veillerai à ce qu'on vous ramène à votre place.

Il leva vivement les yeux quand le rouquin à la cape ressortit de la cabane. Seul.

— Y a quelque chose qu'elle garde là-dedans, Clay ?

Reynolds fit non de la tête,

— Tout est encore sur le canasson, j'suppose.

Sheemie, songea Susan, *Sheemie, où es-tu ?*

Jonas tendit la main et lui caressa brièvement un sein.

— Joli, fit-il. Doux et tendre. Pas étonnant que Dearborn vous apprécie.

— Ôtez-moi de là votre sale main marquée de bleu, salopard.

Jonas s'exécuta en souriant. Puis il tourna la tête et examina le mulet.

— J'le connais celui-ci ; il appartient à Coraline, ma bonne amie. En plus de tout le reste, vous voilà devenue voleuse de bétail !

Quelle honte, quelle disgrâce, cette jeune génération. Vous n'êtes pas de mon avis, *sai* Renfrew ?

Mais l'ancien associé de son père demeura silencieux. Son visage n'affichait prudemment aucune expression et Susan songea qu'il se pouvait qu'il fût — ne serait-ce qu'infinitésimalement — honteux de sa présence ici.

Jonas se retourna vers elle, ses lèvres minces esquissant un simulacre de sourire bienveillant.

— Quoique... après avoir assassiné, je suppose que le vol d'un mulet paraît de l'enfantillage, n'est-ce pas ?

Susan resta muette à cette saillie, se contentant de regarder Jonas flatter les naseaux de Capi.

— Qu'est-ce qu'ils pouvaient bien avoir à charrier, ces gamins-là, qu'il leur ait fallu un mulet ?

— Des linceuls, murmura-t-elle, les lèvres engourdies. Pour vous et tous vos amis. C'était un chargement terriblement lourd, d'ailleurs — il a failli rompre l'échine du pauvre animal.

— Il existe un dicton dans le pays d'où je viens, reprit Jonas, toujours souriant, qui fait comme ça : les filles malignes vont en enfer. Vous le connaissez ?

Il continuait à caresser les naseaux du mulet qui semblait apprécier la chose ; il étirait le cou au maximum, ses petits yeux stupides mi-clos de plaisir.

— Vous a-t-il traversé l'esprit que ceux qui déchargent leur bête de somme, se partagent ce qu'elle portait et emportent chacun sa part, ne reviennent habituellement jamais ?

Susan s'obstina dans son silence.

— On vous a bel et bien séduite et abandonnée, Rayon de Soleil. Vite baisée, vite oubliée, c'est la triste vérité. Savez-vous où ils sont allés ?

— Oui, dit-elle, à voix basse, à peine un murmure.

Jonas afficha un air ravi.

— Si vous nous le disiez, les choses pourraient s'améliorer pour vous. Tu serais pas du même avis, Renfrew ?

— Si fait, dit ce dernier. Ce sont des traîtres, Susan — des partisans de l'Homme de Bien. Si vous savez où ils sont ou ce qu'ils complotent, faut nous l'dire.

Sans quitter Jonas des yeux, Susan répondit :

— Approchez-vous.

Desserrant à peine les lèvres, on eût dit qu'elle prononçait *Abrochez-veau*, mais Jonas comprit et se pencha, tendant le cou d'une manière qui le fit ressembler absurdement à Caprichoso. A peine fut-il à sa portée que Susan lui cracha au visage.

Jonas recula, tordant la bouche de surprise et de dégoût.

— *Arrrh ! GARCE !* s'écria-t-il, lui décochant une gifle retentissante qui la projeta à terre.

Des étoiles noires explosèrent dans son champ de vision. Sa joue droite lui fit l'effet d'enfler comme un ballon. *S'il m'avait frappée à peine plus bas, il aurait pu me briser le cou. Il aurait peut-être mieux valu,* songea-t-elle. Portant la main à son nez, elle essuya le sang qui coulait de sa narine droite.

Jonas se tourna vers Renfrew, qui avait avancé d'un pas puis s'était immobilisé.

— Qu'on la mette sur son cheval et qu'on lui lie les mains devant elle. Et qu'on l'attache serré.

Il regarda Susan à terre et lui balança un grand coup de pied dans l'épaule qui la fit rouler vers la cabane.

— Tu as osé me cracher à la figure ? Tu as osé cracher sur Eldred Jonas, espèce de garce ?

Reynolds lui tendit son bandana. Jonas s'en saisit, en essuya le crachat puis s'accroupit auprès de Susan. Prenant ses cheveux à pleines mains, il s'en servit pour nettoyer soigneusement le bandana. Puis il la remit brutalement debout. Des larmes de douleur perlèrent dans ses yeux, mais elle garda le silence.

— Je ne reverrai peut-être jamais ton bon ami, ma douce Susan aux petits tétons si tendres. Mais je te tiens, toi et je te tiens bien, hein ? Ah ouair. Et si Dearborn nous cherche des poux, tu le paieras au centuple. Et je ferai en sorte que Dearborn l'apprenne. Tu peux compter là-dessus.

Son sourire disparut et il lui donna soudain une poussée si rude qu'elle manqua de nouveau s'étaler les quatre fers en l'air.

— En selle, maintenant, et vite, avant que je ne décide de t'arranger un peu le portrait avec mon couteau.

12

Sheemie assista à la scène, caché dans l'herbe ; terrifié, il pleurait en silence. Il vit Susan cracher au visage du méchant Chasseur du Cercueil et se faire terrasser par un coup qui aurait pu la tuer. Il faillit se montrer alors, mais quelque chose — peut-être la voix de son ami Arthur dans sa tête — lui souffla que cela ne lui servirait qu'à être tué.

Sheemie regarda Susan monter à cheval. L'un des autres hommes — lui n'était pas l'un des Chasseurs du Cercueil, mais un gros ranchero qu'il avait vu au Repos de temps en temps — fit mine de vouloir l'aider, mais Susan le repoussa d'un coup de botte. L'homme recula, rouge comme une tomate.

Les mettez pas en colère, Susan, songea Sheemie. *Ô mes dieux, faites point ça, y vont vous frapper encore ! Oh vot' pauvr' figur' ! Et v'là qu' vous saignez du nez, maint'ant, oui-da !*

— Une dernière fois : où sont-ils et que comptent-ils faire ? demanda Jonas à Susan.

— Allez au diable, répondit-elle.

Il eut un mince sourire offensé.

— Probable que je t'y trouverai à mon arrivée, dit-il. Puis se tournant vers l'autre Chasseur du Cercueil :

— Tu as bien fouillé l'endroit ?

— Tout ce qu'ils avaient, ils l'ont emporté avec eux, répondit le rouquin. Ils ont rien laissé mis à part la tire-crampe de Dearborn.

Ce qui fit partir Jonas d'un rire méchant, méchant et demi, tandis qu'il mettait le pied à l'étrier.

— Allons, marchons, fit-il.

Ils rentrèrent dans la Mauvaise Herbe qui se referma sur eux. Et ce fut comme s'ils n'étaient jamais venus là... sauf que Susan avait disparu et Capi, aussi. Le gros ranchero, chevauchant près de Susan, menait le mulet par son licou.

Une fois certain qu'ils ne rebrousseraient pas chemin, Sheemie regagna lentement la clairière en reboutonnant son pantalon. Il regarda dans la direction que Roland et ses amis avaient prise, puis dans celle par laquelle on avait emmené Susan. Laquelle prendre ?

Un instant de réflexion plus tard, il s'aperçut qu'il n'avait point le choix. L'herbe par ici était d'une vivacité élastique. La piste qu'avaient empruntée Roland, Alain et le bon Arthur Heath (Sheemie pensait encore à lui sous ce nom-là et y penserait toujours de la sorte) avait disparu. D'autre part, celle tracée par Susan et ses ravisseurs était encore visible. Et peut-être, s'il la suivait, serait-il en mesure de faire quelque chose pour Susan. Pourrait-il l'aider.

Il commença par marcher, puis se mit à courir au petit trot au fur et à mesure que sa crainte qu'ils ne fassent demi-tour et le surprennent se dissipait. Sheemie suivit la direction que Susan avait prise. Il devait la suivre une bonne partie de la journée.

13

Cuthbert — loin d'être le tempérament le plus sanguin dans n'importe quelle situation — manifesta une impatience grandissante tandis que la clarté de l'aube s'acheminait vers le plein jour. *C'est la Moisson*, se dit-il. *Enfin ! Et nous sommes assis là, avec nos couteaux affutés et rien de rien à faucher.*

Il demanda par deux fois à Alain ce qu'il « entendait ». La première fois, Alain se borna à un grognement. La seconde, il demanda à Bert ce qu'il *espérait* qu'il entende, si on lui jacassait ainsi dans l'oreille.

Cuthbert, qui était loin de considérer que s'enquérir par deux fois à un quart d'heure d'intervalle fût « jacasser » s'éloigna et revint s'asseoir tout maussade aux pieds de son cheval. Un instant plus tard, Roland vint s'installer près de lui.

— Attendre, maugréa Cuthbert. Qu'est-ce qu'on aura fait d'autre à Mejis ? Et c'est ce que je fais le plus mal.

— Tu ne le feras plus très longtemps, dit Roland.

14

La compagnie de Jonas atteignit l'endroit où la troupe de Fran Lengyll avait établi un campement temporaire une heure environ après que le soleil fut monté à l'horizon. Quint, Rhéa et les *vaqueros* de Renfrew étaient déjà là à siroter leur café, ce que Jonas fut ravi de voir.

Lengyll se porta à leur rencontre mais, apercevant Susan à cheval, les mains liées, il recula légèrement, comme s'il voulait courir se fourrer dans un trou. Mais comme il n'y avait ni coin ni recoin où se cacher, il resta planté là. Cependant, il n'avait pas l'air enchanté du tout.

Susan pressa sa monture de ses genoux et quand Reynolds tenta de l'attraper par l'épaule, elle l'abaissa, ce qui lui permit d'éviter son contact, ne serait-ce que momentanément.

— Ma foi, Francis Lengyll ! Je n'aurais jamais imaginé vous rencontrer ici !

— Je regrette de vous y voir dans cet équipage, Susan, répondit Lengyll, rougissant peu à peu jusqu'à la racine des cheveux, comme la marée s'approche de la digue. Vous vous êtes drôlement mal acoquinée, fillette... et au final, la mauvaise compagnie vous fausse compagnie et vous laisse payer la note toute seule.

Susan éclata de rire de bon cœur.

— Mauvaise compagnie, si fait ! s'écria-t-elle. Vous savez de quoi vous parlez, n'est-ce pas, Fran ?

Il se détourna, avec une raideur et une gaucherie provoquées par son embarras. Levant l'un de ses pieds bottés et, avant que quiconque ait pu l'en empêcher, Susan lui décocha un coup de pied juste entre les omoplates. Il bascula sur le ventre, éberlué sous le choc et la surprise.

— Arrête ça, espèce de pouffiasse éhontée ! hurla Renfrew qui la gratifia d'une baffe sur un côté du crâne — le gauche — et contribua du moins à rétablir l'équilibre, jugerait-elle par la suite quand elle aurait retrouvé ses esprits et serait à nouveau en mesure de penser. Elle vacilla sur sa selle, mais garda son assiette. Elle ne regardait pas Renfrew, seulement Lengyll qui s'était mis tant bien que mal à quatre pattes, le visage toujours empreint d'une expression médusée.

— *Vous avez tué mon père !* lui cria-t-elle. *Vous avez tué mon père, vous qui n'êtes que l'ombre d'un homme, la couardise incarnée, la sournoiserie incarnée !*

Elle dévisagea alors le groupe des rancheros et des *vaqueros* qui avaient tous les yeux fixés sur elle à présent.

— *Voyez-le donc, Fran Lengyll, chef de l'Association du Cavalier, l'être le plus vil et le plus sournois qui ait jamais arpenté la terre ! Pire qu'une merde de coyote ! Pire que...*

— Assez, dit Jonas, regardant avec un intérêt non dissimulé Lengyll, courbant l'échine, battre en retraite vivement près de ses hommes.

De son côté, Susan éprouva une amère délectation à constater qu'il s'agissait d'une retraite en bonne et due forme. Rhéa caquetait, se balançant de part et d'autre, émettant un son d'ongles griffant une ardoise. Il écorchait les oreilles de Susan, pas autrement surprise de la présence de Rhéa en une telle compagnie.

— Ce ne sera jamais assez, dit Susan, regardant tour à tour Jonas et Lengyll, avec une expression de mépris sans borne, semblait-il. Pour lui, ce ne sera jamais assez.

— Ma foi, peut-être, mais vous avez bien mis à profit le temps qui vous était imparti, dame-*sai*. J'en connais peu qui auraient fait mieux à votre place. Écoutez donc le caquet de la sorcière ! C'est comme du sel sur ses plaies, je cuide... mais on le lui rabattra bien assez tôt.

Puis, tournant la tête, il appela :

— Clay !

Reynolds le rejoignit au galop.

— Tu crois que tu peux ramener Rayon de Soleil sans encombre jusqu'à Front de Mer ?

— Oui, répondit Reynolds, tâchant de ne pas laisser filtrer le soulagement qu'il éprouvait à être renvoyé dans l'Est au lieu de continuer vers l'ouest. Il commençait à nourrir de mauvais pressentiments à propos de la Roche Suspendue, de Latigo et des citernes... à propos de toute l'entreprise, à vrai dire. Dieu savait pourquoi.

— Tout de suite ?

— Accorde-toi une minute, fit Jonas. Il se pourrait bien que ça devienne un lieu de tuerie par ici. Qui sait ? Mais c'est les questions sans réponse qui font que ça vaut le coup de se lever le matin, même avec une guibolle qui vous fait aussi mal qu'une dent cariée. T'es pas d'accord avec moi ?

— Je ne sais pas, Eldred.

— *Sai* Renfrew, surveillez notre joli Rayon de Soleil. Faut que je récupère quelque chose qui m'appartient.

Il avait fait en sorte que sa voix porte, ce qui coupa tout net les caquètements de Rhéa, comme si on les lui avait arrachés de la gorge avec un croc de boucher. Sourire aux lèvres, Jonas dirigea sa monture vers la carriole noire et son déploiement de symboles dorés. Reynolds le flanquait à gauche et Jonas sentit — plus qu'il ne vit — Depape venir le seconder à sa droite. Roy était vraiment un bon gars ; il avait un peu une tête de linotte, mais le cœur, bien accroché. On n'avait pas besoin de *tout* lui dire.

A chaque pas que faisait le cheval de Jonas en avançant, Rhéa se ratatinait un peu plus dans la carriole. Tout au fond de leurs orbites, ses yeux allaient de-ci de-là, cherchant une issue... qui n'existait pas.

— Tiens-toi à l'écart de moi, homme porteur de *char* ! s'écria-t-elle, pointant une main dans sa direction.

De l'autre, elle agrippa encore plus le sac qui renfermait le cristal.

— Tiens-toi à l'écart sinon j'attire la foudre sur ta tête et tu mourras tout droit sur ton cheval ! Même chose pour tes écumeurs d'amis !

Jonas eut l'impression que cette menace faisait brièvement hésiter Roy ; mais ni Clay ni lui, Jonas, n'en furent ébranlés. Il savait qu'elle avait des pouvoirs... ou du moins qu'elle en avait eu, fut un temps. Mais c'était avant que le cristal dévorant ne soit entré dans sa vie.

— Rends-le-moi, lui dit-il.

Il avait atteint le flanc de la carriole et tendait la main vers le sac.

— Il n'est pas à toi, il ne l'a jamais été. Un de ces jours, l'Homme de Bien te remerciera sans nul doute pour avoir veillé sur lui aussi bien que tu l'as fait. Mais à présent, tu dois me le rendre.

Elle poussa un cri — si fort et si perçant que plusieurs des *vaqueros* en lâchèrent leur tasse à café en étain pour se boucher les oreilles. En même temps, Rhéa, après s'être noué les cordons du sac autour de la main, leva celle-ci au-dessus de sa tête. La courbe du cristal oscillait au fond de la bourse comme la masse d'un pendule.

— *Jamais !* hurla-t-elle. *Je le briserai plutôt sur le sol que de te le rendre à toi ou à tes pareils !*

Jonas doutait fort que le cristal puisse se briser, projeté par les frêles bras de Rhéa sur le tapis piétiné et élastique de la Mauvaise Herbe, mais ne jugea pas bon de le vérifier à cette occasion.

— Clay, dégaine ton arme, fit-il.

Inutile de regarder Clay pour savoir qu'il lui avait obéi ; il suffisait pour cela de suivre les yeux de Rhéa qui se portèrent précipitamment vers la gauche où Reynolds se tenait en selle.

— Je vais compter, dit Jonas. Brièvement ; si, à trois, elle ne nous a pas passé ce sac, fais-lui sauter sa vilaine caboche.

— Si fait.

— Un, compta Jonas, fixant les oscillations pendulaires du cristal au fond de la bourse ; il rougeoyait.

Jonas distinguait sa roseur ternie par l'étoffe.

— Deux. Au revoir, Rhéa. J'espère que l'Enfer te plaira. Tr...

— *Tiens !* glapit-elle, tendant le cristal vers lui en se voilant la face de sa main crochue. *Tiens, prends-le ! Et puisse-t-il te damner comme il m'a damnée, moi !*

— Grand Merci, *sai*.

Il s'empara de la bourse juste en dessous des cordons et tira. Rhéa poussa un nouveau cri, les phalanges écorchées à vif et un ongle arraché. Jonas l'entendit à peine. Dans sa tête explosa une exultation blanche. Pour la première fois de sa longue carrière, il oublia tout : son boulot, ce qui l'entourait et les dix mille riens qui pouvaient causer sa mort à chaque minute. Il le tenait ; il le tenait ; par tous les sépulcres de tous les dieux, il le tenait, ce putain de truc !

Il est à moi ! songea-t-il. Et tout s'arrêtait là. Il réfréna son envie d'ouvrir le sac et d'y plonger la tête comme un cheval la plonge dans son pochet d'avoine, et en enroula deux fois plutôt qu'une les cordons autour du pommeau de sa selle. Il inspira à pleins poumons, puis les vida à fond. Ça alla mieux. Un peu mieux.

— Roy.

— Si fait, Jonas.

Ce ne serait pas une mauvaise chose que de quitter la région, songea Jonas pour la énième fois. De laisser derrière soi tous ces rustauds. Il en avait soupé de leurs *si fait, oui-da, messire, nenni point* et autres, plus que soupé.

— Cette fois, Roy, on va compter jusqu'à dix. Si cette vieille garce n'a pas disparu de ma vue à dix, je te donne la permission de lui tirer dans le cul. Voyons maintenant si tu sais compter correctement. Je vais bien t'écouter, alors gare si tu en sautes un !

— Un, s'empressa de compter Depape. Deux. Trois. Quatre.

L'injure à la bouche, Rhéa s'empara des rênes et en cingla l'échine du poney. Le poney, oreilles couchées, démarra avec une vigueur telle qu'il imprima une secousse à la carriole et que Rhéa partit à la renverse, les quatre fers en l'air, exposant à la vue de tous ses jarrets blancs et osseux jaillissant de ses galoches noires et ses bas de laine non assortis. Les *vaqueros* éclatèrent de rire. Jonas se joignit à eux. Fallait avouer que c'était plutôt comique de la voir couchée sur le dos, gigotant des quilles.

— Cin-cin-*cinq*, fit Depape, riant si fort qu'il en avait le hoquet. Si-si-*six* !

Rhéa se remit d'aplomb, s'affala à nouveau sur le banc avec la grâce d'un poisson à l'agonie et dévisagea ceux qui l'entouraient, ricanant et louchant.

— *Soyez tous maudits !* cria-t-elle.

L'imprécation les transperça, gelant leurs éclats de rire, tandis que la carriole tressautait vers l'orée de la clairière d'herbe piétinée.

— *Tous jusqu'au dernier ! Toi... et toi... et toi... !*

Elle pointa son doigt crochu en dernier sur Jonas.

— *Voleur ! Misérable voleur !*

Comme s'il t'appartenait, s'émerveilla Jonas (et pourtant, « Il est à Moi » lui était immédiatement venu à l'esprit dès qu'il en avait pris possession). *Comme si une telle merveille pouvait jamais appartenir à une lectrice d'entrailles de coq telle que toi, d'un coin perdu, qui plus est.*

La carriole poursuivit sa course cahotante dans la Mauvaise Herbe, tirée à toute force par le poney ; les cris de la vieille le dirigeaient mieux que ne l'aurait fait le fouet. Le noir se fondit au cœur du vert. Ils entrevirent une dernière fois la carriole avant qu'escamotée comme par un tour de passe-passe, elle ne disparaisse. Mais ils entendirent encore longtemps Rhéa proférer ses malédictions, conjurant la mort de venir les frapper sous la Lune du Démon.

15

— Va, dit Jonas à Clay Reynolds. Ramène notre Rayon de Soleil. Et si jamais en chemin, l'envie te prend de t'arrêter et de t'en servir, eh bien, à ta guise.

Il lança un coup d'œil à Susan en disant cela, pour juger de l'effet de ses paroles, mais son attente fut déçue — elle semblait hébétée comme si le dernier coup que Renfrew lui avait porté lui avait temporairement brouillé l'esprit.

— Assure-toi seulement que Coraline la récupère au final, après que tu te seras bien amusé.

— Je n'y manquerai pas. Y a-t-il un message pour *sai* Thorin ?

— Dis-lui qu'elle garde la fille en lieu sûr jusqu'à ce qu'elle ait de mes nouvelles. Et... pourquoi ne resterais-tu pas auprès d'elle, Clay ? De Coraline, je veux dire... à partir de demain, je ne crois pas qu'on aura beaucoup de souci à se faire pour celle-là, mais Coraline... chevauche avec elle jusqu'à Ritzy, le moment venu. Sers-lui d'escorte, ou tout comme.

Reynolds approuva du chef. De mieux en mieux. Va pour Front de Mer, c'était parfait. Il pourrait tâter un peu de la fille, une fois rendu là-bas, mais certainement pas chemin faisant. Pas sous la clarté diurne et spectrale de la Lune du Démon à son plein.

— Va donc, alors. Mets-toi en route.

Reynolds fit traverser la clairière à Susan, visant un point bien éloigné de l'andain d'herbes couchées qui marquait la piste empruntée par Rhéa. Susan chevauchait en silence, les yeux baissés, fixant ses poignets liés.

Jonas se tourna face à ses hommes.

— Les trois jeunots du Monde de l'Intérieur se sont évadés de leur geôle, avec l'aide de cette jeune garce aux grands airs, dit-il, leur montrant Susan, qui s'éloignait, de dos.

Un murmure maugréant courut parmi les hommes. Que « Will Dearborn » et ses amis se soient échappés, ils le savaient ; que *sai* Delgado leur ait prêté main-forte, ils l'ignoraient encore... et ce fut peut-être aussi bien pour elle que, juste à cet instant, emmenée par Reynolds dans la Mauvaise Herbe, elle disparaisse à leurs yeux.

— Peu importe ! beugla Jonas, ramenant l'attention sur lui.

Il caressa furtivement la forme qui arrondissait le fond du sac. Le simple toucher du cristal lui donnait l'impression que rien ne lui était impossible, qu'il était capable de tout faire, même avec une main liée derrière le dos.

— Qu'elle aille au diable ! Qu'ils aillent au diable avec elle !

Il fixa tour à tour Lengyll, Wertner, Croydon, Brian Hookey et Roy Depape, pour finir.

— On n'est pas loin d'une quarantaine et on est partis pour rejoindre cent cinquante hommes de plus. Eux ne sont que trois et n'ont même pas seize ans. Est-ce que trois petits garçons vous font peur ?

— *Non !* s'écrièrent-ils à l'unisson.

— Et si on leur tombe dessus, mes goujats, qu'est-ce qu'on fera ?

— *ON LES TUERA !*

Ce cri retentit si fort qu'il fit s'envoler freux, choucas et corneilles, qui craillèrent de déplaisir dans le soleil du matin, avant de se mettre en quête d'un environnement plus paisible.

Jonas était satisfait. Sa main toujours posée sur le doux arrondi du cristal, il sentait ce dernier lui insuffler de la force. *Une force rose*, songea-t-il avec un large sourire.

— Allez, les gars. Je veux voir ces citernes dans les bois, à l'ouest de Verrou Canyon, avant que les gens de la ville n'allument le Feu de Joie de la Nuit de la Moisson.

16

Sheemie, surveillant la clairière, tapi dans l'herbe, faillit périr écrasé par la carriole noire de Rhéa ; la sorcière vociférant en charabia passa si près de lui qu'il put sentir l'odeur aigre de sa peau et de ses cheveux sales. Si elle avait baissé les yeux, elle n'aurait point manqué de le voir et de le métamorphoser à coup sûr en oiseau, en bafouilleux ou pourquoi pas en moustique.

Le garçon vit Jonas confier la garde de Susan à celui à la cape et commença à contourner la clairière en se faufilant. Il entendit Jonas haranguer ses hommes (Sheemie en connaissait beaucoup et cela le remplissait de honte de savoir que tant de cow-boys de Mejis obéissaient aux ordres de ces maudits Chasseurs du Cercueil) sans prêter attention à ce qu'il disait. Sheemie se figea sur place quand ils montèrent à cheval, redoutant un instant qu'ils ne viennent dans sa direction. Mais ils partirent de l'autre côté, vers l'ouest. La clairière se vida presque comme par magie... sauf qu'elle n'était point *entièrement* vide. Caprichoso, abandonné à son sort, traînait sa longe sur l'herbe foulée. Capi, après le départ des cavaliers, poussa un braiment, un seul — comme s'il leur souhaitait d'aller tous au diable — puis, tournant la tête, aperçut Sheemie à la lisière de la clairière. Le mulet remua les oreilles à l'adresse du garçon, puis tâcha de paître. Il effleura à peine la Mauvaise Herbe, releva la tête et se mit à braire vers Sheemie, comme pour lui signifier que tout cela était sa faute.

Sheemie fixa Caprichoso d'un air pensif, songeant combien il était plus facile d'aller à dos de mulet qu'à pied. Mes dieux, oui... mais ce second braiment lui fit changer d'avis. Le mulet pouvait lâcher un de ces cris dégoûtés au mauvais moment et alerter ainsi l'homme qui tenait Susan.

— Tu retrouveras bien tout seul le chemin de l'écurie, j'suppose, fit Sheemie. Salut, mon vieux Capi. A tout à l'heure, un peu plus loin sur le chemin.

Il repéra la piste laissée par Susan et Reynolds et se lança une fois de plus sur leurs traces.

17

— Ils ont recommencé à avancer, dit Alain, un instant avant que Roland ne l'ait senti de son côté — sous forme d'une brève lueur dans sa tête, telle un éclair rose. « Tous tant qu'ils sont ».

Roland alla s'accroupir devant Cuthbert. Ce dernier lui rendit son regard, sans la moindre trace de sa bonne humeur follette coutumière.

— Une bonne part de la situation repose sur tes épaules, lui dit Roland, qui ajouta en tapotant la fronde : « et sur ça ».
— Je sais.
— Combien de munitions as-tu en réserve ?
— Une quarantaine de billes d'acier.
Bert souleva une poche de coton qui, en des temps moins troublés, avait renfermé la provision de tabac de son père.
— Plus un assortiment de pétards dans ma sacoche de selle.
— Combien de *big bangueurs* ?
— Un nombre suffisant, Roland, répondit-il sans un sourire.
Toute gaieté absente, il avait les yeux creux d'un tueur parmi d'autres.
— Un nombre suffisant.
Roland passa la main sur le poncho qu'il portait, réaccoutumant son toucher à l'étoffe rugueuse. Il regarda celui de Cuthbert, puis celui d'Alain, en se disant que ça pourrait marcher ; oui, tant qu'ils conservaient leur sang-froid et ne se permettaient pas de songer qu'ils seraient à trois contre quarante ou cinquante, ça pourrait marcher.
— Ceux qui sont postés à la Roche Suspendue entendront la fusillade se déclencher, non ? demanda Al.
Roland opina.
— Avec le vent qui souffle dans leur direction, pas de doute.
— Il ne faudra pas traîner, alors.
— On fera de notre mieux.
Roland se revit dans le couloir gazonné délimité par des haies touffues derrière le Grand Hall, David son faucon posé sur son bras, le dos, trempé d'une sueur froide. *Tu vas mourir aujourd'hui, je pense*, avait-il dit au faucon et c'était la vérité. Lui, cependant, avait survécu et passé l'épreuve, puis était sorti de l'aire du rituel par l'extrémité orientale. Aujourd'hui, c'était au tour d'Alain et de Cuthbert d'affronter l'épreuve — non pas à Gilead, dans la lice traditionnelle du rite de passage, derrière le Grand Hall, mais ici à Mejis, en lisière de la Mauvaise Herbe, dans le désert et dans le canyon. Verrou Canyon.
— Faire ses preuves ou mourir, dit Alain, comme s'il déchiffrait le cours des pensées du Pistolero. Tout se résume à ça.
— Oui. Tout se résume toujours à ça, au final. Combien de temps encore avant qu'ils n'arrivent, selon toi ?
— Au moins une heure, je dirais. Probablement deux.
— Ils seront sur leurs gardes.
Alain acquiesça.
— Oui, il y a des chances.
— C'est pas bon pour nous, renchérit Cuthbert.
— Jonas craint qu'on lui tende une embuscade dans les herbes, dit Roland. Peut-être même qu'on y mette le feu pour mieux le cerner. Ils relâcheront leur vigilance, une fois à découvert.
— C'est ce que tu espères, précisa Cuthbert.
Roland inclina la tête avec gravité.
— Oui. C'est ce que j'espère.

18

Tout d'abord, Reynolds se contenta de mener la fille à rebours de la piste déjà foulée à un pas raisonnable, mais une demi-heure après avoir quitté Jonas, Lengyll et les autres, il fit adopter le petit trot à sa monture. Pylône soutint facilement le train du cheval de Reynolds et fit preuve de la même aisance, dix minutes plus tard, quand ce dernier passa à un léger galop continu. Susan, se tenant au pommeau de la selle avec ses mains liées, chevauchait à la droite de Reynolds, cheveux au vent. Elle songea que son visage devait avoir pris des couleurs ; ses joues étaient plus enflées que la normale, sa peau lui paraissait plus sensible, picotée par le vent de la vitesse.

A l'endroit où la Mauvaise Herbe cédait la place à l'Aplomb, Reynolds fit halte pour laisser souffler les chevaux. Il mit pied à terre et, tournant le dos à Susan, pissa un coup. Cette dernière en profita pour jeter un coup d'œil sur la pente où elle aperçut la grande bande de coursiers, livrée à elle-même, qui s'effilochait sur les bords. Ils avaient au moins réussi ça, peut-être. C'était peu, mais c'était déjà quelque chose.

— Z'avez besoin de prendre vos précautions ? demanda Reynolds. Je vous aiderai à descendre, si c'est le cas. Mais me dites pas non maintenant et venez pas vous plaindre après.

— Tu as peur. Tout grand et brave régulateur que tu soies, tu meurs de trouille, hein ? Si fait, malgré ton cercueil tatoué, et tout et tout.

Reynolds se réfugia derrière son rictus méprisant mais, ce matin, il n'était pas très réussi.

— Devriez laisser dire la bonne aventure à celles qui savent faire, mamzelle. Bon, z'avez besoin de prendre vos précautions, oui ou non ?

— Non. Et je sais que *tu* as peur. De quoi ?

Reynolds, qui n'ignorait pas que son mauvais pressentiment ne l'avait pas quitté en quittant Jonas comme il l'avait espéré, lui montra ses dents tachées de tabac.

— Si z'avez rien de sensé à dire, alors taisez-vous.

— Pourquoi tu ne me laisses pas partir ? Peut-être que mes amis feront la même chose pour toi quand ils nous rattraperont.

Cette fois, Reynolds rit presque de bon cœur. Il sauta en selle, se racla la gorge, cracha. Dans le ciel, la Lune du Démon n'était plus qu'une boule pâle et boursouflée.

— Pouvez toujours rêver, mamzelle *sai*, dit-il. C'est pas interdit. Mais vous reverrez jamais ces trois-là. Sont bons pour les vers, si fait. Maint'nant, en route.

Et ils allèrent de l'avant.

19

Cordélia ne s'était point couchée du tout, la Veille de la Moisson. Elle passa la nuit dans son fauteuil au salon et, malgré l'ouvrage sur ses genoux, elle n'avait fait ni un point avant ni un point arrière. Et même à présent que la lumière matinale devenait plus vive (dix heures approchaient), elle restait assise dans son fauteuil, le regard toujours perdu dans le vide. Qu'y avait-il à voir d'ailleurs ? Tout s'était effondré autour d'elle — tous les espoirs qu'elle avait placés en Thorin et la fortune dont il doterait Susan et l'enfant de Susan, sinon de son vivant, du moins dans sa « lettre morte » ; tous ses espoirs d'accéder à un rang honorable dans la communauté ; tous ses projets d'avenir. Tout cela avait été balayé par deux enfants obstinés qui n'avaient pas pu s'empêcher de mettre bas les culottes.

Assise dans son vieux fauteuil, son tricot sur les genoux et la cendre dont Susan l'avait barbouillée marquant sa joue comme un stigmate, elle songeait : *Un de ces jours, on me retrouvera morte dans ce fauteuil — vieille, pauvre, oubliée de tous. Ah l'ingrate enfant ! Après tout ce que j'ai fait pour elle !*

Elle fut tirée de sa songerie par un faible grattouillis au carreau. Elle ne savait pas combien de temps il avait mis pour faire intrusion dans son conscient mais, dès qu'il y réussit, elle posa de côté ses travaux d'aiguille et se leva pour aller voir. C'était peut-être un oiseau. Ou des enfants se livrant à leurs farces de la Moisson sans se rendre compte que le monde était arrivé à son terme. Quoi que ce fût, elle comptait bien le chasser.

Cordélia ne vit rien tout d'abord. Puis, au moment où elle se détournait, elle aperçut un poney et une carriole à l'entrée du jardin. La carriole avait de quoi inquiéter — noire avec des symboles dorés peints sur tout son pourtour — et le poney, penchant la tête entre les brancards sans paître pour autant, donnait l'impression qu'on l'avait mené à un train d'enfer.

Pendant qu'elle se livrait à ces observations, le sourcil froncé, une main crasseuse et déformée s'éleva devant elle dans les airs et recommença à gratter au carreau. Cordélia, hoquetant de surprise, porta ses deux mains à sa poitrine pour comprimer de violents battements de cœur. Elle recula d'un pas et poussa un petit cri quand elle heurta du mollet le garde-cendre du poêle.

Les ongles longs et noirs de crasse grattèrent encore à deux reprises, puis disparurent.

Cordélia resta un instant plantée là où elle était, irrésolue, puis se dirigea vers la porte. Elle prit au passage dans le coffre à bois une solide branche de cornouiller, juste en cas. Puis elle ouvrit grand la porte, tourna à l'angle de la maison et, inspirant profondément pour garder son calme, gagna le jardin, la branche de cornouiller brandie.

— Sortez de là, qui que vous soyez ! Décampez avant que je...

Mais sa voix mourut dans sa gorge en apercevant une femme incroyablement vieille qui rampait vers elle parmi les plates-bandes gelées. Les cheveux blancs filasse (du moins, ce qu'il en restait) de la mégère lui tombaient sur le visage. Son front et ses joues n'étaient plus que plaies suppurantes ; ses lèvres fendues avaient craché une bruine sanglante sur son menton pointu plein de verrues. Le blanc de son œil avait viré à un gris jaunâtre repoussant et elle haletait comme un soufflet de forge en se déplaçant.

— Aidez-moi, ma bonne femme, éructa ce spectre. Aidez-moi, s'il vous plaît, car je suis à bout de forces.

Cordélia laissa retomber la branche de cornouiller ; elle avait du mal à en croire ses yeux.

— Rhéa ? murmura-t-elle. Vous n'êtes pas Rhéa ?

— Si fait, murmura Rhéa en retour, continuant sa reptation en écrasant sous elle les dauphinelles mortes et s'accrochant à la terre gelée. Aidez-moi.

Cordélia recula un peu, son gourdin improvisé lui battant le genou.

— Non, je... je ne peux point faire entrer quelqu'un comme toi dans ma maison... je regrette de te voir dans cet état... mais je dois penser à ma réputation... les voisins me surveillent de près, si fait...

En disant cela, elle jeta un coup d'œil dans la Grand-Rue, comme si elle s'attendait à voir des gens de la ville, alignés à l'affût devant sa palissade, avides de colporter leurs commérages et de dénoncer son mode de vie mensonger. Mais il n'y avait personne. Le calme régnait à Hambry : trottoirs et contre-allées étaient déserts et l'animation joyeuse propre à un Jour de Fête de la Moisson brillait par son absence. Elle reporta son regard sur la chose qui venait de fouler ses plates-bandes.

— C'est votre nièce... qui a tout fait..., marmonna la chose vautrée dans la poussière. Tout est de sa faute.

Cordélia lâcha le morceau de bois. Il lui érafla la cheville en tombant, mais elle y prit à peine garde. Elle serra les poings.

— Aidez-moi, murmura Rhéa. Je sais... où elle est... nous... nous avons du travail à faire, toutes les deux... un travail... de femme...

Cordélia hésita encore un instant, puis s'approcha de la vieille, s'agenouilla près d'elle, lui passa un bras autour du corps et fit en sorte de la remettre sur pied. Elle dégageait une puanteur — celle de la chair en décomposition — qui donnait la nausée.

Des doigts osseux vinrent caresser la joue et le cou de Cordélia tandis qu'elle aidait la sorcière à entrer. Cordélia en eut la chair de poule, mais ne s'écarta pas de Rhéa tant que celle-ci ne se fut pas affalée dans un fauteuil avec force pets et hoquets à l'appui.

— Écoutez-moi, siffla la veille entre ses dents.

— Je suis tout ouïe, fit Cordélia tirant une chaise et venant s'asseoir près d'elle.

Elle avait beau être aux portes de la mort, si jamais l'on tombait sous la coupe de son regard, il était étrangement difficile de détourner les yeux. Rhéa plongea alors la main dans le corsage de sa robe crasseuse, en extirpa un charme quelconque en argent et se mit à le tripoter rapidement entre ses doigts, comme si elle disait un chapelet. Cordélia, que le sommeil avait fuie toute la nuit, se sentit prise tout à coup de l'envie de dormir.

— Les autres sont hors de notre portée, dit Rhéa, et le cristal a échappé à mon emprise. Mais *elle*... ! On la ramène à la Maison du Maire et s'pourrait bien qu'on puisse s'en occuper... si fait, si fait, au moins ça.

— Vous ne pouvez vous occuper de rien, dit Cordélia, sur ses gardes. Vous êtes mourante.

Rhéa émit un rire poussif qui fit dégouliner un filet de bave jaunâtre sur son menton.

— Moi, mourante ? Nenni. Épuisée, seulement. Je n'ai besoin que d'un rafraîchissement et d'un peu de repos. Et maintenant, écoute-moi, Cordélia, fille d'Hiram et sœur de Pat !

Elle crocha d'un bras osseux (et d'une force surprenante) le cou de Cordélia, l'attirant à elle. En même temps, elle levait l'autre main, faisant tournicoter la médaille d'argent devant les yeux médusés de Cordélia. La vieillarde se livra à des chuchotis et, au bout d'un instant, Cordélia inclina la tête en signe d'assentiment.

— Alors, fais-le, lui intima la sorcière en la libérant. Puis elle s'effondra de nouveau dans le fauteuil, harassée. Et sur-le-champ, car je ne vais point pouvoir continuer longtemps dans l'état où je suis. Et il me faudra un peu de temps ensuite, si ça te dérange point, pour revivre, comme qui dirait.

Cordélia traversa la pièce jusqu'à la partie cuisine. Là, sur le comptoir près de la pompe manuelle, se trouvait un bloc de bois où étaient glissés les deux couteaux affutés de la maison. Elle en prit un et revint vers Rhéa. Son regard était perdu, ailleurs, comme l'avait été celui de Susan quand elle s'était tenue près de la sorcière sur le seuil de sa masure, dans la clarté de la Lune des Baisers.

— Tu voudrais lui rendre la monnaie de sa pièce ? demanda Rhéa. C'est pour ça que je suis venue vers toi.

— Mamzelle Fraîche et Rose, murmura Cordélia d'une voix à peine audible. Portant sa main libre à son visage, elle effleura sa joue souillée de cendre. Oui-da, j'aimerais lui rendre la monnaie de sa pièce, si fait.

— Tu irais jusqu'à la mort ?

— Si fait. La sienne ou la mienne.

— N'aie crainte, ce sera la sienne, répondit Rhéa. Et maintenant, donne-moi un rafraîchissement, Cordélia. Donne-moi ce dont j'ai tant besoin !

Cordélia déboutonna le devant de sa robe et révéla, en se dégrafant de la sorte, outre une plantureuse poitrine, un estomac qui avait commencé à se ballonner depuis une année environ et pris l'aspect du ventre renflé d'une petite marmite. Quelques vestiges de sa taille d'autrefois subsistaient encore et c'est là qu'elle porta le couteau, tailladant à travers sa chemise la chair en dessous. Le coton blanc se fleurit aussitôt de rouge le long de la fente.

— Si fait, chuchota Rhéa. On dirait des roses. J'en rêve assez souvent. Des roses épanouies entourant ce qui se dresse, sombre, au-dessus de leur tapis d'écarlate, aux confins du monde ! Approche !

Posant la main au creux du dos de Cordélia, elle activa le mouvement. Elle leva les yeux vers le visage de cette dernière, puis sourit en se pourléchant les babines.

— Bien, très bien.

Cordélia fixait un point dans le vide au-dessus de la tête de Rhéa du Cöos tandis que la vieille, enfouissant son visage dans l'entaille rouge de la chemise, se mettait à boire.

20

Si Roland fut d'abord ravi d'entendre le cliquetis assourdi des harnais et des gourmettes se rapprocher du lieu où tous trois se tenaient accroupis dans l'herbe haute, plus ce son devint distinct — distinct au point que murmures et bruits de sabots étaient eux aussi perceptibles — plus il commença à prendre peur. Que les cavaliers passent devant eux sans les voir était une chose, mais si par malchance, ils leur fonçaient droit dessus, les trois garçons mourraient comme une nichée de taupes que le soc d'une charrue met au jour. Le *ka* ne leur avait probablement pas permis de couvrir tant de chemin pour les faire finir de cette façon, non ? Dans toute l'étendue de la Mauvaise Herbe, comment cette troupe de cavaliers pouvait-elle tomber précisément là où Roland et ses amis avaient fait halte ? Mais ils n'en continuaient pas moins à avancer, bruits divers et voix d'hommes étant de moins en moins étouffés.

Alain regarda Roland avec effarement et pointa un doigt vers la gauche. Roland secoua la tête et, tapotant le sol des deux mains, lui signifia qu'ils ne bougeraient pas d'une semelle. *Bien obligés* ; il était trop tard pour se déplacer sans qu'on les entende.

Roland dégaina ses revolvers.

Cuthbert et Alain l'imitèrent.

Pour finir, le soc de la charrue manqua les taupes d'une vingtaine de mètres. Les garçons apercevaient déjà par intermittence les montures et leurs cavaliers à travers l'herbe drue ; Roland n'eut aucun mal à distinguer que Jonas, Depape et Lengyll venaient en tête de la colonne, chevauchant tous trois de front. Une trentaine d'hommes les suivaient, entrevus sous la forme d'éclairs rouans et repérés au rouge et vert vifs de leurs ponchos. Ils avançaient plutôt espacés et Roland songea que ses amis et lui pouvaient raisonnablement espérer que ce phénomène s'accentuerait une fois qu'ils auraient rejoint le désert.

Les garçons laissèrent défiler la colonne, tenant les têtes de leurs chevaux au cas où il prenne l'envie à l'un d'eux de saluer d'un hennissement ses congénères passant aussi près. Une fois qu'ils eurent disparu, Roland tourna son visage grave et pâle vers ses amis.

— En selle. L'heure de la Moisson est venue.

21

Ils menèrent leurs chevaux jusqu'en lisière de la Mauvaise Herbe, rejoignant la piste ouverte par la colonne de Jonas, là où la végétation cédait la place à une zone parsemée de buissons rabougris, puis au désert proprement dit.

Le vent hurlait de solitude, soufflant de grosses rafales de poussière granuleuse sous un ciel bleu noir sans nuages. La Lune du Démon avait l'œil fixe et voilé d'une taie de cadavre. A deux cents mètres devant eux, l'arrière-garde de la colonne de Jonas était formée de trois cavaliers avançant de front, *sombreros* enfoncés sur le crâne, épaules courbées, ponchos flottant au vent.

Roland fit en sorte que Cuthbert chevauche au centre de leur trio. Bert avait sa fronde en main. Il tendit à Alain une demi-douzaine de billes d'acier et le même nombre à Roland. Puis il haussa le sourcil de façon interrogative. Roland opina et ils poussèrent leurs chevaux en avant.

De crépitants rideaux de poussière les balayait, transformant parfois les trois cavaliers de queue en êtres fantomatiques, parfois les dérobant complètement à la vue, mais les garçons ne cessaient de les talonner. Roland était tendu, s'attendant que l'un d'eux se retourne sur sa selle et les aperçoive — mais aucun ne risqua un œil, peu désireux d'offrir son visage à ce vent de sable abrasif. Nul bruit ne pouvait non plus les alerter : une épaisse couche de sable durci étouffait à présent les sabots des chevaux.

Quand ils furent à vingt mètres à peine de l'arrière-garde, Cuthbert fit un signe de tête affirmatif — ils étaient assez près pour qu'il se mette à l'ouvrage. Alain lui tendit une bille. Bert, droit comme un i sur sa selle, la laissa tomber dans la poche de sa fronde, se mit en position de tir, attendit que le vent tombe et lâcha tout. Le cavalier de gauche sursauta comme si on l'avait piqué, esquissa un geste de la main et vida les étriers. De façon incroyable, aucun de ses deux *compañeros* ne parut remarquer sa chute. Roland crut distinguer un embryon de réaction chez le cavalier de droite, mais Bert tirait de nouveau et celui du milieu s'affala sur l'encolure de son cheval. Le cheval en question, effrayé, se cabra. Et son cavalier, son *sombrero* dégringolant, bascula en arrière, puis chuta. Le vent tomba suffisamment pour que Roland entende craquer son genou quand son pied se prit dans l'étrier.

Le troisième cavalier se retourna à demi. Roland entrevit un visage barbu — une cigarette non allumée par suite du vent lui pendouillant à la lèvre, l'œil rond — puis entendit à nouveau le *zing* de la fronde de Cuthbert. L'œil rond céda la place à une orbite rouge. Le cavalier glissa de sa selle, cherchant à tâtons — et en vain — le pommeau.

Trois de moins, se dit Roland.

Il éperonna Rusher jusqu'au galop, imité par les autres. Les trois garçons se ruèrent en avant dans un nuage de poussière à un étrier de distance. Les chevaux de l'arrière-garde qu'ils venaient de prendre en embuscade tournèrent bride ensemble en direction du sud, ce qui était une bonne chose. Des chevaux sans cavaliers ne faisaient d'habitude sourciller personne à Mejis, mais s'ils étaient sellés...

D'autres cavaliers les précédaient : le premier était solitaire, deux autres chevauchaient côte à côte, enfin venait un dernier, isolé lui aussi.

Roland sortit son couteau et rejoignit celui qui fermait maintenant la colonne sans le savoir.

— Quoi de neuf ? lui demanda-t-il sur le ton de la conversation.

Quand l'homme se tourna vers lui, Roland lui plongea le couteau en pleine poitrine.

Les yeux bruns du *vaquero* devinrent béants au-dessus du bandana qu'il s'était remonté — genre hors-la-loi — sur le bas du visage, puis il vida ses étriers.

Cuthbert et Alain le dépassèrent et Bert, sans ralentir l'allure, régla son compte aux deux qui allaient devant, avec sa fronde. Celui qui les précédait perçut quelque chose malgré le vent et pivota sur sa selle. Alain avait lui aussi dégainé son couteau et le tenait maintenant par l'extrémité de sa lame. Il le lança avec force, lui imprimant ce mouvement exagéré de tout le bras qu'on leur avait appris, et bien que la distance fût grande pour ce genre d'exploit — cinq à six mètres et par temps venteux — il ne rata pas sa cible. Le couteau se ficha jusqu'au manche dans le bandana de l'homme. Le *vaquero* y porta une main flageolante, émettant des gargouillis étouffés, avant d'être désarçonné à son tour.

Et de sept.

Comme les mouches dans l'histoire du Vaillant Petit Tailleur, songea Roland. Son cœur lui cognait dans la poitrine, mais à son rythme régulier. Il rejoignit Alain et Cuthbert. Le vent poussa une rafale gémissante et solitaire. Du sable vola, tourbillonna, puis retomba en même temps que le vent. Devant eux, trois autres cavaliers. Et devant ceux-là, le gros de la troupe.

Roland, montrant du doigt les trois suivants, fit mine de tendre la fronde. Puis pointant au-delà de ces derniers, fit mine de décharger un revolver. Cuthbert et Alain approuvèrent. Ils poussèrent leurs montures en avant, à nouveau étrier à étrier, se rapprochant de ceux qui les précédaient.

22

Bert régla leur compte sans bavure à deux des trois cavaliers, mais le troisième fit un écart au mauvais moment et la bille d'acier, destinée à le frapper à la nuque, se contenta de lui cisailler le lobe de l'oreille. Roland avait dégainé entre-temps et logé une balle dans la tempe de l'homme quand il se tourna. Cela faisait dix, un bon quart du contingent de la colonne de Jonas et cela, avant même qu'une prise de conscience du danger ait eu lieu chez leurs adversaires. Roland ignorait totalement si cela représentait un avantage suffisant, mais il savait que la première partie du boulot était faite. Plus question désormais d'être furtif, il fallait passer au carnage pur et simple.

Sus ! Sus ! cria-t-il d'une voix retentissante. *A moi, pistoleros ! A moi ! Mettez-les à bas ! Et pas de quartier !*

Ils foncèrent à grands coups d'éperon vers le gros de la troupe, livrant bataille pour la première fois de leur vie, fondant sur leur proie comme des loups sur des moutons, se mettant à tirer à tout va avant que les hommes devant eux aient eu la moindre idée de ce qui les prenait à revers ou même tout bonnement de ce qui leur arrivait. Les trois garçons avaient suivi un entraînement de pistoleros et ce qui leur manquait en expérience, l'œil vif et les réflexes de leur jeunesse le compensaient amplement. Sous le feu nourri de leurs armes, le désert à l'est de la Roche Suspendue se transforma en abattoir.

Hurlant et tirant à tout va, nul d'entre eux ne voyant plus loin que son doigt posé sur la détente, ils fendirent par surprise les rangs du groupe comme une lame à triple fil. Sans faire nécessairement mouche, aucun de leurs coups de feu n'était absolument perdu non plus. Des cavaliers dégringolaient de leur selle et, leurs bottes empêtrées dans les étriers, se retrouvaient traînés par leurs chevaux emballés ; d'autres, morts ou simplement blessés, se faisaient piétiner par les sabots de leurs montures qui se cabraient, saisies de panique.

Roland allait et ses deux revolvers dégainés crachaient le feu. Il tenait entre ses dents les rênes de Rusher pour les empêcher de glisser et éviter ainsi qu'elles ne fassent trébucher le cheval. Son tir cueillit deux hommes à sa gauche et deux autres, à sa droite. Devant eux, Brian Hookey pivota sur sa selle, sa face salie de barbe allongée par la stupeur. Autour de son cou, une amulette de la Moisson en forme de cloche tintinnabulait alors qu'il tentait de s'emparer du fusil passé en bandoulière à l'une de ses robustes épaules de forgeron. Avant même qu'il ait pu poser la main sur la crosse, Roland fit voler au loin la clochette d'argent pendouillant sur sa poitrine et exploser le cœur juste en dessous. Hookey piqua du nez et vida ses étriers avec un grognement sourd.

Cuthbert rattrapa Roland sur sa droite et descendit deux autres hommes. Il lança à Roland un sourire carnassier.

— *Al avait raison !* hurla-t-il. *Ce sont de bons calibres !*

Roland et ses doigts de fée remplissaient leur office avec maestria, faisant tourner les barillets et les rechargeant, sans cesser de chevaucher au grand galop — et cela, à une effroyable vitesse, quasi surnaturelle — pour mieux recommencer à tirer. A présent, les trois garçons s'étaient presque entièrement frayé un passage à travers la colonne, galopant sans désemparer et fauchant quantité d'hommes de part et d'autre, aussi bien que devant eux, pour s'ouvrir la route.

Alain se laissa légèrement distancer et fit virer son cheval pour couvrir les arrières de Roland et Cuthbert.

Roland aperçut Jonas, Depape et Lengyll tirant sur les rênes et faisant volte-face pour affronter leurs assaillants. Lengyll se débattait avec sa mitraillette, dont la courroie s'était emberlificotée dans le grand col de son cache-poussière, si bien qu'à chaque nouvelle tentative qu'il faisait pour s'en saisir, l'arme tressautait hors d'atteinte. Sous sa grosse moustache blonde parsemée de gris, Lengyll tordait la bouche de fureur.

Soudain, Hash Renfrew, un énorme cinq-coups à l'acier bleui à la main, vint s'interposer entre ces trois-là et le duo Roland-Cuthbert.

— Les dieux vous maudissent ! s'écria Renfrew. Sales baiseurs de vos sœurs !

Lâchant les rênes, il cala son cinq-coups à la saignée du bras. Le vent soufflait méchamment, l'enveloppant de tourbillons de poussière brunâtre.

L'idée de battre en retraite n'effleura pas Roland pas plus que celle de danser de-ci, de-là sur sa selle. Il avait en fait le cerveau vide. La fièvre s'était emparée de lui et brûlait en lui comme une torche dans un manchon de verre. Hurlant, malgré les rênes coincées entre ses dents, il fonça au galop vers Hash Renfrew et les trois hommes derrière lui.

23

Jonas n'eut pas une vue très claire de ce qui se passait jusqu'à ce qu'il entende Will Dearborn hurler : *Sus ! A moi, pistoleros ! Et pas de quartier !* Un cri de guerre qu'il connaissait depuis fort longtemps. Alors tout se remettant en place, le crépitement des coups de feu eut un sens pour lui. Il serra la bride à sa monture qu'il fit pivoter, vaguement conscient que Roy à ses côtés l'imitait... mais conscient par-dessus tout du cristal dans le sac, cet objet à la fois puissant et fragile, qui ballait contre l'encolure de son cheval.

— C'est ces saletés de *gamins* ! s'exclama Roy.

Sa surprise complète lui donnait un air plus bête que jamais.

— *Dearborn ! Espèce de salopard !* cracha Hash Renfrew et l'arme qu'il tenait à la main tonna une seule et unique fois.

Jonas vit le *sombrero* de Dearborn emporté comme par un coup de dents. Puis le gamin se mit à tirer — et c'était un bon tireur, meilleur que tout autre que Jonas eût rencontré dans sa vie. Renfrew fut désarçonné en retour, bascula en arrière en ruant des deux jambes, sans lâcher son arme monstrueuse dont il tira deux coups vers le ciel bleu poussiéreux avant d'atterrir sur le dos, puis de rouler, mort, sur le flanc.

Lengyll, renonçant à empoigner sa mitraillette, ne put que fixer sans y croire l'apparition surgie du vent de sable qui fonçait sur lui.

— Arrière ! cria-t-il. Au nom de l'Association du Cavalier, je vous ordonne...

C'est alors qu'un large trou noir apparut au milieu de son front, juste au-dessus du point où ses sourcils s'embroussaillaient. Il leva vivement les mains, toutes paumes dehors, comme en signe de reddition. Ce fut ainsi qu'il mourut.

— Fils de pute, petit salopard qui baise sa sœur ! beugla Depape, tout en s'escrimant à dégainer.

Son revolver se prit dans son poncho. Il était encore en train de tenter de le libérer quand une balle tirée par Roland lui fendit la bouche en un cri rouge et muet presque jusqu'à la pomme d'Adam.

Impossible que des choses pareilles se produisent ! Je vais me réveiller ! songea stupidement Jonas. *Impossible, nous sommes beaucoup trop nombreux pour ça.*

Et pourtant, cela se produisait bien en réalité. Les gamins du Monde de l'Intérieur avaient frappé avec une précision infaillible à la ligne de fracture ; et se livraient à une démonstration digne du manuel de la façon dont les pistoleros menaient une attaque quand ils avaient le nombre contre eux. Et la coalition de rancheros, cowboys et durs à cuire de la ville réunie par Jonas avait volé en éclats. Les survivants s'égaillaient aux quatre points cardinaux, éperonnant leurs chevaux comme si une légion de démons libérés des enfers était à leurs trousses. Ils étaient loin d'être légion, mais *se battaient* comme cent. Des corps avaient mordu la poussière un peu partout et Jonas aperçut alors celui qui couvrait leurs arrières — Stockworth — descendre encore un homme sous ses yeux, en lui logeant une balle dans la tête. *Dieux de la terre*, se dit-il, *c'était Croydon, le propriétaire du Piano Ranch !*

Sauf qu'il n'était plus propriétaire de rien du tout à présent.

Puis ce fut au tour de Dearborn de foncer, l'arme au poing, sur Jonas.

Ce dernier s'empara du pochet enroulé autour du pommeau de sa selle et le dénoua en deux coups de poignet. Il leva le sac au-dessus de sa tête, dans les airs, montrant les dents, sa longue crinière blanche flottant au vent.

— *Si tu approches encore, je le brise ! Et je ne plaisante pas, satané blanc-bec ! Reste où tu es !*

Roland lancé au plein galop n'hésita pas une seconde, ne s'accorda pas un instant de réflexion ; ses mains pensaient à sa place, maintenant, et quand il se remémora tout cela plus tard, ce fut d'une façon bizarrement déformée, lointaine et silencieuse, comme s'il regardait dans un miroir fêlé... ou le cristal d'un magicien.

Jonas songea : *Mes dieux, c'est lui ! C'est Arthur l'Aîné qui vient me chercher en personne !*

Et à l'instant où la bouche du canon du revolver de Roland s'ouvrait à sa vue comme l'entrée d'un tunnel ou d'un puits de mine, Jonas se rappela ce que le morveux lui avait dit dans la cour poussiéreuse du ranch calciné : *L'âme d'un homme tel que toi ne peut jamais quitter l'Ouest.*

Je le savais, pensa Jonas. *Même alors, je savais déjà que mon* ka *était bel et bien épuisé. Mais il ne voudra assurément pas mettre en péril le cristal... il ne peut pas courir ce risque, il est* le dinh de ce ka-tet, *et comme tel il ne peut pas courir ce risque...*

— *A moi !* cria Jonas. *A moi, les gars ! Ils ne sont que trois, aux noms des dieux ! A moi, bande de lâches !*

Mais il était complètement seul — Lengyll tué, flanqué de son absurde mitraillette, Roy, rien qu'un cadavre fixant d'un œil furibond le ciel implacable, Quint enfui, Hookey mort, les rancheros qui les avaient escortés n'étaient plus. Seul Clay vivait encore mais se trouvait à des lieues d'ici.

— *Je vais le briser !* cria-t-il au garçon à l'œil glacial qui fonçait sur lui tel l'instrument de mort le mieux huilé. *J'en prends tous le dieux à témoin, je vais...*

Roland arma le chien de son revolver du pouce et tira. La balle vint frapper en plein centre la main tatouée qui tenait le cordon du sac, pulvérisant la paume, ne laissant que des doigts se détachant au jugé d'une masse rouge et spongieuse. Un bref instant, Roland aperçut le cercueil bleu, qui fut très vite masqué par le sang qui ruisselait.

Le sac tomba. Et au moment où Rusher, entrant en collision avec le cheval de Jonas, le repoussait sur le côté, Roland s'en saisit adroitement et le coinça au creux de son bras. Jonas poussa un cri de consternation en voyant l'objet si précieux entre tous lui échapper et, agrippant Roland par l'épaule, faillit réussir à désarçonner le pistolero. Le sang de Jonas coula à chaudes gouttes sur le visage de Roland.

— *Rends-le-moi, sale gamin !*

Jonas trifouilla sous son poncho et en extirpa une autre arme — *Rends-le-moi, il est à moi !*

— Plus maintenant, dit Roland.

Et tandis que Rusher se livrait à de rapides et légères voltes pour un animal de son gabarit, Roland tira deux fois à bout portant en plein visage de Jonas. Le cheval de ce dernier s'emballa et se débarrassa de son cavalier qui atterrit sur le dos, avec un bruit mat. Ses bras et ses jambes, agités d'un spasme, tremblotèrent en saccades puis cessèrent d'un seul coup.

Roland se passa le sac en bandoulière et revint vers Alain et Cuthbert, déterminé à leur prêter main-forte... mais ils n'avaient nullement besoin d'aide. Ils se tenaient côte à côte sur leurs montures dans un tourbillon de poussière, campés au bout d'un sillon zigzaguant, jalonné de cadavres, les yeux hagards, l'air hébété — ceux de jeunes garçons qui, ayant essuyé le feu pour la première fois, n'en revenaient toujours pas de ne pas s'y être brûlés. Seul Alain était blessé ; une balle lui avait ouvert la joue gauche, blessure qui guérit bien mais lui laissa une cicatrice qu'il garda jusqu'à son dernier jour. Il n'arrivait pas à se souvenir qui en était responsable, devait-il raconter par la suite, ni à quel moment de la bataille cela s'était produit. Pendant la fusillade, il avait perdu conscience de lui-même et n'avait qu'un très vague souvenir de ce qui était arrivé après le début de la charge. C'était du pareil au même pour Cuthbert.

— Roland, dit Cuthbert en se passant une main tremblante sur le visage. Aïle, pistolero.

— Aïle.

Cuthbert avait les yeux rouges et irrités par le sable, on aurait dit qu'il avait pleuré. Il reprit les billes d'argent inemployées quand Roland les lui tendit sans paraître savoir ce que c'était.

— On est vivants, Roland.

— Oui.

Alain regardait autour de lui, un peu étourdi.

— Où sont passés les autres ?

— Je dirais qu'au moins vingt-cinq sont là-bas, dit Roland, montrant la route pavée de cadavres. Pour le reste...

Sa main encore armée du revolver effectua un large demi-cercle.

— Ils sont loin. Ils ont eu leur content des guerres de l'Entre-Deux-Mondes, je cuide.

Roland fit glisser le sac de son épaule, le tint devant lui sur l'arcade de sa selle, avant de l'ouvrir. Un instant, la béance du sac resta obscure, puis s'emplit de la pulsation irrégulière d'une plaisante lumière rose.

Elle rampa sur les joues imberbes du pistolero avant d'inonder ses yeux.

— Roland, dit Cuthbert, soudainement nerveux, je ne crois pas que ce soit le moment de s'amuser avec ça. Ils ont tous dû entendre la fusillade à la Roche Suspendue. Si on doit finir ce qu'on a commencé, on n'a pas le temps de...

Roland l'ignora superbement. Glissant les deux mains à l'intérieur du sac, il en sortit le Cristal du Magicien. Il l'éleva à hauteur de ses yeux, sans prendre garde qu'il l'avait souillé de gouttelettes du sang de Jonas. Le cristal n'en parut guère dérangé : ce n'était pas son premier contact sanguin. Il miroita et tourbillonna de façon informelle quelques instants, puis ses vapeurs roses s'écartèrent comme des rideaux. Roland vit alors ce qu'il y avait à voir et se perdit dans cette contemplation.

Chapitre 10

Sous la Lune du Démon (II)

1

La main mise de Coraline sur le bras de Susan était ferme sans être douloureuse. Si la façon qu'elle avait de pousser en avant Susan dans le couloir du rez-de-chaussée n'avait rien de particulièrement brutal, elle trahissait une inflexibilité des plus décourageantes. Susan n'émit aucune protestation ; cela aurait été en pure perte. Derrière les deux femmes marchaient deux *vaqueros* (armés de couteaux et de *bolas*, car toutes les armes à feu étaient parties avec Jonas dans l'Ouest). Suivant les *vaqueros* d'un pas dolent comme un spectre maussade auquel manquerait l'énergie psychique nécessaire pour se matérialiser, venait Laslo, frère aîné de feu le Chancelier. Reynolds, dont l'inquiétude grandissante avait émoussé toute envie de viol en fin de parcours, était soit demeuré à l'étage soit sorti en ville.

— Je vais vous enfermer dans la resserre froide en attendant que je sache un peu mieux quoi faire de vous, ma chère, dit Coraline. Vous y serez tout à fait en sécurité et... au chaud. Vous avez bien de la chance de porter un poncho. Puis... quand Jonas reviendra...

— Vous ne reverrez jamais *sai* Jonas, fit Susan. Jamais il ne...

Une douleur nouvelle lui sauta au visage, qu'elle avait sensible. Un instant, Susan eut l'impression que le monde entier avait explosé. Elle chancela en arrière, contre le mur de pierre taillée du couloir d'en bas ; sa vue d'abord brouillée retrouva lentement sa clarté de vision. Elle sentait du sang couler le long de sa joue, celui de la blessure qu'y avait ouverte la pierre de la bague de Coraline quand elle l'avait giflée d'un revers de main, à toute volée. Et celui de son nez. Ce foutu appendice s'était remis à saigner, lui aussi.

Coraline la dévisageait d'un air glacial, très « j'accomplis ma tâche, un point c'est tout » ; néanmoins, Susan crut déceler dans son regard quelque chose d'un peu différent. De la peur, peut-être bien.

— Je vous interdis de me parler d'Eldred, mamzelle. On l'a envoyé rattraper et capturer les garçons qui ont tué mon frère. Et que vous avez fait évader.

— Pas à moi, ça suffit comme ça.

Susan s'essuya le nez, fit une grimace en voyant une mare de sang dans sa paume, qu'elle frotta contre la jambe de son pantalon.

— Je sais qui a tué Hart, aussi bien que vous. Alors arrêtez de me chercher et moi, je cesserai de vous trouver.

En voyant Coraline lever la main, prête à frapper, elle eut un petit rire ironique.

— Allez-y. Ouvrez-moi l'autre joue si ça vous chante. Ça ne changera rien au fait que vous dormirez cette nuit sans homme pour chauffer l'autre côté de votre couche, hein ?

Au lieu de gifler Susan, Coraline plaqua de nouveau violemment sa main sur le bras de la fille ; mais avec, cette fois, assez de poigne pour lui faire mal. Mais Susan le sentit à peine. Des spécialistes l'avaient déjà — et autrement — malmenée ce jour-là et elle aurait volontiers souffert davantage, si cela avait pu hâter le moment où Roland et elle seraient à nouveau réunis.

Coraline la traîna sur toute la longueur du couloir, lui fit traverser la cuisine — la grande pièce qui, tout autre Jour de la Moisson, aurait baigné dans la rumeur et la vapeur, était aujourd'hui étrangement déserte — jusqu'à la porte bardée de fer à l'autre extrémité. Coraline l'ouvrit. Une odeur de pomme de terre, de courge et d'âprerave s'en échappa.

— Entrez là-dedans. Et vite, avant que l'envie me prenne de botter votre mignon petit cul.

Susan la regarda bien en face, le sourire aux lèvres.

— Je vous maudirais bien en vous traitant de putain d'un assassin, *sai* Thorin, mais vous vous en êtes déjà chargée toute seule. Et vous le savez — on le lit sur votre figure, oui-da. Aussi me contenterai-je de vous faire ma révérence...

Sans cesser de sourire, elle joignit le geste à la parole.

— ... et de vous souhaiter une très bonne journée.

— *Entrez là-dedans et fermez votre clapet, effrontée !* s'écria Coraline, poussant Susan dans la resserre froide. Elle claqua la porte, tira le verrou et fusilla du regard les *vaqueros*, qui se tenaient prudemment à distance.

— Gardez-la bien, *muchachos*. Et ouvrez l'œil et le bon.

Se faufilant entre eux sans écouter leurs belles promesses, elle regagna à l'étage la suite de feu son frère pour y attendre Jonas ou à tout le moins un message de lui. La garce à face de lait remisée en bas entre les carottes et les pommes de terre ne savait rien, mais ses paroles, *Vous ne reverrez jamais* sai *Jonas*, Coraline ne pouvait plus se les sortir de la tête où elles résonnaient à présent à tous les échos.

2

Les douze coups de midi sonnèrent au clocher trapu qui coiffait la Salle Municipale. Et si le silence inaccoutumé qui planait sur le reste d'Hambry paraissait déjà bien étrange, quand le matin du Jour de la Moisson devint l'après-midi, le silence qui régnait au Repos des Voyageurs, lui, avait de quoi inquiéter carrément. Plus de deux cents pratiques se pressaient sous le regard fixe du Gai Luron, éclusant sec comme un seul homme ; cependant, il n'y avait quasiment aucun bruit, hormis celui des pieds raclant le sol et le heurt impatient des verres sur le bar, réclamant une nouvelle tournée.

Sheb avait attaqué timidement un air au piano — *Big Bottle Boogie*, que tout le monde aimait bien — mais un cow-boy, dont la joue s'ornait d'une tache de muté, lui avait enfilé la pointe d'un couteau dans le creux de l'oreille, lui disant d'arrêter son tintouin s'il voulait conserver ce qui lui tenait lieu de cervelle du côté tribord de son tympan. Sheb, qui aurait bien aimé jouir de l'air qu'on respire encore un bon millier d'années si les dieux l'avaient permis, avait abandonné illico son tabouret et gagné le bar pour prêter main-forte à Stanley et à Pettie le Trottin pour servir la bibine.

L'humeur des buveurs était mélangée et morose. Privés de la Fête de la Moisson, ils ne savaient plus trop quoi faire au juste. Il y aurait toujours un feu de joie et un plein contingent de pantins de chiffon à brûler, mais pas question de baisers de la Moisson aujourd'hui ni de bal, ce soir ; pas de devinettes, pas de courses, pas de combats de cochons, pas de blagues... pas de franche partie de rigolade, oui, noms des dieux ! Pas d'adieu chaleureux à la fin de l'année ! Pour toute liesse, il y avait eu des meurtres au cœur de la nuit et l'évasion des coupables et maintenant, ne restait plus que l'espoir — et non la certitude — de leur châtiment. Tous ceux-là, abrutis par la boisson et leurs ruminations, étaient potentiellement dangereux, telles des nuées d'orage porteuses de foudre : ils n'attendaient que celui ou celle qui leur dirait quoi faire.

Et bien sûr, quelqu'un à balancer dans le brasier, comme au bon vieux temps d'Arthur l'Aîné.

Ce fut à ce stade-là, peu après que le dernier coup de midi se fut évanoui dans l'air froid, que les portes battantes livrèrent passage à deux femmes. Ils étaient nombreux à connaître la mégère qui marchait devant et plusieurs se signèrent les yeux avec les pouces pour se garantir du mauvais œil. Un murmure parcourut la pièce. C'était la vieille du Cöos, la sorcière, et bien que son visage fût criblé d'ulcères et ses yeux enfoncés si profond dans les orbites qu'on les apercevait à peine, elle dégageait une étrange vitalité. Ses lèvres étaient rouges comme si elle avait croqué des apalachines.

La femme qui la suivait se déplaçait lentement, d'un air guindé, une main crispée sur la poitrine. Son visage était aussi blanc que la bouche de la sorcière était rouge.

Rhéa, sans leur jeter le moindre coup d'œil, passa devant les tables de Surveille Moi, d'où les pistards qui y étaient installés la regardèrent, bouche bée, gagner le milieu de la pièce. Ce ne fut qu'une fois à mi-bar, exactement sous l'œil furibond du Gai Luron, qu'elle daigna se retourner pour mieux dévisager les meneurs de chevaux et les gens de la ville, devenus muets.

— Vous me connaissez tous ou presque ! s'écria-t-elle d'une voix éraillée aux accents presque stridents. Que ceux d'entre vous qui n'ont jamais eu besoin d'un philtre d'amour ni de remettre du plomb dans la tige de leur mousquet ni ne se sont jamais lassés de la langue de vipère de leur belle-mère, sachent que je suis Rhéa, la sage-femme du Cöos. Quant à cette dame à mes côtés, c'est la tante de la fille qui a libéré les trois meurtriers hier au soir... c'est la même qui a assassiné votre Shérif et un bon jeune homme — marié qu'il était avec un enfant en route. Sans défense, il a levé ses mains nues vers elle, en la suppliant de lui laisser la vie sauve au nom de sa femme et de son futur bébé, et pourtant, elle lui a tiré dessus ! C'est une cruelle, si fait ! Une cruelle et une sans-cœur !

Un murmure parcourut l'assemblée, mais cessa à peine Rhéa leva-t-elle ses vieilles mains crochues. Sans les baisser, elle effectua un tour complet sur elle-même pour bien les avoir tous dans son champ de vision. Elle avait tout du champion de boxe le plus vieux et le plus laid du monde.

— Des étrangers sont venus et vous les avez accueillis parmi vous ! s'écria-t-elle de sa voix croassante. Accueillis et nourris de pain, et en retour, ils ne vous ont abreuvés que de malheurs et de chagrins ! Ils ont causé la mort d'êtres chers dont vous dépendiez, gâché la Fête de la Moisson et attiré sur vous les dieux savent quelles malédictions pour la *fin de año* !

Les murmures s'amplifièrent. Rhéa avait réveillé leur peur la plus enfouie : que les maux de cette année s'étendent au point de contaminer le nouveau bétail de bon aloi qui, lentement mais sûrement, faisait sa réapparition le long de l'Arc Extérieur.

— Mais ils sont partis pour ne plus revenir, apparemment ! continua Rhéa. C'est peut-être aussi bien... pourquoi leur sang impur devrait-il souiller notre sol ? Mais il y a cette autre... cette autre qui a grandi parmi nous... une jeune femme qui a trahi sa ville et les siens, en vrai mouton noir de son troupeau.

Pour prononcer cette dernière phrase, elle avait baissé le ton et sa voix n'était plus qu'un chuchotis rauque ; ses auditeurs tendirent l'oreille pour la saisir, ouvrant de grands yeux, la mine allongée. C'est alors que Rhéa s'effaça devant la femme hâve et pâle en robe noire qu'elle poussa au premier plan comme une poupée de chiffon ou la marionnette d'un ventriloque. Elle lui murmura quelque chose au creux de l'oreille... mais d'une façon ou d'une autre, ce chuchotement se propagea : tous l'entendirent.

— Allez, ma chère. Répétez-leur donc ce que vous m'avez dit.

D'une voix atone mais qui n'en portait pas moins, Cordélia se mit à parler :

— Elle m'a dit qu'elle ne voulait plus être la gueuse du Maire. Qu'il n'était point assez bon pour elle, m'a-t-elle dit. Et puis elle a séduit Will Dearborn. Pour prix de son corps, elle exigeait la position enviable d'être son épouse à Gilead... et le meurtre d'Hart Thorin. Dearborn a payé son prix. La désirant comme il la désirait, il l'a payé volontiers. Ses amis lui ont prêté la main ; eux aussi ont peut-être joui d'elle, à ce que j'en sais. Le Chancelier Rimer a dû se mettre en travers de leur route. Ou bien peut-être que de le voir simplement leur a donné l'idée de lui régler son compte à lui aussi.

— Salopards ! s'écria Pettie. Petits goujats fouinards !

— Dites-leur maint'nant ce qu'y faut faire pour clarifier la nouvelle saison avant qu'elle soille gâtée, ma chérie, poursuivit Rhéa en roucoulant.

Cordélia Delgado releva la tête et dévisagea les hommes qui l'entouraient. Elle reprit son souffle, ses poumons de vieille fille inhalant profondément les odeurs aigres de *graf*, bière et whiskey confondues.

— Il faut s'emparer d'elle. Vous devez vous emparer d'elle. Je vous le dis avec tristesse et du fond du cœur, si fait.

Le silence. Et leurs yeux, à tous.

— Et lui peindre les mains.

Le regard vitreux, la chose sur le mur, comme un juge empaillé, parut rendre sa sentence au-dessus de l'assistance en attente.

— *Charyou tri*, murmura Cordélia.

Ils consentirent sans un cri, mais dans un soupir semblable à celui du vent d'automne entre les branches des arbres dénudés.

3

Sheemie courut littéralement aux trousses du méchant Chasseur du Cercueil et de Susan-*sai* jusqu'à l'extrême limite de ses forces — ses poumons étaient en feu et son point de côté s'était transformé en crampe en bonne et due forme. Il piqua du nez dans l'herbe de l'Aplomb, sa main gauche agrippée à son aisselle, grimaçant de souffrance.

Il resta allongé ainsi quelque temps, le visage enfoui dans l'herbe odorante, sachant parfaitement que ceux qu'il poursuivait prenaient de plus en plus d'avance, mais aussi que se relever et recommencer à courir ne servirait à rien tant que son point de côté n'aurait pas disparu pour de bon. S'il tentait de hâter le processus, le point de côté reviendrait le mettre à bas. Aussi resta-t-il comme il était, levant la tête pour observer les traces laissées par Susan-*sai* et le méchant Chasseur du Cercueil. Il se préparait à retenter l'aventure quand Caprichoso le mordit. Rien à voir avec un gentil mordillement, ma foi, mais un bon coup de dents. Capi, qui venait de connaître vingt-quatre heures éprouvantes, avait très moyennement apprécié de voir l'auteur de toutes ses misères se vautrer dans l'herbe pour y piquer un roupillon, selon toute apparence.

— *OOOUCHHH ! Maudit sois-tu !* s'écria Sheemie qui pour le coup bondit sur ses pieds.

Rien de tel comme remède miracle que de se faire mordre le cul, un homme plus porté à philosopher se serait-il fait la réflexion ; ça faisait s'envoler en fumée tous vos autres soucis et chagrins, même les plus lourds à porter.

Sheemie tournicota, en se frottant le fondement.

— Pourquoi t'as fait ça, vieux sournois de vilain Capi ?

De grosses larmes de douleur humectaient ses yeux.

— Ça m'a fait un mal de... un mal de *gros fils de pute* !

Là-dessus, Caprichoso, allongeant le cou au maximum, découvrit ses dents en ce rictus satanique que seuls mulets et dromadaires savent déployer et se mit à braire. Aux oreilles de Sheemie, ce braiment avait tout d'un éclat de rire.

La longe du mulet traînait toujours par terre entre ses petits sabots pointus. Sheemie tendit la main pour s'en saisir, mais quand Capi baissa la tête pour lui infliger une nouvelle morsure, le simplet lui flanqua en biais une tape bien appliquée sur sa tête étroite. Capi renifla fortement et cligna des yeux.

— Tu l'as point volée, mon vieux. Vilain Capi, va ! fit Sheemie. Va falloir que je chie accroupi pendant une semaine, si fait. J'pourrai point poser mon joufflu sur le siège.

Il doubla la longe autour de son poing et grimpa sur le dos de l'animal. Capi ne chercha pas à le désarçonner, mais Sheemie grimaça en posant son séant blessé sur l'échine du mulet. Il avait cependant de la chance, songeait-il en piquant les flancs de l'animal pour le mettre en branle. Son cul lui faisait mal, mais du moins il n'aurait plus à marcher... ni à tenter de courir avec un point de côté.

— Avance, idiot ! dit-il. Presse-toi ! Va aussi vite que tu peux, vieux fils de pute !

Au cours de l'heure qui suivit, Sheemie traita Capi de « vieux fils de pute » plus souvent qu'à son tour — il venait de découvrir, comme beaucoup d'autres avant lui, qu'il n'y a que le premier juron qui coûte et rien de comparable pour se soulager le cœur.

4

Les traces laissées par Susan coupaient l'Aplomb en diagonale en direction de la côte et de la vieille bâtisse en adobe qui s'y élevait. Quand Sheemie atteignit Front de Mer, il mit pied à terre à l'extérieur de l'arche et resta un instant à court, quant à la marche à suivre. Qu'ils soient venus ici, il n'en doutait point — le cheval de Susan, Pylône, et celui du méchant Chasseur du Cercueil étaient attachés ensemble à l'ombre, baissant de temps à autre la tête vers l'abreuvoir de pierre rose qui flanquait la cour, côté océan.

Que faire maintenant ? Si les cavaliers qui entraient et sortaient en empruntant l'arche (des *vaqueros* chenus pour la plupart qu'on avait jugés trop vieux pour faire partie de la colonne de Lengyll) ne prêtaient point attention au garçon d'auberge et à son mulet, avec Miguel, ça risquait d'être une autre paire de manches. Le vieux *mozo* n'avait jamais aimé Sheemie et agissait en tout point comme s'il pensait que ce dernier allait se transformer en voleur à la première occasion ; et si jamais Miguel surprenait le souillon à tout faire de Coraline à rôder dans la cour, il l'en chasserait presque à coup sûr.

Nenni, il le fera point, décida Sheemie en son for intérieur. *Pas aujourd'hui, j'peux point le laisser me commander aujourd'hui. J'm'en irai pas même s'il me braille dessus*.

Mais si le vieux braillait pour de bon et donnait l'alarme, qu'est-ce qui se passerait ? Le méchant Chasseur du Cercueil accourrait et le tuerait aussi bien. Sheemie en était au point où il voulait bien mourir pour ses amis, mais à condition que ça serve à quelque chose.

Aussi sautillait-il d'un pied sur l'autre, dans le soleil froid, plein d'irrésolution, déplorant de ne pas être plus malin afin de pouvoir élaborer un plan. Une heure s'écoula de la sorte, puis deux. Le temps s'étirait, chaque instant qui passait devenait une épreuve des plus frustrantes. Il sentait lui glisser entre les doigts toutes les occasions d'aider Susan-*sai* sans savoir quoi faire à ce propos. A un moment donné, il entendit comme un roulement de tonnerre en provenance de l'ouest... même s'il lui parut déplacé qu'il tonne par une belle journée d'automne comme celle-ci.

Il avait quasiment décidé de s'aventurer dans la cour, quoi qu'il arrive — temporairement déserte, il pourrait réussir à la traverser sans encombre et atteindre le corps principal du bâtiment — quand l'homme qu'il redoutait par-dessus tout surgit des écuries en titubant.

Miguel Torres, tout enguirlandé d'amulettes de la Moisson, était en état d'ébriété avancée. Il gagna le milieu de la cour en zigzaguant de côté et d'autre, la bride de son *sombrero* entortillée dans les plis de son cou décharné, sa longue chevelure blanche au vent. Le devant de sa *chibosa* était trempé, comme s'il avait essayé de pisser un coup sans se rappeler qu'il fallait d'abord mettre dehors son engin. Il tenait à la main un cruchon de céramique. Il avait l'air farouche et le regard chaviré.

— Qui a fait ça ? s'écria Miguel.

Il leva les yeux vers le ciel d'après-midi où flottait la Lune du Démon. Malgré le peu d'affection que ressentait Sheemie pour le vieillard, il frémit dans son cœur : ça ne portait point bonheur de regarder le vieux Démon en face, si fait.

— Qui a fait une chose pareille ? Je vous demande de me le dire, *señor ! Por favor !*

S'ensuivit une pause, puis un cri si puissant que Miguel chancela et faillit tomber à la renverse. Il leva ses deux poings, comme s'il voulait extorquer une réponse du visage qui clignait sur la face de la lune, puis les laissa retomber avec lassitude. De la liqueur de maïs déborda par le bec du cruchon et le trempa encore davantage. « *Maricón* », marmonna-t-il. Il tituba jusqu'au mur d'adobe (manquant s'étaler en heurtant au passage les postérieurs du cheval du méchant Chasseur du Cercueil) auquel, assis par terre, il s'adossa. Après avoir bu copieusement au cruchon, il remonta son *sombrero* qu'il rabattit sur ses yeux. Le cruchon tremblota au bout de son bras, puis il le reposa, comme si au final il s'était révélé trop pesant. Sheemie attendit que le pouce du vieillard lâche l'anse du cruchon et que sa main vienne s'affaler sur les pavés de la cour. Il allait se précipiter, quand il prit le parti d'attendre encore un petit peu. Miguel était vieux, Miguel était une sale bête et Miguel pourrait bien être un peu ficelle aussi, supposa Sheemie. Beaucoup de gens l'étaient, surtout les sales bêtes.

Il attendit que s'élèvent les ronflements crachouillants de Miguel, puis mena Capi dans la cour, grimaçant au moindre *clop* des sabots du mulet. Miguel ne broncha pas d'un orteil, cependant. Sheemie attacha Capi à l'extrémité de la barre (il grimaça encore une fois quand Capi poussa un braiment discordant pour saluer les chevaux attachés près de lui), puis traversa en vitesse jusqu'à l'entrée principale qu'il n'avait jamais espéré franchir un jour. Il posa la main sur le gros loquet de fer, regarda derrière lui encore une fois le vieillard assoupi contre le mur, puis ouvrit la porte et entra sur la pointe des pieds.

Il se tint un instant immobile dans le rectangle ensoleillé projeté par la porte ouverte, les épaules remontées jusqu'aux oreilles, s'attendant à tout moment qu'une main le saisisse par la peau du cou (dont les individus dotés d'un méchant naturel semblaient toujours s'emparer sans peine, même si vous rentriez la tête dans les épaules au maximum) ; une voix furieuse s'élèverait ensuite, lui demandant où il comptait aller comme ça.

Le vestibule était désert et silencieux. Sur le mur du fond, une tapisserie montrait des *vaqueros* rassemblant des chevaux sur l'Aplomb ; on avait posé contre elle une guitare dont une corde était cassée. Le moindre pas de Sheemie se répercutait à tous les échos, si légèrement qu'il posât le pied. Il frissonna. Cet endroit était désormais la maison du crime, un lieu maudit. Peuplé de fantômes, presque à coup sûr.

Et pourtant Susan se trouvait ici. Quelque part.

Il franchit les doubles portes à l'autre extrémité du vestibule et entra dans la salle de réception. Sous son haut plafond, le bruit de ses pas résonna plus fort que jamais. Des Maires morts depuis longtemps le toisaient du haut des murs ; tandis qu'il avançait, la plupart semblaient le suivre de leurs yeux effrayants, le désignant comme intrus. Il avait beau savoir que ces yeux-là étaient peints, n'empêche...

L'un des portraits en particulier le mettait mal à l'aise : celui d'un gros homme aux cheveux roux clairsemés, à la gueule de bouledogue et avec un éclair de méchanceté dans l'œil, tout prêt à demander à un garçon d'auberge demeuré ce qu'il faisait dans le Grand Hall de la Maison du Maire.

— Arrête de me regarder comme ça, gros fils de pute, chuchota

Sheemie, qui respira un petit peu mieux. Momentanément, du moins.

Puis vint le tour de la salle à manger, déserte elle aussi, avec ses longues tables à tréteaux poussées contre le mur. Il y avait des restes de repas sur l'une d'elles — un plat unique de volaille froide et du pain en tranches, plus une chope d'ale à moitié pleine. La vision de ces reliefs sur une table qui avait connu nombre de fêtes et autres festins — qui aurait dû en connaître une de plus, le jour même — rappela à Sheemie l'énormité de ce qui s'était passé. Et la tristesse qui allait avec. Les choses avaient changé à Hambry, probable qu'elles ne seraient plus jamais comme avant.

Ces pensées peu réjouissantes ne l'empêchèrent pas de s'empiffrer de poulet et de pain ni de les aider à descendre avec l'ale qui restait dans la chope. Il venait de connaître un long jour de jeûne.

Il rota et, se couvrant la bouche de ses deux mains sales, lança des coups d'œil furtifs et coupables dans tous les coins et recoins. Puis continua son exploration.

La porte au fond de la pièce avait le loquet mis, mais n'était pas verrouillée. Sheemie l'ouvrit et passa la tête dans le corridor qui longeait la Maison du Maire dans sa totalité. Aussi large qu'une avenue, il était éclairé au gaz par des chandeliers. Il était désert — du moins pour le moment — mais Sheemie entendait des chuchotements en provenance d'autres pièces, d'autres étages aussi, peut-être. Il supposa que c'étaient les voix des femmes de chambre et d'autres domestiques qui se trouvaient par là, cet après-midi. Mais ces voix ne lui en paraissaient pas moins fantomatiques. L'une d'elles était peut-être celle du Maire Thorin, hantant le couloir qu'il avait sous les yeux (ah si seulement Sheemie avait pu le voir... tout en étant ravi de ne pas pouvoir). Thorin le Maire, errant et s'interrogeant sur ce qu'il lui était arrivé, sur ce que pouvait bien être cette matière froide et gélatineuse qui trempait sa chemise de nuit, et qui...

Une main agrippa Sheemie par le bras, juste au-dessus du coude. Il faillit glapir de frayeur.

— Non ! chuchota une voix de femme. Au nom de ton père !

Sheemie se débrouilla pour ravaler son cri. Puis se retourna : devant lui, vêtue d'un jean et d'une simple chemise de ranchero à carreaux, les cheveux tirés sur la nuque, son visage pâle arborant un air décidé, ses yeux noirs étincelants, se tenait la veuve du Maire.

— *S... S... Sai* Thorin... je... je... je...

Il ne trouvait rien d'autre à dire. *Maintenant, elle va appeler le guet, s'il reste encore des gardes*, se dit-il. En un sens, il serait soulagé.

— Tu es venu chercher la fille ? La fille Delgado ?

Le chagrin avait profité à Olive, de terrible façon — il lui avait donné une mine moins replète, étrangement rajeunie. Ses yeux noirs ne lâchaient point ceux de Sheemie, lui interdisant tout faux-fuyant mensonger. Ce dernier opina.

— Bien. Alors tu peux m'aider, mon garçon. Elle est en bas, dans la resserre, sous bonne garde.

Sheemie, bouche bée, n'en croyait pas ses oreilles.

— Penses-tu que je crois qu'elle a quoi que ce soit à voir avec le meurtre d'Hart ? demanda Olive, comme si Sheemie avait soulevé une objection. « J'ai beau être grosse et plus aussi rapide sur mes cannes, je ne suis point complètement idiote. Front de Mer n'est point un endroit sûr pour *sai* Delgado en ce moment... trop de monde en ville sait qu'elle s'y trouve. »

5

« Roland »

Il réentendrait cette voix dans bien des mauvais rêves, le reste de ses jours, sans jamais se souvenir tout à fait de ce dont il vient de rêver, sachant seulement que les rêves l'abandonnent en lui laissant le sentiment d'être malade... de marcher sans trêve, de remettre d'aplomb des tableaux dans des pièces où l'amour n'a pas droit de cité, d'écouter l'appel du muezzin sur les places de villes lointaines.

« Roland de Gilead »

Cette voix, qu'il reconnaît presque ; une voix si proche de la sienne qu'un psychiatre du quand et du où de Jake et Susannah dirait que c'est *sa voix, la voix de son inconscient, mais Roland en sait plus long ; Roland sait que les voix qui ressemblent le plus à la nôtre quand elles parlent dans nos têtes sont souvent celles des étrangers les plus terribles, des plus dangereux des intrus.*

« Roland, fils de Steven »

Le cristal l'a d'abord emmené à Hambry, à la Maison du Maire, et au moment où il veut voir davantage de ce qui s'y passe, il l'a entraîné plus loin — l'a appelé *plus loin de cette voix étrangement familière et il a dû obtempérer. Il n'a pas le choix parce qu'à l'opposé de Rhéa ou de Jonas, il ne regarde pas le cristal et les créatures qui s'y expriment sans paroles ; lui est* à l'intérieur *du cristal, il fait partie intégrante de sa tornade rose perpétuelle.*

« Viens, Roland. Vois, Roland »

Et d'abord la tornade le soulève, puis l'emporte. Il survole l'Aplomb, s'élevant encore et encore à travers des courants d'air tiède, puis froid ; il n'est pas seul dans cet ouragan rose qui l'entraîne vers l'ouest, le long du Sentier du Rayon. Sheb le dépasse, son chapeau enfoncé sur la nuque, chantant « Hey Jude » à pleins poumons tandis que ses doigts tachés de nicotine pianotent les touches d'un clavier invisible... transporté par la chanson, Sheb ne paraît pas s'apercevoir que la tempête lui a arraché son instrument.

« Viens, Roland »

dit la voix — la voix du maelström, la voix du cristal — et Roland lui obéit. Le Gai Luron vole près de lui, ses yeux de verre lançant des éclairs roses. Un individu maigrichon en salopette de fermier le dépasse en volant, ses longs cheveux roux flottant derrière lui. « Lon-

gue vie à toi et à tes récoltes » — ou quelque chose d'approchant — dit-il avant de disparaître. Puis vient le tour d'un fauteuil en ferraille, muni de roues, qui tourbillonne comme un moulin à vent des plus insolites (et qui aux yeux de Roland a tout d'un instrument de torture) et le Pistolero adolescent pense à La Dame d'Ombres *sans savoir ni pourquoi ni ce que ça signifie.*

Maintenant la tornade rose lui fait franchir des montagnes désolées, puis planer au-dessus d'un delta fertile et vert, où un large fleuve insinue ses méandres et ses bras morts comme une veine, et qui reflète un ciel bleu et calme qui vire au rose églantine au passage de la tempête. Devant lui, Roland aperçoit une colonne de ténèbres qui se dresse précipitamment et son cœur défaille, c'est pourtant là que la tornade rose l'emmène et qu'il doit se rendre.

Je veux en sortir, *pense-t-il, mais il n'est pas bête à ce point, il connaît la vérité : il se peut qu'il n'en sorte* jamais. *Le cristal du magicien l'a englouti corps et biens. Il risque de demeurer embourbé dans son œil du cyclone pour toujours.*

Je me frayerai une issue à coups de feu, s'il le faut, *songe-t-il, mais non — il n'a pas de revolvers. Il est nu dans la tornade, précipité cul le premier vers cette contagion bleu-noir si virulente, qui a enseveli tout le paysage sous elle.*

Cependant il entend chanter.

Faiblement, mais magnifiquement — des accords doux et harmonieux qui le font frissonner et penser à Susan : oiseau et ours, lièvre et poisson.

*Soudain, le mulet de Sheemie (*Caprichoso, quel beau nom, *songe Roland) le double, galopant dans les airs, les yeux aussi brillants que deux sourdfeux dans le* lumbre fuego *de la tornade.*

A sa suite, coiffée d'une sombrera, *à califourchon sur un balai enguirlandé d'amulettes de la Moisson flottant à tout va, vient Rhéa du Cöos. « Je t'aurai, mon joli ! » hurle-t-elle au mulet volant. Puis, rire caquetant au vent, elle est déjà loin, zim boum hue !*

Roland plonge dans le noir et a soudain le souffle coupé. Le monde qui l'entoure n'est plus que ténèbres délétères ; l'air semble ramper sur sa peau comme une portée de poux. Il est ballotté çà et là, boxé par des poings invisibles, puis précipité tête la première si violemment qu'il craint de se fracasser sur le sol : ainsi chut Lord Perth.

Des champs à l'abandon et des villages déserts sortent de la pénombre montant à sa rencontre ; il voit des arbres foudroyés qui ne donneront plus jamais d'ombrage — mais, à quoi bon, tout est ombre par ici, tout est mort par ici, on est aux confins du Monde Ultime, où certain jour sombre, il touchera. Et où tout est mort.

« Voici Tonnefoudre, Pistolero »

— Tonnefoudre, répète-t-il.

Ici se trouvent les non-respirants ; les blanches figures.

— Les non-respirants. Les blanches figures.

Oui. De quelque façon, il sait tout cela... C'est ici l'endroit des soldats massacrés, au heaume fendu, à la hallebarde couverte de rouille ; c'est d'ici que proviennent les guerriers au visage pâle. C'est Tonnefoudre, ou les aiguilles des horloges tournent à l'envers et où les cimetières vomissent leurs morts.

Devant lui, il y a un arbre pareil à une main griffue, prête à agripper ; sur sa plus haute branche, on a empalé un bafou-bafouilleux. Il devrait être mort, mais à l'instant où passe la tornade rose qui emporte Roland, il lève la tête et regarde le Pistolero avec une douleur et une lassitude inexprimables. « Ote ! » crie-t-il avant de disparaître à son tour et de sombrer dans l'oubli pour de nombreuses années.

« Regarde devant toi, Roland et vois ton destin »

Tout à coup, Roland reconnaît cette voix — c'est celle de la Tortue.

Il aperçoit alors une brillante lueur bleu et or qui perce l'obscurité sale de Tonnefoudre. A peine a-t-il eu le temps d'enregistrer cette vision, que le voilà qui brise la ténèbre et entre dans la lumière comme s'il sortait d'une coquille d'œuf, comme une créature qui naît enfin.

« Lumière ! Que la lumière soit ! »

s'écrie la voix de la Tortue et Roland doit se mettre les mains devant les yeux et regarder à la dérobée entre ses doigts pour éviter d'être aveuglé. En dessous de lui, se déploie un champ de sang — ou du moins le pense-t-il alors, en gamin de quatorze ans qui vient de tuer pour la première fois, ce jour-là. C'est le sang qui a coulé de Tonnefoudre et menace de submerger notre côté du monde, *se dit-il et ce ne sera pas avant d'innombrables années qu'il redécouvrira le temps passé à l'intérieur du cristal, qu'il fera le rapprochement entre son souvenir et le rêve d'Eddie et qu'il confiera à ses* compadres *assis près de lui sur la bande d'arrêt d'urgence d'une autoroute à péage, à la fin de la nuit, qu'il avait tout faux, que la luminosité intense, succédant si vite aux ombres de Tonnefoudre, l'avait trompé. « Ce n'était pas du sang, mais des roses », précisera-t-il à Eddie, Susannah et Jake.*

« Regarde un peu par là, Pistolero »

Oui, la voilà, pilier poudreux d'un gris noirâtre se dressant à l'horizon : la Tour Sombre, le point où tous les Rayons, toutes les lignes de force convergent. A chacune de ses fenêtres spiralées, il distingue les éclats intermittents d'un feu bleu électrique et entend les cris de ceux qui y sont enfermés ; il ressent à la fois le pouvoir de cet endroit et son anomalie fondamentale ; il ressent comment la Tour propage cette anomalie qui contamine tout, amollissant ce qui sépare les mondes, il ressent combien son potentiel malfaisant s'accroît et devient plus fort, même si la maladie affaiblit sa vérité et sa cohérence, comme un corps affligé d'un cancer ; cet éperon de pierre gris fer est le plus grand mystère du monde, son ultime et terrible énigme.

C'est la Tour, la Tour Sombre s'élevant jusqu'au ciel et alors que Roland se précipite vers elle porté par la tornade rose, il songe : j'entrerai en toi, moi et mes amis, nous entrerons, si le *ka* le veut ainsi ; nous entrerons et vaincrons cette anomalie qui est en toi. Cela prendra peut-être des années encore, mais je jure par l'oiseau, l'ours, le lièvre et le poisson, par tout ce que j'aime d'amour que...

Mais alors le ciel s'emplit de nuages effilochés qui s'échappent à gros bouillons de Tonnefoudre et le monde commence à s'assombrir ; la lumière bleue aux fenêtres étagées de la Tour brille comme les yeux de la folie et Roland entend s'élever par milliers cris et lamentations.

« Tu tueras tout ce que tu aimes »

dit la voix de la Tortue, et maintenant, cette voix est la dureté et la cruauté mêmes.

« et cependant la Tour te restera obstinément close »

Le Pistolero reprend tout son souffle et rameute toutes ses forces ; quand il crie sa réponse à la Tortue, il le fait au nom de toutes les générations de son propre sang : NON ! ELLE NE ME RÉSISTERA PAS ! QUAND JE PARVIENDRAI ICI EN CHAIR ET EN OS, ELLE NE ME RÉSISTERA PAS ! JE LE JURE SUR LE NOM DE MON PÈRE, ELLE NE ME RÉSISTERA PAS !

« Soit. Alors, Meurs ! »

dit la voix et Roland, projeté vers le flanc gris noirâtre de la Tour, est sur le point de s'y écraser comme un insecte contre un rocher. Mais juste avant que cela ne se produise...

6

Cuthbert et Alain observaient Roland avec une inquiétude grandissante. Il avait levé le fragment de l'Arc-en-Ciel de Maerlyn à hauteur de son visage, le tenant dans ses mains jointes comme une coupe précieuse avant de porter un toast lors d'une cérémonie. Le sac gisait, tout froissé, au pied de ses bottes poussiéreuses ; les joues et le front de Roland étaient baignés d'une lueur rose qui ne disait rien qui vaille à ses deux compagnons. Elle paraissait vivante et affamée, qui plus est.

La même idée traversa leurs esprits comme s'ils ne faisaient plus qu'un : *je ne vois plus ses yeux. Où sont-ils ?*

— Roland ? répéta Cuthbert. Si nous devons atteindre la Roche Suspendue avant qu'ils ne se soient préparés à nous y recevoir, il faut que tu mettes cette chose de côté.

Roland ne faisait pas mine de vouloir laisser là le cristal. Il marmonna entre ses dents ; plus tard, quand Cuthbert et Alain eurent l'occasion de comparer leurs notes, ils tombèrent d'accord que Roland avait murmuré *tonnefoudre*.

— Roland ? s'enquit Alain, qui s'avança. Avec le même excès de précautions qu'un chirurgien introduisant un scalpel dans le corps d'un patient, il interposa sa main droite entre l'arrondi du cristal et le visage penché et scrutateur de Roland. Aucune réaction. Alain recula et se tourna vers Cuthbert.

— Tu peux l'atteindre avec le *shining* ? demanda Bert.

Alain secoua la tête.

— Pas du tout. On dirait qu'il s'est absenté très loin.

— Il faut qu'on le réveille.

La voix de Cuthbert, sèche comme de l'amadou, tremblait légèrement sur les bords.

— Vannay nous a enseigné que, si l'on tire trop brutalement quelqu'un d'une profonde transe hypnotique, il peut devenir fou, dit Alain. Tu te rappelles ? Je ne sais pas si je vais oser...

Roland s'ébroua. Les orbites roses où ses yeux n'étaient plus visibles parurent s'agrandir encore. Sa bouche se ferma en un pli de détermination farouche que tous deux connaissaient bien.

— *Non ! Elle ne me résistera pas !* cria-t-il d'une voix qui donna la chair de poule aux deux autres garçons ; ce n'était absolument pas la voix de Roland, du moins pas du Roland du moment ; c'était la voix d'un homme fait.

— Non, fit Alain, beaucoup plus tard, alors que Roland dormait et qu'avec Cuthbert, ils veillaient devant le feu de camp. C'était la voix d'un roi.

Pour le moment, cependant, tous deux contemplaient, paralysés de frayeur, leur ami qui tonitruait, l'air absent.

— *Quand je parviendrai ici en chair et en os, elle ne me résistera pas ! Je le jure sur le nom de mon père,* ELLE NE ME RÉSISTERA PAS *!*

Puis le visage de Roland coloré d'un rose surnaturel se décomposa, tel celui d'un homme confronté à quelque horreur inimaginable, et Cuthbert et Alain se précipitèrent vers lui. Il n'était désormais plus question de risquer de lui nuire en tentant de le sauver ; s'ils ne faisaient rien, le cristal allait le tuer sous leurs yeux.

Dans la cour du Bar K, c'était Cuthbert qui avait cogné Roland ; cette fois, ce fut à Alain qu'échut cet honneur, gratifiant le Pistolero d'un direct du droit en plein front plutôt rude. Roland tomba à la renverse, le cristal lui glissa des mains et l'épouvantable lueur rose se retira de ses traits. Cuthbert se chargea de lui et Alain, du cristal. Le bizarre scintillement rose de la chose eut beau persister lourdement, lui pulsant au visage et aux yeux, cherchant à attirer son mental, Alain ne l'en fourra pas moins avec résolution dans le sac sans le fixer... et à l'instant où il en tirait le cordon d'un coup sec, l'enfermant bien serré, il entrevit la lumière rose s'éteindre dans un dernier clignement, comme si le cristal savait qu'il avait perdu. Cette manche, du moins.

Alain se retourna et fit la grimace à la vue de la bosse qui décorait le front de Roland.

— Il est...

— Sonné pour de bon, acheva Cuthbert.

— Vaudrait mieux qu'il tarde pas trop à revenir à lui.

Cuthbert le regarda d'un air grave, d'où toute trace de sa jovialité habituelle était absente.

— Oui, fit-il. Tu l'as dit.

7

Sheemie stationnait au bas des marches qui menaient aux cuisines, sautillant d'un pied sur l'autre, attendant que *sai* Thorin revienne ou l'appelle. Il ignorait depuis combien de temps elle était dans la cuisine, mais ça lui semblait une éternité. Il aurait aimé qu'elle réapparaisse et surtout — par-dessus tout — qu'elle ramène

Susan-*sai* avec elle. Cet endroit en général et ce jour-là en particulier faisaient une fâcheuse impression à Sheemie ; et son humeur devenait de plus en plus sombre à l'image de la fumée qui avait fini par obscurcir complètement le ciel à l'ouest. Ce qui se passait là-bas, et si ça avait quelque chose à voir avec les bruits de tonnerre qu'il avait entendus plus tôt, Sheemie n'en savait rien, mais il n'en voulait pas moins sortir d'ici avant que le soleil embrumé de fumée ne se couche et que la *vraie* Lune du Démon, non son pâle fantôme diurne, monte dans le ciel.

On poussa l'une des portes battantes qui reliaient le corridor et la cuisine ; Olive en surgit en trombe. Elle était seule.

— Elle est bien dans la resserre, dit Olive, qui se passa la main dans ses cheveux grisonnants. J'ai au moins arraché ça à ces deux *pupuras*, mais pas plus. J'ai su que ça allait tourner comme ça dès qu'ils ont commencé à blablater dans leur stupide sabir.

Aucun mot ne désignait précisément le patois des *vaqueros* de Mejis, mais « sabir » avait la faveur des citoyens de haute extraction de la Baronnie. Olive connaissait vaguement les deux *vaqueros* qui montaient la garde devant la resserre, en personne qui avait pas mal chevauché en son temps et donc échangé cancans et considérations météorologiques avec d'autres cavaliers de l'Aplomb. Et elle savait fichtrement bien que ces deux vétérans-là pouvaient mieux faire que s'en tenir à leur sabir. Ils l'avaient adopté afin de simuler une incompréhension qui leur épargnerait à elle comme à eux l'embarras d'un refus catégorique à sa demande. Elle avait marché dans leur combine pour la même raison, bien qu'elle eût pu leur répondre dans un sabir presque parfait — et les traiter de noms qui auraient fait se dresser les cheveux sur la tête de leurs mères qui ne les employaient jamais — si elle l'avait voulu.

— Je leur ai dit qu'il y avait des hommes en haut qui, d'après moi, pouvaient avoir dans l'idée de voler l'argenterie, raconta-t-elle. J'ai ajouté que je voulais qu'ils aillent expulser ces *maloficios*. Et ils ont continué pourtant à jouer les imbéciles. *No habla, sai*. Merde. *Merde !*

Sheemie songea bien à les traiter de gros fils de pute mais préféra garder le silence. Olive allait et venait devant lui, jetant de temps à autre un coup d'œil incendiaire en direction des portes closes de la cuisine. Elle finit par se camper à nouveau face à Sheemie.

— Retourne tes poches, dit-elle. Voyons un peu les trésors que tu collectionnes.

Sheemie s'exécuta, sortit de la première un canif (cadeau de Stanley Ruiz) et un biscuit entamé. Il pêcha dans l'autre trois pétards dits « doigts de dames », un *big bangueur* et quelques allumettes soufrées.

Les yeux d'Olive pétillèrent en les apercevant.

— Écoute-moi bien, Sheemie, fit-elle.

8

Cuthbert tapota le visage de Roland sans grand résultat. Alain, le poussant de côté, s'agenouilla et prit les mains du Pistolero entre les siennes. Sans s'être jamais servi personnellement du *shining* pour ça, il avait entendu dire que c'était faisable — qu'on pouvait atteindre ainsi l'esprit d'autrui, du moins dans certains cas.

Roland ! Réveille-toi, Roland ! Je t'en prie ! Nous avons besoin de toi !

D'abord, rien ne se passa. Puis Roland s'agita, grommela et arracha ses mains de celles d'Alain. Juste avant qu'il ne rouvre les paupières, les deux garçons furent frappés de la même crainte : celle de ne plus revoir ses yeux, mais uniquement cette lumière rose délirante.

Mais non, c'étaient bien là les yeux de Roland, ceux bleus et froids d'un tireur d'élite.

Il tenta de se relever, une première fois sans succès. Il tendit les mains. Cuthbert prit l'une, et Alain l'autre. Comme ils le hissaient de concert, Bert s'aperçut de quelque chose d'étrange et d'effrayant : il y avait des fils blancs dans les cheveux de Roland. Le matin même, il n'en avait aucun, il l'aurait juré. Mais il est vrai que la matinée semblait déjà très loin.

— Combien de temps suis-je resté « absent » ?

Roland palpa du bout des doigts la bosse qu'il avait au milieu du front en faisant la grimace.

— Pas très longtemps, répondit Alain. Cinq minutes, peut-être. Je regrette de t'avoir frappé, Roland, mais bien obligé. C'était en train de... j'ai cru que c'était en train de te tuer.

— Peut-être que c'était le cas. Il est à l'abri ?

Sans un mot, Alain lui désigna le sac.

— Bien. Il vaut mieux maintenant que ce soit l'un de vous qui s'en charge. Moi, je pourrais être...

Il chercha le terme exact et, quand il l'eut trouvé, un sourire glacial retroussa légèrement ses commissures.

— ... tenté, acheva-t-il. A cheval pour la Roche Suspendue. Nous avons une tâche à terminer.

— Roland..., commença Cuthbert.

Ce dernier se retourna, une main sur le pommeau de sa selle.

Cuthbert s'humecta les lèvres et un instant, Alain crut qu'il ne réussirait pas à lui poser la question. *Si tu ne le fais pas, moi, je le ferais*, songea-t-il... mais Bert y arriva, les mots se bousculant tout à coup.

— Qu'as-tu vu ?

— Beaucoup de choses, dit Roland. Mais les trois quarts s'effacent déjà de ma mémoire, un peu comme les rêves au réveil. Ce dont je me souviens, je vous le raconterai chemin faisant. Vous devez le savoir, parce que ça change tout. On va retourner à Gilead, mais pas pour très longtemps.

— Et où irons-nous, après ? demanda Alain, montant à cheval à son tour.

— Vers l'Ouest. En quête de la Tour Sombre. Si nous survivons à la journée d'aujourd'hui, bien entendu. Venez. Allons nous emparer de ces citernes.

9

Les deux *vaqueros* se roulaient une cigarette quand une forte explosion retentit à l'étage. Ils sursautèrent avec un bel ensemble et échangèrent un regard, le tabac de leurs futures clopes saupoudrant le sol sous la forme de risées brunes. Une femme poussa un cri perçant. Les portes s'ouvrirent à deux battants. C'était à nouveau la veuve du Maire, mais accompagnée d'une servante cette fois. Les *vaqueros* la connaissaient très bien — c'était Maria Tomas, la fille d'un vieux *compadre* du Piano ranch.

— Ces salopards de voleurs ont mis le feu à la maison ! s'exclama Maria, s'adressant à eux en sabir. Venez nous aider !

— *Sai* Maria, on nous a donné l'ordre de garder...

— Une *putina* enfermée dans la resserre ? hurla Maria, les yeux lançant des flammes. Va donc, vieil âne bâté, avant que toute la maison prenne feu ! Tu te vois en train d'expliquer au Señor Lengyll que t'es resté là à te tourner les pouces et à t'en servir comme tire-pets pendant que Front de Mer brûlait de fond en comble sous tes yeux ?

— Allez donc ! leur intima Olive d'un ton sec. Seriez-vous des couards ?

Il y eut au-dessus de leurs têtes une succession d'explosions moins fortes : dans le salon d'apparat, Sheemie faisait partir les « doigts de dames ». Il enflamma les rideaux avec la même allumette.

Les deux *viejos* échangèrent un coup d'œil.

— *Andelay*, dit le plus âgé des deux, fixant à nouveau Maria. Il ne s'embarrassa plus du sabir.

— Surveillez cette porte, lui dit-il.

— Avec des yeux d'aigle, opina-t-elle.

Les deux vieillards sortirent en hâte, l'un d'eux, les doigts noués sur les cordes de ses *bolas*, l'autre tirant un coutelas de la gaine pendant à sa ceinture.

A peine entendit-elle résonner leurs pas dans l'escalier au bout du couloir qu'Olive fit signe à Maria et les deux femmes traversèrent la pièce. Maria tira les verrous et Olive ouvrit la porte. Susan sortit aussitôt, les regarda l'une et l'autre, avec un sourire indécis. Maria contempla bouche bée le visage enflé et les croûtes de sang autour du nez de sa maîtresse.

Susan saisit la main de Maria avant que la petite bonne ne lui effleure le visage, lui pressa gentiment les doigts.

— Tu crois que Thorin voudrait encore de moi, maintenant ? lui dit-elle avant de prendre pleinement conscience de qui était son autre sauveteuse.

— Pardon, Olive... *sai* Thorin... loin de moi l'intention de me montrer cruelle. Mais sachez que Roland, celui que vous connaissez sous le nom de Will Dearborn n'aurait jamais...

— Je le sais parfaitement, dit Olive. Mais le moment est mal choisi pour en parler. Venez.

Maria et elle entraînèrent Susan hors de la cuisine et, à l'opposé des escaliers menant au corps principal du bâtiment, vers les magasins, à l'extrémité nord du niveau inférieur. Une fois à la penderie de réserve, Olive demanda à ses deux compagnes de patienter. Elle ne s'absenta tout au plus que cinq minutes, mais Susan et Maria eurent l'impression qu'elle n'en finissait pas.

A son retour, Olive était affublée d'un poncho aux couleurs vives bien trop grand pour elle — il aurait pu appartenir à son mari, mais Susan se fit la remarque qu'il aurait été également trop grand pour feu le Maire. Olive en avait coincé un pan dans son jean pour éviter de s'y prendre les pieds. Elle en portait deux autres, plus petits et plus légers, pliés sur le bras comme des couvertures.

— Mettez ça, dit-elle. Il va faire froid.

Quittant la penderie, elles enfilèrent un étroit couloir de service menant à l'arrière-cour. Là, avec un peu de chance (et si Miguel était toujours endormi), Sheemie les attendrait avec des chevaux. Olive espérait de tout son cœur qu'elles auraient cette chance. Elle tenait à ce que Susan soit en sécurité loin d'Hambry avant le coucher du soleil.

Et avant le lever de la lune.

10

— Susan a été faite prisonnière, dit Roland aux autres tandis qu'ils s'acheminaient à l'ouest vers la Roche Suspendue. C'est la première chose que j'ai vue dans le cristal.

Il parlait d'un air tellement absent que Cuthbert faillit tirer sur les rênes. Ce n'était plus là l'amant fougueux de ces derniers mois. Un peu comme si Roland avait trouvé le moyen de parcourir en rêve l'atmosphère rose contenue dans le cristal et qu'une partie de lui continuait. *Ou bien est-ce le cristal qui le parcourt, lui ?* se demanda Cuthbert.

— Quoi ? s'exclama Alain. Susan, capturée ? Comment ça ? Par qui ? Elle n'a rien ?

— C'est Jonas qui l'a prise. Elle est blessée, mais pas grièvement.

Elle guérira... et elle vivra. Je tournerais bride sur le champ si je croyais sa vie vraiment en danger.

Devant eux, masquée et démasquée successivement par le sable, tel un mirage, se dressait la Roche Suspendue. Cuthbert apercevait le soleil piqueter les citernes d'étincelles embrumées, des hommes, aussi. En nombre. Beaucoup de chevaux, également. Il flatta l'encolure de sa monture, puis lança un coup d'œil en biais pour s'assurer qu'Alain avait fait suivre la mitraillette de Lengyll. Oui, il l'avait bien. Dans la foulée, Cuthbert porta la main au bas de son dos pour s'y confirmer la présence de sa fronde. Elle aussi était bien là. Ainsi que son sac de munitions en daim, contenant à présent, outre ses projectiles d'acier, un certain nombre des *big bangueurs* volés par Sheemie.

Il emploie toute son énergie à s'empêcher de rebrousser chemin, songea Cuthbert, trouvant cette idée réconfortante — parfois Roland le terrorisait. Il avait en lui quelque chose qui outrepassait l'acier le mieux trempé. Quelque chose qui avait à voir avec la folie. Quand sa présence en lui était avérée, on était heureux de l'avoir dans son camp... mais assez souvent, on aurait préféré son absence. Dans les deux camps.

— Où est-elle ? demanda Alain.

— Reynolds l'a ramenée à Front de Mer. Elle est sous clé dans la resserre... ou l'était, du moins. Je ne saurais trancher parce que...

Roland s'interrompit et s'offrit une pause de réflexion.

— Le cristal voit loin, mais parfois, il voit davantage. Parfois, il voit un futur déjà en train de se produire.

— Qu'est-ce que tu veux dire ? Comment le futur peut-il être déjà en train de se produire ? demanda Alain.

— J'en sais rien, et je crois pas qu'il en soit toujours allé ainsi. Je pense que ça a davantage à voir avec le monde qu'avec l'Arc-en-Ciel de Maerlyn. Le temps est étrange, désormais. On est bien placés pour le savoir, non ? Comme les choses semblent parfois... déraper. On dirait presque que la tramée est partout, qu'elle altère toute chose. Mais Susan est saine et sauve. Je le sais, et ça me suffit. Sheemie va l'aider... ou l'aide déjà. Sheemie a échappé à Jonas, les dieux savent comment, et il a suivi Susan jusqu'au bout.

— Bravo, Sheemie ! fit Alain brandissant le poing. Hourra ! Puis : « Et nous ? Tu nous as vus dans le futur ? »

— Non. Cette partie est allée beaucoup trop vite — j'ai à peine eu le temps de jeter un coup d'œil avant que le cristal ne m'entraîne. *Ne me balaie,* devrais-je dire. Mais... j'ai vu de la fumée à l'horizon. Je me souviens de ça. C'était peut-être celle des citernes en flammes ou bien celle des broussailles empilées à l'entrée de Verrou Canyon. Ou même celle des deux. Je crois que nous allons réussir.

Cuthbert dévisagea son vieil ami, saisi d'une bizarre angoisse. Le jeune homme si profondément amoureux que Bert avait dû l'étendre d'un coup de poing dans la poussière de la cour du Bar K afin de le rappeler à ses responsabilités... Où était passé ce jeune homme, exactement ? Qu'est-ce qui l'avait transformé, lui donnant ces mèches de cheveux blancs si dérangeantes ?

— Si nous survivons à ce qui nous attend, reprit Cuthbert, regardant attentivement le Pistolero, elle nous rejoindra sur la route. N'est-ce pas, Roland ?

Il lut la souffrance sur le visage de son ami et comprit soudain : l'amoureux était toujours là, mais le cristal lui avait dérobé sa joie, ne lui laissant que le chagrin. Oui, plus autre chose — un nouveau but ; Cuthbert ne le sentait que trop — mais il restait à déterminer.

— Je ne sais pas, répondit Roland. J'en viens presque à espérer que non, parce que nous serons plus jamais comme nous avons été.

— *Quoi ?*

Cette fois, Cuthbert tira sur les rênes et arrêta sa monture.

Roland le regarda assez calmement, mais il avait maintenant des larmes plein les yeux.

— Nous sommes les bouffons du *ka*, dit le pistolero. Le *ka* est comme le vent, c'est ce que dit Susan.

Il regarda d'abord Cuthbert sur sa gauche, puis Alain sur sa droite.

— La Tour est notre *ka* ; le mien, en particulier. Mais ce n'est pas celui de Susan, pas plus qu'elle n'est mienne. John Farson n'est pas davantage notre *ka*. Nous n'allons pas affronter ses hommes pour provoquer sa défaite, mais uniquement parce qu'ils sont sur notre chemin.

Il leva les mains, puis les laissa retomber, comme pour leur laisser entendre : *Que faut-il vous dire de plus ?*

— La Tour n'existe pas, Roland, dit Cuthbert d'un ton patient. J'ignore ce que tu as vu dans cette boule de cristal, mais la Tour n'existe pas. Sauf comme symbole, je suppose — comme le Graal d'Arthur ou la Croix de l'Homme Jésus — mais elle n'existe pas réellement, en dur...

— Si, dit Roland. Elle existe réellement.

Alain et Cuthbert le considérèrent avec perplexité, sans déceler la moindre trace de doute dans son expression.

— Elle existe réellement et nos pères le savent. Au-delà du pays des ténèbres... je n'arrive pas à me souvenir de son nom pour le moment, c'est l'une des choses que j'ai oubliées... se trouve le Monde Ultime et c'est dans le Monde Ultime que se dresse la Tour Sombre. Son existence est le grand secret que gardent nos pères ; c'est le *ka-tet* qui a maintenu leur cohésion à travers toutes ces années de déclin du monde. Quand nous reviendrons à Gilead — si nous y revenons, mais à présent je crois à notre retour — je leur raconterai ce que j'ai vu et ils confirmeront mes dires.

— Tu as vu tout ça dans le cristal ? demanda Alain, la voix étouffée par une crainte respectueuse.

— Et beaucoup plus.

— Mais pas Susan Delgado, ajouta Cuthbert.

— Non. Quand on en aura fini avec ces hommes-là et quand elle en aura fini avec Mejis, son rôle dans notre *ka-tet* sera terminé. A l'intérieur du cristal, on m'a donné le choix : passer ma vie avec Susan en tant que son mari et père de l'enfant qu'elle porte... ou bien la Tour.

Roland s'essuya le visage d'une main tremblante.

— J'aurais choisi Susan sans hésiter, s'il n'y avait eu une chose :

la Tour menace ruine et, si jamais elle s'écroule, tout ce que nous connaissons sera balayé. Alors régnera un chaos qui dépasse notre imagination. Il nous faut aller de l'avant... *et c'est ce que nous ferons.*

Au-dessus de ses joues fraîches et lisses, au-dessous de son front frais et lisse, brillaient les yeux de tueur au regard vieux comme le monde qu'Eddie Dean apercevrait pour la première fois dans le miroir des toilettes d'un avion de ligne. Mais pour l'heure, ils étaient baignés de larmes d'enfant.

Mais sa voix n'avait rien d'enfantin, par contre.

— J'ai choisi la Tour. Il le faut. Quant à Susan, qu'elle vive longtemps heureuse avec quelqu'un d'autre — c'est ce qu'elle fera, en temps et heure. Quant à moi, mon choix est fait : la Tour.

11

Susan enfourcha Pylône que Sheemie avait amené en hâte dans l'arrière-cour après avoir mis le feu aux draperies du salon d'apparat. Olive Thorin montait l'un des hongres de la Baronnie avec Sheemie en croupe, tenant la longe de Capi. Maria ouvrit la porte de service, leur souhaita bonne chance et tous trois s'en furent au trot. Le soleil sombrait à l'ouest, mais le vent avait balayé une bonne part de la fumée qui s'était élevée plus tôt. Quoi qu'il se soit passé dans le désert, c'était désormais fini... ou bien ça se déroulait dans une autre strate de ce même temps présent.

Roland, que tout aille bien pour toi, songea Susan. *Je te reverrai bientôt, mon chéri... le plus vite qu'il me sera possible.*

— Pourquoi nous dirigeons-nous vers le nord ? demanda-t-elle après une demi-heure de chevauchée silencieuse.

— Parce que la Route Maritime est plus sûre.

— Mais...

— Chut ! Dès qu'on s'apercevra de votre fuite, on fouillera la maison... si elle n'a pas brûlé de fond en comble, ça va de soi. En ne vous trouvant point, ils enverront des hommes en direction de l'Ouest, le long de la Grand-Route.

Elle lança à Susan un coup d'œil qu'il était difficile d'attribuer à l'émotive Olive Thorin que les habitants d'Hambry connaissaient... ou croyaient connaître et dont ils faisaient discrètement des gorges chaudes.

— Si je sais, moi, que c'est la direction que vous prendriez, d'autres aussi qu'il nous vaut mieux éviter.

Susan garda le silence. Elle était trop troublée pour parler, mais Olive semblait savoir de quoi il retournait et Susan lui en fut reconnaissante.

— Le temps qu'ils se mettent en chasse nez au vent, il fera nuit. Ce soir, nous ferons halte dans l'une des grottes de la falaise à deux lieues d'ici. Je suis fille de pêcheur, je connais ces grottes comme ma poche.

Se remémorer les grottes où elle avait joué petite fille parut la rasséréner.

— Demain, nous couperons vers l'ouest, comme vous en avez envie. J'ai bien peur que vous ne deviez vous résigner à subir une vieille veuve rondouillarde comme chaperon, quelque temps.

— Vous êtes trop bonne, dit Susan. Vous devriez nous laisser continuer tout seuls, Sheemie et moi, *sai*.

— Et je retournerai vers quoi ? Ma foi, je ne peux même point obtenir que deux vieux pistards de garde dans la cuisine m'obéissent. Fran Lengyll est à présent le patron de tout le bataclan et je ne suis point pressée de voir comment il va se débrouiller. Ni de savoir s'il décidera qu'il vaut mieux me déclarer folle et m'enfermer dans une *hacienda* avec des barreaux aux fenêtres. A moins que je ne veuille assister aux débuts d'Hash Renfrew comme Maire, et le voir poser ses bottes sur la nappe de mes tables ?

Olive s'esclaffa ouvertement.

— Désolée, *sai*.

— Nous aurons tous le temps d'être désolées plus tard, reprit Olive, que ce sujet mettait d'une humeur extraordinairement joyeuse. Pour l'heure, l'important est d'atteindre ces grottes sans se faire remarquer. Il faut donner l'impression que nous nous sommes évaporées. Stop !

Olive arrêta son cheval et, sans mettre pied à terre, lança un coup d'œil alentour pour prendre la mesure de l'endroit où elle se trouvait, opina du chef et, se tournant sur sa selle, s'adressa à Sheemie.

— Jeune homme, le moment est venu d'enfourcher ton fidèle mulet et de regagner Front de Mer. Si jamais des cavaliers sont à notre poursuite, tu pourras les détourner de notre chemin avec quelques mots bien choisis. Tu veux bien faire ça ?

Sheemie parut affligé outre mesure.

— J'ai point de mots bien choisis, *sai* Thorin, si fait. J'ai quasiment point de mots du tout.

— Quelle absurdité, dit Olive, embrassant Sheemie sur le front. Rentre à bon trot. Si tu n'as aperçu personne lancé à nos trousses quand le soleil touchera les collines, alors tourne bride et repars vers le nord. Nous t'attendrons près du poteau indicateur. Tu vois où je veux dire ?

Sheemie le pensait, bien qu'il bornât l'extrême frontière nord de sa maigre géographie.

— Le rouge ? Avec le *sombrero* dessus ? Et la flèche qui pointe vers la ville ?

— Celui-là même. Nous n'irons guère plus loin avant que la nuit tombe, mais il y aura un beau clair de lune ce soir. Si tu ne viens point tout de suite, nous t'attendrons. Mais tu dois t'en retourner et dévoyer de notre route tout groupe d'hommes qui nous donne la chasse. Tu m'as bien compris ?

Sheemie avait compris. Il se laissa glisser à bas du cheval d'Olive, fit approcher Caprichoso d'un claquement de langue et l'enfourcha, grimaçant de douleur quand la partie de son postérieur mordue par le mulet toucha le dos de l'animal.

— Si fait, *sai* Olive.

— Bien, Sheemie. Très bien, va maintenant.

— Sheemie ? fit Susan. Un instant. Approche-toi, s'il te plaît.

Il obéit, tenant son chapeau devant lui et les yeux levés vers elle, en adoration. Susan se pencha et l'embrassa non pas sur le front mais à pleine bouche. Sheemie manqua défaillir.

— Grand merci, *sai*, dit Susan. Merci pour tout.

Sheemie opina. Quand il s'exprima, sa voix n'était plus qu'un murmure.

— C'est le *ka* qui a tout fait, dit-il. Je sais ça... mais je vous aime, Susan-*sai*. Allez en paix. A tout à l'heure.

— Il me tarde d'y être.

Mais il n'y eut ni de tout à l'heure ni de plus tard pour eux. Sheemie se retourna tandis que son mulet l'emmenait vers le sud et fit un salut de la main. Susan lui rendit son salut. Ce fut la dernière fois que Sheemie la vit et, à de nombreux égards, ce fut une bénédiction.

12

Latigo avait posté des sentinelles à un mille alentour de la Roche Suspendue ; mais le garçon blond, sur lequel Roland, Cuthbert et Alain tombèrent en approchant des citernes, ne représentait aucun danger pour qui que ce soit. L'air peu sûr de lui et confus à l'extrême, il avait du purpura autour de la bouche et du nez, ce qui suggérait que les hommes que Farson avait délégués pour cette corvée avaient chevauché sans désemparer, et sans beaucoup se ravitailler de frais.

Quand Cuthbert lui donna le *sigleu* de l'Homme de Bien — mains jointes sur la poitrine, la gauche sur la droite, puis tendues vers la personne qu'on saluait —, la sentinelle blonde l'imita avec un sourire de soulagement.

— Quelle liesse et rareté par là-bas ? demanda-t-il, avec un très fort accent du Monde de l'Intérieur — aux oreilles de Roland, le garçon avait tout d'un Nordien.

— Trois jeunes qu'ont tué deux gros bonnets se sont carapatés dans les collines, répondit Cuthbert.

Étrangement doué pour singer les autres, il restitua l'accent du garçon sans défaut.

— Y a eu de la bagarre. C'est fini, à l'heure qu'il est, mais on s'est battu terrible.

— Qu'...

— Pas le temps, le coupa Roland. On a des dépêches.

Il joignit les mains sur la poitrine, puis les tendit.
— Aïle ! Farson !
— Homme de Bien ! lui lança le blondinet.
Il retourna le salut avec un sourire signifiant qu'il aurait aimé demander à Cuthbert de quel coin il venait et à qui il était apparenté, s'il en avait eu le temps. Ils le laissèrent derrière eux, entrant dans le périmètre de Latigo. Pas plus difficile que ça.
— Rappelez-vous, il faut frapper vite et bien, leur dit Roland. Pas question de ralentir l'allure. Là où on rate, on doit laisser tomber... impossible de s'y reprendre à deux fois.
— Mes dieux, qu'est-ce que tu nous chantes donc là ! dit Cuthbert, mais il souriait.
Sortant sa fronde de son étui de fortune, il en vérifia l'élastique du pouce. Puis il humecta ledit pouce et prit la direction du vent. Pas de gros problème de ce côté-là, s'ils continuaient à avancer comme précédemment ; le vent soufflait fort, mais ils l'avaient dans le dos.
Alain ôta la mitraillette de son épaule, l'examina d'un air de doute, puis fit jouer d'un coup sec la glissière du chien.
— Je connais rien à cet engin, Roland. Il est chargé, et je crois deviner comment on s'en sert, mais...
— Alors sers-t'en, conclut Roland.
Les trois garçons prenaient de la vitesse et les sabots de leurs montures tambourinaient le sol durci. Le vent, soufflant en rafales, ballonnait le devant de leurs ponchos.
— C'est le genre de boulot pour lequel on l'a conçu. S'il s'enraye, jette-le et sers-toi de ton revolver. Tu es prêt ?
— Oui, Roland.
— Bert ?
— Si fait, lança Cuthbert, exagérant l'accent d'Hambry. Oui-da, oui-da.
Face à eux, des groupes de cavaliers passaient et repassaient devant et derrière les citernes, soulevant des nuages de poussière. Ils étaient en train de préparer la colonne à prendre le départ. Des hommes à pied regardaient les nouveaux venus avec curiosité, mais sans s'alarmer le moins du monde. Erreur fatale.
Roland dégaina ses deux revolvers.
— *Gilead !* s'écria-t-il. *Aïle ! Gilead !*
Il éperonna Rusher pour le mettre au galop. Ses deux compagnons l'imitèrent. Cuthbert était à nouveau au milieu, assis sur ses rênes, la fronde en main, un éventail d'allumettes lucifères entre les lèvres.
Les pistoleros s'abattirent sur la Roche Suspendue comme des furies.

13

Vingt minutes après avoir renvoyé Sheemie vers le sud, Susan et Olive, à l'abrupt d'un tournant, se retrouvèrent face à face avec trois cavaliers qui tenaient le milieu de la route. Aux dernières lueurs du soleil couchant, Susan nota que celui du centre avait la main tatouée d'un cercueil bleu. C'était Reynolds et son cœur se serra.

Celui qui flanquait Reynolds sur sa gauche — il portait un chapeau blanc de meneur de chevaux plein de taches et avait une coquetterie dans l'œil — elle ne le connaissait point. Mais celui qui se trouvait à sa droite — et qui avait l'apparence d'un prédicateur au cœur de pierre — c'était Laslo Rimer. Ce fut à lui que Reynolds lança un coup d'œil, après avoir souri à Susan.

— Ma foi, Laslo et moi, on a même pas pu se trouver à boire pour expédier feu son frère, le Chancelier de Tout Ce Que Vous Voudrez et le Ministre de Très Grand Merci avec un mot ou deux, fit Reynolds. On était à peine en ville qu'on nous a persuadés de venir ici. Moi, j'voulais pas y aller, mais... bordel ! La vieille dame, c'est quelque chose ! Elle vous convaincrait un cadavre de tailler une pipe, si vous voulez bien me passer la crudité de cette expression. Je crois que votre tante a perdu une ou deux roues de sa charrette, *sai* Delgado. Elle...

— Vos amis sont morts, lui dit Susan.

Reynolds s'interrompit, puis haussa les épaules.

— Bah. Peut-être ben que *sí*, peut-être ben que *no*. Moi, de toute façon, j'ai décidé de poursuivre ma route sans eux, même s'ils sont pas morts. Mais je pourrais rôder encore une soirée dans le coin. Cette Fête de la Moisson... j'en ai entendu tellement raconter sur comment les gens de l'Extérieur la fêtent. Leur feu de joie, en particulier.

Celui qui avait la coquetterie dans l'œil partit d'un rire gras.

— Laissez-nous passer, dit Olive. Cette fille n'a rien fait, ni moi non plus.

— Elle a aidé Dearborn à s'échapper, fit Rimer. L'assassin de votre mari et de mon frère. Ce n'est point là ce que j'appelle rien.

— Les dieux puissent-ils restaurer Kimba Rimer dans la clairière, dit Olive, mais la vérité, c'est qu'il a pillé la moitié du trésor de cette ville et ce qu'il n'a point remis à John Farson, il l'a gardé par-devers lui.

Rimer eut un mouvement de recul comme si on l'avait giflé.

— Vous ne saviez point que j'étais au courant ? Laslo, je devrais être furieuse d'avoir eu si peu de considération de la part de vous tous... mais à quoi bon vouloir de la considération de vous et de vos pareils ? J'en ai su assez pour me soulever le cœur, mais laissons cela. Je sais aussi que l'homme qui se trouve à vos côtés...

— Taisez-vous, marmonna Rimer.

— ... est vraisemblablement celui qui a percé le cœur si noir de votre frère ; on a aperçu *sai* Reynolds au petit matin dans cette aile de Front de Mer, c'est ce qu'on m'a dit...

— *La ferme, salope !*

— ... et c'est ce que je crois.

— Vaut mieux que vous fassiez ce qu'il dit, *sai*, tenez votre langue, lui conseilla Reynolds.

Sa bonne humeur nonchalante avait disparu. Susan songea : *Il n'aime point qu'on sache ce qu'il a fait. Même s'il a la situation bien en main et même si le fait qu'on le sache ou non ne risque point de lui nuire. Mais il est amoindri sans Jonas. Très amoindri. Il le sait, ça aussi.*

— Laissez-nous passer, dit Olive.

— Non, *sai*, je ne peux pas faire ça.

— Alors je vais vous y aider. Je peux ?

Pendant la palabre, Olive avait glissé subrepticement sa main sous son poncho outrageusement grand, d'où elle sortait maintenant une énorme *pistola*, à la crosse en ivoire jauni et au canon filigrané en vieil argent terni, couronné d'un rouet de cuivre.

Olive n'avait pas bien fait d'exhiber la chose — elle se prit dans son poncho et elle dut se débattre pour l'en dépêtrer. Elle n'avait pas bien fait de l'armer non plus, manœuvre dont elle vint à bout après deux essais et en mobilisant ses deux pouces. Mais les trois hommes furent réduits à quia, à la vue de l'antique arquebuse entre les mains de la veuve, Reynolds pas moins que les deux autres ; il était là sur son cheval, la mâchoire pendante. Jonas en aurait chialé.

— *Tuez-la !* piaula une voix au timbre fêlé par la vieillesse dans le dos des hommes qui barraient la route. *Qu'est-ce que vous attendez, espèces de goujats imbéciles ? TUEZ-LA !*

Reynolds sursauta et porta la main sur son arme. Il avait beau être rapide, il avait concédé trop d'avance à Olive qui le battit à plates coutures. A l'instant où il dégainait le canon de son revolver, la veuve du Maire tenait déjà à deux mains la vieille pétoire et, plissant les yeux comme une gamine forcée d'avaler une potion amère, appuyait sur la détente.

Il y eut bien une étincelle, mais la poudre humide rendant un *flop* épuisé se volatilisa dans une bouffée de fumée bleue. Et la balle — assez grosse pour emporter le haut de la tête de Reynolds, eût-elle été tirée — resta dans le canon.

L'instant d'après, l'arme de ce dernier rugissait dans son poing. Le cheval d'Olive se cabra en hennissant. Et elle bascula du hongre, cul par-dessus tête, un trou noir dans la rayure orange de son poncho — la rayure qui barrait son cœur.

Susan s'entendit pousser un hurlement. Son cri lui parut provenir de très loin. Elle aurait pu continuer un certain temps si elle n'avait pas entendu le *clip-clop* des sabots d'un poney qui s'approchait, derrière les hommes barrant la route... et deviné. Avant même que celui à la coquetterie dans l'œil ne se soit écarté, elle avait deviné. Et ses cris cessèrent.

Le poney fourbu qui avait ramené la sorcière à Hambry avait été remplacé par un plus frais, mais c'étaient la même carriole noire, les mêmes symboles cabalistiques dorés, la même conductrice. Rhéa tenait les rênes dans ses mains terreuses et griffues, sa tête se balançant de côté et d'autre comme celle d'un vieux robot rouillé. Elle souriait à Susan sans bienveillance. Son rictus était celui d'un cadavre.

— Salut à toi, ma doucette, fit-elle, s'adressant à Susan comme la nuit, il y avait des semaines et des mois de ça, où cette dernière était venue à sa masure prouver son honnêteté. Cette nuit où Susan était venue la trouver en courant une bonne partie du chemin, tel était son entrain. A la clarté de la Lune des Baisers, le sang fouetté par l'exercice, rosie par l'effort, elle chantait « Amour Insouciant ».

— Tes p'tits potes de baise m'ont chipé mon cristal, tu sais, fit Rhéa, claquant de la langue pour arrêter le poney à quelques pas des cavaliers. Reynolds lui-même baissa les yeux vers elle avec un malaise manifeste.

— M'ont pris mon joli *glam*, voilà ce qu'ils ont fait, les garnements. Les méchants, méchants garçons. Mais il m'a montré bien des choses pendant que j'l'avais encore, si fait. Il voit loin et de tous les côtés. J'ai oublié beaucoup de choses... mais point la voie par laquelle tu viendrais, ma douceur. Point celle que te ferait prendre cette sale garce qu'est morte, gisant là-bas dans la poussière de la route. Maintenant, faut que tu t'en retournes en ville.

Elle sourit plus largement, son rictus devenant par là quelque chose d'inexprimable.

— Le temps de la fête est venu, t'sais.

— Laissez-moi passer, dit Susan. Laissez-moi m'en aller, si vous ne voulez point avoir à en répondre auprès de Roland de Gilead.

Rhéa, ignorant ses paroles, s'adressa à Reynolds.

— Liez-lui les mains par-devant et mettez-la debout au fond de ma charrette. Y a du monde qui voudra la voir. Y pourront bien se rincer l'œil, mais c'est tout ce qu'ils auront. Si sa tante a fait de la bonne besogne, y en aura un paquet de par la ville. Préparez-moi ça, maint'nant, et traînez point.

14

Une idée traversa Alain comme l'éclair : *on aurait pu les contourner — si Roland a dit la vérité, que seul importe le cristal du magicien, eh bien, il est à nous. On aurait pu les contourner.*

Sauf, bien entendu, que c'était impossible. Cent générations de pistoleros dans leur sang clamaient le contraire. Tour ou pas Tour, ces voleurs ne devaient pas jouir de leur butin. Pas si on pouvait les en empêcher.

Alain, se penchant en avant, glissa dans le tuyau de l'oreille de sa monture :

— Amuse-toi à te cabrer ou à faire un écart quand je vais me mettre à tirer et je te fais sauter ta putain de cervelle.

Roland les menait, son cheval plus puissant distançant ceux de ses compagnons. L'agrégat d'hommes le plus proche — cinq ou six seulement étaient à cheval, une dizaine environ examinaient une paire de bœufs qui avaient tiré les citernes jusque-là — se contenta de le fixer stupidement jusqu'à ce qu'il ouvre le feu. Alors, ils s'égaillèrent comme une volée de perdreaux. Roland fit mouche sur les cavaliers, dont les chevaux s'enfuirent, se déployant en éventail, traînant leurs rênes après eux (et dans un cas, le cadavre d'un soldat). Quelque part quelqu'un cria :

— Écumeurs ! Écumeurs ! A cheval, imbéciles !

— *Alain !* hurla Roland tandis qu'ils fonçaient comme le vent. Devant les citernes, une double poignée de cavaliers et d'hommes armés joignaient leurs forces — éparpillaient leurs forces, plutôt — pour former tant bien que mal une ligne de défense.

— *Maintenant ! Maintenant !*

Alain leva la mitraillette et, la calant au creux de son épaule, se remémora le peu qu'il savait des armes automatiques : visée basse, balayage rapide et sans à-coups.

A peine eut-il effleuré la détente que la sulfateuse beugla dans l'air empoussiéré, reculant contre son épaule qu'elle martela de saccades en série, et cracha un feu aveuglant par le bout de son canon perforé. Alain arrosa de gauche à droite, visant au-dessus des défenseurs qui se dispersaient en hurlant, le flanc métallique des citernes.

Le troisième « tanker » implosa bientôt. Le bruit qu'il fit ne ressemblait à aucune autre explosion qu'Alain eût déjà entendue : un déchirement guttural, musculaire, qu'accompagna un brillant éclair rouge orangé. La coquille d'acier sauta en deux moitiés. L'une d'elles gicla en tournoyant dans les airs à trente mètres de là et atterrit dans le désert, réduite à une masse flamboyante ; l'autre s'éleva tout droit en une colonne de fumée noire et grasse. Une roue de bois tourbillonna dans le ciel comme un disque de feu avant de retomber dans une traînée d'étincelles et de flammèches.

Les hommes fuyaient en débandade — certains à pied, d'autres couchés sur l'encolure de leurs canassons, le regard béant de panique.

Une fois arrivé au bout de la colonne de citernes, Alain inversa la manœuvre. La mitraillette lui brûlait les doigts, à présent, mais il ne relâcha pas la détente pour autant. En ce bas monde, il fallait utiliser tout ce qui vous tombait sous la main tant que ça fonctionnait encore. Le cheval, sous lui, galopait comme s'il avait compris le moindre mot qu'Alain lui avait murmuré à l'oreille.

Une autre ! Il m'en faut une autre !

Mais avant qu'il ait pu faire sauter une nouvelle citerne, l'arme se tut — elle s'enraya peut-être, ou bien était-elle vide. Alain s'en débarrassa et dégaina son revolver. Près de lui, *zing*, sifflait la fronde de Cuthbert, audible malgré les cris des hommes, les sabots des chevaux, le ronflement de la citerne en flammes. Alain suivit des yeux un *big bangueur* qui, après avoir décrit un arc crachotant dans le ciel, tomba à l'endroit précis qu'avait visé Cuthbert : dans la mare de pétrole qui baignait les roues d'une citerne marquée SUNOCO. Un instant, Alain put distinguer clairement la dizaine de trous qui pointillaient le revêtement de la citerne — trous dont il était l'auteur, grâce à la mitraillette de *sai* Lengyll — puis le *big bangueur* explosa avec un craquement et un éclair. Un instant plus tard, l'enfilade de trous sur le flanc de la citerne se mit à miroiter : le pétrole juste en dessous prenait feu.

— *Tirez-vous !* hurla un homme au couvre-chef de campagne décoloré. *Elle va sauter ! On va tous sau...*

Alain lui tira dessus, lui explosant la moitié du visage et l'étendant pour le compte d'un coup de sa vieille botte crevassée. L'instant d'après, la seconde citerne sauta. Un panneau d'acier enflammé gicla latéralement, atterrit dans la flaque de pétrole brut qui s'agrandissait sous une troisième citerne qui, à son tour, explosa. Des nuées de fumée noire montèrent dans l'air comme celles d'un bûcher funéraire ; elles obscurcirent le jour en tirant un voile graisseux devant le soleil.

15

On avait fait à Roland — en même temps qu'aux quatorze autres apprentis pistoleros — une description précise des six principaux lieutenants de Farson sans exception ; aussi reconnut-il sans hésiter celui qui courait vers la *remuda* : George Latigo. Roland aurait pu le faucher dans sa course, mais l'ironie voulait qu'en ce cas, cela leur ménagerait une échappatoire plus évidente qu'il ne le souhaitait.

Il tua à la place l'homme qui courait à la rencontre de Latigo.

Ce dernier, pivotant sur ses talons, fusilla Roland d'un regard plein de haine. Puis il se remit à courir, hélant un autre homme, criant en direction des cavaliers qui s'étaient regroupés tant bien que mal au-delà de la zone d'incendie.

Deux autres citernes explosèrent, martelant avec des poings d'acier les tympans de Roland à qui il sembla que l'air de ses poumons était aspiré par une lame de fond. Le plan voulait qu'Alain perfore les citernes et que Cuthbert les bombarde ensuite d'un tir nourri de *big bangueurs* qui enflammeraient les fuites de pétrole. Le pétard que ce dernier tira bientôt parut confirmer que ce plan était parfaitement réalisable, mais ce fut la dernière fois que Cuthbert eut recours à sa fronde, ce jour-là. Si la facilité avec laquelle les pistoleros avaient infiltré le périmètre de l'ennemi et la confusion provoquée par leur charge dès l'origine pouvaient être attribuées au manque d'expérience et à l'épuisement, la disposition des citernes était une erreur qui revenait à Latigo, et à lui seul. Il les avait fait ranger serré sans même y réfléchir et, à présent, elles explosaient à la chaîne. Une fois la conflagration déclenchée, n'existait plus la moindre chance de l'arrêter. Avant même que Roland ne lève le bras gauche et n'en brasse l'air pour signifier à Alain et à Cuthbert de s'en tenir là, leur tâche était remplie. Le campement pétrolier de Latigo n'était plus qu'un brasier et les plans d'assaut motorisé de John Farson s'envolaient en volutes de fumée noire que déchiquetait en lambeaux le vent de la *fin de año*.

— *En avant !* cria Roland. *En avant, en avant, en avant !*

Ils éperonnèrent leurs montures à bride abattue en direction de l'ouest, vers Verrou Canyon. Tandis qu'ils s'éloignaient, Roland sentit à un moment une balle lui frôler en bourdonnant l'oreille gauche. Ce fut, à sa connaissance du moins, le seul coup de feu tiré sur eux au cours de l'attaque des citernes.

16

Latigo était dans un état de fureur quasi extatique, une rage si parfaite qu'elle menaçait de lui faire sauter les neurones, ce qui fut probablement une bénédiction pour lui... car cela l'empêcha de se demander quelle serait la réaction de l'Homme de Bien en apprenant ce fiasco. Pour le moment présent, tout ce dont se souciait Latigo, c'était de capturer les hommes qui lui avaient tendu cette embuscade... si une embuscade en plein désert était simplement concevable.

Les hommes ? Non.

Les *garçons* qui avaient fait ça.

Latigo savait très bien qui ils étaient ; s'il ignorait comment ils s'étaient retrouvés dans le coin, il savait parfaitement de qui il s'agissait et leur équipée allait s'arrêter ici même, à l'est des bois et du contrefort des collines.

— *Hendricks !* brailla-t-il.

Ce dernier au moins avait fait en sorte de garder ses hommes — une demi-douzaine, et tous à cheval — près de la *remuda*.

— *A moi, Hendricks !*

Alors qu'Hendricks s'avançait vers lui, Latigo pirouetta dans l'autre sens et aperçut un petit groupe qui restait là à regarder brûler les citernes. Leurs bouches béantes et leurs figures de jeunes débiles lui donnèrent envie de hurler en piétinant le sol, mais il refusa de se livrer à une telle démonstration. Il maintenait un maigre rayon de concentration sur les auteurs du raid, qu'il ne devait sous aucun prétexte laisser s'échapper.

— *Vous !* hurla-t-il en direction des hommes.

Seul l'un d'eux se retourna ; Latigo se dirigea vers eux à grandes enjambées, dégainant son pistolet chemin faisant. Il le fourra dans la main de celui qui s'était retourné au son de sa voix et désignant au hasard l'un de ceux qui n'avaient pas bougé, lui ordonna :

— Descends-moi ce con.

Le visage hébété, tel un homme qui se croit en train de rêver, le soldat leva le pistolet et tua celui que Latigo lui avait pointé du doigt. L'infortuné s'abattit dans un méli-mélo convulsif des abattis. Les autres se retournèrent.

— Bien, fit Latigo, récupérant son arme.

— *Chef !* s'écria Hendricks. *Je les vois, chef ! Je vois l'ennemi à découvert !*

Deux autres citernes explosèrent. Quelques échardes métalliques volèrent en hennissant dans leur direction. Certains baissèrent la tête ; Latigo ne broncha pas. Pas plus qu'Hendricks. Un bon élément. Que Dieu soit loué qu'il y en ait au moins un de sa trempe au milieu de ce cauchemar.

— *Je les course, chef ?*

— Je vais prendre tes hommes et les courser moi-même, Hendricks. Mets-moi ces marauds-là en selle.

Il balaya du bras les balourds dont l'attention détournée des citernes en flammes s'était portée sur le cadavre de leur camarade.

— Rassemble-m'en autant que tu pourras. Est-ce que tu as un clairon ?

— Oui, chef, Raines, chef !

Hendricks jeta un regard à la ronde, fit un signe et un gamin boutonneux à l'air effaré s'avança sur sa monture. Un clairon cabossé au bout d'un cordon effrangé pendait de travers sur sa chemise.

— Raines, fit Latigo, tu restes avec Hendricks

— Oui, chef.

— Réunis le plus grand nombre d'hommes possible, Hendricks, mais ne traîne pas. Ils se dirigent vers le canyon, et je crois bien qu'on m'a dit qu'il est en cul-de-sac. Si c'est un *box-canyon*, on va se faire un carton.

Hendricks se fendit d'un rictus.

— Oui, chef.

Derrière eux, les citernes continuaient de sauter.

17

Roland jeta un coup d'œil par-dessus son épaule : la taille de la colonne de fumée noire s'élevant dans les airs l'estomaqua. Devant lui, il distinguait très nettement les broussailles qui obstruaient en majeure partie l'entrée du canyon. Et bien que le vent soufflât dans la mauvaise direction, il entendait à présent le zonzon à rendre fou de la tramée.

De la main, il intima à Cuthbert et à Alain de ralentir l'allure. Profitant qu'ils avaient encore les yeux fixés sur lui, il défit son bandana, le tressa comme une corde et le renoua de manière à s'en couvrir les oreilles. Cuthbert et Alain le copièrent. C'était mieux que rien.

Les pistoleros continuèrent leur route vers l'ouest, leurs ombres se projetant derrière eux comme celles de grues mécaniques sur le sol du désert. Se retournant encore une fois, Roland aperçut deux groupes distincts de cavaliers lancés à leurs trousses. Latigo devait être à la tête du premier contingent, calcula Roland, retenant délibérément ses hommes, pour que les deux troupes puissent joindre leurs forces et mener une attaque conjuguée.

Bien, se dit-il.

Les trois continuèrent à se diriger vers Verrou Canyon en rang serré, freinant eux aussi leurs chevaux pour permettre à leurs poursuivants de réduire la distance. De temps à autre, un bruit sourd frappait l'air et un tremblement secouait le sol en se propageant chaque fois qu'une citerne encore intacte sautait à son tour. Roland n'en revenait toujours pas que l'affaire eût été si facilement et rondement menée — surtout après l'affrontement avec Jonas et Lengyll, qui aurait dû aiguillonner l'ardeur au combat des hommes postés ici. Et pourtant, cela avait été d'une facilité enfantine. Cela lui rappela une lointaine Fête de la Moisson où lui et Cuthbert — ils ne devaient avoir guère plus de sept ans — étaient passés en courant devant une rangée de pantins, un bâton à la main et les avaient déquillés l'un après l'autre, comme ça, bang-bang-bing-bang-bang.

Le gazouillis de la tramée s'insinuait dans son cerveau en dépit du bandana, lui emplissant les yeux de larmes. Dans son dos, il entendait les cris et les *houps* de leurs poursuivants. Cela le mettait aux anges. Les hommes de Latigo, ayant fait le compte des forces en présence — vingt contre trois — sans parler des leurs qui accouraient à bride abattue et en nombre pour prendre part à la bataille, n'avaient plus la queue basse.

Roland poussa Rusher en avant, en direction de la brèche dans l'entassement de broussailles qui marquait l'entrée de Verrou Canyon.

18

Hendricks surgit à la hauteur de Latigo, respirant comme un soufflet de forge, le teint vivement coloré.

— Chef ! Je demande à faire mon rapport !

— Accordé.

— J'ai vingt hommes et trois fois plus au moins sont en train de nous rejoindre au galop.

Latigo ne réagit pas. Ses yeux n'étaient que deux mouchetures d'un bleu glacial. Sous sa moustache, ses lèvres dessinèrent un fin sourire d'avidité.

— Rodney, fit-il, prononçant le prénom d'Hendricks d'un ton caressant, presque comme un amoureux.

— Chef ?

— Je crois qu'ils vont y pénétrer, Rodney. Oui... regarde. J'en suis sûr. Dans deux minutes, il sera trop tard : ils ne pourront plus reculer.

Il leva son arme, dont il posa le canon sur son avant-bras, et tira sur les trois cavaliers qui le précédaient, par pure exaltation.

— Oui, chef. Très bien, chef.

Hendricks, se retournant, fit violemment signe à ses hommes de se rapprocher, encore et encore.

19

— *Pied à terre !* cria Roland à ses deux compagnons quand ils atteignirent l'enchevêtrement broussailleux.

Il s'en dégageait une odeur à la fois sèche et huileuse, comme d'un bûcher qui n'attend que d'être allumé. Il ignorait si leur renonciation à faire pénétrer leurs chevaux dans le canyon mettrait la puce à l'oreille de Latigo ou pas, et peu lui importait. C'étaient de bonnes montures, des pur-sang de Gilead et, au cours des derniers mois, Rusher était devenu son ami. Il n'emmènerait ni lui ni aucun autre cheval à l'intérieur du canyon, où ils seraient pris en tenaille entre le feu et la tramée.

Les garçons mirent pied à terre en un éclair, Alain décrocha le sac du pommeau de sa selle et le mit en bandoulière. Les chevaux de Cuthbert et Alain s'enfuirent immédiatement, hennissant à tout va, le long de l'empilement de broussailles. Rusher, pour sa part, s'attarda un instant, fixant Roland.

— Va, lui dit Roland en lui frappant la croupe. Va donc.

Rusher partit au galop, sa queue flottant après lui. Cuthbert et Alain se faufilèrent par la brèche dans les broussailles. Roland les suivit, vérifiant d'un coup d'œil que la traînée de poudre n'avait pas disparu. Elle s'y trouvait toujours et était encore sèche — il n'était pas tombé une goutte de pluie depuis le jour où ils l'avaient déposée là.

— Cuthbert, dit-il. Allumettes.

Ce dernier lui en tendit une poignée. Il souriait si fort que c'était miraculeux qu'il ne les ait pas semées en route.

— On les a réchauffés pour la journée, pas vrai, Roland ? Si fait !

— Et comment, tu l'as dit, renchérit Roland, souriant à son tour. Allez maintenant. Regagnez cette cheminée en saillie.

— Laisse-moi faire, Roland, plaida Cuthbert. Suis Alain et permets-moi de rester, je t'en prie. J'ai toujours eu une âme d'incendiaire.

— Non, dit Roland. Cela m'incombe. Ne discute pas. Va. Et dis à Alain de prendre bien soin du cristal du Magicien, quoi qu'il arrive.

Cuthbert l'observa un instant encore, puis opina.

— Ne mets pas trop longtemps.

— Non.

— La chance soit avec toi, Roland.

— Et la tienne, deux fois avec toi.

Cuthbert s'éloigna d'un bon pas, faisant craquer sous ses bottes les débris de roches qui tapissaient le sol du canyon. Il rejoignit Alain, qui salua Roland de la main. Ce dernier lui rendit son salut puis se baissa quand une balle claqua suffisamment près de sa tempe pour donner une chiquenaude au bord de son chapeau.

Il se tapit à gauche de la brèche dans les broussailles et scruta les alentours, le vent le frappant en plein visage. Les hommes de Latigo se rapprochaient rapidement. Plus rapidement qu'il ne l'avait escompté. Si jamais le vent éteignait les lucifères....

Avec des si... ça suffit. Courage, Roland... courage... attends-les de pied ferme...

Il tint bon, à croupetons, une allumette non grattée dans chaque main, guettant à présent derrière un écran de branches entrelacées. L'odeur de *mesquite* lui emplissait les narines, combattue en sous-main par la puanteur du pétrole enflammé. Le bourdonnement de la tramée devenait entêtant, lui donnant le vertige, le rendant étranger à lui-même. Il se souvint de ce qu'il avait ressenti dans la tornade rose, transporté dans les airs... et comme il avait été arraché à sa vision de Susan. *Dieu bénisse Sheemie*, songea-t-il vaguement. *Il aura fait en sorte qu'elle soit en sécurité à la tombée du jour.* Mais la plainte foireuse de la tramée semblait se moquer de lui, lui demander s'il n'y avait pas eu davantage à voir.

Latigo et ses hommes franchissaient au grand galop les derniers trois cents mètres qui les séparaient de l'entrée du canyon ; le groupe qui les suivait se rapprochait aussi à toute allure. Il serait difficile pour ceux qui étaient en tête de s'arrêter tout à coup sans risquer d'être désarçonnés.

Il était grand temps. Roland coinça l'une des lucifères entre ses dents et la frotta devant lui. Elle s'alluma, expédiant une étincelle d'amertume sur le tapis humide de sa langue. Avant que la tête de la lucifère ne se consume tout à fait, Roland l'approcha de la traînée de poudre. S'embrasant aussitôt, elle se déroula tel un ruban jaune vif vers la gauche, sous l'extrémité nord du tas de broussailles.

Roland se précipita dans la brèche — assez large pour permettre le passage de deux chevaux galopant de front — tenant déjà la seconde lucifère entre ses dents. Il la craqua à peine fut-il à l'abri du vent, puis la laissa tomber dans la tranchée garnie de poudre ; dès qu'il entendit siffler et crachoter, il tourna les talons et détala.

20

Mère et père, fut la première pensée qui vint bouleverser Roland — un souvenir enfoui si profond, et si inattendu qu'il avait tout d'une gifle. *Au Lac Saroni.*

Quand donc s'étaient-ils rendus au Lac Saroni, magnifique étendue d'eau au nord de la Baronnie de Gilead ? Roland n'arrivait pas à se le rappeler. Il savait seulement qu'il était tout petit et qu'il y avait une belle plage de sable où jouer à son aise, parfaite pour un aspirant bâtisseur de châteaux tel que lui. Et c'est ce qu'il avait fait un jour de

(*vacances ? Étaient-ce des vacances ? Mes parents ont-ils une fois vraiment pris des vacances ?*)

leur voyage, et il avait levé les yeux ; quelque chose — peut-être seulement des cris d'oiseaux décrivant des cercles au-dessus du lac — lui avait fait lever la tête, et il avait vu son père et sa mère, Steven et Gabrielle Deschain, sur le rivage, qui lui tournaient le dos, chacun enlaçant la taille de l'autre, et contemplaient l'eau turquoise sous le bleu d'un ciel d'été. Comme son cœur s'était gonflé d'amour pour eux deux ! Ah l'infini de l'amour qui, s'entrelaçant à l'espoir et à la mémoire en une tresse à trois brins des plus solides, semble la Tour Claire érigée dans le cœur et dans l'âme de chaque être humain.

Cependant, ce n'était pas de l'amour qu'il ressentait à présent, mais de la terreur. Les silhouettes vers lesquelles il courait au fond du canyon (le fond *rationnel* du canyon) n'étaient ni Steven de Gilead ni Gabrielle d'Arten, mais Cuthbert et Alain, ses deux compères. Ils ne se tenaient pas non plus enlacés par la taille, mais par la main, comme les enfants d'un conte de fées, égarés dans une forêt de légende des plus menaçantes. Les oiseaux qui décrivaient des cercles dans le ciel étaient des vautours et non plus des mouettes, et ce qui miroitait, couronné de brume, devant les deux garçons, n'était pas de l'eau.

Mais la tramée. Sous les yeux de Roland, Cuthbert et Alain se mirent à avancer vers elle.

— *Arrêtez-vous !* leur cria-t-il. *Au nom de vos pères, arrêtez-vous !*

Mais ils poursuivirent leur avancée. Ils marchaient main dans la main en direction de la zone blanche qui frangeait le chatoiement vert de cette fumerolle. La tramée gémissait de plaisir, roucoulait des mots doux et tendres, promettait des récompenses. Sa chaleur engourdissante vous dépossédait de votre énergie avant de vous entamer le cerveau.

N'ayant pas le temps de les rejoindre, Roland fit la seule chose qui lui vint à l'esprit : il pointa l'un de ses revolvers au-dessus de leurs têtes et tira. La déflagration sonna comme sur une enclume dans l'espace restreint du canyon et, un instant, son écho en ricochet couvrit la plainte de la tramée. Les deux garçons s'arrêtèrent à quelques centimètres seulement de son scintillement délétère. Roland s'attendait à tout moment qu'elle les agrippe comme elle avait cueilli l'oiseau volant près du sol, la nuit où ils étaient venus reconnaître les lieux, sous la Lune du Colporteur. Il appuya deux fois encore sur la détente, tirant toujours en l'air, les détonations allant frapper les parois rocheuses qui les répercutèrent.

— *Pistoleros !* cria-t-il. *A moi ! A moi !*

Alain se retourna le premier, ses yeux sidérés paraissaient flotter dans son visage strié par la poussière. Cuthbert fit un nouveau pas en avant, le bout de ses bottes disparaissait déjà dans l'écume d'argent verdâtre qui délimitait la tramée (le grommellement geignard de la chose augmenta d'un ton, comme par anticipation), mais alors Alain le tira en arrière par la bride de son *sombrero*. Cuthbert trébucha contre un gros éclat de rocher et fit une chute plutôt rude. Quand il releva la tête, son regard était redevenu clair.

— Mes dieux ! murmura-t-il, avant de se remettre tant bien que mal sur ses pieds.

Roland remarqua que le bout de ses bottes avait disparu, proprement sectionné, comme par une paire de cisailles de jardinier. Ses gros orteils dépassaient.

— Roland, hoqueta-t-il, alors qu'avec Alain, ils s'avançaient en chancelant vers lui. Roland, on a failli y rester. *Ça parle.*

— Oui, j'ai entendu. Venez. On n'a pas le temps.

Il les guida jusqu'à l'encoche dans la paroi du canyon, priant qu'ils puissent l'escalader suffisamment vite pour éviter d'être criblés de balles... ce qu'ils ne manqueraient pas d'être si Latigo arrivait avant qu'ils ne soient à bonne hauteur.

Une odeur, âcre et acide, commença à se diffuser dans l'air — celles de baies de genièvre mises à bouillir dans un alambic. Et les premières vrilles d'une fumée d'un blanc grisâtre flottèrent jusqu'à eux.

— Cuthbert, tu passes en premier. Alain, tu le suis. Moi, je ferme la marche. Grimpez vite, les gars. Votre vie en dépend.

21

Les hommes de Latigo s'engouffraient par la brèche dans le mur de broussailles comme de l'eau dans un entonnoir, élargissant le goulet au fur et à mesure. La couche végétale inférieure se consumait déjà mais, dans l'excitation de la poursuite, nul d'entre eux ne remarqua ces flammes discrètes ni ne trahit qu'il les avait remarquées. La fumée âcre passa de même inaperçue ; la puanteur du pétrole brûlé avait émoussé leur odorat. Latigo lui-même, qui menait la colonne, Hendricks sur ses talons ou tout comme, n'avait qu'une idée en tête ; deux mots qui lui martelaient l'esprit, triomphalement et méchamment : *Box-canyon ! Box canyon ! Box canyon !*

Cependant, plus il s'enfonçait au galop dans Verrou Canyon, plus quelque chose venait brouiller ce mantra, les sabots de son cheval clic-claquant avec légèreté entre les éboulis rocheux et

(*les ossements*)

les cages thoraciques et crânes blanchis de bovins empilés. Ce quelque chose était une sorte de bourdonnement, un geignement d'un larmoyant exaspérant, une stridulation persistante. Il en avait les yeux qui s'humectaient. Pourtant, si fort que fût ce son (s'il s'agissait bien d'un son ; tant cela semblait provenir de l'intérieur de lui-même), il le repoussa, se raccrochant à son mantra :

(*box canyon box canyon je les ai acculés dans un cul-de-sac, un box-canyon*)

Il lui faudrait affronter Walter quand tout serait terminé, et peut-être même Farson, et il n'avait pas la moindre idée de ce que serait son châtiment pour avoir perdu les citernes... mais on verrait tout ça plus tard. Pour le moment, il s'agissait de tuer ces salopards de quoi j'me mêle.

Devant lui, le canyon faisait un coude vers le nord. Ils devaient se trouver au-delà, cet au-delà ne devant probablement pas aller chercher très loin. Acculés au fond du canyon, ils tâcheraient de se terrer derrière d'éventuels éboulis. Latigo réunirait toutes les armes en sa possession et les débusquerait par des tirs massifs en ricochet. Ils se rendraient, les mains en l'air, espérant qu'on leur ferait grâce. Mais cet espoir serait vain. Après ce qu'ils avaient fait, les ravages qu'ils avaient causés...

Au moment où Latigo franchissait le coude que faisait la paroi du canyon, son pistolet déjà pointé, son cheval poussa un cri... un cri de femme... et se cabra. Latigo, cramponné au pommeau de sa selle, se débrouilla pour ne pas vider les étriers, mais les sabots postérieurs de sa monture dérapèrent sur la couche d'éboulis et l'animal s'abattit comme une masse. Latigo lâcha le pommeau, sautant pour se dégager ; il prit conscience que le son qui lui vrillait en catimini les oreilles était devenu dix fois plus fort tout à coup et que son bourdonnement accru faisait tressauter ses globes oculaires dans leurs orbites, lui picotait fort désagréablement les couilles et occultait le mantra qui lui avait martelé le crâne avec tant d'obstination.

La persistance du zonzon de la tramée dépassait de loin, de très loin tout ce que Latigo aurait pu faire avec.

Autour de lui, des chevaux filaient comme l'éclair tandis qu'il s'étalait accroupi à demi ; chevaux poussés en avant, bon gré mal gré, par l'affluence en rangs serrés des cavaliers qui s'introduisaient par la brèche deux par deux (puis trois par trois au fur et à mesure qu'elle s'élargissait et que la montagne de broussailles s'embrasait sur toute sa longueur), avant de reprendre du champ après avoir franchi ce goulet d'étranglement, sans avoir pleinement conscience que le canyon lui-même n'était rien d'autre qu'un goulet d'étranglement.

Latigo entrevoyait confusément le noir des queues, le gris des antérieurs et le pommelé des fanons ; il apercevait des *chaparajos*, des jeans et des bottes embarrassées dans les étriers. Il tenta de se relever quand un fer à cheval sonna contre le bas de son crâne. Son chapeau lui évita d'être assommé, mais il retomba lourdement à genoux, tête baissée comme un homme en prière, les yeux pleins de petites étoiles, la nuque immédiatement baignée de sang qui jaillissait de l'entaille que le sabot avait ouverte au passage.

Maintenant il entendait crier d'autres chevaux. Crier des hommes aussi. Il se redressa encore une fois, toussant et crachant la poussière soulevée par les chevaux autour de lui (poussière elle aussi des plus âcres ; elle lui irritait la gorge comme de la fumée) et repéra Hendricks qui tâchait à coups d'éperon de diriger sa monture à l'est et au sud à contre-courant du flux continu de cavaliers, sans y parvenir. Le dernier tiers du canyon était une sorte de marécage à l'eau verdâtre et fumante qui devait dissimuler des sables mouvants, car le cheval d'Hendricks paraissait s'y être embourbé. La bête cria à nouveau, tentant de se cabrer. Son arrière-train chassa. Hendricks enfonçait sans relâche ses bottes dans les flancs de sa monture, s'efforçant de le mettre en branle, mais peine perdue, car le cheval ne voulait pas — ou bien ne pouvait pas — bouger. Ce bourdonnement affamé emplissait les oreilles de Latigo et semblait emplir le monde entier.

— En arrière ! Faites demi-tour !

Il essaya de hurler ces mots, mais n'émit tout au plus qu'un coassement enroué. Les cavaliers continuaient à passer devant lui au grand galop, soulevant une poussière, bien trop épaisse pour n'être *que* de la poussière. Latigo reprit son souffle afin de crier plus fort — il *fallait* qu'ils fassent demi-tour, quelque chose n'était affreusement pas normal à Verrou Canyon — mais termina en toussant de plus belle sans réussir à prononcer un seul mot.

Cris des chevaux.

Puanteur de la fumée.

Et partout, emplissant le monde de sa démence, ce zonzon plaintif, geignard, pleurard, abject et servile.

Le cheval d'Hendricks s'abattit, les yeux fous, ses dents mordant l'air enfumé et des caillots de bave aux lèvres. Hendricks chut dans l'eau stagnante pleine de vapeurs, sauf que ça n'avait rien à voir avec de l'eau. Ça s'anima quand il en frappa la surface ; il lui poussa des mains vertes et une bouche verte sournoise ; ça griffa sa joue dont la chair fondit, griffa son nez que ça trancha, griffa ses yeux que ça arracha des orbites. Ça entraîna Hendricks vers le fond, mais juste avant, Latigo entrevit sa mâchoire dénudée, piston sanglant de son hurlement plein de dents.

Quelques hommes voyant ça tentèrent d'échapper à ce piège vert. Ceux qui y réussirent furent pris par le travers par la nouvelle vague de cavaliers — dont certains, incroyable mais vrai, gueulaient encore à gorge déployée des cris de guerre perçants. Un surplus de montures et de cavaliers se retrouvèrent chassés dans le chatoiement vert, qui s'empressa de les accueillir. Latigo, sonné et sanguinolent, se tenait comme un homme seul debout au milieu d'une débandade panique — exacte définition de ce qui se passait ; il reconnut soudain le soldat auquel, lui, Latigo, avait donné son arme. Cet individu qui, obéissant à son ordre, avait descendu l'un de ses *compadres* pour réveiller les ardeurs des autres, se jeta au bas de sa selle avec un hurlement et, tandis que son cheval plongeait au sein du magma verdâtre, s'arrangea pour lui échapper en rampant sur le ventre. Il essaya de se relever et, voyant deux cavaliers lui foncer dessus, se protégea le visage de ses mains. Un instant plus tard, il était sauvagement piétiné.

La clameur des blessés et des mourants retentissait à tous les échos dans le canyon enfumé, mais Latigo les entendait à peine. Ce qu'il entendait par-dessus tout, c'était ce bourdonnement, ce son qui était presque une voix. Qui l'invitait à sauter en son sein. D'en terminer ici. Pourquoi pas ? Tout était fini, non ? Complètement fini.

Mais il lutta pour s'en éloigner, à présent en mesure de progresser ; le débit des cavaliers inondant le canyon se tarissait. Certains d'entre eux, à une cinquantaine de mètres du coude, avaient même réussi à faire tourner bride à leurs montures. Ils n'en restaient pas moins des silhouettes fantomatiques, égarées dans la fumée qui s'épaississait.

Ces salopards roublards ont mis le feu aux broussailles derrière nous. Dieux du ciel et de la terre, je crains bien que nous ne soyons piégés ici.

Incapable de donner un ordre — car, chaque fois qu'il reprenait son souffle, il était pris d'une quinte de toux — il intercepta néanmoins un cavalier au passage — dix-sept ans et toutes ses dents — qu'il fit dégringoler de sa selle. Le gamin chuta tête la première, allant s'ouvrir le crâne sur un bloc de rocher en saillie. Latigo l'avait remplacé sur le cheval avant que les pieds du gosse aient fini de gigoter.

Il fit pivoter le cheval d'un coup sec, l'éperonnant en direction de l'entrée du canyon, mais n'avait pas couvert vingt mètres que le blanc nuage de la fumée le suffoquait. Le vent la balayait dans ce sens. Latigo distinguait — avec difficulté — la lueur orangée des broussailles en flammes, du côté du désert.

Refaisant tourner bride à sa nouvelle monture, il repartit par où il était venu. D'autres chevaux surgirent à l'improviste de la brume épaisse. Latigo en heurta un et vida les étriers pour la seconde fois en cinq minutes. Il se reçut sur les genoux, se remit sur pied tant bien que mal et, le vent le poussant dans le dos, avança en flageolant, toussant jusqu'au haut-le-cœur, les yeux rouges et ruisselants.

Il y eut un léger mieux, une fois passé le coude du canyon au nord, mais ça n'allait pas durer. Le bord de la tramée n'était plus qu'un amalgame de chevaux — tournicotant en tous sens, nombre d'entre avec des pattes cassées — et d'hommes qui rampaient en hurlant. Latigo aperçut plusieurs chapeaux flottant à la surface verdâtre du vivant organisme qui emplissait le fond du canyon de ses jérémiades ; il aperçut aussi des bottes, des gourmettes, des bandanas ; l'instrument bosselé du jeune clairon, toujours agrémenté de son cordon effrangé.

Venez, entrez donc, telle était l'invite du vert chatoiement et Latigo trouvait son zonzon doté d'un étrange pouvoir d'attraction... presque intime. *Venez donc me rendre visite, prenez vos aises, soyez en repos, soyez en paix, soyez au mieux.*

Latigo braqua son arme, déterminé à lui tirer dessus. Il ne croyait pas que *ça* pouvait être tué, mais il se souviendrait du visage de son père et n'en tirerait pas moins.

Sauf qu'il n'en fit rien. Le pistolet lui échappa des doigts et il avança — d'autres autour de lui faisaient de même à présent — puis pénétra dans la tramée. Le bourdonnement augmentait de plus en plus, emplissant ses oreilles jusqu'à oblitérer les autres sons.

Tout autre son.

22

Roland et ses amis virent tout ça du haut de l'encoche en saillie, où ils avaient fait halte en enfilade à quelque cinq mètres du sommet. Ils assistèrent à cette confusion pleine de cris et de hurlements, à ce manège de panique, aperçurent des hommes en train de se faire piétiner, des cavaliers et leurs montures entraînés dans la tramée... puis, au final, ceux qui y pénétrèrent de leur plein gré.

Cuthbert était le plus proche du sommet, puis venaient successivement Alain et Roland, qui se tenait sur une arête rocheuse de quinze centimètres de large, cramponné à un affleurement juste au-dessus de sa tête. Depuis leur position avantageuse, ils pouvaient voir ce que les hommes se débattant en contrebas dans leur enfer enfumé étaient dans l'incapacité de remarquer : à savoir, que la tramée prenait de l'ampleur, s'étirait, rampait vers eux comme la marée montante.

Roland, sa soif guerrière étanchée, n'avait aucune envie d'assister à ce qui se passait là, en bas, sans pouvoir cependant en détacher ses yeux. Le geignement de la tramée — exprimant à la fois la couardise et le triomphe, la joie et la tristesse, la perte et la découverte — le tenait encordé de liens d'une douceur poisseuse. Il demeura là, hypnotisé, comme ses amis au-dessus de lui, même quand la fumée commença à s'élever et son odeur piquante le secoua d'une toux sèche.

Des hommes criaient en perdant la vie dans la fumée épaisse en contrebas. Ils s'y débattaient comme des fantômes. Mais le brouillard les gommait, devenant plus compact et montant le long des parois du canyon comme de l'eau. Les chevaux hennissaient de désespoir sous l'effet de cette mort blanche et âcre. Le vent en se jouant creusait sa surface de tourbillons. La tramée vrombissait et, au-dessus de son emplacement, la fumée se colorait d'une nuance mystique d'un vert très pâle.

Puis, à la fin des fins, les hommes de John Farson cessèrent de crier.

Nous les avons tués, songea Roland dans un mélange malsain d'horreur et de fascination. Puis : *Non, pas nous. Moi. Moi seul les ai tués.*

Combien de temps serait-il resté là, Roland n'en sut jamais rien — peut-être jusqu'à ce que la fumée ne vienne l'engloutir, aussi bien — car Cuthbert, qui avait repris son ascension, lâcha tout à trac trois mots sur un ton où la surprise le disputait à l'effarement.

— Roland ! *La lune !*

Roland tressaillit et leva les yeux. Le ciel avait pris une teinte veloutée d'un violet sombre. Son ami se découpait contre lui, regardant vers l'est ; et la lune montante baignait son visage d'un orange fiévreux.

Orange, mais oui, zonzonnait la tramée dans sa tête. *Riait* dans sa tête. *Orange comme la nuit où tu es venu ici pour me compter. Orange comme un feu. Orange comme un feu de joie.*

Comment peut-il faire presque noir ? s'écria-t-il en son for intérieur. Mais il connaissait la réponse — oui, il la connaissait très bien. Le temps s'était ressoudé, un point c'est tout, comme les strates géologiques s'étreignent à nouveau, une fois la dispute du tremblement de terre vidée.

Le crépuscule était venu.

Le lever de lune avait suivi.

Roland, frappé de terreur comme par un coup de poing en pleine poitrine, recula d'un sursaut sur l'étroite corniche. Il chercha à tâtons l'affleurement rocheux au-dessus de sa tête, mais cet effort pour retrouver l'équilibre lui parut très loin de lui ; une bonne part de son être était à nouveau prise dans la tornade rose, comme avant qu'elle ne l'emporte et ne lui montre la moitié du cosmos. Peut-être le cristal du magicien ne lui avait-il montré ce qui se trouvait à des mondes et des mondes de là que pour éviter de lui révéler ce qui allait bientôt advenir tout près de lui.

Je tournerais bride si je croyais sa vie vraiment en danger, avait-il dit. *Sur-le-champ.*

Et si le cristal l'avait su ? S'il ne pouvait pas mentir, ne pouvait-il pas vous égarer ? Ne pouvait-il pas l'emporter au loin pour lui montrer une sombre terre et une tour plus sombre encore ? Mais il lui avait montré autre chose, chose qui ne lui revenait qu'à présent : un maigrichon en salopette de fermier qui lui avait dit... quoi donc ? Pas tout à fait ce qu'il avait cru, pas ce qu'il avait entendu toute sa vie ; pas *Longue vie à toi, longue vie à tes récoltes*, mais...

— Mort, murmura-t-il aux rochers qui l'entouraient. Mort à toi, longue vie à mes récoltes. *Charyou tri*. Voilà ce qu'il a dit : *Charyou tri*. Vienne la Moisson.

Orange, pistolero, ricana une vieille voix au timbre fêlé dans sa tête. La voix de la sorcière du Cöos. *La couleur des feux de joie.* Charyou tri, fin de año, *telles sont les anciennes coutumes dont seuls subsistent les pantins aux mains rouges... jusqu'à ce soir. Ce soir, on remet en vigueur les anciennes coutumes, comme il faut qu'elles le soient de temps à autre.* Charyou tri, *sale* enfançon, charyou tri : *ce soir, tu vas payer pour ce que tu as fait à mon doux Ermot. Ce soir, tu vas payer pour tout ce que tu as fait. Vienne la Moisson.*

— Grimpe ! hurla-t-il, frappant le derrière d'Alain. Grimpe, mais grimpe donc ! Au nom de ton père, *grimpe !*

— Roland, qu'est-ce que... ?

Alain eut l'air de tomber des nues, mais ne s'en mit pas moins à grimper, passant d'une prise à l'autre, criblant ce faisant le visage de Roland levé vers lui de petits cailloux. Ce dernier, louchant contre leur chute, rejoignit Al et le poussa au cul d'une tape, comme un cheval.

— *Grimpe,* aux noms des dieux ! cria-t-il. Il n'est peut-être pas encore trop tard !

Mais il n'en pensait pas un mot. La Lune du Démon s'était levée, il avait vu sa clarté orange baigner le visage de Cuthbert de son délire, et il en savait plus long. Dans sa tête, le zonzon dément de la tramée, cette plaie ulcérant la réalité dans sa chair, se joignait au rire dément de la sorcière, et il en savait plus long.

Mort à toi, longue vie aux récoltes. Charyou tri.

Oh, Susan...

23

Rien ne fut très clair pour Susan tant qu'elle ne vit point l'homme à longue chevelure rousse, dont le chapeau de paille échouait à masquer le regard de tueur d'agneaux ; l'homme aux mains pleines de spathes de maïs. C'était le premier, rien qu'un simple fermier (elle l'avait entrevu une fois ou deux au Marché d'En Bas, pensa-t-elle ; l'avait même salué d'un signe de tête, à l'instar des campagnards et il lui avait retourné son salut) se tenant non loin de l'embranchement de la Grand-Route et de l'ancienne voie du Silk Ranch. Il se dressait au clair de lune. Jusqu'à ce qu'ils arrivent à sa hauteur, rien n'était encore clair pour elle ; quand il l'eut bombardée des spathes de maïs alors qu'elle passait lentement devant lui, debout dans la carriole, les mains liées, la corde au cou et la tête baissée, tout s'éclaira.

— *Charyou tri,* lança-t-il, prononçant presque avec douceur ces paroles du Vieux Peuple que Susan n'avait plus entendus depuis son enfance, ces mots qui signifiaient « Vienne la Moisson », mais aussi autre chose. Quelque chose de caché, de secret, qui avait à voir avec la racine du mot, *char,* qui ne signifiait qu'une seule chose : la mort. Quand les spathes sèches voltigèrent jusqu'à ses bottes, elle comprit parfaitement quel était le secret ; comprit aussi qu'il n'y aurait jamais pour elle ni bébé ni mariage dans la lointaine contrée féerique de Gilead, aucun hall où elle et Roland seraient unis et félicités sous les illuminations électriques, qu'il n'y aurait pour elle ni de mari ni d'autres douces nuits d'amour ; tout cela était fini. Le monde avait changé et tout cela était fini, fini avant d'avoir vraiment commencé.

Elle savait par contre qu'on l'avait mise à l'arrière de la charrette, *debout* à l'arrière de la charrette et que l'unique Chasseur du Cercueil survivant lui avait passé un nœud coulant autour du cou. « Ne vous avisez pas de vous asseoir », lui avait-il dit, presque en s'excusant. « Je n'ai pas envie que vous vous étrangliez, ma jolie. Au cas où la charrette ferait un cahot et que vous tombiez, je tâcherai que le nœud reste lâche mais, si jamais vous faites mine de vous asseoir, je serai obligé de serrer. Ce sont *ses* ordres ».

Il avait désigné Rhéa de la tête, assise le dos droit sur le siège de la carriole, tenant les rênes entre ses doigts difformes.

— C'est *elle* qui commande dorénavant.

Et il en avait été ainsi ; en approchant de la ville, c'était toujours le cas. Quoi que la possession de son *glam* eût fait à son corps, quoi que sa perte eût causé à son mental, ses pouvoirs n'en étaient pas amoindris pour autant ; ils semblaient même avoir augmenté, comme si elle avait découvert une autre source où les abreuver, momentanément s'entend. Des hommes qui auraient pu la briser comme un fétu de paille sur leur genou obéissaient à ses ordres aussi aveuglément que des enfants.

De plus en plus d'hommes se joignaient au cortège au fur et à mesure que cet après-midi de la Moisson dévidait son maigre cours vers la nuit ; une demi-douzaine précédaient la charrette, chevauchant de concert avec Rimer et l'individu à la coquetterie dans l'œil, une bonne dizaine la suivaient avec à leur tête Reynolds qui tenait enroulée autour de sa main tatouée l'extrémité de la corde passée autour du cou de Susan. Cette dernière ignorait qui étaient ces hommes et d'où ils sortaient.

Rhéa avait emmené cette colonne grossissant à vue d'œil un peu plus loin au nord, avant d'obliquer vers le sud-ouest en empruntant la vieille route du Silk Ranch, qui revenait vers la ville en serpentant. Dans les faubourgs est d'Hambry, elle rejoignait la Grand-Route. Même dans l'état d'hébétude qui était le sien, Susan avait remarqué que la vieille jeteuse de sorts progressait lentement, se calquant sur le déclin du soleil, ne claquant point de la langue à l'adresse de son poney pour le presser, mais le freinant des rênes, jusqu'à ce que l'or de l'après-midi se ternisse, du moins. Quand ils avaient croisé le fermier solitaire aux traits émaciés, un homme bien sans nul doute, petit propriétaire de sa ferme, où il travaillait dur des premières lueurs du jour au derniers feux du crépuscule et chef de famille qui aimait les siens (mais oh bien sûr, il avait ces yeux de tueur d'agneaux sous le bord de son chapeau cabossé), Susan comprit aussi pourquoi ils avançaient si lentement. Rhéa attendait le lever de la lune.

N'ayant aucun dieu vers lequel se tourner, Susan adressa ses prières à son père.

Pa ? Si tu m'entends, aide-moi à être la plus forte possible, et à être digne de lui, digne de son souvenir. Aide-moi aussi à rester digne à mes propres yeux. Ni pour ma sauvegarde ni pour mon salut, mais pour ne point leur donner la satisfaction de voir ma souffrance et ma peur. Quant à lui, aide-le aussi...

— Garde-le en sécurité, murmura-t-elle. Garde mon amour sauf ;

emmène mon amour sans encombre où qu'il aille, réjouis son cœur de quiconque il verra et fais qu'il réjouisse le cœur de tous ceux qui le verront.

— Tu fais tes prières, ma chérie ? lui demanda la vieille sans se retourner.

Sa voix rauque suintait de fausse compassion.

— Oui-da, tu fais bien de te réconcilier avec les Puissances d'En Haut tant que tu le peux encore — avant que ta salive ne soit complètement asséchée dans ta gorge en feu !

Jetant la tête en arrière, elle caqueta son rire à tout va, ses rares cheveux épars raides comme des balais se hérissaient, orange dans la clarté de cette lune boursouflée.

24

Leurs chevaux, Rusher en tête, les avaient ralliés en entendant le cri de désarroi de Roland. Ils se tenaient non loin de là, leurs crinières ondulant sous le vent, et secouaient la tête en hennissant de déplaisir, chaque fois que le vent tombait, car leur parvenait alors aux naseaux une bouffée de l'épaisse fumée blanche s'élevant du canyon.

Roland ne prêtait attention ni aux chevaux ni à la fumée. Il ne quittait pas des yeux le sac qu'Alain portait en bandoulière. A l'intérieur, le cristal avait repris vie ; dans l'obscurité grandissante, le sac semblait pulser comme une étrange luciole rose. Roland tendit les mains vers lui.

— Donne-le-moi !

— Roland, je ne sais pas si...

— *Donne-le-moi, sacré nom de ton visage !*

Alain lança un regard à Cuthert, qui opina... puis leva les mains au ciel, trahissant une lassitude déroutée.

Roland arracha le sac de l'épaule d'Alain avant que ce dernier ait eu le temps d'esquisser un geste. Le Pistolero, y plongeant la main, en sortit le cristal. Il était d'une roseur intense, une vraie Lune du Démon rose et non orange.

Derrière eux et en dessous, la plainte exaspérante de la tramée montait et descendait, sans cesse.

— Ne regarde pas cette chose en face, chuchota Cuthbert à Alain. Surtout pas, au nom de ton père.

Roland pencha son visage au-dessus du cristal palpitant, dont la lumière ruisselait sur son front et ses joues, noyant ses yeux de son éclat éblouissant.

Dans l'Arc-en-Ciel de Maerlyn, il la vit, *elle* — Susan, la fille du meneur de chevaux, la gente damoiselle à sa fenêtre. Il la vit debout à l'arrière d'une carriole noire ornée de symboles dorés, celle de la vieille sorcière. Reynolds suivait, à cheval. Il tenait le bout d'une corde qui faisait un nœud coulant autour du cou de Susan. La carriole roulait en direction du Cœur Vert, avançant à une lenteur processionnelle. Tout au long de Hill Street se pressait une foule dont le fermier aux yeux de tueur d'agneaux avait représenté l'avant-garde — tous ces habitants d'Hambry et de Mejis, privés de leur fête, à qui on allait donner en lieu et place l'attraction d'un antique et sombre rituel : *Charyou tri*, vienne la Moisson, mort à toi, longue vie à nos récoltes.

Un murmure muet parcourut cette foule comme s'enfle la houle et on se mit à lui lancer des projectiles — d'abord, des spathes de maïs, puis des tomates pourries, des patates et des pommes, pour finir. L'une d'elles lui frappa la joue. Elle chancela, faillit tomber, puis se redressa, levant son visage gonflé, mais toujours aussi joli à voir, que la lune bariola. Elle regardait droit devant elle.

— *Charyou tri*, murmuraient-ils.

Si Roland ne les entendait pas, il lisait ces mots-là sur leurs lèvres. Il aperçut Stanley Ruiz, Pettie, Gert Moggins et Frank Claypool, l'adjoint à la jambe cassée ; Jamie McCann aussi, celui qui aurait dû être le Gars de la Moisson de cette année. Au total, une bonne centaine de personnes que Roland avait connues (et appréciées pour la plupart) pendant son séjour à Mejis. Et voilà qu'à présent, les mêmes bombardaient l'amour de sa vie de spathes de maïs et autres légumes, l'amour de sa vie, debout sans défense à l'arrière de la charrette de Rhéa, mains liées devant elle.

Malgré sa progression lente, la carriole atteignit le Cœur Vert, ses lanternes de papier de toutes les couleurs et son carrousel muet où nul enfant ne faisait de tour de manège en riant aux éclats... non, pas cette année. La foule, sans cesser de psalmodier les deux mêmes mots, s'ouvrit. Roland distingua le bois entassé en pyramide du futur feu de joie. Disposés en rond, dos appuyé au poteau central, jambes bosselées ballantes, une ribambelle de pantins aux mains rouges montaient la garde autour du bûcher. Il y avait une place vide dans leur cercle, un trou qui attendait qu'on vienne le combler.

Alors une femme vêtue de noir se détacha de l'assistance. Elle tenait un seau à la main et l'une de ses joues était marquée comme au fer d'une traînée de cendres. Elle...

Roland se mit à crier, répétant le même mot encore et encore : *non, non, non, non, non, non !* La lumière rose gagnait en brillance à chaque *non*, comme si l'horreur qu'il exprimait fortifiait et revigorait le cristal. A présent, à chaque pulsation, Cuthbert et Alain distinguaient la forme du crâne du Pistolero sous la peau.

— Il faut qu'on le lui enlève, dit Alain. On le doit, sinon il va le pomper jusqu'à la moelle. Il est en train de le tuer !

Cuthbert approuva du chef et fit un pas en avant. Il agrippa le cristal, mais ne put l'arracher des mains de Roland. Les doigts du Pistolero semblaient soudés à la boule.

— Frappe-le ! intima-t-il à Alain. Frappe-le encore, il le faut !

Mais Alain aurait aussi bien pu frapper un morceau de bois. Roland ne chancela même pas sous le coup. Il continua de hurler cette unique négation... *Non ! Non ! Non ! Non !*... et le cristal pulsait de plus en plus vite, agrandissant la plaie qu'il avait ouverte en lui, aspirant son chagrin comme du sang neuf.

25

— *Charyou tri !* cria Cordélia Delgado, se précipitant comme une flèche de l'endroit où elle s'était tenue embusquée. La foule l'acclama et au-delà, dans le ciel, la Lune du Démon cligna de l'œil, complice aurait-on dit.

— *Charyou tri*, garce sans parole ni foi ! *Charyou tri !*

Elle jeta le contenu du seau sur sa nièce : la peinture éclaboussa les pantalons de Susan et ganta d'écarlate ses mains liées. Elle regarda passer la charrette devant elle avec un atroce rictus. La cendre souillait fortement sa joue ; sur son front pâle, une veine se contorsionnait comme un ver de terre.

— *Garce !* hurla Cordélia, les poings serrés ; elle se lança dans une sorte de gigue grotesque, sautillant sur ses pieds, ses genoux osseux tricotant sous sa robe. *Longue vie à nos récoltes ! Mort à la garce !* Charyou tri ! *Vienne la Moisson !*

La carriole roula plus loin ; Cordélia disparut du champ de vision de Susan, comme une cruelle apparition de plus au sein d'un cauchemar qui allait se terminer bientôt. *Oiseau et ours, lièvre et poisson*, songea-t-elle. *Sauve-toi, Roland ; emporte mon amour avec toi. C'est mon vœu le plus profond.*

— Emparez-vous d'elle ! hurla Rhéa. Emparez-vous de cette garce ! Rôtissez-la avec ses mains rouges d'assassine ! *Charyou tri !*

— *Charyou tri !* répondit la foule comme un seul homme.

Une forêt de mains volontaires se dressa au clair de lune ; quelque part explosèrent des pétards, salués par les rires d'excitation des enfants.

Susan, soulevée de la charrette, passa de main en main au-dessus de la foule jusqu'au bûcher ; à la voir ainsi manipulée, on aurait dit une héroïne de guerre accueillie en triomphe à son retour dans ses foyers. La peinture dégouttant de ses mains traçait des larmes rouges sur leurs visages avides, tendus vers elle. La lune regardait tout ça de haut, éteignant les lampions sous son rougoiement.

— Oiseau et ours, lièvre et poisson, murmura-t-elle au moment où on la projeta sur le tas de bois sec à sa place désignée ; la foule tout entière psalmodiait à l'unisson maintenant, *Charyou* TRI *! Charyou* TRI *! Charyou* TRI *!*

— Oiseau et ours, lièvre et poisson.

Il s'efforça de se rappeler comment il avait dansé avec elle, ce soir-là. S'efforça de se rappeler comment ils avaient fait l'amour dans la saulaie. S'efforça de se rappeler leur première rencontre sur la route dans l'obscurité : *Grand Merci, sai, quelle heureuse rencontre que la nôtre, n'est-ce pas ?* lui avait-il dit. Et en dépit de tout, en dépit de cette fin lamentable avec les anciens voisins de Susan métamorphosés au clair de lune en gobelins déchaînés, en dépit de la douleur et de la trahison, en dépit de ce qui allait suivre, il avait dit la vérité, oui : tous deux avaient fait une heureuse rencontre, très heureuse, en effet.

— *Charyou* TRI ! *Charyou* TRI ! *Charyou* TRI !

Des femmes vinrent empiler des spathes de maïs sèches aux pieds de Susan. Plusieurs la giflèrent (peu lui importait ; son visage boursouflé d'ecchymoses semblait anesthésié) et l'une d'elles — Misha Alvarez, Susan avait donné des leçons d'équitation à sa fille — lui cracha aux yeux avant de s'écarter d'une gambade espiègle, agitant les mains vers le ciel en s'esclaffant. A un moment, Susan aperçut Coraline Thorin, chamarrée d'amulettes de la Moisson, chargée d'une brassée de feuilles mortes qu'elle déversa sur elle ; elles lui voletèrent tout autour, ondée aromatique et crépitante.

Puis sa tante réapparut, flanquée de Rhéa. Chacune portait une torche. Elles s'arrêtèrent devant elle et Susan sentit l'odeur de la poix qui grésillait.

Rhéa leva sa torche vers la lune.

— *CHARYOU TRI !* s'écria-t-elle de sa voix éraillée.

— *CHARYOU TRI !* reprit la foule en chœur.

Cordélia leva sa torche à son tour.

— *VIENNE LA MOISSON !*

— *VIENNE LA MOISSON !* lui firent-ils écho.

— L'heure est venue, ma garce, roucoula Rhéa. L'heure de baisers plus enflammés que ceux que ton amant ne t'a jamais donnés !

— Meurs donc, toi sans parole ni foi, chuchota Cordélia. Longue vie aux récoltes, mort à toi.

Elle fut la première à lancer sa torche dans le tas de spathes de maïs qui arrivait aux genoux de Susan ; Rhéa y lança la sienne, à peine une seconde plus tard. Les feuilles sèches prirent feu aussitôt, aveuglant Susan d'un jaune éblouissant.

Elle avala une dernière goulée d'air frais et, après l'avoir réchauffée dans son cœur, la libéra dans un cri de défi :

— *JE T'AIME, ROLAND !*

La foule recula avec force murmures, comme soudain prise de malaise devant ce qu'elle venait de faire, maintenant qu'il était trop tard pour le défaire ; ce n'était plus un pantin de chiffon, mais une avenante jeune fille qu'ils connaissaient tous, une des leurs, qu'ils avaient poussée, les mains peintes en rouge et pour quelque folle raison, dans le feu de joie de la Nuit de la Moisson. Ils auraient pu la sauver, un instant de plus leur eût-il été concédé — certains du moins l'auraient pu — mais c'était trop tard. Le bois sec prit ; sa longue chevelure blonde flamba sur son front comme une couronne.

— *JE T'AIME, ROLAND !*

Au terme de sa vie, elle avait conscience de la chaleur, mais d'aucune souffrance. Elle eut le temps de se remémorer les yeux de Roland, des yeux d'un bleu couleur du ciel aux premières lueurs de l'aube. Elle eut le temps de repenser à lui sur l'Aplomb, galopant à bride abattue sur Rusher, ses cheveux bruns voletant sur ses tempes et bandana au vent ; de le revoir rire avec une liberté et une aisance qu'il ne retrouverait jamais plus au cours de la longue existence qui s'étirait devant lui bien au-delà de la sienne à elle, et ce fut son rire qu'elle emporta avec elle en s'éteignant, fuyant lumière et chaleur dans le noir soyeux et consolant, sans cesser de l'appeler par son nom, d'en appeler à l'oiseau et à l'ours, au lièvre et au poisson.

26

On ne distinguait plus aucun mot dans ses cris à la fin, pas même *non* ; il poussait des hurlements de bête éventrée, ses mains collées au cristal, dont la pulsation était celle d'un cœur emballé. Il la regarda brûler à l'intérieur.

Cuthbert tenta à nouveau d'éloigner de lui ce maudit objet, sans pouvoir réussir. Il fit alors la seule chose qui lui vint à l'esprit — dégainant son revolver, il en visa le cristal et arma le chien du pouce. Il courait le risque de blesser Roland et il se pourrait que le cristal en volant en éclats l'aveuglât, mais il n'avait pas le choix. S'ils ne faisaient pas quelque chose, le *glam* le tuerait.

Mais cela lui fut épargné. Comme s'il avait aperçu l'arme de Cuthbert et compris ce que cela signifiait, le cristal s'obscurcit aussitôt, masse inerte entre les mains de Roland. Le corps de ce dernier, dont le moindre muscle raidi d'horreur tremblait sous l'outrage, se détendit. Roland s'effondra d'un bloc, ses doigts lâchant enfin leur prise sur le cristal, son ventre amortissant la chute de la précieuse boule ; après lui avoir échappé, elle roula doucement sur le sol pour venir s'arrêter non loin de l'une de ses mains mollement étendues. Plus rien ne brûlait maintenant en son sein obscur, si ce n'est une étincelle orange maléfique — infime reflet de la Lune du Démon montante.

Alain fixait le cristal avec une terreur respectueuse mêlée de dégoût ; le fixait comme un animal féroce momentanément assoupi... mais qui se réveillera pour mieux mordre.

Il s'avança, bien décidé à le réduire en poudre sous sa botte.

— Comment oses-tu ! l'en empêcha Cuthbert d'une voix rauque.

Agenouillé près de Roland amorphe, il regardait Alain, la lune se levait dans ses yeux sous la forme de deux cailloux brillants.

— Comment oses-tu après tous les malheurs et toutes les morts qu'il nous a fallu traverser pour l'avoir. N'y songe même pas.

Alain le fixa un instant avec incertitude, se disant qu'il devrait passer outre et détruire cet objet maudit, de toute façon... les malheurs subis ne justifiaient en rien ceux encore à venir, et tant que la chose qui gisait sur le sol resterait entière, elle n'apporterait à quiconque que du malheur. C'était une *machine de malheur*, et rien d'autre, qui avait tué Susan Delgado. Il avait beau ne pas avoir vu dans le cristal ce que Roland, lui, y avait vu, voir le visage de son ami lui avait suffi. Ça avait tué Susan et ça en tuerait d'autres si on le laissait entier.

Mais alors il songea au *ka* et recula. Par la suite, il devait le regretter amèrement.

— Remets-le dans son sac, fit Cuthbert. Et viens m'aider à relever Roland. Il faut qu'on s'en aille d'ici.

Le sac gisait non loin, petit tas froissé sur le sol agité par le vent. Alain ramassa le cristal, détestant le contact de sa surface courbe et lisse, s'attendant à ce qu'il reprenne vie à son toucher. Il n'en fit rien cependant. Alain le glissa dans le sac qu'il remit en bandoulière. Puis, il s'agenouilla près de Roland.

Il ignorait combien de temps ils tentèrent infructueusement de le faire revenir à lui — mais la lune était montée assez haut dans le ciel pour avoir repris sa teinte argentée et la fumée qui s'échappait du canyon à gros bouillons avait commencé à se dissiper, il n'en savait pas plus. Jusqu'à ce que Cuthbert lui dise que ça suffisait comme ça ; qu'il allait leur falloir l'attacher en travers de la selle de Rusher et chevaucher avec lui dans cette position. S'ils atteignaient la partie fortement boisée de la Baronnie avant l'aube, ajouta Cuthbert, ils seraient en sécurité... mais il leur faudrait aller au moins jusque-là. Ils avaient écrasé les hommes de Farson avec une facilité sidérante mais, selon toute vraisemblance, les rescapés réuniraient leurs forces dès le lendemain. Mieux valait pour eux être loin avant que cela ne se produise.

Et ce fut ainsi qu'ils quittèrent Verrou Canyon et la côte maritime de Mejis : chevauchant vers l'ouest sous la Lune du Démon, Roland couché en travers de sa selle comme un cadavre.

27

Ils passèrent le jour suivant dans *El Bosque*, la forêt qui s'étendait à l'ouest de Mejis à attendre que Roland reprenne ses esprits. En voyant arriver l'après-midi et Roland toujours plongé dans le coma, Cuthbert dit à son compagnon :

— Vois si tu peux l'atteindre avec le *shining*.

Alain prit les mains de Roland entre les siennes et, réunissant toute sa force de concentration, se pencha au-dessus du visage pâle et endormi de son ami. Il demeura ainsi une bonne demi-heure. Finalement, il secoua la tête, lâcha les mains de Roland et se releva.

— Rien à faire ? demanda Cuthbert.

Alain fit non de la tête en soupirant.

Ils lui fabriquèrent un *travois* de branches de pin afin de lui éviter de passer une autre nuit couché sur sa selle (à défaut de tout le reste, Rusher semblait nerveux de transporter son maître ainsi) et poursuivirent leur course : ils n'empruntèrent pas la Grand-Route — cela aurait été bien trop dangereux — mais des voies parallèles. Roland demeura inconscient le jour suivant (ils avaient laissé Mejis derrière eux à présent et les deux garçons ressentirent un profonde crise de mal du pays, inexplicable mais aussi irrépressible que le mouvement des marées) et assis de part et d'autre de leur ami, Alain et Cuthbert se dévisageaient tout en surveillant le faible va-et-vient de sa poitrine.

— Est-ce que quelqu'un plongé dans le coma peut mourir de

faim ou de soif ? s'interrogea Cuthbert. C'est impossible, n'est-ce pas ?

— Si, dit Alain. Je crois que ça peut arriver.

Ils venaient de connaître une longue nuit de périple éprouvante pour les nerfs. Aucun des deux garçons n'avait fermé l'œil la veille, mais ce jour-là, ils dormirent comme des souches, la tête enfouie sous les couvertures pour masquer le soleil. Ils se réveillèrent à quelques minutes d'intervalle à son coucher, alors que la Lune du Démon, décroissante depuis deux jours, se levait au travers d'un banc de nuages tourmentés, annonciateurs de la première des grandes tempêtes d'automne.

Roland, redressé sur son séant, avait sorti le cristal du sac. Il le tenait dans ses bras, éclat de magie obscurci aussi mort que le regard du Gai Luron. Les yeux de Roland, morts eux aussi, fixaient avec indifférence les sentes forestières baignées de lune. Il consentit à manger, mais pas à dormir. Il consentit à boire aux cours d'eau qu'ils rencontrèrent chemin faisant, mais pas à parler. Et il ne consentit point à se séparer du fragment de l'Arc-en-Ciel de Maerlyn qu'ils ramenaient de Mejis, après l'avoir payé un prix aussi élevé. Il ne brilla pas pour lui, cependant.

Du moins pas, songea une fois Cuthbert, *tant qu'Al et moi sommes réveillés pour le voir.*

Comme Alain ne réussissait pas à obliger Roland à détacher ses mains du cristal, il posa les siennes sur les joues de son ami, faisant jouer le *shining* pour l'atteindre. Sauf qu'il n'y avait plus rien à atteindre, plus rien de présent. Ce qui chevauchait à leurs côtés, vers l'Ouest, vers Gilead, n'était ni Roland ni même le fantôme de Roland. Comme la lune une fois son cycle accompli, Roland s'en était allé.

LIVRE IV

Tous les enfants du bon Dieu y z'ont des sou'iers

Chapitre 1

Le Kansas au matin

1

Pour la première fois depuis
(*des heures ? des jours ?*)
le Pistolero se tut. Il resta un instant à fixer le bâtiment à l'est de l'endroit où ils se trouvaient (avec le soleil derrière, le palais de verre n'était plus qu'une forme noire nimbée d'or), les avant-bras calés sur les genoux. Puis prenant l'outre posée près de lui sur l'asphalte, il l'éleva au-dessus de son visage et, bouche ouverte, la renversa.

Il but à la régalade — ses compagnons voyaient sa pomme d'Adam s'activer tandis que, s'étant rallongé sur la bande d'arrêt d'urgence, il laissait couler le contenu de la gourde un peu au hasard — comme si se désaltérer n'était pas de première nécessité pour lui. L'eau dégoulinait sur son front marqué de rides profondes, ruisselait sur ses paupières closes et le long de ses tempes, venait stagner dans le creux triangulaire à la base de sa gorge, mouillait ses cheveux qu'elle rendait plus sombres.

Reposant enfin l'outre de côté, il resta étendu ainsi, les yeux fermés, les bras allongés au-dessus de sa tête, comme un homme succombant au sommeil. De la vapeur s'élevait en délicates volutes de son visage humide.

— Ahhh, fit-il.

— Tu te sens mieux ? demanda Eddie.

Le Pistolero souleva les paupières, laissant apercevoir ce regard d'un bleu délavé, et pourtant si effrayant dans son genre.

— Oui. Je ne comprends pas comment cela se peut ni pourquoi je redoutais tellement de faire ce récit... oui, je me sens mieux.

— Un ologue de la psyché pourrait probablement te l'expliquer, fit Susannah, mais je doute fort que tu l'écouterais.

Les mains au creux des reins, elle s'étira en faisant la grimace... mais cette grimace n'était qu'un réflexe. La douleur et l'ankylose auxquelles elle s'était attendue étaient absentes et, à l'exception d'un léger craquement au bas de la colonne vertébrale, elle n'eut pas la satisfaction d'entendre le concert de *cracs*, *clacs* et *plops* habituel.

— Laisse-moi te dire un truc, fit Eddie. Ça donne tout son sens à l'expression « se soulager le cœur ». Depuis combien de temps on est là, Roland ?

— Une nuit à peine.

— *Les esprits ont tout fait en une seule nuit*, dit Jake d'un ton rêveur.

Il était assis en tailleur et Ote, installé au creux du losange formé par ses jambes croisées, levait vers lui ses yeux brillants, cerclés d'or.

Roland se redressa sur son séant, s'épongeant le visage de son bandana, et regarda Jake intensément.

— Qu'est-ce que tu viens de dire ?

— Ce n'est pas de moi. Mais d'un certain Charles Dickens. Il a écrit cette phrase dans *Un Conte de Noël*. En une seule nuit, hum ?

— Est-ce que tu sens dans ton corps que ça a pris plus longtemps ?

Jake fit non de la tête. Il se sentait tout à fait comme un matin au réveil — et même mieux que certains. Il avait envie de pisser, mais n'avait pas les dents du fond qui baignaient ni rien de ce genre.

— Eddie ? Susannah ?

— Je me sens en forme, répondit Susannah. Ce qui ne serait sûrement pas le cas après une nuit blanche, et encore moins après plusieurs.

— Ça me rappelle un peu l'époque où j'étais junkie... fit Eddie.

— Comme tout et n'importe quoi, non ? le coupa Roland d'un ton sec.

— Oh, elle est bonne, celle-là ! répliqua Eddie. Y a de quoi hurler de rire. Le prochain train qui nous fait le coup de la folie, c'est *toi* qui t'y colleras pour lui poser les questions bêtes. Ce que je voulais dire, c'est qu'à force de passer des nuits et des nuits à planer, tu t'habitues à te sentir maxi vaseux et à côté de la plaque chauffante quand tu te lèves le matin... tête lourde, nez bouché, cœur qui cogne, verre pilé dans la colonne. Tu peux croire ton vieux pote Eddie sur parole, suivant comment tu te sens le matin, tu peux dire si la dope est bonne pour toi ou pas. Bref, t'en as tellement l'habitude — *moi* du moins, je l'avais — que lorsque tu passes une nuit sans, tu te réveilles le matin, tu t'assieds au bord du lit et tu te dis comme ça dans ta tête : qu'est-ce qui m'arrive, putain ? Ch'uis malade ou quoi ? J'me sens zarbi. J'aurais pas fait un infarctus en dormant des fois ?

Jake éclata de rire, puis se plaqua la main sur la bouche avec une violence telle qu'on eût dit qu'il voulait non seulement le stopper mais se le ravaler dans la gorge.

— Pardon, dit-il. Ça m'a fait penser à mon père.

— Encore un de la confrérie, hein ? dit Eddie. Bref, je m'attends à avoir mal partout, à être crevé, à craquer de partout quand je marche... mais je crois bien que tout ce qu'il me faut pour me sentir d'aplomb, c'est d'aller pisser un coup dans les buissons.

— Et de manger un morceau ? demanda Roland.

Le petit sourire qu'Eddie avait arboré jusque-là s'évanouit.

— Cette histoire m'a coupé l'appétit. Je n'ai pas du tout faim.

2

Eddie porta Susannah au bas du remblai et la déposa dans un bouquet de lauriers pour qu'elle y fasse ses besoins. Jake était à une centaine de mètres plus loin, vers l'est, dans un bosquet de bouleaux. Roland avait dit que, pour les siens, il utiliserait la bande d'arrêt urgent, puis froncé le sourcil quand ses amis de New York lui avaient éclaté de rire au nez.

Susannah ne riait plus quand elle sortit des buissons. Son visage était sillonné de larmes. Eddie ne lui posa pas de question ; il savait tout. Lui-même avait lutté contre cette envie. Il la prit doucement dans ses bras et elle enfouit son visage dans son cou. Ils demeurèrent ainsi un petit moment.

— *Charyou tri*, finit-elle par dire, le prononçant à la manière de Roland : chair-you-tri, en accentuant légèrement la dernière voyelle.

— Ouais, « vienne la moisson » fit Eddie, songeant qu'un Charlie d'un autre nom n'en était pas moins un Charlie [1]. Comme supposait-il, une rose était une rose était une rose.

Levant la tête vers lui, elle se mit à s'essuyer ses yeux noyés de larmes.

— Avoir vécu tout ça, dit-elle à voix basse... en jetant un coup d'œil vers le remblai de l'autoroute pour s'assurer que Roland ne se trouvait pas là à les guetter. Et à *quatorze* ans.

— Ouais, à côté, mes aventures genre *Panique à Needle Park* paraissent anodines. En un sens, pourtant, je suis presque soulagé.

— Soulagé ? Pourquoi ?

— Parce que j'ai cru qu'il allait nous raconter qu'il l'avait tuée de ses propres mains. Pour sa putain de Tour.

Susannah le regarda au fond des yeux.

— Mais c'est ce qu'il croit avoir fait. Tu n'as pas compris ?

3

Une fois à nouveau réunis, et à la vue de certaines provisions, tous tant qu'ils étaient décidèrent qu'ils mangeraient bien quelque chose, après tout. Roland partagea entre eux les derniers *burritos* (*peut-être qu'un peu plus tard dans la journée, on s'fera une halte*

1. Charlie est en anglais le nom de code pour la lettre C. L'auteur décline ici la trilogie *Charyou tri, Charlie le Tchou-tchou, Charlie*, hautement maléfique comme on sait *(N.d.T.)*.

dans le prochain Boing Boing Burgers, histoire de voir ce qui reste, songea Eddie) et ils les attaquèrent de bon cœur. Tous, sauf Roland. Il prit son *burrito* et, après l'avoir gratifié d'un coup d'œil, regarda ailleurs. Eddie surprit sur le visage du Pistolero une nuance de tristesse qui le vieillissait et lui donnait un air perdu. Eddie en eut le cœur serré, mais il ne savait que faire pour y remédier.

Jake, de dix ans plus jeune que lui, le savait, lui. Il se leva, s'approcha de Roland, s'agenouilla à ses côtés et, passant ses bras autour du cou du Pistolero, le serra contre lui.

— Je suis triste que tu aies perdu ton amie, dit-il.

Le visage de Roland se crispa et, un instant, Eddie fut persuadé qu'il allait perdre la face. Trop de temps écoulé entre deux étreintes, peut-être. Beaucoup, beaucoup trop de temps. Eddie dut détourner les yeux. *Le Kansas au matin,* se dit-il, *un spectacle que tu n'espérais jamais voir. Fous-toi ça sous la dent pour le moment, et laisse-le respirer.*

Quand il regarda Roland de nouveau, ce dernier s'était repris. Jake était assis près de lui et Ote avait posé son long museau sur l'une des bottes du Pistolero. Roland mangeait son *burrito*. Lentement, et sans beaucoup de goût... mais il mangeait.

Une main fraîche — celle de Susannah — se faufila dans celle d'Eddie. Il la prit entre les siennes.

— Une seule nuit, s'émerveilla-t-elle.

— Corporellement parlant, du moins, fit Eddie. Mais mentalement...

— Qui sait ? approuva Roland. Raconter une histoire change toujours le cours du temps. En tout cas, dans mon monde à moi.

Il sourit. Ce qui était inattendu, comme d'habitude. Et comme d'habitude, cela métamorphosait son visage, le rendait presque beau. Voyant cela, Eddie s'imagina sans peine comment une fille avait pu s'amouracher du Roland d'autrefois. A une époque où il était déjà grand mais ni vieux ni si moche ; à une époque où la Tour n'avait pas encore tout à fait assuré son emprise sur lui.

— A mon avis, c'est pareil dans tous les mondes, mon chou, dit Susannah. Je peux te poser quelques questions avant qu'on reparte ?

— Si tu veux.

— Que t'est-il arrivé ? Combien de temps... t'es-tu « en allé » ?

— Tu as raison, je me suis en allé. J'ai voyagé. *Vagabondé,* plutôt. Mais pas dans l'Arc-en-Ciel de Maerlyn, à vrai dire... je ne pense pas que j'aurais pu en revenir, si j'y étais entré alors que j'étais encore... affaibli... Chacun de nous a son cristal de magicien, bien sûr. Ici.

Il se tapota le front avec gravité, juste entre les sourcils.

— C'est là que je me suis en allé. C'est là que j'ai voyagé, tandis que mes amis voyageaient vers l'est en ma compagnie. C'est là que peu à peu j'ai repris des forces. Je restais cramponné au cristal, je voyageais dans ma tête et j'allais mieux. Mais le cristal n'a plus jamais brillé pour moi, sauf à la toute fin... quand les remparts du château et les tours de la ville furent en vue. S'il s'était réveillé plus tôt...

Il haussa les épaules.
— S'il s'était réveillé avant que j'aie récupéré suffisamment d'énergie mentale, je crois que je ne serais pas en train de vous parler. Parce que n'importe quel monde — même un monde rose sous un ciel de cristal — aurait été préférable à un monde sans Susan. Je suppose que la force qui animait le cristal savait cela... et qu'elle a attendu.
— Mais quand il a brillé de nouveau pour toi, il t'a dit tout le reste, dit Jake. Obligatoirement. Il t'a raconté les faits que tes yeux n'ont pas vus.
— Oui. J'en sais autant sur cette histoire à cause de ce que j'ai vu dans le cristal.
— Tu nous as dit une fois que John Farson voulait voir ta tête au bout d'une pique, reprit Eddie. Parce que tu lui avais volé quelque chose de cher à son cœur. C'était le cristal, hein ?
— Oui. Il est entré dans une fureur noire quand il a été au courant. Il était fou de rage. Pour parler comme toi, Eddie « il a pété les plombs, grave ».
— Il a rebrillé pour toi combien de fois ? demanda Susannah.
— Et qu'est-il devenu ? ajouta Jake.
— J'ai vu trois fois en lui après notre départ de la Baronnie de Mejis, fit Roland. La première, c'était la veille au soir de notre retour à Gilead. Ce fut mon plus long voyage à l'intérieur de lui. C'est à ce moment-là qu'il m'a montré ce que je viens de vous raconter. Mis à part quelques détails que j'ai devinés, il m'a montré tout le reste. Et s'il l'a fait, ce n'était ni pour m'apprendre ni pour m'éclairer, mais pour me blesser et me faire mal. Les fragments subsistants de l'Arc-en-Ciel du Magicien sont des mauvaisetés. Le mal qu'ils font contribue à les ranimer. Le cristal a attendu que mon esprit soit de nouveau assez fort pour comprendre et *supporter* ce que je comprenais... puis il m'a montré toutes les choses qui m'avaient échappé, par stupidité et autocomplaisance adolescentes. Mon mal d'amour qui m'hébétait, ma vanité et mes piques d'amour-propre meurtrières.
— Arrête, Roland, fit Susannah. Ne le laisse pas te faire encore du mal.
— Mais il n'arrête pas. Il m'en fera toujours. Ça n'a plus d'importance à présent ; cette histoire est contée. La deuxième fois que j'ai vu — que je suis entré — dans le cristal, ce fut trois jours après être revenu chez moi. Ma mère était absente, bien que sa présence fût requise ce soir-là. Elle s'était rendue à Debaria — une sorte de lieu de retraite pour les femmes — attendre mon retour en priant. Marten était absent lui aussi. Il se trouvait en Cressie auprès de Farson.
— Le cristal, ton père l'avait en sa possession, à ce moment-là ? demanda Eddie.
— N... non, répondit Roland, baissant les yeux vers ses mains.
Eddie observa qu'une légère rougeur lui colora les joues.
— Je ne le lui ai pas donné tout de suite. C'était... dur pour moi d'y renoncer.

— Je te crois, dit Susannah. Tu n'étais pas différent de tous ceux qui ont jeté les yeux dans ce putain de truc.

— Le troisième jour, dans l'après-midi, juste avant le banquet donné pour célébrer notre retour sains et saufs...

— Je parie que vous étiez tous trois d'humeur à faire la fête, dit Eddie.

Roland eut un sourire dénué d'humour et resta plongé dans la contemplation de ses mains.

— Vers quatre heures, Cuthbert et Alain sont venus me retrouver dans mes appartements. Notre trio était à peindre, je cuide... le visage enflammé par le vent, les yeux creusés, les mains écorchées et entaillées, plaies et bosses récoltées pendant notre escalade du canyon, maigres comme des épouvantails. Même Alain, qui avait une légère tendance à l'embonpoint, n'était plus que l'ombre de lui-même. Ils m'ont pris à partie, je suppose que vous diriez ça comme ça. Ils avaient gardé le secret sur le cristal jusque-là — par respect pour moi et la perte que j'avais subie, me dirent-ils, et je les ai crus aisément — mais ils ne le garderaient pas au-delà du festin, prévu pour le soir même. Si je ne voulais pas le remettre de mon plein gré, ce serait à nos pères de résoudre cette question. Ils étaient horriblement embarrassés, Cuthbert surtout, mais déterminés. Alors, je leur ai dit que je remettrais le cristal entre les mains de mon père avant le banquet — avant que ma mère n'arrive de Debaria par la diligence. Ils devraient venir en avance et s'assurer que je tiendrais ma promesse. Cuthbert se mit à bafouiller que ce ne serait pas nécessaire, mais évidemment que ça l'*était*...

— Ben ouais, renchérit Eddie de l'air de celui qui comprend cette partie de l'histoire à la perfection. Tu peux aller aux chiottes tout seul, mais c'est toujours plus fastoche de virer la merde si quelqu'un te tient la main pour tirer la chasse.

— Alain, lui au moins, savait que ce serait mieux pour moi — plus facile — si je n'étais pas seul au moment de la remise du cristal. Il a fait taire Cuthbert et m'a affirmé qu'ils seraient là. Et ils y étaient. Alors je m'en suis séparé, même si je n'en avais pas du tout envie. Mon père est devenu pâle comme un linge quand, en jetant un coup d'œil dans le sac, il vit ce qu'il contenait. Puis il nous a demandé de l'excuser et l'a emporté. A son retour, il a repris son verre de vin et s'est remis à nous entretenir de nos aventures à Mejis comme si de rien n'était.

— Mais entre le moment où tes amis sont venus t'en parler et celui de sa restitution, tu as regardé à l'intérieur, affirma Jake. Tu y es entré, tu y as voyagé. Qu'est-ce qu'il t'a montré cette fois-là ?

— D'abord, il m'a remontré la Tour, fit Roland. Et le début de la voie qui y mène. J'ai vu la chute de Gilead et le triomphe de l'Homme de Bien. Nous n'avions fait que retarder l'échéance d'une vingtaine de mois en détruisant les citernes et le pétroléum. Je ne pouvais rien y faire, mais le cristal m'a alors montré quelque chose que je *pouvais* faire. Il me révéla l'existence d'un couteau dont on avait trempé la lame dans un poison particulièrement violent, une substance venue d'un lointain royaume de l'Entre-Deux-Mondes appelé Garlan. Sa virulence était telle que la plus légère entaille suffisait à provoquer une mort immédiate. Un ménestrel — en réalité, l'aîné des neveux de Farson — avait apporté ce couteau à la cour. L'homme auquel il l'avait confié était le chef des domestiques du château. Cet individu était censé transmettre le couteau au véritable assassin. Mon père ne devait pas revoir se lever le soleil à l'issue du banquet, tel était le plan prévu.

Il leur décocha un sourire lugubre.

— Suite à ce que je vis dans le Cristal du Magicien, le couteau n'atteignit jamais pour l'armer la main de son destinataire. Et à la fin de la semaine, les domestiques eurent un nouveau chef. Ce sont de jolies histoires que je vous raconte là, hein ? Si fait, très jolies, oui-da.

— Tu as vu la personne à qui le couteau était destiné ? demanda Susannah. Le véritable assassin ?

— Oui.

— Rien d'autre ? Tu n'as rien vu d'autre ? questionna Jake.

Le complot d'assassinat à l'encontre du père de Roland ne semblait pas beaucoup l'intéresser.

— Si, fit Roland qui eut l'air déconcerté. Des souliers. Rien qu'une minute. Des souliers qui dégringolaient du ciel. Je les ai pris d'abord pour des feuilles mortes. Le temps que je comprenne de quoi il s'agissait vraiment, ils avaient disparu, et je me suis retrouvé sur mon lit, le cristal serré dans mes bras... tout à fait comme je l'avais transporté depuis Mejis. Mon père... comme je vous l'ai déjà dit, a été très fortement surpris en regardant à l'intérieur du sac.

Tu lui as dit qui avait en sa possession le poignard trempé de poison, songea Susannah, *Jeeves le Majordome ou qui ou qu'est-ce, sans lui révéler qui devait s'en servir, n'est-ce pas, mon chou ? Et pourquoi ne pas l'avoir dit ? Pasque tu t'nais à te cha'ge' de c'p'tite besogne toi-même ?* Mais avant d'avoir pu le lui demander, Eddie posait une question de son côté.

— Des souliers ? Volant dans les airs ? Ça signifie quelque chose pour toi, maintenant ?

Roland fit non de la tête.

— Raconte-nous le reste de ce que tu as vu dans le cristal, dit Susannah.

Il la regarda avec une telle douleur dans les yeux que le léger soupçon qui avait traversé l'esprit de Susannah se transforma aussitôt en certitude. Détournant les yeux, elle chercha à tâtons la main d'Eddie.

— J'implore ton pardon, Susannah, mais je ne peux pas. Pas maintenant. Pour l'heure, je vous ai dit tout ce qu'il m'est possible de dire.

— D'accord, fit Eddie. D'acc', Roland, c'est cool comme ça.

— Ool, approuva Ote.

— Et la sorcière, tu l'as revue ? insista Jake.

Pendant un assez long temps, il sembla que Roland ne répondrait pas à cela, non plus. Mais finalement, si.

— Oui. Elle n'en avait pas fini avec moi. Elle me poursuivait, comme Susan, dans mes rêves. Depuis Mejis, et sur tout le chemin du retour, elle m'a poursuivi.

— Qu'est-ce que tu veux dire ? demanda Jake, terrorisé, à voix basse. Nom de bleu, Roland, qu'est-ce que tu veux dire ?

— Pas maintenant.

Il se leva.

— Il est temps de repartir.

Il leur désigna de la tête le bâtiment qui flottait devant eux ; le soleil éclairait à ce moment précis ses créneaux.

— Ce dôme étincelant, là-bas, est encore à bonne distance, mais je crois qu'on peut l'atteindre cet après-midi, si nous faisons diligence. Il vaudrait mieux. Ce n'est pas un endroit où arriver après la tombée de la nuit, si on peut l'éviter.

— Tu sais de quoi il s'agit, alors ? demanda Susannah.

— Il représente des ennuis, répéta-t-il. Et il est en plein sur notre chemin.

4

Un certain temps, ce matin-là, la tramée gazouilla si fort que même les balles enfoncées dans leurs oreilles ne suffisaient pas à en arrêter entièrement le son ; au pire moment, Susannah crut que son arête nasale allait tout bonnement se désintégrer ; en regardant Jake, elle vit qu'il pleurait à chaudes larmes — mais pas comme quand on est triste, comme quand nos sinus sont en pleine rébellion. Elle ne pouvait se tirer de la tête le joueur de scie musicale auquel le gosse avait fait allusion. *Hein qu'on dirait de la musique hawaïenne ?* n'arrêtait-elle pas de se répéter mentalement tandis qu'Eddie la poussait gravement dans son nouveau fauteuil roulant, zigzaguant entre les véhicules à l'arrêt. *Hein, qu'on dirait de la musique hawaïenne ? S'pas qu'on dirait de la putain de musique hawaïenne, Mamzelle Fraîche et Noire ?*

Des deux côtés de l'autoroute, la tramée recouvrait entièrement les remblais qu'elle escaladait, projetant des reflets déformés d'arbres et de silos à grains, et semblait guetter nos pèlerins au passage comme les animaux affamés d'un zoo, les enfants potelés qui viennent se planter devant leurs cages. Susannah se surprenait à repenser à la tramée dans Verrou Canyon, happant avidement les hommes de Latigo qui tournaient en rond, au milieu de la fumée, (même si certains pénétraient en elle de leur plein gré, marchant comme les zombies d'un film d'horreur de série B), puis l'instant d'après à se remémorer encore fois le musicien de Central Park, le barjo à la scie musicale. *Hein qu'on dirait de la musique hawaïenne ? Et une tramée, une, hein qu'elle t'a un petit son hawaïen, s'pas ?*

Juste au moment où elle se disait que cela dépassait la limite du supportable, la tramée desserra à nouveau son étau sur l'Interstate 70 et son bourdonnement gazouillant se mit enfin à décroître, avant de disparaître. Susannah fut bientôt en mesure de retirer les balles de revolver de ses oreilles. Elle les remisa dans la poche latérale de son fauteuil. Sa main tremblait légèrement.

— On peut dire qu'on vient de la sentir passer, fit Eddie, d'une voix enchifrenée et pleurarde.

Susannah s'aperçut en se tournant vers lui qu'il avait les joues baignées de larmes et les yeux rouges.

— T'inquiète, Suzie jolie, dit-il. C'est la faute à mes sinus. Ce son les bousille grave.

— Idem pour moi, fit Susannah.

— Moi, ça baigne pour mes sinus, mais c'est ma tête qui morfle, lança Jake. Il te reste de l'aspirine, Roland ?

Roland s'arrêta, fouilla dans ses poches et trouva le tube.

— Et Clay Reynolds, tu l'as revu ? demanda Jake après avoir avalé deux trois cachets grâce à l'eau de son outre.

— Non, mais je sais ce qu'il lui est arrivé. Il a formé une bande avec des déserteurs de l'armée de Farson et s'est mis à dévaliser des banques... dans notre partie du monde, c'était, mais à ce moment-là, les pilleurs de banques et les détrousseurs de diligences n'avaient plus grand-chose à craindre des pistoleros.

— Parce qu'ils avaient trop à faire avec Farson ? demanda Eddie.

— Oui. Mais Reynolds et ses hommes ont fini par être piégés par un shérif plus malin que les autres qui a transformé la grand-rue d'une bourgade du nom d'Oakley en coupe-gorge. Six membres du gang sur dix ont été tués net. Les autres — Reynolds était du nombre — ont été pendus. C'était moins d'un an plus tard, en pleine Terre Vide.

Il marqua une pause avant d'ajouter :

— Coraline Thorin faisait partie des tués sur place. Elle était devenue la femme de Reynolds ; elle participait aux coups de main et aux tueries de son gang, à ses côtés.

Ils restèrent silencieux un moment. Au loin, la tramée serinait son interminable chansonnette. Jake se mit soudain à courir vers un camping-car immobilisé un peu plus loin. Un mot était glissé sous l'un des essuie-glaces, côté chauffeur. Se hissant sur la pointe des pieds, Jake put s'en emparer de justesse. Il le parcourut, sourcils froncés.

— Qu'est-ce que ça dit ? lui demanda Eddie.

Jake lui tendit la feuille. Eddie y jeta un coup d'œil, puis la passa à Susannah qui, après l'avoir lue, la donna à Roland. Ce dernier l'examina, puis secoua la tête.

— Je ne saisis que quelques mots — *vieille femme, homme noir.* Que dit le reste ? Lisez-le-moi.

Jake reprit la feuille.

— *La vieille femme des rêves se trouve dans le Nebraska. Son nom est Mère Abigaël...*

Il s'interrompit.

— Puis plus bas, ça continue comme ça : *l'homme noir se trouve dans l'Ouest. Peut-être à Las Vegas....*

Jake leva les yeux vers le Pistolero. Le papier qu'il tenait en main voletait légèrement, malaise et doute se disputaient son expression.

Mais Roland, pour sa part, fixait le palais qui miroitait au beau milieu de l'autoroute — palais qui ne se trouvait pas à l'ouest, mais à l'est, palais de lumière et non sombre.

— Dans l'Ouest, répéta Roland. L'homme noir, la Tour Sombre [1], à l'ouest, toujours.

— Le Nebraska est à l'ouest d'ici, aussi, fit Susannah avec hésitation. Je ne sais pas si cette personne, cette Mère Abigaël, a de l'importance, mais...

— Je crois qu'elle fait partie d'une autre histoire, dit Roland.

— Oui, mais cette histoire est très proche de celle-ci, lança Eddie tout à trac. Celle de la porte à côté, peut-être. Assez voisine en tout cas pour échanger du sucre contre du sel... ou avoir des disputes de palier.

— Je suis persuadé que tu as raison, dit Roland. Et nous n'en avons peut-être pas fini avec la « vieille femme » et « l'homme noir »... mais aujourd'hui, c'est à l'est que ça se passe pour nous. En avant.

Et ils se remirent en marche.

5

— Et Sheemie au fait ? demanda Jake au bout d'un moment.

Roland éclata de rire, surpris en partie par la question, égayé par ce souvenir plaisant.

— Il nous a suivis. Ça n'a pas dû être facile tous les jours pour lui, et à certains moments franchement effrayant — il y avait des roues et des roues d'étendues sauvages entre Mejis et Gilead et nombre d'individus d'une non moindre sauvagerie. Et même pire, peut-être. Mais le *ka* était avec lui et on l'a vu pointer son nez juste à temps pour la Fête du Terme de l'Année. Lui et son sacré mulet.

— Capi, dit Jake.

— Api, lui fit écho Ote, trottinant en douceur sur ses talons.

— Quand nous nous sommes mis en quête de la Tour, mes amis et moi, Sheemie nous accompagnait. En qualité d'écuyer, je suppose que vous diriez. Il...

Roland se mordit la lèvre, n'achevant pas sa phrase. Et ne voulut pas en dire davantage.

— Et Tante Cordélia ? demanda Susannah. Cette cinglée ?

— Morte avant même que le feu de joie ne soit plus que braises. A cause d'un remue-cœur ou d'un remue-méninges — ce qu'Eddie appelle une attaque.

— Peut-être qu'elle est morte de honte, dit Susannah. Ou bien d'horreur devant ce qu'elle avait fait.

1. *Dark Man, Dark Tower* dans l'original, où le parallèle est plus évident *(N.d.T.)*.

— C'est possible, dit Roland. S'éveiller à la vérité trop tard, c'est une chose terrible. Je sais de quoi je parle.

— Il y a quelque chose là-bas devant, fit Jake, montrant du doigt un long ruban d'autoroute vide de tout embouteillage. Vous voyez ?

Roland, oui — ses yeux semblaient tout voir — mais il fallut un bon quart d'heure pour que Susannah commence à discerner de petites taches noires devant eux sur l'asphalte. Elle était quasiment certaine de savoir ce que c'était, même si cela reposait plus sur l'intuition que sur la vision. Dix minutes plus tard, son intuition fut confirmée.

C'étaient des souliers. Six paires de chaussures disposées en rang d'oignons en travers des voies de l'Interstate 70.

Chapitre 2

Des souliers sur la route

1

Ils atteignirent les chaussures en milieu de matinée. Au-delà, plus distinctement que jamais se dressait le palais de verre. Il miroitait d'une teinte vert clair, comme le reflet d'une feuille de nénuphar dans une eau calme. On apercevait devant des grilles étincelantes et, au sommet de ses tours, des oriflammes rouges claquaient dans la brise légère.

Rouges aussi étaient les souliers.

Susannah, qui avait cru qu'il y en avait six paires, avait tort mais son erreur était excusable — il y en avait en fait quatre paires plus un quatuor. Les souliers formant ce dernier — quatre bottillons rouge foncé de cuir souple — étaient visiblement destinés au membre à quatre pattes de leur *ka-tet*. Roland en ramassa un dont il tâta l'intérieur. Il ignorait combien de bafouilleux avaient déjà porté des chaussures dans l'histoire du monde, mais était prêt à parier qu'aucun d'eux ne s'était jamais vu offrir de bottillons de cuir doublés de soie.

— Bally, Gucci et consorts n'ont qu'à bien se tenir, dit Eddie. Voici de la super bonne camelote.

Ceux destinés à Susannah étaient les plus faciles à reconnaître, et pas seulement à cause du détail féminin de boucles de brillants sur les côtés. Il ne s'agissait pas à proprement parler de chaussures — mais bien plutôt de prothèses faites pour s'adapter à ses moignons de jambes, et montant juste au-dessus du genou.

— Regardez-moi ça ! s'émerveilla-t-elle, en levant une de façon que le soleil fasse étinceler le strass qui ornait les chaussures-prothèses... si c'était bien du strass.

L'idée folle qu'il s'agissait d'un semis de diamant lui traversa l'esprit.

— Des orthopèdes. Quatre ans que je me trimballe en « état de diminution jambière », comme dit mon amie Cynthia, et voilà que je me dégotte pour finir une paire d'orthopèdes. Ça fait réfléchir, je vous dis que ça.

— Des *orthopèdes*, fit Eddie d'un air songeur. C'est comme ça qu'on appelle ça ?

— Oui, mon joli, on appelle ça comme ça.

Celles de Jake étaient des derbys rouge vif qui — la couleur exceptée — n'auraient pas du tout été déplacés dans les salles de cours hautement civilisées de l'École Piper. Il vérifia la souplesse de l'un d'eux qu'il retourna. La semelle unie luisait. Nulle estampille du fabricant, mais il ne s'était pas vraiment attendu à en trouver une. Son père possédait une bonne dizaine de paires faites sur mesure. Jake savait donc en reconnaître quand il en voyait.

Celles d'Eddie étaient des boots à talons cubains (*Peut-être que dans ce monde-ci, on appelait ça des talons Mejis*, se dit-il) à bout pointu... ce que, dans son autre vie, on surnommait des « boppers ». Les gamins des années soixante — époque qu'Odetta/Detta/Susannah avait loupée de peu — auraient pu appeler ça des « boots à la Beatles ».

Celles de Roland étaient bien entendu des bottes de cow-boy. Fantaisie — plus faites pour le square dance que pour rassembler les troupeaux. Piqûres en spirale, ornements latéraux, voûtes étroites et altières. Le Pistolero les examina sans les ramasser. Puis jeta un coup d'œil à ses compagnons de voyage et fronça le sourcil. Ils se dévisageaient mutuellement. Impossible de se livrer à cette occupation à trois, auriez-vous dit, à deux à la rigueur... mais c'est ce que dirait quiconque n'a jamais été membre d'un *ka-tet*.

Roland partageait toujours le *khef* avec eux ; il ressentait le puissant courant de leurs pensées confondues, sans le comprendre pour autant. *Parce que c'est celui de leur monde. Ils ont beau venir de quands différents de ce monde, ils voient ici quelque chose qui leur est commun à tous trois.*

— Qu'est-ce que c'est ? demanda-t-il. Qu'est-ce que signifient ces chaussures ?

— Je crois qu'aucun de nous ne le sait exactement, répondit Susannah.

— Non, dit Jake. C'est une nouvelle devinette.

Il jeta un coup d'œil de dégoût sur l'étrange mocassin rouge sang qu'il tenait entre les mains.

— Une autre devinette de merde.

— Dites-moi ce que vous savez, fit Roland en fixant à nouveau le palais de verre.

Il se dressait à vingt-cinq kilomètres environ à présent, scintillant à la clarté du jour, délicat et fragile comme un mirage, et pourtant aussi intangible et réel que... eh bien... que ces chaussures.

— J'ai des sou'iers, t'as des sou'iers, tous les enfants du Bon Dieu y z'ont des sou'iers, dit Odetta. C'est l'opinion qu'a pignon sur rue.

— Ben ça, pour en avoir, on en a, dit Eddie. Et tu penses la même chose que moi, non ?

— Je crois bien.

— Et toi, Jake ?

Au lieu de répondre par des mots, Jake ramassa l'autre mocassin (Roland ne doutait pas que les chaussures, celles d'Ote comprises, leur iraient à tous comme un gant) et les frappa vivement l'un contre l'autre à trois reprises. Ça ne signifiait rien pour Roland, mais Eddie et Susannah réagirent violemment, regardant autour d'eux et surtout vers le ciel, comme s'ils s'attendaient qu'un orage éclate sous ce beau soleil d'automne. Pour finir, ils tournèrent à nouveau les yeux vers le palais de verre... avant de s'entre-regarder encore une fois, l'œil hagard, avec cet air d'en savoir long qui donnait à Roland une furieuse envie de les secouer comme des pruniers. Il se contint cependant et prit son mal en patience. Impossible parfois de faire autrement.

— Après avoir tué Jonas, tu as regardé dans le cristal ? fit Eddie en se tournant vers lui.

— Oui.

— *Voyagé* à l'intérieur.

— Oui, mais je n'ai pas envie de reparler de ça pour le moment ; ça n'a rien à voir avec ces...

— Je crois bien que si, le coupa Eddie. Tu as été emporté par une tornade rose. Par un cyclone rose, pourrais-tu dire. On peut employer le mot *cyclone* à la place de tornade, hein ? Surtout si on pose une devinette.

— Bien sûr, fit Jake d'un ton rêveur, comme un enfant qui parle dans son sommeil. Quand Dorothy s'envole-t-elle au-delà de l'Arc-en-Ciel du Magicien ? Quand elle ne fait plus qu'une avec le cyclone[1].

— On n'est plus au Kansas, mon chou, dit Susannah avant d'émettre un étrange aboiement sans joie qui, supposa Roland, pouvait passer pour un rire. Ça a beau y ressembler un tantinet, le Kansas n'a jamais été aussi... enfin, tu vois, aussi usé jusqu'à la *trame*.

— Je ne te comprends pas, dit Roland.

Il avait froid et son cœur battait trop vite. Il y avait des tramées partout désormais, ne le leur avait-il pas dit ? Les mondes se fondaient les uns dans les autres au fur et à mesure que les forces de la Tour déclinaient ? Au fur et à mesure que se rapprochait le jour où la rose serait fauchée et ensevelie ?

— Tu as vu des choses pendant que tu volais, reprit Eddie. Avant que tu n'arrives au pays de ténèbres que tu as appelé Tonnefoudre, tu as vu certaines choses. Sheb, le pianiste, qui a resurgi bien plus tard dans ta vie, par exemple, non ?

— Oui, à Tull.

— Et le frontalier roux ?

— Oui, lui aussi. Il avait un oiseau du nom de Zoltan. Mais lors de notre rencontre, on s'est contentés, lui et moi, d'une salutation banale « Longue vie à toi, longue vie à tes récoltes », ce genre de chose. J'ai cru l'entendre me dire ça quand il est passé près de moi en volant dans la tornade rose, mais il m'a dit autre chose en réalité.

Il jeta un coup d'œil à Susannah.

— J'ai vu aussi ton fauteuil roulant. L'ancien.

— Et puis la sorcière.

— Oui. Je...

1. *Gale*, dans l'original. C'est-à-dire le nom de famille de Dorothy, l'héroïne du livre de L. Frank Baum. A partir de là, citations et allusions au *Magicien d'Oz* vont fleurir dans le texte *(N.d.T.)*.

Adoptant un gloussement caquetant qui rappela de façon déconcertante à Roland celui de Rhéa, Jake Chambers s'écria :
— *Je t'aurai, ma mignonne ! Et ton petit chien, itou !*
Roland le dévisagea, tâchant de ne pas rester bouche bée.
— Sauf que, dans le film, la sorcière n'est pas à cheval sur son balai, précisa Jake. Mais sur son vélo, avec un panier sur le porte-bagages.
— Ouais, et elle n'a pas non plus d'amulettes de la Moisson, poursuivit Eddie. Dommage, ça aurait été un détail piquant. Je vais t'avouer un truc, Jake, quand j'étais gosse, son rire me faisait cauchemarder grave !
— Moi, c'est les singes qui me flanquaient la trouille, renchérit Susannah. Les singes volants. Suffisait que je commence à y penser, et je devais me faufiler dans le lit de mes parents. Y se disputaient toujours pour savoir qui avait eu la b'illante idée de m'emmen' voi' ce film quand je m'endormais blottie entre eux deux.
— Ça m'a pas inquiété de frapper les talons l'un contre l'autre, continua Jake. Pas inquiété du tout.
Il s'adressait à Susannah et à Eddie ; pour le moment, Roland n'existait plus, semblait-il.
— Après tout, je les portais pas.
— Exact, affirma Susannah, d'un ton sévère. Mais tu sais ce que mon papa n'arrêtait pas de me dire ?
— Non, mais j'ai comme l'impression qu'on va pas tarder à l'apprendre, dit Eddie.
Susannah lui décocha un coup d'œil noir, avant de reconcentrer toute son attention sur Jake.
— Ne siffle jamais le vent sauf si tu veux qu'il souffle, énonça-t-elle. Et c'est un bon conseil. Malgré ce qu'en pense Super Benêt ici présent.
— Hou, la baffe, fit Eddie avec un grand sourire.
— Affe ! dit Ote, zieutant Eddie d'un air mauvais.
— Expliquez-moi tout ça, dit Roland de sa voix la plus suave. Je suis tout ouïe. Je voudrais partager votre *khef*. Et tout de suite.

2

Alors ils lui narrèrent l'histoire que connaissent par cœur tous les petits Américains du vingtième siècle ou presque : celle d'une petite fermière du nom de Dorothy Gale qu'un cyclone emporte en compagnie de son chien Toto jusqu'au Pays d'Oz. Il n'y a pas d'Interstate 70 à Oz, mais une route de brique jaune ayant à peu de chose près la même fonction ; on y trouve aussi des sorcières, des bonnes et des méchantes. Il y a de même un *ka-tet* formé de Dorothy, Toto et des trois amis qu'elle se fait en cours de route : le Lion Peureux, le Bûcheron en Fer-Blanc et l'Épouvantail. Et chacun d'eux a
(*oiseau et ours, lièvre et poisson*)

un vœu très cher au fond de son cœur. Mais c'est à celui de Dorothy que les nouveaux amis de Roland (et Roland aussi, sur ce point) s'identifiaient le plus fortement ; Dorothy, qui ne désire qu'une seule chose : retrouver le chemin qui la ramènera chez elle.

— Les Munchkins lui disent qu'elle n'a qu'à suivre la route de brique jaune jusqu'à Oz, explique Jake. Alors elle y va. En chemin, elle rencontre les autres, un peu comme tu nous as rencontrés, nous, Roland...

— Bien que tu ressembles pas des masses à Judy Garland, précisa Eddie, ajoutant son grain de sel.

— ... et bientôt, ils trouvent Oz. Le Palais d'Émeraude et le type qui habite dedans.

Il se tourna en direction du palais de verre qui se dressait devant eux et verdissait à vue d'œil sous le soleil de plus en plus fort. Puis il reporta son regard vers Roland.

— Oui, je comprends. Et ce bonhomme, Oz, c'est un puissant *dinh* ? Un Baron ? Un Roi, peut-être ?

A nouveau, les trois échangèrent un coup d'œil dont Roland était exclu.

— C'est plus compliqué, dit Jake. C'est une espèce de bidonneur...

— Un bi d'honneur ? Qu'est-ce que c'est ?

— Un *bidonneur*, fit Jake, hilare, en épelant. Un truqueur. Tout en parole, rien en action. Mais peut-être que le plus important, c'est que le Magicien vient en fait de...

— Le Magicien ? demanda Roland d'un ton brusque.

Sa main droite amoindrie agrippa Jake par l'épaule.

— Pourquoi tu l'appelles comme ça ?

— Parce que c'est son titre, mon chou, intervint Susannah. Le Magicien d'Oz.

Elle ôta gentiment mais fermement la main de Roland de l'épaule de Jake.

— Laisse-le dire, maintenant. Pas besoin de lui triturer l'épaule pour ça.

— Je t'ai fait mal, Jake ? J'implore ton pardon.

— Nân, ça va, fit Jake. T'inquiète. Bref, Dorothy et ses amis ont tout un tas d'aventures avant de s'apercevoir que le Magicien est, tu sais bien, un bi d'honneur.

Jake pouffa à nouveau, se tournicotant une mèche de cheveux comme un gosse de cinq ans.

— Il ne peut pas donner du courage au Lion ni de la cervelle à l'Épouvantail ni un cœur au Bûcheron de Fer-Blanc. Et pire que tout, il ne peut pas faire retourner Dorothy au Kansas. Le Magicien a bien un ballon, mais il s'en va sans elle. Je crois pas qu'il voulait faire ça, n'empêche que c'est ce qui se passe.

— En t'écoutant raconter cette histoire, dit Roland parlant très lentement, il me semble que Dorothy et ses amis possèdent depuis le début ce qu'ils désirent avoir.

— C'est la morale de la fable, dit Eddie. C'est ce qui en fait peut-être une histoire aussi super. Mais Dorothy est coincée à Oz, tu vois. Alors Glinda apparaît. Glinda la Bonne Sorcière. Et pour la récompenser d'avoir écrabouillé l'une des méchantes sorcières sous sa maison et avoir fait fondre l'autre, Glinda apprend à Dorothy comment se servir des souliers de rubis dont elle lui a fait cadeau.

Eddie brandit les boots rouges à talons cubains déposés à son intention sur la ligne blanche discontinue de l'Interstate 70.

— Glinda dit à Dorothy qu'il lui suffit de claquer trois fois des talons. Que cela la ramènera au Kansas. Et c'est ce qui se passe.

— Et c'est la fin de l'histoire ?

— Ben, fit Jake, elle a eu tellement de succès que le type qui l'a écrite a repris la plume et couché sur le papier je ne sais combien d'autres aventures au Pays d'Oz...

— Ouais, confirma Eddie. Tout et n'importe quoi, sauf *Les Cours d'Aérobic de Glinda*.

— Y a même eu un remake du film, complètement dingue, où ne jouaient que des Blacks, *The Wiz*...

— Sans blague ? s'exclama Susannah avec stupéfaction. Quelle drôle d'idée !

— ... mais, d'après moi, le seul qui compte vraiment, c'est la première version, conclut Jake.

Roland se mit à croupetons et glissa les mains dans les bottes qui lui étaient destinées. Il les souleva, les examina sur toutes les coutures et les reposa sur la route.

— Vous croyez qu'il nous faut les mettre ? Ici et maintenant ?

Ses trois amis de New York échangèrent un regard dubitatif. Puis Susannah s'exprima au nom d'eux trois — lui insuffla le *khef* qu'il éprouvait sans pouvoir le partager de lui-même.

— Pas tout de suite, ça doit valoir mieux. Y a trop d'esprits mauvais par ici.

— Des esprits *Takuro* [1], murmura Eddie, à son seul bénéfice ou tout comme. Avant d'ajouter : « Écoutez, on n'a qu'à les prendre avec nous. Si on doit les mettre, je crois qu'on le saura, le moment venu. En attendant, faut qu'on se méfie des bi d'honneur et de leurs présents. »

Ce qui plia Jake en deux, comme Eddie l'avait prévu ; parfois un mot ou une image se loge comme un virus dans votre rate qu'il chatouille à point nommé pendant un certain temps. Demain, aussi bien, le mot « bi d'honneur » n'évoquerait plus rien au gamin ; aujourd'hui, par contre, il s'esclafferait (*se bidonnerait*, tant qu'on y était !) chaque fois qu'il l'entendrait prononcer. Eddie comptait bien en user et en abuser, surtout quand son pote Jake s'y attendrait le moins.

Ils firent donc main basse sur les souliers rouges qu'on avait laissés à leur toute spéciale intention sur les voies est de l'autoroute (Jake se chargeant de ceux d'Ote) et reprirent leur marche en direction du château de verre miroitant.

Oz, songea Roland. Il eut beau fouiller dans sa mémoire, il lui sembla bien ne jamais avoir entendu ce nom auparavant. Même pas sous la forme d'un mot du Haut Parler déguisé, comme *char*

1. Jeu de mots qui renvoie à la marque d'automobile japonaise imaginaire Takuro *Spirit*, apparue plus haut dans l'histoire sur le parking de la gare de Topeka *(N.d.T.)*.

se dissimulait dans Charlie le Tchou-tchou. Cependant, il avait une sonorité adéquate à ce genre de plaisanterie ; une sonorité appartenant davantage à son monde à lui qu'à celui de Jake, Susannah et Eddie, où cette histoire avait pris forme.

3

Jake s'attendait que le Palais Vert, au fur et à mesure qu'ils s'en rapprochaient, prenne un aspect plus normal à l'exemple des attractions de Disney World — un aspect pas nécessairement *banal*, mais *normal* — comme celui des éléments quotidiens du monde tels les arrêts de bus, les boîtes aux lettres ou les bancs publics, des choses qu'on peut toucher, ou sur lesquelles on peut gribouiller MERDE À PIPER, si ça vous chantait.

Mais cela ne se produisait pas, ne se *produirait* pas et, alors que le Palais Vert devenait plus proche, Jake prit conscience d'autre chose : il avait devant lui la chose la plus belle et la plus resplendissante qu'il eût jamais vue. Même s'il n'en croyait pas ses yeux, cela ne changeait rien au fait. On aurait dit une illustration d'un livre de contes de fées, si parfaite qu'elle était devenue réalité. Et, à l'exemple de la tramée, il bourdonnait... mais beaucoup plus faiblement et d'une façon tout sauf déplaisante.

Les murs vert pâle étaient couronnés de remparts en saillie et de tours élancées qui semblaient toucher les nuages flottant sur les plaines du Kansas. Ces tours étaient prolongées par des flèches d'un vert émeraude plus sombre où des oriflammes rouges claquaient au vent ; chaque oriflamme arborait en jaune le symbole de l'œil grand ouvert.

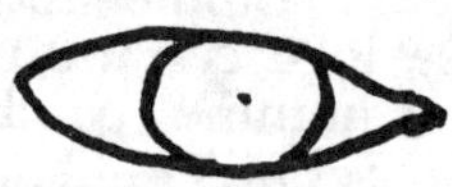

C'est la marque du Roi Cramoisi, songea Jake. *C'est son* sigleu, *en fait et pas celui de John Farson. Il ignorait comment il savait cela* (comment était-ce possible d'ailleurs, quand la *Crimson Tide*[1] d'Alabama était le seul machin cramoisi dont il ait entendu parler ?) *et pourtant...*

— C'est si beau, murmura Susannah.

Quand Jake lui lança un coup d'œil, il lui sembla qu'elle était au bord des larmes.

— Mais pas agréable pour autant. Pas... faste. Peut-être pas carrément *néfaste* comme la tramée, mais...

1. Littéralement « marée cramoisie », surnom officiel de l'équipe de football d'Alabama *(N.d.T.)*.

— Pas agréable, quoi, dit Eddie. Ouais. Ça marche. Y a peut-être pas de quoi allumer un clignotant rouge, mais un orange, si.

Il se frotta la joue (un tic de Roland qu'il avait adopté sans s'en rendre compte), un peu désemparé.

— J'ai du mal à prendre ça au sérieux... on dirait presque une farce.

— Je doute fort que ça en soit une, dit Roland. Vous pensez que ça pourrait être une réplique de l'endroit où Dorothy et son *ka-tet* rencontrent le faux magicien ?

De nouveau, les trois New-Yorkais semblèrent se consulter d'un bref coup d'œil. Puis Eddie s'improvisa leur porte-parole :

— Ouais. Ouais, probable. Il ressemble pas à celui du film, mais si ce truc sort de nos têtes, c'est normal. Parce qu'on a aussi celui du bouquin de L. Frank Baum devant les yeux. Celui des illustrations du bouquin...

— Et celui qu'on s'est imaginé en le lisant, ajouta Jake.

— Mais c'est lui, dit Susannah. Et à mon avis, on est bien partis pour voir le Magicien.

— Tu parles ! renchérit Eddie. A cause... à cause... à cause... à cause... *à cause...*

— ... *qu'il fait de si merveilleuses choses !* achevèrent en chantant à l'unisson Jake et Susannah, ponctuant le tout d'un éclat de rire, très contents d'eux. Roland, déconcerté, se rembrunit, semblant exclu.

— Mais faut que je vous dise un truc, les mecs, fit Eddie. Encore une *merveilleuse chose* de ce genre, et je me retrouve aussi sec sur la face cachée de la Lune des Lunatiques. Et pour de bon, probable.

4

D'encore plus près, ils constatèrent que l'Interstate 70 pénétrait en profondeur le vert pâle du mur d'enceinte légèrement renflé du château et y flottait comme une illusion d'optique. Plus près encore, et ils entendirent les oriflammes claquer dans la brise et aperçurent leurs propres reflets tremblotants, tels des noyés arpentant le fond de leurs sépultures tropicales et aquatiques.

Il y avait à l'intérieur de cette forteresse une redoute de verre bleu foncé — couleur que Jake associa aux bouteilles d'encre pour porte-plumes ; un chemin de ronde couleur rouille reliait la redoute à la muraille extérieure. Et cette couleur-là évoqua à Susannah les bouteilles de *root-beer* de son enfance.

L'accès au château était barré par une grille, à la fois énorme et impalpable : on aurait dit du fer forgé transmué en verre filé.

Tous les barreaux ingénieusement fabriqués étaient de couleur différente. Et toutes ces couleurs semblaient sourdre de *l'intérieur*, comme si chacun de ces barreaux étaient remplis de gaz ou d'un liquide luminescent.

Nos voyageurs s'arrêtèrent devant. Au-delà, plus aucune trace de l'autoroute ; à sa place, une cour d'entrée de verre argenté — il s'agissait en fait d'un immense miroir posé à plat. Des nuages flottaient sereinement à sa surface et, à l'occasion, un oiseau volant en piqué. Le sol vitrifié de cette cour réfléchissait le soleil qui venait ondoyer sur les murailles vertes du château. A l'autre extrémité, le mur de la citadelle du palais s'élevait telle une falaise d'un vert brasillant, percée de meurtrières de verre d'un noir de jais. Le porche qui s'ouvrait dans ce mur rappela à Jake celui de la cathédrale Saint-Patrick.

A gauche de l'entrée principale, on voyait la guérite d'une sentinelle, en verre couleur crème à entrefilets orange floutés. La porte de la guérite, peinte de rayures rouges, était ouverte. L'habitacle, pas plus grand que celui d'une cabine téléphonique, était vide, bien qu'il y eût sur le sol quelque chose que Jake estima être un journal.

Au-dessus de l'entrée, flanquant l'obscurité du porche, se tapissaient deux gargouilles de verre d'un violet très foncé et à l'œil égrillard. Elles dardaient leurs langues pointues couleur d'ecchymose.

Les oriflammes au sommet des tours claquaient comme les fanions d'un mât de cocagne.

Des corbeaux croassaient au-dessus des champs de blé, déserts en cette semaine d'après la Moisson.

Au loin, la tramée geignait et gazouillait sans relâche.

— Visez-moi les barreaux de cette grille, dit Susannah.

Elle avait l'air essoufflée et frappée de terreur.

— Regardez-les de près.

Jake se pencha vers le barreau jaune, à le toucher du nez. Une imperceptible rayure jaune stria son visage verticalement. Au début, il ne distingua rien, puis soudain il hoqueta. Ce qu'il avait pris pour des atomes de poussière en suspension étaient de petites créatures — vivantes — emprisonnées à l'intérieur du barreau, nageant en minuscules bancs. On aurait dit des poissons dans un aquarium, mais dotés (*à cause de leurs têtes, je crois,* se dit Jake, *surtout à cause de leurs têtes*) d'une apparence étrangement humaine, fortement dérangeante. Un peu comme si, songea Jake, il regardait dans une mer dorée verticale, tout l'océan contenu dans une tige de verre... où nageraient des mythes vivants pas plus gros que des grains de poussière. Une femme minuscule à queue de poisson et à longue chevelure blonde flottant derrière elle vint se coller au gré de ses évolutions à la paroi vitrée et parut scruter le garçon géant (la sirène ouvrait de magnifiques yeux ronds interloqués) avant de s'éloigner d'un coup de queue.

Jake se sentit soudain pris de faiblesse, la tête lui tournait. Il ferma les yeux jusqu'à ce que la sensation de vertige le quitte, puis les rouvrit et se retourna vers les autres.

— Nom de bleu ! Ils sont tous pareils ?

— Tous différents, je dirais, fit Eddie, qui avait déjà jeté un œil dans deux ou trois.

Se penchant sur le barreau violet, ses joues parurent éclairées par un antique écran de radioscopie.

— Ces gars-là, on dirait des oiseaux — de tout petits oiseaux.

Jake vint regarder et vit qu'Eddie avait raison : l'intérieur du barreau violet de la grille était plein de volées d'oiseaux pas plus gros que des fruits de graminées. Ils volaient en piqué de-ci de-là dans leur éternel crépuscule, ou bien en nuées entrelacées, abandonnant dans le sillage de leurs ailes de minuscules traînées de bulles argentées.

— Ils sont vraiment là, Roland ? demanda Jake, le souffle coupé. Ou bien on ne fait que les imaginer ?

— Je ne sais pas. Par contre, je sais à quoi cette grille est censée ressembler.

— Moi aussi, fit Eddie.

Il examina les barreaux colorés, chaque colonne lumineuse emprisonnant des formes de vie. Chaque battant de la grille comportait six barreaux de couleur. Celui du centre — non plus rond mais large et plat, conçu pour se diviser en deux à l'ouverture de la grille — était le treizième. D'un noir de mort, inanimé, semblait-il.

Même si tu ne vois rien, y a des trucs qui s'agitent là-dedans, c'est sûr, songea Jake. *Y a de la vie là-dedans, une vie effrayante. Et peut-être des roses aussi. Des roses noyées..*

— C'est bien là une Grille de Magicien, déclara Eddie. Chaque barreau est à l'image d'un cristal de l'Arc-en-Ciel de Maerlyn. Regardez, voici le rose.

Jake se pencha vers celui-là, les mains posées sur les cuisses. Il savait ce qu'il contenait avant même de le voir : des chevaux, évidemment. Des bandes de chevaux minuscules galopant à travers cette étrange matière rose, ni lumière ni liquide. Des chevaux lancés à la recherche d'un Aplomb qu'ils pourraient bien ne trouver jamais.

Eddie fit mine de vouloir agripper le barreau central, le noir.

— Fais pas ça ! lui intima Susannah sèchement.

Eddie passa outre, mais Jake remarqua que sa poitrine ne se souleva plus et qu'il serra fort les lèvres quand il saisit le barreau noir à pleines mains, s'attendant à tout et n'importe quoi — peut-être qu'une force quelconque dépêchée en express depuis la Tour Sombre ne le métamorphose ou ne le foudroie sur place. Comme rien ne se passait, il reprit son souffle avec un petit sourire.

— C'est pas électrifié, mais...

Il tira. La grille tint bon.

— Ça ne veut pas céder non plus. J'ai beau voir la ligne de partage, rien à faire. Tu veux essayer un coup, Roland ?

Le Pistolero eut à peine le temps de donner une première

secousse que Jake lui posait la main sur le bras pour l'empêcher de continuer.

— Te fatigue pas. C'est pas comme ça qu'il faut s'y prendre.

— Alors, comment ?

Au lieu de lui répondre, Jake s'assit devant la grille, près de l'endroit où l'étrange version de l'Interstate 70 se terminait. Il se mit à chausser les souliers qui lui étaient destinés. Eddie le regarda faire un instant, puis s'assit à ses côtés.

— Je pense qu'il faut essayer, dit-il à Jake. Même si ça se révèle qu'un nouveau tour du bi d'honneur.

Jake s'esclaffa, secoua la tête et resserra les lacets de ses derbys rouge sang. Eddie et lui savaient fort bien que le bi d'honneur n'avait rien à voir là-dedans. Pas cette fois.

5

— O.K., fit Jake, quand ils se retrouvèrent tous chaussés de rouge (ce qui leur donnait à tous une drôle de dégaine, jugea-t-il, en particulier à Eddie). Je vais compter jusqu'à trois et on claquera des talons tous ensemble. Comme ça.

Il claqua ses mocassins une seule fois, vivement... et la grille tremblota comme un volet mal attaché que secoue un fort coup de vent. Susannah poussa un cri. Le Palais Vert émit un son éolien, comme si ses murailles s'étaient mises à vibrer.

— A mon avis, avec les souliers, le tour sera joué, dit Eddie. Mais je vous préviens, comptez pas sur moi pour chanter *Over the Rainbow*. Ça figure pas sur mon contrat.

— L'arc-en-ciel est ici, dit le Pistolero doucement, désignant la grille de sa main amputée.

Ce qui balaya le sourire d'Eddie.

— Ouais, je sais. J'ai comme qui dirait la trouille, Roland.

— Moi aussi, répondit le Pistolero.

Jake trouva en effet qu'il était d'une pâleur maladive.

— Vas-y, mon chou, l'encouragea Susannah. Compte avant qu'on se décourage trop.

— Un... deux... *trois*...

Ils claquèrent des talons à l'unisson (et avec une certaine solennité) : *toc, toc, toc*. La grille tremblota plus violemment cette fois, la couleur de chaque barreau s'intensifia de façon perceptible. Le carillon qui suivit sonna plus clair et plus agréablement — tel le plus fin cristal heurté par le manche d'un couteau. Jake, partagé entre le plaisir et la douleur, frissonna en entendant se répercuter à tous les échos ces sons harmoniques de rêve.

Mais la grille ne s'ouvrit point.

— Qu'est-ce que... fit Eddie.

— J'ai compris, dit Jake. On a oublié Ote.

— Ah merde ! fit Eddie. Dire que j'ai abandonné le monde que je connaissais et tout, et tout, pour voir un gosse mettre des bottillons à une fouine manquée. Je te demande de me descendre, Roland, avant que je procrée.

Roland l'ignora, regardant attentivement Jake s'asseoir sur l'asphalte de l'autoroute et appeler :

— Ote ! Viens ici !

Le bafouilleux s'approcha d'assez bonne grâce. Bien qu'il eût été à coup sûr une créature sauvage avant qu'ils ne le rencontrent sur le Sentier du Rayon, il laissa Jake lui glisser les bottillons de cuir rouge aux pattes sans protester : en fait, une fois qu'il eut compris de quoi il retournait, il enfila de lui-même les deux derniers. Une fois les quatre bottillons en place (à vrai dire, de l'ensemble des souliers rouges, c'étaient les plus semblables aux escarpins rubis de Dorothy), Ote en renifla un, puis leva un regard interrogateur vers Jake.

Ce dernier claqua des talons trois fois, sans quitter le bafouilleux des yeux ni prêter attention au grincement de la grille et au carillon des murailles du Palais Vert.

— A toi, Ote !

— Ote !

Il roula sur le dos comme un chien qui fait le mort, puis fixa ses pattes avec une sorte d'ahurissement dégoûté. (A le voir ainsi, Jake eut un souvenir d'une très grande netteté : il se revit essayant de se taper sur le ventre et de se frotter la tête en même temps, et son père se moquait de lui parce qu'il n'y arrivait pas du premier coup.)

— Aide-moi, Roland. Il sait ce qu'on attend de lui, mais il ne sait pas comment faire.

Jake lança un coup d'œil à Eddie.

— Et pas de vannes, O.K. ?

— D'acc', fit Eddie. Pas de vannes, Jake. Tu crois qu'Ote doit faire ça en solo ou bien qu'il faut qu'on le refasse en groupe encore une fois ?

— Lui tout seul, je pense.

— Mais ça ferait pas de mal qu'on claque aussi des talons, Léon, dit Susannah.

— Léon qui ? demanda Eddie, bêtement.

— On t'écrira. Allez, Jake, Roland, en place. Recompte, Jake.

Ce dernier saisit Ote par les pattes de devant, Roland, plus doucement, par ses pattes de derrière. La manœuvre parut rendre Ote nerveux — comme s'il s'attendait à être balancé dans les airs aux accents du vieux refrain *oh-hisse !* — mais il ne se débattit pas.

— Un, deux, *trois*.

Ensemble, Jake et Roland cognèrent doucement l'une contre l'autre les pattes avant et arrière d'Ote. Au même moment, ils claquèrent des talons, imités par Susannah et Eddie.

Cette fois, retentit un *ding-dong* harmonieux, profond et doux à l'oreille, comme celui d'une cloche d'église en verre. Le barreau noir au centre de la grille, au lieu de se séparer en deux, vola en éclats, expédiant des débris de verre couleur d'obsidienne dans toutes les directions. Certains vinrent crépiter sur le pelage d'Ote qui, s'arrachant à l'emprise de Jake et Roland, se remit sur pied en vitesse et trottina un peu plus loin. Il alla s'asseoir sur la ligne blanche discontinue de l'autoroute (séparant la voie rapide de celle de droite), les oreilles couchées, la langue pendante et sans quitter la grille des yeux.

— En avant, dit Roland, poussant en douceur le battant gauche de la grille qui céda.

Il se tenait à l'entrée de la cour en miroir, grand échalas de cowboy en jean, vieille chemise d'une couleur indéfinissable et bottes rouges invraisemblables.

— Entrons voir ce que le Magicien d'Oz a à nous dire pour sa défense.

— S'il est encore là, dit Eddie.

— Oh, je pense qu'il y est encore, murmura Roland. Oui, il est là.

Il se dirigea vers la porte principale flanquée de la guérite dénuée de sentinelle. Les autres lui emboîtèrent le pas, soudés à leurs propres reflets par les souliers rouges comme autant de paires de jumeaux siamois.

Ote fermait le ban, gambadant avec agilité sur ses rouges bottillons. Il s'arrêta un instant pour renifler le reflet de sa propre truffe.

— Ote ! cria-t-il au bafouilleux dont l'image flottait sous ses pattes.

Puis il se pressa de rejoindre Jake.

Chapitre 3

Le magicien

1

Roland s'arrêta devant la guérite de la sentinelle, jeta un coup d'œil à l'intérieur, puis ramassa ce qui se trouvait sur le sol. Les autres le rejoignirent et s'attroupèrent autour de lui. Ce qui, de loin, avait eu l'air d'un journal, de près, en était bien un... quoique d'une excessive bizarrerie. Rien à voir avec le *Capital-Journal* de Topeka ni avec les nouvelles d'une super grippe décimant la population.

LE ZONZON QUOTIDIEN D'OZ

Vol. MDLXVIII N° 96 « Donnez-nous Notre Zonzon Quotidien ».
Le Temps : Présent aujourd'hui, Passé demain.
Numéros de Chance : Aucun. Prévisions : Mauvaises.

Bla bla bla bla bla bla bla
bla bla bla bla bla bla bla
yak bla bla bla bla bla bla bla
bla bla bla bla bla bla bla
bla bla bla bla bla bla bla
bla bla bla bla bla bla bla
yak yak yak yak yak yak yak
yak yak yak yak yak yak yak
yak yak yak yak yak yak yak
bla bla bla bien c'est mal
mal c'est bien tout se vaut
s'équivaut bien c'est mal
mal c'est bien tout se vaut
s'équivaut aller lentement passé
les Drawers tout se vaut s'équivaut
bla bla bla bla bla bla bla
bla bla bla bla bla Blaine
est peine tout se vaut
s'équivaut yak yak yak yak yak
yak yak charyou tri tout se vaut
s'équivaut bla yak bla bla yak
yak yak yak pigeon rôti oie cuite
tout se vaut s'équivaut bla bla yak
prendre un train mourir de chagrin
tout se vaut s'équivaut bla bla bla
bla bla bla bla bla bla bla bla bla
bla bla bla bla bla bla bla bla bla
bla blâme blâme blâme blâme
blâme blâme blâme bla bla bla bla
blâme blâme blâme blâme blâme
bla bla bla yak yak bla bla
bla bla bla bla bla bla bla
bla bla bla bla (Voir article p. 6)

En dessous se trouvait une photo de Roland, Eddie, Susannah et Jake en train de traverser la cour de miroir, comme si l'événement avait eu lieu la veille et non quelques minutes auparavant. La légende était la suivante : **TRAGÉDIE AU PAYS D'OZ — DES VOYAGEURS VENUS CHERCHER GLOIRE ET FORTUNE TROUVENT LA MORT.**

— J'adore ça, fit Eddie, remettant bien en place le revolver de Roland dans son étui, qu'il portait bas sur la hanche. Vachement réconfortant et encourageant après des jours de confusion. Comme une boisson chaude, un soir où on se les gèle.

— Il ne faut pas avoir peur à cause de ça, dit Roland. C'est une blague.

— J'ai pas peur, fit Eddie. Mais ça va plus loin qu'une blague. J'ai pas passé toutes ces années avec Henry Dean pour pas reconnaître quand on veut me faire flipper, en me coupant l'herbe sous le pied. Je sais ce que je dis.

Il observa Roland curieusement.

— J'espère que tu m'en voudras pas de te dire ça, Roland, mais c'est toi qui as l'air d'avoir peur.

— Je suis terrifié, répondit simplement ce dernier.

2

Le porche d'entrée remémora à Susannah une chanson qui avait été un tube, une bonne dizaine d'années avant qu'elle n'ait été tirée de son monde pour celui de Roland. *J'ai vu un œil m'épier à travers un nuage de fumée derrière la Porte Verte*, disaient les paroles. *Quand j'ai dit « c'est Joe qui m'envoie », quelqu'un s'est marré très fort derrière la Porte Verte*. En réalité, il y avait deux portes au lieu d'une ici et pas de trou de serrure au travers duquel un œil pourrait épier. Et Susannah ne prétendit pas non plus que Joe l'envoyait, ce mot de passe éculé remontant aux *speakeasies* et à la Prohibition. Cependant, elle se pencha en avant pour déchiffrer la pancarte accrochée à l'une des poignées de verre rondes : SONNETTE EN PANNE, FRAPPEZ S'IL VOUS PLAÎT.

— Te fatigue pas, dit-elle à Roland, qui levait déjà son poing suite à l'injonction de la pancarte. Ça figure dans l'histoire.

Eddie recula légèrement le fauteuil roulant, passa devant et empoigna les boutons de porte. Les battants s'ouvrirent sans difficulté, pivotant en silence sur leurs gonds. Il s'aventura d'un pas dans ce qui semblait une grotte verte ombreuse, mit ses mains en porte-voix et cria : *Eh là !*

Le son de sa voix se répercuta au loin puis lui revint en écho, déformé... faible, perdu. Mourant, semblait-il.

— Et merde ! fit Eddie. Faut-il en passer par là ?

— Je crois que oui, si nous voulons retrouver le Rayon.

Roland était plus pâle que jamais, mais il passa en premier. Jake aida Eddie à faire franchir le seuil (bloc laiteux de verre couleur jade) au fauteuil de Susannah. Les bottillons d'Ote lançaient de faibles éclairs rouges sur le sol de verre émeraude. Ils n'avaient pas fait dix pas que les portes se refermaient derrière eux en claquant, avec un *boum* indiscutable dont l'écho se propagea au-delà d'eux dans les profondeurs du Palais Vert.

3

Aucune salle de réception, seulement un couloir voûté, caverneux qui semblait sans fin. Une faible lueur verte éclairait les murs. *C'est la reproduction exacte du couloir du film,* se dit Jake, *celui dans lequel le Lion Peureux a tellement la frousse qu'il se marche sur la queue.*

Et pour ajouter encore une petite touche de similitude dont Jake se serait bien passé, Eddie se mit à imiter (mieux que passablement) le ton chevrotant de Bert Lahr[1] : « Une minute, les amis, j'viens juste de m'rappeler qu'j'ai pas tant envie qu'ça de rencontrer le Magicien. Je ferais mieux de vous attendre dehors ! »

— Arrête, fit Jake d'un ton sec.

— Rête ! renchérit Ote.

Il ne quittait pas Jake d'une semelle, lançant des coups d'œil vigilants à droite et à gauche. Jake n'entendait rien d'autre que le bruit de leurs pas... tout en ayant une étrange sensation : celle d'un son *inexistant*. Cela revenait, d'après lui, à guetter un carillon éolien dont la plus infime brise provoquera le tintement.

— Pardon, dit Eddie. Mille fois.

Il montra quelque chose du doigt.

— Regardez là-bas.

A une quarantaine de mètres devant eux, le couloir émeraude venait buter sur une porte verte d'une hauteur phénoménale — dix mètres au bas mot du sol à la pointe qui la couronnait. Et derrière elle, Jake percevait à présent un ronflement continu. Au fur et à mesure qu'ils approchaient, ce bruit s'accentuait et son épouvante grandissait. Il dut faire un gros effort sur lui-même pour franchir les derniers pas qui le séparaient de la porte. Jake reconnut ce son pour l'avoir entendu pendant sa course sous la cité de Lud en compagnie de Gasher, puis au cours de son voyage avec ses amis à bord de Blaine le Mono. C'était le battement régulier des turbines à transmission lente.

— On dirait un cauchemar, fit-il d'une petite voix, au bord des larmes. On est revenus au point de départ.

1. Interprète du Lion Peureux dans la version M.G.M. du *Magicien d'Oz (N.d.T.)*.

— Non, Jake, fit le Pistolero en lui effleurant les cheveux. Ne crois jamais ça. Tu es victime d'une illusion. Fais face et sois loyal.

L'inscription sur la porte ne figurait pas dans le film. Seule Susannah reconnut le vers de Dante. VOUS QUI ENTREZ ICI ABANDONNEZ TOUTE ESPÉRANCE, lurent-ils.

Roland tendit le bras et de sa main droite amputée de deux doigts tira la porte verte de dix mètres de haut.

4

Ce qui se trouvait derrière parut, aux yeux de Jake, Susannah et Eddie, combiner étrangement *Le Magicien d'Oz* et Blaine le Mono. Une épaisse moquette (du même bleu pâle que celle du Compartiment de la Baronnie) tapissait le sol. La salle avait tout d'une nef de cathédrale, dont la voûte se perdait à une hauteur impénétrable à l'œil nu, d'un noir verdâtre. De grands pilastres de verre lumineux, alternant le rose et le vert, s'alignaient contre les murs ; le rose était de la même nuance que celui de Blaine. Jake s'aperçut que ces pilastres étaient gravés de milliards d'images différentes, dont aucune n'était réconfortante : elles heurtaient l'œil et remplissaient le cœur d'inquiétude. Il semblait y avoir une prépondérance de visages hurlants et grimaçants.

Face aux visiteurs qu'il rapetissait, les faisant paraître pas plus gros que des fourmis, se dressait le seul élément d'ameublement de la salle : un gigantesque trône de verre émeraude. Jake tenta d'en évaluer la taille mais, par manque de points de repère, n'y réussit pas. Il estima que le dossier devait mesurer à lui seul quinze mètres de haut, mais il aurait aussi bien pu plafonner à vingt ou même trente mètres. Il portait le symbole de l'œil ouvert, tracé non plus en jaune cette fois, mais en rouge. La pulsation rythmique de la lumière donnait l'impression que l'œil était vivant ; et qu'il battait comme un cœur.

Au-dessus du trône, s'élevaient tels les tuyaux d'un orgue médiéval grandiose, treize énormes cylindres, émettant chacun des vibrations lumineuses de différentes couleurs. Sauf, bien entendu, celui du milieu qui était noir comme minuit et d'une immobilité de mort.

— Holà ! cria Susannah depuis son fauteuil roulant. Y a quelqu'un ?

Au son de sa voix, les tuyaux d'orgue brillèrent d'un tel éclat que Jake dut se protéger les yeux. Un instant, l'ensemble de la salle du trône explosa en un éblouissant arc-en-ciel. Puis les cylindres s'éteignirent, s'obscurcirent, moururent, tout comme le cristal du magicien de l'histoire de Roland quand il décidait (ou bien la force qui l'habitait) de se taire un temps. Seules demeuraient à présent la colonne noire et la pulsation verte continue du trône vide.

Puis, un bourdonnement quelque peu fatigué, tel celui d'un vieux servo-mécanisme auquel on demandait de rendre un ultime service, leur emplit les oreilles de sa plainte. Des panneaux coulissants — de deux mètres de long pour cinquante centimètres de large — s'ouvrirent dans les accoudoirs du trône. Des fentes obscures ainsi mises au jour, s'échappa, puis s'éleva, une fumée rose. En montant, elle devenait rouge vif. Et au centre, se dessina une ligne aux zigzags terriblement familiers. Jake la reconnut avant même que les noms

(*Lud Candleton Rilea Les Chutes des Molosses Dasherville Topeka*) n'apparaissent, étincelant à travers la fumée.

C'était la carte-itinéraire de Blaine.

Roland pouvait toujours dire que les choses avaient changé et que le sentiment de Jake d'être prisonnier d'un cauchemar

(*c'est le pire cauchemar de ma vie et c'est la vérité*)

n'était qu'une illusion engendrée par un esprit troublé et un cœur plein de terreur, Jake n'était pas dupe. Cet endroit avait beau ressembler un peu à la salle du trône du Grand et Terrible Oz, c'était Blaine le Mono en réalité. Ils étaient de retour à bord de Blaine et ce serait bientôt reparti pour une séance de devinettes.

Jake fut pris d'une soudaine envie de hurler.

5

Eddie reconnut la voix qui tonna hors de la carte-itinéraire en suspension dans la fumée au-dessus du trône vert. Mais il ne crut ni qu'il s'agissait de celle de Blaine le Mono ni de celle du Magicien d'Oz. Celle d'un Magicien *X*, à la rigueur, car ils ne se trouvaient nullement dans la Cité d'Émeraude et Blaine le Mono quant à lui était aussi mort qu'une merde de chien écrasée. Eddie l'avait expédié en réparation, putain, et comment !

— REBONJOUR, GENTILS ÉCLAIREURS !

La carte-itinéraire fumeuse pulsa, mais Eddie ne l'associait plus à la voix, bien que, d'après lui, on s'attendît qu'ils le fassent. Non, la voix sortait des tuyaux d'orgue.

En baissant les yeux, il vit que Jake était devenu pâle comme un linge et s'agenouilla près de lui.

— C'est de la frime, petit, fit-il.

— No... Non... c'est Blaine... il est pas mort...

— Mais si, il est mort pour de bon. Ça, c'est rien qu'une version amplifiée des annonces qu'on fait à l'école après les cours... qui est en retenue et qui doit se rendre en Salle 6 pour voir l'orthophoniste, ou ce genre de truc. Pigé ?

— Quoi ?

Jake le regarda, la bouche tremblante, l'air ahuri.

— Qu'est-ce que tu...

— Ces tuyaux sont des *haut-parleurs*. Même un minus se paye une grosse voix en Dolby ; tu te souviens pas du film ? Faut qu'il ait un grosse voix parce que c'est rien qu'un bi d'honneur, Jake — rien qu'un bi d'honneur.

— QUE LUI RACONTES-TU LÀ, EDDIE DE NEW YORK ? ENCORE UNE DE TES BLAGUES STUPIDES, ESPRIT MAL TOURNÉ ? ENCORE UNE DE TES DEVINETTES TRUQUÉES ?

— Ouais, répondit Eddie. Celle qui fait comme ça : « Combien il faut d'ordinateurs dipolaires pour visser une ampoule. » Qui t'es, mon pote ? Parce que je sais que t'es pas Blaine le Mono, alors merde, t'es qui ?

— Je... **SUIS... OZ !** tempêta la voix.

Les colonnes de verre s'illuminèrent, tout comme les tuyaux d'orgue derrière le trône.

— OZ LE GRAND ! LE PUISSANT OZ ! QUI ÊTES-VOUS ?

Susannah fit rouler son fauteuil jusqu'au pied des marches vertes d'un trône auprès duquel Lord Perth en personne serait passé pour un nain.

— Susannah Dean, la petite infirme, fit-elle. On m'a appris la politesse, mais pas à supporter les conneries. On est venus jusqu'ici *pasqu'on est censés y être* — pourquoi sinon nous a-t-on laissé ces souliers ?

— QUE VEUX-TU DE MOI, SUSANNAH ? QU'EST-CE QUI TE FERAIT PLAISIR, MA PETITE COW-GIRL ?

— Tu le sais très bien, répondit-elle. Nous voulons ce que tout le monde veut, autant que je sache — rentrer à la maison, « parce que rien ne vaut son chez-soi ». Nous...

— On peut pas rentrer à la maison, c'est Thomas Wolfe qui l'a dit, et c'est la vérité.

— C'est un *mensonge*, mon chou, dit Susannah. Un mensonge total. On peut rentrer à la maison. Tout ce qu'il faut faire, c'est se trouver le bon arc-en-ciel et passer en dessous. Et on l'a trouvé, pour le reste, suffit de jouer des pieds, tu vois.

— VOUS VOULEZ RETOURNER À NEW YORK, SUSANNAH DEAN ? EDDIE DEAN ? JAKE CHAMBERS ? EST-CE CELA QUE VOUS DEMANDEZ À OZ LE GRAND, AU PUISSANT OZ ?

— New York, ce n'est plus chez nous pour aucun d'entre nous, objecta Susannah.

Sur son nouveau fauteuil, au bas des marches du gigantesque trône, elle paraissait toute petite et pourtant sans peur.

— Pas plus que Gilead pour Roland. Remettez-nous sur le Sentier du Rayon. C'est là que nous voulons aller, parce que c'est le seul chemin pour rentrer chez nous. Le seul que nous ayons.

— ALLEZ-VOUS-EN ! s'écria la voix dans les tuyaux. ALLEZ-VOUS-EN ET REVENEZ DEMAIN ! NOUS PARLERONS DU RAYON DEMAIN ! TARATATA, DIT SCARLETT, NOUS PARLERONS DU RAYON DEMAIN, CAR DEMAIN EST UN AUTRE JOUR !

— Non, fit Eddie. On va en parler tout de suite.

— N'EXCITEZ PAS LA COLÈRE DU GRAND OZ, DU PUISSANT OZ ! s'écria la voix et les tuyaux d'orgue étincelèrent de fureur à chaque mot.

Susannah, certaine que cela était supposé provoquer la terreur, trouva ça plutôt rigolo. Un peu comme regarder un représentant de commerce faire l'article pour un jouet d'enfant. *Visez-moi un peu ça, les mômes ! Quand on parle dedans, les tuyaux deviennent de toutes les couleurs ! Suffit d'essayer !*

— Mon chou, à ton tour tu ferais mieux d'écouter, reprit Susannah. Tu voudrais pas exciter la colère de gens armés, surtout que tu vis dans une maison de verre.

— JE VOUS AI DIT DE REVENIR DEMAIN !

De la fumée rouge se mit à sortir en bouillonnant des fentes dans les accoudoirs du trône. Elle était plus épaisse à présent. La pseudo-carte-itinéraire de Blaine s'y fondit. Et cette fois, la fumée forma un visage. Émacié, dur, aux aguets, encadré de longs cheveux.

C'est l'homme que Roland a tué dans le désert, songea Susannah avec étonnement. *Le fameux Jonas. J'en suis sûre.*

Oz s'exprimait maintenant d'une voix légèrement chevrotante :

— OSERIEZ-VOUS MENACER OZ LE GRAND ?

Les lèvres de l'énorme visage de fumée planant au-dessus du trône esquissèrent un rictus où le mépris le disputait à la menace.

— CRÉATURES INGRATES ! OH CRÉATURES INGRATES !

Eddie, qui ne prenait pas des vessies pour des lanternes, avait jeté un coup d'œil dans une autre direction. Les yeux écarquillés, il agrippa Susannah par le coude.

— Regarde, chuchota-t-il. Merde, Suzie, regarde Ote.

Le bafou-bafouilleux se désintéressait complètement des fantômes fumeux, sous la forme de cartes-itinéraires de monorail, de feu Chasseurs du Cercueil ou d'effets spéciaux de l'Hollywood d'avant la Guerre 39-45. Il avait aperçu (ou reniflé) quelque chose de bien plus intéressant.

Susannah attrapa Jake, l'obligea à pivoter et lui montra le bafouilleux. Elle vit les yeux du garçon s'agrandir de compréhension un instant avant qu'Ote n'atteigne la petite alcôve dans le mur gauche. Elle était masquée par un rideau du même vert que les murs, la séparant de la salle du trône. Ote, étirant son très long cou, saisit l'étoffe à pleines dents et tira.

6

Derrière le rideau, étincelaient des lumières vertes et rouges ; des cylindres tourbillonnaient dans des bocaux ; des aiguilles balayaient en tous sens des cadrans allumés et disposés en longues rangées. Cependant, Jake les remarqua à peine, son attention entièrement absorbée par l'homme installé devant la console et qui leur tournait le dos. Ses cheveux sales, striés de crasse et de sang, lui tombaient aux épaules, collés en touffes. Il était coiffé d'une sorte de casque audio et parlait dans un minuscule micro qui lui pendait à hauteur de la bouche. Leur tournant donc le dos, il ne s'aperçut pas tout d'abord qu'Ote l'avait flairé et découvert sa cachette.

— PARTEZ ! tonna la voix dans les tuyaux d'orgue... sauf qu'à présent Jake voyait d'où elle venait *vraiment*. REVENEZ DEMAIN SI ÇA VOUS CHANTE, MAIS ALLEZ-VOUS-EN MAINTENANT ! JE VOUS PRÉVIENS !

— C'est Jonas, Roland n'a pas dû le tuer au final, chuchota Eddie. Mais Jake en savait plus long. Il avait reconnu la voix. Même déformée par l'amplification des tuyaux de couleur, il l'avait reconnue. Comment avait-il pu s'imaginer que c'était la voix de Blaine ?

— JE VOUS PRÉVIENS, SI VOUS REFUSEZ...

Ote aboya, émettant un son aigu et peu avenant. L'homme dans l'alcôve-studio de sonorisation se retourna.

Dis-moi, mon couillon, Jake se souvint de cette voix avant que son propriétaire ne découvre les douteux attraits de l'amplification. *Dis-moi tout ce que tu sais sur les ordinateurs dipolaires et les circuits à diodes. Dis-le-moi et je te donnerai à boire.*

Ce n'était ni Jonas ni le Magicien de Je Ne Sais Quoi. C'était le petit-fils de David Quick. L'Homme Tic-Tac.

7

Jake le fixait avec horreur. La dangereuse créature qui avait vécu, lovée en dessous de Lud, avec ses compagnons — Gasher et Hoots, Brandon et Tilly — n'était plus. Celui que Jake avait devant les yeux aurait pu être le père décati de ce monstre... ou même son grand-père. Son œil gauche — celui qu'Ote lui avait crevé de ses griffes — n'était plus qu'un renflement blanc déformé, débordant de l'orbite sur sa joue mal rasée. Le côté droit de sa tête, scalpé à moitié, laissait voir l'os du crâne à travers une longue ouverture triangulaire. Jake, la mémoire obscurcie par la panique, se souvint vaguement d'un morceau de peau flasque retombant sur le visage de Tic-Tac, mais il avait été à deux doigts de sombrer dans l'hystérie à ce moment-là... et il l'était à nouveau, à présent.

Ote avait reconnu lui aussi l'homme qui avait tenté de le tuer et aboyait maintenant avec frénésie, tête baissée, montrant les dents, faisant le gros dos. Tic-Tac posa sur lui de grands yeux stupéfaits.

— Ne faites pas attention à l'homme derrière le rideau, dit une voix qui s'éleva dans leur dos, avant de pouffer bêtement.

— Encore un mauvais jour dans une longue série pour mon ami Andrew. Pauvre garçon. Je suppose que j'ai eu tort de lui faire quitter Lud, mais il avait l'air tellement *perdu*...

Le détenteur de la voix pouffa encore une fois.

Jake se retourna d'un bloc et s'aperçut qu'un autre individu était assis en tailleur sur le trône gigantesque. Vêtu d'un jean, d'une veste

noire bouclée à la ceinture, il était chaussé de vieilles bottes de cowboy complètement éculées. Il portait épinglée sur sa veste une tête de cochon trouée d'une balle entre les deux yeux. Sur ses genoux, le nouveau venu tenait un sac fermé par un cordon. Il se leva, se dressant sur l'assise du trône comme un gamin sur la chaise de papa, et son sourire quitta son visage comme une peau flasque. Ses yeux lançaient des flammes et ses lèvres entrouvertes découvraient de grosses dents gourmandes.

— *Descends-les, Andrew ! Tue-les ! Bousille-les ! Tous ses nique ta sœur tant qu'ils sont !*

— *Ma vie pour la tienne*, hurla l'homme de l'alcôve.

C'est alors que Jake repéra la mitraillette appuyée dans un coin. Tic-Tac s'en empara d'un bond. *Ma vie pour la tienne !*

A l'instant où Tic-Tac se retournait, Ote lui sauta dessus une fois de plus et lui planta ses crocs dans la cuisse gauche, juste en dessous de l'aine.

Eddie et Susannah dégainèrent comme un seul homme, chacun brandissant l'un des gros revolvers de Roland. Ils tirèrent à l'unisson, toutes détonations confondues. L'une des balles arracha au passage le haut du crâne déjà bien amoché de Tic-Tac avant d'aller s'enfouir dans le matériel sonore qui émit un feulement déchirant en feedback, heureusement bref, étant donné le volume. L'autre balle se logea dans sa gorge.

Tic-Tac avança en trébuchant. Ote se laissa tomber sur le sol et prit du champ, montrant les dents. Au bout de quelques pas, Tic-Tac se retrouva complètement dans la salle du trône. Il leva les bras en direction de Jake qui lut la haine que lui vouait Ticky dans l'unique œil vert qui lui restait : le garçon crut entendre la dernière et détestable pensée qui traversa l'esprit de Tic-Tac : *Espèce de sale petit louchon de merde...*

Puis Tic-Tac s'effondra tête la première, comme il l'avait fait dans le Berceau des Gris... sauf que, cette fois, il ne s'en relèverait pas.

— Ainsi chut Lord Perth, et la contrée a tremblé sous ce coup de tonnerre, dit l'homme sur le trône.

Sauf que c'est pas un homme, songea Jake. *Pas du tout un homme. Je crois qu'on a enfin trouvé le Magicien. Et je suis prêt à parier que je sais ce qu'il a dans son sac.*

— Marten, dit Roland, tendant la main gauche, celle qui avait encore tous ses doigts. Marten Largecape. Après toutes ces années. Après tous ces *siècles*.

— Tu veux ça, Roland ?

Eddie lui mit dans la main le revolver qui venait de tuer l'Homme Tic-Tac. Un filet de fumée bleue s'échappait encore du canon. Roland regarda sa vieille arme comme s'il la voyait pour la première fois, puis la leva et la braqua sur la silhouette ricanante, à joues roses, assise en tailleur sur le trône du Palais Vert.

— Enfin, souffla Roland, armant le chien du pouce. Enfin dans ma ligne de mire.

8

— Ce six-coups ne te servira à rien, et je crois que tu le sais, dit l'homme assis sur le trône. Pas contre moi. Il fera long feu contre moi, mon vieux Roland. Comment vont tes parents, au fait ? J'ai perdu tout contact avec eux au fil des années. J'ai toujours été un *piètre* correspondant. On devrait me donner le fouet, si fait, oui-da !

Il rit à gorge déployée, rejetant la tête en arrière. Roland pressa la détente. Le chien ne rendit qu'un clic sourd.

— Ch't'avais prév'nu, fit l'homme sur le trône. A mon avis, t'as dû glisser dedans par inadvertance ces balles qu'ont pris l'eau, tu crois pas ? Celles dont la poudre est éventée. Ça suffit pour arrêter le son de la tramée, mais pas pour descendre les vieux magiciens, hein ? Dommage. Et ta main, Roland, *regarde-moi un peu ça !* Elle manque de doigts, si je vois bien. Ça, par exemple, t'en as bavé, s'pas ? Les choses pourraient s'améliorer un tantinet, pourtant. Toi et tes amis, vous pourriez mener une belle vie bien remplie et — comme dirait Jake — c'est la vérité. Plus d'homarstruosités, plus de trains fous, plus de voyages inquiétants — pour ne pas dire dangereux — dans d'autres mondes. Il vous suffit pour cela de renoncer à cette quête stupide et sans espoir de la Tour.

— Non, répondit Eddie.

— Non, répondit Susannah.

— Non, répondit Jake.

— Non ! fit Ote, qui aboya en sus.

L'homme noir sur le trône vert continua à sourire, impassible.

— Et toi, Roland ? demanda-t-il.

Il leva doucement le sac. Vieille chose poussiéreuse, elle pendouillait du poing du magicien comme une larme ; son contenu se mit soudain à émettre des pulsations de lumière rose.

— Renonce et ils n'auront jamais besoin de voir ce qu'il y a à l'intérieur de ceci — ils n'auront jamais besoin de voir le dernier acte de cette triste pièce dont le premier se perd dans la nuit des temps. Renonce. Détourne-toi de la Tour et passe ton chemin.

— Non, répondit Roland.

Il ébaucha un sourire et, au fur et à mesure qu'il s'élargissait, celui de l'homme assis sur le trône s'effaçait.

— Tu peux ensorceler mes revolvers, ceux de ce monde, je cuide, dit-il.

— Roland, mon p'tit gars, j'ignore ce que tu as derrière la tête, mais je te conseille de ne pas...

— De ne pas contrarier le Grand Oz ? Le Puissant Oz ? C'est pourtant ce que je vais faire, je crois, Marten... ou Maerlyn... ou qui ou qu'est-ce suivant le nom que tu te donnes maintenant...

— Flagg, en fait, dit l'homme sur le trône. Et nous nous sommes déjà rencontrés.

Il sourit. Mais au lieu d'éclairer son visage — ce qui est le propre

d'un sourire — celui de Flagg crispait ses traits en une grimace malveillante et mesquine.

— Au moment de la chute de Gilead. Toi et tes compagnons survivants — cet âne bâté rigolard de Cuthbert Allgood faisait partie de ta bande, je m'en souviens, et aussi DeCurry, celui à la tache de vin — cheminiez vers l'ouest, en quête de la Tour. Ou si tu préfères, pour parler comme dans le monde de Jake, vous étiez en route pour voir le Magicien. Je sais que tu m'as vu, mais je doute que tu aies su jusqu'au jour d'aujourd'hui que je t'avais vu aussi.

— Et je cuide que je te reverrai, dit Roland. A moins que je ne te tue sur-le-champ et mette ainsi fin à tes interférences.

Sans lâcher son revolver qu'il tenait de la main gauche, il extirpa de la droite celui glissé à la ceinture de son jean — le Ruger de Jake, arme d'un autre monde et peut-être comme telle à l'abri des enchantements de cette créature. Et déploya pour cela sa rapidité de toujours, éblouissante de vitesse.

L'homme se blottit sur le trône en poussant des cris aigus. Le sac glissa de ses genoux et la boule de cristal — autrefois tenue par Rhéa, puis par Jonas et enfin par Roland en personne — s'en échappa. De la fumée, verte et non plus rouge cette fois, bouillonna hors des accoudoirs du trône. Et s'éleva comme un rideau protecteur. Toutefois, Roland aurait pu faire mouche sur la silhouette que lui dérobait la fumée s'il avait dégainé à la perfection. Ce qui fut loin d'être le cas : le Ruger glissa dans sa main amputée, n'offrant pas assez de prise, puis le bouton de mire vint s'empêtrer dans la boucle de son ceinturon. Il ne lui fallut qu'un quart de seconde pour le libérer, mais ce fut un quart de seconde de trop. Il tira à trois reprises dans les tourbillons de fumée, puis se précipita en avant, sans tenir compte des cris de ses compagnons.

Il chassait la fumée des deux mains. Ses balles avaient fracassé le dossier du trône en épaisses échardes de verre vert, mais la créature à visage humain qui se dénommait Flagg avait disparu. Et Roland se surprit à se demander si elle, il ou *ça* avait été bien là pour commencer.

Le cristal, lui, était toujours là. Intact, il répandait cette même lueur d'un rose intense si attirante dont il avait conservé le si lointain souvenir — depuis Mejis, où il avait été jeune et connu l'amour. Ce vestige rescapé de l'Arc-en-Ciel de Maerlyn avait roulé jusqu'à l'extrême bord du siège du trône ; deux centimètres de plus, il aurait plongé et se serait brisé sur le sol. Mais cela avait été épargné à cet objet d'enchantement que Susan Delgado avait entrevu pour la première fois par la fenêtre de la masure de Rhéa, à la clarté de la Lune des Baisers.

Roland le ramassa — comme il s'adaptait bien à sa main, comme il semblait naturel de le tenir au creux de sa paume, même après toutes ces années — et jeta un regard au plus profond de ses troubles nuages.

— Tu as toujours tenu une vie sous ton charme, lui murmura-t-il.

Il songea à Rhéa comme il l'avait vue dans ce cristal — avec son vieil œil rieur. Il songea au feu de joie de la Nuit de la Moisson, enveloppant Susan de ses flammes, faisant chatoyer sa beauté sous sa chaleur. Puis miroiter et frissonner comme un mirage.

Glam *maudit !* se dit-il. *Si jamais je te brisais sur le sol, on périrait tous, à coup sûr noyés dans l'océan de larmes que ton ventre fendu répandrait... les larmes de tous ceux que tu as menés à leur perte.*

Et pourquoi ne pas le faire ? Son intégrité préservée, cet objet de malheur pourrait les aider à revenir sur le Sentier du Rayon, même si Roland était persuadé qu'ils n'avaient pas vraiment besoin de lui pour ça, pensant comme il le faisait que Tic-Tac et la créature qui s'était donné le nom de Flagg avaient représenté leur dernière épreuve à cet égard. Le Palais Vert était leur porte de retour dans l'Entre-Deux-Mondes... et il leur appartenait dorénavant. Ils l'avaient conquis par la force des armes.

Mais tu ne peux pas encore aller de l'avant, Pistolero. Pas tant que tu n'as pas achevé ton histoire, raconté la dernière scène du dernier acte.

Quelle était donc cette voix ? Celle de Vannay ? Non. Celle de Cort ? Non. Et pas davantage la voix de son père, qui l'avait un jour viré à poil de la couche d'une putain. C'était la plus dure de toutes, celle qu'il entendait souvent dans ses rêves agités, celle qu'il voulait tellement contenter, en y réussissant si rarement. Mais non, pas cette voix-là, pas cette fois.

Cette fois, il entendait la voix du *ka,* du *ka* qui est comme le vent. Il avait déjà raconté tellement de choses de cette abominable quatorzième année de sa vie... mais il n'avait pas terminé son récit. Tout comme Detta Walker et le plat des grandes occasions de Tante Bleue, il restait encore une chose à leur dire. Une chose cachée. Le problème n'était pas, il le voyait bien, de savoir s'ils pourraient ou non, tous les cinq, arriver à sortir du Palais Vert et à retrouver le Sentier du Rayon ; le problème, c'était de savoir s'ils pourraient ou non continuer en tant que *ka-tet*. S'il devait en être ainsi, rien ne pouvait demeurer caché ; il devrait leur raconter l'ultime fois où il avait regardé dans le cristal du magicien, en cette année d'autrefois. Trois nuits après le banquet de bienvenue, ça avait eu lieu. Il devrait leur dire...

Non, Roland, lui chuchota la voix. *Ne te contente pas de le leur dire. Pas cette fois. Tu sais très bien qu'il y a mieux à faire.*

Oui. En effet. Il y avait mieux à faire, il le savait.

— Venez là, leur dit-il en se tournant vers eux.

Ils se rassemblèrent lentement autour de lui, la lumière rose étincelante emplissant leurs yeux écarquillés. Ils étaient déjà à demi hypnotisés par elle, Ote compris.

— Nous formons un *ka-tet*, dit Roland, tendant le cristal dans leur direction. Un en plusieurs. J'ai perdu mon seul et véritable amour au début de ma quête de la Tour Sombre. Maintenant, votre tour est venu de regarder dans cet objet maudit, si vous le voulez, et vous y verrez ce que j'ai perdu aussi, peu de temps après. Voyez-le une bonne fois pour toutes ; donc ouvrez grands les yeux.

Ce qu'ils firent. Le cristal, que Roland tenait dans ses mains levées, se mit à pulser plus vite. Il les réunit et les emporta. Pris dans le tourbillon de la tornade rose, ils s'envolèrent par-delà l'Arc-en-Ciel du Magicien jusqu'au Gilead d'antan.

Chapitre 4

Le cristal

1

Jake de New York se tient dans l'un des corridors supérieurs du Grand Hall de Gilead — c'est davantage un château, ici dans la verte contrée, qu'une Maison du Maire. Il regarde autour de lui et aperçoit Eddie et Susannah ouvrant de grands yeux près d'une tapisserie murale, leurs mains entrelacées. Susannah est debout ; elle a de nouveau des jambes, du moins pour le moment, et à la place de ses orthopèdes, *comme elle les appelle, elle porte une paire d'escarpins rubis, qui ressemblent comme deux gouttes d'eau à ceux que porte Dorothy quand elle pose le pied sur sa version de la Grand-Route pour se mettre en quête du Magicien d'Oz, ce bi d'honneur.*

Elle a des jambes parce que je rêve, *se dit Jake, qui sait très bien que ce n'est pas un rêve. En baissant les yeux, il découvre Ote qui lève vers lui ses yeux cerclés d'or, son regard anxieux et intelligent. Il est toujours chaussé des bottillons rouges. Jake se penche et lui caresse la tête. La sensation sous ses doigts de la fourrure du bafouilleux est claire et nette, une réalité. Non, il ne rêve pas.*

Jake prend soudain conscience de l'absence de Roland ; ils ne sont plus que quatre. Il s'aperçoit aussi d'autre chose : l'atmosphère de ce corridor est légèrement teintée de rose, et de petits halos de même couleur auréolent les drôles d'ampoules à l'ancienne qui illuminent le couloir. Quelque chose est sur le point de se passer ; quelque intrigue va se dérouler sous leurs yeux. Et à présent, comme s'il avait suffi d'y penser pour les mettre en branle, le garçon entend des pas qui se rapprochent.

Je connais cette histoire, *se dit Jake.* On me l'a déjà racontée.

Au moment où Roland apparaît au coin du couloir, Jake se souvient de quel épisode il s'agit : celui où Marten Largecape arrête Roland au passage alors qu'il se rend sur le toit pour y débusquer un brin de fraîcheur.

— Eh, fiston, va dire Marten. Entre, entre ! Ne reste pas dans le couloir ! Ta mère veut te parler.

Mais, bien entendu, ce n'est pas la vérité, ça ne l'a jamais été, ça ne le sera jamais, le temps aura beau faire, se décaler et se courber autant qu'il veut. Ce que Marten désire, c'est que le garçon voie sa mère et comprenne que Gabrielle Deschain est devenue la maîtresse du magicien de son père. Marten veut obliger le garçon, piqué au vif, à devancer l'appel et à affronter l'épreuve initiatique de virilité en l'absence de son père qui ne pourra ainsi s'y opposer ; il entend ainsi se débarrasser du chiot avant qu'il ne lui pousse des crocs et qu'il ne le morde.

Maintenant ils vont assister à tout cela ; cette triste comédie suivra son triste cours prédéterminé sous leurs yeux. Je suis trop jeune, *songe Jake, mais évidemment qu'il ne l'est pas. ; Roland n'aura que trois ans de plus que lui à son arrivée à Mejis avec ses amis et, quand il rencontrera Susan sur la Grand-Route. Seulement trois ans de plus quand il l'aimera ; seulement trois ans de plus quand il la perdra à jamais.*

Je m'en fous, je veux pas voir ça...

Et il ne le verra pas, comprend-il, tandis que Roland s'approche ; tout ça est déjà arrivé. Car on n'est pas en août, au temps de la Terre Pleine, mais à la fin de l'automne ou à l'entrée de l'hiver. Il le déduit du poncho que porte Roland, un souvenir de son séjour dans l'Arc Extérieur, et au nuage de vapeur qui lui sort de la bouche et du nez à chacune de ses expirations : il n'y pas le chauffage central à Gilead et il y fait froid.

Il y a d'autres signes de changement : Roland porte à présent les gros revolvers qui sont son patrimoine, ceux à la crosse en bois de santal. Son père les lui a transmis pendant le banquet, *songe Jake. qui ne sait pas d'où lui vient cette certitude. Et le visage de Roland, aux traits toujours enfantins, n'est plus celui ouvert et non encore éprouvé du jeune garçon qui musardait dans ce même couloir cinq mois plus tôt ; le jeune garçon piégé par Marten en avait connu des vertes et des pas mûres depuis, son combat contre Cort étant l'une des moindres.*

Jake voit aussi autre chose : l'apprenti pistolero est chaussé des bottes de cow-boy rouges. Il ne le sait cependant pas. Parce que tout cela ne se produit pas en réalité.

Et en même temps, si, pourtant. Ils se trouvent à l'intérieur du cristal du magicien, au cœur de la tornade rose (ces halos roses qui auréolent les appliques rappellent à Jake les Chutes des Molosses et leurs arcs lunaires dans la brume qui s'en élevait) et tout cela se reproduit encore une fois.

— Roland !

C'est Eddie qui le hèle depuis l'endroit où il se tient avec Susannah, près de la tapisserie. Susannah hoquète et lui presse l'épaule pour le faire taire. Mais Eddie passe outre cette recommandation.

— Non, Roland ! Fais pas ça ! Mauvaise idée !

— On, Olan ! jappe Ote.

Roland les ignore l'un et l'autre et passe devant Jake à le toucher, mais sans le voir. Pour Roland, bottes rouges ou pas, ils ne sont pas là ; ce ka-tet *est encore loin dans son avenir.*

Il s'arrête devant une porte un peu avant le bout du corridor, hésite, puis lève le poing et frappe. Eddie s'élance dans sa direction, sans lâcher la main de Susannah... on dirait presque maintenant qu'il la traîne après lui.

— Suis-nous, Jake, dit Eddie.

— Non, j'ai pas envie.

— Que t'aies envie ou pas, c'est pas ça le problème et tu le sais très bien. On est censés voir. Si on peut pas l'arrêter, on peut faire au moins ce qu'on est venus faire ici. Allez, viens maintenant !

Le cœur lourd de terreur, l'estomac noué, Jake obtempère. Alors qu'ils s'approchent de Roland — les revolvers paraissent énormes posés sur ses hanches minces et son visage encore lisse mais déjà las donne à Jake comme une envie de pleurer — celui-ci frappe à nouveau.

— Elle est pas là, mon chou ! lui crie Susannah. Elle est pas là ou bien elle veut pas te répondre et que ce soit l'un ou l'autre, c'est du pareil au même pour toi ! Laisse tomber ! Laisse-la tomber ! Elle en vaut pas la peine ! C'est pas parce que c'est ta mère qu'elle en vaut la peine ! Va-t'en !

Mais il ne l'entend pas et ne s'en va pas non plus. A l'instant où Jake, Eddie, Susannah et Ote le rejoignent incognito, Roland tourne la poignée de la porte de l'appartement de sa mère : elle n'est pas verrouillée. Il l'ouvre, découvrant la pièce plongée dans la pénombre. Elle est tendue de soie, Sur le sol, un tapis semblable aux tapis de Turquie chers au cœur de la mère de Jake... sauf que ce tapis-là, Jake le sait, vient de la province de Kashamin.

Tout au fond du salon, près d'une fenêtre dont on a tiré les volets contre les vents d'hiver, Jake aperçoit un fauteuil à dossier bas et sait aussitôt que c'est celui où elle se trouvait le jour où Roland a subi son épreuve iniatique ; celui dans lequel elle était assise le jour où son fils a remarqué sur son cou la morsure d'amour.

Le fauteuil est vide à présent, mais le Pistolero pénètre plus avant dans la pièce et tourne les yeux vers la chambre à coucher de l'appartement ; Jake remarque alors une paire de chaussures — noires, et non rouges — dépassant des tentures qui flanquent de part et d'autre la fenêtre aux volets tirés.

— Roland ! hurle-t-il. Roland, les tentures ! Y a quelqu'un derrière ! Attention !

Mais Roland ne l'entend pas.

— Mère ? appelle-t-il de cette voix que Jake reconnaîtrait entre mille... même si celle-ci en est une version magiquement fraîche ! Jeune, pas encore rendue rauque par tant d'années de poussière, de vent et de fumée de cigarette.

— Mère, c'est Roland ! Il faut que je vous parle !

Toujours pas de réponse. Il franchit le court vestibule qui mène à la chambre. Si une partie de Jake veut rester dans le salon, foncer sur cette tenture et la tirer, il sait que ce n'est pas ainsi que les choses sont censées se dérouler. Même s'il faisait une tentative, il doute de l'excellence du résultat ; sa main passerait probablement au travers, comme celle d'un fantôme.

— Venez, dit Eddie. Ne le laissons pas seul.

Ils avancent groupés, ce qui aurait pu paraître comique en d'autres circonstances. Mais pas dans celles-ci, où il s'agit de trois personnes s'inquiétant désespérément d'un de leurs amis.

Roland fixe le lit contre le mur gauche de la chambre. Il le fixe, comme hypnotisé. Peut-être essaie-t-il de s'imaginer Marten et sa mère étendus là ; peut-être se souvient-il de Susan, avec laquelle il n'a jamais couché dans un lit digne de ce nom, encore moins dans une telle débauche de luxe, sous un baldaquin. Jake entrevoit vaguement le profil du pistolero dans le miroir à trois faces d'une alcôve à l'opposé de la chambre. Ce triple miroir est celui d'une petite table que Jake reconnaît pour avoir vu sa propre mère s'installer devant la même dans la chambre de ses parents : une coiffeuse.

Le Pistolero se secoue, éloignant de son esprit les pensées — quelles qu'elles soient — qui l'ont accaparé. Aux pieds, il porte ces terribles bottes ; dans ce demi-jour, on dirait celles d'un homme qui vient de traverser un fleuve de sang.

— Mère !

Il fait un pas en direction du lit puis se penche un peu, comme s'il croyait qu'elle pût se cacher dessous. Si elle se cache quelque part, ce n'est en tout cas pas là ; les souliers que Jake a repérés sous la tenture étaient des chaussures de femme et la silhouette qui se tient maintenant à l'extrémité du petit vestibule, juste à l'entrée de la chambre, est vêtue d'une robe. Jake aperçoit la ganse qui l'ourle.

Mais il voit bien au-delà. Jake comprend la relation trouble que Roland entretient avec sa mère et son père mieux qu'Eddie et Susannah ne le pourraient jamais. ; et cela, parce que les parents de Jake leur ressemblent particulièrement : Elmer Chambers est un pistolero pour le Network et Megan Chambers a une très longue histoire de coucheries avec des amis malsains. On n'en a jamais soufflé mot à Jake, mais il est au courant, d'une façon ou d'une autre ; il a partagé le khef *avec son père et sa mère, et il sait bien ce qu'il sait.*

Il sait aussi quelque chose à propos de Roland : que ce dernier a vu sa mère dans le cristal du magicien. Gabrielle Deschain, à peine de retour de sa retraite à Debaria, Gabrielle qui confesserait à son époux ses fautes en pensées et en actions, à l'issue du banquet, implorant qu'il lui pardonne et lui rouvre sa couche... et qui, pendant que Steven somnolerait après leur étreinte, lui plongerait le couteau empoisonné dans le cœur... ou se contenterait peut-être de lui égratigner le bras de la pointe sans l'éveiller. Avec un couteau pareil, cela reviendrait au même.

Roland avait tout vu dans le cristal avant de remettre le maudit objet à son père. Et Roland avait mis son holà. Pour sauver la vie de Steven Deschain, auraient estimé et dit Susannah et Eddie, s'ils avaient pu voir jusque-là, mais seul Jake possédant la sagesse du malheur des enfants malheureux peut voir jusque-là. Pour sauver la vie de sa mère, aussi bien. Pour lui donner une dernière chance de recouvrer la raison, une dernière chance de se tenir aux côtés de son mari et de lui être fidèle. Une dernière chance de se repentir de Marten Largecape.

Bien sûr qu'elle va le faire, bien sûr qu'elle le doit ! Roland se souvient de son visage de ce jour-là, de la tristesse qu'il exprimait, bien sûr qu'elle doit le faire ! Bien sûr que c'est impossible qu'elle ait choisi le magicien de son plein gré ! S'il pouvait seulement lui dessiller les yeux...

Ainsi, sans prendre garde qu'il a une fois encore sombré dans la non-sagesse de l'extrême jeunesse — Roland ne peut saisir que le chagrin et la honte sont souvent impuissants contre le désir — il est venu parler à sa mère, la supplier de revenir à son mari avant qu'il ne soit trop tard. Il l'avait une fois déjà sauvée d'elle-même, il le lui dira, mais il ne peut pas recommencer.

Et si elle ne marche pas, *se dit Jake,* ou même ne se laisse pas démonter, en prétendant qu'elle ne sait pas de quoi il parle, il lui donnera le choix : quitter Gilead avec son aide — maintenant, ce soir — ou bien être jetée aux fers demain matin, et pour prix de son insigne trahison, être pendue à coup sûr haut et court comme Hax le maître queux l'avait été.

— Mère ? appelle-t-il donc, sans apercevoir encore la silhouette qui se dissimule dans l'ombre derrière lui. Il avance encore d'un pas dans la chambre, et maintenant la silhouette se déplace. Elle lève les mains. Elle tient quelque chose. Pas une arme à feu, ça, Jake peut le jurer, n'empêche que ça évoque un danger mortel, quelque chose de serpentin...

— Attention, Roland ! s'écrie Susannah d'une voix perçante qui fait office d'interrupteur électrique comme par magie. Quelque chose se trouve sur la table de la coiffeuse — le cristal, bien entendu ; Gabrielle l'a volé, c'est le cadeau de consolation qu'elle compte faire à son amant pour l'assassinat que son fils l'a empêchée de commettre — qui s'illumine soudain comme s'il répondait à la voix de Susannah. Il éclabousse de sa brillante lumière rose le triple miroir qui la réfléchit et la projette dans la chambre. Grâce à cet éclairage, dans la glace à trois faces, Roland aperçoit enfin la silhouette dans son dos.

— Nom de Dieu ! *gueule Eddie Dean, horrifié.* Ah, merde, Roland ! C'est pas ta mère ! C'est...

Ce n'est pas même une femme, pas vraiment, plus du tout ; c'est une sorte de cadavre ambulant affublé d'une robe noire crottée par la poussière des routes. Il ne lui reste plus que quelques touffes de cheveux se battant en duel sur la tête et un trou béant à la place du nez. Mais ses yeux lancent toujours des flammes et le serpent qu'elle tient se tortille entre ses mains, fort vivace. Malgré la profonde horreur qu'il éprouve, Jake a le temps de se demander si elle l'a capturé sous le même rocher où elle avait trouvé celui que Roland a tué.

C'est Rhéa qui guettait le Pistolero dans l'appartement de sa mère ; c'est celle du Cöos, venue non seulement récupérer son glam *mais aussi en finir avec le garçon qui lui avait causé tant de tourment.*

— Ta putain de gueuse a eu son compte ! s'écrie-t-elle d'une voix suraiguë, plus que jamais caquetante. A ton tour de payer !

Mais Roland l'a vue, dans le cristal, il l'a vue, Rhéa trahie par cela même qu'elle est venue reprendre, et maintenant le Pistolero pirouette, en laissant tomber sur ses nouveaux revolvers ses mains, animées d'une vivacité mortelle. Il a quatorze ans, ses réflexes n'ont jamais été si précis ni si rapides. Et il se déchaîne comme un baril de poudre qui explose.

— Non, Roland, fais pas ça ! *hurle Susannah.* C'est un piège, un *glam !*

Jake a juste le temps de détourner les yeux du miroir et de les repor-

ter vers la femme qui se tient sur le seuil de la chambre ; juste le temps de comprendre que lui aussi est tombé dans le panneau.

Peut-être que Roland comprend également la vérité à la toute dernière seconde — que la femme postée sur le seuil est en réalité sa mère, malgré tout, qu'elle ne tient pas en main un serpent mais une ceinture, quelque chose qu'elle lui destine, peut-être bien en gage de réconciliation, que le cristal lui a menti de la seule manière qui lui est possible... par reflet interposé.

De toute façon, il est trop tard. Les revolvers dégainés tonnent avec un double éclair jaune vif qui illumine la chambre. Il appuie deux fois de suite sur la détente de chacun avant de pouvoir s'arrêter. Et les quatre balles projettent Gabrielle Deschain dans le vestibule, son sourire plein d'espoir « et si on faisait la paix » pas encore effacé sur ses lèvres.

Ainsi meurt-elle : souriante.

Roland demeure immobile, les canons de ses revolvers fumants, le visage figé en une grimace de surprise horrifiée, prenant à peine conscience en vérité du poids qu'il va traîner le reste de sa vie : il s'est servi des armes de son père pour tuer sa mère.

A présent, un rire caquetant emplit la chambre, mais Roland ne se retourne pas ; il reste pétrifié près de la femme en robe bleue et souliers noirs qui gît ensanglantée dans le vestibule de son appartement ; la femme qu'il est venu sauver et qu'au lieu de ça il a tuée. Elle est étendue avec la ceinture tissée de ses blanches mains, drapant son ventre qui saigne.

Jake se retourne pour Roland et n'est pas surpris de voir une femme à face verte et coiffée d'un chapeau noir pointu flotter dans le cristal. C'est la Méchante Sorcière de l'Est ; et c'est aussi, Rhéa du Cöos. Elle dévisage le garçon, revolvers en main, et découvre ses dents pour le sourire le plus atroce que Jake ait jamais vu.

— J'ai brûlé cette idiote que tu aimais — si fait, brûlée vive, ouida — et maintenant, j'ai fait de toi un matricide... Alors, tu te repens d'avoir tué mon serpent, pistolero ? Mon pauvre, mon doux Ermot ? Est-ce que tu regrettes d'avoir joué une rude partie avec quelqu'un de plus finaud que toi, toi qui ne le seras jamais de toute ta misérable vie ?

Il ne marque par aucun signe qu'il l'entend, gardant les yeux fixés sur dame sa mère. Bientôt, il ira jusqu'à elle, s'agenouillera, mais pas encore ; pas encore.

Le visage dans le cristal se tourne maintenant vers nos trois pèlerins et, ce faisant, il se transforme, devient vieux, chauve et détruit — devient, en fait, le visage que Roland a vu dans le miroir menteur. Si le Pistolero a été incapable d'apercevoir ses futurs amis, Rhéa, elle, les voit ; si fait, elle les voit même fort bien.

— Abdiquez ! croasse-t-elle — telle un corbeau posé sur une branche effeuillée sous un ciel bas hivernal.

— Abdiquez ! Renoncez à la Tour !

— Jamais, espèce de salope, dit Eddie.

— Vous voyez qui il est ! Quel monstre il fait ! Et ce n'est qu'un début, sachez-le ! Demandez-lui donc ce qu'il est advenu de Cuthbert ! Et d'Alain — Alain, malgré toute son intelligence du shining, *n'en a*

point réchappé en fin de compte, oui-da ! Demandez-lui donc ce qu'il est advenu de Jamie de Curry ! Il n'a jamais eu d'ami qu'il n'ait point tué, ni jamais eu d'amoureuse qui ne soit plus que poussière dans le vent !

— Passe ton chemin, dit Susannah, et laisse-nous aller le nôtre.

Les lèvres vertes et crevassées de Rhéa se tordent en un horrible rictus.

— Il a tué sa propre mère ! Que crois-tu qu'il te fera à toi, garce stupide à la peau brune ?

— Il ne l'a pas tuée, l'interrompt Jake. C'est toi qui l'as tuée. Allez, ouste !

Jake fait un pas en direction du cristal, bien déterminé à s'en emparer et à le fracasser sur le sol... et il peut le faire, il s'en aperçoit, car le cristal est bien réel. C'est la seule chose dans sa vision à l'être. Mais avant qu'il ait pu mettre la main dessus, la boule émet une explosion silencieuse de lumière rose. Jake se protège le visage des mains pour éviter d'être aveuglé, et alors il se met...

(à fondre, ah je fonds, je fonds [1], quel monde, ah quel monde)
à tomber, aspiré vers le bas par la tornade rose, hors du Pays d'Oz et retour au Kansas, hors du Pays d'Oz et retour...

1. *I'm melting*, cri d'agonie de la Méchante Sorcière du *Magicien d'Oz (N.d.T.)*.

Chapitre 5

Le Sentier du Rayon

1

... à la maison, marmonna Eddie d'une voix étouffée et comme avinée à ses propres oreilles. Retour à la maison, parce qu'il n'y a rien qui vaille son chez-soi. Ah ça non !

Il tenta d'ouvrir les yeux, sans succès tout d'abord. Comme si on les lui avait enduits de glue. Il tira sur la peau de son visage en appuyant sa main sur son front. Ça marcha ; ses yeux s'ouvrirent instantanément. Il ne vit ni la salle du trône du Palais Vert ni (comme il s'y était attendu) la chambre richement agencée mais quelque peu claustrophobique où il se trouvait précédemment.

Il était dehors, étendu sur l'herbe blanchie par l'hiver d'une petite clairière. Tout près, se dressait un bosquet où d'ultimes feuilles sèches s'accrochaient encore aux branches de certains arbres. L'une d'elles arborait une étrange feuille blanche, une feuille albinos. On entendait gazouiller joliment un filet d'eau courante un peu plus loin dans le bosquet. Le nouveau fauteuil roulant amélioré de Susannah était abandonné dans l'herbe haute. Eddie remarqua que ses pneus étaient boueux et des feuilles mortes et des touffes d'herbe, prises dans ses rayons. Au-dessus de sa tête, le ciel était plein de nuages blancs immobiles, chacun évoquant un panier à linge débordant de draps.

Le ciel était dégagé quand on est entrés dans le Palais, songea-t-il. Et il prit conscience que du temps avait coulé de nouveau. Peu ou beaucoup, il n'était pas certain de vouloir le savoir — le monde de Roland était comme un changement de vitesse dont les pignons étaient pour ainsi dire faussés ; on ne savait jamais si le temps allait passer au point mort ou vous précipiter en surmultipliée.

Mais ce monde était-il bien celui de Roland ? Et si tel était le cas, comment y étaient-ils retournés ?

— Et comment le saurais-je ? fit Eddie d'une voix rauque.

Il se remit lentement sur pied, l'opération le faisant grimacer de douleur. Il ne croyait pas avoir la gueule de bois, pourtant ses jambes étaient lourdes et lui faisaient un mal de chien comme s'il venait de piquer un de ces roupillons sévères du dimanche après-midi.

Roland et Susannah étaient couchés sous les arbres. Le Pistolero s'ébrouait déjà, alors que Susannah, étendue sur le dos, les bras exagérément écartés, ronflait d'une façon fort peu élégante ou féminine qui arracha un sourire à Eddie. Jake n'était pas bien loin, Ote sommeillant près de l'un de ses genoux. A l'instant où Eddie tourna les yeux vers eux, Jake ouvrit les siens et se redressa sur son séant. Il avait le regard écarquillé, mais vide ; il était éveillé mais avait été si profondément assoupi qu'il l'ignorait encore.

— Beurk, fit Jake, qui bâilla à n'en plus finir.

— Ouaip, fit Eddie. Je dirais même plus : beurk.

Lentement, il décrivit un cercle et, parvenu environ aux trois quarts de son point de départ, aperçut le Palais Vert à l'horizon. Vu d'ici, il paraissait tout petit ; la journée sans soleil l'avait dépouillé de sa brillance ; Eddie estima qu'il devait se trouver à une cinquantaine de kilomètres. Venant de cette direction, les traces du fauteuil roulant de Susannah menaient jusqu'à eux.

Il entendait la tramée, mais faiblement. Il crut la voir aussi — miroitement vif-argent tel celui d'une étendue d'eau marécageuse recouvrant le plat pays à ciel ouvert de cette rase campagne... qui finissait par s'assécher à dix kilomètres d'ici. Dix kilomètres à l'ouest d'ici ? Étant donné l'emplacement du Palais Vert et le fait qu'ils se déplaçaient vers l'est sur l'Interstate 70, c'était la déduction la plus naturelle, mais comment le savoir vraiment, sans pouvoir s'orienter sur le soleil qui demeurait invisible ?

— Où est passée l'autoroute ? demanda Jake.

Sa voix était ensuquée, rauque. Ote le rejoignit, étirant ses pattes arrière, l'une après l'autre. Eddie s'aperçut que le bafouilleux avait perdu l'un de ses bottillons.

— Peut-être qu'on a laissé sa construction en plan parce que ça n'intéressait plus personne.

— Je crois qu'on n'est plus au Kansas, dit Jake.

Eddie le regarda attentivement. Mais en conclut que le gamin ne se livrait pas consciemment à des variations sur *Le Magicien d'Oz*.

— Ni celui où jouent les Kansas City Royals ni celui où jouent les Monarchs.

— Qu'est-ce qui te fait penser ça ?

Jake montra le ciel du pouce et, quand Eddie leva les yeux, il vit qu'il avait mal regardé : le ciel n'était pas uniformément couvert et blanc, aussi chiant qu'un panier à linge plein de draps. Directement au-dessus de leurs têtes, un troupeau de nuages filaient en bouillonnant vers l'horizon, alignés comme un seul homme.

Ils étaient de retour sur le Sentier du Rayon.

2

— Eddie, où t'es, mon chou ?

Ce dernier abandonna la voie pavée de nuages dans le ciel et vit Susannah qui, redressée, se frottait le bas des reins. Elle ne semblait pas très sûre de savoir où elle était. Ni peut-être même *qui* elle était. Les « orthopèdes » rouges qu'elle portait paraissaient étrangement ternes sous cet éclairage, tout en demeurant les choses les plus brillantes qu'Eddie avait sous les yeux... du moins jusqu'à ce qu'en les baissant, il n'aperçoive ses pieds chaussés des *boppers* à talons cubains. Eux aussi avaient une apparence terne et Eddie ne pensa plus que le temps couvert était seul en cause. Il observa les mocassins de Jake, les trois bottillons restants d'Ote, les bottes de cow-boy de Roland (le Pistolero s'était redressé à son tour et, les bras croisés autour des genoux, regardait au loin, le regard vide). Partout le même rouge rubis, mais un rouge éteint, *sans vie*. Comme si la magie qui leur était essentielle avait été épuisée.

Soudain, Eddie ne désira qu'une seule chose : ne plus les avoir aux pieds.

Il vint s'asseoir près de Susannah, lui donna un baiser.

— Bonjour, ma Belle au Bois Dormant, dit-il. Ou plutôt bon après-midi, si ça se trouve.

Puis, vite fait, leur contact lui répugnant presque (cela revenait à toucher de la peau morte), Eddie ôta les *boppers* d'un coup sec. Il s'aperçut alors que le bout en était éraflé et le talon, boueux : les boots n'avaient plus du tout l'air neuf. Si Eddie avait commencé par se demander comment ils étaient arrivés jusque-là, sentant à présent les muscles douloureux de ses jambes et revoyant les traces laissées par le fauteuil roulant, il le sut. Ils avaient marché, pardi. Marché en dormant.

— Ça, dit Susannah, c'est la meilleure idée que t'aies eue depuis... longtemps, disons.

Elle se débarrassa des « orthopèdes ». Un peu plus loin, Eddie vit que Jake retirait les bottillons à Ote.

— Est-ce qu'on y était, Eddie ? lui demanda Susannah. Est-ce qu'on était vraiment là-bas quand il...

— Quand j'ai tué ma mère ? acheva Roland. Oui, vous étiez présents. Tout comme moi. Les dieux m'aident, j'étais là-bas. Et je l'ai fait.

Se voilant la face de ses mains, il se mit à sangloter sec.

Susannah rampa jusqu'à lui avec cette agilité qui transformait sa reptation en une espèce de démarche. L'entourant de son bras, elle le força à éloigner ses mains de son visage. Roland résista d'abord, mais elle insista et, finalement, il consentit à abaisser ses mains — ses mains qui avaient tué — et à laisser voir le regard hanté de ses yeux débordants de larmes.

Susannah pressa le visage de Roland contre son épaule à elle.

— Laisse-toi aller, Roland, dit-elle. Ne t'en fais pas. C'est fini, tout ça. C'est derrière toi.

— Une chose pareille n'est jamais derrière soi, dit Roland. Non, je ne crois pas. Jamais.

— Tu ne l'as pas tuée, dit Eddie.

— C'est trop facile

Le Pistolero avait de nouveau le visage enfoui contre l'épaule de Susannah, mais on entendit clairement ce qu'il venait de dire.

— On ne peut pas éluder certaines responsabilités. Ni certains *péchés*. Ni certaines *fautes*. Bien sûr, Rhéa était présente — d'une certaine façon, s'entend — mais je ne peux pas rejeter toute la faute sur la vieille du Cöos, quelle qu'en soit mon envie.

— C'est pas elle non plus, dit Eddie. C'est pas ce que je veux dire.

Roland leva la tête.

— Alors de quoi tu parles, bon sang ?

— Du *ka*, répondit Eddie. Du *ka* qui est comme le vent.

3

Dans leurs paquetages, ils trouvèrent des provisions que nul d'entre eux n'avait mises là — des paquets de biscuits, des sandwiches sous plastique ressemblant à ceux qu'on peut se procurer (si l'on est vraiment à court) dans les distributeurs des aires d'autoroute et une marque de cola dont ni Eddie ni Susannah ni Jake n'avaient jamais entendu parler. Ça avait le goût du Coca, la boîte était rouge et blanc, mais ça s'appelait N'Oz-A-La.

Ils se ravitaillèrent, tournant le dos au bosquet, face au lointain miroitement magique du Palais Vert, et il leur plut d'appeler cet en-cas, déjeuner. *Si la lumière disparaît dans environ une heure, on sera bons pour s'en remettre aux voix et rebaptiser ça dîner*, songea Eddie. Mais il n'y croyait pas. Son horloge biologique fonctionnait de nouveau et cette mystérieuse fonction — dont il n'avait jamais pris en défaut la justesse — lui suggérait que c'était le début de l'après-midi.

A un moment donné, il se leva et levant son soda d'un même mouvement, adressa un sourire à une caméra invisible.

— Quand je roule au Pays d'Oz dans ma nouvelle Takuro *Spirit*, je bois N'Oz-A-La ! déclama-t-il. Ça me file du punch et pas du poids ! Ça me rend heureux d'être un homme ! Ça me donne la connaissance directe de Dieu ! Ça me donne l'âme d'un ange et des couilles de taureau ! Quand je bois N'Oz-A-La, je me dis comme ça : « Sapristi, que c'est bon la vie ! » Je me dis...

— Assieds-toi, bi d'honneur, fit Jake, hilare.

— Neur, renchérit Ote.

Sa truffe contre la cheville de Jake, il lorgnait le sandwich du garçon avec un intérêt non dissimulé.

Eddie allait se rasseoir quand l'étrange feuille albinos lui retomba sous les yeux. *C'est pas une feuille*, se dit-il en avançant vers elle. Non, pas une feuille, mais un morceau de papier journal. Il le retourna et aperçut plusieurs colonnes de « bla bla bla », de « yak yak » et de « tout se vaut, s'équivaut ». D'ordinaire, les journaux n'étaient pas imprimés que d'un seul côté, mais cela ne surprit pas autrement Eddie que celui-ci le soit — le *Zonzon Quotidien d'Oz* n'avait été qu'un élément de décor après tout.

Mais le côté blanc n'était pas entièrement blanc non plus. Il comportait un message en lettres soigneusement calligraphiées en caractères d'imprimerie :

La prochaine fois, je m'en irai pas.
Renoncez à la tour. Dernier avertissement.
Très bonne journée ! - R. F.

Juste en dessous, un petit dessin :

Eddie ramena ce petit mot aux autres qui n'avaient pas cessé de se restaurer pour autant. Ils l'examinèrent chacun à son tour. Roland le prit en dernier, passa rêveusement son pouce à la surface, tâtant la texture du papier, puis le rendit à Eddie.

— R.F., dit Eddie. L'homme qui chapeautait Tic-Tac. C'est de lui, n'est-ce pas ?

— Oui. C'est lui qui a dû faire échapper l'Homme Tic-Tac de Lud.

— Bien sûr, fit Jake, l'air sombre. Ce bonhomme, Flagg, m'a tout l'air de savoir reconnaître un bi d'honneur au carré quand il en voit un. Mais comment ont-ils fait pour arriver jusqu'ici avant nous ? Qu'est-ce qui pourrait aller plus vite que Blaine le Mono, nom de bleu ?

— Une porte, dit Eddie. Peut-être qu'ils ont emprunté une de ces portes spéciales.

— Bingo ! fit Susannah.

Elle tendit la main, paume vers le ciel et Eddie la claqua de la sienne.

— En tout cas, le conseil qu'il nous suggère n'est pas mauvais, dit Roland. Et je vous encourage à le prendre très au sérieux. Si vous désirez revenir dans votre monde, je ne m'y opposerai pas.

— Je ne peux pas te croire, Roland, dit Eddie. Après que tu nous as traînés ici, Suzie et moi, à nos corps défendants ? Tu sais ce que mon frère aurait dit à ton sujet ? Que tu es aussi peu crédible qu'un cochon sur des patins à glace.

— Ce que j'ai fait, je l'ai fait avant de vous connaître et que vous deveniez mes amis, rétorqua Roland. Avant que j'apprenne à vous aimer comme j'aimais Alain et Cuthbert. Et avant que je sois forcé de... revivre certaines scènes. Et avoir fait ça, ça m'a...

Il s'interrompit, les yeux fixés sur ses pieds (il avait remis ses vieilles bottes) et profondément absorbé dans ses pensées. Il finit par relever la tête.

— Une partie de mon être n'avait pas bougé ni ne s'était exprimée depuis de nombreuses années. Je croyais qu'elle était morte. Mais non, elle ne l'est pas. J'ai appris à aimer de nouveau et je suis conscient que c'est probablement ma dernière chance d'aimer. Je suis peut-être lent — Vannay et Cort le savaient ; mon père aussi — mais pas idiot.

— Alors, n'agis pas comme si tu l'étais, dit Eddie. Et ne nous traite pas comme si nous l'étions.

— Résultat des courses, comme tu dis, Eddie : j'ai causé la mort de mes amis. Et je ne suis pas certain de pouvoir me permettre de refaire courir ce risque à quiconque. A Jake, en particulier... je... peu importe. Je n'ai pas les mots. Pour la première fois depuis que j'ai fait volte-face dans une chambre obscure et que j'ai tué ma mère, j'ai peut-être découvert quelque chose de plus important que la Tour. Restons-en là.

— Très bien, je crois que je peux respecter ça.

— Moi aussi, dit Susannah. Mais Eddie a raison à propos du *ka*.

Elle prit le petit mot et passa un doigt à sa surface, pensivement.

— Roland, tu ne peux pas en parler — du *ka*, je veux dire — puis tourner casaque et revenir là-dessus, simplement parce que la volonté de te consacrer à ta quête connaît une baisse de régime.

— La volonté de se consacrer à sa quête, c'est désigner la chose de façon positive, observa Roland. Il y aussi une façon négative de la voir que résume le mot *obsession*.

Elle écarta sa remarque d'un haussement d'épaules impatient.

— Chouchou, soit le *ka* est derrière toute l'affaire, soit il n'est absolument pour rien là-dedans. Et si terrifiant que puisse être le *ka* — cette idée d'un destin à l'œil d'aigle et au nez de chien limier —, je trouve encore plus terrifiante l'idée qu'il n'y ait pas de *ka*.

Elle jeta le mot signé R.F. sur l'herbe foulée.

— Peu importe comment on l'appelle, on n'en est pas moins bel et bien mort quand il vous écrase, dit Roland. Rimer... Thorin... Jonas... ma mère... Cuthbert... Susan. Il n'y a qu'à demander à n'importe lequel d'entre eux. Si seulement on pouvait !

— Tu passes à côté du plus important, fit Eddie. Tu ne peux pas nous renvoyer. Tu ne comprends pas ça, espèce de grand flandrin ? Même s'il existait une porte, on voudrait pas la franchir. Je me trompe ?

Il interrogea Jake et Susannah du regard. Ils firent non de la tête. Même Ote les imita. Non, il ne se trompait pas.

— Nous avons *changé*... reprit Eddie. Nous...

C'était à son tour maintenant de ne savoir comment continuer. Comment exprimer son désir de voir la Tour... et son autre désir, non moins fort, de continuer à porter le revolver aux incrustations de santal. Le *gros pétard*, comme il en était venu à le désigner en son for intérieur. Comme dans cette vieille chanson de Marty Robbins qui parlait de l'homme au *gros pétard* sur la hanche.

— C'est le *ka*, fit-il, à défaut d'une autre notion assez vaste pour recouvrir le tout.

— Ka ka, répliqua Roland, après mûre réflexion.

Les trois autres le dévisagèrent, bouche bée.

Roland de Gilead venait de lancer une vanne.

4

— Il y a une chose que je ne comprends pas dans ce que nous avons vu, fit Susannah avec hésitation. Pourquoi ta mère se cachait-elle derrière cette tenture quand tu es entré, Roland ? Est-ce qu'elle avait l'intention de...

Elle se mordit la lèvre, puis formula la chose.

— Est-ce qu'elle avait l'intention de te tuer, toi ?

— Si telle était son intention, elle n'aurait pas choisi une ceinture comme arme. Le simple fait qu'elle m'ait fabriqué un cadeau — car c'en était un, il portait mes initiales brodées — suggère qu'elle voulait me demander pardon. Qu'elle avait changé dans son cœur.

Est-ce que tu le sais seulement ou bien c'est ce que tu veux croire ? songea Eddie. Mais il ne poserait jamais cette question. Roland avait été assez éprouvé comme ça, avait gagné leur retour sur le Sentier du Rayon en revivant cette ultime et terrible visite à l'appartement de sa mère, c'était amplement suffisant.

— Je crois qu'elle s'est cachée parce qu'elle avait honte, dit le Pistolero. Ou bien parce qu'elle avait besoin de réfléchir un instant à ce qu'elle allait me dire. Comment m'expliquer.

— Et le cristal ? lui demanda Susannah gentiment. Était-il sur la coiffeuse, là où nous l'avons vu ? Elle l'avait volé à ton père ?

— Oui, deux fois oui, dit Roland. Quoique... l'avait-elle *volé* ?

Il parut se poser la question.

— Mon père savait un grand nombre de choses, mais il gardait parfois pour lui ce qu'il savait.

— Par exemple, il savait que ta mère et Marten se fréquentaient, affirma Susannah.

— Oui.

— Mais, Roland... tu ne peux pas croire que ton père t'aurait laissé sciemment... t'aurait laissé...

Roland la fixa de ses grands yeux hantés, que les larmes avaient désertés. Mais quand il tâcha de sourire à sa question, il en fut incapable.

— Aurait laissé sciemment son fils tuer sa femme ? demanda-t-il. Non, je ne peux pas dire ça. Quand bien même j'aimerais, je ne peux pas. Qu'il ait cherché à *provoquer* une chose pareille, qu'il l'ait délibérément mise en branle, comme un joueur de Castels... je ne peux pas y croire. Mais a-t-il laissé le *ka* suivre son cours ? Si fait, très certainement.

— Qu'est-il arrivé au cristal ? demanda Jake.

— Je ne sais pas, je me suis évanoui. Quand j'ai retrouvé mes esprits, j'étais toujours tout seul avec ma mère, moi vivant et elle, morte. Personne n'était accouru au bruit des coups de feu — les murs de pierre étaient épais et cette aile, quasiment déserte. Son sang avait séché, la ceinture qu'elle me destinait en était couverte, mais je l'ai prise et je l'ai mise. J'ai porté ce présent taché de sang de nombreuses années et je vous raconterai comment je l'ai perdu une autre fois. Je vous le raconterai avant que nous ayons atteint notre but parce que c'est en rapport avec ma quête de la Tour. Mais, si personne ne s'était inquiété des coups de feu, quelqu'un n'en est pas moins venu, poussé par une autre raison. Tandis que je gisais, évanoui, près du corps de ma mère, ce quelqu'un est entré et a subtilisé le cristal du magicien.

— Rhéa ? demanda Eddie.

— Je doute qu'elle soit venue en chair et en os... mais elle avait le don de se faire des amis, celle-là. Si fait, un don bien à elle de se faire des amis. Je l'ai revue, vous savez.

Roland ne s'expliqua pas davantage là-dessus, mais une lueur d'une froideur de pierre clignota dans son œil. Eddie l'avait déjà vue et savait que cela signifiait tuerie.

Jake avait récupéré le mot de R.F. et gesticulait maintenant en montrant le petit dessin en dessous du message.

— Tu sais ce que ça veut dire ?

— J'ai dans l'idée que c'est le *sigleu* d'un endroit que j'ai vu lors de mon premier voyage dans le cristal. La contrée dite Tonnefoudre.

Il les dévisagea l'un après l'autre.

— Je crois que c'est là qu'on rencontrera encore une fois cet homme — cette *chose* — qui a Flagg pour nom.

Roland jeta un coup d'œil vers le chemin qu'ils avaient parcouru, somnambules en beaux souliers rouges.

— Le Kansas que nous avons traversé était *son* Kansas à lui et le fléau qui a décimé le pays était *son* fléau. Du moins, c'est ce que je crois.

— Mais ça pourrait ne pas en rester là, dit Susannah.

— Ça pourrait voyager, dit Eddie.

— Et passer dans *notre* monde, ajouta Jake.

Sans quitter le Palais Vert des yeux, Roland dit :

— Dans notre monde ou dans n'importe quel autre.

— C'est qui, le Roi Cramoisi ? demanda Susannah tout à trac.

— Je ne sais pas, Susannah.

Ils se tinrent tranquilles alors, regardant Roland fixer le palais où il avait affronté un faux magicien et un vrai souvenir et, ce faisant, ouvert la porte pour regagner son propre monde.

Notre monde, songea Eddie, glissant un bras autour de Susannah. *Notre monde, dorénavant. Si jamais on retourne en Amérique, comme il le faudra peut-être avant que tout ça ne soit fini, on y débarquera en étrangers sur une terre étrangère, quel que soit le* quand. *Ici, c'est notre monde maintenant. Le monde des Rayons, des Gardiens et de la Tour Sombre.*

— Il nous reste encore un peu de jour, dit-il à Roland en posant avec hésitation sa main sur l'épaule du Pistolero. Roland la recouvrit immédiatement de la sienne, et Eddie sourit.

— Tu veux qu'on en profite ou quoi ?

— Oui, dit Roland. Profitons-en.

Et se penchant, il mit son paquetage en bandoulière.

— Et les souliers ? demanda Susannah, regardant d'un air dubitatif le petit entassement rouge qu'ils formaient.

— On les laisse ici, fit Eddie. Leur rôle est terminé. Allez hop, ma fille, dans ton fauteuil roulant.

Lui passant les bras autour du corps, il l'aida à s'y installer.

— Tous les enfants du Bon Dieu ont des souliers, fit Roland d'un air rêveur. C'est bien ce que tu as dit, Susannah ?

— Eh bien, dit-elle, en s'installant confortablement, l'emploi du dialecte ajoute un zeste de piquant, mais t'as saisi l'essentiel, mon chou, pour ça oui.

— Alors, nous trouverons sans doute d'autres souliers, puisque Dieu le veut ainsi, dit Roland.

Jake fouillait dans son havresac, passant en revue les provisions dont une main inconnue l'avait garni. Il sortit une cuisse de poulet sous plastique, la regarda, puis regarda Eddie.

— A ton avis, qui nous a emballé ça ?

Eddie leva les yeux au ciel comme pour le prendre à témoin de la stupidité indécrottable de Jake.

— Les petits lutins de la forêt, dit-il. Qui veux-tu ? Allez, en route.

5

Ils s'assemblèrent près du bosquet, cinq vagabonds sur la face d'une terre vide. Devant eux, courant à travers la plaine, une ligne dans l'herbe correspondait exactement au chemin de nuages se pressant dans le ciel. Cette ligne n'était pas aussi marquée qu'un sentier... mais, pour l'œil en éveil, la façon qu'avait tout et n'importe quoi de pencher dans la même direction était aussi claire qu'une traînée de peinture.

Le Sentier du Rayon. Quelque part devant, au point d'intersection de ce Rayon-là et de tous les autres, se dressait la Tour Sombre. Eddie songea que, si le vent soufflait dans la bonne direction, il pourrait pratiquement sentir l'odeur de sa pierre morne.

Et celles des roses... le parfum crépusculaire des roses.

Il saisit la main de Susannah, dans son fauteuil ; Susannah prit celle de Roland ; Roland, celle de Jake. Ote se tenait deux pas devant eux, tête dressée, reniflant l'air d'automne dont les doigts invisibles peignaient sa fourrure, ses yeux cerclés d'or grands ouverts.

— Nous formons un *ka-tet,* dit Eddie.

Un étonnement lui traversa l'esprit : comme il avait changé ; comme il était devenu étranger, même à lui-même.

— Nous sommes un seul en plusieurs.

— Un *ka-tet,* dit Susannah. Un seul en plusieurs.

— Un en plusieurs, fit Jake. Allez, en route.

Oiseau et ours, lièvre et poisson, se dit Eddie.

Avec Ote marchant à leur tête, ils reprirent leur quête de la Tour Sombre, le long du Sentier du Rayon.

POSTFACE

La scène dans laquelle Roland, après avoir défait Cort, son vieil instructeur, s'en va fêter ça dans le quartier le moins reluisant de Gilead, a été écrite au printemps de 1970. Celle, dans laquelle le père de Roland vient le trouver le lendemain matin, l'a été pendant l'été 1996. Si seize heures seulement séparent les deux événements dans la réalité fictionnelle, vingt-six ans les séparent dans la vie de l'auteur de ladite fiction. Et pourtant, ce moment est enfin venu et je me suis retrouvé confronté à moi-même de part et d'autre de cette couche de putain — l'étudiant au chômage barbu et chevelu d'un côté et le romancier populaire à succès (le *shlockmeister* d'Amérique comme me surnomment affectueusement des légions de critiques admiratifs), de l'autre.

Je mentionne ceci en passant, car cela me semble résumer parfaitement l'étrangeté quintessentielle de l'aventure de *La Tour Sombre* pour moi. J'ai déjà écrit assez de romans et de nouvelles pour constituer un système solaire de mon imaginaire ; l'histoire de Roland y est mon Jupiter — une planète auprès de laquelle toutes les autres sont naines (du moins, de mon point de vue), un monde à l'atmosphère étrange, à la géographie démente et où les lois de la gravitation sont aberrantes. Une planète qui rend toutes les autres naines en comparaison, ai-je dit ? Je crois en fait que cela va un peu plus loin que ça. Je commence à comprendre que le monde (ou les mondes, plutôt) de Roland *contient* (ou *contiennent*) l'ensemble de ceux que j'ai créés. Il y a place dans l'Entre-Deux-Mondes pour Randall Flagg, Ralph Roberts, les garçons errants des *Yeux du Dragon* et même pour le Père Callahan, le prêtre damné de *Salem* qui, après son départ de Nouvelle-Angleterre à bord d'un bus Greyhound, s'est installé aux confins de la terrible contrée de l'Entre-Deux-Mondes du nom de Tonnefoudre. Il semble que ce soit là que tous tant qu'ils sont finissent par atterrir, et pourquoi pas ? L'Entre-Deux-Mondes a existé bien avant eux, rêvant sous le regard bleu bombardier de Roland.

Ce livre a mis trop longtemps à venir — bon nombre de lecteurs friands des aventures de Roland ont clamé à tous les vents leur frustration — et je m'en excuse. La raison en est parfaitement résumée par ce que pense Susannah, se préparant à poser la première devinette à Blaine dans le concours qui les oppose : *c'est dur de commencer*. Il n'y a rien dans les pages qui précèdent avec quoi je sois plus en accord.

Je savais qu'écrire *Magie et Cristal* signifiait revenir sur la jeunesse de Roland et retracer sa première histoire d'amour. Et cela me causait une peur bleue. Si le suspense m'est relativement facile, le roman d'amour me crée des difficultés. En conséquence de quoi, j'ai lambiné, temporisé, remis au lendemain. Résultat : le livre ne s'écrivait toujours pas.

J'ai fini par m'y attaquer, tapant sur mon PowerBook Macintosh dans des chambres de motel, tout en traversant l'Amérique du Colorado au Maine, après avoir achevé ma version de la minisérie tirée de *Shining*. Alors que je roulais vers le nord, dévorant les kilomètres désertiques de l'ouest du Nebraska (où, déjà une fois en revenant du Colorado, j'avais eu l'idée de l'histoire intitulée *Les Enfants du Maïs*), il me vint à l'esprit que, si je ne démarrais pas bientôt sa rédaction, je n'écrirais jamais ce livre.

Mais j'ai tout oublié de l'amour romantique et de sa sincérité, me disais-je. *Je sais tout du mariage et de la maturité de l'amour mais, à quarante-huit ans, on a une fâcheuse tendance à ne pas se souvenir de la passion et de la flamme de ses dix-sept.*

Je t'aiderai pour cette partie, me répondit-on. J'ignorais ce jour-là, en quittant Thetford, Nebraska, à qui appartenait la voix qui avait pris la parole. Je le sais aujourd'hui que j'ai plongé mes yeux dans les siens au bord du lit d'une putain, dans un monde qui existe de façon très claire dans mon imagination. L'amour de Roland pour Susan Delgado (et réciproquement) m'a été conté par le jeune homme qui a commencé cette histoire. Si elle sonne juste, qu'il en soit remercié. Si elle sonne faux, le blâme en revient à ce qui s'est perdu dans la traduction que j'en ai faite.

Merci aussi à mon ami Chuck Verrill, qui a édité le livre et m'a tenu la main tout au long du chemin. Son aide et ses encouragements m'ont été des plus précieux tout comme ceux d'Elaine Koster, qui a publié tant de romans westerns en livre de poche.

Mais, par-dessus tout, mes mercis vont à ma femme qui m'a soutenu dans cette folie furieuse du mieux qu'elle a pu et m'a aidé pour ce livre d'une façon qu'elle ne soupçonne même pas. Au cours d'une période noire, elle m'a fait cadeau d'une drôle de figurine en caoutchouc qui m'a rendu le sourire. Celle de Rocket J. Squirrel, affublé de son casque d'aviateur bleu et les bras vaillamment ouverts. J'ai posé la figurine sur mon manuscrit qui ne cessait de grossir (encore et *encore*) en espérant qu'un peu de l'amour ayant inspiré son offre viendrait féconder mon travail. Ça a dû marcher, du moins jusqu'à un certain point ; en tout cas, le livre existe. J'ignore s'il est bon ou mauvais — j'ai perdu tout point de vue vers le feuillet six cents — mais il existe. Ce seul fait me semble relever du miracle. Et je me suis remis à espérer pouvoir boucler ce cycle de récits de mon vivant. (Touchons du bois.)

A mon avis, il me reste encore trois volumes à écrire, deux situés pour l'essentiel dans l'Entre-Deux-Mondes et le dernier, presque entièrement dans notre monde à nous — celui en rapport avec le terrain vague au coin de la Seconde Avenue et de la 46e Rue et la rose qui y pousse. Cette rose-là, je dois vous l'avouer, court un terrible danger.

Au final, le *ka-tet* de Roland parviendra dans cette contrée nocturne qui a pour nom Tonnefoudre... et à ce qui se trouve au-delà. Tous ses membres n'atteindront peut-être pas la Tour vivants, mais je crois que ceux qui réussiront, le feront debout et loyalement.

Stephen KING
Lovell, Maine, 27 octobre 1996

Déjà parus

Stephen KING
La ligne verte

La Tour Sombre
1 - Le Pistolero
2 - Les Trois Cartes
3 - Terres Perdues

David WILD
Friends
Le guide officiel

Kevin ANDERSON
Aux frontières du réel - 5
Anticorps

Rob MCGIBBON
Spice Power
L'histoire secrète des Spice Girls

Rick MOODY
Ice Storm

éditions 3A

Cet ouvrage a été composé par Nord Compo
et imprimé par

Aubin, Imprimeur
LIGUGÉ, POITIERS
pour le compte des Éditions 84
84, rue de Grenelle, 75007 Paris
diffusion France et étranger : Flammarion

Achevé d'imprimer en avril 1998

Dépôt légal : mai 1998
N° d'édition : 5035 N° d'impression : L 55741

Imprimé en France